श्रेष्ठ भारतीय साहित्य

भारतीय ज्ञानपीठ

प्रेमकथा : रति जिन्ना

(उपन्यास)

प्रेमकथा : रति-जिन्ना

सुशील कुमार गौतम

भारतीय ज्ञानपीठ

लोकोदय ग्रन्थमाला : 1386

ISBN 978-93-87919-37-2

प्रेमकथा : रति-जिन्ना

(उपन्यास)

सुशील कुमार गौतम

प्रकाशक : **भारतीय ज्ञानपीठ**

18, इन्स्टीट्यूशनल एरिया, लोदी रोड, नयी दिल्ली-110 003

मुद्रक : आर.के. ऑफसेट, दिल्ली-32

आवरण : महेश्वर

PREMKATHA : RATI-JINNA

(Novel)

Sushil Kumar Gautam

Published by

Bharatiya Jnanpith

18, Institutional Area, Lodi Road, New Delhi-110 003

Ph. : 011-24698417, 24626467; 23241619 (Daryaganj)

Mob. : 9350536020; e-mail : bjnanpith@gmail.com

sales@jnanpith.net; website : www.jnanpith.net

First Edition : 2019

Price : Rs. 880

स्वर्गीय माता–पिता श्रीमती उमा देवी गौतम, पं. राम सेवक गौतम
और पुत्री विदुषी गौतम को

भूमिका

मुझे उचित प्रतीत हो रहा है कि इस उपन्यास के जन्म के बारे में पाठकों को बताऊँ। रति से कोई परिचय नहीं था रति के जीवन के अभिन्न अंग हिन्दुस्तान के बँटवारे के मुख्य दोषी मुहम्मद अली जिन्ना को जानने की कोई इच्छा भी कभी उत्पन्न नहीं हुई। नफरत का दंश झेल रहे जिन्ना के बारे में एक पुस्तक के कुछ अंश पढ़ने पर जिज्ञासा जागी। न्यायमूर्ति चागला के संस्मरण 'रोजेज इन दिसम्बर' के इन अंशों में जिन्ना कम रति ज़्यादा थी। तो रति से यह पहली बहुत छोटी सी मुलाक़ात थी। इस अंश को पढ़कर मेरा आश्चर्यचकित होना स्वाभाविक था। मैं उस पीढ़ी के बाद का हूँ जिसने जिन्ना की राजनीति को देखा था। मेरे लिए तो जिन्ना घोर मज़हबी दकियानूसी मुसलमान और भारत विरोधी राजनीतिज्ञ था जिसके बारे में जानने के लिए शायद कुछ भी दिलचस्प नहीं था। चागला की पुस्तक से मेरी धारणा में कुछ दरार पड़ी। अब मुझे इस व्यक्ति में कुछ दिलचस्पी हुई। जिन्ना में कुछ कम रति में कुछ ज़्यादा। रति के बारे में पुस्तकें खंगाली तो गहरा शून्य हाथ लगा। जिन्ना के बारे में राजनैतिक रूप से तो बहुत कुछ उपलब्ध था विशेष रूप से स्टैनली वोलपर्ट द्वारा लिखी उसकी जीवनी। यद्यपि इस में भी जिन्ना का राजनैतिक जीवन ही प्रमुख है। पर व्यक्तिगत जीवन की कुछ प्रमुख घटनाएँ भी हैं। जिन्ना के जन्म से लेकर जब तक उसका साथ रति के साथ रहा, यह सब पढ़कर कितने ही भ्रम टूटे। इस पुस्तक के पढ़ने के बाद रति से जान पहचान कुछ और गहरी हुई। रति मेरे मानसपटल पर छा गयी। इन स्थितियों में कितनी ही बार रति ने कल्पना में आकर पूछा—मेरी कहानी नहीं लिखोगे? इतिहास के पन्नों से मेरी जीवनकथा यों ही भुला दी जाएगी? मैंने वचन

दिया ऐसा नहीं होगा तुम्हारी जीवनी लिखने का जिम्मा मेरा रहा।

वादा करना एक बात है वादे को मूर्त रूप देना दूसरी, रति की कहानी लिखना बेहद दुश्वार था। रति के बारे में जिन्ना ने कभी कुछ नहीं लिखा। रति की बात तो अलग जिन्ना ने अपने बारे में ही कभी कुछ नहीं लिखा। कोई संस्मरण नहीं। जिन्ना तो छोड़िए जिन्ना के मित्रों, परिचितों या सगे सम्बन्धियों ने भी जिन्ना या रति के बारे में कभी कुछ नहीं लिखा (अपवाद : फातिमा जिन्ना के द्वारा लिखा एक ग्रन्थ My Brother)। एक तरह से जिन्ना का जीवन एक सख़्त जिल्द वाली किताब में क़ैद है जिसे न खुलने वाले धागे से बाँध दिया गया। रति ने भी अपने बारे में कभी कुछ नहीं लिखा। न उसके सम्बन्धियों, मित्रों, परिचितों ने ही उसके बारे में कुछ लिखा। रति के केवल एक मित्र श्री कानजी द्वारिकादास ने रति पर एक छोटी पुस्तक लिखी। इस पुस्तक के लगभग आधे भाग में तो कानजी स्वयं है पर शेष जितने भाग में भी रति है वो महत्त्वपूर्ण है सार्थक और दुर्लभ है। दूसरे व्यक्ति हैं चागला, इन दोनों ने रति के बारे में जो कुछ लिखा वह पूर्णत: विश्वसनीय है। मेरे लिए यही दो ग्रन्थ प्रकाश स्तंभ थे। अन्य ग्रन्थों से बहुत अल्प सूचनाएँ मिलीं पर मेरे लिए सभी महत्त्वपूर्ण थीं। रति के परिवार के इतिहास से सम्बन्धित दुर्लभ पुस्तक इंडिया इंटरनेशनल सेंटर नई दिल्ली के पुस्तकालय में मिली। रति के अन्तरंग जीवन के कितने ही पक्ष अब भी अँधेरे में थे। मैं उन सब की तलाश में था। इस तलाश में जवाहर लाल नेहरू स्मारक पुस्तकालय पहुँचा वहाँ रति के लिखे चार पत्र मिले। मैंने सोचा इन चार पत्रों को तो मैं बाद में भी शामिल कर लूँगा। उस समय पत्रों को देखने की जहमत भी मैंने नहीं उठाई।

मुम्बई (बम्बई) तो देखा भाला था, लेकिन मुम्बई में जिन्ना का साउथ कोर्ट और पेटिट परिवार का पेटिट हाउस देखने के लिए मुम्बई का दौरा एक बार फिर किया। इस उपन्यास के लिए गुजरात की यात्रा की जिन्ना के पिता और पितामह से जुड़े स्थान पनेली और गोंडल गया। पनेली कस्बे के निवासियों ने वह घर भी दिखाया जहाँ कभी जिन्ना के पितामह रहते थे। नैनीताल, दार्जिलिंग, दिल्ली और इलाहाबाद तो मेरे अच्छी तरह देखेभाले शहर रहे हैं। इस सारी खोजबीन में लगभग पाँच छः वर्ष लग गये। शोध अधूरी थी इस कारण करीब दो वर्ष के लिए मैंने सारे नोट्स ताक पर रख दिए। परन्तु दो वर्ष बाद भी मैं वहीं था, जहाँ दो

वर्ष पहले। तब रति ने कहा तुम शुरू तो करो, मैं तुम्हें अपने बारे में सब बताती चलूँगी। दो हज़ार सोलह की जनवरी से मैंने यह उपन्यास लिखना प्रारम्भ किया। उन्नीस बीस महीनों के अथक परिश्रम के बाद रति की कहानी पूरी हो गयी। अब मैंने एक बार फिर जवाहरलाल नेहरू स्मारक पुस्तकालय का रुख किया इस बार ज़्यादा गंभीरता से खोजबीन की तो चार की बजाय चालीस से अधिक रति के लिखे पत्र वहाँ मिले। ये पत्र क्या थे कारू का खजाना थे। रति के जीवन के कितने ही अँधेरे पक्ष प्रकाशवान हो उठे। कुछ और महत्त्वपूर्ण सूचनाएँ भी इसी पुस्तकालय के कुछ ग्रन्थों से मिलीं। अब बात बन गयी। रति ने अपना कहा सच कर दिखाया था। पाँच छः महीने और लगे और नई सूचनाओं के साथ उपन्यास सम्पूर्ण हो गया।

रति की जीवनी अपने अंक में समेटे यह उपन्यास है इतिहास नहीं पर रति अपने दौर के इतिहास का अंग थी। इसलिए इतिहास के सुदृढ़ ताने बाने के साथ बुना गया यह ऐसा उपन्यास है जिसमें सारे ऐतिहासिक सन्दर्भ और चरित्र सत्य और ठोस धरातल पर हैं। ऐतिहासिक नायकों के विचार और उद्‌बोधन पूरी सावधानी के साथ प्रामाणिक रूप से उद्धृत किये गये हैं, केवल चार छः काल्पनिक चरित्र अपवाद भर हैं। इसके बावजूद इस जीवनी को उपन्यास भर ही माना जाए।

रति से बातचीत में कोई अतिशयोक्ति नहीं है आत्माओं के साथ अलौकिक वार्तालाप में रति का दृढ़ विश्वास था मुझे यह उपन्यास लिखते हुए यह सत्य ही लगा। इस उपन्यास में तमाम ऐसी अँधेरी बंद सुरंगें थीं जिनसे बाहर निकलना किसी अलौकिक कल्पना के बिना सम्भव नहीं था। मैं इन सभी अँधेरी सुरंगों से ठोस कल्पनाओं के साथ बाहर आ सका। भला रति की सहायता के बिना यह कैसे संभव था तो रति को धन्यवाद। देशबंधु रायपुर (पत्र समूह) के पुस्तकालय का मैं ऋणी हूँ लगभग सभी दुर्लभ ग्रन्थ मुझे इस पुस्कालय से मिले। जवाहर लाल नेहरू स्मारक पुस्तकालय नई दिल्ली का भी मैं आभारी हूँ। आज के जिन्न इंटरनेट से भी बहुत सहयोग मिला पर नेट पर तमाम विरोधाभासी और अधकचरी सूचनाएँ भी हैं तो इन सब को खंगालना पड़ा। मेरी पुत्रवधू मल्लिका त्रिवेदी विशेष धन्यवाद की पात्र हैं। रति ने अपने पत्रों को जिस घसीट अँग्रेज़ी में लिखा उस लिपि को 'डेसिफर' कर पाना मेरे लिए असम्भव था इन पत्रों को साफ़ साफ़ टाइप कर मल्लिका ने मेरा

काम आसान कर दिया बहुत अंशों में रति ने अपने दौर की अँग्रेज़ी इस्तेमाल की थी कुछ स्त्रियोचित बातचीत भी थी जिनका विश्लेषण मल्लिका ने ही किया। डॉक्टर मृणाल चन्द्र झा से रति की शारीरिक और मानसिक स्वास्थ्य सम्बन्धी संवेगों पर बहुमूल्य मार्गदर्शन मिला। श्री ललित सुरजन (प्रधान सम्पादक देशबंधु पत्र समूह) ने पहले तीन अध्यायों की पांडुलिपि पढ़कर मेरा उत्साहवर्धन किया इन सभी को मेरा हार्दिक धन्यवाद। अन्त में मैं अपने प्रकाशक भारतीय ज्ञानपीठ निदेशक श्री लीलाधर मंडलोई और सम्पादन विभाग का भी हृदय से आभारी हूँ जिन्होंने मेरे उपन्यास को प्रकाशित करने का निर्णय लिया।

कुछ तथ्य और वक्तव्यों की कई स्थानों पर पुरावृक्ति हो गई है। आशा है पाठक इस दोष को नज़र अन्दाज़ कर देंगे।

—सुशील कुमार गौतम

अनुक्रम

अध्याय - 1

शतरंज

पूर्वज पूर्वाग्रह

बादशाह बाबर की तीसरी पीढ़ी में अकबर (महान) ने जन्म लिया। अकबर ने उदार और समन्वयवादी नीति अपनाकर हिन्दुस्तान में अपने वंश के लिए स्थाई और शान्तिपूर्ण सल्तनत स्थापित कर मुग़ल बादशाहत को चरमोत्कर्ष पर पहुँचा दिया। हिन्दुस्तान के मध्यकालीन इतिहास में यह समय स्वर्णकाल कहलाता है। तीसरी पीढ़ी में जन्मे अकबर के प्रपौत्र औरंगजेब ने परदादा के राज्य की सीमाओं में और वृद्धि की, लेकिन राज्य की सीमाएँ जितनी विस्तृत हुईं उदार शासन की परम्परा उतनी ही संकुचित हो गयी। अकबर जितना समन्वयवादी और सहिष्णुतावादी था औरंगजेब उतना ही कठमुल्ला और कट्टरपन्थी था। अकबर की उदारता का परिणाम था कि आने वाली कई पीढ़ियों के लिए इस मुल्क में मुग़ल शासन स्थाई हो गया। अकबर के बाद उसकी दो पीढ़ियों ने बिना किसी गम्भीर राजनैतिक उथल-पुथल और युद्ध के शान्तिपूर्वक बादशाहत का आनन्द भोगा, लेकिन औरंगजेब की अनुदार और कट्टरपन्थी नीति का परिणाम था कि उसकी मृत्यु के साथ ही उसके द्वारा विस्तृत राज्य सिमटकर दिल्ली के आस-पास संकुचित होकर रह गया और मुग़लों की बादशाहत का चमकता सितारा हमेशा के लिए अँधेरे में डूब गया।

औरंगजेब ने सोलह सौ नवासी तक अपने लिए हिन्दुस्तान में विशाल राज्य क़ायम कर लिया पर ये जितना विस्तृत हुआ था उतना ही अशान्त और असुरक्षित भी हो गया था। मराठे अपनी शक्ति बढ़ाने लगे थे। शिवाजी ने औरंगजेब की नाक में दम कर दिया। शिथिल शासन के कारण पूरी सल्तनत में ठग और लुटेरों का आतंक छा गया। सन् सोलह सौ निन्यानबे में इंग्लैंड का राजदूत विलियम नोरिस औरंगजेब से मिलने पन्हाला पहुँचा। उसे रास्ते भर मराठाओं के शक्तिशाली गिरोहों से बचकर यात्रा करनी पड़ी। मुसीबतों के कारण यह यात्रा बहुत लम्बी और कठिन रही। पन्हाला में औरंगजेब क़िले को घेरे हुआ था। दस वर्ष पहले उसने यह किला जीता था। लेकिन कुछ ही समय के अन्दर मराठों ने इस पर पुनः क़ब्जा कर लिया था। अब

औरंगजेब ने इसे फिर फ़तह करने के लिए यहाँ डेरा डाल रखा था।

युद्ध युद्ध और युद्ध! औरंगजेब लगातार एक के बाद दूसरे युद्ध में उलझता रहा। दिल्ली अकसर राजाविहीन रहती। इस स्थिति ने शासन कमजोर कर दिया और भ्रष्ट अधिकारियों की बन आई। शासक का भय ही खत्म हो गया था। आगरा जैसे मुग़लों की शक्ति के केन्द्र में शक्तिशाली जाट, न केवल मुग़लों के कारवाँ लूटने लगे बल्कि यहाँ तक कि सिकन्दरा में अकबर के मकबरे से सोना-चाँदी और कीमती कालीन भी लूट ले गये। औरंगजेब के बाद तत्कालीन मुग़ल बादशाह को नादिर शाह के कारण अवर्णनीय जिल्लत भोगनी पड़ी। नादिरशाह से न सिर्फ उसे करारी हार का सामना करना पड़ा बल्कि दिल्ली का कत्लेआम रोकने के लिए बादशाह को अपनी पगड़ी उसके क़दमों पर रखनी पड़ी। शक्तिहीन दिल्ली की शान बिखर गयी। मुग़ल साम्राज्य का पराभव हो गया। अब छोटे छोटे राज्य भी खुदमुख़्तार हो गये। कमजोर मुग़ल बादशाहत के सामने सिर उठाकर खड़े हुए इन छोटे राज्यों के कारण ही हिन्दुस्तान में अँग्रेज अपना राज्य बहुत तेजी और आसानी से क़ायम करने में सफल हुए।

नाम मात्र के लिए दिल्ली में अब भी मुग़ल बादशाहत क़ायम थी। कुछ राजा, नवाब और सुलतान अब भी मुग़ल बादशाह को सम्मान देते थे पर अपनी सूबेदारी और राजशाही मजबूत कर निरंकुश हो गये थे। पंजाब पर राजा रणजीत सिंह ने अधिकार जमा लिया था, शेष हिन्दुस्तान में उत्तर से दक्षिण और पूरब से पश्चिम मराठों की तूती बोल रही थी। पूना, सतारा, नागपुर, बड़ोदा, इन्दौर, झाँसी और ग्वालियर में बैठे इन मराठा राजाओं ने बंगाल और दक्षिण भारत को छोड़ लगभग पूरे हिन्दुस्तान में शासन की बागडोर सँभाल ली थी। बंगाल, अवध और दक्षिण के सूबेदार नवाब यों तो अब भी मुग़ल बादशाहत स्वीकार करते थे पर यह आदर नाम मात्र के लिए था। अपना शासन चलाने के मामले में ये भी निरंकुश हो गये थे। सत्ता के नशे में मदहोश इन नवाब सुल्तानों का लड़ाई के मैदान से नाता टूट गया था। अवध जैसी कभी बेहद शक्तिशाली सूबेदारी को अब आँखें दिखाकर चेत सिंह जैसे छोटे राजा ने अपने राज्य बनारस पर अपना पूर्ण आधिपत्य स्थापित कर लिया था। जाट राजा सूरजमल ने तो दिल्ली ही फ़तह कर ली। यह जीत भले ही चन्द रोजा थी पर इस मामूली राजा द्वारा बादशाह की पराजय ने मुग़लों की शक्तिहीनता का ढिंढोरा पीट दिया।

ईस्ट इंडिया कम्पनी कभी हिन्दुस्तान में व्यापार के लिए प्रार्थी बनकर आई थी। अब उन्हें यहाँ तश्तरी में रखा प्रभुता का अवसर दिखाई दे रहा था। क्लाइव ने यह मौका गँवाया नहीं, उसने छल-छद्म, उत्कोच और युद्ध का खेल शुरू कर दिया।

बंगाल–नवाब सिराजुद्दौला के वज़ीर मीर जाफर की मुट्ठी उसने गर्म कर दी और विजय के बाद गद्दी का वचन दे दिया। नवाब गद्दारी का शिकार हुआ। पलासी के मैदान में सिराजुद्दौला खेत रहा। जून, 1757 का दिन था जब हिन्दुस्तान में अँग्रेज़ी शासन की नींव रखी गयी। अब आगे अवध तक क्लाइव को रोकने वाला कोई नहीं था। अवध के नवाब की तलवार भी जंग खा चुकी थी। बाईस अक्टूबर सत्रह सौ चौंसठ को बक्सर में युद्ध हुआ। अवध के नवाब शुजाउद्दौला की सहायता के लिए मुग़ल बादशाह शाह आलम ने अपनी सेना भेजी। बंगाल के मीर कासिम ने भी साथ दिया; लेकिन पलासी के बाद एक बार फिर बाजी अँग्रेजों के हाथ रही। नवाब हार गया। शाह आलम की फ़ौज भी उसे हार से बचा न सकी।

बक्सर युद्ध की हार ने शाहआलम को अँग्रेजों के साथ सन्धि के लिए मजबूत कर दिया। इलाहाबाद में हुई इस सन्धि में उसे अँग्रेजों के संरक्षण के साथ पेंशन स्वीकार करनी पड़ी। शाह आलम के पिता मुग़ल बादशाह आलमगीर (द्वितीय) के वज़ीर गाजीउद्दीन खाँ फ़िरोज़ जन्गील को बादशाहत के लिए यह सर्वोत्तम अवसर दिखाई दिया और उसने दिल्ली की बादशाहत पर कब्जा कर लिया। (1772 में) ग्वालियर के मराठा राजा महादजी सिन्धिया की कृपा से शाह आलम को अपनी दिल्ली की गद्दी वापिस मिल पाई, लेकिन निस्तेज हो चुके बादशाह को बारह साल बाद एक बार फिर जिल्लत बर्दाश्त करनी पड़ी, इस बार खुद इसके बख़्शी (मन्त्री) गुलाम कादिर ने अपने बादशाह की आँखें तपती लाल सलाखों से फोड़ दीं और खज़ाने के साथ उसके हरम को भी लूट लिया। एक बार फिर ग्वालियर के राजा ने शाह की सहायता की। गुलाम कादिर को पकड़ कर उसके किये की सजा दी। अब अपने सूबेदारों नवाबों और निजामों को संरक्षण देने वाले हिन्दुस्तान के मुग़ल शहंशाह को अपने लिए ग्वालियर के राजा का संरक्षण लेना पड़ता था।

अवध की जीत के बाद अँग्रेजों के मुँह खून लग चुका था। वेलेज़ली की नजर अब शक्तिशाली मराठों पर केन्द्रित हुई। मराठे ग्वालियर इन्दौर और पूना के राजघरानों में बँटे हुए थे और आपसी अहंकार के शिकार थे। अँग्रेजों ने उनकी इस कमजोरी का लाभ उठाया और तीनों घरानों में फूट डालकर सबसे पहले पूना के पेशवा को घुटने टेकने पर मजबूत कर दिया। पेशवा के बाद ग्वालियर और इन्दौर के राजा भी अँग्रेजों के सामने नतमस्तक हो गये।

अट्ठारह सौ तीन की सितम्बर का आधा महीना गुजरा था और लोमड़ी जैसी चालाकी के साथ शिकार करने वाले अँग्रेज सेनापति लेक ने मुग़ल बादशाह से मुलाकात के लिए दिल्ली शहर में प्रवेश किया। अस्सी साल के अन्धे वृद्ध और

अशक्त शहंशाह शाह आलम ने लेक का स्वागत महल की एक मामूली छतरी के नीचे किया। सूने महल और चोबदार, रिसालेदार, अंगरक्षक और सेवकों से विहीन महल में अब मुलाक़ातियों से मिलने के लिए दीवाने आम और दीवाने ख़ास की शानो शौकत की हैसियत भी नहीं रह गयी थी। मुग़ल शहंशाह अकबर का वंशज शाह आलम अब केवल दिल्ली भर का बादशाह रह गया था। नाम मात्र का यह शासक पहले ग्वालियर के मराठे महादजी सिंधिया के संरक्षण में जी रहा था और अब अट्ठारह सौ तीन के सितम्बर से कम्पनी सरकार की कृपा पर आश्रित हो गया। वही कम्पनी जो कभी सजदा करते हुए उसके पुरखे अकबर के दरबार में हिन्दुस्तान के साथ व्यापार की फ़रियाद लेकर आई थी।

अट्ठारह सौ पचास के आते-आते कम्पनी बहादुर ने हिन्दुस्तान के सभी बादशाह राजाओं, नवाबों को ब्रिटिश सत्ता के सामने नतमस्तक कर दिया। फ़रेब, धोखे और तोप-तलवार की जीत हुई। मदहोशी, अहंकार, कलह, सन्देह और स्वार्थ ने अँग्रेजों को सोने की तश्तरी में हिन्दुस्तान का ताज सौंप दिया। कम्पनी बहादुर की लिप्सा इतने पर भी शान्त नहीं थी वो मुर्दा सताधारियों को व्यर्थ की पेंशन से भी किनाराकशी कर लेना चाहती थी। अब दत्तक पुत्र को राज्य का वारिस मानने से कम्पनी ने इनकार कर दिया इस तरह छोटे राजाओं का राज्य हड़पने की गति को लार्ड डलहौजी ने और गति प्रदान कर दी। इस कुटिल खेल के साथ वो हिन्दुस्तान को जल्द से जल्द पूरी तरह गुलामी की बेड़ियों में जकड़ लेना चाहता था। अँग्रेज हिन्दुस्तान की आस्था और परम्परा को अपने हिन्दुस्तानी भाड़े के टट्टुओं के बल पर कुचल देना चाहते थे। चतुर से चतुर सत्ता कहीं-न-कहीं गलती कर बैठती है। चालाक अँग्रेज भी इस मुकाम पर धोखा खा गये। उनके भाड़े के टट्टुओं को इससे कोई अन्तर नहीं पड़ता था कि उनके मालिक हिन्दू हैं या मुसलमान; देसी हैं या विदेशी; पर अपनी आस्था पर चोट से उन्हें फ़र्क़ पड़ता था, मामूली नहीं बहुत गहरा फ़र्क़ पड़ता था।

कुछ मुस्लिम लुटेरे आक्रमणकारियों के अलावा खिलजी, लोदी, तुगलक या फिर मुग़ल हिन्दुस्तान फ़तह करने आए। लड़े, जीते और फिर यहीं के होकर रह गये। इन्होंने हिन्दुस्तान को अपना मुल्क मान लिया। कुछ अपवादों के अलावा ज्यादातर इन मुसलमान बादशाह सुल्तानों ने यहाँ की संस्कृति, भाषा, रीति रिवाज़ और पहनावा ओढ़ावा भी अपना लिया। इस दौर को हिन्दुस्तान का मुस्लिम काल कहा जाता है पर वास्तव में ऐसा है नहीं। इस दौर के ज्यादा शासक मुसलमान जरूर थे। कुछ कठमुल्ले तो कुछ उदार, लेकिन इन सभी ने हिन्दुस्तान की शासन परम्परा और

सामाजिक सांस्कृतिक व्यवस्था को पूरी तरह उसी रूप में स्वीकार कर लिया जैसी इस देश में सदियों से चली आ रही थी। यह देश हज़ारों गणराज्यों का संघ था। ये गणराज्य गाँवों में बसा था। गाँव की पंचायत स्वशासी तन्त्र था। इस शासक के पास न सेना होती थी, न महल न परकोटे, न क़िले, न आरक्षक न रक्षक। पंचसरपंच गाँववासी चुन लेते या फिर इन्हें चुनने की जिम्मेदारी गाँव के सम्मानित व्यक्तियों के सुपुर्द कर दी जाती। गाँव की पूरी व्यवस्था की जिम्मेदारी इस पंचायत की होती। न्याय व्यवस्था से लेकर जीवन के प्रत्येक क्षेत्र में गाँववासियों के हित पंचायत देखा करती। खेतों की सिंचाई से लेकर शिक्षा, रोजगार, आपदा, विपदा, घरेलू झगड़े या पति-पत्नी की तकरार सारा सिरदर्द पंचायत का होता था। ऐसे बहुत से गणराज्यों का एक संघ होता जिसका स्वामी कोई जमींदार या राजा होता। यह राजा गाँवों से लगान वसूल कर अपना खजाना भरता। और लगान के एवज़ में प्रजा को सुरक्षा देता, प्राकृतिक आपदा में प्रजा का भरण-पोषण करता और बस; महलों में रहकर राजसी आनन्द और ऐश्वर्य का उपभोग करता। अपने राज्य की सुरक्षा के लिए फौज तैयार करता और आक्रमण होने पर लड़ाई लड़ता। हिन्दुस्तान में ऐसे एक नहीं सैकड़ों संघ थे।

विदेशों से आए इन आक्रान्ताओं को यह व्यवस्था बिलकुल उचित लगी और उन्होंने इस व्यवस्था से कोई छेड़खानी नहीं की। पंचायतों को भी राजा के धर्म या देसी-विदेशी होने से कोई अन्तर नहीं पड़ा। इन नये बादशाहों सुल्तानों ने अपवाद छोड़कर प्रजा के साथ वैसा ही व्यवहार किया जैसा परम्परा से होता चला आ रहा था। राजस्व में वृद्धि के लिए शान्ति आवश्यक होती थी, ये और बात है कि युद्ध अकसर जरूरी हो जाता था। युद्ध हो या शान्ति अधिकतर राजा किसानों का ख़याल रखते थे। सूखा या बाढ़ की स्थिति में लगान माफ़ कर देते। युद्ध में किसानों की खेती बर्बाद न हो इसका भी ध्यान रखते। कारीगर शिल्पियों के सामान अच्छी कीमतों में खरीदते और महल क़िला बनवाने में मजदूर और कलाकारों को रोजगार उपलब्ध करवाते। प्रजा अपने राजा और अमीर उमरा पर निर्भर रहती। महमूद गजनवी, गौरी और नादिर शाह जैसे कुछ अपवादों को छोड़ दें तो हिन्दू या मुसलमान राजा प्रजा से कर वसूलते और इसी प्रजा पर ख़र्च कर देते। इसीलिए इस देश में कृषि उद्योग और व्यवसाय फलते-फूलते रहे। इन दिनों हिन्दुस्तान की यात्रा पर आए एक फ्रांसीसी यात्री ने अपने संस्मरण में लिखा कि यह देश ऐसा कुआँ है जिसमें दुनिया भर के व्यापार से आया सारा सोना समा जाता है; इस देश को दुनिया से किसी भी वस्तु की आवश्यकता नहीं है सिवा सोने के। लेकिन ईस्ट इंडिया कम्पनी ने ये सब बदल डाला। कम्पनी यहाँ व्यापार करने के उद्देश्य से आई थी और व्यापार कर रही थी पर ईश्वर की कृपा से उन्हें ऐसा सुअवसर मिला कि कम्पनी

बहादुर यहाँ की राजा बन बैठी। और अब अपनी जरूरतों और अपनी शर्तों के अनुसार व्यापार का अधिकार उसे मिल गया। ये कहना बहुत ठीक नहीं होगा कि हिन्दुस्तान का ताज कम्पनी को केवल ईश्वर की कृपा से मिला। इस कृपा के लिए यहाँ के हिन्दू-मुसलमान राजा नवाब और भाड़े के सिपाही भी शामिल थे जिन्होंने मिलजुल कर इस देश का साम्राज्य तश्तरी में सजाकर अँग्रेजों के हुजूर में पेश कर दिया।

कम्पनी बहादुर के कारण इस देश में मूलभूत परिवर्तन हुआ। हिन्दुस्तान में वर्षों से चले आ रहे राजनैतिक रंग-ढंग विश्वास और परम्परा का आधार ही खत्म हो गया। सीमित सार्वभौमिकता की परम्परा जिसके आधार पर यहाँ राजाओं का वंशानुगत राज-काज चल रहा था वह पूर्णरूपेण तिरोहित हो गया। जाति, प्रजाति, वर्ण, खानदान और राजसी परिवार जो इस धरती पर महत्त्व रखते थे अप्रासंगिक हो गये। ग्राम गणराज्य इस धरती की शान थे और तमाम राजनैतिक उथल-पुथल, विदेशी आक्रान्ताओं और देसी राजे-रजवाड़ों के आपसी युद्ध और विद्रोहों से विरक्त सभी उपद्रवों को झेल लेते थे। उनकी जीवनी शक्ति छीन ली गयी वो मृतप्राय हो गये।

यूरोप ने एक नये जिन्न का आविष्कार किया था। यह जिन्न बिना थके इन्सानी हुक्म का एक गुलाम की तरह पालन करने को तैयार था। भाप और इंजन ने यहाँ औद्योगिक क्रान्ति कर दी थी। अब मशीनों के बल पर धड़धड़ाते हुए पैदा होते उत्पाद और इन उत्पादों के लिए कच्चे माल की पैदावार के लिए नये बाजार और जमीन की जरूरत थी। हिन्दुस्तान इन दोनों जरूरतों के लिए कम्पनी को एक आदर्श स्थान के रूप में मिल चुका था। ईस्ट इंडिया कम्पनी ने यहाँ की ग्राम पंचायतों को निष्प्राण कर आम आदमी के जीवन में घुसपैठ कर ली थी। लगान वसूली के नये तौर-तरीक़े लागू किये और लगान में भारी वृद्धि कर दी। कम्पनी को जिस कृषि उत्पाद की जरूरत होती उसकी खेती के लिए किसानों को मजबूत किया जाने लगा नील जूट की खेती के लिए किसानों के साथ जबरदस्ती की गयी। खाद्यानों की कृषि का रकबा घटा और देश में अनाज की कमी होने लगी। एक तरफ सामान्य किसान को बँधुआ बनाया गया वहीं देसी राजे-रजवाड़ों को भी बेइज्जत किया जाने लगा।

अँग्रेज यहाँ व्यापार करने आए थे। व्यापार के साथ वो अपना मज़हब भी लाए थे। इस देश में अपना पूरा शिकंजा कसने के बाद उन्होंने यहाँ के लोगों को अपने मज़हब में दीक्षित करना प्रारम्भ कर दिया। हिन्दू और इस्लाम दोनों मज़हबों के लिए अँग्रेजों में न कोई सम्मान था न आदर तो सच झूठ सही गलत की मान्यताओं को किनारे रख इन्होंने ईसाई मज़हब का प्रचार जोर-शोर से शुरू कर दिया। हिन्दू-मुसलमान सिपाहियों की धार्मिक भावना को नष्ट करने के इरादे से इन्होंने नये

कारतूस इस्तेमाल करना शुरू किया। इन कारतूसों में गाय और सूअर की चर्बी इस्तेमाल की गयी थी। कारतूस को इस्तेमाल से पहले मुँह से छीलना पड़ता था। ऐसा जानबूझकर किया गया था, यदि ऐसा न होता तो एक ही जानवर की चर्बी इस्तेमाल की जाती तब एक ही वर्ग में असन्तोष होता पर अँग्रेज दोनों की धार्मिक मान्यता पर चोट करना चाहते थे। जब फौज ने असन्तोष प्रकट किया तो उन्हें सजा दी गयी। सामान्य तो सामान्य ऐसे सिपाही जिन्हें इसी कम्पनी ने उनकी बहादुरी और वफ़ादारी के लिए मैडल देकर सम्मानित किया था उनके हाथ पैरों में बेड़ियाँ डाल दी गयीं। अँग्रेजों को यहाँ शासन करते लगभग सौ वर्ष हो चुके थे, लेकिन अब तक ये लोगों का दिल जीतने में एकदम असफल रहे थे। दिल जीतना तो दूर इन्होंने अपने वफ़ादार सिपाहियों के दिल पर चोट पहुँचाई। धर्मभीरु सिपाही अपनी दुर्दशा पर रो दिए। अँग्रेजों को विश्वास था कि सिपाही धर्म भ्रष्ट करने वाली इस कार्रवाई को बिना किसी विरोध के स्वीकार कर लेंगे पर अपनी आस्था पर चोट अस्वीकार कर सेना ने विद्रोह कर दिया। आम हिन्दुस्तानी, ज़मींदार, सूबेदार, राजा, नवाब, किसान, मजदूर, पंडित और मौलाना सब विदेशी सत्ता को खत्म करने के लिए उठ खड़े हुए। इस समय कोई सशक्त नेतृत्व इस क्रान्ति को मिला होता तो हिन्दुस्तान का इतिहास कुछ और होता। आजादी का यह युद्ध हिन्दुस्तानी हार भले गये पर अँग्रेजों के शासन की उल्टी गिनती शुरू हो गयी।

अरब में इस्लाम के प्रवर्तन के बाद सन् सात सौ बारह में अरब के मुहम्मद बिन कासिम ने हिन्दुस्तान के सिन्ध को जीत लिया और इसे मुस्लिम राज्य घोषित कर दिया। अब सिन्ध में मुसलमान उच्च वर्ग नागरिक हो गये। हिन्दू उनसे नीचे। अपने धर्म में आस्था बनाए रखने के लिए हिन्दुओं के लिए राज्य को जजिया (कर) देना जरूरी हो गया। गज़नी के सुलतान महमूद ने छब्बीस वर्षों में हिन्दुस्तान पर सत्रह बार हमले किये। हर बार वो यहाँ से अकूत सम्पत्ति लूटकर ले गया और हिन्दुओं की आस्था पर चोट करते हुए तमाम मन्दिरों को ध्वस्त कर दिया। उनके श्रद्धा के सबसे बड़े केन्द्र सोमनाथ को लूटकर नष्ट कर दिया। कहते हैं कि शिवलिंग को तोड़कर उसका एक हिस्सा वो गजनी ले गया और उस पत्थर के टुकड़े को उसने महल की ड्योढ़ी पर लगवा दिया ताकि उसके पास आने वाला प्रत्येक व्यक्ति उस शिवलिंग के अंश पर पैर रखकर महल में प्रवेश करे। मोहम्मद गौरी ने भी हिन्दुस्तान को लूटा। तुगलक, खिलज़ी, लोदी और मुग़लों ने भी हिन्दुस्तान पर मुस्लिम राज्य कायम किया। यहाँ के बहुसंख्यक समाज हिन्दुओं का अपमान किया, उनके मन्दिर तोड़े और उन्हें विजित नागरिकता का दंश झेलना पड़ा। जब भी कोई

नया वंश हिन्दुस्तान पर क़ब्ज़ा जमाता तो अपनी शक्ति प्रदर्शन के लिए हिन्दुओं को धर्म परिवर्तन के लिए मजबूत करता। सामान्यतया यह परिवर्तन तलवार के बल पर किया जाता, धन और पद का लालच भी दिया जाता। सरकारी प्रश्रय में सूफ़ी मज़हब प्रचारक खूब खेल खेलते। लेकिन धर्म परिवर्तन का एक बड़ा कारण हिन्दू स्वयं थे। छुआछूत और ऊँच-नीच के कारण इस धर्म के अनुयायियों का एक बड़ा वर्ग इस्लाम की तरफ आकर्षित हुआ और उसने राजा की कृपा की आशा में धर्म बदल लिया।

अकबर ने मुसलमानों की इस परम्परा को तोड़ा। अपवाद छोड़ दें तो उसने न केवल हिन्दुओं को सम्मान दिया वरन् उनसे अच्छे सम्बन्ध बनाए, हिन्दू धर्म पर हमले बन्द किये और जजिया खत्म कर दिया। उसके पोते शाहजहाँ तक लगभग यही नीति जारी रही पर पड़पोते औरंग्ज़ेब ने फिर सब पलट दिया। रूढ़िवादी कट्टर मुसलमान औरंगजेब ने हिन्दुओं पर जजिया फिर थोप दिया। शिवाजी ने इसका विरोध करते हुए औरंगजेब को अकबर की उदारता की याद दिलाई, पर औरंगजेब अपने निर्णय पर अड़ा रहा। उसकी संकुचित और कट्टरपन्थी नीति ने शिवाजी को अपने स्वाभिमान के लिए लड़ने पर मजबूत कर दिया। औरंगजेब की उच्च मुस्लिम मानसिकता की ढिठाई का शिवाजी ने मुँह तोड़ उत्तर दिया। शिवाजी के रूप में हिन्दुओं में स्वाभिमान का नया जोश उत्पन्न हो गया। और मराठों ने औरंगजेब को जीवन पर्यन्त शान्ति से बैठने नहीं दिया। शिवाजी मराठों के प्रेरणा स्रोत सिद्ध हुए मुग़ल बादशाह की मृत्यु के बाद मराठों ने हिन्दुस्तान के बड़े भूभाग को मुस्लिम शासन से मुक्ति प्रदान कर दी। पंजाब के जालंधर से उड़ीसा और सहारनपुर से लेकर कर्नाटक तक के हिन्दुस्तान पर मराठों ने अपना झंडा फहरा दिया। सत्रह सौ बीस में मिली यह सफलता इकतालीस वर्षों तक अक्षुण्ण बनी रही और कुछ जीत हार के बावजूद मराठा राज्य अस्सी वर्षों तक अपनी कीर्ति ध्वजा फहराए रहने में सफल रहा। इन नयी परिस्थितियों ने मुसलमान नवाब दरबारियों अमीर उमरा, मुल्ला मौलवियों की शाही मानसिकता पर गहरा आघात किया। उनकी ऊँची पद प्रतिष्ठा उनसे छिन गयी।

मराठों की यह जीत हिन्दूवादी नहीं थी, उन्होंने न तो मुसलमान प्रजा के साथ कोई ज़्यादती की न उनकी इबादतगाह और मजारों को तोड़ा। ग्वालियर के राजा ने युद्ध में जीतकर नाम मात्र के मुग़ल बादशाह को उसकी बादशाहत उसे उपहार में दे दी न केवल इतना बल्कि उसे अपना शरणागत मान उसकी बादशाहत की रक्षा भी की। यदि महाधजी सिन्धिया चाहता तो स्वयं को दिल्ली का बादशाह घोषित कर देता। उसने मुस्लिम बादशाह का सम्मान बरकरार रखा। अँग्रेजों ने मुस्लिम शासकों से तो युद्ध किया पर शक्तिशाली मराठों से लड़ने के बजाय उन्हें अपनी कूटनीतिक

चालों से अपना सहयोगी बना लिया। यही नीति उन्होंने हैदराबाद के निजाम और दूसरे राजाओं, नवाबों, सुल्तानों के साथ इस्तेमाल की और हिन्दुस्तान के ज्यादा बड़े हिस्से को बिना लड़े फ़तह कर लिया।

हिन्दुस्तान तो अँग्रज़ों ने जीत लिया पर एक छत्र राज्य लिप्सा हेतु छोटे राजाओं की रियासतें हड़पने में उन्हें कठिनाइयाँ झेलनी पड़ रही थीं। आम जनता के धर्म और विश्वास पर चोट और उनके धर्म परिवर्तन की नीति ने भी असन्तोष को जन्म दे दिया। धर्म पर आघात ने फौज से लेकर किसान, शिल्पकार, मजदूर और आम जनता तक को अँग्रेजों के विरुद्ध एकजुट कर दिया। छोटे राजा इस शक्ति को दिशा देने का माध्यम बन गये। यह देश राजनैतिक रूप से कभी एक राष्ट्र नहीं था पर सांस्कृतिक रूप से कई संघों के बावजूद एक अखंड राष्ट्र था। यह सत्य राजनैतिक राष्ट्रवाद के पश्चिमी दर्शन से अलग था। तमाम रजवाड़ों में बँटे होने के बावजूद हिन्दू आस्था के केन्द्र उत्तर में अयोध्या, वाराणसी, पश्चिम में द्वारका, उज्जैन, दक्षिण में रामेश्वरम् पूर्व में मणिपुर और कामाख्या में केन्द्रित थे। प्रत्येक हिन्दू की अन्तिम अभिलाषा चार धाम यात्रा होती थी ये चारों धाम हिन्दुस्तान के उत्तर दक्षिण पूर्व और पश्चिम में स्थित थे। जगद्गुरु ने अपनी पीठ हिन्दुस्तान के चारों पवित्र धामों में स्थापित की। इस देश के हिन्दुओं के लिए सुबह सवेरे केवल गंगा का स्मरण ही पूरा नहीं था वो हिन्दुस्तान की सभी पवित्र नदियों में स्नान की कामना करते हुए कहता—"गंगा च यमुना चै गोदावरी, सरस्वती, नर्बदा, सिन्धु, कावेरी, स्नानार्थम प्रति गृह्यताम।" केवल हिन्दू ही नहीं बौद्ध, जैनों के तीर्थ भी अफगानिस्तान से कन्या कुमारी और सिन्ध पख्तून से लेकर असम मणिपुर तक स्थापित थे। इन तीर्थों में एक बार श्रद्धा के साथ पूजा अर्चना की सबकी मनोकामना होती थी।

अँग्रज़ों की धर्म परिवर्तन की नीति से सारे देश के हिन्दुओं का क्रोध जाग उठा। लेकिन ज्यादा मुखर विरोध हिन्दुस्तान के मुसलमानों ने किया। केवल साठ सत्तर साल पहले तक मुसलमान बादशाहत में मुल्ला मौलवियों का रुतबा बहुत ऊँचा होता था, लेकिन इस नये निजाम में तो उनका कोई वजूद ही नहीं था। ऊपर से उनके मज़हब पर हमला हो रहा था। इस स्थिति में मुल्ला मौलवियों ने क्रान्तिकारी फौज़ियों का खुलकर भरपूर साथ दिया। विशेषकर अवध के मुल्ला मौलवियों ने और इसलिए क्रान्ति के निष्फल होते ही अँग्रेजों की सबसे तीखी गाज़ भी मुसलमानों पर गिरी।

इस युद्ध के बाद मुसलमान अँग्रेजों की नजर से गिर गये। मराठों से उन्हें ख़तरा नहीं था। ख़तरा केवल बादशाहत और नवाबी से उजाड़े गये खानदानों से था। अविश्वसनीय मुसलमानों के प्रति अँग्रेजों ने उपेक्षा की नीति पर चलना तै किया।

कुछ अपवादों को छोड़ शासन ने मुसलमानों के लिए कृपा के द्वार बन्द कर उनके प्रति अपनी अप्रसन्नता, क्रोध और अरुचि ज़ाहिर कर दी। झाँसी की रानी लक्ष्मीबाई तात्याँ टोपे और नाना साहब जैसे हिन्दू राजाओं के अलावा लखनऊ की हजरत महल और रुहेले मुसलमानों की हिन्दू-मुसलमानों की साझी ताकत से युद्ध के बावजूद अँग्रेजों ने अट्ठारह सौ सत्तावन की क्रान्ति के लिए हिन्दुओं से ज्यादा मुसलमानों को जिम्मेदार माना था। सन् सत्तावन के युद्ध से पहले सं. 1843 में लार्ड एलेन बरो ने कहा था—''मैं इस तथ्य से आँख नहीं फेर सकता कि वह कौम (मुसलमान) मूल रूप से हमारे प्रति शत्रुता से ग्रस्त है और इसलिए हमारी वास्तविक नीति हिन्दुओं के साथ समझौते वाली है।''

अट्ठारह सौ सतावन के युद्ध में हिन्दुस्तानियों ने पहली बार यह दिखा दिया था कि अँग्रेजों के विरुद्ध मुसलमान और हिन्दू एकजुट हो सकते हैं। दोनों धर्मावलम्बियों की यह एकता देख लार्ड एल्फिन्स्टन ने कहा कि रोमन नीति रही है फूट डालो और राज करो। हिन्दुस्तान में हमारी भी यही नीति होनी चाहिए। अपनी सत्ता के चरमोत्कर्ष को क़ायम रखने के लिए अँग्रेजों ने अपने सम्पूर्ण राज्य काल में इसी फूट नीति का इस्तेमाल करते हुए साम्प्रदायिक राजनैतिक विष का खुला खेल खेला। हिन्दू-मुसलमान पिछले पाँच छः सौ सालों से साथ रह रहे थे। इस दौरान दोनों सम्प्रदायों ने आपस में एक-दूसरे से बहुत कुछ लिया और बहुत कुछ दिया था। यह समन्वय धीरे-धीरे हुआ था, परन्तु पश्चिमी संस्कृति मूल रूप से इन दोनों संस्कृतियों से एकदम भिन्न थी। और अँग्रेज अपनी संस्कृति तुरन्त इस देश पर थोपने के लिए उद्धत थे, इस सांस्कृतिक हमले ने लोगों की आत्म चेतना को झिंझोड़ दिया। देशवासियों की मानसिक उथल-पुथल ने इस देश में राष्ट्रवाद की भावना को जन्म दिया।

पिछले पाँच सौ वर्षों से हिन्दू, मुस्लिम शासन द्वारा अपनी उपेक्षा झेल रहे थे। इन वर्षों में उन्होंने इस स्थिति को नियति के रूप में स्वीकार कर लिया था। नये अँग्रेज शासन में भी शासक की उपेक्षा और अपमान का बहुत असर हिन्दू मानसिकता पर नहीं हुआ पर मुसलमानों को यह स्थिति स्वीकार नहीं थी। जिस दुर्दशा की उन्होंने कल्पना भी नहीं की थी अब उन्हें वह भोगनी पड़ रही थी। मुस्लिम राज्य स्थापित होते ही आम मुसलमान राजसी प्रतिष्ठा और सामाजिक रुतबे से जुड़ गया था। शाही सम्मान के मद को भोगते हुए पाँच छः सौ वर्षों में यह समाज इस ऊँचे दर्जे का आदी हो चुका था। कम्पनी का राज्य क़ायम होते ही उनकी शानो-शौक़त और प्रतिष्ठा का महल भरभरा कर गिर गया। नवाब, सुलतान, वज़ीर बख्शी, तालुकेदार, दरबारी

मुल्ला मौलवी अपमान और उपहास के पात्र हो गये। यह निरादर तो जो था सो था सबसे बड़ा ख़तरा इस्लाम के लिए उत्पन्न हो गया था। ईसाई धर्म प्रचारकों के निशाने पर हिन्दू-मुसलमान दोनों थे इसलिए दोनों धर्मावलम्बी ईसाइयत के विरोधी थे, लेकिन मुसलमानों का विरोध कहीं अधिक प्रखर था।

विदेशी हमलों को झेलते हुए हिन्दुओं ने नयी परिस्थितियों के अनुसार अपने आपको ढाल लेने का गुण विकसित कर लिया था। इस नये युग में अँग्रेज अपने साथ रहन-सहन के जो नये तौर-तरीक़े सुविधा और आडम्बर लाए बंगाल के रईस हिन्दुओं ने अपने जीवन में उन्हें निःसंकोच शामिल कर लिया। दक्षिण भारत और महाराष्ट्र के हिन्दू भी इस मामले में पीछे नहीं थे। अँग्रेज़ी शिक्षा ने इन हिन्दुओं को सबसे अधिक आकर्षित किया। लेकिन मुसलमान विशेषकर बंगाल और उत्तर भारत के, अब भी मुग़ल काल में जी रहे थे। अँग्रेज़ी शिक्षा के प्रति उनमें घोर वितृष्णा थी। नयी सरकार के विद्यालयों को उलेमाओं ने अज्ञान का घर कहकर मुसलमानों को उनसे दूर रहने का फतवा दे दिया। आखिर उस दौर का कोई मुसलमान उन विदेशी कुसंस्कारियों की भाषा का अध्ययन कर कैसे सकता था? जिन फ़रेबियों ने मुस्लिम बादशाहत हड़प ली हो उनके द्वारा स्थापित विद्यालयों में वो शिक्षा कैसे ग्रहण कर सकता था? मदान्ध गौरांगों ने मुसलमानों की प्रतिष्ठा को धूल धूसरित कर दिया था। ऐसे गहरे घाव को वो कैसे भूल सकते थे? कोई भी स्वाभिमानी मुसलमान इन अहंकारियों द्वारा स्थापित विद्यालयों में अपने बच्चों को शिक्षा के लिए कैसे भेज सकता था? और आखिर अँग्रेज़ी भाषा में पढ़ने के लिए था भी क्या? न इस भाषा में ग़ज़लें थीं न नज़्में न रुबाइयाँ। इन विद्यालयों में न तो क़ुरान पढ़ाई जाती थी न मुस्लिम अदब-तहज़ीब। ये विद्यालय मदरसों की तरह निःशुल्क शिक्षा नहीं देते थे। पढ़ने के लिए इन विद्यालयों में पैसा देना पड़ता था। प्रारम्भिक दौर में इन सरकारी विद्यालयों की स्थापना मुख्यतया बंगाल में हुई और बंगाल का मुसलमान इतना गरीब था कि वो पढ़ने के लिए किसी भी तरह का शुल्क नहीं चुका सकता था।

जब हिन्दू उच्च वर्ग अँग्रेज़ी शिक्षा प्राप्त करने के लिए लगन के साथ प्रयासरत था, उन दिनों उत्तर भारत का अँग्रेजों से परास्त मुसलमान अपनी गुजरी शानो शौक़त और रुतबे के दम्भ में डूबा हुआ था। दिल्ली की बादशाहत खत्म हो चुकी थी। लेकिन मुस्लिम नवाबों, सुल्तानों उनके दरबारी मंसबदार, अहलकार और मुल्ला मौलवी सामान्यतया सारी मुस्लिम आबादी अतीत के वैभव और विलासिता में जी रही थी। बहादुरशाह ज़फर के दरबारियों की दरबार से छुट्टी हो चुकी थी। उनके वज़ीफ़े बन्द हो गये थे। ज़फर के दरबारी मिर्ज़ा ग़ालिब की आय का स्रोत भी बन्द हो चुका था। उनकी समझ में आ गया कि यदि जीविका का कोई साधन न ढूँढ़ा गया तो फाकों की नौबत आ जाएगी। ऐसी परेशान हालत में उन्होंने दिल्ली के

सरकारी महाविद्यालय में शिक्षक की नौकरी के लिए अनुरोध किया। सरकार ने उनका अनुरोध स्वीकार कर नियुक्ति पत्र भेज दिया। ग़ालिब अपने नये पद को सँभालने के लिए सज-धजकर पालकी में बैठ महाविद्यालय पहुँचे। विद्यालय के सामने पहुँची पालकी में ग़ालिब बैठे प्रतीक्षा में थे कि उनके स्वागत अगवानी के लिए कोई आएगा, पर इस नयी अमलदारी में ऐसा कोई दस्तूर होता तब तो कोई आता। घंटों बीत गये ग़ालिब की अगवानी के लिए कोई हाजिर न हुआ। इस अपमान से आगबबूला ग़ालिब ने झुँझलाकर कहारों को वापिस चलने का हुक्म दे दिया। लगभग सभी दरबारी और मुस्लिम उच्च वर्ग के लोगों की यही मानसिकता थी, पर गिनती भर ही सही कुछ अपवाद भी थे। इन्हीं अपवादों में एक थे ख़्वाजा फरीद।

1757 के बाद ख़्वाजा फरीद को अँग्रेजों के बुलन्द सितारे का एहसास हो गया था। कम्पनी सरकार में अभी मुसलमानों की उपेक्षा का दौर प्रारम्भ नहीं हुआ था। ख़्वाजा फरीद को कलकत्ता ईरान और बर्मा में अँग्रेज सरकार में जिम्मेदारी का पद मिला। अन्तिम आठ वर्षों में फरीद मुग़ल बादशाह अकबर शाह के दरबार में वज़ीर रहे। इन्हीं ख़्वाजा फरीद की पुत्री ने 1817 में सय्यद अहमद को जन्म दिया। सय्यद अहमद के पिता भी राजदरबार में ऊँचे ओहदे पर थे, अभी अहमद ने जवानी में कदम रखा ही था कि उनके पिता का देहान्त हो गया। दरबार से मिलने वाला वज़ीफ़ा बन्द हो गया। सय्यद अहमद को कम उम्र में ही रोजगार तलाश करना पड़ा भाग्यवश उन्हें कम्पनी सरकार की अदालत में नौकरी मिल गयी। शीघ्र ही अपनी काबिलियत के बल पर वो मुंसिफ़ के पद पर पहुँच गये। कम्पनी से सौ रुपया मासिक की तनख़्वाह वाले इस पच्चीस वर्षीय नौजवान को मुग़ल बादशाह बहादुरशाह ज़फर ने उपाधि देकर सम्मानित किया था। अहमद सूझबूझ वाले व्यक्ति थे वो समय की नब्ज़ पहचानते थे। अट्ठारह सौ सत्तावन की क्रान्ति के समय बिजनौर के नवाब महमूद से उन्होंने कहा—खुदा कसम हुजूर अब ये तय जानिए कि हिन्दुस्तान से इस नयी अँग्रेज हुकूमत का खात्मा नामुमकिन है। अहमद ने इस भावना के वशीभूत क्रान्ति के समय मुश्किल में फँसे तमाम अँग्रेजों की खुलकर और दिलेरी के साथ मदद की, उनकी जान बचाई। युद्ध के बाद उन्हें अँग्रेजों से इस सहायता का ईनाम भी मिला। एहसानमन्द अँग्रेजों ने सय्यद अहमद को सर की उपाधि से सम्मानित किया और हमेशा उन्हें अँग्रेज सरकार के वफादारों में स्वीकार किया। लेकिन सर सय्यद अहमद जैसे मुसलमान हिन्दुस्तान में उँगलियों पर गिने जा सकते थे।

बादशाहों, नवाबों के पराभव के बाद सामान्य मुस्लिमों का सम्पूर्ण नेतृत्व मुल्ला मौलवी और उलेमाओं ने सँभाल लिया था वे दीन और दुनियावी दोनों

मामलों की अन्तिम अदालत हो गये थे। उनके फ़तवे और आदेशों की उपेक्षा करने की न किसी में हिम्मत थी न इच्छा। 1857 की क्रान्ति में हिस्सेदारी निभाने वाले उलेमा समझ चुके थे कि दुनिया बदल गयी थी। युद्ध असफल रहा था और मज़हब कहीं अधिक खतरे में था। दीन की रक्षा के लिए इस्लामी शिक्षा उनका पहला फ़र्ज बन गया। परिणामस्वरूप देवबन्द मदरसे की स्थापना की गयी। इस मदरसे के दो मुख्य उद्देश्य थे। पहला—मुसलमानों में कुरआन की सही शिक्षा का प्रचार-प्रसार और दूसरा हिन्दुस्तान में विदेशी आक्रान्ताओं के विरुद्ध जेहाद की अलख जगाए रखना। 1857 का युद्ध भले विफल रहा था पर अँग्रेजों को इस मुल्क से खदेड़ने की जुगत जारी थी। मुसलमानों की एक नयी वहाबी जमात ने अँग्रेजों के विरुद्ध सशस्त्र कार्रवाई की एक और पुरजोर लेकिन असफल कोशिश की, पिछली क्रान्ति में बढ़ चढ़कर भाग लेने वाले सिपाही सेनानायक अमीर उमरा इस कोशिश में शामिल हुए थे। यह बड़े सीमित क्षेत्र का विद्रोह था, एक बार फिर मिली हार से उनमें गहरी निराशा ने जन्म लिया। इसके बावजूद यह जमात कुछ वर्षों तक छिटपुट सशस्त्र कार्रवाई करती रही, जिसे अन्त में अँग्रेजों ने बलपूर्वक निस्तेज कर दिया।

शिक्षित और नये सरकारी पदों पर रहते हुए हिन्दू बहुत शीघ्र राजनैतिक रूप से जाग गये। इस परिवर्तन की दौड़ में बहुत पिछड़ जाने के बाद मुसलमानों को होश आया। उनमें राजनैतिक जागरूकता बहुत समय बाद उत्पन्न हुई। मुसलमानों के इस नवजागरण में पिछड़ने का एक कारण और था। अँग्रेजों ने शासक के रूप में दक्षिण और पूर्वी भारत पर कब्जा पहले किया। बंगाल, मद्रास और बम्बई हिन्दुस्तान के प्रमुख बन्दरगाह होने के कारण व्यापारिक केन्द्र थे। सम्पन्नता, जागरूकता, चेतना और परिवर्तन सबसे पहले यहीं हुए। इन सभी क्षेत्रों में हिन्दुओं का वर्चस्व था। इसलिए शिक्षा और सरकारी पदों का लाभ इस क्षेत्र के हिन्दुओं को पहले मिला। बंगाली हिन्दू इस परिवर्तन के प्रति बहुत सजग और उत्साही थे। उन्होंने नयी शिक्षा का खुले मन से स्वागत किया। अँग्रेज़ी भाषा पर अधिकार का उन्हें तुरन्त लाभ मिला और वो सरकारी कार्यालयों में लिपिक और किरानी बन गये।

मुसलमानों का दबदबा उत्तर भारत में अधिक था। इस इलाके के मुसलमान ही राजनैतिक, सांस्कृतिक, आर्थिक और सामाजिक दृष्टि से सम्पन्न थे। हिन्दुस्तान के इस क्षेत्र में अँग्रेजों ने बहुत समय बाद अपने पंख फैलाए। इसलिए भी मुसलमान नये निजाम से तालमेल बैठाने में पिछड़े। यों तो बंगाल में मुसलमान जनसंख्या की दृष्टि से भारी थे। पर यहाँ वे समाज में सबसे विपन्न और पिछड़े हुए थे। नयी व्यवस्था से हक्के-बक्के मुसलमान परेशान हो उठे थे। श्रीहीनता के कारण उपजी व्यथा के कारण उनका उत्साह मर गया था। राज काज, शासन व्यापार और उद्योगों में नित नूतन परिवर्तन से हतप्रभ मुस्लिम समुदाय के लिए इस दौड़ के साथ तालमेल

बैठाना असम्भव हो गया था। अँग्रेजों ने फौज में भर्ती के लिए प्रारम्भ से ही ऊँची जाति के हिन्दुओं को प्राथमिकता दी थी। सन् सत्तावन की क्रान्ति के बाद उन्होंने इस नीति का और कड़ाई से पालन किया। फौज में नौकरी न मिलने के कारण मुसलमानों के एक सम्पन्न वर्ग की आय का स्रोत समाप्त हो गया। कम्पनी सरकार में नौकरियों के नये सिलसिले की बहती गंगा में हाथ वो धो रहे थे जिन्होंने नये विद्यालयों से अँग्रेज़ी पढ़ ली थी। अधिकांशत: ये लाभार्थी हिन्दू थे। सरकारी नौकरी में उन्हें सत्ता का सुख भी मिल रहा था। वेतन का आनन्द तो था ही पर सत्ता और अधिकार उनके लिए इस नौकरी की ज्यादा बड़ी सौगात थी। मुग़ल बादशाहत और अन्य नवाबों सुल्तानों के राज में अधिकांशत: अर्थ व्यवस्था सँभालने का जिम्मा हिन्दू दरबारियों का ही होता था। व्यापार तो ख़ैर हिन्दू बनियों के अलावा किसी दूसरे के बस का था ही नहीं। नयी व्यवस्था में इन दोनों वर्गों ने अपने आपको बहुत सहजता से ढाल लिया।

लेकिन हिन्दू नयी शिक्षा का लाभ उठाकर निम्न स्तर की नौकरियों से ही सन्तुष्ट नहीं हुए। उन्होंने डॉक्टरी और इंजीनियरिंग पढ़ी। अँग्रेज़ी कानून, साहित्य, इतिहास और दर्शन का अध्ययन किया। अँग्रेजों का दुर्भाग्य कि उन्होंने अर्वाचीन यूरोप के प्रजातन्त्र का ज्ञान प्राप्त किया। और विभिन्न देशों द्वारा अपनी स्वतन्त्रता के युद्ध का इतिहास भी पढ़ा। अमरीकियों की आजादी का युद्ध और औस्ट्रियनों से इटेलियन के मुक्ति संघर्ष की गाथाएँ भी पढ़ीं। उन्होंने यूरोपीय विद्वान और दार्शनिक थॉमस पेन, स्पेंसर, बर्क, मिल, वोल्टायर और मेजिनी को भी पढ़ा। इस अध्ययन ने उन्हें व्यक्तिगत और राष्ट्रीय स्वतन्त्रता के लिए लालायित कर दिया। यही नव शिक्षित हिन्दुस्तानी अपने देश की जनता के नये मार्गदर्शक बने। राष्ट्रीय विचारधारा के संवाहक बन राजनैतिक नेतृत्व के सिपाही बने। यह नये विद्वान राष्ट्रीयता और प्रजातन्त्र की भावना से ओत-प्रोत थे। इन्होंने ही हिन्दुस्तान में राष्ट्रीय साहित्य और प्रेस की नींव रखी। स्वतन्त्रता की भावना के प्रचार के लिए नाट्य दल और मंच स्थापित किये। क्रान्तिकारी संगठन बनाए, और इनमें से कुछ ने अँग्रेजों के विरुद्ध सशस्त्र संघर्ष का श्रीगणेश कर दिया।

सन् अट्ठारह सौ सत्तावन के युद्ध के बाद हिन्दुस्तान से कम्पनी बहादुर की सरकार समाप्त हो गयी। अब यह मुल्क सीधे-सीधे ब्रिटिश राजसत्ता का अंग बन गया। अँग्रेजों की पिछली नीतियों में भी परिवर्तन हुए। राजाओं नवाबों की रियासतों पर कब्जे की नीति खत्म हो गयी। अब उन्हें ब्रिटिश राज के सहयोगी शासक का सम्मान प्रदान कर उन्हें सत्ता का वफादार बना लिया गया। शासन में भी नये और त्वरित सुधार होने लगे। एक नयी शक्ति का हिन्दुस्तान में उदय हुआ यह था स्वतन्त्र प्रेस। ब्रिटिश शासन के कारण मिली रेल, डाक, अस्पताल आदि जैसी नयी

वैज्ञानिक सुविधाओं के लोग प्रशंसक हो गये, पर इन परिवर्तनों के बाद भी हिन्दुस्तान के सामान्य जन को गुलामी कचोटती थी। अँग्रेज इस देश के ऐसे शासक थे जो अपने मूल देश ब्रिटेन के लिए समर्पित थे। ब्रिटेन की तरक्की और वहाँ के लोगों की सम्पन्नता इस सरकार का पहला उद्‌देश्य था। यह उद्‌देश्य पूरा करने के लिए सरकार ने जो नीतियाँ अख़्तियार कीं उसके कारण हिन्दुस्तान की सम्पन्नता बहुत तेजी के साथ विपन्नता में परिवर्तित हो रही थी। शिक्षा और प्रेस के कारण इस विसंगति को पढ़े-लिखे लोगों ने शीघ्र समझ लिया। हिन्दी के तत्कालीन कवि भारतेन्दु हरिश्चन्द्र ने इस दु:ख को व्यक्त करते हुए कहा—सारा धन विदेश जा रहा है यही दु:ख सबसे भारी है। "अँग्रेज राज सुख साज सजे सब भारी पै धन बिदेश चलि जाय यही दु:ख भारी।" मुसलमान तो अपनी हैसियत और धर्म पर आघात के कारण इस सता को सशस्त्र युद्ध द्वारा उखाड़ने की कोशिश में लगे ही थे। हिन्दू मराठे और बंगालियों ने भी गुलामी के विरुद्ध सशस्त्र संघर्ष की अलख जला ली। मुसलमान अब भी तलवार बन्दूक तक सीमित थे पर हिन्दू क्रान्तिकारी बम और विस्फोट का इस्तेमाल भी करने लगे, यद्यपि ये संघर्ष सीमित थे पर इन छिट-पुट सशस्त्र विरोध से दूर-दराज के ब्रिटिश अधिकारियों में असुरक्षा की भावना उत्पन्न होती थी। सन् सत्तावन में बहुतेरे अँग्रेज अफसरों और परिवारों को हिंसा का शिकार होना पड़ा था वे यादें अभी सबके जहन में ताजी थीं। ब्रिटिश सत्ता को यह निश्चित सूचना मिल गयी थी कि केवल राजनैतिक रूप से जागरूक नेतृत्व और क्रान्तिकारी संगठनों के अलावा सामान्य नागरिकों के अन्दर भी क्रोध और विद्रोह उत्पन्न हो रहा है। अट्ठारह सौ तिरासी के आते आते लार्ड लिटन को यह खबर मिली कि निकट भविष्य में विद्रोह का ऐसा विस्फोट होगा जिसे सँभालना असम्भव हो जाएगा।

इस स्थिति को चेतावनी मान हिन्दुस्तान के शिक्षित और सम्भ्रान्त वर्ग को अपनी भावना खुलकर व्यक्त करने हेतु एक राजनैतिक संगठन की स्थापना को अच्छा उपाय माना। ऐसा संगठन लोगों के अन्दर घुट रहे गुबार को व्यक्त करने का सुरक्षित मंच हो सकता था। सरकार की परोक्ष सहायता से अँग्रेज़ी सरकार से निवृत्त अधिकारी ए. ओ. ह्यूम ने हिन्दुस्तान में एक राजनैतिक मंच की स्थापना कर दी। भारतीय राष्ट्रीय काँग्रेस नाम के इस नये संगठन के पहले अध्यक्ष स्वयं ह्यूम बने। अब तक हिन्दुओं में शिक्षित और अग्रगण्य समाज का निर्माण हो चुका था। यह समाज अभी छोटा जरूर था पर इसका प्रभाव दिखने लगा था। हिन्दुओं के अलावा एक और समाज ने अँग्रेज़ी सत्ता के साथ बहुत तेजी से प्रगति की थी। यह समाज था विदेश से कई पीढ़ियों पहले आकर बसे पारसियों का। पारसी भले मूल रूप से ईरानी थे पर मन से वो विशुद्ध हिन्दुस्तानी हो चुके थे इस देश के प्रति समर्पित पारसी देश भक्ति में अग्रगण्य थे। बहुत शीघ्र इस नये संगठन काँग्रेस की बागडोर

पारसी विद्वान दादाभाई नौरोजी ने सँभाल ली। बड़ी संख्या में सम्पन्न पारसी इस संगठन में शामिल हुए। काँग्रेस धर्म सम्प्रदाय से निरपेक्ष संगठन था। सभी धर्मों सम्प्रदायों के लिए इसके द्वार खुले हुए थे पर मुसलमानों की शिरकत काँग्रेस में बहुत कम थी। इसका मुख्य और एकमात्र कारण था मुसलमानों में नयी शिक्षा और राजनैतिक चेतना का अभाव। काँग्रेस का निर्माण अँग्रेजों की परोक्ष सहमति से हुआ था इसलिए आशा यह थी कि यह संगठन अँग्रेजों के पक्ष में काम करेगा। पर ऐसा हुआ नहीं। सीमित अधिकार सम्पन्न महज दस वर्ष की आयु प्राप्त यह शिशु संगठन भी अँग्रेजों को सिरदर्द देने लगा।

काँग्रेस सरकार को खटकने लगी थी। इसके पंख निकलें उससे पहले इसे निःशक्त करने के लिए चिर-परिचित तथा आजमाई हुई फूट डालो राज करो की नीति का सहारा लिया गया। काँग्रेस को बदनाम करने और इसे सम्पूर्ण हिन्दुस्तानियों के प्रतिनिधित्व के सम्मान से वंचित करने के लिए मुसलमानों को इससे दूर करना सबसे आसान था। काँग्रेस में मुसलमान पहले ही कम थे। अब योजना थी कि वे इस संगठन के विरोधी हो जाएँ। यह काम कोई प्रतिष्ठित मुसलमान ही कर सकता था। अँग्रेजों ने ऐसे मुसलमान की खोज की जो इस सम्प्रदाय में कोई हैसियत रखता हो, ऐसा व्यक्ति ढूँढ़ना कठिन था पर असम्भव नहीं। सर सय्यद अहमद के रूप में ऐसा व्यक्ति सरकार को जरा-सी खोजबीन से मिल गया।

गौरांग ब्रिटिश कुलीन और हिन्दुस्तान को लूट रहे ब्रिटिश अधिकारी अपनी वंशानुगत श्रेष्ठता के अहंकार से ग्रस्त थे। वे ब्रिटिशवंशियों को यूरोपीय गौरांगों में भी सबसे श्रेष्ठ मानते थे। हिन्दुस्तानी श्यामवर्णी उनके समक्ष एक निकृष्ट कौम थी। निम्न स्तर की बुद्धि वाले इस गर्म मुल्क के निवासियों में न चरित्र बल था न शासन की सूझबूझ। स्वशासन की व्यावहारिक काबिलियत का इनको कोई ज्ञान ही नहीं था। वो यह मानते थे कि जाति, वर्ण, वर्ग, धर्म, सम्प्रदाय, भाषा, बोलियों, रियासतों और राज्यों में बँटे इस उपमहाद्वीप में राष्ट्र और राष्ट्रवाद जैसी न तो कोई भावना थी न कल्पना। ये विखंडित राजे-रजवाड़े और राज्य कभी एक राष्ट्र के रूप में संगठित होकर प्रजातान्त्रिक ढंग से स्वशासन कर ही नहीं सकते थे, इसलिए ईश्वर ने इन अविकसित समुदाय के शासन की जिम्मेदारी अँग्रेजों को सौंप दी थी शायद अनन्त काल तक इनकी सहायता करने के लिए। गोरे अधिकारी नयी शिक्षा से लैस स्थानीय लोगों को अपमान योग्य जीव की श्रेणी में रखते थे। वे मानते थे कि राजनैतिक रूप से जागृत काँग्रेस में शामिल हिन्दू अनिर्णय से जूझ रहे उत्पाती विद्रोही थे।

काँग्रेस की मजबूती ने अँग्रेजों को अपने दृष्टिकोण पर पुनर्विचार के लिए मजबूत किया। अब नया निष्कर्ष था। मुसलमान भले ही यूरोपीय नस्ल की अपेक्षा से निकृष्ट थे पर हिन्दुओं से बेहतर थे। बहुसंख्या के कारण हिन्दुओं से भयभीत यह वर्ग शासकों से अपनी सुरक्षा की आशा रखता था। इस दशा में हिन्दुओं का दिमाग ठिकाने लगाए रखने के लिए मुसलमानों को प्रश्रय देना उचित और राजनैतिक चतुरता के अनुरूप था। हिन्दू-मुसलमानों के बीच खाई गहरी करने वाले कारणों की कमी नहीं थी। एक समय से अँग्रेजों की नीति ही इस को आधार मानकर चल रही थी। नौकरियों के लिए प्रतिस्पर्धा, आर्थिक और शैक्षणिक ग़ैर बराबरी, सांस्कृतिक और धार्मिक मतभेद, तर्कहीन और वर्ग, भय, ईर्ष्या, द्वेष, हिन्दू-मुस्लिम नेताओं के बीच आपसी समझ का अभाव, सन्देह, दर्प, अहंकार और घृणा जैसे इतने मतभेद थे कि अँग्रेजों के खेल के लिए यहाँ खुला मैदान था।

अँग्रेजों ने शतरंज की बिसात बिछा रखी थी। हिन्दू-मुसलमान इस बाजी में मोहरों के रूप में आमने-सामने थे। खिलाड़ी दोनों ओर से अँग्रेज थे। अपनी आवश्यकता और व्यूह रचना के अनुसार वो लगातार दोनों सम्प्रदायों के बीच शह और मात का खेल खेल रहे थे। इस खेल में कठिनाई यह उत्पन्न हुई कि जैसे-जैसे खेल आगे बढ़ा, आमने-सामने डटे मोहरे खुद ब खुद आगे-पीछे चलने लगे। प्राणवान हुए मोहरे अपने खिलाड़ियों की उपेक्षा कर अपनी व्यूह रचना स्वयं करने लगे। इन नयी परिस्थितियों के कारण अँग्रेजों के खेल में अब समस्या ही समस्या उत्पन्न होनी थीं वही हुआ।

अध्याय - 2

अतिथि देवो भव

गुजरात की धरती—1

अरब सागर की मदमस्त लहरों का मद, दीव के तट तक पहुँचते-पहुँचते उतर जाता है। गुजरात की काठियावाड़ रियासत से जुड़े इस द्वीप की भूमि को ये लहरें बड़ी कोमलता के साथ छूती हैं। हरीतिमा से आच्छादित इस छोटे-से द्वीप के बन्दरगाह पर कुछ सौ बरसों पहले एक जलपोत ने आकर लंगर डाला। इस जलपोत के यात्री कुछ अलग रंग-रूप वाले और बहुत गोरे थे। इनका पहनावा भी अनोखा था। ऐसे पोत यहाँ आते नहीं थे, पोत पर सवार बच्चों के साथ स्त्री-पुरुष परेशान दिखाई दे रहे थे। बन्दरगाह के निवासी कौतूहल और उत्सुकता के साथ उस पोत को घेरे हुए थे। ये गुजराती ग्रामीण बड़ी उलझन में थे। यह पोत कहाँ से और क्यों आया है? पोत पर सवार लोग कौन हैं? बात की बात में यह समाचार स्थानीय राजा यदु राम राणा (Jadi rana) के पास पहुँचा। राणा ने तुरन्त अपनी घुड़सवार सेना की एक टुकड़ी समुद्र तट पर भेज दी। अब पोत को सेना ने घेर लिया। सेना को देख इकहरे बदन का सफ़ेद लहराती दाढ़ी वाला एक वृद्ध पोत से उतरा। उसके पीछे कुछ युवक हाथों में बड़े टोकरे लेकर उसके साथ उतरे। किनारे पर पहुँच वृद्ध ने एक दुभाषिये के माध्यम से यहाँ के राजा से मिलने की इच्छा व्यक्त की। सेना के कुछ लोग इन्हें लेकर महल पहुँचे।

महल में राणा ने इन लोगों से भेंट की। आगन्तुक वृद्ध ने साथ लायी गयी सौगातें राजा को भेंट कीं और साथ आए दुभाषिये की टूटी-फूटी गुजराती में बताया कि उन्हें और उनके साथ आए सैकड़ों लोगों को अपना देश छोड़ने पर मजबूत होना पड़ा है, समुद्र मार्ग से आए वो सब यहाँ शरणागत हैं। राणा ने शरण माँगने वाले वृद्ध को देखा। वृद्ध होने के बावजूद वो उसके राज्य के आम नागरिकों से लम्बा था और हृष्ट-पुष्ट भी। उसके साथ आए नौजवान तो क़द काठी में उससे भी अच्छे थे। राजा को सुरक्षा के लिए ये लोग खतरनाक लगे। अपना सन्देह प्रकट करते हुए राणा ने पूछा— हम शरण तो दे दें पर आप हमारे लिए खतरनाक सिद्ध हुए तो? फिर आपकी भाषा पहनावा सब हमसे अलग है हमारे साथ कैसे रहेंगे?''

वृद्ध ने राजा से प्रार्थना के साथ कहा कि एक पात्र में दूध और कुछ शक्कर मँगवाई जाए। दूध और शक्कर प्रस्तुत की गयी। अब वृद्ध ने दूध के पात्र को लेकर राणा से कहा ये आपकी प्रजा है फिर शक्कर हाथ में ली और कहा ये हम लोग हैं और फिर उसने शक्कर दूध में मिलाकर कहा। हम इसी तरह आपकी प्रजा के साथ घुल-मिलकर रहेंगे जैसे इस दूध में शक्कर। राणा वृद्ध के उत्तर से बहुत प्रभावित हुआ और उसने उन शरणागतों को अपने राज्य में बसने की अनुमति दे दी। ईश्वर जाने जलपोत से उतरे इन शरणागतों के पास एक तलवार भी थी या नहीं? वृद्ध के साथ जलपोत में आए सैकड़ों स्त्री-पुरुष और बच्चे वहाँ बस गये और जैसा वादा उन्होंने किया था गुजरातवासियों के साथ उसी तरह घुल-मिलकर रहे। अपने देश फारस को छोड़ जरथुस्त्र धर्म के अनुयायी अग्नि की पूजा करने वाले ये पारसी अब गुजरात वासी हो गये। राणा के देश में उन्हें अपना धर्म मानने की छूट थी। यह धर्म ही था जिसके कारण वो अपने देश को छोड़ने के लिए मजबूत हुए थे। ईरान में इस्लाम के उदय ने जरथुस्त्रों के लिए दो रास्ते छोड़े थे या तो इस्लाम कबूल करो या अपना देश छोड़ दो। पारसियों ने अपने धर्म के लिए देश छोड़ दिया और हिन्दुस्तान के गुजरात में शरण ली।

हिन्दुस्तान में मुसलमान आए अपने साथ इस्लाम लाए स्थानीय राजाओं को युद्ध में पराजित किया और अपनी बादशाहत क़ायम की। यूरोपियन व्यापार के लिए आए, मौका मिलते ही छल-कपट और युद्ध द्वारा वो इस देश के मालिक बन बैठे। इस देश की धन सम्पत्ति लूटकर अपने देश भेजने लगे और अपने साथ लाए ईसाई धर्म का प्रचार और प्रसार करने में जुट गये, लेकिन पारसियों ने ऐसा कुछ भी नहीं किया न कोई युद्ध लड़ा, न कोई छल-कपट किया। इन निश्छल पारसियों को अपना राज कायम करने की कोई अभिलाषा नहीं थी। न अपना धर्म फैलाने का कोई उत्साह था। उनका धर्म किसी को अपने धर्म में शामिल होने की छूट भी नहीं देता था। ये पारसी इस देश में अतिथि बनकर आए और शान्त पड़ोसी की तरह घुल मिलकर इस देश के वासी हो गये। इन पारसी हिन्दुस्तानियों के पास न तो इस देश में कोई जमीन जायदाद थी न कोई मिल्कियत। जीविकोपार्जन के लिए इनके पास दो ही मार्ग थे व्यापार या चाकरी। इन नये हिन्दुस्तानियों ने इन दोनों मार्गों पर अपने कदम रख दिए। व्यापार की अच्छी योग्यता ये अपने साथ लाए थे। इस मामले में गुजराती भी पीछे नहीं थे। पारसियों ने गुजरातियों के साथ रहकर उनके गुण भी लिए और द्विगुणित होकर अधिक सफल व्यापारी बने तथा पूरे गुजरात में बिखर गये।

गुजरात में रहते हुए इन पारसियों ने अपनी अलग दुनिया नहीं बसाई। फ़ारसी पर अधिकार रखते हुए इन्होंने गुजराती को अपनी मातृभाषा के रूप में स्वीकार कर लिया। महिलाओं ने ईरानी पहनावा छोड़ स्थानीय पहनावा अपना लिया। वो साड़ियाँ

बाँधने लगीं। साड़ी बाँधने का उन्होंने अपना एक विशिष्ट पारसी ढंग विकसित कर लिया। फ़ारस (ईरान) से उजड़े इन निर्वासितों ने नयी परिस्थितियों और नये ज्ञान को अपने लिए लाभदायक बना लेने के गुण का विकास भी किया। व्यापारिक साहस ने इन्हें पूरे हिन्दुस्तान से परिचित करा दिया। हिन्दुस्तानी भाषाओं यहाँ के रहन-सहन, रीति-रिवाज़ और भूगोल के ये महा ज्ञानी हो गये। भाग्वशात हिन्दुस्तान के राज दरबारों की भाषा फ़ारसी थी और फ़ारसी पर तो इनको अधिकार प्राप्त था। यूरोपियन सौदागर कम्पनियों ने जब हिन्दुस्तान की धरती पर कदम रखा तो उन्हें ऐसे सहायकों की सख्त जरूरत हुई जो इस देश में उनका पथ प्रदर्शन कर सकें। राज दरबारों और आम जरूरत के लोगों से उनकी बातचीत करवा सकें। पारसियों ने इस अवसर का भरपूर लाभ उठाया। उन्होंने इन विदेशियों की भाषा सीखने में देर नहीं की और इस तरह इन्हें रोजगार का एक नया अवसर हाथ लग गया। पुर्तगाली, डच, अँग्रेज और फ्रांसीसी कम्पनियों में पारसी दुभाषिये और पथप्रदर्शक बन गये।

व्यापार के लिए आए यूरोपवासियों की न केवल भाषा और रूप-रंग अलग था अपितु इनका खान पान भी एकदम जुदा था। गाय और सूअर का मांस इनके भोजन का प्रमुख अंग था। यहाँ हिन्दू गाय की पूजा करते और मुसलमान सूअर के मांस से कड़ा परहेज रखते। यूरोप से आए व्यापारियों की स्त्रियाँ अपने पुरुषों के साथ सार्वजनिक रूप से खाती-पीतीं, नाचती-गातीं, हँसी-मजाक करतीं, आलिंगन चुम्बन भी कर लेतीं। पोशाक भी इनकी बहुत भड़कीली होती। इनके विपरीत सम्पन्न हिन्दू-मुसलमानों के घर मर्दाने और जनाने में बँटे होते। एक तरह से इनकी जनानी मर्दानी दुनिया एकदम अलग होती। धनी हिन्दू परिवारों की स्त्रियाँ साड़ी, घाघरा, ओढ़नी, शाल, दुशाले से आपाद मस्तक ढँकी होतीं। मुसलमान स्त्रियाँ तो मुश्किल से ही कभी घर से बाहर निकलतीं। निकलतीं भी तो सर से पैर तक बुर्का ओढ़तीं। दोनों सम्प्रदाय के सम्भ्रान्त वर्ग की स्त्रियाँ कड़ाई के साथ पर्दे का पालन करतीं। घर से बाहर जातीं तो पर्दे से ढँकी पालकी या गाड़ियों में। पारसी समाज इन वर्जनाओं से मुक्त था। वस्त्र तो पारसी स्त्रियाँ भी आपाद मस्तक ही पहनतीं पर जनाने मर्दाने के बन्धन से मुक्त थीं। अतिथियों और परिचितों का स्वागत स्त्री-पुरुष मिलकर करते। बातचीत और खान-पान में स्त्रियाँ उन्मुक्त रूप से शामिल होतीं। पारसियों के दस्तरख़्वान में खान-पान का भी कोई परहेज नहीं था, इसलिए इस समुदाय का नजदीकी सम्बन्ध नये आए यूरोपियनों के साथ बहुत जल्दी जुड़ गया। पारसी परिश्रमी, चतुर, जोख़िम लेने वाले उद्यमी थे। कितने ही परिवार सफल व्यापार करके बहुत धनी हो चुके थे। इन गुणों के कारण लगभग प्रत्येक विदेशी व्यापारी कम्पनी का सम्बन्ध पारसी व्यापारियों के साथ आवश्यक हो गया।

छोटे कद का नसरवानजी कावसजी भी ऐसा ही साहसी, दूरदर्शी और

उद्यमशील पारसी था। सत्रह सौ पच्चासी के दिन थे बम्बई बन्दरगाह में नयी दुनिया बन रही थी। सम्पन्नता के अवसरों का ताला यहाँ खुल गया था। भाग्य आजमाने की लालसा से यह पारसी नौजवान भी सूरत में अपना बसा-बसाया घर-बार छोड़ बम्बई आ बसा। कावसजी का यहाँ आना बेकार नहीं गया। उसे बहुत शीघ्र अँग्रेज और फ्रांसीसी मालवाहक पोत कम्पनियों में माल ढुलाई की दलाली का काम मिल गया। खुशमिज़ाज़ और व्यवहार कुशल कावसजी बहुत शीघ्र विशेष रूप से फ्रांसीसियों के बीच बहुत लोकप्रिय हो गया। कावसजी कठिन परिस्थितियों में भी बिना किसी अतिरिक्त लाभ की आशा से अपनी सहयोगी कम्पनियों की सहायता करता। दुभाषिये के रूप में तो कावसजी फ्रांसीसी मित्रों के लिए मानो अपरिहार्य हो गया। इन गुणों के कारण कावसजी की फ्रांसीसियों के साथ घनिष्ठता हो गयी। घनिष्ठता अनौपचारिक मित्रता में परिवर्तित हो गयी। इस अनौपचारिक मित्र को फ्रांसीसी साथियों ने प्यार भरा उपनाम दिया 'ल पेटिट पारसी' नन्हा पारसी। फ्रांसीसी मित्रों द्वारा दिया यह उपनाम नसरवानजी कावसजी के साथ ऐसा चिपका कि उनके पुत्रों और परिवार का कुलनाम ही हो गया—पेटिट। नौ साल की कड़ी मेहनत रंग लाई और कावसजी यूरोपीय जलपोतों से माल भेजने और उतरवाने वाला सफल दलाल हो गया। ऊँच-नीच के दौर को झेलते हुए स्वर्गवास से पहले वो अच्छे खासे सफल व्यवसाइयों में शामिल हो चुका था नसरवानजी का देहान्त 1819 में हुआ। उनका एक मात्र पुत्र मानोक जी नसरवानजी पेटिट (जन्म 1802) अभी कुल सत्रह वर्ष का किशोर था पर योग्य था उसने इतनी कम उम्र में ही पिता के व्यवसाय को पूरी सफलता के साथ सँभाल लिया।

यूरोपीय व्यापारिक कम्पनियों को उस समय जैसे विश्वसनीय, समर्पित और लगनशील हिन्दुस्तानी सहयोगियों की आवश्यकता थी वो सारे गुण इस नौजवान मानोक जी में कूट-कूट कर भरे थे। पारसी व्यापारियों ने व्यापारिक कुशलता, सूझबूझ और चतुराई जैसे गुण अर्जित कर लिए थे। मानोकजी में ये गुण किसी भी सफल पारसी उद्यमी से कुछ अधिक ही थे। साहसी मानोकजी ने अपनी व्यापारिक कुशलता का परिचय अपने पिता की मृत्यु के अगले वर्ष ही दिखा दिया। चावल से लदे जहाज के साथ वो बम्बई से दुभाषिये के रूप में मस्कट की समुद्री यात्रा पर निकल पड़ा। अपने वाक् चातुर्य से चावल की सौदेबाजी में उसने अपनी योग्यता भी प्रमाणित कर दी।

दिल्ली में जब नाम मात्र का मुग़ल बादशाह बहादुर शाह ज़फर शेरो शायरी की महफिलों में डूबकर दिन गुजार रहा था। इस अय्याशी के बाद शेष समय में वो अँग्रेज रेजीडेंट की कुटिल निगाहों से बचा कर अपने पूर्वजों की इकट्ठा की हुई दौलत की हिफ़ाज़त में व्यस्त रहता। उसी दौर में बम्बई में आकर बसा एक और

पारसी परिवार अपने अध्यवसाय और कौशल द्वारा इस बादशाह से भी ज्यादा दौलत इकट्ठा कर रहा था। जीजीभाई दादाभाई नाम का यह व्यवसायी बम्बई में महाजनी के क्षेत्र में नाम कमा चुका था। जीजीभाई ने इतने धनवान और प्रतिष्ठित महाजन के रूप में प्रसिद्धि प्राप्त कर ली कि यूरोपीय व्यापारी कम्पनियों के लिए व्यापारिक जामिन के रूप में प्रतिष्ठित हो गया। इस दौर में वो बम्बई का बड़ा और विश्वसनीय आढ़ती था। यूरोप, मिस्त्र और पूर्वी देशों के साथ जीजीभाई सफलतापूर्वक लम्बा चौड़ा व्यापार बड़ी सफलता के साथ कर रहा था। दूरदर्शी जीजीभाई यूरोपियनों के नये आविष्कारों का लाभ उठाने में भी पीछे नहीं था। हिन्दुस्तान के पश्चिमी तट पर माल ढुलाई के लिए उसने भापचालित एक छोटा जहाज खरीद लिया। इस अनुभव से उसमें इतना आत्मविश्वास उत्पन्न हुआ कि उसने जहाजरानी के व्यवसाय में भी हाथ डाल दिया। इस व्यवसाय में वो हिन्दुस्तान का पहला उद्यमी था। बैंकिंग एक अनजाना और एकदम नया व्यवसाय था। वो इस क्षेत्र में भी बिना किसी हिचकिचाहट के सक्रिय हुआ। उसने बम्बई में तीन बैंकों की स्थापना कर व्यापारिक अर्थ जगत में अपना अद्वितीय स्थान बनाया।

जीजीभाई को मानोकजी में एक प्रतिभाशाली उद्यमी नजर आया। उसके सफल भविष्य का उसे अडिग विश्वास हो गया। मानोकजी की तकदीर उसका साथ दे रही थी। पारसियों के इस सिरमौर परिवार के साथ उसका रिश्ता जुड़ गया। जीजीभाई दादाभाई ने अपनी पुत्री हमाबाई का विवाह उसके साथ कर दिया। मानोकजी की प्रगति के लिए अब उसके सर पर ससुर का वरदहस्त आ गया। जीजीभाई ने अपने दामाद को सटन माल्कम एंड कम्पनी (Messers Sutton Malcolm & Co) में प्रशिक्षु के रूप में नौकरी दिलवा दी। ऐसी नौकरी दिलवाना उस जैसे प्रसिद्ध व्यवसाई के लिए बाएँ हाथ का खेल था। कम्पनी में नौकरी तो एक बहाना था जीजीभाई चाहता था कि दामाद कम्पनियों का काम सीख जाए। विदेशी कम्पनी में प्रशिक्षण पूरा करते ही उसने मानोकजी को अपनी कम्पनी में ही जिम्मेदारी सौंपी। जीजीभाई की आढ़त एक प्रसिद्ध यूरोपीय कम्पनी दायरम कार्टर एंड कम्पनी की दलाली का काम कर रही थी। अब यह जिम्मेदारी तेईस साल के मानोकजी को सौंप दी गयी। यह उत्तरदायित्व उसके लिए सौभाग्य लेकर आया। मानोकजी ने इसके बाद अपने जीवन में पीछे मुड़कर नहीं देखा। कुछ ही दिनों में वो अपने बलबूते पर कई ब्रिटिश कम्पनियों के लिए जमानती दलाल बन गया। उसने अपना व्यापार भी प्रारम्भ कर दिया और देखते-देखते मानोकजी बम्बई के अग्रगण्य व्यवसाइयों में शामिल हो गया। अपने ससुर की तरह दूरदर्शी मानोकजी विभिन्न व्यवसायों में हाथ आजमाने लगा। छिछले समुद्र को सुखाकर भूमि विकास का काम कर रही कोलाबा लैंड कम्पनी में वो साझीदार हो गया। विशाल और कई मंजिला

इमारतों के निर्माण का ठेका लेने लगा, बीमा एकदम नया और अनोखा व्यवसाय था। उसने अग्नि बीमा कम्पनी बनाकर इस नये व्यवसाय में भी कदम रख दिया। यह बड़ा ज़ोखिम का काम था पर साहसी मानोकजी अब खतरों से खेलने लगा था। उसने कोलाबा प्रेस कम्पनी के नाम से छापाखाना शुरू किया। कुछ ही वर्षों में उसने एक विशाल माल वाहक जलपोत खरीद लिया। भाप की शक्ति से चलने तथा दो हज़ार टन माल की क्षमता वाला चार्ल्स ग्रांट नाम का यह पोत हिन्दुस्तान और चीन के बीच माल ढुलाई करने में साल भर व्यस्त रहता। चार्ल्स ग्रांट भारी मुनाफ़ा कमाकर मानोकजी के खजाने की श्री वृद्धि कर रहा था। इन सफलताओं के बाद उसने जो किया वह अद्‌भुत और अद्वितीय था। मानोकजी नसरवानजी पेटिट हिन्दुस्तान का पहला उद्यमी बना जिसने इस देश में उद्योग की नींव डाली। उसने कपास से सूत कातने और वस्त्र बुनने का पहला कारखाना हिन्दुस्तान में स्थापित किया। इस उद्योग ने बम्बई में औद्योगीकरण का द्वार खोल, हिन्दुस्तान में औद्योगीकरण का नया अध्याय प्रारम्भ किया। मानोकजी जीवन भर धनोपार्जन में जुटा रहा और उसकी पत्नी हमाबाई दान-पुण्य में।

जीजीभाई दादाभाई बोहरा बाजार स्ट्रीट स्थित एक विशाल बँगले में रहते थे। उनकी पुत्री हमाबाई ने अपने पहले पुत्र को इसी घर में जन्म दिया। मानोकजी नसरवानजी पेटिट ने अपने पुत्र का नाम रखा दिनशा मानोकजी पेटिट—वर्ष था अट्ठारह सौ तेईस तारीख तीस जून। दूसरा पुत्र हुआ तो उसका नाम रखा नसरवानजी मानोकजी पेटिट। दिनशा मानोकजी पेटिट को प्राथमिक शिक्षा मेहताजी के गुजराती माध्यमिक विद्यालय से प्राप्त हुई। अब तक पारसियों ने गुजराती को अपनी मातृभाषा के रूप में अपना लिया था। प्राथमिक शिक्षा के बाद उसने बम्बई के साइक्स विद्यालय (Sykes' School) में प्रवेश लिया। अँग्रेज़ी शिक्षा के लिए उन दिनों श्री मेन वारिंग के संस्थान की धूम थी। दिनशा अपनी अँग्रेज़ी की धार तेज कर सके इस हेतु उसे इस संस्थान में भी भर्ती कर दिया गया। मानोकजी का अपना विवाह तो बड़ी उम्र में हुआ था पर उन्होंने अपने पुत्र दिनशा का विवाह करने में काफी जल्दबाजी की। केवल चौदह वर्ष की उम्र के किशोर का विवाह फ्रामजी भिकाजी पांडे और गुलिस्तां बानो की ग्यारह वर्षीय पुत्री सकरबाई से कर दिया। फ्रामजी भिकाजी पांडे भी बम्बई के सम्पत्तिवान पारसी व्यापारी थे। भरे पूरे परिवार और सफल व्यापारिक जीवन का वैभव भोग सत्तावन वर्ष की उम्र में मानोकजी नसरवानजी इस असार संसार से विदा हुए। पत्नी हमाबाई पहले ही विदा ले चुकी थीं।

दिनशा मानोकजी पेटिट ने एक कम्पनी में छोटी-सी नौकरी से अपनी व्यावसायिक जीवन यात्रा का प्रारम्भ किया। योग्यता के बल पर वो बहुत जल्द इस कम्पनी का जनरल मैनेजर बन गया। पुत्र की इस सफलता के बाद पिता मानोकजी

ने अपने व्यापार की देख-रेख की जिम्मेदारी दिनशा को सौंपनी शुरू कर दी। कुछ ही दिनों में दिनशा ने स्वयं की आढ़त शुरू कर दी। नित नयी सफलताओं को छूते हुए दिनशा सैंतीस वर्ष की अवस्था में बम्बई उद्योग जगत का अग्रगण्य उद्योगपति हो गया। अपने पिता के पदचिह्नों पर चलते हुए दिनशा ने भी बम्बई में कताई और वस्त्र उत्पादन का उद्योग स्थापित किया। इस परिवार की यह तीसरी पीढ़ी थी जो बम्बई में अभूतपूर्व सफलता के साथ व्यापार कर रही थी। दिनशा को व्यापारिक सूझबूझ, दूरदर्शिता और साहस अपने पिता से विरासत में मिली और दानवीरता का गुण अपनी माँ से। प्रतिदिन सुबह सवेरे सभी समुदाय और धर्मों के जरूरतमन्द लोग दिनशा पेटिट के कार्यालय में भीड़ लगा लेते। कार्यालय के बरामदे में प्रतीक्षारत सहायता के इन याचकों में न केवल हिन्दू-मुसलमान और पारसी होते अपितु परेशानी में फँसे यूरोपियन भी हुआ करते थे। पुत्री के विवाह के लिए धन की आवश्यकता हो या परिवार में किसी बीमार की चिकित्सा, धर्मशाला के लिए धन की आवश्यकता हो या प्याऊ के लिए। गरीब विद्यार्थी को आगे पढ़ने के लिए धन की आवश्यकता हो या और किसी अन्य अच्छे काम के लिए पैसे की जरूरत हो। हर तरह के जरूरतमन्द आशा और पूर्ण विश्वास के साथ आते। दिनशा खुले हाथ पूरी उदारता के साथ सबकी सहायता करते। याचक चाहे बम्बई का हो या फिर नजदीक या दूरदराज़ के किसी भी गाँव नगर का; उनकी ड्योढ़ी से कोई भी जरूरतमन्द कभी निराश नहीं लौटा।

दानवीर दिनशा अपने समाज की भलाई में भी आकंठ डूबे थे। पारसी पंचायत के वो ट्रस्टी थे। पारसियों के धर्म और परम्परा के अनुसार विवाह के नियम और कानूनों का मसौदा तैयार करने में उन्होंने बड़ी सक्रिय भूमिका निभायी। सामाजिक हित में किये गये उनके विभिन्न कार्यों की प्रशंसास्वरूप सरकार ने उन्हें बम्बई शहर और द्वीप के लिए मानद मैजिस्ट्रेटी का पुरस्कार प्रदान किया। पुरस्कारों का यह सिलसिला आगे बढ़ा और शीघ्र ही उन्हें सी एस आई (1886 में) की उपाधि से सम्मानित किया। एक वर्ष बाद ही उन्हें ब्रिटिश राजघराने से नाइट की उपाधि मिली और सन् अट्ठारह सौ नब्बे में उन्हें बैरोनेट की उपाधि मिल गयी। अब दिनशा मानोकजी पेटिट सर दिनशा मानोकजी पेटिट हो गये।

लम्बे समय तक होर्नबी रोड में अपने पिता मानोकजी के बनवाये घर में गुजारने के बाद सर दिनशा ने मलाबार हिल के समुद्र तट पर एक विशाल भूखंड में महल जैसा घर बनवाया। नाम रखा पेटिट हॉल। इस नये घर में आए दिन महत्त्वपूर्ण लोगों के सम्मान और आवभगत में समारोह होते, दावतें होतीं। पारसी समाज, नाते रिश्तेदारों को तो बात बेबात रात्रि भोज के निमन्त्रण मिलते। उद्योगपतियों, व्यवसाइयों और प्रशासनिक अधिकारियों के लिए पेटिट हॉल का निमन्त्रण गर्व की बात होती।

यहाँ तक कि बम्बई के गवर्नर लार्ड हैरिस भी सहर्ष पेटिट हॉल का आतिथ्य सपत्नीक स्वीकार कर चुके थे। गवर्नर के सम्मान समारोह में तो बम्बई का सारा सम्भ्रान्त वर्ग ही उमड़ पड़ा। सर दिनशा ब्रिटिश सरकार के कृपा पात्र तो थे पर हिन्दुस्तान के अधिकारों की रक्षा के लिए गठित काँग्रेस की सहायता करने में किंचित मात्र भी संकोच नहीं करते थे। देश के हित में काम करने वालों को उनका खुला सहयोग मिलता। सर फीरोज़ शाह मेहता उनके प्रिय मित्र थे और दोनों के बीच पारिवारिक सम्बन्ध था। इस वैभव, समृद्धि, शान्ति और सन्तोष के कारण पेटिट दम्पती ने लम्बे आह्लादपूर्ण वैवाहिक जीवन का आनन्द भोगा। इस सुखद जीवन का परिणाम थीं उनकी चौदह सन्तानें छः पुत्र और आठ पुत्रियाँ।

फ्रामजी, दिनशा मानोकजी का बड़ा पुत्र था। शिक्षा पूरी करने के साथ ही बड़े पुत्र के नाते वो पिता को व्यवसाय में सहायता देने लगा और शीघ्र ही उनका दाहिना हाथ हो गया। अब पेटिट परिवार की परम्परा बन गयी थी कि केवल अपने सफल परिवार की समृद्धि के आश्रित ही न रहा जाए। फ्रामजी भी अपने पिता की सफलता पर आश्रित नहीं रहा। पिता के युवावस्था के संघर्ष को दोहराते हुए उसने अपने अध्यवसाय से बम्बई के व्यापारियों और सम्भ्रान्त वर्ग में अपना प्रमुख स्थान बना लिया। धन सम्पदा तो उसे पिता द्वारा मिली पर समाज में प्रतिष्ठा और प्रसिद्धि उसने अपनी कर्मठता, बुद्धिमत्ता और सद्गुणों से अर्जित की। दान-पुण्य में वो अपने पिता और दादी के पदचिह्नों पर चल रहा था। अपने जीवन का ध्येय उसने केवल व्यापारिक सफलता तक सीमित नहीं रखा। बदलती दुनिया और बदलते परिवेश को देख इस भविष्य दृष्टा नौजवान ने सामाजिक सुधार और स्त्री शिक्षा पर अपना ध्यान विशेष रूप से केन्द्रित किया। इन व्यस्तताओं के बीच वो एक पुत्र और एक पुत्री का पिता बना। पुत्र का नाम रखा गया जीजीभाई फ्रामजी और पुत्री का हमाबाई। दैवयोग से फ्रामजी दिनशा पेटिट को लम्बी उम्र नहीं मिली और भरी जवानी में उसका देहान्त हो गया। इस दुःख को भोगने के लिए उसके पिता सर दिनशा अभी जीवित थे; वो अपनी चौदह सन्तानों में से कई सन्तानों की मृत्यु का दुःख झेल चुके थे।

अब जीजीभाई और हमाबाई को पालने का दायित्व उनका था। यह दायित्व उन्होंने पूरा किया। दोनों बच्चों की शिक्षा के बाद उन्होंने जीजीभाई का विवाह सर जमशेदजी जीजीभाई और जरबाई बाटलीवाला की बीस वर्षीय पुत्री दिनबाई से कर दिया। सर जमशेदजी जीजीभाई बैरोनेट्सी से सम्मानित थे। उनके दामाद जीजीभाई फ्रामजी को भी अपने दादा के देहान्त के बाद बैरोनेट का सम्मान प्राप्त हुआ। इस सम्मान के प्राप्त करने के बाद परम्परा के अनुसार जीजीभाई फ्रामजी को अपना नाम त्यागना पड़ा और अपने दादा के नाम के अनुसार उनका नया नाम हुआ सर दिनशा मानोकजी पेटिट। ये पेटिट खानदान में दूसरे बैरोनेट थे।

अध्याय - 3

नायक

गुजरात की धरती—2

लार्ड डलहौज़ी पंजाब पर हमले का कोई बहाना ढूँढ़ रहा था। वो बहाना उसे मिल गया। पंजाब में दो अँग्रेज अफ़सरों की हत्या हो गयी थी। इन हत्याओं का बदला लेना ब्रिटिश सरकार के लिए आवश्यक था और इस बहाने पंजाब युद्ध की आग में जल उठा। उथल-पुथल वाले इस दौर में आम आदमी के लिए युद्ध का अर्थ था बदहाली, काम-धाम ठप्प होना और वही हुआ। गरीब किसानों, मजदूरों और व्यापारियों का जीवन कठिन हो गया। छोटे व्यापारियों का व्यापार खत्म हो गया।

पंजाब के साहिवाल में बसे नौजवान गोकुलदास का व्यापार भी ठप्प हो गया। जीवन-यापन के लिए उसने नया व्यापार प्रारम्भ किया एक बैलगाड़ी खरीदी और इसके द्वारा माल की रफ्तनी शुरू कर दी। जिस जगह कोई माल सस्ता मिलता वहाँ से माल खरीदता और जहाँ अच्छा दाम मिलता वहाँ माल पहुँचाकर बेच देता। उन दिनों पंजाब में कपास की खेती में बड़ा लाभ था। गोकुलदास की व्यापार बुद्धि ने साथ दिया वो पंजाब से कपास खरीदता और गुजरात ले जाकर बेच देता। यों तो जुलाहे सारे हिन्दुस्तान में फैले हुए थे और कपास की माँग सभी जगह थी पर गुजरात में कमजोर खेती के कारण कपास की अच्छी कीमत मिल जाया करती थी। गुजरात और उसमें भी सौराष्ट्र के धुर अन्तिम छोर में कम व्यापारियों के आने का कारण था पंजाब से दूरी और फिर मार्ग की मुसीबतें। साहिवाल से गुजरात की दूरी बहुत थी पर गोकुलदास जुझारू नौजवान था। अच्छे लाभ के लालच में वो इतनी दूरी का सफर खुशी-खुशी करता। साहिवाल से यहाँ आने के दो रास्ते थे एक तो मुल्तान, सिन्ध, हैदराबाद होते हुए। दूसरा था गंगानगर, जोधपुर, बीकानेर होते हुए। दोनों रास्तों में गजब का रेगिस्तान पार करना पड़ता था रास्ते में पानी खत्म हो जाए तो मीलों मील प्यासे रहो। लूट-पाट का खतरा अलग। इन मुसीबतों के कारण इस दिशा का रुख कम व्यापारी किया करते थे। जो थोड़े से व्यापारी इधर आने का खतरा उठाते वो एक साथ मिलकर कारवाँ बना साथ-साथ चलते। गुजरात में तो फिर भी काफी व्यापारी आ जाते पर सौराष्ट्र का रुख बहुत कम करते। राजकोट से

आगे बढ़ने की हिम्मत तो बिरले ही करते। राजकोट से आगे गोंडल इलाके में जुलाहों की अच्छी बस्ती थी। गोकुलदास ज्यादातर इसी क्षेत्र में आया करता, राजकोट से आगे का रास्ता राजस्थान के रेगिस्तान से भी कठिन था न कोई नदी न नाला, तालाब भी बहुत कम रास्ते भर प्यासे यात्री पीने के पानी को तरस जाते। पानी तो फिर भी बैलगाड़ी में लाद लेते थे पर आगे की यात्रा में तो जान भी जोख़िम में डालनी पड़ती थी। राजकोट से ही शुरू हुआ लम्बा चौड़ा पसरा वीराना बीहड़, कीकर, बबूल जैसे झाड़ीदार वृक्षों का जंगल। जहाँ छायादार वृक्षों का कितने ही कोसों तक अता-पता नहीं होता था। बियाबान धूप में तपते जंगल में विचरण करते शेर, बाघ, भेड़िये, लकड़बग्घे जैसे खतरनाक जानवर। ऐसी कठिन जगह अपनी जान आफत में डालने कौन आता? बड़ी जीवट वाले थोड़े से व्यापारी इस क्षेत्र में आया करते थे और इसीलिए उनका माल यहाँ हाथोहाथ बिक जाता। गोकुलदास को इस क्षेत्र की चुनौती रास आती थी। लेकिन उसके इस क्षेत्र में आने का एक दूसरा कारण और भी महत्त्वपूर्ण था। गोंडल रियासत के जुलाहे बड़ा अच्छा कपड़ा बुनते थे; बेहद मुलायम और बारीक। गोकुलदास महँगे दामों पर कपास बेचता और फिर इन्हीं जुलाहों से मुँहमाँगे दामों पर उनका बुना कपड़ा खरीद लेता। पंजाब वापिस पहुँचकर वो सबसे महँगे दामों पर गुजरात का कपड़ा बेचता। जब कपास का मौसम खत्म हो जाता तब गोकुलदास पंजाब से मेवा, हींग और केसर आदि ले जाता और गोंडल से कपड़ों के अलावा वहाँ के खेतों में उपजे मसाले लेकर पंजाब वापिस आता।

गोंडल रियासत का आखिरी गाँव था पनेली मोटी। इस गाँव के बाद रियासत काठियावाड़ शुरू हो जाता। पनेली मोटी में भी जुलाहों की अच्छी-खासी आबादी थी। बढ़िया बुनाई के लिए पनेली भी मशहूर था। गोकुलदास पनेली भी जरूर आता था। इस गाँव में इस्माइलिया खोजा मुसलमानों के कई परिवार थे। एक खोजा परिवार बुनाई के काम में बड़ा प्रसिद्ध था। कारण बड़ी नफीस खादी की बुनाई में इसे महारत हासिल थी। यह परिवार कुछ अतिरिक्त खड्डियों पर बाहरी जुलाहे मजदूरी पर रखकर उनसे अपनी देख-रेख में अपने जैसा ही बढ़िया कपड़ा बुनवाता। घर की स्त्रियाँ चरखे पर बहुत बारीक सूत काततीं और पुरुष ऐसी ठुकी हुई खादी बुनते कि कपड़े से पानी मुश्किल से छन पाता। फिर भी बारीक इतनी कि चार परतों में भी शरीर झलकता। यों समझिए ढाके की मलमल मात थी। गोकुलदास इस परिवार का स्थाई व्यापारी था। एक-दो बार की मुलाकात के बाद इनके साथ उसका घरोबा हो गया। वो जब भी पनेली आता इसी घर में मेहमान की तरह रुक जाता। कपास इन्हें बेच देता और इनका बनाया सारा माल खरीद लेता। इनके साथ व्यापार में उसने

मोल तोल का रगड़ा भी खत्म कर दिया था। जब नाता परिवार जैसा हो जाए तो व्यापार पीछे छूट जाता है। पंजाब में पनेली के खोजाओं की बनाई नफ़ीस खादी हाथोहाथ और मुँह माँगे दामों पर बिक जाया करती।

गुजरात में गोकुलदास से जब भी उसका नाम पूछा जाता तो वो बताता गोकुलदास पुंज पर इतने नाम से गुजराती सन्तुष्ट नहीं होते थे। वो इसे अधूरा नाम मानते थे। उनके कहने पर गोकुल दास ने अपने नाम के साथ अपने पिता का नाम जोड़ा 'मेघ' और गुजराती मित्रों ने उसमें जोड़ दिया 'जी' इस तरह गोकुलदास का गुजरात में नाम हो गया गोकुलदास मेघजी पुंज। गोकुलदास के लिए पंजाब में लड़कियों की कोई कमी नहीं थी, गोरी चिट्टी सुन्दर पंजाबी लड़कियों के रिश्ते आते ही रहते थे, पर पनेली के इस खोजा परिवार की एक लड़की में जाने कौन सा आकर्षण समाया हुआ था कि गोकुलदास उसे अपना दिल हार बैठा। इस्माइलिया खोजा जुलाहों का यह परिवार आगा ख़ान में अगाध श्रद्धा रखता था। पनेली मोटी के खोजा अपने आपको ईरान के ख़्वाजा ख़ानदान का वंशज मानते थे। ईरान की धार्मिक राजसी उथल-पुथल में दसवीं से सोलहवीं सदी के बीच बहुतेरे खोजा परिवारों ने गुजरात में शरण ली थी। यह परिवार भी कभी ईरान से आकर भारत में बसा था। गोकुलदास ने जब इस परिवार की लड़की का हाथ माँगा तो जवाब मिला—लड़की का विवाह सिर्फ शिया मुसलमान से ही होगा। दिल हारे के सामने मज़हब की दीवार कब खड़ी रह पाती है।

पंजाब के इस भाटिया लड़के ने इस्माइलिया खोजाओं की शिया धारा का इस्लाम स्वीकार कर अपनी पसन्द की लड़की से विवाह कर लिया। सास-ससुर की सलाह मान पंजाब से गुजरात तक दौड़ लगाने वाला खानाबदोशी का धन्धा छोड़ वो वहीं पनेली में स्थाई रूप से बस गया। गोकुलदास के पास अपनी अच्छी खासी सम्पत्ति थी ही, ससुराल वालों ने भी मदद की, उसने पनेली में कई खड्डियाँ लगा लीं और जुलाहों को मजदूरी पर रख कपड़ा बनवाने लगा। एक तरह से इस छोटे-से गाँव में उसने हथकरघा का छोटा-सा कारखाना शुरू कर दिया। खड्डी पर बनाया जाने वाला यह कपड़ा खद्दर कहलाता था। जल्द ही गोकुलदास ने अपने सास-ससुर के परिवार को भी अपने साथ ही रख लिया। पनेली में गोकुलदास का धन्धा अच्छा जम गया। उसे शीघ्र ही समझ में आ गया कि पनेली के बजाय गोंडल में काम और तेजी से बढ़ेगा। बस गोंडल में मकान का इन्तजाम कर सारे परिवार को लेकर गोकुलदास गोंडल में आ बसा। जैसा उसने सोचा था वैसा ही हुआ, गोंडल में तो धन बरसने लगा। गोकुलदास तीन पुत्र और एक पुत्री का पिता बना। पुत्रों के नाम रखे वालजी पुंज, नाथू पुंज, जिन्नाभाई पुंज और कन्या का नाम रखा मानबाई। इन बच्चों में से जिन्नाभाई पुंज का जन्म भारत में आजादी की पहली लड़ाई के दौरान

सन् 1857 में हुआ।

अठारह सौ सत्तावन में बहादुर शाह ज़फर की बादशाहत खत्म कर अँग्रेजों ने भारत पर अपना शिकंजा पूरी तरह कस लिया। इस युद्ध के बाद सबसे पहली गाज भारत के कपड़ा उद्योग पर गिरी। इंग्लैंड को भाप का जिन्न मिल गया था। इस नये आविष्कार की शक्ति ने वहाँ औद्योगिक क्रान्ति कर दी। स्वचालित कपड़ा मिलें बड़े पैमाने पर कपड़ा बनाने लगीं। मशीन से बुनाई के कारण लागत एकदम घट गयी और उत्पादन बहुत बढ़ गया। पूरा लाभ पाने के लिए इस अतिरिक्त उत्पादन की खपत जरूरी थी। हिन्दुस्तान जैसा बड़ा बाजार अँग्रेजों के कब्जे में था। इंग्लैंड के कारखानों में बना यह कपड़ा हिन्दुस्तान में बेचने की कोशिश शुरू हुई। मामूली तौर पर सस्ता होने के बावजूद हिन्दुस्तानियों को अपने देश का खद्दर पहनना ही पसन्द था। फैक्ट्री का कपड़ा उन्हें तनिक भी आकर्षक नहीं लगता था। हाथ की बुनाई द्वारा कपड़े में गुँथे बेल-बूटे, गहरे रंगों की लताओं और फूल पत्ती वाले इन कपड़ों के आगे सीधे-सादे सपाट वस्त्र भला किसे पसन्द आते। अँग्रेज सरकार ने अपने देश के उद्योग को प्रोत्साहन देने के लिए कुटिलता के साथ नये कानून बनाए हिन्दुस्तानी कपड़े की रफ्तनी पर हर शहर बाजार पार करने पर चुंगी लगाई जब कि इंग्लैंड में बने कपड़े को हर तरह से कर मुक्त कर दिया। अब धीरे-धीरे पासा पलटने लगा देसी खद्दर महँगा पड़ने लगा और इसका बाजार टूटने लगा। इन्हीं दिनों एक नया करिश्मा और हुआ। मिस्र देश के मुहाने पर जमीन काट कर स्वेज नाम की समुद्र नहर बना दी गयी। अब इंग्लैंड से माल का आना-जाना और भी सस्ता तथा सुविधापूर्ण हो गया।

गोकुलदास ने अपने बच्चों के विवाह उस समय की परम्परा के अनुसार छोटी उम्र में ही कर दिए। छोटे पुत्र जिन्नाभाई का विवाह भी सन् 1873 में पनेली से दस मील दूर के गाँव धफ्फा में कर दिया। बहू का नाम था मीठीबाई। अभी विवाह हुआ ही था कि जिन्नाभाई पुंज अपने भविष्य के बारे में गम्भीरता से सोचने लगा उसे दिखाई दे रहा था कि पिता का व्यापार कठिनाई में है और दिन-ब-दिन घट रहा है। उधर स्वेज नहर खुलने से कराची का बन्दरगाह तेजी से पनप रहा था। व्यापार की नयी सम्भावनाओं की खबरें रोज़ गोंडल पहुँचतीं। लोग बताते कराची में सोना बरस रहा है। जिन्नाभाई ने कराची में अपना भाग्य आजमाना तै किया। पिता से सलाह की। पिता को जिन्नाभाई की हिम्मत से खुशी हुई। उसे कराची जाने की अनुमति हर्ष के साथ दी। घर से विदा लेते पुत्र को गोकुलदास ने सफर खर्च के अलावा अच्छी खासी अतिरिक्त रक़म दी ताकि बेटा नये देश में किसी तरह मोहताज न रहे, काम शुरू करने के लिए हाथ में कुछ पूँजी तो होनी ही चाहिए थी। जिन्नाभाई अपनी नयी नवेली पत्नी के साथ पिता का आशीर्वाद ले गोंडल छोड़कर बैलगाड़ी से वेरावल

आया। अभी भाप के जहाजों का चलन छोटे बन्दरगाहों से प्रारम्भ नहीं हुआ था इसलिए यह नव दम्पती देसी जलपोत द्वारा यात्रा पूरी कर कराची आ पहुँची।

नये देश में सबसे पहली जरूरत हुई घर की। गोंडल में परिवार अब भी कपड़ा बुनाई का व्यापार कर रहा था। रूई अब भी बाहर से आती थी इसलिए गोकुलदास कराची के कई रूई व्यापारियों को जानता था। बस जिन्नाभाई कराची की खारदार बस्ती की रूई मंडी में बसे इन्हीं परिचित व्यापारियों की शरण में पहुँचा। पिता का परिचय काम आया। इन परचितों की मदद से इसी बस्ती में दो कमरे का घर किराये पर मिल गया। न्यूनहम रोड पर बने तिमंज़ले वज़ीर मेंशन की दूसरी मंज़िल का यह एक छोटा-सा हिस्सा था। ल्यारी नदी के नजदीक वज़ीर मेंशन अभी हाल ही में बना था। जिन्नाभाई के लिए दो कमरे भी बहुत थे। रहने वाले कुल जमा दो प्राणी खुद जिन्नाभाई और नववधू मीठीबाई। जिन्नाभाई को व्यापारिक बुद्धि पिता से विरासत में मिली थी। उसने कराची में रूई के व्यापार में ही हाथ डाला। यह व्यापार उसका जाना-समझा था। कराची में सभी तरह के व्यापार तेजी से बढ़ रहे थे, जिन्नाभाई ने अपनी सूझबूझ से इस स्थिति का खूब लाभ उठाया और देखते ही देखते उसका व्यापार जम गया। कराची में ब्रिटेन से माल के आयात निर्यात का काम कई ब्रिटिश कम्पनियाँ कर रही थीं। इन्हीं कम्पनियों में एक थी डगलस ग्राहम एंड कम्पनी। जिन्नाभाई ने इस कम्पनी के साथ रूई का धन्धा प्रारम्भ कर दिया। कभी पिता गोकुलदास पंजाब की रूई गुजरात पहुँचाया करता था, अब बेटा हिन्दुस्तान की रूई डगलस ग्राहम कम्पनी के माध्यम से इंगलैंड पहुँचाने लगा। जिन्नाभाई समय को पहचानने वाला व्यापारी था उसे दुनिया में फैलता व्यापार दिखाई दे रहा था। वो जल्द ही समझ गया कि डगलस ग्राहम कम्पनी उसके व्यापार को आकाश की ऊँचाई तक पहुँचा सकती है। धाराप्रवाह गुजराती बोलने वाले जिन्नाभाई को कामचलाऊ उर्दू और टूटी फूटी पंजाबी तो आती ही थी, कराची आकर वो सिन्धी भी बोलने और समझने लगा। दूरदर्शी जिन्नाभाई को यह समझने में देर नहीं लगी कि ग्राहम कम्पनी से फायदा उठाना है तो अच्छी अँग्रेज़ी सीखनी पड़ेगी।

इस नयी भाषा को सीखने में उसने देर नहीं की। लगन के साथ की गयी मेहनत रंग लाई और इस नये ज्ञान का लाभ भी उसे तुरन्त मिला। अँग्रेज़ी में बातचीत के कारण जिन्नाभाई का सीधा सम्पर्क कम्पनी के जनरल मैनेजर सर फ्रेडरिक ली क्रॉफ्ट के साथ हो गया। जिन्नाभाई ने पिता से व्यापार में ईमानदारी और भरोसे का गुण सीखा था। कम्पनी से किया वादा वो हर कीमत पर पूरा करता। क्रॉफ्ट को जिन्नाभाई का ये गुण पसन्द आया। अन्य आपूर्तिकर्ता अकसर धोखा दे देते और तरह-तरह के बहाने बनाते। पर जिन्नाभाई उन सबसे अलग था। क्रॉफ्ट को लगा कि इस मेहनती नौजवान के साथ व्यापार भरोसे के साथ बढ़ाया जा सकता है। उन्होंने

इस गुजराती नौजवान को प्राथमिकता देना शुरू कर दिया। सर क्रॉफ्ट की मदद से उसका व्यापार दिन-दूना रात-चौगुना बढ़ने लगा। शीघ्र ही जिन्नाभाई ने जिन्ना पुंजा एंड कम्पनी नाम से अपनी कम्पनी प्रारम्भ कर दी। वो केवल रूई के धन्धे से बँध कर सन्तुष्ट होने वाला व्यापारी नहीं था। डगलस ग्राहम कम्पनी की सहायता से वो विभिन्न वस्तुओं का व्यापार सफलतापूर्वक करने लगा। जिस वस्तु का भी ऑर्डर मिलता वो उसे पूरा करने में जुट जाता। शीघ्र ही उसकी कम्पनी रूई के अलावा अनाज, तिलहन, ऊन, चमड़े आदि का इंग्लैंड को निर्यात और वहाँ से शक्कर, धातु तथा फैक्ट्री में बने नये युग के उत्पादों का आयात करने लगी। जिन्नाभाई का व्यापार नित्य नयी ऊँचाइयों को छूने लगा।

अक्खड़ घुड़सवार

इधर व्यापार बढ़ रहा था उधर परिवार भी बढ़ने लगा। कराची आए लगभग दो वर्ष हुए थे। सन् 1876 को समाप्त हो रहे दिसम्बर माह की 25 तारीख को मीठीबाई ने जिन्नाभाई के पहले पुत्र को जन्म दिया। नवजात शिशु को जिन्नाभाई ने गोद में लिया तो वो चिन्तित हो गया। शिशु का वज़न सामान्य बालकों से काफी कम था। उसके पिता को उस समय यह गुमान भी नहीं था कि कम वज़न वाला यह बालक भारतीय राजनीति में बहुत वज़नी साबित होगा। गोरे रंग के इस बालक का नाम रखा गया मोहम्मद अली, पिता का नाम जुड़कर बालक का पूरा नाम हुआ मोहम्मद अली जिन्नाभाई। लाड़-प्यार का नाम हुआ ममद।

ममद का न सिर्फ वज़न कम था उसकी लम्बाई भी आम बालकों की अपेक्षा कम थी। ऐसे अस्वस्थ बालक ने माता-पिता की चिन्ता बढ़ा दी। कमजोर स्वास्थ्य के कारण माता-पिता दोनों बच्चे का खास ख़्याल रखने लगे। वैसे भी ममद पहला बच्चा था इसलिए उसे विशेष लाड़-प्यार तो मिलना ही था। जल्द ही उसे छोटी बहन मिली रहमतबाई फिर दूसरी बहन मरियम। छः वर्ष का होते ही ममद की शिक्षा प्रारम्भ हो गयी। इतनी कम उम्र में विद्यालय आना-जाना असुविधाजनक था इसलिए जिन्नाभाई ने बच्चे के लिए घर पर ही एक शिक्षक नियुक्त कर दिया। शिक्षक ने गुजराती में वर्णमाला और अंकगणित के प्रारम्भिक ज्ञान से ममद का परिचय प्रारम्भ किया। छः वर्ष के खिलन्दड़े बालक को यह बन्धन कुछ रास नहीं आया। सन् 1880 का समय अलग था। इस जमाने में कुछ भाग्यशालियों को ही शिक्षा के अवसर उपलब्ध हो पाते थे। अपने समवयस्क अन्य बालकों को इस बन्धन से मुक्त देख ममद को पढ़ाई-लिखाई से खीझ होती। गणित यह खीझ और बढ़ा देता। पहाड़े, गिनती और फिर जोड़, घटाना उसका दिमाग घुमा देते। इसलिए शरारतन वो अकसर शिक्षक के आने के समय ही इधर-उधर खेलने निकल पड़ता।

नजदीक रहने वाले चार-पाँच बच्चों के साथ वो आस-पास की गलियों में कंचे और गुल्ली-डंडा खेलता। इन खेलों में उसका सबसे घनिष्ठ मित्र होता उससे छोटा नानजी ज़फर। मास्टरजी बेचारे घर में बैठे इन्तजार करते रहते। थक हार कर कई बार वो स्वयं उसे ढूँढ़ने निकल जाते और मिट्टी धूल से लिपटे ममद को साथ लेकर लौटते। मीठीबाई उसे डाँटती, मास्टरजी को प्रतीक्षा कराने के बजाय अकसर उसे कपड़े गन्दे करने पर अधिक डाँट पड़ती। परेशान मीठीबाई ने एक दिन जिन्नाभाई से शिकायत कर दी कि ममद हर समय गली के बच्चों के साथ खेलता है और कपड़े ऐसे गन्दे कर लेता है जैसे कोई मिटटी गारा उठानेवाला मजदूर हो। उसने सलाह दी कि ममद को मदरसे में भर्ती कर देना चाहिए। जिन्नाभाई को पत्नी की सलाह पसन्द आई और उसे पास के मदरसे में भर्ती कर दिया। ममद के लिए यह नयी सजा थी अकसर वो मदरसे के लिए निकलता लेकिन कदम गलियों की ओर घूम जाते। वहाँ प्रतीक्षारत मित्रों के साथ गलियों में गुल्ली-डंडा शुरू हो जाता। लेकिन इतना फ़र्क़ जरूर पड़ गया कि वो खेल में कपड़े गन्दे न होने का ध्यान रखने लगा। गुल्ली-डंडे के बाद इन मित्रों का कुछ और अधिक प्रिय खेल हो गया गेंदबाजी। कुछ दिनों बाद ही जिन्नाभाई ने उसे क्रिकेट का बल्ला लाकर दिया और बस गली में ममद की क्रिकेट टीम ने जन्म ले लिया।।

एक दिन मौलवी से जिन्नाभाई का आमना-सामना हो गया। जिन्नाभाई ने ममद की पढ़ाई-लिखाई के बारे में पूछा तो पता लगा मदरसे में तो वो भूले-भटके दिखाई पड़ता था, इसलिए उसकी पढ़ाई के बारे में वो क्या बताता। मौलवी इस बच्चे से एकदम निराश था। उसने जिन्नाभाई से कहा कि इस लड़के से कुछ आशा करना व्यर्थ था। घर आने वाले शिक्षक भी उसके घर से ग़ायब रहने की शिकायत कितनी ही बार कर चुके थे। पिता ने जब एक दिन उसे कसकर डाँटा तो ममद ने कहा कि मदरसा जाने से अच्छा है कि वो उसके साथ दुकान जाया करे। पिता हँसा और बोला—दुकान में तुम क्या करोगे? काम सीखूँगा ममद ने जवाब दिया। पिता ने कहा मैं एकदम सुबह निकल जाता हूँ और शाम ढले घर वापिस आता हूँ तुम्हारा कचूमर निकल जाएगा। लेकिन ममद की जिद मान एक-दो दिन वो उसे अपने साथ दुकान ले गया। चार-छ: दिन की इस जेल को भोग ममद की समझ में आ गया कि दुकान जाने से कहीं अच्छा था मदरसा जाना। कुछ दिन वो मदरसा ठीक-ठाक गया पर फिर बहुत जल्द अपने पुराने ढर्रे पर वापिस आ गया।

शैशव के दुर्बल स्वास्थ्य ने तो अभी उसका पीछा नहीं छोड़ा था पर ममद इसकी भरपाई अपनी लम्बाई से करने लगा। उसका क़द तेजी से बढ़ रहा था। रंग तो उसका गोरा था ही नाक-नक़्श भी उसके व्यक्तित्व में आकर्षण उत्पन्न करने लगे थे गहरे काले घने बाल उसके चेहरे को और निखार देते। नौ-दस साल की उम्र होते

होते ममद हाजिरजवाबी में माहिर हो गया। उसके चेहरे पर हर समय शरारती मुस्कान खेलती। हँसी रज़ामन्दी तो ठीक थी पर जब वो अपनी जिद पर आता तो अड़ जाता। यह अड़ियल स्वभाव उसकी शिक्षा में बाधक बन रहा था। पिता जिन्नाभाई को व्यापार ने व्यस्त बना रखा था। ममद के जन्म के साथ व्यापार नित नये शिखर छू रहा था। रुपया बरस रहा था। इस बारिश में जिन्नाभाई बेटे की पढ़ाई का इन्तजाम तो कर सकते थे पर बेटे के लिए दो मिनट का भी समय निकालना सम्भव नहीं था। मीठीबाई घर की देखभाल के साथ परिवार की वृद्धि में व्यस्त थी और हाल ही में उसने एक और लड़के को जन्म दिया बच्चे का नाम रखा गया अहमद अली। तीन छोटे-छोटे बच्चों के बाद गोदी में चौथा बच्चा। अब भला मीठीबाई के पास समय कहाँ था कि ममद की पढ़ाई पर वो जरा भी ध्यान देती।

इन्हीं दिनों नन्हे बच्चे और भाई की बरक्कत देखने की इच्छा से मानबाई कराची आई। मानबाई का विवाह गोकुलदास ने बम्बई के अच्छे खाते-पीते परिवार में कर दिया था, दामाद पीरभाई वहाँ के बड़े व्यापारियों में गिना जाता था। मानबाई बड़े मस्त स्वभाव की महिला थी। वो जहाँ बैठती वहाँ बातों की फुलझड़ियाँ छूटा करतीं। स्वयं तो खिलखिलाया ही करती साथ बैठों के पेट में हँसी का तूफ़ान खड़ा कर देती। खूबसूरत मानबाई कराची आकर बहुत खुश हुई। बड़े भाई से मिले एक युग बीत गया था। अपने भतीजे भतीजी से मिलने की लालसा उसे इस नये बस रहे शहर में खींच लाई थी; फिर मीठीबाई उसकी हमउम्र थी। ननद भाभी एक-दूसरे से मिलकर बहुत खुश हुईं। जिन्नाभाई को तो काम धाम से साँस लेने की भी फ़ुर्सत थी नहीं; तो मानबाई को घुमाने और खातिरदारी का सारा जिम्मा मीठीबाई के सर था। कभी-कभी मानबाई बम्बई के किस्से लेकर बैठ जाती। बम्बई की इमारतों और बाजारों की तारीफ के पुल बाँध देती। खासतौर से नये बने क्रॉफर्ड मार्केट के। मीठीबाई हँसकर कहती कराची भी बम्बई जैसा हो जाएगा। क्या पता और भी शानदार हो जाए, फिर वो वहाँ का फ्रेर हॉल दिखाना तै करती और क्रॉफर्ड बाजार को टक्कर के बन रहे एम्प्रेस बाजार की तारीफ करती। इन छोटी-मोटी तारीफों के बहस मुबाहिसे तो बस कभी-कभी होते बाकी तो चुहलबाजी हँसी-मजाक के किस्से ही मानबाई की जुबाँ पर होते।

मीठीबाई ननद के हँसोड़ स्वभाव पर फ़िदा थीं। उसका मन करता कि भाभी को दिनरात लज़ीज़ पकवान ही खिलाती रहें। बड़े उत्साह के साथ वो मानबाई को कभी सदर ले जातीं तो कभी क्लिफ्टन। बाजार में दोनों में होड़ लग जाती कौन किसके लिए क्या खरीद दे। ममद के तो मजे आ जाते। माँ और बुआ दोनों उसकी पसन्द के नये-से-नये कपड़े उसे दिलवा देतीं। उन दिनों ममद को गुजराती पोशाकों का बड़ा चाव था। गुजराती पगड़ी बाँधकर तो वो अपने को बड़ा सेठ समझा करता।

एक बार वो अड़ गया पगड़ी के साथ उसे अपनी फोटो खिंचवानी थी। मानबाई ने उसकी जिद पूरी कर दी। शहर में नयी-नयी चली ट्राम पर बैठने की जिद भी बुआ ने पूरी करवाई।

भाभी से छेड़छाड़ और बच्चों के साथ मानबाई के ऊधम ने जिन्नाभाई के घर को गुलज़ार कर दिया। बुआ को अपना भतीजा ममद बहुत पसन्द आया। लड़के में थोड़ी ठसक तो थी पर था खुशमिज़ाज। हाजिरजवाब ऐसा कि बड़े बड़ों की बोलती बन्द कर देता। बहस शुरू हो जाए तो हारने का सवाल ही नहीं उठता था और जिद पर आ जाए तो जिद पूरी करवाए बिना उसे चैन नहीं मिलता था। उम्र के अन्तर के बावजूद दोनों दोस्त बन गये। मानबाई के पास ढेरों किस्से थे सुनाने के लिए और ममद के पास खूब फ़ुर्सत थी किस्से सुनने के लिए। बुआ ने पढ़ाई से ममद की विरक्ति को देखा। इधर भाभी थी कि चार बच्चों में उलझकर रह गयी थी। मानबाई ने भाभी की मदद के लिए कमर कस ली। उसने तै किया ममद को वो अपने साथ बम्बई ले जाएगी। मानबाई की इस पेशकश पर भाई तो राजी हो गया पर भाभी को ममद से बिछुड़ने के ख्याल से ही रोना आ गया, लेकिन वो जब्त करके रह गयी। अपने पति की बात पर नानुकुर करना उसे ठीक नहीं लगा। ममद तो बम्बई के किस्से सुन सुनकर बम्बई जाने की सोचने लगा था अब तो मानो मुँह माँगी मुराद ही मिल गयी। बम्बई जाने के लिए वो खुशी-खुशी तैयार हो गया।

ममद को बम्बई लाने के पीछे बुआ की योजना थी कि उसका रुझान पढ़ाई की तरफ हो जाए। मुसलमानों की अच्छी शिक्षा के लिए न्यायमूर्ति बदरुद्दीन तैयबजी ने बम्बई में एक अच्छा मदरसा मुस्लिम अंजुमन-ए-इस्लाम के नाम से प्रारम्भ किया था। फोर्ट क्षेत्र में हॉर्नबी रोड पर बना यह विद्यालय पीरभाई के घर के नजदीक था। बम्बई आते ही फूफा पीरभाई ने ममद को इसी विद्यालय में भर्ती करा दिया। ममद यहाँ कुछ ही समय पढ़ा। बहुत शीघ्र नये जमाने की शिक्षा के लिए उसका दाखिला सेठ गोकुलदास तेजपाल प्राइमरी स्कूल में करवा दिया। गोकुलदास विद्यालय भी हॉर्नबी रोड पर ही था। मानबाई की दिलचस्पी और विद्यालय के वातावरण ने ममद के अन्दर पढ़ाई के प्रति थोड़ी बहुत रुचि उत्पन्न कर दी। स्कूल विस्कूल तो नहीं पर बम्बई उसे खूब पसन्द आया। 1887 के दौर में फैल रहा यह शहर विलायत से कम नहीं था। ऊँची इमारतों का चलन यहाँ शुरू हो चुका था और फोर्ट से लेकर कोलाबा तक जो नयी सरकारी इमारतें अँग्रेजों ने बनवाई थीं, वो इस शहर को गजब का आकर्षण प्रदान करती थीं। उसके विद्यालय के पास ही दो बड़ी इमारतें बन रही थीं—विक्टोरिया टर्मिनस और बम्बई मुनिस्पैलिटी। दोनों इमारतें बस पूरी होने को थीं। ये अधूरी बनी इमारतें भी बालक ममद को बड़ी आकर्षक लगतीं। एक और इमारत ममद को बड़ी भव्य लगा करती थी यह थी विद्यालय के

पास बनी पारसियों की अगियारी। विक्टोरिया टर्मिनस स्टेशन अभी बन रहा था पर रेल गाड़ियों का आना जाना यहाँ से शुरू हो चुका था। रेलगाड़ी तो वो कराची में कितनी ही बार देख चुका था पर उसके विद्यालय के बिलकुल पास बने इस स्टेशन से गाड़ियों के आने-जाने और सीटियों की आवाज उसे रोज़ कितनी ही बार सुनाई पड़ती। भाप छोड़ते हुए लोहे की पटरी पर कई-कई डिब्बों को खींचते इंजन देखकर ममद के कौतूहल की कोई सीमा ही नहीं थी। बुआ जिस इच्छा से ममद को बम्बई लायी थीं वो भी पूरी हो गयी। उनके लाड़-प्यार और बालक की दिनचर्या में दिलचस्पी ने उसका मन पढ़ाई से जोड़ दिया।

कभी-कभी पीरभाई मानबाई के साथ ममद को लेकर बम्बई की सैर को निकल जाते। पूरा परिवार चौपाटी की रेत पर बैठ समुद्र की अठखेलियाँ निहारा करता। चौपाटी से जुड़ा हरा-भरा पहाड़ ममद को बड़ा आकर्षक लगता। पीरभाई एक-दो बार ममद को लेकर इस पहाड़ पर भी चढ़ा। ऊपर चढ़कर पहाड़ के नीचे हिलोर मारती लहरों को देखना बड़ा अच्छा लगता था। पहाड़ पर राजाओं, नवाबों जैसे धनीमानी लोगों की भव्य कोठियाँ थीं। जितनी जमीन में सौ मकान समा जाएँ उतनी बड़ी जमीनों में पेड़ों के जंगल में ढँकी एक कोठी होती। माउंट प्लेजेंट रोड पर बनी इन कोठियों को देख ममद का मन करता घर हो तो ऐसा। कभी-कभी सबके सब टाउन हॉल पहुँच जाते। हॉल के बाहर के पार्क में लोगों का मेला लगा रहता। इस भीड़-भाड़ को देखकर जब मन भर जाता तो सब टाउन हॉल के बरामदे में पहुँच चहल-क़दमी करते। ममद विशाल खम्बों वाली इस इमारात की चौड़ी-चौड़ी सीढ़ियों पर उतरने-चढ़ने का नया खेल ईज़ाद कर लेता।

कभी ये परिवार बम्बई हाई कोर्ट की ओर घूमने निकल जाता। काले गाउन को लहराते चुस्त पोशाक पहने हुए बैरिस्टरों को हाई कोर्ट में आते-जाते देख ममद कल्पना में डूब जाता। क्या किसी दिन वो भी गाउन लहराता हुआ कोर्ट में खड़ा होगा? क्या कभी वो भी विद्वत समाज का हिस्सा बन पाएगा? वैसे तो अँग्रेज कराची में भी दीखते थे पर बम्बई में तो ऐसा लगता था कि बस अँग्रेज ही अँग्रेज रहते हैं। उनकी कड़क और चुस्त पोशाकें उसे बहुत आकर्षित करतीं। ममद को सजने-सँवरने का शौक तो पहले से ही था बम्बई ने इस आग में घी का काम किया। इतना तो उस छोटी-सी उम्र में ही उसकी समझ में आ गया था कि अधिकार सम्पन्न समाज में स्थान बनाने के लिए अच्छी पोशाक के साथ साथ विद्वत्ता, सलीका और प्रभावशाली भाषा पर अधिकार होना भी जरूरी है। और इन सबके लिए पहली जरूरत है अच्छी तरह पढ़ा-लिखा होना। इस कारण पढ़ाई में उसकी रुचि तो उत्पन्न हो गयी पर विद्यालय जाने का बन्धन उसे रास नहीं आता था। विद्यालय अब भी उसे पढ़ाने के लिए आने वाले मास्टरजी जैसा था। वो हमेशा स्कूल न जाने के बहाने

ढूँढ़ा करता। मानबाई को अब कई बार लगता ममद को अपने साथ लाकर कुछ ज्यादा बड़ी जिम्मेदारी में तो उसने अपनी गर्दन नहीं फँसा दी। उधर मीठीबाई भी अपने पुत्र का वियोग सह नहीं पा रही थी। अपने ही घर की अपार सुख-सुविधा से ममद वंचित हो गया था। मीठीबाई को चिन्ता सताया करती न जाने ममद बम्बई में कैसे रह रहा होगा। वो जिन्नाभाई से जब तब ममद को कराची वापस बुला लेने के लिए कहने लगी। जिन्नाभाई को पत्नी की बात रखनी पड़ी और ममद को वापिस भेजने के लिए बहनोई को पत्र लिख भेजा। इम्तहान खत्म होते ही ममद वापिस कराची आ गया। पूरा एक साल भी उसने बम्बई में नहीं गुजारा था पर बम्बई उसके मन में बस गया।

अब इस बार कराची में ममद का दाख़िला सिन्ध मदरसातुलइस्लाम में करवा दिया गया। विद्यालय आने-जाने के लिए विशेष रूप से ताँगे का इन्तजाम हुआ। पढ़ाई फिर शुरू हो गयी। ममद को अब भी विद्यालयों का बन्धन रास नहीं आता था। उसका मन न जाने क्यों बेचैन रहता। न जाने कौन-सी प्रेरणा उसे उद्वेलित किये रहती। वो आदेश सुनने नहीं, सुनाने वालों में से था। इसलिए आदेश उसके मन में क्रोध उत्पन्न कर देता, फिर ये आदेश भले ही कक्षा के शिक्षकों द्वारा पढ़ाई के लिए ही क्यों न दिए जा रहे हों। इस बेचैनी और गुस्से को घोड़े सुकून देते थे।

जिन्नाभाई का कारोबार तेजी से फलफूल रहा था। साथ ही परिवार भी, मीठीबाई ने फिर एक कन्या को जन्म दिया था नाम रखा गया शिरीनबाई। इन दिनों जिन्नाभाई के घर में पैसे की रेलपेल हो रही थी। और वो परिवार के साथ इस सम्पन्नता का भरपूर आनन्द ले रहा था, सुख-सुविधा के सारे सरंजाम उसने एकत्र कर लिए। अच्छे घोड़े पर सवारी गाँठने का खुद जिन्नाभाई को शौक था। फिर मीठीबाई और बच्चों के लिए बग्गी ताँगे के लिए भी घोड़ों की जरूरत थी तो उसने घर के नजदीक घोड़ों के लिए एक अच्छे-खासे अस्तबल का इन्तजाम भी कर दिया। यहीं उनका अपना ताँगा भी रखा रहता।

कराची में ममद का अधिक समय अस्तबल और सईसों के बीच गुजरता। अभी वो छोटा ही था पर घोड़ों पर सवारी गाँठने लगा, बिगड़ैल अरबी घोड़ों को काबू करने में उसे मज़ा आता था। घोड़े अपनी नहीं उसकी मर्ज़ी पर चलें इस जिद के साथ वो उन पर सवारी गाँठता। कराची का मुख्य शहर छोड़ दें तो सब तरफ खुला मैदान था। सड़कें आमतौर से निर्जन होतीं। बस ममद काठी से चिपक घोड़ों की पसलियों पर रक़ाबियों से चोट कर उन्हें दौड़ने का हुक्म दिया करता। हाथ भले अभी नाजुक थे बावजूद इसके रास बेहद मजबूत पकड़ में होती। अकसर वो सवारी गाँठता हुआ फ्रेर हॉल (frere hall) के आसपास खुले मैदान में घोड़ों को दौड़ाता। ख़ुद तो पसीना-पसीना होता ही घोड़ों का पसीना भी निकाल देता। विद्यालय में बैट

कक्षा के श्यामपट पर बीजगणित के हल होते सवाल या रेखागणित की वक्र रेखाओं में उलझने से कहीं ज्यादा दिलचस्प उसे लगता अपने से चार गुने घोड़ों को साधना।

लेकिन जिन्नाभाई को अपने इस सबसे बड़े बेटे को साधना मुश्किल दिखाई दे रहा था। उसे लगता किसी तरह ममद ठीक ठाक पढ़ाई-वढ़ाई कर पाँच सात साल के बाद उसको सहारा देने लायक हो जाए। बस एक बार कुछ बड़ा होने पर ममद थोड़ी-बहुत जिम्मेदारी सँभाल लेता तो जिन्नाभाई पुंज एंड कम्पनी को पंख लग जाते। उसकी कम्पनी अब सिर्फ़ डगलस कम्पनी की सहायक कम्पनी भर नहीं रह गयी थी। वस्तुओं के व्यापार और आयात-निर्यात के साथ जिन्नाभाई बैंकिंग व्यवसाय में भी सफलता के साथ हाथ डाल चुका था और बाजार में रुपये के लेन-देन का उसका नया धन्धा जोर पकड़ चुका था। जिन्नाभाई शिक्षा के महत्त्व को जानता था खुद उसने बड़ी मेहनत के साथ अँग्रेज़ी सीखी थी ताकि सर क्रॉफ्ट के साथ आराम और अन्तरंगता से बातें कर सके। इस मेहनत का उसे लाभ भी मिला था पर बालक ममद जीवन की इन आवश्यकताओं से अनजान था उसे बस इतना मालूम था कि उसका पिता रईस था और उसके सारे शौक पूरे कर सकता था। विद्यालय का मुँह तो वो छठे-छमाहे देखता। अलबत्ता कराची की सड़कें उसने खूब देख ली थीं अपनी पसन्दीदा पोशाक पहन और अपनी पसन्द के घोड़े पर सवार वो कभी उसे क्लिफ्टन पर सरपट दौड़ाता तो कभी घंटाघर की सड़कों पर, कभी उसका घोड़ा मैक्लियॉड रोड को रौंदता तो कभी सदर को। अकसर वो घोड़े पर बैठ उसे मीलों दौड़ा देता ऐसी लम्बी दौड़ में उसके साथ हुआ करता उसके विद्यालय का सहपाठी मित्र करीम क़ासिम। घुड़सवारी पर दिन-रात एक करने वाले ऐसे लापरवाह विद्यार्थी को आखिर मदरसातुलइस्लाम कब तक बर्दाश्त करता। एक दिन प्रिंसिपल ने जिन्नाभाई को बुलाया और ममद को विद्यालय से निकालने का फ़ैसला सुना दिया। जिन्नाभाई परेशान हो गया। उसने सर क्रॉफ्ट से सलाह लेने का निश्चय किया। क्रॉफ्ट ने जिन्नाभाई की बात सुनकर उससे कहा कि वो ममद को साथ लेकर उसके पास आए।

ममद को कुछ समझ में नहीं आया कि उसका पिता उसे सर क्रॉफ्ट के घर क्यों लाया है। सर क्रॉफ्ट एक भारी और नर्म सोफ़े पर बैठे थे। पाइप मुँह में दबाए हुए उन्होंने ममद को गहरी नजर से देखा। ममद को यह नजर विचलित तो कर रही थी पर वो क्रॉफ्ट की नजरों से नजरें मिलाए हुए खड़ा रहा। लड़के की अकड़ देख क्रॉफ्ट मुस्करा दिया। दोनों को बैठने के लिए कह क्रॉफ्ट ने ममद से बातें शुरू कीं। क्रॉफ्ट टूटी-फूटी उर्दू-सिन्धी समझता था पर बोल नहीं पाता था सो जिन्नाभाई ने दुभाषिये का ज़िम्मा सँभाल लिया। क्रॉफ्ट ने ममद को दुनिया में महत्त्वपूर्ण स्थान बनाने की जरूरत और मुश्किलें समझाईं। जिन्नाभाई की मेहनत की तारीफ की।

ममद को एक जिम्मेदार पुत्र बनने की प्रेरणा दी और शिक्षा का महत्त्व समझाया। मालूम नहीं किशोर ममद पर इन बातों का क्या असर हुआ पर जिस चीज का असर हुआ उसके बारे में घर से बाहर आते ही ममद ने बातें शुरू कर दीं।

ममद को क्रॉफ्ट की बैठक की साज-सज्जा बहुत अच्छी लगी। क्रॉफ्ट के पहने हुए सूट का रंग, डिज़ाइन, फिटिंग और पहनने का सलीका तथा मैचिंग टाई और कड़क कमीज़ ने उस पर जबरदस्त प्रभाव डाला। इतना ही प्रभाव उस पर क्रॉफ्ट की अँग्रेज़ी ने छोड़ा। ममद के मन में यह पैठ गया कि उसे भी अँग्रेज़ी बोलने में ऐसी ही महारत हासिल करनी है। इन दोनों की यह पहली मुलाकात बड़ी सार्थक रही और इसने ममद और क्रॉफ्ट के मिलने-जुलने का रास्ता खोल दिया।

मदरसातुलइस्लाम ने तो ममद को बाहर का रास्ता दिखा दिया था। अब जिन्नाभाई ने अपने प्रभाव का इस्तेमाल कर उसे लारेंस रोड स्थित क्रिश्चियन मिशनरी सोसाइटी हाई स्कूल में भर्ती करा दिया। बैरकनुमा इमारतवाला यह स्कूल हिन्दुस्तान में ममद का अन्तिम विद्यालय था। उसने छठी कक्षा से इस विद्यालय में प्रवेश लिया और 16 साल की उम्र में इसी विद्यालय से बम्बई विश्वविद्यालय की मैट्रिक परीक्षा सफलतापूर्वक उत्तीर्ण की। न सिर्फ वो मैट्रिक की परीक्षा में सफल रहा वरन् अँग्रेज़ी बोलने और लिखने पढ़ने में भी उसने काबिलियत प्राप्त कर ली। एक अन्य काबिलियत जो पैदा हुई वो थी बढ़िया फिटिंग का सूट पहनने की; वो भी मैचिंग टाई के साथ। पहली मुलाकात के बाद वो यदा-कदा पिता के साथ क्रॉफ्ट के यहाँ जाता। उनके यहाँ जाना और उनसे बातें करना उसे अच्छा लगता था। अविवाहित और सजीले क्रॉफ्ट का व्यक्तित्व उसे बड़ी प्रेरणा देता था। क्रॉफ्ट उससे उसकी पढ़ाई के बारे में पूछताछ करता तो ममद हमेशा उसे सन्तुष्ट करके आता। वो क्रॉफ्ट से अँग्रेज़ी में अच्छी तरह बात करने लगा था। ममद की इस प्रगति और गम्भीरता ने क्रॉफ्ट के मन में उसके लिए एक ख़ास स्थान बना दिया। वो ममद के भविष्य के बारे में जिन्नाभाई से चर्चा कर चुका था, जिन्नाभाई का काम बहुत बढ़ गया था। उसे एक अच्छे सहयोगी की सख़्त जरूरत थी। ऐसा सहयोगी जो नये जमाने की कार्यप्रणाली का अच्छा जानकार हो। क्रॉफ्ट ने 16-17 साल के किशोर ममद को अपनी कम्पनी के लन्दन मुख्यालय में प्रशिक्षु के तौर पर स्थान देने की सिफ़ारिश कर दी।

जिन्नाभाई को यह विकल्प सबसे अच्छा प्रतीत हुआ। इंग्लैंड में कम्पनी की व्यवस्था और कार्य पद्धति सीखने के बाद ममद जिन्नाभाई पुंज एंड कम्पनी को बहुत ऊँचाई पर पहुँचा सकता था। जिन्नाभाई को इस बारे में तनिक भी सोचना नहीं पड़ा। ममद को विलायत भेजने के लिए न तो पैसे की कमी थी न कोई दूसरी अड़चन। उसने ममद को इंग्लैंड जाने की तैयारी का आदेश दे दिया। ममद को पिता का यह आदेश पसन्द आया। अच्छे प्रशिक्षण और शिक्षा के लिए लन्दन सबसे

अच्छी जगह थी, इस बारे में ममद और क्रॉफ्ट में भी चर्चा हो चुकी थी। अच्छी शिक्षा की ललक क्रॉफ्ट के व्यक्तित्व ने उसके मन में उत्पन्न कर दी थी। ममद के मन में समाज के अन्दर महत्त्वपूर्ण व्यक्ति बनने की कल्पना भी जगह बना चुकी थी पर अभी वो अपने लिए किसी व्यवसाय की कोई कल्पना नहीं कर सका था।

मीठीबाई ने जब पति के इस फ़ैसले को सुना उसका तो दिल ही बैठ गया। छः सात महीने के लिए ममद बुआ के साथ बम्बई क्या गया था वो रो-रोकर आधी हो गयी थी। वहाँ कम-से-कम बुआ फूफा तो थे। बुआ अपने हाथ से बना खाना तो खिलाती थी। अब इस सात समुन्दर पार वाले मुल्क में ये लड़का क्या खाएगा क्या पिएगा? कौन है वहाँ इसकी देखभाल के लिए? सात आठ महीने की जुदाई तो वो सह नहीं पाई थी अब तो बात बरसों की थी। इस बार तो रो-रोकर वो मर ही जाएगी। क्या पता वहाँ की गोरी चिट्टी मेम इस लड़के पर कैसा जादू डालें। कहीं शादी ब्याह रचा के ये वहीं बस गया तो वो भला कैसे जिएगी। उसका जाया पहला बच्चा उसके ज़िगर का टुकड़ा था। आखिर बाप का कलेजा ऐसा पत्थर का कैसे हो जाता है? कैसे उसने फैसला कर लिया कि उसकी आँख के तारे को विलायत भेज दे। मीठीबाई ने रो-रोकर जिन्नाभाई का जीना हराम कर दिया पर जिन्नाभाई टस से मस नहीं हुआ। उसे लड़के का उज्ज्वल भविष्य दिख रहा था। जिन्नाभाई से हार उसने ममद को पटाना शुरू किया पर बेटा बाप से सवाया साबित हुआ। वो तो जैसे चिकना घड़ा बन गया था, मीठीबाई के आँसुओं का सैलाब न जाने कहाँ गिरा कहाँ जज़्ब हुआ।

अन्त में मीठीबाई ने अपने अन्तिम अस्त्र का इस्तेमाल किया। ममद को विलायत जाने की इजाज़त वो तभी देगी जब वो यहाँ शादी कर लेगा। उसे यह लगा कि लड़के को भले माँ की ममता वापिस लाने में असफल हो जाए पर युवा पत्नी का यौवन उसे निश्चित रूप से देश वापिस लाने में कामयाब होगा। मीठीबाई की यह शर्त मान ली गयी। लड़की की तलाश शुरू हुई और बहुत जल्द यह तलाश खत्म हो गयी। मीठीबाई की एक भतीजी थी एमीबाई, इस रिश्ते से वो ममद की बहन होती थी, उसके साथ ममद का रिश्ता तै कर दिया गया। पनेली में बसे खोजा परिवार की इस कन्या की उम्र कुल चौदह बरस थी। सोलह बरस के ममद के लिए यह लड़की एकदम ठीक थी।

कराची से जिन्नाभाई का परिवार धाउ से समुद्र के रास्ते वेरावल आ गया। यहाँ से बैलगाड़ी द्वारा गोंडल आया। लगभग एक महीने यहाँ रुकने के इरादे से सब आए थे। सारे रिश्तेदार निमन्त्रित थे बारात पनेली में एकत्र हुई। पारम्परिक विवाह के अनुसार पहले दिन खिचड़ा की रस्म हुई। पुंज परिवार की सभी महिलाएँ एमीबाई के घर पहुँचीं। बढ़िया दावत के बाद मेहँदी की रस्म हुई खूब ढोलक बजी गीत गाये

गये, गीतों पर दोनों समधिन नाचीं तो खूब हँसीठट्ठा हुआ और दोनों पर खूब चावल छींटे गये। अगले दिन दूल्हे के साथ बारात पनेली की सड़कों पर ढोल नगाड़ों के शोर के साथ दुल्हन के घर पहुँची। दरवाजे पर रुके दूल्हे पर चावलों की बौछार हो गयी। ममद गुजराती पोशाक में पगड़ी बाँधे हुए खूब सज रहा था माथे पर फूलों का सेहरा पड़ा था। दरवाजा रोककर खड़ी लड़कियाँ दूल्हे से सेहरा हटाकर मुँह दिखाने के लिए छेड़छाड़ कर रही थीं। कोई कहती दूल्हा नकटा है, इसीलिए मुँह छिपा रखा है दूसरी तरफ से आवाज आती काना होगा इसीलिए मुँह नहीं दिखा रहा। यह छेड़छाड़ अन्दर बज रही ढोलक की थाप से ताल मिलाकर गाये जा रहे स्त्रियों के गीत के शोर में डूब गयी। शाम ढलने से पहले निकाह की रस्म पूरी हुई और फिर जमकर दावत हुई।

विवाह के बाद दुल्हन की रुखसती के लिए जिन्नाभाई ने कहा पर एमी के परिवार ने विवाह के तुरन्त बाद एमी को विदा करने से इनकार कर दिया, पहली विदाई गौने के बाद करने का रिवाज़ था। एमी के परिवार ने बिना गौने के लड़की विदा करने से इनकार कर दिया। जिन्नाभाई ने कहा कि ममद कुछ ही दिनों में विलायत जाने वाला था इसलिए एमी को तुरन्त विदा कर देना चाहिए। वह गौने की रस्म भी अभी पूरी कर देने के लिए तैयार था पर एमी का परिवार इसके लिए भी तैयार नहीं था। उनकी परम्परा के अनुसार निकाह और गौने में कुछ महीनों का अन्तर जरूरी था। जिन्नाभाई ने कहा—कराची पनेली से बहुत दूर था। इतनी जल्दी जल्दी वहाँ से यहाँ आना-जाना बहुत कठिन और ख़र्चीला था। इस बात पर दोनों परिवारों में बहुत तू-तू मैं-मैं हुई पर नतीजा कुछ न निकला। इतना जरूर हुआ कि इन तक़रारों में जब एमी घूँघट निकालकर इधर-उधर गुजरी तो ममद के जोर देने पर उसके माता-पिता ने उसे घूँघट हटा लेने के लिए कहा। इस निकाह का बस दूल्हा-दुल्हन के लिए इतना अर्थ भर था कि दोनों ने एक-दूसरे की सूरत देख ली थी।

विद्यार्थी

गुजरात से वापस हुए कुछ ही दिन गुजरे थे कि ममद पानी के जहाज में बैठ विलायत रवाना हो गया। महीना जनवरी का था और साल 1893। विदाई के समय ममद तो संयत था जिन्नाभाई गम्भीर, पर मीठीबाई की आँखों से आँसुओं की धार बह रही थी। ममद ने माँ को बड़ी सान्त्वना दी और समझाया कि प्रशिक्षु काल जल्द ही समाप्त हो जाएगा और फिर वापिस आकर वो पिता की मदद अच्छी तरह कर सकेगा। लन्दन से प्राप्त प्रशिक्षण उनके कारोबार को नयी ऊँचाइयों पर पहुँचा देगा। माँ को समझाते-समझाते ममद के लिए भी अपने आपको सँभालना मुश्किल हो गया और उसकी आँखें भी नम हो आईं। सत्रह साल का मैट्रिक पास किशोरवय

मोहमदाली जिन्नाभाई (Mohmadali Jinabhaai) विलायत, ग्राहम डगलस कम्पनी में प्रशिक्षु के तौर पर जा रहा था। उस समय कौन जानता था कि जब ये लड़का नौजवान के रूप में वापिस आएगा तब यह कुछ ही वर्षों में हिन्दुस्तान की सबसे मशहूर शख़्सियतों में धूमकेतु बनकर उभरेगा।

पानी के जहाज में कराची से लन्दन तक पहुँचने में तीन चार हफ्ते लग जाते थे। सफर खासा लम्बा होता था, एक तरह से ये जहाज की कैद जैसा अनुभव होता था। जहाज के डेक पर खड़े हो जाइए, नीचे हरा समुद्र और ऊपर नीला आकाश, रोज़ दर रोज़ बस यही नजारा। घूमने के लिए जहाज का छोटा-सा डेक। ममद अन्तर्मुखी और शर्मीला तो नहीं था पर आगे बढ़कर लोगों से परिचय बढ़ाना, मित्रता करने और व्यर्थ की गप्पबाजी का शौक भी उसे नहीं था। पुस्तकें भी उसे कुछ खास आकर्षित नहीं करती थीं, तब भी उसका कुछ समय जहाज के पुस्तकालय में गुजरता पर ज्यादा समय वो डेक पर खड़े हो जहाज से टकराती लहरों को देखता या फिर जहाज द्वारा समुद्र को चीरकर रास्ता बनाने पर हुई समुद्र की हलचल को टकटकी बाँधकर देखा करता। ममद की अभी मसें भी नहीं भीगी थीं और वो लन्दन की लम्बी यात्रा से अकेले ही जूझ रहा था। एक अँग्रेज सहयात्री हिचमन (काल्पनिक नाम) का ध्यान इस दिलेर किशोर की ओर आकर्षित हुआ। उसने स्वयं अपना परिचय देकर मित्रता स्थापित की। यह मित्रता ममद के लिए बड़ी राहत थी। अब आमतौर से प्रतिदिन हिचमन से ममद की बातें होतीं अकसर नाश्ता दोनों साथ करते। ममद ने लन्दन के लिए खासतौर से सूट सिलवाए थे। इस काम में क्रॉफ्ट ने भी सलाह दी थी। अपने ख़ास दरजी के यहाँ उसके कपड़े सिलवाए और दरजी को खास हिदायत दी कि सूट की फिटिंग कैसी हो। जहाज पर जब ममद सूट पहनकर घूमता तो किसी राजघराने के प्रिंस जैसा नजर आता। हिचमन उसकी पोशाक की प्रशंसा किया करता। वो उसे अपने साथ मनोरंजन कक्ष में ले जाता। दोनों ताश या फिर शतरंज खेलते। पूल खेलने का प्रारम्भिक ज्ञान भी उसने दिया। जब दूसरे खिलाड़ी यह खेल खेलते तो ममद उनका खेल बड़ी दिलचस्पी से देखा करता।

इस लम्बी यात्रा में जहाज कई स्थानों पर रुका। पहला पड़ाव तो ओमान का सालाह बन्दरगाह था फिर जहाज यमन के अदन; अरब के क़दीमा: पर रुकता हुआ, मिस्र के बन्दरगाह सईद पहुँचा। अब तक यात्रियों को किसी बन्दरगाह पर उतरने घूमने का मौका नहीं मिला था। यह पहला बन्दरगाह था जहाँ शहर घूमने का समय था। ममद ने जहाज की जेल से मुक्ति के रूप में शहर घूमना तै किया। हिचमन ने उसे सावधान करते हुए कहा कि यहाँ जेब कटने की घटना आम है इसलिए बहुत सावधानी की जरूरत है। ममद इस चेतावनी से जरा भी भयभीत नहीं हुआ और शहर घूमने निकल पड़ा। अब तक वो कभी हिन्दुस्तान में भी किसी यात्रा पर अकेले

नहीं निकला था। जीवन में यह उसकी पहली यात्रा थी वो भी हिन्दुस्तान से बाहर। मिस्र के इस नये बसे शहर में भाषा सबसे बड़ी मुसीबत साबित होने वाली थी पर ममद इस स्थिति से जरा भी विचलित हुए बिना दिन भर शहर में घूमता रहा। वापिस आने के बाद वो बहुत खुश होकर हिचमन से मिला। उसने शहर का बड़ा रोचक वर्णन उसे सुनाया। यहाँ के लोग, यहाँ के बाज़ार, यहाँ की व्यवस्था सब उसके लिए एकदम अनोखी थी। आज के रोमांच का वर्णन करने में उसे बड़ा आनन्द आया। उसने हिचमन से कहा कि दिन भर वो ऐसे घूमा जैसे वो एकदम लापरवाह है पर हिचमन की सावधानी हर समय उसके दिमाग में घूमती रही। उसके लापरवाह अन्दाज में शहर घूमने के बावजूद उसका बटुआ सुरक्षित रहा। यह कहते हुए उसने अपना बटुआ निकालकर हिचमन को दिखाया। इस किशोर के जोश और रोमांचक अनुभव को सुन हिचमन मुस्करा पड़ा। ममद ने भी हँसते हुए बताया कि उसने बटुए में जरूरत भर के बहुत कम पैसे रखे थे। शेष रक़म बहुत सावधानी के साथ छुपाकर रखी थी। घूमते हुए अन्दाज उसका भले ही लापरवाही का रहा हो पर उसका ध्यान बराबर अपने बटुए पर भी बना रहा। इस राज़ को सुनते ही हिचमन खिलखिलाकर हँस पड़ा और बोला—बात करने का तुम्हारा अन्दाज बेहद दिलचस्प है और बात बनाने की कला में तुम माहिर हो। ख़ैर, अभी तुमने एक अलग संस्कृति के दर्शन किये हैं। इंग्लैंड में तो तुम्हें बिलकुल अलग दुनिया दिखाई देगी।।

हिचमन यात्रा भर ममद को लन्दन के तौर-तरीक़े और तहज़ीब के बारे में बताता रहा। वहाँ के खानपान और रहन-सहन की खूब जानकारियाँ दीं। यह जानकारियाँ ममद को लन्दन में बहुत काम आईं। लन्दन के बाजार, आने-जाने के साधन और खास दर्शनीय स्थानों की जानकारी भी उसके बहुत काम आई। हिचमन ने लन्दन के होटलों की अच्छी जानकारी उसे दी। लन्दन में अपने घर का पता देते हुए उसे खुला निमन्त्रण दिया कि जब भी उसे अकेलापन सताए या माता-पिता की याद आए तो वो निःसंकोच उसके पास आकर पारिवारिक माहौल का आनन्द ले सकता है। ममद को लगा अँग्रेज वैसे घमंडी होते नहीं हैं जैसे हिन्दुस्तान में नजर आते हैं। क्रॉफ्ट तो पहले ही एक सभ्य और खुशमिज़ाज अँग्रेज होने का परिचय दे चुका था। यह उसकी सलाह और सहायता का ही फल था कि ममद अपने सुनहरे भविष्य के लिए लन्दन जा रहा था।

लगभग तीन हफ्ते की लम्बी समुद्री यात्रा के बाद फरवरी की 25 तारीख सन् 1893 को जहाज ने साउथेम्प्टन बन्दरगाह पर लंगर डाल दिया। यहाँ से रेल द्वारा लन्दन पहुँच ममद ने स्टेशन के पास एक सामान्य होटल ढूँढ़ लिया। किशोरवय ग़ैर अँग्रेज यात्री के होटल में प्रवेश करते ही अधेड़ उम्र के रिसेप्शनिस्ट ने उसे ऊपर से नीचे तक देखा और प्रश्न किया—तुम अँग्रेज तो नहीं हो, कहाँ के रहने वाले हो?

हिन्दुस्तान का, ममद ने उत्तर दिया। रिसेप्शनिस्ट ने होटल का भाड़ा बताकर पूछा, इतना भाड़ा दे सकोगे ? ममद ने कहा, चिन्ता न करें आपका भाड़ा तो कम है मैं इससे ज्यादा भाड़ा भी दे सकता हूँ। रिसेप्शनिस्ट ने होटल का रजिस्टर ममद के आगे कर उसके दस्तख़त लिए और कमरा दे दिया।

हिचमन ने लन्दन की ठंड के लिए उसे पहले ही आगाह कर दिया था। क्रॉफ्ट ने इस ठंड के लिए ममद को तैयार करके भेजा था। उसके पास बढ़िया ऊनी ओवरकोट, मफलर और हैट था। यह सब पहनने के बाद भी बर्फ़ीली हवा उसके कान और नाक को सुन्न किये दे रही थी। विक्टोरिया स्टेशन से होटल तक आने में ही उसने लन्दन की हाड़ कँपा देने वाली सर्दी का अनुभव ले लिया था। होटल के कमरे में अँगीठी की जलती लकड़ियों ने कमरा गर्म कर रखा था। कमरे में ममद ने बड़ी राहत महसूस की और रास्ते की थकान मिटाने के लिए वो नर्म बिस्तर पर लेट गया। हिन्दुस्तान से चले हुए एक महीना गुजर गया था। जहाज में प्रतिदिन एक निश्चित कार्यक्रम था पहले दिन के बाद ही वो उसका अभ्यस्त हो गया। जहाज पर कुछ खास खर्च करने की जरूरत भी नहीं थी। आवश्यक सुविधाएँ टिकट में शामिल थीं। पर जहाज से उतरने के बाद वो लगातार नये अनुभवों से गुजर रहा था। यहाँ की दुनिया एकदम अलग थी। अलग देश, अलग लोग, अलग भाषा और अलग जीवन शैली। उस पर तुर्रा ये कि अब लगातार प्रत्येक नयी परिस्थिति में फैसले उसे स्वयं लेने पड़ रहे थे। कराची में सारी जिम्मेदारी माँ और पिता की थी। यहाँ लगातार उसे माता-पिता की याद सता रही थी। पैसा उसकी सबसे बड़ी समस्या थी। वहाँ तो उसने कभी पैसे-धेले के बारे में सोचा ही नहीं था। यहाँ हर वक़्त महँगी सस्ती वस्तुओं और सुविधाओं से उसे दो-चार होना पड़ रहा था। उसने अब तक हुए ख़र्च का ब्योरा लिख डाला। यह तो उसे मालूम था कि जिन्नाभाई ने उसके पूरे तीन साढ़े तीन साल के लन्दन प्रवास के लिए भरपूर रक़म बैंक में जमा कर दी थी। हिसाब किताब में वो कमजोर जरूर था पर यहाँ दो दिन के ख़र्च ने ही उसकी आँखें खोल दीं। आगे समझदारी के साथ पैसा ख़र्च करना तय किया। यही सब सोचते तौलते न जाने कब उसकी आँख लग गयी और वो गहरी नींद में मदहोश हो गया।

सुबह नींद खुली। नित्य कर्म से निबट एक बार फिर वो बिस्तर पर लेट अपने अब तक के अनुभव की पुनर्स्मृति में खो गया। क्रॉफ्ट ने ममद को अच्छी तरह समझा दिया था। उसका जहाज साउथेम्प्टन में लंगर डालेगा। वहाँ से लन्दन विक्टोरिया स्टेशन तक उसे रेलगाड़ी से जाना था। विक्टोरिया स्टेशन के आस-पास ठीक-ठाक होटल थे। वहाँ पहुँचते ही सबसे पास के होटल में ही ठहरना ठीक था। क्रॉफ्ट ने कुछ नाम भी बता दिए थे। हिचमन ने भी यही बातें दोहरा दी थीं। वो लन्दन में होटल ढूँढ़ने में और भी मदद कर देता पर उसे मार्सिलस (Marseilles)

जाना था। अब तक सब कुछ वैसा ही हुआ जैसा बताया गया था। अब जो करना था वो किसी के लिए भी बताना सम्भव नहीं था। लन्दन में ग्राहम डगलस कम्पनी का दफ़्तर थ्रेडनीडल स्ट्रीट पर था। विक्टोरिया स्टेशन से इसकी दूरी लगभग 2–3 मील थी। क्रॉफ्ट ने सलाह दी थी कि पहले दो–चार दिन हेम्सम कैब से ही कम्पनी जाना ठीक रहेगा।

ममद के लिए नौकरी–वौकरी ढूँढ़ने का तो कोई झंझट था ही नहीं, ग्राहम डगलस एंड कम्पनी में पहुँचना भर था। होटल से बाहर निकलने से पहले उसने रिसेप्शनिस्ट लड़की से आने–जाने की जानकारी ली और हेम्सम कैब के लिए निकल पड़ा। कम्पनी में पहुँचने पर अपना परिचय देते ही सारी समस्या खत्म हो गयी। उसके आने की सूचना वहाँ पहले से थी। पहुँचने के साथ पहले दिन से ही प्रशिक्षण शुरू हो गया। यह सब उसके लिए एकदम नया अनुभव होने वाला था। काम–काज के बारे में क्रॉफ्ट ने उसे कुछ प्राथमिक जानकारियाँ दे दी थीं। अपनी कम्पनी के हिसाब–किताब को भी उसने मामूली तौर से देख रखा था, पर डगलस कम्पनी और जिन्नाभाई पुंज एंड कम्पनी में जमीन–आसमान का अन्तर था। यहाँ के भारी भरकम रजिस्टरों और बही खातों ने कड़ाके की सर्दी में भी ममद के पसीने छुड़ा दिए। कम्पनी के अधिकारी समझते थे कि ममद की उम्र के नौजवान बिना किसी अनुभव के काम प्रारम्भ करते हैं इसलिए उसे सबसे आसान साधारण हिसाब–किताब का काम ही सौंपा गया। लेकिन बही खातों का यह सीधा–सादा काम भी उसके लिए बड़ा सिरदर्द साबित हुआ।

सुबह सवेरे कार्यालय में प्रवेश के साथ वो काम में डूब जाता और दफ़्तर बन्द होने के समय ही उसे होश आता कि होटल जाना है। लंच ब्रेक जरूर थोड़ी राहत देता था पर लंच लेते हुए भी उसके मस्तिष्क में हिसाब–किताब के आँकड़े ही घूमा करते। बही खातों की एंट्री उसका दिमाग घुमाकर रख देती थीं। कभी स्मिथ ब्रदर्स की देनदारी स्मिथ एंड कम्पनी में चढ़ जाती तो कभी बुलवर्ड प्राइवेट लिमिटेड की लेनदारी बुलवर्ड इंडिया लिमिटेड में दर्ज हो जाती। कभी लिखने की मामूली हरकत 6 को 9 बना देती तो कभी किसी रक़म में एक शून्य कम हो जाता और कभी किसी में एक बढ़ जाता। ऐसी ग़लतियाँ किसी से भी हों ममद सुबह से शाम तक ऐसी उलझनें सुलझाते–सुलझाते सिरदर्द लेकर होटल लौटता। शाम को होटल पहुँच नर्म बिस्तर पर लेटे लेटे वो यही सोचा करता कि किस जाल में आ फँसा है। कहानी उपन्यास, घूमने–घामने का कोई खास शौक उसे था नहीं। कोई दोस्त, यार भी यहाँ नहीं था। भीड़–भाड़ वाले इस शहर लन्दन में वो निपट अकेला था। फिर ऊपर से लन्दन का मौसम!

अभी प्रशिक्षण प्रारम्भ ही हुआ था कुल जमा चार दिन बीते थे और इन्हीं चार

दिनों में वो बुरी तरह ऊब गया था। सबसे बड़ी मुसीबत थी हड्डी गला देने वाली सर्दी। और अकसर सर्दी के साथ बर्फ़ीली बूँदों वाली बरसाती मुसीबत। लन्दन के आसमान पर आमतौर से दिन भर छाई रहने वाली काली घटाएँ और सुबह शाम देर तक शहर पर पड़ी कोहरे की चादर। मौसम की इन मुसीबतों ने उसे दफ़्तर के बाद होटल के कमरे का कैदी बनाकर रख दिया। इस नये शहर में यह पहला रविवार था। होटल के बन्द कमरे में वो अपने अकेलेपन के साथ सिगरेट फूँक रहा था। सिगरेट के धुएँ का स्वाद तो वो हिन्दुस्तान में कई बार ले चुका था। वहाँ इस कसैले धुएँ में कुछ खास मज़ा नहीं आया था पर कम्पनी में दो दिन के काम से जो तनाव पैदा हुआ उसनें उसकी दोस्ती सिगरेट से करा दी। कम्पनी में काम कर रहे स्त्री-पुरुष सभी तनाव का रामबाण इलाज सिगरेट को मानते थे। सुबह से कई सिगरेटों का नाश्ता करने से भी जब उसका पेट नहीं भरा तब कुछ खाने के इरादे से वो कमरे से बाहर निकला। नाश्ते के बाद अकेलेपन से परेशान ममद फिर सिगरेट के सहारे होटल की लॉबी में बैठा था। होटल में आए इस नये किशोर मेहमान की ओर रिसेप्शनिस्ट लड़की इजाबेल (काल्पनिक नाम एवं चरित्र) का ध्यान गया। वो जानती थी कि लड़का डगलस कम्पनी में प्रशिक्षण प्राप्त कर रहा है। वो ममद के पास आकर बैठी और हेलो के साथ उसने पूछा—"क्या वो हिन्दुस्तान के किसी राजघराने से है।" ममद के चेहरे पर आश्चर्य भरी मुस्कराहट खेल गयी उसने पूछा—"आपको ऐसा क्यों लगा?" इजाबेल ने कहा—"हिन्दुस्तान राजाओं, नवाबों, मदारियों या फिर भिखारियों का देश है ऐसा मैंने अखबारों और कहानी उपन्यासों में पढ़ रखा है। तुम यहाँ होटल का खर्च उठा रहे हो, कार्यालय हेम्सम कैब में जाते हो तो इतना खर्च कोई मामूली घर का आदमी तो उठा नहीं सकता।" ममद ने हँसकर बताया कि वो एक व्यापारी परिवार से है। उसने कहा कि ट्राम तो उसने देख ली है पर वो अभी लन्दन की व्यवस्था और सड़क, मोहल्लों से परिचित नहीं है इसलिए मजबूतन वो कैब में आना-जाना कर रहा है। हेम्सम कैब में पैसा ख़र्च करना उसे भी अखरता है। इजाबेल ने ममद की परेशानी समझ उसे लन्दन में चल रही ट्यूब ट्रेन की जानकारी दी जो अब बिजली से चलने लगी थी। घोड़ों वाली ओम्नीबस की जानकारी भी दी। फिर पूछा लन्दन में उसने क्या-क्या देखा है? ममद ने जवाब दिया—"लन्दन में देखने के लिए क्या है, उसे मालूम नहीं।" लड़की ने मुस्कुराकर जवाब दिया—"दोपहर बाद मेरी ड्यूटी खत्म है यदि ममद चाहे तो वो गाइड की तरह उसे लन्दन घुमा सकती है।" ममद ने यह पेशकश स्वीकार कर ली।

होटल से निकलते ही ममद ने लड़की को अपना परिचय दिया। प्रयुत्तर में लड़की ने अपना नाम इजाबेल बताया। ममद को भूख लगी थी। तै हुआ कि सबसे पहले लंच लिया जाए। यात्रा का प्रारम्भ इजाबेल ने फ्लीट स्ट्रीट के रेनबो रेस्त्राँ से

किया। रेस्त्राँ में लंच लेते हुए ममद ने कहा—"आप मुझे राजाओं के खानदान से जोड़ रही थीं और होटल में अभी आप जिस व्यक्ति को ड्यूटी सौंपकर आई हैं उसने मुझे कमरा देने से पहले पूछा था कि मैं होटल का भाड़ा दे पाउँगा?" इजाबेल हँस पड़ी। लंच के बाद तो बस इजाबेल थी और ममद, लन्दन की सड़कों और गलियों में घुमा-घुमाकर उसने ममद को थका डाला। यह यात्रा ममद के लिए बड़े काम की रही। वो ट्यूब ट्रेन से परिचित हो गया; ट्राम की अच्छी खासी जानकारी मिल गयी। ओम्नीबस की सवारी भी ख़ूब रही। एक यात्रा में दोनों बस के अन्दर बैठे दूसरी बार डबलड्रेकर में ऊपर बैठकर ममद ने शहर का नजारा लिया। कराची में इससे मिलती-जुलती गाड़ी को ऊँट खींचा करते, वहाँ यह गाँववालों की सवारी थी। यहाँ वैसी ही गाड़ी घोड़े खींच रहे थे और इसमें साहब और मेम साहब बैठ रही थीं। घोड़ों के द्वारा खींची जाने वाली यह बस तेज चलती थी और आरामदेह थी। ममद ने कहा—"यह बग्गी ही है फ़र्क़ बस इतना कि यह बड़ी है।" इस यात्रा में ममद ने ट्रफलगर स्क्वायर, टावर ब्रिज और हाउस ऑफ़ पार्लियमेंट की सैर की। पार्लियामेंट बिल्डिग ने उसे बहुत आकर्षित किया।

लन्दन दर्शन अच्छा रहा पर खत्म हुए फरवरी के मौसम में भी ठंड परेशान करने वाली थी फिर शाम होते होते शहर ने कोहरे की चादर ओढ़ ली। ये एक और मुसीबत थी रास्ते की पहचान न हो तो इन्सान कहीं का कहीं पहुँच जाए। वो तो अच्छा था इजाबेल साथ थी। इस दिन की यात्रा का अन्त बर्लिग्टन रेस्त्राँ में हुआ। थकान उतारने के लिए इजाबेल ने ब्रांडी मँगवाई। इस ड्रिंक से ममद का परिचय कराते हुए उसने कहा—"ब्रांडी से थकान में तो राहत मिलेगी ही यहाँ की ठंड से लड़ने की शक्ति भी मिलेगी।" मदिरा का स्वाद वो जहाज यात्रा में ले चुका था और हिचमन ने भी उसे ठंड से बचने के लिए रम ब्रांडी लेने की सलाह दी थी। ड्रिंक के साथ दोनों ने स्टीक्स के अलावा मछली खाई। अगले रविवार रॉयल अल्बर्ट हाल, अल्बर्ट म्यूज़ियम, विक्टोरिया और गैटी थिएटर का कार्यक्रम तै हुआ। इजाबेल उसे वापिस होटल पहुँचाकर घर लौट गयी। नौजवानी में क़दम रखने वाले इस किशोर की शालीनता और सभ्यता से वो बेहद प्रभावित थी।

होटल के कमरे में बिस्तर पर लेट सिगरेट के कश लेते हुए ममद यहाँ और वहाँ की दुनिया को तौल रहा था। लन्दन और कराची की दुनिया एकदम अलग थी, जमीन और आसमान। कराची में कोई जवान लड़की एक अनजान लड़के के साथ शहर में घूमे यह क्या कोई कभी सोच सकता था? यों तो लन्दन आते-आते ही इस देश की सम्पन्नता से उसकी आँखें चौधियाँ चुकी थीं, पर आज लन्दन में ट्यूब ट्रेन को देख वो यह सोच रहा था कि यह सुविधा तो हिन्दुस्तानियों को शायद ही कभी नसीब हो। लन्दन में सब अमीर ही बसते हों ऐसा भी नहीं था। खोमचेवाले, ठेले पर

आइसक्रीम बेचने वाले विपन्न भी उसे चार-पाँच दिनों में ही दिख चुके थे। पर यहाँ की विपन्नता में भी सम्पन्नता थी जबकि अपने देश के विपन्न स्त्री-पुरुषों को घोड़ों की जगह जुते उसने बचपन से देखा था। बड़ी संख्या में हिन्दुस्तान के लोग गरीबी और बेरोजगारी के कारण भीख माँगने के लिए अभिशप्त थे। यहाँ आकर ही उसे एहसास हुआ कि हिन्दुस्तान के गरीब जी नहीं रहे थे, नरक भोग रहे थे। इंग्लैंड बेहद अमीर था, हिन्दुस्तान बहुत गरीब। यह तुलना यहाँ आकर ही करना सम्भव था। हिन्दुस्तान में रहते हुए उसने इस बारे में कभी कोई सोच-विचार नहीं किया था। सच यह था कि उसने अपने देश के बारे में कभी कुछ सोचा ही नहीं था। सोचने का कोई कारण भी नहीं था। लेकिन इंग्लैंड आने के बाद, यहाँ लन्दन में होटल के कमरे का अकेलापन यह सब सोचने के लिए मजबूत कर रहा था। यहाँ आने के बाद ही उसे अहसास हुआ कि इंग्लैंड एक स्वतन्त्र देश है और भारत गुलाम। आजादी और गुलामी में क्या अन्तर होता है। लन्दन आकर इस सत्य का एहसास उसे बहुत जल्दी हो गया। लन्दन में उसकी उम्र के नौजवान के आनन्द के लिए इतना कुछ था कि उसमें डूबकर हिन्दुस्तान और इंग्लैंड के अन्तर से आँखें मूँदी जा सकती थीं; लेकिन, न जाने क्यों, हिन्दुस्तान में लापरवाही के साथ अमीरी का आनन्द उठाने वाले इस नौजवान लड़के को, यहाँ बार-बार हिन्दुस्तान और इंग्लैंड के आम नागरिक के जीवन का भारी अन्तर उद्वेलित कर रहा था।

इस नयी दुनिया में आकर जीवन के प्रति उसके नज़रिए में गजब का परिवर्तन होने लगा था। अपने भविष्य और आकांक्षाओं के बारे में भी उसने कभी कुछ नहीं सोचा था। जीवन में उसका उद्देश्य क्या है, यह प्रश्न उसके मन में कभी नहीं उठा था। यहाँ आने के साथ इन प्रश्नों ने उसे घेर लिया। उसने अब अपनी प्रतिभा को तौलना शरू किया। यह समझने में उसे जरा भी देर नहीं लगी कि व्यापारिक परिवार में जन्म लेने के बावजूद जोड़-घटाना और गुणा-भाग उसकी फ़ितरत में नहीं था। पहाड़े, सवैये और ड्योढ़े उसे कभी ठीक से कंठस्थ नहीं हुए, अब यहाँ कम्पनी में सुबह से शाम तक इन्हीं की जरूरत थी। यदि उसे अपने पिता के व्यापार में ही शामिल होना था तब तो ग्राहम डगलस में प्रशिक्षु का काम उसके लिए एक वरदान था, पर वो समझ चुका था; कि वह इस वरदान के योग्य नहीं था। रिसेप्शनिस्ट ने उसे लन्दन तो दिखाया ही था यहाँ के जीवन के बारे में उसने मोटी मोटी जानकारी भी दी थी। पार्लियामेंट बिल्डिग देख ममद ने इसके बारे में पूछा तो इजाबेल ने इंग्लैंड की प्रजातान्त्रिक व्यवस्था के बारे में बताया। ममद को अपनी कम जानकारी पर झुँझलाहट हो आई। अब तक वो समझता था कि इंग्लैंड का राज-काज वहाँ रानी विक्टोरिया सँभालती हैं। पर ये लड़की तो कुछ और बता रही थी। उसने तै किया कि वो शीघ्र अपनी जानकारी बढ़ाएगा। जानकारी क्या ख़ाक बढ़ाता दिन भर तो

खरीद बिक्री, खर्च और नुकसान के आँकड़ों को जमा खर्च करने में उलझा रहता। शाम तक वो इन उलझनों को इतना उलझा देता कि उसके वरिष्ठों का दिमाग भी घूम जाता। वो वापिस अपने भविष्य के बारे में सोचने लगा। क्या यह हिसाब-किताब उसके बस का रोग था? यदि नहीं तो प्रशिक्षण जारी रखने से फायदा? यदि प्रशिक्षण जारी रखना सम्भव नहीं तो क्या करे? वापिस लौट जाए? पर वापिस लौटकर हिन्दुस्तान में क्या करेगा? उसका पिता उसे व्यापार की यही जिम्मेदारियाँ सौंपेगा। व्यापारिक शिक्षा में जब वो यहाँ कद्दू में तीर नहीं मार पा रहा तो वहाँ भी आखिर क्या करेगा? व्यापार के कुशल प्रशिक्षण के लिए ही तो वो यहाँ आया है। बात घूमकर फिर वापिस उसी सिरे पर पहुँच गयी जहाँ से उसने सोचना शुरू किया था। वो स्वयं पर झल्ला उठा। उसने फिर सोचा क्या वो इतना निकम्मा और नाकारा है कि मैदान छोड़कर भाग जाए? नहीं! भले ही वो निकम्मा नाकारा हो पर कायर नहीं हो सकता। एक डरपोक और कमजोर की तरह वो प्रशिक्षण छोड़कर भागेगा नहीं। इस निष्कर्ष के लिए एक और प्रेरणा उसे मजबूती दे रही थी। वो थी लन्दन और यहाँ की जिन्दगी। पाँच छः दिनों में ही वो यह देख चुका था कि इस देश के आम आदमी की शक्ति है जीने के लिए भरपूर जिजीविषा। यहाँ ढिलाई और आलस्य के लिए कोई स्थान नहीं था। कर्मठता यहाँ के आम आदमी के जीवन का अभिन्न अंग थी।

ममद में चाहे जो भी कमी रही हो पर वो स्थितियों को बड़ी तेजी से समझने की शक्ति रखता था। परिस्थितियों का अच्छा विश्लेषण तुरत-फुरत कर लेता। उसे लगा यहीं लन्दन में रहकर ही उसे अपने जीवन की दिशा तै करनी है। वो यहाँ दुनिया जीतने के इरादे से आया है। हारकर नहीं जाएगा। कराची के उच्छृंखल उद्धत और लापरवाह किशोर का लन्दन में पुनर्जन्म हो गया था। अब वो शान्त, संयत और मननशील हो गया था। यहाँ न उसके घर का कोई बुजुर्ग उसे रोकने टोकने वाला था न कोई अभिभावक। यहाँ अपने लिए वो स्वयं एक जिम्मेदार और कठोर अविभावक बन गया। उसने नये सिरे से प्रशिक्षण के लिए कमर कसी। इस फैसले से उसकी बेचैनी समाप्त हो गयी। अब वो शान्ति के साथ सो सकता था। उसने सिगरेट बुझाई और सो गया।

ममद ने नयी ऊर्जा और नये निश्चय के साथ कम्पनी के काम में दिलचस्पी लेनी प्रारम्भ कर दी। सारी दिलचस्पी एक तरफ़ और ख़ाते बही की वास्तविकता दूसरी तरफ। वो दफ़्तर से छुट्टी तक एकदम झुँझला उठता था। शाम को उसकी थकान उतारने का काम करती इजाबेल की मुस्कान। एक-दो दिन के बाद इजाबेल ने पूछा कि वो लन्दन कितने दिन रहेगा। यह जान कि ममद यहाँ तीन साल रहने के इरादे से आया है, उसने सलाह दी—"अच्छा होगा तुम यहाँ किसी परिवार के

मेहमान बन जाओ। यह सस्ता होगा और अकेलेपन से मुक्ति भी मिल जाएगी।'' ममद को यह सलाह पसन्द आई। इजाबेल की सहायता से उसे किंग्सटन के पास एक घर में स्थान मिल गया। अब जिस शाम इजाबेल को समय मिलता वो ममद को लन्दन दर्शन कराने की जिम्मेदारी पूरी करती। दोनों ने साथ-साथ पार्लियामेंट स्क्वायर, वेस्टमिंस्टर एबे, डाउनिंग स्ट्रीट, ब्लैकफ्रेयर्स ब्रिज आदि की सैर का आनन्द लिया। इजाबेल को इन तीन-चार दिनों के साथ में ही समझ में आ गया कि ममद आम अँग्रेज लड़कों की तरह तफ़रीबाज़ नहीं था। ऐसा नहीं कि वो रूखा था। हँसी मजाक और छेड़खानी वो भी करता था। हाजिरजवाबी में तो उसका जवाब ही नहीं था और जवाब भी खूब रसीले और चुटीले होते। इसके बावजूद वो एक अलग संस्कृति में पला-बढ़ा था और उसे अपनी दुनिया पसन्द थी। हिन्दुस्तान में लड़के लड़कियों के सम्बन्धों की सीमा उसने इजाबेल को स्वयं बता दी। उसने बताया कि जैसी मित्रता उन दोनों के बीच है हिन्दुस्तान के लड़के-लड़कियों को वहाँ ऐसी मित्रता की इजाज़त नहीं है। वहाँ के नौजवान ऐसी मित्रता की कल्पना भी नहीं कर सकते। ममद ने उसे बता दिया कि वो विवाहित था और अपनी पत्नी से बेवफाई का उसका कोई इरादा नहीं था। इसके बाद इजाबेल ने अपने सभ्य व्यक्तित्व का परिचय देते हुए सम्बन्धों में औपचारिकता बरतते हुए मेल-जोल घटा दिया।

मार्च का महीना प्रारम्भ हो चुका था। फरवरी की ठिठुरन से कुछ छुटकारा मिल गया था। कोहरा भी अब परेशान नहीं करता था। अब वो लन्दन के मौसम का काफी हद तक अभ्यस्त भी हो चला था और इस मौसम में घूमना-घामना काफी सुविधाजनक था। सोमरसेट बिल्डिंग, सेंट पॉल्स कथीड्रल, ग्रेट फायर मॉन्युमेंट, टेम्पल बार मेमोरियल, नेल्सन कॉलम, बकिंघम पैलेस, क्रीमिअन वॉर मेमोरियल, विक्टोरिया मेमोरियल और रॉयल कोर्ट ऑफ़ जस्टिस जैसी इमारतों की सैर ममद ने इजाबेल की सलाह पर अकेले ही की। बैंक ऑफ़ इंग्लैंड के चौराहे पर वाहनों की भीड़ और अफरा-तफरी देखकर तो वो चकित रह गया। वेस्ट एंड में लीसेस्टर स्क्वायर की भी सैर की। यहाँ एम्पायर थिएटर में शो देखा। पिकेडली से तो वो आमतौर से रोज़ ही गुजरता था। हाइड पार्क में भाषण देते और सुनते लोगों का नजारा उसके लिए एकदम नया अनुभव था।

एक महीने से ज्यादा गुजर चुका था। अपने मजबूत इरादों के बावजूद ममद ने यह समझ लिया कि यह प्रशिक्षण पूरा करना उसके लिए सम्भव नहीं था। उसकी कुछ समझ में नहीं आ रहा था वो क्या करे? इजाबेल ने इस मामले में उसे कुछ भी सलाह देने में असमर्थता जता दी थी। वो हिन्दुस्तान और वहाँ के जीवन के बारे में कुछ भी नहीं जानती थी जो थोड़ा-बहुत अखबारों और कहानियों में उसने पढ़ा था वो सब ममद से मिलने के बाद समझ में आया कि कितना गलत था। वो नहीं

जानती थी कि वहाँ क्या-क्या व्यवसाय हैं और किन व्यवसायों में क्या सम्भावनाएँ हैं। उसने ममद को छेड़ते हुए बताया कि उसकी उम्र की अँग्रेज लड़कियों के लिए हिन्दुस्तान में एक ही सम्भावना है और वह है पति-शिकार (husband hunting)। लन्दन से युवा लड़कियाँ हिन्दुस्तान वहाँ नौजवान अँग्रेज लड़कों पर जाल डालने के लिए जाया करती हैं। मैंने सोचा यहाँ लन्दन में बैठे बिठाए पति मिल रहा है भले हिन्दुस्तानी ही हो तो क्या? पर मेरे जाल में फँसी मछली ने तो अपनी शादी के चाकू से मेरा जाल ही काट दिया। ममद ने हँसकर जवाब दिया—"मेरे लिए व्यवसाय तलाशने में मदद करो भारत जाकर मैं तुम्हारे कटे जाल में भी कोई अफ़सर मछली फँसा दूँगा।" "ऐसा है तो सोचती हूँ तुम्हारी मदद मेरे बड़े काम आएगी, मैं हिन्दुस्तान की ज्ञान वृद्धि में आज से ही लग जाती हूँ", इजाबेल ने जवाब दिया और दोनों हँसते हुए विदा हुए।

ममद होटल छोड़ एक परिवार के साथ रहने लगा था। यह सब इजाबेल की सहायता से हुआ था। यहाँ उसे एक अपना कमरा तो मिल ही गया था, साथ में सुबह नाश्ते और रात के भोजन का भी इन्तजाम था। वो भी परिवार जैसे वातावरण में। ममद ने देखा यहाँ के लोग साथ रहते हुए भी किसी के निजी जीवन में ताक-झाँक नहीं करते। डाइनिंग मेज पर नाश्ते या भोजन के दौरान बहुत औपचारिक बातें या बहुत सभ्य हँसी-मजाक होता। लन्दन आने के बाद उसका परिचय चाय और कॉफी से हुआ। कराची में तो माँ बडा गिलास भरकर दूध पिलाया करती थी। एक और नया शौक उसे लन्दन से ही लगा। ये था समाचारपत्र। हिन्दुस्तान में उसने कभी कोई समाचारपत्र देखा ही नहीं था। क्रॉफ्ट को एकाध बार उसने समाचारपत्र लिए हुए जरूर देखा था, पर यहाँ अकसर लोग अखबार में डूबे हुए दिखा करते। वो भी होटल की लॉबी में रखे अखबार को पलटने लगा था और होटल से ही अखबार पढ़ने की आदत लेकर इस घर में आया। अखबार रोज़ाना उसे एक नयी दुनिया के दर्शन कराने लगा। इसी अखबार से उसे पता चला पार्लियामेंट क्या है, वहाँ होता क्या है। वगैरा वगैरा। ममद केवल गणित को छोड़ बाकी ज्ञान तुरन्त आत्मसात कर लेता था। ज्ञान बढ़ाने की इच्छा तो हिन्दुस्तान में भी रहती थी पर वहाँ कोई सुविधा नहीं थी। वातावरण भी नहीं था। यहाँ समाज में बराबरी से बात करने के लिए आवश्यक था कि प्रजातन्त्र, राजनैतिक विचारधारा और सामाजिक व्यवस्था पर आप अपनी राय भी रखते हों। राष्ट्रवाद, व्यक्तिगत स्वतन्त्रता तथा नागरिक अधिकार की जागरूकता का ज्ञान उसे यहीं मिला और उसने इस बारे में अपनी जानकारी बहुत तेजी से बढ़ाई। बहुत कुछ तो वो अखबार के द्वारा समझ रहा था पर विशेष जानकारी के लिए उसने पुस्तकालय जाना भी शुरू कर दिया। अखबार से ही उसे पता चला कि इस बार की ब्रिटिश पार्लियामेंट में एक भारतीय सदस्य भी था। नाम था दादा

भाई नौरोजी। ममद ने निश्चय किया वो इनसे मिलेगा।

ममद अब होटल में नहीं था जहाँ रहने वाले रोज़ बदल जाते थे। अब वो एक नागरिक बस्ती का सदस्य हो गया था। वो सुबह जब अपनी कम्पनी के लिए निकलता तो लगभग उसी समय बगल के एक शानदार घर से काला गाउन हाथ में लिए कड़क कॉलर की सफ़ेद कमीज़ पर काला कोट और काला हैट पहन उसका पड़ोसी अपनी बग्गी में बैठ कोर्ट के लिए निकला करता। वो यह जान चुका था कि यह सज्जन कोर्ट में बैरिस्टर थे। बैरिस्टर के व्यक्तित्व में सबसे ज्यादा प्रभावशाली उसे उनकी पोशाक लगा करती थी। ग्राहम डगलस में काम करते दो महीने से ऊपर हो चुके थे। अब तक का उसका सारा समय व्यर्थ गुजरा था। ममद परेशान था उसे अब भी कुछ सूझ नहीं रहा था; वो क्या करे; अपने भविष्य के बारे में किससे सलाह ले। एक रात अकस्मात् उसे हिचमन की याद आई। उसने सूटकेस में पड़ी अपनी डायरी निकाली और अगली शाम वो हिचमन के घर हाजिर था।

हिचमन ममद को देखकर खुश हुआ। सामान्य औपचारिक बात-चीत के बाद ममद मुद्दे पर आ गया। हिचमन सुलझा आदमी था। उसने कहा कि अपना सबसे अच्छा आकलन व्यक्ति स्वयं कर सकता है। बशर्ते व्यक्ति स्वप्नजीवी न हो। जैसा विश्लेषण तुमने अपने काम और अपनी प्रतिभा का किया है वो सुनकर मैं तुम्हारी समझदारी से प्रभावित हूँ। ज्यादातर लोग अपनी कमज़ोरियाँ छिपाते हैं। लेकिन तुमने अपनी कमी बताने में संकोच नहीं किया यह अच्छी बात है; सिर्फ हिम्मती व्यक्ति ही ऐसा कर सकता है। अपने भविष्य को लेकर तुम्हारी चिन्ता बिलकुल दुरुस्त है। कठिनाई ये है कि हिन्दुस्तान में काम-धाम की सम्भावनाएँ बहुत सीमित हैं। मैं ब्रिटिश हूँ और मुझे ऐसा कहना नहीं चाहिए पर हिन्दुस्तान की अच्छी सरकारी नौकरियों पर हम लोगों का कब्जा है। हमारी व्यवस्था भी तुम लोगों के ख़िलाफ़ है। आई. सी. एस. के लिए बहुत मेहनत की जरूरत है। तुम स्वयं स्वीकार कर चुके हो कि अब तक पढ़ने-लिखने में तुम्हारी दिलचस्पी बहुत कम थी। इस प्रतियोगिता के लिए तो तुम्हें बहुत पढ़ना पड़ेगा। फिर हिन्दुस्तानियों के साथ भेदभाव के कारण तुम्हारे लिए इसमें सफलता की सम्भावनाएँ बहुत कम हैं। दूसरी नौकरियों का भी यही हाल है। फौज में भी तो तुम लोगों के लिए रास्ते बन्द हैं। उद्योग तुम्हारे देश में हैं नहीं। ले-देकर थोड़े बहुत व्यवसाय में ही तुम लोगों के लिए गुंजाइश है जैसे चिकित्सा, शिक्षा या वकालत।

''वकालतकैसा व्यवसाय है?'' ममद ने पूछा—''सफल हो जाओ तो पैसा बरसता है, पर इस व्यवसाय में भी पढ़ना-लिखना पड़ता है।''

''पढ़ने से मुझे कोई अरुचि नहीं है बस ये हिसाब-किताब मेरे बस का रोग नहीं है।'' ममद ने जवाब दिया।

"तुम यहाँ कोर्ट में एक-दो दिन जाकर देखो यदि तुम्हें वहाँ की कार्रवाई में कोई आकर्षण दिखे तो ठीक है।" हिचमन ने समझाया।

"कोर्ट में मुझे घुसने कौन देगा?" ममद ने अपनी परेशानी रखी।

"प्रजातान्त्रिक व्यवस्था के अन्तर्गत अदालती कार्रवाई में कोई छुपाव-दुराव नहीं होता। आम जनता का कोई भी व्यक्ति बिना किसी रुकावट के अदालती कार्रवाई देख सकता है।" हिचमन ने बताया।

ममद ने तै किया वो कोर्ट जाकर वहाँ का काम-धाम देखेगा।

उसने देर नहीं की । कम्पनी से एक दिन की छुट्टी लेकर वो रॉयल कोर्ट जा पहुँचा। वकीलों की पोशाक तो उसे पहले ही बहुत आकर्षित कर चुकी थी अब कोर्ट में वकीलों की जिरह ने भी उसे आकर्षित किया। जीवन में पहली बार वो कोर्ट में आया था। यहाँ का वातावरण उसे खासा दिलचस्प लगा। उसने कई मुकदमों की कार्रवाई देखी। अलग-अलग वकीलों को अलग-अलग अन्दाज में अपना पक्ष रखते हुए देखा। अदालत की इस यात्रा से वो सन्तुष्ट हो गया। रात में बिस्तर पर सिगरेट का धुआँ उड़ाते हुए वो अदालती कार्रवाई का विश्लेषण करने लगा। उसने कई वकीलों का अन्दाज देखा था। उसे लगा इस व्यवसाय में भाषा पर अधिकार बेहद जरूरी था। उसने यह भी देखा कि वकील जज के सामने सामान्य लहज़े में अपनी बात नहीं रख रहे थे उनकी बात-चीत और चालढाल में बड़ी नाटकीयता थी। उसने फिर अपनी प्रतिभा को तौलना प्रारम्भ किया। अँग्रेज़ी उसके लिए कोई समस्या नहीं थी। सर क्रॉफ्ट से प्रभावित हो सबसे पहले उसने अँग्रेज़ी पर महारत हासिल करना तै किया था। जिन्नाभाई उसके इस निर्णय से बहुत प्रसन्न थे। उन्होंने फौरन एक अच्छे शिक्षक की व्यवस्था कर दी। ममद ने अँग्रेज़ी लिखने-पढ़ने में बहुत जल्दी प्रवीणता प्राप्त कर ली। उसकी कोशिश थी कि वो सर क्रॉफ्ट के साथ आराम से उन्हीं के अन्दाज में बात कर ले। लन्दन आने से पहले यह दक्षता वो प्राप्त कर चुका था। उसकी अँग्रेज़ी और भी अच्छी हो जाए यह वो कर सकता था। जहाँ तक नाटकीयता का प्रश्न था तो ऐसा कोई मौका स्कूल कॉलेज में उसे अब तक नहीं मिला था जहाँ वह अपनी इस प्रतिभा की परीक्षा ले पाता। यहाँ इस समय इस कमरे में वो यह परीक्षा लेता तो घर के मालिक परेशान हो जाते। उसने तै किया कि हाइड पार्क के किसी निर्जन स्थान पर वो नाटकीयता के साथ बोलने के अपने अन्दाज की परीक्षा लेगा।

ममद कानून के किसी अच्छे शिक्षण संस्थान का वातावरण भी देख लेना चाहता था। लिंकंस इन की प्रसिद्धि सुन एक दिन वो वहाँ पहुँच गया। उसे पता चला कि बहुत शीघ्र वहाँ प्रवेश परीक्षा होनी थी। परीक्षा तथा ख़र्च की सूचनाएँ प्राप्त कर वो अपने घर लौट गया। रात में उसने फिर सोचा क्या किया जाए? प्रशिक्षण को दो

महीने से ऊपर हो चुके थे। इस प्रशिक्षण से वो बुरी तरह ऊब चुका था। वो समझ गया था, यह काम वो जारी नहीं रख सकता। वकालत उसे ठीक लग रही थी। उसका मन कह रहा था, यह पाठ्यक्रम वो सफलता के साथ पूरा कर सकेगा। हिचमन उसे बता ही चुका था कि वकालत का पेशा सम्माननीय था और आमदनी भी बहुत अच्छी होती थी। जिन्नाभाई ने प्रशिक्षण के लिए जो धनराशि देकर उसे लन्दन भेजा था उस धनराशि से वो कानून की शिक्षा और लन्दन में रहने का खर्च आसानी से पूरा कर सकता था। ममद को 'इन्' में एक विशेष जानकारी मिली। इस कोर्ट (शिक्षण संस्थान) में प्रवेश के लिए इस वर्ष परम्परागत प्रवेश परीक्षा का यह अन्तिम वर्ष था। यह परीक्षा लिटल-गो के नाम से प्रसिद्ध थी। लिटल-गो की समाप्ति के बाद अगले वर्ष से परिवर्तित नियम के अनुसार बार में शामिल होने के लिए दो अतिरिक्त वर्षों के समय की वृद्धि होने वाली थी और प्रवेश परीक्षा कठिन होने जा रही थी। इसका अर्थ था बैरिस्टर बनने के लिए दो वर्षों का अतिरिक्त समय, बहुत-सा ख़र्च और सफलता में संदिग्धता। बहुत सोचने के बाद आज की रात उसने तीन निर्णय लिए।

पहला, प्रशिक्षण से मुक्ति पाई जाए; फौरन। दूसरा इंसकोर्ट में प्रवेश के लिए तैयारी प्रारम्भ की जाए और तीसरा, पिता को इस फ़ैसले की सूचना दे दी जाए। एक खतरा जरूर था; प्रशिक्षण छोड़ दिया और इन् की प्रवेश परीक्षा में सफल न हुए; तो? ममद ने फौरन अपना सर झटककर स्वयं से कहा—ममद जीतने के लिए पैदा हुआ है। अपने फ़ैसले से वो सन्तुष्ट और खुश था। अब वो आराम से गहरी नींद का आनन्द ले सकता था। अगले दिन सुबह उसने दो पत्र लिखे। एक कम्पनी के नाम प्रशिक्षण से मुक्ति के लिए त्यागपत्र और दूसरा, पिता को इस त्यागपत्र की सूचना के साथ कानून पढ़ने के निर्णय; तथा बैरिस्टर बनने के अपने निश्चय के बारे में। लन्दन में इस निर्णय को साझा करने वाला न कोई मित्र था न सगा सम्बन्धी। इजाबेल से मिले तो ऐसा लगता था कि मुद्दतें हो गयी हैं, फिर ऐसी व्यक्तिगत बातों में उसने पहले भी कोई रुचि नहीं दिखाई थी। हिचमन काफी दिनों के लिए लन्दन से बाहर था। बसन्त प्रारम्भ हो चुका था लन्दन का मौसम काफी खुशगवार हो गया था। कड़ाके की सर्दी, बर्फ़ीली बूँदों वाली बरसात और कोहरा—धुन्ध से छुटकारा मिल चुका था। ममद ने प्रवेश परीक्षा के लिए पुस्तकें खरीदीं और तैयारी प्रारम्भ कर दी। इस पढ़ाई के लिए उसे किसी ने आदेश नहीं दिया था। अब तक पढ़ाई-लिखाई से बेजार किशोर अपने माथे पर लगे इस बेजारी के दाग को धोने की ठान चुका था।

अप्रैल के अन्तिम सप्ताह के अन्तिम दिनों में उसने कम्पनी को छोड़ा। परीक्षा के लिए अब एक महीना भी नहीं था। न कोई उसे पढ़ाने वाला था। न पढ़ने में मदद देने वाला। न कोई मार्गदर्शक था न जोश बढ़ाने वाला। ऐसे अकेलेपन में पिता का

जो पत्रोत्तर मिला वह उसे विचलित करने के लिए पर्याप्त था, परन्तु ममद का यह अपना मनोबल था जिसने उसे परीक्षा की तैयारी की एकाग्रता को छिन्न-भिन्न होने से बचाया। पच्चीस मई 1893 को परिणाम निकला। ममद की खुशी की कोई सीमा नहीं थी। आज उसने अपने बलबूते पर एक कठिन परीक्षा में सफलता पाई थी। उसने प्रवेश परीक्षा उत्तीर्ण कर ली थी बैरिस्टर बनने के लिए उसका रास्ता साफ हो चुका था। आज फिर उसने पिता का पत्र पढ़ा—पिता ने वकालत में सफलता की अनिश्चितता के बारे में ममद को आगाह करते हुए लिखा कि वर्षों धक्के खाने के बाद भी यह आवश्यक नहीं था कि इस व्यवसाय में सफलता मिल ही जाए। जबकि अपना व्यवसाय जमा जमाया था। जिन्नाभाई ने प्रशिक्षण छोड़ने पर नाराजगी जाहिर की थी। उसका कहना था कि जब तुम व्यापारिक प्रशिक्षण में मन नहीं लगा पाए जिससे थोड़ा-बहुत तुम्हारा परिचय था तब एकदम नये विषय में तुम क्या कर पाओगे उन्होंने लिखा कि वकालत पढ़ने का ख्याल छोड़कर फिर से प्रशिक्षण शुरू कर दो यदि कम्पनी तुम्हें स्वीकार न करे तो वहाँ समय बर्बाद करने के बजाय तुम हिन्दुस्तान लौट आओ। ममद ने यह पत्र कई बार पढ़ा और बुदबुदाया—जिस रास्ते पर कदम बढ़ा दिए हैं बिना मंज़िल हासिल किये ममद रुकने वाला नहीं है। वापसी का तो सवाल ही पैदा नहीं होता। मैं जीतने के लिए पैदा हुआ हूँ हारने के लिए नहीं।

उसने पिता को बहुत संयत भाषा में उत्तर दिया। परीक्षा में अपनी सफलता के बारे में लिखा। उसने जिन्नाभाई की उनकी जिजीविषा को याद करते हुए लिखा कि कैसे उन्होंने कराची में अपने बलबूते पर सफलता पाई। उसने लिखा मैं आपका बेटा हूँ बैरिस्टर बनूँगा और सफल भी होऊँगा; आपकी तरह। बस आपके और माँ के आशीर्वाद की जरूरत है। लिटल-गो परीक्षा के अन्तिम अवसर के बारे में उसने लिखा कि यह उसका भाग्य था कि इस मौके पर वह लन्दन में था। शायद अल्लाह को यही मंजूर था इसीलिए वो सही समय पर इस कोर्ट में पहुँचा और बिना किसी मदद के परीक्षा में सफल हुआ। उसने लिखा कि कराची में उसके शिक्षक उससे परेशान रहते थे और उन्हें यह आशा नहीं थी कि मैं कभी पढ़ाई-लिखाई में कोई उपलब्धि हासिल कर पाऊँगा। इस परीक्षा की सफलता ने उनके ख़याल गलत साबित कर दिए हैं। ख़र्च के बारे में उसने लिखा कि जितना रुपया उसके पास है कोर्स पूरा करने के लिए वह पर्याप्त है। पढ़ाई के लिए पैसे की कोई माँग वो नहीं करेगा। इस पत्र का जो जवाब ममद को मिला उसने उसे पढ़ाई का नया जोश प्रदान किया। जिन्नाभाई ने जवाब में लिखा। परीक्षा में तुम्हारी सफलता से हम सब खुश हैं। तुम्हारा मन पढ़ाई में नहीं लगता था इसलिए मैंने तुम्हें वापिस आने के लिए लिखा था, पर अब जब तुम्हें पहली सफलता मिल गयी है तो इंशाअल्ला तुम अपने इरादे में जरूर कामयाबी हासिल करोगे। हम दोनों अल्लाह से तुम्हारी कामयाबी के

लिए दुआ करते हैं।

जिन्नाभाई के पत्रोत्तर ने ममद के मनोबल को बहुत मजबूती दी। 25 जून, 1893 से लिंकंस इन् में उसने प्रवेश लिया और कानून की पढ़ाई शुरू कर दी। अब तक ममद को लन्दन में रहते हुए लगभग चार महीने हो चुके थे। इस दौरान उसका साबका कई उदार और भले अँग्रेजों से पड़ा था, लेकिन इसी बीच वो यह भी देख चुका था कि ज्यादातर अँग्रेज अपनी नस्ली श्रेष्ठता पर गर्व करते थे। उनमें बसी रंग भेद की भावना का परिचय उसे अकसर देखने को मिल जाता था। ममद का रंग काफी गोरा था शायद इस कारण उसे स्वयं किसी अप्रिय स्थिति से गुजरना नहीं पड़ा लेकिन अफ्रीकन नस्ल के लोगों से भेद-भाव बहुत स्पष्ट रूप से दिखाई देता था। अपनी स्वतन्त्रता और अधिकारों के लिए अँग्रेजों की जागरूकता ने ममद को बहुत प्रभावित किया। यहाँ आने के साथ ही उसे अपने देश की गुलामी का एहसास हो चुका था। जिन स्थितियों को वो हिन्दुस्तान में सामान्य समझता था यहाँ आकर उसे एहसास हुआ कि उसके देशवासियों के लिए वे कितनी अन्यायपूर्ण थीं। वहाँ का आम आदमी अभी तक गुजरे दौर के राजाओं, नवाबों के वक़्त में जी रहा था। अपने ही देश में देशवासियों के लिए रोजगार के अवसर नहीं के बराबर थे। जबकि औद्योगिक क्रान्ति ने विलायत को मालामाल कर रखा था। हिन्दुस्तान विकट गरीबी से जूझ रहा था। कराची में माल ढोने के लिए ठेले थे जिसे चिलचिलाती धूप में पुरुष ही नहीं स्त्रियाँ भी खींचने के लिए मजबूत थीं। लन्दन में बिना घोड़े के कोई ठेला या गाड़ी उसने कभी नहीं देखी थी। समाचारपत्रों के लेख और दूसरे समाचार ममद को लगातार जागरूक बना रहे थे। संसदीय व्यवस्था के गुण उसकी समझ में आ रहे थे। उसने तै किया कि एक दिन वो हाउस ऑफ़ कॉमन्स की कार्यवाही देखेगा।

ममद यह जान चुका था कि भारतवासी दादाभाई नौरोजी हाउस ऑफ़ कॉमन्स के सदस्य थे। जिस दिन वो हाउस की कार्यवाही देखने पहुँचा उस दिन नौरोजी हाउस को सम्बोधित करने वाले थे। ममद ने उनका भाषण सुना। वो भारत की दुर्दशा का वर्णन कर रहे थे। भारत के साथ होने वाले अन्याय के ख़िलाफ़ वो बहुत संयम पर स्पष्टवादिता के साथ बोल रहे थे। नौरोजी के भाषण ने ममद की आँखें ख़ोल दीं वो नौरोजी से पूरी तरह सहमत था। अफसोस उसे यह हुआ कि अब तक वो किस दुनिया में जी रहा था। अपने देश की दुरावस्था के साथ जीते हुए कभी इस विसंगति पर उसका ध्यान ही नहीं गया। इस बुजुर्ग पारसी के भाषण ने उसे अपने देश के साथ आत्मिक रूप से जोड़ दिया। कानून की पढ़ाई के प्रति तो वो गम्भीर था ही, अब वो हिन्दुस्तान के साथ हो रहे अन्याय के बारे में भी गम्भीरता से सोचने लगा। रात में नौरोजी का भाषण उसके दिमाग में घूम रहा था। इंग्लैंड में राजनैतिक चेतना कितनी प्रखर थी और कराची में तो शायद कोई चेतना थी ही नहीं। रही भी

हो तो? उसे स्वयं वहाँ घोड़ा दौड़ाने के सिवा कुछ सूझता था? पढ़ाई तक में तो उसे कोई दिलचस्पी थी नहीं। ये उसका भाग्य था कि वो यहाँ आ गया और अब शिक्षा का महत्त्व समझ रहा था। यहाँ आकर उसकी समझ में यह भी आया कि दुनिया बहुत बड़ी है और ज्ञान का दायरा भी। ज्ञान का अर्थ है बुद्धि का विकास और इसके लिए आवश्यक है पढ़ना। केवल कानून नहीं और भी बहुत कुछ। मित्रों की सलाह पर वो एडमंड बर्क की 'राइटिंग एंड स्पीचेस' तथा आइज़ैक डिज़रायलि की 'लिटरेरी कैरेक्टर ऑफ़ जीनियस' ले आया। इन पुस्तकों ने भी उसे लगातार पढ़ने के लिए प्रेरित किया। यहाँ रहते हुए वो ऐसी ही पुस्तकें अपने संग्रह में शामिल करने लगा।

लिंकंस इन् में प्रवेश के पहले ही, समाचार-पत्र उसके जीवन का अंग बन चुके थे। पुस्तकालय भी वो जाने लगा था पर अब वो ब्रिटिश म्यूज़ियम लाइब्रेरी का सदस्य बन गया। यह पुस्तकालय शोध छात्रों के लिए तीर्थ जैसा था। ममद अपना खाली समय यहीं गुजारता। विभिन्न विषयों की पुस्तकें पलटने के बाद राजनीति, जीवनी, संस्मरण और अँग्रेज़ी साहित्य में उसकी रुचि सिमट गयी। इसमें भी वो राजनीति, जीवनी और अँग्रेज़ी कविताओं का ही अध्ययन गम्भीरता से करता। कविताओं में तो उसकी रुचि तब भी थी जब वो विद्यालय जाने से जी चुराता था। पुस्तकालय में पढ़ते-पढ़ते ऊब जाता तो लन्दन घूमने निकल पड़ता। रविवार को हाइड पार्क जाना उसका प्रिय कार्यक्रम होता था। यहाँ संगमरमरी मेहराब के पास खड़े हो कर व्याख्यान देने वालों को वो बड़े ध्यान से सुनता। विषय उसकी दिलचस्पी का न भी हो तब भी वो उनको सुनता जरूर था। अकसर व्याख्यान के बजाय उसकी ज्यादा दिलचस्पी भाषणकर्ता के लहज़े और उसकी नाटकीयता पर होती। कई बार व्याख्यान देने के लिए वो स्वयं जोश से भर उठता। हाइड पार्क के इन व्याख्यानों ने उसके व्यक्तित्व के निर्माण में महत्त्वपूर्ण योगदान दिया। बैरिस्टर बनने के बाद हिन्दुस्तान की अदालतों में जब वो अपना मुकदमा पेश करता तब हाइड पार्क से मिले अनुभव का भरपूर इस्तेमाल करता। उसकी नाटकीयता उसकी बहस को बहुत मजबूती प्रदान कर देती और जब वो राजनीति में आया तब सार्वजनिक भाषण हो या स्थापित नेताओं का छोटा बड़ा मंडल; ममद सबके ऊपर अपनी गहरी छाप छोड़ने में कामयाब हो जाता। यह गुण उसे विरासत में नहीं मिला था, यह गुण उसने अपने व्यक्तित्व में अपनी मेहनत से अर्जित किया था। पुस्तकालय या फिर हाइड पार्क उसके जीवन के अंग अवश्य हो गये थे, पर सबसे अधिक ध्यान उसका कानून की पढ़ाई पर था। उसके जीवन की सफलता की चाबी लिंकंस इन् में छुपी थी। अब वो कराची का बेचैन और लापरवाह किशोर नहीं था अब वो एक गम्भीर और जिम्मेदार नौजवान विद्यार्थी था जो अच्छी शिक्षा के महत्त्व को समझ

चुका था।

विलायत अलग ही दुनिया थी। हिन्दुस्तान में राजे-रजवाड़ों का राज खत्म हो चुका था, लेकिन वहाँ अब भी इन्हीं का बोलबाला था। यहाँ रानी विक्टोरिया राज कर रही थी पर बोलबाला प्रधानमन्त्री का था। वहाँ कानूनी रोक-टोक के बावजूद ढाल तलवार दिख जाती थी यहाँ ये गुजरा वक़्त संग्रहालय में कैद हो चुका था। वहाँ के राजे रजवाड़े शक्तिहीन थे पर फिर भी प्रासंगिक बने हुए थे। यहाँ की मलिका विक्टोरिया शक्तिशाली थीं पर फिर भी अप्रासंगिक होती जा रही थीं। वहाँ आम हो या खास किसी की फ़रियाद सुनने वाला कोई नहीं था। यहाँ आम आदमी की मामूली सी कठिनाई की भी सुनवाई थी। वहाँ कोई नागरिक व्यवस्था नहीं थी यहाँ नागरिक, व्यवस्था का हिस्सा था। स्थानीय प्रशासन से लेकर देश के महत्त्वपूर्ण विषयों को भी सामान्य नागरिक प्रभावित कर सकता था। मामूली से मामूली व्यक्ति भी सरकार की नीति और नियमों पर सवाल खड़े कर सकता था अपनी राय अपने विचार खुलकर व्यक्त कर सकता था। समाज इन विचारों की अभिव्यक्ति से आन्दोलित हो उठता था और इस तरह एक अदने व्यक्ति की आवाज भी हाउस आफ कॉमन्स में गूँज उठती थी। व्यक्ति स्वातन्त्र्य की इस अनोखी सामाजिक पद्धति से उसका परिचय लन्दन आकर हुआ। प्रजातन्त्र से उसका परिचय लन्दन ने कराया। इस व्यवस्था की ख़ूबियाँ यहाँ रहकर उसकी समझ में आईं। प्रजातन्त्र के कारण नागरिकों के अधिकार का ज्ञान उसे यहीं मिला। प्रजातन्त्र के साथ राष्ट्र और राष्ट्रवाद से भी उसका परिचय लन्दन ने कराया। राष्ट्रवाद तो पूरे यूरोप में गूँज रहा था। अपने देश में आजादी के साथ रहने और आजादी के साथ जीने के सुख को वो यहाँ देख ही नहीं रहा था, कुछ हद तक इसका लाभ भी उठा रहा था। आजादी के साथ ही व्यक्ति का स्वाभिमान भी जुड़ा था। स्वाभिमान व्यक्ति को गुलाम मानसिकता से मुक्ति प्रदान करता है, यह सत्य भी वो यहाँ देख रहा था। किशोर ममद जवानी में प्रवेश कर रहा था, इसी समय उसके समक्ष ज्ञान के नये द्वार खुले। उसने इस ज्ञान को पूरी शिद्दत के साथ समेटा। प्रजातन्त्र, व्यक्ति स्वातन्त्र्य, उन्मुक्त अभिव्यक्ति और आजादी उसके व्यक्तित्व का हिस्सा बन गये।

रोमियो

हाउस ऑफ़ कॉमन्स के अलावा लन्दन में उसे जो दूसरा सबसे बड़ा आकर्षण दिखाई देता वह था थिएटर। इनमें भी शेक्सपियर के नाटक उसे बहुत अधिक आकर्षित करते। अकसर उसकी शाम के साथी थिएटर में मंचित हो रहे यही नाटक होते। प्रेक्षागृह पर हमले के बाद मित्रमंडली के बीच कई दिन देखे गये नाटक का विश्लेषण होता। अभिनेताओं के अभिनय और संवाद अदायगी पर बहसें होतीं।

बाल की खाल निकाली जाती। कलाकारों का अपना आकर्षण होता। उनकी अदाएँ उनके अन्दाज उनके परिधान की सहपाठियों के साथ ख़ूब चर्चा होती। थिएटर कलाकारों की मोटी कमाई के किस्से वो ख़ूब सुन चुका था। आमदनी और अदाओं के आकर्षण से भरपूर इस व्यवसाय में भी वो सम्भावनाएँ तलाशने लगा। शीशे में अपनी सूरत को हर ओर से देखा और अपने रूप पर वो ख़ुद ही फ़िदा हो गया। रूप-रंग में तो कोई कमी थी नहीं, बस जरा शरीर पर चर्बी की कमी थी। इस कमी की भरपाई अभिनय की गहराई से की जा सकती थी। ममद ने कलाकारों की नाटकीयता और संवाद शैली को बड़े ध्यान से देखा था। इस कसौटी पर उसने स्वयं को तौला। उसे पूरा विश्वास हो गया कि अभिनय प्रतिभा की उसमें कोई कमी नहीं थी। हाइड पार्क के अकेलेपन में वो कितनी ही बार नाटकों के संवादों को दोहरा चुका था। उसे लगता कई बार वो स्थापित कलाकारों से भी बेहतर और प्रभावशाली तरीक़े से संवाद अदायगी कर लेता था। आमतौर से मित्रमंडली शो देखकर वापिस होती तो उस रात होस्टल के कमरों में कई नये कलाकारों का जन्म हो जाता। ये सद्यः जात अपनी पसन्द के कलाकार की अदायगी का नमूना पेश करते। नाटक के किसी दृश्य की बिना स्टेज और सेट के पुनर्रचना करते। सबसे आनन्ददायी वो अवसर होते जब कोई लड़का किसी अभिनेत्री का पुनर्जन्म कर देता। इससे भी ज्यादा मजेदार वो मौके होते जब दो नौजवान प्रेमी-प्रेमिका के दृश्य को जीवन्त करते। ऐसे दृश्यों के प्रेम पगे अन्तरंग संवादों का समापन दर्शकों के जोरदार हँसी ठहाकों से होता। कई बार ममद भी अपनी प्रतिभा प्रदर्शित करते हुए किसी कलाकार की नकल पेश करता। ऐसा अवसर जब भी आता उसके अभिनय और संवाद अदायगी की धाक जम जाती। खूब तारीफ मिलती, बड़ा प्रोत्साहन मिलता। इन प्रशंसाओं से ममद का दिमाग घूम जाता। उसका आत्मविश्वास कहता वो अच्छा और सफल कलाकार सिद्ध हो सकता है।

हिन्दुस्तान में अब तक पढ़ाई-लिखाई से बेजार ममद यहाँ कुछ ही महीनों में काफी बदल गया था। फिर भी पुरानी जिन्दगी के अलमस्त दिन अकसर उसे कचोट उठते। कानून की पुस्तकों से मित्रता कोई हँसी खेल नहीं था। लिंकंस इन् में कुछ नये मित्रों ने यह ख़ौफ़ भी दिखा दिया था कि बैरिस्टर बन जाने के बाद यह बिलकुल जरूरी नहीं था कि वकालत चल जाए। शुरुआती दौर में तो काफी भाड़ झोंकना पड़ता है फिर भी यह आवश्यक नहीं कि मेहनत और जद्दोज़हद निश्चित रूप से रंग लाए। किसी अनिश्चित लक्ष्य के बजाय अधिक सम्भावना वाले क्षेत्र में प्रयास करना अधिक बुद्धिमानी है। उसके मन में यह विचार कौंधा शायद थिएटर का सफल कलाकार बनना आसान और अधिक लाभदायक होगा।

इस क्षेत्र में प्रवेश के द्वार तलाशना उसने शुरू किया, पर एकदम अनाड़ी

लड़के को मंच पर कौन खड़ा होने देता। ममद तो कभी मंच पर चढ़ा ही नहीं था। ऐसी निराशाजनक स्थिति में भी उसके मित्रों ने एक नाटक कम्पनी ढूँढ़ ही ली जिसका मैनेजर नयी प्रतिभा को अवसर देने से घबराता नहीं था, पर मौका देने से पहले परीक्षा तो आवश्यक थी ही। इस कम्पनी के मैनेजर ने ममद को मंच पर अपनी प्रतिभा दिखाने का अवसर प्रदान कर दिया। ममद युवावस्था में प्रवेश कर ही रहा था उसकी उम्र रोमियो के पात्र के लिए एकदम उपयुक्त थी फिर उसका व्यक्तित्व भी बेहद आकर्षक था, उसे उसके पसन्द के नाटककार शेक्सपियर के नाटक 'रोमियो जूलिएट' नाटक के लिए ही परखा गया। रोमियो के कुछ संवाद अदा करने के लिए दिए गये। ममद मंच पर पहुँचा। दर्शकों में उसके कुछ मित्रों के साथ कम्पनी का मैनेजर और साथ में उसकी पत्नी थी। ममद मंच पर पहली बार खड़ा हुआ आत्मविश्वास उसमें कूटकूट कर भरा था। निश्चित रूप से वो कलात्मक प्रतिभा का धनी था। रोमियो के संवाद उसने इतने भावप्रवण ढंग से अदा किये कि दर्शक चकित रह गये। आवाज पर तो उसे गज़ब का अधिकार था। संवादों की भावना के अनुसार उसकी आवाज के उतार-चढ़ाव ने मैनेजर और उसकी पत्नी को बड़ी गहराई से प्रभावित किया दोनों ताली बजाते हुए अपनी सीट से उठ खड़े हुए। उनके लिए यह एकदम अविश्वसनीय था कि किसी ने जीवन में पहली बार इतनी सफलता के साथ अभिनय की कोशिश की थी। मैनेजर के लिए सोचने को कुछ नहीं था। उसने ममद के साथ अनुबन्ध कर लिया और उसे अपनी कम्पनी में कलाकार के रूप में शामिल कर लिया।

यह बहुत बड़ी सफलता थी। अब कुछ ही दिनों में ममद धनोपार्जन करने वाले नौजवानों में शामिल होने जा रहा था। उसने उसी दिन इस सफलता की सूचना देते हुए पिता को लिखा, कि वकालत की शिक्षा पूरी करने के बाद भी भविष्य अनिश्चित है। सफल वकील बनना एक दु:साध्य कार्य है। सफलता प्राप्त करने में कितना वक़्त लगेगा यह कोई नहीं बता सकता। इसके विपरीत अभिनय से आय का द्वार तुरन्त खुल रहा है और भविष्य में अच्छी आमदनी की सम्भावना बेहद उज्ज्वल है। उसने वकालत की पढ़ाई छोड़ देने के निश्चय के बारे में लिखा और अपने नये व्यवसाय में सफलता के लिए आशीर्वाद माँगा। लौटती डाक से उसे पिता का पत्र मिला। स्वप्न में भी उसे यह उम्मीद नहीं थी कि जवाब इतनी जल्द मिलेगा। बड़े उत्साह से उसने लिफ़ाफ़ा खोला। पत्र पढ़ते-पढ़ते वो गम्भीर हो गया

नाटक कम्पनी में शामिल होने के उसके निश्चय से जिन्नाभाई बेहद नाराज थे। उन्होंने लिखा कि तुम्हें व्यापारिक प्रशिक्षण के लिए लन्दन भेजा गया था, उसे छोड़ तुमने वकालत पढ़ने का फैसला किया। अभी कुछ समय ही गुजरा है कि तुम वकालत की पढ़ाई भी छोड़ देना चाहते हो। इसका मतलब यही है की तुम अस्थिर

मानसिकता के शिकार हो। मुझे नहीं लगता कि लन्दन में रहकर तुम किसी भी काम में सफलता प्राप्त कर सकोगे इसलिए अच्छा हो कि तुम हिन्दुस्तान वापिस आ जाओ। उन्होंने आगे लिखा कि मैं तुम्हारे वकालत की पढ़ाई के भी ख़िलाफ़ था पर यह एक सम्माननीय व्यवसाय है, इसलिए मैंने तुम्हारा अनुरोध स्वीकार कर तुम्हें वकालत की पढ़ाई की इजाज़त दे दी थी पर अब तुम भाँड बनना चाहते हो। नौटंकी में नचनिया बने जा रहे हो। तुम्हारा यह फ़ैसला परिवार के साथ गद्दारी है। जिन्नाभाई ने पत्र समाप्त करते हुए लिखा कि घर में एक और नया मेहमान आ गया है। मीठीबाई ने एक कन्या को जन्म दिया था। बच्ची का नाम रखा गया था फातिमा।

गद्दारी! पत्र में लिखे इस शब्द ने उसके मन पर गहरी चोट की। ममद कुछ भी हो सकता था पर गद्दार नहीं। उसे महसूस हुआ कि उसके नये निश्चय ने माता-पिता के भरोसे को चकनाचूर कर दिया था। वह परिवार के लिए विश्वसनीय नहीं रह गया था। यह कलंक वो स्वीकार नहीं कर सकता था। पिता के विश्वास के साथ वो खेल नहीं सकता था। वो वफ़ादार पुत्र था और माता-पिता की भावना की कद्र करता था। उसी क्षण उसने अभिनय के अनुबन्ध से मुक्ति का फ़ैसला कर लिया। बिना देर किये वो मैनेजर से मिला और कहा कि उसने अपना इरादा बदल दिया है। थिएटर की चमकधमक से उसकी आँखें चकाचौंध हो गयी थीं। लेकिन अपने भविष्य के बारे में जब उसने गम्भीरता से सोचा तो उसे एहसास हुआ कि अभिनय उसके व्यक्तित्व के अनुरूप व्यवसाय नहीं है। वो अभिनेता के रूप में कोई खास सफलता हासिल नहीं कर पाएगा। इसलिए वो कम्पनी से मुक्ति चाहता है।

मैनेजर ममद की स्पष्टवादिता से खुश हुआ। एक नये कलाकार को स्टेज पर स्थापित करने के लिए प्रशिक्षण देना पड़ता था। यह श्रम साध्य और मेहनत वाला काम था। कम्पनी नये कलाकार को अपने खर्च पर तैयार करे और प्रशिक्षण के बाद वो कलाकार चलता बने तो कम्पनी को नुक़सान ही नुक़सान था। इसलिए ममद की साफ़गोई कम्पनी के लिए लाभदायक थी। इसके बावजूद मैनेजर को लगा कि लड़का ठीक फैसला नहीं ले रहा। उसने ममद को समझाया कि उसका व्यक्तित्व अभिनय के लिए कितना उपयुक्त था। उसमें अभिनय की कितनी प्रतिभा छिपी थी। मैनेजर ने समझाया कि वो हड़बड़ी में गलत फैसला ले रहा था। उसने कहा कि स्टेज की दुनिया कुछ ही वर्षों में उसे रईसों में शामिल कर देगी। ममद ने मैनेजर को उसकी भलमनसाहत और सलाह के लिए धन्यवाद दिया और कहा कि वो लन्दन शिक्षा के लिए आया था काम के लिए नहीं। अभिनय का व्यवसाय शिक्षा में सबसे बड़ी बाधा होगा। उसने कहा कि वकील बनना उसकी सबसे बड़ी अभिलाषा है, उसके जीवन का उद्देश्य है। सच यह है कि अभिनेता बनने में उसकी कोई रुचि नहीं है। अनुबन्ध की शर्त के अनुसार कम्पनी छोड़ने के लिए उसे तीन महीने पहले

यह सूचना देना अनिवार्य था इसलिए वह कम्पनी को सूचना दे रहा है, तीन महीने बाद वह कम्पनी छोड़ देगा। मैनेजर मुस्कराया और उसने ममद को उसी समय अनुबन्ध की शर्त से मुक्त कर दिया। मैनेजर ने कहा—'जब तुम्हें स्टेज पर काम करने में कोई रुचि ही नहीं है तो तीन महीने भी तुम्हें तुम्हारी इच्छा के विपरीत काम करने के लिए क्यों मजबूत किया जाए। तुम अनुबन्ध से मुक्त हो और वही करो जो तुम वास्तव में करना चाहते हो।' मैनेजर की इस सदाशयता ने ममद को अभिभूत कर दिया। उसने हृदय से उसका आभार प्रकट किया। आगे के लिए उसके जीवन की दिशा तै हो गयी। उसे वकील बनना था, एक सफल वकील।

अब किसी भी तरह के भ्रम की कोई गुंजाइश नहीं थी। 25 जून, 1893 का दिन था जब उसने लिंकंस इन् में प्रवेश लिया था। तब से ही वह पढ़ाई के प्रति पूरी तरह समर्पित हो गया था। बीच में कुछ दिन थिएटर के आकर्षण ने इस समर्पण में व्यवधान उपस्थित किया था, पर पिता के पत्र ने उसे फिर लिंकंस इन् से बाँध दिया। जिस बालक का मन विद्यालय में बिलकुल नहीं लगता था वही बालक नौजवानी में कदम रखने के साथ एक गम्भीर विद्यार्थी बन चुका था। कानून के ग्रन्थों को वो पढ़ नहीं रहा था उन्हें समझते हुए आत्मसात कर रहा था। आगे के जीवन में इसी ज्ञान से उसे सफलता के शिखर को जीतना था। 'इन्' में प्रवेश के साथ शिक्षा की जिस तपस्या के लिए उसने कमर कसी थी इन् से डिग्री लेने तक वो उसमें पूरे मनोयोग से डूबा रहा। तपस्या के इन वर्षों में ही उसे अपनी पत्नी के दुखद देहान्त का समाचार मिला। वो लड़की युवती बन पाती उससे पहले ही चल बसी। यह ठीक था कि एमी के साथ कोई भावनात्मक जुड़ाव पनपता उससे पहले ही दोनों के बीच सात समुद्र का फ़ासला बन गया। पर कोमल उम्र में पत्नी की सूरत का रूमानी ख़याल तो उसके दिल में भी मचलता था। वापसी के बाद मिलन की इन्तजारी तो थी ही। यह पत्नी के प्रति वफादारी का ही जज़्बा था कि लन्दन की खुली हवा में भी ममद ने अपने दिल के सारे खिड़की दरवाजे बन्द कर रखे थे। चोट गहरी थी ही इससे ज्यादा गहरा घाव करने वाली खबर उसे 1895 में मिली। मीठे स्वभाव वाली मीठी माँ अल्लाह को प्यारी हो गयीं। उसके सबसे छोटे भाई बन्दे अली को जन्म देते हुए मीठीबाई को अपनी जान कुर्बान करनी पड़ी। 35-36 वर्षीय माँ उसके विलायत से वापसी तक की प्रतीक्षा नहीं कर पाईं। जब वो लन्दन के लिए चला था तभी उसकी माँ ने यह सन्देह प्रकट कर दिया था कि क्या पता विलायत से उसके लौटने तक वो रहे; न रहे। माँ का सन्देह सच बन गया।

लिंकंस इन् का भोज कक्ष (dinner hall) विद्यार्थियों की शिक्षा में एक महत्त्वपूर्ण स्थान रखता था। यहाँ विद्यार्थी केवल भोजन भर नहीं करते थे। यहाँ प्रेक्टिसिंग बैरिस्टर (practicing barrister) कानून के विभिन्न विवाद योग्य मुद्दों

को उठाते और विद्यार्थी इन मुद्दों पर बहस करते। ममद इस भोज कक्ष का नियमित सहभागी था। क्योंकि अदालत के व्यावहारिक ज्ञान के अलावा कानून समझने और उस पर बहस करने का यह बहुत शक्तिशाली मंच था। ममद ने इस मंच का भरपूर लाभ उठाया। शिक्षा के साथ इस व्यवसाय के व्यावहारिक ज्ञान के लिए लिंकंस के इस पाठ्यक्रम में यह आवश्यक था कि विद्यार्थी किसी वरिष्ठ बैरिस्टर के यहाँ प्रशिक्षु के रूप में न्यायप्रणाली का ज्ञान और अभ्यास भी प्राप्त करें। ममद ने इस प्रशिक्षण में न्याय प्रक्रिया को भली-भाँति समझा। अपने प्रशिक्षक के व्यक्तित्व को आदर्श मानते हुए उनकी चाल-ढाल तक को उसने अपने व्यक्तित्व का हिस्सा बना डाला। न्यायालय में मामला पेश करने से लेकर शाम को होल्बोर्न्स पब में बैठ मदिरा के प्याले में दिन भर के तनाव को डुबो देने वाली सीनियर की आदत को भी उसने आदर्श मान अपने व्यक्तित्व का अंग बना लिया।

सफल वकील द्वारा न्यायालय में अपना पक्ष पेश करने के तौर तरीक़ों का उसने बारीकी से अध्ययन किया। उसे यह अच्छी तरह समझ में आ गया कि कानून के अच्छे ज्ञान, अकाट्य तर्क और प्रत्युत्पन्नमति के आलावा भाषा पर अधिकार मुकदमा पेश करने का सबसे महत्त्वपूर्ण अंग होता है। अच्छी और उपयुक्त भाषा अदालत पर जादू कर देती है। शब्दों का सही चयन किसी खूबसूरत गहने में जड़े हुए चमकते नगीने जैसा काम करता है। जिनकी चमक अदालत को चमत्कृत कर वकील का काम आसान कर देती है। इन सबसे भी कहीं ज्यादा महत्त्वपूर्ण होता है अपना पक्ष रखने की अदा। अपना पक्ष रखते हुए वकील के हाव-भाव उसकी वाणी की उत्तेजना, करुणा, व्यंग्य, हास्य, उपहास, क्रोध या फिर दयनीयता बहुत प्रभावी अस्त्र होता है। बोलने की कला और आवाज के उतार-चढ़ाव, बात को गहरा अर्थ प्रदान करती है। जज के समक्ष वकील की चालढाल, हाथों उँगलियों के नृत्य, सर की जुम्बिशक माथे के बल, भृकुटियों की रेखाएँ और आँखों की भाषा अनोखा असर कर जाती हैं। यह वो अच्छी तरह समझ गया कि मुकदमा पेश करते हुए नाटकीयता अदालत पर सबसे अधिक प्रभाव डालने वाला हथियार होती है। उसने दृढ़ निश्चय कर लिया कि इन सारे गुणों का समावेश उसे अपने व्यक्तित्व में कर लेना है।

ईश्वर ने उसे सुदर्शन व्यक्तित्व का मालिक बनाया था। अपनी बात पर अड़ने का स्वभाव और नाटकीय प्रतिभा भी प्रदान की थी। कानून की शिक्षा वो ले ही रहा था अब बस बोलने का दिलकश अन्दाज और अकाट्य तर्कों को गढ़ने की कला उसे तराशनी थी। अच्छे-बुरे भाषणों को सुनने का अवसर तो उसे हाइड पार्क में अकसर मिल जाता था, पर तार्किक ढंग से अपनी बात कहते हुए उसने दादाभाई को हाउस ऑफ कॉमन्स में सुना था। उसे लगा हाउस ऑफ़ कॉमन्स में उसे ज्यादा वक़्त देना

चाहिए। अपने निश्चय के अनुसार उसे जब भी अवसर मिलता वो हाउस की कार्रवाई देखने-सुनने पहुँच जाता। हाउस में जब भी हिन्दुस्तान से सम्बद्ध कोई भाषण या कार्रवाई होती ममद की दिलचस्पी उस अवसर पर अधिक बढ़ जाती। वो कोशिश करता कि ऐसे अवसर पर वह हाउस में जरूर रहे। हिन्दुस्तानी और विशेषरूप से गुजराती होने के नाते दादाभाई के यहाँ उसका आना-जाना हो चुका था। उनकी मदद से हाउस में प्रवेश की सुविधा उसे मिल जाती थी।

ममद जब लन्दन आया तब तक वहाँ चुनाव हो चुके थे। हाउस ऑफ़ कॉमन्स में हिन्दुस्तान की आवाज बुलन्द करने वाले एक अकेले दादा भाई नौरोजी थे। हाउस की कार्रवाई ने उसके अन्दर राजनैतिक चेतना जाग्रत कर दी। चुनावी प्रणाली बहुत जल्दी उसकी समझ में आ गयी। आम अँग्रेज की प्रजातन्त्र में साझेदारी वो यहाँ प्रत्यक्ष देख रहा था। इसकी तुलना में जब वह हिन्दुस्तान को तौलता तो वह झुँझला उठता। हिन्दुस्तान का आम आदमी अब भी बादशाहत के गुजरे जमाने के ख़्वाब देखा करता था। लन्दन के समाचारपत्र ब्रिटेन और यूरोप के राजनैतिक समाचार और लेखों से रंगे रहते थे। हिन्दुस्तान की खबर कभी भूले-भटके किसी कोने में नजर आती। यह समाचार भी शासकीय दृष्टिकोण पर केंद्रित हुआ करता था। हिन्दुस्तान में तो कभी उसे अँग्रेज़ी शासन की किसी ज़्यादती का कोई आभास ही नहीं हुआ। एक तो वहाँ वो न्याय अन्याय समझने के लिए बहुत छोटा था दूसरे वहाँ के वातावरण में कोई चेतना भी नहीं थी। विलायत आकर उसकी आँख खुल गयी थी। अँग्रेज किस तरह गुलाम देशों को लूट रहे थे यह वो यहाँ आकर समझने लगा था। लूट तो एक बात थी, गुलाम जनता के स्वाभिमान पर किस तरह चोट की जा रही थी अब उसे यह भी नजर आने लगा था। अँग्रेजों की रंगभेदी मानसिकता से तो उसका भी साबका पड़ चुका था। हिन्दुस्तानियों को कुछ खास बस्तियों में ही मकान मिल पाते थे, शेष में नो ब्लैक्स की तख्ती लटकी रहती थी। दादाभाई तो एकदम गोरे थे पर हिन्दुस्तानी होने के कारण उन्हें भी कालों में शामिल कर उन पर व्यंग्य कसे जाते थे। लार्ड सलिसबरी जैसे राजनैतिक व्यक्ति ने भी दादाभाई के ख़िलाफ़ चुनाव में ऐसी हलकी टिप्पणी कर उनका मजाक उड़ाया था, ऐसी बातें सुन ममद तमतमा उठता था।

यह वह समय था जब इंग्लैंड दुनिया के सबसे शक्तिशाली देश के रूप में प्रसिद्धि प्राप्त कर चुका था। यह कहावत दुनिया में गूँज रही थी कि इस साम्राज्य में सूरज कभी डूबता नहीं। ऐसे समय में यहाँ के विद्वान व्यक्तिगत और वैचारिक स्वतन्त्रता को इंसानियत के मौलिक अधिकार की मान्यता दिलवाने की कल्पना कर रहे थे। इस देश में कानून और संविधान व्यक्ति की स्वतन्त्रता का आधार स्तम्भ बन चुका था। कानून सबको बराबरी से तौलता था। उसके समक्ष न कोई बड़ा था न

छोटा। नागरिक शक्तिशाली हो या कमजोर देश का कानून और संविधान सबके लिए समान रूप से पवित्र सर्वोपरि और मान्य था। देश की राजधानी लन्दन में सम्पन्नता नृत्य कर रही थी। फिर भी यहाँ के विद्वान वैश्विक परिप्रेक्ष्य में नयी अर्थ व्यवस्था की कल्पना कर रहे थे ताकि अमीरी और गरीबी के बीच की खाई पाटी जा सके। इसके विपरीत हिन्दुस्तान का इन्सान दो वक्त की रोटी के लिए जूझ रहा था और वहाँ के शक्तिहीन रजवाड़े, नवाब, जमींदार और महाजन इस गरीब के हाथ से सूखी रोटी भी छीनने में जुटे हुए थे। राजनैतिक नाम की कोई सरगर्मी उसे कराची में कभी नहीं दिखी थी। उसे लगा सारा हिन्दुस्तान राजनैतिक जागृति से अनछुआ है। उसके इस विचार पर पहला प्रश्नचिह्न दादाभाई नौरोजी थे। उनके सामीप्य से उसे भारतीय राष्ट्रीय काँग्रेस का परिचय मिला। दादाभाई ने भारतीय मानस को बहुत करीब से देखा था। हिन्दुस्तान के गरीबों में प्रचलित एक कहावत उन्होंने जिन्ना को सुनाई—लोग कहते हैं पीठ पर मार लो पेट पर मत मारो। उन्होंने अँग्रेजों की हुकूमत पर व्यंग्य कसते हुए कहा—जब तक हिन्दुस्तान में राजाओं बादशाहों का राज रहा तब तक आम नागरिक को भले शासन की ज़्यादती सहनी पड़ी। युद्ध, उपद्रव और मारकाट से साबका पड़ता; किन्तु उनकी उपज, उपज पर उनके अधिकार और रोजगार पर कभी आँच नहीं आई। उस पर उनका अधिकार हमेशा बना रहा। अब अँग्रेजों की तानाशाही में शान्ति ही शान्ति है कोई उपद्रव नहीं, कोई उत्पात नहीं, कोई मारकाट नहीं। बस आम नागरिक का माल खिसक रहा है। बड़ी बारीकी से, किसी की नजरों में गड़े बिना, पूरी शान्ति के साथ, इन्सान भूख भोग रहा है, शान्ति के साथ पूर्ण शान्ति को प्राप्त हो रहा है। और इस हुकूमत का कमाल देखिए कि न्याय और व्यवस्था ने पूरी शान्ति बना रखी है। हमारे राजा नवाब रियाया की पीठ पर लात मार रहे थे अँग्रेज पेट पर।

दादाभाई ने उसे बताया हिन्दुस्तान राजनैतिक रूप से शून्य नहीं था। जागृति आ रही थी पर गति बहुत धीमी थी और इसका एक मुख्य कारण था अशिक्षा। उन्होंने अपना उदाहरण देते हुए बताया कि वो ब्रिटिश संसद के सदस्य बन सके यह सफलता ही सिद्ध करती है कि हिन्दुस्तान में राजनैतिक हलचल प्रारम्भ हो चुकी है। फ़िरोज़शाह मेहता का नाम वह लिंकंस में प्रवेश के बाद जान चुका था। नौरोजी ने शाह की प्रशंसा करते हुए कहा कि किस तरह वह बम्बई पालिका के अध्यक्ष बन सके। सिर्फ अध्यक्ष बनना कोई उद्‌देश्य नहीं था। अध्यक्ष बनकर शाह किस तरह बम्बई के आम नागरिक को सुविधा दिलवाने में कामयाब हुए। काँग्रेस के द्वारा हिन्दुस्तानियों के साथ होने वाले अन्याय के प्रति अँग्रेज हुकूमत को शासन में सुधार करने के लिए किस तरह काम कर रहे हैं। नौरोजी के अनुसार किसी हिन्दुस्तानी की हिन्दुस्तान में राजनैतिक सफलता आम नागरिक में जागृति उत्पन्न करती है। जागृति

ही अन्याय से लड़ने की ताकत उत्पन्न करेगी। काँग्रेस राजनैतिक चेतना उत्पन्न कर रही है और ब्रिटिश सरकार द्वारा हिन्दुस्तान के साथ होने वाले अन्याय का विरोध कर रही है। उन्होंने कहा कि काँग्रेस को मजबूत बनाना प्रत्येक हिन्दुस्तानी का पहला फ़र्ज़ होना चाहिए। ममद ने निश्चय किया कि हिन्दुस्तान में वो वकालत के बाद राजनैतिक रूप से भी सक्रिय होगा। वो यह समझ चुका था कि वहाँ राजनीति विलायत जैसी सम्मोहनी नहीं होगी। वहाँ यह कोई आनन्ददायी और तड़क-भड़क वाला काम नहीं होगा। हिन्दुस्तान में राजनैतिक सक्रियता कठिन और जुझारू साबित होगी।

राजनीति की मुसीबत तो बाद की बात थी, अभी तो वो अपने नाम की मुसीबत से जूझ रहा था। विलायत की धरती पर कदम रखते ही और बाद में हर कदम पर उसका नाम उसका सिरदर्द बना हुआ था। यों नाम ठीक था पर सारा झमेला अँग्रेज़ी की स्पेलिंग्स के कारण था। यह स्पेलिंग्स का कमाल था कि उसका नाम अँग्रेजों के मुँह से अजब गजब रूप में उच्चारित हुआ करता था। कोई उसे मोह्मम्दालि जिनभौ पुकारता तो कोई मोम्डआलि जिंनभॉय। उसने तै किया कि अपने नाम की वर्तनी में सुधार कर लिया जाए। लिंकंस इन् की काउंसिल में उसने दरख़्वास्त दी (March 30, 1895) कि इनके रेकॉर्ड में दर्ज उसके नाम महोमेडाल्ली जिन्नःभाई (Mahomedalli Jinahbhaai) को परिवर्तित कर महोमद अली जिन्नाह (Mahomed Ali Jinnaah) कर दिया जाए। अप्रैल में नाम बदल जाने के बांद आमतौर से नये परिचय पर उसने अपने नाम के लघु रूप एम् ए जिन्ना (M A Jinnah) का प्रयोग करना शुरू कर दिया। ममद से अब वो जिन्ना बन चुका था।

हिन्दुस्तान से दूर लन्दन में बैठे ममद के लिए घर से जुड़ाव का केवल एक ही साधन था—'पत्र।' पत्र वो भी लिखता और पिता भी। एमी और माँ के निधन ने उसे बहुत बेचैन किया था। खासतौर से माँ का समाचार जानकर तो वो तुरन्त हिन्दुस्तान पहुँचना चाहता था। पर यथार्थ से वो भलीभाँति परिचित था। समुद्री यात्रा में महीने से ऊपर का समय लगता था। तब तक मृत शरीर बिना दफ़न किये नहीं रखा जा सकता था। सीने पर पत्थर रखने के अलावा उसके पास कोई और रास्ता नहीं था। इन दो दुखद घटनाओं के अलावा पिता ने उसे कभी किसी तरह की चिन्ता में नहीं डाला। लेकिन मीठीबाई के देहान्त के कुछ अन्तराल के बाद उनके पत्रों में उनकी परेशानी मुखरित होने लगी। जंब वो लन्दन के लिए निकला था तब एक दौर था अब दूसरा। दो ढाई वर्षों में दुनिया बदल गयी थी। जिन्नाभाई आयात निर्यात का बड़ा व्यापार कर रहा था। ब्रिटिश सरकार ने अपनी आर्थिक नीतियों के चलते हिन्दुस्तानी रुपये का अवमूल्यन कर दिया। अब पौंड स्टर्लिंग के मुकाबले रुपये की कीमत लगभग आधी हो गयी। ब्रिटिश सरकार ने एक और मुसीबत व्यापारियों के मत्थे मढ़ दी। ब्रिटेन से माल के आयात पर पाँच प्रतिशत का शुल्क लगा दिया। यह

सब जिन्नाभाई के लिए बड़ी भारी मुसीबतें थीं। आयातित माल खरीदने के लिए अधिक रुपये लगाने पड़ते थे। जबकि निर्यात किये जा रहे माल से कम आमदनी होती थी। उसके व्यापार का सन्तुलन बिगड़ गया। इस पर दूसरी कठिनाई यह कि उसने काफी रुपया बाजार में ब्याज पर बाँट रखा था और अब जब उसे अपने व्यापार की खरीदी हेतु रुपये की सख्त जरूरत थी तो लोग उसे रुपया वापिस नहीं कर रहे थे। रुपये का अवमूल्यन जिन्ना के लन्दन जाने के कुछ महीनों बाद ही हो गया था। एक-दो वर्षों में इसके बुरे असर ने जिन्नाभाई जैसे नये व्यापारियों को तोड़कर रख दिया। दूसरे मुसीबत नयी आई रेलगाड़ी थी। बम्बई कलकत्ता आदि शहर रेल से जुड़ गये थे और व्यापार के लिए बम्बई कलकत्ता ज्यादा महत्त्वपूर्ण हो गये थे। इसका बुरा असर कराची के व्यापार पर पड़ा। सन् 1895 के शुरू होते-होते जिन्नाभाई बहुत भारी परेशानी में फँस चुका था। मार्च-अप्रैल तक उसका व्यापार लगभग डूबने के कगार पर पहुँच गया। परेशान जिन्नाभाई ने जिन्ना को हिन्दुस्तान लौट आने के लिए लिखा।

जिन्ना व्यापार की मुसीबत समझ गया और जान गया कि अब यदि उसे रुपये की जरूरत पड़ी तो उसे मिल नहीं पाएँगे। इस स्थिति में सबसे पहले उसने अपना भविष्य सुरक्षित कर लेना आवश्यक समझा। पहला काम उसने यह किया कि सात जून, 1895 को एक सौ अड़तीस पौंड उन्नीस शिलिंग का एक चेक बार की प्रवेश फ़ीस के लिए बार में जमा कर दिया। अब वो ब्रिटेन की किसी भी अदालत में जिसमें हिन्दुस्तान भी शामिल था वकालत करने का अधिकारी हो गया। उसने पिता को लिखा कि हिन्दुस्तान आकर वो व्यापार में किसी मदद के योग्य नहीं था। व्यापार पूँजी माँग रहा था। यह पूँजी उसके हिन्दुस्तान वापिस आने से उत्पन्न नहीं हो सकती थी। लन्दन से बैरिस्टर बनकर वापिस आने में ही अकलमन्दी थी। हिन्दुस्तान में वकालत से व्यापार के लिए वो नयी पूँजी तैयार कर सकता था। जिन्ना पिछले एक वर्ष से बहुत किफ़ायतशारी के साथ रह रहा था। बार के लिए चेक देने के बाद उसने अपनी बैंक पास बुक देखी। ग्राहम एंड कम्पनी से हिसाब-किताब का जितना प्रशिक्षण लिया था उस ज्ञान से उसे यह भरोसा हो गया कि लन्दन में शेष दिनों के रहन-सहन, शिक्षा और हिन्दुस्तान के लिए जहाज का ख़र्च पूरा कर लेने के बाद भी उसके पास कुछ पैसा बच जाएगा। लन्दन के भौतिक आकर्षण से वो अब तक बचा रहा था। आगे कुछ अनोखा हो जाए इसकी आशा नहीं थी।

लन्दन में रहते और घर बदलते दो वर्ष से कुछ ऊपर हो गये थे। अब एक बार फिर घर बदलने की जरूरत पड़ी। वो और किफ़ायतशारी करना चाहता था। केन्सिंग्टन में ही एक घर का पता मिला। जिन्ना ने रसल रोड के 35 नम्बर के इस घर पर दस्तक

दी। घर की मालकिन श्रीमती ड्रेक ने दरवाजा खोला। सामने चुस्त सूट पहने आकर्षक नौजवान को देख ड्रेक ने उसे अन्दर आने का निमन्त्रण दे दिया। और बस सुबह के नाश्ते के साथ दस पौंड महीने पर वो श्रीमती ड्रेक का मेहमान हो गया। कई बच्चों की माँ श्रीमती एफ़ ई पेज ड्रेक विधवा थीं। अपने हिसाब से तो उन्होंने भरपूर किराया माँगा था किन्तु जिन्ना के लिए यह किराया उसकी बचत में वृद्धि कर रहा था इसलिए दोनों इस सम्बन्ध से प्रसन्न थे। श्रीमती ड्रेक को नये हिन्दुस्तानी मेहमान पर कुछ संशय जरूर था पर एक-दो दिन में ही उन्हें अपना यह नया मेहमान पसन्द आ गया। नौजवान लड़के की शालीनता और सभ्य व्यवहार ने उनको बहुत प्रभावित किया। श्रीमती ड्रेक के बच्चों में सबसे बड़ी पुत्री जिन्ना की हमउम्र थी। शायद श्रीमती ड्रेक से ज्यादा उनकी पुत्री को ये सजीला नौजवान पसन्द आया। सुसंस्कृत जिन्ना की बातचीत ने तो उसका दिल ही जीत लिया। कुमारी ड्रेक को इस मेहमान में अपने जीवन साथी की सम्भावना दिखाई दी।

जिन्ना के साथ उसने नजदीकी बढ़ाने की कोशिश प्रारम्भ कर दी और उसका खास ख़याल रखने लगी। नाश्ते के समय वो हमेशा साथ बैठती और अपने हाथ से टोस्ट पर भरपूर मक्खन लगाकर उसकी प्लेट में रखती। चाय के साथ ड्रेक की मधुर हँसी चाय की मिठास और बढ़ा देती। इन सब कोशिशों के बावजूद मुश्किल ये थी कि जिन्ना बहुत व्यस्त था। अपनी पढ़ाई के प्रति वह बहुत गम्भीर था और उसका सारा समय लिंकंस या फिर किताबों में गुजरता। जो थोड़ा बहुत खाली समय होता उसमें वह पुस्तकालय, संसद या फिर दादाभाई के यहाँ व्यस्त रहता। सुबह नाश्ते के समय जिन्ना खुश होकर बातचीत करता, हँसी मजाक भी हो जाता पर इन बातों में अन्तरंगता कम औपचारिकता अधिक होती। कई बार ड्रेक रोमांटिक उपन्यासों की चर्चा छेड़ती और फिर अपना पढ़ा कोई अच्छा उपन्यास उसे पढ़ने के लिए देती। हर बार जिन्ना क्षमा याचना के साथ उपन्यास वापिस कर देता। कानून की पुस्तकें उसे उपन्यास पढ़ने का समय ही नहीं देती थीं। एकाध बार ड्रेक ने जिन्ना के हाथ में कविता की पुस्तक देखी तो उसने कविता पर बात करना शुरू किया। जिन्ना को कविता पर बात करना पसन्द था। वो अच्छी कविताएँ उसे सुना देता। ड्रेक बेहद रूमानी कविताओं पर बात करती। जिन्ना उन रूमानी कविताओं के गहरे अर्थ में पहुँच जाता। ड्रेक समझ रही थी इस मित्र के मन की थाह लेना बहुत कठिन है।

उन दिनों लन्दन में युवक-युवतियों की मिली-जुली दावतों का आयोजन आम था। इन दावतों में हँसी-मजाक के साथ म्यूज़िकल चेयर, फेंसी ड्रेस, लुका-छिपी या फिर ताश जैसे हलके-फुलके खेल भी शामिल किये जाते थे। खान-पान और खेलों के दौर में लड़के-लड़कियों को एक-दूसरे के नजदीक आने का अवसर मिल जाता था। इस नजदीकी का समापन ज़्यादातर घनिष्ठता में होता। जो अन्त में

विवाह की दावत के साथ पूरा होता। ड्रेक जिन्ना की अन्तरंगता की आकांक्षा से उसे अकसर ऐसी पार्टियों का न्योता देती। जिन्ना इन पार्टियों में शामिल तो होता, पर उसने शिष्टता की एक सीमारेखा बना रखी थी और यह रेखा वह कभी लाँघता नहीं था। सात आठ महीने के साथ और ड्रेक की तमाम छेड़छाड़ और स्त्रियोचित नखरेबाजी वाली कोशिशों के बावजूद यह दूरी घटी नहीं। ड्रेक इस विरक्ति को समझ नहीं पा रही थी।

श्रीमती ड्रेक भी जिन्ना को पसन्द करती थी, उनकी भी इच्छा थी कि बेटी इस नौजवान को राजी कर उससे विवाह कर ले। इस इच्छा के साथ सुश्री और श्रीमती ड्रेक ने इस क्रिसमस पर एक विशेष दावत का आयोजन किया। दावत में लुका-छिपी का खेल होना था। इस खेल में अपने साथी को ढूँढ़ निकालने का ईनाम था चुम्बन। दावत में अँग्रेज युवक-युवतियों के बीच अकेला जिन्ना हिन्दुस्तानी था। वह इस खेल का बैठे-बैठे आनन्द ले रहा था पर एक अवसर पर कुमारी ड्रेक ने उसे खेल में शामिल होने के लिए मजबूत कर दिया। वो स्वयं उसकी साथी बनी और खेल कुछ यों खेला गया कि जिन्ना जीत गया। कुमारी ड्रेक ने जिन्ना के गले में बाँहें डाल अपने होंठ उसके सामने कर दिए। जीतने के बाद भी उसने ड्रेक को नहीं चूमा। सारे खिलाड़ियों यहाँ तक कि श्रीमती ड्रेक ने भी उसको खेल का ईनाम लेने के लिए उकसाया पर जिन्ना ने यह उपहार हँसी में टाल दिया। ड्रेक को यह अपमान प्रतीत हुआ और वो आँखों में आँसू लिए हुए दावत छोड़कर चली गयी। जिन्ना को भी इस अप्रिय स्थिति से गहरा दुःख हुआ। हँसी-खुशी की दावत बेरौनक हो गयी।

पार्टी के बाद जिन्ना ड्रेक के पास पहुँचा और बोला—'ड्रेक मुझे क्षमा करो मेरे कारण तुम्हारी उल्लासमय दावत बेमज़ा हो गयी। मुझे इसका बहुत दुःख है। ऐसा मैं तुम्हारा दिल रखने के लिए नहीं कह रहा हूँ। वास्तव में मैं अपने आपको इस हादसे का अपराधी महसूस कर रहा हूँ। आज मुझे तुमसे कुछ बहुत साफ-साफ कहना जरूरी लग रहा है। ड्रेक, मैं तुम्हें बहुत पसन्द करता हूँ। तुमने यहाँ जिस तरह मेरा ख़याल रखा। जिस मोहब्बत से तुमने इस घर में मेरे साथ समय बिताया है। कोई पत्थर दिल भी उस भावना को समझ जाएगा। ड्रेक, मैंने तुम्हारी आँखों में मुहब्बत का हिलोरें मारता समुद्र देखा है। समुद्र की इन लहरों से मैं अपने आपको कैसे सँभाल पाया हूँ, यह बस मैं ही जानता हूँ। विश्वास करो मेरे सीने में एक धड़कता हुआ दिल है। और मेरी उम्र दिल के दरिया में डूब जाने वाली है। ड्रेक, मैंने भी तुम्हारी तरह अभी-अभी जवानी में कदम रखा है तुम्हारी उँगली का हलका-सा अनजाना स्पर्श भी मेरे दिल की धड़कनें दुगनी कर देता है। फिर तुम्हारे होंठ मेरी क्या हालत करते इसका अन्दाज अब तुम लगा सकती हो। तुम्हीं नहीं, लन्दन में हम हिन्दुस्तानियों के लिए ऐसा बहुत कुछ है कि हम यहाँ आने का उद्देश्य ही भूल

जाएँ। विश्वास करो ड्रेक; हम लोगों के लिए ख़ुद को लगातार सँभाले रखना किसी तपस्या से कम नहीं है। तुम कितनी सुन्दर हो शायद तुम भी नहीं जानतीं। तुम्हें पाना मेरे लिए जीवन की किसी उपलब्धि से कम नहीं होता पर...पर कुछ दिन हुए मुझे पता लगा मेरी माँ अल्लाह को प्यारी हो गयीं। मेरी माँ को यह डर था कि मैं विलायत से कोई मेम लेकर लौटूँगा। इसलिए यहाँ आने से पहले उसने मेरा विवाह कर दिया था। मेरी पत्नी जो अब तक मेरे घर भी नहीं आई थी इस दुनिया में नहीं है। मैं तुमसे विवाह कर सकता हूँ, पर यह मेरी माँ की इच्छा के ख़िलाफ़ होगा। मैं जिस देश से आया हूँ वहाँ बच्चों के विवाह की जिम्मेदारी उनके माता-पिता की होती है। बेशक मेरी माँ नहीं है पर अब यह जिम्मेदारी अकेले मेरे पिता की है। मैं उनका यह अधिकार उनसे छीनूँगा नहीं। ड्रेक, मान भी लो कि मैं अपने परिवार से विद्रोह कर तुमसे विवाह कर लूँ पर यह तुम्हारे साथ बहुत बड़ा अन्याय होगा। तुम हिन्दुस्तान की संस्कृति नहीं जानती हो। वहाँ तुम सामंजस्य नहीं बैठा सकोगी। वहाँ तुम बिखर कर रह जाओगी। मेरी पत्नी समझौतों के साथ जिए यह मैं कभी नहीं चाहूँगा। ड्रेक, इसीलिए मैंने तुम्हारे साथ लगातार एक दूरी बनाकर रखी। तुमने इसे मेरी बेरुखी समझा हो पर आज तुम यह जान लो कि मैं तुम्हें चाह कर भी न चाहने के लिए मजबूत हूँ। ड्रेक, हमारे देश में सभ्य लोग अपनी पत्नी के अलावा किसी भी दूसरी स्त्री के साथ शारीरिक सम्बन्ध नहीं बनाते। किसी युवा लड़की को चूमना हमारे यहाँ शारीरिक सम्बन्ध माना जाता है, इसलिए आज के खेल में जीत कर भी मुझे हारना पड़ा। मुझे विश्वास है आज की असभ्यता के लिए तुम मुझे क्षमा कर दोगी।'

ड्रेक ने जिन्ना को आश्चर्य से देखा। उसके सामने भावना से अभिभूत एक खूबसूरत नौजवान खड़ा था जिसकी गहरी आँखों में क्षमा याचना भरी हुई थी। क्षणांश में ही उसने जिन्ना की लम्बी निश्छल क्षमा याचना, साफ़गोई और पवित्र भावना का मर्म छू लिया। वो मुस्करा उठी और बोली, 'मिस्टर जिन्ना मुझे लगता है तुम कोई महान आदमी हो, अभी नहीं हो तो हो जाओगे, अपने मन से 'गिल्ट' निकाल दो। मुझे तुमसे कोई शिकायत नहीं और हम जीवन भर बहुत अच्छे दोस्त बने रहेंगे। जाओ, सो जाओ। और ये भूल जाओ कि आज कुछ हुआ था।'

ड्रेक का साथ एक तूफ़ान था। यह तूफ़ान तो जिन्ना ने शान्त कर दिया पर दूसरा तूफ़ान हिन्दुस्तान में उसकी राह देख रहा था। बस कुछ महीनों की ही तो बात थी इस तूफ़ान से जूझने की कुछ तैयारी उसने बार की फ़ीस देकर कर प्रारम्भ कर ली थी बाकी लड़ाई हिन्दुस्तान पहुँचने के बाद करनी थी। जिन्ना का दिमाग शान्त नहीं था वो लगातार आगे की योजना बना रहा था। उसके जीवन का केन्द्रबिन्दु कौन सा शहर हो सकता था? हिन्दुस्तान का सत्ता केन्द्र कलकत्ता, या फिर उसका अपना शहर कराची! कलकत्ता से उसका कोई परिचय नहीं था। कराची परिचित था पर वहाँ रहने

पर यह सम्भावना थी कि वो व्यापार में भी कुछ समय देने के लिए मजबूत हो जाए। उसका दिल कह रहा था कि दो नावों में पैर रखने का नतीजा सिर्फ डूबना था। एक तीसरी स्वर्ण नगरी थी बम्बई। हाँ, बम्बई! वो शहर जो उसके बचपने में उसके दिलोदिमाग पर छा गया था। बम्बई पहले ही एक बड़ा और प्रगति की दौड़ में तेज दौड़ने वाला शहर था। रेल से जुड़ने के बाद उसके विकास की गति बहुत तेज हो गयी थी। हिन्दुस्तान में नये उद्योगों का वह केन्द्र बन रहा था। अच्छी और सफल वकालत की सबसे अधिक सम्भावनाएँ उसे इसी शहर में दिख रही थीं। फिर यही तो वो शहर था जहाँ सबसे पहले उसने वकीलों को गाउन लहराते हुए देखा था जब उसके फूफा उसे बम्बई के नये बने कोर्ट की इमारत दिखाने ले गये थे। उसे याद आया उस दिन उसके दिमाग में यह विचार कौंधा था कि क्या कभी वो भी ऐसा गाउन पहन पाएगा? 'ला इलाहे इल् अल्लाह' वो दिन अब बहुत नजदीक था। बस बम्बई ही सबसे उपयुक्त शहर था। जिन्ना फ़ैसला ले चुका था।

बैरिस्टर

जिस मकसद से वो विलायत आया था। वह पूरा हो चुका था। ग्यारह मई, 1896 को मोहम्मद अली जिन्ना श्रीमंत, लिंकंस इन् के बैरिस्टर ने संस्था की पीठ को आवेदन दिया कि बार में प्रवेश तथा उसके आचरण का प्रमाणपत्र उसे प्रदान किया जाए। यह प्रमाणपत्र उसे हिन्दुस्तान के किसी भी न्यायालय में वकालत करने का अधिकारी बनाने के लिए पर्याप्त था। बार के अब तक के सदस्यों में वो सबसे कम उम्र का सदस्य था। लन्दन में करने के लिए अब कुछ शेष नहीं था। उसने हिन्दुस्तान की वापसी के लिए जहाज का टिकट लिया। लन्दन के शेष सभी ख़र्च निपटाने के बाद, बम्बई के नेशनल बैंक ऑफ इंडिया लिमिटेड में अपना खाता खोला और लन्दन के बैंक में शेष धनराशि को उसने इस बैंक में स्थानान्तरित कर दिया (15-7-1896)। लगभग साढ़े तीन साल लन्दन की हवाओं में साँस लेने के बाद सोलह जुलाई, 1896 को उसने इस शहर से ख़ुदा हाफ़िज कहा और कराची के लिए तीस दिन की समुद्री यात्रा पर चल पड़ा।

हिन्दुस्तान में कराची की चिपचिपी गर्मी ने उसका स्वागत किया। जिन्ना साढ़े तीन वर्षों में सूट-बूट और टाई का अभ्यस्त हो गया था। जब वह लन्दन पहुँचा था तब वहाँ की ठंड उसकी हड्डियों को गलाए दे रही थी, पर इन वर्षों में वो वहाँ की ठंड का आदी हो गया था। अब कराची की गर्म हवा में घुली नमी उसका दम घोटे दे रही थी। वो शीघ्र घर पहुँच टाई की गाँठ खोलने के लिए बेचैन हो गया। उसके स्वागत के लिए कुछ नजदीकी मित्रों के साथ उसके पिता परिवार सहित बन्दरगाह पर आए हुए थे। उसने अपने परिवार पर नजर डाली। सारा परिवार वहाँ था दो नये

छोटे भाई-बहन के साथ; पर बस, वो नहीं थी जिसने उसके लन्दन जाते समय मर जाने का भय व्यक्त किया था। मिश्री जैसी मीठी उसकी माँ उसके स्वागत के लिए नहीं आई थी। अब वो घर में भी नहीं दिखेगी। कभी, कहीं भी नहीं दिखेगी। यह सोच जिन्ना भावुक हो उठा। उसकी आँखों में नमी तैर गयी। दो छोटे भाई-बहनों से वो पहली बार मिला। फातिमा और बन्दे अली। फातिमा तो फिर भी कुछ समझदार थी, पर बन्दे अली अभी बहुत छोटा था। एकदम नासमझ।

मीठीबाई की कमी घर में सब जगह नजर आ रही थी। घर की रौनक खत्म हो गयी थी और व्यापार की मार ने सम्पन्न रहन-सहन पर काफी असर डाला था। जिन्ना ने परिवार में सबसे अच्छे दिन देखे थे। उससे छोटी बहनों के सर घर की जिम्मेदारी अनायास आ पड़ी थी और वो अपनी उम्र से कहीं अधिक समझदार दिखाई देने लगी थीं। रहमतबाई ने बन्दे अली की जिम्मेदारी माँ की तरह सँभाल ली थी। दुनिया भर की कहानियाँ थीं दुनिया भर के किस्से। रहमत मरियम और अहमद अली लन्दन के किस्से सुनना चाहते थे। शिरिन भी दोनों बड़ी बहनों के साथ थी पर वो कुछ समझ नहीं पा रही थी। जाने कितनी रात गये जिन्ना विलायत की दुनिया से उन्हें परिचित कराता रहा। छोटी फातिमा शरमाते हुए जिन्ना की गोदी में आई और उसकी बातें सुनते सुनते सो गयी। रहमत ने बड़े मन से खाना बनाया था। कितने वर्षों से जिन्ना घर के खाने से वंचित रहा था। आज हिन्दुस्तानी मसालों ने उसकी जीभ को पूर्ण तृप्ति दे डाली। जिन्ना ने जी भरकर खाया और रहमत की तारीफ के पुल बाँध दिए।

पहले दिन तो सब जिन्ना के आने की खुशी में ही व्यस्त रहे। अगले दिन पिता ने जिन्ना को व्यापार की सारी मुसीबतें बतलाईं। व्यापार का जो हाल था सो था महाजनी के काम ने उसे मुकदमों में उलझा दिया था। निराश जिन्नाभाई ने मीठीबाई को याद करते हुए कहा—"मीठी इस घर में अपने साथ दौलत लेकर आई थी और अपने साथ वापिस ले गयी। मेरे हिन्दू मित्र कहते हैं इस घर में वो लक्ष्मी का रूप थी।" पिता ने भावुक होते हुए कहा—"अब तुम आ गये हो तो सब ठीक हो जाएगा। यहाँ मैंने कई वकीलों से बात कर ली है। वकीलों की दो कम्पनियाँ तुम्हें कनिष्ठ वकील के रूप में रखने को तैयार हैं।" हरचन्द राय विशनदास एंड कम्पनी तथा लालचन्द एंड कम्पनी कराची की दो प्रसिद्ध वकील कम्पनियाँ थीं। दोनों फर्म जिन्नाभाई के मुकदमों को देख रही थीं। वो सहर्ष जिन्ना को अपने यहाँ रखने के लिए तैयार थीं। विलायत से बैरिस्टरी पास जिन्ना उनके मुवक्किलों के भरोसे को और भी ज्यादा बल प्रदान करता।

तुम्हारी वकालत से आमदनी जो होगी सो होगी। सबसे बड़ा लाभ मुझे अदालतों में होगा। मुकदमे भी तुम देख लोगे और मुझे अदालतों में समय बर्बाद करने से मुक्ति भी दे दोगे। मैं व्यापार में पूरी दिलचस्पी से ज्यादा समय दे

सकूँगा।'' जिन्ना ने पिता की बात को ठंडे मन से सुना। दो-तीन दिन यों ही गुजर गये। जिन्ना अब भी दोस्तों और छोटे भाई-बहनों में व्यस्त था। पिता को लगा बेटा अब तक जीवन के प्रति गम्भीर नहीं हो पाया था। उसने फिर उसे किसी वकील के साथ काम शुरू करने के लिए कहा। वकालत कहाँ करेगा यह फ़ैसला तो जिन्ना लन्दन में ही ले चुका था। यहाँ दो-तीन दिन में ही उसे पता चल गया था कि जिन्नाभाई ने उसके नाम से भी एक कम्पनी शुरू कर दी थी और यह नयी कम्पनी भी कठिनाई में थी। घर व्यापार के हालात देखने समझने के बाद उसे अपना फैसला बिलकुल ठीक लगा। उसने पिता को जवाब दिया—''मुझे लगता है कराची में वकालत चल भी जाए तब भी मैं ज्यादा पैसा नहीं कमा पाऊँगा। नामीगिरामी वकील बनने के लिए बम्बई ज्यादा उपयुक्त स्थान है इसलिए मैंने वहीं वकालत करने का फैसला किया है।'' जिन्नाभाई जवाब सुन सन्नाटे में आ गया। बेटा कराची में नहीं रहेगा, यह तो उसने कभी सोचा ही नहीं था। कितनी बेकरारी से वो बेटे के वापिस आने की प्रतीक्षा कर रहा था। उसे विश्वास था कि बेटे के आने के बाद उसका काम आसान हो जाएगा तथा बेटे के सहयोग से व्यापार फिर से जोर पकड़ लेगा। पर यहाँ तो मामला ही उल्टा नजर आ रहा था।

वो झुँझला उठा, ''तुम ख़्वाबों की दुनिया छोड़कर असल दुनिया में आओ। कराची में क्या सारे वकील घास खोद रहे हैं? यहाँ रहकर दस कामों में तुम मेरी मदद कर सकोगे। तुम्हारे सारे भाई-बहन छोटे हैं। इन सबकी जिम्मेदारी हम दोनों को मिलकर सँभालनी है। फिर यहाँ घर है साथ में रहने पर एक आदमी के ख़र्च का पता भी नहीं चलेगा। बम्बई में तुम्हें एक-एक तिनका इकट्ठा करना पड़ेगा। एक घर का खर्च सँभालना मुझे भारी पड़ रहा है तुम दो जगहों के खर्च की सोच रहे हो। दो घरों का खर्च मैं नहीं उठा सकता।''

''सोच नहीं रहा हूँ यह मेरा निश्चय है मैं वकालत बम्बई में ही करूँगा और आपसे खर्च के लिए पैसे नहीं माँगूँगा।'' जिन्ना ने जवाब दिया।

''बम्बई बम्बई कर रहे हो तुम्हें मालूम है वहाँ प्लेग फैला हुआ है''

''वहाँ कहर भी टूटा हो तब भी मैं वहीं जाऊँगा।''

जिन्नाभाई ने बेटे को घूरकर देखा। वो जानता था उसका ये बेटा जो ठानता है वो करके रहता है। वो समझ गया इसको समझाना समय व्यर्थ गँवाना है। उसने गुस्से से कहा—'जो मन में आए करो।' और उठकर चला गया।

पिता ने झूठ नहीं कहा था। बम्बई में इन दिनों प्लेग फैला हुआ था, लेकिन जिन्ना को कोई भय नहीं था। रहमत बाई ने समझाया भी कि जाना ही है तो कम-से-कम प्लेग खत्म होने तक वो यहीं रहे। रामजीभाई, पेथाभाई पड़ोस में रहते थे वे जिन्नाभाई के बहुत गहरे मित्र थे। घर में सब उनका बड़ा सम्मान करते थे। जिन्नाभाई

के कहने पर उन्होंने भी जिन्ना को बहुत समझाया, बहुत ऊँच-नीच बतलाई। पर जिन्ना अब यहाँ रुककर समय व्यर्थ नहीं करना चाहता था। वो बम्बई चल दिया।

जिन्ना को अपनी क़ायनात ख़ुद बनाने की जिद थी। बैसाखी के सहारे चलने के बजाय वो अपने घुटने तोड़ने का मन बनाकर हिन्दुस्तान आया था। लन्दन से चले हुए अभी उसे कुल अड़तीस दिन हुए थे और 24 अगस्त, 1896 के दिन वह बम्बई हाई कोर्ट में बैरिस्टरों की पंक्ति में शामिल हो गया। फूफी मानबाई का घर तो उसने बचपने से ही देख रखा था, पर अब वकील के रूप में उनके यहाँ रहने की कल्पना भी गलत थी। लन्दन में रहते हुए अपने कमरे और निजत्व की उसे आदत पड़ चुकी थी। लन्दन की तरह बम्बई में भी रहने की शुरुआत उसे होटल से ही करनी पड़ी। चर्नी रोड स्टेशन के नजदीक अपोलो रेलवे होटल के कमरे में उसने अपना नया घर बसाया। होटल कोर्ट के नजदीक था इसलिए आना-जाना आसान था। जिन्ना जीवन की सच्चाइयों से लगातार बावस्ता हो रहा था। यह सच्चाई तो उसे लिंकंस में ही पता चल चुकी थी कि वकालत की शुरुआत गर्मीवाली दोपहर की चिलचिलाती धूप होती है। आमदनी कुछ नहीं और ख़र्चे हज़ार। ऊपर से अगर गृहस्थी भी नयी जमानी हो तो समझिये सिर मुँडाते ही ओले पड़ने वाली बात थी, पर लन्दन में अकेले रहकर बटुआ न खोलने की आदत वो डाल चुका था। इस सत्य को भी वो भेद चुका था कि जिस वकील की कॉलर मैली और जूतों पर धूल की पर्त जमा होगी, मुवक्किल हमेशा उससे दूर रहेंगे।

आशा के अनुरूप वकालत का प्रारम्भ बहुत हद तक उसकी मुफ़लिसी का दौर था। अच्छा दफ़्तर और योग्य बैरिस्टर की प्रसिद्धि तो बाद की बात थी अभी तो मुकदमों की फ़ाइल उसकी सबसे बड़ी आवश्यकता थी। बम्बई के फोर्ट बाजार में किसी तरह उसने किराए के एक छोटे दफ़्तर का इन्तजाम तो कर लिया था पर यहाँ अकेले बैठ वो अपने जीवन के पहले मुकदमे की इन्तजारी से जूझ रहा था। इन्तजारी का यह दौर तीन साल लम्बा खिंचेगा इसकी आशा उसे नहीं थी। इस कठिन दौर में भी उसने हताशा को हमेशा जूते की नोंक पर रखा। वो रोज़ बढ़िया प्रेस किये कपड़े पहनता, गाउन हाथ में लेकर विक्टोरिया से कोर्ट पहुँचता। उँगलियों में फसी कीमती सिगरेट और शाम को जाम की आदत वो लन्दन से लेकर लौटा था और इसमें किसी परिवर्तन की उसकी कोई इच्छा नहीं थी। उसने जिस दिन से बम्बई में कदम रखा उसी दिन से उसने एक सफल वकील की तरह व्यवहार करना शुरू कर दिया वह किसी कुंठा का शिकार नहीं होना चाहता था। आमतौर से शाम को वो वाटसन क्लब पहुँच जाता और पूल की गेंदों पर निशाना लगाया करता। ये खेल उसके तनाव को खत्म करता। साथ ही उसकी एकाग्रता में भी वृद्धि करता। क्लब उसके लिए बबई के सम्भ्रान्त समाज में दखल बनाए रखने का सबसे अच्छा और आसान जरिया

था। इन कठिन दिनों में अदालत के छोटे-मोटे कामों से इतना पैसा तो वो बना ही लेता था कि रोज़ाना के ख़र्च के लिए उसे परेशान न होना पड़े।

प्रतिदिन सही समय पर कोर्ट पहुँचना उसके नित्यकर्म में शामिल हो चुका था। अदालत परिसर में गर्दन ऊँची किये गाउन लहराता वो यों घूमा करता जैसे वो वहाँ का व्यस्त वकील है। हालाँकि उसकी निगाहें मुवक्किल तलाश रही होती थीं। अपने आस-पास वो साधारण प्रतिभा वाले वकीलों को चुभती निगाहों से घूरा करता था जो हर समय मुवक्किलों से घिरे रहते और अपनी सफलता के नशे में मदहोश होते। कोर्ट का पुस्तकालय और अच्छे वकीलों की अदालत में बहस सुनते हुए वो अपना सारा दिन गुजार देता। लन्दन में उसे अखबार पढ़ने की जो आदत लगी थी वो हिन्दुस्तान में भी जारी थी। राजनीति में उसकी रुचि लन्दन में उत्पन्न हुई और अब हिन्दुस्तान में फल-फूल रही थी। इन दिनों जब उसके पास मिसिल का अकाल था अखबार उसे व्यस्त रखते।

अभी राजनीति में उसने कदम तो नहीं रखा था, पर हिन्दुस्तान में क्या कुछ हो रहा है इस पर उसकी नजरें जमने लगी थीं। काँग्रेस की गतिविधियों का वो गम्भीरता से अध्ययन कर रहा था। राजनीति अभी शैशवावस्था में थी। जागरूकता कम थी और समर्पित राजनीतिज्ञों का तो अकाल था। लेकिन इस समय के सर्वाधिक समर्पित नेता थे लोकमान्य बालगंगाधर तिलक। लोकमान्य की प्रसिद्धि ने उसका ध्यान उनकी ओर आकृष्ट किया। तिलक के भाषण और उनके क्रिया कलापों में वो गहरी दिलचस्पी लेने लगा। उसे प्रतीत हुआ कि तिलक की दृष्टि एकदम साफ और अपने लक्ष्य पर केन्द्रित थी। शासन की शक्ति का उन्हें रंचमात्र भी भय नहीं था। देश में गुलामी के विरुद्ध अलख जगाने का काम वो पूरी योजना और कर्मठता के साथ कर रहे थे। उनके मन में न किसी तरह का स्वार्थ था न कोई अपेक्षा। धन और धनोपार्जन से विरक्त वो एक अकिंचन जीवन व्यतीत कर रहे थे। उनके जीवन का एक ही उद्‌देश्य था, एक ही ध्येय था हिन्दुस्तान में गुलामी के विरुद्ध क्रान्ति। हिन्दुस्तान के अधिकारों के लिए लड़ने वालों के प्रति उसमें गहरा आदर उत्पन्न हो गया था। तिलक उसकी इस सूची में बहुत आदरणीय स्थान रखते थे। वकीलों की महफिलों में अकसर इन राजनेताओं की चर्चा होती। उनकी सफलताओं असफलताओं का आकलन होता। राजनैतिक विचारधाराओं और दर्शन पर भी बातचीत बहस-मुबाहिसे होते। जिन्ना इन बहसों को ध्यान से सुनता और गाहे-बगाहे अपनी राय भी व्यक्त करता। विलायत से वो स्वतन्त्रता की दीक्षा लेकर लौटा था। अब जब वो समझदार हो चुका था, हिन्दुस्तान में अँग्रेजों की गुलामी के परिणाम यहाँ प्रत्यक्ष देख

रहा था। अँग्रेज सरकार की अन्याय की नीति ने उसे सरकार के प्रति असहिष्णु और उसका कटु आलोचक बना दिया।

समय गुजर रहा था। दिन महीने बन चुके थे, महीने साल। मामूली फ़ाइल भी उसके हाथ नहीं लग रही थी। किसी नये हिन्दुस्तानी वकील के लिए अर्थहीन मुकदमे की पैरवी प्राप्त कर लेना भी बहुत कठिन, असम्भव जैसा काम था। स्थानीय वकील सामान्यतया अँग्रेज़ी में कमजोर होते थे और जज ज्यादातर अँग्रेज। अदालत का सारा काम भी अँग्रेज़ी में होता। अँग्रेज़ी जज के सामने हिन्दुस्तानी वकीलों की घिग्गी बँध जाती। हकला हकला कर डरे सहमे अन्दाज में मामला पेश करने पर अकसर मजबूत केस भी कमजोर हो जाता। इसलिए हिन्दुस्तानी वकीलों को केवल अच्छी व्यक्तिगत जान पहचान और अपने क्षेत्र के गरीब गुर्बाओं के मुकदमे मिल पाते वो भी बड़ी मुश्किल से। एक और कठिनाई उन दिनों ये थी कि मुकदमे पहले किसी सॉलिसिटर के पास पहुँचते। सॉलिसिटर मिसिल तैयार कर अदालत में पेश करने के लिए वकीलों को देते। सॉलिसिटर कम्पनियाँ अँग्रेजों के कब्जे में थीं इसलिए मुकदमे भी अँग्रेज वकीलों के पास ही पहुँचते थे। वरिष्ठ वकील बिना किसी सिफारिश या परिचय के किसी नये वकील को जूनियर के रूप में स्वीकार नहीं करता था। जिन्ना का यहाँ न कोई परिचय था न सिफारिश। यह जानते हुए कि स्वतन्त्र वकील की हैसियत से वकालत शुरू करने का अर्थ था प्रतिदिन असफलता की प्रताड़ना झेलना, उसके जीवन के ये प्रारम्भिक दिन बहुत कठिन थे। जिन्ना ने सब कुछ जानते समझते स्वतन्त्र वकालत शुरू कर दी। इसके अलावा कोई रास्ता ही नही था। जो छोटा मोटा फालतू कागजी काम उसके पास आता वो उसे कहीं पहुँचाने वाला नहीं था। किसी मजबूत केस की इन्तजारी में जो पहला मुकदमा उसके हाथ लगा। वो उसके परिवार से था। गंजी वालजी रिश्ते से उसके चाचा लगते थे। मुकदमा उन्हीं का था। इन तंग हाल दिनों में यह ठीकठाक मुकदमा केवल इसलिए उसके हाथ लगा क्योंकि इसकी डोर परिवार से जुडी थी। एक खोजा व्यापारी ने गंजी वालजी के ऊपर रुपये वसूली का मुकदमा ठोक दिया था और देनदारी में मूलधन के अलावा छः हजार सात सौ नब्बे रुपये का ब्याज भी माँगा। इस लफड़े में उसके पिता जिन्नाभाई भी फँसे हुए थे। जिन्ना ने यह मुकदमा अपनी पूरी योग्यता के साथ लड़ा। लेकिन ऐसे एकाध मुकदमे से काम चलनेवाला था नहीं पर कोई रास्ता भी नहीं था सिवा इसके कि प्रतीक्षा की जाए।

क़िफायतशारी से जीना तो उसने लन्दन में सीख लिया था पर, जेब में पैसे ही न हों तब भरी जेब वाला जीवन कैसे जिया जाए, ये वो अब सीख रहा था। ख़र्च में

बचत के लिहाज से उसने होटल मैनेजर से बात की और कमरा माहवार पर तै कर लिया। इस तरह कुछ बचत की गुंजाइश हो गयी। इन मामूली उठा-पटक से भी बात बन नहीं रही थी। ऐसी परेशानियों से जब उसका मन बहुत बेचैन हो जाता तब उसे फूफी याद आती। फूफी से मिलना उसे अच्छा लगता था। मानबाई उससे उम्र में बड़ी जरूर थीं, पर हँसी-मजाक वो ऐसे करतीं जैसे जिन्ना की हमउम्र हों। उनकी छेड़छाड़ का प्रमुख विषय होता विवाह। जिन्ना 22-23 वर्ष का खूबसूरत नौजवान था जहाँ उसके गोरे मुँह पर घनी काली तराशी मूँछें उसका आकर्षण बढ़ातीं। वहीं तीखी नजरवाली छोटी छोटी आँखों में कैद शरारती हँसी, किसी भी नवयौवना के दिल को घायल कर देती। मानबाई पूछती—''ब्याह क्यों नहीं कर रहा है?''

''वकालत चल नहीं रही और तुम्हें शादी की सूझ रही है!

''अरे मूरख कराची में ही बसा होता तो अब तक ब्याह भी हो जाता और वकालत भी जम जाती। सुना है वहाँ का कोई नामी वकील बेटी देने को तैयार था और दहेज़ में अपनी जमी जमाई वकालत।''

''तुम भी फूफी बस उड़ती चिड़िया पकड़ती हो।''

''उड़ती चिड़िया पकड़ती हूँ? अरे घर आई चिड़िया थी। तूने उड़ा दी।

''सारी शरारत आपकी है, मुझे बचपने में बम्बई दिखा दिया। मैंने तो तभी फ़ैसला कर लिया था बस फूफी के देश में बसूँगा।''

''अरे इसीलिए तो मुझे तेरा घर बसाने की फ़िक्र है। शादी कर ले, क्या पता दुल्हन का भाग्य तेरी तक़दीर बदल दे!

जिन्ना हँसकर पूछता—''कोई लड़की है नजर में?''

मानबाई जवाब देती—''कोई? अरे दर्जनों खड़ी हैं इन्तजार में।''

''जल्दी क्या है? शादी भी हो जाएगी।''

''जल्दी? जल्दी की बात कर रहा है तू? अरे तेरी उम्र में तो लड़के तीन-चार बच्चों के बाप बन जाते हैं।'' मानबाई उसकी खिंचाई करते हुए जवाब देतीं।

''फ़िक्र मत करो, लन्दन में मेरी हाँ का कोई इन्तजार कर रही है।'' जिन्ना फूफी को चिढ़ाता।

''मेम वेम तो हम आने नहीं देंगे। भला ऐसी बहू से क्या फ़ायदा कि हम उससे बोलने-बात करने को तरस जाएँ।''

''परेशान क्यों होती हो, तुम्हें भी अँग्रेज़ी पढ़ा दूँगा फूफी।''

''अब पढ़ चुके हम अँग्रेज़ी फ़ारसी।''

रात घिरने तक बातों के जाल यों ही शादी-ब्याह के बारे में बुने जाते और खाने पीने के बाद जिन्ना वापिस लौटता।

बम्बई आने के बाद मानबाई के यहाँ जाने का सिलसिला कुछ ही दिन चला।

जिन्ना के कराची छोड़ने के कुछ महीनों बाद जिन्नाभाई का व्यापार एकदम टूट गया। आमदनी ठप्प हो गयी अब यहाँ व्यापार की कोई गुंजाइश नहीं रह गयी थी। वो भी परिवार को साथ लेकर बम्बई आ बसा। जिन्नाभाई को लगा बहनोई पीरभाई की मदद से बम्बई में वो नया व्यापार फिर प्रारम्भ कर सकेगा। इसी ख़याल से पीरभाई के घर के नजदीक खजक मोहल्ले में एक छोटा मकान किराए पर ले लिया। ये खोजा मुसलमानों का इलाका था। बेटा बम्बई में वकालत कर ही रहा था। कुछ कमाई तो उसकी होने ही लगी होगी; तो वो भी परिवार की कुछ जिम्मेदारी उठाएगा। आमतौर से इन्सान जैसा सोचता है वैसा हो नहीं पाता। पीरभाई अपने साले की कोई खास मदद कर नहीं पाया। जब भाग्य रूठ जाता है तो मदद भी रूठ जाती है। बेटे से भी कोई आशा पूरी नहीं हुई। ऐसा नहीं था कि जिन्ना अपने छोटे भाई-बहनों से कोई लगाव नहीं रखता था और उनकी जिम्मेदारी से कतराता था। वास्तव में ये दौर उसके अपने लिए भारी था। यह सच्चाई वो जानता था कि भावना में बह कर यदि उसने अपने सीमित साधन परिवार में बाँट दिए तो उसका भविष्य हमेशा-हमेशा के लिए खत्म हो जाएगा। पारिवारिक तनाव उसकी लक्ष्य प्राप्ति में बाधा बन सकते थे। इस खौफ़ से खबरदार जिन्ना ने अपने पिता और परिवार से दूरी बना ली। उसने फूफी के यहाँ आना-जाना बन्द कर दिया। पिता और परिवार के कारण यह आवाजाही क्या बन्द हुई इस परिवार से उसका रिश्ता ही टूट गया।

ब्रीफ की इन्तजारी में जिन्ना के संघर्ष भरे दिन गुजर रहे थे पर इन्तजार इन्तजार ही बना हुआ था। सफल वकीलों की बहस सुनने का उसका सिलसिला भी जारी था। लन्दन में तो वो मुकदमा पेश करने और फिर बहस में वकीलों की नाटकीयता देख चुका था। बम्बई में भी वकीलों के इस गुण को वो बहुत ध्यान से देखा करता था। एक दिन वो जार्ज लॉवेंद्स की बहस सुन रहा था। बहस के दौरान कई बार जार्ज ने बहस सुनते जिन्ना को देखा। जिन्ना के व्यक्तित्व ने उन्हें आकर्षित किया। अदालत से निकलते हुए उन्होंने पूछा—''किस की शागिर्दी में हो नौजवान?'' जिन्ना ने जवाब दिया—''अभी तलाश जारी है।'' उन्होंने जिन्ना को अपने कक्ष में बुलाया और अपने साथ कनिष्ठ वकील के रूप में काम करने का प्रस्ताव रखा। जिन्ना के लिए दरवाजा खुल रहा था। उसने प्रस्ताव सहर्ष स्वीकार किया। अब कुछ बात बननी शुरू हुई। 35-36 वर्षीय जॉर्ज लॉवेंद्स (Later Sir George Rivers Lowendes) बम्बई के प्रसिद्ध वकीलों में से थे। वो बहुत साफ़गोई से अपनी बात रखने के लिए मशहूर थे और अदालत में अपना पक्ष एकदम स्पष्टता और शक्ति के साथ रखते। उनके इस गुण के कारण अदालत उनकी बात ध्यान से सुनती और उनके पक्ष में यह गुण बहुत कारगर सिद्ध होता था। लौवेंद्स के जूनियर बनने के बाद तो अब प्रतिदिन अपने वरिष्ठ के इन गुणों को जिन्ना देखता। अपने सीनियर को उसने

आदर्श मान इन गुणों को अपने व्यक्तित्व में समाहित करना प्रारम्भ कर दिया। जार्ज भी अपने जूनियर की कर्मठता, सूझबूझ और तार्किकता से प्रभावित थे। वो नये मुकदमों की ब्रीफ पढ़ने के लिए उसे देते और फिर उसके निष्कर्षो और विश्लेषण पर जमकर चर्चा करते। जिन्ना के लिए यह प्रशिक्षण बड़े काम का था। सबसे बड़ी बात यही थी कि जार्ज ने उसे बस्ता ढोनेवाले जूनियर की तरह नहीं, बल्कि बराबरी के सलाहकार की तरह सम्मान दिया। यह स्थति दोनों के लिए लाभदायक थी और अदालत में मुकदमा पेश करने में जॉर्ज को खासी सहूलियत होती।

1897 के जून माह की भीषण गर्मी से तप्त पूना में बाल गंगाधर तिलक के भाषण और विचारों ने आग लगा दी थी। शिवाजी के राज्याभिषेक की जयन्ती तो बहाना था, मक़सद था देश में विदेशियों के विरुद्ध भावना उत्पन्न करना। तिलक ने इस अवसर का बड़ी चतुराई से उपयोग किया। अपने समाचारपत्र केसरी के सम्पादकीय में उन्होंने लिखा—"शिवाजी ने अपने राज्य की स्वतन्त्रता की रक्षा के लिए अफज़ल ख़ान का वध किया। अपने देश की स्वतन्त्रता की रक्षा किसी भी नागरिक और राजा का सबसे पवित्र कर्तव्य होता है। अफज़ल खाँ छल-कपट से शिवाजी के राज्य में परतन्त्रता की बेड़ियाँ डालना चाहता था। शिवाजी उसकी कुटिलता भाँप गये। अपने देश की स्वतन्त्रता की रक्षा के लिए यह वध पूर्णतया न्यायोचित था।" गीता के उपदेश से इस वध को जोड़ते हुए उन्होंने लिखा कि न्याय के लिए अपने भाई से भी लड़ना पड़े तो यह युद्ध न्यायोचित है। एक विदेशी से अपने देश की रक्षा के लिए अपने देश की स्वतन्त्रता बचाए रखने के लिए हमलावर अफज़ल खान को मारकर शिवाजी ने अन्यायी को सजा दी और अपने कर्तव्य का पालन किया। उन्होंने केवल सम्पादकीय ही नहीं लिखा। शिवाजी के राज्याभिषेक की जयन्ती मनाने के लिए आयोजित समारोह में तिलक ने शिवाजी के कृत्य की प्रशंसा में इसी तरह का जोशीला भाषण भी दिया। कुछ ही दिन गुजरे थे कि शहर में दो अँग्रेज फौजी अफसरों की हत्या कर दी गयी। प्रशासन का निष्कर्ष था कि तिलक के सम्पादकीय तथा भाषण से लोगों में उत्तेजना उत्पन्न हुई और इस हत्या के लिए प्रेरणा मिली इसी कारण ये हत्याएँ हुईं। तिलक ने लोगों को अँग्रेज़ी शासन के प्रति विद्रोह और अन्यायी फौज के वध के लिए उकसाया है। तिलक गिरफ्तार कर लिए गये और उन पर राजद्रोह का मुकदमा चला।

तिलक की जमानत की सुनवाई बम्बई हाई कोर्ट में हुई। उनके पक्ष में कलकत्ता के दो वकील इवांस पग़ और गार्थ के साथ बम्बई के पारसी वकील डी डी दावर लड़

रहे थे। तिलक के भाषण से राजद्रोह क़ायम होता है या नहीं इस मुद्दे पर सरकारी पक्ष ने जार्ज लॉवेंड्स के विचार भी माँगे। जार्ज ने यह ब्रीफ जिन्ना को पढ़ने के लिए दी। कुछ देर बाद जार्ज ने जिन्ना को बुलाया और पूछा कि ब्रीफ पर उसके क्या विचार हैं? जिन्ना ने जवाब दिया, ब्रीफ पढ़ना तो छोड़िए मैंने उस पर हाथ भी नहीं लगाया। जार्ज ने परेशानी के साथ जिन्ना को देखा। जिन्ना ने बात पूरी करते हुए कहा—तिलक जैसे देशभक्त की गिरफ़्तारी और मुकदमे को मैं पूरी तरह अन्याय पूर्ण मानता हूँ। यह मेरी दृढ़ मान्यता है और इसलिए मैं नहीं चाहता कि इस मिसिल को पढ़कर मेरे विचार किसी तरह प्रभावित हों। जिन्ना अब अपने आपको संयम के साथ अभिव्यक्त करने लगा था। पर जॉर्ज को दिए इस जवाब में ब्रिटिश सरकार के अन्याय पूर्ण शासन के प्रति क्रोध और घृणा को दबाने की उसने कोई कोशिश नहीं की। जार्ज बहुत सुलझा हुआ इन्सान था वो जिन्ना का स्पष्ट और जोश भरा जवाब सुन मुस्करा दिया। जार्ज अपने जूनियर के विचारों की कद्र करता था और गुलामी आजादी के फ़र्क़ को समझता था।

तिलक के इस भाषण में मुसलमान अफज़ल खान विदेशी शासन का प्रतिनिधि था। हिन्दू शिवाजी हिन्दुस्तान की स्वतन्त्रता के प्रतीक थे। जिन्ना के लिए हिन्दू-मुसलमान की चिप्पी अर्थहीन थी। दो सौ साल पहले की इस घटना का उसके लिए सिर्फ इतना महत्त्व था कि आज हिन्दुस्तान की जनता को विदेशी सत्ता से मुक्ति के लिए इस घटना से प्रेरणा दी जा सके। जिन्ना उदार मन:स्थति और प्रगतिशील विचारों वाला व्यक्ति था। वो इस दुनिया में जी रहा था, दूसरी दुनिया के बारे में सोचने की उसे, फ़ुर्सत नहीं थी। गुलामी से मुक्ति उसे ज्यादा जरूरी नजर आती थी। इस लड़ाई में जोश का महत्त्व वो जानता था। वो समझता था कि आजादी की लड़ाई लड़ने से पहले पेट की रोटी का सम्माननीय इन्तजाम करना जरूरी है। भूखे पेट कोई लड़ाई लड़ी नहीं जा सकती थी और सिपाही दान पर आश्रित हो जाए तो उसे कोई भी खरीद सकता है। जिन्ना की सबसे पहली जरूरत थी वकालत में सफलता।

सफलता की इन्तजारी ने उसके पिता के साथ सम्बन्धों को छिन्न-भिन्न करके रख दिया था। पिता की वो कोई मदद नहीं कर पा रहा था, जिन्नाभाई यह मानने को तैयार नहीं थे कि मामूली आमदनी से कोई ऐसी शानो-शौक़त से रह सकता है, जैसे उनका बैरिस्टर पुत्र रह रहा था। उसके पहनावे उढ़ावे में रईसी टपकती थी। हाथ से सिगरेट अलग होती नहीं थी। वो यह भी जानता था कि आमतौर से उसकी शाम किसी क्लब में गुजरती है। जिन्ना का कोई जवाब उसे सन्तुष्ट नहीं कर पाता था। वो उन्हें यह समझा नहीं पाया कि रोज़ सुबह वो लड़ाई पर निकलता है और शाम को टूटकर कमरे पर पहुँचता है, अगले दिन फिर और जोश के साथ मैदान में पहुँचता है, शाम को और गहरी टूटन से सामना होता है। वो यह नहीं समझा पाता था कि हारे

हुए खिलाड़ी का साथी कोई नहीं होता। इसलिए वो लगातार सफलता का मुखौटा लगा कर जी रहा है। इस युद्ध का सबसे बड़ा हथियार था धैर्य। जिन्ना के पास यह हथियार था। उसको अपनी लगन और मेहनत पर पूरा विश्वास था। वो हारने के लिए नहीं जीतने के लिए पैदा हुआ था और अन्त में वो जरूर जीतेगा। जिन्नाभाई को महसूस होता था कि वकालत के लिए स्थान चुनने में जिन्ना ने उसकी सलाह की उपेक्षा की। बम्बई में बसने का उसका फ़ैसला पिता के प्रति हुक्मउदूली-जैसा था। जिन्ना केवल अपने बारे में सोचता था। परिवार की कोई जिम्मेदारी उसका सिरदर्द नहीं थी। जब अच्छे दिन थे तो उसने जिन्ना को राजकुमार की तरह पाला। उसके पुत्र ने जो चाहा वो उसने दिया। आज उसी लड़के के भाई-बहन अच्छे खानपान के लिए तरस रहे थे। यदि जिन्ना ने उसकी बात मानकर कराची में वकालत की होती तो अब तक उसकी गिनती सफल वकीलों में होने लगती। खूब कमाई होती और व्यापार भी सँभल जाता, लेकिन उसके पुत्र ने बेहद स्वार्थी इन्सान की तरह सिर्फ अपने बारे में सोचकर फैसला लिया। इस फैसलें में उसका दम्भ भी शामिल था। ये दम्भी लड़का आज भी शानो-शौक़त के साथ जी रहा है और उसका पिता उसके छोटे भाई-बहनों को केवल गरीबी दे पा रहा है।

रहमत और मरियम देख रहीं थी उनका पिता असफलता के दंश और भाई की बेरुखी से झुलसा जा रहा था। यह आग उसके स्वास्थ्य को भी झुलसा रही थी। उलझनों के जाल से निकलने की प्रत्येक कोशिश उसे जाल में और ज्यादा उलझा देती। छोटे भाई अहमद अली को बड़े भाई का कराची वाला वैभवपूर्ण जीवन लगातार सालता रहता। जिन्ना जब भी उन लोगों से मिलने आता अहमद अली का क्रोध और बढ़ जाता। पिता का दिल टूट चुका था। अब वो इस निष्कर्ष पर पहुँच गया कि बम्बई आकर उसने गलती कर दी है। बम्बई का जीवन बहुत महँगा था। उसे ख्याल आता कि यहाँ आने से अच्छा होता वो पनेली चला गया होता। अगले ही क्षण उसे लगता वहाँ न जाकर उसने अच्छा किया। पनेली से राजा बनने निकला था अब फ़कीर होकर वापिस किस मुँह से जाता। किसी परिचित ने उसे रत्नागिरी में बसने की सलाह दी। बम्बई से मायूस जिन्नाभाई सलाह मान परिवार को समेट रत्नागिरी जा बसा। यह वो समय था जब जिन्ना का भाग्य बदलने के मुकाम पर पहुँच चुका था। पर भविष्य कौन देख पाता है? शायद रत्नागिरि में बसने का फैसला जिन्नाभाई कुछ दिन बाद न ले पाता।

जॉर्ज के साथ काम करते अभी कुछ ही अरसा गुजरा था कि जार्ज ने जिन्ना को उसे छोड़ किसी दूसरे वरिष्ठ वकील से जुड़ने की सलाह दी। ऐसी प्रबल सम्भावना थी कि वो वायसराय की काउंसिल का सलाहकार बन जाए। ऐसी स्थिति में जिन्ना फिर बेकारी के पहले मुकाम पर पहुँच जाता। जॉर्ज के अलावा जिन्ना के ऊँची पहुँच

वाले एक प्रशंसक मित्र ने उसका परिचय कार्यकारी एडवोकेट जनरल जॉन मोलेस्वर्थ मैकफर्सन से करवा दिया। वो सिफ़ारिशों के साथ मैकफर्सन से मिला और अपनी बातचीत तथा अब तक के अदालती अनुभव के बल पर उसने मैक को खासा प्रभावित कर लिया। जिन्ना को अपना जूनियर बनाना मैकफर्सन ने स्वीकार कर लिया। जिन्ना पहला हिन्दुस्तानी था जिसे मैकफर्सन ने अपने जूनियर के रूप में स्वीकार किया था। कुछ ही दिनों में जिन्ना ने अपनी योग्यता और अध्यवसाय से मैक को अपना प्रशंसक बना लिया। अब तक वो वकालत में अपना स्थान बनाने के लिए भटक रहा था। विद्वान मैकफर्सन के भरोसे और सहयोग ने उसके लिए आशा के द्वार खोल दिए। वो जिन्ना पर काफी भरोसा करने लगा और अपने कुछ मुकदमे उसके सुपुर्द करने लगा। जिन्ना इन मुकदमों को पूरी ईमानदारी, दृढ़ता और योग्यता के साथ अदालत में पेश करता। पहिया अब तेजी से घूम उठा। एक समय था जब जिन्ना लड़कपन से जूझ रहा था। वो न तो अपने भविष्य के बारे में सोचता था, न उसे किसी दिशा का ज्ञान था। ऐसे समय में क्रॉफ्ट उसके लिए देवदूत बन गया। क्रॉफ्ट के व्यक्तित्व से चमत्कृत जिन्ना ने उसकी सलाहें मानीं। यह उसी के सहयोग का परिणाम था कि वो लन्दन जा सका। उसके बैरिस्टर बनने में क्रॉफ्ट का अपरोक्ष सहयोग वो भूल नहीं सकता था। अब जब वो सफलता के लिए अदालत के बरामदों में दौड़ते बदहवास नौजवान वकीलों की भीड़ में खोया हुआ था तब मैकफर्सन ने उसे इस भटकती भीड़ से निकाल लिया और क्रॉफ्ट की तरह उसके भविष्य को दिशा दे दी। वकालत में उसके व्यक्तित्व को जॉर्ज लॉवेंद्स और मैकफर्सन ने बहुत प्रभावित किया। उसने इन दोनों से वकालत के ज्ञान के अलावा उनकी चाल-ढाल से भी बहुत कुछ सीखा। क्रॉफ्ट के बाद इन दोनों बैरिस्टरों ने सदा सदा के लिए उसके हृदय में आदरणीय स्थान बना लिया।

लन्दन में जिन्ना का अच्छा-खासा परिचय दादाभाई नौरोजी से हो चुका था। हिन्दुस्तान की राजनैतिक स्थिति पर उनके विचार जिन्ना की राजनैतिक चेतना जगाने में बहुत कारगर हो रहे थे। वहाँ जब भी किसी सभा-समारोह का आयोजन होता जिन्ना उसमें भाग लेता। दो-चार महीनों में कोई-न-कोई बैठक होती और उसमें हिन्दुस्तान की स्थितियों पर चर्चा होती। जिन्ना हिन्दुस्तान की स्थितियों के बारे में गम्भीरता से सोचने लगा। काँग्रेस अँग्रेजों के अन्याय के विरुद्ध क्या कर रही थी, क्या कर सकती थी। ये चर्चाएँ भी होतीं। लिंकंस इन् से निकला एक वरिष्ठ विद्यार्थी न सिर्फ हिन्दुस्तान के वकीलों में बहुत प्रतिष्ठित स्थान रखता था, बल्कि राजनीति में भी वो बहुत महत्त्वपूर्ण व्यक्तियों में शामिल हो चुका था। बम्बई में रहने वाला यह व्यक्ति फ़िरोज़ शाह मेहता वहाँ बेताज बादशाह के रूप में प्रसिद्ध था। नौरोजी ने जिन्ना को सलाह दी थी कि हिन्दुस्तान में वो मेहता से मिलकर काँग्रेस में

अपना योगदान दे। हिन्दुस्तान आने के बाद जिन्ना मेहता से मिला। मेहता यह जान कर बहुत खुश हुआ कि जिन्ना भी लिंकंस इन् से था। लिंकंस ने दोनों को एक रिश्ते से जोड़ दिया। जिन्ना अभी वकालत में नाम कमाने के लिए जूझ रहा था पर न तो उसने मेहता से वकालत में किसी तरह की सहायता माँगी न राजनीति में। जिन्ना अपने स्वाभिमान के लिए हमेशा बहुत सावधान रहता था। वो कभी किसी के समक्ष अपने कठिन दिनों की चर्चा नहीं करता था। सामान्यतया वो अपने आपको सफल दिखाने का प्रयत्न ही करता था। उसके व्यवहार की गरिमा और व्यक्तित्व का आकर्षण बहुत प्रभावी सिद्ध होता था। अब तक वो बातचीत करने के अन्दाज में नाटकीय कुशलता भी विकसित कर चुका था। इन गुणों का मेहता पर बहुत असर हुआ और वो उससे मित्रवत् व्यवहार करने लगा। जिन्ना को उसकी घरेलू दावतों के निमन्त्रण भी मिलने लगे। इन्हीं दावतों में उसकी मित्रता एक पारसी उद्योगपति से हुई। जीजीभाई नाम का यह नौजवान लगभग जिन्ना का हमउम्र था। उसके पिता सर दिनशा मानोकजी पेटिट हिन्दुस्तान में कपड़ा मिल के संस्थापक उद्योगपति थे।

मैकफर्सन के साथ काम करने से जिन्ना को कुछ आमदनी होने लगी थी, पर वो बहुत शीघ्र किसी लम्बी छलाँग के लिए उत्सुक था। मैक के दफ़्तर में उसे एक अनोखी सुविधा मिल गयी थी। बहुत सारी सरकारी सूचना और सम्भावनाओं की जानकारी यहाँ अनायास ही प्राप्त हो जाती थी। जिन्ना को पता लगा कि बम्बई के प्रेसीडेंसी मजिस्ट्रेट पी. एच. दस्तूर लम्बी छुट्टी पर जाने वाले हैं और इस स्थान के लिए अस्थाई भर्ती होगी। जिन्ना इस पद की योग्यता रखता था उसे लगा कुछ दिन इस पद पर काम करने से उसे अच्छा अनुभव मिल जाएगा। अच्छी आमदनी हो जाएगी जिससे एक अर्से से जारी उसकी कठिन आर्थिक स्थिति में भी कुछ सुधार हो जाएगा। उसने मैक से अपनी इच्छा व्यक्त की। मैक बहुत उदार, मृदुभाषी और सहृदय इन्सान था। उसने मुस्कराते हुए अपने लेटरहेड पर चार पंक्तियाँ लिखकर देते हुए कहा—'सर चार्ल्स ऑलिवेंट के दफ़्तर पहुँच जाओ तुरन्त और यह पत्र उन्हें दे दो। भगवान तुम्हारा भला करें।' सर चार्ल्स बम्बई प्रादेशिक शासन में न्यायिक सदस्य थे। जिन्ना दफ़्तर से बाहर निकला और दौड़ता हुआ सड़क पर पहुँचा। विक्टोरिया पकड़ आनन-फानन में वो सर चार्ल्स के सामने था। सर चार्ल्स ने पत्र पढ़ा, जिन्ना से उसकी शिक्षा और अनुभव पर पूछताछ की। महत्त्वाकांक्षी जिन्ना के जवाब और शिष्टता ने उन्हें बहुत प्रभावित किया। दस्तूर द्वारा रिक्त तृतीय प्रेसीडेंसी न्यायाधीश का अस्थाई पद अब जिन्ना का था।

न्यायाधीश का यह पद जिन्ना के लिए बहुत महत्त्वपूर्ण था। पिछले लगभग चार वर्षों से वो तंगहाली का तनावपूर्ण जीवन जी रहा था। अब कुछ दिनों की यह स्थिरता और शान्ति उसे भविष्य की सफलता के लिए नया आत्मविश्वास प्रदान

करने वाली थी। पिता को उसने तार द्वारा अपनी सफलता की सूचना दी और पत्र लिखा कि अब वो परिवार सहित वापिस बम्बई आ जाएँ। पीरभाई और मानबाई को यह सूचना देने के बाद वो फ़िरोज़शाह मेहता के यहाँ पहुँचा। फ़िरोज़शाह के यहाँ जीजीभाई पेटिट बैठे हुए थे। वो कुछ दिन हुए एक बच्ची के पिता बने थे इस खुशी में एक समारोह का आयोजन था। वो मेहता को निमन्त्रित करने के लिए आए थे। फ़िरोज़शाह जिन्ना की सफलता पर खुश हुए। शाह के साथ पेटिट ने भी जिन्ना को बधाई दी तो जिन्ना ने पेटिट को पिता बनने की बधाई दी। यह वर्ष था सन् उन्नीस सौ। इस सदी का अन्तिम वर्ष। जिन्ना और पेटिट भविष्य में झाँकने की सामर्थ्य रखते तो जान लेते कि यह नवजात बच्ची कुछ वर्षों बाद दोनों को एक नजदीकी रिश्ते से जोड़ देगी।

छः महीने तक म्युनिसिपल बेंच के न्यायाधीश की गद्दी का जिन्ना ने भरपूर अनुभव लिया। यह अनुभव उसकी वकालत के लिए बहुत अर्थ रखता था। वो अभी कुल चौबीस साल का नौजवान था। उसके घर परिवार या दोस्तों-परिचितों में कोई भी इतने ऊँचे पद पर नहीं पहुँचा था। न्यायाधीश के पद की एक गरिमा थी, प्रतिष्ठा थी और यह शासन का एक शक्तिशाली स्तम्भ था। अँग्रेज़ी राज में किसी हिन्दुस्तानी के लिए यह पद पाना लगभग असम्भव जैसा था। कितने ही नौजवानों के जीवन का उद्देश्य ही यह पद पाना होता था। पर जिन्ना कुछ अलग मिट्टी का बना था। इन छः महीनों में उसने हर तरह के मामूली फौजदारी मुकदमों की सुनवाई की। न्यायाधीश के रूप में उसने किसी भी प्रभाव की परवाह किए बिना बेहद ईमानदारी और निर्भीकता के साथ सबको पूरा न्याय दिया। लेकिन इन छः महीनों में ही इस नौकरी से उसका मन भर गया। सरकारी नौकरी का बन्धन उसे रास नहीं आया। इस पद पर रहते हुए सार्वजनिक रूप से अपने विचार व्यक्त करना सम्भव नहीं था। न्यायाधीशों को सामान्य नागरिक जीवन से अलग रहना जरूरी था। उनके लिए गुमनामी के साथ अदालती राजमहल में काम करने की परम्परा थी। छः महीनों में वो गूँगे महल के वैभव का आनन्द ले चुका था। और इस स्वर्णमयी जेलख़ाने से उसका मन भर गया था।

जिन्ना ने जिस योग्यता, प्रतिष्ठा और निष्पक्षता के साथ इस पद पर काम किया था उससे सर चार्ल्स बहुत खुश थे। उसकी कर्मठता और समर्पण के कारण यह नौजवान उन्हें इस पद के लिए बहुत उपयुक्त प्रतीत हुआ। उन्होंने जिन्ना को पन्द्रह सौ रुपये प्रति माह पर स्थाई नियुक्ति का प्रस्ताव दे दिया। पन्द्रह सौ रुपये प्रति माह का प्रारम्भिक वेतन किसी लॉटरी से कम नहीं था। पर जिन्ना ने यह प्रस्ताव अस्वीकार कर दिया। उसने बड़ी शालीन मुस्कराहट के साथ सर चार्ल्स को जवाब दिया—"सर, बहुत जल्द अपनी वकालत से इतना रुपया मैं एक दिन में कमाने

लगूँगा।'' पैसा कमाना तो बाद की बात थी पहली बात थी आजादी। नौकरी ने जिन्ना को बन्धन में बाँध लिया था। काम का बन्धन तो उसे स्वीकार था पर खुलकर बहस-मुबाहिसे से किनारा, उन्मुक्त रूप से लोगों के बीच मेल-मुलाकात का बन्धन उसके लिए असम्भव था। लन्दन से वो वैचारिक स्वतन्त्रता की दीक्षा लेकर आया था। अब अपने मुँह पर ताला डालना उसके लिए सम्भव नहीं था। राजनीति में अब तक वो सक्रिय नहीं हुआ था, पर इरादा तो था। मजिस्ट्रेटी में यह इरादा पूरा नहीं हो सकता था। नौकरी छोड़कर एक बार फिर अनियमित आय से जूझना पड़ सकता था। पर अब यह खतरा उठाने के लिए उसमें कहीं ज्यादा आत्मविश्वास था। नौकरी छोड़ते ही उसे स्थाई काम के कई प्रस्ताव मिल गये। एक प्रस्ताव बम्बई नगर महापालिका से भी मिला। एक हज़ार रुपये मासिक पर उसने पालिका का कानूनी सलाहकार बनना स्वीकार कर लिया।

नौकरी से उसके हाथ में पैसे आ गये थे। अब होटल के एक कमरे की कैद से मुक्ति का समय भी आ गया था। उसने अपोलो बन्दर में एक अच्छा अपार्टमेंट किराए पर ले लिया। आराम और सुविधा के सरंजाम भी इकट्ठे कर लिए। इस दिन के लिए उसे बड़ी लम्बी तपस्या करनी पड़ी थी। अब सुविधापूर्ण जीवन के लिए किसी टाल-मटोल की गुंजाइश नहीं थी। वकालत पर उसने ज्यादा ध्यान केंद्रित किया। शीघ्र ही वो दीवानी और फौजदारी दोनों तरह के मुकदमे लड़ने में कुशल हो गया। उसके पास अपील भी आती और नये आरम्भिक मुकदमे भी। प्रारम्भ से ही उसने लम्बे खिंचने वाले मामलों में अपनी अरुचि प्रदर्शित कर दी। समन्स और मोशन के मामले उसे अधिक सुविधाजनक लगते। ऐसे फटाफट निबटने वाले काम में वो अपनी पूरी काबिलियत दिखा देता। कानून की व्याख्या, व्याकरण या फिर शाब्दिक अर्थ के बाल की खाल निकालने के बजाय उसे कानूनी दाँव-पेंच में अपनी प्रतिभा दिखाने में आनन्द आता। उसकी योग्यता की धाक जमनी शुरू हो गयी। गवाहों से पूछताछ करने के लिए जब जिन्ना खड़ा होता तो अच्छे अच्छे पसीना छोड़ देते। जिरह करता तो साथी वकीलों पर जादू कर उन्हें हक्का-बक्का कर देता। उसके जीवन का नया चरण प्रारम्भ हो चुका था। वकालत में सफलता उसे मिलने लगी थी पर प्रसिद्धि अभी हाथ नहीं आई थी।

सफल वकीलों के दफ़्तरों की भीड़ में अब उसने नया दफ़्तर लिया। इसकी सुरुचिपूर्ण सजावट पर दिल खोलकर खर्च किया। एक सफल वकील के लिए आवश्यक पुस्तकालय की शुरुआत भी उसने अपने कार्यालय में कर दी। फोर्ट वाले उसके दफ़्तर में तो पुस्तकालय के नाम पर कानूनी पुस्तकों के बजाय दिखावे के लिए लन्दन में संग्रह की हुई कुछ सामान्य लेकिन प्रिय पुस्तकें रखी होती थीं। इनमें से कुछ पुस्तकें अब भी उसे बहुत प्रिय थीं खासकर मजिन्नी के निबन्ध और वाल्टर

स्कॉट की मोरैलिटी। मोरैलिटी पर उसने 10 सितम्बर, 1895 को अपने हस्ताक्षर के साथ लिखा था। मृत्यु-पर्यन्त यह पुस्तक मेरी रहेगी। इसे चुराकर आप शर्मिन्दा न हों इसलिए इस पर मैं अपना नाम लिख रहा हूँ। लन्दन में उसके अकेलेपन की साथी ये कुछ पुस्तकें उसे जीवन भर प्रिय रहीं। व्यस्त होने पर इन्हें पलटने के अवसर तो समाप्त होते जा रहे थे, पर ये पुस्तकें उसके कीमती खजाने में हमेशा के लिए अमूल्य निधि बन गयीं।

पिता को लिखे पत्र का जवाब नहीं आया। वो स्वयं रत्नागिरी पहुँच गया। घर में प्रवेश के साथ ही उसे पता चल गया कि पिता के साथ-साथ उसके सारे छोटे भाई-बहन उससे नाराज थे। क्रोध की तीव्रता का उसे तब अहसास हुआ जब पिता ने किसी भी दशा में बम्बई वापिस जाने से इनकार कर दिया। बन्दे अली तो कोई फ़ैसला लेने के लिए अभी बहुत छोटा था, पर बाकी सभी भाई-बहनों ने पिता के साथ ही रहने का निश्चय प्रकट किया। जिन्ना की सारी दलीलें इस अदालत में नाकामयाब हो गयीं। फातिमा अभी छोटी थी। छः भाई-बहनों के बीच वो खो जाती थी उसे बड़े भाई से मिला महत्त्व आकर्षित कर रहा था। केवल उस पर कुछ असर हुआ उसकी ढुलमुल बात सुन पिता ने उसे जिन्ना के साथ जाने की छूट दे दी। फ़ातिमा को वो ले तो आया पर उसकी देख-भाल की जिम्मेदारी के बारे में उसने सोचा नहीं था। अब उसे महसूस हुआ कि इतनी छोटी बच्ची को घर में अकेले नहीं छोड़ा जा सकता। घर में उसके अलावा कोई था नहीं और वो घर में कम बाहर ज्यादा रहता था। इतनी छोटी बच्ची को अकेले नौकर नौकरानियों की हिफ़ाज़त में नहीं छोड़ा जा सकता था। अपनी इस छोटी बहन को उसने बान्द्रा के एक कॉन्वेंट में भर्ती कर दिया और इस तरह उसके अच्छे रहन-सहन और शिक्षा की व्यवस्था कर दी। एक नियम भी उसने अपने लिए बनाया। प्रत्येक रविवार को वो बहन से मिलने अवश्य जाएगा। यह नियम उसने फातिमा के डॉक्टरी की शिक्षा प्रारम्भ होने तक जारी रखा। बहन को बम्बई लाने के बाद एक बार फिर उसका नाता पिता और भाई-बहनों से टूट गया। रत्नागिरी में किसी तरह कठिनाई के साथ जीवन व्यतीत करते स्वाभिमानी जिन्नाभाई का देहान्त 1902 में हो गया। वो अपने जीवन में ममद को छोड़ किसी बच्चे का विवाह नहीं कर पाए। ममद की पत्नी एमीबाई तो बिना ससुराल आए ही अल्ला को प्यारी हो गयी थी। अपने छोटे भाई-बहनों की देखभाल और शिक्षा-दीक्षा की जिम्मेदारी रहमत बाई ने उठाई। सारे भाई-बहनों की ये बड़ी बहन उनके लिए मीठीबाई बन गयी।

दादाभाई का ब्रिटिश संसद में भाषण और उनके घर पर उनके साथ बातचीत हमेशा जिन्ना के मन में घूमती रहती थी। उसका सबका अब तक बहुत सारे सहृदय, विद्वान और उदार अँग्रेजों से पड़ चुका था। सामान्य अँग्रेज की शिष्टता में कोई कमी नहीं थी। कमी थी अँग्रेज़ी शासन में। अँग्रेज नहीं अँग्रेज सरकार हिन्दुस्तान को लूट रही थी। सरकार की नीतियों ने ही तमाम अँग्रेजों को घमंडी और शोषक बना रखा था। किसी भी हिन्दुस्तानी के लिए यह स्थिति शर्मनाक थी। आम अँग्रेज स्वयं अपनी सरकार से हर तरह के अधिकार की अपेक्षा रखता था। उसकी आवाज उसके सांसद द्वारा वहाँ की संसद में गूँज जाती थी। वहीं हिन्दुस्तानी नागरिक के लिए अपनी आवाज उठाने का न कोई रास्ता था न अधिकार। कारण बहुत सीधा था। हिन्दुस्तानियों की अपनी कोई सरकार नहीं थी। दरअसल हिन्दुस्तान में कोई सरकार थी ही नहीं। हिन्दुस्तान उपनिवेश था अँग्रेज राजमुकुट में जड़ा एक कीमती नगीना जो वास्तव में इस राजमुकुट का गुलाम देश था। गुलाम की सुनवाई जैसी कोई प्रथा अब तक किसी सभ्यता ने विकसित नहीं की थी। इस अन्यायपूर्ण स्थिति के विरुद्ध बहुत कुछ करने की आवश्यकता थी। किसी साधारण व्यक्ति के लिए उसका सारा जीवन आशा अपेक्षाएँ भूख से ताल्लुक रखती है। पेट भरा हो तो सब ठीक है। फिर दुनिया भाड़ में जाए, पर जिन्ना साधारण नहीं असाधारण व्यक्ति था। अपनी दुनिया बसाने से पहले ही अपनी नजदीकी दुनिया की चिन्ता और जिम्मेदारी ने उसे व्यग्र कर रखा था। लेकिन यह भी सच था कि अपने देशवासियों के प्रति जिम्मेदारी पूरा करने से पहले उसे मजबूत पैरों पर खड़ा होना था। पेट भरने के बाद ही यह मजबूती आती है। यह शक्ति वो प्राप्त कर चुका था। वकालत जमने लगी थी अब दुनिया की फ़िक्र के लिए समय निकालना आवश्यक था। जिन्ना ने विलायत के राजनीतिज्ञों की खुशहाली को देखा था। लेकिन वो जानता था, हिन्दुस्तान में राजनीतिक क्षेत्र में काम का अर्थ था अपनी गाँठ से पैसा खर्च करना। दादाभाई नौरोजी के बारे में उसे पता था इस उद्योगपति ने अपनी कमाई का बहुत बड़ा हिस्सा हिन्दुस्तान के लिए राजनैतिक न्याय की लड़ाई में होम कर दिया था। हिन्दुस्तान में राजनीति कोई कैरियर नहीं था। यह समाज सेवा थी अपने देशवासियों के प्रति एक जागरूक नागरिक का कर्तव्य था।

सर फ़िरोज़शाह मेहता ने अपना यह कर्तव्य पूरा किया था वो सफल और प्रसिद्ध वकील थे। प्रसिद्ध राजनीतिज्ञ भी। जिन्ना अब अकसर उनसे मिलता। उनके अनुभव पर उनसे बातचीत करता। बॉम्बे इम्प्रूवमेंट ट्रस्ट हो या फिर लैंड रेवेन्यू बिल, उन दिनों बम्बई में चर्चित ऐसे सभी जीवन्त मुद्दों पर जिन्ना अपने विचार शाह के सामने रखता। तमाम पढ़ी हुई खासतौर से अपने प्रिय लेखकों जॉन स्टुअर्ट मिल्स की पुस्तक प्रिंसिपल्स ऑफ़ पोलिटिकल इकोनॉमी या ऐसी ही और पुस्तकों में

व्यक्त विचारों पर वो अपनी व्याख्या प्रस्तुत करता फिर शाह से उनके विचार सुनता। सामाजिक प्रगति और बौद्धिक विकास के लिए वैचारिक स्वतन्त्रता पर मिल्स के विचार उसे बहुत उपयुक्त लगते थे। धार्मिक स्वतन्त्रता, वैचारिक अभिव्यक्ति एवं प्रतिनिधित्व की सुरक्षा के लिए संवैधानिक शक्ति जैसे विषयों पर ब्रिटिश उदारवादी राजनीति उसे प्रभावित करती थी। जिन्ना ब्रिटिश राजनैतिक धाराओं में उदारवाद के पक्ष में था। लार्ड मोर्ले और प्रधानमन्त्री ग्लैडस्टोन के विचार उसे उचित प्रतीत होते। वेस्टमिंस्टर में उसके सुने हुए भाषणों पर दोनों में विचार विनिमय होता। शाह को यह आभास हो गया कि जिन्ना मननशील नौजवान था। वो पुस्तकों और विद्वानों के विचारों को आँख मूँदकर स्वीकार करने वाला घुग्घू नहीं था। तमाम विषयों पर और उस दौर की घटनाओं पर वो अपनी निश्चित राय रखता था। अपने विचार कुशल तर्क और पूरी स्पष्टता के साथ व्यक्त करता था। उसके मनन और तर्क में काफी वज़न होता था। शीघ्र ही शाह जिन्ना की प्रतिभा के क़ायल हो गये। उन्हें लगा कि इस नौजवान को देश-सेवा से अवश्य जुड़ना चाहिए। इस भावना से वो अपने कुछ राजनीतिक काम उसे सौंपने लगे। अब वो अक्सर अपने भाषण के विचार सूत्र जिन्ना को बताते। इन सूत्रों को विस्तार के साथ सिलसिला देने का काम जिन्ना बड़ी जिम्मेदारी से पूरा करता। दिन अब तेजी से बदल रहे थे वो वकालत और राजनैतिक कामों में व्यस्त होता जा रहा था। उसके पिता ने उसे वैभवशाली जीवन का अभ्यस्त बनाया था। संघर्ष के दिनों में तो जिन्ना किसी तरह मन मसोस कर रह रहा था पर अब जब पैसा बरसना शुरू हो गया था तब उसका वैभवशाली मन अपने अपार्टमेन्ट से ऊब गया। शान्ति के साथ काम करने के लिए उसे एक सुविधाजनक घर की सख्त जरूरत महसूस हो उठी। इच्छा होने भर की देर थी बैंड स्टैंड में उसे एक अच्छा बँगला 1903 में मिल गया।

सन् 1904 का काँग्रेस अधिवेशन बम्बई के ओवल मैदान में आयोजित हुआ। सर फ़िरोज़शाह मेहता काँग्रेस के मान्य नेता थे, बम्बई के इस अधिवेशन की पूरी जिम्मेदारी उन्हीं के ऊपर थी। शाह के सहयोगी गोपाल कृष्ण गोखले ऐसे अवसरों पर उनका दाहिना हाथ होते थे। इस अधिवेशन में भी वो अपना दायित्व पूरा कर रहे थे इस कार्यक्रम की जिम्मेदारियों में जिन्ना शाह का बायाँ हाथ बन गया। अधिवेशन के आयोजन में अपनी कर्मठता से उसने मेहता की घनिष्ठ मित्रमंडली में स्थान बना लिया। निकट भविष्य में विलायत में आम चुनाव होने थे। काँग्रेस के इस अधिवेशन में यह तै हुआ कि इस अवसर पर वहाँ काँग्रेस अपना एक प्रतिनिधिमंडल भेजे जो इस चुनाव में वहाँ की जनता का ध्यान हिन्दुस्तान के शोषण की और आकृष्ट कर सके और हिन्दुस्तान को चुनावी मुद्‌दों में प्रमुख स्थान दिलवा सके। विलियम बेडरबर्न चाहते थे कि इस अवसर पर शाह विलायत आए। फ़िरोज़शाह अपनी

व्यस्तता के कारण लम्बा समय निकालकर विलायत में रुक नहीं सकते थे, उनका स्वास्थ्य भी साथ नहीं दे रहा था। इस काम के लिए उन्होंने गोपाल कृष्ण गोखले और मोहम्मद अली जिन्ना के नाम का प्रस्ताव रखा। गोपाल कृष्ण गोखले से सभी काँग्रेसी परिचित थे पर जिन्ना का नाम एकदम नया था। अधिकांश काँग्रेसी जिन्ना को बिलकुल नहीं जानते थे। काँग्रेस में इस अनजान व्यक्ति को लन्दन भेजने का प्रस्ताव बहुतेरे प्रतिनिधियों के गले नहीं उतरा। इस नये और अनजान व्यक्ति के लिए लन्दन का खर्च काँग्रेस द्वारा वहन करने का भारी विरोध हुआ। शाह के इस प्रस्ताव से जिन्ना का नजदीकी परिचय काँग्रेस में होने वाले उखाड़-पछाड़ के इन खेलों के साथ शुरू हुआ। गोखले से परिचय भी इन्हीं दिनों हुआ। गोखले शाह के प्रिय और पटु शिष्य थे। जिन्ना भी इस व्यक्ति की नम्रता और मृदुता से चकित हो गया।

जिन्ना की गिनती अब बम्बई के सफल वकीलों में होने लगी थी पर वो इतने से सन्तुष्ट नहीं था। वकालत में उसे प्रसिद्धि की भूख थी, प्रसिद्धि ही उसके जीवन का अभीष्ट था। शेष सब कुछ इसके उपादान थे। समाज में उसकी प्रतिष्ठा होने लगी थी पर प्रतिष्ठा और प्रसिद्धि में आकाश पाताल का अन्तर था और प्रसिद्धि अब भी उससे दूर थी। अपनी संध्याएँ उसने तब भी व्यस्त रखी थीं जब वो सफलता के लिए जूझ रहा था। अब ज़ब वो सफल वकील हो चुका था तब उसकी शाम के साथ के लिए कितने ही लोग उत्सुक रहने लगे थे। पूल और शतरंज के साथ उसका पहला प्रिय साथी था व्हिस्की का जाम। दूसरा प्रिय साथी था उसका अकेलापन। घर में वो अकेला ही रहता था। फातिमा को ईसाई कान्वेंट में भर्ती कर उसने अपने अकेलेपन को अपना साथी बनाए रखा। बहन से मिलने की इच्छा पूरी करने का तो नियम उसने बना ही रखा था। प्रत्येक इतवार वो अपने घोड़े पर ज़ीन कसवाता और उसके कान्वेंट पहुँच जाता। अब वो बैंड स्टैंड में रह रहा था यहाँ से फातिमा के कान्वेंट आना-जाना आसान था पर जब वह अपोलो बन्दर में रह रहा था। तब भी प्रत्येक इतवार फातिमा से मिलने वो घोड़ा दौड़ाते हुए बारह मील का रास्ता तै कर बान्द्रा पहुँच जाता। उसने कई बार कोशिश की थी कि पिता के साथ बाकी परिवार भी बम्बई आ जाए, पर ऐसा हुआ नहीं। अब तो बात ही खत्म हो गयी थी जिन्नाभाई पूँजा को जन्नतनशीं हुए काफी दिन गुजर गये थे जिन्ना ने इस स्थिति को स्वीकार कर लिया था। उसके जीवन में अब स्थिरता आ गयी थी। वकालत के बाद राजनीति के लिए भी उसके पास समय रहता था। उसके राजनैतिक मित्रों में गोखले शामिल हो चुके थे। विद्वान गोखले से मिलना-जुलना उसे अच्छा लगता था। इन दोनों में प्रगाढ़ता हो गयी। जिन्ना मान चुका था कि गोखले राजनैतिक रूप से आदर्श व्यक्तित्व के स्वामी हैं। समय के साथ उसे लगा कि वह गोखले के व्यक्तित्व को केवल आदर्श न माने, बल्कि इसे अपने राजनैतिक व्यक्तित्व का अंग बना ले।

हिन्दुओं में तो गोखले जैसा नम्र नेता था उसकी कल्पना थी कि मुस्लिम जमात में यह कमी उसे पूरी करनी चाहिए। जिन्ना अवश्य ऐसा सोचता था पर कुछ प्रमुख मुस्लिम शक्तियाँ नम्रता के विपरीत अपने दम्भ की सुरक्षा के बारे में सोच रही थीं।

हिन्दुस्तान में शिक्षा की अपर्याप्त सुविधा ही विकसित हुई थी। उसके बावजूद जितने शिक्षित इन विद्यालयों से निकल रहे थे। वे सब सरकारी नौकरियों के आकांक्षी थे। नौकरियाँ सीमित थीं वो भी निम्न श्रेणी की; और नौजवानों की नजर कलेक्टर और कमिश्नर के पदों पर थी। ऐसे महत्त्वपूर्ण पद एक प्रकार से केवल अँग्रेजों के लिए आरक्षित थे। इन ऊँची प्रशासनिक नौकरियों की भर्ती के नियम ऐसे थे कि हिन्दुस्तानी इन पदों का सपना भी न देख सकें। अँगरेज हिन्दुस्तानियों को इन पदों से दूर रखने के लिए कटिबद्ध थे। शिक्षा में सफलता प्राप्त करने के बाद कितने ही नौजवान शिक्षक, वकील, डॉक्टर और इंजीनियर के पदों पर पहुँचे। तिलक जैसे बुद्धिजीवी शिक्षा के साथ समाज को दिशा देने के काम में जुट गये। वे देशवासियों को राष्ट्रवाद और देशप्रेम की प्रेरणा देने लगे। बहुत से बुद्धिजीवी यही काम कलेक्टर और कमिश्नर बनकर करना चाहते थे।

नौजवानों की इन नवीन आकांक्षाओं को देख अँग्रेजों को यह एहसास हो गया कि शासन केवल ताकत के बल पर नहीं चलेगा। राज करने के लिए चतुराई कहीं अधिक आवश्यक थी। चतुराई अँग्रेजों में भरपूर थी और इसलिए हिन्दुस्तान में होने वाली छोटी-से-छोटी राजनैतिक सुगबुगाहट पर उनकी पैनी नजर रहती। प्रत्येक राजनैतिक जागृति को निष्प्रभावी करने की कोशिश तुरन्त शुरू हो जाती। ऐसे तूफ़ानों को शान्त करने के उद्देश्य से प्रशासनिक सुधार नाम के खेल अँग्रेजों ने बहुत जल्द शुरू कर दिए। ऐसे परिवर्तनों द्वारा देश की व्यवस्था में पहला महत्त्वपूर्ण बदलाव 1892 में किया गया। 1857 के युद्ध के बाद पच्चीस तीस साल के ब्रिटिश शासन में स्थानीय राजा नवाब पूरी तरह अप्रासंगिक और श्रीहीन हो चुके थे। आम हिन्दुस्तानी की राजनैतिक शक्ति का केन्द्र पंचायत होती थी। अँग्रेज इन्हें लगातार शक्तिहीन कर रहे थे। ऐसे राजनैतिक शून्य में आम नागरिक के लिए स्थानीय शासन व्यवस्था से फ़रियाद करना असम्भव हो गया था। यह घुटन आम नागरिक को शासन के विरुद्ध उद्वेलित कर रही थी। जनता का असन्तोष प्रकट होने लगा था। स्थिति खतरनाक हो जाए उससे पहले स्थानीय जनता को आश्वस्त करना जरूरी हो गया। इसलिए इंडियन काउंसिल ऐक्ट (सन् 1892) के द्वारा हिन्दुस्तानियों को इस काउंसिल में परोक्ष चुनाव द्वारा सीमित प्रतिनिधित्व का अधिकार प्रदान कर दिया। प्रतिनिधित्व वाले इन दिखावटी पदों पर समाज के भद्रलोक का प्रतिष्ठित होना ही

सम्भव था। जनता इन प्रतिनिधियों द्वारा अपनी कठिनाइयाँ और शिकायतें सरकार तक पहुँचा सकती थी। पर सत्य यह था कि इन देसी प्रतिनिधियों तक सामान्य नागरिक का पहुँचना असम्भव नहीं, तो दुष्कर अवश्य था। देश की आवश्यकता आकांक्षाएँ इस कौंसिल तक पहुँचाना केवल इन प्रतिनिधियों की चेतना पर निर्भर था। फिर भी इस मामूली अधिकार ने लोगों का उद्वेलन विशेष रूप से सम्भ्रान्त वर्ग का कुछ हद तक शान्त कर दिया।

आम हिन्दुस्तानियों के मन में जन्म ले रहे गुस्से और आकांक्षा की अभिव्यक्ति के लिए काँग्रेस भी सक्रिय थी, पर यह नवजात संगठन भी उच्च पदस्थ गणमान्य और रईसों का एक वार्षिक समारोह भर था। इस आयोजन में अँग्रेज़ी में कागज़ीतीर चलाए जाते। लच्छेदार अँग्रेज़ी में हिन्दुस्तान की आकांक्षाओं के लिए सरकार बहादुर से फ़रियाद की जाती। सरकार की परोक्ष सहमति ने ही इस बिना पंजों के शेर को जन्म दिया था। अब इस मुसीबत को क्या कहें कि कुछ वर्षों में ही इस शेर के नाखून निकल आए। उम्र के साथ नाखून पैने भी होने लगे और ये गुर्राने भी लगा। उस पर तुर्रा ये कि बाल गंगाधर तिलक जैसे कई जमीनी नेता इसे दहाड़ने की शक्ति देने की ठान रहे थे।

नयी शिक्षा की सुविधा का लाभ बंगाल, महाराष्ट्र के हिन्दू नौजवानों ने तेजी से उठाया। शिक्षा ने इनमें राजनैतिक चेतना उत्पन्न कर दी। पढ़ा-लिखा एक नया भद्रलोक उत्पन्न हो गया जो राजनैतिक-सामाजिक रूप से सम्पन्न और चैतन्य था। अँग्रेजों के प्रोत्साहन से जन्मा यह नया वर्ग कुछ ही वर्षों में न सिर्फ अँग्रेजों के अन्याय के विरुद्ध मुखर हुआ वरन ताल ठोककर अँग्रेजों के ख़िलाफ़ ही संगठित हो गया। अँग्रेजों ने ऐसी कल्पना नहीं की थी। अब इस नयी हिन्दू, विशेष रूप से बंगाली, शक्ति को पाठ पढ़ाना जरूरी था। राजधानी कलकत्ता में ठीक नाक के नीचे होने वाले सरकार के प्रखर विरोध को तोड़ना सबसे पहली जरूरत थी। लार्ड कर्जन ने बंगाल की इस ताकत को तोड़ने के लिए इस राज्य को हिन्दू-मुसलमान बहुल क्षेत्रों में बाँट दिया। विभाजन के हथियार से मुसलमान हिन्दुओं में फूट डालकर एक-दूसरे के विरुद्ध खड़ा करने का कुटिल खेल शुरू हुआ। मुस्लिम बहुल पूर्वी बंगाल की राजधानी ढाका बनाई गयी। वही ढाका जो कभी अपनी मशहूर बारीक मलमल के लिए दुनिया में विख्यात था। मलमल बनाने वाले जुलाहे अधिकतर मुसलमान थे। इन जुलाहों की कारीगरी का भट्ठा अँग्रेजों ने बैठाया था। उन्हें बेरोजगार और विपन्न अँग्रेजों ने बनाया था। अब इस नये खेल में वो इन मुफ़लिसों को अपने शासन की मजबूती के लिए मोहरा बना रहे थे। उनके इस जाल में कई सम्पन्न और पढ़े-लिखे मुसलमान बड़ी आसानी से स्वतः आ गये।

मेहता अपनी व्यस्तताओं के बावजूद देश समाज के बारे में चिन्तन का समय निकाल लेते। उस दिन मित्रमंडली में गोखले की लन्दन यात्रा और बंगाल विभाजन पर चर्चा हो रही थी। चर्चा में गोखले और जिन्ना भी शामिल थे। शाह का दृष्टिकोण एकदम साफ था। इस फैसले के पीछे मुख्य कारण था हिन्दू-मुसलमानों के बीच वैमनस्य को प्रोत्साहन। शाह ने हँसते हुए कहा हिन्दू-मुसलमान तो तगड़े प्रतिद्वन्द्वी हैं, अँग्रेज तो हम पारसियों में भी आग लगाने का काम कर रहे हैं। जरा ध्यान दीजिये इस हुकूमत ने लगातार कितने पारसियों का सम्मान किया है। कितनों को नाइटहुड प्रदान की है? हम पारसियों को थोक भाव में इज़्ज़त बख़्शी जा रही हैं। सिर्फ इसलिए कि पारसियों की वफ़ादारी खरीदी जा सके और हम हिन्दुस्तानियों को ज्यादा-से-ज्यादा बाँटा जा सके। हमें तो लगातार विदेशी कहकर सम्मानित किया जाता है बस इसलिए कि हम अपने आपको हिन्दुस्तानी मानने की भूल न करें और अँग्रेजों के फरमाबरदार बने रहें।

किसी ने हँसकर गोली दागी—'आपको तो अभी पिछले साल ही नाइटी (नाइटहुड) बख़्शी गयी है और आपने स्वीकार भी कर ली।'

'हाँ मैंने स्वीकार की क्योंकि अभी हम लड़ने के लिए तैयार नहीं हो पाए हैं। जो स्थितियाँ हैं उसमें एक दायरे में रहकर ही हम इस हुकूमत से लड़ सकते हैं। मैं इन्हें इस ख़ामख़याली में खुश रहने देना चाहता हूँ कि इन्होंने फ़िरोज़शाह की वफादारी खरीद ली है। वफादार तो मैं हिन्दुस्तान का हूँ और रहूँगा। साथ ही पारसियों में ,जो ये अलगाव पैदा करने की कोशिश कर रहे हैं उसके ख़िलाफ़ मैं पारसियों को खबरदार भी करता रहूँगा। पारसियों का मामला तो मामूली है। असली कठिनाई हिन्दू-मुसलमान के बीच है। इन दोनों के बीच भाईचारा सबसे ज्यादा जरूरी है। जरा ख़याल कीजिये, जबसे इनकी हुकूमत की न्याय व्यवस्था शुरू हुई है हिन्दू-मुसलमानों के बीच लगातार दंगे बढ़े हैं। बम्बई का सन् इक्यावन का दंगा चलिए पुरानी बात है सन् चौहत्तर का दंगा तो मेरी आँखों के सामने की बात है। यहाँ तो दंगा शुरू होने से पहले खत्म किया जा सकता था लेकिन आग जब लोगों को अपनी लपेट में ले ले उसके बाद ही आग बुझाने का फ़ायदा लिया जा सकता है; तो दंगा हुआ। अँग्रेज बहादुर के तगड़े प्रशासनिक अमले के बावजूद दंगा हुआ। अरे लम्बी कहानी है इकहत्तर-बहत्तर में बरेली के दंगे से शुरू कीजिये और आज के बंगाल पर खत्म कीजिये। बीच के अर्से में संयुक्त प्रान्त, जंजिरा, करनाल, दिल्ली, लुधियाना, लाहौर, अम्बाला, बिहार, बंगाल सब जगह ये आग लगती रही है। पुलिस प्रशासन इनका बहुत चुस्त है पर दंगे नहीं रुकते। कुछ औरंगजेब जैसों को छोड़ दें तो चाहें मुग़ल रहे या अभी के मराठे या दूसरे राजा नवाब उन सबका ताज तख़्त रियाया के भाईचारे की बदौलत ही क़ायम रहता था। औरंगजेब ने यह तरीका

छोड़ा और उसके खात्मे के साथ ही मुग़ल दिल्ली भर के बादशाह बनकर रह गये। ये जो सर सय्यद अहमद या आजकल मुसलमानों के नये नेता बन रहे हैं। मुसलमानों का भला नहीं कर रहे हैं। हिन्दुस्तान में ये लड़ाई जो अँग्रेजों के ख़िलाफ़ शुरू हुई है उसे कमजोर कर रहे हैं। इस मुल्क की ताकत और भलाई यहाँ रहनेवाली हर कौम के भाईचारे से है। इसमें भी सबसे ज्यादा हिन्दू-मुसलमानों का भाईचारा जरूरी है।

नये सिरे से देश में सुलग रही आग को हवा देने की सरकारी योजना से सभी देशवासी परिचित थे। नौजवान जिन्ना शतरंज के इस खेल को अच्छी तरह समझने लगा था। उसकी अपनी तर्क शक्ति बहुत प्रबल थी। अँग्रेजों के इस दोमुँहे खेल को समझने के लिए मामूली समझदारी ही काफी थी। फिर जिन्ना तो इसमें विशेषज्ञता हासिल करने लगा था। इस देश में हो रहे अन्याय को वो गहराई से समझ रहा था। उसके पिता का व्यापार उनकी ख़ुद की मूर्खता से बर्बाद नहीं हुआ था। आम व्यापारी, कारीगर, किसान सबके लिए इस देश में रोजी-रोटी कमाना दुश्वार हो गया था। ऐसी इकतरफा स्थितियाँ अँग्रेजों ने अपने देश और राजसत्ता के हित में तैयार की थीं। अपने देश के नागरिकों की भलाई के लिए बनाई थीं। हिन्दुस्तान का किसान, व्यापारी, कारीगर जिए या मरे यह उसका भाग्य था। हिन्दुस्तान उपनिवेश था, उनका गुलाम, गुलाम के लिए मालिक कुछ दे न दे यह मालिक की मंशा पर निर्भर होता था। सामान्य नागरिक भुखमरी का शिकार हो रहे थे। जीवन से जुड़े इस अन्याय से ध्यान हटाने का एक अच्छा जरिया था धार्मिक उन्माद। जिन्ना किसी भी तरह की धार्मिक संकीर्णता से बहुत ऊपर था। यह संस्कार उसे अपने परिवार से मिला था। ईद बकरीद जैसे त्योहारों को छोड़ दें तो घर में इबादत बड़ा व्यक्तिगत मामला होता था। माँ या पिता ने बच्चों से कोई आग्रह नहीं रखा। परिवार के सबसे नजदीकी मित्र हिन्दू थे और अपनी अपनी मान्यताओं के बावजूद उनका सम्मान उसके घर में पारिवारिक हैसियत रखता था। इसलिए उसका भी यह दृढ़ मत था कि हिन्दू-मुसलमान भाईचारा इस देश की संस्कृति में समाया हुआ है और इसे बनाए रखने की आवश्यकता है। एक तरफ जिन्ना के राजनैतिक, सामाजिक विचार मजबूती ले रहे थे दूसरी तरफ उसकी आर्थिक स्थिति भी मजबूत होती जा रही थी। शहर के सबसे सम्पन्न इलाके माउन्ट प्लेजेंट रोड पर ढाई-तीन एकड़ के विशाल भू खंड में अँग्रेज़ी शौकीनी का कंट्री हाउस जिन्ना की आँखों में समा गया। जिस पर दिल आ जाए वो हासिल करना उसकी जिद बनती जा रही थी। कभी बचपने में फूफा पीरभाई के साथ वो यहाँ घूमने आया था तब ऐसी कल्पना ने उसके मन में जन्म लिया था कि रहना हो तो ऐसी ख़ूबसूरत जगह में ही रहना चाहिए। बालपन की इस कल्पना को मूर्तरूप देने का समय आ गया था यद्यपि रहने वाला वह अकेला था फिर भी यह महँगा और विशाल बँगला उसने खरीद लिया (सन् 1906) में।

अभी काँग्रेस के दूध के दाँत भी नहीं टूटे थे कि सर सय्यद अहमद खाँ ने इस पर हिन्दू संगठन का आरोप चस्पाँ कर दिया। उन्होंने मुसलमानों को आगाह करते हुए कहा कि वे इस हिन्दू संगठन में शामिल न हों। यद्यपि मुल्ला मौलवी सय्यद से खुश नहीं थे वज़ह थी उनके द्वारा स्थापित एँग्लो ओरिएण्टल कॉलेज जो अँग्रेज़ी शिक्षा का पक्षधर था, पर सर सय्यद के इस आह्वान पर वो शान्त रहे। सर सय्यद ने मुसलमानों को राजनैतिक संगठन बनाने या ऐसे किसी अन्य संगठन में शामिल होने के ख़िलाफ़ सलाह दी जो नयी राजनैतिक प्रणाली के पक्ष में हो। अभी सर सय्यद को गुजरे दो–चार बरस ही हुए थे कि उनके प्रशंसकों को इस सलाह के ख़िलाफ़ सोचने के लिए मजबूत होना पड़ा। निजाम हैदराबाद के दरबारी नवाब विकार उल मुल्क, मौलवी मुश्ताक हुसैन ज़ुबेरी, नवाब मोहिसनुल मुल्क, सय्यद मेहँदी अली और सय्यद हुसैन बिलग्रामी सर सय्यद अहमद ख़ाँ के घनघोर समर्थक थे। परन्तु हिन्दुस्तान में नित नये परिवर्तित होनेवाले परिवेश में वे अपनी और अपनी जमात के लिए चिन्तित थे। उन्हें और उनके जैसे अन्य शाही मुसलमानों को अपने कुलीन वर्ग के हितों की रक्षा के लिए एक राजनैतिक संगठन अपरिहार्य प्रतीत हो उठा। काँग्रेस शुद्ध राजनैतिक संगठन था, मज़हब से इसका कोई वास्ता नहीं था। नये राजनैतिक परिदृश्य में मुसलमान कुलीन सत्ता विहीन हो गया था। शासन में उनके लिए कोई स्थान नहीं रह गया था। अब जिस तरह चुने हुए नुमाइन्दगी के तौर–तरीक़े सामने आ रहे थे वैसी व्यवस्था में इन अमीर–उमरा को अपना भविष्य अन्धकार में दिखाई दे रहा था। ऐसे मुश्किल हालात में उनका एक अपना संगठन जरूरी था। एक ऐसा संगठन जो उन्हें अपनी शानो–शौक़त, रोबदाब सुरक्षित रखने में सहायक हो जो उनकी धार्मिक राजनैतिक चिन्ताओं तथा आकांक्षाओं से सरकार को अवगत करा सके। जो केवल मुसलमानों का हो और उन्हीं के हित में काम करे। ऐसे संगठन हेतु इन लोगों ने प्रयत्न प्रारम्भ कर दिया।

बंगाल के विभाजन के बाद अब भी नवाबी युग में जी रही मुस्लिम शक्तियाँ उत्साहित थीं। मुस्लिम बहुल बंगाल बनने का इन मुसलमानों ने ऐसे जोश और खुशी से इस्तकबाल किया जैसे उन्होंने हिन्दुस्तान फतह कर लिया हो। जैसे उन्हें अपना मुल्क मिल गया हो। बिना किसी कोशिश के हासिल यह खुशी बहुत कम दिनों क़ायम रह सकी। ब्रिटेन में लिबरल्स की जीत ने मुसलमानों के नये नवेले जोश पर पानी फेर दिया। लिबरल्स को मुसलमान अपने लिए लिबरल नहीं मानते थे। इस पर मोर्ले नयी मुसीबत थे। उन्हें हिन्दुस्तान में राजनैतिक सुधार की जिम्मेदारी मिली हुई थी। मुसलमान मोर्ले को नापसन्द करते थे।

बंगाल के विभाजन ने हिन्दुस्तान में राजनैतिक आग भड़का दी। बंगाल बुरी तरह अशान्त हो गया; सारे देश ने अँग्रेजों द्वारा हिन्दू-मुसलमानों को बाँटने वाले इस कदम का घनघोर विरोध किया। बंगाल के हिन्दू-मुसलमानों में दरार तो पैदा हुई पर सभी मुसलमान इस विभाजन से खुश नहीं थे। समर्थन और विरोध को लेकर मुसलमान दो फाड़ हो गये। कर्जन के इस कृत्य से हिन्दुस्तान में राजनैतिक चेतना को और शक्ति मिली। बंगाल में जोश कुछ अधिक था। यहाँ उग्र संगठन भी संगठित हो रहे थे। काँग्रेस तो यहाँ शक्तिशाली थी ही। विभाजन से वहाँ ऐसा घोर असन्तोष उत्पन्न हो रहा था कि एक क्रान्ति सन्निकट दिखाई देने लगी। इन स्थितियों में अँग्रेजों को अपनी नीति बदलने में ही कुशलता दिखाई दी।

बंगाल के बँटवारे को निरस्त कर वायसराय मिंटो ने कर्जन के किये-धरे पर पानी फेर दिया। मुसलमानों के लिए यह गहरा आघात था। ब्रिटिश शासन पर उनका भरोसा जमने से पहले टूटने के क़गार पर आ गया। काँग्रेस उन्हें प्रासंगिक लगने लगी। और वो इस संगठन के प्रति आकर्षित होने लगे। मिंटो ने यह खतरा भाँप लिया। वो किसी भी तरह मुसलमानों को काँग्रेस की गोद से दूर रखना चाहता था। काँग्रेस के नरम दल से तो निपटा जा सकता था, पर इस संगठन में उभरे गरम दल से बहुत खतरा था। मध्य वर्गीय और व्यापारी हिन्दू गरम दल की शक्ति थे। मिंटो इस शक्ति के पंख काट देना चाहता था। इस व्यूह रचना में वह काँग्रेस के विरोधी एक प्रतिस्पर्धी संगठन की जरूरत महसूस कर रहा था। अपनी सामान्य बातचीत में मिंटो सयास यह व्यक्त करता रहता था कि वो मुसलमानों को पसन्द करता है और राजनैतिक क्षेत्र में उनसे बड़ी अपेक्षा रखता है। वह मुसलमानों का राजनैतिक रूप से सक्रिय होना आवश्यक मानता है। काँग्रेस की टक्कर में किसी नयी शक्ति का उदय मुसलमान जमींदारों, ताल्लुकेदारों और राज दरबार से उजड़े नवाबों को भड़का कर किया जा सकता था। अपनी बातचीत में मिंटो जान बूझकर यह व्यक्त करता रहता कि वो मुसलमानों का सम्मान करता है मुसलमानों का राजनैतिक रूप से सक्रिय होना वह आवश्यक मानता है। ऐसे विचारों की सार्वजनिक अभिव्यक्ति उसकी रणनीति का अंग था। मिंटो के व्यक्तिगत सचिव डनलप स्मिथ वायसराय की इस रणनीति को अच्छी तरह जानता था।

अँग्रेज शासन में हिन्दुओं के बढ़ते महत्त्व से मुस्लिम कुलीन कुढ़ा हुआ था। बंगाल के विभाजन से मिली खुशी विभाजन के निरस्त होते ही काफ़ूर हो गयी थी। अब मोर्ले मिंटो सुधार फिज़ा मैं तैर रहे थे। किसी भी तरह के प्रजातान्त्रिक परिवर्तन का मतलब था सत्ता की चाबी हिन्दुओं के हाथ लगना। इन हालात में पूर्वी बंगाल और निज़ाम हैदराबाद के मुसलमान मुह्सिनुल मुल्क सय्यद मेहँदी अली से तुरन्त कोई कारगर कदम उठाने की गुहार कर रहे थे। अली अलीगढ़ में थे। बिलग्रामी की

सलाह पर मेहँदी अली ने मुस्लिम एँग्लो ओरिएण्टल कॉलेज (मुस्लिम विश्वविद्यालय) के अँग्रेज प्रिंसिपल आर्कबोल्ड (W.A.J. Archbold) को मुसलमानों की आशंकाओं और हतोत्साहित मानसिकता के दु:ख से परिचित कराने का निश्चय किया। अली नार्थ वेस्ट प्रोविन्सस (उत्तर प्रदेश) के लेफ्टिनेंट गवर्नर टाउच (K. LA Touche) के भी निकट सम्पर्क में था। हैदराबाद के रेजिडेंट बेले के साथ उसका उठना-बैठना था। अपने इन सभी सम्पर्कों के द्वारा वो मुस्लिम जमात में मची खलबली के समाचार वायसराय तक पहुँचाना चाहता था।

आर्कबोल्ड की शाही मुस्लिम समाज और अमीर उमरा के साथ बड़ी प्रगाढ़ता थी। वो खुले रूप में उनका खैरख़्वाह था। अलीगढ़ की उमस भरी गर्मी से निजात पाने और गर्मियों की छुट्टियों का आनन्द लेने के लिए इन दिनों उसका पड़ाव शिमला में था। अगस्त शुरू हुए अभी कुछ ही दिन गुजरे थे, चार अगस्त उन्नीस सौ छ: को सय्यद मेहँदी अली का लिखा ख़त उसे मिला। अली ने लिखा था कि मोर्ले की बातों से मुसलमान बेहद नाखुश हैं, और यह डर है कि उनकी घोषणा (मोर्ले सुधार) के बाद निराश मुसलमान बड़ी संख्या में काग्रेस में शामिल हो जाएँ। उसने लिखा कि मुसलमान कौंसिल्स में अपने प्रतिनिधित्व को लेकर सशंकित हैं और उनका मानना है कि चुनावी प्रणाली लागू होने पर कोई भी मुसलमान काउंसिल में नहीं पहुँच पाएगा। इन मुद्दों पर मन्त्रणा के लिए अली ने मुसलमानों के एक शिष्टमंडल की वायसराय से मुलाकात के लिए आर्क बोल्ड से सहायता माँगी।

आर्कबोल्ड ने स्थिति की गम्भीरता को देखते हुए डनलप स्मिथ से बात की और मुल्क का पत्र उसके हवालेकर दिया। स्मिथ ने पत्र मिंटो को देते हुए आर्क बोल्ड और उसके बीच हुई बातचीत का व्यौरे के साथ अपने विचार भी व्यक्त किये वायसराय अपने सचिव के परामर्शों के प्रति गम्भीर था अली के पत्र को मिंटो ने मोर्ले को अग्रसारित कर दिया। इस नये घटनाक्रम की चर्चा उसने अन्य वरिष्ठ अँग्रेज अफसरों से साथ की, पंजाब के लेफ्टिनेंट गवर्नर डी इबेटसन ने चिन्ता व्यक्त करते हुए कहा कि यदि मुसलमान काँग्रेस की गोद में जा बैठे तो ब्रिटिश सरकार के लिए यह बड़ी आपदा सिद्ध होगी। लांसेलोट का विचार था कि न केवल मुस्लिम शिष्टमंडल का स्वागत किया जाए बल्कि इसे हिन्दुस्तान के मुसलमानों के वास्तविक प्रतिनिधिमंडल के रूप में स्वीकार किया जाए। वायसराय की ये सारी मन्त्रणा इन अधिकारियों के अहं को सन्तुष्ट करने के लिए दिखावा भर थीं। फ़ैसला तो वो पहले ही कर चुका था। दस अगस्त को स्मिथ ने आर्क बोल्ड को सूचित कर दिया कि वायसराय मुसलमानों के शिष्ट मंडल से मुलाकात के लिए सहमत है। आधिकारिक रूप से इन सारी गतिविधियों की जानकारी मोर्ले को देते हुए मिंटो ने उसे सूचित किया कि मुसलमानों के प्रतिनिधिमंडल से वह एक अक्टूबर को मिलेगा।

बंगाल बाँटकर कर्जन हिन्दुस्तान में जो आग लगा कर गये थे एक तो इस आग की गर्मी दूसरे इस मुल्क का गर्म मौसम। अँग्रेजों के लिए हिन्दुस्तान की गर्मी नरक जैसी होती थीं। ऐसे में वो अपने बनाए स्वर्ग शिमला चले जाया करते थे। इन दिनों हिमालय का ये ठंडा पहाड़ी शहर इनकी राजधानी होता था। लार्ड मिंटो भी जंगलों से घिरे इस छोटे-से ख़ूबसूरत शहर की ठंडी हवाओं में शतरंज की गोटें बिठा रहे थे। यों गर्मी तो कब की खत्म हो चुकी थी अब तो वर्षा भी विदा माँग चुकी थी। हिमालय के हरीतिमाच्छादित पहाड़ बर्फ़बारी की प्रतीक्षा में थे। ऐसी ठंडी फ़िजाओं में हिन्दुस्तान के मैदानों की गर्म राजनीति की फ़रियाद लेकर पैंतीस नवाब, जागीरदार, तालुकेदार, वकील, ज़मींदार, व्यापारियों के साथ अन्य पेशेवर मुसलमानों का यह शिष्टमंडल आगा खान के नेतृत्व में अँग्रेज साहब बहादुर लार्ड मिंटो की वायसरीगल लौज के राजसी नृत्य कक्ष में हाजिर था। ये लोग इस कक्ष में नाच देखने या नाचने के इरादे से नहीं आए थे। इनका इरादा तो हिन्दुस्तान की राजनीति को नचा डालने का था। दिन था सोमवार तारीख एक अक्टूबर और साल उन्नीस सौ छः।

''विजेता शासक क़ौम के वंशजों का मैं स्वागत करता हूँ'' इन शब्दों के साथ मिंटो ने इस मंडल की अगवानी की। सौहार्द्र, उत्साहपूर्ण और प्रसन्न वातावरण में यह मुलाकात सम्पन्न हुई। प्रतिनिधियों के नेता आगा ख़ान ने हिन्दुस्तान के विभिन्न प्रान्तों से आए अपने मुस्लिम साथियों का परिचय वायसराय मिंटो से कराया। मोर्ले हिन्दुस्तान में किस तरह के राजनैतिक सुधार के लिए तैयारी कर रहे हैं; इसका एहसास इस दल के प्रतिनिधियों को था। आगा ख़ान ने मुसलमानों के भय से वायसराय को परिचित कराते हुए कहा कि—यूरोपीय प्रजातान्त्रिक व्यवस्था हिन्दुस्तान के लिए एकदम नयी और अन्धा कुआँ है। सामान्य चुनावी प्रक्रिया से चुने प्रतिनिधियों की यह व्यवस्था हम मुसलमानों को बहुसंख्यक हिन्दुओं के रहमोकरम पर छोड़ देगी। यह स्थिति हिन्दुस्तानी मुसलमानों के लिए बहुत अन्यायपूर्ण होगी। उन्होंने वायसराय को मुसलमानों की शासन के साथ वफ़ादारी का स्मरण दिलाते हुए अपनी मजबूती भी व्यक्त की और कहा कि अब तक हम मुसलमान; सरकार की सदाशयता और न्याय पर भरोसा करते हुए वफ़ादार रहे हैं पर अब जैसे बदलाव आ रहे हैं उसके कारण यदि हमारे भरोसे पर आँच आई तो हमें अपनी नयी पीढ़ी को सँभालना कठिन हो जाएगा। इस चेतावनी के साथ उन्होंने मुसलमानों के लिए कई रियायतों के साथ कुछ माँगों का प्रस्ताव प्रस्तुत किया। प्रस्ताव में मुसलमानों के लिए नौकरियों, विशेष कर ऊँचे पदवाली और आनुपातिक रूप से काउंसिल्स में प्रतिनिधित्व की वकालत की गयी थी। वायसराय यह राज़ जानता था कि शिष्टमंडल द्वारा प्रस्तुत इस प्रस्ताव का मसौदा उसकी सहमति से आर्क बोल्ड और स्मिथ ने मिलकर तैयार किया था।

लार्ड मिंटो ने मुसलमानों की स्वामिभक्ति और धार्मिक दृढ़ता के लिए उनकी

प्रशंसा की और यह विश्वास दिलाया कि पश्चिम में प्रचलित चुनावी तौर तरीकों को हिन्दुस्तान के मुसलमानों पर थोपा नहीं जाएगा। शासन उनकी भावना और उनकी आकांक्षाओं का आदर करेगा और उनके हितों की रक्षा की जाएगी। पूर्वी बंगाल में मुसलमानों ने अँग्रेजों का जिस तरह साथ दिया है इसके लिए उन्होंने उनका आभार प्रकट किया। मिंटो ने यह आशा व्यक्त की कि हिन्दुस्तान के मुसलमान अँग्रेज़ी शासन के प्रति वफादार रहेंगे। मुस्लिम प्रतिनिधिमंडल की मिंटो के साथ यह मुलाकात शिमला के ठंडे मौसम में बड़ी गर्मजोशी के साथ सम्पन्न हुई। इस दिन यहीं शिमला में इसी वायसरीगल लॉज में मुस्लिम लीग का बीज अंकुरित हो गया जो दिसम्बर इकतीस उन्नीस सौ छः को हिन्दुस्तान की धरती पर ढाका में रोप दिया गया।

मुस्लिमों के साथ मिंटो की यह मुलाकात हिन्दुस्तान के राजनैतिक क्षेत्रों में चर्चा का विषय थी। काग्रेस लगातार सबको साथ लेकर चलने की नीति अपनाए हुए थी। अपने गठन के प्रारम्भिक दौर में ही काँग्रेस मुसलमानों को अधिक संख्या में राजनैतिक रूप से जागृत कर पार्टी में शामिल करने की कोशिश कर रही थी। इन स्थितियों में जिन्ना ने मिंटो के साथ मुसलमान प्रतिनिधिमंडल की इस मुलाकात का मुखर विरोध किया। उसने इस प्रतिनिधिमंडल के गठन के औचित्य पर प्रश्न उठाते हुए पूछा कि—मुसलमानों का प्रतिनिधित्व करने का अधिकार इन्हें किसने दिया? इन्हें किसने चुना? कब और कहाँ चुनाव हुआ? किन मुसलमानों ने इन्हें अपना रहनुमा माना? चार-पाँच राज्यों के पैंतीस जमींदार नवाब वायसराय के निमन्त्रण पर इकट्ठे हुए और पूरे हिन्दुस्तान के मुसलमानों के नुमाइन्दे हो गये? सरकार ने यह मान कैसे लिया कि ये पैंतीस नागरिक हिन्दुस्तानी मुसलमानों का प्रतिनिधित्व कर रहे हैं? वो भी तब जब ये प्रतिनिधि खुद कह रहे हैं कि वो मुसलमानों के सम्पूर्ण नहीं केवल एक बड़े वर्ग का प्रतिनिधित्व कर रहे हैं। और जनाब मिंटो उनका स्वागत करते हुए उन्हें हिन्दुस्तान के मुस्लिम प्रबुद्धवर्ग का दर्ज़ा दे रहे हैं; उनके विचारों को सारे हिन्दुस्तानी-मुसलमानों का विचार मान रहे हैं! जिन्ना शिमला में हुए इस नाटक पर क्रोधित था। वो धार्मिक रूप से किसी भी तरह के समूहवाद के ख़िलाफ़ था। हिन्दू-मुसलमानों के बीच दरार पैदा करने वाली शक्तियों का वो घोर विरोधी था। काँग्रेस में अब वो अपरिचित नहीं रह गया था। दिसम्बर का महीना था वर्ष था 1906। काँग्रेस का अधिवेशन कलकत्ता में हो रहा था। दादाभाई नौरोजी काँग्रेस के अध्यक्ष थे। जिन्ना इस अधिवेशन में नौरोजी के व्यक्तिगत सचिव की हैसियत से शामिल हुआ। नौरोजी अस्सी वर्ष पार कर चुके थे और काँग्रेस में पितामह की भूमिका पूरी कर रहे थे। काँग्रेस के नरम और गरम दल में तनातनी पूरे

शबाब पर थी। अधिवेशन को तनातनी की इस काली छाया से बचाने के लिए नौरोजी को अध्यक्ष का पद सँभालना पड़ा था। उन्होंने जिन्ना से अपने विचार साझा करते हुए कहा कि देश को अँग्रेजों के अन्याय से मुक्ति मिले उससे भी ज्यादा जरूरी है कि काँग्रेस में एकता हो। लाल-बाल-पाल जो चाहते हैं उससे इनकार कहाँ है? पर छलाँग लगाने से पहले यह तो देखना पड़ेगा कि इस लम्बी छलाँग की ताकत है या नहीं। बस, इतनी-सी बात समझाने की जरूरत है। नौरोजी ने अपने मन की बात जिन्ना को खुलकर बताई और अध्यक्षीय भाषण तैयार करने की जिम्मेदारी उसे सौंप दी। उसके ज़हन में नौरोजी के सारे ख़यालात तैर गये। लाहौर काँग्रेस के अपने अध्यक्षीय भाषण में उन्होंने कहा था—"हम सबको हमेशा याद रखना चाहिए कि हम सब भारत माता की सन्तान हैं। मैं हिन्दुस्तानी हूँ और अपने देश और सभी देशवासियों के प्रति कर्तव्यबद्ध हूँ इस भावना के विपरीत निश्चित रूप से मैंने कभी कोई काम नहीं किया है। चाहे में हिन्दू हूँ, मुसलमान, पारसी, ईसाई या कोई और धर्मावलम्बी। हम सर्वप्रथम हिन्दुस्तानी हैं, हमारी राष्ट्रीयता हिन्दुस्तानी है।" सन् 1905 में बनारस के काँग्रेस अधिवेशन पर अपने सन्देश में उन्होंने कहा—"हिन्दुस्तान के सारे दुःख दर्द की एकमात्र दवा स्वशासन है।" नौरोजी तथा नरम दल के नेताओं ने गरम दल की भावना का भी सम्मान किया और इस तरह जिन्ना ने उनके प्रस्तावों को भी भाषण में शामिल कर लिया। उसने नौरोजी के भाषण का प्रारम्भ ब्रिटेन के उदारवादी प्रधानमन्त्री कैम्पबेल बैनरमैन के वक्तव्य को उद्धृत करते हुए किया—

"किसी भी देश में कोई भी अच्छी सरकार वहाँ के लोगों की अपनी स्वशासी सरकार का स्थानापन्न नहीं हो सकती।" कैम्पबेल की इस उक्ति के बाद भाषण में काँग्रेस की भावनाओं को सशक्त अभिव्यक्ति मिली—यूनाइटेड किंगडम या फिर उसके अन्य उपनिवेशों में जारी स्वशासन की माँग के समर्थन के साथ स्वराज को काँग्रेस ने अपना राजनैतिक उद्‌देश्य घोषित किया। बंगाल बँटवारे का विरोध और स्वदेशी वस्तुओं को अपनाने के साथ-साथ विदेशी सामान के बहिष्कार की घोषणा भी की गयी। नौकरियों में अँग्रेजों का बाहुल्य हिन्दुस्तानियों के जीवन के तीन अंगों—धन, रोजगार और बौद्धिकता—को नुकसान पहुँचा रहा था। इस स्थिति की समाप्ति के लिए सरकारी नौकरियों के सभी क्षेत्रों में हिन्दुस्तानियों के लिए अधिक अवसर की माँग की गयी। प्राथमिक से लेकर उच्च शिक्षा निःशुल्क प्रदान करना जरूरी माना गया और इस क्षेत्र में अधिक कर्मठता के साथ काम करने की माँग रखी गयी। शिक्षा के प्रसार से हिन्दुस्तान की जनता को तमाम कठिनाइयों से मुक्ति मिल सकती थी। शिक्षा के द्वारा स्वशासन अधिक कारगर ढंग से लागू हो सकता था। गरज यह कि जीवन के सभी प्रमुख अंगों पर काँग्रेस ने खुलकर नजर डाली और आम नागरिक के जीवन की बेहतरी के लिए जमकर वकालत की।

भाषण बहुत लम्बा था वृद्ध नौरोजी के लिए इतना लम्बा भाषण देना सम्भव नहीं था इसलिए उनके लिए मंच से यह भाषण गोपाल कृष्ण गोखले ने पढ़ा। काँग्रेस के अब तक के इतिहास में यह पहला अवसर था जब स्वराज की माँग की गयी। पहली बार काँग्रेस ने स्वराज को अपना उद्देश्य माना। स्वराज की यह माँग गरम दल के दबाव में शामिल की गयी थी। काँग्रेस को बने लगभग बीस वर्ष हो गये थे पर यह संगठन अब तक बिना किसी संविधान के काम कर रहा था। साल के अन्त में अब भी ये तीन दिन का राजनैतिक तमाशा जैसा था। संगठन वर्ष भर सोता रहता और वर्ष के अन्त में जागकर अधिवेशन का मेला आयोजित कर लेता। आवश्यकता महसूस की गयी कि इस संगठन को जनोन्मुखी और वर्ष भर सक्रिय बनाया जाए। इस भावना के अनुरूप संगठन के प्रसार और जन समुदाय से निकट सम्बन्ध जोड़ने के उद्देश्य से कलकत्ता के इस अधिवेशन में काँग्रेस का पूरे देश में विस्तार करने का कार्यक्रम तै हुआ। निश्चय हुआ कि प्रत्येक राज्य में एक प्रादेशिक इकाई संगठित की जाए और उस राज्य के प्रत्येक जिले को इस इकाई में प्रतिनिधित्व प्राप्त हो।

इस अधिवेशन में हिन्दू-मुसलमानों की एकता पर बहुत बल दिया गया। सबकी यही राय थी कि इस एकता के बल पर हिन्दुस्तान अपनी मंज़िल तक जल्दी और सफलतापूर्वक पहुँच सकेगा। जिन्ना ने व्यक्तिगत विमर्शों में अन्य विषयों के अलावा आपसी सद्भाव की आवश्यकता पर अपने स्पष्ट विचारों से बहुतों को प्रभावित किया। कलकत्ता में पहली बार उसकी मुलाकात कवयित्री सरोजिनी नायडू से हुई। नायडू को जिन्ना के स्वभाव की विचित्रता ने बहुत आकर्षित किया। तुनुक मिज़ाजी तो इस नौजवान की नाक पर रखी रहती थी। विचारों की दृढ़ता उसे प्रबल रूप से उत्तेजित कर देती थी, अपने तर्कों से वह अपने विचारों को अकाट्य बना देता था। पर इसके बावजूद वो बहसों में शालीनता और सम्मान की सीमा भी बनाए रखता था। गर्मागर्म बहस के बावजूद बहुत जल्द सामान्य होकर बहस की तनातनी खत्म कर देता था। उसमें अहंकार था, पर यह अहंकार किसी के अपमान के लिए नहीं था। न तो वो किसी के स्वाभिमान पर चोट करता था, न ऐसी चोट स्वयं बर्दाश्त करता था। सामान्यतौर पर वो अपनी तरफ से जान-पहचान की पहल नहीं करता था पर पहल करने वाले के साथ बेहद आदर और सम्मान के साथ मिलता था। जब तक औपचारिकता की दीवार टूट न गयी हो वो पूरी औपचारिकता बनाए रखता था। निरर्थक बहस में पड़ने के बजाय वो चुप रहना ज्यादा पसन्द करता था। भाषा पर उसे गज़ब का अधिकार था और अँग्रेज़ी में अपने आपको वो बड़ी सहजता और स्पष्टता से व्यक्त करता था। नायडू जिन्ना के व्यक्तित्व और विचारों से बहुत प्रभावित हुई। जिन्ना भी इस महिला की राजनैतिक सामाजिक चेतना से बहुत प्रभावित था। बंगाली ब्राह्मण होते हुए भी जाति प्रान्त के बन्धन तोड़ उसने आन्ध्र के नवजवान

को अपना जीवन साथी बनाया था। इस प्रगतिशीलता और जातीय संकीर्णता को छिन्न-भिन्न करने की शक्ति ने जिन्ना के मन में इस स्त्री के प्रति आदर उत्पन्न कर दिया था। अँग्रेज़ी भाषा उसके मानस पर छाई हुई थी अच्छी अँग्रेज़ी से वो जरा जल्दी प्रभावित हो जाता था नायडू को अँग्रेज़ी पर अधिकार था। सबसे बड़ी बात यह युवती कवयित्री थी और कोमल भावनाओं को अकल्पनीय कल्पनाओं के साथ शब्दों में पिरो देती थी। इस अधिवेशन के दौरान इन दोनों युवा नेताओं में अच्छी मित्रता हो गयी।

जब पश्चिम बंगाल के महानगर कलकत्ता में काँग्रेस अधिवेशन के दौरान जिन्ना हिन्दू-मुस्लिम एकता की पैरवी कर रहा था। वहीं उसी समय पूर्वी बंगाल की नयी राजधानी ढाका में मुसलमानों को अलग शक्ति के रूप में एकजुट करने के लिए कुछ मुस्लिम प्रबुद्ध तथा अमीर-उमरा इकट्ठे हुए थे। ढाका के नवाब ख़्वाजा सलिमुल्लाह ने इन मुस्लिम विशिष्ट वर्ग के बीच उनके आशीर्वाद और सहमति के साथ मुसलमानों को हिन्दुस्तान की एक अलग राजनैतिक शक्ति के रूप में मंच देने के लिए मुस्लिम लीग के गठन की घोषणा कर दी। तारीख थी तीस दिसम्बर और साल उन्नीस सौ छः। इस शक्ति का उदय अँग्रेजों की स्वामिभक्ति और काँग्रेस के विरोध के निश्चय के साथ हुआ।

काँग्रेस लगातार जनप्रतिधित्व द्वारा स्वशासन की माँग कर रही थी। यह माँग इसलिए बहुत तर्कसम्मत थी क्योंकि ऑस्ट्रेलिया और केनेडा जैसे अपने दूसरे उपनिवेशों में अँग्रेजों ने यह व्यवस्था लागू कर रखी थी। अँग्रेज-विद्वान और नेता इंग्लैंड की धरती पर प्रजातान्त्रिक व्यवस्था की वकालत करते थे। वहाँ उन्होंने प्रजातान्त्रिक व्यवस्था लागू कर रखी थी, पर गुलाम हिन्दुस्तान के लिए उनका पैमाना दूसरा था। इस विरोधाभास का अनौचित्य ब्रिटिश सरकार के गले की फाँस बना हुआ था। हिन्दुस्तान में राजनैतिक सुधार की चर्चा ब्रिटेन के विशिष्ट मंचों पर हो रही थी। हिन्दुस्तानियों का प्रतिनिधित्व सरकार में किस प्रकार बढ़ाया जाए, इन सम्भावनाओं पर अँग्रेज विद्वान अपनी राय प्रकट कर रहे थे। काउंसिल में जनता के द्वारा चुने हुए प्रतिनिधियों को शामिल करने की बातें हवा में तैर रही थीं। लीग के गठन के साथ ही लीग के नेताओं ने इन उदारतावादी विचारों और चुनाव प्रक्रिया पर सवाल खड़े कर दिए। वोटिंग के आधार पर प्रतिनिधियों के चुनाव की कल्पना ने ही मुस्लिम लीग के इन नये नेताओं की नींद हराम कर रखी थी। चुनाव में मुसलमान सफल हो सकेंगे उन्हें यह विश्वास नहीं था। उन्होंने लीग के गठन के साथ अपनी निश्चित भागीदारी के लिए मुसलमानों के अलग प्रतिनिधित्व की माँग रखी। इस तरह की दीवार हिन्दू-मुसलमानों को हमेशा के लिए अलग-अलग बाड़ों में कैद करने वाली थी। हिन्दू-मुसलमानों को बाँटने वाली इस माँग का काँग्रेस ने प्रखर विरोध किया।

काँग्रेस की स्थापना के बाद से लगातार दस-पन्द्रह साल तक इस राजनैतिक

संस्था की गतिविधियाँ बड़ी सुस्त रहीं। अधिवेशन के साथ जागने और समाप्ति के साथ सो जाने वाली यह काँग्रेस राजनैतिक सुधार के लिए संविधान के अन्तर्गत कानूनों का सम्मान करते हुए केवल सुझाव देने भर का काम करती आ रही थी। वो भी वर्ष में कुल जमा तीन दिन, धीरे-धीरे सुझाव दबाव के साथ दिए जाने लगे। अँग्रेज शासन की तीखी आलोचना भी होने लगी, पर अब तक यह संस्था अँग्रेज़ी कानूनों और संविधान का पूरा सम्मान रखते हुए अपनी गतिविधियाँ चला रही थी। काँग्रेस में शामिल एक वर्ग इस याचक स्थिति को एकदम बदलने के लिए उद्धत हो गया। बाल गंगाधर तिलक, बिपिन चन्द्र पाल, और लाला लाजपत राय काँग्रेस को क्रान्ति के पथ पर ले जाने के लिए कृतसंकल्प हो गये। अभी तक काँग्रेस अँग्रेज़ी बादशाहत के अन्तर्गत हिन्दुस्तानियों के प्रतिनिधित्व की माँग करती रही थी। तिलक इस मानसिकता के विरुद्ध थे, उनका मानना था कि अँग्रेजों ने हिन्दुस्तान पर ज़बरन कब्जा कर रखा है। इस अन्याय को समाप्त करने के लिए उन्होंने जनता का आह्वान किया और कहा कि अन्याय को समाप्त करने के लिए गीता के उपदेश से प्रेरणा लें और न्याय न मिले तो अपने अधिकार के लिए हथियार उठाना भी न्यायोचित है। उन्होंने कहा कि हमें स्वराज चाहिए, यह हमारा जन्म सिद्ध अधिकार है। इस सन्देश का सीधा अर्थ था कि स्वराज के लिए हिन्दुस्तानियों को बेहिचक हथियार उठा लेना चाहिए। एक तरह से यह सशस्त्र क्रान्ति का आह्वान था। पाल और लाला, तिलक से पूरी तरह सहमत थे। इस उद्देश्य की प्राप्ति के लिए इन नेताओं ने आम नागरिकों को अँग्रेज़ी सामानों के बहिष्कार और स्वदेशी के इस्तेमाल का सन्देश दिया। पाल ने एक कदम और बढ़ते हुए बंगाल के अँग्रेज़ी संस्थानों पर तालाबन्दी के लिए भी जनता का आह्वान किया। अपने ऐसे उग्र विचारों के कारण ये लोग काँग्रेस में गर्म दल के रूप में प्रसिद्ध थे।

इनके विपरीत दादा भाई नौरोजी, फ़िरोज़शाह मेहता, गोपाल कृष्ण गोखले जैसे नेता संवैधानिक दायरे में अधिक अधिकारों की वकालत तक सीमित थे। जिन्ना भी इन्हीं के साथ था। ब्रिटिश सरकार को इन नेताओं से कोई समस्या नहीं थी, पर तिलक जैसे उग्र नेताओं के कारण सरकार चिन्तित थी। इस तरह के विचार वाले नेताओं को अप्रासंगिक करना बहुत जरूरी था। सरकार का ऐसा मानना था कि हिन्दुस्तान में कुछ राजनैतिक उदारता के द्वारा उग्र नेताओं के प्रति लोगों का आकर्षण समाप्त किया जा सकता है। यह परिवर्तन किस प्रकार हो, इस मुद्दे पर विचार-विमर्श के लिए सरकार ने गोखले को लन्दन आने का निमन्त्रण दिया। गोखले इंग्लैंड पहुँचे और हिन्दुस्तान के लिए राज्य सचिव (secretary for state of India) जॉन मोर्ले से मिले। उन्होंने हिन्दुस्तानियों की राजनैतिक भावना और आकांक्षाओं से उन्हें अवगत कराया। ब्रिटिश सरकार ने हिन्दुस्तान की उग्र राजनैतिक शक्तियों को अप्रासंगिक करने के लिए व्यवस्था में परिवर्तन तथा सुधार को आवश्यक माना।

और सुधारों का प्रारूप तैयार करने के लिए मोर्ले मिंटो समिति का गठन कर दिया।

जिन्ना ने शायद ऐसा सोचा नहीं था, न ऐसी कोई योजना बनाई थी पर राजनैतिक उत्कर्ष और व्यावसायिक सफलता उसे साथ साथ मिल रही थी। कहावत है कि दो नाव में पैर रखने वाले डूब जाते हैं, पर जिन्ना के साथ यह कहावत गलत साबित हुई। जिन्ना दोनों नावों पर मुस्तैदी से खड़ा रहा और नावों की गति भी तेजी पकड़ती गयी। राजनीति में अब वो अनजाना नहीं था। वकालत भी खासी चल निकली थी। बस थोड़ी शोहरत की जरूरत थी। यह शोहरत उसे कॉकस केस से मिल गयी। सर फ़िरोज़शाह बम्बई म्युनिस्पैलिटी के बेताज़ बादशाह थे। अँग्रेजों का एक बड़ा वर्ग उनकी इस सफलता और प्रसिद्धि से चिढ़ा हुआ था। सन् 1907 के नये चुनाव में कुटिल अँग्रेज अधिकारियों ने शाह को अर्श से फ़र्श पर लाने के लिए कमर कस ली। अँग्रेज अधिकारियों के इस गिरोह ने चुनाव की ऐसी व्यूह रचना रची कि शाह चुनाव में निश्चित रूप से हार जाएँ। इन अँग्रेज अधिकारियों ने कई प्रत्याशी अपनी तरफ से खड़े किये। इन्हीं पिट्ठू प्रत्याशियों में चुनाव जीतने वाला एक ऐसा व्यक्ति था जो चुनाव लड़ने की पात्रता ही नहीं रखता था। शाह ने उस व्यक्ति के चुनाव को अदालत में चुनौती दी। यह मुकदमा लड़ने की जिम्मेदारी उन्होंने जिन्ना को सौंपी। जिन्ना ने जिस तरह अँग्रेज अधिकारियों के इस गिरोह की करतूतों को अदालत में पेश किया और चुनाव में सफल व्यक्ति की पात्रता पर प्रश्न खड़े किए। उनके जवाब में विपक्ष की बोलती बन्द हो गयी। इस व्यक्ति का चुनाव निरस्त हो गया और शाह स्वतः चुनाव में सफल घोषित हो गये। इस मुकदमे की बड़ी चर्चा हुई और जिन्ना की वकालत की धाक जम गयी। अब वो केवल सफल नहीं बल्कि प्रसिद्ध वकीलों की श्रेणी में शामिल हो गया।

जिन्ना के व्यक्तित्व में विचित्रता का समावेश कुछ इस तरह था कि उसे समझ पाना उसके मित्रों और विरोधियों दोनों के लिए कठिन था। जिन्ना का आदर्श राजनैतिक व्यक्तित्व था शान्त हृदय गोखले। वो गोखले गुट के नेताओं का हृदय से समर्थक था और स्वयं इसी दल में शामिल था पर तिलक गोखले के एकदम विपरीत राजनैतिक उग्रता के पक्षधर थे। ऐसे धुर विरोधी विचार वाले तिलक के प्रति भी उसके मन में अथाह सम्मान था। लॉवेंड्स को तो वो इस बारे में एक बार खरा जवाब दे ही चुका था कि तिलक के प्रति उसके मन में कैसी भावनाएँ थीं। लेकिन इस बात को तो कई बरस गुजर चुके थे। अब इस समय उसकी भावना नहीं, सेवाओं की जरूरत तिलक को थी। तिलक एक बार फिर राज्य के प्रति विद्रोह के आरोपी थे। 12 मई, 1908 में 'द कंट्रीज मिस्फोर्च्यून' नामक लेख केसरी में प्रकाशित हुआ। पुनः 9 जून, 1908 को इसी पत्र में 'दीज़ रेमेडीज आर नॉट लास्टिंग' शीर्षक से एक लेख प्रकाशित हुआ। इन दोनों लेखों को सरकार ने

राजद्रोह और समाज में घृणा फैलाने वाला माना। दोनों लेखों के लेखक तिलक थे वही इस पत्र के सम्पादक थे। उन्हें गिरफ्तार कर लिया गया। तिलक ने जमानत पर रिहाई के लिए अदालत का द्वार खटखटाया। अब तक जिन्ना बुद्धिमान और मजबूत वकील की ख्याति अर्जित कर चुका था। अदालत में जिन्ना ने जस्टिस तय्यबजी की रूलिंग उद्धृत करते हुए कहा कि जब तक आरोपी का अपराध सिद्ध नहीं हो जाता तब तक उसे निर्दोष माना जाए यही ब्रिटिश कानून की परम्परा है। उसने कहा कि ऐसी कोई सम्भावना नहीं है कि आरोपी मुकदमे का सामना नहीं कर पाएगा। वो किसी भी दशा में भागेगा नहीं। सरकारी पक्ष ने ऐसी किसी सम्भावना की आशंका भी जाहिर नहीं की है। इस स्थिति में तिलक को जमानत पर रिहा कर दिया जाना चाहिए। उसने कहा कि जमानत के लिए कोई भी राशि जमा करने के लिए वो तैयार हैं। जमानत जैसे सामान्य मुकदमे अदालतों में रोजमर्रा के नीरस काम काज वाले होते हैं पर तिलक का यह मामला सामान्य नहीं था। उस पर जिन्ना की उपस्थिति ने इसे बहुत महत्त्वपूर्ण बना दिया। जिन्ना मामला प्रस्तुत करने में बेहद दक्ष हो चुका था। अदालत ने बहुत सतर्कता के साथ उसके मुँह से निकले प्रत्येक वाक्य और शब्दों के चतुर प्रयोग को सुनने के लिए मजबूत कर दिया। जमानत के इस मामले में कहने को बहुत कम था पर जिन्ना के व्यक्तित्व की नाटकीयता और गम्भीर लेकिन उत्तेजित आवाज की गूँज ने अदालत में इसे गम्भीर रूप दे दिया। इस स्थिति में यह विश्वास उत्पन्न हो गया था कि तिलक को जमानत निश्चित रूप से मिल जाएगी। न्याय की स्वस्थ परम्परा का स्मरण दिलाए जाने और अपने अकाट्य तर्कों के बावजूद जिन्ना यह मुकदमा हार गया। जिन्ना मुकदमा भले हार गया पर इस मुकदमे ने एक योग्य वकील के रूप में उसकी प्रतिष्ठा में और वृद्धि कर दी। लोगों ने यह मान लिया कि इस मामले में अदालत सुनवाई के पहले ही फ़ैसला ले चुकी थी। ब्रिटिश अदालत न्याय नहीं, न्याय का नाटक कर रही थी।

अध्याय—4

नायिका

बसन्त ऋतु विदा ले चुकी थी, पर बम्बई के उद्यान वाटिकाओं में अब भी फूलों की इन्द्रधनुषी छटा बिखरी हुई थी। घने पत्तों से ढँके हरे वृक्ष फरवरी की हलकी ठंड का आनन्द लेते हुए झूम रहे थे। उतरती फरवरी में भी इस बार बम्बई की सुबह शाम की हवाओं में ठंड की अच्छी-खासी खुनक बरकरार थी। माउंट प्लेजंट रोड पर घने वृक्षों में छिपे सर दिनशा मानोकजी पेटिट के बँगले पेटिट हॉल में अब भी पेट्यूनिया और पैन्सी की बहार छाई हुई थी। इन ख़ूबसूरत फूलों की शान आज कुछ और बढ़ गयी थी। सद्यःजात कन्या की किलकारी से आज विशाल पेटिट हाल गूँज उठा था। जन्म की रुलाई के बाद अब चैन की नींद में सोई बच्ची को पता नहीं था कि उसकी जवानी में उसे ऐसी चैन की नींद नसीब नहीं होगी। उसकी जवानी का हंगामों से भरा जीवन उसे हमेशा बेचैन बनाए रखेगा और उसके जीवन की बेचैनी उसके परिवार के निकट सदस्यों की भी नींदें उड़ाकर रख देगी। जीजीभाई फ्रामजी पेटिट और दिनबाई को आज यह सुन्दर, सलोनी कन्या कई वर्षों की प्रतीक्षा के बाद प्राप्त हुई थी। सं 1900 के इस मांगलिक अवसर का दिन था। मंगलवार तिथि बीस और महीना फरवरी। सर दिनशा मानेकजी पेटिट की खुशी आसमान छू रही थी। उनकी आखों के समक्ष उनकी प्रपौत्री का जन्म हुआ था। घर के नौकरों के लिए आज त्योहार था सर दिनशा ने उन सबको खुले हाथों भरपूर ईनाम बाँटे। राजाओं जैसी सम्पन्नता वाले इस भरे-पूरे पारसी परिवार में जन्मी, इस नये और नन्हें मेहमान का नामकरण हुआ रतनबाई, और लाड़-दुलार का नाम पड़ा रति।

भारत के औद्योगिक घरानों का सिरमौर सर दिनशा मानेकजी पेटिट का पौत्र रतनबाई का पिता जीजीभाई पेटिट अपने पिता और दादा की तरह उद्योग व्यापार में कुशल था। उन्हीं की तरह मुक्तहस्त दान देने वाला। अपने सामाजिक दायित्वों के प्रति जागरूक, राजनीति में सीमित दखल और उदार मानसिकता के साथ वो प्रगतिशील विचार रखता था। रति के जन्म तक जीजीभाई अपने जीवन के पच्चीस वर्ष पार कर चुका था।

पेटिट हॉल किसी महल से कम नहीं था। माउंट प्लेजेंट रोड की पहाड़ी इसी बँगले से शुरू होती थी। विशाल भूखंड में घने वृक्षों से घिरा यह बँगला बम्बई की शान था। समुद्र तट पर बने इस महल जैसे बँगले के रख-रखाव और साफ-सफाई के लिए ही नौकरों के एक लम्बे-चौड़े दस्ते की जरूरत थी। आवागमन के लिए अभी बग्गी ताँगे का युग था इसलिए घर में अच्छा-खास अस्तबल था। फिर माली, धोबी, ख़ानसामा, बावर्ची आदि की भीड़ अलग। जल्द ही नवजात बच्ची की देखभाल के लिए आया भी तय हो गयी। भरे-पूरे घर में इस नये मेहमान के लिए गोदियों की कमी नहीं थी, पर बच्चों की व्यक्तिगत देखभाल की जिम्मेदारी आयाओं के सुपुर्द करने की प्रथा इस घर में कितने ही वर्षों से प्रारम्भ हो चुकी थी। रति की मुख्य आया थी जसोदाबेन (काल्पनिक नाम और चरित्र), माँ दिनबाई के बाद रति की शिशु आँखों ने जिस दूसरे व्यक्ति को पहचाना वो थी जसोदाबेन उर्फ जस्सबेन। अभी रति की पहली सालगिरह गुजरी ही थी कि घर के वटवृक्ष सर दिनशा मानेकजी पेटिट का देहान्त हो गया। अब जीजीभाई फ्रामजी पेटिट घर के बुजुर्गों में शामिल हो गये।

रति के जन्म के लगभग एक वर्ष बाद ही उसे छोटा भाई मिल गया, पर अभी नासमझ बच्ची के लिए जन्म-मृत्यु की घटनाएँ अर्थहीन थीं। नौकरों, आयाओं की गोद में पल रहे ये बच्चे परिवार की आँख के तारे थे। रति अब जसोदाबेन के साथ खेलने लगी थी। जसोदाबेन भी बच्ची के साथ ख़ूब लाड़ लड़ाती। रति ने जसोदाबेन की देखरेख में ही बोलना और चलना सीखा। जब वो कुछ समझने लायक हुई तो उसे बेन के मुँह से दुनिया भर के गीत लोरियाँ और कहानी किस्से सुनने को मिले। बेन के इन कहानी किस्सों में राजा होते राजकुमारियाँ होतीं, परियाँ और फ़रिश्ते होते या फिर चोर डाकू और सिपाही। इन्हीं कहानियों में रति की मुलाकात जिन्न-जिन्नात, भूत, प्रेत, एय्यार, जादूगर और इन्सानी भाषा में बातचीत करने वाले पशु-पक्षियों से भी हुई। बेन उसे राम और कृष्ण की कहानियाँ तो कभी गुजराती लोक कथाएँ सुनाती। जब रति थोड़ा ज्यादा समझदार हुई तो उसकी कहानियों के विषयों का और विस्तार हो गया। अब अन्य नौकर-चाकर भी उसे अकसर लैला-मजनू, शीरी-फरहाद या ढोला-मारू के किस्से सुनाते या फिर अलौकिक कहानियाँ। किसी इन्सान के अन्दर किसी दूसरे अजनबी की आत्मा का समा जाना। किसी स्त्री में देवी का प्रवेश, तो किसी पर बही का आना। किसी के सपनों में किसी रूह का आकर बात करना। ये सारी चमत्कारिक कहानियाँ ग्रामीण पृष्ठभूमि के नौकर-चाकर उसे बड़े विश्वास के साथ सुनाते और वो बड़े ध्यान और विश्वास के साथ इन्हें सुनती। पुनर्जन्म की कहानियाँ तो उसे एकदम सच ही लगतीं। रति का बालमन इन कहानियों को बड़े विश्वास के साथ आत्मसात करने लगा। माँ और दादी उसे आहुर

मज़्दा के बारे में बतातीं, कभी रुस्तम सोहराब, सेहेल तूती, सम्के अय्यार या वामेको अज़्रा जैसी पारसी लोक कथाएँ सुनातीं (cehel tuti, samak—e-ayyar, wameqh-o-azra)। इन कहानियों ने रति के बालमन में अपनी मजबूत जगह बनाई।

रति के लिए भला खिलौनों की क्या कमी थी। लकड़ी, टीन, शीशे, पोर्स्लीन, रुई और मिट्टी के ख़ूबसूरत खिलौनों से उसका कमरा भरा पड़ा था। देश-विदेश की गुड़िया-गुड्डे, छोटे-बड़े, घोड़े-हाथी और न जाने कौन-कौन से जानवर चिड़िया उसके कमरे में अपना बसेरा बनाए हुए थे पर रति उन खिलौनों से खेलते हुए ऊब जाती। खेल कूद में छोटा भाई फ्रामजी भी रति का साथ देता। इन दोनों भाई बहिनों को अब दो छोटे भाई मानोकजी और जमशेद भी मिल गये थे। छुटपन से ही फ्रामजी और रति के स्वभाव में अन्तर था। थोड़ा बड़ा होने पर रति के तीनों भाई इकट्ठे हो जाते और रति अलग पड़ जाती। ऐसे में उसे घर में पहली सहेली मिली हमाबाई। हमाबाई उसकी बुआ थी, पिता की सगी बहन। और उम्र में बहुत बड़ी, कैरम लूडो रति अकसर फ्रामजी के साथ खेलती, पर इन खेलों में उसे हमाबाई का साथ अच्छा लगता। हमाबाई को छोटी बच्ची रति के साथ खेलने में संकोच होता पर वो प्यार और इसरार के साथ बुआ को हमेशा खेलने के लिए मना लेती। जवान बुआ भी छोटी-सी भतीजी का दिल रखने के लिए हँसते हुए दो-चार बाजी खेल लेती। कभी-कभी माँ भी पकड़ में आ जातीं, तब उनके साथ भी लूडो-चौपड़ और कैरम का खेल जम जाता। लेकिन इन बड़े उम्र के खिलाड़ियों के साथ खेलने में मुश्किल यह थी कि आमतौर से रति को हारना पड़ता। हार से वो झुँझला पड़ती, कभी गोट फेंक देती तो कभी रोना शुरू कर देती ऐसे में जीते खिलाड़ी हँसने लगते और रति की चिढ़ आसमान छू लेती। हँसती हुई माँ जस्सूबेन या असगरी को आवाज देतीं। दिनबाई की हँसी में साथ देती हुई कभी असगरी तो कभी जस्सूबेन उसके खेल में मोर्चा सँभालतीं। ये दोनों जब भी खेलतीं हमेशा हारतीं। पर इनके साथ खेलने में कुछ मज़ा नहीं आता था क्योंकि रति अपनी चाल चलने में जो भी गड़बड़ सड़बड़ ऊँचा नीचा करती वो सारी चालबाजियाँ ये नौकरानियाँ खुशी-खुशी स्वीकार कर लेतीं। खेलकूद के लिए पापा ने एक नयी लड़की को घर में नियुक्त किया था। हमाबाई ने इस अँग्रेज लड़की सिन्थिया (नाम कल्पित) से रति का परिचय कराया। सिन्थिया उसकी गवर्नेस थी और अब सारे दिन केवल रति के साथ खेलने हेतु वो घर में सुबह आती और शाम सूरज ढलने के बाद जाती। सिन्थिया रति की देखभाल के अलावा उसका प्राथमिक शिक्षा से भी परिचय करा रही थी। रति बहुत जल्दी सिन्थिया से घुल-मिल गयी और दोनों मिलकर दिन भर पेटिट हॉल में हंगामा मचातीं।

माँ और हमाबाई न जाने किन कामों में दिन भर व्यस्त रहतीं। इसलिए सुबह

शाम रति का समय जस्सूबेन असगरी या फिर दूसरे नौकरों के साथ गुजरता। इनके साथ खेल के बजाय उनकी सुनाई कहानियाँ उसे ज्यादा आकर्षित करतीं। इन्हीं से रति को पता लगा कि पारसियों के अलावा कुछ लोग हिन्दू होते हैं कुछ मुसलमान। होली, दीवाली, दशहरा, ईद जैसे त्योहार, शादी-ब्याह और दुनिया जहान के रीति रिवाज़ क्या होते हैं। जीवन की पाठशाला के ये प्रारम्भिक पाठ उसे अपने घर के नौकर मित्रों से मिल रहे थे। जस्सूबेन को शादी-ब्याह के सैकड़ों गुजराती गीत याद थे वो यों ही अकसर गुनगुनाया करती। कई बार रति की जिद पर वो पूरे सुर में गाती। बेन की आवाज बस ऐसी थी मानो मिश्री घुली हो।

यह वह समय था जब उन्नीसवीं सदी का सूरज अभी-अभी अस्त हुआ था। युग बदल रहा था। गाना सुनाने के लिए हमेशा जस्सूबेन से कहने की जरूरत नहीं थी। घर में बड़े से भोंपू वाला ग्रामाफोन भी था। गाहे-बगाहे हमाबाई या फिर माँ इसे चला देतीं। बस इस डिब्बे में रखा तवे जैसा पहिया घूमता और ढोलक बजने लगती बाँसुरी और सारंगी भी बजने लगती और लीजिए इस भोंपू में न जाने कहाँ छिपकर बैठी कोई औरत गाने लगती। ह्मबाई हँसकर कहतीं इस भोंपू में नहीं, काले चपटे पहिये में, इस रिकार्ड में सब छुपकर बैठे रहते हैं। बुआ उसे बेवकूफ़ बनाती हैं। भला इस रिकार्ड में कहाँ हैं कोई गानेवाली। रति का भी मन करता कि वो ग्रामाफोन चलाए पर अभी वो इसमें ठीक से चाभी भी नहीं भर पाती थी। परिवर्तन के इस नये युग में सिर्फ ग्रामाफोन ही एक अकेला अनोखा अजूबा नहीं था। एक नया जादुई डिब्बा और था, टेलीफ़ोन।

रेल को आए चालीस पैंतालीस साल हो चुके थे। बम्बई की सड़कों पर अभी घोड़ों, बग्गियों, विक्टोरियाओं और बैलगाड़ियों का राज था। पेटिट हॉल में कई घोड़ा गाड़ियाँ और बग्गियाँ थीं। हाल ही में ईजाद हुई मोटर कारें भी बँगले की शोभा बढ़ातीं। ये सवारियाँ बड़े लोगों के कब्जे में रहतीं। रति के लिए घर में दौड़ाने के लिए तिपहिया साइकिल थी और घुड़सवारी के लिए छोटा-सा टट्टू। पर रति को बड़े घोड़े की सवारी का शौक था। उसने अपने लिए एक घोड़ा भी चुन रखा था। इस घोड़े से उसकी खासी दोस्ती थी। आमतौर से वह सुबह और शाम एक बार सईस इब्राहिम की मदद से इस पर सवारी जरूर गाँठती। घोड़े को वो सदैव उसके नाम से पुकारती और छोटी-सी बालिका के मुँह से अपना नाम सुन वो जोर से हिनहिनाकर प्रत्युत्तर दिया करता। घर के पालतू कुत्ते भी रति के अच्छे दोस्त थे। उसका बहुत सा समय इन कुत्तों के साथ गुजरता। कभी कोई घोड़ा या कुत्ता बीमार हो जाता तो रति परेशान हो जाती। बिल्ली पालने का भी नया शौक रति को इसी छोटी-सी उम्र से उत्पन्न हो गया। जानवरों से उसके लगाव को देख घर के बुजुर्गों को सकरबाई याद आ जाती। रति की परदादी की सास सकरबाई को भी पशुओं से बहुत लगाव था।

उन्होंने पशुओं के लिए परेल में अस्पताल की स्थापना करवाई थी।

पारसियों के जीवन में एक महत्त्वपूर्ण संस्कार होता है नवजोत। रति को अपने नवजोत की बड़ी प्रतीक्षा थी। उसकी फूफी ने नवजोत के बारे में उसे सब कुछ बता रखा था। उसका नवजोत पारसी विधि-विधान के साथ बड़े धूम-धाम से सम्पन्न हुआ। गरीबों को भरपूर दान देने की खानदानी परम्परा को जीजीभाई ने पूरे जोश के साथ निभाया। पेटिट हॉल में शानदार दावत हुई और दावत में रति सबके आकर्षण का केन्द्र थी। उसने भी आज विशेष रूप से मिल रही अहमियत का भरपूर आनन्द लिया।

पेटिट हॉल में नगर के सम्भ्रान्त, प्रसिद्ध उद्योगपति, व्यापारी और रईसों का आना-जाना लगा रहता था। ब्रिटिश सत्ता के सर्वोच्च पदाधिकारी तो यहाँ अकसर आते जाते थे ही। विशेष अवसरों पर गवर्नर भी इस घर का आतिथ्य स्वीकार करते। राजनीति, साहित्य और कला जगत के प्रसिद्ध व्यक्तियों की महफिल यहाँ अकसर जमती। शाम को यहाँ इकट्ठा होने वाले कुछ मेहमान अपरिहार्य थे। इन मेहमानों के बीच कुछ ड्रिंक चलते और बहुत सारी गर्मा-गर्म बहस, कुछ हल्का-फुल्का हँसी-मजाक चलता और सिगार सिगरेट का बहुत सारा धुआँ। आमतौर से इन महफिलों में प्रसिद्ध वकील सर फ़िरोज़शाह मेहता, गोपालकृष्ण गोखले अवश्य होते फिर इनके साथ होते कई अन्य जाने माने बैरिस्टर और दूसरी जानी मानी हस्तियाँ। पेटिट हॉल का विशाल ड्राइंगरूम विशिष्ट मेहमानों की जोरदार बहसों से गूँज उठता। इन बहसों में बम्बई से लेकर देश-विदेश तक की राजनैतिक घटनाओं की चीर-फाड़ हो जाती। आस-पास के कमरे में खेलती रति के कानों में सदैव इन बहसों के छिट-पुट अंश पड़ा करते। ऐसी ही महफिल में आज जो बात-चीत चल रही थी वो रति को खासी दिलचस्प लगी। किसी कॉकस मुकदमे पर बात हो रही थी। दो-चार दिनों से ये कॉकस शब्द इधर-उधर कुछ ज्यादा सुनाई पड़ रहा था। रति को इतना समझ में आ गया कि कॉकस केस से सम्बन्धित बैरिस्टर ड्राइंगरूम में थे। लोग उनकी प्रशंसा कर रहे थे। रति के मन में कौतूहल उत्पन्न हुआ। उसने ड्राइंगरूम में झाँककर देखा।

जिस मेहमान को कुछ ज्यादा तरजीह दी जा रही थी वो यहाँ आने वाले मेहमानों की मंडली में अपेक्षाकृत नया था। गहरी काली मूँछों और सलीके से माँग निकालकर काढ़े हुए बालों वाले इस मेहमान का नाम रति को मालूम था। श्री मोहम्मद अली जिन्ना। रति वहाँ रुकी नहीं उसने ड्राइंगरूम में प्रवेश कर वहाँ का जायज़ा लिया। ये उसके पिता के दोस्तों का लगभग रोज़ शाम को होने वाला हंगामा था, जिसमें बच्चों की दिलचस्पी का कुछ भी नहीं होता था। भारतीय पारसी समाज प्रगतिशील और खुले दिमाग का समाज था जहाँ परदे की कल्पना भी नहीं की जा सकती थी। फिर यह घर तो और भी उदार विचारों वाले प्रसिद्ध सर दिनशा

मानेकजी पेटिट का था। इसलिए बालिका रति के लिए ड्राइंगरूम में सजी बड़े बुजुर्गों की महफिल में आने-जाने पर कोई रोक-टोक नहीं थी। रति इस पार्टी के जिस शब्द से आकर्षित होकर बैठक में आई थी, दस पाँच क्षण में उसी शब्द को कसकर पकड़े हुए बाहर आ गयी, शब्द था 'कॉकस।'

अगले दिन सुबह नाश्ते के समय दलिया में दूध उँडेलते हुए रति ने पिता से पूछ लिया—ये कॉकस क्या है? जीजीभाई ने रति के मुँह से यह शब्द सुना, वो चकित हो गये फिर मुस्कराकर बालिका रति को गर्व से देखते हुए बोले—कॉकस केस समझने के लिए अभी तुम्हें कई बरस इन्तजार करना पड़ेगा। कालेज पहुँच जाओ फिर समझा दूँगा। रति के चेहरे पर हलकी-सी झुँझलाहट उभरी, माँ दिनबाई ने पुत्री की झुँझलाहट देख उसकी जिज्ञासा शान्त करने के लिए यही सवाल अपनी तरफ से दोहरा दिया। जीजीभाई ने केस उड़ते-उड़ते समझाया। दिनबाई ने कुछ सुनने के बजाय रति को देखा। रति बड़े ध्यान से पिता को सुन रही थी। छः-सात वर्ष की बच्ची के लिए कॉकस मामला रसहीन था पर सवाल उसने किया था इसलिए पूरे ध्यान से उसने पिता को सुना।

नाश्ते के बाद बस आधा पौन घंटा गुजरते-गुजरते सिन्थिया आ जाती थी और फिर शाम के नाश्ते के बाद घर जाती। दोपहर में भोजन वो परिवार के साथ ही करती। सिन्थिया के इस दैनन्दिन कार्यक्रम के साथ रति अपना सामंजस्य बना चुकी थी और अब तो दोनों के बीच खासी दोस्ती भी हो गयी थी। हमाबाई के अलावा उसे एक और ऐसा व्यक्ति मिल गया था जो उसके अनगिनत प्रश्नों के जवाब और जिज्ञासाओं को खुश होकर शान्त कराता। सिन्थिया शिष्टाचार, पढ़ाई-लिखाई और पहनने ओढ़ने के सलीके के अलावा रति के साथ खेल-कूद में भी उसका साथ देती। हँसी-मजाक, कहानी-किस्से, गप्पें और गाने सब कुछ इन दोनों के बीच आसानी से साझा हो जाता। आज जब रति ने उससे कॉकस केस के बारे में जानना चाहा तो सिन्थिया भी हँस पड़ी, बोली—छः साल की हो और छप्पन साल वालों की मुसीबत जानना चाहती हो। बेबी ये बड़ी उम्र के लोगों का सिरदर्द है। अभी तो तुम मेरे साथ गाओ—जिंगल बेल जिंगल बेल। रति सुर में सुर मिलाती और फिर दोनों ताली बजा बजाकर न जाने कितने अँग्रेज़ी बाल गीत दोहरा देती।

यों तो यह घर उद्योगपति सर दिनशा का था, पर इस घर में केवल कारोबार और कारखाने की चर्चा नहीं होती थी। इस परिवार में दान की खानदानी परम्परा थी इसलिए जरूरतमन्दों की जरूरत, समाज के उत्थान, विशेष रूप से पारसियों की चिन्ता की जाती। इन्सानों की ही नहीं, पशुओं की चिन्ता भी की जाती। दान धर्म के

बाद सबसे पुरजोर बातें सरकार, सरकारी व्यवस्था और राजनैतिक हलचलों की हुआ करती थी। घर में कई अखबार आते थे। मराठी भाषा का साप्ताहिक केसरी और मरहट्टा भी आते। अकसर अखबारों में प्रकाशित समाचारों और लेखों पर चर्चा और बहसें होतीं। इन बहसों में दादाभाई, वेडरबर्न, गोखले, काँग्रेस और तिलक जैसे नाम उछला करते। रति इन सभी नामों और विषयों से कब परिचित हो गयी ये उसे खुद भी नहीं मालूम था। हाँ, इन बहसों में जब उसे कोई उलझी गुत्थी हाथ लगती तो उसे सुलझाने का ज़िम्मा वो अपनी मित्र बुआ हमाबाई को सौंप दिया करती। बुआ हों तो रति को किसी की जरूरत नहीं रह जाती थी। हमाबाई उम्र में बहुत बड़ी होने पर भी रति को बराबरी का महत्त्व देती थीं। सबसे बड़ी बात यह कि दुनिया भर की जानकारियों का पिटारा उनके पास रहता था। रति को लगता बुआ को दुनिया की हर बात मालूम थी। बस, इसलिए वो उन्हें अपना मित्र, मार्ग दर्शक और गुरु मानती थी। ऐसा नहीं था कि रति को ही बुआ का साथ पसन्द था। हमाबाई को भी साथ की जरूरत होती तो उन्हें बस रति ही याद आती। तफरी का मन हो तो उन्हें रति का साथ सबसे अच्छा लगता। किसी समवयस्क या बड़े के साथ जाने पर थोड़ा अगर मगर किन्तु परन्तु का झमेला रहता था पर रति साथ हो तो बस कहीं भी आओ जाओ और जो मन में आए करो। तो बस बुआ-भतीजी रेस्तराओं में जातीं, चौपाटी की लहरों में कपड़े भिगोतीं। एक बार तो दोनों ने डबल डेकर ट्राम में भी बम्बई की सैर की। इतनी ऊँचाई पर बैठ चलती-फिरती सवारी की खिड़की से बम्बई का नजारा एकदम बदल जाता था। हमाबाई ने रति से शंका प्रकट की थी कि ट्राम की सवारी करने पर भाई से डाँट खानी पड़ सकती है, पर पता चलने पर जीजीभाई ने हँसते हुए सिर्फ नये अनुभव का ब्यौरा भर लिया।

ताज और वाटसन जैसे होटलों में समय-समय पर कुछ नृत्य गीत या फिर ऐसे ही कुछ आकर्षक कार्यक्रम होते। कभी कोई विदेशी नृत्य दल अपना कार्यक्रम पेश करता तो कभी कोई बैले, कभी कोई गायक-गायिका अपने गायन से तालियाँ बटोरते तो कभी लम्बे-चौड़े ऑर्केस्ट्रा के मधुर संगीत से हाल गूँज जाया करते। कभी यूरोपीय नट अपने क़रतब दिखाते तो कभी छोटी-सी मेज पर स्केट बाँधकर एक नौजवान जोड़ा हैरतअंगेज़ कलाबाजी और नृत्य पेश करता। कभी लन्दन से आया कोई जादूगर ऐसे खेल दिखाता कि रति चमत्कृत होकर रह जाती। अकसर इन कार्यक्रमों में स्त्री कलाकारों की पोशाक उसे बहुत आकर्षित करती। वो बुआ से ऐसी पोशाकें पहनने की जिद करती। हमाबाई खूब हँसती कहती तुम पहनना मेरे लिए तो ये साडी ही ठीक है। एक बार एक फ्रेंच फैशन डिजाइनर अपना संग्रह लेकर आई। उसके प्रदर्शित पार्टी गाउन रति को बहुत पसन्द आए। ये गाउन बुआ पर कितना खिलेंगे। कल्पना में बुआ को इस गाउन में देख। उसने जिद कर कई गाउन

खरीदने के लिए उन्हें मजबूत कर दिया। नगर भ्रमण, खरीद-फरोख़्त और नाच-गानों के इन हंगामों में रति का बचपन गुजर रहा था पर यह बालिका अमीरों की इन शौक़ीनियों तक ही सीमित नहीं थी। पिता की महफिलों में होने वाली गम्भीर चर्चाओं में उसकी दिलचस्पी लगातार बढ़ती जा रही थी। अब तक वो काँग्रेस, स्वराज, सरकार और अँग्रेज़ी हुकूमत जैसे शब्दों को ख़ूब समझने लगी थी।

एक विशेष अतिथि के मुँह से सुनी कविताओं ने रति के मन में इसी उम्र से स्थान बना लिया। श्रीमती सरोजिनी नायडू नाम की ये कवयित्री रहती तो हैदराबाद में थीं, पर अकसर बम्बई का दौरा किया करतीं। रुकती तो वो सदैव ताज होटल में थीं पर होटल में बस उनकी रातें गुजरतीं। दिन में उनका निवास होता पेटिट हॉल। दिन भर वो पारिवारिक सदस्य के रूप में रति के आस-पास होतीं। राजनीतिज्ञ और कवि के रूप में बहुत प्रसिद्ध सरोजिनी की कविताएँ रति को बहुत प्रिय थीं। बम्बई के इन प्रवासों में सामान्यतया उनके साथ उनके बच्चे भी आते। रति को सरोजिनी के मुँह से कविताएँ सुनना तो अच्छा लगता ही था पर उससे भी ज्यादा अच्छा लगता उनकी पुत्री पद्मजा और लीला मणि के साथ खेल-कूद, भाग-दौड़ और हंगामे। तीनों मिलकर खूब गप्पें मारतीं। पद्मजा और लीला को रति का साथ बहुत पसन्द था और दोनों अपने बाल मन की उथल-पुथल उसके साथ साझा किया करतीं।

राजनैतिक संगठन के रूप में काँग्रेस का जन्म हुए पुरानी बात हो चुकी थी। सरकार को जनता की राजनैतिक आकांक्षाओं से अवगत कराने वाली काँग्रेस अब सरकार से राजनैतिक अधिकारों की माँग करने वाली शक्ति के रूप में उभर चुकी थी। माँग कोई भी हो पर अभी काँग्रेस अँग्रेज़ी कानूनों के दायरे में ही अपनी ताकत दिखाया करती थी। इधर कई वर्षों से काँग्रेस सरकार पर दबाव बना रही थी कि शासन में जनता की भागीदारी बढ़ाई जाए। इस दल के प्रमुख नेता स्वशासन की माँग कर रहे थे। तिलक ने इनसे एक कदम आगे बढ़कर घोषित कर दिया था कि आजादी हमारा जन्मसिद्ध अधिकार है। अपने अधिकार प्राप्ति के लिए तिलक ने किसी भी बन्धन को स्वीकार करने से इनकार कर दिया। अकसर उनके भाषण और लेख स्वतन्त्रता पाने के लिए लोगों में शक्ति के इस्तेमाल का जोश भर देते। तिलक का आदर सभी करते थे, पर सर फ़िरोज़शाह और गोखले उनकी इस जोशीली गरम राजनीति के पक्ष में नहीं थे। उनका मानना था कि ब्रिटिश संविधान और कानून हिन्दुस्तान की राजनैतिक लड़ाई लड़ने के लिए पर्याप्त छूट देते हैं। इसलिए स्वशासन की लड़ाई इस दायरे में ही लड़ी जानी चाहिए और इस लड़ाई में किसी तरह की शक्ति के इस्तेमाल की जरूरत नहीं है। इस विचार के कारण ये नरमपन्थी माने जाते थे। नरम

गरम मुद्दे पर पेटिट हॉल में गर्मा-गर्म चर्चाएँ होतीं। इन बहसों में जिन्ना गोखले और शाह से पूरी सहमति रखता। उसका दृढ़ मत था कि कानूनी हद में रहते हुए काँग्रेस हिन्दुस्तान की राजनैतिक आकांक्षाओं को हकीकत में बदल सकती है।

रति की समझ में कुछ नहीं आता था। काँग्रेस के सभी नेता अँग्रेज़ी हुकूमत के ख़िलाफ़ थे फिर ये लोग आपस में क्यों झगड़ते थे। तिलक और मेहता में झगड़ा क्या था? किस बारे में बहस किया करते थे ये दोनों? जब ये सवाल वो हमाबाई के सामने रखती तो हमाबाई आश्चर्य के साथ आँख फाड़कर उसे देखती। फिर मुस्करा कर कहती पिद्दी भर की हो और दुनिया जहान के झमेले इस छोटी-सी खोपड़ी में भर लेना चाहती हो। रति ठुनकते हुए इसरार करती, हमाबाई हँसते हुए उसे और खिझाती और ख़ूब मज़ा लेती—

"दूध के दाँत टूट जाने दो फिर इस गाँठ को खोलने के लिए दाँतों का इस्तेमाल करना। इस उम्र में दाँत फँसओगी तो दाँत गाँठ में फँसे रह जाएँगे।"

"बुआ मैं गाँठ दाँत से नहीं खोलूँगी कैंची से काट डालूँगी।"

इस तर्क से परास्त हुई हमाबाई कहती—"ये जो तिलक हैं ना ये कहते हैं कि अँग्रेजों को हिन्दुस्तान के बाहर खदेड़ दो तुरन्त। इनके देश में बना कोई सामान मत खरीदो।"

"मतलब इंग्लैंड में बना?" रति पूछती।

"हाँ, इंग्लैंड में बनी मशीन मत खरीदो कपड़ा मत खरीदो। कुछ मत खरीदो।" हमाबाई जवाब देती।

"ये तो अच्छा है जब इंग्लैंड का कपड़ा नहीं बिकेगा तो हमारे कारखाने का कपड़ा ख़ूब बिकेगा।"

"सो तो है पर अब जो पाउडर लिपस्टिक का नया शौक तुम्हें लगा है उसका क्या होगा? और हमारे कारखाने के लिए मशीनें कहाँ से आएँगी?"

"बस कपड़ा बन्द कर दें।"

"एक अकेली तुम्हीं तो चतुर पैदा हुई हो ना, कपड़ा बन्द कर दें? कपड़ा नहीं आने दोगी तो वो हमारे कारखाने के लिए मशीन क्यों बेचेंगे?"

"बुआ! बड़ी होकर मैं मशीन बनाने का कारखाना लगाऊँगी।"

रति के ऐसे चटपटे जवाब सुन हमाबाई हँसी से दोहरी हो जाती।

फरवरी का महीना रति के लिए बड़ा खास होता था और आज फरवरी की बीस तारीख थी। रति को हर साल इस दिन का बड़ी बेसब्री से इन्तजार रहता था। सब लोग सुबह अगियारी जाते। वहाँ दिनबाई खुले हाथ दान देतीं। वापसी में माँ, फूफी

वगैरह के साथ सब पशु अस्पताल जाते। वहाँ बीमार पशुओं को खिलाकर घर आने पर नौकरों-चाकरों को उपहार बाँटे जाते। जबसे रति थोड़ी समझदार हुई थी जीजीभाई उसकी सालगिरह पर ख़ूब जोश दिखाते। दिन में आमन्त्रित बच्चों, रिश्तेदारों और दोस्तों के शोर से बँगला गूँज उठता। रति पर हर तरफ से उपहारों की वर्षा हुआ करती। यों तो रति को सभी तरह की छूट हमेशा रहती थी, पर आज ये छूट और बढ़ जाती थी। सबकी कोशिश यही रहती कि रति आज किसी बात पर चिढ़े नहीं नाराज न हो। वैसे रति खुशमिजाज़ थी वो सबके साथ हिल-मिलकर खूब खेलती।

पेटिट हॉल की चाहरदीवारी के अन्दर मेले का आयोजन होता। कहीं मदारी भालू का नाच दिखाते तो कहीं बन्दर का नाच। कहीं कोई सपेरा बीन की धुन पर झूमते नाग पेश करता तो कहीं कोई नट अपनी कलाबाजी से बच्चों की तालियाँ बटोरता। दोपहर की दावत से प्रारम्भ इस आयोजन का अन्त रात में कठपुतली के नाच और रात्रिभोज से होता। जीजीभाई राजस्थान से खासतौर पर कठपुतली का नाच दिखाने वालों को बुलाते।

पेटिट हॉल में रति, फ्रामजी, मानोकजी तथा जमशेदजी की सालगिरह तो दावत का कारण होती, पर साल में कितनी ही बार बिना कारण दावत के लिए जीजीभाई कोई-न-कोई कारण ढूँढ़ निकालते। ये पेटिट हॉल की परम्परा थी। दावतों में स्कॉच की खुली बोतलों की कोई गिनती नहीं रहती थी। पार्टी में स्त्री-पुरुष-बच्चे सब इकट्ठे होते। मुख्य बड़े हाल में अलग-अलग मंडली अलग-अलग विषयों को लेकर जहाँ-तहाँ जम जातीं। आमतौर से पेटिट के साथ हमेशा फ़िरोज़शाह, गोखले, दिन्शा वाच्चा, फ़िरोज़ सेठना, कावसजी जहाँगीर, नरीमन और फिर लम्बे चौड़े पेटिट खानदान के अलावा कितने ही वाडिया, कितने ईरानी, कई बाटलीवाला और दारूवालाओं के अलावा अँग्रेज अफ़सर, बैरिस्टर, बड़े हिन्दू व्यापारी, जाने माने मुसलमान और खास मेहमान मित्रों के साथ अलग महफिल जमती। वाइन, स्काच, जिन, शरबत, सोडा के दौर चलते, सिगरेट सिगार का धुआँ हवा में घुल जाता, ऐसे अवसरों पर गोखले जैसों को मुश्किल जरूर पेश आती, लेकिन पेटिट अपने इस चितपावन ब्राह्मण और दूसरे शाकाहारियों का विशेष ध्यान रखते। इनका सारा इन्तजाम अलग करवाते। दावत के बाद खास महफिल जमती और बातें राजनीति पर आकर ठहर जातीं।

ऐसी ही एक दावत में अँगरेजों की हिन्दुस्तान में प्रशासनिक कड़ाई पर बातें हो रही थीं। सबका मानना था कि अँग्रेज हिन्दुस्तान में उत्पन्न राजनैतिक जागृति की उपेक्षा कर रहे थे। ऐसा प्रतीत होता था कि देश की समस्याओं, और जनता की आवश्यकताओं के लिए काँग्रेस की संविधान के अन्तर्गत की जा रही कोशिशें

सफल नहीं हो रही थीं। बहुतेरे लोगों का विचार था कि काँग्रेस की उपलब्धियाँ निराश करने वाली और मामूली थीं। ऐसी निराशाजनक स्थितियों में लोगों को तिलक के विचार अधिक प्रासंगिक लगने लगे थे। गोखले इस दृष्टिकोण से सहमत नहीं थे वो बोले—

'ऐसा नहीं है, माना कि हमारी राजनैतिक सफलताएँ लोगों को मामूली प्रतीत होती हैं, पर कानूनी दायरे में रहते हुए हम कुछ कर सकने की स्थिति में तो हैं। हमारी उपलब्धियाँ निश्चित रूप से छोटी दिखाई देती हैं, पर ये छोटी उपलब्धियाँ ही हमें बड़ी सफलताओं के द्वार खोलने की शक्ति देंगी। हमारे लिए मार्गदर्शक का काम करेंगी। ठीक है जब हम कोशिश करेंगे तो अकसर निराशा ही हाथ लगेगी। ये निराशा हमारे उत्साह पर चोट करेगी, लेकिन ये निराशाएँ चाहे कितनी भी गहरी क्यों न हों, हमें अपने उद्‌देश्य के लिए पूरे जोश और उत्साह के साथ काम करते रहना होगा।'

—'गोखले बिलकुल ठीक कह रहे हैं।' मारकाट से कोई नतीजा निकलने वाला नहीं है। जब कानूनी दायरे में रहते हुए हम सरकार से लड़ सकते हैं तो खूनखराबे का क्या अर्थ है? मैं तो इसे बिलकुल अनुचित मानता हूँ? तलवार, बन्दूक राजे-रजवाड़ों के साथ खत्म समझिए। यह नया जमाना आम आदमी को राज पाट की शक्ति दे रहा है आज की तोप-तलवार संविधान है। मैं तो भई किसी भी तरह तिलक से सहमत नहीं हूँ। फ़िरोज़शाह ने अपने विचार बड़ी स्पष्टता से व्यक्त किये।

—'ये अलग युग है।' गोखले कुछ ज्यादा बोलने पर डट गये थे—आज की स्थितियों में हमारे लिए आवश्यक है कि अपने संघर्ष में हम दूरदर्शिता से काम करें। संघर्ष के साथ हमारी जिम्मेदारी समाप्त हो जाती है। ये संघर्ष आने वाली पीढ़ी को अधिक सफलता के साथ देश के लिए कुछ करने का साहस प्रदान करेंगे। हमारी पीढ़ी ने देश सेवा के लिए जो भी किया उसमें मिली असफलता से भी हमें सन्तोष करना चाहिए। ये सोचना कठिन तो है, लेकिन ये जान लीजिए कि आज की हमारी असफलताएँ कल उम्मीदों के नये द्वार खोलेंगी। नौजवानों को लड़ने के लिए ज्यादा ताकत मिलेगी और वो निश्चित रूप से सफल होंगे।'

—'हमारी लड़ाई केवल अँग्रेजों से नहीं है। लड़ाई तो हमें फ़िरकापरस्त ताकतों से भी लड़नी होगी। हिन्दू-मुसलमानों में नफ़रत पैदा करने वाली ताकतों से लड़ना होगा। कुछ लोग जिस तरह मुसलमानों को उकसा रहे हैं मैं समझता हूँ हमें उसके ख़िलाफ़ मजबूती से खड़े होना चाहिए।' मेहता ने मज़हबी एकता को महत्त्व देते हुए अपनी बात पूरी की।

इस राजनैतिक चर्चा की गम्भीरता तोड़ते हुए पेटिट ने हँसकर कहा—'लगता है काँग्रेस का अधिवेशन यहीं शुरू हो गया है।'

—'अब खत्म समझिए चौकीदारों की चहल-क़दमी सड़कों पर शुरू हो चुकी है।' जिन्ना ने चुटकी ली।

—'तुम्हें रात से क्या लेना-देना, ये चिन्ता तो हम जैसे बुजुर्गों को सताती है जब पेटिट इसरार कर स्कॉच ज्यादा पिला दें', मेहता ने अपना गिलास रखते हुए कहा।

—'गिलास रखने की जरूरत नहीं है मेरे घर में न कमरों की कमी है न बिस्तरों की', पेटिट बोले।

—'इन्हें बेशक़ आप सुबह तक पिलाएँ, पर मुझे तो अब आप इजाज़त दें।' गोखले ने उठते हुए कहा।

—'गोखले को रोक लो तो मैं भी रुक जाऊँगा।'

—'ब्राह्मणों के साथ यही तो मुश्किल है स्कॉच ये पीते नहीं और शरबत ज्यादा पीना सम्भव नहीं।' पेटिट ने गोखले को छेड़ते हुए ठहाका लगाया, और हाल मेहमानों की हँसी से गूँज उठा।

जीजीभाई के व्यक्तिगत कामों की जिम्मेदारी सँभालती कुलसुम (कल्पित चरित्र) खासी व्यस्त थी। वो साहब के सूरत जाने की तैयारियाँ कर रही थी। रति को मालूम था सूरत में काँग्रेस का अधिवेशन होने वाला था। अधिवेशन में होता क्या है आज यह सवाल उसने बुआ के सामने पेश कर दिया।

—'होता क्या है? बस ख़ूब बातें होती हैं। मंच से भाषणबाजी होती है।' हिन्दुस्तान के पढ़े-लिखे, सफल, और प्रसिद्ध लोग इकट्ठे होते हैं। देश के लिए क्या ठीक है क्या गलत इस पर सिर खपाते हैं। अँग्रेजों की ज़्यादती पर रोष प्रकट करते हैं और देश के लिए क्या होना चाहिए ताकि लोग खुश हाल हों इन मुद्दों पर सोच-विचार करते हैं, पर सबसे ज्यादा सोच-विचार इस बात पर करते हैं कि अँग्रेजों की गुलामी से छुटकारा कैसे पाया जाए।' हमाबाई ने भतीजी की जिज्ञासा थोड़े से शब्दों में शान्त की।

इस वर्ष सूरत में हुआ काँग्रेस का अधिवेशन बड़ा हंगामाखेज़ रहा। नरम और गरम दोनों दल अपनी ताकत दिखा रहे थे। अधिवेशन में तिलक अपने प्रशंसकों के साथ शामिल थे । जब वो मंच की तरफ बढ़ रहे थे तब उनके विरोध और पक्ष में जबरदस्त हंगामा चल रहा था। तिलक हिम्मती नेता थे। विरोध का उन पर कोई असर नहीं था। तिलक के विचारों से तमाम विरोधों के बावजूद गोखले ने उन्हें

अपनी बाँहों के घेरे में सुरक्षा देते हुए मंच पर आने में मदद की। इसी बीच किसी ने मंच पर जूता फेंका। अफरा-तफरी के इस माहौल में निशाना चूक गया। गोखले फेंके जूते से बाल बाल बचे। यह वो समय था जब काँग्रेस अपनी जड़ें मजबूत कर रही थी और चाहे गरम धड़ा हो या नरम दोनों का एक ही उद्देश्य था हिन्दुस्तान को अँग्रेजों की गुलामी से मुक्ति। इन्हीं दिनों भारत में एक नयी राजनैतिक ताकत भी प्रसव के लिए कुलबुला रही थी। यह नयी शक्ति थी मुस्लिम लीग।

सूरत से वापिस आए जीजीभाई ने सुबह नाश्ता करते हुए अधिवेशन के किस्से सबको सुनाए। रति अखबारों में छपी मोटी-मोटी खबर पहले ही पढ़ चुकी थी। पिता के जाते ही उसने हमाबाई से सवाल कर डाला—''आप तो कहती थीं अधिवेशन में सोच विचार, बातें और बहसें होती हैं, पर पापा को आपने सुना? वहाँ जूते-चप्पल चले।'' हमाबाई हँसने लगी और बोली—''जब बहस गर्म हो जाती है तो मारा मारी हो जाती है। पुराना जमाना होता तो लोग तलवार चलाते पर आजकल चप्पल चलाकर ही अपनी बहादुरी दिखा देते हैं।''

''बाप रे ये अधिवेशन तो खतरनाक होते हैं, मैं पापा से कहूँगी कि वो इन मजलिसों में जाना बन्द कर दें।'' रति ने अपनी राय प्रकट की।

''पगली ऐसे हादसे कभी-कभी जोश और तनातनी में हो जाते हैं वैसे ज्यादातर वहाँ सब विद्वान इकट्ठे होते हैं। और देश की भलाई के बारे में ही चर्चा करते हैं।'' हमाबाई ने अपनी छोटी-सी भतीजी को आश्वस्त किया।

''बुआ तुम कभी गयी हो?''

''नहीं।' '

''अगले अधिवेशन में मैं जाऊँगी।''

''जरूर जरूर और वहाँ जाकर समझाना कि जूते चप्पल न चलाया करें।''

बुआ भतीजी की ये नोंक-झोंक काफी देर तक चलती रही। रति की रुचि केवल राजनीति में ही नहीं थी। सिन्थिया के कारण अँग्रेज़ी साहित्य में उसकी रुचि बड़ी गहरी हो गयी थी। शेक्सपियर तो उसे याद हो चुके थे। उसे ज्यादा आकर्षित करतीं कविताएँ। यह शौक भी उसे अपनी गवर्नेस से मिला था। सिन्थिया कितने ही ब्रिटिश कवियों की कविताएँ उसे सुनाती और फिर उनकी विवेचना भी कर देती। पशुओं से विशेष लगाव हुए दो एक वर्ष गुजर गये थे। अपने परदादा द्वारा स्थापित पशु अस्पताल में वो अकसर जाती। पशु पालन की बारीकियाँ भी उसने आत्मसात कर लीं। यों तो घर में पहले ही कुछ कुत्ते-बिल्ली पले हुए थे पर रति के कारण उनकी संख्या बढ़ गयी। इस छोटी उम्र से ही वो उनके खान-पान का ध्यान रखने लगी। इन बेजुबान प्राणियों से उसका लगाव लगातार बढ़ता जा रहा था।
अँग्रेज अपने साथ ब्रिटेन से जो कुछ हिन्दुस्तान लाए उसमें एक ऐसी मुसीबत थी

जिसका लाभ हिन्दुस्तानियों ने बहुत जल्द उठाना शुरू कर दिया। समाज को दिशा देने या फिर उससे संवाद जोड़ने का नया हथियार समाचारपत्र और पत्रिका अँग्रेजों के कारण हिन्दुस्तान को अनायास ही मिल गया। तिलक ने इस शक्ति को बहुत जल्द पहचाना और समाज को जाग्रत करने के लिए उन्होंने पूना से मराठी भाषा में केसरी का प्रकाशन प्रारम्भ कर दिया था। साप्ताहिक पत्र केसरी के सम्पादकीय में वो लगातार ब्रिटिश राज से मुक्ति के लिए जनता का आह्वान किया करते। कुछ छोटे संगठन और स्वत:स्फूर्त नौजवान आजादी के लिए बहुत बेचैन हो चुके थे, वो हथियार उठाने में हिचकिचाहट त्याग चुके थे। इन स्थितियों में तिलक के सम्पादकीय उनकी भावनाओं पर आग में घी का काम कर रहे थे। इधर सरकार के ख़िलाफ़ कुछ हिंसक कार्रवाई भी हुई। सरकार तिलमिला गयी, उसका सब्र टूट गया। अँग्रेज़ी शासन यह मान चुका था कि हिंसक कार्रवाइयाँ तिलक की शह पर हो रही हैं। वो केसरी के सम्पादक को सबक सिखाने पर आमादा हो गया। तिलक गिरफ़्तार कर लिए गये और उन्हें जमानत पर रिहा करने से सरकार ने इनकार कर दिया। यह अँग्रेजों के ही द्वारा बनाये गये कानून का उन्हीं के द्वारा खुला उल्लंघन था। अब इस मामले को अदालत में चुनौती देने के अलावा कोई रास्ता नहीं था। यही हादसा लगभग दस साल पहले भी हो चुका था। उस मामले में उन्हें मुश्किल से जमानत मिली थी। बरसों बाद उसी घटना की पुनरावृत्ति हो रही थी। अदालत से तिलक की जमानत मंजूर हो सके इसकी पैरवी के लिए जरूरत थी एक क़ाबिल वकील की। अब तक वकील के रूप में जिन्ना की धाक जम चुकी थी। उसकी गिनती जुझारू वकीलों में होने लगी थी। फिर वो काँग्रेस का सक्रिय सदस्य भी था। तिलक जानते थे कि जिन्ना उनका कितना सम्मान करता है। इसलिए इस मुकदमे की जिम्मेदारी उन्हें सौंप दी गयी। लेकिन जिन्ना की मजबूत तक़रीर के बावजूद तिलक को जमानत नहीं मिली।

पेटिट हॉल में आज अदालत के इसी अन्याय पर जोरदार बहस चल रही थी। जिन्ना कुछ उत्तेजित होकर न्यायाधीश डी. डी. दावर के फ़ैसले की धज्जियाँ उड़ा रहे थे। रति बगल के कमरे में खेल रही थी। जिन्ना की तैश भरी आवाज सुन उसका खेल रुक गया। वो ध्यान से सुनने लगी। जिन्ना बोल रहे थे—'ये वहीं दावर तो है जिसने 1897 में बदरुद्दीन तय्यबजी की अदालत में इन्हीं तिलक के ऐसे ही मामले में वकील की हैसियत से पैरवी की थी। उस समय तय्यबजी ने इन दावर की दलील स्वीकार कर जमानत मंजूर की, उनका फ़ैसला नज़ीर बन गया और आज, जब वही दावर जज बन गया है; तो अपनी ही दलील के ख़िलाफ़ फैसला दे रहा है वो भी तब, जब उसकी ही दलील के बल पर हुआ फ़ैसला अदालत की नज़ीर बन चुका है। अब तक कितनों को इसी नज़ीर के बल पर जमानत मिल चुकी है।'

किसी ने कहा—'जब अदालत बेशर्मी के साथ पूर्वाग्रहग्रस्त हो तो दमदार दलील भी बेदम हो जाती है।'

— "दावर जमानत रिजेक्ट करने की कसम खाकर अदालत में आए थे।"

जिन्ना ने क्रोध से फुफकारते हुए कहा—'कसम नहीं जमीर बेचकर आया है। जज की कुर्सी का सौदा इस आदमी ने अपने ज़मीर से किया है।'

"लोग सब समझते हैं।" किसी और ने बात पूरी की।

"फिर भी तुम्हारी तो सब प्रशंसा ही कर रहे हैं।"

"भई प्लीड करते हुए तो तुम अदालत में एकदम भूखे बाघ की तरह दावर पर टूट पड़े थे, बस चलता तो तुम उसे जिन्दा ही खा जाते।"

"गोश्त के पकवान तो मुझे पसन्द हैं, लेकिन मैं आदमखोर नहीं हूँ।" जिन्ना ने हँसते हुए कहा।

इसके बाद सब कुछ ठहाकों में डूब गया।

आज की रात फिर बुआ भतीजी की महफिल जमी।

"ये मिस्टर जिन्ना कितना गुस्से में थे आज।" रति ने बात शुरू की। "तिलक को जमानत नहीं मिली ना, इसीलिए मिस्टर जिन्ना चिढ़े हुए थे।" 'हमाबाई ने मानो कोई गुप्त बात भतीजी को समझाई। "ये लड़ाई क्या है? मेरी तो कुछ समझ में नहीं आता।" रति ने अपनी समस्या रखी। "अभी ये सब समझने के बजाय तुम अपने गुड्डे-गुड़िया की शादी-ब्याह की चिन्ता करो।"

"अब मैं बच्ची नहीं हूँ।"

"हाँ, तुम तो दादी हो गयी हो।"

"दादी नहीं, समझदार हो गयी हूँ। अब मुझे समझाओ। ये तिलक क्या झमेला किया करते हैं। वहाँ सूरत में जूते चप्पल चलवा दिए। यहाँ मिस्टर जिन्ना को हरवा दिया।"

"बौड़म, मिस्टर जिन्ना का तो कुछ नहीं गया उलटे उनकी काबिलियत की तो दुनिया तारीफ कर रही है। मुसीबत तो खुद तिलक की है।"

"क़ाबिल हैं तो मुकदमा क्यों हारे? यहाँ तो इतने लाल पीले हो रहे थे, वहाँ जज के आगे जुबान क्यों बन्द हो गयी?"

"किसने कहा जुबान बन्द हो गयी? मिस्टर जिन्ना ने तो खूब आग उगली। अदालत में उनकी हेकड़ी के आगे प्रतिद्वन्द्वी वकील तो छोड़ो जजों की सिट्टी पिट्टी भी गुम हो जाती है।"

"इसका मतलब दावर साहब मिस्टर जिन्ना से बड़े हेकड़ीबाज हैं।"

"अरे नहीं, जो लोग अपनी पगड़ी उतार कर ओहदे की भीख ले लेते हैं। उनकी रीढ़ टूट जाती है, ऐसे न्यायाधीश न्याय नहीं करते वो सरकार का हुक्म बजाते हैं। ये खरीदे गये गुलाम अपने मालिक के तलवे चाटते हैं।"

"तो तिलक ऐसी गुलामी के ख़िलाफ़ हैं?"

"अपने लिए नहीं, देश के हर इन्सान की गुलामी के ख़िलाफ़ हैं तिलक।" इसीलिए तो हिन्दुस्तानियों में जोश जगाने के लिए लगातार केसरी और मरहट्टा में लिखते हैं। कृष्ण की गीता को अपने सम्पादकीय में दोहराते हुए उन्होंने लिखा था कि अन्याय के ख़िलाफ़ अपनों से भी लड़ना पड़े तो लड़ना चाहिए। और अकेले तिलक थोड़े ही गुलामी के ख़िलाफ़ हैं अपने सर मेहता, गोखले, भी तो यही लड़ाई लड़ रहे हैं मिस्टर जिन्ना भी अँग्रेज़ी हुकूमत के ख़िलाफ़ हैं।"

"बुआ तुमको ये दुनिया भर की सारी बातें कैसे पता चलती हैं?"

"सारी नहीं थोड़ी बहुत।"

न जाने रात गये कब तक बुआ-भतीजी में ये गप्पें चलती रहीं। कुछ दिन बाद हमाबाई ने रति को बताया कि "तिलक को छः वर्षों के कैद की सजा सुनाई गयी है। उन्होंने अपना मुकदमा खुद लड़ा था। सुनवाई कई दिन चली। अन्त में दावर ने जूरी की सलाह के बाद अपना फैसला सुना दिया, लेकिन फैसला सुनाने से पहले उसने तिलक से पूछा कि 'क्या वो अदालत में और कुछ कहना चाहते हैं'?"

—'पता है तिलक ने क्या कहा?"

—'क्या?"

उन्होंने कहा—"मैं निर्दोष हूँ। इस दुनिया में एक और बड़ी शक्ति है जो हमारी नियति रचती है। विधि की यही इच्छा होगी कि स्वतन्त्र रहने के बजाय मेरे कष्ट भोगने से जिस उद्‌देश्य के लिए मैं लड़ रहा हूँ वो और भी अधिक फलीभूत होगा" (1908)।

देश अँगड़ाई ले रहा था। धीरे-धीरे। तिलक के गणेशोत्सव ने गाँवों की तन्द्रा तोड़ने की शुरुआत कर दी थी, पर यह सुगबुगाहट महाराष्ट्र और उससे जुड़े इलाकों तक ही सीमित थी। शेष हिन्दुस्तान के गाँव अब भी सो रहे थे। उन्हें झिंझोड़ने वाला कोई नेता अभी हिन्दुस्तान के राजनैतिक रंगमंच पर उतरा नहीं था। सरगर्मी थी तो बस शहरों में और ऐसे शहर भी बस गिनती के थे। इन कुछ सरगर्म शहरों में बम्बई, कलकत्ता सिरमौर थे। शेष देश में परिवर्तन बहुत दबे पाँव आ रहा था। बम्बई में भागदौड़ की जिन्दगी बस शुरू हो रही थी। अभी यहाँ की चौड़ी-सँकरी सड़कों पर बग्गी दौड़ाना आसान था। बम्बई के समुद्र तट को बाँधता किसी महारानी के गले में

पड़ा हार जैसा मरीन ड्राइव अब जगमगाने लगा था। शाम ढलते-ढलते समुद्र की लहरों के थपेड़ों को झेलती ऊँची-चौड़ी मुँडेर पर सैलानी कब्जा जमा लेते। मुँडेर से शुरू होती ख़ूब चौड़ी फुटपाथ से जुड़ी कहीं और भी ज्यादा चौड़ी सड़क पर विक्टोरिया और बग्गी की होड़ लगाती दौड़ का नजारा लेते। इस सड़क पर तेज दौड़ती बग्गी में सवारी गाँठना रति को बहुत प्रिय था। फोर्ट को पीछे छोड़ बग्गी मरीन ड्राइव की सड़क पर पहुँचती और रति कोचवान से कहती तेज और तेज और ज्यादा तेज। कोचवान चाबुक फटकारते हुए बग्गी दौड़ाता और हँसकर कहता—

"बेबी तेज रफ़्तार तो ठीक है, पर इतनी तेजी भी ठीक नहीं कि आते जाते कुछ दिखाई ही न पड़े। तेज चाल की ठोकर मार डालती है।"

रति कहती—"मुझे मौत से डर नहीं लगता।"

कोचवान कहता—"आपकी उम्र अभी जिन्दगी मौत तौलने की नहीं हुई है। खुदा आपको सौ बरस की जिन्दगी बख्शे।"

चौड़ी काली सड़क पर दौड़ते बग्गी में जुते जुड़वाँ घोड़े उल्लास से प्रफुल्लित अपनी अल्हड़ सवारी की खुशबू पाकर हिनहिना उठते। कोचवान की चाबुक का इशारा मिलते ही दोनों सरपट दौड़ पड़ते। तेज चाल की बग्गी राहगीरों का ध्यान आकर्षित कर लेती। अरब सागर की नमी समेटे नमकीन हवा को चीरती बग्गी में बैठी किशोरी को अपने साथ उड़ा ले जाने के लिए तेज झोंके बुरी तरह अड़ जाते और रति की लम्बी जुल्फ़ों को उड़ा-उड़ाकर उलझा डालते।

बम्बई को पाँच छः बरस हुए एक नयी सौगात मिली थी—ताजमहल होटल। रति को ताज बहुत पसन्द था। पहली बार माता-पिता के साथ इस होटल के लज़ीज़ खाने का लुत्फ़ उठाने के बाद, ताज जाने के लिए उसे बुआ को खुश करना पड़ता था। हमाबाई रति का खूब साथ देतीं, दोनों अकसर बग्गी में हवाखोरी करती ताज होटल आतीं, कभी चौपाटी की गीली रेत पर पैरों के निशान बनाते हुए समुद्र की लहरों की अठखेलियों के साथ आसमान से समुद्र में डूबते लाल सूरज का नजारा लिया करतीं।

थिएटर बम्बई का एक प्रमुख आकर्षण था, गुजराती और अँग्रेज़ी के नाटकों की दोनों सहेलियाँ दीवानी थीं। इन्हीं दिनों एक नया आकर्षण मनोरंजन की दुनिया में तेजी से अपना स्थान बना रहा था। घुप्प अँधेरे हाल में चलती-फिरती तस्वीरों का जादू यानी बाइस्कोप। हमाबाई और रति की कई शामें इन सिनेमा शोज़ की भेंट चढ़ जातीं। बम्बई का जीवन रफ़्तार पकड़ रहा था और रति इस रफ़्तार में सबसे आगे थी।

पेटिट हॉल में देसी-विदेशी कई अखबार आते थे। रति को इन्हें पढ़ने का चस्का लग चुका था। मई महीने के आज जो अखबार आए उन सबका शीर्ष समाचार

था—'मोर्लेमिंटो सुधार हिन्दुस्तान में लागू।' रति ने समाचार पढ़ा। अब तक वो राजनीति का ककहरा समझने लगी थी। उसे मालूम था कि सरकार ने हिन्दुस्तान में राजनैतिक सुधारों पर सलाह देने का काम मोर्लेमिंटो को सौंप रखा है। आज जब उनकी सलाह से सुधार मान लिए हैं तो अब होने वाले बदलावों की बारीकी तो बस बुआ ही समझा सकती थीं।

गोखले के इंग्लैंड दौरे के साथ ही मोर्लेमिंटो समिति गठित कर दी गयी थी। अब तक लेजिस्लेटिव कौंसिल्स में थोड़े से हिन्दुस्तानियों को ब्रिटिश सरकार की कृपा के रूप में स्थान दिया जाता था। समिति ने इस स्थिति को बदलने की आवश्यकता तो स्वीकार की, लेकिन काँग्रेस की स्वराज की माँग पर कोई ध्यान नहीं दिया। एक प्रकार से इस समिति ने काँग्रेस की उपेक्षा करते हुए अँग्रेजों की उदारता स्थापित कर लोगों को प्रभावित करने की कोशिश की थी।

सुबह की चाय पीते हुए बहन-भाई इस समाचार का विश्लेषण करने लगे। यह स्थिति रति के लिए सुखद थी बिना कुछ पूछताछ के उसे इस समाचार के अन्दर की कहानी पता चल रही थी। हमाबाई ने बात छेड़ी—"गोखले को लन्दन बुला कर बातचीत का तो कोई अर्थ ही नहीं रहा। उनकी कोई सलाह नहीं मानी गयी।"

"ठीक कह रही हो, लेकिन इतना तो हुआ कि अब हिन्दुस्तानी प्रतिनिधित्व बढ़ गया। अब हमें सरकार के सामने अपने देश की हकीकत बयान करने का मजबूत मंच मिल गया।" जीजीभाई ने जवाब दिया।

"मुझे तो लगता है कि मुस्लिम लीग को मजबूत किया गया है।"

जीजीभाई हँसे और बोले—"हाँ, अँग्रेज फूट डालने के खेल में उस्ताद हैं, काँग्रेस की मजबूती इनकी आँखों की किरकिरी बन गयी थी। हिन्दू-मुसलमानों की साझी ताकत से ये भयभीत थे। इस एकता को तोड़ने के लिए काँग्रेस के ख़िलाफ़ ये एक समानान्तर ताकत खड़ी करना चाह रहे थे। सरकार की शह का ही नतीजा है मुस्लिम लीग का जन्म। अपने जन्म के साथ इन्होंने सरकार से क्या वादा किया था पता है तुम्हें?"

"नहीं; हमाबाई ने अनभिज्ञता प्रकट की।"

"इसका पहला उद्देश्य तो मुसलमानों में ब्रिटिश शासन के प्रति वफ़ादारी की भावना उत्पन्न करना निश्चित हुआ। उसके बाद बात आती है मुसलमानों के हित और राजनैतिक अधिकारों की रक्षा। हिन्दू-मुसलमानों के बीच स्थाई फूट डालने का काम इस सरकार ने बड़ी सूझबूझ के साथ किया है।"

ये बातचीत काफी लम्बी चली। इन बातों में रति ने जो कुछ सुना वो ये था कि बंगाल विभाजन के बाद बंगाल में उत्पन्न अँग्रेज विरोधी आन्दोलन को मोर्ले कुचल देना चाहता था। पर वो यह भी जानता था कि केवल इस आन्दोलन को

कुचल देने भर से ब्रिटिश हुकूमत को मजबूती नहीं मिल सकती। मोर्ले और मिंटो दोनों का विश्वास था कि हिन्दुस्तान के राजभक्त सम्भ्रान्त और पश्चिमी चकाचौंध से प्रभावित वर्ग को प्रसन्न करने के लिए शासकीय व्यवस्था में कुछ नाटकीय परिवर्तन कर इन्हें खुश कर अँग्रेज अपनी हुकूमत के एक नये वफ़ादार वर्ग को जन्म दे सकते थे। हिन्दुस्तान में वायसराय की सहायता के लिए लेजिस्लेटिव काउंसिल पहले ही बनाई जा चुकी थी पर इसके सदस्यों की संख्या बहुत कम थी, फिर ये सभी सदस्य सरकार द्वारा मनोनीत हुआ करते थे। मोर्लेमिंटो समिति ने अब जो ये इंडियन कौंसिल्स एक्ट 1909 तैयार किया। इसके तहत हिन्दुस्तान में पहली बार विभिन्न लेजिस्लेटिव कौंसिल्स में हिन्दुस्तानियों को वोट की चुनाव प्रक्रिया द्वारा शासन में शामिल करने की व्यवस्था बनायी गयी। सदस्य संख्या में भी वृद्धि की गयी। इम्पीरियल लेजिस्लेटिव कौंसिल के सदस्यों की संख्या सोलह से बढ़ाकर साठ कर दी गयी। इन सुधारों से एक तरह हिन्दुस्तान में संसदीय प्रणाली की नींव रखी गयी। मुस्लिमों के लिए अलग एलेक्टोरेट के काँग्रेस विरोध को दरकिनार कर, इनके लिए अनुपात से अधिक सीटें आरक्षित कीं और उन्हीं के द्वारा वोटिंग की व्यवस्था भी बनाई गयी मतलब काँग्रेस की कोई बात मानने के बजाय सरकार ने मुस्लिम लीग को तरजीह दी और उनकी अलग एलेक्टोरेट की माँग फिलहाल केवल कौंसिल्स के लिए मान ली। वैसे ये सुधार बस दिलजमई भर थे क्योंकि ये चुने हुए सदस्य बिना नाखून और दाँत वाले शेर थे। इन्हें कौंसिल में वोटिंग का अधिकार नहीं दिया गया। वोट केवल अधिकारी सदस्य ही दे सकते थे।

दोपहर में जब रति ने बुआ से इन बातों की चर्चा छेड़ी तो हमाबाई की आँखें फटी रह गयीं। उसके चेहरे पर गर्व भरी मुस्कान खेल गयी। लाड़ से भतीजी को बाँहों में भरकर हमाबाई बोली—"किंग एडवर्ड को अभी एक चिट्ठी लिखती हूँ, खबरदार हो जाओ हिन्दुस्तान के पेटिट खानदान में तुम्हारी माँ ने पुनर्जन्म ले लिया है। रानी विक्टोरिया हमारे यहाँ पैदा हो गयी है। अब ये विक्टोरिया चुनाव लड़कर तुम्हारी संसद की ईंट से ईंट बजा देगी।" रति हँसने लगी और बोली—"मजाक छोड़ो मुझे ठीक से समझाओ।" बुआ ने उठते हुए कहा ये राजनीति वाजनीति छोड़ो तैयार हो जाओ। फ्रेड मेस की नयी फिल्म आई है पहले मुझे फिल्म देखनी है फिर अपने लिए कुछ नये कपड़े खरीदने हैं। इतनी गर्मी पड़ रही है। मेरे पास सब गहरे रंग के कपड़े हैं गर्मियों में गहरे रंग आँखों में गड़ते हैं और कपड़े खरीदने के बाद ताज में बैठ कर कुछ ठंडा वंडा पीना है। मेरे पास इतना फालतू दिमाग नहीं है कि इन जरूरी कामों को छोड़ मोर्लेमिंटो के लाली पॉप की व्याख्या तुम्हें समझाने में अपना दिन बर्बाद करूँ।'

फ्रेड मेस की फिल्म के उत्साह ने रति के दिमाग से राजनीति की हवा निकाल

दी। वो बुआ के साथ घूमने के लिए तुरन्त तैयार हो गयी। गेटी (giety) दोनों का जाना पहचाना थिएटर था। यहाँ भीड़ बहुत रहती थी, पर बॉक्स का टिकट आसानी से मिल जाता था। वैसे भी पेटिट परिवार के इन मेहमानों को देखते ही थिएटर का व्यवस्थापक स्वयं हाजिर हो जाता था। फिल्म देखते-देखते रति हँसी से दोहरी हो गयी, कई बार हमाबाई ने टोका पर मेस की हास्यात्मक हरकतों पर हँसी सँभालना सम्भव ही नहीं होता था। फिल्म के बाद दोनों ताज पहुँची। रेस्त्राँ में तरोताजा हो दोनों कोलाबा में कपड़े खरीद, शाम ढलते-ढलते घर वापिस पहुँची। हमा भाभी को अपनी खरीद फरोख़्त दिखा रही थी कि फिल्म के हास्यात्मक दृश्यों को सुनाने के लिए बेचैन रति कपड़े एक तरफ कर, पूरे हाव-भाव के साथ मेस की हरकतें मा को सुना-सुनाकर एक बार फिर हँसी से दोहरी हो गयी।

दिन-रात घर को अपनी हँसी से गुंजायमान करने वाली खुशमिज़ाज़ रति से किसी को क्रोधित होने की अपेक्षा तो कभी थी ही नहीं। पर उस दिन रति ने अपने जिस क्रोध का परिचय दिया उसे देखकर सब बहुत दंग रह गये। इस छोटी-सी बच्ची ने एक हाथ से बीस बाईस वर्षीय अपनी प्रिय सहेली सिन्थिया के बाल पकड़ रखे थे और दूसरे हाथ में पकड़ी मुलायम बेंत उस पर लहरा रही थी। सिन्थिया और रति की चीख-पुकार सुन सारा घर वहाँ इकट्ठा हो गया। बड़ी मुश्किल से रति को काबू किया जा सका। इस हादसे का कारण था उसका प्रिय खान नवाब। जाने किस बात पर नाराज नवाब ने सिन्थिया की पिंडली को मुँह में ले लिया था। दाँत नहीं लगे थे, पर घबराई सिन्थिया ने पास रखी बेंत से नवाब पर भरपूर वार कर दिया। रति वहीं थी और अपने नवाब की चोट से तिलमिलाकर उसने सिन्थिया से बदला लेना शुरू कर दिया। इस घटना से सिन्थिया हतप्रभ थी। वो बड़ी थी और रति पर हाथ उठा सकती थी, पर उसने खुद पर संयम रखा। इस बेईज्जती के कारण वो बुरी तरह रो रही थी। हमाबाई रति को अलग ले गयीं और उसे शान्त कर इस घटना का अनौचित्य उसे समझाया। रति को भी अपनी गलती समझ आ गयी। सिन्थिया को दिनबाई अलग समझा रही थीं। बुआ का कहना मान रति ने सिन्थिया से क्षमा माँग ली। इस छोटी-सी आयु में भी रति सब कुछ बर्दाश्त कर सकती थी, पर पशुओं से क्रूरता उसे बिलकुल सहन नहीं थी, वो भी विशेषकर अपने प्रिय श्वान और बिल्लियों के दल से।

मोर्लेमिंटो सुधार पर हिन्दुस्तान में मिली-जुली प्रतिक्रिया हुई। इन सुधारों से मिले नये अधिकारों से जहाँ स्वराज की लड़ाई लड़ रहे लोगों में भारी निराशा उत्पन्न हुई,

वहीं एक वर्ग ने इस नयी व्यवस्था के द्वारा नये जोश के साथ राजनैतिक अधिकारों के लिए लड़ना तै किया। अब चुनाव होने थे। मुसलमानों के लिए जो सीटें सुरक्षित की गयी थीं, उनमें से एक सीट बम्बई में थी। इस सीट से चुनाव के लिए यहाँ दो प्रसिद्ध मुसलमान आपस में टकरा गये। उलझन किसी तीसरे को इस सीट से चुनाव लड़ाने की शर्त पर खत्म हुई। यह तीसरा खुशनसीब था मुहम्मद अली जिन्ना। जिन्ना यद्यपि अलग एलेक्टोरेट के ख़िलाफ़ था पर अब जब यह नियम बन ही गया था तब उसने अपने विचार के ख़िलाफ़ बनी इस व्यवस्था के अन्तर्गत काम करना स्वीकार कर लिया। उसके ख़िलाफ़ मुस्लिम लीग ने मौलवी रफीउद्दीन को अपना उम्मीदवार बनाया। मौलवी मुस्लिम लीग के जन्मदाता नेताओं में से थे, पर चौंतीस वर्ष के जिन्ना ने मौलवी को हराकर इम्पीरियल लेजिस्लेटिव काउंसिल का चुनाव जीत लिया।

अब जिन्ना हिन्दुस्तान के एक सफल बैरिस्टर भर नहीं थे, वो देश के एक प्रतिष्ठित, योग्य, सामर्थ्यवान, निर्विवाद और राष्ट्रभक्त नेता भी थे। इम्पीरियल लेजेस्लेटिव कौंसिल के माननीय सदस्य। वो बम्बई की मुस्लिमों के लिए आरक्षित सीट से चुनाव जरूर जीते थे, पर न तो वो दक़ियानूस थे, न मुल्ला-मौलवियों के कट्टरपन्थ से उनका कोई सम्बन्ध था। जिन्ना का किसी भी तरह की साम्प्रदायिक सोच से कोई सम्बन्ध ही नहीं था इसीलिए वो साम्प्रदायिक आधार पर आरक्षण और अलग वोटरलिस्ट के ख़िलाफ़ थे। सबके साथ बराबर व्यवहार के पक्ष में खड़े जिन्ना ये नहीं चाहते थे कि किसी समुदाय को बैसाखी का सहारा देकर हमेशा के लिए अपाहिज बना दिया जाए। मुस्लिम सीट से चुने जाने पर भी वो किसी तरफ से भी मुसलमान नहीं थे। वो सिर्फ हिन्दुस्तानी थे। उनकी वाक्पटुता न केवल उन्हें अदालतों में सर्व-व्यापी बना देती थी अपितु विधान सभा में भी जब वो बोलने के लिए खड़े होते तो वहाँ भी सन्नाटा छा जाता। अदालत हो या विधान सभा जिन्ना के जादू से कोई भी संस्था बच नहीं सकती थी।

वर्षांत तक हिन्दुस्तान के जाने-माने लोगों में हलचल कुछ बढ़ जाया करती थी खासतौर से उनमें जो काँग्रेस से जुड़ चुके थे। काँग्रेस के अधिवेशन का समय दिसम्बर के अन्तिम सप्ताह में तै था। यह मौसम पहनने-ओढ़ने के शौकीनों के अरमान पूरे कर दिया करता था। ज़मींदार, ताल्लुकेदार मुलायम यूरोपियन ट्वीड के बन्द गला कोट और चूड़ीदार पायजामा पहनते, तुर्रेदार रंग-बिरंगी लहराती पगड़ी बाँधते। नये जमाने के जमींदार पायजामा छोड़ पेंट पहनते। चुर्र-मुर्र की आवाज करते आईने जैसे चमकते पम्प शू निकालते। मुसलमान रईस अचकन में सजते। वकील बैरिस्टर काले कोट गाउन से मुक्ति पा बढ़िया लन्दन कटिंग के सूट और ओवरकोट पहनने का शौक पूरा करते। कुछ धनीमानी उद्योगपति और व्यापारियों के अलावा

बंगाल असम के प्रतिनिधि धोती-कुरते के साथ शाल दुशाले में नजर आते या फिर दक्षिण के डेलीगेट्स सफ़ेद आधी धोती में। अँगरखा काँग्रेस के इस परिधान मेले में पिछड़ गया था। सरोजिनी नायडू जैसी अपवाद को छोड़ स्त्रियाँ अभी इस हलचल में शामिल होने की हिम्मत जुटा रही थीं। पिछले आठ-दस वर्षों से तो इस मेले में प्राणों का संचार दिखाई देने लगा था, वरना पहले तो एकदम औपचारिक माहौल में तयशुदा कार्यक्रम के अनुसार नफ़ीस अँग्रेज़ी में भाषण पढ़े जाते। जल्दी जल्दी प्रस्तावों पर चर्चा होती और प्रस्ताव पास कर दिए जाते। बोलनेवाले कुछ अग्रगण्य चुनिन्दा बुद्धिजीवी वकील बैरिस्टर या रिटायर्ड उच्च अधिकारी होते। तालियाँ बजतीं और बस क्रान्ति हो जाती। तिलक जैसे नेताओं के साथ इस मेले में धड़कनें शुरू हुईं। खासमखास लोगों की भीड़ में बेखास भी दिखने लगे। शिष्ट कार्यक्रम में अशिष्ट कसमसाहट होने लगी और फिर गरमा गर्मी, सूरत अधिवेशन में तो जूते-चप्पल चल ही गये थे।

आधा दिसम्बर गुजर चुका था। कुछ अरसा पहले ही तो पेटिट हॉल में गोखले अपना राजनैतिक प्रवचन दे रहे थे। आज फिर पेटिट हाल की महफिल में दस दिन बाद होने वाले इस- वर्ष के काँग्रेस सेशन पर बम्बई के अग्रगण्य नेताओं के बीच चर्चा चल रही थी। इम्पीरियल लेजिस्लेटिव कौंसिल में मुसलमानों को अनुपात से ज्यादा प्रतिनिधित्व दिया गया था।

"इस पक्षपात से हिन्दुओं में भारी गुस्सा है।" मेहता बोल रहे थे।

"जब तक हिन्दू-मुसलमान आपस में दूरी बनाकर रहेंगे अँग्रेज दोनों में दरार गहरी करने का खेल खेलते रहेंगे।" पेटिट ने मानों कोई रहस्य खोल दिया।

"दूरी का कारण खान-पान और धार्मिक परम्परा भी तो है, हिन्दुओं की पूजा-पाठ तीज त्यौहार, ढोल-नगाड़े, घंटा-घड़ियाल के बिना सम्पन्न नहीं हो सकते और मुसलमान ये शोर बर्दाश्त नहीं कर सकते। हमाबाई ने कहा। आज वो भी इस महफिल में शामिल थीं।"

"खानपान पूजा इबादत में अन्तर रहेगा, पर जरूरत इस बात की है कि दोनों समुदाय एक-दूसरे की भावना का ख़्याल रखें।" गोखले ने अपनी राय रखी।

"खान-पान और धार्मिक परम्पराओं के पालन में भी हिन्दू-मुसलमान दोनों को उदारता दिखानी चाहिए। एक-दूसरे की भावना का ध्यान और सम्मान करना चाहिए। ये कुछ ऐसा नहीं है कि असम्भव हो। ये भावना उत्पन्न हो परिवर्तन शुरू हो। इसके लिए समाज को प्रेरित करने की जिम्मेदारी हम जैसे बुद्धिजीवियों और नेताओं की भी है। रहन-सहन के अपने-अपने रीत-रिवाज़ मानें इसके बाद भी

लोग भाईचारे के साथ रह सकते हैं।'' जिन्ना ने दोनों समुदायों में सामंजस्य की आवश्यकता को बल दिया।

''सरकार जो भी चाल चले हम लोगों को जाल में नही फँसना चाहिए। मुझे लगता है इस बार इलाहाबाद के काँग्रेस अधिवेशन में हमें इस मुद्दे पर गम्भीर चर्चा करनी चाहिए।'' मेहता ने सुझाव रखा।

''गम्भीर चर्चा तो ठीक है पर पहला मुद्दा तो वहाँ ठहरने का है। मेरी सूचना है कि वहाँ कोई अच्छा होटल ही नहीं है।'' पेटिट ने अपनी परेशानी व्यक्त की।

''तो क्या? वहाँ मिस्टर नेहरू की मेहमाननवाजी का आनन्द लीजिएगा।'' हमाबाई ने कहा और फिर गोखले से मुखातिब हो पूछा—''मिस्टर नेहरू से तो आपकी अच्छी जान पहचान होगी।'

''हाँ! अपनी ठहाकेदार हँसी से हॉल गुँजा देते हैं। वैसे अच्छे रूआबदार पहलवान जैसी सेहत वाले इन्सान हैं।'' गोखले ने जवाब दिया।

''प्रेक्टिस उनकी भी खूब है, सुना है घर उनका भी बहुत बड़ा है हमारे पेटिट हॉल जैसा।'' पेटिट बोले।

''ये तो इलाहाबाद जाकर देखेंगे'', जिन्ना मुस्कराए। इस वर्ष इलाहबाद में होने वाले काँग्रेस सेशन के पहले पेटिट हॉल में पधारे मेहमानों की भरपूर खातिर का इन्तजाम था और बेयरर सबके प्याले भरते रहे; हॉल में सिगरेटों, सिगारों का धुआँ उड़ता रहा, रात गहराती गयी, फ़िजाओं में अँधेरा पसरता गया।

इलाहाबाद स्टेशन पर काँग्रेस स्वागत समिति का अच्छा इन्तजाम था। मेहमानों को भटकना नहीं पड़ा। लगभग छः सबसे अधिक मेहमानों का इन्तजाम करना था। ज्यादातर मेहमान बाहर से आ रहे थे। ये सभी नेता आमतौर से धनी-मानी और समाज में प्रतिष्ठित व्यक्ति थे। उनके अनुरूप ही व्यवस्था करनी थी। नेहरू, सप्रू, कुंजरू जैसे लोगों के अलावा मदन मोहन मालवीय जैसे प्रमुख और दूसरे स्थानीय काँग्रेसी नेताओं ने मेहमानों को अपने या मित्रों की विशाल कोठियों में ठहराने का इन्तजाम किया था। कुछ लोग शहर के एकमात्र सुविधा सम्पन्न होटल बार्नेट्स में ठहराये गये। बहुतों के लिए समारोह स्थल दरभंगा के हाते (राजा दरभंगा की भूमि अब दरभंगा कैसल बस्ती) में ही तम्बू की व्यवस्था की गयी थी। दिसम्बर (1910 के) के अन्तिम सप्ताह में चार दिन, छब्बीस से लेकर उनतीस तारीख तक यहाँ खूब रौनक रही, पर उस जमाने के अँग्रेज़ी अखबारों ने इन चार दिनों के राष्ट्रीय विचार-विमर्श को चार लाइनों में ही समेट दिया।

सर विलियम वेडरबर्न ने अध्यक्ष की आसन्दी सँभाली। अपने अध्यक्षीय

भाषण में हिन्दुस्तान की साम्प्रदायिक स्थिति पर चिन्ता प्रकट करते हुए उन्होंने कहा कि हिन्दू-मुसलमानों के बीच सौहार्द्र के लिए दोनों ओर के महत्त्वपूर्ण व्यक्तियों को आपस में मिल-बैठकर इस समस्या को सुलझाना चाहिए। इस भाषण के बाद गोखले ने अपने भाषण में सभास्थल के पास स्थित भारद्वाज मुनि के आश्रम को आज के सन्दर्भ से जोड़ दिया। धार्मिक समरसता के आह्वान हेतु समारोह में उपस्थित काँग्रेस के वरिष्ठ नेताओं को आज के ऋषि का सुन्दर पवित्र और आदर्श रूप मानते हुए गोखले ने प्रतिनिधियों से कहा, कि प्रयाग की इस रम्य, पवित्र और पुण्य भूमि पर हम सबको प्रेम और सम्मान की गंगा प्रवाहित करनी चाहिए। गोखले के इस भावुक उद्‌बोधन के बावजूद हिन्दू प्रतिनिधियों ने मोर्लेमिंटो अवार्ड द्वारा कौंसिल में मुसलमानों को अधिक तरजीह दिए जाने पर अपना रोष प्रकट किया और इस अवार्ड का खुलकर विरोध किया। मुसलमानों के लिए अलग निर्वाचनमंडल से काँग्रेस में बहुत नाराजगी थी। यद्यपि अलग निर्वाचन मंडल की योजना केवल काउंसिल के चुनावों के लिए ही स्वीकार की गयी थी पर आशंका थी कि सरकार इस नियम को धीरे-धीरे सभी चुनावों में लागू कर सकती थी। इस नाराजगी को समाप्त करने की जिम्मेदारी जिन्ना और मज़हरुल हक़ को सौंपी गयी। तीसरे दिन जिन्ना ने इस अधिवेशन में एक छोटा-सा प्रस्ताव रखते हुए कहा—

"श्रीमन अध्यक्ष; सज्जनो और देवियो, इस प्रस्ताव पर कोई लम्बा भाषण देने की मेरी मंशा नहीं है। मैं तो चाहता था कि मैं कुछ न बोलूँ, पर काँग्रेस के वरिष्ठ और सम्मानित नेताओं की भावना को ध्यान में रखते हुए, मैंने यह प्रस्ताव आपके समक्ष प्रस्तुत करना स्वीकार कर लिया। महानुभावो मैं यह बिलकुल साफ कर देना चाहता हूँ कि यहाँ मैं मुस्लिम समुदाय का प्रतिनिधित्व नहीं कर रहा हूँ। यहाँ मैं केवल अपने व्यक्तिगत विचार से अधिक कुछ भी अभिव्यक्त नहीं कर रहा हूँ। जहाँ तक मेरे अपने विचार का प्रश्न है तो वो आपमें से बहुतों को पता हैं और इस प्रस्ताव में वो समाहित हैं। प्रस्ताव इस तरह है—प्रस्ताव सोलह, स्थानीय निकायों के लिए अलग निर्वाचनमंडल।

"यह काँग्रेस, नगर पालिका, जिला समिति और स्थानीय निकायों के चुनाव के लिए अलग साम्प्रदायिक निर्वाचनमंडल के सिद्धान्त का विस्तार अथवा लागू करने की घोर निन्दा करती है। इन कुछ शब्दों के साथ मैं यह प्रस्ताव आपके समक्ष प्रस्तुत करता हूँ।" करतल ध्वनि के बीच मज़हरुल हक़ ने इस प्रस्ताव का समर्थन किया। हक़ के समर्थन के साथ तालियों की ध्वनि और तीव्र हो गयी और देर तक पंडाल में इन तालियों का उल्लास छाया रहा।

इलाहाबाद में हुए इन कार्यक्रमों के सामाचार पेटिट हाल में पूरे ब्यौरे के साथ पहुँचे। इन अधिवेशनों पर बुआ-भतीजी में एक-दो दिन अच्छी चर्चा रही। रति का मानना था कि काँग्रेस में जिन्ना बड़े शान्त रहे, हमाबाई ने कहा कि जिन्ना ने बिना

शोर-शराबे के वह कर दिया जो एक अच्छे नेता को करना चाहिए था। धार्मिक रूप से अलग निर्वाचक मंडल का विरोध बहुत बड़ी बात थी। रति बुआ की बात से पूरी तरह सहमत थी। वह इस बात से भी आश्चर्य में थी कि मुसलमान होते हुए भी जिन्ना ने मुसलमानों को मिली सुविधा को गलत कहने का साहस किया। वे किसी भी तरह के अन्यायपूर्ण या अनावश्यक पक्षपात के ख़िलाफ़ थे और मुसलमानों को अनावश्यक रूप से प्रोत्साहित करने की गलत नीति के विरुद्ध बोलने में कोई संकोच नहीं किया। बुआ ने कहा—"जिन्ना ऐसे माली हैं जो भले किसी खास फूल को पसन्द करता हो पर बाग की क्यारियों में लगे हर तरह के फूल-पौधे की देखभाल पूरे मनोयोग और बराबरी से करता है इस काम में उसकी अपनी पसन्द नापसन्द का कोई अर्थ नहीं है। बाग के सारे पेड़-पौधे उसके अपने हैं। रति ने ताली बजाते हुए कहा—"बुआ तुम कविता करना शुरू कर दो। सच कह रही हूँ सरोजिनी नायडू पीछे रह जाएँगी।" हमाबाई ने हतप्रभ होते हुए पूछा—"मेरे कवि बनने की बात कहाँ से आ गयी?"

"अरे वाह अभी आप बाग-बग़ीचे, फूल-पौधे, चमन-माली की कविता रच रही थीं, और मुझसे पूछ रही हैं कवि की बात कहाँ से आ गयी?" रति ने हँसते हुए कहा तो हमाबाई भी ठठा कर हँस पड़ीं और उनके मुँह से बेसाख्ता निकल गया—"शैतान !" और फिर आगे बोलीं—"रति तुम अपनी उम्र के हिसाब से कहीं आगे चल रही हो। जितनी समझ कोई दूसरा पन्द्रह-सोलह साल की उम्र में पैदा करता वहाँ तुम आज पहुँच चुकी हो।"

"बुआ तुम्हारा मतलब जब में बीस की होऊँगी तो चालीस साल की औरत की तरह बात करूँगी?"

हमाबाई ने ठहाका लगाते हुए कहा—"हाँ"

"फिर तो मेरे मरने की उम्र भी बहुत जल्दी आ जाएगी।"

हमाबाई की हँसी ग़ायब हो गयी और उन्होंने बहुत गम्भीरता से कहा—"आज कहा तो कहा आगे कभी मुझसे मरने-वरने की बात की तो कान पकड़कर खबर लूँगी।"

रति ने भी ठठाकर हँसते हुए कहा—"चलो इस बहाने आज बुआ का गुस्सा तो देखने को मिला।"

कुछ क्षण पहले गम्भीरता की घटा में छिपा हमा का चेहरा हँसी के साथ खिल उठा।

इलाहबाद के काँग्रेस अधिवेशन के बाद आज पहली बार पेटिट हॉल की मित्रमंडली इकट्ठी हुई थी। इसलिए बातों की कमी नहीं थी।

स्थानीय निवासी ऐसा कह रहे थे कि इलाहाबाद में इस वर्ष ज्यादा ठंड पड़

गयी। पेटिट ने कड़ाके की सर्दी याद करते हुए कहा—

''लेकिन ठंडे मौसम में हिन्दू प्रतिनिधियों के गर्म भाषणों से पंडाल गर्म बना रहा। गोखले ने अधिवेशन को थोड़े से शब्दों में समेट दिया।''

''सर जॉन हेवेट जैसा प्रतिक्रियावादी लेफ़्टिनेंट गवर्नर भी यह स्वीकार करता है कि यू.पी. में संयुक्त निर्वाचन मंडल बहुत अच्छी तरह काम कर रहा है।'' 'ऐसी स्थिति में व्यवस्था में फेरबदल की कोई जरूरत नहीं है। इसके बावजूद अलग साम्प्रदायिक निर्वाचन मंडल की कारगुजारी साफ कर देती है कि यह खेल हिन्दू-मुसलमानों के बीच नफ़रत पैदा करने के लिए खेला गया है। लेकिन इस मुद्दे पर अगर हम ग़ैर जिम्मेदाराना बहस शुरू कर देंगे तो'।

यही तो अँग्रेज चाहते हैं। मैं साम्प्रदायिक आधार पर किसी भी अलगाव के एकदम ख़िलाफ़ हूँ। हम सबको एक जुट होकर इस मुद्दे पर सरकार से लड़ना होगा, जिन्ना ने अपनी राय व्यक्त की।

''ये बड़ा अच्छा रहा कि जिन्ना और मज़हरुल हक़ ने इस विषय में प्रस्ताव रखा, बहुत तालियाँ बजीं और बड़ी प्रशंसा की गयी।'' पेटिट ने वहाँ के वातावरण का चित्र खींचा।

''तालियाँ-वालियाँ ठीक हैं, पर काँग्रेस में प्रतिनिधियों को समझदारी से अपने आपको अभिव्यक्त करना चाहिए, इस देश में जो नेतृत्व उभर रहा है उसमें परिपक्वता भी होनी चाहिए। अँग्रेजों की चाल पर खेलने के बजाय हमें दक्षिण अफ्रीका में हिन्दुस्तानियों द्वारा चलाए जा रहे आन्दोलन को ज्यादा समय देना चाहिए था।''

''जिन्ना बिलकुल ठीक कह रहे हैं वहाँ नाटाल इंडियन काँग्रेस जो सत्याग्रह कर रही है उसकी तारीफ करनी पड़ेगी। इस तरह के विरोध के लिए साहस और देशप्रेम की तीव्र भावना ही प्रेरणा दे सकती है। ट्रांसवाल में रह रहे ये हिन्दुस्तानी, न्याय के लिए जो संघर्ष कर रहे हैं। वो एक तरह से बलिदान ही है। वो लोग सरकार के उत्पीडन का बड़ी बहादुरी से सामना कर रहे हैं। मेहता ने अपनी सम्मति रखी।''

''और वहाँ हिन्दू-मुसलमान दोनों एकजुट होकर यह आन्दोलन कर रहे हैं। उनके इस भाईचारे से हमें यहाँ प्रेरणा लेनी चाहिए। और यहाँ जो लोग हिन्दू बहुसंख्या का हौवा खड़ा करते हुए मुसलमानों में खौफ़ पैदा कर रहे हैं उन्हें अप्रासंगिक कर देना चाहिए।'' जिन्ना ने मुसलमानों की भावना से खिलवाड़ करने वाले नेताओं पर टिप्पणी की।

''ये हौवा वाला जाल तो सिर्फ मुसलमान ही काट सकते हैं।'' पेटिट बोले।

''बिलकुल हम लड़ेंगे। मैं और मेरे जैसे प्रमुख लोग मुसलमानों के दिल में उठनेवाले संशय को खत्म कर देंगे। अरे इस जमाने में बहुसंख्यकों का आतंक लोग

सहन कर लेंगे, ये हो ही नहीं सकता।'' जिन्ना कुछ उत्तेजित हो गये थे।

मेहता ने इस उत्तेजना को ठंडा करने के इरादे से बातों का रुख मोड़ते हुए कहा ''कि अनारकली की मोहब्बत में सलीम ने अकबर से बग़ावत का झंडा इलाहाबाद में ही उठाया था तो वो महल क़िला भी हमारे बम्बई के प्रतिनिधियों ने देखा या बस पंडाल में ही गर्म सर्द होते रहे?''

''सलीम की बग़ावत तो घरेलू मामला था। हम लोगों को विदेशियों के ख़िलाफ़ झंडा उठाना पड़ रहा है, ये मामला जरा ज्यादा गम्भीर और अन्तर्राष्ट्रीय है।''

पेटिट ने बीच में बोलते हुए जिन्ना से पूछा—''काँग्रेस सेशन तो हो चुका अब ये बताओ कि काउंसिल में मिंटो पर तुम्हारे हमले कैसे होंगे? किस अन्दाज में करोगे बहसें? जैसे यहाँ अदालत में सर्वव्यापी हो जाते हो या जिस तरह लन्दन के थिएटर के मंच पर रोमियो का संवाद बोल कर थिएटरवालों को सम्मोहित कर दिया था?''

जिन्ना ने हँसकर जवाब दिया—''दोनो।''

हमाबाई बोलीं—''मिस्टर जिन्ना क्या सचमुच आपको थिएटर का कांट्रेक्ट मिल गया था?''

जिन्ना बोले—''आपको शक़ क्यों हो रहा है?''

''क्योंकि हमने कभी आपके अभिनय की बानगी देखी नहीं।''

''तो शेक्सपिअर के वो संवाद इस पेटिट काउंसिल में सुना दो जिन्हें सुनकर तुम्हे लन्दन में अभिनेता का काम मिल गया था।'' शाह ने हँसते हुए कहा

जिन्ना हँस पड़े और बोले—''वायसराय की सभा में शेक्सपियर के संवाद अदा करने के लिए मुझे वोट नहीं मिले हैं। विधान सभा में न तो मैं अभिनेता हूँ न कलकत्ता की सभा थिएटर।''

हमाबाई बोल पड़ी—''तो ये सच है कि लन्दन में आप बैरिस्टर के बजाय अभिनेता बने जा रहे थे?''

जिन्ना बोले—''कांट्रेक्ट हो गया था। मैम।''

''मुझे तो आपकी ये कहानी अब भी गप्प लगती है। कुछ अदायगी करके दिखाएँ तो मानें।'' हमाबाई ने फिर चुटकी ली इस पर सारी महफिल में शोर उठ खड़ा हुआ।

''हाँ, भई हमाबाई ठीक कह रही हैं जरा हम सब भी तो देखें वो कैसी अदायगी थी जो होनेवाले हमारे एक काबिल बैरिस्टर को स्टेज कलाकार बनाए दे रही थी।''

सबके इसरार से मजबूत हो जिन्ना मुस्कराते हुए उठे उँगलियों के बीच दबा

सिगार ऐश ट्रे में रखा और महफिल के बीच खड़े होकर उन्होंने रोमियो के उस संवाद को एक मजे हुए अभिनेता की तरह दोहरा दिया जो कभी उन्होंने लन्दन के स्टेज पर अदा किया था। हाल तालियों की गड़गड़ाहट से गूँज उठा। जिन्ना के इस नाटकीय अभिनय का नजारा लेने वालों में रति भी शामिल थी और इस महफिल की सारी बातचीत उसने बड़े सदस्यों की तरह पूरा रस लेकर सुनी।

ये लगभग रोज़ का किस्सा था कि रात में सोने से पहले बुआ-भतीजी की महफिल या तो हमाबाई के कमरे में जमती या फिर रति के। जब पेटिट हॉल में राजनैतिक मंडली के बीच बहस-मुबाहिसा होता तो सभा समाप्ति पर भतीजी बुआ की मदद से इन बहसों की बारीकियाँ समझती और फिर अपनी टिप्पणियाँ भी पेश करती, आज मिस्टर जिन्ना की अदायगी पर अपनी राय रखते हुए रति बोली—

''मिस्टर जिन्ना के बोलने का ढंग बड़ा खूबसूरत था।''

''यही तो है मिस्टर जिन्ना का कमाल। जब वो बोलते हैं तो सुनने वाले उन्हें मन्त्रमुग्ध होकर सुनते हैं। देखते ही देखते जिन्ना कहाँ से कहाँ पहुँच गये।'' हमाबाई ने प्रशंसा करते हुए कहा।

''तक़दीर के सिकन्दर हैं रति ने बात बढ़ाई।''

''तक़दीर तो मैं नहीं जानती पर संघर्ष बहुत किया।'' मेहनत की और प्रतिभा तो है ही स्टाइल भी है। एक मुकदमे के दौरान मैं भी कोर्ट में थी, किसी का बयान और जिरह थी, मिस्टर जिन्ना की बारी आते ही अदालत में शान्ति छा गयी मिस्टर बड़े दिलकश अन्दाज में अपना एकाक्षु (monocle) लगाते हुए उठे। उनके चेहरे पर ऐसी मुस्कान खेल गयी जैसे वो सच जान चुके हैं। और फिर कटघरे में खड़े गवाह को बरछी जैसी तेज और भेदती निगाहों से घूरते हुए एक-एक कदम नाप-तौल कर रख जब उसके पास पहुँचे। हे भगवान ! गवाह का पसीना तो कुछ बोलने से पहले ही छूट गया और फिर मिस्टर जिन्ना ने जब बोलना शुरू किया तो बस, ये जो हम लोग नाटकों में अभिनेताओं को मंच पर नाटक करते देखते हैं न, सब फेल। मिस्टर जिन्ना के वक्तव्य और प्रश्नों की लय; जरूरत के अनुसार सर्द और गर्म आवाज का ऊँचा नीचा सुर, कभी जज के पास पहुँच उसकी आँखों में आँखें डाल अपने मुद्दे को रजिस्टर कराना और फौरन पलट कर गवाह से तीखा सवाल कर डालना। बात सच भी हो तो गवाह के मुँह से घबराहट में वो निकल जाता जो मिस्टर जिन्ना चाहते; उफ़ ! अदालत पर मानो मिस्टर जिन्ना का जादू छा गया था। हमाबाई हँसी और आगे बोली, नाटकों में संवाद अदायगी और अभिनय या प्रतिक्रिया को कुशल अभिनेता सुनियोजित और उपयुक्त समय पर अदा करते हैं। जिस कलाकार को ये बारीकी आती है वो नाटक में छा जाता है। मिस्टर जिन्ना इस मामले में गुरु हैं। मुझे तो लगता है कि नाटकों के अभिनेताओं को बोलने बात करने का अन्दाज, मंच पर

चलने-फिरने, उठने-बैठने, आँखों से बात करने की अदा और टाइमिंग में परफ़ेक्शन सीखने के लिए मिस्टर जिन्ना के पास जाना चाहिए।''

''इस बार मिस्टर 'जे' आएँगे तो कहूँगी आपकी सबसे बड़ी प्रशंसक हमारे घर में हैं हमारी बुआ।''

''कह देना, जो सच है मैंने वही कहा है, वो भी थोड़ा, लोग तो इनकी प्रशंसा में जाने क्या-क्या कहते हैं।''

''तुम ठीक कह रही हो बुआ! बढ़िया एक्टर हैं मिस्टर जिन्ना। मेरे कानों में तो उनका बोला हुआ संवाद अब तक गूँज रहा है। कितनी कुशलता और आकर्षक ढंग से उन्होंने रोमियो का संवाद अदा किया।''

हमाबाई ने जिन्ना के अन्दाज में वही संवाद पढ़ा और दोनों सहेलियाँ हँस पड़ीं। रति बोली, एक्टर तो तुम भी बढ़िया हो बुआ पर मिस्टर जिन्ना जैसी नहीं।'

''उनसे सीखूँगी और फिर मैं एक्टर बन जाऊँगी और फिर नोवेल्टी थिएटर में काम किया करूँगी। 'रोमियो जूलिएट', लैला मजनू, शीरीं फरहाद।''

दोनों सहेलियाँ की खिलखिलाहट सुन उधर से जाती दिनबाई रुकीं और बोलीं—

''सो जाओ लड़कियो आधी रात हो गयी है।''

दिनबाई के आदेश के साथ कमरे की बत्ती बुझ गयी।

अध्याय—5

सम्मोहन

स्नो व्हाइट खूबसूरत सफ़ेद गाउन पहने हुए गहरी नींद में सोयी हुई थी, घोड़े पर बैठा एक सुन्दर राजकुमार वहाँ आया, सोती राजकुमारी की सुन्दरता देख वो उस पर मर मिटा; राजकुमारी जाने कितनी गहरी नींद में सोयी हुई थी कि बार-बार पुकारने पर भी उसकी नींद नहीं टूटी। तब राजकुमार ने उसे उठाने के लिए उसके माथे को छुआ। राजकुमार के हाथ का स्पर्श हुआ ही था कि राजकुमारी जाग गयी। बस रति की नींद टूट गयी। सुबह की पहली किरण परदे से छनकर उसके चेहरे को स्पर्श कर रही थी। रति सपना याद कर मुस्करा पड़ी। जिस राजकुमारी को राजकुमार ने उठाया था वो रति थी, और राजकुमार मिस्टर जिन्ना। उबासी लेते हुए रति की मुस्कराहट और खिल गयी। हाथ में अखबार लिए हुए कमरे में प्रवेश करती हमाबाई ने कहा—"बड़ी मुस्कराहट के साथ उठ रही हो, कोई सुन्दर सपना देखा क्या?" रति अँगड़ाई लेते हुए बोली—"बुआ! क्या सुबह का सपना जरूर सच होता है?"

"भला इसमें क्या शक?" हमाबाई ने जवाब दिया। रति हँस पड़ी। हमाबाई ने पूछा—"ऐसा क्या देख लिया सपने में कि सच झूठ की जिज्ञासा जाग उठी?' रति ने हँसते हुए सपने को बदलते हुए बुआ को छेड़ा—"कुछ नहीं देख रही थी बुआ दुल्हन बनी बैठी हैं।"

"ऐसा? तो सपना झूठ समझो।"

"क्यों क्यों?"

"क्योंकि इस उम्र तक तो मुझे दूल्हे लायक कोई नजर आया नहीं।"

"आ जाएगा, ऐसी जल्दी क्या है। और फिर आपको परेशान होने की क्या जरूरत है? आपके भैया भाभी ढूँढ़ेंगे।"

"बातें बनाना तो कोई तुमसे सीखे; अभी कल तो दूध के दाँत टूटे हैं और लड़की शादी-ब्याह के ख़्वाब देखने लगी। चलो जल्दी उठो आज अगियारी जाना है। दारूवाला अंकल के लड़के का नवज्योत आज होना है।"

"अरे हाँ।"

रति बिस्तर छोड़ बाथरूम की तरफ भाग ली।

रति को विद्यालय जाते कई वर्ष बीत चुके थे। प्राथमिक शिक्षा पूरी होने को थी। रति को विद्यालय सदैव आकर्षित करता। यहाँ अपनी हमउम्र लड़कियों की भीड़ में रति मुखर हो उठती थी। उसका सामान्य ज्ञान सहपाठी लड़कियों से कुछ ज्यादा हुआ करता था। अपनी बात रखने की कला भी उसे आती थी। शर्म-झिझक या दब्बूपन से उसका दूर-दूर तक कोई रिश्ता नहीं था। अपनी बात कहने और उस पर अड़ने से वो कभी पीछे नहीं हटती थी। उसकी नेतृत्व प्रतिभा विद्यालय में मुखर हो उठती। हँसमुख रति को बात बनाने में रस आता था। नगर के धनवान और प्रतिष्ठित परिवार से आने के बावजूद उसमें अहंकार का अंश भी नहीं था। कक्षा में सबसे हिलमिल कर हँसी-मजाक और छेड़खानी करती इतनी बहिर्मुखी प्रवृत्ति के बावजूद उसकी घनिष्ठता किसी सहपाठी से नहीं थी। घनिष्ठता उसकी थी बम्बई से बाहर रह रही सरोजिनी नायडू की पुत्रियों से, पद्मजा और लीलामणि, उसकी ऐसी निकट सहेलियाँ थीं जिनसे रति की बातें निःसंकोच होतीं। पद्मजा तो उसकी हम उम्र थी, लीलामणि कुछ छोटी। यों तो इन सहेलियों का मिलना-जुलना, यदा-कदा ही होता पर इन सहेलियों ने आपस में पत्राचार द्वारा एक नये संसार का सृजन कर लिया था। रति का प्रिय विषय था अँग्रेज़ी, अँग्रेज़ी कविता पढ़ने और समझने में उसे असीमित आनन्द मिलता। इस रुचि के कारण वह सरोजिनी का बहुत आदर करती। श्रीमती नायडू भी अपनी इस छोटी प्रशंसिका के लिए अपने काव्य-संग्रह लाना न भूलतीं।

सौगातों में मिले काव्य-संग्रहों के अलावा इस छोटी-सी उम्र में भी रति का बाजार-वजार जाना होता तो अकसर वो दो-चार पुस्तकें खरीदकर ही लौटती। अधिकांशतः ये कविता-संग्रह होते। नये संग्रह के पृष्ठ पलट पहले वो स्वयं खूब कोशिश करती और फिर बुआ को पकड़ कविताओं में गहरे पैठने की कोशिश में लग जाती। बुआ हँसकर कहती, ये अच्छी मुसीबत है, शौक आपका मुसीबत हमारी, कविता तुम्हें अच्छी लगती है पढ़नी मुझे पड़ती है। रति कहती मेरा एहसान मानिये कितनी भावपूर्ण कविताएँ आपको मेरे कारण पढ़ने को मिल जाती हैं। अकसर रति किसी कविता की व्याख्या में गुम हो जाती। बुआ झिंझोड़कर कहती, —"कहाँ खो गयी?" "आपके पास ही तो बैठी हूँ" रति शरारत के साथ मुस्कराकर जवाब देती।

थिएटर में दोनों को आनन्द आता, सप्ताह में एक-दो बार तो दोनों सहेलियाँ कोरोनेशन थिएटर पहुँच ही जाया करतीं। अब तक इतने नाटक देख चुकी थीं कि गिनती करना मुश्किल था। कितने ही नाटक तो बारम्बार देखे जा चुके थे। हूरे अरब, नूरे वतन, अल हिलाल, बागे इरान, लैला मजनू, रुस्तम सोहराब और 'रोमियो

जूलिएट' जैसे नाटक तो रति को जुबानी याद हो गये थे। अपने कमरे में दोनों सहेलियाँ इन नाटकों के दिलचस्प दृश्यों की नकल उतारा करतीं। कलाकारों के अन्दाज में संवाद दोहरातीं। जस्सूबेन को इन नाटकों के गीत ख़ूब याद थे। दोनों के इसरार पर वो बड़े सधे सुर में इन नाटकों के गीत गा कर सुनातीं। रति कहती ''बेन तुम तो किसी कम्पनी में भर्ती हो जाओ। तुम्हारा गाना सुनकर लोग इतना पैसा लुटाएँगे कि तुम्हारा घर भर जाएगा।'' अपनी तारीफ सुन जस्सूबेन खिलखिला पड़ती।

काँग्रेस अधिवेशन को गुजरे कुछ ही समय हुआ था कि पेटिट हॉल में फिर एक जोरदार दावत का अवसर उपस्थित हो गया। जिन्ना और गोखले दोनों पेटिट के घनिष्ठ मित्र थे। दोनों वायसराय की साठ सदस्यीय विधान सभा के चुनाव में सफल हुए थे। ऐसे अवसर पर भी दावत न होती तो भला कब होती? सर फ़िरोज़शाह इस कॉकटेल पार्टी में थोड़ा अधिक खुश नजर आ रहे थे। जिन्ना और गोखले दोनों उनके सहयोगी रह चुके थे। वकालत के साथ इन दोनों ने राजनीति में भी लम्बी छलाँग लगायी थी। संयोग से श्रीमती नायडू भी बम्बई में थीं। वो दोपहर से ही अपने बच्चों के साथ पेटिट हॉल में आ चुकी थीं। उन्होंने भी गोखले और जिन्ना को बधाई दी। पेटिट ने नायडू से अनुरोध किया कि इस ऐतिहासिक अवसर को वो अपनी खूबसूरत कविता से अलंकृत कर दें। नायडू ने हँसते हुए कहा—''अभी तो सीधी-सादी बधाई से ही काम चलाना पड़ेगा। कविता रची नहीं जाती ये आकाश से कौंधती है, मैं तो बस आकाश से उतरी इन कल्पनाओं को शब्द दे देती हूँ।'' गोखले से मुखातिब होते हुए वो बोलीं—''आप तो राजनीति में सिद्धहस्त हो चुके हैं, इम्तिहान तो अब श्री जिन्ना का प्रारम्भ हुआ है।'' गोखले के साथ खड़े जिन्ना से उन्होंने कहा—''मुझे पूरा विश्वास है कि इस इम्तिहान में आप सर्वोच्च स्थान प्राप्त करेंगे। जिन्ना ने शालीन स्वर में जवाब दिया कि आपकी आशा जरूर पूरी करूँगा।''

इन बड़े बुजुर्गों के बीच बधाई देने वालों में रति भी जोश के साथ शामिल हुई। अब वो इतनी बड़ी हो चुकी थी कि अपने पिता के मित्रों को उनकी सफलता पर बधाई दे सके। गोखले ने बहुत खुश होकर बधाई स्वीकार की। जिन्ना को बधाई देते हुए रति ने कहा क़ि लन्दन के थिएट्रिकल मंच की जगह अब उन्हें ज्यादा महत्त्वपूर्ण मंच मिला है जहाँ काल्पनिक अभिनय के बजाय वो अपनी प्रतिभा का ज्यादा अच्छा इस्तेमाल कर पाएँगे और भारत के लोगों के हित में महत्त्वपूर्ण काम कर पाएँगे। कल तक एक छोटी-सी बालिका के मुँह से इतनी सोची समझी बधाई सुन जिन्ना मुस्करा पड़े। आज रति को उन्होंने पहली बार ध्यान से देखा। बचपने की अन्तिम सीढ़ी पर खड़ी इस उल्लासमय बालिका के मुँह पर हर्ष से डूबी मुस्कान

खिली हुई थी। जिन्ना ने देखा उसकी आँखों में कैशोर्य कदम रख रहा था। जिन्ना के मुँह पर भी आकर्षक मुस्कान बिखर गयी। उसने रति की बधाई कुछ ज्यादा खुश होकर स्वीकार की। हमाबाई ने बधाई देते हुए विधान सभा के बारे में तफ़्सील से बताने की फ़रमाइश कर दी।

हमाबाई की बात सुन गोखले हँस पड़े और बोले—''ये क्या बताएँगे। मैं बताता हूँ। इन जनाब ने सभा में अपने पहले भाषण से ही सरकार को कटघरे में खड़ा कर दिया, मिंटो सरकार की इंडेंचर्ड मजदूर नीति की धज्जियाँ उड़ाकर रख दीं और वायसराय मिंटो के स्वागत भाषण की हवा निकालकर रख दी।''

फ़िरोज़शाह बोले—''इन मजदूरों की हालत इतनी दयनीय है कि सरकार को अपनी नीति पर शर्म आनी चाहिए, बहुत खूब जिन्ना; तुमने वही किया जिसकी मैं तुमसे अपेक्षा रखता हूँ। बेचारा मिंटो ! उसने तो सोचा होगा नये लड़के शासन के दम्भ से अभिभूत हों कर कुछ हलके-फुलके भाषण देंगे और बस!''

''मिंटो को अन्दाज तो हो जाना चाहिए था कि उनकी सभा में एक शेर आ गया है।'' हमाबाई बोली।

''शायद अँग्रेजों का ख़याल रहा हो कि बिना वोटिंग का अधिकार वाले चुने हुए शेर बिना नाखून और दाँतों वाले होंगे।'' पेटिट ने चुटकी ली।

''नाखून तो जिन्ना बिलकुल साफ रखते हैं, लेकिन तेज दाँतों के बीच सुरक्षित नाजुक जुबान की तलवार जैसी धार बहुत तीखा वार करती है।'' गोखले ने छेड़ा।

''लड़ाई अब ठीक चलेगी। उधर दक्षिण अफ्रीका में नाटाल इंडियन काँग्रेस ने सरकार की इस नीति के ख़िलाफ़ सत्याग्रह छेड़ रखा है, इधर जिन्ना काउंसिल को अपनी दलीलों से हिलाकर रख देंगे।' शाह ने भविष्यवाणी की।

''मिंटो को भी समझ में आ जाएगा कि अब, उनकी सभा थिएटर का मंच नहीं है; जहाँ उनके निर्देश पर कठपुतलियाँ नाचें।'' नायडू ने नये प्रतिनिधियों की हिम्मत की दाद दी।

''इंडेंचरड मजदूरों का मामला उठाने से मिंटो की समझ में यह तो अच्छी तरह आ गया होगा कि जिन्ना को गम्भीरता से लेना होगा।'' पेटिट ने अपनी राय रखी।

''मजदूरों की दर्दनाक हालत पर बोलते हुए जब जिन्ना ने कहा कि इन गरीबों को वहाँ क्रूर व्यवहार का सामना करना पड़ रहा है। वायसराय का गोरा चेहरा लाल हो गया। उसने क्रूर शब्द पर आपत्ति करते हुए टोका और कहा कि आप बहुत कठोर शब्द का इस्तेमाल कर रहे हैं। तो जिन्ना ने जो जवाब दिया वो सुनने लायक है।''

''तो रुक क्यों गये बताइए। क्या कहा मिस्टर जिन्ना ने।'' हमाबाई ने पूछा।

"अब ये तो जिन्ना खुद ही सुनाएँगे। सुनाओ भई! क्या जवाब दिया तुमने।" गोखले ने जिन्ना को उकसाया।

"श्रीमंत मैं इससे भी अधिक कठोर शब्द का प्रयोग करता, पर मुझे इस सभा की संवैधानिक मर्यादाओं का पालन करना है इसलिए मैंने कम उपयुक्त शब्द का इस्तेमाल किया है।" जिन्ना ने मुस्कराते हुए लेकिन अपने कड़क अन्दाज में जवाब दोहरा दिया।

"ऐसे तीखे जवाब और न सुनने पड़ें शायद इसीलिए वक्फ़ के मामले पर वायसराय ने तुम्हारे प्रस्ताव को स्वीकार करने की अकलमन्दी दिखाई।' पेटिट बोले (वक्फ़ बिल 1910)

"तारीफ तो करनी ही पड़ेगी। इस मामले को जितनी शिद्दत से विधान सभा में उठाया गया उसी का परिणाम है कि यह प्रस्ताव मंजिल तक पहुँचा।" गोखले ने एक प्रकार से बधाई दी।

"वक्फ़ बिल विधान सभा द्वारा स्वीकार कर लिया गया यह बहुत बड़ी सफलता है।" मेहता ने भी जिन्ना की पीठ ठोंकी।

"यह भाषण भी बहुत विद्वत्तापूर्ण और जोरदार था। अखबारों में सारा कुछ आता नहीं है, और फिर छपा हुआ पढ़ने और भावावेश के साथ बोले हुए को सुनने में जमीन-आसमान का फ़र्क़ होता है।' गोखले ने भाषण सुना था और वो बहुत खुश थे।

"मुसलमानों के लिए आरक्षित सीट से काउंसिल के सदस्य चुने जाने पर यह नैतिक दायित्व भी बनता है कि मुसलमानों की जायज़ माँग सरकार के समक्ष गम्भीरता से पेश की जाए और उनके जायज़ हितों की रक्षा की जाए।" मुसलमानों के पक्ष में जिन्ना की कार्रवाई के औचित्य को पेटिट ने बल दिया।

"वक्फ़ बिल के द्वारा जिन्ना ने अपना फ़र्ज़ पूरा कर दिया। गुलाम भारत में अपनी जायज़ माँग सरकार से स्वीकृत करवा लेना बहुत महत्त्वपूर्ण है। ये सफलता हमारे इस विचार को भी सही सिद्ध करती है कि संविधान के दायरे में रहकर भी हम बहुत कुछ कर सकते हैं और एक दिन स्वराज भी हासिल कर लेंगे।" मेहता अपने दल के विचारों की सफलता पर प्रसन्न होते हुए बोले, और फिर कुछ ज़्यादा खुश होकर बात पूरी की—"आज की इस खुशी में तो मैं बिना रोक-टोक के स्कॉच में डुबकी लगाऊँगा।"

इसके बाद स्कॉच की कितनी बोतलें खुलीं इसका हिसाब रखने वाला कौन था। पेटिट हॉल में आज की शाम जिन्ना के नाम थी, वही महफिल का केन्द्र बिन्दु था।

पेटिट हॉल में राजनैतिक महफिल जमने का सिलसिला पुराना था। इधर एक-दो साल से रति अकसर इन महफिलों में अपना डेरा डाल देती। राजनैतिक और

सामाजिक मामलों में रति की दिलचस्पी बढ़ती जा रही थी। चर्चाएँ जब लम्बी खिंच जातीं तो आँखों में नींद लिये वो अपने कमरे में आती और बिस्तर के आगोश में समा जाती। आज भी बहुत देर तक जिन्ना की तारीफ़ें सुनती रही और जब आँखें नींद से भर गयीं तो अपने कमरे में आकर सपनों में खो गयी। नींद गहराती उससे पहले दरवाजे की खटपट से आँखें खुल गयीं। दरवाजे की तरफ उसने देखा। लड़खड़ाती चाल में दरवाजा भेड़ते हुए बेन कमरे में प्रवेश कर रही थी। मुँह पर ओढ़नी रखे वो हँसे जा रही थी। अनायास नींद टूटने पर भी बेन की हालत देख रति मुस्करा पड़ी। पूछा पागल हो गयी हो क्या? बेन की हँसी और बढ़ गयी, किसी तरह हँसी को काबू कर बेन बोली—

''बेबी साहब, गुस्सा मत होना और मा साहिबा को मत बतलाना। साहब लोगों की बोतल में जो बची थी वो मैंने पी ली। अब सिर घूम रहा है। चला नहीं जा रहा। इधर रखती हूँ पैर उधर पड़ता है। क्वार्टर जाते-जाते गिर न जाऊँ इस डर से आपके पास आ गयी हूँ।' रति हँस पड़ी, उसे पता था घर के नौकर-चाकरों की दावत बोतलों में बची शराब से हो जाती है। कोई हंगामा न हो जाए इसका ये लोग खूब ख़्याल रख़ते हैं। बेन से गड़बड़ी कैसे हो गयी? रति की कोई दिलचस्पी ये सब जानने में नहीं थी। उसे इतना मालूम था कि माँ नौकरों की गलती पर बहुत क्रोध करती हैं। नौकरों के क्वार्टर कोठी की चारदीवारी के भीतर ही थे और बोतलों में बची शराब ले जाने के लिए माँ ख़ुद ही कह देती थीं, फिर बेन ने यहाँ पीने की गलती क्यों की?

''अरे बेबी साहब हम पीते नहीं हैं। आज असगरी के उकसावे में पी गये। हमें क्या पता था कि ये कसैला अँग्रेज़ी शरबत सिर घुमा देगा और क्वार्टर जाना मुश्किल हो जाएगा।'

''अच्छा अब बोलना बन्द करो और चुपचाप बैठी रहो जब ठीक लगे चली जाना।'

जस्सू बेन दरवाजे के पास आँख मूँदकर बैठ गयी। बेन के कारण रति की नींद में व्यवधान उत्पन्न हो गया। आज ही श्रीमती नायडू ने उसे अपना काव्य-संग्रह 'द गोल्डेन थ्रेस होल्ड' भेंट किया था। रति ने काव्य-संग्रह के पृष्ठ पलटने शुरू किये और एक कविता की पंक्तियों पर वह अटक गयी।

''प्यारे बालक प्यारे बालक किधर चले तुम यों ही,
सारे अपने रत्न जवाहर क्या समीर शीतल को तुम अर्पित कर दोगे यों ही,
स्वर्ण अन्न से क्षुधा तुम्हारी शान्त कराती माँ को क्या तुम छोड़ जाओगे यों ही,...''

पंक्तियाँ दोहराते हुए उसे लीलामणि का स्मरण हो आया। जब आज शाम के

समय लान में बैठी लीला ने अपने मन की वेदना से बिंधी स्वरचित कविताएँ उसे सुनाई थीं। छोटी-सी लीला के मन में ऐसा क्या था कि उसकी कविताओं में विकलता प्रकट हो रही थी, रति को यह जानने के लिए ज्यादा प्रयास नहीं करना पड़ा, लीला और पद्‌मजा में आयु का बहुत कम अन्तर था लगभग आठ वर्षीय लीला के मन में एक गाँठ पड़ती जा रही थी, माँ उसे कम चाहती हैं। रति को यह अच्छा लगा कि लीला ने अपने मन की बात उसे बता दी। एक समझदार सहेली के नाते उसने लीला को ढाढ़स बँधाया और कहा कि यह तुम्हारा भ्रम है। रात के अकेलेपन में रति को लगा, लीला को कुछ और समझाना चाहिए। वो बिस्तर से निकली और उसी समय लीला को एक पत्र लिखा।

देर रात को सोयी रति की सुबह सवेरे वाली सुखद नींद के आनन्द में हमाबाई विघ्न डालते हुए कह रही थीं—''सूरज सर पर आ गया और तुम अब तक घोड़े बेचकर सो रही हो।'' बुआ ने रति को बुरी तरह झिंझोड़ कर रख दिया। मीठे उलाहने को सुन रति ने मुस्कराते हुए आँख खोल दी और बोली—''बुआ रात बड़ी देर से सोई थी।''

''क्यों? पार्टी से तो तुम जल्दी ही उठ गयी थीं।'' हमाबाई ने पूछा तो रति ने जस्सूबेन का कारनामा चटखारे लेकर सुना डाला। दोनों खूब हँसीं। हमाबाई ने पूछा—''है कहाँ जस्सूबेन?''

''क्या पता सुबह नशा उतरा होगा तो अपने क्वार्टर चली गयी होगी।'' रति ने जवाब दिया। फिर बोली, ''बेन के कारण नींद टूट गयी। मैंने उस रात के एकान्त का इस्तेमाल लीला को पत्र लिखने में कर डाला।''

''लीला को पत्र लिखने की क्या आफत आ गयी?'' हमाबाई ने पूछा।

''बुआ, लीला के मन में बड़ा क्षोभ था, उसे लग रहा था कि माँ उसे कम प्यार करती हैं तो मैंने उसे समझाया कि तुम गलत समझती हो, माँ अपने सभी बच्चों से बराबर प्यार करती हैं फिर माँ चाहे तुम्हारी हों या मेरी।''

''ये बातें कब हुईं?''

''पार्टी से पहले जब मैं, लीला और पद्‌मजा बाग में खेल रहे थे। मेरी प्यारी बिल्लियाँ भी मेरे साथ थीं। बिल्लियों के साथ मेरे प्यार को देखकर ही लीला ने अपनी व्यथा सुनाई—बोली तुम जितना प्यार अपनी बिल्लियों से करती हो, इसका आधा भी मेरी माँ मुझसे नहीं करतीं।''

''लीला अभी छोटी है।''

''छोटी तो है पर बड़ी भावुक है और अपनी माँ की भाँति बड़ी कल्पनाशील कविता रचने लगी है। बुआ! बच्चे अपनी तनिक-सी अनदेखी से ही परेशान हो जाते हैं। मैंने लीला को यही समझाया। रात में मुझे लगा कि लीला को और ठीक से

समझाना चाहिए था, पर अब तो वो लोग हैदराबाद जा चुके हैं तो मैंने उसे एक पत्र लिख डाला। जरा पढ़कर देखो मैंने ठीक लिखा है न।'' बात पूरी करते-करते रति ने रात में लिखा पत्र बुआ के सामने रख दिया हमाबाई ने पत्र पढ़ा—

''प्रिय लीला,

तुम्हारे मन में प्रेम की लालसा मचल रही है। प्रेम जैसी उत्कृष्ट भावना पर अपने पूरे व्यक्तित्व का निर्माण किया जा सकता है...सम्पूर्ण जीवन इस उद्दाम भावना को समर्पित किया जा सकता है। प्रिय लीला, तुम अपने व्यक्तित्व में प्रेम और सहानुभूति की आत्मा को स्थान दो और अपने मन में उठ रहे तूफ़ान को सुन्दर सुवासित पुष्पों का रूप दे दो। ऐसे सुन्दर पुष्प जो अपनी ही मोहकता से प्रेम का सृजन करें, प्रेम को शक्ति प्रदान करें। वैसे जैसे प्रेम भरी कुमुदनी और कार्नेशन, जैसे गुलाब और कमल।

शुष्क और प्रकाशविहीन आत्मा को भी प्रेम से सराबोर कर अपनी सहानुभूति और समझ द्वारा स्वर्ग के असंख्य दीपों की भाँति दैदीप्यमान कर दो।

ज्ञान, प्रेम की एक छोटी-सी गिनती भर है, परन्तु ज्ञान का चरमोत्कर्ष है प्रेम! प्रेम जो सामान्य पवन को शान्तिदायी बना देता है। प्रेम वह शक्ति है जो चन्द्रमा को चन्द्रिका प्रदान कर देता है और सूर्य में ऊष्णता। प्रेम! पुष्पों को पल्लवित कर देता है और पक्षियों के कलरव में संगीत और वनप्रान्तरों में बहती नदिया में कल्लोल। प्रेम! विविध पीड़ाओं को जीवन का अंग बना देता है और यही उसे उल्लास का मन्त्र दे देता है। प्रेम ! यही तो है वो शक्ति जो स्त्रियों को सौन्दर्यमयी बना देता है और पुरुषों को सज्जन और साहसी।

मैं तुम्हारी मधुर भावनाओं को समझती हूँ और मुझे तुम्हारी भावना एक सुन्दर कविता सदृश प्रतीत होती है ऐसी जैसे लयबद्ध संगीतमयी गीतिका (Sonata)।

तुम्हें जब भी उदासी घेरे, मन में तड़प हो और प्यार की प्यास जगे, बस तुम मेरे पास चली आना, मुझसे बात करना या फिर पत्र लिख भेजना।

तुम्हारी सखी।''

रति (रति द्वारा लीला को 13 जून, 1910 का पत्र)

पत्र समाप्त करते ही हमाबाई विस्फारित नेत्रों से अपनी भतीजी को देख उठी। स्वयं को यूँ देखती बुआ से रति ने पूछा—''ऐसे क्या देख रही हो?''

''मैं देख रही हूँ कि पत्र में लिखी यह गम्भीर मर्मस्पर्शी कविता मेरी इस नन्हीं सी भतीजी ने रची है? मैं यह देख रही हूँ कि प्रेम की यह विशद व्याख्या इस छोटी-सी दस वर्षीय बच्ची की बुद्धि में ही छुपी थी?'' हमाबाई ने गर्व मिश्रित आश्चर्य से कहा।

''तुम भी बुआ बस, तारीफ करना तो कोई तुम से सीखे।''

''तारीफ नहीं मेरी लाड़ली, मुझे तुम पर गर्व है गर्व; मन कर रहा है तुम्हारा

मुँह अपने चुम्बनों से भर दूँ।'' हमाबाई ने सिर्फ कहा नहीं अपनी छोटी-सी भतीजी को बाँहों में कसकर भरा और उसके गोरे गालों पर अपने चुम्बनों की झड़ी लगा दी। रति बुआ के बाहुपाश में कसमसाते हुए खिलखिला पड़ी। उसकी हँसी कमरे की दीवारों से टकराकर गूँज उठी और पत्थर की दीवारें अपनी छोटी मालकिन के प्रेम में पिघल गयीं।

उस शाम भोजन से पहले ड्रिंक लेती दोनों बुआ-भतीजी दुनिया जहान की बातों में उलझी हुई थीं। बातें अपने देश के गरीबों पर केन्द्रित हुईं तो अन्त में जिन्ना पर जाकर रुक गयीं। रति को इंडेंचर्ड मजदूरों की जानकारी नहीं थी। उसने इंडेंचर्ड मजदूरों के बारे में ही पूछा।

मजदूरी के लिए दूसरे देशों में भारत से मजदूर भेजे जा रहे हैं। ये इंडेंचर्ड मजदूर कहलाते हैं। विदेश में उनकी सुनने वाला कोई होता नहीं इसलिए वादे के ख़िलाफ़ वहाँ इनसे अमानवीय रूप से कठोर श्रम लिया जाता है। न रहने की ठीक व्यवस्था होती है न इलाज की। सबसे बुरी बात तो ये कि पानी के जहाज पर इन्हें भेड़-बकरियों की तरह भरकर ले जाया जाता है। इन जहाजों में न तो इन गरीबों के लिए ठीक खाने का इन्तजाम होता है न दवा-दारू का। यात्रा में कोई बीमार हो जाए तो बीमार का इलाज ही सम्भव नहीं होता। बीमारी बढ़ जाए तो बिना इलाज के ये बेचारे रास्ते में ही दम तोड़ देते हैं। जहाज पर साफ-सफाई का इन्तजाम होता नहीं। गन्दगी के कारण कई बार महामारी फैल जाती है। तब इन बीमार मजदूरों को ये बदमाश जीते जी ही समुद्र में फेंक देते हैं।

''हे भगवान! जहाज पर डॉक्टर तो होना ही चाहिए।''

''गाँवों में यहाँ कहीं मिलता है कोई डॉक्टर? अरे! गरीबों के इलाज के लिए तो यहाँ बम्बई में भी डॉक्टरों का अकाल है। तब जहाज पर डॉक्टर लेकर चलेंगे? तुम भी रति जाने कौन सी दुनिया में रहती हो अरे जहाज पर मामूली दवाएँ तक तो होती नहीं। बीमारी दूसरे मजदूरों में न फैले उसका सबसे आसान और अच्छा इलाज है बीमार को समुद्र में फेंक दो।''

''बुआ इसका मतलब तो ये लोग पूरे शैतान हैं।''

''बिलकुल।''

''मिस्टर जिन्ना ने अच्छा किया जो सरकार को फटकार लगाई।''

अब तक रति के ड्रिंक का गिलास लगभग खाली हो चुका था। ट्रॉली के साथ आए बेयरर ने रति से पूछा, खाना लग रहा है, साहब आ गये हैं, आपको और ड्रिंक दूँ?

शाम का भोजन पेटिट परिवार एक साथ करता। खानपान का ढंग विलायती होता। खाने की मेज पर बैठे परिवार को खाना परोसने का जिम्मा बेयरर्स का होता। सबसे पहले काँच के नाजुक प्यालों में वाइन परोसी जाती। फिर सूप, फिर देसी विदेशी और विशेष रूप से पारसी व्यंजन, भोज का समापन मीठे से होता। भोजन से पहले हलके-फुलके से लेकर भारी ड्रिंक का चलन इस घर की परम्परा में शामिल था।

रति ने कहा—''नहीं।''

हमाबाई ने उठते हुए कहा—''जब साहब आ गये हैं तब तो ड्रिंक खत्म करना पड़ेगा।'' हमाबाई ने आखिरी घूँट लिया और गिलास मेज पर रख दोनों डिनर के लिए भोज कक्ष की ओर चल दीं।

बिस्तर पर लेट रति बुआ की बातें याद करने लगी, आज शायद उसने वाइन ज्यादा ले ली थी। उनींदी रति की बोझिल आँखों में जहाज से जिन्दा मजदूर के फेंके जाने का दृश्य तैरने लगा। और फिर इस दृश्य पर जिन्ना का विशाल चेहरा छा गया। जिन्ना बोल रहा था—गाँव के भोले-भाले लोगों को फ़रेब और झूठ के बल पर विदेश की अनजान धरती पर कैदी बना लेते हो। उस बेचारे का गाँव छूट जाता है। परिवार छूट जाता है। अनजाने देश में इनसे जानवरों से भी बदतर तरीक़े से दिन-रात काम लिया जाता है। डाल से बिछुड़े ये मजदूर वहाँ छटपटाते रहते हैं, इनकी सुनने वाला वहाँ कोई नहीं। यहाँ कहा जाता है कि ये जिम्मेदार सरकार है और वहाँ ऐसा क्रूर व्यवहार इतना क्रूर... क्रूर...क्रूर। रति की नींद हिलोरें मारने लगी और वो समुद्र में डूब गयी।

रति के स्वप्नों में हिलोरें मारता समुद्र बहुत शीघ्र उसके जीवन में सत्य बनकर प्रकट हुआ। उसकी प्राथमिक शिक्षा पूरी हो चुकी थी। हिन्दुस्तान में अच्छे विद्यालयों की कमी तो थी ही, इन संस्थाओं का शैक्षिक स्तर भी बहुत सामान्य था। सर दिनशा अपनी लाडली को सर्वोत्तम शिक्षा देना चाहते थे। कुछ मित्रों की सलाह पर दिनशा ने रति को शिक्षा के लिए फ्रांस भेजने का निर्णय ले लिया। विदेश आवाजाही पारसियों के लिए कोई बड़ी बात नहीं थी। इन धनाढ्य उद्योगपति व्यापारी परिवारों का बहुत बड़ा कारोबार विदेशों में फैला हुआ था। व्यापार और नये कारखानों के लिए मशीनों की खरीदारी आदि के लिए किसी-न-किसी का विदेशों में आना जाना होता ही रहता था। इसलिए नन्ही-सी रति को आगे की शिक्षा के लिए विदेश भेजने के निर्णय से घर में कोई तूफ़ान नहीं आया, पर रति के लिए यह रोमांचक था। दिनबाई ने अवश्य अपना संशय रखा कि रति बहुत छोटी है। पर दिनशा ने पत्नी के संशय को हवा में उड़ाते हुए कहा कि रति का जैसा बौद्धिक विकास हो चुका है

उसके अनुरूप कोई विद्यालय हिन्दुस्तान में नहीं है फिर अपनी पुत्री के आत्मविश्वास पर गर्व करते हुए कहा कि रति अपना तो अपना आवश्यकता पड़ जाए तो अपने पापा का ख़्याल रखने की योग्यता भी रखती है। निर्णय होने की देर थी कि रति अपने सामान के साथ लदी-फदी जलपोत में सवार लम्बी समुद्र यात्रा पर निकल पड़ी। पिता उसके साथ थे। इसलिए लम्बी यात्रा में रति को कोई अकेलापन भी नहीं लगा। यों मन लगाने के लिए उसने तमाम काव्य-संग्रह भी अपने साथ रख लिए थे। दक्षिणी फ्रांस में स्थित निस नगर के एक अच्छे विद्यालय में रति को बकेलौरियेट (उच्चतर माध्यमिक) कोर्स में प्रवेश मिल गया। घर की सुख-सुविधाओं से दूर छात्रावास का जीवन छोटी-सी रति के लिए एकदम नया अनुभव था।

निस की दुनिया एकदम अलग थी। भाषा तो जो थी सो थी ही, पर यहाँ स्त्री-पुरुषों के जीवन की उन्मुक्तता और स्वतन्त्रता रति के लिए एक नया अनुभव था। रति इस दूर देश में शिक्षा के लिए आई थी, पर यहाँ के जीवन ने इस आधुनिक बालिका पर अपनी गहरी छाप छोड़ उसे और आधुनिक बना दिया। फ्रेंच फैशन ने परिधानों के मामले में उसे एकदम उन्मुक्त कर दिया। हिन्दुस्तान की आम लड़कियों और महिलाओं से सौ साल आगे की आधुनिकता से रति को ओतप्रोत कर दिया। मदिरा पान उसके जीवन का सामान्य अंग बन गया। फ्रांस की दुनिया अलग दुनिया थी तमाम आकर्षणों से चकाचौंध भरी। इसके बावजूद छुट्टियाँ होते ही उसे हिन्दुस्तान पुकार उठता। शिक्षा के लिए रति कब और कितने दिन फ्रांस में होती और कब हिन्दुस्तान में यह हिसाब रखना एकदम असम्भव था। आभास तो यों होता कि वो लगातार अपने देश हिन्दुस्तान में ही है।

कोलाबा की सड़क पर दो घोड़ों की विक्टोरिया दौड़ रही थी। रति और हमाबाई के बालों को तेज हवा के झोंके अपने साथ उड़ा ले जाना चाहते थे। बम्बई की सड़कों पर अब मोटरें दिखने लगी थीं। पेटिट बँगले में कई कारें थीं, पर रति को अब भी विक्टोरिया की सैर ही पसन्द थी। अपने उड़ते बालों को हाथों से सँभालते हुए रति बोली—

''बुआ! मुसलमानों का अलग ख़ुदा है, हिन्दुओं का अलग, हम पारसियों का इनसे भी अलग और ईसाइयों का हम सबसे अलग? तो क्या ये तरह-तरह के ईश्वर भी आपस में लड़ते रहते हैं?''

रति के भोले सवाल पर हमाबाई को हँसी आ गयी—''पगली ऐसा कुछ भी नहीं है, ईश्वर तो एक ही है। ये अलग-अलग झगड़े हम इन्सानों ने पैदा कर रखे हैं।''

''ये बात लोगों की अकल में क्यों नहीं आती?''

"तुम्हें लोगों की अकल की फ़िक्र क्यों सता रही है?"

"अच्छा बुआ ये आत्मा क्या होती है?"

"कमाल है अभी हिन्दू-मुसलमानों के झगड़े का फैसला हुआ नहीं और तुम आत्मा पर कूद पड़ीं।"

रति ठठाकर हँस पड़ी—"गलती माफ़ बुआ घर में सिलसिले से बात करूँगी।"

विक्टोरिया जे जे स्कूल ऑफ़ आर्ट के अहाते में आकर रुकी। रति और हमाबाई दोनों उतरीं। यहाँ चित्रों की प्रदर्शनी हो रही थी। बुआ-भतीजी दोनों की चित्रकला में खासी दिलचस्पी थी। रति के स्कूल में भी ऐसी प्रदर्शनियाँ लगती रहती थीं। जोश में रति ने भी इसमें भाग लिया पर फिर उसकी समझ में आ गया वो केवल दर्शक और चित्रकला की प्रशंसिका के रूप में ही ठीक थी। हमाबाई तो जाने कितने बरसों से यहाँ की प्रदर्शनी देखने आया करती थी। जबसे रति समझदार हुई, वो भी बुआ के साथ यहाँ आने लगी। इन दिनों इस स्कूल के नये चित्रकार चित्रों की विभिन्न धाराओं में अपने आपको व्यक्त कर रहे थे। हिन्दुस्तानी परम्परा यूरोपीय परम्परा के अलावा आधुनिक अमूर्त चित्र भी चित्रकारों की तूलिका से सृजित हो रहे थे। इन सबसे अलग रति को सबसे अधिक आकर्षित करते थे पोर्ट्रेट। कैमरे के कारण आजकल फोटोग्राफ्स की धूम थी। कुछ कलाकार श्वेत-श्याम फोटोग्राफ्स में रंग भरकर कुछ अलग काम भी करते थे। रति इस उम्र में ही फोटोग्राफ्स से पोर्ट्रेट की अलग व्याख्या की सामर्थ्य रखती थी।

"बुआ मुझे लगता है फोटोग्राफ्स में सब कुछ यान्त्रिक होता है, उनमें वही दिखता है जैसे हम दिखाई देते हैं लेकिन जब कोई चित्रकार किसी के पोर्ट्रेट की रचना करता है तो उसमें उस व्यक्ति के साथ-साथ चित्रकार का व्यक्तित्व भी प्रकट होता है। फोटोग्राफ्स में कलात्मक कल्पना को व्यक्त करता है शटर पर पोर्ट्रेट का दिल चित्रकार की उँगलियों के स्पन्दन से धड़कता है।" हमाबाई रति के मुँह से ऐसा गम्भीर विश्लेषण सुनती तो अवाक् रह जाती। प्रसन्नता के साथ वो उसे बाँहों में भर लेती। रति फ्रांस में केवल पढ़ ही नहीं रही थी वहाँ के जीवन्त कला संसार में भी रुचि ले रही थी। चित्रकला की नयी शैलियाँ फ्रांस में जन्म ले रही थीं। कैमरे की तकनीक से नये-नये खेल खेले जा रहे थे। रति निस में कला संसार की बारीकियों और नयी धाराओं का गम्भीर पारिचय भी ले रही थी। उसका यही नव अर्जित ज्ञान आज बुआ के समक्ष उसकी टिप्पणी में प्रकट हुआ।

आर्ट स्कूल में काफी समय व्यतीत करने के बाद दोनों ताज पहुँचीं। ताज के नजदीक एक जेट्टी थी यहाँ एक भव्य द्वार के निर्माण की आधारशिला हाल ही में रखी गयी थी (31 मार्च, 1911), कुछ दिनों बाद किंग जॉर्ज हिन्दुस्तान की धरती पर पहला कदम इसी जेट्टी पर रखने वाले थे। यहाँ गेटवे ऑफ़ इंडिया नाम के भव्य

द्वार के निर्माण द्वारा वायसराय लार्ड हार्डिंग का इस घटना को इतिहास में शामिल करने का इरादा था। दूर दिख रही इस आधारशिला पर निगाह डालती दोनों लड़कियाँ ताज में प्रवेश कर गयीं। ताज के रेस्त्राँ की सुरुचिपूर्ण सजावट यहाँ के व्यंजनों से भी अधिक अभिव्यंजक थी। रति को यहाँ की वेल्यु द अमेंदस (Vlout d'Amandes) बहुत पसन्द थी। हमाबाई ने अपने लिए मौज़े (mousse) मँगाया। पेट को शान्त करने के बाद कार्यक्रम में शामिल था कुछ खरीद-फरोख़्त और फिर थिएटर। बगदाद का चोर नया नाटक शुरू हुआ था। दोनों अपनी जरूरत-बेजरूरत की वस्तुएँ खरीदने के बाद समय से थिएटर पहुँच गयीं। पर्दा उठने में अभी देर थी। हमाबाई ने बताया कि इस नाटक में सोहराबजी ओगरा भी हैं। इसके बारे में कुछ छपा था अखबार में, रति ने अपनी जानकारी दी। हाँ, अभी हाल ही में तो गवर्नर सर चार्ल्स मनरो ने इलाहाबाद में इसे पुरस्कृत किया था। एक मैडल के साथ सौ गिन्नियाँ दीं थीं। अभी बात पूरी भी नहीं हुई थी कि बत्तियाँ बुझ गयीं और संगीत के साथ मंच का पर्दा उठ गया।

शाम ढले दोनों घर के बार में ड्रिंक के घूँट लेती हुई बगदाद के चोर की व्याख्या कर रही थीं। श्रोताओं में थे माँ के साथ छोटे भाई फ्रामजी और मानोकजी। नाटक से उड़ते हुए बात कविताओं पर पहुँच गयी। और बस रति अपने आज के खरीदे काव्य-संग्रह का आनन्द लेते हुए सधे अन्दाज में कविता पढ़ती, हमाबाई उसकी व्याख्या करतीं। यह सिलसिला घंटे-डेढ़ घंटे चला। खाना लगने की सूचना के साथ काव्य सन्ध्या का पटाक्षेप हुआ।

दो दिसम्बर 1911 की सुबह सवेरे ठंडी हवाओं के बीच ब्रिटिश शाही जलपोत ने हिन्दुस्तान की धरती के दर्शन किये और लगभग दस बजे अपोलो बन्दर पर लंगर डाल दिया। समुद्र तट से डेढ़-दो मील दूर खड़े मदीना नामक इस जलपोत की शाही सवारी हिन्दुस्तान आ पहुँची थी। बम्बई महाराजाधिराज जॉर्ज फ्रेडरिक अर्नेस्ट अल्बर्ट और रानी विक्टोरिया मेरी के भव्य स्वागत के लिए तैयार था। राजसी अतिथि की अगवानी के लिए हिन्दुस्तान के वायसराय लार्ड हार्डिंग, बम्बई के गवर्नर सर जॉर्ज क्लार्क और ईस्ट इंडिया स्क्वेड्रन के सेनापति, अपोलो बन्दर पर प्रतीक्षारत थे। सरकारी व्यवस्था पूरी तरह चाकचौबस्त थी। नगर के सभी गणमान्य व्यक्ति स्वागत समारोह में आमन्त्रित थे। सर दिनशा मानोकजी पेटिट बैरोनेट द्वितीय (जीजीभाई) भी अपने पूरे परिवार के साथ इस स्वागत समारोह में शामिल हुए। राजनैतिक तनातनी अपनी जगह थी, पर एक तो हिन्दुस्तान में अतिथि के स्वागत की परम्परा थी फिर अभी ब्रिटिश राजतन्त्र से नाता तोड़ने पर कमर भी नहीं कसी गयी

थी। रति अपनी बुआ के साथ इस राजसी ठाट-बाट वाले हंगामे का आनन्द ले रही थी।

गेटवे ऑफ़ इंडिया अभी बना नहीं था पर दफ्ती कपड़े बाँस बल्ली से उसका अस्थाई प्रतिरूप खड़ा कर दिया गया था। इसके आगे वाले मैदान में एक छोटे भव्य प्रासाद का निर्माण किया गया था। यह अस्थाई प्रासाद कुछ हद तक मन्दिर की शैली में बनाया गया और शाही मुकुट जैसी आकृति से इसका शिखर सजाया गया। गेटवे से प्रासाद रूपी इस मंच तक आने के लिए छोटे-से मार्ग पर कालीन बिछा था। मंच पर दो विशाल सिंहासन जैसी कुर्सियों पर राजा और रानी बैठे। प्रासाद में थोड़े से लोगों के लिए स्थान था और ये सभी खड़े थे। मंच के ठीक सामने और बहुत नजदीक कुछ गणमान्य लोगों के बैठने का इन्तजाम था। शेष महत्त्वपूर्ण लोगों को खड़े रहने के लिए स्थान मिल पाया। मंच के आस-पास का स्थान पत्तियों के बन्दनवार से सजाया गया था। राजा-रानी की आसन्दी तक पहुँचने के लिए चार सीढ़ियाँ थीं। उनके स्वागत की जिम्मेदारी नगर पालिका के अध्यक्ष सर फ़िरोज़शाह मेहता ने निभायी। सर मेहता गणमान्य लोगों के बीच से उठे आसन्दी के लिये बनी दो सीढ़ियाँ चढ़ वहीं रुक गये और राजसी अतिथियों की ओर मुख़ातिब हो उन्होंने अपना लिखित स्वागत भाषण पढ़ा और फिर चाँदी की मंजूषा में रखी इस भाषण की प्रति महाराज को भेंट कर दी।

रति ने अपनी दृष्टि घुमाकर सारे वातावरण का जायज़ा लिया। राजसी मंच के पीछे अरब सागर लहरा रहा था। सागर के बीच किनारे से दूर शाही जलपोत खड़ा था। रति के मन में ख़याल कौंधा। तो ये वही राजा हैं। और आगे का ख़्याल जिन्ना के शब्दों में नाचने लगा—'जिनकी हिन्दुस्तानी प्रजा का एक विशाल वर्ग भूख और बेरोजगारी भोग रहा है, कितने निर्धन किसान और शिल्पी असमय ही इस दुनिया से कूच कर जाने को मजबूत हैं। हिन्दुस्तान में गरीबी और बेरोजगारी की मार झेल रहे मजदूर बहुत कम मजदूरी पर भी काम करने के लिए तैयार हो जाते हैं। इन मजदूरों को विदेश में अच्छे जीवन और अच्छी मजदूरी के वादे पर ले जाते हैं, पर वहाँ उन को अमानवीय व्यवहार मिलता है। अँग्रेज जमींदार उनका बुरा हाल कर डालते हैं।' और उस विदेशी धरती के राजा भी यही हैं!

रात में भोजन के बाद रति हमाबाई के साथ दिन भर के हंगामे की चर्चा में डूब गयी। रति को राजा की आवभगत और स्वागत समारोह अच्छे लगे थे। यह एक नया अनुभव था। यों तो हिन्दुस्तान में राजा-रजवाड़ों का दबदबा अब भी बहुत था, पर ऐसे राजसी समारोह सामान्य रूप से कम दिखाई पड़ते थे। अँग्रेज बादशाहत में देसी रियासतों के पास ऐसे दिखावों के अवसर अब भी थे पर कुछ बड़ी रियासतों को छोड़ शेष राजा-नवाब जो राजसी समारोह करते वो बहुत हद तक व्यक्तिगत समारोह बनकर रह गये थे। बम्बई जैसे शहर में तो ऐसे समारोहों की कोई गुंजाइश

ही नहीं थी। रति ने बुआ को बताया कि जब सर फ़िरोज़शाह मेहता राजसी दम्पती के लिए स्वागत भाषण पढ़ रहे थे तब उसके मस्तिष्क में कैसे विचार आ रहे थे। हमाबाई हँस पड़ीं और बोलीं बड़ी होकर तुम जरूर सोशलिस्ट हो जाओगी। रति सोशलिस्ट का अर्थ समझने लगी थी। उसने पूछा सोशलिस्ट होने में कुछ बुराई है क्या? बुआ ने कहा बुराई अच्छाई तो पता नहीं पर आजकल जो जरा पढ़ लेते हैं वो सोशलिस्ट हो जाते हैं, फिर कुछ सोचकर बोलीं—गरीबों के हक में ये लोग बहुत हद तक ठीक ही कहते हैं। रति ने कहा—वही तो! एक तरफ इन राजा के राज में मजदूरों को बीमार होने पर समुद्र में फेंक दिया जाता है वहीं उन मजदूरों के राजा की अगवानी में सारा शहर हाजिर हो जाता है। बुआ ने कहा—रात बहुत हो चुकी है अब सो जाओ। हमाबाई के जाने के साथ रति ने काव्य-संग्रह उठाया और काव्य संसार में डूब गयी। लेकिन विलियम ब्लेक की कविता की चार पंक्तियों पर वो रुक गयी। इन पंक्तियों को उसने कई बार दोहराया और उसे लगा जिन्ना धारा सभा (लेजिस्लेटिव कौंसिल) में कह रहे हैं—

प्रत्येक मनुज के क्रन्दन में,
हर शिशु के हर भय रोदन में,
हर वाणी में हर बन्धन में,
मनबद्ध बेड़ियों की झंकारें, सुनता हूँ

रति अब कविताएँ पढ़ने और समझने में रसज्ञ हो चली थी। सर दिनशा अपनी पुत्री के साहित्य ज्ञान पर गर्व करते थे। पुत्री की प्रतिभा और रुचि को ध्यान में रखते हुए उसके छोटे भाई जमशेद के जन्मदिन पर पापा ने रति को टेनिसन का सम्पूर्ण काव्य साहित्य का उपहार दिया।

गोखले ने हिन्दुस्तान में शिक्षा की दुर्व्यवस्था का मुद्दा उठाया और धारा सभा (1912 में) में प्राथमिक शिक्षा अनिवार्य करने के लिए एक प्रस्ताव प्रस्तुत किया। जिन्ना ने इस प्रस्ताव का जबरदस्त समर्थन किया। शिक्षा, विशेषरूप से प्राथमिक शिक्षा के प्रति सरकार की लापरवाही की तीव्र भर्त्सना करते हुए उसने कहा—इस देश के किसी भी समुदाय की बेहतरी के लिए आपकी सबसे ज्यादा जिम्मेदारी हिन्दुस्तान के निरक्षरों के लिए बनती है। हम सबको इन लोगों की बेहतरी के लिए जो कुछ भी हो सके करना चाहिए। आपके ऊपर ये जो कलंक लगा है और इस ब्रिटिश सरकार पर बिलकुल सही लगा है कि आप ने प्राथमिक शिक्षा के प्रति घोर लापरवाही बरती है। मेरा आपसे यह कहना है कि इस कलंक को आप धो डालिए। मैं आपसे कहता हूँ कि दुनिया की किसी भी सभ्य सरकार की यह पहली जिम्मेदारी

है कि वो अपनी प्रजा को शिक्षित करे। और शिक्षा के कारण आई जागृति के कारण आपको अलोकप्रियता का सामना करना पड़े। यदि आपको अपने शासन के लिए कुछ हद तक खतरे का भी सामना करना पड़े तो सामना कीजिए; बहादुरी के साथ। इस सन्तोष के साथ कि यह आपकी जिम्मेदारी थी और आपने अपनी जिम्मेदारी ईमानदारी से निभाई।

यह भय कि शिक्षा के कारण शिक्षितों के पैर अपने जूतों से कहीं ज्यादा बड़े हो जाएँगे? इस भय पर मेरा जवाब है कि माना शिक्षा के कारण लोग अपने पुश्तैनी पेशे को छोड़कर बेहतर अवसर तलाशेंगे, अधिक अधिकार माँगने लगेंगे, हड़तालें ज्यादा होने लगेंगी, वो समाजवादी हो जाएँगे; परन्तु जनाब! क्या आप इन हज़ारों लाखों लोगों को अपने पैरों तले दबाकर इसलिए रखना चाहते हैं कि वो ज्यादा अधिकार न माँगने लगें? क्या आप हमेशा-हमेशा आने वाली अनन्त सदियों तक इन्हें अन्धकार और जहालत में इसलिए रखना चाहते हैं कि शिक्षित होकर ये आपके सामने ताल ठोककर न खड़े हो जाएँ और आपसे अपने अधिकारों की माँग न करने लगें? क्या आपमें मानवतावाद की थोड़ी-सी भी अनुभूति है? क्या आपके मन में मानवतावाद की भावना है? श्रीमन, मेरी मान्यता है कि केवल आपका ही नहीं, वरन जमींदारों और साहूकारों का भी कुछ दायित्व है। वे अपना स्वार्थ घटाएँ। श्रीमन, मेरी मान्यता है कि शिक्षितों का भी कुछ दायित्व है। वे भी अपने स्वार्थ में कमी करें। अपने ऊँचे आसन पर एकाधिकार बनाकर न बैठे रहें, बल्कि कम भाग्यवान लोगों से घुलने-मिलने के लिए उन्हें तैयार हो जाना चाहिए। यदि ये सुविधा सम्पन्न लोग अपनी जिम्मेदारी भली-भाति पूरी नहीं करते तो उन्हें उनकी आसन्दी से खींचकर उतार देना चाहिए। श्रीमन, मेरी दृढ़ मान्यता है कि यदि किसी के साथ अन्याय हुआ है तो अन्याय का विरोध और अन्याय का परिमार्जन उसका प्राथमिक अधिकार है।

हमाबाई को विधान सभा में दिया गया जिन्ना का पूरा भाषण हाथ लग गया था। वो पूरे जोश के साथ अपनी छोटी मित्र को यह क्रान्तिकारी भाषण सुना रही थी। भाषण पूरा कर कागज एक ओर रख हमाबाई ने पूछा—

"क्या समझीं?"

"यही कि मिस्टर जिन्ना हम लोगों को कुर्सी से खींचकर नीचे खड़ा करने वाले हैं।"

"हमें क्यों? हम तो मिस्टर जिन्ना के साथ हैं। सबको आसानी से शिक्षा मिले ये तो हम पारसी कितने अरसे से करते आ रहे हैं। पारसियों ने कितने ही विद्यालय खुलवाए हैं।"

"बुआ तुमने यह बता कर मुझे बचा लिया वरना मैं तो यही समझ रही थी कि बस पेटिट हॉल में हम सबके लिए गिनती के दिन रह गये हैं।' अपनी बात पूरी कर

रति ठठाकर हँस पड़ी। वैसी ही उन्मुक्त हँसी के साथ रति को झिंझोड़ती हमाबाई ने कहा—"दुष्ट।"

हमाबाई हँसती हुई कमरे से बाहर चली गयी और रति के कानों में जिन्ना के भाषण के अंश पुनः गूँजने लगे और आँखों के आगे अपोलो बन्दर के मंच पर बैठे राजा जॉर्ज और रानी मेरी नाचने लगीं—"जनाब! क्या आप इन हज़ारों-लाखों लोगों को अपने पैरों तले दबाकर इसलिए रखना चाहते हैं कि वो ज्यादा अधिकार न माँगने लगें? क्या आप हमेशा-हमेशा आनेवाली अनन्त सदियों तक इन्हें अन्धकार और जहालत में इसलिए रखना चाहते हैं कि शिक्षित होकर ये आपके सामने ताल ठोक कर न खड़े हो जाएँ और आपसे अपने अधिकारों की माँग करने लगें? क्या आपमें मानवतावाद की थोड़ी-सी भी अनुभूति है? क्या आपके मन में मानवतावाद की भावना है? आपके ऊपर ये जो कलंक लगा है और इस ब्रिटिश सरकार पर बिलकुल सही लगा है कि आपने प्राथमिक शिक्षा के प्रति घोर लापरवाही बरती है। मेरा आपसे यह कहना है कि इस कलंक को आप धो डालिए। मैं आपसे कहता हूँ कि दुनिया की किसी भी सभ्य सरकार की यह पहली जिम्मेदारी है कि वो अपनी प्रजा को शिक्षित करे।"

जिन्ना ने केवल गोखले का साथ ही नहीं दिया था उन्होंने भूपेन्द्र बसु के विशेष विवाह विधेयक का भी ज़ोरदार समर्थन किया। जिन्ना देशवासियों में जागरूकता उत्पन्न करने के पक्षधर थे। वो चाहते थे कि हिन्दू-मुसलमान लकीर के फ़क़ीर न बने रहें, बल्कि नये जमाने की अच्छाइयों को स्वीकार करें। इस विधेयक को प्रस्तुत करने का अर्थ था लोगों के भारी विरोध का सामना करना। हिन्दू-मुसलमान दोनों इसे धार्मिक मामला मानते थे और अपने धर्म में किसी परिवर्तन के लिए तैयार नहीं थे, जिन्ना ने सभा में बोलते हुए कहा कि यह विधेयक इस सभा के प्रतिनिधि को चाहे वो हिन्दू हो या मुसलमान एक कठिन स्थिति में खड़ा कर देता है; क्योंकि रूढ़िवादी विचारों के लोग इस विधेयक के विरुद्ध हैं, लेकिन मेरा दृढ़ विश्वास है कि ऐसे विरोधों से हमें डरने की कोई जरूरत नहीं है। हमको इस सभा में बिना किसी भय के जनता का भला करने वाली अपनी मान्यता को प्रकट करना चाहिए। ये आवश्यक नहीं है कि बहुमत का विरोध, उनकी मान्यता को सही सिद्ध कर देता है। जनता के प्रतिनिधि यदि किसी विषय को जनता के हित में देखते हैं तो उन्हें अपने विचार इस सभा में निर्भीकता से रखने चाहिए। और जनता के हित में उठाये गये मुद्दों का समर्थन करना चाहिए।

जिन्ना की निर्भीकता और सत्य तथा न्याय के साथ खड़े होने की जिद उसे रति के आदर्श पुरुष के रूप में स्थापित करने लगी थी। जिन्ना की बातों में शक्ति होती थी और वो उसके मन के अन्दर से प्रकट होती थीं। यह कोई ओढ़ी हुई

दिखावे वाली भावना नहीं थी। यह दृढ़ विश्वास के साथ प्रकट होने वाली भावना थी। इस तरह की निर्भीक अभिव्यक्ति वाले नेता उँगलियों पर गिने जा सकते थे और जिन्ना उन विरलों में से एक थे। जिन्ना के यह विचार रति के मन में अकसर घूमते रहते। उसके भाषणों के कितने ही अंश रति को अब कंठस्थ हो चुके थे। जब भी जिन्ना की छवि उसकी आँखों के आगे तैरती उसके जहन में हमेशा यह पंक्तियाँ उभर आतीं—

प्रत्येक मनुज के क्रन्दन में/हर शिशु के हर भय क्रन्दन में/हर वाणी में हर बन्धन में/मनबद्ध बेड़ियों की झंकारें सुनता हूँ।

एक ओर राजनैतिक-सामाजिक चेतना के वातावरण में साँस लेती रति के मानस पर जिन्ना छाते जा रहे थे तो दूसरी ओर उसकी प्रिय सहेली लीला उसे प्रेम और मानवीय अनुभूतियों के स्पन्दन से जोड़ रही थी। लीला की कवि प्रतिभा लगातार खिलती जा रही थी। इधर जो कविताएँ उसने रति के साथ साझा कीं, उनमें प्रेम की अदम्य चाहत गूँज रही थी, दुष्प्राप्य प्रेम और सहानुभूति के अभाव जैसी कल्पनाओं में जन्मी कुंठा उसकी इन कविताओं को विषाद और नैराश्य से बोझिल कर रही थी। रति यह समझ रही थी कि इन कविताओं में लीला के अपने मन की व्यथा प्रकट हो रही है। उसके अपने मन के उद्वेलन की अभिव्यक्ति इन रचनाओं में हो रही है। लीला अपने मन की कुंठाओं से जूझ रही थी उसे इस काल्पनिक नैराश्य और कुंठा से मुक्ति दिलाने की आवश्यकता थी। उसके मन में जीवन को सन्तुलित दृष्टि से देखने और अनुभव करने की शक्ति का संचार करने की जरूरत थी। उसे एक शक्तिशाली सहारे की जरूरत थी। एक जिम्मेदार सहेली के नाते रति ने लीला को उसकी रुग्ण मानसिकता से मुक्ति दिलाने के उद्देश्य से एक बार फिर लम्बा पत्र लिखा—

"स्वप्न सागर में डूबे रहने वाली। सूरज, चाँद और नृत्यमग्न सितारों की प्रेमी अनुरागमयी नन्ही पुष्पावली। भोर होते ही जब नया दिन फूलों को खिलने की शक्ति प्रदान करता है तब तुम जैसी कली उदासी की उसाँसें क्यों भरती हो? पूजा पाठ और मन्दिर में चढ़ाने के लिए खिले सामान्य फूल के बजाय मैंने तुम्हें उत्साह पुष्प का नाम दिया है। क्योंकि तुम्हारे व्यक्तित्व में समाई प्रत्येक भावना में अदम्य उत्साह है

परन्तु फिर तुम्हारे मन में प्रेम और सहानुभूति की असामान्य लालसा क्यों है? क्या तुम्हारी माँ तुम्हें नहीं चाहतीं? क्या मैं तुम्हें नहीं चाहती? क्या हम दोनों तुम्हारे मनोभावों को नहीं समझते? सुगन्ध बिखेरते पुष्प, झूमते पल्लव और चहचहाते

पक्षी क्या ये सब भी तुम्हारे मन की थाह नहीं ले पाते? क्या तुम्हें अपनी सुगन्ध ताजे खिले गुलाब से नहीं आती? क्या तुम्हारी शीतलता का अनुभव तुम्हें भोर की शीतल किरणों से नहीं मिलता? क्या आकाश में चमकते सितारे तुम्हारी ही आँखों की निर्मलता को प्रतिबिम्बित नहीं करते? तुम्हारे कंठ से जन्मे मधुर गीत क्या तुम्हें कोमल, सहज और उन्मुक्त रूप से गुंजायमान पक्षी दल के कलरव में प्रतिध्वनित होते नहीं सुनाई पड़ते?

फिर ऐसे में तुम्हारी आत्मा से जन्मा यह 'अन्तिम गीत' क्या है? क्या यह गहरी निराशा या फिर मार्मिक दुःख की अभिव्यक्ति नहीं है? और मेरी प्रिय सखी प्यार की इस तुम्हारी अदम्य प्यास को कौन बुझा सकता है? तुम और केवल तुम्हीं इस प्यास को बुझा सकती हो। यदि तुम किसी आदर्श को स्थापित करना चाहती हो तो यह तुम्हारे अन्तर्मन द्वारा ही सम्भव है और तभी तुम वह प्राप्त कर सकती हो जिसे आत्मबोध कहते हैं। तो तुम जब भी अपने मन को सन्तुष्ट या प्रसन्न करना चाहती हो तब तुम यह काम स्वयं ही करो। अपने मन द्वारा तुम स्वयं जोश भरी लाल मदिरा की धारा बहाकर अपने हृदय की प्यास को बुझाओ (लीलामणि को रति द्वारा 3 जनवरी, 1912 का पत्र)।

रति ने पत्र पूरा किया, वो अपने लिखे से सन्तुष्ट थी। किशोरी रति में अपनी समवयस्क मित्रों को समझाने और उत्साहित करने की अद्भुत, गम्भीर मेधा विकसित हो चुकी थी। जहाँ राजनीति की दीक्षा उसे घर के वातावरण, पेटिट हॉल के अतिथियों के बहस मुबाहिसों और दुनिया जहान के समाचारपत्र और पत्रिकाओं से प्राप्त हो रही थी वहीं मानव मन की गहराइयों में जन्म लेती प्रेम और घृणा, उपेक्षा और लगाव पर उसकी अपनी विचारशक्ति मंथन किया करती। तमाम कवियों की रचनाएँ और लीला की कविताएँ या फिर पत्र उसके विचारों की प्रखरता और दिशा ज्ञान के लिए उत्प्रेरक बन जाते। खिलखिलाती रहने वाली इस बालिका के उत्साह भरे जीवन में व्यावहारिक ज्ञान का कितना विशाल सागर हिलोरें मार रहा है। यह कोई नहीं जान सकता था। यह बालिका जो कैशोर्य के द्वार पर खड़ी थी उसके अन्तस में प्यार, वात्सल्य, अनुराग, लालसा, प्रेम, प्रणय और सुख-दुःख, जैसी गम्भीर समान और विपरीत भावनाओं की स्पष्ट व्याख्या करने की सामर्थ्य भी जन्म ले रही है। कौन जानता था? कौन जानता था कि यही भावनाएँ उसके भावी जीवन में कैसे रंग बिखेरेंगी।

फरवरी बीस का दिन पेटिट हॉल में जरा अलग तरह से मनाया जाने लगा था। अब लॉन में कठपुतली और भालू का नाच नहीं होता था। रति अब बड़ी-बड़ी बातें करने

लगी थी। अपनी छोटी सहेली की कविताओं की आत्मा में झाँक कर कवियित्री के मन को पढ़ना सीख चुकी थी। वो इतनी छोटी नहीं रह गयी थी कि मदारी और बन्दरों को नाचता देख तालियाँ पीटे। वो उम्र की उस दहलीज़ पर पहुँच गयी थी जब उसकी उम्र न उसे बड़ों में शामिल करती थी न बच्चों में। सुबह अगियारी और दान-पुण्य का सिलसिला तो पिछली सालगिरह की तरह ही था, पर दिन में रति अब अपने मित्रों-सहेलियों के साथ थिएटर या रेस्त्राँ का कार्यक्रम बनाती। शाम ढलते ढलते घर में पार्टी शुरू हो जाती और रात गहराने से पहले मेहमान विदा हो लेते। बस पेटिट के खास मेहमान भर रह जाते और रह जाती राजनीति, देश और समाज की चर्चा। इस बार तो राजा जॉर्ज पंचम के दरबार के किस्से सुने सुनाए जा रहे थे।

"दरबार क्या था हिन्दुस्तान के राजाओं, नवाबों को अपना वैभव दिखाने का अवसर हाथ लग गया था।" गोखले कुछ वितृष्णा के साथ बोले—"इस बहाने इनके हीरे मोतियों की धूल साफ हो गयी।"

"रजवाड़ों को अपनी वफादारी दिखाने का मौका भी मिल गया।" हँसते हुए पेटिट ने टिप्पणी की।

"हिन्दुस्तान में राजनैतिक सुधार की कोई घोषणा होती तो एक बात थी।" जिन्ना ने अपनी राय व्यक्त की।

"राजा यहाँ अपनी ताकत और मजबूती का प्रदर्शन करने आया था और आप उससे कुछ उदारता की बात कर रहे हैं।"

मेहता बोले—"तो अब बहुत दिनों के बाद फिर से दिल्ली राजधानी हो जाएगी!'

"हाँ, मुगलों के पराभव से यहाँ वीरानी छायी हुई थी पर शासन में कुछ फ़र्क़ पड़ेगा?'

"देखिए अभी तो हिन्दू-मुसलमानों में दरार बढ़ती दिखाई दे रही है।"

"न जाने कब ये दोनों कौम समझदार होंगी? जिन्ना झुँझलाए।

"जिन्ना तुम्हें खासतौर से इस स्थिति को सुधारने में अपना योगदान देना चाहिए। काँग्रेस के तो अब तुम मान्य नेता हो ही मुस्लिम लीग भी तुम्हें बहुत इज्ज़त देती है।" मेहता ने अपना सुझाव दिया।

हमाबाई के साथ रति हॉल के दूसरे छोर पर बैठ बातचीत सुनते हुए इन बातों पर धीमे सुर में चुटीली टिप्पणियाँ कर हँस रही थीं। इस लम्बे वार्तालाप को हाल में छोड़ दोनों सखियाँ अपने कमरे में पहुँच यहाँ की बातचीत की चीर फाड़ में जुट गयीं। देर रात गये हँसी-ठिठोली के बाद बुआ-भतीजी की महफिल बर्ख़ास्त हुई। रति अपने कमरे में गयी और नर्म बिस्तर में समा गयी।

रति की यह वर्षगाँठ कुछ खास हो गयी थी। इस वर्ष जिन्ना भी रति के लिए कुछ भेंट लाए थे। जिन्ना को यह मालूम था कि रति को कविताएँ बहुत पसन्द हैं वो कुछ काव्य-संग्रह लाए थे। रति की खुशी का तो कोई आर-पार ही नहीं था। अगले दिन सुबह सवेरे उसने किताबें निकालीं और पढ़ना शुरू कर दिया। अँग्रेज कवियों की ये कविताएँ पढ़ना तो आसान था पर इन संग्रहों की कविताएँ कुछ अधिक गहरी थीं। रति समझ गयी बुआ की सहायता लेनी पड़ेगी। न जाने बुआ कहाँ थीं ? रति सोच ही रही थी, बुआ को कहाँ ढूँढ़ा जाए कि बुआ प्रकट हो गयीं।

"इस साल फिर खिलौनों की बरसात हो गयी।" बुआ ने कमरे में उपहारों के ढेर पर नजर डालते हुए कहा। रति ने खिलखिलाकर हाथों की किताब एक ओर रख दी।

"तो आप प्रकट हो गयीं, मैं सोच ही रही थी कि बुआ प्रकट हों।"

"इसे कहते हैं इनट्यूशन, आपने सोचा और मैं हाज़िर हो गयी।" रति के हाथों की पुस्तक देख बुआ ने बात पूरी की; तो मिस्टर जिन्ना के उपहार से सुबह हो रही है—"आपको कैसे पता"—"अरे गुड़िया रानी आपके हाथों का काव्य-संग्रह बता रहा है, मैं वहीं थी जब मिस्टर जिन्ना ने आपको यह भारी उपहार दिया था।"

"बुआ अब बस; मैं कोई गुड़िया-वुड़िया नहीं हूँ अब मैं बड़ी हो गयी हूँ।"

"हाँ हाँ, अब तो आप जादू की पुड़िया हो गयी हैं। अब आपके क्या कहने ? रातों रात लम्बाई एक फुट बढ़ गयी है।"

"लम्बाई से ही सब बड़े नहीं होते आपकी दादी का विवाह तेरह साल की उम्र में हो गया था।"

"ओ हो ये तो मेरे ध्यान में ही नहीं आया! इस बार आपकी बारहवीं वर्षगाँठ हम लोगों ने मनायी है। बारह वर्ष पूरे कर अब आप तेरहवें वर्ष में प्रवेश कर चुकी हैं मतलब अब आपकी शादी की तैयारी की जाए।"

रति ने मुस्कराकर कहा—"बुआ! पहले अपनी तैयारी तो करो फिर मेरी तैयारी की बात सोचना।"

"अपनी तो बस अब हो ली तैयारी।"

"क्यों कितनी सुन्दर तो हो।"

"काश तुम्हारी नजर से देखने वाला कोई मिला होता। हमाबाई ने ठंडी साँस भरी।"

सुतवाँ नाक बिल्लौरी आँखें, ईरानी रंग और यौवन मद से भरपूर देहयष्टि, धन दौलत, बुद्धि और बुद्धिमत्ता में अद्वितीय फिर भी उसकी बुआ तीस-पैंतीस बसन्तों के पतझड़ देख अब तक कुँवारी थी।

"इतनी पार्टियाँ घर में होती हैं कितनी बाहर की पार्टियों में हम सब शामिल होते हैं सभी पार्टियों में नौजवान भरे रहते हैं, जरा आप नजर घुमाया करो।"

"बहुत घुमा चुकी जिस पर नजर ठहरती है पता चलता है दो बच्चों के बाप हैं और जिस पर नजर अटकती है, पता लगता है ये तो भतीजी के लायक हैं। अच्छा, बकवास छोड़ो पढ़ क्या रही थीं?"

"कीट्स का काव्य-संग्रह। बुआ ये कविताएँ कुछ ज्यादा भारी हैं इनकी व्याख्या तो तुम्हीं को करनी पड़ेंगी।"

"कोशिश करो तुम्हारी खोपड़ी में कितनी अच्छी तराजू है; मुझे मालूम है।"

"अरे नहीं बुआ बहुत भारी हैं।"

"अच्छा ठीक है, शाम को जमेगी शायरी की महफिल।" हमाबाई उठी और अपने कमरे की तरफ चल दी और रति सुबह के नित्यकर्म में जुट गयी।

एक तरफ राजनीतिक तूफ़ान दूसरी तरफ मनोरंजन के नित नये आयाम, नये नवेले उद्योग और साहित्य के नित नये सोपान। हिन्दुस्तान एक नया रूप ले रहा था। रति का मानस भी बदलते परिवेश की प्रत्येक धारा को ग्रहण कर रहा था। वो किसी एक बन्धन में नहीं बँधी थी, उसकी दुनिया उन्मुक्त थी। इस उन्मुक्तता को लीला की कविताएँ और पत्र, साहित्य-जनित भाव और भावुकता द्वारा कुछ समय के लिए बाँध देते। लीला का साथ रति के मन में छिपी कवयित्री को जगा देता। भौतिक जगत से उसका नाता तोड़ उसे मन की बगिया में पहुँचा देता। जहाँ तरह-तरह और हर रंग के फूल खिले होते। पत्रों का एक अनोखा संसार इन सहेलियों को मिल चुका था। पत्र, जिनमें सब कुछ निःसंकोच व्यक्त किया जा सकता था। जब रति ने लीला की कविताएँ पहली बार सुनी थीं तब से अब तक माँ के प्रेम और उपेक्षा से उसका नाता टूटा नहीं था। लीला की कविताओं में सीमित और असीमित मातृत्व प्रेम का सुख दुःख बोल उठता। रति ने सदैव माँ के प्रेम का पक्ष लिया और उसे अपनी सभी सन्तानों के हेतु समरूप माना, पर दोनों सहेलियों में इस विषय पर द्वन्द्व अब भी जारी था। अपने से उम्र में बहुत बड़ी बुआ से तो रति बहुत शरारती हँसी-ठिठोली किया करती। हमाबाई भी अपनी उम्र भूल रति का साथ देती पर यह छोटी-सी लीला तो अपनी उदासी के खोल से बाहर न आने की ही ठान चुकी थी। शायद हर्ष और विषाद का सम्बन्ध आयु से नहीं होता। ये भावुकता क्या वातावरणजन्य होती हैं या फिर स्वनिर्मित कल्पना का परिणाम होती हैं? क्या कोई माँ जो स्वयं भाव और भावुकता से अपनी कल्पनाओं में रंग भरती है अपनी ही रची बगिया में उत्पन्न हो रही कुंठाओं से अनजान रह सकती है? यह अल्पवयस्क लीला अपने मन में जन्मी उपेक्षा पर विजय क्यों नहीं प्राप्त कर पा रही? रति को न जानें क्यों लगता कि लीला को इस अन्धकार से बाहर निकालने का उत्तरदायित्व उसका है। कल उसे

लीला की विषादमयी कविताओं से भरा एक पत्र मिला था। रति ने अपनी जिम्मेदारी पूरी करते हुए प्रेम के लेने-देने-पाने और खोने की व्याख्या करते हुए उसे लिखा—

"तुम अपनी माँ को जितना चाहती हो उतना किसी और को नहीं, और मैं यह बिलकुल सत्य मानती हूँ कि तुम्हारी भावना को कोई दूसरा उतनी सहानुभूति के साथ नहीं समझ सकता जितना तुम्हारी माँ।

इस तरह की बात मैं सबके लिए नहीं कह सकती क्योंकि तुम्हारी माँ अनुभूति की अद्‌भुत सामर्थ्य रखती हैं। मेरे ख़्याल से यह गुण उन्हें अपने दैदीप्यमान व्यक्तित्व और प्रकाश से चमचमाती आत्मा के कारण प्राप्त हुआ है। मुझे लगता है कि इन दिनों उनकी अस्वस्थता के कारण तुम अपनी उलझन उनके समक्ष प्रकट नहीं कर रही हो। शायद तुम समझती हो कि तुम्हारी भावना जान वो उद्वेलित हो उठेंगी। नि:सन्देह यदि ऐसा है तो मैं कुछ नहीं कहूँगी। तुम्हारे लिए यही उचित है कि तुम अपना मार्ग खुद तलाशो और वही करो जो तुम्हारी अन्तरात्मा कहती है।

फिर भी तुम्हारा भला चाहने वाली प्रिय सहेली के नाते मैं यह कहूँगी कि मेरे सुझाव पर तुम गम्भीरता से विचार करो और मैं तुम्हें विश्वास दिलाती हूँ कि यदि तुम मेरे सुझाव पर अमल करोगी तो तुम कभी भी पश्चाताप नहीं करोगी।

बिना माँगे मैंने अपनी सलाह दी है इसलिए कृपया तुम इसका बुरा न मानना। तुम जब चाहो मुझे पत्र लिखो मैं हमेशा तुम्हारे पत्र पूर्ण मनोयोग से पढ़ूँगी" (लीला को रति द्वारा लिखा दिनांक विहीन पत्रांश)।

हिन्दुस्तान से हज़ारों मील दूर भूमध्य सागर (मेडिटेरेनियन सी) में भारी तूफ़ान उठ खड़ा हुआ था। ग्रीस, सर्बिया, अल्बानिया और जार्जिया ने तुर्क ख़लीफ़ा के ख़िलाफ़ हथियार उठा लिए थे। ये लड़ाई देशप्रेम के साथ धार्मिक संघर्ष में परिणत हो चुकी थी। ईसाई शक्ति ने इस्लाम को चुनौती दे दी थी। बाल्कन युद्ध शुरू हो गया। इस दूर दराज़ की लड़ाई से हिन्दुस्तान के भावुक मुसलमानों ने नजदीकी नाता जोड़ लिया। मौलाना अबुल कलाम ने इन्हीं दिनों 'अल हिलाल' साप्ताहिक पत्र प्रकाशित करना शुरू किया था। उन्होंने बाल्कन युद्ध में अँग्रेजों की नीति के ख़िलाफ़ अपने विचारों से मुसलमानों को झिंझोड़ कर रख दिया। यह उत्तेजना छपे शब्दों तक सीमित नहीं रही। हिन्दुस्तानी स्वयं सेवकों के एक दल का नेतृत्व करते हुए डॉक्टर मुख़्तार अहमद अंसारी तुर्की पहुँच गये। तुर्कों की सहायता के लिए हिन्दुस्तान में धन एकत्र करने के साथ स्वयं सेवकों को तैयार किया जाने लगा। तुर्कों की एकता को अक्षुण्ण रखने के उद्‌देश्य से ख़ादिमे काबा नाम का एक संगठन भी बनाया गया। हिन्दुस्तान के आम मुसलमानों में बेचैनी और अँग्रेजों के लिए तीव्र क्रोध, क्षोभ और

आवेश उत्पन्न हो गया।

मुसलमानों में तो गुस्सा था ही था। हिन्दुस्तान का आम उच्च शिक्षितवर्ग भी अँग्रेजों से बहुत क्रोधित था। शिक्षा में बाजी मारने के बाद भी उनके लिए सारे महत्त्वपूर्ण और ऊँचे पदों के द्वार अँग्रेजों ने बन्द कर रखे थे। राजनैतिक रूप से जाग्रत यह शिक्षित वर्ग प्रशासकीय नौकरियों में अपनी भागीदारी के लिए उतावला था। नौजवानों की इस आकांक्षा पर ध्यान देने के लिए सरकार ने एक कमीशन का गठन कर दिया।

हमाबाई ने ग्रामाफ़ोन पर एक मधुर सिम्फनी का रिकार्ड लगा रखा था। दिनबाई के घुटनों में दर्द था असगरी उनके पैरों पर मालिश करते हुए दबा रही थी। पास बैठे जीजीभाई अपने जाम से घूँट भरते हुए किसी फ़ाइल में डूबे हुए थे। हमाबाई उनके हाथ से फ़ाइल खींच मेज पर रखती हुई बोली—"घर को दफ़्तर मत बनाइए। घर का समय परिवार के लिए होता है। जीजीभाई ने मुस्कराकर बहन को देखा और चश्मा उतारकर फ़ाइल पर रखते हुए बोले—"तुम संगीत सुन रही थीं ना।'

"ये सिम्फनी तो हमाबाई को बेहद पसन्द है।" दिनबाई बोलीं और फिर बेयरर को अपने लिए एक ड्रिंक का आदेश देते हुए बोलीं—"बहुत दिनों से नये रिकार्ड नहीं आए।"

रिकार्ड पूरा हो गया और सिम्फनी पूरी हो गयी। रति ने नया रिकार्ड लगाया और बार से अपने लिए बियर का एक मग लेकर पिता के सामने बैठते हुए पूछा—"लीग आज कल सरकार के ख़िलाफ़ क्यों हो गयी है?"

"अब देश दुनिया की फ़िक्र करने वाले इस घर में आप अकेले नहीं हैं आपकी पुत्री आजकल आपसे ज्यादा फ़िक्र करने लगी है।" दिनबाई ने पुत्री की प्रशंसा की।

"भाभी, डोंट बी पार्शियल, आपकी ननद भी खासी फिक्रमन्द रहती है।"

"हाँ भाई हाँ, आप तो इनकी उस्ताद हैं। जब इनकी बात हो तो आप उसमें शामिल रहती हैं।"

कुछ दूर बैठे फ्राम और मानोकजी में तीखी बहस छिड़ गयी थी। छोटा जमशेद अपने झगड़ते भाइयों को आश्चर्य से देख रहा था। झगड़ा सिर्फ इतना था कि छक्का लूडो पर गिरे तभी माना जाएगा या लूडो के नीचे गिरने पर भी सही माना जाएगा। "ये दोनों तो हमेशा काँग्रेस और लीग की तरह आपस में लड़ते रहते हैं।" रति ने अपने छोटे भाइयों के झगड़े पर टिप्पणी की।

"इधर झगड़ा कुछ घट गया है। दोनों पार्टियाँ नजदीक आने की कोशिश में

हैं? जीजीभाई ने मुस्कराते हुए कहा।''

''हाँ! लेकिन ऐसा कैसे हो गया?'' रति ने पूछा।

''पहले सिर्फ काँग्रेस अँग्रेजों के ख़िलाफ़ रहती थी अब लीग भी बहुत ख़फ़ा है। हमाबाई ने अपनी जानकारी का परिचय दिया।

''हाँ, अँगरेजों की बाजी उलझ गयी हैं। बात-वात, बहस-मुबाहिसे तक मामला सीमित रहता तो अँग्रेज काँग्रेस को बर्दाश्त करते रहते लेकिन काँग्रेस मुसीबत बनती जा रही है। सबसे ज्यादा खतरा उन्हें तिलक जैसे नेता और उनके विचारों तथा क्रिया कलापों से हो रहा था; काँग्रेस की लगाम कसना जरूरी हो गया। अँग्रेज खुद कुछ करते तो विद्रोह की आग में घी पड़ जाता इसलिए उन्होंने आजमाया खेल खेला। हिन्दू-मुसलमान को एक-दूसरे के ख़िलाफ़ खड़ा कर दिया। काँग्रेस के जन्म के कुछ ही दिनों बाद सर सय्यद अहमद काँग्रेस को बर्दाश्त नहीं कर पाए थे। उन्होंने इसे हिन्दुओं का संगठन घोषित कर दिया था। ऐसी आवाजे लगातार उठती रहती थीं पर अब जब काँग्रेस एक मजबूत शक्ति के रूप में उभर गयी तो अँग्रेजों ने जब तब उठने वाली इन मुस्लिम आवाजों को महत्त्वपूर्ण बनाना शुरू कर दिया। लीग का गठन अँग्रेजों की शह और आशीर्वाद से हुआ है, इसलिए अपने जन्म के साथ लीग अँग्रेजों की शुक्र गुजारी और वफ़ादारी में खुश थी। इधर कुछ कसमसाहट लीग में थी पर ये जो बाल्कन की लड़ाई हुई है उससे लीग की गर्दन फँस गयी है। अब अँग्रेजों के साथ दोस्ती उन्हें अपने दींन-धर्म के ख़िलाफ़ लग रही है पेटिट ने लम्बी चौड़ी व्याख्या की।

—''कसमसाहट तो दो एक साल पहले से ही शुरू हो गयी थी।'' हमाबाई ने कुछ और जानकारी जोड़ी।

—''हाँ, दरअसल लीग अपनी जगह तै नहीं कर पा रही है, सारे बुजुर्ग नेताओं ने लीग के जन्म के साथ अँग्रेजों को अपनी वफादारी का भरोसा दिया था, अब उनके ख़िलाफ़ कुछ भी कहना अपने वादे को तोड़ने जैसा है और फिर आगा ख़ान तो लीग स्थापित करने के बाद से ही शान्त हो गये। लीग के दूसरे बड़े नेता ढाका के नवाब सलिउल्लाह का दीवाला निकल गया है। सरकार ने कर्ज़ देकर उनकी नाक कटने से बचाई है। मामूली ब्याज पर उन्हें एक लाख पौंड का कर्ज दिया है। वो इस एहसान से ऐसा दबे हैं कि बोलती बन्द है। अब ये जो लड़ाई शुरू हुई है वो एक तरह मुसलमान और ईसाइयों के बीच है, ऐसे में मुसलमानों की पार्टी अँग्रेजों का साथ कैसे दे सकती है?''

''मतलब न सटकते बन रहा है न उगलते।'' रति ने टिप्पणी की।

''बिलकुल ठीक और सबसे बड़ी मुश्किल ये कि बुजुर्ग नेता तो वायसराय के यहाँ सज़दा करते रहे हैं ऐसे में अँग्रेजों से तुर्की ब तुर्की बात करने वाला कोई नेता

लीग में है नहीं।''

''इसीलिए मिस्टर जिन्ना पर डोरे डाले जा रहे हैं।''

''हाँ, लीग की लगातार यह कोशिश है। जिन्ना अपने शब्दों को तौल कर बोलते हैं। बेबाकी से अपनी बात रखते हैं, सरकार पर खुलकर जोरदार हमला करते हैं। उनकी इस वक्तृत्व कला से लीग बहुत प्रभावित है इसलिए इन लोगों की पूरी कोशिश है कि जिन्ना लीग में शामिल हो जाएँ। यह संगठन ऐसे मुसलमान नेता की कमी महसूस कर रहा है जो उनके विचारों को तार्किकता और दमदारी के साथ पेश कर सके। बाल्कन युद्ध के कारण लीग अँग्रेजों से ख़फ़ा है। आम मुसलमान उद्वेलित है। इस उद्वेलन को कोई मजबूत नेता ही अभिव्यक्ति दे सकता है। जिन्ना में कूटनीतिक प्रतिभा है। वैसे अगर जिन्ना लीग में शामिल हो जाते हैं तो अच्छा ही होगा वो मुस्लिम जमात को नवाबों, बादशाहों के ख्वाबगाह से निकालकर हिन्दुस्तान की मुख्यधारा में जोड़ने का काम कर सकते हैं। मुस्लिम काँग्रेस के साथ हाथ मिला लें तो अँग्रेज हिन्दुस्तान की आकांक्षाओं के साथ न्याय करने के लिए मजबूत हो जाएँगे।'' जीजीभाई ने लीग में हो रही उथल-पुथल की बारीक़ियों की व्याख्या पूरी कर दी।

खाना लगने की सूचना के साथ इस बातचीत में बेयरर ने व्यवधान डाला और महफिल बर्ख़ास्त हो गयी। इस रात सोने से पहले रति ने मिस्टर जिन्ना के उपहार का काव्य-संग्रह उठाया। शेली की कुछ पंक्तियों पर उसकी नजर अटक गयी—

गहरे नीले पंख पसारे/
इसी धरा से अग्नि पुंज सम/
उच्चासन की ओर और ऊपर उड़ जाते/
ऊँचाई का बंध तोड़कर/
गा उठते सप्तम सुर साधे/
सप्तम सुर में गीत अनवरत/

उसका मन बार-बार ये पंक्तियाँ दोहराने लगा, न जाने कब उसकी आँख लग गयी। आग का एक गोला नाचता हुआ आकाश की ऊँचाइयों की ओर मानो पंख लगाए उड़ता जा रहा था ऊपर और ऊपर और इस आग के गोले में एक पुरुष चेहरा था, मुस्कराता हुआ मुहम्मद अली जिन्ना।

इस वर्ष पुनः काँग्रेस और मुस्लिम लीग का अधिवेशन एक ही स्थान पर आयोजित हो रहा था। पटना के पास बाँकीपुर में; जिन्ना इन दोनों अधिवेशनों में शामिल हुए। जहाँ काँग्रेस के अब वो एक प्रतिष्ठित नेता थे वहीं मुस्लिम लीग में वो विशेष

निमन्त्रण द्वारा अतिथि के रूप में शामिल हुए। जिन्ना अभी लीग के सदस्य नहीं बने थे। जिन्ना की मंशा थी कि काँग्रेस और लीग नजदीक आए। दोनों के मिलने से ऐसी शक्ति बने कि सरकार हिन्दुस्तान की आकांक्षाओं को पूरा करने के लिए मजबूत हो जाए। लीग अपनी विचारधारा में लगातार ढील दे रही थी और काँग्रेस के नजदीक आने की कोशिश कर रही थी, पर उनका मानना था कि काँग्रेस भी उसकी भावना को समझे। जिन्ना दोनों के बीच पुल बन जाना चाहते थे।

लीग के इस अधिवेशन में हिन्दुस्तान के लिए उपयुक्त स्वशासन व्यवस्था पाने के लिए एक प्रस्ताव प्रस्तुत हुआ। कहा गया कि इस उद्देश्य की प्राप्ति के प्रयास संवैधानिक मर्यादाओं के अन्तर्गत ही होंगे। इसके लिए लीग राष्ट्रीय एकता को प्रोत्साहन देगी, और हिन्दुस्तान के विभिन्न वर्गों में सामंजस्य के साथ, सभी वर्गों के साथ सहयोग करते हुए वर्तमान प्रशासनिक व्यवस्था में त्वरित सुधार के लिए प्रयास करेगी। जिन्ना ने इस प्रस्ताव का समर्थन किया।

इस अधिवेशन के कुछ ही दिनों बाद लखनऊ में लीग की एक बैठक होनी थी। जिन्ना इसमें भी निमन्त्रित थे। इस बैठक में जिन्ना सरोजिनी नायडू के साथ शामिल हुए। इस बैठक के पहले प्रस्ताव द्वारा जिन्ना को वक़्फ़ बिल की सफलता के लिए बधाई दी। फिर लीग के उद्देश्य में मूलभूत बदलाव किया गया। 'ब्रिटिश सत्ता के प्रति वफ़ादारी को प्रोत्साहित करने' के बजाय अब लीग का नया उद्देश्य निश्चित हुआ—"लीग ब्रिटिश सत्ता के अन्तर्गत हिन्दुस्तान में उपयुक्त स्वशासन की प्राप्ति का प्रयास करेगी।" अध्यक्ष मियाँ मुहम्मद शफी ने इस बैठक में प्रस्तुत लीग के एक नये उदार संविधान को स्वीकार करते हुए कहा। मेरे मित्र आदरणीय श्री जिन्ना ने कहा है कि जो प्रस्ताव इस कौंसिल में प्रस्तुत हुआ है इसके अलावा कोई अन्य विकल्प स्वीकार करना बुद्धिमत्तापूर्ण नहीं होगा। मैं उनकी इस मान्यता से पूरी तरह सहमत हूँ। लीग ने जिस तरह जिन्ना के विचारों का आदर किया और उनके कार्यों की प्रशंसा की उसके बाद लीग के नेताओं के आग्रह को ठुकराना जिन्ना के लिए असम्भव हो गया और उन्होंने लीग की सदस्यता स्वीकार कर ली। मौलाना मोहम्मद अली और सयद वज़ीर हसन ने मोहम्मद अली जिन्ना को मुस्लिम लीग की सदस्यता प्रदान की (1913 में)।

जिन्ना की व्यस्तता बढ़ती जा रही थी। एक तरफ़ उसकी वकालत थी दूसरी तरफ काउंसिल की सदस्यता फिर काँग्रेस की ज़िम्मेदारियाँ और अब मुस्लिम लीग। इसके अलावा विभिन्न कमेटियों में सदस्य या फिर मेहमान के तौर पर निमन्त्रण। इतनी व्यस्तताओं के बीच भी वो जिमखाना की शाम और मित्रों की महफिल के लिए समय निकाल लेते थे। निमन्त्रण पेटिट्स का हो तब तो समय न होने पर भी वहाँ जाना निश्चित होता था।

हिन्दुस्तानी नौजवानों के लिए प्रशासनिक नौकरियों में अधिक भागीदारी का आग्रह काँग्रेस एक अरसे से लगातार कर रही थी। आई. सी. एस. के दरवाज़े ज्यादा से ज्यादा हिन्दुस्तानी नौजवानों के लिए खुलें इसके लिए आवश्यक था कि यह परीक्षा हिन्दुस्तान में भी आयोजित की जाती। सरकार ने इन सभी मामलों पर सुझाव देने के लिए लार्ड इस्लिंगटन की अध्यक्षता में एक कमेटी बना दी थी। गोखले इस कमिटी के सदस्य थे। वो और जिन्ना इस्लिंगटन के साथ हिन्दू-मुस्लिम एकता, कौंसिल्स में सामान्य सुधार और हिन्दुस्तान में स्वशासन जैसे अन्य विषयों पर भी विचार-विमर्श के उद्‌देश्य से इंग्लैंड जा रहे थे। इस मौके पर दोनों मित्रों के लन्दन प्रस्थान से पहले पेटिट ने एक शानदार दावत का आयोजन किया। दावत तो एक बहाना होती थी असली कार्यक्रम तो प्रासंगिक विषयों पर चर्चा और बहस-मुबाहिसे का होता था और पेय इसकी गम्भीरता को बढ़ाने में उत्प्रेरक का काम करते थे।

इस दावत में बहुत गिने-चुने मित्र ही निमन्त्रित थे। शाम की शुरुआत जिन्ना की सफलता के टोस्ट के साथ हुई। भरे जाम के गिलास टकराहट से खनक उठे और जोरदार आवाज में मेहता बोले, ''जिन्ना द्वारा मुस्लिम लीग के उद्‌देश्य में सार्थक बदलाव के नाम थ्री चियर्स।'' पेटिट ने गोखले और जिन्ना के लन्दन प्रस्थान की खुशी में एक बार फिर जाम टकराए और जोरदार थ्री चियर्स का उद्‌घोष किया। जिन्ना ने व्हिस्की का घूँट भरते हुए कहा—''लीग में शामिल होने के लिए मेरे ऊपर बहुत दबाव था, मैंने लीग की सदस्यता ग्रहण तो कर ली है पर शर्त यह रखी है कि मुस्लिम लीग के प्रति वफ़ादारी और मुसलमानों के हित मुझे किसी भी तरह और किसी भी समय मेरे प्रमुख राष्ट्रीय कर्तव्य के प्रति विश्वासघात की मामूली छाया भी नहीं पड़ने देंगे।''

मेहता बहुत खुश थे। वो बोले, ''तुमसे राष्ट्रीय हित में विश्वासघात की कल्पना भी नहीं की जा सकती। चलो अन्त में लीग की समझ में आ गया कि सर सय्यद गुजरे वक़्त में जी रहे थे।''

''लेकिन मुसलमानों को काँग्रेस से दूर करने में तो कामयाब हो गये।'' गोखले ने टिप्पणी की।

''जिन्ना इस कामयाबी को नाकाम कर देंगे।'' पेटिट ने अपनी राय व्यक्त की।

''मिन्टो और उसके सहयोगी अँग्रेज अफ़सरों ने शिमला में जो खिचड़ी पकायी है उससे दोनों कौमों में सन्देह और नफ़रत पैदा करने की पूरी कोशिश की है। कौंसिल्स में हिन्दू बहुमत मुसलमानों को दबाने में कामयाब हो जाएगा, ये डर बड़ी कुटिलता के साथ फैलाया गया है।''

जिन्ना ने हलकी खनकती हँसी के साथ कहा, ''पैंतीस रईसों को हिन्दुस्तानी

मुसलमानों का घर बैठे रहनुमा बना दिया। और ये जो नया शगूफ़ा मुसलमानों की बेचारगी का पैदा किया जा रहा है एकदम वाहियात ख़याल है; जब मैं लन्दन में पढ़ रहा था तब मैंने संसद में आयरिश सांसद अल्फ्रेड वेब् की ताकत को देखा था। आयरिश तो संसद में एकदम कमजोर अल्पसंख्यकों की हैसियत रखते थे, लेकिन इस राजनैतिक शक्ति ने विशाल ब्रिटिश तन्त्र को हिलाकर रख दिया। आयरिश लोगों की माँगों के आगे इस साम्राज्य को लकवा मार गया। आयरिश जैसा एक छोटा-सा अल्पसंख्यक वर्ग यदि प्रजातन्त्र में इतनी शक्ति रखता है तो हिन्दुस्तान के मुसलमान तो बेहद शक्तिशाली हैं। अल्पसंख्यक हैं तो क्या? कोई भी ताकत प्रजातन्त्र में इतने बड़े समुदाय का गला नहीं घोंट सकती। हिन्दुओं के बहुसंख्यक होने का भय पैदा करना एकदम वाहियात है।'' जिन्ना ने अपनी बातों से अल्पसंख्यक बहुसंख्यक जैसे भय की बुनियाद उखाड़ डाली।

''बिलकुल ठीक कहा तुमने, प्रजातन्त्र में प्रत्येक समुदाय की राजनैतिक आकांक्षाओं और उमंगों के लिए सांविधानिक रोक-टोक अधिकार और कर्तव्यों के दृढ़ प्रावधानों की गुंजाइश होती है, फिर मुसलमान कोई मुर्दा कौम है कि उन्हें शासन की साझेदारी से यों ही किनारे कर दिया जाएगा?'' मेहता ने मुस्लिम जीवन्तता पर भरोसा जताया।

''हिन्दुस्तान की राजनीति में इन हिन्दू-मुसलमान, ईसाई, पारसी जैसे दायरों को खत्म करना पहली जरूरत है। पूजा इबादत अपने घर में सीमित रखिए संस्कृति परम्परा सब ठीक है पर राजनीति और शासन में इनकी कोई जगह नहीं होनी चाहिए।'' जिन्ना ने अपना क्रान्तिकारी विचार रखा।

''हाँ, उपासना ईश्वर-अल्लाह, रीति-रिवाज़, खान-पान, रहन-सहन आप अपने पास रखें। किसे विरोध होगा पर शासन इन सब दायरों से मुक्त होना चाहिए।'' पेटिट ने जिन्ना का समर्थन किया।

''मान्यता है कि राज्य को सामाजिक-राजनैतिक और आर्थिक हितों की रक्षा करते हुए ऐसी परिस्थितियाँ उत्पन्न करनी चाहिए कि किसी भी व्यक्ति को अपने विवेक के आधार पर काम करने का सर्वोत्तम अवसर उपलब्ध हो सके। राज्य को किसी के जीवन में केवल तभी हस्तक्षेप करना चाहिए जब यह बिलकुल स्पष्ट और सिद्ध हो जाए कि किसी व्यक्ति या समूह में स्वतन्त्रता के कारण व्यक्ति को गुलाम बनाने की शक्तिशाली प्रवृत्ति पैदा हो गयी है।'' जिन्ना ने राज्य की शक्ति की विस्तृत व्याख्या की।

इस रात सोने से पहले फिर बुआ-भतीजी आज शाम हुई बहस का विश्लेषण कर रही थीं,

''लेकिन हम पारसियों को तो मुसलमानों की ज़्यादती के कारण ही अपना

मुल्क छोड़ना पड़ा।'' रति ने अपना सवाल रखा।

''हाँ, लेकिन अब जमाना बदल रहा है, फिर राजशाही और प्रजातन्त्र में फ़र्क़ है। राजा जनता की भावना की परवाह किये बिना कोई भी हुक्म जारी कर सकता था पर चुने हुए प्रतिनिधि मनमाने कानून नहीं बना सकते। अपनी सनक पर कोई आदेश लागू नहीं करवा सकते। और यदि किसी व्यक्ति या समूह में अपने या पराये लोगों को गुलाम बनाने की प्रवृत्ति उत्पन्न हो जाए या उन पर अपने विचार और आदर्श थोपने की प्रवृत्ति पैदा हो जाए तो राज्य को ऐसी शक्तियों को काबू करने के लिए हस्तक्षेप करना चाहिए।'' हमाबाई ने राजा के निरंकुश शासन और प्रजातन्त्र की बारीकी और जिन्ना के विचारों की व्याख्या की।

''तो मिस्टर जिन्ना नये जमाने के मुसलमान हैं?''

''हाँ बादशाहों, नवाबों और उनके दरबारी मुल्ला-मौलवियों से अलग। आज के फ़िरकापरस्त, रूढ़िवादी, मुस्लिम नेताओं के एकदम विपरीत। न मुस्लिम दाढ़ी न टोपी न शेरवानी न चोगे; एकदम आजाद और प्रगतिशील विचार हैं मिस्टर जिन्ना के, किसी भी तरह की फिरकापरस्ती से बहुत दूर। मुझे तो ऐसा लगता है कि उनके राजनैतिक-व्यक्तिगत जीवन में मज़हब के लिए कोई जगह ही नहीं है।'' हमाबाई और रति के बीच ये बातें यों ही चलती रहीं और रात ढलती रही। आसमान में पूर्णमासी का चाँद अपनी पूरी चमक से दमकते हुए काली रात के अँधेरे से लड़ता रहा।

आसमान में उड़ रहे देव दूत का स्वर्ण आभामय लम्बा चोगा हवा में लहरा रहा था। आकाश के नीचे अपने महल की छत पर खड़ा बादशाह फटी आँखों से आसमानी देवदूत को देखते हुए उसकी गरजदार चेतावनी सुन रहा था—तुमने बादशाह का कर्तव्य नहीं निभाया। अपने मुल्क के पारसियों के साथ बुरा बर्ताव किया, ऐसा राजा राज करने के काबिल नहीं जो अपनी प्रजा का ख़्याल न रख सके। अब नया जमाना आ रहा है जब प्रजा अपने ऊपर खुद राज करेगी तुम्हारा राज खत्म हो जाएगा, तुम्हारी प्रजा तुम्हें गद्दी से उतार देगी और सारी शानो-शौक़त मिट्टी में मिलाकर रख देगी। राजा ने डरकर आसमान में उड़ रहे दूत को देखा। चोगे के अन्दर सूटबूट पहने देवदूत की रेशमी टाई हवा में लहरा रही थी। रति ने देखा आसमान में जिन्ना मुस्करा रहा था। रति की नींद टूट गयी। फिर सपने में देखे चेहरे का ध्यान आया वो मुस्करा पड़ी और करवट ले पुनः नींद के आगोश में जा लेटी।

सपनों का देवदूत फिर प्रकट हुआ और बोला—नये युग में जनता की सरकार होगी। जनता अपने लिए नियम स्वयं बनाएगी, तब किसी पर जुल्म नहीं होगा। सब

अपने धर्म रीति-रिवाज़ को मानने के लिए स्वतन्त्र होंगे। राज्य इनके जीवन में तभी हस्तक्षेप करेगा जब कोई किसी के साथ अन्याय करेगा। अपने परिवार, कुनबे या फ़िरके में भी अन्याय नहीं होने देगा। एक बार फिर रति की नींद टूटी, वो बुदबुदाई—शुभ रात्रि मिस्टर जिन्ना, बहुत व्याख्यान दे चुके अब सोने दो। उसने सपनों के प्रवेश को रोकने के लिए अपनी आँखों पर बाँह रखी और गहरी नींद में डूब गयी।

जिन्ना और गोखले 1913 की अप्रैल को इंग्लैंड यात्रा पर निकल पड़े। बीस साल पहले जब जिन्ना लन्दन प्रशिक्षु के तौर पर गये थे तब से अब तक इस लम्बी यात्रा में कोई विशेष अन्तर नहीं आया था। अब भी बीस पचीस दिनों की यह लम्बी यात्रा ऐसी होती थी कि यात्री जहाज का कैदी बनकर रह जाता था पर इस बार इस कैद में उनका एक घनिष्ठ मित्र भी साथ था। गोखले और जिन्ना को देश समाज के बारे में विचार-विमर्श का अप्रतिम अवसर हाथ लगा था। गोखले जिन्ना के धार्मिक विचारों को सुनकर अभिभूत हो जाते। इस व्यक्ति में इन्सान इन्सान में फ़र्क़ करने के लिए मज़हब कोई स्थान ही नहीं रखता था। यह ठीक है कि जिन्ना मुसलमान थे पर यह पहचान उनके लिए कोई अर्थ नहीं रखती थी। इस्लाम से उनका सम्बन्ध सिर्फ इतना था कि वे मुस्लिम माता-पिता की सन्तान थे। न इस व्यक्ति में गुजरे वक़्त की शासक वर्ग में जन्म लेने का कोई अहम् था न कठमुल्लेपन वाला कोई उन्माद। इस यात्रा में गोखले तो स्नान के बाद ईश्वराधना करते थे, पर जिन्ना को उन्होंने सजदे में कभी नहीं देखा। जिन्ना के विचार जिस कदर उदार और धर्म-मज़हब की दीवारों से परे थे उन्हें जान कर गोखले यह निश्चित मान चुके थे कि यह व्यक्ति हिन्दू-मुसलमानों के मतभेद दूर करने में देवदूत की भूमिका निभाएगा। हिन्दू मुसलमानों के बीच भाईचारे और सौहार्द्र को अटूट शक्ति प्रदान करेगा। इस यात्रा की वापसी पर जब गोखले सरोजिनी नायडू से मिले तो उन्होंने जिन्ना के व्यक्तित्व के इस पक्ष की भरपूर प्रशंसा की और कहा—"जिन्ना एक सच्चे इन्सान हैं, जाति धर्म के संकुचित पूर्वाग्रह से एकदम मुक्त।" सरोजिनी नायडू ने जवाब दिया—"मेरी भी यही मान्यता है; उनके इसी गुण के कारण ही तो मैं कहती हूँ हिन्दुस्तान में वो हिन्दू-मुस्लिम एकता के सर्वोत्कृष्ट राजदूत हैं।"

लन्दन से वापिस होने के बाद जिन्ना कराची काँग्रेस में शामिल हुए। अपने जन्म नगर में पहुँचते ही बचपने की घड़ियाँ उनके समक्ष मूर्तिमान हो उठीं। बचपन में रौंदी गयी गलियाँ-वीथियाँ कल्पना में तैर गयीं। लड़कपन के दोस्त-यारों से मुलाकात हुई। गोली गिल्ली डंडे याद आए। परन्तु यह उम्र राजदंड से खेलने की हो

गयी थी अब खेल शासक और शासित के बीच होने लगा था। जिन्ना ने हिन्दुस्तान की कौंसिल्स के पुनर्गठन का एक प्रस्ताव तैयार किया और कराची काँग्रेस अधिवेशन में यह प्रस्ताव प्रस्तुत किया। लार्ड क्रियु ने अपनी ओर से हिन्दुस्तान की कौंसिल के लिए एक नया विधेयक ब्रिटिश संसद में रखा था। इस विधेयक पर हिन्दुस्तानी दृष्टिकोण और विचारों के प्रति ब्रिटिश सांसदों को अपने पक्ष में सहयोग उत्पन्न कराने के उद्देश्य से काँग्रेस ने आने वाले वसन्त में जिन्ना की अध्यक्षता में काँग्रेस का एक प्रतिनिधिमंडल लन्दन भेजना तै किया। काँग्रेस ने मुस्लिम लीग के अपने उद्देश्य में परिवर्तन का भी स्वागत किया।

काँग्रेस अधिवेशन के बाद जिन्ना आगरा में हो रहे मुस्लिम लीग के सेशन में पहुँचे। लीग के इस अधिवेशन में इस संगठन को अपने संकुचित दायरे से मुक्ति हेतु जिन्ना ने प्रस्ताव रखा कि साम्प्रदायिक आधार पर प्रतिनिधित्व के सिद्धान्त पर निष्ठा की पुष्टि आगामी एक और वर्ष के लिए स्थगित कर दी जाए। उन्होंने लीग को सम्बोधित करते हुए कहा कि ''विशेष प्रतिनिधित्व का यह सिद्धान्त हिन्दुस्तान को कभी न जुड़ने वाले दो अलग खंडों में विभाजित कर देगा।'' मुसलमानों के लिए अलग जन प्रतिनिधित्व लीग की पहली और अपरिवर्तनीय माँग थी। इसलिए लीग ने जिन्ना के इस प्रस्ताव को स्वीकार नहीं किया पर लीग के मंच से उसके मूल उद्देश्य पर ऐसा प्रश्नचिह्न खड़ा करना केवल जिन्ना के बस की ही बात थी।

यह दौर जिन्ना का था; उनकी व्यस्तता का कोई ठिकाना ही नहीं था। हिन्दुस्तान के सफलतम और महँगे वकीलों में वो अग्रगण्य स्थान प्राप्त कर चुके थे। काँग्रेस और मुस्लिम लीग के वो प्रतिष्ठित नेता थे, इम्पीरियल लेजिस्लेटिव काउंसिल के सबसे मुखर और राजनैतिक महत्त्वपूर्ण आयोजनों, कमेटियों के अपरिहार्य सदस्य। इस दौर की अग्रिम पंक्ति के नेताओं में वो सबसे कम उम्र के नेता थे। आने वाले भविष्य में वो हिन्दुस्तान की राजनीति में धूमकेतु की तरह उदय होने वाले सबसे सशक्त व्यक्ति थे। ऐसे सफल व्यक्ति ने किशोरवय रति के सपनों में स्थाई स्थान बना लिया था। वो इस व्यक्तित्व के सम्मोहन में इस तरह डूब चुकी थी कि अब उबरने की कोई गुंजाइश शेष नहीं रह गयी थी। जिन्ना अकसर बुआ-भतीजी की चर्चाओं का केन्द्रबिन्दु बनने लगे थे। जिन्ना के जीवन की नयी सफलताएँ उसे रति के मन में प्रशंसनीय बनाती जा रही थीं। रति हमाबाई से पूछती अब तो काँग्रेस या लीग की जो भी कमेटी बनती है सबमें बस मिस्टर जिन्ना ही दिखाई देते हैं।

''इसका भी कारण है।'' हमाबाई जवाब देती; ''मिस्टर जिन्ना कानून की गहरी पकड़ रखते हैं और बोलते हैं तो एक-एक शब्द तौल कर, मजाल है जो उन्हें अपनी कही किसी बात पर कभी शर्मिन्दा होना पड़े, कभी कोई पश्चाताप हो जाए।

ये गुण बहुत विरल होता है।''

जब भी ऐसी चर्चा होती, रति जाने किस दुनिया में खो जाती। अकसर उसके मन में कोई कविता उभर आती। कविता की कल्पनाओं में खोयी रति को हमा झिंझोड़कर पूछती—''ए मैम कहाँ हो?'' रति खिलखिलाकर बुआ को बाँहों में भरते हुई कहती—''अपनी बुआ की गोद में।''

रति अपनी बुआ की सुन्दरता पर मोहित थी और उसके भरे यौवन को देख कल्पना करती कब उसका शरीर ऐसे आकर्षण से निखरेगा। अधिक दिन नहीं लगे। स्नान के बाद एक दिन स्नानगृह के आदमकद आईने में उसने खुद को निहारा तो उसे पता चल गया। यौवन ने उसके जीवन में दस्तक दे दी थी। उसके मुख की लुनाई बढ़ गयी थी। उसकी आँखों में अब रात छोड़ दिन में भी सपने तैरने लगे थे। नाटकों में नायक-नायिका की आपसी छेड़छाड़ देख उसके कान गर्म हो उठते। दिल की धड़कनें तेज हो जातीं। रूमानी कविताएँ उसके मन पर छा जातीं। उद्दाम प्रेम की कल्पनाएँ उसे आकाश में उड़ा देतीं। रति बुआ से लैला-मजनू शीरीं फरहाद जैसी प्रेम कथाओं पर खूब बातें करती। वो उम्र के उस दौर में पहुँच रही थी जब लड़कियाँ बात-बात पर शरमाने लगती हैं और फिर अपने शरमाने को यौवन की धारदार तलवार से तार-तार कर देती हैं। जब वो अपना मदमाया यौवन निरावृत्त कर प्रेमियों की नींदें उड़ा देने की शरारत से उद्दीप्त हो उठती हैं और फिर तुरन्त अपने नवयौवन मित्र की रक्षा हेतु कई-कई आवरण वाले दुपट्टों से आवृत्त कर लेती हैं। जब उनकी दो नहीं आठ दस आँखें हो जाती हैं और जब वो अपने किसी विश्वसनीय राज़दार की सख्त जरूरत महसूस करने लगती हैं।

जीवन से जुड़े अनजाने यौवन के अध्याय, रईसों के बच्चों को नौकरों-चाकरों से बिना पढ़े-पढ़ाए मिल जाते हैं। शादी-ब्याह, प्यार-मोहब्बत के किस्सों के अलावा स्त्रियोचित कठिनाइयों के दिनों की चर्चा बेन और असगरी दबी मुस्कराहाट के साथ कितनी बार कर चुकी थीं, पर अब जब रति के जीवन में इन मायावी दिनों ने प्रवेश किया तो उसे कुछ चिन्ता हुई, अपनी निजी समस्याएँ और जरूरतें वो बड़े आराम से बुआ को बता दिया करती थी; लेकिन इस नयी परेशानी को झिझकते और डरते हुए उसने बुआ के सामने रखा। हमा प्यार से मुस्कराई और उसके भय को हवा में उड़ाते हुए बोली—''अब तुम बड़ी हो गयी हो। फिर उसे आश्वस्त करते हुए कहा'', कि ये परिवर्तन तो जीवन का अंग है; वैसे ही जैसे खाना-पीना और आँसू बहाना।

रति के पहनने-ओढ़ने में अब कल्पना का अतिरिक्त समावेश होने लगा था। किसी कुशल चित्रकार के चयन की भाँति वो रंगों की छटाएँ अपने परिधानों में व्यक्त करने लगी थीं। नये फैशन, नयी सज-धज और वेशभूषा पर बुआ-भतीजी

एक–दूसरे से खुलकर सलाह लेतीं देतीं। एक–दूसरे की सलाह को महत्त्व भी देतीं। सौंदर्य प्रसाधन, इत्र फुलेल या कपड़ा, गहना खरीदने में दोनों खूब आनन्द लेतीं। दर्जी को खूब हिदायतें देतीं और डिजाइन की बारीकी समझाने में एक–दूसरे से बढ़कर हिस्सा लेतीं। ऐसा लगता कि दोनों एक–दूसरे की हमसाया हो गयी हैं। थिएटर, सिनेमा के दौरे अब बढ़ गये थे। दो रुपये आठ आने का टिकट बहुत महँगा होता था पर पेटिट खानदान के लिए महँगा सस्ता अर्थहींन था। एक नया नाटक आजकल खूब लोकप्रिय हुआ था 'अनारकली' रति यह नाटक कई बार देख चुकी थी। अकबर से सलीम की बग़ावत और अनारकली द्वारा बादशाह की हुक्मउदूली ऐसे अंश थे जो उसकी रगों में सिहरन उत्पन्न कर देते थे। ऐसे नाटकीय दृश्यों पर सारा हॉल तालियों की गड़गड़ाहट से गूँज उठता। दर्शकों को फिर नाटक से जोड़ने के लिए ऐसे मौकों पर छोटी–सी हास्य नाटिका पेश कर दी जाती। द्विअर्थी अन्दाज और शरारती सीमा को छूते ये लघु नाटक दर्शकों के बीच हँसी का फव्वारा छोड़ देते।

रेस्त्राँ या फिर शाम की सैर तो आमतौर से अब रोज़ ही होती। अकसर दोनों जिमखाना क्लब पहुँच जाया करतीं। यहाँ कई बार पूल टेबल पर निशाना साधते मिस्टर जिन्ना से भी मुलाकात हो जाती। खेल में भी उनकी एकाग्रता देखकर रति चकित रह जाती। उसे ऐसा लगता वो हर बाजी केवल जीतने के लिए खेलते हैं। बेहद आकर्षक सूट और रेशमी लहराती टाई उनके व्यक्तित्व को मोहक बना देती। ऐसे सफल और प्रसिद्ध जिन्ना जब हमाबाई और रति से क्लब में मिलते तो उनकी शालीन मुस्कान, शिष्ट और विनीत व्यवहार रति के दिल पर गहरी छाप छोड़ता। कठोर छवि के लिए प्रसिद्ध इस सफल व्यक्ति की मृदुल सौम्यता और सुसंस्कृति रति को कल्पनाओं के तूफ़ानों में उड़ा देती।

अध्याय—6

आसक्ति

फरवरी बीस अब नजदीक थी। रति ने अपने जन्मदिन के लिए कुछ नयी पोशाकें सिलवाना तै किया। कुछ फ्रॉक, कुछ स्कर्ट-ब्लाउज़ेस और कुछ चोलियाँ; कई साड़ियों के साथ इस बार सारी खरीद फरोख़्त और दरजी के यहाँ का दौरा रति ने अकेले किया। खरीद फरोख़्त के ये दौरे रति अपनी पसन्द के दो घोड़ोंवाली विक्टोरिया में करती थी। उस दिन फरवरी की दोपहर जब उसकी विक्टोरिया चौपाटी को पीछे छोड़ती क्वींस रोड पर दौड़ लगा रही थी रति के बाल हवा में लहरा रहे थे। उसने देखा भी नहीं कि ओवल के पास खड़ा एक नौजवान उसे अचानक देख उठा; उसे ये दृश्य किसी आकर्षक पेंटिंग जैसा लगा। नौजवान की आँखों में यह छवि कैद हो गयी। नौजवान का नाम था कानजी द्वारकादास। बम्बई के रईस गुजराती व्यापारी घराने का यह नौजवान नहीं जानता था कि विक्टोरिया में सवार वो लड़की कौन थी। दोनों यह भी नहीं जानते थे कि बहुत जल्द भाग्य उन दोनों को नजदीक ले आएगा और दोनों जन्म भर के लिए गहरे मित्र बन जाएँगे

कुछ दिनों बाद दरजी ने ट्रायल के लिए बुलाया था। अब रति बुआ को साथ ले गयी और दरजी के ट्रायल रूम से निकल अपनी पहली पोशाक फ्रॉक दिखाई तो फूफी की आँखें फट गयीं। आश्चर्य मिश्रितमुस्कान से उन्होंने उसके कान में फुसफुसा कर कहा—"रति तुम बड़ी हो गयी हो।' फ्रॉक के घेर को दिखाने के लिए नाचती रति ने कहा—"प्रत्येक सालगिरह पर मैं कुछ ज्यादा बड़ी हो जाती हूँ।"

"पर, पर तुम जवान हो गयी हो।"

"चौदह साल की लड़की जवान ही कहलाती है।"

"मेरा मतलब तुम्हारा यौवन तुम्हारे फ्रॉक से झाँक रहा है।"

"यौवन झाँकता नहीं बुआ! फट पड़ता है"

"रति; तुम्हारा शरीर दिख रहा है।"

"मेरे पास कुछ दिखाने को है तो दिख रहा है। इसमें परेशानी क्या बुआ? मुझे बहुत अच्छा लग रहा है; मैं कहती हूँ आप भी दो-चार ऐसे ही फ्रॉक सिलवा लो।"

"ना बाबा ना, मैं साड़ी में ही ठीक हूँ मुझमें हिम्मत नहीं कि ऐसी पोशाक पहनूँ।"

"बुआ, तुम न जाने किस युग में जी रही हो; यह नया जमाना है। मैं इसी युग में जीना चाहती हूँ और जी भरकर जीना चाहती हूँ।"

"लेकिन घर-परिवार परिचित-दोस्त क्या कहेंगे?"

"क्या कहेंगे? बुआ! हमारे और दोस्तों के घर कैसी पेंटिंग्स और मूर्तियों से सजे हैं? निर्जीव मूर्ति और पेंटिंग्स में सब देखना मंजूर, लेकिन जीवित शरीर का अंश दिख गया! तो बस, आसमान फट पड़ता है? बुआ, इन ढोंगियों को जो कहना हो कहें। मैं उनके लिए नहीं अपने लिए जी रही हूँ। मुझे जिसमें खुशी मिलेगी मैं वो करूँगी। जिस पोशाक में मैं सुन्दर दिखूँ मैं वो पहनूँगी। कोई क्या कहेगा मेरी बला से।"

उस वर्षगाँठ की शाम रति ने वही फ्रॉक पहना। उस शाम उसने स्कॉच के कई पेग लिए, ड्रिंक्स ने उसे उन्मुक्त कर दिया। उसकी वाचाल हँसी का संगीत पार्टी में गूँज उठा। उस शाम उसकी चौदहवीं वर्षगाँठ पर सारी दुनिया को पता चल गया। रति अब जवान हो गयी है।

जिन्ना उस पार्टी में सिगार के कश लेते हुए ड्रिंक के छोटे-छोटे घूँट ले रहे थे। उनकी नज़र कई बार रति की तरफ आकर्षित हुई बारीक शिफान के चुस्त फ्रॉक का बड़ा घेरा रति की नृत्यमय चाल से घूम उठता और उसकी गोरी जाँघें झलक मार जातीं। फ्रॉक के गहरे गले में हीरे का हार उसके वक्ष पर जब तब कौंध उठता। यौवन के इस आकर्षण को देख जिन्ना ने भी यह स्वीकार कर लिया कि कल तक इस घर में भागने-दौड़ने वाली बच्ची अब जवान हो गयी है।

रति की सहेलियाँ, पारिवारिक रिश्तेदार और जाने-पहचाने मेहमानों ने जिस गम्भीरता और उल्लास के साथ रति को बधाइयाँ दीं उसने रति को यह विश्वास दिला दिया कि वो जवान हो गयी है और उसके शयन कक्ष में बेन ने उसे रात्रि पोशाक पहनाने में सहायता की तो उसके मुँह से भी निकल गया'बेबी साहब अब तो आप जवान हो गयी हैं।'

और बम्बई की उस ठंडी रात की नीरवता में नींद की बेहोशी में डूबी रति के कानों में एक सुलगती कविता गूँजने लगी—"प्रिये तुम जवान हो गयी हो" और कविता गुनगुनानेवाला था... मिस्टर जे।

फ्रेड मेस की हास्य फिल्में रति और हमाबाई को खूब पसन्द थीं पर अब एक नया हास्य कलाकार ज्यादा प्रसिद्ध हो रहा था। चार्ली चैप्लिन। इस कलाकार की तो दोनों दीवानी हो गयी थीं। आज जब उसकी नयी फिल्म देखकर दोनों सहेलियाँ

हॉल से बाहर निकलीं तो भी फिल्म के अंश याद करती रति लोटपोट हुई जा रही थीं। चहकते हुए फिल्म के अंशों को दोहराने वाली ये दो दर्शक ही नहीं थीं ज्यादातर दर्शक यों ही हँसते हुए बाहर निकल रहे थे। फिल्म के बाद परदादी सकरबाई द्वारा स्थापित पशु अस्पताल का दौरा करना तै था। अब अकसर रति इस अस्पताल के ज्यादा चक्कर लगाने लगी थी। पशु प्रेम अब एक नया रूप लेने लगा था। उनके अस्पताल के रख-रखाव में कुछ सहायता, हमाबाई तो यहाँ का दौरा पहले ही बड़ी लगन से किया करती थी। फोर्ट से उनकी बग्गी परेल की तरफ उड़ चली। वर्षा ऋतु ने बम्बई में अभी दस्तक दी नहीं थी पर धमकी देने लगी थी। रति के खुले बाल हवा में लहरा रहे थे और बूँदाबाँदी वाली फुहार उसके खुले बालों में मोतियों की तरह चिपकती जा रही थी कोचवान ने छतरी तानने के लिए पूछा तो रति और हमाबाई दोनों ने मना कर दिया। दौड़ती विक्टोरिया में गपशप का एक अनोखा आनद होता। फिल्म के दृश्य अब भी दोनों हँस हँसकर एक-दूसरे को यों सुना रही थीं जैसे सुनने वाले ने फिल्म देखी न हो। फिल्म अध्याय था कि न खत्म होने वाला अलिफ़-लैला का किस्सा बन गया। बूँदाबाँदी अब कुछ तेज हो गयी, विक्टोरिया का छाता खोलना पड़ा। बेमौसम की बारिश और अधिक तेज हुई मानों आसमान फट पड़ेगा बूँदों की तेज बौछारों में दौड़ती बग्गी गुम हो गयी।

रात्रि भोज के समय, हमाबाई ने आज छपी एक खबर की चर्चा करते हुए रति से पूछा—"तुमने पढ़ा? लार्ड क्रियु ने जिन्ना के बारे में क्या कहा?" रति ने उत्तर दिया कि आज वो अब तक समाचारपत्र देख ही नहीं पाई थी।

"हिन्दुस्तान से आए इस प्रतिनिधिमंडल में सबसे कलात्मक ढंग से बात करने वाला कोई व्यक्ति है तो वो जिन्ना हैं।" बुआ ने रति को जानकारी दी।

काँग्रेस प्रतिनिधिमंडल के साथ जिन्ना लन्दन जा चुके थे (अप्रैल, 1914)। उनके साथ भूपेन्द्र नाथ बसु और लाला लाजपत राय भी थे। दोनों वरिष्ठ नेता थे। यह दल अँग्रेजों विशेषकर ब्रिटिश सांसदों को हिन्दुस्तान के साथ किये जा रहे राजनैतिक सौतेले व्यवहार से अवगत कराने के उद्देश्य से पहुँचा था। दल की जिम्मेदारी थी कि ब्रिटिश सांसदों को हिन्दुस्तान के साथ हो रहे अन्याय की ठोस जानकारी देकर उनमें हिन्दुस्तान के पक्ष में मुखर होने की भावना उत्पन्न करे। इसी परिप्रेक्ष्य में लन्दन के टाइम्स से बात करते हुए जिन्ना ने कहा—"ब्रिटिश हुकूमत में शायद हिन्दुस्तान ही अकेला देश है जिसे शासन में प्रतिनिधित्व नहीं मिला है और दुनिया के सभ्य देशों में ऐसा अकेला देश है जिसके पास वास्तविक अर्थों में जनतान्त्रिक प्रणाली वाली शासन व्यवस्था नहीं है।"

"अच्छा तो आजकल मिस्टर जे लन्दन में झंडे गाड़ रहे हैं!" रति ने अपनी प्रतिक्रिया दी।

"देखते हैं! क्या-क्या जीत कर आते हैं मिस्टर जिन्ना।" हमाबाई ने जवाब दिया

"बुआ कहीं मिस्टर जे लन्दन में फिर थिएटर कम्पनी में भर्ती हो गये तो?"

"तब तो हुए नहीं जब होना था और अब तो वो और बड़ी थिएटर कम्पनी में हैं; अब क्या भर्ती होंगे?"

हमाबाई ने पेस्ट्री के टुकड़े को खत्म कर नेपकिन से मुँह पोंछा और उठते हुए बोली। "हो गया आज बातों बातों में कुछ ज्यादा खा गयी।" रति ने भी उनका साथ दिया और दोनों बाहर निकल बँगले के प्रांगण से जुड़े समुद्र तट पर चहलकदमी करने लगीं। आसमान में छिट-पुट छितराए बादल चाँद के साथ लुका-छिपी खेल रहे थे। समुद्र कुछ अशान्त था। अचानक एक बड़ी लहर ने दोनों की पिंडलियाँ चूम लीं कपड़े गीले हो गये दोनों सहेलियाँ लहर की छेड़खानी पर हँसती खिलखिलाती बँगले में आकर अपने कमरों में समा गयीं।

रोमियो कह रहा था—

हिन्दुस्तान पर राज करने वाले अँग्रेजों तुम दुनिया में अपनी उदारता का ढिंढोरा पीटते हो, लेकिन हिन्दुस्तान के नागरिकों को उनके जायज़ अधिकारों से उन्हें वंचित रखते हो। हिन्दू-मुसलमानों को लड़वा कर राजनैतिक खेल खेलते हो। काँग्रेस और लीग दोनों तुम्हारी चालें समझ गयी हैं। मैं इन दोनों ताकतों को इतना नजदीक कर दूँगा कि तुम्हारा सारा खेल खत्म हो जाएगा। हिन्दुस्तानियों की यह साझी ताकत तुम्हें हिन्द महासागर से बाहर कर देगी।

अपनी मोहब्बत का इज़हार करने वाला वह रोमियो न जाने कब जिन्ना के रूप में अँग्रेजों को ललकार उठा। रति की नींद टूट गयी। वर्षा आगमन के साथ आकाश काले मेघों से आच्छादित था। रात ऐसी घटाटोप कि हाथ को हाथ न सुझाई दे, रति ने बत्ती जलायी दो बज रहे थे। अब अकसर आधी रात को जिन्ना उसे नींद से उठा देता। कुछ एक घड़ी वो जागी आँखों उसके सपने देखती और पुनः उसी के ख़्वाब देखने की लालसा के साथ निद्रा सागर में डूब जाती।

पेटिट हाल में पुरुषों की महफिल तो ड्राइंगरूम या फिर लॉन में केन्द्रित रहती पर सरोजिनी की महफिल पूरे घर में कहीं भी जम जाती। जब वो इस घर में होतीं तो हमाबाई, दिनबाई, रति, पद्मजा और लीला के साथ हंगामा हो जाता। उम्र की दीवार जाने कहाँ खो जाती। सरोजिनी अपनी कविताएँ सुनातीं। लीला भी अपनी रचनाएँ

सुनाती। अब उसकी कविताओं से उदासी की घटाएँ भी छँटने लगी थीं। रति को सरोजिनी के मुँह से राजनैतिक विमर्श और घटनाएँ सुनना भी अच्छा लगता। सरोजिनी भी तमाम राजनैतिक महफिलों के अन्दरूनी किस्से सुनातीं। जिन्ना के व्यक्तित्व से तो वो बहुत प्रभावित थीं ही उनके विचारों की वो बड़ी बारीक व्याख्या किया करतीं। जहाँ लीला ने अपनी माँ से काव्य रचने का गुण पाया था वहीं पद्‌मजा ने राजनीति में पैठना प्रारम्भ कर दिया था। साहित्य-कला और राजनीतिक अभिरुचि का मिश्रण दोनों बहनों से बात-संवाद को आनन्दमय बना देता।। मुश्किल एक ही थी इन दोनों परिवारों की ये साझी मुलाकातें गाहे-बगाहे होतीं, अधिकतर तो रति, पद्‌मजा और लीला को पत्र व्यवहार से ही काम चलाना पड़ता। कुछ दिनों पहले ही रति को पद्‌मजा का माँ के राजनैतिक विचारों और दार्शनिकता से ओत-प्रोत पत्र मिला। रति उत्तर देने में चुस्त थी उसने पद्‌मजा को लिखा—

''प्रिय पद्‌मजा,

सामान्यतया तुम्हारे पत्र जैसे रहते हैं, उसी तरह तुम्हारा यह पिछला पत्र था। इसे पढ़ते-पढ़ते मैं एक बार पुनः कलात्मक सौन्दर्य के संसार की अतल गहराइयों में डूब गयी। जीवन तूफ़ानी उत्तेजना और मायूस उदासियों का अजब घालमेल है। इसके बावजूद यह पूरी तरह भरापूरा है। भरापूरा क्योंकि अन्दर से खाली है। खाली परन्तु सम्पूर्ण। जैसा उल्लासमय है वैसा ही विषाद युक्त। पर यह सभी भावनाएँ हृदय से जन्मी नहीं, बल्कि आत्मजन्य होती हैं।

आत्मा से मेरा अर्थ स्वभाव से है। हम शान्ति के इच्छुक होते हैं पर हम इसी ख्याल से आतंकित भी रहते हैं। हम उत्साहमय तूफ़ान से ओतप्रोत रहते हैं......हमारी आत्मा उत्तेजना की व्यथा से छटपटाई रहती है और इसके बाद यदि हमसे इन सब का कारण पूछा जाए तो इसके उत्तर में हमारे पास एक ही शब्द है—स्वभाव। अरे भई, तुम इसे एक प्रकार का उन्माद भी कह सकती हो।

हाँ, इलाहाबाद में तुम्हारी माँ का दिया भाषण मुझे अच्छा लगा। यह अच्छा था लेकिन इससे अच्छा वो काँग्रेस के मंच पर इससे पहले दे चुकी हैं। इलाहाबाद का यह भाषण मैंने द क्रोनिकल में पढ़ा था। मुझे प्रतीत होता है कि अखबार ने यह रिपोर्टिंग जिम्मेदारी के साथ की होगी, लेकिन सामान्यतया हम अखबार की रिपोर्टिंग पर बहुत भरोसा नहीं कर सकते। कई बार ये पत्रकार सारगर्भित भाषण को एकदम बकवास की तरह प्रस्तुत कर देते हैं।' (रति द्वारा पद्‌मजा को लिखा पत्र)

लीला और पद्‌मजा से बातों और पत्रों में एक दार्शनिक कवि हृदया रति जन्म लेती। जीवन की सम्पूर्णता और अपूर्णता जैसी दुरूह भावनाओं का मर्म वो इस अल्पावस्था में ही ढूँढ़ चुकी थी, वह जान चुकी थी कि आशाओं, आकांक्षाओं से भरा

जीवन सब कुछ पाने के बाद भी खाली रहता है। नयी आशाएँ और आकांक्षाएँ इस खालीपन को भरने के लिए उद्वेलित करती हैं। जीवन की सम्पूर्णता और अपूर्णता की ऐसी काव्यात्मक व्याख्या रति के लिए बहुत आसान थी। नायडू परिवार के साथ रति का दोस्ताना उसे ऐसी गम्भीर अभिव्यक्तियों का अवसर प्रदान कर देता। ये सहेलियाँ अपने पत्रों द्वारा राजनीति, देशप्रेम और भावुकता की गम्भीर मन्त्रणाओं के बाद सामान्य छेड़छाड़, पसन्द-नापसन्द, प्रेमाकर्षण और शौक-वौक़ से लेकर अनियमित दिनचर्या तक का सिरदर्द साझा किया करतीं। जैसे-जैसे ये सहेलियाँ बड़ी हो रही थीं इनका पत्रव्यवहार भी बढ़ता जा रहा था।

भर्ती है जा रे साँवरिया तेरे द्वार खड़े रंगरूट

उत्तरी हिन्दुस्तान की ब्रज भूमि में लोक गायक गाँव-गाँव में यही गीत गाते घूम रहे थे। अँग्रेज सरकार को फौजियों की सख्त जरूरत पड़ गयी थी। दुनिया विस्फोट के मुहाने पर आकर खड़ी हो गयी थी। यों तो इस आसन्न युद्ध के कई बहाने थे पर मुख्य शक्तियों का ध्येय था अपनी सम्पन्नता में वृद्धि के लिए दुनिया पर अपना सिक्का। ब्रिटेन इस दौर की सबसे बड़ी शक्ति थी। हिन्दुस्तान की रक्षा के लिए तो इसे एक मजबूत सेना की जरूरत थी ही; दुनिया के विभिन्न मोर्चों पर लड़ने के लिए भी इसे बहुत बड़ी संख्या में सैनिकों की आवश्यकता थी। यह जरूरत हिन्दुस्तान से ही पूरी हो सकती थी। इसलिए हिन्दुस्तानी गाँवों-कस्बों में नौजवानों को सेना में भर्ती के लिए प्रेरित किया जा रहा था। सरकार ने इस काम के लिए लोक-नर्तक और गायकों की सेवाएँ लीं। ये कलाकार गाँव-गाँव घूमकर नौजवानों को फौज में भर्ती होने के लिए प्रेरित करते हुए गाते—

भर्ती है जा रे साँवरिया तेरे द्वार खड़े रंग रूट।
यहाँ मिले ना रूखी रोटी वहाँ पे हलुआ बूर, भर्ती है... ॥
यहाँ पहनते फटी लँगोटी वहाँ कोट और बूट, भर्ती... ॥

अब तक अँग्रेजों की नीति हिन्दुस्तानियों के हाथों से हथियार छीनने की रही थी। इस देश में जो सीमित फौज थी उसमें सिपाही, जमादार और रिसालेदार जैसे मामूली पदों को छोड़ सभी निर्णायक पद अँग्रेजों के लिए आरक्षित थे। इस फौज का इस्तेमाल अपने ही देश के लोगों को दबाने और डराने भर के लिए था, लेकिन इधर स्थितियाँ बदल गयी थीं, अब हिन्दुस्तान की सुरक्षा महत्त्वपूर्ण रूप से आवश्यक हो गयी थी। सुरक्षा का अर्थ था कि अँग्रेजों के इस उपनिवेश पर कोई दूसरी शक्ति अधिकार न कर ले। इससे भी ज्यादा बड़ी आवश्यकता यहाँ की फौज को यूरोप में इस्तेमाल करने की थी। बड़ी संख्या में जुझारू सैनिक हिन्दुस्तान से ही मिल सकते

थे। प्रथम विश्व युद्ध के लिए यहाँ के ग्रामीण नौजवान सेना में केवल सिपाही बन सकते थे बस, फौज में इसके आगे उनके लिए सारे रास्ते बन्द थे।

जिन्ना जनवरी (1915) में हिन्दुस्तान लौटे। फरवरी में उनके परम मित्र, प्रेरणास्रोत और आदर्श पुरुष गोपाल कृष्ण गोखले का निधन हो गया। देश की राजनैतिक लड़ाई के लिए तो था ही पर जिन्ना के लिए व्यक्तिगत रूप से यह बड़ा आघात था। कुछ ही दिनों में दूसरी चोट और लगी। सर फ़िरोज़शाह मेहता का भी देहान्त हो गया। नरमपन्थी दल की इन दो महान प्रमुख विभूतियों के निधन से काँग्रेस के इस पक्ष में गहरा शून्य उत्पन्न हो गया। इस शून्य को केवल एक ही नेता भर सकता था और वह नेता था मुहम्मद अली जिन्ना। जिन्ना न केवल काँग्रेस के शीर्ष नेतृत्व में शामिल थे, वरन् लीग और शासन में भी प्रतिष्ठित और महत्त्वपूर्ण स्थान रखते थे।

युद्ध की तैयारी में व्यस्त हिन्दुस्तान के वायसराय के लिए एक पुराना सिरदर्द जेल से मुक्त होकर राजनैतिक अखाड़े में वापिस आ गया था। तिलक अपना कारावास पूरा कर बम्बई आ गये थे। लोकमान्य का स्वागत हिन्दुस्तान की जनता ने एक विजेता के रूप में किया। अपने बीच उन्हें पाकर पूरा हिन्दुस्तान एक नये जोश से आलोड़ित हो उठा। यह मुसीबत अकेले नहीं आई थी। इसी समय श्रीमती एनी बेसेंट ने भी हिन्दुस्तान की राजनीति में प्रवेश कर अँग्रेज सरकार के ताबूत में कील ठोंकने का काम शुरू कर दिया। तिलक अब साठ के लपेटे में थे और कारावास के कठिन जीवन ने उनके स्वास्थ्य पर गहरा असर डाला था। मराठा शेर में कुछ थकान प्रकट हो उठी थी। इसलिए जिन्ना के सफल राजनैतिक उत्कर्ष के लिए ये दोनों शक्तियाँ किसी तरह का खतरा नहीं थीं।

श्रीमती एनी बेसेंट को इंगलैंड से हिन्दुस्तान आए लगभग बीस वर्ष हो चुके थे। वो अब तक केवल आध्यात्मिक क्षेत्र में ही सक्रिय थीं। आध्यात्मिक जागृति में संलग्न इस आयरिश महिला ने हिन्दुस्तानी जनता के साथ ब्रिटिश अन्याय को स्वयं देखा। यहाँ जनता की दुर्दशा देख उनका आध्यात्मिक मन भी विद्रोह कर उठा। वो यहाँ के स्वराज आन्दोलन में सक्रिय हो गयीं। काँग्रेस गोखले, फ़िरोज़शाह जिन्ना आदि के नेतृत्व में अँग्रेज़ी शासन का विरोध अब तक एक सीमारेखा के अन्दर कर रही थी, तिलक यह सीमा रेखा त्यागकर स्वतन्त्रता का युद्ध लड़ने के लिए उद्धत थे। उनके उग्र विचारों के साथ काँग्रेस में गर्म दल का उदय हो गया। काँग्रेस के इन गरम और नरम दल ने आपसी खींच-तान के कारण मुख्य उद्देश्य को गौण कर दिया था। तिलक के जेल जाने से काँग्रेस में एक शून्य भी घर कर गया था। श्रीमती बेसेंट ने इस शून्य को भर देने का निश्चय किया। उन्होंने अपने विचारों का परिचय 'इंडिया-अ-नेशन' नामक एक पुस्तक के द्वारा प्रकट करते हुए राजनीति में पदार्पण

किया। हिन्दुस्तान में स्वशासन अधिकार की उन्होंने पुरजोर वकालत की।

अपने दृष्टिकोण को जनता के बीच विस्तार देने के लिए उन्होंने एक साप्ताहिक पत्र प्रकाशित करना प्रारम्भ किया और इस पत्र में 'हाउ इंडिया रॉट फॉर फ्रीडम' नाम से एक लेख शृंखला प्रकाशित की। श्रीमती बेसेंट ने इस शृंखला में काँग्रेस के जन्म से सन् उन्नीस सौ पन्द्रह तक की करुण कथा का वर्णन किया। इन लेखों में उन्होंने लिखा कि अब तक काँग्रेस ने कितनी बुद्धिमानी, धैर्य और सहनशीलता के साथ हिन्दुस्तान के न्यायसंगत अधिकारों की लड़ाई संवैधानिक दायरे के अन्दर रहते हुए लड़ी है; काँग्रेस द्वारा सभ्यता के साथ किये गये इन प्रयासों के प्रतिदान स्वरूप इस देश को अपनी सरकार बनाने की स्वतन्त्रता तो मिल ही जानी चाहिए थी। किन्तु ब्रिटिश शक्ति ने अपने सत्ता मद में हिन्दुस्तानियों की इस न्यायोचित माँग को अब तक ठुकराया है। इसलिए उन्होंने निश्चय किया कि अब यह लड़ाई उनके द्वारा स्थापित होम रूल लीग और अधिक दृढ़ता के साथ लड़ेगी। एक अँग्रेज महिला का हिन्दुस्तानी आध्यात्म में दृढ़ विश्वास और अब अपने देश द्वारा यहाँ की जा रही ज़्यादतियों का ऐसा मुखर विरोध! किसी भी समझदार हिन्दुस्तानी के लिए वो प्रेरणा स्रोत थीं। रति ने उनके लेखों की यह पूरी शृंखला बहुत ध्यान से पढ़ी थी। इन लेखों पर वो पहले अपनी गुरु हमाबाई से चर्चा करती फिर सुबह नाश्ता करते हुए पिता से बहस करती। रति के मन में श्रीमती बेसेंट के प्रति अगाध श्रद्धा और आदर ने जन्म ले लिया।

दो-एक वर्षों से रति को पेट दर्द ने सता रखा था। जब यह असहनीय दर्द उठता तो वो छटपटा जाती। पेट दर्द से मुक्ति के लिए उसे ऑपरेशन कराना पड़ा। अब कुछ दिनों के लिए उसे आराम करना जरूरी थी। वर्षा ऋतु में वैसे भी परिवार अपनी पूना की आरामगाह को गुलजार किया करता था। ईगल्स नेस्ट नाम के इस आनन्द महल में इन दिनों रति स्वास्थ्यलाभ ले रही थी। यहाँ उसके मेलमुलाक़ातियों का अकाल था, पर पिता के मित्र और स्थानीय पारसी परिवारों का आना-जाना रहता था, जिन्ना भी दो-चार दिन की छुट्टियाँ मनाने यहाँ अकसर आया करते थे। उसके ऑपरेशन से पहले भी वो यहीं थे। पिता के साथ उनकी चर्चाओं में अब रति शामिल होने लगी थी। इन बहसों में जिन्ना द्वारा मोहक अन्दाज में दिए गये तर्क पर वो मोहित हो जाती। जिन्ना उसके और घर की सभी स्त्रियों के साथ बेहद शिष्ट-सभ्य और औपचारिकतापूर्ण व्यवहार करते। आमतौर से महिलाओं के साथ वे आँखों में आँखें डालकर बातचीत करने से बचते, पर उनकी उपस्थिति की उपेक्षा नहीं करते थे। रति के छोटे होने के बावजूद वो उनका अभिवादन कर पाये उसके पहले ही जिन्ना यह औपचारिकता निभा देते। यदा-कदा वो माँ या बुआ की पोशाकों की सामान्य प्रशंसा कर खूबसूरती के साथ उन्हें उनकी उपस्थिति और महत्त्व का एहसास करा देते।

जब तक जिन्ना पूना में रहे, रति थोड़ा व्यस्त रही पर उनके जाने के बाद और इस नामुराद ऑपरेशन के कारण आराम के बन्धन में बँधी इस विशाल प्रांगण में वो बहुत अकेलापन महसूस करती ऐसे में पत्र बड़ा सहारा थे, विशेष रूप से नायडू बहनों के।

एक अन्तराल के बाद उसे पद्मजा का पत्र मिला तो लम्बे समय से पत्र व्यवहार न करने का रति ने उसे उलाहना देते हुए अपने बारे में चिन्ता के लिए धन्यवाद दिया और फिर उसे छेड़ते हुए लिखा कि दुनिया भर की बातें उसने इस एक पत्र में ही पूछ डालीं। अपने ऑपरेशन और स्वास्थ्यलाभ की सूचना के बाद उससे मिलने की इच्छा व्यक्त करते हुए लिखा कि अब जब सरोजिनी बम्बई आए तब वह उनके साथ अवश्य आए। इस बीच अपनी फोटो भेज दे तो अच्छा रहेगा।

हैदराबाद के शान्त जीवन और सुव्यवस्था की प्रशंसा करते हुए उसने लिखा कि ''आपाधापी और भागदौड़ वाला बम्बई वहाँ की शान्त जीवन संस्कृति से यह अवश्य सीख सकता है कि अपने शहरी जीवन में कुछ सुधार कैसे करे।'' ''क्या तुम्हें अपभ्रंश से बहुत तीव्र वितृष्णा है। इतनी ज्यादा तो नहीं होगी कि मेरी उन्मुक्त भाषा तुम्हें सदमा पहुँचा दे।'' रति इस परिवार के भाषा-शुचिता प्रेम से भली-भाँति परिचित थी, लापरवाह अन्दाज की लेखन शैली से इस भाषा शास्त्री परिवार को आघात न पहुँचे इसकी चिन्ता करते हुए ही यह प्रश्न उसने किया। अपनी सहेली द्वारा आयोजित मेले पर जिज्ञासा व्यक्त करते हुए उसने पूछा—''तो तुम्हारा मेला आयोजन सफल रहा! मुझे लगता है तुमने इस मेले से अच्छी-खासी धनराशि इकट्ठी कर ली होगी।''

सजने-सँवरने की शौकीन रति ने पद्मजा द्वारा साड़ी पहनने और सँभालने का व्यौरा पढ़, प्रश्न किया—''तो क्या तुमने पहली बार साड़ी पहनी? मैं तो अब खूब अभ्यस्त हो चुकी हूँ, लेकिन मुझे अपने वो प्रारम्भिक दिन खूब याद हैं जब मैंने साड़ी पहननी शुरू की थी तब मुझे यों लगा करता था जैसे कौए ने माँगे हुए मयूर पंख धारण कर लिए हों। वैसे साड़ी पहनना मुझे सदैव बहुत सम्मानजनक लगता है।

मुझे खुशी है कि अब तुम्हारी आँखें ठीक हैं और तुम इस कष्ट से मुक्ति पा चुकी हो। बीमार आँखों के कारण कुछ भी लिख-पढ़ न पाने के कारण तुम अवश्य झुँझलाती रही होगी। आँखों पर जोर न पड़े इस डर से तुम्हें और भी रोकटोक की दिक्कतें सहन करनी पड़ी होंगी। ये सब कितना कष्टप्रद होता है इसका कुछ अनुभव तो मुझे भी है क्योंकि मैंने अपने भाई की आँखों के कष्ट को देखा है।

अपने ऑपरेशन के कारण आजकल मैं काफी हद तक निष्क्रिय हूँ। क्यों? तुम्हें ठाठदार नहीं लगती मेरी निष्क्रियता? अनुभवी चिकित्सक और समझदार बड़े-बूढ़े अपने अनुभवों से मेरा खूब ख्याल रख रहे हैं। मैं स्वयं किसी भी तरह की थकान से बच रही हूँ। मेरा ध्यान रखने वालों की कोई कमी नहीं है...

ममा, मैं, आंटी और एक मित्र के साथ हम लोग शिमला जाने वाले हैं। 30 सितम्बर को जाकर एक महीना वहाँ के ठंडे मौसम का आनन्द लेंगे और फिर 1 नवम्बर को वापिस बम्बई लौटेंगे।

मेरी काहिली के लिए क्षमा करना और कृपया यह न सोचना कि मैं अशिष्ट हूँ। मैं समय से तुम्हारे काव्यपत्र का उत्तर नहीं दे सकी। जानती हूँ कि मुझे देर नहीं करनी चाहिए थी पर यार मैं बहुत ढीली हूँ।

लेकिन तुम देर से जवाब देकर मुझसे बदला नहीं लोगी। मुझे जल्द जवाब की आशा है। मैं जानती हूँ कि बदला लेने में बड़ा मीठा आनन्द मिलता है। लेकिन ऐसी मिठास चिड़चिड़ा भी बना देती है...।

पुनश्च : मेरा एक सुझाव है। तुम्हें नहीं लगता कि तुम अपने बारे में स्वयं लिखकर भेजो तो ये बड़ा रोचक होगा। मैं तुम्हारी रूपरेखा बनाने की कोशिश करती रही पर फिर अपनी इस कोशिश से सन्तुष्ट नहीं हुई। तुम समझ रही हो मैं क्या कह रही हूँ। अरे भाई अपने ऊपर लेख लिख दो। तुम्हें नहीं लगता कि यह बहुत मजेदार रहेगा'' (सितम्बर, 1915 को रति का पद्मजा को लिखा पत्र)

रति को कैशोर्य के साथ मिले पेट के मर्ज ने फिर जीवन में कभी उसका साथ छोड़ा ही नहीं। अपनी इस बीमारी की हालत में भी वो पद्मजा को आँख की बीमारी के लिए सान्त्वना देना नहीं भूली। ये लड़की थी ही ऐसी औरों के कष्ट को देख वह अपनी परेशानी भूल जाती, फिर पद्मजा तो उसकी प्रिय मित्र थी।

सन पन्द्रह का शिमला, शिमला होता था। ऊँचे-ऊँचे, हरे-भरे चीड़ और देवदार की हरी ध्वजा को फहराते वृक्षों का वन। इस शहर में बस्ती कम थी। हरियाली ज्यादा। रात-बिरात, भूले-भटके जंगली जानवरों का खतरा अब भी रहता था। बिजली की कमी थी। कितने ही घर दुकान दीये, लालटेन या फिर नये गैस के हंडों से रोशन होते। गोधूलि बेला से ही सन्नाटा पसरने लगता, शहर जल्दी सोता और जल्दी उठता। आने-जाने के लिए सवारी के नाम पर सामान्य लोगों को अपने पैरों पर ही भरोसा करना पड़ता था। खाते-पीते लोगों के पास घोड़े या टट्टू की सुविधा थी। इसके विपरीत एक नया शहर था जो अँग्रेजों ने अपने लिए बसाया था। बड़ी-बड़ी कोटेजेस और कोठियों के साथ चिकनी सड़कें। बिजली-पानी की सुविधा और आने-जाने के लिए कार और रिक्शे। कार तो अभी विचित्र वाहन के रूप में ही दिखती थीं और बहुत से मार्गों पर इनका चलना निषिद्ध था। खासतौर से माल रोड पर, माल रोड तो सामान्य हिन्दुस्तानी के लिए भी निषिद्ध थी। यहाँ के मालिक सिर्फ अँग्रेज होते या फिर अँग्रेजों की उदारता से अनुग्रहीत राजे-रजवाड़े, नवाब,

सुलतान या फिर अकूत धन-सम्पत्ति वाले रईस। पुरानी बस्ती जो अब शहर बनती जा रही थी वहाँ सड़कें कम गलियाँ-वीथियाँ ज्यादा थीं। कुछ इलाकों को शहर के धनी व्यापारियों ने सम्पन्नता की सौगात दे दी थी, ऐसे ही सम्पन्न लोअर बाजार की सड़क के दोनों ओर लकड़ी के दो-तीन मंजिले टीन की छत वाले बड़े मकानों की शृंखला थी। नीचे दुकान ऊपर मकान। इन पहाड़ी बस्तियों और बाजारों में आने-जाने के लिए सड़क कम सीढ़ियाँ ज्यादा थीं। मैदानी नौजवानों की भी इन सीढ़ियों पर चढ़ते-उतरते जान निकल जाया करती थी। मैदानी सैलानी आते ही कहाँ थे? सैर-सपाटे के लिए पहाड़ों पर रहने-ठहरने का ख़्वाब केवल धनी-मानी ही देख सकते थे। पेटिट जैसे परिवारों के लिए यहाँ कुल एक ही होटल होता था। चौड़े मैदानी इलाके में बना छोटा पर सर्व सुविधा युक्त सेसिल। पूना से आकर पेटिट महिलाएँ यहीं ठहरीं। प्राकृतिक स्थानों की दीवानी रति को शिमला बहुत पसन्द था। खासतौर से यहाँ के लोअर बाजार की चाट पकौड़ी। बड़े और भव्य होटलों और रेस्तराओं में आने-जाने वाली रति यहाँ के खोमचेवालों के यहाँ नि:संकोच खाती-पीती। हमाबाई और उसकी माँ रति की इस दीवानगी पर खूब हँसतीं। पेट के मर्ज का अभी ऑपरेशन हुआ था पर रति जब तब तीखे मसालेदार छोले-कुलचे, नान-कबाब या फिर दही-भल्ले खाने के लिए पुरानी बस्ती में निकल पड़ती।

इसी होटल में कपूरथला रियासत का राजपरिवार भी तफ़रीह के लिए ठहरा हुआ था। रति के उल्लासमय रहन-सहन और बात-व्यवहार ने होटल में ठहरे कितने ही लोगों से उसका मित्रवत् परिचय करवा दिया। रति के उन्मुक्त व्यवहार से कपूरथला महाराजा का भतीजा भ्रम का शिकार हो गया। उसे यह बिन्दास लड़की पसन्द आ गयी और दीवानगी इतनी बढ़ी कि वो रति के घूमते-फिरते उसका पीछा करने लगा। उसे लगता कि यह लड़की आमोद-प्रमोद के लिए उपलब्ध है। रति ऐसी रुग्ण मानसिकता के नौजवानों की आँखों से टपकती कामुक लार को खूब पहचानती थी। इनसे निपटने की हिम्मत भी रखती थी। एक दिन उसने इस लड़के का दिमाग ठिकाने लगाने का निश्चय कर लिया। उस दिन वो घूमने निकली तो पंजाबी नौजवान रति के पीछे लग लिया। रति ने कई रास्ते बदले पर वो लड़का लगातार उसका पीछा करता रहा। अब एक मोड़ पर रति ने उसको अपने आग्नेय नेत्रों से घूरकर देखा तो उन आँखों की आग से वो लड़का झुलस गया। कोई कमसिन लड़की अपने दीवाने का इतनी हिम्मत और क्रोध के साथ सामना कर सकती है यह उसने सपने में भी नहीं सोचा था। उसकी दीवानगी एक क्षण में काफूर हो गयी। उसके बाद तो बस वो भागता ही नजर आया। रति ने यह सारा किस्सा जब बुआ को सुनाया तो बुआ ने कहा कि इस तरह खतरा नहीं उठाना चाहिए। रति ने जवाब दिया—बुआ तुम खाँमखाँ डरती हो। वो लड़का तो क्या चीज है उससे दुगना भी

होता तो मैं उसका मुँह भी नोच लेती। जिस दौर में लड़कियों को शालीनता का ऐसा पाठ पढ़ाया जाता था कि उन्हें विनयी और संकोची होना चाहिए, अनजान लड़कों के साथ व्यर्थ आमना-सामना नहीं करना चाहिए। अप्रिय स्थिति में उन्हें चुपचाप हट जाना चाहिए। उस दौर में रति एकदम भयमुक्त थी। उसे ऐसी शक्तिवान बनाने में सर दिनशा का भी हाथ था। उन्होंने अपनी इस प्रिय पुत्री को किसी भी ज़्यादती के विरुद्ध खड़े होने का नैतिक बल प्रदान किया था।

पूना और शिमला में लगभग एकान्तवास जैसी स्थितियों में हिन्दुस्तान की राजनैतिक लड़ाई पर रति ने खूब सोच विचार किया। श्रीमती बेसेंट आयरिश थीं पर हिन्दुस्तान के साथ की जा रही ब्रिटिश नाइंसाफी के ख़िलाफ़ थीं। इतना ख़िलाफ़ कि उन्होंने इस देश के स्वशासन अधिकार हेतु संघर्ष प्रारम्भ कर दिया था। एनी बेसेंट का संघर्ष वर्ष के कुछ दिनों तक नहीं, बल्कि वर्ष पर्यन्त जारी रहता। काँग्रेस अब तक दिसम्बर के चार दिनों तक संघर्ष कर सन्तुष्ट हो जाती पर अब इस संगठन में भी प्राणों का संचार होने लगा था और यह अधिक सक्रिय होने लगी थी। उसे तिलक के विचार ज्यादा प्रभावित करते। तिलक के लेखों में सशस्त्र संघर्ष के बीज होते। रति को लगता तिलक का मार्ग सही है। बंगाल में सशस्त्र बग़ावत का बिगुल बज रहा था। रति को इन जाँबाजों की हिम्मत प्रभावित करती। उसे लगता इन बहादुरों को समाज से जितना सहयोग और सम्मान मिलना चाहिए वो नहीं मिलता। इन रण बाँकुरों के प्रति श्रद्धा के बावजूद उसे काँग्रेस और श्रीमती बेसेंट के प्रयास भी सार्थक प्रतीत होते थे।

जिन्ना के सुझाव पर काँग्रेस के पिछले अधिवेशन में यह तै हुआ था कि हिन्दू-मुसलमानों के बीच विरोध की खाई को भरने के लिए काँग्रेस और मुस्लिम लीग के अधिवेशन एक ही स्थान पर एक ही समय किये जाएँ। दोनों सम्प्रदायों के बीच सौहार्द्र उत्पन्न करने के लिए आवश्यक था कि लीग की शक्ति को काँग्रेस के साथ जोड़ा जाए। यह निर्णय हुआ कि दोनों दलों का अगला अधिवेशन बम्बई में किया जाए। जहाँ राष्ट्रीय शक्तियाँ दोनों पक्षों में समन्वय स्थापित करना चाहती थीं वहीं शासन दोनों के बीच मनोमालिन्य बढ़ाने के लिए प्रयासरत था। अँग्रेजों की लगातार यह कोशिश जारी थी कि हिन्दू-मुस्लिम दरार को गहरा करने की उनकी नीति सफल हो। उनकी इस योजना के विरुद्ध एक शक्तिशाली चट्टान की भाँति जिन्ना का उदय बहुत तेजी से हो रहा था। यों तो गवर्नर वेलिंगडन की छवि सद्भावना वाले व्यक्ति की थी पर शासन के इस प्रतिनिधि की पहली निष्ठा अपने देश के राजतन्त्र के साथ थी, वो नहीं चाहते थे कि ब्रिटिश नीति की हत्या उनके क्षेत्र में हो

जाए। अँग्रेज कूटनीति काँग्रेस और लीग की बढ़ती नजदीकियों से परेशान थी। लीग के बनने में अँग्रेजों ने सहयोग ही इसलिए दिया था कि यह शक्ति उन्हें काँग्रेस को काबू करने में मदद देगी। अब यदि दोनों दल एकजुट हो जाते तब तो सारा खेल ही खत्म हो जाता। इसलिए परोक्ष रूप से प्रशासन ने स्थानीय मुस्लिम कट्टर- पंथिन्यों को हवा देनी शुरू कर दी। उनकी शह पर मुस्लिम पर्चों और रिसालों में काँग्रेस विरोधी भावनाएँ खुलकर व्यक्त की जाने लगीं।

काँग्रेस हिन्दुओं की पार्टी है लीग इसका साथ देकर मुसलमानों के साथ धोखे का खेल खेल रही है। मुस्लिमों के दुश्मन हिन्दू उनके साथ कभी न्याय कर ही नहीं सकते। हिन्दू-मुसलमानों की एकता के बहाने काँग्रेस यहाँ से अँग्रेजों की जड़ें खोद देना चाहती है। लेकिन मुसलमानों का भला इसी में है कि अँग्रेज़ी हुकूमत हिन्दुस्तान में मजबूत बनी रहे। अँग्रेज़ी राज मुसलमानों के पक्ष में है और हमें इस शासन के साथ भरपूर सहयोग करना चाहिए। इस तरह के विचारों से मुस्लिम रिसाले रंग दिए गये। शासन की शह पर बम्बई में मुस्लिम भावनाएँ इस कदर भड़काई जा चुकी थीं कि शहर में दंगों का भय उत्पन्न हो गया। पुलिस जानती थी कि लीग के अध्यक्ष का जुलूस भिंडी बाजार जैसे मुस्लिम बहुल क्षेत्र से गुजरा तो फसाद हो जाएगा। यह तो निश्चित ही था कि अध्यक्ष पर पत्थर जूते फेंके जाते। दो साल पहले यह शहर शिया सुन्नी झगड़े का शिकार हो चुका था, इसलिए बम्बई के मुसलमान नहीं चाहते थे कि लीग का अधिवेशन बम्बई में हो।

इन सारे तनावों के बावजूद जिन्ना ने बहुत हिम्मत से काम लिया। बम्बई के आयोजन की सफलता हेतु उन्होंने अपनी पूरी शक्ति लगा दी। उनके कई सहयोगी उनके साथ कन्धे से कन्धा मिलाकर आयोजन को सफल बनाने के लिए कटिबद्ध थे। मज़हरुल हक़ तो जिन्ना की सबसे बड़ी शक्ति थे ही, उमर सोभानी और पत्रकार सय्यद हुसैन जैसे युवक भी पूरे समर्पण के साथ जिन्ना के साथ थे। इस ताकत को तोड़ने की जिम्मेदारी पुलिस कमिश्नर एस. एम. एडवर्ड्स ने एक असामाजिक व्यक्ति सरदार सुलेमान कासिम मिट्टा को सौंपी। मिट्टा बड़ी संख्या में उपद्रवी लोगों को लेकर इस जलसे में दर्शकों की तरह शामिल हुआ।

यद्यपि काँग्रेस अब भी अलग निर्वाचन मंडल के विरुद्ध थी। इसके बावजूद जिन्ना और मज़हरुल हक़ जैसे प्रबुद्ध और उदार मानस के नेता दोनों शक्तियों को इकट्ठा करने की कोशिश में जुटे थे। योजनानुसार (सन् 1915 का) काँग्रेस अधिवेशन बम्बई में हुआ। यहीं थोड़ी दूरी पर मरीन लाइंस में समुद्र किनारे लीग का अधिवेशन भी आयोजित किया गया। आस-पास आयोजन से दोनों दलों के नेताओं के लिए दोनों अधिवेशनों में उपस्थित होना आसान हो गया। काँग्रेस और मुस्लिम लीग को नजदीक लाने का यह सार्थक प्रयास था। आशा थी कि दोनों दलों में

सहमति तथा निर्णय त्वरित और आसान हो जाएँगे। काँग्रेस सहमति की ओर अग्रसर थी। काँग्रेस के अध्यक्ष सत्येन्द्र नाथ सिन्हा जिन्ना की सलाह से ऐसा प्रस्ताव तैयार करने की कोशिश में जुटे थे जिस पर लीग के साथ अन्य लोग भी सहमत हो जाएँ। लेकिन लीग में सब कुछ ठीक नहीं था।

इकतीस दिसम्बर के दिन लीग की कार्रवाई शरू हुई। हमेशा की तरह लीग के इस सेशन में भी उत्तर भारत के कई प्रमुख नेता शामिल थे। इन कट्टर मज़हबी नेताओं ने काँग्रेस के साथ बढ़ती नजदीकियों के विरोध पर कमर कस रख रखी थी। लीग के शीर्षस्थ नेता सारा खेल समझ रहे थे, कोई अप्रिय स्थिति न बने इसलिए इन उपद्रवी नेताओं को कोई प्रस्ताव रखने की अनुमति नहीं दी गयी। एक प्रस्ताव अँग्रेजों से वफादारी बनाये रखने का था उसे भी स्वीकार नहीं किया गया। आग में घी ये कि काँग्रेस के कई हिन्दू नेता इस मजलिस में आमन्त्रित थे। मदन मोहन मालवीय, श्रीमती बेसेंट, सरोजिनी नायडू जैसे कई प्रमुख नेता वहाँ उपस्थित भी थे। आग भड़काने के लिए इतनी चिंगारियाँ बहुत थीं। स्वागत समिति के उद्बोधन के बाद अध्यक्ष मज़हरुल हक़ बोलने के लिए खड़े हुए ही थे कि अलीगढ़ के प्रतिनिधि रूढ़िवादी नेता मौलाना हसरत मोहानी ने अपनी बुलन्द आवाज में ललकारते हुए व्यवस्था का प्रश्न उठा दिया। वे और उनके जैसे बहुत से अन्य लोग उदारतावादी जिन्ना और लीग के अध्यक्ष हक़ जैसों के कट्टर विरोधी थे। काँग्रेस पर हिन्दू संगठन का ठप्पा लगाकर वे इसके साथ किसी भी तरह के सहयोग के विरुद्ध थे। हिन्दू विरोधी और मुस्लिम श्रेष्ठता की मानसिकता से ग्रस्त इन मुसलमानों को अपने विजेता और शासक कौम होने का घमंड था और काँग्रेस से नजदीकी पैदा करने वाले नेताओं को बर्दाश्त करने के लिए वे बिलकुल तैयार नहीं थे।

अलीगढ़ के प्रतिनिधि के रूप में शामिल मौलाना मोहानी ने अपनी गरजती आवाज में दोनों नेताओं के विरोध में मुर्दाबाद के नारे लगा दिए। हक़ ने उन्हें बैठने के लिए कहा और इससे पहले कि जिन्ना अपनी बात प्रारम्भ करते, मौलाना के पक्ष में जबरदस्त शोर से पंडाल गूँज उठा। बम्बई अंजुमन ए इस्लाम के मन्त्री मौलवी ज़िया उल इस्लाम ने ललकारते हुए कहा कि यह हिन्दुओं की नहीं, मुस्लिम लीग की मजलिस है। आप मुसलमान मोहानी को बोलने से कैसे रोक सकते हैं? कासिम मिट्टा और उसके साथी लगातार एक के बाद एक व्यर्थ का मुद्दा उठाकर हुल्लड़ मचा रहे थे। दर्शक की हैसियत से अलग बाड़े में बैठे दाढ़ी और टोपीधारी मुसलमान हक़ और जिन्ना से सवाल कर उठे—तुम लोग कैसे मुसलमान हो? अगर तुम मुसलमान हो तो यह दिखाई भी देना चाहिए कि तुम मुसलमान हो। पवित्र कुरान में आदेश दिया गया है कि मुसलमानों को मुसलमानी पोशाक पहननी चाहिए, मुस्लिम जुबान में बात करनी चाहिए। और तुम जो मुसलमानों के रहनुमा बन रहे हो? न

दाढ़ी न टोपी न शेरवानी। सूट बूट टाई बाँधकर तुम हमारी रहनुमाई करोगे? अँग्रेज़ी बोलकर तुम हमसे बात करोगे? न हम तुम्हारी जुबान समझते हैं न तुम हमारी जुबान समझते हो तुम हमारी कौम के रहनुमा न हो न कभी हो सकोगे। इतना इशारा बहुत था। अब मोर्चा मिट्टा के अराजक तत्त्वों ने सँभाल लिया और वे उपद्रव पर उतारू हो गये। जबरदस्त नारेबाजी, उत्तेजना, धक्का-मुक्की और अव्यवस्था शुरू हो गयी। मिट्टा ने श्रीमती बेसेंट को भद्दी गालियाँ देते हुए ऊल-जलूल सवाल उठाने शुरू कर दिए। उसने गरजते हुए कहा कि जिन्ना लीग को काँग्रेस की पिछलग्गू बनाये दे रहे हैं। भयानक शोर शराबे और अफरा-तफरी में किसने क्या कहा, किसने क्या सुना। सब व्यर्थ हो गया। बलवे और उत्पात के बीच सार्वजनिक कार्रवाई रद्द करनी पड़ी। प्रशासन की शह पर यह योजना पहले ही बन चुकी थी। पुलिस कमिश्नर एडवर्ड्स अपने लाव-लश्कर के साथ पंडाल के बाहर खड़ा सभा में हो रही गुंडागर्दी शान्ति के साथ देखता रहा। प्रशासन जो चाहता था वो हो गया पर जिन्ना कच्ची गोलियाँ नहीं खेले थे। इस उपद्रव का पटाक्षेप उन्होंने अगले दिन किया।

सन् अट्ठारह सौ पच्चासी में जन्मी काँग्रेस में सन् उन्नीस सौ छ: से पहले इक्कीस वर्षों तक कोई व्यवधान या अप्रिय स्थिति नहीं उत्पन्न हुई थी, लेकिन लीग जन्म के बाद बहुत जल्दी उत्तेजना और जोशीले जुमलों और नारों की आदी हो गयी। रति बुआ के साथ पहली बार बम्बई के इस काँग्रेस अधिवेशन में शामिल हुई थी। राजनैतिक गहमा-गहमी उसे बड़ी आकर्षक लगी। इकतीस दिसम्बर को वो दोनों लीग की दर्शक दीर्घा में भी थीं पर हंगामा प्रारम्भ होते ही वहाँ से निकल आईं। दंगे फ़साद के कारण लीग के सभी प्रतिनिधियों और सदस्यों को अविचलित जिन्ना ने अगले दिन ताज होटल में आमन्त्रित किया। लीग के रद्द सेशन की कार्रवाई इस सुरक्षित बन्द होटल में आयोजित इस सभा में पूरी की गयी। यह जिन्ना की हिम्मत और कुशलता थी कि पूर्व नियोजित योजनानुसार काँग्रेस और लीग को एक साझा नीति तैयार करने में सफलता प्राप्त हुई। पहली बार अँग्रेजों के विरुद्ध राजनैतिक शक्तियों का एक साझा मोर्चा बन सका। यह साधारण सफलता नहीं थी। सब जानते थे कि इस मेल-मिलाप के विरोधी जिन्ना की जान लेने से भी हिचकने वाले नहीं थे, पर जिन्ना किसी भी तरह के भय से मुक्त थे। जब सब कुछ हो गया तब श्रीमती नायडू ने जिन्ना को बधाई देते हुए कहा—"तुम्हारे अन्दर मेजिनी, गैरीबाल्डी और कैवौर तीनों समा गये हैं।" बम्बई के इस मुस्लिम लीग सेशन में हुए हंगामे के बावजूद लीग पर जिन्ना की पकड़ मजबूत हो चुकी थी। उनकी हिन्दू-मुसलमानों के बीच भाईचारे की कोशिशों का काँग्रेस और उदार मुसलमानों द्वारा बढ़-चढ़कर स्वागत हुआ। जिन्ना अब केवल राजनेता भर नहीं थे वो जन नायक बन चुके थे। राजनीति के साथ अब वो तमाम अन्य संगठनों में भी आमन्त्रित किये जाते।

उनकी उपस्थिति सभा-जलसों को महत्त्वपूर्ण बना देती।

छः वर्ष का कठोर कारावास तिलक को भारी तो पड़ा था पर उनके इरादों को तोड़ने में विफल रहा था। जेल से रिहा होने के बाद उन्होंने फिर बिना भय और संकोच के स्वराज हेतु जनता का आह्वान प्रारम्भ कर दिया। स्वशासन की अपनी माँग उन्होंने पुनः पूरे जोश के साथ उठाई। उन्होंने पुनः अपने जोशीले लेखों से जनता को निर्भीकता के साथ स्वराज के लिए लड़ने का सन्देश देना शुरू कर दिया। इस दौरान दिए गये कितने ही भाषणों में से उनके दिए तीन भाषणों को शासन ने फिर विद्रोहात्मक माना। मराठी में बोले गये इन भाषणों के लिए तिलक के ख़िलाफ़ राजद्रोह का आपराधिक मामला शुरू हो गया। उच्च न्यायालय में उनकी पैरवी की जिम्मेदारी एक बार फिर जिन्ना को सौंपी गयी। इस बार यह जिम्मेदारी स्वीकार करते हुए उन्होंने शर्त रखी कि प्रतिवाद (defence) वो स्वयं तैयार करेंगे। इस मामले में कोई हस्तक्षेप नहीं किया जाएगा। अपनी कुशल प्रस्तुति और गवाहों से जिरह के बल पर जिन्ना यह मुकदमा जीत गये। वकील के रूप में यह उनकी बहुत बड़ी विजय थी। राजनीति और वकालत दोनों क्षेत्रों में जिन्ना को अभूतपूर्व सफलता मिल रही थी। उनकी प्रसिद्धि कीर्ति के शिखर छू उठी।

जिन्ना काँग्रेस के सदस्य पहले बने। इस सदस्यता के लिए किसी ने उन्हें निमन्त्रण नहीं दिया था। यह सदस्यता उन्होंने अपने विचार, मान्यता और आदर्श के कारण ग्रहण की थी। काँग्रेस के द्वारा वो पूरे हिन्दुस्तान और हिन्दुस्तानी जनता की आकांक्षा से जुड़ गये थे। हिन्दुस्तान की अस्मिता से अँग्रेजों का दुराग्रह और इसके शोषण से मुक्ति का सबसे सबल संगठन केवल काँग्रेस था। वो न्याय के पक्षधर थे और न्याय के लिए केवल काँग्रेस द्वारा ही सफल युद्ध किया जाना सम्भव था। जिन्ना और काँग्रेस दोनों का आदर्श था साम्प्रदायिक विषवृक्ष का नाश। इस मतैक्य के बावजूद वो अब तक काँग्रेस के अध्यक्ष नहीं बन सके थे। जबकि मुस्लिम लीग में वो बहुत आमन्त्रण आग्रह और दबाव के बाद सन् तेरह में शामिल हुए पर सन् सोलह की लीग के वो अध्यक्ष थे। लीग की प्रमुख माँग अलग साम्प्रदायिक निर्वाचन मंडल के वो विरोधी थे, फिर भी वो इस दल के अध्यक्ष थे। काँग्रेस भी साम्प्रदायिक निर्वाचन मंडल के विरुद्ध थी पर अब तक लीग की इस जिद में कोई परिवर्तन करवा पाने में सफल नहीं हुई थी। जिन्ना ने लीग के अड़ियल रवैये में परिवर्तन के लिए काँग्रेस को उदारता बरतने की सलाह दी। यह सम्भव था कि काँग्रेस की उदारता मुसलमानों का दिल जीत लेती और दोनों सम्प्रदायों में नजदीकियाँ बढ़ जातीं। एक बड़े उद्देश्य की प्राप्ति के लिए यह कोई बहुत बड़ी कीमत नहीं थी।

लीग का अध्यक्ष बनने के साथ जिन्ना काँग्रेस और लीग की दूरियाँ खत्म करने के लिए कटिबद्ध हो गये। इस कठिन काम में उनकी प्रसिद्धि उनकी सहायक बन गयी।

उन दिनों बॉम्बे प्रेसीडेंसी एसोसिएशन के चेयरमैन सर दिनशा मानोकजी पेटिट (जीजीभाई) थे। एसोसिएशन की एक मीटिंग में जिन्ना विशिष्ट आमन्त्रितों में थे। के टी तेलंग भी इस मीटिंग में शामिल थे। पच्चीस-छब्बीस व्यक्तियों की यह बैठक व्यक्तिगत समारोह जैसी थी। जिन्ना का भाषण शुरू ही हुआ था कि तेलंग का एक परिचित नौजवान कानजी द्वारकादास भी इस मीटिंग में आया। कानजी इस एसोसिएशन का ऑनरेरी सेक्रेटरी था। मीटिंग में चल रहे दिलचस्प भाषण को सुन उसने तेलंग से पूछ लिया—''कौन हैं ये बहुत बढ़िया बोल रहे हैं।'' तेलंग प्रश्न सुन आश्चर्य के साथ मुस्करा कर बोला—''सामाजिक और राजनैतिक क्षेत्रों में तुम इतने सक्रिय हो और इस व्यक्ति को नहीं जानते? ये काँग्रेस और मुस्लिम लीग के प्रसिद्ध नेता बैरिस्टर मुहम्मद अली जिन्ना हैं।'' कानजी ने उत्तर दिया—''अच्छा अच्छा, नाम तो खूब सुन रखा है पर प्रत्यक्ष देखने का अवसर आज पहली बार मिला है।'' मीटिंग सम्पन्न होने पर तेलंग ने कानजी का परिचय जिन्ना से कराते हुए कहा—''ये कानजी हैं श्री जमनादास द्वारकादास के छोटे भाई। श्रीमती बेसेंट के थियोसोफ़ी कार्यक्रमों से तो ये बड़ी अच्छी तरह जुड़े हैं, अब राजनीति में भी सक्रिय हो रहे हैं।'' इतना लम्बा परिचय सुन जिन्ना ने प्रसन्नता के साथ औपचारिक प्रत्युत्तर दिया और फिर कानजी को बहुत आत्मीयता से राजनीति में गम्भीरता और समर्पण के साथ काम करने के लिए प्रोत्साहित किया। साउथ कोर्ट आने का निमन्त्रण भी दे दिया। न जिन्ना जानते थे न कानजी कि यह औपचारिक मुलाकात बहुत शीघ्र दोनों के बीच जीवन भर के पारिवारिक सम्बन्ध में परिणत हो जाएगी।

लिखने की शौकीन रति ने छोटी उम्र से ही पत्र-व्यवहार के लिए अपनी पसन्द के राइटिंग पैड बनवा लिए थे। रईसों का यह खास शौक था। बढ़िया कागज पर अपने नाम का कलात्मक मोनोग्राम विशिष्टता का बोध कराता। रति अपनी तमाम सहेलियों और मित्रों को पत्र लिखने में विशेष रुचि लेती थी। फिर उसमें प्रखर कलात्मक रुचि थी तो आखिर सादे राइटिंग पैड पर वो पत्र लिखती तो कैसे? रति का पत्र लिखना कोई समस्या नहीं था समस्या थी उसे पढ़ना। रति अपनी घसीट लिखाई के गुण से अच्छी तरह परिचित थी। यह किसी कूटलिपि से कम नहीं थी। लेकिन यह लिपि उसका सिरदर्द नहीं थी। कारण वो स्वयं कभी अपने पत्र को दोहराती नहीं थी। जो लिख दिया सो लिख दिया। यह सिरदर्द पत्र पाने वालों का होता। उसका लिखा हुआ पढ़ना लीला और पद्मजा जैसों के ही वश की बात थी। इन पत्रों में रति

अपनी लिखावट का उपहास करने का कोई अवसर न छोड़ती एक बार इसी हास-परिहास के साथ उसने लीला को लिखा—

"मेरी प्यारी कमल कन्या इस बार की मेरी घसीट लिखाई पहले से भी ज्यादा विचित्र है। यद्यपि कलम पर अधिकार होना चाहिए। उसके द्वारा आदर्श लिखाई करनी चाहिए पर ऐसे बन्धन मेरे लिए कभी सुखदाई नहीं हो सकते। अरे! इस तरह की व्यर्थ कोशिशें मैं खूब कर चुकी हूँ, पर अब तक अपनी लिखावट के लिए ढंग की कोई स्टाइल नहीं ढूँढ़ पाई। लेकिन प्यारी आइरिन कहती है कि इस कमजोरी के लिए मन में कोई शिकवा-शिकायत मत रखो, इसकी चिन्ता ही छोड़ दो। इसलिए मुझे ऐसे विद्वानों की ऊँची बुद्धिमानी के आगे हथियार डाल देने चाहिए, जो लिखावट के मामले में मीनमेखी हों। सभी विद्वान मूर्ख होते हैं। क्यों! तुम मेरी तरह ही सोचती हो या नहीं? मूर्ख हुए बिना तुम विद्वान हो ही नहीं सकते, पर बिना विद्वत्ता के तुम मूर्ख हो सकते हो। कम-से-कम मैं तो ऐसी ही हूँ। मैं अपनी मूर्खताओं से खूब चमत्कृत हूँ, कहो क्या तुम भी ऐसी ही हो?"

धनाढ्य परिवार में जन्मी यह लड़की रति, अपने संयम विहीन ख़र्चीले स्वभाव पर स्वयं ही चिन्ता व्यक्त करती और लिखती—"मुझे इस पर काबू करना चाहिए।"

आजाद रति अपने माता-पिता की चिन्ता की भी चिन्ता करती। पद्मजा ने किसी कार्यक्रम में रति को निमन्त्रित किया तो कार्यक्रम के दिलचस्प होने की सम्भावना स्वीकार करते हुए रति ने लिखा —"मैं वहाँ आना तो चाहती हूँ पर तुम वहाँ पाँच बजे तक पहुँचोगी कार्यक्रम साढ़े छः के लगभग समाप्त होगा तो वहाँ से मुझे घर वापिस आने में बहुत देर हो जाएगी। मेरा परिवार चिन्तित हो उठेगा।"

रति को पहनने-ओढ़ने, सजने-सँवरने से लेकर आवाजाही की पूरी स्वतन्त्रता परिवार से मिली हुई थी। आखिर फ्रांस जैसे दूर देश के निस शहर में वो अकेली रहकर पढ़ चुकी थी। पेटिट परिवार राजसी अमीरी और बहुत आधुनिक विचार वाला परिवार था। पर रति में यह समझ विकसित हो चुकी थी कि धन का व्यर्थ व्यय उचित नहीं है। रईसी प्रदर्शित करने वाले दुर्गुण का एहसास उसे अच्छी तरह था। लेकिन सबसे ज्यादा एहसास उसे यह था कि उसका परिवार उसकी किसी व्यस्तता से चिन्तित नहीं होना चाहिए। रति अपने मन द्वारा खींची सीमा रेखाओं को अपने मित्रों, सहेलियों के साथ निःसंकोच व्यक्त करती। फिर नायडू बहनें तो उसकी सबसे निकट मित्र थीं। इन्हीं दिनों पद्मजा को एक पत्र के उत्तर में रति ने लिखा—

•

'प्रिय पद्मजा,

ये बहुत अजीब नहीं है पर मैं अपने लिखे पत्र लिखने के बाद पढ़ती नहीं।

पता नहीं क्यों? पर ऐसा करना मेरे स्वभाव में ही नहीं है। यह विचार बड़ा साहसहीन और सोच-समझ वाली श्रेणी में आता है, कि अपने पत्र को त्रुटिविहीन करने के लिए स्वयं पढ़ा जाए। मैंने तुम्हारी छोटी बहन को अलग से एक छोटा काव्य पत्र भेजा है। मुझे कविताएँ बहुत प्रिय हैं इसलिए मुझे उसी अन्दाज में पत्र लिखना पसन्द है। मुझे तुमको प्रसन्नता से प्रफुल्ल और असहनीय उदास रूप में देखना बहुत अच्छा लगता है। मैं तुम्हारी भावनाओं को समझती भी हूँ और उनका सम्मान भी करती हूँ, कारण मैं स्वयं तुम्हारे जैसी ही हूँ। और यदि मन को चोट पहुँचती है तो बहुत चोट पहुँचती है। किसी अन्य कारण से अधिक मैं इन विरोधाभासी भावनाओं के कारण दुखी होती हूँ। मैं मानती हूँ कि तुम्हें अपनी भावनाओं को जैसे का तैसा लिखना चाहिए। अपनी मन:स्थिति के अनुसार; अन्यथा तुम्हारी अभिव्यक्ति सुन्दर नहीं होगी। जैसा भी हो जब भी तुम ऐसी खुशनुमा भावना से अभिभूत होओ मुझे पत्र लिखो। लिखोगी ना?

मैं ऐसे संकुचित मानस की भी नहीं हूँ जो दीवानगी छूती उत्कृष्ट भावनाओं की ही अपेक्षा करती रहूँ। उत्कृष्ट भावनाएँ अगर पागलपन हैं तो हम सब पागल ही क्यों नहीं हो जाते? अब जो भी हो मुझे तो ऐसा ही लगता है।

प्रकृति प्रेमी रति प्रकृति के तिरस्कार से क्रोध में आगबबूला ही हो जाती, अपने समक्ष घटी एक घटना का उल्लेख करते हुए तो वो क्रोध में आपे से बाहर ही हो गयी। उसने लिखा—"श्रीमती रो (क्षमा) हाल ही में कश्मीर का भ्रमण करके लौटी थीं। श्री विश्राम ने पूछा कि क्या कश्मीर ऊटी से बड़ा हिल स्टेशन है? और क्या वहाँ अच्छे थिएटर संगीत सभागृह या फिर सिनेमा आदि हैं? नकारात्मक उत्तर सुनने के बाद उन्होंने जवाब दिया कि केवल सुन्दर दृश्य दृश्यावलियों वाली ऐसी जगह जाने में क्या आनन्द जहाँ मनोरंजन के नये आधुनिक साधन ही न हों। पक्का मूर्ख, जरा मेरे शब्दों पर ध्यान दो। क्या तुम्हें नहीं लगता कि ऐसे प्राणियों को पहले मौके पर ही मौत के घाट उतार देना चाहिए।"

ऐसा नहीं था कि औरों के लिए उसके आदर्श कुछ थे और अपने लिए कुछ और; जैसा उसने इस पत्र में पद्मजा से अपेक्षा की थी कि अपनी भावनाओं को जैसे का तैसा लिखना चाहिए, उसी भावना के अनुरूप उसने मौत के घाट की बात लिख कर अपने क्रोध की पराकाष्ठा का परिचय अपने पत्र में दे दिया था। वो जानती थी कि ऐसा सोचना और लिखना हास्यास्पद है तो विनोदात्मक रूप से पत्र का अन्त करते हुए लिखा—"मैं काफी बकवास लिख चुकी हूँ अब कम-से-कम एक सप्ताह तक मैं शान्त रह सकूँगी......जब मन करे तो खूब लम्बा पत्र लिखना।"

इन लम्बे पत्रों में ये तीनों सहेलियाँ सारे बन्धन भूल मन में जमी ग्रन्थियों, उत्तेजनाओं, चिढ़ और खीझ को खुलकर व्यक्त करतीं। क्रोध में व्यक्त विचारों की

ऊल-जलूल कल्पनाएँ बस इन मित्रों के आनन्द भर का विषय होतीं। मन में पैठ रही कुंठा मित्रों में बाँटकर इस मुसीबत से मुक्त हो जातीं। रति जैसी प्रसन्नचित्त हास-परिहास से खिलखिलाने और गुदगुदाने वाली यह कन्या किसी को मौत के घाट उतारने की भी कल्पना कर सकती है यह रहस्य उसकी सहेलियाँ भर जानतीं। या फिर उसकी प्यारी सखी बुआ। इन पत्रों में व्यक्त सुझाव और परामर्श व्यर्थ नहीं रहते थे। इस पत्र के इस सुझाव को स्वीकार करते हुए कि अपनी भावनाओं को जैसे का तैसा व्यक्त करना चाहिए। पद्मजा ने रति को पत्रोत्तर दिया। रति यह पत्र पाकर प्रसन्न हो गयी। पद्मजा उसके परामर्श पर अमल करती थी तो इस नये पत्र के प्रत्युत्तर में रति ने उसे लिखा—

'प्रिय पद्मजा,

तुम्हारा पिछला पत्र तुम्हारे मन में उस क्षण उठ रहे संवेगों को समेटे हुए था यह मैं समझती हूँ। इसी कारण यह और भी सुन्दर हो गया जैसे कि तुम हो। तुमने जो कुछ लिखा है उसमें मूर्खता या पागलपन जैसा कुछ भी नहीं है। मेरे ऊपर तुम्हारे भरोसे को भी मैं समझती हूँ। तुमने जो अपने मन का मधुर रहस्य मुझ पर प्रकट किया है, वह मेरे अपने रहस्य के रूप में सुरक्षित रहेगा।

अपनी माँ को याद दिलाना उन्होंने मुझे अपना एक बड़ा फोटो भेजने का वचन दिया था। मेरे पास उनके चेहरे भर का एक पोस्ट कार्ड जितना फोटो है। यह भी पूरी तरह भरा नहीं है। वो अब कैसी हैं मुझे आशा है कि अब उनकी रीढ़ की हड्डी का दर्द ठीक होगा। कदाचित लम्बी बीमारी की कमजोरी और लगातार लेटे रहने के कारण उन्हें यह रीढ़ की हड्डी का दर्द हुआ है। आशा करनी चाहिए कि यह कोई खास समस्या नहीं है'' (पद्मजा को रति का पत्र 12 जुलाई, 1916)।

यह छोटा-सा पत्र रति ने पद्मजा को आश्वस्त करने भर के लिए लिखा था कि तुम्हारा रहस्य मेरा रहस्य है पर तुरन्त ही उसने एक खूब लम्बा पत्र पद्मजा को फिर लिखा—

''तुम्हारा पत्र पाकर मैं बहुत खुश हूँ, लेकिन यार मैं तो हमेशा ही प्रसन्न रहती हूँ।

हाँ, महाबलेश्वर बहुत सुन्दर स्थान है। हरियाली से भरापुरा और एकदम तरोताजा और तरुणाई से भरपूर। लेकिन मुझे जुगनू नहीं दिखे। सारी प्रकृति बस पक्षियों के कलरव से गुंजायमान थी और छोटे कीड़े-मकोड़ों से आच्छादित और आप जब ऐसे सुन्दर घाट की मनोहारी छटा का आनन्द ले रहे हैं, तभी अचानक रूई

सहर्ष उड़ता बादल सारे दृश्य को अपने अवगुंठन की यवनिका से छुपा लेता है मानो इस दृश्य के हमारे रसपान से वो कुढ़ गया हो। बम्बई लौटते समय सूने मार्ग पर भेड़ चराते किसी चरवाहे की बाँसुरी से निकली मधुर धुन मेरे कानों में मिश्री घोल गयी। अब क्या बताऊँ कितनी सुमधुर और कितनी सीधी-सादी धुन थी। इस संगीत में डूबने से मैं अपने आपको रोक नहीं सकी। उफ़! मेरे मन में धधकती ज्वाला को इसने शान्त कर दिया। इन चीजों में यही गुण तो है।

जब भी मैं कुछ सुन्दर देखती या सुनती हूँ तो अधिकतर ये मुझे उदास कर जाती हैं। मैं चाहकर भी ऐसी मानसिकता पर विजय नहीं प्राप्त कर पाती। लेकिन यह ऐसा विषाद होता है कि जिसका आनन्द मैं लेना चाहती हूँ। मुझे लगता है कि यह स्थिति मुझे अधिक सम्पूर्णता की प्रेरणा देती है, और उनके प्रति सहानुभूति।

अच्छा हाँ ये राजा कौन है? मुझे यकीन है मैं इसके बारे में कुछ भी नहीं जानती। मैं तो उसके अस्तित्व तक से परिचित नहीं थी जब तक कि लीलामणि ने नहीं बताया कि वो मेरी साड़ी के रंग के अनुरूप उसी रंग की कमीज़ और टाई पहनता है। इस मामले में वो मेरी नकल कर रहा है। ये युवा छैला कहीं फिडो तो नहीं हैं? उनका पहनावा मेरी साड़ी के रंग के अनुरूप ही होता है। जो भी हो और वो जो भी हों तुम उन्हें अपना और मेरा भी प्रेम प्रकट करने के लिए स्वतन्त्र हो। मैं तो उड़ाऊ हूँ; हूँ कि नहीं?

तुम्हारा मन कभी उच्छृंखल होने को होता है? मेरा तो होता है। मुझे तो ऐसा लगता है कि व्यवस्थाविहीन दीवानगी भरे जीवन की ऊँची-नीची लहरों वाला जीवन ही मुझे सन्तुष्ट करेगा। विधान रहित जीवन, एकरूपता और वर्जना विहीन। यद्यपि मेरा स्वभाव इन सबसे अपरिचित है। और मेरा जीवन समाज के सामान्य नियमों के अनुरूप ही है; लेकिन मैं अपने साहूकार को ऋण चुकाने से ज्यादा अपने किसी मित्र की सहायता करना पसन्द करूँगी। इस कारण यदि मुझे अदालती अधिकारी असन्तुलित मस्तिष्क वालों की श्रेणी में रख दे तो मुझे लगता है कि मैं इस छेड़छाड़ वाली स्थिति का आनन्द ही लूँगी। और अगर मेरे पास साड़ी खरीदने या टैक्सी वाले को देने के लिए खूब पैसा हो तो मैं यह पैसा सड़क पर भूख से बदहाल भिखारी को देना ज्यादा पसन्द करूँगी। उसका इस पैसे पर कहीं ज्यादा मजबूत दावा होगा।

लेकिन यह सब कहने और ऐसे स्वप्न देखने से क्या लाभ क्योंकि मैं अपनी ये आकांक्षाएँ कभी पूरी नहीं कर सकती हूँ। अब जब यह सब मैं तुमसे कह रही हूँ तो यह भी बता दूँ कि अवसरानुकूल संवाद और उपयुक्त पोशाक धारण कर नियत समय पर हाजिर हो जाने वालों से कहीं ज्यादा मुझे वो लोग पसन्द हैं जो इन बन्धनों से मुक्त हैं। यार ये सलीकेदार लोग मुझे एकदम अस्तव्यस्त कर देते हैं।

ये मेरी कलम भी ना! जो मैं लिखना चाहती हूँ बस वही नहीं लिखेगी। यह सर्वोत्कृष्ट फाउन्टेन पेन है तो मुझे इसमें नुक्स नहीं निकालना चाहिए। जब अन्तिम बार मैं महाबलेश्वर में थी तब से अब तक मैंने इसे इस्तेमाल नहीं किया है...।

एक भाषण के लिए मैं तुम्हारी माँ पर खूब लाल-पीली हो चुकी हूँ। मुझे विश्वास है अब वो फिर ऐसा भाषण नहीं देंगी।''

लीला के पत्रों से अब उसकी कुंठा तिरोहित हो चुकी थी। शायद रति की समझाइशों ने असर किया था। फिर लीला में परिपक्वता भी आने लगी थी। अब इन दोनों के पत्र कविता प्रेम, उपेक्षा, सहानुभूति की सीमा छोड़ कुछ दैनन्दिनी जीवन की घटनाओं और ऐसे ही किस्से-कहानियों में भी रस ढूँढ़ने लगे थे। रईसों की दुनिया के नये मनोरंजन के रूप में उपकारी उत्सव मेले (fete) इन दिनों खूब प्रचलित थे। सम्भ्रान्त वर्ग के इन मेलों में तरह-तरह के नये खेल और महँगी वस्तुओं की बिक्री से अर्जित आय का समाज के लिए सदुपयोग हुआ करता। इन मेलों का आयोजन धनी-मानी परिवार के किशोर नौजवान करते। लड़कियाँ भी इन मेलों की रौनक बढ़ाया करतीं। रति ऐसे तमाम सार्वजनिक कार्यक्रमों में बड़े उत्साह से भाग लेती। सामान्यतया यह स्वतन्त्रता उस जैसी पारसी या ईसाई लड़कियों को ही प्राप्त थी। सामाजिक जागृति वाले ऐसे ही एक मेले में अभी रति ने भाग लिया था और उसे बड़े मनोरंजक अनुभव हुए थे कि उसे लीलामणि का पत्र मिला। रति ने उसके साथ अपने मजेदार अनुभव को बाँटते हुए पत्रोत्तर में लिखा—

''कल मेरी ड्यूटी लकी बैग एन्क्लोज़र के ब्लॉक डी में लगी थी। एक चुस्त नौजवान जिसका भाग्यशाली नम्बर निकला था वो ईनाम प्राप्त करने के लिए अपना भाग्यशाली नम्बर लेकर मेरे पास आया। मुझे ईनाम के तौर पर उसे चौबीस गज लम्बा मोटे कपड़े का एक थान देना था। थान देखते ही वो परेशान हो गया? बोला- इस कपड़े का मैं क्या करूँगा? और फिर इस मेले में कपड़े का ऐसा भारी थान क्या मैं सिर पर रखकर घूमूँगा? मोटे कपड़े का थान लेकर चलना उसकी शान को बट्टा लगाने जैसा था। उसने कपड़े के इस थान के बदले एक दर्जन रोएँदार तौलिये लेना स्वीकार कर लिया। अब तुम समझो! दोनों हाथों से छः-छः मोटे रोएँदार तौलियों का गट्ठर सँभाले वो श्रीमानजी परेशान हाल चले तो उनकी उलझन भरी चाल देख हम सब हँसते-हँसते लोटपोट हो गये।''

रति को फोटोग्राफ्स के आदान-प्रदान का भी चस्का था। अकसर अपने पत्रों में वो उनके और उनकी माँ के नये फोटोग्राफ्स की फरमाइश करती रहती थी। नये जमाने का यह शौक धनी-मानी परिवारों में खूब प्रचलित था। उसकी माँ दिनबाई को भी नये फोटोग्राफ्स का जबरदस्त शौक था। पिछले पत्र के साथ रति ने लीलामणि को अपने कुछ फोटोग्राफ्स भेजे थे। लीलामणि की उनके बारे में टिप्पणी

पर रति ने लिखा—"मुझे बहुत खुशी है कि तुम्हें मेरे फोटोग्राफ्स पसन्द आए। इन्हें लिए अब एक साल से कुछ ऊपर हो गया है। माँ चाहती हैं कि मैं कुछ नये फोटोग्राफ्स उतरवाऊँ लेकिन मैं लगातार टाल देती हूँ। बड़ा झँझटिया काम है ये।

लीलामणि! मैं तुमसे कितनी बार कहूँ कि तुम अपना फोटो भेजो और हाँ तुम्हारी माँ अपना फोटो कब भेज रही हैं। उन्हें मेरे अनुरोध की याद दिला देना।"

जिन्ना के प्रभाव से रति कठमुल्ले और उदार मुसलमानों के अन्तर से भली-भाँति परिचित थी। दकियानूसी और इस्लाम की अपनी व्याख्याओं वाले मुल्ला मौलवियों के तौर-तरीक़े वो बम्बई की मुस्लिम लीग की मजलिस में देख चुकी थी। लीला सामान्यतया साहित्य और कला की चर्चा में ही दिलचस्पी लेती थी, पर राजनीति और सामाजिक परिवर्तनों की अनदेखी भी नहीं करती थी। उसने अपने पत्र में कुछ देशभक्त मुसलमान नौजवानों पर हो रही चर्चाओं और आक्षेपों का भी उल्लेख किया था। जवाब में रति ने लिखा—

"मैं चाहती हूँ कि इस्लाम के उन जोशीले प्रगतिवादियों से मैं मिलूँ जो आजकल चर्चा में हैं, यदि इस एक या औरों को भी अलीगढ़ कॉलेज से उनके देशभक्ति के नये विचारों के कारण निष्कासित किया जाता है तो मैं ऐसे नौजवान या नौजवानों का साथ देना चाहूँगी। मैं समझती हूँ परम्परावादी शायद देशभक्ति के कारण ही इन्हें प्रगतिवादी के व्यंग्य से विभूषित कर रहे हैं।"

(22 नवम्बर 1916 को लीलामणि के लिए रति द्वारा लिखे पत्र के अंश का भावानुवाद)

रति यह अच्छी तरह जानती थी कि परम्परावादी मुसलमान सौ-डेढ़ सौ साल के गुजरे शाह-बादशाहों वाले जमाने में जी रहे थे। नये युग का सत्य स्वीकार करना उन्हें इस्लाम के विरुद्ध प्रतीत होता था। जिन्ना आज के युग में जीने वाला व्यक्ति था और गुजरे युग के मुस्लिम वैभववाली मानसिकता से मुक्त था। उसका मज़हब उसके देश प्रेम और देश के प्रति उसके कर्तव्य में आड़े नहीं आता था। रति के दृष्टिकोण से रूढ़िवादिता से मुक्त प्रगतिशाली मुसलमानों का साथ और उन्हें सहयोग देना प्रत्येक बुद्धिवादी की जिम्मेदारी थी।

लीला ने फोटोग्राफी की दुनिया में कदम रख दिया था। कविता के बाद छवियों को इस काले बॉक्स में बन्द करना बड़ा रोमांचक था। वो स्टूडियो में फोटो खींचने खिंचवाने के बन्धन से मुक्त हो गयी थी। इन दिनों बम्बई और हैदराबादी सहेलियों में ख़तो-क़िताबत का सिलसिला भी तेज हो गया था। रति ने जिस दिन लीला के पत्र का उत्तर दिया उस उत्तर को पाने के पहले ही 21 नवम्बर को लीला ने रति की ओर एक और पत्र दाग दिया। इस पत्र में भरे हुए उत्साह से प्रसन्न हो रति ने उसे लिखा—"मेरी प्यारी मित्र, तुम्हारे पिछले हृदयग्राही काव्यपत्र के बाद इस

उल्लासमय पत्र को पा कर मैं बहुत प्रसन्न हूँ।''

फोटोग्राफ खींचने के लिए लीला का उत्साह बढ़ाते हुए उसने लिखा—''अपनी इच्छा और कल्पना के अनुसार अपनी माँ के फोटो खींचो। द्युतिविहीन पर झिलमिलाते हर्षातिरेक समाए अपने नैनों से जब वो अपनी काव्यकुँवरनी की नजाकत से बोझिल यानी नाजुक स्वप्न देख रही हों बस तब तुम उनकी छवि को कैमरे में कैद कर लो। ऐसे फोटोग्राफ की एक प्रति तो तुम्हें मुझको भेजनी ही पड़ेगी।''

रति लीला को यह सूचना दे चुकी थी कि वो लखनऊ में काँग्रेस और मुस्लिम लीग के अधिवेशन में सम्मिलित होगी। लीला ने अपने पत्र में रति से पूछा कि लखनऊ यात्रा की उत्तेजना है या नहीं। रति बम्बई के काँग्रेस और लीग के अधिवेशन का नजारा ले चुकी थी, पर प्रत्येक स्थान का अपना महत्त्व था तो उसने लिखा—''राजनैतिक अवसरों में शामिल होने पर किसे उत्तेजना नहीं होगी। मुझे भी है। और क्या बात है! मैं तो यह सोचकर बहुत ही प्रसन्न हूँ कि तुम्हारी माँ भी वहाँ होंगी। उनका वहाँ जाना निश्चित है ना? तुमको भी वहाँ आने की कोशिश करनी चाहिए, कोशिश क्या आना ही चाहिए। या फिर शायद तुम अपने प्रिय हैदराबाद में ही रुकना पसन्द करोगी?

इतिहासजन्य अनुश्रितियों वाला शहर हैदराबाद
रूपवती बेगमों और बहादुर नव्वाबों का निवास
श्वेत चमेली की सुगन्ध और तीव्र सुलगती अगर गन्ध
वैभवशाली सिंहासन और रेशम सम इन्द्रधनुषी तरंग
मस्जिद, दुर्ग और मुअज्ज़िन की अजान
शृंगारित गजराज और पूरबी देश शान
मातृसदृश ऐसा तेरा है पुर महान?
क्यों न करो तुम प्रेम इसे लेकर सारा सिंगार भाव।

अच्छा बहुत हुआ, जिस जगह को मैंने केवल सपने में देखा है प्रत्यक्ष नहीं, उसका गुणगान मुझे अब बन्द करना चाहिए। अलविदा हर्षित रत्न। मेरी कामना है तुम भी सुख-सपनों में खो जाओ। मेरे उल्लास की बात जो तुमने की है तो बताओ जब ये धरती वसन्त आगमन की आशा में ही हर्षोन्मत्त हो उठी है तो भला मैं क्यों न खेलूँ कूदूँ क्यों न हँसू गाऊँ!

(24 नवम्बर, 1916 को रति द्वारा लीला को लिखे पत्र का भावानुवाद) रति के जीवन के हर्ष उल्लास से रचे-पगे इन वर्षों में उसके पत्रों से काव्य छलक उठता। वो कविताएँ नहीं रच रही थी पर उसकी कल्पनाओं में कविता प्रकट हो उठती। विद्वत्ता का मूर्खता से नाता जोड़ स्वयं को मूर्ख कह हँसना, भावुकता का सम्बन्ध

पागलपन से जोड़कर खुद को पागल मान लेना, यही तो रति का अल्हड़पन था। अपने दीवानों पर चुटकियाँ लेने की तो उसकी उम्र ही थी। ऐसे दीवानों की दीवानगी वो हँसी में उड़ा देती। अकूत धनी परिवार में जन्मी यह लड़की धन के खर्च या फिर गरीबों को दान करने में एक सामान्य लड़की बन जाती। और सीमित साधनों वाले व्यक्ति के आदर्श उसके आदर्श बन जाते। प्रकृति प्रेम उसकी बातों और पत्रों में काव्य धारा के रूप में प्रवाहित हो उठता। जीवन में जो और जितना कुछ उपलब्ध था वो इसमें से कुछ भी छोड़ना नहीं चाहती थी। सारी खुशियाँ, सारा उल्लास सारी कल्पनाएँ, सारी क्रान्तियों को वो अपने व्यक्तित्व में समो लेने को आतुर थी। राजनैतिक परिवेश में हो रही उथल-पुथल की वो साक्षी बनना चाहती थी इसी कामना से यह अनोखी किशोरी पिछली काँग्रेस और लीग की मजलिस में शामिल हुई थी और अब इस बार लखनऊ की तैयारी थी।

सन् सोलह का काँग्रेस और लीग का अधिवेशन लखनऊ में आयोजित था। इन अधिवेशनों में शामिल होने के लिए इस बार बम्बई की यह किशोरी लड़की भी आ रही थी। रति अपनी बुआ और पारिवारिक मित्र बैरिस्टर बहादुरजी के साथ लखनऊ यात्रा पर निकल पड़ी। बम्बई से लखनऊ की यात्रा बड़ी लम्बी और उबाऊ थी। छोटे-से डिब्बे में कैद रति किसी भी बड़े स्टेशन के आते ही ट्रेन से उतर बहादुरजी के साथ प्लेटफार्म पर चहलकदमी कर उठती। इस ट्रेन में काँग्रेस और लीग के अधिवेशन में भाग लेने के लिए तमाम लोग लखनऊ जा रहे थे। साथ वाले डिब्बे में बैठा कानजी द्वारकादास भी इसी उद्देश्य से लखनऊ जा रहा था। एक-दो स्टेशन पर जब उसने रति को प्लेटफार्म पर चहलकदमी करते देखा तो उसकी स्मृति में बम्बई की क्वींस रोड कौंध गयी। एक-डेढ़ वर्ष पहले विक्टोरिया में सवार लहराते बालों वाली लड़की यही तो थी। कौन है ये? कहाँ जा रही है? उसकी विचार श्रृंखला इंजन की सीटी में गुम हो गयी।

मुस्लिम लीग का अधिवेशन लखनऊ के कैसर बाग में आयोजित किया गया। अध्यक्ष थे जिन्ना, उन्होंने बड़े सशक्त उद्‌बोधन के साथ लीग की कार्यवाही प्रारम्भ करते हुए कहा—

'मुस्लिम लीग की सेवा मेरे लिए मेरी कौम का आदेश है, कौम के आह्वान के समक्ष व्यक्तिगत इच्छाएँ और मान्यताएँ अर्थहीन हो जाती हैं। ऐसे आदेश की अवहेलना नहीं की जा सकती।' उन्होंने मुसलमानों का आह्वान करते हुए कहा 'इस सरजमीन पर हमारे भविष्य को; बहुत से मुद्दे प्रभावित करते हैं; हमारी कौम किस दशा में है; भविष्य के लिए हमारी क्या आकांक्षाएँ हैं। हमारे लिए ये सब मुद्दे गम्भीर चिन्तन का विषय हैं।'

''भविष्य की पुकार ने पूरे देश में जागृति उत्पन्न कर दी है और देश नयी

बुलन्दियाँ को उत्साह और आशा के साथ छू रहा है; यदि हिन्दुस्तान के मुसलमान आज नये जोश से उत्साहित हिन्दुस्तानी देशभक्तों के साथ पूरी साझेदारी नहीं निभाते तो वे अपने आपसे और अपनी पूर्व परम्पराओं से विश्वासघात करेंगे। या कहें कि अपने देश की पुकार सुनने में असफल हो जाएँगे?'' जिन्ना ने आगे कहा—

''देश के हिन्दू भाइयों की तरह मुसलमानों की दृष्टि भी भविष्य पर जमी हुई है और आज जब आप यहाँ इकट्ठे हुए हैं तो सारा देश आपकी तरफ देख रहा है। आप यहाँ क्या फैसले लेते हैं।'' अपने लम्बे अध्यक्षीय भाषण में जिन्ना ने हिन्दुस्तान की समस्याओं के साथ विश्व युद्ध, हिन्दू-मुस्लिम सम्बन्ध, एकता की कोशिश, लीग के आदर्श, जैसे तमाम मुद्दों पर खुलकर बोलते हुए अन्त में श्रोताओं का आह्वान करते हुए कहा—''हिन्दुस्तान का पुनरुत्थान हमारे हाथों में है। ईश्वर पर भरोसा रखते हुए इस काम में जुट जाएँ ताकि हम अपनी सन्तानों को ऐसी भरी-पूरी विरासत सौंप कर जाएँ, जो दुनिया के सारे स्वर्ण से भी अधिक मूल्यवान हो यानी आजादी; जिसके लिए महान से महान बलिदान भी महत्त्वहीन होगा।''

लीग के मंच से जिन्ना का यह भाषण रति ने सुना, भाषण के अन्त में उसने खुलकर तालियाँ बजाईं और अधिवेशन की भीड़-भाड़ में मौका मिलने पर जिन्ना को उनके उदात्त विचारों के लिए बधाई दी। जिन्ना ने मुस्कराते हुए बधाई स्वीकार की और देखा रति की आँखों में उनके प्रति सम्मान का समुद्र लहरा रहा था। रति तो ग़ैर राजनैतिक किशोरी थी। जो राजनीति के धुरन्धर थे उन्होंने भी जिन्ना की स्पष्टवादिता और उत्साहमय उद्‌बोधन के लिए उनकी तारीफों के पुल बाँध दिए।

काँग्रेस के इस लखनऊ अधिवेशन में इस बार न तो गोपाल कृष्ण गोखले शामिल हुए न सर फ़िरोज़शाह मेहता; दोनों का देहान्त हो चुका था। काँग्रेस को इन मूर्धन्य नेताओं के खोने का दुःख तो था, पर लखनऊ के इस अधिवेशन में काँग्रेस की शक्ति में प्रशंसनीय वृद्धि हुई। किसी भी संगठन के लिए सबसे महत्त्वपूर्ण शक्ति होती है एकता, काँग्रेस कई वर्षों से अँग्रेजों के बजाय गरम और नरम दल के रूप में अपने आपसे लड़ रही थी। अँग्रेजों से कसकर लोहा लेने वाले तिलक ने जेल की लम्बी यात्रा में यह अनुभव किया कि अँग्रेजों से लड़ने के लिए केवल महाराष्ट्र में नहीं, अपितु पूरे देश में शंखनाद आवश्यक था। उन्होंने यह भी समझ लिया था कि यह लड़ाई केवल हिन्दुओं की नहीं थी, मुसलमानों का सहयोग भी उतना ही आवश्यक था जितना हिन्दुओं का। श्रीमती एनी बेसेंट भी इस सेशन में बहुत सक्रिय रहीं। उन्होंने गरम और नरम दल की दीवार गिराने में महत्त्वपूर्ण योगदान दिया। इस तरह नवाबी शहर लखनऊ में काँग्रेस का पुनर्जन्म हुआ। सफलता यहीं तक सीमित नहीं थी, काँग्रेस के प्रमुख नेता जिन्ना के प्रयासों से हिन्दू-मुसलमान की दीवार भी ढह गयी। उनके प्रयासों से काँग्रेस ने अलग निर्वाचन मंडल की माँग स्वीकार कर

मुसलमानों का काँग्रेस विरोध समाप्त कर दिया। लीग और काँग्रेस का साझा अधिवेशन हुआ और स्वराज की माँग पर दोनों दलों ने प्रस्ताव पारित कर दिया। इन दो राजनैतिक शक्तियों को साथ लाने में जिन्ना ने महत्त्वपूर्ण भूमिका निभाई थी। लीग जो अप्रासंगिक होती जा रही थी जिन्ना के प्रयासों से राजनैतिक रंगमंच पर पुनः प्रासंगिक हो गयी। हिन्दू-मुसलमानों की इस अभूतपूर्व एकता से सभी बहुत हर्षित थे। जिन्ना की घनिष्ठ मित्र सरोजिनी नायडू तो उनकी प्रशंसाओं के पुल बाँधे दे रही थीं। जिन्ना के जीवन की बड़ी सफलताओं में लीग और काँग्रेस के लखनऊ अधिवेशन भी चिरस्मरणीय हो गये। हिन्दू-मुस्लिम एकता की दिशा में काँग्रेस और लीग के सफल लखनऊ अधिवेशन के बाद आगे की व्यूह रचना के लिए इलाहाबाद में एक बैठक का आयोजन तै हुआ। अप्रैल की इस बैठक में मोतीलाल नेहरू और जिन्ना को दोनों दलों में सहयोग बढ़ाने की जिम्मेदारी सौंप दी गयी।

लखनऊ से बम्बई की वापसी यात्रा खासी लम्बी थी। उत्तर भारत में इन दिनों कड़ाके की ठंड पड़ रही थी। रास्ते भर हमाबाई और बहादुरजी के साथ काँग्रेस और लीग के अधिवेशन और नेताओं के भाषणों, प्रस्तावों पर इन तीनों की गर्मागर्म बहस को सर्द हवाएँ ठंडा करने पर तुली थीं। इन सर्द-गर्म बहसों में जिन्ना प्रमुख हो जाते। लीग के अध्यक्षीय भाषण के अंशों की प्रशंसा होने लगती। जब रति खिड़की से बाहर पीछे छूटते दृश्यों को निहार रही होती तो इन ग्राम्य दृश्यों के बीच जिन्ना का चेहरा उभर आता; उनके भाषण के अंश रति के कानों में यों गूँजने लगते जैसे जिन्ना वहाँ स्वयं उपस्थित हों। बम्बई में भी रति की दशा ऐसी ही बनी रही। वो कविता की पुस्तक उठाती और कविता पढ़ते-पढ़ते जिन्ना प्रकट हो जाते। कई बार उसे लगता कविता वो नहीं पढ़ रही थी, जिन्ना उसके सामने बैठ उसे कविता सुना रहे होते थे। अब रति और हमाबाई की महफिलों में चुटकियाँ लेते हुए मिस्टर जिन्ना की ज्यादा नकल उतारी जाती। उनके भाषण के अंशों को बुआ उसी अन्दाज में दोहरातीं। कभी ये बुआ के रूप में मिस्टर जिन्ना अदालत में जिरह कर रहे होते। कभी अदालत में जज की नजरों में नजरें डालकर मिस्टर जिन्ना सारी अदालत हिलाकर रख देते। दिनबाई हड़बड़ाई हुई आकर कहतीं, ''पेटिट हॉल तो हाई कोर्ट बन गया है।'' दोनों सहेलियाँ खिलखिलाकर हँस पड़तीं।

इस यात्रा के मौसम और फिर सारे रास्ते ठंडी सरसराती हवा ने रति को सर्दी बुखार की सौगात दे दी। अस्वस्थता से वो परेशान तो थी पर लखनऊ के अनुभवों को अपने मित्रों-सहेलियों से साझा करने के उत्साह ने अस्वस्थता को दरकिनार कर दिया। श्रीमती नायडू से लखनऊ में खूब बातें हुईं। लीला और पद्मजा को लखनऊ न लाने के रति के उलाहने पर उन्हें अपने साथ न लाने की समस्या श्रीमती नायडू ने उसे बताई। ये दोनों सहेलियाँ वहाँ होतीं तो वहाँ आमने-सामने राजनैतिक विश्लेषण

होता पर अब तो केवल पत्र ही लिखा जा सकता था। इन दोनों से अपने विचार साझा करने के लिए रति बेचैन थी। बम्बई में बीमारी से थोड़ा निश्चिन्त होते ही उसने पद्मजा को एक लम्बा पत्र लिखा—

''प्रिय पद्मजा

इस मंगल को लखनऊ से लौटे मुझे एक सप्ताह हो जाएगा। और तुमने जो आखिरी पत्र मुझे लिखा था उसे पाए तो बहुत दिन हो गये। और यदि मैं ठीक याद कर रही हूँ तो जवाब देने की बारी तुम्हारी है। लेकिन नहीं यह बारी-वारी का चक्कर छोड़ो हमारी मित्रता ऐसे बन्धन से मुक्त है। हम दोनों का मन जब पत्र लिखने को कर उठता है, तो पत्र लिख देते हैं बिना यह ख्याल रखे कि बारी किसकी है।

ख़ैर, तो अब अवध के बिगड़े नवाबों की शानदार राजधानी की बात की जाए जहाँ काँग्रेस और मुस्लिम लीग की चहल-पहल रही। यह नगर इन दिनों अपनी उन सन्तानों की पुकार सुनता रहा जिनके पुरखे स्वतन्त्र और स्वाभिमानी देश के निवासी थे। मस्जिदों के इस नगर ने कृष्ण और बुद्ध के भक्तों के स्वागत में अपने द्वार खोल दिए। इसने संयमित वक्ताओं के सावधानी भरे नपे-तुले शब्द सुने, तो इस विदेशी सत्ता के विरुद्ध जोशीले वक्ताओं के धृष्टता के साथ लगाए अभियोगों को भी सुना। जिन लोगों ने अपनी इस मातृभूमि के लिए अपना सब कुछ न्योछावर कर दिया उनकी भावुक गुहार सुन यह नगर व्याकुल हो उठा। जन्मसिद्ध अधिकारविहीनों के आत्मसम्मान की पुनर्प्रतिष्ठा हेतु यह नगर आँसुओं से भीग गया। लेकिन हिन्दुस्तान अब तक यह नहीं समझ पाया है कि यदि शहीदों के बलिदान को भूल उनकी राष्ट्रीयता का अधिकार या स्वतन्त्रता, कूटनीतिक बातचीत द्वारा या फिर अनुग्रह या भेंट या ईनाम द्वारा प्राप्त की गयी तो यह किसी काम की नहीं होगी। हमें अपनी स्वतन्त्रता के लिए लड़ना चाहिए और इसके लिए कोई सौदेबाजी नहीं करनी चाहिए। हमें यह लड़ाई कलम कागज से नहीं, तलवार कटार से लड़नी चाहिए। वो स्त्री-पुरुष जो इस देश की सन्तान होने पर गर्व करते हैं, उन्हें अपनी मातृभूमि पर अपना सब कुछ न्यौछावर कर देना चाहिए। इस देश की पुत्रियों को अपनी भावना अपना यश इस देश के लिए अपने प्राण न्यौछावर करने वाले पुत्रों को समर्पित कर देना चाहिए और बल्कि उन देश भक्तों के साथ कन्धे-से-कन्धा मिलाकर लड़ना चाहिए जिन देश भक्तों का बलिदान इस देश की स्वतन्त्रता के किरीट को पुनः प्राप्त करेगा।''

रति की गहरी नजर न केवल नियम कानूनों से बँधे हिन्दुस्तानी राजनैतिक कार्यक्रमों पर टिकी थी, वरन् बंगाल, महाराष्ट्र आदि क्षेत्रों के उन जाँबाजों पर भी थी

जो अपनी जान की बाजी लगाकर हिन्दुस्तान की आजादी के लिए लड़ रहे थे। काँग्रेस और लीग के मंचों से इन रण बाँकुरों की चुप्पी रति को अखर रही थी। अपने मन की उथल-पुथल को उसने पद्‌मजा से साझा कर लिया। इन दोनों राजनैतिक मंचों से ब्रिटिश सत्ता को दी गयी चुनौती उसे अनुनय विनय सरीखी प्रतीत हुई। उसे लग रहा था कि अनुग्रह में मिली स्वतन्त्रता देशवासियों को कभी इसके मूल्य से परिचित नहीं करा सकेगी। रति की ऐसी कोई पृष्ठभूमि नहीं थी और न उसके पास कोई ऐसा मार्ग था कि वो क्रान्तिकारियों के साथ कन्धे से कन्धा मिलाकर लड़ने निकल पड़ती पर उसके मन में जन्मे जोश के कारण उसकी पूरी सहानुभूति इन बलिदानियों के साथ थी। अपने मन के गुबार को व्यक्त कर कुछ हलकी-फुल्की बातों के साथ अपने पत्र को समाप्त करते हुए उसने लिखा—

"आने वाला सप्ताह तमाम आनन्द से भरा हुआ है। गेटी तो मेरा बड़ा प्यारा स्थान है, गेटी थिएटर यार, और केवल नाटक वाटक ही नहीं तमाम दावतें, वैवाहिक कार्यक्रम, घुड़दौड़ और यही सब मेरी प्रतीक्षा में हैं।

माँ आगरा से कल आएँगी, मुझे वो स्वस्थ पाती हैं या अस्वस्थ यह तो वही बताएँगी। बम्बई वापसी में मैं ठंड खा गयी। डॉक्टर ने तमाम तरह की बन्दिशों भरी हिदायतें दे रखी हैं। मैं तो इसे मामूली सर्दी-जुकाम मान रही थी पर सर्द हवाओं ने फेफड़ों पर भी असर कर दिया है। इस तरह की अस्वस्थता सामान्य बीमारी नहीं मानी जाती *..." (*पद्‌मजा को 7 जनवरी 1917 को रति द्वारा लिखे पत्रांश का भावानुवाद) ?

पद्‌मजा से तो रति ने दुनिया भर की बात कर डालीं पर लीला के साथ वो व्यक्तिगत सुख-दुःख मान-अपमान और काव्य कल्पनाओं तक ही बँधी रही।

"लीला तुम्हारे साथ ये चक्कर क्या है? अस्वस्थ हो क्या? मेरा मतलब शारीरिक अस्वस्थता से है। यह तो मैं जानती हूँ कि मानसिक रूप से तुम अशान्त हो और ओह लीलामणि! तुम थोड़ी देर के लिए मतलब एक क्षण के लिए भी यह कैसे सोच सकती हो कि मैं तुम्हारे पत्रों को उपहास में उड़ा दूँगी। पिछले पत्र में जो कुछ मैंने तुम्हें प्रत्युत्तर में लिखा था मौज मजे में की गयी चलताऊ टिप्पणी थी। पर तुम क्षणांश के लिए भी ऐसा ख्याल मन में ला कर अपने दिल को दुखी मत करो। देखो तुम्हारा ऐसा सोचना गलत है एकदम गलत। ऑस्कर वाइल्ड ने जो अपने पत्र 'द प्रोफेन्दिस' में लिखा कि घृणित पापों का जन्म मस्तिष्क द्वारा ही होता है; मतलब ऐसा ही कुछ लिखा है वह सच है।

तुम्हें जब भेंट में कोई फूल मिलता है तो तुम इसके साथ जुड़े काँटे के बारे में नहीं सोचतीं, तुम फूल की सुन्दरता का आनन्द लेती हो इसकी सुगन्ध से सन्तुष्ट होती हो। मेरी मित्रता को भी ऐसा ही पुष्प मानो। छेड़छाड़ और मौज मजे में की

गयी टिप्पणियों की चुटकियों से खुश हुआ करो इन्हें मन में स्थान मत दिया करो।''* (*20 जनवरी 1917 को लीला को लिखे रति के पत्रांश का भावानुवाद)।

रति का व्यक्तित्व अनोखा था। हास-परिहास के साथ ठिठोली करने वाली यह किशोरी देश की अस्मिता के साथ जुड़ क्रान्तिकारी विचारों से ओतप्रोत हो उठती। समवयस्क और बुआ के साथ खिलन्दड़ी बन नाटक, सिनेमा बैले रेस्तराँ, क्लब घुड़दौड़ के हंगामों में डूब जाती और लीला जैसों के साथ गम्भीर दार्शनिक साहित्यानुरागी और मनोवैज्ञानिक चिकित्सक बन जाती, एनी बेसेंट की छाया में वो धर्म और थियोसोफ़ी से नाता जोड़ लेती। जब अन्याय और कुटिलताओं वाली क्रूरता और निष्ठुरता देखती तो उसका मन क्रोधाग्नि से भड़क उठता और तब वो प्रकृति का उपहास करने वालों को मौत के घाट उतार देने की ठान लेती या देश के लिए बलिदानियों की उपेक्षा से क्रुद्ध अन्याय से मुक्ति के लिए याचनाओं से विरक्त हो उठती। देश प्रेम के दीवानों का आदर करने वाली रति नहीं जानती थी कि युवा-प्रेम के झूले में पेंग लेते हुए अब वो बहुत जल्द हीर रांझा और सोहनी महीवाल की दीवानी दुनिया में प्रवेश करने जा रही थी

फरवरी की 20 तारीख थी और हर साल की तरह रति की वर्षगाँठ के हंगामे का दिन। यह उसकी सत्रहवीं सालगिरह थी। कैशोर्य साथ छोड़ रहा था, यौवन हाथ पकड़ने के लिए मचल रहा था। दिन में रति की सहेलियों और सहोदरों के साथ ताज में पार्टी का आयोजन था। शाम को पेटिट हॉल में पारिवारिक कॉकटेल डिनर। दिन की पारी में वो स्कर्ट लहरा रही थी और शाम को वो बारीक साड़ी में सजी हुई सबकी बधाइयाँ स्वीकार कर रही थी। आज न जाने क्यों बार-बार जिन्ना की नजरें रति की तरफ घूम जातीं। कल की तो बात है जब यह लड़की यहाँ फ्रॉक में खेलती नजर आती थी। आज हाथों में स्कॉच का जाम लिए पार्टी को अपनी मुस्कराहटों और उन्मुक्त हँसी से गुलज़ार किये हुए है। जिन्ना ने सिगार का गहरा कश लिया और वेटर की ट्रे से अपने लिए ड्रिंक उठा लिया। जिन्ना को यह मालूम नहीं था कि रति की नजरें उसे कभी का तौल चुकी हैं। थोड़े गहरे भूरे रंग के डबल ब्रेस्ट के सेवाइल रो सूट और सफ़ेद रेशमी कमीज़ के ऊपर लहराती मैरून रंग की टाई रति को बहुत पसन्द आई थी। रति को हमेशा जिन्ना के वस्त्रों के रंग पसन्द आते थे। वो उसकी सुरुचि की प्रशंसक हो चुकी थी। पार्टी समापन तक रति थक कर चूर हो गयी। अपने कमरे में वो बिस्तर पर लेटी ही थी कि थकान और स्कॉच ने उसे बेहोश कर दिया।

०एमिबाई बहुत नाराज नजरों से उसे घूर रही थीं। जिन्ना की नींद टूट गयी। कितने बरस हो गये। आज एमी को क्या हो गया, क्यों मुझे परेशान करने आ गयी। करवट

बदलकर जिन्ना ने फिर आँखें मूँदीं और थोड़ी देर बाद एमी फिर आकर खड़ी हो गयी। नींद फिर टूटी। जब यह सिलसिला कई बार चला तो झल्ला कर जिन्ना ने कहा—"ये तुम्हें आज हो क्या गया है क्यों बार-बार मेरी नींद खराब कर रही हो?"

"चुप रहो जिन्दा होती तो और ज्यादा नींद खराब करती, मैं पूछती हूँ कब तक मेरे नाम को लिए रोते रहोगे। बहुत हो चुका। अब दूसरी शादी कर लो।"

"तुमसे किसने कहा कि तुम्हारे नाम को रोता हूँ?"

"कहेगा कौन? मैं तुम्हारी बीबी हूँ, तुम्हारे दिल के कोने-कोने का राज़ जानती हूँ। इतने बड़े घर में अकेलापन तुम्हें काटता नहीं? यों ही अकेले बने रहे तो तुम ज़ालिम हो जाओगे। बस! अब हिन्दुओं के साधु-संन्यासी बनने की कोशिश मत करो। इस घर में मेरी एक प्यारी-सी सौत ले आओ। रति जैसी।' जिन्ना की नींद फिर टूट गयी। आज की रात शायद कभी न खत्म होने वाली रात बन गयी थी और ये एमी जो इतने बरसों तक सपनों में कभी नहीं आई थी आज पागल हो गयी थी। उसका गला सूख गया था। पानी पीकर वो एक बार फिर लेटा और नींद में डूब गया।

यह एक रात का किस्सा नहीं रह गया था। अब रातें रोज़ उसे बेचैन कर देतीं। भावनाओं के समुद्र में ज्वार-भाटा मचल उठा था। जिन्ना इस बदलाव से चकित था, विवाह के लिए आतुर यौवन के मदमस्त वर्ष जब किशोरों और नौजवानों की रातों में आग लगा देते हैं। जिस उम्र में शरीर की तपन लड़कों के शरीर को पिघला देती है। जब उनकी बाँहें किसी भरे शरीर की पसलियाँ चूर-चूर करने के लिए मचल रही होती हैं, जब होंठों की तपन को वैसे ही तपते होंठ शीतलता प्रदान करते हैं; तब उस उम्र में उसने कुमारी ड्रेक के निमन्त्रण को कितनी सौम्यता के साथ ठुकरा दिया था। हिन्दुस्तान में वापसी के बाद अब तक उसकी व्यस्तता ने उसे कभी एहसास ही नहीं होने दिया कि अपनी विशाल कोठी में वो अकेला है। ऐसा भी नहीं था कि अब तक वो किसी निर्जन द्वीप में अकेला रह रहा था जहाँ कोई आकर्षक सुन्दरी थी ही नहीं। बम्बई तो बम्बई हिन्दुस्तान के कितने शहरों में कितनी-कितनी सुन्दर लड़कियाँ उसकी आँखों के आगे से गुजर गयीं, पर उसने कभी किसी लड़की को आँख उठा कर देखा तक नहीं। क्लब और पार्टियों में मिलने-जुलने वाली स्त्रियों के साथ वो औपचारिकता की दीवार बनाए रखता। साउथ कोर्ट में अकेले जिन्ना की रातें हमेशा की तरह शान्त और सौम्य बनी रहीं। स्कॉच वो जरूर पीता था, पर केवल सुरूर के लिए। आज तक नींद के लिए उसे नशे में धुत होने की जरूरत नहीं पड़ी थी, लेकिन इन दिनों बिस्तर पर जाने से पहले दो तीन पेग उसे जरूरी लगने लगे थे। क्यों?...क्यों उसने अकेलेपन से आशनाई कर ली थी। प्रेमिका, पत्नी तो दूर उसने अपनी सगी बहन फातिमा के लिए भी अपनी मालाबार हिल की कोठी में कोई

कमरा नहीं रखा था। सुनसान रातों में आजकल वो अपने दिल की धड़कनों को गिनने लगा था। इन धड़कनों के सुर-ताल को समझने के लिए वो कितने सिगार फूँक डालता। जीवन की सफलताओं के नित नये सोपानों को पार करता जिन्ना आजकल समुद्र की भयानक लहरों में फँस गया था। दिल का यह ऐसा गहरा समुद्र था जिसकी अतल गहराई नापना उसके लिए असम्भव होता जा रहा था।

फातिमा अब बड़ी हो गयी थी। कलकत्ता से उसे दन्त चिकित्सा की शिक्षा दिलाकर जिन्ना ने डॉक्टर बहन के लिए दूर अलग एक घर और क्लीनिक की व्यवस्था कर दी थी। किसी साधु-संन्यासी की तरह ब्रह्मचर्य की प्रतिज्ञा में बँधा दुनिया से विरक्त वो किसी बियाबान जंगल में नहीं रह रहा था। उसकी कोठी बम्बई की सबसे शानदार बस्ती में थी पूरी शानो-शौक़त समेटे हुए। न वो संन्यासी था न उनकी तरह वीतरागी। वो सबसे महँगे और शानदार सूट पहनता था, रेशमी टाई उसके गले में अठखेलियाँ किया करती थी। हवाना के खुशबूदार सिगार उसके होंठों में सुलगते रहते थे और रोज़ शाम सबसे महँगी शराब की वो चुस्कियाँ लिया करता था। अपनी रियासत में वो अकेला बादशाह था बिना बेगम के। शायद वो पत्थर था शायद इन दिनों ये पत्थर कुछ पिघल उठा था। जिन्ना को अपनी फूफी याद आई। फूफी की छेड़खानी याद आई। वो मुस्करा उठा। फूफी की मीठी झिड़कियों ने उसे नींद की लोरी सुनाई और उतरती जवानी का जवान जिन्ना सो गया।

सुबह सवेरे चिड़ियों की चहचहाट से रति की नींद टूट गयी। आज होली थी। पारसी यह त्यौहार नहीं मनाते, लेकिन रति की हिन्दू सहेली ने उसे बुलाया था। नौकरों के क्वार्टरों में होती होली वो देख चुकी थी। इस बार उसने भी तै किया कि होली के रंगों में वो भी नहाएगी। सहेली के घर खूब हुड़दंग रहा, दोपहर होने के साथ त्यौहार सम्पन्न हो गया। रंग खेलने के बाद भंग की ठंडाई का इन्तजाम था। रति ने ठंडाई पी और कुछ देर में ही वो उनींदी हो उठी। जैसे-तैसे घर पहुँची और अपने बिस्तर पर बेसुध हो गयी। अब उसके सपनों ने सुध ली और जिन्ना के तरह-तरह के जीवन अंश उसकी आँखों के आगे नाचने लगे। जो अंश सबसे मुखर था वो लखनऊ में लीग की सभा के भाषण का अंश था—"हिन्दुस्तान का पुनरुत्थान हमारे हाथों में है। ईश्वर पर भरोसा रखते हुए इस काम में जुट जाएँ ताकि हम अपनी सन्तानों को ऐसी भरी-पूरी विरासत सौंप कर जाएँ, जो दुनिया के सारे स्वर्ण से भी अधिक मूल्यवान हो यानी आजादी; जिसके लिए महान से महान बलिदान भी महत्त्वहीन होगा।" नींद टूटने तक यह अंश न जाने कितनी बार रति की आँखों के आगे से गुजरा। शाम ढलने के बाद रति उठी, नहा धोकर ताजी हुई। दिन में माँ ने

कई बार उसे बुलवाया था हर बार बेन ने बताया बेबी साहब सो रही हैं। शाम को माँ डाइनिंग हॉल में बैठी फल खा रही थीं। रति वहीं पहुँची। सेव की फाँक मुँह में डालते हुए बोली—''रंग फेंकने और लगवाने में कैसी थकान हुई है मैं ही जानती हूँ।''

''घोड़े बेचकर सोई हो।'' माँ ने कहा।

''कुछ पिया तो नहीं था बेबी साहब।'' बेन ने अपना संशय रखा।

''ठंडाई पी थी।'' रति ने जवाब दिया।

''जभी तो, जरूर भांग वाली होगी।'' बेन ने हँसते हुए रहस्य से पर्दा उठा दिया।

''भाँग में ऐसा नशा होता है?'' रति ने पूछा।

''अरे पूछो मत बेबी साहब अच्छा हुआ आप सो गयीं नहीं भाँग के नशे में हँसने लगे तो बस हँसते रहो और बोलने लगे तो बस जबान रुकेगी ही नहीं।''

दिनबाई हँसने लगीं। रति भी खूब हँसी।

रात में रति ने जिन्ना द्वारा दो वर्ष पहले दिया काव्य-संग्रह उठाया। उसके कानों में फिर जिन्ना का भाषण गूँजने लगा, पन्ने पलटते हुए टेलर कोलेरिज़ की एक कविता पर उसकी नजर अटक गयी। और उन चार पंक्तियों को बार-बार दोहराते हुए वो सो गयी—

दो नन्हे पंख अगर होते, और होती मैं नन्ही चिड़िया
प्रिय पास तुम्हारे उड़ आती! यों स्वप्न देखती ये चिड़िया,
बस यहीं यहाँ हूँ रह जाती
पर भरी नींद में जब होती उड़ पास तुम्हारे मैं आती!
जब भी मैं सोया करती हूँ, उस समय तुम्हारे संग होती!
यों नींद भरे सपनों में सारी दुनिया अपनी होती है!
लेकिन पाती हूँ अपने को जब गहरी नींद उचटती है?
निपट निपट एकाकी।

महल जैसी अपनी कोठी में जिन्ना जाग रहा था। न जाने क्यों आज कल अकसर उसे नींद मुश्किल से आती थी। स्कॉच के ज्यादा पेग भी बेकार साबित होते। अब तक के अपने जीवन से वो सन्तुष्ट था। समाज में बहुत कम समय में जो सम्मानित स्थान उसे प्राप्त हुआ था वह सामान्य लोगों के लिए कल्पनातीत था। यह स्थान पाने के लिए जिन्ना ने जी-तोड़ मेहनत की थी और जीवन की बाजी में बहुत कुशलता और हिम्मत के साथ अपने पाँसे चले थे। वह सफल और प्रसिद्ध वकील था। राजनीति में सम्मानित और प्रतिष्ठित नेता था। सम्भ्रान्त समाज का अंग था।

सफलता ने उसे धन से मालामाल कर दिया था। किसी भी तरह का ऐश्वर्य अब उसकी पहुँच के बाहर नहीं था। सारी सुख-सुविधाएँ उसके पास थीं। उच्च वर्ग के प्रसिद्ध व्यक्ति उसकी मित्रमंडली में थे, पर इस सबके बावजूद घर में वो निपट अकेला था जीवन साथी विहीन। अपनी पत्नी का तो ठीक से उसने मुँह भी नहीं देखा था कि लन्दन की पढ़ाई ने दोनों को हमेशा-हमेशा के लिए जुदा कर दिया। एमी होती तो जीवन की नाव न जाने किस ठाँव लगी होती।

पिछले बीस वर्षों की जद्दोज़हद ने उसे कुछ भी सोचने का मौका ही नहीं दिया था। जिन्ना विवाह की उपयुक्त उम्र पार कर चुका था, पर अब भी हिन्दुस्तान का कोई भी प्रतिष्ठित परिवार उसके साथ विवाह सम्बन्ध जोड़ने में गर्व अनुभव करता। न जाने कितनी सुन्दर और प्रभावशाली महिलाएँ उसके अब तक के रास्ते से गुजरीं पर किसी ने जिन्ना को एक क्षण के लिए भी विचलित नहीं किया था। विलायत के उन्मुक्त वातावरण ने भी उस पर कोई असर नहीं किया था। इस बारे में सोचने का मौका उसे अब तक नहीं मिल पाया था। पर आज कल न जाने क्यों रातों की नींद में कुछ बाधा उत्पन्न हो जाती थी। सपने में रति खिलखिला उठती और जिन्ना की नींद टूट जाती। अँधेरी रातों में बिस्तर पर करवटें बदलने से ऊब; वो उठ कर सिगार जला कर सोचने लगता। रति सुन्दर थी। युवा थी पर सिर्फ इतने गुण ही तो इस कोठी की मालकिन बनने के लिए बहुत नहीं थे। जिन्ना को रसोई बनाने वाली घरवाली की आवश्यकता नहीं थी, न जनानखाने के लिए किसी मलिका की। उसकी जीवन साथी ऐसी लड़की ही बन सकती थी जिसका मानसिक स्तर उसके धरातल पर हो जो पिछली सदी की नहीं, अगली सदी की लड़की हो। वो सिगार के गहरे कश खींचते हुए सोचता, तौलता और रति उसके मानदंडों पर खरी उतरती। लेकिन क्या रति की नींद भी यों ही टूटती होगी? क्या वो उसके बारे में कुछ ऐसा ही सोचती होगी? शायद ! नहीं। शायद नहीं; यकीनन! जिन्ना अदालत में आँखों में आँखें डालकर गवाहों से बात करते थे। जज की आँखों को बाँधकर अपनी बात रखते थे। आँखों की भाषा पढ़ने में वो विशेषज्ञ हो चुके थे। इधर पाँच-छ: महीनों में उन्होंने रति की आँखों में प्यार का हिलोरें मारता समुद्र देखा था। उसकी आँखों में अपने लिए उद्दाम आकर्षण देखा था। तो क्या रति से बात की जाए? नहीं! विवाह की बात तो उसके पिता से ही करनी होगी। क्या पेटिट रिश्ता मंजूर करेंगे? धर्म और मज़हब की दीवार टूट पाएगी? सवाल सवाल सवाल। ये सवाल उसके मस्तिष्क में घूमता चक्र बन जाता। वो उठता एक तगड़ा पेग बनाता और दिमाग को शान्त होने का आदेश देता। रात यों ही सोते-जागते गुजर जाती।

हमाबाई ने किसी से इश्क नहीं किया था, पर इस बीमारी के लक्षणों की उसे खूब पहचान थी। आँखों की भाषा पढ़ने के लिए लड़कियों को जिन्ना की तरह कोई अभ्यास नहीं करना पड़ता, उम्र के साथ प्रकृति उन्हें यह भाषा यों ही सिखा देती है, फिर हमाबाई ने तो भतीजी की आँखों में आदर्श पुरुष की छवि को क्रमशः प्रेमी की छवि में परिवर्तित होते हुए पढ़ा था। हमा ने रति से एक दिन साफ-साफ पूछा—

"क्या है तुम्हारे दिल में?"

"प्यार", रति ने बेहिचक जवाब दिया

"अंजाम मालूम है?"

"शादी।"

"इतना आसान है?"

"हाँ।"

"मिस्टर को पता है?"

"बताना है।"

"और उधर चिंगारी भी न हो तो?"

"तो आग लगा दूँगी।"

"भाई मानेंगे?"

"मानना पड़ेगा।"

"बात कब करोगी?"

"यहाँ इतनी भीड़ भाड़ रहती है, कुछ कहने का मौका ही नहीं मिलता। बुआ! गर्मियों में हम लोग दार्जिलिंग जा रहे हैं, पापा से कहो मिस्टर को भी निमन्त्रण दे दें। वहाँ अकेलापन मिलेगा। बात वहीं होगी।"

"ठीक है कह दूँगी।" हमाबाई ने भतीजी से वादा किया।

पेटिट का निमन्त्रण था। जिन्ना जब पहुँचे तो शाम ढल रही थी। एक-दो मित्र भी अभी ही पहुँचे थे। जिन्ना के साथ सब ड्राइंगरूम की ओर जा रहे थे। रास्ते में रति खड़ी थी। उसने सब मेहमानों का स्वागत किया। जिन्ना से नजरें मिलीं। दोनों ने एक-दूसरे की आँखों में छिपा रहस्य तो देख लिया। पर रहस्य तोड़ने में दोनों की आँखें असमर्थ थीं। जिन्ना की इलाहाबाद में नेहरू के साथ होनेवाली बैठक बातचीत का मुख्य मुद्दा था। हिन्दू-मुसलमानों के बीच खड़ी मजबूत दीवार तोड़ने का काम जिन्ना बहुत कुशलता से कर रहे थे। सबका एक ही मत था कि यह भेद-भाव तोड़ने की जिम्मेदारी प्रबुद्ध जनों की थी। जिन्ना इधर लगातार व्यस्त चल रहे थे पेटिट ने हँसते हुए कहा—"कभी कामधाम से छुट्टी भी लिया करो। छुट्टियाँ शरीर को

काम करने की नयी शक्ति से भर देती हैं। हम लोग इन गर्मियों में दार्जिलिंग जा रहे हैं। आपको भी आने का निमन्त्रण दे रहे हैं। दे तो रहे हैं निमन्त्रण पर इसे आदेश समझें।'' जिन्ना ने हँसते हुए जवाब दिया—''आदेश है तो मानना ही पड़ेगा।'' उस शाम यह तै रहा कि जिन्ना इलाहाबाद की बैठक के बाद सीधे दार्जिलिंग आ जाएँगे।

अप्रैल की गर्मियों में जब इलाहाबाद में आग से उबलती गर्म हवाएँ बहती हैं तब जिन्ना मोतीलाल नेहरू के विशाल स्वराज भवन में उनकी मेहमाननवाजी का आनन्द लेने और मुस्लिम लीग तथा काँग्रेस के बीच प्रस्तावित सुधारों पर मनन करने के लिए इलाहाबाद पधारे। खस की टट्टियों से बन्द स्वराज भवन में बाहर की गर्मी का नामोनिशाँ भी नहीं था। नेहरू ने जिन्ना का अपने मित्रों तथा अन्य गणमान्य लोगों से परिचय कराते हुए एक वक्तव्य पढ़ा—

''अगर इस देश पर हिन्दू शासन नहीं करेंगे तो मैं कहना चाहता हूँ कि इसी तर्क के बल पर मुसलमान भी नहीं करेंगे। अँग्रेज तो किसी भी दशा में नहीं कर सकते। इस देश पर यहाँ के लोग, इस देश की सन्तानें शासन करेंगी। मैं ये मानता हूँ कि मैं पूरे देश की भावना व्यक्त कर रहा हूँ। हमारी माँग है कि हमारे देश के शासन की वास्तविक शक्ति हमें तुरन्त सौंप दी जाए। प्रशासनिक सुधार की दिशा में हमारी यह मुख्य माँग है। और हमारी माँग ये है कि आपने इस देश की शासन व्यवस्था पर एकाधिकार कर रखा है। इस देश की सेना में एकाधिकार कर रखा है। इस देश के व्यापार पर एकाधिकार कर रखा है। अब हम आपके इन तीनों एकाधिकारों में से एक पर भी आपका अधिकार नहीं रहने देंगे। आप पिछले डेढ़ सौ वर्षों से यह आनन्द ले रहे हैं। बहुत हो लिया, अब हमारा धैर्य खत्म हो चुका है।''

ये विचार जो मैंने पढ़े जिस व्यक्ति के हैं वो हैं श्री मुहम्मद अली जिन्ना, जो इस समय हमारे बीच हैं। श्री जिन्ना के नाम से तो उनके मुसलमान होने का आभास मिलता है, लेकिन वो किसी भी दायरे के कैदी नहीं हैं। श्री जिन्ना उदात्त मानसिकता के व्यक्ति हैं। मैं इनमें और अपने आपमें कोई फ़र्क़ नहीं ढूँढ़ पाता। तालियों से उपस्थित लोगों ने जिन्ना का स्वागत किया। जिन्ना कई दिन नेहरू के मेहमान रहे और प्रशासनिक सुधारों के मसौदे पर विचार-विमर्श करते रहे। उनकी मुलाकात नेहरू के पुत्र जवाहर से भी हुई। जवाहर लाल लन्दन से बैरिस्टरी पास कर वापिस आ गया था। उसे अपने पिता की वैभवशाली वकालत आकर्षित नहीं कर रही थी। इंग्लैंड की धरती में यही खराबी थी। गुलाम देश से आए विद्यार्थियों को वो गुलामी ख़त्म करने की प्रेरणा देकर वापिस भेजती थी। अपने अधिकार के लिए उनमें अदमनीय चेतना भर देती थी। जवाहर से उनकी मुलाकात बड़ी औपचारिक रही।

इस बीच जिन्ना की मुलाकात तेज बहादुर सप्रू और मदन मोहन मालवीय से भी हुई।

इलाहाबाद की इस महत्त्वपूर्ण बैठक के बाद जिन्ना दार्जिलिंग की यात्रा के लिए चल दिए। ट्रेन की फर्स्ट क्लास बोगी में जिन्ना को शान्ति के साथ विश्राम करने का मौका मिला। उन्होंने अपने लिए एक पूरा कोच आरक्षित करवा लिया था और गर्मी से राहत के लिए रेलवे ने इस बोगी में उनके अनुरोध पर बर्फ़ की सिल्लियाँ रखवा दी थीं। ट्रेन चलने के साथ उनके मस्तिष्क में भी विचार मन्थन प्रारम्भ हो गया। वो पिछले दिनों की व्यस्तताओं पर दृष्टिपात कर उठे। राजनैतिक विषयों पर मनन करते हुए जब मस्तिष्क थक गया तब उस पर मन ने अधिकार जमा लिया और खिड़की के बाहर पीछे छूटते दृश्यों में से रति का चेहरा प्रकट हो उठा। विभिन्न परिधानों और विभिन्न मुद्राओं में रति लगातार जिन्ना को छेड़ती चल रही थी। दुनिया का कोई व्यक्ति यह कल्पना भी नहीं कर सकता था कि जिन्ना के मन में इस समय क्या-क्या घूम रहा था। कल्पना करने वालों का दिमाग बस सरोजिनी नायडू पर आकर थम जाता था। जिन्ना मुस्कराया, कैसी बीमार मानसिकता के लोग हैं? एक सभ्य व्यक्ति को एक सभ्य स्त्री के साथ देख इनके मन में केवल कुत्सित विचार ही आ सकते हैं। वो जानता था कि उन दोनों की अनौपचारिक मित्रता कुछ लोगों के मन में कैसी गुदगुदी उत्पन्न करती है। ऐसी ओछी मानसिकता किसी भी शालीन स्त्री के मन को ठेस पहुँचाने के लिए काफी थी पर सरोजिनी के कवि मन में उसने कभी कोई अकुलाहट नहीं देखी। सरोजिनी उसे बहुत अच्छी तरह समझती थीं। वो बेहद सूझबूझ वाली महिला थीं, पर रूमानी तौर पर जिन्ना और सरोजिनी अलग धरातल पर थे। सरोजिनी कविता की दुनिया में खोई स्वप्नदर्शी महिला थीं। जिन्ना की पत्नी यदि कोई हो सकती थी तो केवल वास्तविकता के धरातल पर जीनेवाली स्त्री ही हो सकती थी। सरोजिनी विवाहिता थीं, जिन्ना किसी के घर में आग लगा कर अपना घर गुलज़ार करने की कोई इच्छा नहीं रखते थे।

ट्रेन की आवाजें और स्टेशन की हड़बोंग उसकी विचार श्रृंखला तोड़ देती। अप्रैल माह की गर्मियों में दोपहर की लू और तेज धूप में तपती टीन की छत ट्रेन की बोगी को आग की भट्टी में परिवर्तित कर देती। प्रथम श्रेणी हो या तृतीय गर्मी से बचने का कोई जरिया नहीं था। हाँ, फर्स्ट क्लास में लोगों को भीड़ वाली गर्मी से मुक्ति मिल जाती थी, लेकिन ऐसी गर्मी में जिन्ना का यह रेल डिब्बा ठंडा था इस ठंड में वो सिगार जलाकर तम्बाकू की आग अपने सीने में समेट लेते। ट्रेन के पहियों की गति फिर उनके मन को गतिमान कर देती। रति बहुत छोटी है। दोनों के बीच उम्र का लम्बा अन्तर है। क्या वो इस लड़की के बाल-मन से तालमेल बैठा पाएगा; लेकिन रति ने बचपना तो कब का छोड़ दिया था, वो जानता था। यह लड़की अपनी उम्र से पहले समझदार हो गयी थी। वो राजनीति की गम्भीरता को अच्छी तरह

समझती थी। लखनऊ में काँग्रेस और लीग अधिवेशनों के बीच जिन्ना ने इस लड़की की सूझबूझ भरी टिप्पणियाँ सुनी थीं। बहस-मुबाहिसे में उसके विचार उसकी गहरी सोच प्रकट कर देते थे। लखनऊ में रति का परिचय श्रीमती एनी बेसेंट से हो गया था। श्रीमती बेसेंट के साथ उसकी बातचीत एक समझदार और जागरूक नागरिक की तरह होती थी। श्रीमती बेसेंट जैसी विचारवान महिला भी उससे प्रभावित थीं। सरोजिनी से उसका सहेलाना था। इस रिश्ते में उम्र का बन्धन टूट गया था। रति घर की दुनिया में अपने आपको समर्पित करने वाली लड़की नहीं थी। वो किसी पिंजरे में रहकर अपना जीवन नहीं गुजार सकती थी, वो निश्चित रूप से उसके राजनैतिक जीवन में उसकी सहचरी की भूमिका निभाने के लिए एकदम उपयुक्त थी। मन की एकाग्रता और ट्रेन के झूले ने जिन्ना को स्वप्नों में पहुँचा दिया।

पनेली की गलियों में से बरात गुजर रही थी। घोड़े पर बैठे जिन्ना के चेहरे पर फूलों का भारी सेहरा बँधा हुआ था। ढोल-नगाड़े अपने पूरे शबाब के साथ बज रहे थे। बारात एमी के घर पहुँच गयी। घोड़े से उतर जिन्ना अन्दर आँगन में पहुँच गया। यहीं एक तरफ स्त्रियाँ दुल्हन को घेरकर बैठी थीं। दुल्हन ने स्त्रियों के ठहाकों से अकुलाते हुए मुँह उठाकर जिन्ना को देखा और जिन्ना ने दुल्हन को; आश्चर्य! दुल्हन के जोड़े में एमी नहीं रति थी। ट्रेन की चीखती सीटी ने जिन्ना की नींद में विघ्न डाल दिया। शायद कोई स्टेशन आ गया था। जिन्ना चहलकदमी के लिए प्लेटफार्म पर निकल आया। इतनी गर्मी में ट्रेन की यात्रा आदमी को झुलसाकर रख देती थी, पर जिन्ना अपनी ठंडी बोगी में अब तक सूट और टाई में ही थे। चहल कदमी करते हुए वो एक बुक स्टाल से कुछ पत्रिकाएँ लेने लगा। किताबों की पंक्ति से एक किताब झाँक रही थी 'द स्टोरी ऑफ़ द वूमेंस हार्ट', रात में सपने से बचने का इलाज उसे मिल गया। शाम ढल रही थी। ट्रेन ने सीटी दी। जिन्ना अपनी सीट पर आ गये। ट्रेन चलने के साथ डिनर परोस दिया गया। ट्रेनों में यह सुविधा प्रथम श्रेणी के यात्रियों के लिए उपलब्ध थी।

खाने के बाद जिन्ना ने कपड़े बदले। रात हो चली थी। बाहर भी हवा में ठंडक घुलने लगी थी। परिचारक ने बिस्तर लगा दिया जिन्ना ने आज का आखिरी सिगार जलाया और लेट कर वो फिर रति के पास पहुँच गया। वो जानता था रति के पिता किसी दौलतमन्द नवाब से कम हैसियत नहीं रखते। पैसा क्या होता है, कैसे आता है, यह रति का सिरदर्द कभी रहा ही नहीं। महल जैसे विशाल घर में नौकरों, भृत्यों की भीड़ ने रति को हमेशा हाथों में रखा था। माता-पिता की लाडली के लिए महँगे से महँगे कपड़े, जेवर उसके इशारे पर हाजिर हो जाते। कोई रोकटोक नहीं थी न कोई पाबन्दी। लन्दन का फैशन रति के लिए पिछड़ा हुआ होता, वो अपने वस्त्रों की प्रेरणा फ्रेंच डिज़ाइनर्स से लेती। अल्हड़पन उसके स्वभाव का स्थाई अंग था,

लेकिन वो ये सब क्यों सोच रहा था। जिन्ना का व्यक्तिगत स्वंत्रता का विश्वास दिखाऊ नहीं था। यह आदर्श केवल मंच पर बोलने भर के लिए नहीं था। जो उसका विश्वास था वही उसका व्यक्तित्व था। उसे रति का अल्हड़पन पसन्द था। उसका फैशनेबल होना जिन्ना की दृष्टि में प्रशंसनीय गुण था। जिन्ना उसके पहनावे की सुरुचि का कायल था। रति को उसके पास आने के बाद अपनी जीवन शैली में रत्ती भर भी परिवर्तन की आवश्यकता नहीं थी। रति की स्वतन्त्रता पर किसी तरह की पाबन्दी के लिए कोई भी बड़ा-बूढ़ा उसके घर में नहीं था। छोटी बहन फातिमा भी नहीं। जिन्ना ने उसकी अलग व्यवस्था कर उसे भी अपने ढंग से जीने की पूरी स्वतन्त्रता दे रखी थी। ऐश्वर्य की उसके घर में भी अब कोई कमी नहीं थी नौकरों-परिचारिकाओं की भीड़ तो उस जैसे रईसों के जीवन का आवश्यक अंग थी। रहने के लिए पेटिट हॉल जैसा बड़ा और शानदार घर उसके पास भी था। अपनी प्रिय पत्नी पर लुटाने के लिए उसने खासी दौलत इकट्ठी रख छोड़ी थी। कोहिनूर जैसे हीरों को छोड़ दिया जाए तो रति को कभी किसी चीज की कीमत पूछने की उसके घर में भी जरूरत नहीं होगी। तो फिर अब रुकावट क्या थी? कुछ नहीं? नहीं! अभी यह तय करना शेष था कि उधर आग कैसी है। आग तो है पर वो भड़कने वाली है या सुलगकर बुझ जाने वाली। दार्जिलिंग की ठंडी वादियों में इस आग की गर्माहट का फैसला होना था। सिगार ख़त्म हो गया, नींद से उसकी आँखें बोझिल हो चुकी थीं। उसने बत्ती बुझा दी।

रति को मालूम हो चुका था उसके सपनों का राजा दार्जिलिंग में सात हज़ार फुट की ऊँचाई पर बनी उनकी भव्य विला में उनका मेहमान बन चुका था। शानो-शौक़त से भरपूर उस विला के ठीक सामने श्वेत हिमाच्छादित कंचनजंघा पहाड़ की चोटी चमचमाती रहती थी और नीचे की ढलानों पर चाय बागानों की कोमल हरी मखमली पत्तियों से आच्छादित चादर। रति का मन जिन्ना से मिलने को व्याकुल था पर मस्तिष्क ने धैर्य का आदेश दे दिया। इस उहापोह की स्थिति में उसे बस कविताओं का ही सहारा था। जिन्ना के दिए उपहार काव्य-संग्रह रति के अन्तरंग साथी बन चुके थे। उन्हीं में से एक पुस्तक पलटते रोबर्ट ब्राउनिंग की कुछ पंक्तियों पर उसकी नजरें अटक गयीं—

''अपने सारे जीवन से बस दे दो इक पल /
अपने सारे जीवन से जो वो बीत गया कल /
सारा जो आगत है, अब इसके बाद भुला दो /
जो है समक्ष कर घनीभूत सम्पूर्ण बना लो /

हर्षातिरेक से आप्लावित परिपूर्ण दान की चाह /
अनुभूति चित्त चेतनता और विचार /
निमिष मात्र में हो एकात्म जिन्होंने दिया अन्त में मुझको /
इक बार तुम्हारा साथ प्रिये मेरे अन्तरतम को मन को /
विश्वास मुझे है प्रिय चाहे आगत पल हो या गुजरा /
इस काल चक्र से छीन मिलेगा प्यार मुझे ही तेरा।''

वो इन्हें बार-बार पढ़कर कविता की आत्मा में प्रवेश कर जाना चाह रही थी कि बुआ ने आकर उसके हाथों से पुस्तक ले ली। कविता पढ़ हँसते हुए हमा ने कहा—''जीवन के एक क्षण के नहीं पूरी जिन्दगी की मोहब्बत की क़ैफियत तलब करने का अवसर आ गया है। अब देर क्या है? दिल भी यहीं है दिलदार भी यहीं है। मौसम भी है मौका भी है।''

''हाँ, लेकिन देखना ये है कि आगे वो बढ़ते हैं या मुझे बढ़ना होगा।''

''अब रहने दो, जो कहना सुनना है कह सुन डालो।''

''ऐसी जल्दी क्या है बुआ?''

''क्यों बम्बई में तो परदादी की शादी याद कर रही थीं। तेरह साल की उम्र में ससुराल आ गयी थीं परदादी।''

''हाँ लेकिन परदादी मोहब्बत करके नहीं आई थीं, प्यार-मुहब्बत के कुछ कायदे कानून होते हैं।''

''अच्छा जी! बड़ी पुरखा हो गयी हैं भतीजी, किसने बताए हैं आपको ये नियम कायदे?''

''प्यार करने वालों को कोई बताता नहीं वो खुद जान जाते हैं।''

''ओह हो, ज्ञानी भी हो गयी हैं आप!''

''थोड़ी''

''अच्छा चलो यहाँ घर की कैद से बाहर कुछ बाहर की ठंडी हवा में भी साँस ले लो। रति शायद ऐसे ही किसी आदेश की प्रतीक्षा में थी। दोनों सहेलियाँ पहाड़ की ठंडी हवाओं के झोंकों का आनन्द लेती पगडंडियों पर निकल पड़ीं। हमाबाई सिगरेट का डिब्बा साथ लाई थी ठंडी हवा की सरसराहट सिगरेट के धुएँ से गर्म हो उठती बुआ भतीजी सिगरेट का धुआँ उड़ाती और दार्जिलिंग की पहाड़ियों को रौंदती हुई बर्फ़ीली हवाओं की धुन्ध में समा गयीं।

बिलिअर्ड हॉल में जीजीभाई और जिन्ना एक दूसरे को हराने की कोशिश में थे। दार्जिलिंग की मदमस्त हवाएँ स्कॉच को और मदिर बना रही थीं। हॉल में केवल एक दर्शक था दिनबाई। जीजी भाई ने रति और हमाबाई की अनुपस्थिति दर्ज करते

हुए उनके बारे में पूछा ही था कि दोनों पगडंडियों की ऊँचाई नापकर लौट आईं। बहन के आने की देर थी कि तीनों छोटे भाई भी नुमाया हो गये। अब पाँच दर्शक बढ़ गये और खूबसूरत शॉट पर तारीफों की आवाजों से हॉल गूँजने लगा। इन तालियों और तारीफों के बीच बेयरर ने आकर पूछा खाना कितनी देर में लगा दिया जाए। जीजीभाई ने यह जान कि डिनर तैयार है खाना लगाने का आदेश दे दिया। खेल बस ख़त्म होने को ही था, जिन्ना ने लगातार पॉइंट बनाते हुए बाजी जीत ली। जीजीभाई ने हँसते हुए कहा—"जिन्ना को वकालत छोड़ बिलिअर्ड का व्यावसायिक खिलाड़ी बन जाना चाहिए।" हमाबाई ने जवाब दिया, "मुकाबला बराबरी के खिलाड़ी से हो तब पता चलेगा असली खिलाड़ी कौन है।" "है कोई ऐसा खिलाड़ी यहाँ?" जीजीभाई ने पूछा। "रति जवाब देंगी", "हमाबाई हँसकर बोलीं। रति बुआ का आशय भाँप मुस्करा पड़ी। "अच्छा! ऐसा खेलना सीख गयी है?" जीजीभाई ने आश्चर्य व्यक्त किया। 'बम्बई में अपनी फैक्ट्री" दफ़्तर और मीटिंग-शीटिंग से कभी आपको फुरसत मिलती तब आप जान पाते रति क्या-क्या सीख गयी है। हमाबाई ने रति को छेड़ा। रति खुलकर हँस पड़ी। जिन्ना ने मुस्कराते हुए उसे देखा। वो भाँप गया, यह हँसी कुछ और कह रही थी। "ठीक है कल मुकाबला तै रहा" जिन्ना ने चुनौती स्वीकार कर ली।

दार्जिलिंग में मौसम बहुत सुहावना था। बहुत दिनों बाद जिन्ना को ऐसा आराम नसीब हुआ था। जब से उसने मजिस्ट्रेटी की थी तब से लगातार वो काम के जाल में उलझता चला गया। यह स्थिति उसे पसन्द थी। शायद उसकी व्यस्तता ने ही उसे अपने निजी जीवन के बारे में सोचने के अवसर ख़त्म कर दिए थे। शायद किसी महिला ने इसके पहले उसके मानस में ऐसी हलचल उत्पन्न करने की कोशिश भी नहीं की थी जैसी रति कर गुजरी थी। जिन्ना अपने नर्म बिस्तर में रजाई की गर्माहट के अन्दर रति की निमन्त्रण भरी आँखों की मुस्कराहट को तौल रहा था। जब रति एकदम नादान थी तब से अब तक के विकास का वो साक्षी था। उसने रति में अपने लिए आदर और गरिमा को अपनत्व में ढलते देखा था। अब जब वो यौवन की दहलीज़ पर आकर खड़ी हो गयी थी तब उसके मन की तरंगें जिन्ना को लगातार झकझोरने लगी थीं। पर यह सब किसी किशोरी के मन में बना रेत का महल तो नहीं था जो तेज हवा या वर्षा को बूँदा बाँदी में ढह जाता। जिन्ना कितना भी सफल वकील था पर स्त्री मन का रहस्य अनोखा अँधेरा समेटे हुए होता है। समुद्र की अतल गहराई उसमें समाई होती हैं। इस मन की थाह पाने में अच्छे से अच्छे खिलाड़ी भी खेल जाते हैं और फिर जिन्ना तो इस खेल से एकदम अपरिचित था निपट अनाड़ी। वो अपनी प्रतिष्ठा केवल आकर्षण के जाल में उलझी किशोरी के लिए दाँव पर नहीं लगा सकता था। उसे भरोसा होना चाहिए था कि यह केवल

किशोरी के मन का बाल सुलभ आकर्षण नहीं, उसका अदमनीय समर्पण था। पिछले दो वर्षों से उसने रति के स्पष्ट निर्णयों की झलक देखी थी। क्या वो इसी स्पष्ट निश्चय और सम्पूर्ण शक्ति से उसका हाथ पकड़ सकेगी? रति के निश्चय को तौलना जरूरी था। कमरे को गर्म रखने के लिए अँगीठी और लकड़ी माँग रही थी। जिन्ना ने उठकर दो लम्बी लकड़ियाँ डालीं। ताजी सूखी लकड़ियों से आग भड़क उठी। भड़कती आग के साथ उसके ख्यालों की गर्मी ने उसे अपने आगोश में ले लिया।

रति को अब भी नींद नहीं आ रही थी। सब कुछ उसके मनोनुकूल हो चुका था पर क्या उसे ही आगे बढ़ना होगा। अपने दिल का राज़ खुद उसे बयान करना होगा? क्या जिन्ना की अनुभूतियाँ सो चुकी हैं? क्या वो प्रेम के संस्कार, प्रेम निवेदन के रीत-रिवाजों का ज्ञान नहीं रखता? या फिर वो हृदयहीन है? नहीं रति के हृदय की धड़कनें जिन्ना की धड़कनों से जुड़ चुकी थीं। जिन्ना के सीने में भी दिल है धड़कता हुआ; तभी तो उसका दिल उसकी धड़कनें सुन सका। प्यार के इस लेन देन में प्रेमी ही बहादुरी दिखाते आए हैं। यदि जिन्ना बहादुर नहीं है तो रति का प्रेम उसे बहादुर बनने पर मजबूत कर देगा। रति ने निश्चय किया कि बस अब कुछ ही दिनों में सब कुछ तै क़र डालना है, लेकिन इस निश्चय के बाद भी उसकी आँखों में नींद नहीं थी, अब एक ही रास्ता था कविताओं के मँझधार में खुद को छोड़ देना।

सर दिनशा (जीजीभाई) की जिन्ना से गहरी पटती थी। दोनों का साथ लम्बे अरसे से था। उनकी कम्पनी के कई मुकदमों का जिम्मा जिन्ना का था। दिनशा राजनीति में रमे नहीं थे पर राजनीति से दूर भी नहीं थे। यह और बात थी कि ब्रिटिश हुकूमत ऐसे सफल व्यापारी पारसियों को सम्मान देकर हिन्दुस्तान में अपने पक्ष का एक गुट बनाना चाहती थी पर ऐसा हो नहीं पा रहा था ज्यादातर सम्पन्न व्यापारी वर्ग का झुकाव हिन्दुस्तान के लिए काम कर रही देसी शक्तियों के पक्ष में था। दिनशा और जिन्ना राजनैतिक विचारों में एकमत थे दोनों में किसी तरह का कोई मतभेद नहीं था। मज़हब इन दोनों के जीवन में परम्परा भर था। दिनशा तो अगियारी जाते थे और पारसियों के तमाम संस्थानों से जुड़े थे पर जिन्ना न तो मस्जिद जाते थे न उनको कभी किसी ने टोपी पहने देखा था। जिन्ना के लिए धर्म शायद बहुत व्यक्तिगत मामला था। हिन्दू-मुसलमान दो अलग धाराएँ थीं पर जिन्ना जैसे व्यक्ति इन दोनों धाराओं के मिलन में ही इस गंगा जमुना का भला देखते थे। दिनशा का भी यही

विश्वास था। सुबह नाश्ते के दौरान दिनशा जिन्ना के उन विचारों की प्रशंसा कर रहे थे जो उन्होंने लखनऊ के मुस्लिम लीग के अधिवेशन में व्यक्त किये थे।

—मुसलमानों को जो लोग हिन्दुओं के क्रूर और स्थाई बहुमत का भय दिखा कर प्रजातान्त्रिक सुधारों की ख़िलाफ़त कर रहे थे उनको तुमने मुँहतोड़ जवाब दिया।

—बेतुकी बातें करते हैं, अपनी कम संख्या से डरे हुए कमजोर मानसिकता के लोग हैं और हैं कितने ऐसे मुसलमान नेता? उँगलियों पर गिन लीजिए। अजब मजाक है कि सुधार तेज गति से हुए तो यहाँ हिन्दुओं का राज हो जाएगा।

—तुम्हारे तर्क से अधिकांश मुसलमान सहमत हैं। प्रशंसा तो प्रत्येक समुदाय ने की मैं स्वयं तुमसे पूरी तरह सहमत हूँ। पहली बात तो इस देश में हिन्दू सरकार बनने की कोई सम्भावना ही नहीं है। और फिर यह भी सच है कि सरकारें बैलट की गिनती के बल पर नहीं चल पाएँगी।

—नासमझी वाली बातें करते हैं। विधान सभा में अपनी बहुसंख्या के बल पर हिन्दू अपने निर्णय लोगों पर थोप देंगे। और बस; बात ख़त्म हो जाएगी! अगर इस देश के सात करोड़ मुसलमान किसी फैसले पर रज़ामन्द नहीं हैं तो वो फैसला क्या बैलेटों की गिनती के बल पर लागू किया जा सकेगा? लोग, आखिर ये सोच ही कैसे सकते हैं कि शासन ऐसे निर्णय ले लेगा और लागू भी करवा लेगा।?

—हिन्दू नेतृत्व ने जैसी राजनैतिक कुशलता दिखाई है जैसा इनका इतिहास रहा है उसे देखते हुए तो यह सोचना भी व्यर्थ है कि स्वशासन मिलने पर हिन्दू अपनी संख्या के बल पर कोई भी फैसला अल्पसंख्यकों पर जबरन थोप देंगे।

—मुसलमानों को भयभीत किये रखने के लिए अँग्रेजों की शह पर यह हौआ खड़ा किया गया है। स्वशासन की माँग से मुसलमानों को अलग करने की चाल है यह। सब जानते हैं कि स्वशासन के लिए हिन्दू-मुस्लिम सहयोग आवश्यक है। दोनों की साझी ताकत ही स्वशासन के लिए अँग्रेजों को मजबूत कर सकती है। हाँ, में यह भी मानता हूँ कि हिन्दुओं को इस समय कुछ उदार होना चाहिए। यह उदारता मुसलमानों के मन से हर तरह का भ्रम खत्म कर देगी। एकबार स्वशासन मिल जाए। सरकार सदाशयता से काम करने लगे तो जो थोड़ी बहुत रियायत इस समय मुसलमानों को मिलेगी वो अपने आप अप्रासंगिक हो जाएगी।

—मैं तुमसे पूरी तरह सहमत हूँ, हिन्दू-मुस्लिम एकता के लिए तुम जो मेहनत कर रहे हो वो जरूर सफल होगी। मैं समझता हूँ हिन्दू-मुसलमानों को जहाँ तक हो सके नजदीक आना चाहिए। आपसी भेदभाव ख़त्म करने चाहिए। पूजा पाठ, प्रार्थना इबादत, मन्दिर मस्जिद तक सीमित रखें बाकी तो हर इन्सान एक जैसा है। दिनशा ने अब तक की बातचीत का सार व्यक्त कर दिया।

दिनबाई के साथ रति हमाबाई फ्रामजी मानोकजी और जमशेद आधी रात को

टाइगर हिल की सैर पर निकले थे। उन सबकी वापसी ने दिनशा और जिन्ना की बातचीत का रुख टाइगर हिल के सूर्योदय के अद्‌भुत दृश्य की ओर मोड़ दिया। रति ने पिता और जिन्ना के इस सैर में न आने पर अफसोस व्यक्त करते हुए कहा कि आप लोग एक कल्पनातीत दृश्य से वंचित रह गये। जिन्ना ने कहा हम दोनों कल्पना के बजाय हक़ीक़तों से दो-चार हो रहे थे। भूखे सैलानियों की खातिर में बेयरर व्यस्त हो गये और मेज पर काँटे छुरी की आवाजें गूँज उठीं।

व्यस्त जीवन में समय कब गुजर जाता है पता ही नहीं चलता न अपने दिल की धड़कन सुनाई देती है न औरों के दिल की; लेकिन यह दार्जिलिंग था यहाँ न जिन्ना के लिए करने को कुछ था न कोई सोलिसिटर न मुवक्किल न मुलाकाती। लेकिन नहीं; मुलाकाती तो थे पर एक-दो, और इन दोनों में भी एक बेहद खास। सुबह शाम की सैर और खास स्थानों पर घूमने के साथ रति लगातार अपने दिल की धड़कनें सुनने पर उसे मजबूत किये हुए थी। गिरते झरनों का पानी रंगीत नदी का रूप लेकर बड़े पत्थरों के बीच कलकल करता बह रहा था। रति नदी में अपने पैर डुबोने के लिए मचल उठी। पानी की छिछली और पतली धार में चलते हुए वो नदी के कभी इस पार होती कभी उस पार। जिन्ना सिगार का धुआँ उड़ाते हुए रति के अल्हड़ खेल का आनन्द ले रहे थे। अनजाने में रति थोड़ी गहरी और तेज कटाव की धारा में पहुँच गयी उसके पैरों के नीचे से छोटे पत्थर खिसकने लगे उसे लगा वो अपने आपको सँभाल नहीं पाएगी। रति चीख पड़ी 'हेल्प! मदद करो मेरी' जिन्ना ने आगे बढ़ पानी में पैर रख अपना हाथ उसकी ओर बढ़ाते हुए कहा—"हाथ पकड़ो।" रति ने हाथ कसकर पकड़ लिया और तेज धार पार कर जिन्ना की आँखों में आँखें डालकर बोली—"और अब न छोड़ूँ तो?"

जिन्ना मुस्कराते हुए बोले—"हाथ छोड़ने वालों को हाथ का सहारा नहीं मिलता" रति उसकी बाँहों में इस कदर नजदीक आ गयी जितना आज तक कोई भी लड़की नहीं आई थी कुमारी ड्रेक भी नहीं। जिन्ना ने पूछा—"जो तुम्हारी नजरें कह रही हैं वो सच है?" रति ने कहा—"बस! केवल यही सच है।" इसके बाद न कहने को कुछ था न सुनने को, न वो कुछ कह रही थी न वो कुछ कह रहे थे पर जाने कितने बरसों की बातें बिना कहे सुने हो गयीं।

जो बातें जिन्ना के मन में बार-बार उठ रही थीं जो प्रश्न जो संशय उसे उद्वेलित किये हुए थे उन सबके उत्तर मिल गये। दार्जिलिंग की हसीन वादियों ने दो प्रेमियों के प्रेमालाप में खूब भागीदारी निभाई। जिन्ना की उम्र इन दिनों बहुत घट गयी थी और रति की बढ़ गयी थी। रति जिन्ना की बचकानी बातों पर हँसती और जिन्ना उसकी परिपक्वता से भरी बातों से आश्चर्यचकित हो उठते। दोनों के तप्त प्रेमालाप की ऊष्मा से कंचनजंघा की कितनी हिम नीर बन निर्झरणी की गोद में

समाई यह लेखा जोखा किसी ने नहीं रखा। जिन्ना के मन में छिपी भय की ज्वाला को हिमशैलों के स्पर्श से ठिठुराई समीर ने शीतल कर डाला। रति का प्रेम स्वप्निल नहीं था। ये नींद टूटने के साथ समाप्त होने वाला सपना नहीं था यह प्रेमांकुर वर्षों से खाद पानी पाकर बरगद बन चुका था। जिसकी जड़ों ने धरती को कसकर पकड़ लिया था और डालियों को किसी भी झंझावात से सँभालने के लिए अपस्थानिक मूल (हवाई जड़ें) भूमि में गहराई तक पैठ चुकी थीं। रति को सोलह साल की स्वर्णवय पार किये एक वर्ष से ऊपर हो चुका था। जिन्ना ने अपनी उम्र के बारे में सोचा। नहीं! अब देर करना उचित नहीं था वो विवाह के मनभावन दिन बहुत पीछे छोड़ चुका था। दार्जिलिंग की खूबसूरत फिजाओं में दोनों प्रेमी दो महीने गुजार चुके थे। इन दो महीनों में दोनों के समक्ष यह रहस्य प्रकट हो चुका था कि ये दोनों एक-दूसरे के लिए ही बने थे। अब एक भी दिन बर्बाद करने का समय शेष नहीं था। बात अभी होगी यहीं होगी। फिर जो हो सो हो।

ढलते सूर्य की लालिमा से कंचनजंघा के हिमशिखर लाल हो रहे थे। हॉल की विशाल खिड़की से यह सुन्दर दृश्य बिना किसी व्यवधान के दृश्यमान था। जिन्ना गेंद पर निशाना साध रहे थे। आज के खेल में विजय वो तै कर चुके थे। पेटिट के साथ चल रही बात विभिन्न सम्प्रदायों के बीच खड़ी दीवारों को तोड़ने पर केन्द्रित थी।

''धर्म के साथ आपसी सम्बन्धों को जोड़ने में कोई तुक ही नहीं है', जीजीभाई अपना विचार व्यक्त कर रहे थे।

''अकबर ने हिन्दुओं के साथ विवाह सम्बन्ध जोड़कर यह दीवार तोड़ने का काम किया था।''

''यही रास्ता सही है जब आपस में रिश्ते नाते जुड़ेंगे तो कोई दीवार कायम नहीं रह सकती।''

''आप मानते हैं कि धार्मिक बँटवारा तोड़ने का सबसे अच्छा रास्ता आपसी रिश्तेदारी में छिपा है।'' जिन्ना ने शॉट लगाया और गेंद पॉकेट में जा गिरी।

''वैरी वेल डन', जिन्ना के सुन्दर शॉट पर बधाई देने के साथ पेटिट आगे बोले-'हाँ बिलकुल; मेरी दृढ़ मान्यता है कि भिन्न धर्म को मानने वाले जब आपस में शादी विवाह करने लगेंगे तो धर्म को लेकर झगड़ों की जड़ ही ख़त्म हो जाएगी।''

''मतलब अन्तर्धार्मिक विवाह होने चाहिए।''

''बिलकुल होने चाहिए।''

जिन्ना पेटिट को सही मुकाम तक ले आए थे यही मौका था जब उसे अपने

दिल की बात कह देनी थी। उसने गम्भीर आवाज में अपने शब्दों को तौलते हुए कहा—

''मिस्टर पेटिट मैं रति से विवाह करना चाहता हूँ वो भी मुझसे विवाह करना चाहती है, में समझता हूँ आपको इस विवाह में कोई आपत्ति नहीं बल्कि खुशी होगी।''

बिलियर्ड हॉल में विस्फोट हो गया, रति, हमा, दिनबाई फ्रामजी मानोकजी जमशेद सब वहाँ हाजिर थे सबने देखा गोरे रंग के पेटिट के चेहरे की रगों में खून उतर आया और चेहरा लाल हो गया। पेटिट अपने आपको जब्त करते हुए बोले

''मजाक अच्छा करते हो।''

''यह मजाक नहीं है।''

''यह मजाक नहीं है तो मेरी मेहमाननवाजी अभी इसी वक़्त ख़त्म। आप अभी यह घर छोड़कर चले जाएँ।''

''मिस्टर पेटिट अभी आप धार्मिक मेल जोल की बात कर रहे थे।''

''हाँ कर रहा था; पर इस मेल जोल की शुरुआत मेरे घर से होगी, यह मैंने नहीं कहा।''

''पर रति भी मुझसे विवाह करना चाहती है। यह व्यक्तिगत स्वतन्त्रता की बात है।''

''वो बच्ची है आपने उसे बहका लिया है।''

''न उन्होंने मुझे बहकाया है न मैं बच्ची हूँ।'' रति ने पूरे हौसले के साथ पिता की बात काटी।

''तुम चुप रहो, इस घर में वो होगा जो मेरा हुक्म होगा।'' पेटिट ने रति को फटकारा और जिन्ना की ओर घूमकर बोले—''मिस्टर जिन्ना बेहतर होगा आप फौरन मेरा घर छोड़ दें।''

''मिस्टर जिन्ना मैं भी आपके साथ चलूँगी।'' रति ने कहा।

''तुम कहीं नहीं जाओगी।'' गुस्से में आगे बढ़ पेटिट ने रति की कलाई कसकर पकड़ ली।

''आप कानूनन किसी को उसकी मर्ज़ी के ख़िलाफ़ घर में नहीं रख सकते।''

''कानून आप ही नहीं जानते मिस्टर जिन्ना! मैं भी जानता हूँ। अपनी बेटी को अपने घर में रहने के लिए मैं मजबूत कर सकता हूँ यह मेरा अधिकार है।''

पिता–पुत्री माँ–बुआ के बीच बहस को छोड़ जिन्ना अपने कमरे में आए। अपने सामान के साथ उन्होंने पेटिट का घर उसी समय छोड़ दिया। दार्जिलिंग की सर्द हवाएँ अचानक बेहद गर्म हो गयी थीं। यहाँ रुकने का अब कोई कारण नहीं रह गया था। जिन्ना ने बम्बई का टिकट कटाया और बम्बई रवाना हो गये। दार्जिलिंग में

छुट्टी मनाने का उत्साह ख़त्म हो गया था, लेकिन जीजीभाई बम्बई लौटने की हड़बड़ी में नहीं थे। रति के निश्चय को तोड़ने के लिए दोनों प्रेमियों के बीच दूरी बहुत जरूरी थी। यह अच्छा था कि वो लोग यहाँ थे। जिन्ना बम्बई जा चुके हैं यह जान पाना कुछ कठिन नहीं था। दार्जिलिंग बहुत छोटा शहर था, जहाँ रईसों के लिए दो-चार होटल ही थे।

मर्माहत कर देने वाले इस हादसे से दिनबाई हतप्रभ थीं। पिता के अधिकार को चुनौती देने वाले रति के निश्चय से छोटे भाई बहुत नाराज थे। हमाबाई कुछ समझ नहीं पा रही थीं, वो रति को समझाएँ या बड़े भाई को। हिन्दुस्तानी पारसी समाज बहुत आधुनिक था, पर धार्मिक सामाजिक दृष्टि से कसकर जुड़ा था। प्रेम विवाह के मामले में यह समाज बहुत उदार था, पर केवल तब जब ऐसे विवाह पारसियों के ही बीच हों। ऐसे प्रेमी युगल को परिवारों की रज़ामन्दी बहुत आसानी से प्राप्त हो जाती थी। अन्तर्धार्मिक विवाह के लिए पारसी बिलकुल तैयार नहीं थे। पारसियों के इस अलिखित नियम की जानकारी पूरे समाज को अच्छी तरह थी और इस बन्धन को सब सहज रूप से स्वीकार करते थे। इन स्थितियों में पेटिट परिवार में जन्मी रति ऐसे अनर्थ पर कमर कस लेगी; दिनशा को ऐसी कल्पना भी नहीं थी।

जिन्ना ने जो किया वो गलत था पर फिर भी उनके लिए रति से विवाह का निर्णय सम्भव था। परन्तु रति? रति ने अपने परिवार की प्रतिष्ठा के बारे में सोचा तक नहीं? अपने पिता के विरुद्ध बोलने की हिम्मत उसने कैसे जुटा ली? तनाव भरे इन सवालों की उलझनों से दिनबाई झुँझला उठीं। पति दिनशा के आहत मन और क्रोध से वो परेशान थीं। पति को शान्त करने के लिए वो बराबर उनके साथ बनी रहीं। जीजीभाई लगातार अपने क्रोध को शब्दों की शक्ल में मुक्त करते रहे। माता-पिता दोनों को इसकी कोई परवाह नहीं थी कि रति पर क्या गुजर रही है? यह जानने की कोई आवश्यकता भी नहीं थी? उनके अपने दिल पर गहरा आघात पहुँचा था, घाव बड़ा गहरा था। रति बच्ची थी वो एक काल्पनिक स्वप्न में उलझ गयी थी. शायद एक कुटिल शिकारी ने अपने प्रेमजाल में अल्पवयस्क लड़की को किसी कल्पनालोक में पहुँचा दिया था। माता-पिता दोनों की राय थी कि यह प्रेम ज्वर कुछ दिन अलग रहने पर अपने आप शान्त हो जाने वाला था।

रति को आभास भी नहीं था कि उन दोनों का प्रेम घर में भूकम्प उत्पन्न कर देगा। उसका परिवार उदार और आधुनिक विचारों वाला था, पर अब उसे पता चला यह आधुनिकता बनावटी थी। औरों की तरह इस घर में भी कहने और करने में आकाश-पाताल का अन्तर था। हमाबाई ने भी इस समय उससे कुछ दूरी बना ली थी। उनका कहना था कि इस प्रेम नगरी में प्रवेश उसने अपनी इच्छा से किया था। इन गर्म क्षणों में यदि वो उसके साथ ज्यादा रहेगी तो भाई-भाभी इस प्रेमकथा में

उसकी भूमिका भी जोड़ लेंगे। बुआ ने कहा गर्म तेल के छींटे छाले डाल देते हैं। वक़्त के साथ क्रोध शान्त होने पर भाई-भाभी शायद सच स्वीकार कर लें। बुआ उसे बता चुकी थीं कि जिन्ना बम्बई वापिस जा चुके हैं। अब आगे जो होना था वो बम्बई जाने पर ही होना था तब तक तनाव बनाए रखने में कोई बुद्धिमत्ता नहीं थी। रति ने बुआ की सलाह मान सामान्य होने की कोशिश जरूर की पर ऐसा करना आसान नहीं था। दिल में लगी आग की लपटें चेहरे पर झिलमिलाती रहतीं। मन की उथल-पुथल को व्यक्त होने से रोकना उसके वश में नहीं था। जिन्ना के जाने के बाद दार्जिलिंग में रहते हुए शेष समय माँ और पिता ने उसे समझाने में बिताया। रति बच्ची नहीं थी इतनी समझदार तो वो हो चुकी थी कि क्या समझना है। क्या नहीं इसका निर्णय कर सके। वो समझ रही थी, यहाँ अपने प्रेमी से सैकड़ों मील दूर बैठ कर माता-पिता के विरोध से कुछ प्राप्त नहीं हो सकता। लड़ाई का मैदान बम्बई में था वहीं पहुँचने पर बग़ावत का झंडा फहराने में अकलमन्दी थी। इसलिए माता-पिता द्वारा समझाई गयी ऊँच नीच को उसने शान्त मन से सुना पर जो उसे करना था वह तै कर लेने के बाद ही रति ने इस प्रेम डगर पर अपने कदम बढ़ाए थे।

पूरे देश में इस प्रेम कांड की खबर जंगल में आग की तरह फैल चुकी थी। बम्बई के पारसी समाज में इस घटना से बड़ा क्षोभ था। सर दिनशा को पूरा अन्देशा था कि बम्बई पहुँचकर जिन्ना कोई ऐसी कार्रवाई कर सकते हैं कि इस विवाह को रोकना मुश्किल हो जाए। खतरे की सम्भावना को देख उन्होंने भी बम्बई वापसी का कार्यक्रम बना लिया। बम्बई पहुँचने के साथ उन्होंने तुरन्त कानूनी सहायता के लिए अदालत में याचिका प्रस्तुत कर दी। अल्पवयस्क पुत्री को अपने संरक्षण में रखने के लिए उन्होंने पारसी विवाह अधिनियम के अनुसार निषेधाज्ञा प्राप्त कर ली। अदालत की इस कार्रवाई के अलावा उन्होंने रति के घर से बाहर आने जाने पर सख्त पाबन्दी लगा दी। ये सारी कार्रवाइयाँ तो ठीक थीं पर वो यह भूल गये कि दुनिया की सभी प्रसिद्ध प्रेम कहानियों में जीत हमेशा प्रेमी-प्रेमिका की ही हुई थी। इन प्रेम कथाओं के प्रेमी प्रेमिका चाहें जिए या मरे, पर रहे साथ। रति भी हार मानने वाली नहीं थी उसका प्रेम लड़कपन का स्वप्न नहीं था। लड़कपन से जन्मा ऐसा वटवृक्ष था जो यौवन की दहलीज़ तक आते आते पूरी तरह पल्लवित हो चुका था।

दार्जिलिंग में हुए विस्फोट के बाद से रति और जिन्ना का मिल पाना असम्भव हो चुका था। बम्बई वापिस आने पर पेटिट हॉल में पिता के कठोर पहरे के कारण रति को कैद का एहसास होता। फोन की सुविधा अभी बहुत सीमित थी। विशाल घर होने के बाद भी रति को फोन से वंचित रखना सम्भव था। पत्रव्यवहार भी कठिन था पर इस मामले में सहायता के लिए जहाँगीर पेटिट (रति के दूर के चाचा) की पत्नी जाईजी पेटिट हाजिर थीं दोनों में गुप्त पत्र व्यवहार की जिम्मेदारी

उन्होंने उठा ली फिर बहुत जरूरी होने पर रति के पास विश्वस्त नौकरों आयाओं की कमी भी नहीं थी। एक बार सम्पर्क हो जाने पर रति आश्वस्त हो गयी। बस, ये अड़चनें कुछ महीनों भर की थीं उसके बाद दोनों प्रेमियों का मिलन निश्चित था। कोई भी बाधा कोई भी रुकावट उन दोनों के मिलन को रोक नहीं सकती थी। जिन्ना ने उसे वयस्क होने तक शान्ति के साथ प्रतीक्षा करने का सन्देश भेजा। उन्होंने कहलाया कि जब तक वह उस घर में रहने को मजबूत है तब तक तनातनी बनाए रखने में अकलमन्दी नहीं है यदि सम्भव हो तो इस बीच वह अपने माता-पिता को विवाह के लिए राजी करने की कोशिश करे पर यदि यह सम्भव नहीं तो शान्ति के साथ बीस फरवरी की प्रतीक्षा करे।

रति से दूरी जिन्ना के मन में लगातार घूमती रहती थी। वो बहुत कठोर मानस के व्यक्ति थे और यद्यपि यह स्थिति बहुत कठिन थी पर वो इन कठिनाइयों से विचलित होने वाले नहीं थे। बड़ी व्यग्रता से वो फरवरी के अन्तिम सप्ताह की प्रतीक्षा में थे जब उसके सपनों की रानी अट्ठारह वर्ष पूरे कर अपने परिवार के अभिभावकत्व से मुक्त हो जाने वाली थी। जिन्ना को रति के अडिग निश्चय पर भरोसा था इसलिए वो पूर्ववत अदालत और राजनीति में व्यस्त हो गये। रति को पत्नी का दर्जा देने में अभी कानूनी और सामाजिक लड़ाई लड़नी थी इसलिए कुछ इन्तजार आवश्यक था। जिन्ना इस प्रतीक्षा को आम प्रेमियों की तरह विरह के गीत गाते हुए नहीं गुजार सकते थे। इस इन्तजारी के दंश को झेलने का सबसे अच्छा तरीका था कि काम में आकंठ डूब जाया जाए। राजनीति जिन्ना को ऐसा मौका दे रही थी। वो काँग्रेस और लीग के साथ प्रत्येक उस शक्ति के साथ कन्धे-से-कन्धा मिलाकर खड़े थे जो हिन्दुस्तान की आजादी के लिए सामान्य तौर तरीकों और कानूनी दायरे में रहते हुए सत्ता के विरुद्ध प्रखर विरोध में सक्षम थी। श्रीमती एनी बेसेंट ने अपनी पहली भेंट के साथ जिन्ना को प्रभावित कर लिया था। जिन्ना श्रीमती बेसेंट का आदर करते थे उनके प्रयासों से सहमत भी थे और उनकी होम रूल लीग उन्हें एक शक्तिशाली प्रयास दिखाई दिया। होम रूल लीग बहुत तेजी से अपनी जड़ें फैला रही थी। यह समय ब्रिटेन के लिए मुश्किल समय था विश्व युद्ध में उलझा ब्रिटेन हिन्दुस्तान में किसी तरह के विद्रोह का कोई खतरा नहीं उठा सकता था। काँग्रेस और लीग इस मुश्किल समय में अँग्रेजों के साथ थीं। दोनों को यह आशा थी कि अँग्रेज युद्ध के बाद हिन्दुस्तान की राजनैतिक आकांक्षा के साथ न्याय करेंगे। अँग्रेज सरकार भी इस तरह के संकेत दे रही थी। काँग्रेस की कुछ माँगों को इस दौरान सरकार ने स्वीकार कर इन संकेतों को प्रामाणिकता भी दे दी थी। यद्यपि सरकार के इन निर्णयों से काँग्रेस और देश के प्रमुख नेता सन्तुष्ट नहीं थे पर ब्रिटेन के इस कठिन समय में इन दोनों राजनैतिक शक्तियाँ का उसे परेशान करने का कोई

इरादा नहीं था। एक तरह से यह समय अपेक्षाकृत राजनैतिक शान्ति का चल रहा था। परन्तु इस शान्ति काल में भी श्रीमती बेसेंट अपने दैनिक और साप्ताहिक पत्रों में सरकार के विरुद्ध लगातार आग उगल रही थीं। झुँझलाई सरकार ने (5 जून, 1916 को) उनके लेखों को आपत्तिजनक करार देते हुए प्रेस एक्ट के तहत उनसे दो हजार रुपयों की जमानत का आदेश दे दिया। जमानत की रक़म जमा करवाने के बाद भी श्रीमती बेसेंट ने निर्भयता के साथ सरकार पर पूर्ववत तीखे हमले जारी रखे।

रति पिता की नजरबन्दी में एक-एक दिन गिन रही थी। पेटिट ने अपनी पुत्री को तौलने में गलती कर दी थी। रति की रगों में भी पेटिट खानदान का खून बह रहा था। पिता की तरह वो भी जिद्दी थी और कोई भी प्रताड़ना उसे अपने प्रेमी से अलग करने के लिए नाकाफी थी। अपने ही घर में कैद रति जिन्ना के सपनों में खोई रहती। ऐसे सूनेपन में उसे बम्बई का काँग्रेस सेशन याद हो आया, जहाँ वह बुआ के साथ अगली पंक्ति में बैठी सारी कार्रवाई देख रही थी। काँग्रेस और लीग दोनों स्थानों पर जिन्ना सबसे महत्त्वपूर्ण व्यक्ति थे। लीग की सभा में जब मजहरुल हक़ और जिन्ना के ख़िलाफ़ लोगों ने उपद्रव किया तो कितनी बहादुरी से जिन्ना ने उन कठमुल्ले और भाड़े के गुंडों का सामना किया था। अहमदाबाद वो गयी नहीं थी पर वहाँ बॉम्बे कामर्शियल कान्फ्रेंस (अक्टूबर, 1916) में जिन्ना का क्रान्तिकारी उद्‌बोधन अकसर उसके कानों में गूँज जाता। आजाद हिन्दुस्तान के लिए उनकी दृष्टि कितनी साफ थी। वो हिन्दुस्तान के अवाम को अँग्रेज नौकरशाही के निर्दयी शिकंजे से मुक्ति के लिए किस कदर बेचैन थे। अहमदाबाद में उन्होंने साफ कहा था—"शासन सूत्र नौकरशाहों के हाथ में नहीं हिन्दुस्तान के चुने हुए प्रतिनिधियों के हाथ में होना चाहिए। केवल शासन अधिकार ही नहीं; जनता के हित में काम करने के लिए इन प्रादेशिक सरकारों के पास धन की व्यवस्था भी होनी चाहिए। अपने ही देश में यहाँ की जनता के पास हथियार रखने का अधिकार न हो और अँग्रेजों को यह अधिकार हासिल हो यह पूरी तरह अन्याय पूर्ण व्यवस्था है।" उन्होंने माँग रखी—"हिन्दुस्तानी नागरिकों को हथियार रखने का अधिकार होना चाहिए।" उन्होंने प्रेस एक्ट और डिफेन्स आफ इंडिया एक्ट का पुरजोर विरोध किया और माँग की, कि हिन्दुस्तान में सबके लिए प्राथमिक शिक्षा नि:शुल्क और आवश्यक की जाए। हिन्दुस्तानी फौजियों की न्यायोचित आकांक्षा के प्रति हो रहे अन्याय के विरुद्ध ललकारते हुए उन्होंने सवाल किया—"यदि हिन्दुस्तानी सिपाही युद्ध के मैदान में बहादुरी से लड़ सकता है तो वो इसी फौज में अधिकारी क्यों नहीं बन सकता?" इस पुरानी माँग को उन्होंने पूरी शक्ति के साथ दोहराया कि हिन्दुस्तान के नौजवानों

के लिए फौज में अफसरी के अवसर खुल जाने चाहिए।

हिन्दू-मुसलमानों के बीच सन्देह और विरोध की खाई भरने के लिवे जिन्ना ने अपनी पूरी शक्ति लगा रखी थी। बम्बई की एक कान्फ्रेंस में इन दोनों धर्मावलम्बियों का आह्वान करते हुए जिन्ना ने कहा—"मैं मानता हूँ कि विचारवान लोग इस बात से पूरी तरह सहमत होंगे कि हमारी वास्तविक प्रगति का मुख्य स्वर दो महान सहोदर कौम यानी हिन्दू-मुसलमानों के बीच आपसी मेल, सद्भावना, सामंजस्य, और सहयोग में निहित है। हमारी वास्तविक प्रगति का केन्द्रबिन्दु इन दोनों की एकता की परिधि में समाया हुआ है।" हिन्दुओं का आह्वान करते हुए वो बोले—"मैं अपने हिन्दू मित्रों से कहता हूँ कि आप अपनी उदारता और दरियादिली द्वारा मुसलमानों को अन्य क्रिया कलापों के लिए प्रोत्साहन दें उनका स्वागत करें। यदि उन्हें साम्प्रदायिक आधार पर अलग वोटिंग का अधिकार देना पड़े तो यह त्याग करने में आप संकोच न करें। नौकरशाहों से शासन सूत्र लेकर ये अधिकार हमें प्रजातान्त्रिक प्रतिनिधियों को सौंपने हैं। इस समय हमारी सारी शक्ति, हमारा ध्यान केवल इसी मुद्दे पर होना चाहिए। हिन्दू-मुसलमानों को मजबूती और एकता के साथ प्रत्येक सांवैधानिक और न्यायसंगत तरीक़े से यह कोशिश करनी चाहिए कि शासन का हस्तांतरण हम जल्द कर सकें। हम सही और सीधे रास्ते पर हैं। हमारी मंजिले मक़सूद हमारी नजरों के सामने है। युवा हिन्दुस्तान का साफ-साफ केवल एक ही उद्देश्य होना चाहिए आगे बढ़ो। जिन्ना के ऐसे जोशीले उद्बोधन और उनके राजनैतिक उत्कर्ष के सोपान रति के अकेले उदास क्षणों में उसे शक्ति प्रदान करते; अपने प्रेमी को पाने के लिए उसका जोश द्विगुणित हो जाता।

अपने स्पष्ट और ओजस्वी आह्वानों से जिन्ना हिन्दुस्तान के लोकप्रिय नेता का स्थान प्राप्त कर चुके थे। सफल और प्रसिद्ध व्यक्तियों में वो जिस स्थान पर पहुँच चुके थे उस स्थान तक कोई बिरला ही पहुँच पाया था। दादाभाई नौरोजी हों या फिर सर फ़िरोज़शाह मेहता, मोतीलाल नेहरू हों या फिर सुरेन्द्र नाथ बनर्जी इन सब की प्रसिद्धि सीमित दायरे में थी केवल लोकमान्य तिलक ही ऐसे नेता थे जिनके त्याग समर्पण और गहरे देश प्रेम ने उन्हें सारे हिन्दुस्तान का सर्व मान्य और अद्वितीय नेता बना दिया था। पर तिलक अब वृद्ध हो चले थे बीमारी और जेल यातना ने उनके स्वास्थ्य पर गहरा असर किया था। इन कारणों से उनकी सिंह गर्जना में कुछ संयम झलकने लगा था। ऐसे समय में तिलक के बाद इस देश में एक ही नेता ऐसा था जो तिलक की मशाल को अपने मजबूत हाथों में सँभालकर सशक्त कदमों से आगे बढ़ सकता था और यह व्यक्ति था मुहम्मद अली जिन्ना। यही एकमात्र ऐसा व्यक्ति था जो अँग्रेजों के साथ बराबरी से लोहा ले सकता था। जिन्ना को यह ताकत किसी की कृपा से नहीं मिली थी। यह शक्ति उन्होंने अपनी बुद्धि अपने चातुर्य और अपने

जुझारूपन से स्वयं अर्जित की थी। जिन्ना योग्य थे, तर्कशील थे कर्मठ थे, उदारवादी और प्रगतिशील थे। वह आज के युग में जीते हुए आने वाले कल को हिन्दुस्तान के पक्ष में ढालने की शक्ति रखते थे। वह स्पष्टवादी थे और सत्य को किसी चाशनी में लपेटे बिना कहने और सुनने की हिम्मत रखते थे। वो निश्चित रूप से स्वाभिमानी थे, अहंकारी भी थे। पर अहंकार केवल तब जागता था जब कोई उनके स्वाभिमान पर चोट करता। कोई प्रतिद्वन्द्वी उनकी उपेक्षा करे उनकी प्रतिभा पर प्रश्नचिह्न लगाए या स्वयं को उनके ऊपर थोपने की कोशिश करे। तब भी जिन्ना का अहंकार जाग जाता। जो उनकी योग्यता के अनुरूप उनके साथ व्यवहार करता; जो उन्हें प्रभावित कर देता जिन्ना उसके साथ सम्बन्ध निभाते दोस्त वो मुश्किल से बनाते थे पर यदि ठन जाए तब जिन्ना दुश्मनी निभाना नहीं भूलते थे।

रति ने इन विरह भरे दिनों में जिन्ना के व्यक्तित्व के गुण दोषों का गहरा विश्लेषण किया। जिन्ना में अहंकार भी था और क्रोध भी पर रति को भी मोम का गुड्डा नहीं चाहिए था वो ऐसे पति की कामना करती थी जिसकी रीढ़ मजबूत हो और इसलिए जिन्ना उसे अपने जीवन साथी के रूप में गुणवान और उपयुक्त लगते। उसने ऐसे पति की कामना की थी जो गर्व से अपना सिर उठाकर चलने की शक्ति रखता हो। जिन्ना ऐसे ही थे। उनके व्यक्तित्व में रति एक आदर्श पति की छवि देखती थी। रति ने ठान लिया दुनिया इधर की उधर हो जाए वो जिन्ना की बनकर और उसे अपना बनाकर रहेगी। वो पूरे समर्पण के साथ उसकी सहचरी बनेगी अपनी सम्पूर्णता उसमें समाहित कर देगी। जिन्ना की सफलता ही उसकी अपनी सफलता होगी और जिन्ना की पराजय उसकी पराजय। लेकिन नहीं! वो जिन्ना को किसी कीमत पर पराजित नहीं होने देगी।

इन दिनों सरोजिनी बम्बई आतीं तो विशेष रूप से पेटिट हॉल में अधिक समय गुजारतीं। रति और जिन्ना की प्रेमकथा अब जग जाहिर हो चुकी थी सरोजिनी और रति दोनों जिन्ना के व्यक्तित्व पर मोहित थीं। रति उनकी प्रेमिका के रूप में प्रेमोन्मत्त थी तो सरोजिनी उनकी राष्ट्र भक्ति और धार्मिक समन्वयवादी आस्था की प्रशंसक मित्र रूप में। जिन्ना ने इन दोनों महिलाओं को समान रूप से आकर्षित किया था राजनैतिक विचारों और राजनीतिज्ञ के रूप में नहीं वरन् अपने सम्पूर्ण व्यक्तित्व के बल पर। दोनों की उम्र में भी बड़ा अन्तर था पर रति आश्चर्यजनक रूप से परिपक्व स्त्री के व्यक्तित्व की स्वामिनी बन चुकी थी। सरोजिनी का आकर्षण एक उदात्त राजनैतिज्ञ के रूप में था जो सदैव जिन्ना का भला चाहती थी। इसीलिए वो रति और जिन्ना के विवाह के पक्ष में थीं। सरोजिनी ने स्वयं प्रेम विवाह किया था सामाजिक बन्धनों को तोड़कर। बंगाल के कुलीन ब्राह्मण परिवार में जन्मी इस लड़की ने निचले वर्ण के तेलुगु भाषी को अपने जीवन साथी के रूप में चुना था। यह

बहुत क्रान्तिकारी निर्णय था। वो जानती थीं कि समाज और पारिवारिक परम्पराएँ लीक तोड़ने पर किस तरह निर्दयी हो जाती हैं। सर दिनशा की अदालती कार्रवाई सभी को मालूम थी। सरोजिनी रति को इन कठिन दिनों में मजबूती देने के लिए विशेषरूप से आतीं और रति को ढाढ़स बँधा उसके निर्णय की प्रशंसा करतीं। उन्होंने रति को आश्वस्त करते हुए कहा कि वो रति को अपने मन के मुताबिक विवाह में पूरा सहयोग देंगी।

रति अब तक यों ही काव्य पंक्तियाँ रच लिया करती थी पर इन उदास दिनों में उसके मन में कल्पनाएँ कुलबुलाने लगी थीं। हृदय में उठ रहे तूफ़ानों ने शाब्दिक परिधान धारण करना प्रारम्भ कर दिया था। रति अपनी इन काव्य कल्पनाओं को लीला और पद्मजा से साझा करती। इन दोनों सहेलियों के साथ पत्र व्यवहार उसे बड़ी शक्ति प्रदान करता था। इनके पत्र रति को बड़ी शान्ति और सन्तोष प्रदान करते। कुछ ऐसे ही भावुक क्षणों में रति ने अपनी काव्याभिव्यक्ति लीला को लिख भेजी—

"प्रकृति पुरस्कृत मंजुलता से सजा पुष्प आया इक दिन मेरे पास,
और अपनी रंगीन छटाओं का सारा रहस्य बतलाकर हो गया म्लान
झोंका एक पवन का आया इक दिन मेरे पास,
खुसुर फुसुर कर अपनी यायावरी कथा कही मेरे कानों में
और, हुआ निष्प्राण
प्रखर शक्ति के साथ लहर इक दिन टकराई,
और पाषाणों पर जमे हुए मेरे पग छू शरमाई
स्वछन्द चिरैय्या एक,
एक दिन आई मेरे पास,
हरे गाछ छायादाई के नव पल्लव पर बैठ सुनाई
मुझको उसने पंछी प्रेमकथाएँ और उड़ी आकाश
वाष्प-सदृश लावण्य लिए इक स्वप्न समाया नींद निमीलित मेरे नयनों में,
और तोड़ गया, मेरी निंदिया
तीव्र कान्ति में सराबोर खुशियाँ आईं मुझ तक इक दिन
और इन खुशियों संग
मैं नाची पूरे दो दिन दो रातों तक
और तब थक हार मुझे वो छोड़ हो गयीं विदा
फूलों सा माधुर्य लिए मुझ तक इक दिन आ पहुँचा प्रेम,
और इसकी सुगन्ध को अपनी साँसों में भर मैं महक उठी,
प्रीति के क्लांत और परितृप्त हुए तक

काली रजनी सा सुन्दर रूप धरे जब मुझ तक आई व्यथा,
न कर पाई मेरा परित्याग,
व्यथा के क्लेशयुक्त प्याले का सागरपान कर लिया मैंने।
और जब होती हूँ जागी तब लेती रहती
इसका चटखारा
और तब भी जब होती हूँ मैं निद्रानिमग्न,
तब भी जब मैं मुस्काती हूँ या जब भर आते हैं नयन मेरे।
व्यथा जानती नहीं तृप्ति''

(लीला को रति द्वारा लिखे दिनांक विहीन पत्रांश का भावानुवाद)

जिन्ना ने इस वर्ष ठंडी वादियों में लम्बी छुट्टियाँ गुजारी थीं। जून की उमस भरी बम्बई की गर्मी उनका बेकरारी से इन्तजार कर रही थी। होम रूल लीग की कल्पना श्रीमती एनी बेसेंट ने 1915 में की और सितम्बर, 1916 को उन्होंने इस कल्पना को साकार रूप दे दिया। बेसेंट ने जिन्ना को अपने संगठन होम रूल लीग में शामिल होने का न्यौता दे रखा था। दार्जिलिंग से बम्बई आते ही (16 जून, 1917) जिन्ना इस संगठन में शामिल हो गये। श्रीमती एनी बेसेंट इन दिनों मद्रास प्रान्त (तमिलनाडु) के उड़गमंडलम में थीं लगातार सरकार विरोधी क्रिया कलापों के आरोप में सरकार ने उन्हें (16 जून, 1917 को) नजरबन्दी की सजा सुना रखी दी। होमरूल के नेता इस सजा के विरोध में उठ खड़े हुए। इसी दिन जिन्ना होमरूल लीग की बम्बई शाखा के अध्यक्ष और कई अन्य पदाधिकारियों के साथ कंजी द्वारकादास कोषाध्यक्ष घोषित कर दिए गये। राजनैतिक शान्ति के इस दौर में अब बम्बई के दो स्थान राजनैतिक हलचल के केन्द्र बन गये। एक केन्द्र था लोकमान्य तिलक का निवास सरदार गृह और दूसरा जिन्ना का हाई कोर्ट चैम्बर। श्रीमती बेसेंट की नजरबन्दी से उनकी रिहाई के लिए जन चेतना उत्पन्न करने के लिए पोस्टर युद्ध शुरू हो गया। निष्पक्ष सूचना देने के लिए पर्चे बाँटे जाने लगे और आम सभाओं का आयोजन प्रारम्भ हुआ। बम्बई की इन सभाओं में भाषण देने वालों में तिलक और जिन्ना प्रमुख थे। नयी राजनैतिक सरगर्मियाँ आजादी के आन्दोलन को अँग्रेजीदाँ सम्भ्रान्त वर्ग की संकुचित सीमाओं से बाहर निकालने लगी थीं। अब आम जनता को साथ लेने के लिए उनके बीच पहुँचने के प्रयास प्रारम्भ हो गये थे। अँग्रेजों से केवल शासन के सूत्र हस्तांतरण तक सीमित रहते हुए याचना और कागजी तीर चलाने की परम्परा धूमिल पड़ने लगी। इसके विपरीत सरकार से जूझने की शुरुआत होने लगी। आम जनता यानी गाँवों में बसा हिन्दुस्तान जिसकी कोई सुनवाई कहीं नहीं थी उसके

लिए लड़ाई प्रारम्भ करने का समय आ गया था। इस जनता से सीधे जुड़ने के लिए उनकी भाषा में बातचीत का आग्रह प्रारम्भ हो रहा था।

जून के पहले सप्ताह में जिन्ना दार्जिलिंग की ठंडी हवाओं का आनन्द ले रहे थे अब शिमला की रिमझिम समेटे सर्द हवाओं में कुछ दिन गुजारने का मौका था। शिमला गर्मियों में हिन्दुस्तान की राजधानी बन जाता था। वायसराय अपने लाव-लश्कर के साथ यहीं बैठकर शासन का आनन्द लिया करते थे। सेन्ट्रल लेजिस्लेटिव काउंसिल की बैठक भी यहीं होती थीं, जिन्ना काउंसिल के मानसून सत्र के सिलसिले में यहाँ आए हुए थे। तेज बहादुर सप्रू भी कौंसिल के सदस्य थे। वो भी शिमला में ही थे। किसी जमाने में जिन्ना के वरिष्ठ बैरिस्टर सर जॉर्ज लोवेंद्स अब सरकार में लॉ मेम्बर थे। सप्रू ने श्रीमती बेसेंट की नजरबन्दी पर चिन्ता व्यक्त करते हुए इस मामले पर सरकार को अपना निर्णय बदलने के लिए जिन्ना से चर्चा की। जिन्ना ने उनके साथ सर जॉर्ज के समक्ष श्रीमती एनी बेसेंट की नजरबन्दी की बात उठाई तीनों ने इस नजरबन्दी के औचित्य अनौचित्य तथा इस मुद्दे पर सरकार की जगहँसाई पर लम्बी चर्चा की। सर जॉर्ज जिन्ना के तर्कों से सहमत थे। श्रीमती बेसेंट को नजरबन्द बनाए रखने से सरकार की केवल किरकिरी हो रही थी। अपेक्षाकृत शान्त राजनैतिक माहौल इस नजरबन्दी से गर्म हो गया था। सर जॉर्ज ने उनको सलाह दी कि वे सरकार से श्रीमती बेसेंट की रिहाई की अपील करें। उन्होंने इस समस्या के विश्लेषण के साथ गृह मन्त्री से श्रीमती बेसेंट की रिहाई की व्यक्तिगत अपील की। अँगेजों के लिए कितने ही और गम्भीर सिरदर्द थे विशेष रूप से युद्ध की उलझनें। ऐसे में व्यर्थ नयी मुसीबतें पैदा करना कोई बुद्धिमानी नहीं थी। अन्ततोगत्वा जिन्ना के प्रयासों तथा कुछ अन्य अन्तर्राष्ट्रीय दबावों ने सरकार को श्रीमती बेसेंट की रिहाई के लिए मजबूत कर दिया और (17 सितम्बर, 1917 को) वो रिहा कर दी गयीं।

श्रीमती बेसेंट को रिहा करने में ही बुद्धिमानी थी। यह काँग्रेस और मुस्लिम लीग की सदाशयता थी कि इराक के युद्ध में अँग्रेज कमांडर और सरकारी लापरवाही के कारण बड़ी संख्या में हिन्दुस्तानी फौजियों की मृत्यु हुई फिर भी इन राजनैतिक ताकतों ने इस लापरवाही पर सरकार को कटघरे में खड़ा नहीं किया। सरकार युद्ध के उतार चढ़ाव से यों ही बुरी तरह जूझ रही थी। ऐसे मैं श्रीमती बेसेंट की नजरबन्दी जैसी व्यर्थ की छेड़खानी राजनैतिक नादानी थी हिन्दुस्तान के शान्त माहौल में आग भड़काने के लिए यह एक चिंगारी थी। सैनिकों की मृत्यु एक बड़ा मुद्दा बनकर गम्भीर राजनैतिक आन्दोलन बन सकता था।

ईराकी मोर्चे पर कमांडर सर जॉन निक्सन की अगुवाई में ब्रिटिश फौजों ने युद्ध के प्रारम्भिक दौर में अच्छी सफलता पाई थी। वहाँ लड़ रही इस सेना में

भारतीय सैनिकों की बहुतायत थी। हिन्दुस्तानी फौजों ने बहादुरी से लड़ते हुए बसरा प्रान्त और कुत-अल-अमरा नगर जीत लिया था अब ये फौजें दजला फरात नदियों के पार बगदाद पर कब्जे के लिए बढ़ीं पर तुर्क फौजों ने इस सेना का सामना क्टेसिफों में किया। इस भीषण युद्ध में संख्या बल अधिक होने पर भी ब्रिटिश फ़ौजों को कुत अल अमरा तक पीछे हटना पड़ा। इस स्थान पर जर्मन और तुर्क फ़ौज ने शहर को घेर लिया और ब्रिटिश फौज फँस गयी। ब्रिटिश फौज के लिए दूसरी मुसीबत प्रकृति ने उत्पन्न कर दी, सैनिकों के बीच महामारी फैल गयी। सर्द मौसम शुरू हो चुका था और इस पर भीषण वर्षा ने एक और कहर ढाना शुरू कर दिया। यह दुर्भाग्य यहीं नहीं रुका, वर्षा के कारण टिगरिस में बाढ़ आ गयी और नदी के तट पर तैनात फौज का इन्तजाम कठिन हो गया। ऐसे मुश्किल हालातों में रसद और सहायता भी रुक गयी। इन सारी मुसीबतों के बावजूद घेरेबन्दी तोड़ने के लिए ब्रिटिश फौज ने तुर्कों पर चार बार हमले किए लेकिन सभी हमले व्यर्थ रहे। इन चार हमलों में लगभग तेईस हजार सैनिकों को अपनी जान गँवानी पड़ी। दूर देश में अँग्रेजों के लिए अपनी जान गँवाने वाले सैनिकों में अधिकतर हिन्दुस्तानी थे। कुत अल अमरा के इस मोर्चे पर पाँच महीने तक घेरेबन्दी में फँसी शेष बची कुल तेरह हजार फौज ने अन्त में सर चार्ल्स टोन्षएंड (Sir Charls Towshand) के नेतृत्व में तुर्कों के समक्ष आत्म समर्पण कर दिया।

ब्रिटिश संसद में हंगामा हो गया। जाँच के आदेश दे दिए गये। लम्बी चौड़ी जाँच के नतीजे ने सरकार को हिलाकर रख दिया। हिन्दुस्तान से फारस की खाड़ी में सैनिक साजो, सामान, दवा और अन्य आवश्यक सामग्री भेजने में घोर लापरवाही हुई थी। सेक्रेटरी ऑफ़ स्टेट चैम्बरलेन ने सारा दोष अपने सिर लेते हुए अपने पद (कमांड ऑफ़ इंडिया ऑफिस) से इस्तीफा दे दिया। 20 अगस्त, 1917 को यह जिम्मेदारी उदार एडविन मोंटेग्यू को सौंप दी गयी। कुछ दिनों पहले जुलाई महीने में हाउस ऑफ़ कामंस में हुई बहस में भाग लेते हुए मोंटेग्यू ने ईराक में हुई फौजी फजीहत पर हिन्दुस्तान में ब्रिटिश प्रशासनिक व्यवस्था की अक्षमता अकर्मण्यता और जड़ता पर हमला करते हुए कहा—"हिन्दुस्तान का प्रशासन आज के आधुनिक मानस के अनुरूप काम करने के लिए एकदम अनुपयुक्त है। यहाँ की व्यवस्था काठ और लोहे जैसी सख्त और ठस है। उदारता विरोधी इस व्यवस्था में नाममात्र का लचीलापन भी नहीं है। यदि इस व्यवस्था में परिवर्तन नहीं किया गया तो हिन्दुस्तानियों के भाग्य के नियामक होने का अधिकार और हिन्दुस्तान का साम्राज्य आप खो देंगे।"

मोंटेग्यू एक बार सन् 1913 में हिन्दुस्तान का दौरा कर चुका था। अब अपने नये पद के साथ नवम्बर में हिन्दुस्तान की परिस्थितियों का नये सिरे से व्यक्तिगत जायजा लेने वो एक बार फिर इस देश में पधारा। मोंटेग्यू ने इस बार यहाँ जो देखा

वो पहली बार नहीं देख पाया था। एक ओर वो हिन्दुस्तान की भीड़ देख आश्चर्यचकित रह जाता वहीं दूसरी ओर हिन्दुस्तान की विपन्नता देख व्यथा में डूब जाता। राजा महाराजाओं, नवाबों, जमींदारों, तालुकेदारों और नवधनाढ्य वर्ग का आडम्बरपूर्ण वैभव और विलासिता से भरा जीवन देखकर वह ठगा रह जाता। अपनी यात्रा पूरी करते करते इस देश के विरोधाभासों की पराकाष्ठा देख वह पूरी तरह कुंठित हो गया। इस यात्रा ने उसकी भावनाओं को निचोड़कर उसे झकझोर डाला। एक ओर तो हिन्दुस्तान की इस यात्रा ने उसे मोहित कर लिया, वहीं दूसरी ओर यहाँ की विपन्नता और कठिन जीवन देख वह अवसाद में डूब गया। वो भयभीत था इन अमानवीय स्थितियों में जीते हुए लोगों को देखकर। विषाद में डूबा मोंटेग्यू इन नारकीय परिस्थितियों में भी यहाँ के लोगों द्वारा उल्लास के साथ अपने स्वागत से अभिभूत हो गया। सम्पन्नता और विपन्नता की विरोधाभासी चरम स्थितियों ने उसके मन पर गहरा आघात किया था। इस देश की समस्याओं और दुर्दशा को देख उसे गहरा सदमा पहुँचा था। ऐसी कठिन लेकिन विरोधाभासी स्थितियों में भी उसे यहाँ के लोगों से जो राजसी सम्मान मिला उसने उसे हर्ष के साथ दिग्भ्रमित करके रख दिया।

मोंटेग्यू देश दर्शन नहीं कर रहा था वो देश की प्रशासनिक व्यवस्था अधिकारियों की कर्तव्यपरायणता की परख भी कर रहा था। विभिन्न विचारधारा के राजनैतिक व्यक्तियों से मिलना उसका विशेष उद्देश्य था। लोकमान्य तिलक से लेकर महमूदाबाद के राजा तक से वो मिला। मुलाकातियों में कुछ अन्य विशेष व्यक्ति थे पं. मदन मोहन मालवीय, तेज बहादुर सप्रू, मोतीलाल नेहरू, श्रीमती एनी बेसेंट, सी आर दास और गाँधी। मोहन दास करमचन्द गाँधी से मिलकर उसे लगा कि वो किसी राजनैतिक व्यक्ति के बजाय समाज सुधारक से मिल रहा था। पर जिन्ना से मिलकर वो आश्चर्य चकित रह गया। जिन्ना का व्यक्तित्व अद्भुत था। प्रभावशाली युवा जिन्ना शिष्टता में अप्रतिम था। अपनी योजनाओं और विचारों को पूरी स्पष्टता के साथ पूर्ण उपयुक्त चुने हुए शब्दों में व्यक्त करने की कला में माहिर। जिन्ना खुलकर बोलते थे और सही मौके पर तीखे से तीखे शब्दों का प्रयोग करने में संकोच नहीं करते थे। वायसराय चेम्सफोर्ड और मोंटेग्यू के साथ जिन्ना की लम्बी बातचीत हुई। उन्होंने स्पष्ट शब्दों में पूछा—"ब्रिटिश अफसर बहुत योग्य हैं तो ईराक में फौज को समर्पण क्यों करना पड़ा? इस मोर्चे पर आपके पास दुश्मन के मुकाबले दो गुना फौज थी फिर भी आपने तेईस हजार सैनिकों को मरवा डाला! आपके अफसर नाकाबिल थे, उनकी युद्ध की योजना मूर्खता पूर्ण थीं, उनके निर्णय गलत थे लेकिन वो अफसर हो सकते हैं क्योंकि उनकी चमड़ी गोरी है और वो जो अपनी जान पर खेल रहे हैं जो बहादुरी के साथ गोली का जवाब गोली से दे रहे हैं

अफसर नहीं बनाए जा सकते क्योंकि उनकी चमड़ी काली है? आप किस बात में हमसे ज्यादा काबिल हैं। यहाँ बम्बई और कराची में बैठे सत्ता के नशे में चूर आपके काबिल कमांडर और कलेक्टर दजला फरात के किनारे मुश्किल में फँसी अपनी फौज के लिए न दवा भेज पाए न हथियार न रसद। आप जवाब दें कि आखिर आपको हिन्दुस्तानी सिपाही क्यों चाहिए? यूरोप के युद्ध में सिर्फ अपनी जान गँवाने के लिए? दूर देश में लाशों के अम्बार लगाने के लिए? हम क्यों अपने लोगों को फौज में सिपाही बनने के लिए प्रेरित करें? मेरी सीधी माँग है कि हमारे नौजवानों को बिना विलम्ब रॉयल कमीशन मिलना चाहिए।''

वायसराय चेंबरलेन जिन्ना के इस हमले से लाल हो गये। उन्होंने क्रोध के साथ जवाब दिया—''ब्रिटेन के इस मुश्किल समय में आप सौदेबाजी कर रहे हैं।'' वायसराय के जवाब से जिन्ना भी आग बबूला हो गये और बोले—आप! आप हमारे स्वाभिमान पर सौदेबाजी का इल्जाम लगा रहे हैं? ब्रिटिश सत्ता में बराबरी के हकदार हम हिन्दुस्तानी अपने ही देश में अपनी सरकार के सामने यह कहते हैं कि यह अन्याय ख़त्म कीजिए तो हम सौदेबाजी कर रहे हैं? महामहिम, हम हिन्दुस्तानी ब्रिटिश प्रजा, अपने देश में यहाँ रह रहे यूरोपियन्स ब्रिटिश प्रजा को मिले हुए अधिकार चाहते हैं। आपकी नजर में यह सौदेबाजी हो गयी? ब्रिटिश यूरोपियन नागरिक को हमारे देश में हाथियार रखने की छूट है और हम अपने ही देश में इस अधिकार से वंचित हैं? यह बहस लम्बी चली। रात में मोंटेग्य ने अपनी डायरी में लिखा। हिन्दुस्तान में मुझे जिन्ना ने सबसे ज्यादा प्रभावित किया। भव्य व्यक्तित्व का स्वामी जिन्ना शिष्टता की प्रतिमूर्ति है। अपने विचारों पर दृढ़ता तथा उनकी अभिव्यक्ति की कुशलता उसका प्रमुख गुण है। वायसराय चेम्सफोर्ड ने अपने तर्कों से जिन्ना को सहमत कराना चाहा पर जिन्ना के बेहतर जवाबी तर्कों ने उन्हें चुप होने पर मजबूत कर दिया। इसे स्थानीय जनता की बेइज्जती ही कहना चाहिए कि इतने योग्य चतुर और प्रभावशाली व्यक्ति को अपने देश हिन्दुस्तान को सँभालने का कोई अवसर ही नहीं है।

राजनीति और वकालत में व्यस्त जिन्ना के पास इन दो विषयों को छोड़ कुछ और सोचने का वक़्त ही नहीं था, लेकिन जीवन का एक महत्त्वपूर्ण फैसला उन्होंने दार्जिलिंग में ले लिया था। एक वादा किया था और उसे निभाने का समय तेजी से निकट आता जा रहा था। जिन्ना अब तक एकाकी जीवन के अभ्यस्त थे वह आत्म केन्द्रित व्यक्ति थे। आत्म मुग्धता उनके जीवन का अंग था। वह आत्म श्लाघा और आत्म प्रवंचना से ग्रस्त थे। अपने परिवार से उनका कोई रिश्ता नाता नहीं था। उनके छोटे भाई-बहनों में से कोई भी न उनके घर आता था न जिन्ना किसी से कोई सम्बन्ध रखते थे। अपनी प्रिय बुआ और फूफा को वह कब का भूल चुके थे। ले

देकर एक छोटी बहन फातिमा भर से उनका सम्बन्ध था पर यह रिश्ता भी वह केवल बम्बई में रहने पर सप्ताह में एक दिन केवल कुछ घंटों तक निभा पाते थे। विशाल साउथ कोर्ट में कमरे ही कमरे थे पर बहन फातिमा के लिए कोई कमरा खाली नहीं था। ऐसे एकाकी जिन्ना का अकेलापन समाप्त होने का दिन नजदीक आता जा रहा था। इस दिन के लिए वो उत्सुक तो थे पर कोई उतावलापन उनमें नहीं था। उनका राजनैतिक और व्यावसायिक जीवन पहले की तरह उन्हें व्यस्त बनाए हुए था।''

रति के लिए ये दिन बहुत भारी थे अपने ही घर में वो लगभग एकाकी हो गयी थी। हर समय उत्साह और उल्लास में डूबी यह नौजवान लड़की गम्भीर हो गयी थी। इन दिनों जब तब उसे खानदान की प्रतिष्ठा और माता-पिता की भावनाओं का एहसास कराया जाता। उपदेशों से वो एकदम ऊब चुकी थी। घर का एकान्त रति को काट खाने को दौड़ता। जिसके जीवन में एकान्त के लिए कोई स्थान ही नहीं था जो हंगामे से भरे जीवन की आदी थी। आजादी के साथ बम्बई की सड़कों पर तेज रफ़्तार बग्गी के हिचकोले, सिनेमा, थिएटर, होटल, रेस्तराओं, क्लबों की शौकीन उस रति के जीवन में अब बुआ के अलावा उसके प्रिय पालतू कुत्ते और बिल्लियाँ भर रह गयीं थीं या फिर रह गयी थीं उसके संग्रह की काव्य पुस्तकें। इस वर्ष की बीस फरवरी जाने कितनी दूर हो गयी थी। ऐसे उदास दिनों के बीच आखिरकार इस उन्नीस सौ अट्ठारह की बीस फरवरी आ ही गयी। रति अब कशोरी नहीं रह गयी थी वह नवयुवती हो चुकी थी। गोरे रंग की आकर्षक रति, शरीर सौष्ठव में किसी भी रूपसी को मात देने का सौन्दर्य समेटे हुए पर युवावस्था में प्रवेश करने वाली इस सुन्दरी की यह वर्षगाँठ बेहद उदास थी इस बार न कोई बॉलरूम नृत्य आयोजित था न संगीत संध्या और न कोई दावत। जीजीभाई रति के किसी भी ऐसे कदम की सम्भावना से आतंकित थे जो उनकी प्रतिष्ठा को मिट्टी में मिला देने के लिए काफी था। दिनबाई अपने पति के तनाव को देख स्वयं तनाव ग्रस्त थीं। तीनों भाई भी बहन के किसी भी अप्रत्याशित कदम से आशंकित थे। पूरा घर एक अनकही निराशा भरे अवसाद और तनाव में डूबा हुआ था। 21 फरवरी को यह अवसाद और घनीभूत हो गया पेटिट हॉल नामक इस महल के पिंजड़े में कैद बुलबुल उड़ गयी। रति के लिए और इन्तजार करना सम्भव नहीं था। घुटन भरे आठ महीनों की नजरबन्दी से आजाद होने के लिए वो बेकरार थी। पेटिट हॉल के बाहर उसको अपनी हथेलियों में उठा लेनेवाला उसका प्रेमी प्रतीक्षारत था।

जिन्ना ने रति के रहने का जितना अच्छा इन्तजाम किया था वह रति की जीवन शैली के अनुरूप था। पेटिट हॉल की घुटन से बाहर निकल खुली हवा में साँस लेकर रति भावुक हो उठी। आठ महीनों की नजरबन्दी याद कर वह रो पड़ी। जिन्ना को लगा रति माता-पिता को याद कर रोई है। उसने कहा—''परेशान मत होओ। समय

बहुत जल्दी यह घाव भर देगा। जीजीभाई सत्य स्वीकार कर लेंगे।'' रति ने उत्तर दिया—''ये दुःख के नहीं खुशी के आँसू हैं गुजरे आठ महीनों में मैंने समझा है कि गुलामी क्या होती है और आज खुली हवा में साँस लेने पर मैंने जाना कि आजादी क्या होती है। आज मैं हिन्दुस्तान में चल रही आजादी की लड़ाई का मर्म समझ पाई हूँ।''

रति के लिए यह दिन प्रकाशोत्सव था, खुशियाँ मनाने का दिन था, लेकिन पेटिट हॉल अँधेरे में डूब गया। इस महल को ग़म की काली चादर ने ढँक लिया था। जीजीभाई और दिनबाई ने इन आठ महीनों में हरचन्द कोशिश की थी कि रति अपना इरादा छोड़ दे वो जिन्ना को भूल जाए, पर सारी कोशिशों के बाद भी वो ये समझ गये कि जिद के मामले में वो कम नहीं है। पेटिट इसके बाद भी हार मानने के लिए तैयार नहीं थे उन्होंने रति के अपहरण का एक नया मुकदमा जिन्ना पर ठोक दिया। लेकिन इस बार उन्हें पुत्री द्वारा दी गयी चोट कहीं ज्यादा गहरी थी। इससे पहले कि अदालत में जिन्ना अपने ऊपर लगे आरोप का उत्तर देते। रति ने इस मुकदमे की हवा निकालते हुए अदालत में निर्भीकता के साथ कहा कि माननीय जिन्ना ने मेरा अपहरण नहीं किया है, सच यह है कि मैंने जिन्ना का अपहरण किया है। भरी अदालत में पुत्री ने अपने पिता के मुँह पर बेदर्दी के साथ तमाचा मारा था। सर पेटिट इस घाव से जीवन भर उबर नहीं पाए। उन्होंने अपने सगे सम्बन्धियों में घोषणा कर दी कि उनकी पुत्री रति का देहान्त हो गया और मृतक के लिए किए जाने वाले सारे पारसी धार्मिक रीति रिवाज़ पूरे कर मान लिया कि इस दुनिया से रति का अस्तित्व समाप्त हो गया। यह घोषणा समाचारपत्र में भी की गयी। इन्हीं समाचारपत्रों में एक और घोषणा भी प्रकाशित हुई कि मरियम ने मुहम्मद अली जिन्ना के साथ निकाह कर लिया है।

हिन्दुस्तान में अदालती विवाह की नयी व्यवस्था अँग्रेज हुकूमत में लागू हो चुकी थी पर ऐसे विवाह के लिए वर वधू को यह घोषित करना आवश्यक था कि वो किसी मज़हब में आस्था नहीं रखते। जिन्ना के लिए यह घोषणा सम्भव नहीं थी। वो मुस्लिम सीट से चुनाव जीतकर इम्पीरियल लेजिस्लेटिव कौंसिल के सदस्य निर्वाचित हुए थे। नास्तिक होने की घोषणा करते ही उन्हें कौंसिल की सदस्यता से इस्तीफ़ा देना पड़ता। इस्लाम में अनास्था के बाद मुस्लिम लीग से भी नाता टूट जाता। इन परिस्थितियों में विवाह मुस्लिम रीति से किया जाना निश्चित हुआ। सोलह अप्रैल को रति ने मौलाना नज़ीर अहमद खूजंदी के समक्ष जामा मस्जिद में इस्लाम कबूल किया। मुसलमान रति का नामकरण हुआ मरियम। बस तीन दिन बाद वह दिन भी आ गया जिसकी रति और जिन्ना को प्रतीक्षा थी। जिन्ना ने इस अवसर के लिए अपने बहुत व्यक्तिगत मित्रों को निमन्त्रित किया। उन्नीस अप्रैल, उन्नीस सौ अट्ठारह की शाम मालाबार हिल के माउंट प्लेज़ेंट रोड पर स्थित साउथ कोर्ट के भव्य हॉल में एक सादे समारोह में क़ाज़ी ने रति और जिन्ना का निकाह करवा दिया।

केवल एक हजार एक रुपये के महर पर यह निकाह हुआ। हालांकि जिन्ना ने रति को इसी समय एक लाख पच्चीस हजार रुपये उपहारस्वरूप दे दिए। इस अवसर पर रति ने गहरे लाल रंग की रेशमी साड़ी पहन रखी थी और जिन्ना ने हल्के रंग का सूट और फब्ती टाई। महमूदाबाद के राजा ने इस मौके के लिए हीरे की एक सुन्दर और कीमती अँगूठी बनवाई थी जिन्ना ने वही अँगूठी रति की कोमल उँगली में पहना कर निकाह पूरा किया। इस बार के विवाह में न चावल फेंके गये। न ढोल नगाड़े बजे न बारात निकली और न घर की महिलाओं ने नाच गाने का आनन्द लिया। नाच गाने के लिए उसकी माँ जिन्दा नहीं थीं और सास इस समारोह में शामिल नहीं हुईं। यद्यपि जिन्ना ने अपने सास ससुर को इस समारोह में निमन्त्रित किया था पर रति के यहाँ से कोई भी इस निकाह में शामिल नहीं हुआ। इसलिए वधू की रुखसती को लेकर कोई बहस, कोई तनातनी पैदा नहीं हुई। रति की इस वर्षगाँठ पर तो नहीं पर निकाह पर भव्य भोज हुआ।

विवाह के बाद जिन्ना ने कुछ समय के लिए यह तनाव भरा शहर छोड़ दिया। पेटिट परिवार की उदासी से जिन्ना रति को दूर ले जाना चाहते थे। इस गर्म मौसम में राजा महमूदाबाद ने हिमालय की गोद में समाये नैनीताल की अपनी कोठी के द्वार इस नवदम्पती के लिए खोल दिए। रति और जिन्ना की मधुयामिनी के लिए झील और हरे पर्वतों से ढँकी यह ठंडी सैरगाह बेहद रूमानी थी। हिमालय की शीतल हवाओं खुशनुमा फिजाओं और राजा महमूदाबाद की कोठी की राजसी विलासिता से परिपूर्ण आतिथ्य ने रति के मन के बोझ को एकदम हलका कर दिया। वो जिन्ना के साथ अपने विवाह के निर्णय और उस पर अडिग रहने पर पूर्णरूपेण सन्तुष्ट हो गयी। नैनीताल के ये कुछ दिन उसके जीवन के सबसे बहुमूल्य दिन बन गये। जिन्ना की उम्र और उसकी उम्र के बीच का बड़ा अन्तर उनकी खुशियों में सबसे बड़ी बाधा साबित होगा। लोगों की इस आशंका को जिन्ना ने नैनीताल की नैना झील की अतल गहराइयों में डुबो दिया। जिन्ना का कैशोर्य नैनीताल में उसे वापिस मिल गया था। राजनीति और कोर्ट के झंझटों को भूल जिन्ना यहाँ उस उम्र को जी रहा था जो उसने अपने आपको वकालत में स्थापित करने के लिए अदालत के पथरीले भवन और बरामदों में बलिदान कर दी थी। उसके लम्बे व्यस्त जीवन ने उसकी युवा वय के उत्साह को जीवन के युद्ध में विजय की उद्दाम लालसा की लड़ाई में जलते हुए देखा था। युवावस्था भले ही ढल गयी थी पर जिन्ना ने अपने यौवन से कोई खेल नहीं खेला था। अब अवसर था वह सहेजकर रखी अपनी युवावस्था की खिलखिलाहट और ठहाकों का भरपूर आनन्द ले सके। जीवन के इन मधुर क्षणों में उसका साथ देने के लिए उसकी जिन्दगी रति के रूप में उसकी बाँहों में थी और उसका यौवन रति के रूप में उसमें समा गया था। रति आश्चर्यचकित थी जीवन के इस उद्दाम वेग को

जिन्ना अब तक किस तरह इतना सुरक्षित रख पाए। वर्षों से विस्मृत जिन्ना की उन्मुक्त हँसी और ठहाकों से नैनीताल की वादियाँ गूँज उठीं। रति ने जान लिया जो लोग जिन्ना को रुखा गम्भीर और जीवन की खुशियों से विरक्त समझते हैं वो कुछ जानते ही नहीं उन्होंने इस मायावी का यह मनोहर रूप कभी देखा ही नहीं। जो खुशी कोई उसका हमउम्र पति उस पर कुर्बान कर पाता जिन्ना ने उससे कहीं ज्यादा खुशियाँ इस मधुयामिनी में उस पर न्योछावर कर दीं।

नैनीताल में जिन्ना के साथ गुजारे इन दिनों में रति को यह रहस्य समझ आ गया कि नवयुवतियाँ विवाह का इतनी बेकरारी से इन्तजार क्यों करती हैं। पति की कल्पना भर ही क्यों उन्हें गुदगुदा जाती है। केवल रहस्य ही नहीं प्रकट हुआ था वह स्वयं इस रहस्य में पिघलती जा रही थी। इन दिनों नैनीताल में बस केवल दो लोग रह रहे थे—रति और जिन्ना। लेकिन नहीं! यहाँ केवल एक का ही अस्तित्व था दूसरा तो उसमें समा चुका था कौन किस में समाया यह जानना सम्भव नहीं था। इस एकाकार प्रेमी युगल का नाम था रति-जिन्ना। चार पाँच दिनों के नैनीताल प्रवास ने इन दोनों को दो जिस्म मगर इक जान में ढाल दिया था। सुबह सवेरे दोनों घोड़ों पर सवार हिमालय के ऊँचे-ऊँचे पहाड़ों के जंगल में न जाने कौन सा पारस पत्थर तलाश करते। शाम को यह तलाश नैना झील पहुँच जाती चप्पुओं की मार से दोनों झील को चीरकर रख देते। इस ठंडे शहर में शायद वो अपने खोए हुए गर्म दिन तलाश कर उठे थे। जंगलों और पहाड़ों में खोए शान्त नैनीताल की शान्ति को इस प्रेमी युगल की खनखनाती हँसी ने गुंजायमान कर डाला। लेकिन जिन्दगी सिर्फ हँसी ठहाकों भर में गुम नहीं की जा सकती थी।

एक सुबह दोनों दिल्ली के सफर पर निकल लिए। जंगल, गाँव, खेत, खलिहानों और कई शहरों के बीच से गुजरती पतली बलखाती काली सड़क को रौंदती उनकी कार फर्राटे भरती गुजर गयी। दिल्ली का यह रास्ता घने वृक्षों की छाया के बीच गुजरता था। कई बार यों लगता जैसे किसी हरे पत्तों के ढेर के बीच से निकली सुरंग में से उनकी कार गुजर रही थी रति के लिए ये प्राकृतिक दृश्य क्षण क्षण बदलते किसी चित्रकार द्वारा रचे चित्रों जैसे थे। शाम होते होते उनकी कार दिल्ली के कश्मीरी गेट से जुड़े सिविल लाइन में बने मेडेन्स होटल के पोर्च में जाकर रुक गयी। दिल्ली में जिन्ना का यह प्रिय निवास था। अप्रैल महीने की गर्म हवाओं ने दिल्ली में कहर ढाना प्रारम्भ कर दिया था, लेकिन मुग़ल परम्परा को समेटे मेडेन्स के आर्किटेक्ट ने होटल को मौसम के कहर से महफूज कर रखा था। मेडेन्स होटल जरूर था, पर मेहमाननवाजी में राजा महमूदाबाद की नैनीताल की सैरगाह से बढ़ चढ़कर था। रति को अपने जीवन के इस नये अध्याय के इन प्रारम्भिक दिनों में जो खुशियाँ मिलीं उन खुशियों ने पिछले नौ दस महीनों के कष्टों

को उसकी स्मृति से मिटा डाला।

अब उसकी नयी जिन्दगी शुरू हो रही थी, अब एक नयी कहानी जन्म ले रही थी। रति अब किसी उद्योगपति की पुत्री नहीं, इम्पीरियल लेजिस्लेटिव कौंसिल के एक सम्मानित सदस्य की पत्नी थी। हिन्दुस्तान के एक प्रसिद्ध नेता की पत्नी थी। इस देश के इस दौर के सबसे महत्त्वपूर्ण व्यक्ति की पत्नी थी। अँग्रेजों की आँखों में आँखें डालकर पूरी शान और गर्व के साथ बात करने वाले व्यक्ति की पत्नी थी। वो ऐसे व्यक्ति की पत्नी थी जो बहस में किसी भी व्यक्ति को निरुत्तर कर देने की शक्ति रखता था। अभी कुछ ही दिनों पहले उसने वायसराय चेम्स फोर्ड की बोलती बन्द करा दी थी वो बहस अभी समाप्त नहीं हुई थी। ब्रिटिश सरकार युद्ध में बुरी तरह फँसी हुई थी, न जाने यह लड़ाई कितने वर्षों तक चलनी थी। फौज को सैनिकों की सख्त जरूरत थी। जाँबाज सैनिक हिन्दुस्तान ही दे सकता था। फौज में सैनिकों की भर्ती में सरकार का साथ देने के लिए इसी अप्रैल के महीने में वायसराय ने दिल्ली में एक युद्ध कान्फ्रेंस आयोजित की। हिन्दुस्तान के प्रमुख नेताओं और व्यक्तियों के अतिरिक्त जिन्ना इस कान्फ्रेंस में काउंसिल के सदस्य के नाते निमन्त्रित थे। जिन्ना ने सरकारी प्रस्ताव के स्थान पर एक हिन्दुस्तानी राष्ट्रीय प्रस्ताव पेश किया पर वायसराय ने इसे आउट ऑफ़ आर्डर कहकर निरस्त कर दिया। इसके बावजूद जिन्ना का निश्चय एकदम स्पष्ट था वो सैनिकों की भर्ती के मुद्दे पर सरकारी दृष्टिकोण के एकदम विरुद्ध थे। तिलक जैसे तमाम अन्य प्रमुख नेताओं को इस कान्फ्रेंस में आमन्त्रित नहीं किया गया था पर तिलक के साथ अधिकांश नेता जिन्ना से सहमत थे।

मेडेन्स के अपने आलीशान सूट में जिन्ना और रति शाम के जाम का आनद ले रहे थे। रति की कोमल उँगलिया ने हाथी दाँत के फिल्टर में फँसी सिगरेट सँभाल रखी थी तो जिन्ना के होंठों में हवाना सिगार सुलग रहा था, लेकिन केवल सिगार ही नहीं उनका दिल भी सुलग रहा था वो अपने मस्तिष्क को झिंझोड़ती झुँझलाहट रति के साथ बाँट रहे थे। ब्रिटिश सत्ता को देश के सम्मान और उसूलों पर जान देने वाले जाँबाज बलिदानी नहीं भाड़े के टट्टुओं की आवशयकता है। आखिर जब तक सैनिकों के मन में कोई आदर्श न हो वो पूरे समर्पण के साथ कैसे लड़ सकता है। हिन्दुस्तानी सैनिक जानता है कि उसे काबिल सैनिक नहीं माना जाता। यदि सरकार की दृष्टि में वह काबिल होता तो उसके लिए कर्नल जनरल बनने के दरवाजे क्यों बन्द होते। वो कितनी भी बहादुरी और सूझबूझ से युद्ध जीते पर उसकी हद हवलदार जमादार पर ही ख़त्म हो जाएगी। वो अपनी नजरों में हार जाएगा लड़ेगा वो; जान कुर्बान करेगा वो, और जीतेगा उसे हुक्म देने वाला अँग्रेज अफसर। ब्रिटिश सत्ताधारी यह समझना ही नहीं चाहते कि अपने देश के लिए लड़ना एक बात होती

है और ऐसे मालिक देश के लिए लड़ना एकदम दूसरी बात जिसने हमें गुलाम बना रखा है और जो हमारी न्यायसंगत आकांक्षाओं को भी स्वीकार करने के लिए तैयार नहीं है। रति ने जिन्ना के विचारों का समर्थन करते हुए पूछा कि अब जब उसका प्रस्ताव वायसराय ने स्वीकार नहीं किया है तब वह क्या करेगा? जिन्ना ने कहा कि वो तार द्वारा अपने विचार वायसराय तक पुनः पहुँचाएगा।

अगले दिन चेम्सफोर्ड को उसने तार में लिखा—यदि हिन्दुस्तान को ब्रिटिश साम्राज्य की सुरक्षा में अपने महान बलिदान का योगदान देना है तो यह तभी सम्भव है जब वह इस साम्राज्य का साझीदार हो न की इसका आश्रित। हिन्दुस्तान के सैनिकों को यह महसूस होना चाहिए कि सात समुन्दर पार वो जो लड़ाई लड़ रहे हैं वो अपने देश की आजादी के साथ ब्रिटिश शहंशाह के अन्य राष्ट्रमंडलीय देशों की स्वतन्त्रता के लिए भी है। जब सैनिकों के मन में यह भावना होगी तब वो इंग्लैंड की यह लड़ाई प्राणपण से लड़ने की शक्ति प्राप्त कर पाएँगे। यह तभी सम्भव है जब एक निश्चित समय तै करके सबसे पहले हिन्दुस्तान में काँग्रेस और मुस्लिम लीग की योजना के अनुसार एक पूरी तरह जिम्मेदार हिन्दुस्तानी सरकार अधिनियम द्वारा स्थापित कर दी जाए और इस पहले कदम के बाद ऐसी नयी सरकार के प्रावधान हेतु ब्रिटिश पार्लियामेंट में तुरन्त एक प्रस्ताव पेश कर दिया जाए।

शिमला में लेजिस्लेटिव असेंबली का सत्र प्रारम्भ हो रहा था जिन्ना ने दिल्ली पहुँचते ही शिमला जाने का इन्तजाम कर लिया। सत्रारंभ के अवसर पर वायसराय ने अपनी रीगल लॉज में रात्रि भोज का आयोजन रखा। जिन्ना रति के साथ इस भोज में सम्मिलित हुए। नवदम्पती अपनी सबसे आकर्षक पोशाक में सज-सँवरकर आए थे। रति ने लहराता रेशमी पार्टी गाउन पहन रखा था। कन्धों पर शिमला की ठंड के कारण पश्मीने का बारीक स्टोल डाल रखा था। परम्परा के अनुसार वायसराय से जब रति की मुलाकात कराई गयी तो इस नवयुवती ने मोहक मुस्कान के साथ वायसराय का अभिवादन दोनों हाथ जोड़कर नमस्ते के साथ किया। वायसराय एक क्षण के लिए हतप्रभ हुए पर तुरन्त संयत हो बिना हाथ जोड़े केवल सर की जुम्बिश के साथ उन्होंने मुस्कराकर अभिवादन स्वीकार किया और फिर अँग्रेज़ी शिष्टाचार निभाते हुए रति के स्वागत हेतु अपना हाथ बढ़ा दिया। रति ने पूरी औपचारिकता के साथ हाथ मिलाया वायसराय ने रति को विवाह और भविष्य की शुभकामनाएँ दीं रति ने भी शिष्टता के साथ प्रत्युत्तर दिया और जिन्ना के साथ अतिथियों के बीच खो गयी।

भोज के तुरन्त बाद वायसराय के सहायक ने रति को सूचित किया कि वायसराय उससे मिलना चाह रहे हैं। रति चेम्सफोर्ड से मिली। चेम्सफोर्ड ने बहुत मिठास और अपनत्व के साथ रति को उसके विवाह और एक उपयुक्त जीवन साथी के चुनाव पर बधाई देते हुए समझाया कि जिन्ना का राजनैतिक भविष्य बहुत उज्वल

था। ऐसी स्थिति में रति का सहयोग और सार्वजनिक रंग ढंग उसके राजनैतिक जीवन को उत्कर्ष प्रदान करने में सहायक हो सकता था। रति ने उन्हें आश्वस्त किया कि वह ऐसा ही करेगी। वायसराय ने बात आगे बढ़ाते हुए कहा कि उसे राजसी तौर तरीकों का ध्यान रखकर शासकीय समारोहों में भाग लेना चाहिए। इस तरह जिन्ना की राह आसान हो जाएगी। उसे दरबार में दरबार के रीति रिवाजों का सम्मान करना चाहिए और रोम में रोमनों की तरह व्यवहार करना चाहिए। रति समझ गयी यह उसके द्वारा किये गये अभिवादन पर चाशनी में पगी टिप्पणी थी। रति स्पष्ट जवाब देने में कोई संकोच नहीं करती थी। फिर जवाब पाने वाला भले ही राजा या रानी ही क्यों न हो। इस टिप्पणी का भी स्पष्ट उत्तर देने में उसने क्षणांश की भी देर नहीं की और जवाब दिया—महामहिम वही तो मैंने किया हिन्दुस्तान में हिन्दुस्तान की परम्परा के अनुसार मैंने आपका अभिवादन किया। एक कम उम्र नवयुवती से इतनी शीघ्र ऐसे उपयुक्त उत्तर की वायसराय को आशा नहीं थी। वो मुस्कराए और रति से विदा ले अन्य अतिथियों में व्यस्त हो गये। शिमला में राजकीय काम से अवकाश पाते ही दोनों प्रेमी युगल वापिस दिल्ली आ गये।

दिल्ली में जिन्ना शासकीय कामों को तो पूरा कर ही रहे थे पर रति के लिए भी बहुत सा समय निकाल रहे थे। रति का दिल तो वो यों ही जीत चुके थे पर अब उसे यह विश्वास भी तो दिलाना था कि उसका पति सारी दुनिया का ऐश्वर्य उसके कदमों पर बिछा देने के लिए आतुर है। सर दिनशा की पुत्री को अपनी ससुराल में भी कभी रुपये पैसे के बारे में सोचने की जरूरत नहीं पड़ेगी। दोनों दिल्ली के शाही बाजार में निकल पड़ते। रति दिल खोलकर खरीदारी करती। चाँदनी चौक से रेशमी साड़ियाँ और हीरे-पन्ने माणिक-मोती जड़े गहने तो नये बने कनाट प्लेस की आलीशान दुकानों से यूरोपियन फैशन के स्कर्ट-ब्लाउज, पार्टी गाउन, रात्रि पोशाकें, सैंडल्स, हैट्स, विदेशी डिजाइनके जेवर, खूबसूरत कीमती सिगरेट फिल्टर, और दुनिया भर की सौन्दर्य प्रसाधन सामग्री। जिन्ना रति की खुशी के लिए तिजोरी लेकर निकले थे। कभी किसी वस्तु की कीमत नहीं पूछी गयी रति ने जो भी छुआ वो फौरन उसका हो गया। अपनी खरीदारी से उत्साहित रति जब मेडेन्स लौटती तो उसके बालों में झूल रहे मोगरे की सुगन्ध गलियारों में व्याप्त हो जाती। उसकी खनखनाती अनौपचारिक हँसी होटल में गूँज उठती। घुटनों तक लहराती उसकी रेशमी स्कर्ट और अँग्रेज़ी अन्दाज की अँग्रेज़ी में उसकी बातचीत से लोगों को उसके अँग्रेज होने का भ्रम हो जाता, पर बालों का गजरा और हाथों के कंगन उसकी हिन्दुस्तानियत प्रकट कर देते। उसकी बाँहों में चुस्त चपल जिन्ना का हाथ होता। गोरे चेहरे पर घनी काली मूँछें चमकती आँखें और होंठों पर हलकी सी मुस्कराहट उसके व्यक्तित्व को गजब का आकर्षण प्रदान कर देतीं। सूट और टाई तो वो हमेशा

ही बहुत सलीके के साथ पहनते थे। बहुत कम हिन्दुस्तानी पुरुष सूट और टाई में इतना बेतकल्लुफ महसूस कर पाते थे। हिन्दुस्तानी महिलाओं के तो स्कर्ट ब्लाउज में दिखने का प्रश्न ही नहीं थीं। ऐसे माहौल में यूरोपीय परिधानों में सजा यह जोड़ा सबके लिए एकदम अनोखा होता। दिल्ली के मेडेन्स ने इतने खुश और उन्मुक्त जोड़े जरा कम ही देखे थे। जिन्ना यहाँ के कर्मचारियों के लिए जाने पहचाने अतिथि थे अब श्रीमती जिन्ना से भी सबकी अच्छी जान पहचान हो गयी।

रति को पिछले सात आठ महीनों तक जिन्ना के साथ विवाह के निर्णय पर अड़े रहने में सरोजिनी ने पूरा नैतिक बल दिया था। सरोजिनी इन दिनों दिल्ली आई हुई थीं। वो इस नवदम्पती की खुशियाँ अपनी आँखों से देखना चाहती थी। एक शाम होटल में रात्रि भोज का आयोजन हुआ सरोजिनी अपनी एक आयरिश मित्र श्रीमती हारकर के साथ पहुँची। भोज के दौरान रति अपनी खुशियों को उन्मुक्त हँसी और दिलचस्प किस्सों के साथ व्यक्त कर रही थी। सरोजिनी रति का उल्लास देख बहुत सन्तुष्ट हुईं। विदा के समय रति ने सरोजिनी को पिछले महीनों दिए गये, मनोबल के लिए धन्यवाद दिया। होटल से वापसी में श्रीमती हारकर बहुत गम्भीर थीं। सरोजिनी ने जब इसका कारण पूछा तो हारकर ने कहा मेरी आँखों के समक्ष एक बहुत दुखद दृश्य नाच रहा है। श्रीमती नायडू, मुझे दिखाई दे रहा है कि यह खिलखिलाती हुई बच्ची आज से दस वर्ष बाद इस दुनिया को अलविदा कह देगी ठीक अपने जन्मदिन पर। हारकर के इस भयानक दुःस्वप्न को सुन सरोजिनी सन्न रह गयीं। भविष्यवाणी को वो अनर्गल प्रलाप मानकर इसकी उपेक्षा नहीं कर सकती थीं। कारण हारकर भविष्य को देखने की अलौकिक शक्ति रखती थीं। उनकी भविष्यवाणियाँ आमतौर से सत्य सिद्ध होती थीं।

अदालत की व्यस्तता जिन्ना को बम्बई बुला रही थी, दिल्ली में अब करने को कुछ नहीं था। दिल्ली से बम्बई की लम्बी यात्रा ने रति को थका डाला। साउथ कोर्ट पहुँचते ही रति गुसलखाने में पहुँची और देर तक फव्वारे के नीचे ठंडे पानी से अठखेलियाँ करती रही। ड्रेसिंग गाउन में वो बाहर आई सरला बेन उसकी प्रतीक्षा में थी। रति के आरामकुर्सी पर बैठने के साथ वो रति के बालों को सुलझाने में जुट गयी। सरलाबेन विशेष रूप से रति के निजी काम के लिए नियुक्त की गयी थी। इस घर में रति पहले आ चुकी थी पर तब उसका इस घर पर कोई अधिकार नहीं था, लेकिन अब यह घर उसका था। अपनी रियासत का मुआयना रति ने अब थोड़े ध्यान के साथ किया। ढाई तीन एकड़ के जंगल में शायद किसी अँग्रेज ने लन्दन की सीमा के बाहर बसे अपने गाँव की कोठी जैसा यह बँगला बनवाया था वास्तुविद ने

हिन्दुस्तान के गोवा में बन रहे भवनों से प्रेरणा लेकर इसको ऐसा खुला खुला रूप दिया था कि सर्दियों में धूप बिना शर्म संकोच के प्रवेश कर सके और बहुत बन्द ताकि सर्दियों की चीरती ठंडी हवा दरवाजों के बाहर ही दम तोड़ दे। पीपल, आम, बादाम, सात्वीं, नेर, नीम, ताड़, नारियल, गुलमोहर, अमलतास और घने बसोड के इस जंगल में छोटे-से साउथ कोर्ट को ढूँढ़ना पड़ता था। छोटा-सा यह दुमंजिला साउथ कोर्ट पति-पत्नी के एक जोड़े के लिए बहुत बड़ा था। बड़े कमरे हॉल स्नानगृह वगैरा वगैरा। दो छोड़ बीस लोग भी इस बँगले में पूरी शाही सुविधा के साथ रह सकते थे। घने वृक्षों की छाया से दूर बँगले के सामने बड़ा सा हरा भरा घास का मैदान। मैदान को घेरे हुए चम्पा, चमेली, रजनीगन्धा, जबाकुसुम और जूही जैसे फूलदार वृक्षों के आगे मौसमी फूलों की क्यारियाँ और गमलों की कतारें। ये क्यारियाँ और गमले नवम्बर से फरवरी तक जिन्ना के पसन्दीदा फ्लॉक्स और पेट्यूनिया की धज से सुशोभित रहते। नौकरों के कमरे भी इसी चार दीवारी में बँगले से बहुत दूर बने थे। बम्बई शान्त शहर था और जिन्ना हिम्मती, इसलिए बँगले की चारदीवारी सिर्फ इतनी ऊँची थी कि कूद कर आने वाले को भी कोई कष्ट न हो। जिन्ना के शब्दकोष में पर्दा जैसा कोई शब्द नहीं था। न कुछ छिपाने के लिए था इसलिए सड़क पर आने जाने वाले तीन फुटी चारदीवारी के अन्दर का नजारा बिना किसी प्रयास के ले सकते थे।

मलाबार पहाड़ी के लगभग शिखर पर स्थित इस कोठी से बस आसमान देखा जा सकता था। पहाड़ी की तलहटी पर सर पटकती अरब सागर की लहरों का शोर रात के सन्नाटे को चीरकर रख देता। कुल आधे पौन मील दूर ही तो था रति का मायका। पहाड़ी शुरू होने से पहले पेटिट हॉल को सलामी देना जरूरी होता था। सलामी के बाद सीधे चढो और पलक झपकते ही ससुराल हाजिर। फाटक से भीतर घुसते ही नौकरों की गारद सलामी दाढ़ उठती। तो अब इस साउथ कोर्ट नाम की रियासत की मलिका थी रति। इस कोर्ट में अब नयी मलिका का हुक्म चलने वाला था। साउथ कोर्ट की देखभाल और रख-रखाव के लिए बीस बाईस कर्मचारियों की फौज थी। ऐसी ही फौज पेटिट हॉल में भी थी। इतने लाव-लश्कर को अपने जीवन के अन्तरंग क्षणों में शामिल रखने की वो अभ्यस्त थी। यहाँ की व्यवस्था में उसने तनिक भी दखलन्दाजी नहीं की। इसकी आवश्यकता भी नहीं थी। मधुयामिनी की खुमारी से वो अभी मुक्त नहीं हो पाई थी। नैनीताल दिल्ली और लम्बी यात्राओं की थकान भी अभी पूरे शरीर में व्याप्त थी। दिन में आराम और शाम को जिन्ना के किसी न किसी मित्र का डिनर पर बुलावा उसे व्यस्त बनाए हुए था। इन्हीं व्यस्त दिनों में एक विशेष निमन्त्रण बम्बई के गवर्नर लार्ड वेलिंगडन का था। शाम को दोनों सजसँवरकर लार्ड वेलिंगडन की कोठी पर पहुँच गये।

यूरोपीय परिधानों में सजीसँवरी महिलाओं के आकर्षण का इस कोठी के कर्मचारियों को अभ्यास था पर रति ने तो आज बिलकुल रति का अवतार ही ले लिया था। उसका गहरे मैरून रंग का लम्बा पार्टी गाउन चिकने फर्श पर फिसलता जा रहा था। ये रेशमी गाउन उसे आवृत्त कम अनावृत्त अधिक कर रहा था। निरावृत्त कन्धों पर बिना किसी तनी या बन्ध के यह चिकने रेशम का गाउन उसके शरीर पर आखिर रुका कैसे था। केवल यही जानने के लिए एक बार सबकी दृष्टि रति के गोरे कन्धों पर अटक जाती। इस कोठी की अतिथि महिलाओं के शरीर पर खूबसूरत गाउन तो आम थे पर वक्ष सौन्दर्य को इस उन्मुक्त रूप में प्रदर्शित करने वाले गाउन की यह पहली बानगी लार्ड वेलिंगडन की कोठी में आज ही दिखाई पड़ी थी। रति का यह शरीर सौन्दर्य न केवल अतिथियों को उसकी ओर आकृष्ट कर रहा था बल्कि कोठी के कर्मचारियों की दृष्टि भी बार-बार उसकी ओर घूम जाती। लेडी वेलिंगडन की नजरों को यह दृश्य खटक रहा था। वो अँग्रेज थीं फ्रेंच नहीं उनकी विक्टोरियन नैतिकता जाग उठी। भव्य बॉलरूम हॉल में जब रति अन्य अतिथियों से घिरी हुई थीं तब लेड़ी वेलिंगडन के आदेश पर भृत्य एक शाल लेकर उपस्थित हुआ। लेडी वेलिंगडन ने जिन्ना से जाकर कहा—''श्रीमन्त, श्रीमती जिन्ना को ठंड न लग जाए इसलिए मैंने यह शाल मँगवाया है आप यह शाल उन्हें उढ़ा दें।'' जिन्ना लेडी का मन्तव्य तुरन्त समझ गये। क्या पहनें कैसे पहनें यह रति की व्यक्तिगत स्वतन्त्रता वाला अधिकार था। अपने निजी जीवन में यह हस्तक्षेप जिन्ना को तिरस्कृत कर गया। अपनी तीखी नजरों से गुस्से को व्यक्त करते हुए वो रुखाई से बोले—''धन्यवाद, यदि श्रीमती जिन्ना ठंड महसूस करेंगी तो शाल वो स्वयं माँग लेंगी।'' लेडी वेलिंगडन को कम-से-कम किसी हिन्दुस्तानी से तो ऐसे उत्तर की आशा नहीं थी न ऐसे उत्तर का उन्हें अभ्यास था; वो भी तब जब वह किसी हिन्दुस्तानी को अपनी सौन्दर्य लुटाती पत्नी के अवगुंठन का सुझाव दे रही थी। उसने तो अब तक राजाओं नवाबों की हाथ भर लम्बा घूँघट निकाले रानियाँ और बीबियाँ देखी थीं। जिन्ना दम्पती जमाने से बहुत ज्यादा आगे थी। वो कुछ झुँझलाहट के साथ वहाँ से हट गयीं।

जिन्ना को लेडी का व्यवहार चुभ गया था उन्हें वहाँ रुकना अपमानजनक प्रतीत हुआ। वो अपनी प्रिय पत्नी की बाँहों में बाँहें डाले कोठी से निकल कार में बैठ साउथ कोर्ट चल दिए। कार में जिन्ना ने लेडी की बात दोहराई तो रति हँसी से दोहरी हो गयी वो बोली—''ठंडे मुल्क की लेडी को बम्बई की मई में ठंड सता रही थी।'' आज की सख्त गर्मी के कारण ही तो मैंने यह गाउन पहना था और मुझे यह गाउन बेहद पसन्द भी है। जिन्ना ने ठंडे स्वर में उत्तर दिया—''ये लोग दोहरी मानसिकता के शिकार हैं। अन्दर कुछ बाहर कुछ। मुझे यह ढोंग बिलकुल पसन्द

नहीं। हम कैसे रहें, क्या पहनें, क्या खाएँ, क्या पियें यह निर्णय हम स्वयं लेंगे, कोई दूसरा नहीं, अँगेज शासक भी नहीं। यह उसके नये जीवन के एक नये पक्ष की गुदगुदाने वाली शुरुआत थी। पेटिट हॉल में इन अँग्रेज मेहमानों के साथ औपचारिकता की मजबूत दीवार खड़ी होती थी पर साउथ कोर्ट के रहने वाले औपचारिकता वहीं तक निभाते थे जहाँ तक उनकी अस्मिता पर आँच न आए। स्वाभिमान पर चोट हो तो यहाँ तुर्की-ब-तुर्की जवाब देने का रिवाज़ था। रति को यह रिवाज़ बहुत पसन्द आया।

व्यस्तताएँ जिन्ना के जीवन का अंग थीं। इन व्यस्तताओं के लिए उसने अपने यौवन का बलिदान कर दिया था। रति के आने पर यह सम्भव नहीं था कि वो अब हर समय उसे गोदी में उठाए हुए उसकी मनुहारों और गुदगुदाती हँसी की दीवानगी में सारा दिन न्योछावर कर दे। फिर भी उसका साउथ कोर्ट हिन्दुस्तान की दुनिया में बहुत आगे था वरना और रईसों की कोठियों हवेलियों में जनानखाना अलग होता और मरदाना अलग। सामान्य तो दूर खास और आधुनिक मुसलमानों की पत्नियाँ भी बुर्के में होतीं और ग़ैर मर्दों के बीच आने-जाने से परहेज रखतीं। धनीमानी हिन्दू भी कोई बहुत अलग नहीं थे उत्तर भारत के घरों में गज भर के घूँघट की प्रथा का बहुत कठोरता से पालन होता था। ऐसे बन्धनों से बंगाल असम और दक्षिण की या फिर ग्रामीण और विपन्न स्त्रियाँ भर ही मुक्त थीं।

रति इस सत्य को समझती थी। केवल नाकारा मर्द ही घर में रहकर जीवन बर्बाद करने का आनन्द ले सकते हैं। जीवन को सफल बनाने वाले पुरुषों की दुनिया घर से बाहर होती है। उसके अपने घर में भी यही स्थितियाँ थीं। पिता जीजीभाई सुबह नाश्ते के बाद से ही अपने कार्यालय में व्यस्त हो जाते अकसर वो दिन में दोपहार और रात के खाने के समय ही घर में दिखाई देते थे। छुट्टी के दिन भी दुनिया भर के तमाम काम उन्हें परिवार से दूर बनाए रखते। गाहेबगाहे वो कोई खास दिन होता जब पूरे परिवार के साथ वो खुशियाँ मनाते। पारसी हिन्दुस्तान में बहुत आजाद ख़याल कौम थी पर ये भी पत्नियों के साथ मेले ठेले बाजार या और किसी तफ़रीहगाह में बड़ी मुश्किल से साथ साथ दिखते। पर हाँ यही ऐसी कौम थी जो स्त्रियों को तेजी के साथ आजादी दे रही थी। उन्हें पढ़ा रही थी और उनके लिए बराबरी के द्वार खोल रही थी। रति को यह बराबरी मिल चुकी थी। केवल बराबरी ही नहीं अपने दायरे में वो सामाजिक स्वतन्त्रता और समानता का ज्वलन्त उदाहरण बन चुकी थी। समवयस्काओं के लिए वो आदर्श उदाहरण थी इसलिए जब उसने पिता के निर्णय का विरोध किया तो दिनबाई ने खूब समझाया कि मुसलमान से विवाह कर तुम घुट कर मर जाओगी। लेकिन रति का दिल कह रहा था कि जिन्ना ऐसा नहीं है। उसके दिल ने जो कहा था वही सच हुआ। जिन्ना एकदम अलग मानस के व्यक्ति थे। वो मुस्लिम परिवार में जन्मे; बस, इस्लाम से उनका इतना ही

नाता था। सरोजिनी ने एक बार उससे कहा भी था कि जिन्ना रेस से हिन्दू हैं फेथ से मुसलमान। रहन-सहन और खान पान उनका यूरोपीय था। साउथ कोर्ट एकदम अनोखा था। रसोई में कोई पाबन्दी नहीं। यहाँ सब कुछ बनता था, हिन्दुओं का परहेजी गाय का मांस तो मुसलमान संस्कार में वितृष्णा से भरा सूअर का मांस भी।

साउथ कोर्ट में जब रति खुलकर अँगड़ाई लेने लगी तब उसने इस घर का मुआयना शुरू किया। इस नये घर में उसे एक बड़ी कमी नजर आई। पशु के नाम पर अस्तबल में केवल कुछ घोड़ों को यहाँ आश्रय मिला हुआ था। जिन्ना घुड़सवारी और घुड़दौड़ के शौकीन थे। घर में एक बग्गी और ताँगा भी था। यद्यपि अब मोटरकारों के कारण बग्गी अपने भाग्य को बिसूरा करती थी और ताँगा केवल नौकरों द्वारा घरेलू सामान लाने के लिए इस्तेमाल होता था। बस! इतने बड़े घर में एक भी श्वान नहीं था, सुरक्षा के लिए भी नहीं। पेटिट हॉल छोड़ने का रति को तनिक भी दुःख नहीं था पर प्राणों से भी अधिक प्रिय अपने श्वान और बिल्लियों का वहाँ छूट जाना उसके लिए बड़ा पीड़ादाई था। यद्यपि उन सबको वो बुआ के हवाले करके आई थी पर उनकी स्मृति रति को विह्वल कर जाती। ऐसे में नौकरों नौकरानियों से भरी यह कोठी उसे खाली प्रतीत होने लगती। अपनी दुखद स्मृतियों से मुक्ति हेतु उसने बहुत शीघ्र कुछ श्वान और बिल्लियों का दल साउथ कोर्ट में तैयार कर लिया। अपने इन प्रिय साथियों से उसने इस घर को गुलजार कर डाला। इन नुकीले दाँत वाले नये रहवासियों के साथ उठने बैठने की आदत जिन्ना को बहुत जल्दी डालनी पड़ी। वे अदालत से घर आते तो ये बेजुबान उनका स्वागत करने को हाजिर होते। जल्द ही घर की मित्रमंडली की बातचीत और गपशप में भी ये हाजिर रहने लगे। जिन्ना ने इन्हें अपने आसपास बैठने की अच्छी खासी छूट दे दी। इस छूट से आगे बढ़ने की इनमें से किसी की हिम्मत न होती पर रति के साथ बात और थी उसके साथ ये सारी औपचारिकताएँ त्याग देते; होड़ ये रहती कि कौन उसकी गोदी पर कब्जा करे और कौन उसके पैरों से सटकर बैठने का आनन्द प्राप्त करे।

कुछ दिन और बीते घर के माहौल में पूरी तरह रमने के बाद रति ने घर की दरो दीवार पर ध्यान दिया। इस गोआनी विला की दीवारें अहाते बरामदे उसे एकदम नंगे दिखाई दिए। इनके पहनावे उढ़ावे के लिए पेटिंग्स और दूसरी कलाकृतियों की उसे सख्त जरूरत महसूस हुई। पथरीले फर्श की कठोरता के प्रतिउत्तर में उसने नर्म और खूबसूरत ईरानी एवं कश्मीरी कालीन खरीदने का निश्चय किया जब उसने घर की बारीक तलाशी ली तो वो हैरान रह गयी। जिन्ना राजनैतिक दार्शनिक जैसे तमाम विषयों पर साधिकार बात करते पर पूरे घर में पुस्तकों के नाम पर कुछ काव्य-संग्रह, लन्दन में कानून पढ़ते समय खरीदे गये दस बारह ग्रन्थ या फिर शेक्स पियर के अलावा किसी और विषय की पुस्तकें थीं तो केवल कानून और कानून की। कानूनी

माथा पच्ची से राहत के लिए पढ़ने को कुछ था तो ढेर के ढेर देसी विदेशी समाचारपत्र और रिसाले। पुस्तक प्रेमी रति ने गाड़ी निकालने का आदेश दिया और फोर्ट पहुँचकर ढेरों पुस्तकें खरीद डालीं साहित्य दर्शन के साथ कुछ थियोसोफ़ी की भी। एनी बेसेंट के प्रभाव ने उसे इस विषय के प्रति आकर्षित कर रखा था।

जैसी स्वतन्त्रता रति को मायके में थी वही ससुराल में मिली हुई थी बल्कि अब तो इस मामले में वो अपनी स्वामिनी स्वयं थी। सामान्यतया प्रतिदिन पाँच बजते बजते वो जिन्ना के अदालती चेम्बर में धावा बोल देती। जिन्ना होम रूल लीग की बम्बई शाखा के अध्यक्ष थे। लीग के अन्य पदाधिकारी उनके कोर्ट चैम्बर में आकर राजनैतिक मन्त्रणा और कार्यक्रम तैयार किया करते। रति ने भी इन चर्चाओं में भाग लेना प्रारम्भ कर दिया। घनिष्ठ राजनैतिक सहयोगी मित्रों का साउथ कोर्ट में भी स्वागत हुआ करता था। लीग का कोषाध्यक्ष कानजी द्वारकादास आवश्यक होने पर कई बार घर आ जाता। रति को मालूम हो गया था कि कानजी थियोसोफ़ी और आध्यात्म में गहरी रुचि रखता था। उसने इस विषय में विशेष अध्ययन कर रखा था। रति लीग के कार्यक्रमों के अलावा उससे थियोसोफ़ी पर भी चर्चा करती, कानजी उसकी तमाम जिज्ञासाएँ बड़ी आसानी से शान्त कर देता। इस समान रुचि के कारण नौजवान कानजी से रति की मित्रता हो गयी। नयी नवेली इस मित्रता ने कानजी की स्मृतियों को कुरेदा तो उस दिन की याद उसे ताजा हो आई जब उसने पहली बार रति को मरीन लाइंस की सड़क पर दो घोड़ों वाली दौड़ती बग्गी में देखा था। और फिर दो वर्ष पहले लखनऊ के राजनैतिक अधिवेशनों की स्मृति भी तरोताजा हो गयी। बग्गी वाली घटना को तो रति हवा में उड़ा उसे चिढ़ाते हुए कहती गप्प मार रहे हो, पर कानजी के ब्यौरे के कारण रति को आश्चर्य के साथ विश्वास करना पड़ता।

लेडी वेलिंगडन वाले हादसे से जिन्ना ने यह निश्चय कर लिया था कि अब वह गवर्नर के बँगले में कदम नहीं रखेगा। दस जून को प्रादेशिक वार कांफ्रेंस की बैठक गवर्नर ने टाउन हॉल में बुलाई। इस कांफ्रेंस में प्रदेश के महत्त्वपूर्ण नेताओं और प्रभावशाली व्यक्तियों को आमन्त्रित किया गया था। तिलक और जिन्ना भी आमन्त्रित थे और दोनों इस कांफ्रेंस में उपस्थित भी थे। वेलिंगडन तिलक और जिन्ना के प्रति गहरा पूर्वाग्रह रखता था। उसने अपने भाषण में इन दोनों के अतिरिक्त ऐसे विचार वाले नेताओं पर निशाना साधते हुए तीखी टिप्पणी की। तिलक ने उत्तर देना चाहा तो वेलिंगडन क्रोधित हो उठा उसने तिलक का एक भी शब्द सुने बिना ही व्यवस्था का प्रश्न कहते हुए अनादर के साथ उन्हें बैठ जाने के लिए कहा। गवर्नर द्वारा इस अपमान के विरोध में एनी बेसेंट और तिलक के साथियों ने कान्फ्रेंस का बहिष्कार कर सदन त्याग कर दिया। वेलिंगडन के व्यवहार से जिन्ना भी क्रोधित हो उठे पर वो सदन में बैठे रहे। अपना अवसर आने पर बहुत संयम के साथ उन्होंने

कहा—"क्षमा के साथ मैं आदरपूर्वक कहना चाहता हूँ कि माननीय वायसराय की होम रूल पर की गयी टिप्पणी उचित नहीं है।" जिन्ना ने वेलिंगडन को मुँह तोड़ जवाब देते हुए कहा—"आप हिन्दुस्तानी सैनिकों को भाड़े के टट्टुओं के तौर पर युद्ध में झोंकना चाहते हैं जब कि हम अपने देश की ओर से ब्रिटिश साम्राज्य की सुरक्षा के लिए इस युद्ध में लोहा लेना चाहते हैं। आप हम होम रूल वालों की निष्कपटता, स्वामिभक्ति और ईमानदारी पर संशय का प्रश्नचिह्न लगा रहे हैं। जबकि हम भी पूरे समर्पण के साथ अपने देश की सुरक्षा के लिए इस युद्ध में आपका पूरा साथ देना चाहते हैं। आप जर्मन शक्ति के विरुद्ध इस देश के नौजवानों को फौज में भर्ती करना चाहते हैं और इस उद्देश्य में आप हमारा सहयोग चाहते हैं। यह तभी सम्भव है जब आप इस देश के विद्वसमाज को यह एहसास करा दें कि इस देश के निवासी भी ब्रिटिश साम्राज्य के नागरिक हैं; गुलाम नहीं। हम भी ब्रिटिश शहंशाह की प्रजा हैं। इस साम्राज्य में बराबर का अधिकार प्राप्त प्रजा। आप कहते तो हैं कि शासन को हम पर भरोसा करना चाहिए। साम्राज्य में हमें वास्तविक हिस्सेदारी दिए जाने की वकालत भी करते है। लेकिन आप केवल यह वकालत ही करते रहेंगे? कभी इस पर अमल भी करेंगे? अगर करेंगे तो कब? जिन्ना के इन सीधे सवालों से वेलिंगडन बौखला गया। इसके पहले कि कुछ और सवाल जवाब उठते जिन्ना ने भी तिलक के अपमान के विरोध में सदन का त्याग कर दिया।

शाम को जिन्ना कान्फ्रेंस की बहस का व्यौरा रति के साथ साझा कर रहे थे। उन्होंने बताया कि तिलक और होम रूल लीग के प्रति बम्बई के गवर्नर द्वारा किये गये अपमान से वो किस तरह क्रोधित थे और औपचारिकता के दायरे में रहते हुए उन्होंने उस सभा में किस तरह खरी खरी सुनाई। जिन्ना द्वारा रति को पत्नी के रूप में पसन्द करने का एक प्रमुख कारण यह था रति कि राजनैतिक उथल-पुथल में गहरी दिल्चस्पी रखती थी। न केवल दिलचस्पी वरन वो राजनैतिक मामलों की व्याख्या और तार्किक निष्कर्ष की समझ भी रखती थी। राजनीति पर उसकी अपनी मान्यताएँ थीं अपने विचार थे। कमसिन होने के बावजूद उसकी सोच में गम्भीर परिपक्वता थी। जिन्ना को अपने एकाकी जीवन के सन्नाटे को तोड़ने के लिए ऐसे समझदार साथी की ही आवश्यकता थी। ऐसा मित्र जिसके सामने वो अपने विचार रख सके जिसके साथ बिना किसी बन्धन के निर्द्वंद रूप से वो अपने मानसिक उद्वेगों अपने विचारों पर बातचीत कर सके। जिसे वो राजनैतिक परिदृश्य का अपना विश्लेषण बता सके। जिसके सामने वो अपने मन को खोल सके। जो उसके साथ बराबरी से बहस कर सके। जो बौद्धिक रूप से परिपक्व हो। जो बातचीत में उसकी चापलूसी

न करे और न उसके विशाल व्यक्तित्व के समक्ष अपने को बौना समझे। रति में ये सारे गुण थे। लेकिन जिन्ना को एक और विशेष गुण की आवश्यकता थी यह आवश्यकता थी उसके वैचारिक मन्त्रणा को साउथ कोर्ट की दीवारों में कैद रखने की। यह आवश्यकता पत्नी ही पूरी कर सकती थी केवल समझदार पत्नी, रति ने विवाह के बाद कुछ ही दिनों में अपने गुण से जिन्ना को आश्वस्त कर दिया उसने पत्नी का चुनाव देर से भले किया पर बिलकुल ठीक किया था।

वेलिंगडन द्वारा वार कान्फ्रेंस में होम रूल लीग पर तीखी टिप्पणी को कुछ ही दिन बीते थे कि जिन्ना ने सोलह जून को होम रूल दिवस मनाने के साथ बम्बई में एक विशाल रैली का आह्वान किया इस रैली को सम्बोधित करते हुए जिन्ना ने वेलिंगडन पर सीधा हमला किया। उसने एक बार फिर दोहराया कि जिस कौम से हथियार रखने का अधिकार छीन लिया गया है उससे सात समुन्दर पार हो रहे युद्ध के लिए हथियार उठाने की अपेक्षा यह सरकार कैसे करती है? यह एक महत्त्वपूर्ण रैली थी। जिन्ना ने आम नागरिकों के समक्ष अँग्रेज सरकार की अनीतियों की धज्जियाँ उड़ाकर रख दीं। इन्हीं राजनैतिक घटनाक्रमों के बीच हिन्दुस्तान में संवैधानिक सुधारों के लिए मोंटेग्यू ने अपनी रिपोर्ट पेश कर दी। जिन्ना को इस रिपोर्ट में सद्भावना के बीज दिखाई दिए उन्होंने इस रिपोर्ट पर बहुत संयत टिप्पणी की; न तो तारीफ में कसीदे पढ़े न इसे कूड़े में फेंकने की सिफारिश की। उनका मानना था कि सरकार थोड़ा ही आगे बढ़ी है, जबकि आशा थी कि ये लम्बा कदम लेगी फिर भी इतना तो है कि भले ये कदम छोटा हो पर कदम सही दिशा में आगे बढ़ा है इसलिए भविष्य में अधिक सकारात्मक परिवर्तन की आशा बँध रही थी।

जिस शाम रति उनके चेम्बर में नहीं आती थी उस शाम जिन्ना के लिए सीधे साउथ कोर्ट पहुँचने का कारण होता रति का आकर्षण। जब वो पहुँचते तो वो सजी धजी तैयार मिलती फिर दोनों की शामें या तो क्लब में गुजरतीं या किसी थिएटर सिनेमा में। साथ साथ घूमने का यह आकर्षण जिन्ना के जीवन को मदमस्त बना देता। कभी किसी कारण बाहर जाना न हुआ तो दोनों अपने डाइनिंग रूम के बार को गुलजार करते। आज दोनों आराम से भारी सोफे पर बैठ चाय का आनन्द ले रहे थे। एक ओर रखे ग्रामोफोन से बीथोवन संगीत हवाओं में तैर रहा था। जिन्ना ने मोंटेग्यू रिपोर्ट पर अपना विश्लेषण रति के समक्ष रखा। सेन्ट्रल लेजिस्लेचर की स्थापना और उसको दिए अधिकार सरकार का सकारात्मक कदम था, वायसराय की काउंसिल में हिन्दुस्तानी प्रतिनिधियों की संख्या अधिक होनी चाहिए थी। लेजिस्लेचर्स के चुनाव में आम जनता की भागीदारी भी आशा जनक परिवर्तन था। उन्होंने कहा कि मोंटेग्यू

के जिम्मे एक कठिन काम था और बेहद उलझी हुई राजनैतिक गुत्थियों को सुलझाने की जिम्मेदारी उसे सौंपी गयी थी। मुझे ऐसा लगता है कि हिन्दुस्तानियों की प्रतिभा पर सन्देह करने वालों का उस पर बहुत भारी प्रभाव था। मैं समग्र रूप से इसे स्वीकार नहीं करता पर मेरा मानना है कि यह सुधार एक नया प्रयोग है यदि ये सफल रहे तो हम आगे और सुधारों की आशा कर सकते हैं मतलब होम रूल की दिशा में हमें कुछ आगे बढ़ने में सफलता मिली है।

इसी वर्ष दुनिया को एक बड़ी मुसीबत से मुक्ति प्राप्त हो गयी। जर्मनी युद्ध में परास्त हो गया। इसके साथ ही कई वर्षों लम्बा विश्वयुद्ध समाप्त हो गया। ब्रिटिश सरकार को युद्ध समाप्ति से बहुत राहत मिली। अब हिन्दुस्तान में सैनिक भर्ती की आवश्यकता नहीं रही। दुनिया में बदलते इस परिदृश्य के साथ बम्बई के गवर्नर वेलिंगडन का कार्यकाल भी ख़त्म हो गया। बम्बई के अग्रगण्य पारसी उद्योगपति और व्यापारियों ने वेलिंगडन के विदाई के उपलक्ष्य में एक सम्मान समारोह के आयोजन का निश्चय किया। टाउन हाल में होने वाले इस आयोजन के लिए दस दिसम्बर की तिथि निश्चित हुई।

जिन्ना को यह आयोजन अनुचित प्रतीत हुआ। उस शाम चाय पीते हुए रति के साथ बातचीत में जिन्ना ने इस समारोह के अनौचित्य को सिद्ध करते हुए कहा कि यह व्यक्ति राष्ट्रीय नेताओं के प्रति सदैव विष वमन करता रहा है। युद्ध के दौरान इसने मोंटेग्यू को पत्र लिख कर कहा था कि तिलक, एनी बेसेंट और जिन्ना एकजुट होकर ब्रिटिश सत्ता का विरोध कर रहे हैं। इस समय जब ब्रिटिश शासन को सैनिकों की आवश्यकता है तब ये लोग इस मामले में सरकार के साथ सहयोग नहीं कर रहे। वेलिंगडन का कार्यकाल सदैव हिन्दुस्तान की राजनैतिक आकांक्षाओं के विरुद्ध रहा है और नेताओं के प्रति इसने अपमानजनक व्यवहार किया है। उन्होंने वार कान्फ्रेंस में तिलक के प्रति गलत और अपमानपूर्ण व्यवहार को याद किया। जिन्ना ने अपनी भावना व्यक्त करते हुए कहा—

"यह गवर्नर किसी भी सम्मान के योग्य नहीं है। इस सम्मान समारोह का मैं विरोध करना चाहता हूँ।"

"कीजिए विरोध, कोई रुकावट है क्या?" रति ने प्रश्न रखा।

"नहीं रुकावट नहीं है, मैं ये नहीं चाहता कि विरोध केवल वक्तव्यों तक सीमित हो मैं चाहता हूँ कि उसके सम्मान का यह आयोजन रद्द हो जाए।"

"ऐसा आप कैसे कर सकते हैं?"

"कर सकते हैं बशर्ते विरोध जनांदोलन बन उठे। यह विरोध व्यक्तिगत रूप से मेरे द्वारा न होकर किसी संगठन द्वारा हो। अच्छा होता काँग्रेस या मुस्लिम लीग यह विरोध करती; परन्तु यह तभी सम्भव है जब इन दलों की सहमति हो यह इतनी

शीघ्र हो नहीं सकता।''

''होम रूल लीग के साथियों का सहयोग तो लिया जा सकता है आप यहाँ के अध्यक्ष हैं लीग के साथी कमर कस लेंगे तो इतने प्रसिद्ध तो आप हैं कि बम्बई के नौजवान आपके साथ विरोध में साथ दे दें।'' जिन्ना ने रति से सहमति प्रकट कर होम रूल लीग के मुख्य कार्यकर्ता कानजी, शंकरलाल बैंकर उमर सोबानी के साथ बैठक की। रति इस बैठक में सक्रियता के साथ शामिल हुई। बैठक का निष्कर्ष था कि वे सब मिलकर जितने अधिक लोगों का सहयोग मिल सके लें और इस सम्मान समारोह का विरोध करें। किसी भी दशा में वेलिंगडन का सम्मान न होने दिया जाए। जिन्ना ने उनसे कहा ये विरोध ज़बानी नहीं बल्कि क्रियात्मक होना चाहिए। निश्चय हुआ कि विरोध को जनाभिमुख बनाने के लिए एक सार्वजनिक सभा शान्ताराम चाल में आयोजित की जाए। ऐसा ही किया गया और होर्निमन ने इस सभा में जनता से सीधे यह प्रश्न किया कि क्या वेलिंगडन के सम्मान का विरोध करने के लिए आप लोग सहमत हैं? क्या आप लोग इस विरोध को मूर्त रूप देने के लिए टाउन हॉल में उपस्थित होने के लिए तैयार हैं। रति मंच पर उपस्थित थी उसने जोरदार शब्दों में 'हाँ' कहकर सहमति प्रकट कर दी। रति की जोशीली हाँ के साथ उपस्थित जनसमुदाय के हाँ की घनघोर गर्जना से शान्ताराम चाल गूँज उठा। जिन्ना बम्बई के नौजवानों के आदर्श पुरुष थे, उनके सैकड़ों शिष्यों और प्रशंसकों ने यह आह्वान स्वीकार किया। होम रूल के सभी कार्यकर्ता इस विरोध की तैयारी में जुट गये। तै हुआ कि समारोह में हॉल की अधिक से अधिक अगली कुर्सियों पर कब्जा कर लिया जाए और फिर कार्यवाही प्रारम्भ होते ही जोरदार विरोध किया जाए। सम्मान समारोह का विरोध सार्वजनिक रूप से किया जा रहा था। प्रशासन से कोई बात छिपी नहीं थी इसलिए प्रशासन भी इस मुकाबले के लिए तैयारी में जुट गया। एक बार फिर पुलिस ने सुलेमान कासिम मिट्टा को यहाँ प्रदर्शनकारियों से उलझने की जिम्मेदारी सौंप दी।

योजना के अनुसार एक दिन पहले रात दस बजे ही जिन्ना के प्रशंसक टाउन हॉल की सीढ़ियों पर जा बैठे ताकि हॉल के दरवाजे खुलने पर वो अगली कुर्सियाँ घेर सकें। प्रशासन को यह सूचना मिली तो पुलिस द्वारा सीढ़ियाँ जबरन खाली करा ली गयीं पर जोशीले कार्यकर्ताओं ने सीढ़ियों से हट यह रात आस-पास ही सोते जागते गुजार दी। सुबह दस बजे जब हॉल के दरवाजे खुले तो सबसे आगे जिन्ना और पीछे पीछे इन कार्यकर्ताओं ने हाल में घुसकर अगली कुर्सियों पर कब्जा जमा लिया। सभा शाम को होनी थी पर शाम की प्रतीक्षा में इन नौजवानों ने पूरी रात और पूरा दिन हॉल में यों ही गुजारा। हिम्मतवर रति भी सुबह से ही टाउन हॉल में उपस्थित थीं वो हॉल में पुस्तकालय के ऊपर वाले बारजे से सारी स्थितियों का

जायजा ले रही थीं। रति की उपस्थिति ने कार्यकर्ताओं का जोश दुगना कर दिया। मिट्टा और उसके गुंडों को वहाँ देख कुछ लोगों को बलवे की सम्भावना प्रत्यक्ष दिखाई देने लगी। इन लोगों ने जिन्ना से पूछा कि रति को यहाँ आने क्यों दिया गया? अब इन खतरनाक स्थितियों में क्या वे रति को घर जाने के लिए समझा नहीं सकते? रति के जोश और निर्भयता को अपना समर्थन देते हुए जिन्ना ने घर में हुई बहस के साथ इस विरोध के आयोजन में रति की संलग्नता की दास्ताँ सुना डाली और रति की सक्रियता में हस्तक्षेप से इनकार कर दिया।

मिट्टा के साथियों सहयोगियों के लिए पास ही में लज़ीज़ बिरयानी का इन्तजाम था। वे हॉल के बाहर की भीड़ से उलझने की कोशिश में थे। पुलिस का वहाँ भारी बन्दोबस्त था। रति अपने साथियों सहयोगियों के लिए खानपान की व्यवस्था में सहयोग दे रही थी। हॉल के बाहर जुटी भीड़ को पुलिस और मिट्टा के आदमी वहाँ से जाने के लिए धमका रहे थे। बहादुर रति विरोध के लिए जुटी भीड़ को उत्साहित करने के लिए एल्फिन्स्टन सर्कल के छोटे-से बाग में एक ऊँचे स्थान पर पहुँच जनता को सम्बोधित कर उठी। उसने जोशीले शब्दों में कहा—"हम गुलाम नहीं हैं। पुलिस के आतंक से डरने वाले भी नहीं हैं। हम इस गवर्नर के सम्मान के विरोध में यहाँ उपस्थित हैं और हिन्दुस्तान विरोधी इस गवर्नर का सम्मान नहीं होने देंगे।" पुलिस कमिश्नर ने रति को रोकने की बहुत कोशिश की पर रति ने अपना उद्‌बोधन जारी रखा। क्रोधित कमिश्नर ने रति पर पानी की तेज बौछार का हुक्म दे दिया। रति ऊपर से नीचे तक भीग गयी उसकी साड़ी शरीर से चिपक गयी और उसके शारीरिक शिखर-गह्वर प्रत्यक्ष हो उठे पर रति ने बिना किसी संकोच अपना आह्वान जारी रखा। लोग रति का उत्साह बढ़ा रहे थे, उसके जोश भरे शब्दों पर तालियाँ बजा रहे थे। इन स्थितियों में एक ब्रिटिश अधिकारी विन्सेंट ने रति को धमकाने की चेष्टा की तो रति बिफर उठी और बोली—"मुझे यहाँ बोलने से रोकने वाले तुम होते कौन हो? मुझे उपदेश देने का तुम्हें कोई अधिकार नहीं है। बम्बई के एक नागरिक के नाते मुझे अपने विचार व्यक्त करने का पूरा अधिकार है और तुमसे जो करते बने कर लो मैं यहाँ से हटने वाली नहीं हूँ।" रति के तेवर देख विन्सेंट को वहाँ से जाने में ही अपनी भलाई नजर आई।

सभा के आयोजक तथा सम्मान के पक्षधर शाम ढलने के साथ हॉल में पहुँचे इस समय तक पूरा हॉल जिन्ना समर्थक नौजवानों से भर चुका था नियत समय पर शेरिफ और अन्य गणयमान्य व्यक्ति हॉल के मंच पर पीठासीन हुए। अफीम के बड़े व्यापारी सर जमशेदजी जीजीभाई सभा की अध्यक्षता कर रहे थे। सर जमशेदजी जैसे ही बोलने के लिए खड़े हुए जिन्ना को उनके समर्थक अपने कन्धों पर उठाकर मंच के सामने पहुँच गये, और हाल में उपस्थित सभी कार्यकर्ताओं ने 'नहीं नहीं' के नारों

से सभागार को गुंजायमान कर डाला लगभग बीस तीस मिनट चले इस नारेबाजी में सभा की कार्रवाई चौपट हो गयी। उत्तेजित पुलिस कमिश्नर ने हॉल खाली करने का आदेश दे दिया। इस आदेश के बावजूद हंगामा जारी रहा, अन्त में पुलिस ने विरोध करने वाले नौजवानों को खींच खींचकर हॉल से बाहर करना शुरू किया। सड़क पर खड़ी भीड़ पर लाठी चार्ज कर दिया गया। जिन्ना को भी इस खींचतान भरी स्थिति का सामना करना पड़ा यद्यपि उसके साथ पुलिस ने शक्ति प्रयोग में बहुत सावधानी बरती। पूरे हंगामे में रति तनिक भी विचलित हुए बिना जिन्ना के साथ उनकी हमसाया बनी रही। सभा इस जुबानी उपद्रव शोर शराबे और विरोध के बीच बिखर गयी। आयोजकों ने बाद में नाक बचाने के लिए यह अवश्य कहा कि शोर गुल के बावजूद भी वो वायसराय का सम्मान प्रस्ताव पारित कराने में सफल रहे (अलग अलग सन्दर्भों में यह सभा सन् उन्नीस सौ अट्ठारह की दस या फिर ग्यारह दिसम्बर को हुई थी)। जबकि सबने वहाँ प्रत्यक्ष देखा था कि सफल विरोध के कारण वेलिंगडन का सम्मान नहीं किया जा सका था।

जिन्ना के जीवन में यह पहला अवसर था जब उन्होंने अपने राजनैतिक जीवन में इस प्रकार के जन आन्दोलन का आयोजन किया और इससे भी ज्यादा यह कि पुलिस की शक्ति का उन्हें प्रत्यक्ष सामना करना पड़ा। टाउन हॉल से बाहर निकाले जाने पर अपोलो स्ट्रीट पर इकट्ठे अपने उत्साहित नौजवानों की भारी भीड़ को सम्बोधित करते हुए जिन्ना ने कहा—''महानुभावो आज का दिन बम्बई के इतिहास में स्वर्णाक्षरों में लिखा जाएगा। आज प्रजातन्त्र की जीत हुई है। इस जीत पर खुशियाँ मनाइए।'' उस रात शान्ताराम चाल खुशी से झूम उठा। उत्साहित कार्यकर्ताओं ने इस दिन की स्मृति में जिन्ना के नाम से एक नये हॉल के निर्माण का निश्चय किया वहीं उसी समय लोगों ने चन्दा देना प्रारम्भ कर दिया और केवल एक महीने में जनता ने पैंसठ हजार का चन्दा एकत्र कर डाला। यह एक अकेला ऐसा आन्दोलन था जिसने कम-से-कम बम्बई में तो जिन्ना की कीर्ति और शक्ति के झंडे गाड दिए। उनकी राजनैतिक प्रसिद्धि ने आकाश छू लिया और एकत्रित चन्दे से काँग्रेस कार्यालय के अन्दर पीपल्स जिन्ना मेमोरियल हॉल खड़ा हो गया।

जिन्ना ने सफल और प्रसिद्ध वकील बनने की कल्पना सँजोई थी। लन्दन के पार्लियामेंट ने उसे राजनीति में प्रवेश की उमंग प्रदान की। दोनों स्थान सामाजिक प्रतिष्ठा और सम्मान से भरपूर थे। वकालत में सफलता उसका पहला उद्देश्य था इस लक्ष्य को पाने के लिए उसने सारी दुनिया को भुला दिया था अपने परिवार तक को, ये दिन बड़े कठिन दिन थे किसी तरफ से उसे मदद का कोई हाथ अपनी तरफ उठता नहीं दिखा था, स्वार्थी दुनिया का उसे बड़ा तीखा अनुभव मिला था, इस तीखे अनुभव ने उसे भी तीखा बना दिया, रूखा और असहिष्णु। वकालत में पैर जम जाने

के बाद उसने राजनीति का रुख किया। इस क्षेत्र में भी उसने बड़ी जद्दोज़हद के बाद अपना प्रतिष्ठित मुकाम बनाया। जिन्ना को अपनी इन सफलताओं पर गर्व था। उसके मानस में यह पैंठ गया था कि उसने जो भी सफलता अर्जित की है वो अपनी प्रतिभा और अपने प्रयास के बल पर प्राप्त की है। अभिमान के इस दर्प में वह ये भूल चुका था कि उसे पहला ठीक ठाक मुकदमा परिवार की तरफ से मिला था। लोवेंड्स ने उसकी बहुत मदद की थी मजिस्ट्रेटी भी उसे सिफारिश के बल पर मिली थी। राजनीति में उसे सर मेहता का वरद हस्त प्राप्त था। वो ऐसा भाग्यशाली था जिसे अपने परिवार के सबसे अच्छे दिनों का आनन्द सुख और सुविधा मिली थी।

अँग्रेजों से उसका जो भी सम्पर्क हुआ वो बराबरी के स्तर पर हुआ। जिस अँग्रेज मजिस्ट्रेट या वकील ने उसे अपमानित करने की चेष्टा की जिन्ना ने उसे उसी की भाषा में जवाब दिया। गवर्नर और वायसराय से भी वो बराबरी के स्तर पर मिला और बहस मुबाहिसे में शालीनता के दायरे में रहते हुए उसने कभी मुँह तोड़ जवाब देने में संकोच नहीं किया। बम्बई में वकालत के प्रारम्भिक दौर में उसने पैसे की कठिनाई अवश्य झेली थी पर इसके बावजूद गरीबी के साथ उसका दूर दूर तक कभी कोई नाता नहीं था। किसान, मजदूर, शिल्पकार और अन्त्यव्यवसाई जैसे गरीबों का जीवन उसने देखा ही नहीं था। गाँवों के अमानुषिक जीवन की कोई कल्पना भी उसके पास नहीं थी। इस वंचित वर्ग के लिए व्यक्तिगत स्तर पर उसकी कोई जिम्मेदारी बनती थी ऐसा सोचने का उसके पास कोई कारण नहीं था। गिरमिटिया मजदूरों के बारे में उसने बहुत शक्तिशाली भाषण एसेम्बली में दिया था पर यह भाषण सुनी सुनाई और कागजी रिपोर्टों पर आधारित था। गिरमिटियाओं की वास्तविक अमानुषिक परिस्थितियों को जानने का उसके पास न कोई साधन था न इच्छा। उसके जीवन में व्यवसाय और राजनैतिक सफलता भर महत्त्व रखती थी। सामाजिक परिवर्तन शासन की जिम्मेदारी थी। व्यक्तिगत रूप से इस दिशा में कुछ किया जा सकता है ऐसा उसने कभी सोचा ही नहीं था। अब तक सरकार से लड़ाई के लिए राजनैतिक संगठन और असेम्बली तक ही उसकी सीमा थी। राजनैतिक विरोध के लिए अशिक्षित आम जनता के किसी सहयोग की उसने कभी कोई कल्पना भी नहीं की थी। जीवन में पहली बार बम्बई के गवर्नर के विरोध के लिए उसने आम जनता का आह्वान किया, लेकिन इस आह्वान में शामिल उसके सभी साथी और अनुयायी शिक्षित सम्भ्रान्त वर्ग के थे। यह सार्वजनिक विरोध बहुत सफल रहा था।

राजनैतिक सोच और सीमाओं के बावजूद इस समय जब जिन्ना की दुन्दुभी बज रही थी और राजनैतिक परिदृश्य पर जिन्ना एक नक्षत्र की तरह चमक रहा था उन्हीं दिनों इसी हिन्दुस्तानी आकाश में एक और शक्तिशाली नक्षत्र अपनी चमक

बनाने लगा था और यह नया नक्षत्र जिन्ना की चमक के समकक्ष होता जा रहा था। इस नये नक्षत्र का जन्म उसके जन्म से छः वर्ष पहले हुआ था, उसके पुरखों के गाँव पानेली मोटी से केवल पचास पचपन मील की दूरी पर बसे पोरबन्दर नगर में। और इसका नाम था—मोहन दास करम चन्द गाँधी।

अध्याय—7

खलनायक

गुजरात की धरती -3

अरब सागर सौराष्ट्र की जिस धरती से टकराता रहता है उस धरती पर बसा है काठियावाड़ जिले का एक छोटा नगर पोरबन्दर। यहाँ स्थानीय राजा के दीवान करमचन्द उत्तमचन्द गाँधी उर्फ़ काबा गाँधी की चौथी पत्नी पुतलीबाई की चौथी और अन्तिम सन्तान के रूप में एक बालक ने जन्म लिया, नामकरण हुआ मोहन दास करम चन्द गाँधी। सात वर्ष की अवस्था में मोहन का रिश्ता तै कर दिया गया और तेरह वर्ष की अवस्था में विवाह भी हो गया। लगभग मोहन की हमउम्र दुल्हन कस्तूरबा उसके घर आ गयी। मोहन की प्रारम्भिक शिक्षा पोरबन्दर में प्रारम्भ हो गयी। गुजराती माध्यम का आनन्द चौथी कक्षा तक रहा इसके बाद माध्यम अँग्रेज़ी हो गया। अँग्रेज़ी मोहन के लिए एक मुसीबत थी, वह सामान्य विद्यार्थी था। कुशाग्र भले न हो पर शिक्षक उसे कुन्दबुद्धि बालकों में नहीं गिनते थे। कभी-कभी वो अच्छे विद्यार्थी की प्रतिभा दिखाने में सफल हो जाता इसलिए छात्रवृत्ति भी मिल जाती। स्वभाव से भीरु और शर्मीला मोहन विद्यालय में मित्रों के साथ खेलने कूदने के बजाय सीधा विद्यालय जाता और छुट्टी होते ही सीधा घर आ जाता। अभी उसने मेट्रिक भी नहीं किया था कि उसके पिता गुजर गये, पर यह हिन्दू साझा परिवार था इसलिए उसकी शिक्षा में कोई समस्या नहीं आई। मैट्रिक के बाद प्रश्न था कि मोहन शिक्षा के किस क्षेत्र में आगे बढ़े। एक क्षेत्र था चिकित्सा पर इस क्षेत्र के बारे में सोचा भी नहीं जा सकता था। मोहन का परिवार धार्मिक निष्ठावान वैष्णव था। माँ प्रतिदिन स्नान के बाद मन्दिर जातीं और उसके बाद भोजन ग्रहण करतीं, कठोर व्रत रखतीं। ऐसे परिवार का बालक जीव जन्तुओं की चीर फाड़ कैसे कर सकता था। दूसरा विकल्प था बी. ए.; मोहन के लिए परिवार को यही विकल्प उचित लगा। उसने भावनगर के सामल्दास कॉलेज में प्रवेश ले लिया। कॉलेज की शिक्षा गाँव खेड़े के विद्यालयों से एकदम अलग हो जाती थी। विद्यार्थियों के लिए कॉलेज की नयी पद्धति वाली शिक्षा से तालमेल बैठाना बड़ी समस्या होती। उस पर कॉलेज के लेक्चरर्स का धाराप्रवाह अँग्रेज़ी में भाषण, तीन महीने में ही मोहन का मन कॉलेज से

उचट गया और वो वापिस घर आ गया। परिवार के एक हितैषी थे मावजी दवे उनकी सलाह पर तै हुआ कि मोहन को वकालत पढ़ने के लिए इंग्लैंड भेज दिया जाए। बड़े भाई लक्ष्मण दास और कृष्ण दास की लगन और उत्साह से सामाजिक और पारिवारिक उलझनों से निपटते हुए; एक बालक का पिता मोहन दास लन्दन रवाना हो गया। विलायत जाने से पहले मोहन ने माँ को तीन वचन दिए। मांस मदिरा और महिला से वो दूर रहेगा।

लन्दन में वकालत की पढ़ाई मोहन को अपेक्षाकृत आसान लगी। विद्यार्थी कम मेहनत के बाद भी आसानी से परीक्षा उत्तीर्ण कर लेते थे। लेकिन मोहन ने विशेष रूप से इस परीक्षा की तैयारी की। सफलता के साथ ही उसे बार से बुलावा मिला। दस जून अट्ठारह सौ इक्यानवे को वो बार में उपस्थित हुआ ग्यारह जून को हाई कोर्ट में उसका पंजीयन हो गया और बारह जून को वो हिन्दुस्तान के लिए जहाज में बैठ गया। तीन वर्षों में तमाम कठिनाइयों के बावजूद अपने वचन को निभाते हुए मोहन घर वापिस लौटा। पता लगा जिस माँ की तीन शपथ पर डटे रहने में उसने तमाम कठिनाइयाँ झेलीं उनका स्वर्गवास हो चुका था। मोहन की शिक्षा में व्यवधान न हो इसलिए उसे यह दुखद समाचार नहीं दिया गया था। बड़े भाई ने विलायत में पढ़ रहे मोहन का पूरा ख़याल रखा था, भावना के साथ धन का भी। अब हिन्दुस्तान आने पर उन्हें छोटे भाई से बड़ी आशाएँ थीं। राजकोट में मोहन अपनी वकालत शुरू कर सकें इसका उन्होंने अच्छा इन्तजाम कर दिया था। मोहन वास्तविकता से अनभिग्य नहीं था। डिग्री और बार की अनुमति तो उसके पास थी पर वकालत और कानून के व्यावहारिक ज्ञान में वो शून्य था। ऐसे अनुभवशून्य वकील को कोई मूर्ख भी अपना मुकदमा नहीं सौंप सकता था। कुछ दिन बाद तै हुआ कि मोहन बम्बई के उच्च न्यायालय में अनुभव प्राप्त करे। बाम्बे में प्रसिद्ध और सफल वकीलों के किस्से उसकी हिम्मत पस्त कर देते थे। सर फ़िरोज़शाह मेहता की काबिलियत की चर्चा आम थी। लोग कहते कि एविडेंस एक्ट उनकी जुबाँ पर रखा रहता है। इन हताश कर देने वाले किस्सों के बावजूद बम्बई में रहते हुए मोहन ने एविडेंस एक्ट और हिन्दू लॉ का गम्भीर अध्ययन किया।

इन्हीं दिनों बड़ी मुश्किल से एक मामूली सा पहला मुकदमा उसके हाथ लगा पर जब उसे मुकदमा दिलानेवाले को दलाली देने के लिए कहा गया तो उसकी नैतिकता जाग उठी। उसने दलाली देने से इनकार कर दिया। इस इनकारी के बाद भी मुकदमा उसके हाथ से निकला नहीं। इस मामूली मुकदमे में जीत की अच्छी सम्भावना थी, लेकिन जब वह पैरवी के लिए अदालत में खड़ा हुआ तो उसकी हिम्मत जवाब दे गयी। उसके पैर काँपने लगे वो पसीना पसीना हो गया। मजिस्ट्रेट के सामने उसे काठ मार गया। शर्मिन्दगी के साथ मोहन ने मुकदमे की मिसिल

दलाल को वापिस कर दी। अपने शर्मीले स्वभाव के कारण मोहन निराश था उसकी समझ में नहीं आ रहा था कि वो क्या करे इसी उथल-पुथल के दौरान पोरबन्दर का एक गरीब मुसलमान अपनी जमीन की जब्ती से मुक्ति की कार्रवाई के लिए उसके पास आया। मोहन ने उसके लिए एक निवेदन पत्र तैयार किया और यह पत्र अपने मित्रों को सुनाकर राय माँगी। मित्रों ने उसके लिखे पत्र पर सन्तोष प्रकट किया। अब मोहन को लगा कम-से-कम यह काम उसके बस का था। मुश्किल यह थी कि इस काम से आमदनी की गुंजाइश बहुत कम थी। हताश मोहन ने वकालत छोड़ शिक्षक बनना तै किया पर यहाँ भी निराशा हाथ लगी। चार पाँच महीने अपनी जमा पूँजी खर्च करने के बाद मोहन और बड़े भाई को यही उचित लगा कि बम्बई छोड़ वापिस राजकोट में ही कोशिश की जाए।

राजकोट में मोहन को निवेदन पत्र और अन्य दरख्वास्त आदि लिखने का काम मिलने लगा। इसमें भी बड़े और उलझे मामले बड़े वकीलों के पास जाते छोटे और महत्त्वहीन मामले मोहन के हाथ लगते। प्रारम्भ के लिए यह भी बहुत था इन छोटे मोटे कामों से उसे लगभग तीन सौ रुपये मासिक की आमदनी होने लगी। इस आमदनी के लिए उसे अपने नैतिक मानदंड से समझौता करना पड़ा। प्रत्येक काम के लिए उसे दलाली देनी पड़ी। अब तक मोहन का किसी दम्भी अँगरेज से आमना-सामना नहीं हुआ था। जीवन में ऐसा अवसर शीघ्र ही आ गया। मोहन के बड़े भाई राजकोट में जहाँ काम करते थे वहाँ उनका अधिकारी एक अँग्रेज था। किसी कारण यह अधिकारी उनसे चिढ़ गया। बड़े भाई की नौकरी पर बन आई। भाई को यह मालूम था कि मोहन का परिचय इस अधिकारी से लन्दन में शिक्षा प्राप्ति के दौरान हो गया था उन्होंने मोहन से कहा कि वो इस अधिकारी से अपनी पहचान का फायदा उठाते हुए उसकी सिफारिश कर दे। मोहन को अपनी मामूली सी पहचान का इस्तेमाल सिफारिश के लिए ठीक तो नहीं लगा पर बड़े भाई से मना करना भी सम्भव नहीं था। वो अधिकारी से मिला। विलायत में और यहाँ इस व्यक्ति के व्यवहार में बड़ा अन्तर था। जब मोहन ने अपने भाई के बारे में कहना शुरू किया तो अधिकारी ने इस बारे में कुछ भी सुनने से इनकार कर दिया। मोहन के अनुरोध से वो और चिढ़ गया और उसने कार्यालय से निकल जाने का आदेश दे दिया। मोहन भाई के प्रति दायित्व से बँधा हुआ था इसलिए वह अड़ा हुआ था कि साहब उसकी बात सुन ले, मोहन की जिद देख साहब ने कहा कि यदि वो कार्यालय से बाहर नहीं गया तो वो चपरासी के द्वारा उसे बाहर निकलवा देगा। अन्त में हुआ भी यही मोहन को हाथ पकड़कर चपरासी ने कार्यालय से बाहर निकाल दिया। यह गहरा आघात पहुँचाने वाला अपमान था। मोहन ने अधिकारी को पत्र लिखा कि वह इस अपमान के लिए अदालत का दरवाजा खटखटाएगा। अधिकारी ने जवाब दिया कि वो जो

कार्रवाई करना चाहता है करे। उन दिनों सर फ़िरोज़शाह मेहता राजकोट आए हुए थे जब उनसे इस मामले पर सलाह माँगी गयी तो उन्होंने कहा कि इस अपमान के घूँट को मोहन पी जाए। उन्होंने कहा कि अभी वो नया वकील है इसलिए इस अपमान से इतना उत्तेजित है भविष्य में न जाने ऐसे अपमान के कितने मौके आएँगे और हर बार उसे अपमान सहन करना पड़ेगा।

मोहन को वकालत में कोई सफलता नहीं मिल रही थी इस बीच उसके लिए एक अनोखा अवसर ईश्वर ने प्रदान कर दिया। पोरबन्दर के एक मेमन सेठ अब्दुल करीम झवेरी ने कृष्ण दास को पत्र द्वारा एक प्रस्ताव भेजा कि वो मोहन को दक्षिण अफ्रीका में काम दे सकता है। सेठ अफ्रीका के नाटाल शहर की एक व्यापारिक कम्पनी में साझीदार था। वहाँ उनकी एक भारी लेनदारी का मुकदमा लम्बे अरसे से चल रहा था। सेठ चाहता था कि मोहन इस मामले को वहाँ शीघ्र निपटाने में उनकी मदद करे। आने-जाने रहने के अच्छे इन्तजाम के अलावा वो अच्छा पैसा भी दे रहा था। यह प्रस्ताव दोनों भाइयों को ठीक लगा और मोहन प्रस्ताव स्वीकार कर दक्षिण अफ्रीका चल दिया। नाटाल के बन्दर डरबन पर कम्पनी के साझीदार अब्दुल्ला सेठ ने मोहन का स्वागत किया। यहाँ की परिस्थितियों से दो-चार कराने की मंशा से सेठ एक दिन मोहन को स्थानीय अदालत में ले गया। मजिस्ट्रेट के कार्यालय में मोहन पगड़ी पहने हुए कार्रवाई देख रहा था। कुछ देर मजिस्ट्रेट ने उसे घूरा और फिर पगड़ी उतारने के लिए कहा। भीरु और शर्मीले मोहन को दुनिया बहुत कुछ सिखा रही थी। कुछ दिन पहले की ही तो बात है जब राजकोट के अँग्रेज अधिकारी ने उसे अपमानित किया था। मोहन के अन्दर छिपा जुझारूपन इस बार जोर मारने लगा। अन्याय के प्रति विरोध उसके व्यक्तित्व में यहाँ आते ही उभरने लगा। जीवन में पहली बार उसने इस आदेश को मानने के बजाय कार्यालय से बाहर जाना पसन्द किया। पगड़ी उसने नहीं उतारी।

अब्दुल्ला सेठ ने बताया कि मुसलमान तो इस अपमान से बच जाते थे पर हिन्दुओं के लिए अदालत में पगड़ी उतारना जरूरी था। मोहन को यह भी पता लगा कि हैट पहना जा सकता था। अब सवाल यह था कि आगे क्या किया जाए हमेशा तो अदालत का बहिष्कार किया नहीं जा सकता था तो क्या हैट पहनना ही उचित रहेगा। अब्दुल्ला ने मोहन के इस विचार का विरोध किया। उसने कहा कि यदि तुम हैट पहनने लगोगे तो पगड़ी को कौन बचाएगा? मोहन को सेठ का तर्क उचित लगा। उसने इस हादसे का वर्णन समाचारपत्रों को लिख भेजा और इसे अन्याय कहा। उसने लिखा कि हिन्दुस्तान में पगड़ी उतारना अपमान के समान है। मोहन का यह वर्णन तो अखबारों ने प्रकाशित किया पर कुछ ने यह टिप्पणी भी की कि बिन बुलाया मेहमान यहाँ के नियमों की अवज्ञा का दुःसाहस दिखा रहा है। इस तरह मोहन के अड़ने

लड़ने का श्रीगणेश दक्षिण अफ्रीका से हो गया।

प्रिटोरिया नगर से सेठ अब्दुल्ला के वकील ने सन्देश भेजा कि मुकदमे की कार्रवाई में सहायता के लिए वो स्वयं आए या फिर अपने किसी प्रतिनिधि को भेजे जो इस मुकदमे से पूरी तरह बाबस्ता हो। मोहन को इसी काम के लिए अफ्रीका भेजा गया था। सेठ अब्दुल्ला ने मोहन के लिए रेल की प्रथम श्रेणी का टिकट कटवा दिया। डरबन से प्रिटोरिया के बीच मारित्ज़बर्ग स्टेशन आता था। ट्रेन यहाँ रात के नौ बजे पहुँची। यहाँ एक अँग्रेज यात्री डिब्बे में चढ़ा। उसने मोहन को देखा और फौरन उतर कर रेल अधिकारियों को लेकर आया। सभी मोहन को इस डिब्बे में बैठा देखकर चकित थे। एक अधिकारी ने रुआब के साथ मोहन से कहा—मेरे साथ आओ तुम्हें निचले दर्जे के डिब्बे में बैठना होगा।

लेकिन मेरे पास प्रथम श्रेणी का टिकट है मोहन ने जवाब दिया। दूसरा अधिकारी बोला उससे कोई फ़र्क़ नहीं पड़ता तुम्हें निचले दर्जे में ही जाना होगा। यह बम्बई का हाई कोर्ट नहीं था जहाँ मोहन की आवाज गले में अटक कर रह गयी थी। इस अन्याय के विरुद्ध उसकी भीरुता शर्म और झिझक पर अन्याय के विरोध ने विजय दिला दी। मोहन ने उनसे बहस की। अधिकारियों ने उसे धमकी दी कि यदि वो डिब्बे से नहीं उतरा तो उसे जबरदस्ती उतार दिया जाएगा। मोहन ने उनकी चुनौती स्वीकार कर ली। एक सिपाही ने मोहन का हाथ पकड़ खींचकर उसे डिब्बे से बाहर प्लेटफार्म पर धकेल दिया उसका सामान भी फेंक दिया गया। अपमानित मोहन फिर भी निचले दर्जे के डिब्बे में नहीं गया। ट्रेन उसे प्लेटफार्म पर छोड़ चली गयी। मोहन ने वो रात ठिठुरती ठंड भोगते हुए स्टेशन पर काटी। सोते जागते मोहन रात भर विचार करता रहा वो क्या करे? इस अपमान को घोटकर पी जाए या तुरन्त वापिस हिन्दुस्तान चला जाए। इस तरह वापिस जाना अब्दुला सेठ के साथ धोखा देने जैसा नहीं होगा? तो क्या उनका काम पूरा करके हिन्दुस्तान वापिस चला जाए? काली चमड़ी वालों के साथ ऐसी घृणा? ऐसा अन्याय? रंग भेद की इस अमानुषिकता का उसे विरोध नहीं करना चाहिए? उसके अन्तर्मन ने जवाब दिया—करना चाहिए।

सुबह उसने अब्दुल्ला सेठ को इस घटना की सूचना तार द्वारा दी। सेठ फौरन रेलवे व्यवस्थापक से मिला। व्यवस्थापक को सारी सूचना थी उसने न केवल मोहन के प्रति अधिकारियों के दुर्व्यवहार का औचित्य सिद्ध किया बल्कि रेलवे द्वारा किसी गलती या ज्यादती को मानने से इनकार किया। पर उसने यह भी बताया कि यात्री की आगे यात्रा के निर्देश मारित्ज़बर्ग स्टेशन को दे दिए गये हैं। ताकि यात्री अपने गन्तव्य तक सुरक्षित पहुँच जाए। अब्दुल्ला सेठ रेलवे से शिकायत करने तक ही सीमित नहीं रहा उसने न केवल मारित्ज़बर्ग के अपने मित्र व्यापारियों को मोहन का ख़याल रखने के लिए तार भेजे बल्कि आगे के स्टेशन पर अपने मित्रों को भी यही

सन्देश भेजा। मारित्ज़बर्ग के व्यापारी मोहन से मिले और बताया कि हिन्दुस्तानियों के साथ ऐसा व्यवहार आम है। प्रथम और द्वितीय श्रेणी का टिकट लेने पर उन्हें भी अकसर ऐसा अपमान झेलना पड़ता है। मोहन दिन भर इन अनजाने परदेस में बसे हिन्दुस्तानियों की व्यथा कथा सुनता रहा। रात में ट्रेन आई तो उसके लिए बर्थ आरक्षित थी। मोहन का जीवन में यह पहला अपमान था जो उसे गहरी चोट पहुँचा गया था। यह पहला विरोध भी था जब उसने अन्याय सहन करना स्वीकार नहीं किया था और यह पहली विजय भी थी जब रेलवे ने अपनी गलती दुरुस्त करते हुए उसे आरक्षित बर्थ उपलब्ध कराई थी। अफ्रीका में अपमान का यह प्रारम्भ था। दूसरे अपमान से भी इसी यात्रा में जूझना था।

ट्रेन सुबह सवेरे चार्ल्स टाउन पहुँची यहाँ से जोहानसबर्ग तक अभी ट्रेन की सुविधा नहीं थी इसलिए बग्गी में जाना था। दूरी लम्बी थी दो दिन की बग्गी यात्रा करनी पड़ती थी। मोहन चार्ल्स टाउन में उतरा बग्गी का टिकट उसके पास था अब्दुल्ला सेठ ने भी बग्गी कार्यालय को उसके आगमन का तार दे दिया था। मोहन बग्गी पर पहुँचा तो गोरे बग्गी परिचालक जिसे लीडर कहा जाता था ने काली चमड़ी के मोहन को सिर से पैर तक देखा और उपेक्षा के साथ कहा कि उसका टिकट अमान्य हो चुका था। दरअसल वो काले यात्री को गोरों के बीच बैठाना नहीं चाहता था। मोहन की बहस के बाद वो उसे ले जाने के लिए तो राजी हुआ पर इस शर्त पर कि वो गोरे यात्रियों के साथ नहीं अपितु बाहर कोचवान के साथ बैठे। यह मुद्दा भी विरोध किये जाने योग्य था पर सेठ के काम के लिए जोहानसबर्ग पहुँचना भी आवश्यक था मोहन स्थिति से समझौता कर बाहर कोचवान के साथ बैठ गया यद्यपि यह स्थान लीडर का था। लीडर बग्गी में अन्दर यात्रियों के साथ बैठा था। शाम होते होते लीडर को धूम्रपान की इच्छा हुई। उसने कोचवान को पायदान पर फूँस की बोरी डालने के लिए कहा और मोहन से कहा कि वो उनके पैरों में बैठे क्योंकि अब वो अपनी बाहर की सीट पर बैठना चाहता था। यह दुष्ट, मोहन के घोर अपमान पर उतारू था। मोहन इस बार अड़ गया उसने पैरों में बैठने से इनकार कर दिया और अपनी जगह खाली करने से भी। लीडर क्रोध में आपे से बाहर हो गया और मोहन को मारने पर उतारू हो गया। उसने मोहन का हाथ पकड़ कर नीचे खींचना शुरू कर दिया, पर मोहन भी जिद पर कायम था उसने बग्गी की रेलिंग को कसकर पकड़ लिया। लीडर हट्टा कट्टा था और मोहन पतला दुबला। लीडर की ज़्यादती गोरे यात्रिओं को भी बुरी लगी। उन्होंने कहा—"क्यों उस आदमी से उलझ रहे हो वो ठीक कह रहा है उसके पास हमारे साथ बैठने का वैध टिकट है और हमें उसे अपने साथ बैठाने में कोई आपत्ति नहीं है।" अब लीडर ढीला पड़ा। फिर भी उसने मोहन को धमकी दी कि स्टैंडरटन पहुँचकर उसे देख लेगा। इस मारपीट और खींचतान से

मोहन बुरी तरह घबरा गया था, उत्तेजना से उसका शरीर काँप रहा था और दिल बेतरह धड़क रहा था। स्टैंडरटन पहुँचने पर क्या होगा इस आशंका से वो बेतरह डरा हुआ था। इस नये अनजाने देश में उसकी सहायता के लिए भला कौन खड़ा होगा? बग्गी रात में स्टैंडरटन पहुँची स्टैंड पर कुछ हिन्दुस्तानियों को देखकर उसकी जान में जान आई। सेठ अब्दुल्ला ने यहाँ अपने मित्रों को सूचित कर दिया था वो मोहन को मिल गये।

अभी आधी यात्रा हुई थी आधी अगले दिन होनी थी। मोहन ने सारे हादसे की शिकायत कोच कम्पनी से की और अगले दिन भी मारपीट का अन्देशा जाहिर किया। कम्पनी ने मोहन को आश्वस्त करते हुए बताया कि अगले दिन की बग्गी बड़ी होगी, उसे अन्दर की ही सीट मिलेगी और इस यात्रा में यह लड़ाक लीडर नहीं होगा। रात मोहन ने सेठ अब्दुल्ला के मित्र सेठ ईसा हाजी सुमार के यहाँ गुजारी यहाँ भी हिन्दुस्तानी उसे अपमान और ज़्यादती के किस्से सुनाते रहे। सुबह स्टैंडरटन से यात्रा प्रारम्भ हुई और रात को जोहानेसबर्ग पहुँचकर समाप्त हुई। ईश्वर की कृपा थी कि यह अन्तिम यात्रा शान्तिपूर्वक पूरी हुई। जोहानेसबर्ग में मोहन को मोहम्मद कासम कमरुद्दीन के यहाँ जाना था। अब्दुल्ला सेठ ने इनका पता दे रखा था। मोहन को आशा थी कि कोई न कोई उसे लेने आएगा। मोहन को लेने के लिए जो आया न वो मोहन को पहचान सका न मोहन उसे। अब मोहन ने होटल जाना तै किया। एक ताँगा पकड़ वो ग्रैंड नेशनल होटल पहुँच गया। होटल व्यवस्थापक ने उसे ऊपर से नीचे तक देखा और क्षमा याचना के साथ बताया कि होटल में जगह नहीं है। मोहन ने फिर ताँगा पकड़ा और अब्दुल्ला सेठ के दिए पते पर पहुँचा। यहाँ उसका स्वागत सेठ अब्दुल गनी ने किया, मोहन की होटल कथा सुनकर वो हँस पड़ा और बोला, "आपने यह कैसे समझ लिया कि आपको उस होटल में ठहरने की सुविधा मिल जाती? श्रीमन गाँधी, यहाँ के होटलों में आपकी चमड़ी का रंग आपकी सबसे बड़ी अयोग्यता है। केवल होटल ही नहीं यहाँ कदम कदम पर आपकी चमड़ी का रंग आपको अपमानित करवाएगा। आप यहाँ नये हैं कुछ ही दिनों में आप यहाँ के रंग ढंग समझ जाएँगे। जनाब गाँधी हम जैसे मोटी चमड़ी के लोग ही यहाँ रह सकते हैं क्योंकि हमें पैसा कमाना है। बस कमाई के लिए ही हम यहाँ का अमानवीय अपमान सह रहे हैं। यह देश आप जैसे शिक्षित और स्वाभिमानियों के लिए नहीं है। आपको कल प्रीटोरिया जाना है यह यात्रा आपको तीसरे दर्जे में ही करनी पड़ेगी क्योंकि हिन्दुस्तानियों को पहले और दूसरे दर्जे का टिकट दिया ही नहीं जाता। हमने इस ज़्यादती के विरोध की कोशिश की, पर मुश्किल यह है कि हमारे ही लोग हमारा साथ नहीं देते।"

मोहन ने रेलवे नियमावली माँगी। उसने इसे बारीकी से पढ़ा और उसे नियमों

में कुछ गुंजाइश मिल गयी। मोहन ने स्टेशन मास्टर को पत्र लिखा कि वह बैरिस्टर है और हमेशा प्रथम श्रेणी में यात्रा करता है कल उसे प्रीटोरिया का प्रथम श्रेणी का टिकट चाहिए चूँकि समय कम है इसलिए आपसे किसी उत्तर की प्रतीक्षा के बजाय मैं सुबह स्वयं स्टेशन पर आकर टिकट ले लूँगा। सुबह मोहन बढ़िया कोट पहन टाई बाँध स्टेशन पहुँचा और प्रथम श्रेणी का टिकट माँगा। स्टेशन मास्टर ने पूछा—"आप ने ही कल पत्र भेजा था? मोहन न उत्तर दिया जी हाँ। स्टेशन मास्टर मुस्कराया और बोला मैं ट्रांसवाल का रहने वाला नहीं हूँ हॉलैंड का हूँ। मैं आपकी भावना समझता हूँ मेरी सहानुभूति आपके साथ है पर टिकट मैं एक शर्त पर ही दे सकता हूँ। शर्त यह कि यदि गार्ड आपको तीसरे दर्जे में जाने के लिए कहे तो इस झँझट में आप मुझे शामिल नहीं करेंगे, मतलब आप रेल कम्पनी के लिए कोई सिरदर्द पैदा नहीं करेंगे आप एक सभ्य पुरुष हैं और मैं आपकी सुखद यात्रा की कामना करता हूँ।" सेठ अब्दुल गनी मोहन को स्टेशन छोड़ने आया था वह मोहन की इस सफलता पर चकित था सेठ बोला—"आप सही सलामत प्रीटोरिया पहुँच जाएँ तो बड़ी बात होगी। ट्रेन का गार्ड आपको प्रथम श्रेणी में चैन से नहीं बैठने देगा और अगर वो मान भी गया तो गोरे यात्री आपको डिब्बे से बाहर कर देंगे।" मोहन प्रथम श्रेणी के डिब्बे में बैठ प्रीटोरिया के लिए चल दिया। डिब्बे में उसके अलावा केवल एक अन्य गोरा यात्री था। जेर्मिस्टन स्टेशन पर गार्ड टिकट देखने आया, मोहन को डिब्बे में देख उसकी त्योरियाँ चढ़ गयीं और उँगली के इशारे के साथ उसे तीसरे दर्जे में जाने के लिए कहा। मोहन ने अपना प्रथम श्रेणी का टिकट दिखाया। वो बोला इससे कोई फ़र्क़ नहीं पड़ता तुम तीसरे दर्जे में जाओ। डिब्बे में बैठे गोरे सहयात्री को गार्ड का व्यवहार अनुचित लगा और वो बोला—"क्यों इस सभ्य व्यक्ति को तंग कर रहे हो। तुम्हें उसका प्रथम श्रेणी का टिकट दिखाई नहीं देता? मुझे इस यात्री के साथ यात्रा करने में कोई आपत्ति नहीं है।" गार्ड चिढ़ कर बोला, "तुम्हें कुली के साथ यात्रा करनी है तो मुझे क्या पड़ी है? शाम आठ बजे मोहन प्रीटोरिया पहुँच गया। यहाँ एक अमेरिकी नीग्रो की सूचना से उसे एक अमेरिकन गोरे के होटल में कमरा तो मिल गया पर खाना वो अपने कमरे में ही खाए यह अनुरोध उसे स्वीकार करना पड़ा। मोहन खाने की प्रतीक्षा कर रहा था पर खाने के बजाय होटल मालिक स्वयं उपस्थित हुआ। उसने कहा कि वो रंगभेद बिलकुल स्वीकार नहीं करता पर अन्य अतिथियों के कारण उसे कमरे में भोजन परोसने का अनुरोध उसने किया था। मालिक ने कहा कि उसे स्वयं यह अनुरोध बुरा लगा इसलिए उसने अन्य अतिथियों से बात की, किसी भी अतिथि को आपके भोजन कक्ष में भोजन से आपत्ति नहीं है इसलिए आप भोजन कक्ष में सहर्ष आमन्त्रित हैं।"

यह अजब देश था एक ओर तो काले रंग से गोरों की घृणा दूसरी ओर इन्हीं

गौरांगों में से कुछ की कालों के प्रति उदारता। डर्बन से प्रीटोरिया तक ट्रेन और बग्गी की उसने लम्बी यात्रा की थी इस लम्बी यात्रा ने मोहन को झकझोर कर रख दिया। यहाँ परदेस में बसे आम तो आम खास हिन्दुस्तानियों की दुर्दशा देख वह बेचैन हो उठा। व्यवसाय अपनी जगह महत्त्वपूर्ण था पर जीवन में केवल रोटी की व्यवस्था भर उद्देश्य होना चाहिए? स्वाभिमान तो बाद की बात है पहला प्रश्न तो अन्याय का था। एक व्यक्ति जितने पैसे देकर किसी सीट पर बैठ सकता था दूसरा उतना ही खर्च करके उस स्थान पर नहीं बैठ सकता था। एक व्यक्ति को होटल में ठहरने की सुविधा थी दूसरे को नहीं। जब मोहन यह सब सोच रहा था तब उसे नहीं मालूम था कि उसे अभी और बहुत कुछ देखना बाकी था।

प्रीटोरिया में वो कम्पनी के अटॉर्नी ए डब्लयू बेकर से मिला। बेकर ने बताया कि प्रीटोरिया में रंगभेद ज्यादा है इसलिए मोहन को घर मिलने में कठिनाई आएगी, पर उन्हीं की सहायता से घर उसे आसानी से मिल गया। अब उसे यहाँ के कुछ और अन्यायपूर्ण नियमों की जानकारी मिली। कोई भी काला व्यक्ति रात में नौ बजे के बाद घर से बाहर नहीं निकल सकता था। कोई विशेष परिस्थिति हो तो पहले से परमिट बनवा कर ही वो बाहर निकल सकता था। इसके अतिरिक्त बहुतेरी फुटपाथ पर चलने की भी अनुमति नहीं थी। इस देश में आए उसे पन्द्रह दिन भी नहीं हुए थे और वह काम धाम की चिन्ता के अलावा कुछ और सोच रहा था। मोहन को यहाँ का अन्याय उद्वेलित कर रहा था। वो यह समझने में असमर्थ था कि लोग इस अन्याय का विरोध क्यों नहीं कर रहे? वो स्वयं विरोध की आवश्यकता महसूस कर रहा था, एक अकेले व्यक्ति का विरोध शायद व्यक्तिगत रियायत पाने में सफल हो जाता, लेकिन सबके साथ अन्याय समाप्त हो इसके लिए तो सबका समन्वित प्रयास जरूरी था। वो इस दिशा में कुछ सार्थक करने के लिए बेचैन हो गया। उसे सेठ अब्दुल गनी का स्मरण हो आया—विरोध में हमारे अपने लोग ही साथ नहीं देते।

मोहन ने निश्चय किया प्रीटोरिया के हिन्दुस्तानियों से बात की जाए। प्रीटोरिया में कम्पनी के कारण उसका परिचय सेठ तयब हाजी खाँ मोहम्मद से हो चुका था। सेठ की यहाँ बड़ी प्रतिष्ठा थी। मोहन ने सेठ से इस बारे में बात करके हिन्दुस्तानी नागरिकों की एक बैठक आयोजित की। इस बैठक में उसने अन्याय के साथ अन्य मुद्दों के बारे में अपने विचार रखते हुए, यहाँ रह रहे हिन्दुस्तानियों का एक संघ बनाने का सुझाव रखा। उसने कहा कि इस संघ के द्वारा हम प्रशासन का ध्यान अपने साथ हो रहे अन्याय की ओर खींच सकेंगे। इस काम के लिए जितना भी समय और सेवा देने की आवश्यकता होगी में दूँगा। मोहन दक्षिण अफ्रीका पैसा कमाने और वकालत का कुछ अनुभव लेने के लिए आया था पर यहाँ की स्थितियाँ उसे किसी दूसरी मंजिल के मार्ग पर जाने के लिए मजबूत कर रही थीं। मोहन का अब तक

राजनीति से कोई वास्ता नहीं था पर यहाँ का अन्याय उसके अन्दर नेतृत्व की छुपी प्रतिभा को प्रकट होने के लिए अवसर दे रहा था। उसके अन्दर समाज सुधार की प्रतिभा भी थी और इसके प्रस्फुटित होने के लिए भी अनुकूल परिस्थितियाँ यहाँ विद्यमान थीं। मोहन ने दोनों नावों में एक साथ पैर रख दिए। हिन्दुस्तानियों का संगठन बनाने के साथ उसने उन्हें अज्ञान के अँधेरों से निकालने के लिए अँग्रेज़ी सीखने की सलाह दी। इस काम के लिए अपनी सेवाएँ भी प्रस्तुत कर दीं। उसे तीन विद्यार्थी मिले, इस छोटी शुरुआत ने भी उसका उत्साह बढ़ाने का काम किया। दोनों ही क्षेत्रों में उसे कुछ सफलता मिली।

मोहन एक सामान्य इन्सान होते हुए भी आम लोगों से कुछ अलग था। धन उसके जीवन का एक आवश्यक उपादान तो था पर उसे धन के आकर्षण ने आक्रान्त नहीं कर रखा था वो सेठ अब्दुल्ला के एक बड़ी लेनदारी के मामले में यहाँ आया था, सारा मामला समझने के बाद उसके मन में यह बात नहीं आई कि इस उलझे मामले से अपनी वकालत चमकाई जाए बल्कि उसने सेठ को सुझाव दिया कि अदालत में इस लम्बे खिंच रहे मामले को अदालत से बाहर आपस में मिल बैठ कर सुलझा लिया जाए। दोनों पक्ष आपस में रिश्तेदार थे और दोनों तरफ से धन और समय का खूब अपव्यय हो चुका था आगे यही हाल लम्बे समय तक होना था। सेठ अब्दुल्ला ने कहा कि दूसरा पक्ष नहीं मानेगा। मोहन ने कहा कि अनुमति हो तो वह प्रयास करके देखे। सेठ अब्दुल्ला की अनुमति मिलने पर वो तय्यब सेठ से मिला। मोहन की सूझबूझ से मामले का निपटारा मध्यस्तता के द्वारा हो गया दोनों पक्ष इस निर्णय से बहुत खुश हुए।। मुकदमा खत्म हो गया अब मोहन के लिए यहाँ करने को क्या था? उसने सामान बाँध वापसी की तैयारी शुरू कर दी पर ऊपर वाले को कुछ और ही मंज़ूर था। यह एक इत्तेफाक था कि पुराने अखबारों को पलटते हुए उसकी नजर एक समाचार पर अटक गयी। अफ्रीका की विधान सभा में एक बिल प्रस्तावित था इस बिल के पास होने पर नाटाल विधान सभा के लिए सदस्यों के चुनाव में हिन्दुस्तानियों का वोटिंग अधिकार समाप्त किया जाना था।

अब्दुल्ला सेठ ने मोहन के लिए विदाई समारोह का आयोजन किया था और तमाम हिन्दुस्तानियों को निमन्त्रित किया था। इस समारोह में मोहन ने विधान सभा के इस बिल की चर्चा छेड़ी। किसी हिन्दुस्तानी को इस परिवर्तन से होने वाले नुकसान का कोई एहसास नहीं था। मोहन ने इस बिल के पास हो जाने पर उसके दुष्परिणामों से उन्हें अवगत कराया, पर समस्या यह थी कि किया क्या जाए। किसी ने कहा गाँधी को जाने न दिया जाए इन्हें एक महीने के लिए यहीं रोक लिया जाए फिर ये जैसा कहेंगे हम सब वैसा ही करेंगे। सबने समवेत स्वर में इस प्रस्ताव का अनुमोदन कर दिया। मोहन ने यह अनुरोध स्वीकार कर लिया। यह भी तै हुआ कि

इस काम के लिए जो भी खर्च हो वह चन्दे द्वारा सब मिल बाँटकर इकट्ठा करें। इस सेवा के लिए मोहन ने निःशुल्क काम करने का निर्णय लिया। अब वकालत तो न जाने कहाँ रह गयी थी समाज सेवा शुरू हो गयी।

हिन्दुस्तानियों के वोटिंग अधिकार को समाप्त क़रने के लिए यह बिल सभा में पेश हो चुका था और इस पर बहस चल रही थी। बहस में भाग लेते हुए एक सदस्य ने कहा कि हिन्दुस्तानियों ने अपने वोटिंग अधिकार की रक्षा के लिए कोई आवाज नहीं उठाई है न इस विधेयक का विरोध किया है। यह उदासीनता ही बताती है कि उन्हें इस अधिकार से वंचित कर दिया जाना चाहिए। इस मामले पर बात आगे बढ़ चुकी थी ऐसे में इस नये संगठन ने सबसे पहले तार द्वारा स्पीकर, प्रधानमन्त्री और सेठ अब्दुल्ला के मित्र एस्कोम्ब को इस बिल पर आगे किसी भी बहस को मुल्तवी करने की प्रार्थना की। स्पीकर ने दो दिनों तक इस बहस को स्थगित कर दिया। अब यह तै हुआ कि दो दिनों के अन्दर ही इस विधेयक को रद्द करने के लिए सभा में एक विधेयक प्रस्तुत किया जाए। नये नये कायकर्ताओं ने बहुत त्वरित कार्रवाई करते हुए याचिका तैयार की अधिक से अधिक हिन्दुस्तानियों के हस्ताक्षर करवाए और सभा को भेज दी। याचिका की एक प्रति समाचारपत्रों को भी भेजी गयी। समाचारपत्रों ने हिन्दुस्तानियों के इस विरोध के पक्ष में लिखा, बहस में कुछ सदस्यों ने विधेयक का विरोध भी किया पर इस सबके बाद भी यह विधेयक पास हो गया।

जो हुआ सो हुआ इतनी शीघ्रता से बने इस संगठन की सबसे बड़ी उपलब्धि यह थी कि परदेस में बसे हिन्दुस्तानी नागरिक एक साथ जुड़े, उन्हें अपने साथ हो रहे अन्याय का एहसास हुआ और उनके मन में इस अन्याय के प्रतिकार की भावना ने भी जन्म लिया। अपने राजनैतिक और व्यावसायिक अधिकारों के लिए लड़ने की उनमें हिम्मत उत्पन्न हुई। इस देश में बसे अधिकतर हिन्दुस्तानी ईसाई धर्म अपना चुके थे। वो मुसलमान और हिन्दुओं से अलगाव रखते थे, वेशभूषा पहनावा-उढ़ावा भी बदल चुके थे, इसके कारण उन्हें मामूली सुविधाएँ मिली थीं पर इस नये संगठन की पहली बैठक में प्रत्येक धर्म के हिन्दुस्तानियों को आग्रहपूर्वक बुलाया गया था। ईसाई हिन्दुस्तानी बड़ी संख्या में शामिल हुए और याचिका तैयार करने से लेकर सारे काम उन्होंने बड़े जोश और समर्पण के साथ किये। पहली बार विदेश में बसे हिन्दुस्तानी मज़हब जाति और भाषा के बन्धन तोड़ कर एकजुट हुए। अधिकतर ये लोग निरक्षर या फिर बहुत कम पढ़े लिखे थे और कुछ व्यापारियों और गिनती के निम्न मध्यवित्त को छोड़ गरीबी और विपन्नता का दंश झेल रहे सात समुन्दर पार बसे डाल से टूटे ये हिन्दुस्तानी मजदूर इस देश में समाज के एकदम निचले तबके के नागरिक थे। जिनके पास कोई अधिकार नहीं था जो था वो इनकी उदासीनता के

कारण छीना जा रहा था। ऐसे लोगों को अपने अधिकारों का एहसास करा रहा था इक्कीस बाईस बरस का नौजवान मोहन दास करम चन्द गाँधी। गाँधी जो विलायत से बैरिस्टर होकर यहाँ अफ्रीका में आ गया था।

परिवार को आशा थी कि सफल वकील बनकर आया मोहन धन से घर भर देगा। वो मोहन अपनी कमाई की चिन्ता छोड़ गरीब मुफलिसों को इकट्ठा कर उन्हें अपने अधिकार के लिए लड़ने की प्रेरणा दे रहा था। वो स्वयं कुछ नहीं था न किसी स्थापित संगठन का सदस्य न सरकार में किसी छोटे या बड़े पद की शक्ति धारण किये हुए प्रसिद्ध व्यक्ति। एक भीरु शर्मिला और व्यवसाय में जमने की चेष्टा करने वाला गाँधी इस नये संगठन का निर्माण कर रहा था और जो अपने अधिकारों की कल्पना भी नहीं करते थे इस विषय में एकदम कोरे थे उनका नेतृत्व कर रहा था। वो राजनीति नहीं कर रहा था। सामाजिक आदर्श हेतु अपने समर्पण से वो निरीह साधनहीन मानव समाज को संगठित कर रहा था। इस संगठन के सदस्य महलों कोठियों में रहने वाले लोग नहीं थे। कीमती वस्त्रों और शानदार रहन-सहन वाले सम्भ्रान्त वर्ग के नहीं थे। इनके पास केवल सर छुपाने के लिए टीन टप्पर की छत भर थी, और लाज ढँकने के लिए गिनती के वस्त्र। इनमें अधिकतर अपनी मातृभाषा के लिखने पढ़ने में भी सक्षम नहीं थे। मामूली अँग्रेज़ी का ज्ञान तो बहुत बड़ी बात थी। इनके सामने लच्छेदार भाषण और विधान सभा की कार्रवाई का विश्लेषण अर्थहीन था। गाँधी ऐसे लोगों के बीच बेदाम अपना सारा समय न्योछावर कर रहा था। यह अकल्पनीय था। गन्दे वातावरण में रह रहे अपने सदस्यों के साथ विलायत से आया बैरिस्टर गाउन बैंड ताक पर रख उन्हें स्वच्छ रहन-सहन का सन्देश दे रहा था।

बिल पास तो हो गया था पर गाँधी ने हिम्मत नहीं हारी थी। तै हुआ कि लार्ड रिपन को भी एक याचिका भेजी जाए। गाँधी ने बहुत मेहनत से यह याचिका तैयार की उसके सहयोगी इस याचिका पर हिन्दुस्तानी नागरिकों के हस्ताक्षर लेने निकल पड़े दक्षिण अफ्रीका के नाटाल क्षेत्र से दस हजार हस्ताक्षर एकत्र किये गये। यह काम कोई हँसी खेल नहीं था टाँगे बग्गी से दूरदराज़ बसे लोगों तक पहुँचना टेढ़ी खीर थी पर कार्यकर्ताओं ने अपनी जेब से पैसे खर्च कर दूर दूर की यह यात्राएँ कीं, काम धन्धे का नुकसान किया सो अलग। दादा अब्दुल्ला का घर कार्यालय और कार्यकर्ताओं के ठहरने का आश्रय स्थल बन गया, उनके भोजन के लिए यहीं भंडारा शुरू हो गया। यह सब एकदम नया था एकदम अनोखा। अन्त में इतनी मेहनत से तैयार भारी भरकम याचिका भेज दी गयी। गाँधी इतने भर से ही शान्त नहीं हो गया इस याचिका की एक हजार प्रतियाँ छपवाई गयीं और अफ्रीका के अलावा हिन्दुस्तान और विलायत के समाचारपत्रों को भेज दी गयीं। हिन्दुस्तान के टाइम्स आफ इंडिया ने इस विषय पर एक अग्र लेख प्रकाशित करते हुए हिन्दुस्तानियों की माँग का

समर्थन किया। पहली बार हिन्दुस्तान के लोगों को नाटाल में बसे हिन्दुस्तानियों की दुर्दशा का पता चला। लन्दन टाइम्स ने भी नाटाल वासी हिन्दुस्तानियों की माँग का समर्थन किया। इस सबमें एक महीना कब गुजर गया पता ही नहीं चला। गाँधी के नये शिष्यों ने उसे स्थाई रूप से अफ्रीका में बसने का आग्रहपूर्वक अनुरोध किया। गाँधी अभी महात्मा नहीं बना था। उसका रहन–सहन शान शौक़त वाला था। प्रथम श्रेणी से नीचे के दर्जे में वो यात्रा नहीं करता था। अफ्रीका में रहना तो उसने स्वीकार कर लिया पर अपनी समस्या भी रख दी कि बिना आमदनी के वो अपना खर्च कैसे चलाएगा। उसने अपनी वकालत के लिए सबका सहयोग माँगा। सहयोग देने के लिए सब तुरन्त तैयार हो गये। इसके अतिरिक्त लोगों ने यह प्रस्ताव भी रखा कि वो अपना पूरा खर्च संगठन से ले। सारे सदस्य यह खर्च उठाने के लिए सहर्ष तैयार थे पर गाँधी के अन्दर नैतिकता का ज्वालामुखी धधक रहा था। उसने अपने व्यक्तिगत खर्च के लिए सार्वजनिक पैसे के उपयोग से एकदम इनकार कर दिया। यहाँ स्थाई रूप से बसने के लिहाज से उसकी इच्छा के अनुसार सबने उसके लिए घर और अन्य आवश्यक सामानों का इन्तजाम कर दिया। दादा अब्दुल्ला ने व्यक्तिगत रूप से इस इन्तजाम में रुचि ली और भरपूर सहयोग भी दिया। गाँधी ने अफ्रीका में वकालत प्रारम्भ करने के लिए स्थानीय सुप्रीम कोर्ट में पंजीयन हेतु प्रार्थना पत्र प्रस्तुत कर दिया।

गाँधी का कोई भी काम बिना किसी विघ्न बाधा के पूरा हो जाए ऐसा सौभाग्य लेकर वह नहीं आया था इसलिए पंजीकरण में भी अड़चन खड़ी हो गयी। अड़चन खड़ी नहीं हुई बल्कि की गयी। गोरी चमड़ी अदालत में अपने एकाधिकार में जरा भी दरार नहीं पड़ने देना चाहती थी। एक काले के प्रवेश के बाद न जाने कितने काले उनकी कमाई में बट्टा लगाते। जिन गोरों ने आपत्तियों की साजिश रची उन्हीं में से कुछ ने इन आपत्तियों को खारिज किया और गाँधी के न्यायालय प्रवेश की बाधा समाप्त की। ये बाधाएँ अड़चनें गाँधी के लिए विज्ञापन का काम कर गयीं। यह अनोखा व्यक्ति था धन उसके जीवन में सीमित महत्त्व रखता था, इसलिए वकालत भी उसके जीवन में सीमित महत्त्व रखती थी। जो उसके लिए महत्त्वपूर्ण बन गया वह था अन्याय से लड़ने की जिजीविषा, समाज उत्थान और समाज सुधार। अपने उद्‌देश्य को येन केन किसी भी प्रकार प्राप्त कर लिया जाए यह उसे अनुचित लगता। जो सत्य है केवल उसे स्वीकार करते हुए वो नैतिकता और न्याय के साथ अपना उद्‌देश्य प्राप्त करना चाहता था। सत्य उसे जीवन का सबसे अभिन्न अंग प्रतीत होने लगा था। झूठे साधनों का किसी भी रूप में प्रयोग वो अस्वीकार करने लगा। ज़ीवन के प्रत्येक अंग में सत्य का ऐसा आग्रह किसी भी सामान्य व्यक्ति के लिए असम्भव था। इस गुण ने उसे अपने मित्रों–परिचितों के बीच आदरणीय बना

दिया।

नाटाल में अब वो सफल वकील बनने के लिए नहीं बसा था, कारण था नाटालवासी हिन्दुस्तानियों के साथ हो रहे अन्याय का प्रतिकार शोषण से मुक्ति। हिन्दुस्तानियों के मताधिकार छीने जाने का सफल विरोध वो कर चुका था पर यह लड़ाई अपने अंजाम तक नहीं पहुँची थी, आगे बहुत कुछ करना था इसलिए यह निश्चय हुआ कि जो संगठन बना है उसे स्थाई रूप दे दिया जाए तो इस प्रकार 22 मई 1894 को नाटाल इंडियन काँग्रेस का जन्म हो गया। यह काँग्रेस अधिवेशन के लिए नहीं थी न केवल सरकार से कुछ माँग रखने तक सीमित थी, गाँधी ने इस संस्था को सामाजिक उत्थान का जरिया बनाया। काँग्रेस की छत्र छाया में एक संघ बनाया कोलोनिअल बौर्न इंडियन एजुकेशनल एसोसिएशन। इसके द्वारा नौजवानों को वाद विवाद का एक मंच प्रदान किया गया। एक छोटा पुस्तकालय स्थापित किया गया और दक्षिण अफ्रीका के गौरांगों के साथ इंग्लैंड और हिन्दुस्तान के लोगों को नाटाल के हिन्दुस्तानियों की वस्तुस्थिति से परिचित कराने का काम गम्भीरता से प्रारम्भ हुआ। इस काँग्रेस के कारण अफ्रीका में बसे हिन्दुस्तानियों को अपनी व्यथा प्रकट करने का एक सशक्त मंच मिला और नौजवानों को अभिव्यक्ति का अवसर। इस काँग्रेस में नेता कोई नहीं था यह काम सँभालने वाले कार्यकर्ताओं का एक समूह था गाँधी भी उन्हीं में से एक था। इस संगठन में नाटाल के हिन्दुस्तानी व्यापारी और नौकरी पेशा लोग ही जुड़े थे एक बड़ा वर्ग अभी न इस संगठन को जानता था न संगठन ने उनकी कोई सुध ली थी।

अफ्रीका के अलावा विश्व के विभिन्न भागों में खेतिहर मजदूरों की बड़ी आवश्यकता थी। ब्रिटिश उपनिवेशों में अँग्रेज रईस और व्यापारी बड़े पैमाने पर ईख की खेती कर रहे थे। हिन्दुस्तान में एक प्रकार से प्रशिक्षित किसानों का एक बड़ा वर्ग बेहद निर्धन था बहुतेरे बेरोजगार थे। अँग्रेजों को ये मजदूर बहुत काम के प्रतीत हुए। इन विपन्न निरक्षर लोगों को दूर देश के इन खेतों पर काम के लिए ले जाया जाने लगा। शीघ्र ही मजदूर व्यापार एक संगठित उद्योग बन गया। अँग्रेज ठेकेदार इन मजदूरों से बहुत कठोर शर्तों पर अनुबन्ध कर उन्हें अफ्रीका जैसे देशों के बड़े अँग्रेज किसानों के सुपुर्द कर देते। ये इंडेंचर्ड मजदूर थे। सरकार से परमिट पाने के बाद ये मजदूर विदेश भेजे जाते थे। इसलिए ये परमिटिया मजदूर कहलाते थे। ग्रामीण मजदूरों ने अपनी बोलचाल में परमिटिया को गिरमिटिया बना दिया। ऐसे गिरमिटिया मजदूर अफ्रीका में बड़ी संख्या में काम कर रहे थे। एक दिन एक फटेहाल रोता हुआ गिरमिटिया हाथों में पगड़ी लिए गाँधी के कार्यालय में आया उसके शरीर पर हंटरों के निशान थे इन निशानों से जगह जगह खून निकलकर जम गया था, आगे के दो दाँत मार के कारण टूट गये थे। फूट फूट कर रोते हुए इस मजदूर ने अपनी आप बीती

सुनाई तो गाँधी उसकी दुर्दशा सुन सन्न रह गया। बालासुन्दरम नाम के इस मजदूर की वो कानूनन जो सहायता कर सकता था उसने तुरन्त की। इस हादसे से गाँधी के मन में गिरमिटिया मजदूरों के प्रति उत्कंठा तो हो ही चुकी थी इनकी वास्तविक परिस्थिति जानने के साथ इन पर लागू होने वाले पच्चीस पौंड के टैक्स ने उसकी उत्सुकता और बढ़ा दी।

गिरमिटिया मजदूर एक प्रकार से अफ्रीकी अँग्रेज जमींदारों के गुलाम होते थे। हिन्दुस्तान से जाने वाले इन निरक्षर मजदूरों से मनमाने दस्तावेजों पर अँगूठे लगवा लिए जाते थे। इन्हें बताया जाता कि दो-चार दिन की समुद्री यात्रा के बाद वे अपने गन्तव्य पर पहुँच जाएँगे, खाना रहना मुफ्त होगा और बढ़िया मजदूरी मिलेगी। लेकिन जहाज का लंगर खुलने के बाद इन्हें पता लगता कि समुद्र की लम्बी यात्रा करनी पड़ेगी। खेतों पर पहुँचने के बाद इनसे निर्दयता के साथ काम लिया जाता। मालिक के क्रोध का सामना करना पड़ता सामान्य मारपीट तो रोजमर्रा का किस्सा था। कोई बड़ी गलती होने पर इनकी हंटरों से पिटाई होती। सूर्योदय के साथ इन्हें खेतों पर पहुँच काम शुरू कर देना पड़ता और सूर्यास्त तक कोई अवकाश न मिलता। इनके लिए कोई साप्ताहिक अवकाश भी नहीं था। कोई छुट्टी नहीं। केवल गम्भीर बीमारी ही इन्हें कुछ रियायत दिला पाती थी। इतनी मेहनत के बाद इन्हें औसतन चौदह शिलिंग प्रतिमाह मजदूरी मिलती थी। इस मामूली मजदूरी में से कुछ भी बचाना लगभग असम्भव होता था।

आमतौर से ये मजदूर पाँच वर्षों के अनुबन्ध (indenture) पर ले जाए जाते थे पाँच वर्ष के बाद अनुबन्ध बढ़ाना न बढ़ाना मालिक पर निर्भर होता था। यदि वापिस हिन्दुस्तान आना पड़ा तब पुरुष मजदूर तो समाज में स्वीकृत हो जाते थे पर अनब्याही स्त्रियों के लिए घर-परिवार या समाज में कोई स्थान नहीं रह जाता था। यह सब समझते हुए स्त्रियाँ वहीं किसी मजदूर से विवाह कर लेतीं। विवाह होता बच्चे हो जाते। जाति के बन्धन तोड़कर परिवार बनाने वालों के लिए हिन्दुस्तानी समाज के दरवाजे बन्द हो जाते। इसलिए ये परिवार कोशिश करते कि अनुबन्ध पूरा होने पर अफ्रीका में ही बस जाएँ। अफ्रीका में उन्हें अपना भविष्य भी कुछ बेहतर दिखता था। ऐसे बहुत से हिन्दुस्तानी रोजगार के मामले में अँग्रेजों के प्रतिस्पर्धी बन रहे थे। अँग्रेजों को यह स्थिति भविष्य के लिए भयानक लगने लगी थी इसलिए उन्होंने इन हिन्दुस्तानियों के लिए एक नया क्रूर कानून प्रस्तावित किया। ऐसे प्रत्येक हिन्दुस्तानी अनुबन्ध मजदूर को जो हिन्दुस्तान वापिस जाने से इनकार करता है या नये अनुबन्ध से अपने आपको बन्धन में नहीं बाँधता। नाटाल में रहने के लिए वार्षिक पच्चीस पौंड कर चुकाना पड़ेगा। इस प्रस्ताव पर हिन्दुस्तान के वायसराय से सहमति माँगी गयी। उन्होंने दया कर पच्चीस के बजाय तीन पौंड पर सहमति दे दी।

जिस देश में एक मजदूर को प्रति माह एक पाउंड भी नहीं मिलता था उसके लिए तीन पौंड का कर उस भिखारी के शरीर से खून निचोड़ लेने जैसा था। यह किसी निर्धन का सरकार द्वारा किया जाने वाला क्रूरतम शोषण था। बात यहीं तक सीमित नहीं थी। एक पति-पत्नी और कुल दो बच्चों के परिवार के लिए यह कर बारह पौंड हो जाता था। अर्थात यदि परिवार में केवल पति मजदूरी करके कमा रहा है तो पूरे वर्ष में उसकी कुल कमाई भी परिवार के लिए कर देने हेतु अपर्याप्त थी।

जो विपन्न हैं, सताए हुए हैं, मजबूत हैं, सरकारी कुटिलता से अनभिज्ञ हैं, जिन्हें अपनी शक्ति का रंच मात्र भी भान नहीं है क्या उनके लिए भी उसका कोई कर्तव्य है? क्या वो इस दिशा में कुछ कर सकता है? इन सवालों ने गाँधी को बालासुन्दरम की सहायता से गिरमिटियाओं के घर पहुँचा दिया। इन बेसहारा मजदूरों की गुलाम जैसी स्थिति ने गाँधी के मन में तूफ़ान खड़ा कर दिया। नाटाल इंडियन काँग्रेस ने इस क्रूर टैक्स का विरोध करना निश्चित कर लिया। इस नये संगठन ने इस अन्याय का पुरजोर विरोध किया। शायद इसी आन्दोलन का नतीजा था कि हिन्दुस्तान के वायसराय ने पच्चीस पौंड के टैक्स को नामंजूर कर दिया। लेकिन जो मंजूर किया वह भी किसी अन्याय से कम नहीं था। तीन पौंड टैक्स का अर्थ था एक परिवार की वार्षिक कमाई पर सौ प्रतिशत या उससे भी अधिक टैक्स और यह टैक्स धन्ना सेठों पर नहीं निर्धन मजदूरों पर लगाया गया था। गाँधी अपने पलँग पर सोने का उपक्रम करते हुए अपने आन्दोलन को तौलता। क्या पच्चीस से तीन पौंड तक घटाया गया टैक्स नाटाल काँग्रेस के आन्दोलन के कारण हुआ? ऐसा तो नहीं कि योजना के अनुसार पहले अधिक टैक्स लगाकर सरकार की दयाशीलता स्थापित करने के लिए बाद में घटा दिया गया। बहुत मानसिक तर्क वितर्क के बाद भी वो किसी निश्चय पर नहीं पहुँच सका। बस इतना ही निश्चय हुआ कि तीन पौंड का टैक्स भी अमानवीय और असम्भव है और इसे समाप्त करने के लिए उसे अपनी लड़ाई जारी रखनी पड़ेगी (बीस वर्षों में भारतीय राष्ट्रीय काँग्रेस और गोखले के समर्थन से यह टैक्स ख़त्म हुआ)।

गाँधी एक वर्ष के लिए दक्षिण अफ्रीका आया था पर यहाँ आकर ऐसा उलझा कि तीन वर्ष पलक झपकते गुजर गये। तीन वर्षों की परिवार से दूरी अब उसे साल रही थी। पत्नी बच्चों और भाई-भाभी की यादों ने उसे घर जाने के लिए उत्कंठित कर दिया। अट्ठारह सौ छियानबे का साल था गाँधी छः महीने घर परिवार के साथ गुजारने के मनसूबे से जहाज में बैठ गया। दक्षिण अफ्रीका से ये जहाज कलकत्ता के लिए था। यहाँ पहुँचने के साथ बिना रुके गाँधी रेलगाड़ी से बम्बई चल दिया। मार्ग में आता था इलाहाबाद। यहाँ गाड़ी को पैंतालिस मिनट रुकना था। गाँधी शहर देखने और एक दवा लेने के लिए स्टेशन से बाहर आ गया। जरा सी दूरी पर नखास था

यहीं डफरिन अस्पताल के पास दवा की दुकानें थीं लेकिन बस मील पौन मील की दूरी के आने-जाने में ट्रेन छूट गयी। अब एक दिन यहाँ रुकना मजबूती थी। गाँधी ने रेलवे स्टेशन से जुड़े केलेनर्स होटल में सामान डाला और पायोनियर अखबार कार्यालय के लिए निकल पड़ा। पायनियर अँग्रेजपरस्त अखबार था। स्वराज भवन से मील भर की दूरी पर चेथम लाइन्स के पास विशाल परिसर में इसका कार्यालय और प्रेस था। सम्पादक चेस्ने से मिलने के लिए उसने अनुमति माँगी। चेस्ने ने तुरन्त उसे अपने कार्यालय में बुलाया और बहुत दिलचस्पी के साथ गाँधी के अफ्रीका विषयक अनुभवों को सुना। उसने वादा किया कि गाँधी जो कुछ भी लिखकर भेजेंगे उसे समाचारपत्र में स्थान मिलेगा यद्यपि यह आवश्यक नहीं है कि सम्पादक उससे सहमत हो। गाँधी के लिए इतना बहुत था। अब नगर में करने को कुछ नहीं था, वो वहाँ से संगम के लिए निकल लिया। अभी वर्षा ऋतु प्रारम्भ भर हुई थी, पर गंगा यमुना दोनों उफान पर थीं। त्रिवेणी के भव्य दृश्य को घंटों निहारते रहने के बाद उसे वापसी की सुधि आई। अगले दिन वो फिर ट्रेन पकड़ बम्बई के लिए रवाना हो गया।

गाँधी बम्बई पहुँच वहाँ रुका नहीं पहली ट्रेन से राजकोट के लिए रवाना हो गया। बम्बई में प्लेग फैला हुआ था। राजकोट पहुँच गाँधी ने अफ्रीका में हिन्दुस्तानियों की दुर्दशा पर एक लघु पुस्तिका (हरे रंग के मुखपृष्ठ के कारण यह ग्रीन बुक नाम से जानी गयी) तैयार की। एक महीने में इसे लिखना और छपवाना सम्भव हुआ। यह पुस्तिका उसने हिन्दुस्तान के सभी समाचारपत्रों को भेज दी समाचार एजेंसी रायटर को भी भेजी गयी। इलाहाबाद के पायनियर ने सबसे पहले इस पुस्तिका पर ध्यान दिया और इस विषय पर सम्पादकीय भी लिखा। रायटर ने इसे लन्दन में चर्चित बनाया और रायटर के ही कारण दक्षिण अफ्रीका में जन्मी यह कथा अपने जन्म स्थान दक्षिण अफ्रीका भी पहुँची, भले ही इसे वहाँ चार पंक्तियों में समेट दिया गया। इन चार पंक्तियाँ ने भी वहाँ क्रोध की लहर उत्पन्न कर दी। शोषकों के प्रति नहीं शोषितों के प्रति।

बम्बई के प्लेग का खतरा राजकोट में भी मंडरा रहा था। इस बीमारी के उत्पन्न होने में गन्दगी की प्रमुख भूमिका थी। और गन्दगी में रहने तथा वातावरण को गन्दा बनाने में नागरिक बढ़चढ़कर हिस्सा लेते थे। गाँधी उपदेश देने या भाषण बाजी में विश्वास नहीं रखता था न प्रत्येक काम की जिम्मेदारी के लिए प्रशासन का मुँह देखता था। उसने म्यूनिसिपालिटी के सफाई विभाग को अपनी सेवा प्रस्तुत कर दी। विभाग ने एक बाहरी व्यक्ति की सेवा सहर्ष स्वीकार कर ली। एक कमेटी बनी और नगर के प्रत्येक घर में शौचालयों की स्वच्छता का अभियान चलाया गया। कमिटी के सदस्य घरों में जाकर केवल सन्देश नहीं देते थे वे स्वयं संडासों की दशा

देख सुधार और सफाई के लिए लोगों को प्रोत्साहित करते थे। इस कार्यक्रम के लिए जब गाँधी और अन्य लोग घरों में पहुँचे तो सबसे धनी वर्ग के शौचालयों को ही उन्होंने सबसे गन्दा पाया। यह वर्ग अपने शौचालयों के निरीक्षण में भी सहयोग नहीं करता था। वहीं जब यह दल दलितों की बस्ती में पहुँचा और उनके शौचालय देखने की इच्छा प्रकट की तो वो बेचारे इस दल के लोगों का मुँह देखने लगे। फिर बोले हमारे भाग्य में शौचालय कहाँ हम सब तो खुले में ही अपना काम कर लेते हैं। अब उनसे उनके घर के निरीक्षण की अनुमति माँगी तो सबने सहर्ष अपने घरों के दरवाजे खोल दिए। निरीक्षण दल उनके घरों के अन्दर और बाहर की स्वच्छता देखकर दंग रह गया। गाँधी को समाज का कोई भी रचनात्मक काम सहज ही आकृष्ट कर लेता था। राजकोट में वृक्षारोपण का अभियान चला तो गाँधी ने इसमें भी अपना भरपूर योगदान दिया वृक्षारोपण भी किया, वृक्ष उसने दिखावे के लिए नहीं लगाए जो पौधे उसने रोपे उनकी देखभाल तब तक की जब तक वह राजकोट में रहा।

अफ़्रीका की स्थितियों के प्रति हिन्दुस्तान में एक अभियान की उसकी कल्पना थी इसीलिए उसने लघु पुस्तिका लिखी थी। राजकोट से फ़ुर्सत मिलते ही वह बम्बई आ गया। यहाँ वो न्यायाधीश रानाडे से मिला उन्होंने अफ़्रीका में हिन्दुस्तानियों की दुर्दशा सुनने के बाद संवेदना तो प्रकट की, किन्तु सरकार में शामिल होने के कारण अपने योगदान की सीमा रेखा भी बता दी उन्होंने उसे सर फ़िरोज़शाह से मिलने का परामर्श दिया। गाँधी न्यायाधीश तैय्यबजी से भी मिला उन्होंने भी शाह से मिलने की सलाह दी। शाह के रुआबदार व्यक्तित्व के बारे में उसने पहले से ही सुन रखा था। फिर भी उनसे मिलना गाँधी ने तै कर लिया। शाह के चैम्बर में जब वह उनसे मिला तो रुआब आतंक हवा हो गया। शाह उससे बड़ी गर्मजोशी के साथ पित्रवत मिले। उन्होंने उसे बड़े ध्यान से सुना और तुरन्त यह निश्चय किया कि इस विषय पर बम्बई में एक सभा आयोजित की जाए और उसमें गाँधी अफ़्रीका की अमानवीय परिस्थितियों का वर्णन करें ताकि हिन्दुस्तान के लोग यह जानें कि आखिर वहाँ हो क्या रहा है? किस नारकीय परिस्थिति में वहाँ हिन्दुस्तानी सताए जा रहे हैं?

बम्बई में रह रही अपनी बहन से मिलने गाँधी उनके घर गये। उनके बहनोई गम्भीर रूप से बीमार थे। उनकी सेवा सुश्रूषा और अच्छी तरह हो सके यह सोच गाँधी बहन बहनोई को लेकर राजकोट आ गये। बीमार की सेवा एक नया अनुभव था। वो एक प्रकार से बहनोई के लिए नर्स का काम करने लगे। बहुत प्रयास के बाद भी बहनोई बचाए नहीं जा सके। अभी यह हादसा हुआ ही था कि बम्बई में तै सभा का दिन आ पहुँचा। वो बिना किसी तैयारी के बम्बई पहुँच गये। गाँधी के पास तैयार भाषण न देख शाह ने उन्हें सलाह दी कि वो भाषण तैयार कर लें। सभा में जब गाँधी

बोलने के लिए खड़े हुए तो उनका स्वर बहुत मन्द था शाह ने उनकी तारीफ करते हुए उन्हें जोर से बोलने के लिए कहा पर गाँधी की आवाज और मन्द हो गयी अब शाह जितना जोश बढ़ाते गाँधी की आवाज उतनी ही मद्धम हो जाती अन्त में यह भाषण गाँधी के मित्र केशवराव देशपांडे ने पढ़ना प्रारम्भ किया पर श्रोताओं के अनुरोध पर अन्त में यह भाषण दिनशा वाछा ने पढ़ा। शाह के अलावा अधिकतर गणमान्य श्रोताओं ने भाषण की भूरि भूरि प्रशंसा की।

बम्बई जीतने के बाद गाँधी ने पूना का रुख किया यहाँ वह तिलक और गोखले से मिला। तिलक के भव्य व्यक्तित्व से गाँधी बहुत प्रभावित हुआ और उसे समझ में आ गया कि जनता उन्हें क्यों अपने सर आँखों पर बैठाए हुए है। वहीं गोखले से मिलकर तो वो आह्लादित हो उठा, गोखले यों मिले जैसे कोई बचपन का मित्र वर्षों बाद अचानक मिल गया हो। इन दोनों की सलाह से उसने यहाँ भी पूर्ण सफलता के साथ एक सभा को सम्बोधित किया। पूना की विजय यात्रा के बाद वो मद्रास पहुँचा। मद्रास की सभा में बालासुन्दरम की कहानी सुन श्रोता सन्न रह गये। गाँधी ने यहाँ बड़ा लम्बा भाषण दिया पर सभा ने पूरा भाषण बड़े मनोयोग से सुना, सभा सफल रही। मद्रास के दो प्रमुख अखबार 'द हिन्दू' और 'द मद्रास स्टैण्डर्ड' के सम्पादक गाँधी से बहुत प्रभावित हुए। स्टैण्डर्ड के सम्पादक ने तो अपने समाचारपत्र में उसे एक कालम ही दे दिया जिसमें गाँधी अपने विचार व्यक्त करने के लिए स्वतन्त्र था। गाँधी ने इस कालम का भरपूर उपयोग किया। यहाँ से गाँधी कलकत्ता पहुँचा, कलकत्ता अपेक्षाकृत कठिन शहर साबित हुआ पर यहाँ गाँधी को सौन्डर्स का सहारा मिला। 'द इंग्लिशमैन' के सम्पादक सौन्डर्स ने अपनी बात रखने के लिए अपना कार्यालय और समाचारपत्र गाँधी के सुपुर्द कर दिया और इस विषय पर अपने लिखे लेख के सुधार की जिम्मेदारी भी उसे सौंप दी। गाँधी सौन्डर्स का मित्र हो गया और यह मित्रता दोनों के बीच जीवन भर कायम रही। इन्हीं दिनों उसे दक्षिण अफ्रीका आने का तार मिला। गाँधी कलकत्ता से फौरन राजकोट लौटा। पत्नी बच्चों और अपने पितृविहीन बालक भांजे को लेकर वो बम्बई आकर अफ्रीका जाने के इन्तजाम में जुट गया।

गाँधी सेठ अब्दुल्ला के कार्यालय में पहुँचा और यात्रा के इन्तजाम का अनुरोध किया। उसे यह जानकर प्रसन्नता हुई कि अब दादा अब्दुल्ला एंड कम्पनी ने जहाज खरीद लिया था। और इस जहाज में उसके पूरे परिवार की निःशुल्क यात्रा का इन्तजाम था। यात्रा के अन्त में समुद्र अशान्त हो गया और बवंडर की गिरफ्त में आ गया, अधिकांश यात्री घबरा रहे थे तो यहाँ भी गाँधी को ढाढ़स बँधाने का काम मिल गया। वो यात्रियों के बीच बैठ उन्हें हिम्मत बँधाता। अधिकांश यात्री गरीब ग्रामीण थे। गाँधी सदैव गरीबों अशिक्षितों और ग्रामीणों के बीच अपने को बहुत सहज

पाता। सदैव उसका मन उनकी सहायता के लिए उसे प्रेरित करता। वो बहुत शीघ्र उनमें घुलमिल जाता उसकी इसी सहजता के कारण बहुतों से उसका व्यक्तिगत परिचय हो गया। जहाज डरबन आ तो गया पर यात्रियों को बन्दर पर उतरने की मनाही थी। बम्बई में प्लेग फैला हुआ था अतः क्वेरेंटाईन की अवधि पूरी होने पर ही यात्री शहर में आ सकते थे। इस अवधि में कुछ दिन शेष थे। पर वस्तुतः बात कुछ और भी थी और इन यात्रियों की इस सामुद्रिक कैद का मुख्य कारण था गाँधी। गाँधी के अफ्रीका पहुँचने से पहले अफ्रीका में बसे हिन्दुस्तानियों की दुर्दशा के प्रति हिन्दुस्तान के लोगों का ध्यान खींचने की जो कार्रवाई उसने की थी उसकी सारी खबरें यहाँ पहुँच चुकी थीं। यहाँ के गोरे बेहद नाराज और गाँधी के प्रति विद्वेष से उबल रहे थे। उनके दबाव के कारण गाँधी के साथ अन्य यात्री मुसीबत में फँस गये थे। सरकार की ओर से जहाज कम्पनी दादा अब्दुल्ला एंड कम्पनी के मालिक सेठ अब्दुल करीम हाजी आदम पर दबाव डाला जा रहा था कि गाँधी समेत सभी यात्रियों को वापिस ले जाया जाए।

सेठ कमजोर आदमी नहीं था उसने सारे दबाव झेलते हुए यात्रियों को वापिस करना मंजूर नहीं किया अन्त में सभी यात्रियों को उतरने की अनुमति मिल गयी पर गाँधी के लिए सलाह दी गयी कि वो शाम को अलग दिन छुपने के बाद उतरें क्योंकि सारा गुस्सा उसी पर केन्द्रित था। गाँधी ने यह सलाह मान ली पर कम्पनी के वकील और गाँधी के निडर मित्र लाफटन ने गाँधी से कहा कि तुम रात के अँधेरे में चोरों की तरह छुपकर क्यों जाओगे? यदि तुम्हें डर नहीं है तो पत्नी और बच्चों को गाड़ी से भेज दो और हम तुम पैदल चलते हैं। मुझे ऐसा कोई भय दिखाई नहीं देता कि गोरे तुम्हें कोई नुकसान पहुँचाएँगे। गाँधी ने यह सलाह भी मान ली। पत्नी और बच्चों को गाड़ी से भेज वो लाफटन के साथ शहर में पैदल चल दिया। लेकिन गाँधी को सड़क पर कुछ गोरे लड़कों ने पहचान लिया और वो पीछे लग लिए शीघ्र ही भीड़ बढ़ने लगी और फिर, भीड़ आक्रामक हो गयी। लाफटन को गाँधी से अलग कर लोग उस पर सड़े अंडे और पत्थर फेंकने लगे, इतने से दिल नहीं भरा तो उन्होंने उसे पीटना शुरू कर दिया। लात घूँसों की मार से गाँधी बेदम हो गया उसका सर चकराने लगा। यह एक संयोग था कि उसी समय पुलिस अधीक्षक एलेक्जेंडर की पत्नी उधर से गुजर रही थीं। वो गाँधी को पहचानती थीं गाँधी को इस बुरी तरह पिटता देख वो निर्भीक महिला तुरन्त अपनी गाड़ी से कूद गाँधी के पास पहुँचीं और ललकारते हुए उसे भीड़ से छुड़ाकर स्वयं उसके सामने खड़ी हो गयी। पत्थर की मार से बचाने के लिए उन्होंने उसके ऊपर अपना छाता भी तान दिया। लोग महिला को पहचान रुक गये। इसी बीच किसी हिन्दुस्तानी ने पुलिस को खबर कर दी। पुलिस अधीक्षक अलेक्जेंडर ने तुरन्त गाँधी की सुरक्षा के लिए सिपाहियों की एक

टुकड़ी भेजी। यह टुकड़ी गाँधी को भीड़ के घेरे से निकाल पुलिस स्टेशन ले आई।

अधीक्षक ने गाँधी को सलाह दी कि वो पुलिस स्टेशन में ही रुक जाएँ पर गाँधी ने अपने मित्र रुस्तमजी के यहाँ जाना अधिक उपयुक्त समझा उनका परिवार पहले ही वहाँ पहुँच चुका था। गाँधी की इच्छा के अनुसार उसे रुस्तमजी के यहाँ पहुँचा दिया गया। गाँधी की दशा देख कस्तूरबा चिन्तित हो उठीं। अभी परदेस आए पहला दिन था और पति का शरीर चोटों से नीला पड़ गया था। जाने ऐसे देश में उसके पति इतने समय तक अकेले कैसे रहे थे। सहमे हुए बच्चे भी विस्फारित नेत्रों से उन्हें देख रहे थे। इस बीच कम्पनी के डॉक्टर ने आकर गाँधी की दवा दारू और मरहम पट्टी कर दी। बाहरी चोट तो एक ही थी शेष अन्दरूनी थीं पर सांघातिक नहीं थीं।

रुस्तमजी के घर में तो शान्ति थी पर बाहर अशान्ति उत्पन्न होती जा रही थी। उनके घर के बाहर गोरों की भीड़ लगती जा रही थी। पुलिस को सूचना मिली तो अधीक्षक अलेक्जेंडर अपने दल बल के साथ आ पहुँचा। उसने रुस्तमजी के घर के बाहर कुर्सी लगाई और अन्दर खबर भेजी कि गाँधी वेश बदलकर चुपचाप घर से निकल जाएँ। गाँधी ने अब कहे अनुसार एक सिपाही की पोशाक पहनी और दो-चार सिपाहियों के बीच घर से बाहर निकल गया। बाहर बैठा अलेक्जेंडर भीड़ के साथ मिलकर नारेबाजी कर रहा था—'खट्टे सेव की डाल पर, बुड्ढा गाँधी टाँगेंगे, गाँधी को हम पकड़ेंगे, फाँसी पर लटकाएँगे।' इस बीच यह जान कि गाँधी जा चुका है अलेक्जेंडर ने भीड़ से कहा—"चिड़िया उड़ गयी गाँधी घर में नहीं है आपको विश्वास न हो तो किसी को घर के अन्दर भेजकर मेरी बात की सत्यता जाँच लें।" भीड़ से एक-दो लोग घर में गये और उन्होंने आकर बताया कि पुलिस अधीक्षक की बात सही थी। लोग समझ गये कि अलेक्जेंडर ने चालाकी के साथ गाँधी को सुरक्षित निकाल दिया है वो उसकी कुशलता पर हँसते हुए अपने घरों को लौट गये।

इस घटना की सूचना मिलते ही उपनिवेश राज्य सचिव चेंबरलेन ने नाटाल सरकार को इस उपद्रव में शामिल लोगों पर कानूनी कार्रवाई के आदेश दे दिए। श्री एस्कोम्ब गाँधी से मिले इस दुखद घटना पर खेद प्रकट करते हुए उन्होंने कहा कि यदि आप मारपीट कर रहे लोगों की शिनाख्त कर दें तो वो उन पर कानूनी कार्रवाई करना चाहते हैं, चेम्बरलेन ने भी इस आशय का सन्देश भेजा है। गाँधी ने प्रत्युतर में लिखा कि यद्यपि वह कुछ लोगों को पहचान सकता है पर वह उन्हें किसी प्रकार की सजा दिलाने के पक्ष में नहीं है। कारण भीड़ के लोग इस भ्रम का शिकार थे कि मैंने हिन्दुस्तान में कोई गलत बात कही है। रायटर ने जिस तरह की आधी अधूरी खबर यहाँ भेजी उससे लोगों का रोष में आना स्वाभाविक था। यह काम प्रशासन का था कि वह नागरिकों तक सत्य और वस्तुस्थिति की सही जानकारी पहुँचाता। मुझे

विश्वास है कि जब इन लोगों को सत्य का पता चलेगा तब इन्हें अपने कृत्य पर स्वयं ही पश्चाताप होगा। एस्कोम्ब ने गाँधी से पूछा कि क्या आप अपना यह निर्णय लिखकर दे सकते हैं, कुछ भी लिखने से पहले आप अच्छी तरह सोच लें और चाहें तो लाफटन से भी सलाह ले लें। मुझे यह स्वीकार करने में कोई संकोच नहीं है कि आपके द्वारा भीड़ को क्षमा कर देने से मेरे लिए नगर में शान्ति बहाल करना आसान हो जाएगा। गाँधी के मन में कोई छल-कपट था नहीं उसने जैसा कहा था वैसा ही जवाब में लिख भेजा।

इस घटना के बाद 'द नाटाल एडवरटाईजर' का पत्रकार गाँधी के साक्षात्कार के लिए पहुँचा। गाँधी ने उसे बताया कि जो वो पहले यहाँ बोल चुका था उससे अलग हिन्दुस्तान में उसने कुछ भी नहीं कहा था। फ़िरोज़शाह की सूझबूझ के कारण उसने हिन्दुस्तान में अपने सभी भाषण लिखकर पढ़े थे। उनकी प्रतियाँ उसके पास थीं वो प्रतियाँ गाँधी ने पत्रकार को दे दीं। सारा सत्य सामने आने पर लोग अपने कृत्य पर शर्मिन्दा हुए। लेकिन इस घटना से वहाँ की सरकार हिन्दुस्तानियों पर रोक टोक लगाने के लिए सचेष्ट हो गयी। विधान सभा में दो विधेयक प्रस्तुत किये गये, पहला हिन्दुस्तानियों के व्यापार करने पर आघात करता था और दूसरा हिन्दुस्तानियों के नाटाल आने पर। हिन्दुस्तानियों के वोटिंग अधिकार छीने जाने पर जो आन्दोलन काँग्रेस ने चलाया था उसका यह नतीजा निकला कि इन दोनों विधेयकों की भाषा बहुत सूझबूझ के साथ रची गयी ताकि किसी तरह के रंग भेद और जातिभेद का आरोप न लग सके और हिन्दुस्तानियों पर कड़ाई भीं हो जाए।

पोरबन्दर में गाँधी के घर के पास मन्दिर था। उसका जन्म धार्मिक हिन्दू वैष्णव परिवार में हुआ था। माँ पुतलीबाई बहुत धार्मिक थीं अकसर लम्बे लम्बे कठोर व्रत रखतीं। गाँधी पर माँ का बड़ा प्रभाव था पर फिर भी कभी हिन्दू धर्म के प्रति किसी प्रकार की विशेष जिज्ञासा उसके मन में नहीं उठी। आस्तिक परम्परा में जैसा चल रहा था इसका पालन ही बहुत था। मुसलमान परिवारों से परिवार का परिचय था पिता दीवान थे इसलिए हिन्दू-मुसलमान सभी के लिए उनके दरवाजे खुले रहते थे। उसके सुनने में आया था कि राजकोट में एक व्यक्ति ईसाई हो गया था और वो हिन्दू धर्म के साथ अपने पारिवारिक पूर्वजों का भी उपहास किया करता था। गाँधी को इस तरह अपने बाप दादा का उपहास उचित प्रतीत नहीं होता था। लन्दन में पहली बार उसे ऐसे लोगों का सामना करना पड़ा जो उसके बेहद नजदीकी हो गये थे और ईसाई धर्म के प्रति बहुत आग्रही थे वो लगातार उसे ईसाई धर्म स्वीकार करने की

प्रेरणा दिया करते। ईसाई धर्म का साहित्य देते और उस पर व्याख्यान के अलावा वाद विवाद भी करते। गाँधी को इन वार्तालापों में हिन्दू धर्म की जानकारी न होना अखरने लगा। यहीं उसने कुछ हिन्दू साहित्य पढ़ा और हिन्दू धर्म में उसकी आस्था को बल मिला। अफ्रीका में उसे इस्लाम और ईसाई दोनों धर्म के मित्र मिले। इनमें से अधिकतर मित्र अपने धर्म की प्रशंसा करते धार्मिक उच्च आदर्शों से उसका परिचय कराते। इन वार्ताओं ने उसे सभी धर्मों के गहन अध्ययन की प्रेरणा दी। अध्ययन का नतीजा यह रहा कि हिन्दू धर्म में उसकी आस्था प्रगाढ़ हो गयी पर अन्य धर्मों के प्रति आदर और सहिष्णुता भी उसके अन्दर उत्पन्न हुई। उसे प्रतीत हुआ कि हिन्दू रहते हुए भी वह अन्य धर्मों के उदात्तस्वरूप को अपने जीवन में सम्मिलित कर सकता है। धर्म उसे जीवन का आवश्यक अंग प्रतीत हुआ और मानव सेवा इसकी अभिव्यंजना। गाँधी की अर्थ से आसक्ति सीमित होने लगी जीवन का उद्देश्य उसे परोपकार में दिखाई देने लगा।

परोपकार और सेवा भावना के प्रखर होने का परिणाम था कि वो वकालत से समय निकाल निःशुल्क चिकित्सालय में अपना समय देने लगा। अफ्रीका में भड़के बोअर युद्ध में उसने अँग्रेजों को अपनी सेवा समर्पित करने का प्रस्ताव रखा। हिन्दुस्तानियों की वीरता के उपहास के बावजूद जब उसे रेड क्रोस का दल बनाने और युद्ध स्थल पर सेना की सहायता के लिए निमन्त्रण मिला तो उसके दल ने निर्भीकता के साथ अपनी जान जोखिम में डालकर प्राण प्रण से सेना की सेवा की। शनैः शनैः उसके व्यक्तित्व में मूलभूत परिवर्तन होने लगे। व्यर्थ का खर्च उसे अनुचित प्रतीत होने लगा। सदैव सुख सुविधा के साथ प्रथम श्रेणी में चलने की उसकी ललक घटने लगी। सत्य पर उसे बचपन से ही पूरी आस्था थी अब यह और प्रगाढ़ होने लगी। अँग्रेजों के रंग भेद और अमानुषिकता के बाद भी उन पर क्रोध न करना, किसी सामान्य व्यक्ति के लिए सम्भव नहीं था। उसमें क्षमा का गुण प्रबल होने लगा। क्षमा तो ठीक थी पर अन्याय सहन करना पहले ही कायरता प्रतीत होती थी अब इसके प्रतिकार के लिए उसे हिंसा अनुचित लगती। हिंसा उसे प्रत्येक कारण के लिए औचित्यहीन प्रतीत होने लगी। अच्छा उद्देश्य प्राप्त करने के लिए साधनों की शुचिता में उसके मन में प्रगाढ़ विश्वास उत्पन्न हुआ। वासना से मन को विरक्त करने के प्रयास भी उसने प्रारम्भ कर दिए। यह कुछ कठिन था पर अपने निश्चय को जीवन में उतारने की उसमें शक्ति बढ़ती जा रही थी। एक प्रकार से उसके व्यक्तित्व का उसकी अपनी इच्छा द्वारा अनोखा रूपान्तरण प्रारम्भ हो गया था। जो गुण उसमें पैठने लगे थे वो दुनियादारी वाले जीवन से अलग थे। ये गुण उसके प्रति लोगों में श्रद्धा और आदर उत्पन्न करने लगे थे। अफ्रीका में एस्कोम्ब, एलेक्जेंडर, लाफटन जैसे कितने ही गोरे उससे प्रभावित थे और उसका पूर्ण सम्मान करते थे। गाँधी को

नाम से सम्बोधित करने में सबको संकोच होने लगा था। उन सेठों को भी जिन्होंने उसे काम के लिए अफ्रीका बुलाया था। गाँधी के व्यक्तित्व और समर्पण का ही परिणाम था कि सेठ अब्दुल्ला जैसे व्यापार में आकंठ डूबे लोग भी सहर्ष और पूरे जोश के साथ गाँधी के निर्देशन में नाटाल काँग्रेस को सँभाल रहे थे। वो अब उनके लिए गाँधी नहीं था वो उन सब गरीबों अमीरों का 'भाई' हो चुका था।

अफ्रीका वो पैसा कमाने ही आया था पर अब जीवन का ध्येय बदलता जा रहा था। पिछली बार जब वो हिन्दुस्तान गया था तब उसको यह परामर्श मिला था कि उसे हिन्दुस्तान में रहकर हिन्दुस्तानियों के लिए काम करना चाहिए। अफ्रीका में वो काफी कुछ कर चुका था यहाँ उसने एक शक्तिशाली संगठन खड़ा कर दिया था। इस संगठन की नींव से लेकर शिखर तक ध्वजा फहराने में उसका खून-पसीने के रूप में समाया हुआ था। उसे लगा यहाँ का काम उसके द्वारा प्रशिक्षित कार्यकर्ता अब भली प्रकार सँभाल लेंगे। हिन्दुस्तान जाने की मंशा उसने अपने मित्रों साथियों के बीच प्रकट कर दी। इस बार उसका विदाई समारोह बहुत भव्यता के साथ किया गया। उपहारों के रूप में लोगों ने उसका घर भर दिया। दुनिया भर की चीजों के अलावा बहुमूल्य सोने चाँदी के पात्रों और गहने जेवर का ढेर लगा दिया। न केवल सोने चाँदी अपितु हीरे जवाहरात के गहने भी इन उपहारों में शामिल थे। उपहार केवल उसे ही नहीं उसकी पत्नी कस्तूरबा को भी दिए गये। पहला समय होता तो गाँधी को इन उपहारों को स्वीकार करने में कोई संकोच न होता पर अब एक नये गाँधी का जन्म हो रहा था। उसे उपहार स्वीकार करना उचित नहीं लग रहा था। उसने सभी उपहार वापिस करने का निश्चय कर लिया पर समस्या यह थी कि कस्तूरबा को मिले उपहार भी वापिस करने थे और बा इसके लिए राज़ी नहीं थीं। बहुत बहस मुबाहिसे के बाद भी जब गाँधी उन्हें सहमत नहीं कर सका तो उसने पति के अधिकार का सहारा लिया और जिद पर अड़ गया। बा हार गयीं। गाँधी ने सामाजिक हित की एक ट्रस्ट स्थापित की और सभी उपहारों को उस ट्रस्ट के सुपुर्द कर दिया। अब यहाँ करने को कुछ भी शेष नहीं था। परिवार सहित खाली हाथ वो हिन्दुस्तान चल दिया।

हिन्दुस्तान आने के साथ जीविका हेतु उसने वकालत प्रारम्भ कर दी पर वकालत अब उसके जीवन में गौण हो चुकी थी, प्रमुख थी समाजसेवा। अफ्रीका में बसे हिन्दुस्तानियों के साथ हो रहे अन्याय का प्रतिकार उसके जीवन का उद्‌देश्य बन गया था। उसने निश्चय किया कि हिन्दुस्तान की सबसे शक्तिशाली संस्था काँग्रेस में प्रवासियों के पक्ष में एक प्रस्ताव पारित करवाकर उनके हितों की रक्षा के लिए सरकार पर दबाव डालना चाहिए। वो काँग्रेस के कलकत्ता अधिवेशन के लिए चल दिया जिस ट्रेन से वह कलकत्ता जा रहा था उसी में सर फ़िरोज़शाह मेहता भी जा रहे

थे। गाँधी ने उनसे मिलने की अनुमति माँगी ताकि वह अपनी योजना उन्हें बता सके। शाह केवल नाम के शाह नहीं थे वो बिलकुल शाही ठाठ के साथ जीने के अभ्यस्त थे। कलकत्ता यात्रा के लिए उन्होंने पूरा एक डिब्बा अपने लिए आरक्षित करवा रखा था। गाँधी को यात्रा के बीच बातचीत के लिए कुछ समय अपने डिब्बे में यात्रा की अनुमति शाह ने दे दी। गाँधी की बात सुन उन्होंने तुरन्त ही नकार दिया और बोले यहाँ हम अपने ही देश में अधिकारविहीन हैं और अधिकारों की लड़ाई लड़ रहे हैं तुम औपनिवेशिक हिन्दुस्तानियों के अधिकार की लड़ाई लड़ने की बात कर रहे हो। गाँधी के अनुरोध पर इतनी रियायत उन्होंने कर दी कि गाँधी इस विषय पर काँग्रेस में प्रस्ताव रख सके। गाँधी इतने भर से भी सन्तुष्ट था अधिवेशन में नाम मात्र की चर्चा के बाद बिना समस्या पर ध्यान दिए काँग्रेस ने ध्वनि मत से गाँधी का प्रस्ताव पास कर दिया। यह रस्मी तौर की कार्रवाई भी गोखले के कारण ही सम्भव हो पाई।

गाँधी पहली बार काँग्रेस अधिवेशन में शामिल हुआ था। तीन दिनों का यह कार्यक्रम उसे बहुत सतही प्रतीत हुआ। इन तीन दिनों में भी वरिष्ठ नेताओं के दरबार लगे हुए थे, कुछ अपने रोब दाब में खोये थे। बातचीत बहस मुबाहिसे और चर्चाओं के लिए समय की बहुत तंगी थी। तीन दिनों के इस कार्यक्रम में तमाम विषय लिए गये और अधिकतर बिना चर्चा के ही स्वीकार कर लिये गये। जाने माने नेता कार्य कर्ताओं को आदेश देते रहते। कार्यकर्ता इन आदेशों को अन्य कार्यकर्ताओं के मत्थे मढ़ देते। सबसे बड़ी समस्या गन्दगी थी। सफाई किसी की जिम्मेदारी नहीं थी। किसी को इन स्थितियों की कोई चिन्ता ही नहीं थी। गाँधी जब शौच के लिए गया तब गन्दगी और बदबू उसे सहन नहीं हुई। लगातार सफाई न होने के कारण शौचालयों में गन्दगी का ढेर लगा हुआ था। जब उसने शौचालयों की सफाई के लिए कार्य कर्ताओं से कहा तो उसे जवाब मिला यह काम भंगी का है हमारा नहीं, गाँधी ने झाड़ू माँगी और स्वयं सफाई की, उसके बाद ही उसने शौचालय का इस्तेमाल किया। वहाँ उपस्थित लोगों के लिए गाँधी का यह कृत्य आश्चर्य और घृणा का विषय था पर गाँधी ने ऐसी सेवा से परहेज न करना सीख रखा था।

गाँधी के लिए अधिवेशन में करने के लिए कुछ भी नहीं था। दर्शक के रूप में उसकी जिज्ञासा पहले दिन ही समाप्त हो गयी थी। स्वभाव के अनुसार समय बर्बाद न करने के उद्देश्य से उसने कार्यालय पहुँच काम माँगा। उसे उपेक्षा के साथ उत्तर मिला कि कोई काम नहीं है। उसके बार-बार अनुरोध करने पर उसे एक अन्य नेता के पास भेज दिया गया। इन नेताजी ने भी इस अनजाने नौजवान को उपेक्षा से देखते हुए कहा कि मेरे पास क्लर्क का काम है। गाँधी ने यह काम सहर्ष स्वीकार कर लिया। नेताजी ने पत्रों का ढेर उसको सौंपते हुए कहा कि इनमें अधिकतर पत्र बेकार

होंगे, बहुतेरे ऐसे होंगे जिनका रस्मी जवाब देना होगा वो तुम लिख देना और जो पत्र तुम्हें महत्त्वपूर्ण लगें वो मुझे सौंप देना। उनके उत्तर मैं दे दूँगा। गाँधी ने यह काम बड़ी कुशलता और शीघ्रता से कर दिया। नौजवान की इस कुशलता से प्रभावित हो नेताजी की जिज्ञासा जागी। गाँधी का परिचय जानने के बाद नेताजी को अपने व्यवहार पर कुछ शर्मिन्दगी अवश्य हुई। अधिवेशन के बाद गोखले कलकत्ता में ही कुछ दिनों के लिए रुक गये गाँधी भी कलकत्ता में रुक रहा था। गोखले ने गाँधी से कहा कि वो उन्हीं के साथ ठहर जाए। गाँधी का संकोच समझते हुए गोखले उसका सामान स्वयं उठवा लाए। यहाँ दोनों एक महीने तक साथ साथ रहे। इस साथ का परिणाम यह रहा कि दोनों ने एक-दूसरे को अच्छी तरह समझ लिया और दोनों एक-दूसरे के प्रशंसक हो गये। हिन्दुस्तान के तीन प्रमुख नेताओं से गाँधी का कुछ विशेष परिचय हुआ था इन तीनों का व्यक्तित्व विलक्षण था। उसे सर फ़िरोज़शाह का व्यक्तित्व हिमालय की बुलन्दियों वाला प्रतीत हुआ, लोकमान्य का समुद्र की तरह विशाल और अथाह पर गोखले का व्यक्तित्व निर्मल गंगा की तरह निश्छल पवित्र और पतित पावनी था।

कलकत्ता प्रवास के बाद गाँधी ने ठाना कि वो न केवल थोड़ा बहुत देश दर्शन करे अपितु देश को समझे, यहाँ के आम इन्सान का अन्तरंग परिचय प्राप्त कर सके इस आशय से उसने तृतीय श्रेणी में यात्रा करना तै किया। गोखले ने तीसरे दर्जे में यात्रा पर आपत्ति की पर गाँधी का मन्तव्य समझ उन्होंने भी सहमति प्रदान कर दी। गाँधी का पहला पड़ाव था बनारस। बाबा विश्वनाथ के दर्शन हेतु वह मन्दिर पहुँचा। सिंह द्वार के बाहर मन्दिर से फेंके गये फूल माला सड़ रहे थे गली में दुर्गन्ध से बुरा हाल था। गाँधी कलकत्ता से कुछ दिनों के लिए बर्मा भी गया था वहाँ पगोड़ाओं में पहुँच उसे स्वामी दयानन्द सरस्वती का स्मरण हो आया। कलकत्ता में वो बेलूर मठ गया और ब्रह्मसमाजियों से भी मिला। काली मन्दिर के दर्शन के बाद वहाँ की गन्दगी देखकर उसे क्षोभ हुआ। बलि होते बकरों को देख उसका हृदय वितृष्णा से भर गया। गाँधी आस्तिक था और धर्म पर उसकी गहरी आस्था थी वह सभी धर्मों और धाराओं की विवेचना भी करता। यह खोज उसके जीवन का अंग बन गयी थी। ईसाइयों द्वारा उसे धर्म परिवर्तन की सलाह और आग्रहों ने उसे धर्म शोधार्थी बना दिया था। इस विषय में अपनी तमाम विसंगतियों के बावजूद हिन्दू धर्म में उसकी आस्था में कोई कमी नहीं आई बल्कि कुछ हद तक आस्था प्रगाढ़ ही हुई। गीता उसके जीवन का अंग बन गयी और दूसरे धर्मों के ज्ञान ने उसकी धार्मिक सहिष्णुता को बल प्रदान किया। उसके मन में धार्मिक खंडन मंडन के बजाय 'सार सार गहि ले' की भावना ने जन्म ले लिया।

राजकोट पहुँच उसने वकालत में मन लगाया। शीघ्र ही यह तै हुआ कि वो

बम्बई में प्रेक्टिस करे। गाँधी परिवार सहित बम्बई आ बसा। वो अब तक एक प्रकार से बंजारा था। स्थाई रूप से वो कहीं स्थिर नहीं हो पाया था। नाटाल में उसकी वकालत अच्छी चल रही थी पर अपने देश का मोह उसे यहाँ खींच लाया था। इस बार बम्बई में बहुत शीघ्र उसकी प्रेक्टिस जम गयी, अच्छी आय होने लगी। अब जब लगा कि जीवन में स्थिरिता आ गयी है तभी फिर तार मिला अफ्रीका पुनः बुला रहा था। उसके अफ्रीकी साथियों ने उसे हिन्दुस्तान इस शर्त पर आने की अनुमति दी थी कि जब भी अफ्रीका में उसकी आवश्यकता होगी वो अफ्रीका वापिस आ जाएगा। वचनबद्ध गाँधी तुरन्त अफ्रीका चल दिया। बोअर युद्ध समाप्त हो चुका था। अँग्रेजों और अफ्रीकियों के बीच सामंजस्य को प्रोत्साहन देने के उद्देश्य से जोसफ चेम्बरलेन अफ्रीका के दौरे पर आ रहा था। आस-पास के कई राज्य दक्षिण अफ्रीका में सम्मिलित हुए थे। चेंबरलेन इन राज्यों के प्रमुख लोगों से मिलकर इनमें आपसी सद्भाव को प्रोत्साहन भी देना चाहता था। इसके अलावा इस उपनिवेश से उपहार में मिल रही बड़ी धनराशि को स्वीकार करना भी एक प्रमुख कारण था। हिन्दुस्तान के लोग इस अवसर पर अपने साथ हो रहे अन्याय की समाप्ति के लिए उसे निवेदन पत्र देना चाहते थे। इसी काम के लिए गाँधी को बुलाया गया था। गाँधी समय रहते नाटाल पहुँच गया और चेंबरलेन के समक्ष प्रस्तुत करने के लिए निवेदन पत्र तैयार कर लिया। हिन्दुस्तानी प्रतिनिधिमंडल गाँधी के नेतृत्व में चेंबरलेन से मिला। प्रतिनिधिमंडल से बातचीत में चेंबरलेन ने यह तो स्वीकार किया कि हिन्दुस्तानियों के साथ अफ्रीका में अन्यायपूर्ण स्थितियाँ थीं, पर इस मामले में ब्रिटिश सरकार द्वारा किसी प्रकार के हस्तक्षेप से उसने असमर्थता जता दी। उसने कहा कि स्वायत्तशासी उपनिवेशों पर ब्रिटिश सरकार का अंकुश बहुत कम है, इसलिए ब्रिटिश सरकार से इस मामले में कोई आशा रखना व्यर्थ है। मुझसे जो बन पड़ेगा मैं करूँगा पर अच्छा यह होगा कि जब आप लोगों को यहाँ रहना है तो यहाँ के गोरों से आप समन्वय स्थापित करें। चेंबरलेन ने प्रतिनिधिमंडल के प्रतिवेदन पर कोई ध्यान नहीं दिया और सबको निराश लौटा दिया। गाँधी अब नाटाल से ट्रांसवाल चल दिया।

गाँधी को ट्रांसवाल के हिन्दुस्तानियों की ओर से भी निवेदन पत्र देना था। बोअर युद्ध के बाद से ट्रांसवाल का बुरा हाल था इसलिए वहाँ प्रवेश पर रोक थी। गौरांगों को छोड़ सबको केवल परमिट द्वारा ही प्रवेश दिया जा रहा था। हिन्दुस्तानियों की बड़ी संख्या वहाँ जाने के लिए उतावली थी, परन्तु परमिट प्राप्त करना एक मुसीबत थी। ऐसी स्थिति में दलालों और रिश्वतखोरों का बाजार गरम था। हर तरह से समझौते के बावजूद परमिट मिलने में कई दिन का समय लग जाता था। गाँधी को ऐसी स्थिति में अपने मित्र पुलिस अधीक्षक अलेक्जेंडर की मदद से परमिट तुरन्त मिल गया। गाँधी ट्रेन में बैठ प्रीटोरिया (ट्रांसवाल का नगर) पहुँच गया।

हिन्दुस्तानियों की सुरक्षा के नाम पर ट्रांसवाल में एक एशियाई विभाग की स्थापना की गयी थी। यह विभाग वास्तव में हिन्दुस्तानियों की कम गौरांग महाप्रभुओं की सेवा अधिक करता था। गाँधी को ट्रांसवाल में देख इस विभाग के अधिकारी चकित थे। आखिर गाँधी ट्रांसवाल में प्रवेश कैसे कर गया। उन्हें ऐसा लगा कि गाँधी बिना परमिट के ही आ गया है। परमिटविहीन व्यक्ति की तुरन्त गिरफ्तारी के आदेश थे, और सजा थी जेल; पर गाँधी से सीधे सीधे परमिट के बारे में पूछताछ की कोई अधिकारी हिम्मत नहीं कर रहा था। उन्होंने समझदारी दिखाई और नाटाल तार देकर जानकारी प्राप्त कर ली। गाँधी परमिट बनवाकर ही प्रीटोरिया में आया था। यह सूचना पा कर एशियाई विभाग के अधिकारी खासे खफा हुए।

विभाग का मुख्य अधिकारी लंका का प्रवासी था। किसी कार्यवश सेठ तय्यब हाजी खान मुहम्मद इस अधिकारी से मिला इस मुलाकात में अधिकारी ने अपना क्रोध सेठ पर प्रकट करते हुए कहा कि गाँधी से कहो, वो मुझसे मिले। गाँधी तय्यब सेठ और कुछ अन्य साथियों के साथ अधिकारी से मिला। अधिकारी ने इन लोगों को बैठने के लिए भी नहीं कहा और भृकुटियाँ चढ़ाते हुए गाँधी से रूखे स्वर में पूछा—"तुम प्रीटोरिया क्यों आए हो।" गाँधी ने जवाब दिया—"मदद की इच्छा से मेरे लोगों ने मुझे बुलाया है और इसी ध्येय से मैं यहाँ आया हूँ।" साहब ने चिढ़कर कहा—"तुम्हें मालूम नहीं कि तुम्हें यहाँ आने का अधिकार नहीं है। तुम यहाँ के निवासी नहीं हो और जो परमिट तुम्हारे पास है वो तुम्हें गलती से मिल गया है। अच्छा हो कि तुम वापिस चले जाओ। यहाँ रुकने से कोई लाभ नहीं है तुम्हें माननीय चैम्बरलेन से मिलने की अनुमति नहीं मिलेगी। और तुम अपने इन साथियों की क्या सहायता कर सकते हो? इनकी सहायता के लिए ही तो यह विभाग बनाकर हमें नियुक्त किया गया है। बस, अब तुम जा सकते हो मुझे तुम्हारा कोई जवाब भी नहीं सुनना है।"

वह अधिकारी जो हिन्दुस्तानियों की सहायता के लिए नियुक्त किया गया था उससे जितना हो सकता था उसने गाँधी का उतना अपमान किया। गाँधी ऐसे अपमानों का अभ्यस्त हो चुका था। एशियाई मुख्याधिकारी ने एक पत्र द्वारा हिन्दुस्तानियों को सूचित किया कि गाँधी डरबन में माननीय चैम्बरलेन से मिल चुका है इसलिए यहाँ पुन: मिलने का कोई औचित्य नहीं हैं, अत: आपके प्रतिनिधिमंडल से उसका नाम खारिज कर दिया गया है। यह पत्र पाकर सभी साथी बहुत क्रोधित हुए उन्होंने निश्चय किया कि यदि उनके प्रतिनिधिमंडल में गाँधी नहीं है तो चैम्बरलेन से मिलने का इरादा ही त्याग दिया जाए। उनके इस निश्चय पर गाँधी ने उन्हें समझाया कि यदि प्रतिनिधिमंडल नहीं मिला तो मान लिया जाएगा कि हमारी कोई शिकायतें ही नहीं हैं। यह महत्त्वपूर्ण नहीं है कि चैम्बरलेन से कौन मिलता है; महत्त्वपूर्ण यह

है कि अपनी शिकायतों और अन्याय की जानकारी हम उन्हें दें। इन मुसीबतों से समाप्ति के लिए उनसे अनुरोध करें, जो प्रतिवेदन हमने तैयार किया है उसमें हमारी सभी शिकायतों का समावेश है अब चैम्बरलेन के समक्ष इस प्रतिवेदन को मैं पढ़ता हूँ या कोई और इससे कोई अन्तर नहीं पड़ता।

हिन्दुस्तानियों के साथ लगातार हो रहे अपमान से सब बहुत क्षुब्ध थे गाँधी को चैम्बरलेन से मिलने की अनुमति न मिलने के कारण सेठ तय्यब क्रोध से उबल रहा था। यह गाँधी का नहीं सारे हिन्दुस्तानियों का अपमान था। गाँधी ने सेठ को शान्त करने के अलावा अन्य साथियों को भी समझाया। अन्त में उसकी सलाह मान ली गयी। निश्चय हुआ कि हिन्दुस्तानी बैरिस्टर जॉर्ज गॉडफ्रे के नेतृत्व में हिन्दुस्तानी प्रतिनिधिमंडल चैम्बरलेन से मिले। प्रतिवेदन देने के साथ गोडफ्रे ने चैम्बर लेन के समक्ष इसे पढ़ा। यह सब तो हो गया पर गाँधी ने महसूस किया, केवल प्रतिवेदन भर से स्थितियाँ सुधरने वाली नहीं थीं। यहाँ लगातार कोशिशों की आवश्यकता थी। उसने निर्णय लिया कि ट्रांसवाल में रहकर उसे यह लड़ाई लड़नी चाहिए।

एक बार फिर गाँधी की बसी बसाई गृहस्थी टूटी। अब उसने ट्रांसवाल सर्वोच्च न्यायालय में वकालत प्रारम्भ कर दी और अपना आशियाना बनाया जोहनेसबर्ग में। गाँधी के व्यक्तित्व में लगातार परिवर्तन हो रहे थे। वह व्यक्तिपरक दृष्टिकोण से मुक्त हो समाजविष्ट विचारों की ओर आकर्षित हो रहा था। भौतिक सुख और सम्पत्ति उसे अनावश्यक प्रतीत होने लगी। उसे ऐसा महसूस होने लगा था कि जीवन यापन के लिए सादगी और सीमित आवश्यकता ही व्यक्ति का ध्येय होना चाहिए। अब तक अपने उपार्जित धन को वह अपने परिवार पर व्यय करता था। परिवार में उसके भाई भी सम्मिलित थे। परन्तु अब उसमें ऐसी भावना प्रस्फुटित होने लगी कि समाज भी उसके परिवार में सम्मिलित है। उसने निश्चय किया कि अब अपनी आय में वह समाज को भी साझीदार बनाएगा। यह ठान लेने के बाद उसने अपने भाई को इस आशय का पत्र लिखा और सूचना दी कि भविष्य में उससे धन की आशा न रखी जाए। गाँधी का यह निश्चय अपने किसी स्वार्थ पर आधारित नहीं था। वह अपने आपको एक वृहद् सामाजिक परिवार के प्रति उत्तरदाई बनाने की चेष्टा कर रहा था।

सामान्य संयुक्त परिवार की कौटुम्बिक परम्परा में जी रहे उसके बड़े भाई को मोहन के इस पत्र से भारी निराशा हुई। उसने मोहन के लिए क्या नहीं किया था? सारा लाड़ प्यार लुटाकर जीवन में सफल बनाने के लिए पूरे परिवार ने उसका साथ दिया था। जीवन की सफलता के लिए धन के साथ पारिवारिक प्रतिष्ठा रिश्तों और सम्पर्कों का जी खोलकर इस्तेमाल किया। छोटे भाई की प्रत्येक उलझन को उसने व्यक्तिगत चुनौती मानकर सुलझाया था। और अब जब यह भाई चार पैसे कमाने लगा तो बड़ी-बड़ी बातें हाँक रहा है। क्रोध धन के लिए इतना नहीं था क्रोध था

उसके नये आदर्शों पर जिसके कारण वह अपने परिवार की उपेक्षा करने की ठान चुका था। क्रोध था उसकी परिवार के प्रति प्रेम की कमी से। उसने निश्चय कर लिया कि अब वह मोहन से कोई सम्बन्ध नहीं रखेगा। भाई ने अपनी भावना से मोहन को अवगत करा दिया। भाई के क्रोध और सम्बन्ध टूटने से गाँधी मर्माहत तो हुआ पर अब उसने जिस मार्ग पर अपने कदम बढ़ा दिए थे उन्हें पीछे खींचने का प्रश्न समाप्त हो चुका था। धन सम्पत्ति से विरक्ति ने उससे उसका परिवार छीन लिया।

ट्रांसवाल में कहने के लिए तो सरकार ने एशियाई विभाग एशियाई प्रवासियों के हितों की रक्षा के लिए बनाया था पर इस विभाग के अधिकारी हित-वित छोड़ चाँदी काटने में जुटे थे। जो लोग वास्तव में परमिट पाने की पात्रता रखते थे वो तो धक्के खा रहे थे और जो प्रवेश के अधिकारी नहीं थे वो सौ पौंड का चढ़ावा चढ़ा कर परमिट प्राप्त कर रहे थे। सही व्यक्ति की सुनवाई कहीं नहीं थी। गाँधी के पास लोगों ने फरियाद लगाई कि इस अन्याय में सही लोगों की मदद आप नहीं करेंगे तो कौन करेगा। गाँधी ने इस अन्याय के विरुद्ध प्रमाण एकत्र किये और पुलिस कमिश्नर को वस्तुस्थिति से अवगत कराया। कमिश्नर गोरा था किन्तु भला था, उसने प्रमाणों की सत्यता परखने के बाद कार्रवाई शुरू कर दी। कमिश्नर जानता था कि काले लोगों के साथ हो रहे अन्याय के लिए जूरी किसी गोरे को सजा देंगे इसकी सम्भावना है नहीं; पर केवल इस सम्भावना के कारण अपराधियों के प्रति आँख मूँदकर तो नहीं बैठा जा सकता। उसने गाँधी को विश्वास दिलाया कि इस ज़्यादती को समाप्त करने की वो हर सम्भव कोशिश करेगा। आशानुरूप दोषी अधिकारियों को जूरी ने निर्दोष मान छोड़ दिया पर सत्य उजागर हो चुका था। नाक बचाने के लिए प्रशासन ने दोषी अधिकारियों का स्थानान्तरण कर दिया।

इन्हीं दिनों गाँधी को हिन्दुस्तानी प्रवासियों के अधिकारों की लड़ाई के लिए (इंडियन ओपिनियन) नाम से एक साप्ताहिक पत्रिका के प्रकाशन का प्रस्ताव मिला। गाँधी ने प्रस्ताव पर अपनी सहमति प्रदान की और मनसुख लाल नाज़र के सम्पादकत्व में पत्रिका का प्रकाशन प्रारम्भ हो गया। नाज़र बस नाम के लिए सम्पादक थे असल में सारा भार गाँधी को ही उठाना पड़ा। इस नयी जिम्मेदारी ने उसकी व्यस्तता में कुछ वृद्धि तो कर दी पर पत्रिका के द्वारा अपने लोगों के और निकट आने का उसे आसान साधन मिल गया। प्रत्येक अंक में गाँधी कुछ न कुछ लिखता। कभी-कभी तो बहुत कुछ लिखना पड़ जाता।

गाँधी व्यक्ति और समाज में समग्र परिवर्तन के सपने देखने लगा था इसलिए समाज हित में जहाँ भी उसे कोई अवसर दिखाई देता वो बिना किसी निमन्त्रण या अपेक्षा के अपनी सेवाएँ देने निकल पड़ता। अफ्रीका इन दिनों प्लेग की महामारी से जूझ रहा था। गाँधी इस रोग के बीमारों की सेवा में जुट गया। यह रोग छूत का था

और अच्छे अच्छे लोग भी इस बीमारी के संक्रमण से भयभीत रोगियों से दूर ही रहते थे पर गाँधी अलग मिटटी का बना था उसे कोई भय सेवा से रोक नहीं पाता था। इसी तरह जब स्थानीय मूल निवासी जुलु कबीलेवालों ने विद्रोह का युद्ध छेड़ा तब फिर अँग्रेजों से तमाम विरोधों के बावजूद गाँधी ने उन्हें अपनी सेवाएँ अर्पित कर दीं। युद्ध में घायल गोरे फौजियों की सहायता के लिए तो स्वयंसेवियों की कमी नहीं थी पर नीग्रो विद्रोहियों को कोई छूना भी नहीं चाहता था। गाँधी के संगठन को इनकी सहायता की जिम्मेदारी सौंपी गयी। गाँधी और उसके साथियों ने इनकी पूरे समर्पण के साथ सहायता की, इस मानवीय भावना से न केवल मूल निवासी गाँधी के आभारी हुए बल्कि अँग्रेजों से भी उसे भूरि भूरि प्रशंसा प्राप्त हुई।

गाँधी बहुत व्यस्त हो चला था पर व्यस्तता के बावजूद मानव सेवा उसके जीवन का अभिन्न अंग बन गयी थी। इन सबके साथ उसके व्यक्तित्व का एक नया आयाम भी मुखरित हो रहा था। अब तक दुनिया युगों से प्रचलित राजनैतिक सामाजिक जीवन के अनुसार जी रही थी। कुछ ही समय पहले साम्यवादी समाजवादी दर्शन का प्रतिपादन हो चुका था पर अभी यह दर्शन चर्चा तक ही सीमित था। गाँधी का पठन पाठन भी अब तक कानून और धार्मिक ग्रन्थों तक सीमित था। पर इस नये दर्शन के कम्यून जीवन की कल्पना प्रस्तुत करने वाली एक पुस्तक उसके मित्र ने उसे भेंट में दी तो इस पुस्तक ने उसे इस जीवन प्रणाली के प्रयोग की प्रेरणा दे दी। अपनी कल्पना को साकार करने में उसे बहुत सोचना नहीं पड़ा। अपने निश्चय पर उसने दो तीन निकट मित्रों से चर्चा की और इस नये प्रकार के जीवन का प्रयोग प्रारम्भ कर दिया। मित्रों के साथ मिलकर उसने डरबन की फीनिक्स में भूमि खरीदी। यहाँ एक आश्रम की स्थापना की। इस आश्रम में निवास की इच्छा से शामिल सभी आश्रमवासियों को सामान्य कृषि श्रमिक के रूप में खेती करनी थी। आश्रमवासियों को खेती की इसी आय से जीवनयापन करना था वह भी सभी आश्रमवासियों के साथ बराबरी से मिल बाँटकर। यह आश्रम कोई तफ़रीहगाह नहीं था मामूली ढंग की झोंपड़ी वाले इस आश्रम में रहने वालों के सर पर टीन की छत का साया था। अफ्रीका के गर्म मौसम में यह टीन की छत आश्रमवासियों के धैर्य की खूब परीक्षा लेती। जीवन के इस नये प्रयोग के कारण अब गाँधी का जीवन जोहानेसबर्ग और फीनिक्स में बँट गया।

जिन दिनों गाँधी सादगीपूर्ण जीवन में अपने आपको ढाल रहा था उन्हीं दिनों ट्रांसवाल में एशियाई मूल के लोगों पर एक नया काला कानून लाद दिया गया। एशियाइयों के लिए अब यह आवश्यक कर दिया गया कि वे एशियाइ रजिस्ट्रार

कार्यालय में अपना पंजीयन करवाएँ। अपनी भौतिक पहचान के साथ हाथ के पंजे की छाप दें। पंजे की छाप केवल अपराधियों से लेने का चलन था पर अब यह सभी सभ्य शरीफ और प्रतिष्ठित एशियाई मूल के लोगों से माँगी जा रही थी। यह भी आवश्यक किया गया कि वे पंजीयन प्रमाणपत्र सदैव अपने साथ रखें। प्रमाणपत्र साथ न होने पर जुर्माने या जेल की सजा दी जा सकती है या फिर ट्रांसवाल से निर्वासित किया जा सकता है। हिन्दुस्तानियों के लिए यह बहुत अपमानजनक तथा भेदभावपूर्ण कानून था। गाँधी के लिए इस काले कानून का विरोध एक और नयी जिम्मेदारी बन गया।

गाँधी के परामर्श से इस काले कानून का हिन्दुस्तानी भाषा में अनुवाद इंडियन ओपिनियन में प्रकाशित कर दिया गया ताकि हिन्दुस्तान के अधिक से अधिक लोगों को इस क़ानून की जानकारी मिल जाए। कई लोगों ने इस काले कानून पर अपने विचार के अनुसार लेख लिखे और विरोध किया। ये लेख भी पत्रिका में प्रकाशित कर दिए गये। जल्द ही जन सभाएँ आयोजित होने लगीं। हज़ारों की संख्या में उपस्थित लोगों ने इस कानून का विरोध किया और शपथ ली कि वे इस काले कानून को स्वीकार नहीं करेंगे। अग्रगण्य नेताओं ने इस जनसमुदाय के साथ पूर्ण सहयोग की शपथ ली। नेताओं का एक दल सेक्रेट्री ऑफ स्टेट लार्ड एल्गिन से लन्दन में मिला। इन प्रयासों के बाद भी जब यह कानून लागू हो गया और प्रमाणपत्र कार्यालय काम करने लगा तब कार्यकर्ताओं ने कार्यालय के बाहर डेरा डाल दिया और जो व्यक्ति प्रमाण पत्र के लिए कार्यालय जाता उसे रास्ते में ही रोककर ये कार्यकर्ता समझा बुझाकर प्रमाण पत्र न लेने के लिए राज़ी कर लेते। इस रोक टोक वाले विरोध का नामकरण हुआ सधैर्य प्रतिरोध (पैसिव रेसिस्टेंस) आन्दोलन। गाँधी ने इस आन्दोलन के लिए किसी उचित नाम के सुझाव माँगे तो नाम आया सदआग्रह। इसमें गाँधी ने थोड़ा सा परिवर्तन कर इसे बना दिया सत्याग्रह। इस तरह सता से लड़ने के एक नये हथियार के रूप में सत्याग्रह का जन्म हुआ। ट्रांसवाल में लगभग तेरह हजार हिन्दुस्तानी रह रहे थे इनमें से कुल पाँच सौ ग्यारह लोगों ने पंजीयन की अन्तिम नियत तिथि तक अपना पंजीयन करवाया। कुछ ऐसे भी थे जिन्होंने अपना पंजीयन करवा तो लिया था पर सत्याग्रह में शामिल हो सार्वजनिक रूप से अपना पंजीयन नष्ट कर दिया। इस आन्दोलन में सैकड़ों सत्याग्रही जेल गये प्रताणनाएँ सहीं कुछ को ट्रांसवाल से निर्वासित भी होना पड़ा पर सत्याग्रह जारी रहा। अन्त में 1908 की जनवरी में गाँधी को भी गिरफ्तार कर लिया गया। जीवन में गाँधी की यह पहली जेल यात्रा थी। हिन्दुस्तानियों के जबरदस्त विरोध के कारण अन्त में जनरल स्मट ने घोषणा की कि लोग स्वैच्छिक रूप से अपना पंजीयन करवालें तो यह काला कानून सरकार वापिस ले लेगी। उसने आन्दोलनकारियों को

रिहा करना भी स्वीकार कर लिया। स्मट की इस उदारवादी घोषणा से सन्तुष्ट गाँधी ने विरोध समाप्त कर दिया और आन्दोलन खत्म हो गया। सत्याग्रह समाप्ति के बाद शान्ति होते ही सरकार अपने वादे से पलट गयी। इस स्थिति में सत्याग्रह फिर शुरू हुआ। अगस्त के महीने में सैकड़ों सत्याग्रही हमीदा मस्जिद के बाहर इकट्ठा हुए और लगभग दो हजार लोगों ने अपने पंजीयन प्रमाण पत्र आग के हवालेकर दिए। एक तरफ पंजीयन के विरोध में यह आन्दोलन चल ही रहा था दूसरी ओर एक नयी समस्या भी इस आन्दोलन से जुड़ गयी।

ट्रांसवाल में प्रवेश रोकने के लिए एक कानून लागू किया गया। अफ्रीका के किसी भी क्षेत्र से कोई भी हिन्दुस्तानी ट्रांसवाल नहीं आ सकता। हिन्दुस्तानियों की एक बड़ी आबादी नाटाल में रहती थी पर नाटाल में रोजगार की स्थिति बड़ी कठिन थी। ट्रांसवाल में रोजगार की स्थितियाँ बेहतर थीं इसलिए बहुतेरे लोग ट्रांसवाल में बसने के इच्छुक थे। नये कानून के लागू होने के बाद हिन्दुस्तानियों के लिए ट्रांसवाल आना असम्भव हो गया। इस कानून का विरोध भी काले कानून के विरोध के साथ सत्याग्रह में जुड़ गया। सरकार ने दमनात्मक कार्रवाई से आन्दोलन को कुचलना चाहा और नये सिरे से लगातार बड़ी संख्या में गिरफ्तारियाँ फिर प्रारम्भ हो गयीं पर जेल सत्याग्रहियों का मनोबल तोड़ने में असफल रहा। बड़ी संख्या में गिरफ्तारी के कारण जेलों में भीड़ बढ़ गयी। शीघ्र ही जेलों की स्थिति इतनी विकट हो गयी कि जेल में कैदियों को रखने की जगह ही नहीं रही। इस मुसीबत को देख सरकार ने और कड़ाई बरतते हुए सत्याग्रहियों को निर्वासित करना प्रारम्भ कर दिया। इस नयी सजा से निपटने के लिए निर्वासन के मामलों को अदालत में चुनौती दी गयी। साथ ही सत्याग्रह पूरी ताकत के साथ जारी रखा गया। लम्बे सत्याग्रह के कारण लोगों में कुछ निराशा उत्पन्न होने लगी। आन्दोलन के लिए धन की कमी भी एक समस्या थी। हिन्दुस्तानी व्यापारी गाँधी के सबसे बड़े मददगार थे पर प्रशासनिक दबाव के कारण वो सहायता से हाथ खींच रहे थे। तमाम सत्याग्रही जो जेल में थे उनके परिवारों के सामने रोटी की समस्या खड़ी हो गयी।

गाँधी ने अपने मित्रों के सहयोग से, जिनमें कुछ यूरोपियन भी थे; एक सहकारी खेती का कार्यक्रम प्रारम्भ किया। खेती की जमीन खरीदकर आश्रम की स्थापना की गयी नाम दिया गया टॉलस्टॉय फार्म। इस उद्यम में सभी सत्याग्रही आमन्त्रित थे विशेष रूप से वो परिवार जिनके घर का कमाऊ व्यक्ति जेल में बन्द था। इस फार्म में स्त्री–पुरुष सब बराबर थे। सबके लिए खेत में काम करना आवश्यक था। गाँधी ने स्वयं अपनी वकालत ताक पर रख दी, आम मजदूरों के वेश में वो भी खेतों में हल सँभालकर जुट गया। सादगीपूर्ण जीवन इस आश्रम का अभिन्न अंग था। बच्चों के लिए फार्म में ही विद्यालय स्थापित कर दिया गया। इस

फार्म ने सविनय अवज्ञा की नींव भी रख दी। फार्म की उपज बिना अनुमति (सब्जी फल बेचने का लाइसेंस लेना पड़ता था) के बेचना प्रारम्भ कर दिया गया। बिना परमिट के ट्रांसवाल में आने की हिम्मत भी अब लोगों ने जुटा ली। दक्षिण अफ्रीका के हिन्दुस्तानियों के साथ हो रहे अत्याचार और गाँधी के आन्दोलन के समाचार हिन्दुस्तान में सुनाई देने लगे थे। गिरमिटिया मजदूरों के बारे में जिन्ना ने इम्पीरियल लेजिस्लेटिव काउंसिल में जबरदस्त भाषण दिया। गोखले यहाँ के हालातों का जायजा लेने स्वयं अफ्रीका आए कई महीने यहाँ घूमकर उन्होंने सारी स्थितियाँ प्रत्यक्ष देखीं। जहाँ भी गये वहाँ हिन्दुस्तानियों को सम्बोधित किया टॉलस्टॉय फार्म पहुँच उन्होंने गाँधी से भेंट की। गोखले ने उन्हें सलाह दी कि अपने आन्दोलन में वे तीन पौंड के टैक्स का विरोध भी शामिल करें।

अभी तमाम गुत्थियाँ जैसी की तैसी उलझी हुई थीं इनमें एक नयी उलझन सुप्रीम कोर्ट की इस घोषणा से हो गयी कि कोर्ट हिन्दू और मुसलमान विवाह को मान्यता नहीं देता। इस घोषणा ने हिन्दुस्तानी महिलाओं के हृदय में आग लगा दी। इन विवाहित महिलाओं का यह सीधा अपमान था। सामाजिक धार्मिक रूप से विवाहित और बच्चों की माँओं का अपने परिवार से सम्बन्ध अवैध मान लिया गया। उनके बच्चे बिन ब्याही माँओं के बच्चे हो गये। सरकार के ऐसे अन्यायपूर्ण कानून और कोर्ट की घोषणा ने सत्याग्रहियों में जोश भर दिया। सत्याग्रही महिलाओं की गिरफ्तारी ने आग में घी का काम किया। स्थिति विस्फोटक होती जा रही थी। सत्याग्रह में खदानों के मजदूर भी शामिल हो गये। सरकार ने उन्हें गिरफ्तार कर खदानों में भेजा और काम करने के लिए मजबूत किया इस बीच गाँधी को तीन बार जेल की सजा दी गयी आखिरी बार उसे नौ महीने का सश्रम कारावास भोगना पड़ा पर न गाँधी टूटा न उसका सत्याग्रह। हिन्दुस्तानियों ने गाँधी के न होने पर भी आन्दोलन की अलख को जगाए रखा। उनके इरादे गाँधी के जेल में बन्द होने के कारण और मजबूत हो गये। सरकारी दमन के कारण कई स्थानों पर आन्दोलनकारियों और पुलिस के बीच झड़पें भी हुईं और कई सत्याग्रही शहीद हो गये। ये शहादतें व्यर्थ नहीं गयीं डरबन और पीटरमारित्ज़बर्ग की अनाज मंडियों में काम काज बन्द हो गया। शक्कर मिलें बन्द हो गयीं। रेस्तराँ होटल और घरों के कामगार भी सत्याग्रह में शामिल हो गये। घरों और होटलों पर आफत का पहाड़ टूट पड़ा। हिन्दुस्तान में लार्ड हार्डिंग को भी सार्वजनिक भाषण में हिन्दुस्तानियों की अफ्रीका में हो रही दुर्दशा और अत्याचारों की भर्त्सना करनी पड़ी। अन्त में सत्य की विजय हुई सरकार ने गाँधी को बुलाकर उसके सहयोग से हिन्दुस्तानियों की लगभग सभी माँगें स्वीकार कर लीं। दो एक पूरी तरह नहीं मानीं तो उन्हें इतना उदार कर दिया गया कि हिन्दुस्तानियों के साथ कोई अन्याय न हो।

शायद सेठ अब्दुल करीम झावेरी के मुकदमे को माध्यम बना ईश्वर ने हिन्दुस्तानियों के साथ हो रहे जुल्मो-सितम से लड़ने के लिए गाँधी को अफ्रीका पहुँचा दिया था। धनोपार्जन की लालसा से आए वकील की वकालत पीछे छूट गयी। धनोपार्जन से विरक्त, टाई सूट में सज सँवर कर, सदैव प्रथम श्रेणी में यात्रा करने वाला विलायत में शिक्षित बैरिस्टर खेतों में काम करने वाला मजदूर बन गया। वैभवशाली जीवन गुजारने वाला गाँधी अपने अशिक्षित ग्रामीण श्रमिक देशवासियों के अधिकार के लिए लड़ते हुए जेल की कोठरियों में पहुँच गया। अन्याय से लड़ने का उसने एक नया और अनोखा प्रयोग कर डाला। उसने सत्य के आग्रह से शक्तिशाली सरकार को झुकने के लिए मजबूत कर दिया। यह अद्‌भुत व्यक्ति था अन्यायी के प्रति क्रोध और घृणा से मुक्त; उनके जमीर को जगाने के लिए सत्य का आग्रह लेकर उनके सामने खड़ा हो गया। अन्याई से मिला अपमान और अत्याचार सहने के लिए यह मामूली कद काठी का व्यक्ति बिना डरे बिना विचलित हुए सीना तानकर खड़ा हो गया। अत्याचार रूपी हिंसा से लड़ने का उसका शस्त्र था अहिंसा। उसकी शक्ति थी अन्याय का शान्तिपूर्ण विरोध। उसका नैतिक बल था अनैतिक कानूनों की शान्तिपूर्ण अस्वीकृति।

गाँधी, दादा अब्दुल्ला एंड कम्पनी की सहायता के लिए अफ्रीका आया। कम्पनी के मालिक सेठ अब्दुल्ला ने गाँधी को देखा और सोचा झावेरी ने एक मुसीबत उसके गले मढ़ दी है। सेठ अब्दुल्ला अफ्रीका में दौलत बटोरने आया था। मान अपमान भूल वह इसी काम में लगा था पर इस साहब बहादुर ने यहाँ आकर उसके जीवन की धारा भी बदल दी। अन्याय के विरुद्ध गाँधी का साथ देने में वो उसका प्रमुख सहयोगी हो गया। सेठ अब्दुल्ला निरक्षर था, गाँधी के साथ जुड़ने वाले लगभग सभी हिन्दुस्तानी निरक्षर थे, विपन्न थे। न्याय अन्याय में अन्तर उनकी बुद्धि के परे था। बस जो अत्याचार वो भोग रहे थे उसका दु:ख भर उन्हें पता था। इनमें भी जो गिरमिटिया थे उन्हें ठीक ठीक यह ज्ञान भी नहीं था कि गलत सही किन शर्तों पर किस कागज पर उनके अँगूठे लगवाए गये। सात समुन्द्र पार इन हिन्दुस्तानियों का यहाँ न कोई रिश्तेदार था न सगा सम्बन्धी जो उनकी थोड़ी बहुत भी मदद कर पाता। बोली अलग भाषा अलग खानपान रहन-सहन सब अलग, उस पर मुसीबत ये कि वो अपने साथ लाए धर्म जाति भाषा और क्षेत्र को लेकर आपस में बँटे हुए थे। इन दीन-हीनों और डाल से टूटे हुओं के लिए गाँधी देवदूत के रूप में प्रकट हुआ। विलायत में पढ़े लिखे इस नौजवान को जाने कौन सी धुन समाई कि वो इन बेसहारा हिन्दुस्तानियों का परदेस में सबसे बड़ा सहारा बन गया। यह पढ़ा लिखा नौजवान अनपढ़ों के बीच ऐसा घुल मिल गया मानो यह स्वयं भी उन्हीं में से एक था। जाति धर्म अमीर गरीब में बँटे इन हिन्दुस्तानियों को उसने एक कर दिया।

उनके लिए नाटाल इंडियन काँग्रेस रूपी बरगद उत्पन्न कर दिया। गाँधी ने विपन्नों के लिए बिना किसी बाहरी सहयोग के अकेले दम पर यह संगठन खड़ा कर दिया।

इस संगठन में कीमती पोशाकों में सजे धजे विद्वत्ता का दम्भ प्रदर्शन करने वाले सम्भ्रान्त वर्ग के लोग नहीं थे। इसके नेता वो नहीं थे जो गरीबों मजदूरों किसानों के दुःख दर्द की जुगाली अँग्रेज़ी में किया करते थे। इसमें वो नेता भी नहीं थे जो अपनी सेवा के लिए दर्जनों नौकरों की फौज से घिरे रहते थे। जिन्होंने कभी भूख की कचोट नहीं सही थी। जिन्होंने चिलचिलाती धूप की आग नहीं सही थी। गाँधी के इस संगठन के नेता वो थे जो भूख की तड़प जानते थे, जिनकी पीठ हंटरों की मार से फटने की अमानुषिकता झेल चुकी थी। गाँधी ने इन उत्पीड़ितों को सीधा खड़ा होना सिखाया। उनकी जिह्वा में उस शक्ति का संचार किया कि वे अपनों परायों के बीच अपना दुःख दर्द बयान कर सकें। न्याय अन्याय में अन्तर कर अन्याय के विरुद्ध अपनी आवाज से आसमान को गुँजा सकें। गाँधी ने इस शक्ति से केवल पुरुषों का ही परिचय नहीं करवाया बल्कि स्त्रियों को भी उनकी बराबरी में खड़ा कर दिया। उसने नारी शक्ति में भी वह जिजीविषा भर दी कि वे पुरुषों से किसी भी तरह कम नहीं हैं। इस अनोखी क्रान्ति में उसका साथ सेठ अब्दुल्ला जैसे कई सम्पन्न हिन्दुस्तानियों ने दिया। उन्होंने भामाशाह की तरह अपने खजाने गाँधी के चरणों में रख दिए। उसे सहयोग उनसे भी मिला जिनके जाति भाई इन हिन्दुस्तानियों पर यह जुल्मो सितम ढा रहे थे ये उदात्त यूरोपियन गाँधी के साथ जेल भोगने वाले महामानव थे। ये भी गाँधी के सत्याग्रह के सिपाही थे। इस सारे क्रिया कलाप से गाँधी को किसी एसेम्बली की सदस्यता नहीं मिलने वाली थी किसी कमेटी किसी कान्फ्रेंस में स्थान नहीं मिलने वाला था किसी प्रकार का शासकीय पद भी नहीं मिलने वाला था। मिलने की सम्भावना भी होती तो गाँधी का यह अभीष्ट था ही नहीं। इस सारे उपक्रम में उसका सम्बन्ध अपने परिवार से भी टूट गया था। हिन्दू संयुक्त परिवार में व्यक्ति का सर्व प्रथम दायित्व परिवार के लिए होता था। गाँधी ने अफ्रीकी हिन्दुस्तानियों के लिए पिता सरीखे अपने बड़े भाई का दिल तोड़ने में भी संकोच नहीं किया। भाई के क्रोध को गाँधी अमृत समझ कर पी गया और अपने जीवन के स्वर्ण काल को उसने अफ्रीकन हिन्दुस्तानी मित्रों के ऊपर लुटा दिया।

अट्ठारह सौ छियान्बे में जब गाँधी हिन्दुस्तान आया था तब बम्बई के पारसी विद्वान पेस्टनजी पादशाह ने पूछा था—"क्या हिन्दुस्तान में करने के लिए कुछ नहीं है? पहले तुम यहाँ की गरीबी देखो। माना कि अफ्रीका में बसे हिन्दुस्तानी कठिनाई में हैं, लेकिन उनके लिए तुम जैसे व्यक्ति का बलिदान इस देश के लिए ठीक नहीं है। तुम यहाँ रहकर स्वराज के लिए काम करो। जिस दिन हिन्दुस्तान में हम स्वराज प्राप्त कर लेंगे उस दिन दक्षिण अफ्रीका के हिन्दुस्तानियों की समस्या आसानी से

सुलझ जाएगी।'' इस सुझाव को उन्नीस वर्ष गुजर गये। गाँधी अफ्रीका में हिन्दुस्तानियों की लड़ाई लड़ता रहा। अब यहाँ की अधिकतर समस्याएँ सुलझ गयी थीं। ऐसे में उसे हिन्दुस्तान आने का गोखले का अनुरोध भी मिला। गाँधी ने अब पेस्टनजी के कहे अनुसार हिन्दुस्तान वापसी का निर्णय ले लिया। अफ्रीका से पहले इंग्लैंड जाना तै हुआ वहाँ से अपने देश। इंग्लैंड में गाँधी का स्वागत सेसिल होटल में किया जा रहा था इन दिनों जिन्ना भी लन्दन में था वह भी इस आयोजन में शामिल हुआ। गाँधी अभी लन्दन में ही था कि महायुद्ध प्रारम्भ हो गया। गाँधी का सेवा भाव यहाँ भी जाग उठा उसने युद्ध में सैनिकों की सहायता के लिए अपनी सेवाएँ प्रस्तुत कर दीं। सरकार ने उसके प्रस्ताव का स्वागत किया और गाँधी इंग्लैंड में फौजियों की सेवा शुश्रूषा में जुट गया। युद्ध लम्बा खिंच रहा था, देश की याद उसे अपनी भूमि की ओर खींच रही थी। यहाँ वो गम्भीर रूप से बीमार भी हो गया अन्ततोगत्वा उसे यही उचित लगा कि अब हिन्दुस्तान वापिस चल दिया जाए। (सं 1915 में) लन्दन से सपरिवार हिन्दुस्तान वापिस आ गया।

जहाँगीर पेटिट रति के पिता का सगा चचेरा भाई था, इस रिश्ते से वो रति का चाचा लगता था। गाँधी से जहाँगीर का सम्बन्ध ट्रांसवाल में उसके आन्दोलन के दौरान से था। वह उसका प्रशंसक था। पेटिट ने इस आन्दोलन में उसकी आर्थिक सहायता भी की थी। गाँधी के बम्बई आने पर पेटिट ने जहाज से अपोलो बन्दर तक आने के लिए उसके परिवार के लिए स्टीमर की व्यवस्था की और समुद्र तट पर गाँधी का सैकड़ों लोगों के साथ भव्य स्वागत किया। अफ्रीका में गाँधी वहाँ के हिन्दुस्तानियों के लिए 'भाई' था यहाँ गाँधीजी। बम्बई में गाँधीजी के सम्मान में जहाँगीर पेटिट ने पेडर रोड के अपने पारिवारिक बँगले माउंट पेटिट में स्वागत दावत का आयोजन किया। इस दावत में पेटिट परिवार के अग्रगण्य व्यक्तियों के साथ बम्बई के तमाम गणमान्य लोग उपस्थित थे। लगभग छः सौ अतिथियों की इस भीड़ में सर फ़िरोज़शाह मेहता थे तो दिनशा वाछा, और गोखले भी और मुहम्मद अली जिन्ना भी। राजाओं नवाबों की शानो शौकत वाले इस भव्य महलनुमा बँगले में गाँधी असहज महसूस कर रहा था। अफ्रीका में गिर्मिटीयाओं के बीच जीवन गुजारने वाले और स्वतः सादे जीवन के निश्चय वाले गाँधी के लिए इस वैभवपूर्ण माहौल में असहज होना स्वाभाविक था; ऊपर से रईस मेहमानों की भीड़ में रेशम, गैबरडीन और शार्सस्किन के चमकते सूट, फैशनेबल पारसी परिधानों के बीच उसका काठियावाडी अँगरखा, धोती और पगड़ी एकदम गँवारू प्रतीत हो रहे थे।

अतिथियों के आपसी अँग्रेज़ी वार्तालाप और भाषणों के बीच वो चाहकर भी यहाँ गुजराती में भाषण देने की हिम्मत नहीं जुटा पाया। दो एक दिनों के अन्तर पर बम्बई की गुजरात सभा ने चाइना बाग में उसके स्वागत में एक और समारोह

आयोजित किया। सभा में कई जानेमाने गुजरातियों ने उसके सम्मान में भाषण दिए यहाँ उसने अपना धन्यवाद भाषण गुजराती में ही दिया। यद्यपि गुजरातियों के इस समारोह में अँग्रेज़ी का बोलबाला था और गाँधी अकेला वक्ता था जिसने देशी भाषा में बोलने का साहस किया था। गुजराती में बोलने का उसने औचित्य भी दिया। अपने भाषण के प्रारम्भ में उसने हर्ष के साथ कहा कि एक मुस्लिम को इस सभा की अध्यक्षता करते हुए उसे गौरव का अनुभव हो रहा है, सभा के अध्यक्ष थे, मुहम्मद अली जिन्ना। शायद जिन्ना के जीवन में यह पहला मौका था जब किसी ने उनकी पहचान मुस्लिम के रूप में की थी। उन्होंने सार्वजनिक क्षेत्र में हमेशा स्वयं को हिन्दुस्तानी माना था। मुस्लिम लीग का नेतृत्व करते हुए भी यही माना था। मुस्लिम सीट से चुनाव जीतने के बाद भी वो पहले राष्ट्रवादी थे बाद में कुछ और। उन्होंने राजनीति में अपनी पहचान मुस्लिम के रूप में नहीं बनाई थी। यह पहला अवसर था जब उन्हें मुसलमान की पहचान से सम्मानित किया गया। उनके दिल में आज एक गाँठ पड़ गयी।

ये वो दिन थे जब सामान्यतया समाचार पत्रों पर अँग्रेज़ी कम्पनियों का बोलबाला था। हिन्दुस्तानी नेताओं के समाचारों की उपेक्षा की जाती थी। देसी समाचारपत्र अभी अपनी पलकें खोल रहे थे। इन परिस्थितियों में भी गाँधी की प्रसिद्धि पूरे हिन्दुस्तान में फैल चुकी थी। गाँधी ने हिन्दुस्तान की राजनीति या सामाजिक परिवर्तन के लिए कुछ भी नहीं किया था पर सात समुन्दर पार अफ्रीका में बसे हिन्दुस्तानियों के लिए जो किया जो प्रताड़नाएँ सहीं उसकी कीर्ति गाथा सारे हिन्दुस्तान में गूँज चुकी थी। लोग भले सूरत से न सही पर नाम से अच्छी तरह गाँधी से परिचित हो चुके थे। गाँधी स्वयं इस हिन्दुस्तान से अनजान थे। कैशोर्य उतरने के साथ ही वो लन्दन चले गये और बहुत कम समय तक बम्बई राजकोट के बीच वकालत में व्यस्त रहने के बाद दक्षिण अफ्रीका चले गये। यह अफ्रीका था जिसने उन्हें अन्याय का कुरूप और क्रूर रूप दिखाया था। वहाँ प्रताड़ना उन्हें स्वयं भोगनी पड़ी, फिर गरीबी और गुलामी के वीभत्स चेहरे को गिर्मिटीयाओं के रूप में देखा। यहाँ के अमानुषिक अत्याचार देख वो एक शिक्षित व्यक्ति के रूप में इस अन्याय के विरुद्ध केवल शासन से जूझने भर तक सीमित नहीं रहे। उन्होंने इस अशिक्षित वर्ग के साथ बैठकर चेतना जगाने का दुश्कर काम किया। इस वर्ग को अपनी शक्ति की अनुभूति कराई ताकि यह बेसहारा वर्ग अपना सहारा स्वयं बन सके, अपनी लड़ाई स्वयं लड़ने की जिजीविषा उत्पन्न कर सके। एक पारम्परिक वैष्णव परिवार में जन्म लेकर भी उन्होंने सवर्ण अहम् को तिलांजली दे दी। इस परिवर्तन का उदय उनमें किसी अन्य समाज सुधारक की प्रेरणा से नहीं अपितु स्वप्रेरणा से हुआ था। अपनी पत्नी में अस्पृश्यता की इस जड़ मान्यता को उन्होंने क्रूर पति के रूप में तोड़ा। सत्य

से उनका नाता बालपन से हो गया था, उम्र के साथ उनकी आस्था सत्य में और भी दृढ़ हो गयी। उनके लिए कार्य की शुद्धि से अधिक आवश्यक हो गया कर्म की शुद्धि। सामान्य जनता के बीच ऐसी प्रवृत्तियाँ उन्हें साधु पुरुष के रूप में स्थापित कर चुकी थी।

गोखले जो राजनीति में रमे हुए थे। गाँधी से मिले साथ में रहे, गाँधी ने उन्हें अपने संस्मरण सुनाए थे। गोखले ने भी सामजिक जागृति और समाज सेवा हेतु एक अराजनीतिक संगठन बनाया था। उन्हें मालूम था कि समाज सुधार और सेवा में गाँधी अद्वितीय थे पर हिन्दुस्तान की राजनैतिक परिस्थिति से वे अनभिज्ञ थे दक्षिण अफ्रीका में गाँधी के साथ रहकर गोखले ने यह अनुभव कर लिया था कि यदि गाँधी कभी हिन्दुस्तान में राजनीति से जुड़े तो पहले उसे हिन्दुस्तान को नये सिरे से समझना होगा। मोंटेग्यू को भी गाँधी से मिलने के बाद यह प्रतीत हुआ कि ये राजनीतिज्ञ नहीं समाज सुधारक है। कुछ लोगों को लगा ये बोल्शेविक हैं। गाँधी ने गोखले को गुरु मान उनके कहे अनुसार देश का भ्रमण किया। अपने देश के सामान्य ग्रामीणों की गरीबी उन्हें मर्मान्तक प्रतीत हुई। नंगे अधनंगे ठंड में ठिठुरते खाद्य अखाद्य से आँख मूँद आधे पेट रहने वाले ग्रामीणों को देख वो व्याकुल हो उठे। लगभग यही हाल शहरों में जीवनयापन कर रहे गरीबों का था। गन्दगी बीमारी अशिक्षा और बेरोजगारी की मार झेल रहे इन हिन्दुस्तानियों की सुनवाई कहीं नहीं थी। गाँधी को अपने ही देश में जी रहे विपन्न वर्ग की सामाजिक उपेक्षा असहनीय प्रतीत हो उठी। उसको शासन से अधिक अपनों में परिवर्तन की आवश्यकता प्रतीत हुई। अस्पृश्यों के प्रति अन्याय तो उसे असहनीय हो उठा।

देश भ्रमण के साथ उसने दर्शक के रूप में राजनैतिक हलचलों में हिस्सा लिया, बम्बई और लखनऊ के काँग्रेस अधिवेशनों में वो चुपचाप शामिल हुआ। अभी वो यहाँ सक्रिय होने के सूत्र की तलाश में था। इस बार वकालत वाला गाउन वो अफ्रीका में ही छोड़ आया था। यहाँ अब एक नये आश्रम की स्थापना करनी थी। बहुत सोच विचार के बाद उसने अहमदाबाद में आश्रम स्थापित कर लिया। हिन्दुस्तान में राजनीति के अग्रगण्य व्यक्तियों की मान्यता थी कि स्वराज प्राप्त हो जाए तो इस देश में हो रहे अन्याय भुखमरी और गरीबी जैसी समस्याओं का निपटारा उचित कानून और प्रशासनिक व्यवस्था से हो जाएगा। यह वर्ग यह भी मानता था कि अशिक्षित वर्ग जो अन्याय, सहन कर रहा है उसे स्वयं अन्याय निवारण में साझीदार बनाने की आवश्यकता नहीं है। उसका अन्याय कैसे दूर होगा यह ज्ञानी राजनीतिज्ञों का सिरदर्द है। गोखले के संगठन ने अवश्य शिक्षा के प्रसार का काम हाथ में लिया था पर यह भी संगठन की व्यवस्था की परिणति थी संगठन के कर्ताधर्ता शिक्षा के प्रसार में सीधे नहीं जुड़े थे। गाँधी ने अपना एक नया दर्शन

विकसित किया था। जिनके बीच काम करना है जिनके लिए काम करना है उनके साथ रम जाओ। उनसे अलग नहीं उनके अपने बन जाओ। तभी उनका मानस समझा जा सकेगा। उन्हें अपने प्रति हो रहे अन्याय के लिए उठकर खड़ा होना सिखाओ। उनमें हिम्मत जगाओ कि अपनी लड़ाई वे स्वयं लड़ें। गाँधी का एक निष्कर्ष यह भी था कि प्रत्येक समस्या की जड़ शासन नहीं है। केवल कानून और प्रशासन सब कुछ ठीक नहीं कर सकता। बहुतेरे क्षेत्रों में समाज स्वयं दोषी है जो प्रताड़ित हैं वो भी दोषी है इसलिए समाज और व्यक्ति में परिवर्तन का प्रयास पहले करना चाहिए। यह परिवर्तन आदेश या कानून से नहीं हो सकता इसके लिए इस जन समुदाय के बीच सहयोगी बनकर उनमें परिवर्तन की अलख जगाने से ही यह परिवर्तन हो सकेगा।

स्वच्छता एक ऐसा ही क्षेत्र था। प्लेग जैसी भयंकर महामारी मुख्य रूप से गन्दगी का परिणाम थी। समाज जिसे निम्न वर्ग का अभिशाप दे चुका था वह वर्ग तो गाँधी को अपेक्षाकृत स्वच्छ मिला पर जो स्वच्छता का दम्भ भरकर अस्पृश्यों का सामीप्य भी बर्दाश्त नहीं करते थे उनके अपने घरों की गन्दगी असहनीय थी। काँग्रेस के अधिवेशन में वो यह अनुभव ले चुके थे। लोगों को सड़ांध मारते शौचालय में बैठना मंजूर था पर उसकी स्वच्छता केवल सफाई करने वालों के ही जिम्मे थी। गाँधी ने यहाँ स्वयं सफाई की पर समाज में इतनी जड़ता थी कि इस उदाहरण का कोई परिणाम नहीं निकला। गाँधी के लिए यह विद्रूपमय था। जो लोग समाज के उत्थान के लिए सरकार से लड़ रहे हैं वो अपने अधिवेशन स्थल की भी व्यवस्था करने की योग्यता नहीं रखते। गाँधी अफ्रीका से वापसी के बाद काँग्रेस के बम्बई और लखनऊ अधिवेशन में शामिल हुए पर केवल दर्शक के रूप में, उन्होंने देखा काँग्रेस की चालढाल में अब भी कोई विशेष अन्तर नहीं आया था। आम हिन्दुस्तानी किसान, मजदूर, शिल्पकार, अशिक्षित नगर एवं ग्रामवासी और विपन्नों के लिए यहाँ कोई स्थान नहीं था, न इस आयोजन में उनकी चिन्ता उनकी भाषा में की जाती थी। यदि इस वर्ग के लोग इस आयोजन में भाग भी लेते तो यहाँ की चर्चाओं का एक शब्द भी समझने के लिए तरस जाते। इन सारी विसंगतियों के बावजूद भी काँग्रेस अप्रासंगिक नहीं थी। यद्यपि सरकार हीला हवाला करती थी इसके बावजूद काँग्रेसी नेता उचित मंच पर सरकार से रार लेने लगे थे। सन् 1916 मार्च की इम्पीरियल लेजिस्लेटिव कौंसिल में पंडित मदन मोहन मालवीय ने गिरमिटिया प्रथा समाप्त करने के लिए प्रस्ताव रखा। यह प्रस्ताव स्वीकृत हुआ। किन्तु इसे शीघ्र लागू करने के लिए सरकार सचेष्ट नहीं थी। गाँधी इन स्थितियों को समझते थे।

लगातार विदेश प्रवास के कारण वो अपनी गुजराती जड़ों से भी कट गये थे। फिर हिन्दुस्तान तो बहुत बड़ा था। जहाँ कोस कोस पे पानी और पाँच कोस पर बानी बदल जाती थी। इसलिए उन्होंने गोखले की इच्छानुसार हिन्दुस्तान को निकट से

देखने के लिए देश भ्रमण का कार्यक्रम बना रखा था। भ्रमण के साथ उन्होंने गिरमिटिया समस्या के प्रति जनजागरण सम्मिलित कर अखिल भारतीय आन्दोलन प्रारम्भ करने का निर्णय ले लिया। हिन्दुस्तान में अब इसी सूत्र के सहारे उन्होंने जनता के बीच अपना अभियान प्रारम्भ किया। देश जागृति की यह यात्रा बम्बई में एक जनसभा से प्रारम्भ हुई इस सभा का जिम्मा जहाँगीर पेटिट ने लिया। सफल सभा के श्रीगणेश के साथ वो जहाँ भी गये उनकी सभाएँ सफल रहीं। बम्बई से रेल यात्रा प्रारम्भ हुई और गाँधी के नाम की प्रसिद्धि दावानल की तरह फैलने लगी। यद्यपि इस यात्रा का यह उद्देश्य था नहीं। बम्बई से प्रारम्भ कर कराची लाहौर दिल्ली होते हुए कलकता जाने का कार्यक्रम उन्होंने निश्चित किया था। यात्रा वे तृतीय श्रेणी में करने लगे थे। सादगी के कारण अब किसी ग्रामीण की भाँति उन्होंने मामूली धोती चादर पहनना प्रारम्भ कर दिया था। अभी पार्टी या संगठन का कोई प्रभा मंडल उनसे नहीं जुड़ा था इसलिए यात्रा वो अकेले करते। लोग अभी उन्हें पहचानते नहीं थे। लेकिन नाम उनका उनसे आगे चल रहा था।

जिस दिन उन्होंने लाहौर से दिल्ली जाने के लिए ट्रेन में जगह ढूँढ़ी उस दिन ट्रेन में तिल रखने को भी जगह नहीं थी। जिस डिब्बे में भी वो चढ़ने की कोशिश करते लोग उन्हें अगले डिब्बे में जगह तलाशने को कहते। एक कुली ने गाँधीजी की परेशानी को देख कहा बारह आने दो तो मैं तुम्हें चढ़ा दूँगा। गाँधीजी ने मंजूर कर लिया पर कुली भी हताश था किसी तरह एक जगह उसकी अनुनय विनय काम आई यात्रियों ने कहा कि इस साधु को तुम खिड़की से अन्दर ठूँस सको तो ठूँस दो। कुली ने गाँधीजी को गोद में उठाया और खिड़की से अन्दर ठूँस दिया। बड़ी मुश्किल से उन्हें खड़े होने की जगह मिल पाई। कुछ ही समय में खड़े खड़े उनकी नसें भर आईं पर बैठने की कोई जुगत थी नहीं। जैसा यात्राओं में होता है प्रारम्भिक नानुकर वाले झगड़े के बाद आपसी परिचय और गप शप प्रारम्भ हो जाती है तो किसी ने गाँधीजी का नाम पूछ लिया। नाम का पता लगना था कि लोग बिछ गये। जहाँ खड़े होने की जगह उन्हें नहीं मिल पा रही थी उनका परिचय जान लोग उन्हें लेटने के लिए सीट देने को उद्धत हो गये। यह गाँधीजी के हिन्दुस्तान के जनमानस में पूजनीय बनने की शुरुआत थी। उनका देवत्व अभी प्रतीक्षारत था।

काशी हिन्दू विश्वविद्यालय की आधारशिला रखे जाने के अवसर पर गाँधीजी को भी आमन्त्रित किया गया था। यह गलती बिना गाँधीजी के विचारों को टटोले कर दी गयी थी। चार दिनों तक चलने वाला यह एक वृहद और भव्य आयोजन था। तीस विशेष रेल गाड़ियों से अतिथि बनारस आ रहे थे। अतिथियों में वायसराय लार्ड हार्डिंग और देश के धनी-मानी राजे रजवाड़ों के साथ तमाम गणमान्य नागरिक भी शिरकत कर रहे थे। अध्यक्ष थे राजा दरभंगा और कर्ताधर्ता श्रीमती एनी बेसेंट।

वायसराय की सुरक्षा के लिए नगर में कड़े इन्तजाम किये गये थे। पुलिस की इतनी उपस्थिति लोगों को अखर रही थी। गाँधीजी भी पुलिस की ऐसी उपस्थिति से चकित थे। जब उनका बोलने का अवसर आया, तब सामान्य कल्पना यही थी कि वो भी विश्वविद्यालय की स्थापना के प्रयास की प्रशंसा करेंगे पर जो हुआ उसकी किसी ने कल्पना ही नहीं की थी।

गाँधीजी ने नगर की बस्तियों, सड़कों, मन्दिरों और गलियों में इकट्ठी गन्दगी और कूड़े के ढेर की चर्चा से अपनी बात प्रारम्भ करते हुए सभा स्थल की भी साफ सफाई पर व्यंग्य कसा, दूसरे निशाने पर थे राजा महांराजा जो रेशमी वस्त्रों के अलावा हीरे जवाहरात के गहनों से लदे हुए थे। भरी सभा में अपनी खिल्ली उड़ते देख कई राजा विरोधस्वरूप आयोजन छोड़ चल दिए। श्रीमती बेसेंट इस अफरा-तफरी से बेचैन हो उठीं। उनके बुलाए अतिथियों का गाँधीजी सार्वजनिक रूप से अपमान कर रहे थे। श्रीमती बेसेंट के कहने पर राजा दरभंगा ने गाँधीजी से अपना भाषण पाँच मिनट में समाप्त करने के लिए कहा पर विद्यार्थी गाँधीजी के मुँह से ऐसी खरी खरी सुनकर तालियाँ बजा रहे थे और अनुरोध कर रहे थे कि वे अपना भाषण जारी रखें। अब गाँधीजी ने वायसराय पर निशाना साधा और एक आदमी की सुरक्षा के लिए भारी इन्तजाम का भी मजाक बनाते हुए विरोध किया। एनी बेसेंट अब और बर्दाश्त नहीं कर सकीं। गाँधीजी को आगे बोलने से रोक दिया। गाँधीजी के इस अराजकता पूर्ण कांड की देश भर में खूब चर्चा हुई पर गाँधीजी ने यह सब किसी प्रसिद्धि की मंशा से नहीं किया था। जिस देश की अधिसंख्य जनता नंगी और भूखी थी उस देश में उसी देश के राजा अपनी ही जनता के समक्ष अपने वैभव का भोंडा प्रदर्शन कैसे कर सकते थे? जिन कीमती गहनों से लदे ये राजा अपनी सम्पन्नता का प्रदर्शन कर रहे थे गाँधीजी के अनुसार उन्हें आम जनता के हित में इस दौलत का ट्रस्टी होना चाहिए था। गाँधीजी का भाषण किसी नेता के अनुरूप नहीं था यह भाषण किसी सामाजिक चेतना से अभिभूत एक सामाजिक चिन्तक का था। ऐसे भाषणों के लिए पारम्परिक नहीं अपितु ग़ैर पारम्परिक मंचों की आवश्यकता थी। गाँधीजी को अभी ये मंच नहीं मिला था।

कैसर बाग में आयोजित काँग्रेस के लखनऊ अधिवेशन में गाँधीजी उपस्थित थे। जिन्ना काँग्रेस के अग्रगण्य नेता के रूप में बुरी तरह व्यस्त थे। दर्शक रूप में हमाबाई के साथ रति भी उपस्थित थी। गाँधीजी से इन सभी का अच्छा परिचय हो चुका था। जहाँगीर पेटिट ने दक्षिण अफ्रीका के मजदूरों और गाँधीजी के बारे में रति को काफी कुछ बता रखा था यहाँ रति गिरमिटिया मजदूरों के साथ हुए अन्याय पर गाँधीजी के संस्मरण सुन रही थी। इस आयोजन में गाँधीजी नये अवश्य थे पर काँग्रेस के सामान्य कार्यकर्ता और दर्शक भी जानते थे कि दक्षिण अफ्रीका में इस

व्यक्ति ने क्या किया था। चम्पारण का एक किसान राज कुमार शुक्ला इस अधिवेशन में शामिल हुआ था, गाँधीजी की प्रसिद्धि से प्रभावित शुक्ला उनसे मिला और बिहार में नील की खेती के लिए मजबूत किसानों की दुर्दशा देखने के लिए उनसे चम्पारण की यात्रा के लिए आग्रह करने लगा। शुक्ला जानता था कि पूरी काँग्रेस में यही अकेला व्यक्ति था जो उसकी बात सुन सकता था, यही अकेला व्यक्ति था जो अन्याय भोग रहे किसानों का दुःख समझ सकता था, यही वो व्यक्ति था जो उनके अन्याय के विरुद्ध खड़ा हो सकता था। गाँधीजी अपने निश्चित कार्यक्रम में व्यस्त थे इसलिए उसके आग्रह को स्वीकार नहीं कर रहे थे। पर अन्त में शुक्ला अपनी लगन और अध्यवसाय के कारण सफल हुआ। यह किसान गाँधीजी को केवल एक दिन की यात्रा के लिए बिहार में ले आया पर जब गाँधीजी को नील की तिनकठिया खेती की मजबूती और अन्याय का ज्ञान हुआ तो वो एक दिन की शर्त भूल गये। उन्हें अपने देश में ही गिरमिटियाओं जैसा अन्यायपूर्ण शोषण दिख गया। वो समझ गये यह काम लम्बा है पर अब यह अन्याय समाप्त करना उनका कर्तव्य है। गाँधीजी ने यहाँ के किसानों के साथ अपना डेरा जमा लिया और नील की खेती के लिए किये जा रहे अत्याचार की जानकारी लेनी प्रारम्भ की। इस जानकारी का प्रारम्भ उन्होंने सीधे अत्याचारी शक्ति से ही प्राप्त करने का प्रयास किया।

नील की खेती करवाने वाले अँग्रेज थे। इस अजनबी व्यक्ति की इस मामले में जिज्ञासा से ही उनकी त्योरियाँ चढ़ गयीं। एक ऐसे व्यक्ति को जो न वहाँ का रहने वाला था न किसान था कोई भी सूचना देने से उन्होंने साफ इनकार कर दिया। जब गाँधीजी प्रशासन के पास पहुँचे तो वहाँ से भी उन्हें रोबदार घुड़की के साथ चम्पारण छोड़ चले जाने के लिए कहा गया। गाँधीजी ऐसे रूखे और अपमानजनक व्यवहार के अभ्यस्त थे। उन्होंने किसानों से उनका विवरण लेने के लिए अभी यात्रा प्रारम्भ ही की थी कि प्रशासन से आदेश मिला।—गाँधी चम्पारण छोड़ दें।

नील खेती की लड़ाई तो अब बाद की बात थी, पहले यह नयी समस्या हल करना आवश्यक था। अफ्रीका में ऐसे आदेश वो कई बार भोग चुके थे। यह न्यायिक लड़ाई थी। गाँधीजी ने जब अपनी शैली में इस आदेश पर कार्रवाई की तो हिन्दुस्तानी मजिस्ट्रेट बहुत बड़ी उलझन में फँस गया। उसके जीवन में यह पहला ऐसा मामला था जहाँ आरोपी सदाशयता के साथ प्रशासन से पूर्ण सहयोग कर रहा था। कोई छोटा-सा भी मामला हो तो आरोपी आरोप से बचने के लिए जी जान लगा देता था यहाँ उसके सामने आरोपी स्वयं कह रहा था कि आपने मेरे ऊपर जो आरोप लगाए हैं वो एकदम सही हैं मैंने आपके आदेश के उल्लंघन का अपराध किया है इस अपराध की आप जो सजा देना चाहें दें, आपकी सजा मैं स्वीकार कर लूँगा पर सजा भोगने के बाद भी मैं आपके इस आदेश का पालन नहीं करूँगा मेरा

यह अधिकार और कर्तव्य दोनों है कि अपने देश के शोषित किसानों की समस्या सुनूँ और उन्हें जो राहत पहुँचा सकता हूँ पहुँचाऊँ। जो सहायता कर सकता हूँ करूँ। मजिस्ट्रेट चकित था, प्रशासन हतप्रभ। अन्त में प्रशासन को ही अपना आदेश वापिस लेना पड़ा इस लड़ाई के लिए गाँधीजी ने कोई आन्दोलन नहीं किया। केवल प्रशासन के समक्ष अपना पक्ष रखा। चम्पारण के किसान गाँधीजी को न सूरत से जानते थे न नाम से पर उन्हें यह ज्ञान हो गया था कि जिस विशिष्ट व्यक्ति ने उनकी सुधि ली है। सरकार उसे अदालती कार्रवाई के बहाने प्रताड़ित कर रही है। इतना बहुत था शासन के कोप से भयभीत किसानों का सैलाब भय भूलकर अपने मददगार की मदद में उमड़ पड़ा। कोई मसीहा उनकी सहायता के लिए आया था इस सूचना ने ही इन भूखे नंगे किसानों के हृदय से पुलिस प्रशासन का भय समाप्त कर दिया। गाँधीजी के लिए प्रशासन की कार्रवाई तो कोई समस्या नहीं थी समस्या थी इन भोले भाले किसानों की भावनाओं को संयम में बाँधे रखने की। इस काम में इसी बिहार के उनके नये साथियों ने प्राणपण से मदद की, ये मददगार बिहार के सम्पन्न परन्तु मानवीय अनुभूतियों से उद्वेलित अधिकांशतः सफल वकील थे। इनमें एक प्रमुख थे राजेन बाबू यानी डॉक्टर राजेन्द्र प्रसाद और दूसरे सिन्ध से आकर बिहार में बसे शिक्षक जीवत राम भगवान दास कृपलानी।

चम्पारण ने किसानों की समस्याओं पर काम करने की चुनौती तो दे ही दी थी पर गाँधीजी को यहाँ सामाजिक चेतना जगाने का काम और भी अधिक महत्त्वपूर्ण लगा और उन्होंने इस काम का बीड़ा उठा लिया। राजनीति, काँग्रेस, होम रूल और स्वराज को उन्होंने इस संघर्ष से अलग कर दिया। चम्पारण का नाम न कभी गाँधीजी ने सुना था न वहाँ के ग्रामीण किसानों ने गाँधीजी का। गाँधी तो गाँधी ये किसान काँग्रेस से भी पूरी तरह अपरिचित थे। कोई आनगाँव का बड़मनई उनके लिए अँग्रेज राजा के सामने ताल ठोंक कर खड़ा है तो क्या वो पीछे रहेंगे? बिहार के इस छोर में एक क्रान्ति की लौ जल उठी। प्रशासन इस अशिक्षित असहाय दरिद्र किसान मजदूरों की जागृति देख भयाक्रांत हो उठा। गाँधीजी के इस प्रयास में प्रशासन ने गम्भीर अड़चनें उत्पन्न करने की पूरी कोशिश की परन्तु फिर इसी प्रशासन ने गाँधीजी का सहयोग लेकर इस समस्या से किसानों को मुक्ति प्रदान की। गाँधीजी ने अपनी मान्यता के अनुसार इस आन्दोलन की सफलता का कोई श्रेय लेने का प्रयास नहीं किया। प्रशासन से उलझने और समस्या को न्यायिक प्रक्रिया में उलझने से बचाने में उन्हें सफलता मिल गयी थी, यही बहुत था। यह जीत सत्य की जीत थी, अहिंसा की जीत थी, सहयोग तथा सद्भावना की जीत थी लम्बे चले इस आन्दोलन से गाँधीजी के इस निष्कर्ष को बल मिला कि ग्रामोत्थान के लिए स्थाई महत्त्व का कोई काम तभी हो सकता है जब हम पहले ग्रामवासियों को शिक्षित कर

लें। बिहार के इस अंचल में विपन्नता की भयावह स्थिति उन्होंने देखी थी। महिलाओं के पास स्नान के बाद बदलने के लिए कोई दूसरा छोटा मोटा वस्त्र तक नहीं होता था। इसलिए महीनों ये स्त्रियाँ बिना स्नान के रहतीं। सामान्य मजदूर की मजदूरी दस पैसे थी और यदि किसी घर में एक दिन की आय के रूप में चार आने आते हों तो वो परिवार सुखी परिवारों की श्रेणी प्राप्त कर लेता था। बिहार के इस अंचल की गरीबी से गाँधीजी मर्माहत थे।

चम्पारण के आन्दोलन से अभी कुछ फुरसत मिली थी कि अहमदाबाद के मिल मजदूरों की समस्या गाँधीजी के समक्ष उठ खड़ी हुई। कुछ समय पहले वहाँ प्लेग फैला था। बीमारी के भय से मजदूर भाग न जाएँ इसलिए मिल मालिकों ने उन्हें अतिरिक्त मजदूरी का लालच देकर रोक लिया। प्लेग का भय समाप्त हो जाने पर मालिकों ने अतिरिक्त मजदूरी में बड़ी कटौती कर दी। मजदूरों ने इस कटौती को नामंजूर कर दिया। उन्होंने गाँधीजी से अपनी समस्या के समाधान का अनुरोध किया। गाँधीजी ने यह अनुरोध स्वीकार तो कर लिया पर यह बड़ी टेढ़ी समस्या बन गयी। हार कर अन्त में उन्हें अनशन करना पड़ा। गाँधीजी ने यह अनशन मिल मजदूरों पर दबाव के लिए नहीं अपितु इस संघर्ष में मजदूरों के दुःख में भागीदारी के निमित्त किया था। संघर्षरत मजदूरों की मजदूरी बन्द हो गयी थी नौबत परिवारों के भूखे मरने तक पहुँच गयी वो भूख की मार झेलने के लिए मजदूरों के पारिवारिक सदस्य बन गये। गाँधीजी के इस त्याग से जहाँ उन्होंने मजदूरों के हृदय में जगह बनाई वहीं मिल मालिकों को भी अपनी करनी पर सोचने के लिए मजबूत कर दिया। अन्त में यह आन्दोलन सफल हुआ।

मजदूरों की दारुण अवस्था को देख गाँधीजी ने इस समस्या का विश्लेषण किया। गाँव से उजड़े ये लोग अहमदाबाद के कारखानों में शोषण इसलिए झेल रहे थे क्योंकि गाँव में उनका व्यवसाय उजड़ गया था। गाँव में रहते हुए उनका कपड़ा बुनने का रोजगार खत्म हो गया था व्यवस्थित उद्योग और खेतिहर मजदूरों की इस लड़ाई के बाद उन्होंने ग्रामीण क्षेत्र के सबसे बड़े इस रोजगार क्षेत्र पर ध्यान दिया। हिन्दुस्तान में विलायत का बना कपड़ा बड़े पैमाने पर आ रहा था, फिर हिन्दुस्तान के उद्योगपतियों ने भी कपड़ा मिलें लगा ली थीं। इसलिए हाथ से कते सूत और हाथ से बुने कपड़े का बाजार खत्म हो गया था। यहाँ तक कि लोग सूत कातना ही भूल गये थे। सूत कातने का चरखा अब कहीं देखने को भी उपलब्ध नहीं था। समस्या तो थी पर अभी इस दिशा में कोई रास्ता उनके हाथ नहीं आया था

हिन्दुस्तान के किसानों की खेती भगवान भरोसे ही रही है। सही समय पर सही मात्रा में वर्षा हो गयी तो चार पैसे उनके घर में आ जाते हैं पर इन्द्र कुपित हो गये तो किसान दोहरी मार से टूट जाता है। एक तो फसल न होने से अपने खाने के

लिए भी अनाज की व्यवस्था कठिन हो जाती है। दूसरे लगान की तलवार उसकी गर्दन पर लटक जाती है। ऐसी ही मुसीबत से इन दिनों खेड़ा जिले के किसान बेहाल थे। इस वर्ष गुजरात भयानक सूखे को झेल रहा था। सूखी तडपती धरती के कारण फसल ही नहीं हुई, जिले में अकाल की स्थिति उत्पन्न हो गयी। यह प्रावधान तो था कि ऐसी स्थिति में प्रशासन लगान माफ़ कर सकता है। परन्तु खेड़ा का लगान लालची प्रशासन यह स्वीकार करने को तैयार ही नहीं था कि सूखे के कारण फसल नहीं हुई; इसलिए लगान माफ नहीं की गयी थी। किसान के पास लगान देने के लिए कुछ था ही नहीं और लगान न देने पर उनके घर, खेत, हल, बैल जब्त किये जा रहे थे। गाँधीजी गुजरात सभा के अध्यक्ष हो गये थे। सभा ने इस समस्या को हल करने के लिए पुरजोर कोशिश की पर कोई नतीजा नहीं निकला। इस मुद्दे पर कोई हल निकले इस उद्देश्य से जिन्ना ने बम्बई के रेवेन्यु सदस्य से बात की पर इस बातचीत से भी समस्या हल नहीं हुई। अब गाँधीजी ने किसानों को सत्याग्रह करने की सलाह देते हुए कहा कि वे लगान न दें। यदि प्रशासन कुर्की नीलामी करता है तो वो शान्त रहें, न भयभीत हों न उत्तेजित हों। कोशिश यह की जाएगी कि कुर्की नीलामी में कोई बोली न लगाए। चिमन लाल सीतलवाड़ जैसे कई अन्य अग्रगण्य लोग लगान न देकर कानून की अवहेलना करने के विरुद्ध थे, पर गाँधीजी अपने निश्चय पर अडिग रहे। यह आन्दोलन सरकार और आन्दोलनकारी दोनों पक्षों के लिए कठिन हो गया और अन्त में एक मध्य मार्ग द्वारा गाँधीजी किसानों को एक हद तक राहत दिलाने में सफल हुए।

गाँधीजी हिन्दुस्तान में लोगों को राहत दिलाने में व्यस्त हो रहे थे उधर ब्रिटेन युद्ध से राहत पाने के लिए परेशान था। परन्तु युद्ध ने महायुद्ध का रूप धारण कर सारी दुनिया को लपेट लिया था। इस युद्ध में उलझी ब्रिटिश सरकार सैनिकों की कमी से जूझ रही थी इसलिए फौज में सिपाहियों की भर्ती का कार्यक्रम जोर शोर से चला रही थी। सरकार की यह अपेक्षा तो थी ही कि हिन्दुस्तान का प्रत्येक जाना माना नागरिक उनके इस प्रयास में सहयोग करे। ताकि लोग बड़ी संख्या में फौज में भर्ती हो जाएँ। वायसराय ने इस विषय पर दिल्ली में होने वाली वार कान्फ्रेंस में गाँधीजी को भी आमन्त्रित किया। गाँधीजी इसके पहले अफ्रीका में जुलु विद्रोह के समय अँग्रेजों की सहायता कर चुके थे। लन्दन में भी उन्होंने रेड क्रॉस दल बनाकर सहायता प्रारम्भ कर दी थी। यद्यपि गाँधीजी अपना जो दर्शन विकसित कर रहे थे उसमें हिंसा के लिए कोई स्थान नहीं था। अब तक उनकी धारणा यह भी थी कि सीमित रूप में ब्रिटिश साम्राज्य हिन्दुस्तान के हित में है। इस कठिन समय में वो अँग्रेजों का विरोध उचित नहीं समझते थे।

कान्फ्रेंस में गाँधीजी शामिल हुए फौज में नौजवानों को भर्ती के प्रोत्साहन हेतु

वायसराय ने इस कान्फ्रेंस में सरकार की ओर से एक प्रस्ताव रखा। गाँधीजी ने सरकारी प्रयास के समर्थन में कुल एक वाक्य का वक्तव्य दिया—"मैं अपने पूर्ण उत्तरदायित्व और विवेक के अनुसार इस प्रस्ताव का समर्थन करता हूँ।" उन्होंने वायसराय से यह भी कहा कि—"मैं इस कान्फ्रेंस में सम्मिलित नहीं होना चाहता था। जिन कारणों से मैं शामिल हुआ हूँ उन कारणों को मैं सार्वजनिक कर दूँगा।" वायसराय ने उनसे कहा कि सार्वजनिक करने वाले वक्तव्य को पहले उन्हें दिखा कर उनकी अनुमति ले लें। इस निर्णय के अनुरूप गाँधीजी ने वायसराय को पत्र लिखा। इस लम्बे पत्र में उन्होंने लिखा कि लोकमान्य तिलक एनी बेसेंट और अली बन्धुओं जैसे सशक्त नेताओं को इस कॉन्फ्रेंस में निमन्त्रित नहीं किया गया इसलिए वो भी शामिल नहीं होना चाहते थे। उन्होंने आगे लिखा कि हिन्दुस्तानियों को सरकार से बहुत आशाएँ और अपेक्षाएँ हैं, लेकिन युद्ध के इस कठिन समय में होम रूल और स्वराज के साथ अन्य सभी विरोधों माँगों को भूल हमें ब्रिटिश सरकार के साथ पूर्ण सहयोग करना चाहिए।

गाँधीजी के विपरीत जिन्ना ने सरकार के प्रस्ताव को खारिज कर एक राष्ट्रीय प्रस्ताव पेश करने की असफल कोशिश की। वो बिना किसी ठोस वायदे के सरकार के साथ सहयोग करने को तैयार नहीं थे। लोकमान्य तिलक, एनी बेसेंट के अलावा लगभग सभी नेता यही उचित मानते थे। इस मुद्दे पर जिन्ना के विरोध और राष्ट्रीय प्रस्ताव को जानने के बाद भी गाँधीजी ने उन्हें पत्र लिखकर अपने विचार बदलने की सलाह दी और अनुरोध किया कि फौज में जवानों की भर्ती पर वे सरकार का साथ दें। जिन्ना इस पत्र को पा कर अवाक् रह गये। उन्हें इस पत्र का उत्तर देना भी उचित नहीं लगा। हिन्दुस्तान का एक नया इतिहास बन रहा था। कौन सही था कौन गलत यह ठीक इस समय तै नहीं किया जा सकता था। पर गाँधीजी को अपने निर्णय की गलती बहुत शीघ्र समझ में आ गयी। गुजरात के खेड़ा जिले में वे किसानों के सफल आन्दोलन का नेतृत्व कर रहे थे। बड़ी संख्या में किसान जी जान के साथ इस आन्दोलन के साथ जुड़ गये थे। गाँधीजी उनके लिए दिव्य शक्तिधारी महानायक के रूप में प्रकट हुए थे। उनका आह्वान किसानों के लिए वेदवाक्य हो गया और खेड़ा आन्दोलन के लिए गाँधीजी के इशारे भर पर वो कोई भी बलिदान देने के लिए तैयार थे, लेकिन जब इन्हीं गाँधीजी ने इसी क्षेत्र के नवयुवकों से फौज में भर्ती होने का आग्रह किया तो उनके इस अनुरोध को लोगों ने अनसुना कर दिया। ग्रामीणों ने इस कार्यक्रम में किसी भी प्रकार के सहयोग में भी कोई रुचि नहीं दिखाई यहाँ तक कि

गाँधीजी को गाँवों का दौरा करने के लिए बैलगाड़ियाँ तक नहीं दीं। भाग्यवंश बहुत शीघ्र जर्मनी की पराजय हुई युद्ध समाप्त हो गया और फौजी भर्ती की आवश्यकता ही समाप्त हो गयी।

फौज में भर्ती के लिए गाँधीजी का आह्वान निष्फल अवश्य था। अछूतोद्धार के उनके कार्यक्रम से भी बहुसंख्यक विरक्त थे। लेकिन इन मामूली निराशाओं पर आशा बहुत भारी पड़ रही थी। गाँधीजी का रिश्ता काँग्रेस से बन तो गया था पर वो अब तक इसमें सक्रिय नहीं हुए थे। चम्पारण और खेड़ा आन्दोलन में तो उन्होंने काँग्रेस से खासी दूरी बनाकर रखी थी पर शनैः शनैः यह दूरी घटती जा रही थी। किसान मजदूरों के आन्दोलनों ने गाँधीजी का नाता हिन्दुस्तान की उस विशाल शक्ति से जोड़ दिया था जो अब तक हिन्दुस्तान की राजनीति के प्रति उदासीन थी। ये ग्रामीण किसान कारीगर शिल्पकार और मजदूर राजसता का विषैला दंश झेल रहे थे पर अपने शोषण को भाग्य और नियति के रूप में स्वीकार कर चुके थे। चम्पारण खेड़ा और अहमदाबाद के आन्दोलनों ने उन्हें किसानों मजदूरों का अभिभावक बना दिया। सदियों से शोषित ग्रामीणों को लगा कोई देवदूत उनकी सहायता के लिए उतर आया है। सन्त वेशधारी इस व्यक्ति के हाथ में कमंडल तो नहीं था पर धन वैभव से निःस्पृह यह व्यक्ति साधु-संन्यासी के अलावा और कौन हो सकता था?

लोगों ने इस व्यक्ति से अपना पारिवारिक नाता जोड़ लिया और गाँधीजी उनके बापू हो गये। किसी किसी को उनमें महात्मा के दर्शन होने लगे। राजनीति के धुरन्धर बापू के साथ जुड़ते जन सैलाब को देख आश्चर्यचकित थे। इन अग्रगण्य नेताओं के सूट बूट और शेरवानी की चमक दमक बापू की फकीरी पोशाक के आगे फीकी पड़ रही थी। यों तो लोकमान्य तिलक भी सामान्य अँगरखा और धोती पहनते थे पर बापू उनसे कुछ आगे बढ़ गये थे उन्होंने एक विपन्न किसान मजदूर का बाना अपना लिया था। अपने देश के करोड़ों अधनंगे स्त्री-पुरुषों के बीच सर से पैर तक कीमती कपड़ों से सजना सँवरना उन्हें अपराधजन्य प्रतीत हो उठा। कुछ ही दिनों पहले तो उन्होंने बनारस में राजाओं को उनके बहमूल्य वस्त्र और उनके अलंकारों की खिल्ली उड़ाई थी। न केवल हिन्दुस्तान के राजनैतिक नायक आश्चर्य और हैरत से इस व्यक्ति के साथ खड़ा हिन्दुस्तान देख रहे थे बल्कि ब्रिटिश शासन तन्त्र भी इस शक्ति के उदय से आशंकित था। अब तक शासन को कुछ सम्भ्रान्त पढ़े लिखे सुविधा और विलासी जीवन के अभ्यस्त नायकों से बहस जैसे विरोध का सामना करना पड़ रहा था इन नायकों से जूझना आसान था पर यदि इस देश का आम नागरिक किसान मजदूर अपने अधिकार के लिए जाग उठा तो क्रान्ति निश्चित थी यह क्रान्ति कदाचित अट्ठारह सौ सत्तावन की क्रान्ति से अधिक भयावह होती। दुनिया ने देखा था कि रूस में सर्वहारा ने तख्तोताज रौंदकर रख दिया था। रूस में

राज परिवार और उनके साथ जुड़ी शक्ति को निर्ममता के साथ मार दिया गया था। हिन्दुस्तान में भी अट्ठारह सौ सत्तावन में बहुतेरे अँग्रेजों के साथ यही हुआ था। स्वयं यही गाँधीजी दक्षिण अफ्रीका में अँग्रेजों को नाकों चने चबवा चुके थे। अँग्रेज सरकार गाँधीजी की शक्ति से परिचित थी। हिन्दुस्तान में शासन को बापू एक भयावह खतरा दिखने लगे पर आम हिन्दुस्तानी के लिए वे ऐसा दमकता नक्षत्र थे जिसने हिन्दुस्तान के राजनैतिक आकाश को अचानक दैदीप्यमान कर दिया।

अध्याय—8

प्यार

विशाल शान्त साउथ कोर्ट रति के प्रवेश के साथ रौनके अफ़रोज हो चुका था। पेटिट हॉल की व्यवस्था रति का सिरदर्द नहीं था। वह उसकी माँ का साम्राज्य था। रति ने अपनी मा की कुशल व्यवस्था को अनजाने में ही आत्मसात कर लिया था। साउथ कोर्ट की चाबियाँ सँभालने के बाद उसे इस महल की शासन व्यवस्था में रंचमात्र भी कठिनाई नहीं हुई। इससे भी बड़ी बात यह थी कि इस साम्राज्य की व्यवस्था में लगे दर्जनों कर्मचारियों को अपनी नयी मलिका का शासन पसन्द आया। उल्लासमयी और उदारमना रति, साउथ कोर्ट की साज सँभाल की व्यवस्था में लगे एक-एक व्यक्ति के लिए शासिका के बजाय संरक्षिका के रूप में प्रकट हुई। रति की चपल मुस्कान और अपनत्व में पगी हँसी-ठिठोली के साथ दिए गये आदेश सहृदय मानवीय अनुभूति से रचे होते थे। घर में प्रवेश के साथ ही इस मृदुभाषी नवयुवती ने सभी नौकरों के हृदय में अपना स्थान बना लिया। कुछ ही दिनों में हालत ये हुई कि रति को किसी आदेश की आवश्यकता ही नहीं रह गयी। उसकी पलकों और भवों की जुम्बिश देखकर ही परिचारिकाएँ रति की आवश्यकता समझ जातीं। महल जैसी विशाल कोठी में रति के लिए करने धरने को कुछ था तो बस आराम और आनन्दोत्सव के अवसर।

हवेलियों कोठियों में जिनके लिए करने को कुछ भी न हो ऐसी अनोखी महिला बम्बई में वो अकेली नहीं थी। उद्योगपतियों और रईसों की स्त्रियों के यही ठाठ होते। घर से बाहर की दुनिया विशेषरूप से हिन्दू-मुसलमान महिलाओं के लिए अजनबी दुनिया होती। परदे की अभ्यस्त इन स्त्रियों के लिए घर की चारदीवारी उनका सबसे सुरक्षित गढ़ होता। कुछ पारम्परिक स्त्रियाँ चौके चूल्हे में अवश्य रुचि लेतीं पर उनके लिए कलछुल चलाने तक के लिए नौकरानियों की फौज तत्पर रहती। छठे छमाहे लगने वाले मेले ठेले तीज त्यौहार या फिर शादी विवाह और ऐसे ही कुछ दूसरे पारिवारिक शुभावसर ही इन स्त्रियों के जीवन के प्राण होते। बस ऐसे ही मौकों पर ये खुले आसमान के दर्शन करतीं या फिर मन्दिर, पूजा, पाठ व्रत,

अनुष्ठान, तीर्थ और दान-पुण्य के समय अपने बहुमूल्य रेशमी वस्त्रों और गहनों का प्रदर्शन सुख लेतीं।। धन कुबेर परिवारों की ये स्त्रियाँ या तो निरक्षर होतीं या फिर शिक्षा का प्रारम्भिक ज्ञान भर रखतीं।

पारसी महिलाओं की दुनिया अलग थी। परदे के बन्धन से मुक्त इन महिलाओं के परिवारों ने उन्हें शिक्षा के नये द्वार खुलते ही विद्यालयों में उनके प्रवेश की सुविधा उत्पन्न कर दी। घरों की चार दीवारों की कैद से मुक्त हाट बाजार, सभा सोसाइटी में उन्मुक्त रूप से भाग लेतीं। इन पारसी महिलाओं की इस देश में एक अलग दुनिया थी। वैभवशाली पारसी महिलाओं में धार्मिक श्रद्धा और दान-पुण्य का मानस तो हिन्दू-मुसलमान स्त्रियों जैसा ही था, बहुमूल्य वस्त्र, चमचमाते आभूषण और सजने सँवरने के उपादानों के प्रति दीवानापन भी उन्हीं के समान था। शिक्षित हों या अशिक्षित, हिन्दू-मुसलमान हों या फिर पारसी, ईसाई सामाजिक धार्मिक भेदों की दीवार इन स्त्रियों की साझी रुचियों के बीच लुप्त हो जाती। इन सबके अतिरिक्त एक और शौक सबमें एक जैसा होता; यह शौक था अच्छा भोजन। हिन्दू परिवारों में कुछ जातियाँ विशुद्ध शाकाहारी होतीं पर जो मांसाहारी होतीं उनके यहाँ भी गाय का मांस पूरी तरह वार्जित होता। मुसलमानों में सूअर का मांस वर्जित था। हिन्दू-मुसलमान महिलाओं के बीच शराब का प्रवेश तो नहीं हुआ था पर हुक्का, पान, तम्बाकू, भाँग, अफीम का प्रचलन खूब था। लेकिन पारसी और देसी ईसाई परिवार खान पान में सभी वर्जना से मुक्त थे, पारसी और अच्छी पढ़ी लिखी देसी ईसाई स्त्रियों में चाय, कॉफ़ी, सिगरेट और बियर, शैम्पेन, वाइनके पीने पिलाने का चलन आम था कितने ही घरों में विशुद्ध शराब से भी कुछ परहेज नहीं था। ये पेय सामान्य परम्परा में शामिल थे।

बीसवीं सदी की इस उषा बेला में सफल या असफल लोगों के लिए पारिवारिक जीवन कोई अस्तित्व नहीं रखता था। ये वो दिन थे जब स्त्री-पुरुषों की दुनिया अलग होती थी। स्त्रियों की छोटी-सी दुनिया जनानखाने में सीमित होती। हिन्दू हों या मुसलमान इससे कोई खास अन्तर नहीं पड़ता था। सिवाय इसके कि मुसलमान स्त्रियाँ परदे का जरा ज्यादा कड़ाई से पालन करती। अभी नया युग प्रारम्भ नहीं हुआ था स्त्रियों के लिए शिक्षा के द्वार बड़ी कठिनाई से और बहुत धीरे-धीरे खुल रहे थे। युवा स्त्री-पुरुषों का उन्मुक्त संग साथ सामाजिक रूप से आश्चर्य कौतूहल, हँसी-ठिठोली और कुत्सित टिप्पणियों का विषय होता था। ऐसी निर्लज्ज स्थितियों को बहुत वितृष्णा के साथ देखा जाता। हिन्दुस्तान का विपन्न तो विपन्न, सम्पन्न वर्ग भी यह उच्छृंखलता केवल यूरोपीय समाज के लिए ही स्वीकार कर पाता था। ऐसे युग

में भी हिन्दुस्तानी पारसियों की बात अलग थी। कुलीन और सम्पन्न वर्ग ही नहीं साधारण परिस्थिति की पारसी स्त्रियाँ भी सामाजिक अवसरों पर परिवार के साथ उन्मुक्त रूप से शामिल होतीं। कुछ औद्योगिक घरानों की महिलाएँ सामाजिक कार्यों में गहरी रुचि लेतीं। राजनीति में अवश्य अब तक किसी ने कोई विशेष रुचि नहीं दिखाई थी।

जिन्ना दम्पती के घर में भोजन का रीति-रिवाज़ पूरी तरह यूरोपीय था। डाइनिंग टेबल पर बढ़िया वाइनके साथ मांसाहारी व्यंजन परोसे जाते। पोर्क सैंडविच दोनों को पसन्द था। जब कभी शाम को दोनों घर पर होते तब व्हिस्की या शैम्पेन के घूँट भरते हुए राजनीति पर विचार-विमर्श करते। जिन्ना के मोटे सिगार के विपरीत रति को पतली सिगरेट पसन्द थी आँखों को सिगरेट के धुएँ की जलन से बचाने के लिए वो बहुमूल्य और आकर्षक होल्डर इस्तेमाल करती। जिन्ना अपनी व्यस्तताओं के कारण पुस्तक पढ़ने के लिए समय नहीं निकाल पाते थे। विवाह से बहुत पहले ही पुस्तकों में उनकी रुचि समाप्त हो गयी थी, कानूनी पुस्तकों से माथा पच्ची के बाद उनकी दुनिया केवल समाचारपत्रों तक ही सीमित होकर रह गयी थी। जिन्ना को मालूम था रति को पढ़ने का बहुत शौक है। विवाह के बाद कविता दीवानी रति को जिन्ना द्वारा दी गयी बहुमूल्य भेंटों कें बीच सबसे अल्पमूल्य भेंट होती अँगरेजी काव्य-संग्रह। जिन्ना अकसर गम्भीर मुद्दों से मस्तिष्क को शान्ति देने के लिए रति से बातचीत का रुख काव्य चर्चा की ओर मोड़ देते। रति ऐसी चर्चा प्रारम्भ होते ही जोश से भर उठती। कई बार किसी कविता की व्याख्या दोनों अलग तरह करते, रति अपनी व्याख्या के औचित्य पर अड़ जाती। जिन्ना जान-बूझकर उसकी व्याख्या के दोष निकालते। रति का जोश बढ़ जाता। बहस गरमा उठती अचानक जिन्ना ठठाकर हँस पड़ते। रति जिन्ना की शरारात समझ मुस्करा उठती, ऐसा बार-बार होता और हर बार वो जिन्ना के रचे जाल में फँसने का आनन्द लेती। इन चर्चाओं में सिगार का धुआँ सिगरेट के धुएँ से अठखेलियाँ करता रहता। प्यार मुहब्बत की ये काव्य अठखेलियाँ जिन्ना को अदालती मुकदमे गवाह साक्ष्य के अलावा लीग, काँग्रेस और विधान सभाओं की तनातनी से मुक्त कर देतीं। रति के मन पर कोई कविता छा जाती तो जिन्ना रति के मुँह से बार-बार वह कविता सुनता। यदा-कदा उस संग्रह को पढ़ने का समय भी निकाल लेता। ऐसी ही एक शाम उसने रति के मुँह से सुना—

अपने सारे जीवन से बस दे दो इक पल/
अपने सारे जीवन से जो बीत गया कल/
सारा जो आगत है (अब) इसके बाद भुला दो/
जो है (अब) आज वही सम्पूर्ण, यही तुम मानो/
जो है समक्ष कर घनीभूत (उसको) सम्पूर्ण बना लो/

सम्पूर्ण पुण्य के हेतु मचलती चाहत को/
अनुभूति आत्मा स्वप्न और चेतना /
क्षण भर में हो एकात्म, जिन्होंने दिया अन्त में मुझको/
इक बार तुम्हें मेरे समीप मेरे तल में मेरे उर में।/
आगत विगत समय कुछ हो विश्वास रहा है मुझको /
सम्पूर्ण हमारे जीवन की घड़ियों के इस इक पल में,
मेरी चाहत है तुमको

जिन्ना मुस्कराते हुए उठे और रति के हाथों से टेनिसन का काव्य-संग्रह ले बोले—"एक पल नहीं अब मेरे सारे पल तुम्हारे हैं। आगत विगत सब।" उस रात जिन्ना कितनी रात गये टेनिसन की कविताओं में स्वयं को और रति को तलाशते रहे।

रति और जिन्ना के विवाह से पहले बम्बई जैसा था वैसा ही अब भी था। इन दोनों के विवाह से केवल इतना अन्तर पड़ा कि जिन्ना का अकेलापन समाप्त हो गया। बम्बई की गहमा-गहमी में जिन्ना रति की बाँहों में बाँह डाले जहाँ-तहाँ नजर आते। कभी बग्गी तो कभी नयी कार में दोनों बम्बई की मदमाती शाम के समय मोहब्बत में मदहोश हो जाते। बढ़िया शराब की तरंग दोनों की नजदीकियाँ बढ़ा देती और एक-दूसरे में समा जाने को आतुर इन दोनों प्रेमियों की हँसी से साउथ कोर्ट की दीवारें झनझना उठतीं। साउथ कोर्ट के बाद जिमखाना दोनों की पसन्दीदा जगह थी। जिन्ना तो एक जमाने से यहाँ की दरो दीवार पर मोहित थे। यह क्लब जिन्ना का प्रिय अड्डा था। उन गुजरे दिनों जब उनके हाथों में एक भी मिसल न होती उनकी शानो शौकत के आडम्बर को यही क्लब सँभालता। मुफ़लिसी के उन दिनों में भी बिलियर्ड रूम को अपने इस खिलाड़ी का इन्तजार रहता। रति भी इस मुकाम से खूब परिचित थी। विवाह पूर्व कितनी ही बार वो बुआ और पिता के साथ यहाँ के कुलीन हंगामों में शामिल हो चुकी थी।

आमतौर से प्रतिदिन जब साँझ ढले दिन भर अपने ताप से झुलसा सूर्य अरब की खाड़ी में समाकर शीतलता प्राप्त करता तब दिन की सूर्याग्नि से तपी सड़कों को छोड़ दोनों नव विवाहित प्रेमी जिमखाना पहुँच जाते। दाँतों में हवाना सिगार दबाए बिलियर्ड की मेज पर गेंदों को एकाग्रता के साथ तौलते-नापते जिन्ना की गम्भीरता रति को उल्लास के साथ रोमांचित कर देती। जिन्ना का प्रत्येक रूप उसे अभिभूत कर देता। उसकी हर अदा पर रति फ़िदा थी। जब जिन्ना मेज पर बिखरी गेंदों पर एक के बाद एक निशाना लगाकर जीत दर्ज करते तो रति को लगता कि वो राजनीति

के आकाश में चमकते सितारों पर निशाना साध रहे हैं और प्रत्येक गेंद आकाश को चीर कर राजनीति में उनके लिए आसमान से भी ऊँचा स्थान बना रही है। जिन्ना की सफलताएँ उनके कदम चूम रही थीं। दुनिया के इस सबसे अनोखे व्यक्ति को रति ने अपने लिए अपने रचे स्वयंवर में चुना था यह उसका स्वयं चुना हुआ वर था। वो अपने चुनाव पर गर्व कर उठती।

शतरंज दूसरा शगल था जो जिन्ना के मस्तिष्क को ताजगी देता। अदालत में कानून और धाराओं की व्याख्या, साक्ष्य और गवाहों की विश्वसनीयता और अविश्वास पर न्यायाधीश को प्रभावित करने की मशक्कत उन्हें निचोड़कर रख देती। शतरंज की फौजें अदालती उद्विग्नता से मुक्ति प्रदान कर देतीं। वो मुस्कराते हुए अपनी चालें बहुत सोच-समझ कर चलते और हमेशा जीतने के लिए ही खेलते। उनकी यह उद्धत मानसिकता केवल रति के साथ खेलते हुए ही शिथिल होती। रति के पैदल घोड़े की शह के आगे भी जिन्ना का बादशाह बेबस हो जाता। ऐसी विजय पर रति का चेहरा उत्साह से दमक उठता। उसके मुँह पर खेलती जीत की खुशी जिन्ना के लिए अपनी पराजय का बेजोड़ ईनाम होती। लेकिन जिन्ना की आँखों से टपकती मन्द मुस्कान सारी कहानी का राज़ खोल देती और रति हँसते हुए कहती तुमने जान कर मुझे जिताया है। जिन्ना हँसकर कहते तुमने जानबूझ कर मुझे हराया है। मदाम आप जान लें इस बन्दे को पूरी दुनिया में केवल उसकी बेगम ही हरा सकती है, बस एक रति ही हरा सकती है। इन दोनों की बाज़ी को देख रहे मित्रों के कहकहों में खेल खत्म हो जाता।

क्लब के बार को भी अपने इस मेहमान की प्रतीक्षा रहती। पति-पत्नी दोनों अपनी पसन्द के जाम से होंठों को तर करते। समाज के अग्रगण्य बुद्धिजीवी, उद्योगपति और अधिकारियों के बीच बात-चीत और बहस मुबाहिसे में जिन्ना शामिल हो जाते। जिस महफिल में जिन्ना हों उस महफिल का केन्द्रबिन्दु कोई अन्य हो जाए यह सम्भव ही नहीं था। रति का पति समाज के सर्वोच्च वर्ग में दैदीप्यमान सितारा था उसके विचार, चमत्कारी अभिव्यक्ति और अकाट्य तर्क उसे बुद्धिजीवियों में अप्रतिम बना देते। जब तक जिन्ना क्लब में होते उनकी बहसों से हवा काँपती रहती। दिन भर के तनाव को प्याले में डुबोकर वो यहाँ उन्मुक्त रूप से हँसते। दैनन्दिनी समाचारों और सरकारी क्रिया कलापों पर अपनी स्पष्ट राय व्यक्त करते। हलके-फुल्के हँसी-मजाक का आनन्द लेते। रात गहराने के साथ जब पति-पत्नी घर वापसी के लिए कार में बैठते तब उनके कदम हमेशा स्थिर होते। दोनों को शायद अभ्यास था कि मदहोशी के जाल को कैसे काटा जाए। ऐसी ही एक रात कार की खिड़की से प्रवेश करती ठंडी हवाओं ने उनकी गुजरी स्मृतियों को ताजा कर दिया बीते दिनों की यादों ने उन्हें गुदगुदा दिया। रति के पूछने पर उन्होंने उन कुछ दिनों का

किस्सा सुनाया जब वह सफलता पाने के लिए मुफ़लिसी की चक्की में पिस रहे थे। उन कड़की के दिनों में उनके तनाव और अवसाद की नमी को इसी जिमखाना की सूखी हवा जज़्ब कर लिया करती थी। जिन्ना बोले—"तब मेरी जेब में मुश्किल से दो-चार रुपये हुआ करते थे पर शानो-शौकत तो कायम रखनी ही थी दिखावे के उन हालातों में बिलियर्ड खेलते हुए मुझे बारह आने हारना बहुत अखरता था, यह तिलमिलाहट तब और बढ़ जाती जब कोई साथी न मिलने पर क्लब मार्कर के साथ खेलते हुए हारने पर भी बारह आने ही देने पड़ते थे। एक बार मैंने क्लब की सुझाव पुस्तिका में लिखा कि क्लब मार्कर से हारने पर यह रकम आधी होनी चाहिए यानी छः आने। ये वो दिन थे जब मेरे लिए छः आने भी बहुमूल्य होते थे और आज!" जिन्ना खुलकर हँस पड़े।

इस उन्मुक्त हँसी के लिए जिन्ना को बहुत भारी चक्की में बड़े बारीक आटे की तरह पिसना पड़ा था। जाने उनका कितना पसीना अदालत के बरामदों और दालानों ने सोख लिया था। बहादुर से बहादुर योद्धा की हिम्मत तोड़ देने वाली सफलता की लम्बी इन्तजारी उनकी हिम्मत के आगे हार गयी। जिन्ना अपना प्रत्येक मुकदमा पूरी शक्ति और पूरी निष्ठा के साथ लड़ते। सीधे-सादे और अच्छे मुकदमों की तो बात अलग थी, पर जिन मामलों को वो कमजोर मान चुके होते और किसी तरह का कोई दम नहीं देखते थे। न्यायाधीश के समक्ष उनके लिए भी वो भूखे शेर की तरह लड़ पड़ते। मुकदमे की कमजोरी उनके लिए अर्थहीन हो जाती और हारी हुई बाजी वो अपनी दृढ़तापूर्ण पैरवी के कारण जीत लेते। काम के प्रति पूर्ण समर्पण का ही परिणाम था कि वकालत ने उन्हें मालामाल कर दिया। अदालती दुनिया में शोहरत उनके कदम चूम रहीं थी। अदालत और मुकदमों की व्यस्तता के बाद इतने ही समर्पण के साथ उन्होंने अपनी गर्दन राजनीति में भी उलझाई। मुस्लिम लीग, काँग्रेस के अलावा श्रीमती एनी बेसेंट के होम रूल के बाद एसेम्बली की सदस्यता। यह सारी व्यस्तताएँ उनके एक-एक पल पर काबिज थीं। समय की ऐसी तंगहाली में उन्होंने अब अपनी प्रेम की बगिया में भी फूल खिला लिया।

व्यावसायिक घुड़दौड़ में आकंठ डूबे जिन्ना के सपनों में विवाह और पत्नी के लिए कोई स्थान था ही नहीं। ऐसी स्थिति में पत्नी के किसी गुण की कल्पना का प्रश्न ही कहाँ था? दरअसल रति की आँखों के प्रेम निमन्त्रण से ही इस प्रेमकथा ने जन्म लिया। रति ने उसे इसलिए भी आकर्षित किया क्योंकि उसके विचारों में बड़ी स्पष्टता और कल्पनाशीलता होती थी। वो सुनी और पढ़ी बातों के बल पर नहीं अपितु अपने मनन से निकले निष्कर्षों के बल पर बात करती थी। बौद्धिकता के बाद

रति की उन्मुक्त जीवन शैली उसके व्यक्तित्व में चुम्बकीय आकर्षण उत्पन्न कर देती थी। बुर्के परदे में ढँकी घर की रसोई में बर्तन बजाने वाली पत्नी के साथ तो जिन्ना का जीवन एक दिन भी न चल पाता। उन्हें पत्नी की नहीं एक जीवन साथी की आवश्यकता थी। एक मित्र की, जो उसका हमराज हो। जो उसके मन को पढ़ सके उसके विचारों को समझ सके और कभी जरूरत हो तो उसकी वैचारिक उलझनों को सुलझाने में उसकी सहायता की योग्यता भी रखता हो। जो उसके लिए जिए। जो केवल उसका होकर जिए। इन सभी दृष्टियों से रति आदर्श थी। इसलिए दुनिया में एक अकेली रति ही उनकी पत्नी होने की योग्यता रखती थी। रति का फैशन प्रेम जिन्ना को अपने विचारों का पूरक प्रतीत होता था। वह स्वयं चुस्त दुरुस्त यूरोपीय फैशनेबल सूट में अपने आपको सहज अनुभव करते थे। इसलिए रति की पोशाक पर अपने विचार थोपने की कभी उन्होंने कल्पना ही नहीं की। वह लन्दन से व्यक्ति स्वातन्त्र्य की दीक्षा लेकर हिन्दुस्तान लौटे थे। यह रति का अपना निर्णय और सुरुचि थी, क्या पहने ? क्या न पहने ? ढोंग थोथे आदर्श और बनावटी मान्यताएँ उनके लिए कोई अर्थ नहीं रखती थीं। इस सबके बाद यह भी सच था की रति की पसन्दीदा पोशाकों में वो जिन्ना को बेहद आकर्षक और दुनिया की सबसे सुन्दर स्त्री नजर आती थी।

सुरुचि रति के व्यक्तित्व का एक और आकर्षक अंग था। जिस पर जिन्ना गर्व करते। किशोरावस्था से ही चित्रकला में उसकी जो गहरी दिलचस्पी उत्पन्न हुई थी वो उम्र के साथ लगातार परिष्कृत होती गयी अब कला प्रदर्शनियों उसके जीवन का अंग बन गयी थी। मित्रों परिचितों के बीच वो पुस्तक तथा चित्र संग्रह कर्ता के रूप में प्रसिद्ध थी। बने बनाए चित्र तो वो खरीदती ही; कई बार चित्रकारों को विशेष चित्रों की कई आकारों या फिर प्रतिकृतियाँ बनाने का काम भी सौंप दिया करती। ऐसे ही एक चित्रकार की पेटिंग्स पसन्द आने पर उसने चित्रकार का पता माँगा, चटर्जी नाम के इस चित्रकार से उसने अपने पसन्द के चित्र की कई प्रतिकृतियाँ बनवाईं। कई चित्रकारों से उसने अपने और जिन्ना के पोर्ट्रेट बनवाए। कश्मीर, दिल्ली, हैदराबाद और बंगलौर के कितने ही चित्रकारों के चित्र वो अपने संग्रह में शामिल कर चुकी थी। साउथ कोर्ट की भित्तियाँ मेहमानों को रति की इस सुरुचि का परिचय दे देतीं। अदालती मिसिल भर से ताल्लुक रखने वाले अ-रसिक जिन्ना को कलात्मक संसार के रस का पान रति ने ही करवाया। उसके साथ के कारण जिन्ना स्वयं इस क्षेत्र में पारखी होने लगे और दोनों ने बड़ी कलात्मक अभिरुचि के साथ साउथ कोर्ट के फर्श को विशिष्ट कालीनों से सुसज्जित कर डाला।

साउथ कोर्ट जिन्ना के हाई कोर्ट जाने के साथ सूना हो जाता। इस सन्नाटे में पुस्तकें रति की सबसे गहरी सहेली बन जातीं पर किताबों में डूबने की भी कोई

सीमा थी। रति ने अपने पशु पालन प्रेम को यहाँ नये सिरे से प्रारम्भ किया। कुछ ही दिनों में कई कुत्ते और बिल्लियों की वो माँ बन गयी। उनके साथ खिलवाड़ उसकी व्यस्तता का एक प्रमुख अंग बन गया। पर शाम होते होते वो जिन्ना के साथ हेतु बेताब हो उठती। अपनी पसन्दीदा पोशाक पहन वो कोर्ट के लिए निकल पड़ती जिन्ना अदालतों से मुक्त हो नये मुकदमों की तैयारी के लिए अपने चेम्बर में आते तो दरवाजे के खुलते ही फ्रेंच इत्र की सुगन्ध रति के आने का समाचार उन्हें सुना देती। अल्हड़ रूप से सजी धजी रति के वस्त्रों से उसके सौन्दर्य की झलक अजनबी आगन्तुकों के लिए विस्मय का कारण बन जाती कुछ क्षणों के लिए उनकी दृष्टि आश्चर्य के साथ रति पर अटक जाती, पर स्थाई सहयोगी नजरें बचाते अपने काम में व्यस्त रहते। कई बार तो रति विशाल कान्फ्रेंस टेबल पर उछलकर बैठ जाती। उसकी लहराती स्कर्ट अस्त व्यस्त हो जाती। मेज पर बैठे बैठे वो रुख बदलती और लटके पैरों को एक-दूसरे के ऊपर रख लेती। इन स्थितियों में उसकी पिंडलियाँ ही नहीं गोरी जाँघ भी झाँक उठतीं। रति की जीवन शैली का यह सामान्य रूप था पर गुजरी सदी में जी रहे लोगों के लिए यह बहुत अटपटा था—'लाज हीन।' रति के कारण दफ़्तर में उत्पन्न हलचल की उपेक्षा करते हुए जिन्ना का ध्यान केवल अपने काम पर केन्द्रित रहता। अदालती फाइलों से निवृत्त होने के बाद ही उसे रति की खनकती हँसी सुनाई पड़ती। जिन्ना उसकी उपस्थिति से प्रसन्न हो उठते। उन्हें अपनी पत्नी का फैशनेबल और बेपरवाह अन्दाज पसन्द था। उन्हें कभी ऐसा महसूस ही नहीं हुआ कि वो रति को अपनी जीवन शैली बदलने के इशारे की भी कोई जरूरत थी।

जिन्ना का कार्यालय उनके राजनैतिक विचार-विमर्श के अलावा अपने निकट सहयोगियों के साथ राजनैतिक व्यूह रचना का मन्त्रणा स्थल भी था। ये साथी अकसर जिन्ना के कार्यालय में आते। वेलिंग्डन के सम्मान समारोह के विरोध के साथ रति का व्यक्तिगत परिचय होम रूल लीग की बम्बई इकाई के इन पदाधिकारियों और प्रमुख कार्यकर्ताओं से हो गया। राजनैतिक क्रिया कलापों से जुड़ी मन्त्रणा में रति बराबरी से बहस करती। शीघ्र ही यहाँ आने वाले उमर सोभानी शंकर लाल बैंकर और कानजी द्वारकादास जैसे सक्रिय कार्यकर्ता रति की प्रतिभा के कायल हो गये। पुस्तक प्रेमी कानजी को रति के पुस्तक प्रेम की जानकारी मिली तो अकसर दोनों अपनी पढ़ी पुस्तकों पर चर्चा करने लगे। अच्छी पुस्तकों के लिए रति के आकर्षण को देख कानजी चकित था। पसन्द आ जाए तो किताब खत्म करने में रति को देर नहीं लगती थी। अब भले ही रति ने पुस्तक आनन फानन में समाप्त की हो पर जब उस पर चर्चा होती तो वह इतनी सूक्ष्मता के साथ पुस्तक से सन्दर्भ देती कि कानजी रति को आश्चर्य से देखता रह जाता। कानजी रति की प्रतिभा से बहुत प्रभावित था वह जानता था कि रति समय व्यतीत करने के लिए नहीं बल्कि

मानसिक विकास और ज्ञान पिपासा शान्त करने के लिए बड़ी रुचि के साथ पढ़ती थी। पुस्तकों के अलावा जीवन से जुड़े अलौकिक विषय और समाज सेवा जैसे मामलों पर भी दोनों की रुचियाँ बहुत मेल खाती थीं। होम रूल लीग की बम्बई इकाई का कोषाध्यक्ष होने के कारण उसका आना-जाना साउथ कोर्ट में भी था। यद्यपि वो उम्र में जिन्ना से बहुत छोटा था पर फिर भी दोनों में बड़ी निकटता थी। घर आने पर जिन्ना उसे रात के भोजन के लिए रोक लिया करते। कानजी द्वारकादास शहर के सम्मानित उद्योगपति परिवार का सदस्य था। एनी बेसेंट का निष्ठावान अनुयायी। थियोसोफ़ी में उसका गहरा विश्वास था। रति स्वयं एनी बेसेंट से बहुत प्रभावित थी और थियोसोफ़ी का दर्शन उसे बहुत आकर्षित करता था। एक समान रुचियों के कारण इन दोनों में बहुत शीघ्र गहरी मित्रता हो गयी।

विवाह के बाद रति के परिचय का दायरा जिन्ना के सहयोगियों के कारण काफी बढ़ गया था। पर यह दायरा पुरुष बहुल था। जिन्ना परिचितों से लेकर मामूली जान पहचान वाली स्त्रियों से भी बहुत शिष्ट और सभ्य व्यवहार करते। अपने आस-पास निवास करती स्त्रियों को दिखने पर शिष्ट अभिवादन वो कभी भूलते नहीं थे; इसके बाद भी बहुत कम स्त्रियों को उसकी दुनिया में स्थान मिला था। इन परिचिताओं के साथ भी वह बहुत औपचारिक सम्बन्ध रखते थे, परन्तु एक महिला ऐसी थीं जिनसे रति और जिन्ना दोनों का गहरा परिचय था। श्रीमती 'सरोजिनी नायडू।' श्रीमती नायडू रति के विवाह के बाद उसके कुछ अधिक करीब आ गयीं। साउथ कोर्ट में जिन्ना दम्पती उनका विशेष स्वागत करते। लीला और पद्मजा से पत्र व्यवहार में भी कुछ वृद्धि हो गयी थी। सवानुर के नवाब, बेगम, मीरा, नायक, रेर, खलीक, मेजर खुसरो, हैदरी, क्षमाशान्त जैसे तमाम जाने अनजाने लोग जिन्हें पद्मजा जानती या रति या दोनों इन सहेलियों के पत्रों में गपशप का विषय बनते।

जिन्ना का अपने परिवार से कोई नाता था तो केवल फातिमा से, फातिमा दन्त चिकित्सक हो गयी थीं और अपनी प्रेक्टिस में व्यस्त रहतीं। रहने के लिए उनके पास अपना अलग घर था पर गाहे बगाहे वो साउथ कोर्ट में मेहमान के तौर पर आ धमकती। फातिमा की वैवाहिक उम्र निकल चुकी थी। प्रेक्टिस के बाद उनका समय पवित्र कुरआन के अध्ययन को समर्पित होता। साउथ कोर्ट की व्यवस्था में हस्तक्षेप का अधिकार उन्हें नहीं था। ननद की भाभी के प्रति सामान्य दबदबे की छूट उन्हें प्राप्त नहीं थी इसलिए इस्लाम की पाबन्द और मुस्लिम परम्पराओं को मन से स्वीकार करने वाली फातिमा अपनी भाभी के उन्मुक्त पहरावे या फिर मदिरापान पर कोई टीका-टिप्पणी नहीं कर पाती थीं। गम्भीर और धार्मिक स्वभाव वाली फातिमा और रति के बीच बातचीत के बहुत सीमित विषय होते। औपचारिकता की दीवारों में कैद इन विषयों में कभी-कभी फातिमा की विवाह इच्छा झलक मार जाती। रति

मानव अनुभूतियों की ज्ञाता थी। वो जान चुकी थी कि जिन्ना की लापरवाही के कारण उनकी बहन जबरन कुँवारी रह गयी थी। जिन्ना भले बहुत आधुनिक और उदार विचार के थे पर फातिमा उनसे अलग थी। परम्परावाद में विश्वास रखने वाली यह लड़की भला अपने बड़े भाई से कैसे कहती कि मेरे लिए दूल्हा ढूँढ़ो। अपने जीवन के इस शून्य को भरने का मार्ग उसने धार्मिकता में ढूँढ़ लिया था। रति इस मर्म को समझती थी। हँसमुख रति फातिमा के साथ बहुत सावधानी के साथ बातें करती पर कई बार शरारतन फातिमा से उसके विवाह की चर्चा छेड़ देती।

विवाह के कुछ महीने ही गुजरे थे कि रति के गर्भवती होने की जानकारी से दोनों पति-पत्नी उत्साह से भर उठे। जीवन के इस नये आयाम की कल्पना से दोनों प्रसन्न थे। पारिवारिक खुशियों ने जिन्ना के घरेलू उल्लास में तो वृद्धि कर दी थी परन्तु देश के मामले में उसे खासा क्रोधित कर रखा था। विश्व युद्ध के प्रारम्भ से ही ब्रिटिश सरकार ने भारत सुरक्षा अधिनियम लागू कर नागरिकों की तमाम स्वतन्त्रताओं को छीन लिया था। अब युद्ध की समाप्ति के बाद हिन्दुस्तान के राजनैतिक क्षेत्रों में यह आशा थी कि सरकार जनता की स्वतन्त्रता के बन्धनों को समाप्त कर देगी पर अराजकता और क्रान्तिकारी गतिविधियों पर रोक थाम के नाम पर सरकार आम नागरिक की स्वतन्त्रता पर पूरी बन्दिश लगाना तै कर चुकी थी। वो भारत सुरक्षा कानून को हेरा फेरी के साथ यहाँ बनाए रखना चाहती थी। इसी मंशा से सरकार ने न्यायमूर्ति सर सिडनी रोलेट की अध्यक्षता में एक कमेटी गठित की जिसे इस कानून की समीक्षा कर नया प्रस्ताव सरकार के समक्ष रखना था। इस कमेटी ने जो प्रस्ताव तैयार किया उसकी परिणिति रौलेट बिल के रूप में हुई। यह प्रस्ताव पुराने सुरक्षा अधिनियम को पुनः वैधता प्रदान कर रहा था। अन्याय के इस नये रूप से सम्पूर्ण हिन्दुस्तान उद्वेलित हो उठा। लोगों ने इसे काले कानून का नाम दिया। जिन्ना के साथ सभी राष्ट्रीय नेताओं ने विधान सभा में इस बिल का पुरजोर विरोध किया। लेकिन सरकार ने सारे विरोध को दरकिनार कर रोलेट प्रस्ताव स्वीकार कर लिया। सरकार की इस जिद्दी और एकांगी कार्यवाही से जिन्ना बुरी तरह आहत हुए। बोझिल मन से वो कलकत्ता से विदा हुए। बम्बई आने के बाद उनकी उद्विग्नता और बढ़ गयी। अकसर वह अपने विचार रति के साथ साझा करते। एक शाम स्कॉच ने उनके क्रोध का बाँध तोड़ दिया। सिगार का एक भरपूर कश खींच जिन्ना बोले—

''मैं सोच भी नहीं सकता था कि सभ्यता का ढिंढोरा पीटने वाली यह अँग्रेज कौम ऐसा असभ्य कानून हिन्दुस्तान पर लादेगी।''

''एक विदेशी सरकार से गुलाम किसी रियायत की आशा भी कैसे कर सकते

हैं?'' रति ने प्रति प्रश्न रखा।

''क्यों नहीं कर सकते? युद्ध के दौरान इस सरकार द्वारा दिखाई गयी सदाशयता पर ध्यान दीजिए, अकेला मैं नहीं अधिकतर सभी यह आशा कर रहे थे कि युद्ध के बाद इंडिया प्रतिरक्षा कानून रद्द हो जाएगा और व्यक्ति स्वातन्त्र्य की अपनी उदात्त परम्परा को ब्रिटेन पुनर्स्थापित कर देगा।'' जिन्ना ने उत्तर दिया।

''कोई खाम ख्याली में जिए तो क्या इलाज है? आप हिन्दुस्तान में जहाँ-तहाँ बम फेंकें, बन्दूक पिस्तौल चलाकर अँग्रेजों को मारें और वो आपकी फ़िक्र करें? क्रान्ति वाली जो बीमारी आपने पैदा की है सरकार उसका इलाज न करे? हिन्दुस्तान को भी रूस बन जाने दे? रति ने हँसकर अपने व्यंग्य से जिन्ना को उत्तेजित किया।''

''मैम यह बीमारी का गलत इलाज है। आपने रूस का नाम लिया पर हिन्दुस्तान और रूस में बहुत फ़र्क़ है। इक्का दुक्का अपवाद छोड़ दें तो यहाँ के लोग प्राकृतिक रूप से शान्त हैं।'' जिन्ना ने ठंडे स्वर में जवाब देकर रति के व्यंग्य से उत्तेजना वाली कोशिश पर पानी फेर दिया।

''इन शान्त लोगों को सरकार से लड़ने का नया रास्ता अब गाँधीजी दिखा रहे हैं।'' रति ने गाँधीजी के आन्दोलनों को बहस में शामिल करते हुए कहा।

''हाँ, दिखा तो रहे हैं पर गलत रास्ता दिखा रहे हैं। कानून तोड़ने की प्रेरणा देना सामाजिक रूप से गलत है और इसी तरह कानून के बल पर सरकार अपनी प्रजा को सताए तो यह भी उतना ही गलत है। शासन निरंकुश हो जाए तो अन्याय के रास्ते खुल जाते हैं। यह रौलेट एक्ट यही करेगा। इस एक्ट के अन्तर्गत जो पकड़ा गया न उसके लिए वकील होगा न दलील होगी न अपील होगी। यह ऐसा अन्याय है कि इसके प्रतिकार का कोई जरिया ही नहीं है इसीलिए यह काला कानून है और हमें इसका कड़ा विरोध करना चाहिए। एसेम्बली में मैंने इसीलिए इसका कड़ा विरोध किया। मैंने क्या सभी हिन्दुस्तानी सदस्यों ने इसका विरोध किया। हाँ! कुछ हिन्दुस्तानी सदस्य ऐसे भी हैं जिन्होंने सार्वजनिक रूप से तो इस बिल का विरोध किया पर आपस की बातचीत में अँग्रेज सदस्यों के समक्ष इस तरह के कानून के औचित्य को स्वीकार कर लिया। इस तरह के दोमुँहे सदस्यों ने ही सरकार की हिम्मत को मजबूती दी और सरकार ने यह बिल स्वीकार कर लिया; लेकिन ख़ैर, मैं बैठकर तमाशा नहीं देखूँगा। ऐसी नाकारा एसेम्बली से इस्तीफा दे दूँगा। यह एसेम्बली हिन्दुस्तानी प्रतिनिधियों के लिए केवल भाषण का मंच भर बनकर रह गयी है। जिन्ना को ऐसे मंच की जरूरत नहीं है। मैं जहाँ बोलूँगा मंच वहीं बन जाएगा।'' रति ताली बजाती उठ खड़ी हुई।

''बहुत खूब श्रीमन बहुत खूब, इस्तीफा ज़रूर दीजिए पर पहले डिनर ले लीजिये खाना मेज पर लग चुका है।''

जिन्ना का गुबार निकल चुका था। रति की शरारती टिप्पणी पर मुस्कराते हुए वह उठा डाइनिंग टेबल की एश ट्रे में अपने शेष गुस्से को सिगार के साथ मसल, कुर्सी पर बैठ गया। रति उसके सामने बैठी और बेयरर खाना परोसने लगे।

अगले दिन जिन्ना ने चेम्सफोर्ड को लिखा—

रौलेट बिल के द्वारा न्याय के आधारभूत नियमों को रौंदकर रख दिया गया है और हिन्दुस्तानी नागरिकों के सांवैधानिक अधिकारों का हनन किया गया है। लेजिस्लेचर एसेम्बली तो नाम के लिए है वास्तव में यह व्यवस्था विलायती नौकरशाहों के इशारे पर काम करती है। इस बिल के एसेम्बली द्वारा स्वीकार किये जाने और जिस तरह यह प्रस्ताव स्वीकार किया गया मैं उसका विरोध करते हुए इस एसेम्बली की अपनी सदस्यता से त्यागपत्र देता हूँ।

त्यागपत्र भेजने के बाद जिन्ना को कुछ शान्ति मिली। यह इस्तीफा सरकार के मुँह पर एक करारा तमाचा था। बुद्धिजीवियों के साथ साथ देश के जागरूक नागरिकों ने जिन्ना के इस त्याग और कठोर रुख का स्वागत किया। इस मुद्दे पर सारा देश जिन्ना के साथ था (महामना मदन मोहन मालवीय ने भी एसेम्बली की सदस्यता से इसी मुद्दे पर इस्तीफ़ा दे दिया)।

अभी अँग्रेज़ी शासन ने रौलेट प्रस्ताव को स्वीकार ही किया था कि सरकारी नृशंसता का वीभत्स चेहरा दुनिया के सामने बेनकाब हो गया। बैसाखी के अवसर पर सामान्य ग्रामीण अमृतसर के जलियाँवाला बाग में उत्सव के लिए एकत्र हुए। अधिकतर तो इस बात से भी अनजान थे कि सरकार ने अमृतसर में लोगों के इकट्ठे होने पर पाबन्दी लगा रखी है। इस ग्रामीण भीड़ में स्त्री–पुरुषों के साथ बच्चे भी शामिल थे। इसी बाग में इसी दिन काँग्रेस ने एक विरोध सभा का भी आयोजन किया था। बाग तो नाम भर था वास्तव में यह मैदान भर था वृक्ष कुंज विहीन। आने–जाने के लिए इस बाग में पाँच संकरे मार्ग थे जिनमें लोहे के फाटक लगे थे इस आयोजन के समय कई फाटक बन्द थे और उनमें ताले पड़े थे। ऊँची इमारतों से घिरे इस बाग में आड़ या छिपने के लिए कोई स्थान नहीं था। बाग में एकत्र निहत्थे लोगों ने किसी अनिष्ट की कल्पना भी नहीं की थी। जलियाँवाला बाग में एकत्र हुई इस ग्रामीण भीड़ को सरकारी अधिकारियों ने चुनौतीपूर्ण अवज्ञा माना। सबक सिखाने के निश्चय के साथ कमांडर कर्नल रेजिनाल्ड डायर फौजी टुकड़ी के साथ वहाँ पहुँचा और बाग के सभी मार्गों को सिपाहियों से घिरवा लिया। मेले में शामिल लोगों को कोई चेतावनी दिए बगैर उसने सिपाहियों को आदेश दिया कि भीड़ पर तब तक गोलियाँ चलाई जाएँ जब तक गोलियाँ खत्म न हो जाएँ। चारों तरफ से घिरे निरीह ग्रामीण डायर की इस अमानुषिक पाशविकता के बुरी तरह शिकार हुए। हजार से

अधिक लोगों ने इस गोली कांड में अपनी जान गँवाई। इस निर्मम हत्याकांड से हिन्दुस्तान सन्न रह गया। देश के सभी नेताओं के लिए यह अमानुषिकता गहरे क्रोध का विषय थी सबने इस कांड की तीव्र भर्त्सना की, उनके साथ सारा देश बुरी तरह उत्तेजित हो उठा।

बम्बई से प्रकाशित द बॉम्बे क्रोनिकल, समाचारपत्र ने जलियाँवाला बाग के इस नृशंस हत्याकांड का विस्तृत समाचार प्रकाशित किया और समाचार के साथ बड़ी कठिनाई से प्राप्त तस्वीरें भी प्रकाशित कर दीं। बॉम्बे क्रोनिकल सर फ़िरोज़शाह मेहता ने प्रारम्भ किया था। लम्बे समय से इसके सम्पादक एक अँग्रेज पत्रकार बी जी होर्निमन थे। हिन्दुस्तानी स्वतन्त्रता आन्दोलन के पक्षधर होर्निमन एनी बेसेंट के राजनीति में सक्रिय होने के साथ उनके प्रमुख सहयोगी भी बन गये थे। वो बेसेंट के होम रूल लीग आन्दोलन को पूरा बल प्रदान कर रहे थे। राजनीति में गाँधीजी के सक्रिय होने पर वो उनके विचारों से भी बहुत प्रभावित हुए और खेड़ा तथा अहमदाबाद आन्दोलन में उनके सहयोगी बन उनके साथ उन गाँवों में घूमे। होर्निमन का आना-जाना पेटिट हॉल में भी था वो जब भी जीजीभाई से मिलने आते रति उनसे अवश्य मिलती। उनसे तमाम राजनैतिक सवाल जवाब करती। होर्निमन रति की जिज्ञासा और तत्कालीन राजनैतिक उथल-पुथल में उसकी गहरी जानकारी से बहुत प्रसन्न होते थे। उसके सवालों के जवाब देने में उन्हें बड़ा आनन्द आता। विवाह के बाद ऐसी मुलाकातें साउथ कोर्ट में भी जारी रहीं। मृदु भाषी और बेहद सुसंस्कृत होर्निमन का रति बहुत आदर करती थी। लेकिन खुले दिमाग के इस बेबाक पत्रकार से अँग्रेज सरकार काफी समय से खीझी हुई थी। लार्ड वेलिंग्डन तो बहुत खफा थे वो (1917 में ही) होर्निमन को हिन्दुस्तान से निष्कासित कर देना चाहते थे, इस एक अँग्रेज को ध्यान में रखकर डिफेन्स ऑफ़ इंडिया रूल में कुछ परिवर्तन भी किया गया था। (1919 में) होर्निमन ने अमृतसर में हुए वीभत्स हत्याकांड के विरोध में जो कुछ क्रोनिकल में लिखा और प्रकाशित किया उससे कुपित ब्रिटिश सरकार आपा खो बैठी और होर्निमन को जबरन हिन्दुस्तान से बाहर भेज दिया गया।

जिन्ना इन दिनों द बॉम्बे क्रोनिकल बोर्ड के चेयरमैन थे। सरकार की इस कार्रवाई से उनका पारा सातवें आसमान पर था। उस दिन डिनर टेबल पर उन्होंने रति को सरकार द्वारा की गयी इस कार्रवाई का सारा ब्यौरा सुनाया। रति जो सामान्यतया खुश रहती थी होर्निमन के साथ हुए इस दुर्व्यवहार से उत्तेजित हो उठी। रति के लिए वो आदरणीय व्यक्ति थे। इस अन्याय के प्रतिकार स्वरूप एम्पायर थिएटर में आल इंडिया ट्रेड यूनियन काँग्रेस ने एक सभा आयोजित की। सभा में उपस्थित नौ सौ प्रतिनिधियों ने होर्निमन को देश से बाहर निकाले जाने की कड़े शब्दों में निन्दा की। इस सभा में शामिल रति थिएटर के साइड बॉक्स में बैठी थी उसने होर्निमन के साथ

हुए अन्याय के विरोध में एक प्रस्ताव पेश किया। अपने प्रस्ताव पर जोश भरे गुस्से में बोलते हुए रति ने कहा—

''ये कैसी सरकार है? एक तरफ तो यह अपने आपको मानवीय मूल्यों की रक्षक घोषित करती है वहीं एक विद्वान पत्रकार के लेखों से डरकर सामान्य सभ्य समाज की औपचारिकता को भी तिलांजली दे देती है। श्री होर्निमन का हाल ही में ऑपरेशन हुआ था और अभी वो स्वस्थ भी नहीं हुए थे। ऐसी गम्भीर स्थिति में भी इस सरकार ने उन्हें जबरदस्ती हिन्दुस्तान से बाहर कर दिया। यह विचार तक नहीं किया कि यह बीमार व्यक्ति इंग्लैंड की लम्बी यात्रा झेल पाएगा या नहीं। और इस सरकार की कायरता देखिए कि एक सहज और मृदुल इन्सान जिसका हथियार कुल जमा एक कलम है उसे घर से जहाज तक घेरेबन्दी में रखने के लिए हथियारबन्द दस्ते की जरूरत पड़ गयी। आने-जाने वालों से रास्ते को खाली करा लिया गया। जैसे कोई खतरनाक डाकू या कातिल उस रास्ते से ले जाया जा रहा था। ऐसी कायर सरकार जो एक निहत्थे शान्त और सौजन्यता से परिपूर्ण अँग्रेज के साथ इस तरह का अमानुषिक व्यवहार कर सकती है उसे इस देश में एक दिन भी रहने का अधिकार नहीं है। एक सभ्य और विद्वान पत्रकार के साथ हुए इस अन्यायपूर्ण व्यवहार की मैं कड़े शब्दों में भर्त्सना करती हूँ।'' रति के इस धाराप्रवाह और शक्तिशाली भाषण की समाप्ति पर हॉल तालियों से गूँज उठा।

रति के इस उत्तेजक भाषण से तमाम लोग प्रभावित हुए। दीवान चमन लाल ने तो रति को इस संगठन के उपाध्यक्ष पद को स्वीकार करने का भी अनुरोध कर दिया। होर्निमन के साथ हुए अन्याय से वो दग्ध थी। शासकीय अमानवीयता ने उसे उद्विग्न कर रखा था। अँग्रेजों के अमानवीय व्यवहार के लिए तो उसका मन तीव्र वितृष्णा से भरा हुआ था। इस शासन के विरुद्ध मन में पैठे उग्र विचार वो पद्मजा जैसे मित्रों के समक्ष कितनी ही बार प्रकट कर चुकी थी। इस सभा में अपने जोशीले उद्बोधन से उसे कुछ विशेष शान्ति मिली। उसे आभास हुआ कि अपने मन में घुट रहे क्रोध को व्यक्त कर देने से कैसी शान्ति मिलती है। इस अभिव्यक्ति के साथ वो मन ही मन तमाम सुने भाषणों की व्याख्या में उलझ गयी। उसे याद आया पद्मजा ने सरोजिनी के ताजे भाषण की चर्चा अपने हाल के पत्र में की थी। उसने पत्रोत्तर में पद्मजा को लिखा—

''तुमने जो अपनी माँ के सुन्दर भाषण का उल्लेख किया है तो लिखो भाषण का विषय क्या था उन्होंने कहा क्या था अवसर क्या था और यह भाषण दिया कहाँ?''

''आजकल मैं हत्या और आत्महत्या करने के शिष्ट तौर तरीकों पर चिन्तन कर रही हूँ, और मैं इस निश्चय पर पहुँची हूँ कि मेरी रुचि के अनुसार हीरे मोती जड़े

खंजर को भोंक कर किसी को कत्ल करना गोली मारने या बम द्वारा उड़ाने से कहीं ज्यादा सभ्य है। अरे घबराओ मत मेरा ऐसा कोई इरादा नहीं है।" (पद्‌मजा को रति के लिखे पत्रांश का भावानुवाद)।

रति पत्र पूरा कर मुस्कराई। वह अपनी कल्पना से पद्‌मजा को चिन्ता में डालने का सरंजाम कर चुकी थी। दरअसल होर्निमन जैसे शान्त और सभ्य पत्रकार के साथ शासन के दुर्व्यवहार से रति कई बार ऐसे तत्त्वों को शक्ति से दुरुस्त करने की कल्पना में डूब जाती। ऐसे समय उसे बर्बर शासन से लड़ने के लिए नृशंसता उचित लगती। शासन को शक्ति की भाषा में प्रत्युत्तर के बाद अदालत में व्यर्थ किन्तु परन्तु के सवाल जवाब से कहीं ज्यादा अच्छा उसे प्रतीत होता आत्महत्या। इन निर्दय कल्पनाओं में भी उसकी कला दृष्टि बनी रहती और फिर वो सोचती कि मौत हो तो खूबसूरत हथियार से ख़ूबसूरती के साथ। ये क्या कि लोहे की नली से निकले छर्रे से मौत हो या फिर बम से शरीर की चिंदियाँ उड़ जाएँ? ऐसे उग्र विचार अकसर उसके मन पर हावी हो जाते। कई वर्ष पहले लखनऊ काँग्रेस अधिवेशन के बाद भी रति ने पद्‌मजा को लिखे अपने पत्र में क्रान्तिकारियों के बलिदान की प्रशंसा की थी और स्वतन्त्रता के लिए शस्त्रहीन उपायों के बजाय सशस्त्र संघर्ष को उचित माना था।

हिन्दुस्तानी पक्ष की घोर उपेक्षा करते हुए सरकार ने राजसी जिद के रूप में रौलेट बिल प्रस्ताव स्वीकार किया था। ऐसी स्थिति में उद्विग्न जिन्ना के लिए एसेम्बली की सदस्यता अर्थहीन हो गयी थी। उन्होंने तै किया कि सदन (एसेम्बली) में भाषण देने के बजाय उस मैदान में लड़ा जाए जहाँ की डोर द्वारा हिन्दुस्तान के वायसराय से लेकर सारा शासकीय सरंजाम नाचता है। उन्होंने निश्चय किया कि वो लन्दन के राजनैतिक क्षेत्रों में हिन्दुस्तान का पक्ष मजबूती के साथ रखने का काम करेंगे। अँग्रेज राजनीतिज्ञों में कई उनसे निजी सम्बन्ध रखते थे कई उनके प्रशंसक थे। कई ऐसे थे जो उनकी विद्वत्ता का लोहा मानते थे। सबसे अधिक उन्हें मोंटेग्यू पर भरोसा था। जिन्ना महसूस कर रहे थे कि मोंटेग्यू को वो निश्चित रूप से अपने विचारों से सहमत करा लेंगे। उन्हें यह विश्वास भी था कि मोंटेग्यू की राजनैतिक स्थिति इतनी शक्ति रखती है कि वो हिन्दुस्तानी पक्ष को मजबूती दे सके।

महायुद्ध की समाप्ति के बाद विजयी देशों ने फ्रांस में एक पीस कॉन्फेरेंस आयोजित की। इस कॉन्फेरेंस में विजित क्षेत्रों की व्यवस्था तै की जानी थी। तुर्की की हार के बाद इस विशाल साम्राज्य का टूटना तै हो चुका था। तुर्की के सुलतान मुस्लिम दुनिया में ख़लीफ़ा के रूप में अद्वितीय प्रतिष्ठा और सम्मान रखते थे। हिन्दुस्तान के

मुसलमान ख़लीफ़ा की रक्षा के लिए बेचैन थे। वे अपने मज़हबी क्षेत्रों की रक्षा और पवित्रता के लिए भी बहुत बेचैन थे। उनकी सबसे बड़ी चिन्ता थी तुर्क साम्राज्य की मित्र राष्ट्रों द्वारा बन्दर बाँट में मुसलमानों के साथ अन्याय न हो। मुस्लिम लीग ने सरकार से माँग की कि इस कान्फ्रेंस में लीग का कम-से-कम एक मुस्लिम प्रतिनिधि अवश्य शामिल किया जाए। इस आशय से मुस्लिम लीग ने भी जिन्ना के नेतृत्व में एक प्रतिनिधिमंडल लन्दन भेजना तै किया। जिन्ना ने इस प्रस्ताव को प्रसन्नता के साथ स्वीकार कर लिया। यह प्रतिनिधिमंडल ब्रिटेन के प्रधानमन्त्री लॉयड जॉर्ज के समक्ष अपनी माँग रखना चाहता था। इसके अलावा मोंटेग्यू के प्रस्ताव पर साक्ष्य प्रस्तुत करने के लिए हिन्दुस्तान के अन्य नेताओं के साथ जिन्ना को ब्रिटिश संसद के दोनों सदनों की जॉइंट सेलेक्ट कमेटी के समक्ष भी प्रस्तुत होना था। इतनी सारी राजनैतिक व्यस्तताओं के अलावा उसका मन रति के साथ कुछ दिन छुट्टियों वाली शान्ति के लिए मचल रहा था। यह छुट्टियाँ वो हिन्दुस्तान की गहमा-गहमी से दूर लन्दन की बेफिक्री में गुजारना चाहते थे। दोनों यह भी चाहते थे कि उनकी सन्तान का प्रसव लन्दन में ही हो जहाँ स्वास्थ्य की सर्वोत्तम सुविधाएँ उपलब्ध थीं।

राजनीति की इतनी सारी उलझनें समेट मई की गर्मियों से मुक्ति ले जिन्ना दम्पती लन्दन के लिए रवाना हो गयी। यहाँ जिन्ना ने रेजेंट्स पार्क में एक फ़्लैट ले लिया। लन्दन में ये दिन दोनों ने बहुत उल्लास और निश्चिन्तता के साथ गुजारे। थिएटर, सिनेमा, नाटक और कन्सर्ट का दोनों ने भरपूर आनन्द लिया। इस आनन्दोत्सव में दोनों रति के गर्भवती होने को भी भुला बैठे। अगस्त की एक शाम, जब दोनों थिएटर में एक शो का आनन्द ले रहे थे, रति की प्रसव पीड़ा शुरू हो गयी। जिन्ना रति को तुरन्त अस्पताल ले गये। अगस्त माह की चौदह तारीख समाप्त हो रही थी और पन्द्रह तारीख का उदय हो रहा था तब जिन्ना दम्पती अपने प्रथम शिशु के जन्म रुदन को सुनकर प्रसन्न हो रहे थे। अब इस परिवार में बालिका डीना के रूप में तीसरा सदस्य शामिल हो गया। लन्दन के इस प्रवास में जिन्ना की कुल जमा यही उपलब्धि थी।

राजनीतिक मामलों में जिन्ना को गहरी निराशा हाथ लगी। रेमजे मैकडोनाल्ड जैसे कई महत्त्वपूर्ण अँग्रेज राजनीतिज्ञों के साथ उनका व्यक्तिगत मित्रवत परिचय था। विंस्टन चर्चिल के साथ भी अच्छा उठना बैठना था। इस प्रवास में उनकी इस धारणा को गहरा झटका लगा कि अँग्रेज राजनीतिज्ञ उनके मित्र हैं। उन्हें महसूस हुआ कि वो गहरे भ्रम के शिकार थे। अँग्रेज राजनीतिज्ञ पहले और अन्त में अपने देश और अपनी सरकार के मित्र थे। इस दौरे में इन तथाकथित मित्रों में से अधिकतर न तो उनसे मिले न मुलाकात के लिए समय दिया। जो मिले उन्होंने बस ठंडी औपचारिकता

भर निभाई। महायुद्ध के समय जिन्ना ने हिन्दुस्तानियों के फौज में भर्ती होने पर अँग्रेज सरकार का खुला साथ नहीं दिया था। ऐसे ही कई कारणों से चेम्सफोर्ड उनसे चिढ़ा हुआ था। वेलिंगडन और चेम्सफोर्ड आदि महत्त्वपूर्ण व्यक्तियों ने ब्रिटिश मन्त्रिमंडल को जिन्ना के प्रति अपने विरोध के औचित्य का कायल कर लिया था। इन दोनों ने लन्दन के सभी महत्त्वपूर्ण व्यक्तियों के कानों में इतना ज़हर घोल दिया था कि बमुश्किल जो भी जिन्ना से मिलता वह उनकी बातों को सन्देह और अविश्वास के साथ ही सुनता। बम्बई का नया गवर्नर जॉर्ज लॉयड तो जिन्ना से बेहद चिढ़ा हुआ था उसने मोंटेग्यू को जिन्ना के व्यक्तित्व के बारे में आगाह करते हुए लिखा कि मीठी बातें करने वाला काले दिल का यह व्यक्ति जो कहता है ठीक उससे उलटा करता है। दूसरे हिन्दुस्तानी नेताओं से अलग यह व्यक्ति अपने विचारों पर दृढ़ रहता है। हिन्दुस्तान के किसी भी मामले में किसी भी तरह का समझौता करने के लिए यह सबसे अधिक अविश्सनीय और अयोग्य है। इतनी खबर्दारियों के बाद ब्रिटेन का कोई भी नेता जिन्ना से किसी भी तरह सहजता से मिल ही कैसे सकता था। जिन्ना को आशा थी कि पेरिस की पीस कान्फ्रेंस में उन्हें मुस्लिम प्रतिनिधि के तौर पर स्थान मिल जाएगा पर यह नहीं हुआ। बस मोंटेग्यू के प्रस्ताव पर अपना मत रखने के लिए जिन्ना को जॉइंट सेलेक्ट कमेटी के समक्ष अवसर मिला और उन्होंने अपनी पूरी योग्यता के साथ वहाँ अपना पक्ष रखा।

अब तक सफलता के नये नये सोपानों पर अपने मजबूत कदमों से बढ़ते जिन्ना के लिए विलायत के इस दौरे की सारी असफलताएँ उसके अब तक के राजनैतिक जीवन पर गहरा आघात थीं। पहली बार उसे अँग्रेजों के उपेक्षापूर्ण व्यवहार का सामना करना पड़ा था। उसके स्वाभिमान पर गहरी चोट लगी थी। छुट्टियों के आनन्दोत्सव में अँग्रेजों के रूखे व्यवहार ने पानी फेर दिया। उसके व्यक्तित्व में शान्त पड़ी झुँझलाहट जाग उठी। रति ने इन्हीं दिनों इसका पहली बार अनुभव किया। पुत्री के जन्म की खुशियाँ जिन्ना के क्रोध भरे चेहरे की भेंट चढ़ गयीं। रति बुद्धिमान युवती थी वह जिन्ना के मानस को बखूबी समझ रही थी। उसने लगातार कोशिश की कि जिन्ना इस उद्विग्नता से बाहर आए। दोनों लन्दन में अँग्रेजों के व्यवहार पर खुलकर चर्चा करते। रति पत्नी से अधिक उनकी मित्र थी वो उनकी क्रोधाग्नि को सीमा में बाँधने का मन्त्र जान चुकी थी। रति ने उनके दिल पर मरहम लगाते हुए उन्हें वकालत के वो दिन याद कराए जब जिन्ना ने साथी अँग्रेज बैरिस्टर स्ट्रेंगमैन के दुर्व्यवहार का बहादुरी से सामना किया था। उसके चेम्बर में जरूरत होने पर भी न जाकर उसकी हेकड़ी को अपने अहंकार से चकनाचूर कर दिया था। यह घटना जिन्ना ने ही उसे सुनाई थी। अब रति के मुँह से अपने जीवन का यह अंश सुन वो मुस्करा पड़ा और बोला इस आदमी के साथ तो मैंने सामान्य अभिवादन की औपचारिकता

भी खत्म कर दी थी। रति ने सलाह दी कि जिस तरह उस दौर में आप ने स्ट्रेंगमैन को उसी की भाषा में उत्तर दिया था उसी तरह जो यहाँ दर्प दिखा रहे हैं उनसे उन्हीं के जैसा व्यवहार कीजिए। रति की ऐसी मित्रवत सलाहों से आहत जिन्ना को बहुत राहत मिलती थी। रति के साथ विवाह के अपने निर्णय पर इसीलिए उसे बहुत सन्तोष और प्रसन्नता होती थी। विलायत के इस प्रवास में उसकी दूसरी उपलब्धि थी; रति के प्रति उसके प्रेम में कुछ और वृद्धि। इस देश में करने को अब कुछ भी नहीं था जिन्ना दम्पती दुधमुँही बालिका के साथ हिन्दुस्तान वापसी के लिए जहाज में सवार हो गयी।

ब्रिटिश फौज में भर्ती के सन्देश के साथ गाँधीजी ने गुजरात के ग्रामीण क्षेत्रों का सघन दौरा किया, लेकिन उन्हें बापू और महात्मा के रूप में स्वीकार करने के बावजूद इस मामले में लोगों ने उन्हें कोई सहयोग नहीं दिया। कुछ स्थानों पर तो उनका स्वागत मुर्दाबाद के नारों से भी हुआ। इस भर्ती अभियान में शामिल होकर उन्होंने इसमें सफलता की कठोर कोशिश की यहाँ तक कि अपने स्वास्थ्य की अनदेखी भी कर डाली। परिणामस्वरूप वे आंव (पेचिश रोग) के शिकार हो गये। इस बीमारी ने उन्हें मृत्यु के द्वार तक ही पहुँचा दिया था। डॉक्टरी सलाह पर आबहवा परिवर्तन के इरादे से वो बम्बई के निकट माथेरान पहुँचे, यहाँ बीमारी सुधरने के बजाय और बिगड़ गयी। ऐसी दशा में उनके प्रशंसक उन्हें बम्बई ले आए यहाँ उनके स्वास्थ्य में कुछ सुधार हुआ। चिकित्सकों का परामर्श था कि गाँधीजी लम्बे समय तक आराम करें पर रौलेट बिल की आग ने गाँधीजी को आराम से वंचित कर दिया। यों तो बीमारी की हालत में ही उन्होंने पत्र द्वारा अपना विरोध वायसराय को प्रेषित कर दिया था पर इस बिल के विरुद्ध शक्तिशाली विरोध आवश्यक हो गया था।

बम्बई में रहते हुए ही गाँधीजी ने इस बिल के विरोध में सत्याग्रह करना तै कर लिया। बम्बई में मिलने आई एनी बेसेंट से उन्होंने अपना सत्याग्रह का विचार प्रकट किया। श्रीमती बेसेंट स्वयं इस बिल का कड़ा विरोध कर रही थीं पर वो गाँधीजी के इस विचार से सहमत नहीं थीं न केवल श्रीमती बेसेंट बल्कि पंडित मोतीलाल नेहरू, सी आर दास जैसे बहुत सारे नेता गाँधीजी के आन्दोलन के विरुद्ध थे लेकिन होर्निमन जैसे बहुत से बुद्धिजीवी गाँधीजी के साथ थे। सोलह फरवरी उन्नीस सौ उन्नीस को बम्बई की शान्ताराम चाल में आयोजित एक आम सभा में होर्निमन ने जनता का आह्वान किया कि वो रौलेट कानून को स्वीकार न करे। उन्होंने आगे कहा कि लोग गाँधीजी के सत्याग्रह में शामिल होकर ऐसे काले कानूनों का सख्त विरोध करें इन्हें अस्वीकार करें और अपनी स्वतन्त्रता पर कुठाराघात करने

वाले कानूनों को तोड़ दें। सभा की अध्यक्षता कर रही एनी बेसेंट ने होर्निमन के आह्वान को अनुचित कहते हुए ऐसे सत्याग्रह का विरोध किया आम जनता सत्याग्रह द्वारा कानून की अवज्ञा करे इसे श्रीमती बेसेंट अनुचित मानती थीं। अब तक लोगों में गाँधीजी के प्रति दीवानगी उत्पन्न हो चुकी थी। जनता गाँधीजी के साथ खड़ी थी, लोगों ने एनी बेसेंट का कड़ा विरोध किया ।

सत्याग्रह की व्यूह रचना के विमर्श हेतु गाँधीजी ने अहमदाबाद में अपने निकट सहयोगियों के साथ एक बैठक बुलाई। इस बैठक में सरोजिनी नायडू, होर्निमन जैसे व्यक्तियों के अलावा शंकर लाल बैंकर और उमर सोबानी जैसे जिन्ना के पुराने सहयोगी भी शामिल हुए। तै हुआ कि रौलेट बिल के ख़िलाफ़ आन्दोलन हेतु नये सिरे से अलग सत्याग्रह सभाओं का गठन किया जाए। इन सभाओं का मुख्यालय बम्बई में स्थापित किया गया। गाँधीजी को इस सभा की अध्यक्षता सौंप दी गयी। शंकर लाल बैंकर ने इन सभाओं के गठन में अपनी संगठनात्मक प्रतिभा का अच्छा परिचय दिया। लेकिन सभा के अन्य सदस्यों और गाँधीजी में मतभेद की खाई इस संगठन के जन्म से ही पड़ गयी। गाँधीजी के लिए किसी भी सत्याग्रह की मुख्य शर्त थी सत्य और अहिंसा; पर अन्य सदस्य राजनीति में सत्य और अहिंसा के साथ किसी आन्दोलन को सम्भव नहीं मानते थे। अभी सभा के गठन की तैय्यारियाँ चल ही रही थीं कि यह बिल एसेम्बली द्वारा स्वीकार कर लिया गया और इसने कानून का रूप ले लिया। गाँधीजी अब भी अपने सहयोगियों के साथ मन्त्रणा कर रहे थे। यह निश्चय नहीं हो पा रहा था कि आन्दोलन की रूपरेखा क्या हो। एक दिन गाँधीजी के स्वप्न में इस आन्दोलन के स्वरूप का जन्म हुआ। हिन्दुस्तान में आम हड़ताल द्वारा सशक्त विरोध की रूपरेखा बनी। गाँधीजी के आह्वान पर छः अप्रैल उन्नीस सौ उन्नीस को आयोजित यह अखिल भारतीय हड़ताल अभूतपूर्व रूप से सफल हुई। हड़ताल के साथ सविनय अवज्ञा आन्दोलन भी आयोजित हुआ और लोगों ने इस आन्दोलन में भी बढ़-चढ़कर हिस्सा लिया।

बम्बई में इस आन्दोलन का नेतृत्व स्वयं गाँधीजी कर रहे थे। अँग्रेज़ी शासन प्रशासनिक आज्ञाओं और कानूनों की अवज्ञा से बुरी तरह कुपित था और आन्दोलनकारियों को सबक सिखाने के लिए उद्धत था। बम्बई के जुलूस पर इसी उद्देश्य से पुलिस ने घुड़सवार दस्ते के साथ भीड़ पर बेंत बाजी शुरू कर दी। लोगों में भगदड़ मच गयी और बड़ी संख्या में लोग इस अफरा-तफरी में घायल हो गये। गाँधीजी के आह्वान पर आयोजित यह आन्दोलन कुछ स्थानों पर अहिंसा को एकदम तिलांजलि देकर हिंसक हो गया। इन स्थितियों में गाँधीजी ने अपना आह्वान वापिस ले लिया। गाँधीजी के इस निर्णय से बहुत से स्थानों पर आन्दोलनकारी और भी नाराज हो गये। इधर प्रशासन भी कड़ाई पर उतर आया। अभी गाँधीजी के सत्याग्रह

का अंकुर ही फूटा था कि संगठन और आदर्श का द्वंद सामने आ गया। यहाँ तो अभी कुछ हुआ ही नहीं था पंजाब में प्रशासन ने अपनी क्रूरता की परिणिति दिखाई जलियाँवालाबाग में। इस वीभत्स हत्याकांड के अपराधी बेशर्म डायर ने कहा कि वो जनता को सबक सिखाना चाहता था वह दिखा देना चाहता था कि सरकारी आदेशों की अवहेलना का क्या परिणाम होगा। गाँधीजी ने इस हत्याकांड के बाद पंजाब का दौरा किया। उन्होंने अब रौलेट कानून के विरोध के लिए नये सिरे से आन्दोलन का निश्चय कर लिया।

लन्दन में अपने प्रवास के दौरान जून महीने में जिन्ना ने गाँधीजी को एक पत्र लिखा। हिन्दुस्तानियों के लिए स्वशासन के सीमित तथा अल्पसंख्यकों के अधिकारों की रक्षा के लिए बनाई गयी चेम्सफोर्ड मोंटेग्यू कमेटी के सुझावों पर उन्होंने गाँधीजी से उनकी राय माँगी। गाँधीजी ने जवाब में लिखा कि अब तक मैंने इस कमेटी के सुधार प्रस्तावों का गहराई से अध्ययन नहीं किया है। इस समय मेरा पूरा ध्यान रौलेट कानून पर केन्द्रित है। जब तक हम इस काले कानून से मुक्ति प्राप्त न कर लें तब तक सभी सुधार व्यर्थ हैं। मैं समझता हूँ कि इस कानून के ख़िलाफ़ सशक्त विरोध के लिए मेरे द्वारा प्रस्तावित सविनय अवज्ञा आन्दोलन सफल सिद्ध होगा। यह आन्दोलन अगले सप्ताह से प्रारम्भ होने वाला है। आन्दोलन शान्तिपूर्वक हो और किसी भी प्रकार की हिंसा की कोई भी सम्भावना न रहे इसके लिए इन्सानी तौर पर जो भी सम्भव सावधानियाँ रखी जानी चाहियें वो सावधानियाँ हम ले रहे हैं।

अफ्रीका में गिरमिटिया मजदूरों के इस दूर देश में आने की मजबूती, सारे हिन्दुस्तान के भ्रमण और फिर चम्पारण तथा खेड़ा आन्दोलन के दौरान गाँधीजी ने ग्रामीण गरीबी को बड़ी नजदीकी से देखा। खेतिहर मजदूरों के लिए गाँव में वर्ष के बहुत कम दिन काम उपलब्ध होता था और उस पर मजदूरी बेहद कम। सरकार को तो इस दुर्दशा से कुछ लेना देना था ही नहीं कोई देसी संगठन संस्था या नेतृत्व भी इस ओर ध्यान नहीं दे रहा था। गाँधीजी ने अपना कार्य क्षेत्र केवल सरकार से जूझने भर तक सीमित नहीं रखा। वो सामजिक परिवर्तन की दिशा में काम करने के लिए कमर कस चुके थे। ग्रामीणों के सर्वांगीण विकास के साथ कार्य व्यापार में सत्य और अहिंसा को वो आम जनता के जीवन का हिस्सा बनाना चाहते थे। उनकी चिन्ता सामाजिक आर्थिक पहलू से आगे धर्म दर्शन के साथ भी जुड़ी थी, इसलिए मुसलमानों के बीच तुर्क ख़लीफ़ा को लेकर जो उद्वेलन था गाँधीजी के लिए भी वह एक चिन्ता का विषय था।

पंजाब में घूमते हुए गाँधीजी ने वहाँ की औरतों को छोटी-सी घरेलू खड्डी पर काम करते देखा तो उन्हें ग्रामीणों की गरीबी का मुक्ति मार्ग मिल गया। खादी के लिए काम करना अब उनकी व्यस्तताओं का जरूरी अंग बन गया। जिस समर्पण के

साथ वो अन्य राजनैतिक समस्याओं से जूझ रहे थे उसी गम्भीरता के साथ उन्होंने खादी के पुनर्जन्म पर काम करना शुरू किया। खड्‌डी पर कपड़े की बुनाई तो कहीं कहीं चल रही थी पर इन जुलाहों को सूत बड़ी कठिनाई से मिल पाता था। हिन्दुस्तान में विकसित कपड़ा कारखाने अपनी जरूरत भर के लिए भी सूत का उत्पादन नहीं कर पाते थे तो ग्रामीण बुनकरों को कहाँ से देते। इस समस्या के निदान के लिए गाँधीजी ने चरखे के पुनरुद्धार की कोशिश शुरू की, बहुत खोजबीन के बाद गुजरात के विजापुर में कई घरों के कबाड़ में पुराने चरखे मिल गये। यह आदिम कालीन यन्त्र गाँधीजी को ग्रामीण गरीबी से मुक्ति के लिए एक महत्त्वपूर्ण अस्त्र प्रतीत हुआ। बहुत शीघ्र वो खादी के पुनरुत्थान के साथ इस उद्योग को एक आन्दोलन का रूप देने में जुट गये। यद्यपि यह कठिन काम था, लोग चरखा चलाना भूल चुके थे। कुछ प्रयास करने पर पूनी की समस्या सामने आई। रूई की इस मोटी लड़ी की समस्या उमर सोबानी ने अपने कारखाने की सहायता से हल कर दी। बाद में तो हाथ से ही पूनी बनाने का कौशल विकसित कर लिया गया। पूर्ण समर्पण के साथ इन सब प्रयोगों की जिजीविषा किसी नेता के बस की नहीं थी। यह केवल गाँधी के बस का काम था और उनके इस प्रयोग से न केवल गरीबों के जीवन में कुछ सुधार की गुंजाइश बन रही थी बल्कि गाँधीजी को बापू से आगे महात्मा के रूप में जन मानस में पूजे जाने की भूमिका भी तैयार हो रही थी। गाँधीजी की यह लगन उन्हें राजनैतिक नेता के बजाय इस देश के मसीहा की तरह स्थापित कर रही थीं। आम राजनीतिज्ञों के लिए यह स्थिति बड़ी विरोधाभासी और अव्यावहारिक थी। काले कानून के विरुद्ध गाँधीजी के सत्याग्रह का जाने माने नेता विरोध कर रहे थे। तिलक जैसे जनता से जुड़े नेता भी गाँधीजी से सहमत नहीं थे। एनी बेसेंट गाँधीजी के सत्याग्रह को घृणा का मार्ग मान रही थीं और दिनशा वाछा उन्हें पागल और घमंडी कह रहे थे। गाँधी को हिन्दुस्तान के नेता तो उन्हें अपने से एकदम अलग पाते ही थे अँग्रेज सरकार भी पसोपेश में थी कि हिन्दुस्तान में जनता को अपने जादू से बाँध लेने वाले इस व्यक्ति के मस्तिष्क में क्या पक रहा था। इस अनोखे व्यक्ति के विचारों के जाल को भेदना उनके लिए असम्भव हो रहा था। यहाँ तक कि मोंटेग्यू को गाँधी के कार्यक्रमों में बोल्शेविक षड्यन्त्र दिखाई दे रहा था।

काँग्रेस को देश में राजनैतिक रूप से काम करते हुए चौंतीस वर्ष हो रहे थे। केवल लोकमान्य तिलक इस कार्यक्रम में एक सीमा तक आम लोगों को जोड़ पाए थे। लोगों का यह जुड़ाव केवल महाराष्ट्र और हिन्दू वर्ग में ही सीमित था। यह जुड़ाव भी राजनैतिक-सामाजिक कम धार्मिक अधिक था। पिछले दो तीन वर्षों में गाँधीजी के कारण यह तस्वीर बहुत तेजी से बदल रही थी। उत्तर से दक्षिण, पूरब से पश्चिम सारे हिन्दुस्तान के शिक्षितों के साथ अशिक्षित, शहरी कुलीनों के साथ

असम्पन्न गाँवों में बसे जमींदारों के साथ गरीब किसान, मजदूर कामगार सब देश की चिन्ता करना सीख रहे थे उन्हें यह भरोसा भी हो रहा था कि इस देश में कोई ऐसा है जो उनका है उनके घर परिवार और समाज का है जो उनके दु:ख दर्द और कष्ट में साझीदार है। यही व्यक्ति उन्हें उनके कष्टों से मुक्ति दिला सकता है। गाँधी के लिए राजनैतिक रियायतें महत्त्व नहीं रखती थीं, उनके लिए सामान्य हिन्दुस्तानी की व्यक्तिगत स्वतन्त्रता अधिक महत्त्वपूर्ण थी इन कारणों से बापू महात्मा बनते जा रहे थे। उनका आह्वान जनता के लिए क्रान्ति सन्देश बनने लगा था। इसीलिए मोंटेग्यू को गाँधी में बोल्शेविक कार्यक्रम दिखने लगा था।

साउथ कोर्ट अपने मालिकों के आने से पुनः गुलजार हो चुका था। अब इस घर के दो नहीं तीन मालिक थे तीसरा अभी कुल तीन माह का ही था, लेकिन यह नया सदस्य सभी परिचारकों के लिए प्रसन्नता का कारण था। डीना के लिए अलग परिचारिकाएँ नियुक्त हुईं। रति की व्यस्तता के क्या कहने थे। जिन्ना भी घर के लिए कुछ अधिक समय निकालने लगे। रति को विवाह के समय अपने पिता के क्रोध का पूरा एहसास था वो यह भी जानती थी कि उसकी माँ अपने पति की भावना का सम्मान करते हुए वही करेंगी जो जीजीभाई चाहेंगे। हमाबाई भी अपने भाई की भावना का पूरा ख्याल रखेंगी पर समय के साथ घाव भरेंगे और रिश्ते धीरे-धीरे सामान्य होंगे। डीना के जन्म के साथ यह सम्भावना कुछ और बढ़ गयी थी, परन्तु जीजीभाई का कलेजा बहुत मजबूत था। उनके आदेश की अवहेलना इतना बड़ा अपराध था कि रति को उन्होंने अपनी स्मृतियों से भी निकाल दिया था। दिनबाई अवश्य पुत्री की याद में विह्वल रहती पर पति की कठोरता देख शान्त रहना पड़ता। हमाबाई ने भी अभी रति से रिश्ता नहीं जोड़ा था। उसे मालूम था कि रति से मेल मुलाकात की बात राज नहीं रह पाएगी और फिर पेटिट हाल में तूफ़ान खड़ा हो जाएगा। इस दूरी के बावजूद उन्होंने एक जासूस की सेवा ले रखी थी। जस्सूबेन अपनी लाडली रति से रिश्ता नहीं तोड़ पाई थी वो गाहे बगाहे रति से मिलती और चुपचाप सारी सूचनाएँ हमाबाई को दे देती डीना के रूप रंग नाक नक्श की सारी बारीकियाँ वो हमाबाई को दे चुकी थी। बेन से रति को भी घर के सारे समाचार मिल जाते थे। मायके से ससुराल की आधे पौन मील की दूरी कैसे घटे; ऐसा कोई रास्ता नजर नहीं आ रहा था।

जिन्ना प्रारम्भ से इस कोशिश में थे कि पारिवारिक तनातनी समाप्त हो जाए। विवाह से पहले ही उन्होंने ऐसी स्थिति की कल्पना कर ली थी और इसीलिए बहुत सूझबूझ के साथ इस रिश्ते का प्रस्ताव रखा था पर आदर्श एक चीज है वास्तविकता

दूसरी। जिन्ना यह समझते थे कि जोश तक तो ठीक है पर परिवार से रिश्ता एकदम टूटने का अकेलापन झेलना रति के लिए बहुत कठिन होगा। उन्होंने विवाह के तुरन्त बाद जीजीभाई के क्रोध को शान्त करने की कोशिश की। बम्बई में काँग्रेस का विशेष अधिवेशन होना था। जिन्ना ने अपने सहयोगी जमनालाल द्वारकादास को सुझाव दिया कि काँग्रेस की स्वागत समिति में जीजीभाई को शामिल होने के लिए राजी किया जाए, और अच्छा होगा कि उन्हीं को इस समिति का अध्यक्ष बनाया जाए। जीजीभाई कुछ शर्तों के साथ राजी हो गये। स्वागत समिति के गठन में जिन्ना की भूमिका छिपी नहीं रह सकती थी पर दोनों मित्रों के बीच जमी बर्फ़ में इस घटना से मामूली सी दरार तक नहीं पड़ी। जिन्ना को यह आशा थी कि कम-से-कम दिनबाई और हमाबाई डीना से मिलने आएँगी पर यह भी नहीं हुआ।

विलायत में लगभग छुट्टियाँ बिताने जैसी दशा में जिन्ना ने हिन्दुस्तान की राजनीति पर नये सिरे से सोच विचार किया था। हिन्दुस्तान के राजनैतिक आकाश में गाँधीजी धूमकेतु के रूप में तेजी से उभरे थे पर उनकी राजनैतिक व्यूह रचना से जिन्ना पूरी तरह असहमत थे। एक सफल वकील और कानूनविद होने के नाते वो कानून और अदालत का बहुत सम्मान करते थे। रौलेट कानून के विरोध को लेकर जिन्ना इम्पीरियल लेजिस्लेटिव एसेम्बली से इस्तीफा दे ही चुके थे। जलियाँवालाबाग का हत्याकांड एक बड़ी दुर्घटना थी और प्रशासन था कि इसको एक चूक भर मान रहा था। इसके बावजूद जिन्ना की मान्यता थी कि इन सब समस्याओं के हल की जगह सड़क नहीं संसद थी। विलायत के इस दौरे से उन्हें बड़ी आशा थी पर वहाँ के हालातों से निराशा हाथ लगी। मोंटेग्यू चेम्सफोर्ड के सुधार प्रस्ताव, और युद्ध के दौरान किये गये वादों से बड़े क्रान्तिकारी परिवर्तन की आशा बलवती हो गयी थी पर प्रस्तावों में जो कुछ भी था वह हिन्दुस्तानी नेताओं की वर्षों की आकांक्षाओं को भी पूरा नहीं कर रहा था। विलायत के इस प्रवास में जिन्ना को ऐसा प्रतीत हुआ कि लन्दन के राजनैतिक क्षेत्र में एक हिन्दुस्तानी गुट की सख्त आवश्यकता थी उन्हें यह आवश्यक लगा कि कुछ हिन्दुस्तानी योग्य राजनीतिज्ञों को यहाँ स्थाई रूप से रहकर यह काम करना चाहिए और हिन्दुस्तान के जन मानस की आकांक्षाओं के बारे में वहाँ के सांसदों और मीडिया से संवाद बनाना चाहिए।

जलियाँवालाबाग कांड की आग से तप रही गर्मियों में जिन्ना ने हिन्दुस्तान से विलायत के लिए प्रस्थान किया और उनकी स्वदेश वापसी से कुछ पहले वर्षा की ठंडी बौछारों के बाद भी देश में आग बदस्तूर कायम थी। देश की अस्मिता पर अमृतसर हत्याकांड ने गहरी चोट की थी और पूरा देश अब इस अमानुषिकता के विरुद्ध अपना रोष खुलकर प्रकट कर रहा था। निर्विवाद रूप से इस मुखर विरोध के पीछे गाँधीजी की शक्ति काम कर रही थी। इन दो तीन वर्षों में गाँधीजी राजनीति में

सक्रिय न होने के बाद भी महत्त्वपूर्ण बन चुके थे, गाँधीजी की अपार लोकप्रियता के बावजूद जिन्ना की सक्रियता अब भी पहले जैसी ही थी। उनके व्यक्तित्व में राजनैतिक गर्माहट अब भी बनी हुई थी। वो भले ही गाँधीजी के राजनैतिक विचारों और उनकी कार्य शैली से सहमत नहीं थे पर गाँधीजी की प्रासंगिकता स्वीकार कर उनसे संवाद बनाए हुए थे। विचार स्वातन्त्र्य और प्रजातान्त्रिक व्यवस्था का गुण ही यह है कि असहमति के बावजूद सहमति के सूत्र तलाशे जा सकते हैं और साथ साथ काम भी किया जा सकता है। विचार स्वातन्त्र्य की दीक्षा तो जिन्ना को कानून की पढ़ाई के दौरान लन्दन में अमिट रूप से मिल ही चुकी थी।

जिन्ना की सबसे बड़ी प्रशंसिका थी रति, वो उसके आदर्श पुरुष थे लेकिन वो गाँधीजी की भी प्रशंसिका बन गयी थी। और वो एनी बेसेंट की भी प्रशंसिका थी यह बड़ी पेचीदा गुत्थी थी क्योंकि ये तीनों नेता तीन अलग अलग धाराओं को प्रवाहित कर रहे थे शायद वो इन तीन धाराओं की त्रिवेणी का संगम बन गयी थी रति भावुकता का शिकार होने वाली सामान्य मानसिकता वाली नवयुवती नहीं थी वह तर्क के साथ इन त्रिदेवों के विचारों को तौल कर अपने विचार निश्चित करती थी गाँधीजी से रति का व्यक्तिगत परिचय हो चुका था। एक–दो मुलाकातों के बाद गाँधीजी रति के साथ बातचीत गुजराती में करते। मातृ भाषा पर उसके अधिकार को देख गाँधीजी उसके प्रशंसक हो गये थे। रति ने राजनैतिक दर्शन के अलावा सार्वजनिक जीवन में नैतिकता, अनैतिकता, समाज सेवा और अछूतोद्धार जैसे विषयों पर गाँधीजी के विचार उन्हीं के मुँह से सुने। निश्छलता और सत्यता के साथ अपने विचार प्रकट करने का गुण गाँधीजी की बातचीत में अपनत्व घोल देता था। जिस समय हिन्दुतान के सभी प्रमुख नेता केवल राजनीति की बातें करते थे; उस समय गाँधीजी सामाजिक जागृति, कुसंस्कारों से छुटकारे और दरिद्र नारायण को दरिद्रता से मुक्ति के लिए कमर कस उनके बीच काम करने लगे थे। गाँधीजी उसे एकदम अलग व्यक्तित्व के स्वामी प्रतीत हुए। उनमें शायद कुछ चमत्कार था कुछ अलौकिक था शायद ऐसा दैवीय गुण था कि उनके आकर्षण से बचना लोगों के लिए सम्भव ही नहीं था। जिन्ना उनमें से एक थे जिन्होंने इस असम्भव को सम्भव कर दिया था वो गाँधीजी के आकर्षण से मुक्त थे। लेकिन आदर और सम्मान में वो भी कोई कमी नहीं रखते थे। गाँधीजी की महानता के भी वो कायल थे और उनकी उपेक्षा नहीं करते थे। लन्दन से उन्होंने चेम्सफोर्ड मोंटेग्यू कमेटी के सुधारों पर गाँधीजी की राय माँगी ही थी। कितने ही अवसरों पर दोनों में खुलकर विचार विनिमय हुआ था और यह सिलसिला लगातार जारी था।

रति के साथ चर्चाओं में जिन्ना विभिन्न नेताओं के विचारों पर नि:संकोच अपने मन को खोल देते। रति विपरीत पक्ष को दृढ़ता से रख चर्चा को दिलचस्प

बहस का रूप दे देती। ऐसी बहस से जिन्ना अपने विचारों की तार्किकता का अच्छा आकलन कर और दृढ़ता प्राप्त कर लेते। लन्दन से आने के बाद वो अपने विचारों और मनन को सार्वजनिक रूप से प्रकट करना चाहते थे। द बोम्बे क्रोनिकल ने उन्हें यह मंच उपलब्ध करवा दिया। नवम्बर के अंक में क्रोनिकल ने जिन्ना का एक लम्बा साक्षात्कार प्रकाशित किया।

रति ने क्रोनिकल के ताजे अंक में प्रकाशित जिन्ना के साक्षात्कार को बड़े ध्यान से पढ़ा। रात में डिनर से पहले ड्रिंक्स के दौरान रति ने साक्षात्कार की प्रशंसा के साथ जिन्ना से इस बारे में सीधे सीधे पूछताछ शुरू कर दी।

तो चेम्सफोर्ड से अपनी वितृष्णा आपने सार्वजनिक कर दी।

"मैंने छुपाया ही कब था? आप समझती हैं कि इस आदमी के प्रति कोई शालीनता बरती जानी चाहिए? पंजाब में जो कुछ किया गया है उस अमानवीयता के बाद इस व्यक्ति को हिन्दुस्तान में रहने का कोई अधिकार है?"

"मैं समझती हूँ कि इसके ख़िलाफ़ जनता को कुछ और ज्यादा रोष प्रकट करना चाहिए था इसका खुले आम विरोध होना चाहिए था

"मतलब गाँधी का असहयोग आन्दोलन इसके ख़िलाफ़ भी होना चाहिए था?" जिन्ना ने शरारत के साथ मुस्कराकर पूछा। रति ने वैसी ही शरारती मुस्कान के साथ जवाब दिया—

"क्यों नहीं?"

"आप जानती हैं मैं सड़कों पर लड़ाई के ख़िलाफ़ हूँ, अँग्रेजों से मेरा कितना भी विरोध क्यों न हो, पर इतना तो मैं मानता हूँ कि यह कौम कुछ उसूल रखती है। जहाँ तक हो सके हम इनके साथ सहयोग बनाए रखें यही उचित है। सहयोग ही हमें अन्त में सफलता दिलाएगा।"

"जैसी सफलता मोंटेग्यू की इस रिपोर्ट में हिन्दुस्तान को मिली है?"

"नहीं, सफलता पाना इतना आसान भी नहीं है। मैं अँग्रेजों के उसूलों का तो कायल हूँ पर मदाम! दगाबाजी भी इन अँग्रेजों का एक उसूल है। अँग्रेजों के रुख से हम सब यह आशा कर रहे थे कि लड़ाई में साथ देने के ईनाम के तौर पर हमें होम रूल मिल जाएगा पर इस मामले में हमें धोखा हाथ लगा। ठीक है अब लड़ाई आगे चलेगी।"

"कैसे? एसेम्बली से इस्तीफा देकर? यह वार तो आप और मालवीयजी कर चुके! और गाँधीजी के तौर तरीकों में आपका विश्वास नहीं है तो आखिर आप लड़ेंगे कैसे?"

"सिर्फ दो इस्तीफों से काम नहीं चलेगा मैडम! प्रत्येक हिन्दुस्तानी सदस्य को इस्तीफा देना पड़ेगा?"

"यही तो गाँधीजी कह रहे हैं, आखिर असहयोग और क्या है?"

"आम जनता के असहयोग और एसेम्बली के सदस्य के विरोध में अन्तर है। मैं एसेम्बली का एक जिम्मेदार सदस्य हूँ, मैंने एसेम्बली से इस्तीफा भावना के वशीभूत होकर नहीं दिया है मेरे इस्तीफे के पीछे तर्क है और मैं सरकार द्वारा देशहित के फैसलों में सहयोग नहीं दूँगा ऐसा भी नहीं है। सामान्य लोगों की भावना भड़का कर भीड़ इकट्ठी की जा सकती है। भीड़ का भय दिखा कर सरकार को भयभीत भी किया जा सकता है। हो सकता है भय के समक्ष सरकार घुटने टेक दे पर वो दूसरा रास्ता भी अख्तियार कर सकती है जो उसने अमृतसर में किया शायद और भी जलियाँवालाबाग हो जाएँ। कोई भी जिम्मेदार नेता निहत्थे लोगों को बन्दूक के सामने खड़ा होने के लिए उत्तेजित नहीं कर सकता, यह अनैतिक है। सही रास्ता है उचित मंच से सरकार पर हमला। ज़ालिम सरकार से मुकाबला करने के लिए हमारे दो मजबूत हथियार हैं काँग्रेस और मुस्लिम लीग।"

"जी इन पार्टियों के द्वारा साल में तीन दिन तमाशा जुटाकर आप अँग्रेजों को मुल्क से बाहर कर देंगे?"

"आप ठीक कह रही हैं इन दोनों संगठनों को होम रूल लीग की कार्य प्रणाली से प्रेरणा लेनी चाहिए, जो वर्ष भर लगातार सक्रिय रहती है।"

"काँग्रेस तो सरकार के फैसलों को प्रभावित कर नहीं पाती आप होम रूल की बात कर रहे हैं?"

"काँग्रेस को अपना ढंग भी बदलना पड़ेगा। नेताओं को पहले से कहीं अधिक कल्पना के साथ नये कार्यक्रम तैयार करने पड़ेंगे, ताकि हम सरकार से ज्यादा मुस्तैदी के साथ लड़ सकें। इस दिसम्बर के अमृतसर अधिवेशन में काँग्रेस ऐसा कोई बदलाव नहीं कर सकी तो हम नये सुधारों में कोई भी परिवर्तन नहीं करवा पाएँगे।"

ये बहस शायद लम्बी चलती यदि डीना के रोने की आवाज न आई होती। रात हो चुकी थी डीना को धाय उसे सुला चुकी थी पर न जाने क्यों उसकी नींद उचट गयी शायद उसे माँ के गर्म स्पर्श की आवश्यकता थी। रति ने कमरे में पहुँच डीना को अपनी गोद में लिया माँ के स्पर्श से बच्ची पुनः नींद में डूब गयी। डिनर लग चुका था रति खाना खाकर फिर शयन कक्ष में आई, उसे नींद नहीं आ रही थी पास रखे क्रोनिकल को उसने उठा लिया शायद छठवीं बार वो जिन्ना के साक्षात्कार को पढ़ रही थी। इस साक्षात्कार में जिन्ना ने तुर्की के ख़लीफ़ा की स्थिति पर अँग्रेजों की नीति पर टिप्पणी के बाद, हिन्दुस्तान के स्वर्णिम भविष्य की कल्पना की थी उन्होंने दृढ़ता के साथ अपना मत प्रकट करते हुए कहा, कि शिक्षा के प्रसार और सहज उपलब्धता के द्वारा हिन्दुस्तान का पुनर्जागरण होना निश्चित है। यह देश एक अजेय शक्ति के रूप में उभरेगा तथा व्यापारिक, औद्योगिक और तकनीकी क्षेत्रों में

ऐसी प्रगति करेगा कि विकसित देश हमारी सफलता से ईर्ष्या कर उठेंगे।

हिन्दुस्तान से सैकड़ों मील दूर प्रथम विश्व युद्ध के अन्त में विजयी मित्र राष्ट्रों ने विजित देशों की व्यवस्था हेतु आपस में समझौते के लिए पेरिस पीस कान्फ्रेंस (Verssailles पीस कान्फ्रेंस)का आयोजन किया। वास्तव में इस कान्फ्रेंस का उद्देश्य पराजित देशों की भूमि और व्यवस्था का विजित देशों द्वारा बन्दरबाँट भर था। कान्फ्रेंस में वर्चस्व भी केवल चार बड़ों का था और ये चार दबंग देश थे, ब्रिटेन—अमेरिका फ्रांस और इटली। तुर्किस्तान युद्ध में पराजित हो चुका था। इस विशाल तुर्क साम्राज्य का बँटवारा ब्रिटेन और फ्रांस द्वारा दोनों देशों के हितों के अनुसार होना था। इस साम्राज्य में समाहित कई देशों की नयी व्यवस्था के लिए प्रजातन्त्र, स्वतन्त्रता और आत्म निर्णय जैसे कुछ आदर्श सिद्धान्तों को आधार बनाया गया। पर सिद्धान्तों की आड़ में दुनिया के नक्शे को एक नया रूप देने के पीछे विजयी देशों का अपना स्वार्थ था। वो अपना दबदबा बनाए रखना चाहते थे। इस चाल में कुछ हद तक वो मुस्लिम देश भी शामिल थे जो तुर्क आधिपत्य से मुक्त होना चाहते थे और अपने देश में अपनी खुद मुख्तियारी चाहते थे। विश्व के मुसलमानों को इस कान्फ्रेंस के निहित उद्देश्य का अन्दाज था। उन्हें यह भय था कि ताकत के बल पर यूरोपीय शक्तियाँ मुसलमानों की एकता को कमजोर करने के साथ उनके धार्मिक स्थानों की पवित्रता में भी दखलन्दाजी करेंगी।

विभिन्न देशों में बिखरे मुसलमानों के धार्मिक स्थानों की व्यवस्था और देख रेख तुर्क साम्राज्य के द्वारा एक लम्बे अरसे से की जा रही थी। युद्ध प्रारम्भ होने के साथ ही ब्रिटेन के प्रधानमन्त्री लॉयड ज्योर्ज ने हिन्दुस्तान के मुसलमानों को आश्वस्त किया कि युद्ध के बाद तुर्किस्तान की अखंडता की रक्षा की जाएगी। इस आश्वासन पर ही हिन्दुस्तान की फौजों ने तुर्किस्तान के विरुद्ध ब्रिटिश सेना के अंग के रूप में ईराक की सीमा पर युद्ध करना स्वीकार किया। जब युद्ध अन्तिम चरण में था तब भी ट्रेड यूनियन की एक सभा में ज्योर्ज ने पुनः दोहराया कि ब्रिटेन तुर्किस्तान को उसकी सम्पन्न भूमि से बेदखल नहीं करेगा। हिन्दुस्तान के फौजी तथा सामान्य मुसलमानों ने तो इस आश्वासन पर भरोसा किया पर उलेमा मौलवी शिक्षित और सम्पन्न मुसलमानों को अँग्रेजों पर कोई भरोसा नहीं था। मौलाना और मौलवी, तुर्क ख़लीफ़ा के पक्ष में आम अशिक्षित और ग्रामीण मुसलमानों में भावनात्मक उत्तेजना उत्पन्न करने में जुट गये। मौलानाओं के एक वर्ग की योजना थी कि अफगान सरदार तुर्किस्तान की सहायता करे तुर्क जर्मनी के साथ मिलकर अँग्रेजों पर हमला करें। इधर हिन्दुस्तान के मुसलमान इस शक्ति का साथ दें, और इस तरह हिन्दुस्तान से

अँग्रेजों को निकाल बाहर किया जाए।

मौलाना अबुल कलाम आजाद के अलावा ऑक्सफोर्ड में शिक्षित हिन्दुस्तानी मुसलमान पत्रकार मौलाना मुहम्मद अली जौहर जैसे इस्लाम के पाबन्द; तुर्क सुलतान के पक्ष में अँग्रेजों की कार्रवाई का जबरदस्त विरोध कर रहे थे, परेशान सरकार ने उन्हें और उनके भाई शौक़त अली को नजरबन्द कर लिया। तुर्की के सुलतान की मान्यता मुस्लिम जगत में ख़लीफ़ा के रूप में बहुत आदर के साथ स्वीकृत थी। युद्ध के पश्चात यह सम्भावना थी कि तुर्क साम्राज्य के बँटवारे के साथ ख़लीफ़ा की शक्ति समाप्त हो जाएगी। दुनिया भर के सभी तो नहीं पर अधिकांश मुसलमान इससे खफा थे। इस सत्य के बावजूद इस मामले पर कई मुस्लिम देशों का विरोध निमित्त मात्र भर था। पर हिन्दुस्तान के शिक्षित और अभिजात्य मुसलमान अधिक क्रोधित और उत्तेजित थे वो ब्रिटेन और फ्राँस द्वारा तुर्क साम्राज्य और मुस्लिम धार्मिक स्थलों में किसी भी हस्तक्षेप और परिवर्तन को स्वीकार करने के लिए तैयार नहीं थे। इसलिए इनके द्वारा अँग्रेजों का प्रखर विरोध अनिवार्य हो गया।

इस भावना के वशीभूत (सं 1918 में) मुस्लिम लीग के अधिवेशन में ख़िलाफ़त आन्दोलन के लिए एक प्रस्ताव प्रस्तुत किया गया। किचलू के साथ उलेमाओं का उग्रवादी गुट इस आन्दोलन के द्वारा लीग पर हावी होने की कोशिश कर रहा था। जिन्ना यह सारा खेल शान्ति के साथ देख रहे थे। फिर भी जिन्ना और राजा महमूदाबाद ने इस प्रस्ताव का विरोध किया। यह मुस्लिम मंच था इसके बावजूद जिन्ना को इस मंच से यह घोषणा करने में जरा भी संकोच नहीं हुआ कि ख़िलाफ़त की लड़ाई का उपयुक्त स्थान एसेम्बली और ब्रिटिश संसद थी। अपने दो सम्मानित नेताओं की असहमति को अस्वीकार कर लीग ने ख़िलाफ़त की लड़ाई लड़ने का फैसला करते हुए ख़िलाफ़त आन्दोलन का प्रस्ताव पारित कर दिया। इस आन्दोलन की सारी कमान अली बन्धुओं को सौंप दी गयी।

लखनऊ में (सितम्बर 1919) आयोजित एक मुस्लिम कान्फ्रेंस में अली बन्धुओं ने ख़िलाफ़त कमेटी का गठन कर लिया। दिल्ली (नवम्बर 1919) में इस कमेटी की पहली कॉन्फ्रेंस फजलुल हक की अध्यक्षता में आयोजित की गयी। मुस्लिम नेतृत्व समझता था कि हिन्दुओं का साथ होने पर इस आन्दोलन को अधिक शक्ति मिलेगी अत: पंडित मोती लाल नेहरू, पंडित मदन मोहन मालवीय जैसे कई नेताओं को इस कान्फ्रेंस में निमन्त्रित किया गया। ये नेता तो इस कान्फ्रेंस में शामिल हुए ही इनके अलावा निमन्त्रित महात्मा गाँधी भी शामिल हुए और अगले दिन 24 नवम्बर को इस सभा की अध्यक्षता गाँधीजी को सौंप दी गयी। कान्फ्रेंस की योजना थी अँग्रेज सरकार और अँग्रेजों का पूर्ण बहिष्कार परन्तु गाँधीजी ने सलाह दी कि बहिष्कार से अधिक उपयुक्त होगा असहयोग। गाँधीजी मन और मस्तिष्क से

हिन्दू–मुस्लिम एकता के पक्षधर थे। ख़िलाफ़त कमेटी के गठन से पहले ही गाँधीजी ख़िलाफ़त के पक्ष में अपनी भावना व्यक्त कर चुके थे मौलाना मुहम्मद अली और शौक़त अली की नजरबन्दी से रिहाई के लिए वो असफल कोशिश भी कर चुके थे। उन्हें यह आन्दोलन हिन्दू–मुस्लिम एकता का स्वर्ण अवसर प्रतीत हुआ।

सरकार ने गवर्नमेंट ऑफ़ इंडिया एक्ट 1919 स्वीकार कर लिया और इसके साथ हिन्दुस्तान में राजनैतिक उदारता की घोषणा कर दी। इस उदारता को प्रमाणिकता प्रदान करने के उद्देश्य से सरकार ने राजनैतिक कैदियों को रिहा करने का आदेश भी दे दिया। यह समय था जब काँग्रेस का अधिवेशन और मुस्लिम लीग की मजलिस अमृतसर में होने जा रही थी इनके अलावा ख़िलाफ़त कमेटी की बैठक भी इसी शहर में हो रही थी मतलब अमृतसर दिसम्बर के ठंडे मौसम में राजनैतिक रूप से बहुत गर्म था।

सरकार द्वारा घोषित नये एक्ट का काँग्रेस अध्यक्ष मोती लाल नेहरू ने स्वागत किया। तिलक ने भी इस नयी स्थिति में सरकार के साथ सशर्त सहयोग की घोषणा की। गाँधीजी ने कुछ संशय व्यक्त करते हुए सन्तोष प्रकट किया। लेकिन चितरंजन दास ने इसे अपर्याप्त, असन्तोषप्रद और निराशाजनक मानते हुए इसके विरुद्ध काँग्रेस में एक प्रस्ताव पेश कर दिया। गाँधीजी ने इस प्रस्ताव में सुधार करते हुए जनता से इस एक्ट के साथ सहयोग का आह्वान किया। मालवीयजी के साथ जिन्ना को भी गाँधीजी का प्रस्ताव उचित लगा और दोनों ने उनका साथ भी दिया। लेकिन गाँधीजी के संशोधन प्रस्ताव का जिन्ना ने अपने भाषण में समर्थन करते हुए मोंटेग्यू को धन्यवाद हेतु की गयी कृपणता को अनुचित माना।

रात में होटल के कमरे की शान्ति को भंग कर रति ने जिन्ना को छेड़ते हुए कहा—

"गाँधीजी से उलझे बिना आपका मन नहीं भरता।"

जिन्ना ने मुस्कराते हुए जवाब दिया—"आप चाहती हैं कि जो अनुचित है उसे मैं चुपचाप स्वीकार कर लूँ?"

"ऐसा कर दिया तो आपको मोहम्मद अली जिन्ना कौन कहेगा?"

जिन्ना ने कुछ गम्भीरता के साथ कहा—"आप मेरा उसूल जानती हैं यदि कोई व्यक्ति धन्यवाद के लायक कुछ करता है तो मैं उसे धन्यवाद देने में संकोच करना उचित नहीं मानता फिर चाहे यह व्यक्ति मेरा मित्र हो या शत्रु। यह ठीक है कि इस एक्ट में तमाम कमियाँ हैं पर जिन परिस्थितियों में काम करते हुए मोंटेग्यू ने सरकार को इतनी उदारता के लिए तैयार किया उस परिश्रम के लिए उसे धन्यवाद देने में हमें संकोच नहीं करना चाहिए।"

"मेरे ख्याल से आपको चाहिए कि आप गाँधीजी को भी धन्यवाद दें।" रति

ने फिर शरारत की।

"किस लिए?"

"ख़िलाफ़त की लड़ाई को खुद सँभाल कर आपको इस मुहिम से मुक्ति देने के लिए।"

"मैडम मैं ख़िलाफ़त का पक्षधर हूँ। अँग्रेज ख़लीफ़ा के साथ अन्याय कर रहे हैं। अपने वादे से मुकर रहे हैं। आम मुसलमान की भावना पर गहरा आघात कर रहे हैं लेकिन इसके बावजूद जिस तरह हिन्दुस्तान में इस मसले को सड़कों पर ले जाए जाने की कोशिशें हो रही हैं मैं इसके ख़िलाफ़ हूँ। 1918 की लीग मजलिस में भी मैंने खुलकर इसका विरोध किया था। गाँधीजी इस मुद्दे पर अली भाइयों के साथ हैं। लेकिन सच यह है कि वो आग से खेल रहे हैं। ये खेल उन्हें ही मुबारक।"

रति जिन्ना के दर्प को समझती थी वह जिन्ना के विचार और तर्क पर गर्व करती थी पर जब तब जानबूझकर इस तरह की छेड़छाड़ से वह जिन्ना को उसके मन की घुटन से मुक्ति का सुरक्षित रास्ता दे देती थी। जिन्ना स्पष्टवादी थे और किसी भी मौके पर अपनी बात स्पष्टता के साथ रखने में निर्भीक थे पर कई बार ऐसे अवसर नहीं उपलब्ध होते थे जब वो अपने विचार सार्वजनिक कर सकें ऐसे में रति जैसी सुरक्षित राजदार के साथ खुलकर बात करना उन्हें बहुत राहत देता था।

मुस्लिम लीग का दिसम्बर अधिवेशन भी अमृतसर में आयोजित हुआ। मौलाना मुहम्मद अली मुस्लिम लीग के अध्यक्ष थे। अध्यक्षीय आसन्दी से मौलाना ने अपने जोशीले भाषण में अँग्रेजों की कुटिलता पर हमला करते हुए कहा—

"जो कौम अपने वादे पर कायम न रहे उस कौम का क्या भरोसा? इसी बर्तानिया के वज़ीरे आला ने वादा किया था कि ख़लीफ़ा की हुकूमत में कोई फेर बदल नहीं होगी। इसी वादे पर हम ईरान में अपना सर कटवाने के लिए तैयार हो गये लेकिन हमें मिला क्या? धोखा! सिर्फ धोखा। इन धोखेबाजों को इस मुल्क से निकाल बाहर करना है। इनका मुकम्मल बायकाट करना होगा। अब इस मुल्क में अँग्रेजों का नहीं खुदा का निजाम है; हिन्दुस्तान में हम अँग्रेजों की कातिलाना सरकार नामंजूर करते हैं। बहुत इन्तेहा हो चुकी है। अब हमारी इब्तदा का दौर आ चुका है। "दौरे हयात आएगा क़ातिल, तेरी क़ज़ा के बाद/। है इब्तदा हमारी, तेरी, इन्तेहा के बाद।" मौलाना की इस जोशीली तकरीर से सारा आलम अल्लाहो अकबर के नारे से गूँज उठा। मुस्लिम लीग की अमृतसर मजलिस में एक बार फिर अध्यक्ष की जिम्मेदारी जिन्ना को सौंप दी गयी। दोनों दलों के अधिवेशन में हिन्दू-मुस्लिम भाईचारे को और शक्ति प्रदान की गयी। काँग्रेस और मुस्लिम लीग के साथ ही

ख़िलाफ़त कमेटी की बैठक भी इन्हीं दिनों अमृतसर में हुई।

अमृतसर में हुई इन सभाओं की समाप्ति के बाद श्रीमती बेसेंट बम्बई लौट रही थीं। दोनों अली बन्धुओं ने दिल्ली स्टेशन पर उनसे मुलाकात की। इस भेंट में उन्होंने हिन्दुस्तान में स्वशासन के लिए श्रीमती बेसेंट के प्रयासों की बहुत प्रशंसा की। हिन्दुस्तान में आन्दोलन में शामिल कैदियों के साथ स्वयं अपनी रिहाई के लिए श्रीमती बेसेंट द्वारा की गयी कोशिशों के लिए उन्होंने बहुत आभार प्रकट किया। दोनों भाइयों ने उनसे वादा किया कि वे सदैव उनके साथ सहयोग करते रहेंगे। अली बन्धु उनमें से थे जो अपने उद्देश्य के लिए किसी को भी सीढ़ी की भाँति इस्तेमाल करने में कोई संकोच नहीं रखते थे। इस बातचीत में ख़िलाफ़त के प्रश्न पर दोनों ने उनसे स्पष्ट तौर पर कहा कि यदि तुर्की के साथ सम्मानजनक समझौता नहीं हुआ। और अँग्रेजों ने इस प्रश्न पर हिन्दुस्तानी मुसलमानों की भावना का ध्यान नहीं रखा तो हिन्दुस्तान में खून की नदियाँ बह जाएँगी।

जनवरी में पुनः ख़िलाफ़त कमेटी की बैठक दिल्ली में आयोजित हुई। गाँधीजी इस बैठक में भी शामिल थे। निश्चय हुआ कि एक प्रतिनिधिमंडल वायसराय से मिले और अपनी माँग उनके समक्ष प्रस्तुत करे। माँग का मसौदा तैयार किया गया। गाँधीजी ने जब ख़िलाफ़त कमेटी की माँग का मसौदा देखा तो उन्हें इसमें गम्भीर त्रुटियाँ नजर आईं। उन्हें लगा कि मसौदे में अतिरंजित और अस्पष्ट माँगें रखी गयी थीं। जो माँग की गयी वो बढ़ा चढ़ाकर इस मंशा से की गयी कि बाद में सौदेबाजी में लाभ मिले। गाँधीजी इसके विरुद्ध थे वो चाहते थे कि माँग सीधी स्पष्ट और अपरिवर्तनीय हो। दिल्ली की इस बैठक में माँगों को बल देने के लिए गाँधीजी ने अँग्रेज सरकार के साथ असहयोग आन्दोलन का कार्यक्रम प्रस्तुत किया। कमेटी ने यह कार्यक्रम स्वीकार कर लिया। कार्यक्रम को शक्ति प्रदान करने के लिए काँग्रेस का सहयोग भी आवश्यक था। कुछ माह बाद इलाहाबाद में काँग्रेस की एक विशेष बैठक हुई।

मुसलमान नेताओं मौलवी और उलेमाओं ने भी इसी दौरान एक बैठक इलाहाबाद में आयोजित की। जब हिन्दुस्तान में ये सारी रणनीति रची जा रही थी तब पेरिस की पीस कान्फ्रेंस में तुर्की के ख़लीफ़ा की शक्ति समाप्त कर दी गयी। हिन्दुस्तानी मुसलिम नेता इससे बेहद क्षुब्ध और उत्तेजित था। कान्फ्रेंस के नेताओं ने इस बैठक में अपनी क्रोधित भावना व्यक्त करते हुए कहा कि इस्लाम अपनी रक्षा के लिए उन्हें हिंसा की इजाज़त देता है पर वो गाँधीजी से इस मुद्दे पर मार्गदर्शन चाहते हैं। गाँधीजी ने उन्हें शान्तिपूर्ण असहयोग आन्दोलन प्रारम्भ करने का परामर्श दिया। इस सलाह के अनुसार उन्होंने आन्दोलन अहिंसक रखने का निर्णय तो ले लिया, लेकिन उत्तेजना के साथ उन्होंने यह साफ कर दिया कि हिंसा न करने का उनका

फैसला अपना उद्देश्य हासिल करने के लिए महज एक नीति भर है उनका धर्म मत नहीं। गाँधीजी ने उन्हें शान्त करते हुए समझाया कि, "यदि अपना उद्देश्य प्राप्त करने के लिए आप अहिंसक असहयोग स्वीकार करते हैं तो इस युद्ध में अपना सब कुछ न्यौछावर करने के लिए तैयार हो जाइए। याद रखिए आपको अहिंसा का कठोरता से पालन करना होगा और पूर्ण अनुशासन के साथ आन्दोलन करना पड़ेगा। इस आन्दोलन के लिए यदि आप मुझे अपना नेता स्वीकार करते हैं तो आपको मेरी यह तानाशाही स्वीकार करनी पड़ेगी।"

गाँधीजी के ऐसे उपदेश के बाद जब इस मुद्दे पर उपस्थित सदस्यों से वोटिंग द्वारा राय ली गयी तो बहुमत ने युद्ध के पक्ष में मत दिया। परन्तु वोटिंग के फैसले को कॉन्फ्रेंस ने दरकिनार करते हुए गाँधीजी के आदेश के अनुसार अहिंसक असहयोग आन्दोलन करना ही तै किया। ख़लीफ़ा का पक्ष ले रहे हिन्दुस्तानी मुस्लिम नेताओं के लिए यह इस्लाम के सम्मान का मामला था। नेता और उनके अनुयाइयों का कहना था कि यह मज़हबी नहीं केवल मुस्लिम एकता और भाईचारे का मामला था लेकिन वास्तविकता यह थी कि ख़िलाफ़त विशुद्ध मज़हबी मामले के रूप में आम मुसलमान के दिल में उतर चुका था। ख़लीफ़ा के पक्ष में हिन्दुस्तान का एक मुस्लिम प्रतिनिधिमंडल विलायत गया। मौलाना मुहम्मद अली ने इस मंडल का प्रतिनिधित्व करते हुए ब्रिटेन द्वारा तुर्किस्तान के राष्ट्रवादी नेता मुस्तफा कमाल का साथ देने का जबरदस्त विरोध किया। उन्होंने माँग की, कि तुर्क सुलतान की सत्ता कायम रहनी चाहिए और इस साम्राज्य की शक्ति में कोई कमी नहीं होनी चाहिए।

ब्रिटिश सत्ता इन स्थितियों की गम्भीरता को समझ रही थीं। गाँधीजी के शान्तिपूर्ण असहयोग आन्दोलन से निपटने के लिए शासकीय नियन्ता अपने विचार व्यक्त करने में कोई संकोच नहीं करते थे। डायर का दृढ़ मत था कि असहयोग आन्दोलन की कली को फूल बनने से पहले ही मसलकर रख देना चाहिए। यदि आन्दोलनकर्ता सामने आए तो पूरी शक्ति के साथ हमें उनको कुचल देना चाहिए। जलियाँवाला कांड यों ही नहीं हुआ था यह इसी मानसिकता की परिणिति थी। प्रशासन अपनी शक्ति के बल पर यहाँ राज करने का निश्चय कर चुका था। हालाँकि अब तक जो हिन्दुस्तानी ब्रिटिश हुकूमत के प्रति वफादार थे उनका भ्रम इस हत्याकांड के कारण टूट गया था। इनमें से बहुतेरे स्वतन्त्रता के युद्ध में शामिल हो गये।

गाँधीजी एक चमत्कारी शक्ति के रूप में जनमानस में पैठते जा रहे थे। बुद्धिजीवी उनका नेतृत्व स्वीकार कर चुके थे। करोड़ों आम हिन्दुस्तानियों ने उन्हें पूजनीय मान लिया था। अली बन्धु यह समझते थे कि ऐसे सर्वमान्य नेता का ख़िलाफ़त आन्दोलन के साथ जुड़ना इस आन्दोलन के लिए बहुत बड़ी ताकत थी। गाँधीजी धर्म को जीवन का एक अभिन्न अंग मानते थे। अब तक का उनका जीवन

उन्हें इस्लाम और ईसाइयत के बहुत करीब ला चुका था। धार्मिक संकीर्णता से बहुत ऊपर वे विभिन्न धर्मों के आपसी विरोध पर चटखारे लेने के बजाय सभी धर्मों के समन्वय की भावना रखते थे। इस उदार दृष्टिकोण ने उनकी हिन्दू धर्म में निष्ठा को और अधिक शक्ति प्रदान कर दी थी। हिन्दुत्व की त्यागमयी भावना को उन्होंने अपने जीवन का अंग बना लिया। निजी आवश्यकताएँ न्यूनतम कर लीं और निकट परिवार से विरक्त सारे देशवासियों से नाता जोड़ लिया। देश की जिम्मेदारी उनकी अपनी जिम्मेदारी बन गयी। यह गुण हिन्दुओं के अनुसार महात्माओं के गुण थे।

राजनीति के प्रति गाँधीजी में कोई आकर्षण नहीं था वो मानते थे कि जीवन का कोई भी अंग ऐसा नहीं है जिसे धर्म से अलग किया जा सके। कठिनाई यह थी कि इस दौर में राजनीति व्यक्ति के जीवन पर अधिकार जमाती जा रही थी। शक्ति के बल पर शासन निरीह नागरिकों पर मनमाने कानून लाद कर उनके जीवन को बन्धनों से बाँध रहा था और अपनी शक्ति के बल पर उनके साथ अत्याचार कर रहा था। कमजोर से कमजोर व्यक्ति को अत्याचार से बचाना गाँधीजी के लिए ईश्वर की सबसे बड़ी सेवा थी। उनके लिए यह सबसे बड़ा धर्म था। ख़लीफ़ा की शक्ति पर चोट उन्हें मुसलमानों की धार्मिक भावना के साथ एक क्रूर अन्याय प्रतीत हुआ। इस अन्याय के विरुद्ध आवाज उठाना उनका नैतिक दायित्व हो गया। ख़िलाफ़त आन्दोलन की बागडोर हाथ में लेने से वो सामान्य मुसलमानों के कंठ हार बन गये। मुल्ला मौलवियों के लिए आदरणीय बन गये। चम्पारण खेड़ा और अब ख़िलाफ़त आन्दोलन जैसे क्रिया कलापों से उन्होंने राजनीति में शामिल होने वाली जनता का दायरा विस्तृत कर दिया। अपने दौर की राजनीति पर टिप्पणी करते हुए गोखले कहा करते थे कि हमारी राजनीति अवकाश के समय में एक विनोद का साधन है या फिर हम जीवन की सफलता को आगे बढ़ाने की सीढ़ी के तौर पर इसका उपयोग करते हैं। गाँधीजी ने काँग्रेस के तीन दिवसीय विनोद से अलग जनता के सुख दुख और साझेदारी से शासन को चुनौती देने का सिलसिला प्रारम्भ किया। गाँधीजी कर्म, कर्तव्य, राजनीति और व्यक्तिगत जीवन में सत्य को एक आवश्यक अंग मानते थे। पर उनके सम्पर्क में आने वाले उनके साथ सहयोग करने वाले बहुसंख्यक नेता उनके इन उसूलों को अव्यावहारिक मानते थे।

अली बन्धु भी उनमें से थे जो अपने उद्देश्य के लिए किसी को भी सीढ़ी की भाँति इस्तेमाल करने में कोई संकोच नहीं करते थे। ख़िलाफ़त आन्दोलन में गाँधीजी का नेतृत्व स्वीकार करने के बावजूद मौलाना शौक़त अली ने ख़िलाफ़त आन्दोलन के प्रचार के लिए एक पर्चा प्रकाशित करवाया यह पर्चा आलिमों की ओर से फतवा था इसमें मुसलमानों की धार्मिक भावनाओं को भड़काते हुए लिखा गया था कि 'ज़ज़ीरुत अल अरब के अलावा मुसलमानों के दूसरे श्रद्धा केन्द्रों के प्रति लापरवाही

बरतते हुए अँग्रेज उन्हें बर्बाद कर रहे हैं' आम मुसलमान तो मौलानाओं के कहे को आँख मूँदकर स्वीकार करता ही था बुद्धिजीवी मुसलमान भी इस भावना में पीछे नहीं था। मौलाना शौक़त अली के आदेश पर बम्बई के उद्योगपति और राजनैतिक कार्यकर्ता उमर सोबानी ने यह फतवा छपवाकर बाँटने की जिम्मेदारी ले ली। गाँधीजी को जब इस फतवे की जानकारी मिली तो उन्होंने सोबानी से फतवा न बाँटने का वचन लिया। इस पर मौलाना शौक़त अली ने सोबानी को बुलाकर कहा, ''यह फतवा अल्लाह की मर्ज़ी से लिखा गया है और इसलिए किसी ग़ैर मुस्लिम के आदेश का पालन करने के बजाय सोबानी को केवल उसके आदेश का पालन करना चाहिए।'' सोबानी ने पर्चा बाँटने का कार्यक्रम पुनः प्रारम्भ कर दिया। गाँधीजी ने जब उससे वचन भंग का कारण पूछा तो सोबानी ने जवाब दिया— ''मौलाना शौक़त अली ने उसे आदेश दिया है कि फतवा बाँटने में किसी की भी दखलन्दाजी स्वीकार मत करो यह खुदा का काम है इसे रोकने का किसी को कोई अधिकार नहीं है।'' सोबानी ने उत्तेजना के साथ आगे कहा कि ''इस्लाम के मामले में वो अली भाइयों का आदेश ही सुनेगा, दूसरे किसी का नहीं गाँधीजी का भी नहीं।'' सोबानी से ऐसा तीखा जवाब सुनने के बाद भी गाँधीजी पूरी शक्ति और समर्पण के साथ ख़िलाफ़त आन्दोलन का नेतृत्व करते रहे। इस आन्दोलन को विस्तार देते हुए उन्होंने इसके साथ स्वराज को भी शामिल कर लिया।

हिन्दुस्तान में इन दिनों घटनाएँ बहुत तेजी से घट रही थीं। एक तरफ तो रौलेट कानून का आतंक, जलियाँवाला बाग का हत्याकांड, ख़िलाफ़त आन्दोलन का जोश था और दूसरी ओर अब मोंटेग्यू के सुधार प्रस्तावों पर गवर्नमेंट ऑफ़ इंडिया एक्ट 1919 का राजनैतिक सुधार। गवर्नमेंट ऑफ इंडिया एक्ट से लोकमान्य तिलक के साथ बहुतेरे नेता सन्तुष्ट थे, गाँधीजी ने भी इसका स्वागत किया और अँग्रेजों की नीयत पर उन्हें कुछ विश्वास भी जमा पर कुछ ही दिनों में अँग्रेजों की कारगुजारियों के कारण उनका यह भ्रम टूट गया। ख़िलाफ़त पर अँग्रेजों की वादा ख़िलाफ़ी से उनका विश्वास अँग्रेजों से उठ गया। उन्हें लगा इस नये एक्ट द्वारा हिन्दुस्तानियों को मिली रियायतें और राजनैतिक अधिकार केवल छलावा थे, इसलिए उन्हें अपनी नीति में परिवर्तन आवश्यक प्रतीत हुआ। उन्होंने स्वराज प्राप्ति को मुख्य लक्ष्य बनाया। इस उद्देश्य की प्राप्ति के लिए उन्होंने काँग्रेस से अलग स्वराज समितियों के गठन का निश्चय किया और सत्याग्रह के रूप में सविनय अवज्ञा आन्दोलन के साथ अँग्रेजों के साथ पूर्ण असहयोग को मुख्य हथियार बनाया। इस आन्दोलन में शामिल होने वालों के लिए उन्होंने कठोर अनुशासन के रूप में अहिंसा और सत्यनिष्ठा पहली शर्त रखी। ये आन्दोलन कुछ नेताओं तक सीमित न रहे इसलिए आम जनता से इन आन्दोलनों में सहभागी बनने का आह्वान किया। गाँधीजी इन दो

तीन वर्षों में ऐसी शक्ति बन गये थे कि लाखों की संख्या में लोग उनके आह्वान पर सब कुछ न्यौछावर करने को तैयार हो गये। वे अब इस आन्दोलन के प्रति समर्पित हो गये। इन दिनों हिन्दू-मुसलमानों में अभूतपूर्व एकता उत्पन्न हो चुकी थी इस कारण गाँधीजी के आन्दोलन से एक क्रान्ति जैसी सम्भावना उत्पन्न हो गयी। अँग्रेजों के लिए यह चिन्ताजनक स्थिति थी। यदि आम राजनैतिक विरोधों की तरह उत्तेजनात्मक दंगे फसाद होते, या सशस्त्र कार्रवाई होती तो उसके ख़िलाफ़ पुलिस कार्रवाई करना सरकार के लिए आसान था, पर सत्याग्रह एक अजब विरोध था। लोगों ने शान्ति के साथ कानून की अवज्ञा प्रारम्भ कर दी थी और वे पुलिस की बेंत खाने या जेल जाने के लिए तैयार थे। ये सत्याग्रही थोड़े से और सीमित क्षेत्र के राजनैतिक व्यक्ति नहीं थे। यह तो एक जन सैलाब था और पूरा देश उठ खड़ा हुआ था इन निहत्थे और शान्तिपूर्ण देशवासियों पर शक्ति प्रयोग शासन के लिए असम्भव जैसा था। सरकारी किंकर्तव्यविमूढ़ता ने इन आन्दोलनों को और शक्तिशाली बना दिया। पूरे हिन्दुस्तान में एक नयी चेतना, उत्साह और स्फूर्ति का संचार हो गया।

पेटिट हॉल और इन दिनों साउथ कोर्ट की मेहमान श्रीमती नायडू ने कितनी बार रति को हैदराबाद आमन्त्रित किया था। हैदराबाद का आकर्षक चित्र खींच रति को वहाँ आने के लिए लुभाया था। हैदराबाद के सुखद मौसम और शान्त दुनिया की कितनी प्रशंसाएँ रति की दोनों सहेलियों ने कितनी बार की थीं। विवाह के बाद तो रति के आतिथ्य के लिए दोनों बहनें कितना आग्रह कर चुकी थीं। अँग्रेजों की दुरभिसन्धियों के कारण देश में खलबली मची हुई थी। मुस्लिम साम्प्रदायिकता उत्तेजना चरम पर थी। जिन्ना इन स्थितियों से बेहद खिन्न और तनावग्रस्त दिखाई देते थे रति इस माहौल से कुछ मुक्ति चाहती थी। उसे लगता कि जिन्ना कुछ दिन इन स्थितियों से दूर रहकर अपनी कोई व्यूह रचना तैयार करें। बम्बई से दूर हैदराबाद अच्छी जगह थी जहाँ मन्त्रणा के लिए सरोजिनी भी साथ में होंगी। वो चाहती थी कि वो दोनों नायडू परिवार का आतिथ्य स्वीकार कर लें पर जिन्ना मोर्चे से हटने के लिए तैयार नहीं हुए तो रति ने अकेले ही हैदराबाद की यात्रा का कार्यक्रम बना लिया और पुत्री डीना के साथ वो नायडू परिवार के यहाँ पहुँच गयी। बम्बई के इन अतिथियों को अपने बीच पा पूरा नायडू परिवार खुशियों से झूम उठा। लीला पद्मजा के उत्साह के तो कहने ही क्या थे?

इन दोनों सहेलियों के साथ कुछ ही दिनों में रति ने पूरा हैदराबाद रौंद डाला। चारमीनार के आस-पास बसे जौहरियों की बन आई। रति ने खूब मोती खरीदे। पोचमपल्ली की रेशमी साड़ियों की तो रति दीवानी हो गयी। नायडू परिवार के बीच

राजनीति और साहित्य की खूब चर्चा हुई। सरोजिनी को घर में बैठी प्रशंसिका को अपनी कविताएँ सुनाने में खूब आनन्द आया। लीला ने भी अपनी कविताएँ सुनाईं उसकी कविताओं से अब उदासी और निराशा के बादल छँट रहे थे। यहाँ सब जानते थे कि रति कभी-कभी कुछ रचती है बहुत इसरार के बाद उसने भी अपनी कुछ कविताएँ सुनाईं। श्रीमती नायडू ने प्रशंसा के पुल बाँध दिए और शीघ्र कुछ और रचनाओं के साथ एक काव्य-संग्रह की अपेक्षा भी कर दी। रति ने बड़े अकिंचन भाव से अपने आपको इष्ट मित्रों के बीच अपनी रचनाओं को साझा करना भर एक बड़ी उपलब्धि माना। सबके जोर देने पर उसने मुस्कराकर कहा देखते हैं काव्य-संग्रह भर के लिए मेरी कल्पनाएँ साथ देती हैं या नहीं। इन गम्भीर बातों के अलावा लड़कियों के बीच युवा मन की हँसी-ठिठोली भी खूब हुई। ऐसे मौके पर सरोजिनी अपनी पुत्रियों और रति के बीच सहेली बन जाती थीं। उन्हें किसी ने रति और कपूरथला के राजघराने वाले लड़के के बीच शिमला में हुए आमना-सामना का किस्सा सुनाया था। उसे याद कर सरोजिनी ने पूछा—"ऐसा क्या कह दिया था तुमने उस शहजादे से?"

"अरे ये तो पुराना किस्सा है मैं तो यह घटना एकदम भूल ही गयी थी। वैसे मैंने कुछ कहा तो नहीं था बस जरा आँखों का इस्तेमाल किया था।"

"बस, सिर्फ आँखों के खौफ़ से इतना डर गया?"

"कितना डर गया, ऐसा भी क्या हो गया?"

"वो लड़का मर गया।"

"ओह!"

"तुम्हारी चाहत में ऐसा दीवाना हुआ कि शराब में डूब गया। तुम से कुछ कह ने मिलने की हिम्मत तो थी ही नहीं।"

"इट्स सो सैड"

पद्मजा ने इस किस्से को हवा में उड़ाते हुए माँ से कहा

"आप भी न जाने किस जमाने के किस्से ढूँढ़ निकालती हैं।" और फौरन रति से मुखातिब होकर बोली, "कोठी बाजार चलना है कि नहीं फौरन तैयार हो जाओ।"

तीनों सहेलियों ने हैदराबाद के बाजार पर धावा बोल दिया रति ने जी खोल कर खरीदारी की। साड़ी मोती ही नहीं मूर्तियाँ कई तरह की कलाकृतियाँ और पेंटिंग्स भी खरीद डालीं। वो इतनी खरीदारी का इन्तजाम करके नहीं आई थी तो कितनी ही जगह उधार करना पड़ा। जिन्ना की निष्ठावान पत्नी रति पति की तरह हिसाब किताब में चाक चौबस्त थी। सारी उधारी उसने सावधानी से नोट कर ली। इस छोटे-से प्रवास में उसने हैदराबाद के खुशनुमा मौसम का खूब आनन्द लिया।

पेटिट हाल में सारी आजादी के बावजूद रति हिन्दुस्तान की राजनीति में दर्शक भर थी। साउथ कोर्ट में वो इस राजनीतिक युद्ध के एक केन्द्रीय पात्र के जीवन का अंश बन चुकी थी। राजनीतिक दंश या द्वन्द का परिणाम सीधे सीधे उसके जीवन पर पड़ता। इस क्षेत्र में अब उसकी रुचि बातचीत और आपसी बहस मुबाहिसे तक सीमित नहीं रह गयी थी अब उसका दायरा विस्तृत हो गया था। विवाह के बाद कितने ही नेताओं से उसका व्यक्तिगत परिचय हो चुका था और वो तमाम कार्यक्रमों में व्यक्तिगत रूप से भागीदारी निभाने में व्यस्त हो उठी थी। शीर्ष नेताओं के प्रति उसके अपने निष्कर्ष और मान्यता थी, जिन्ना के साथ के बाद भी वो अपने निर्णय स्वतन्त्र रूप से लेने का सामर्थ्य रखती थी। जिन्ना भी इस मामले में व्यक्तिगत आजादी का ध्यान रखते और रति के निर्णय को प्रभावित करने की कोई चेष्टा नहीं करते थे। जिन्ना, श्रीमती एनी बेसेंट, और गाँधीजी एक ही केन्द्रबिन्दु वाले ऐसे त्रिभुज थे जिनके कोण विपरीत दिशा में थे। जिन्ना और बेसेंट तो फिर भी नजदीकी रखते थे पर गाँधीजी का कोण बिलकुल अलग था। रति को आम हिन्दुस्तानी की तरह गाँधीजी प्रासंगिक और क्रान्तिकारी लगते थे। बम्बई और गुजरात के कितने ही कर्मठ राजनैतिक कार्यकर्ता इन तीनों के आदर्श, कार्यक्रम और कार्य शैली के बीच उलझ गये थे। कानजी के बड़े भाई जमनादास श्रीमती बेसेंट के साथ बड़ी निष्ठा और लगन के साथ काम कर रहे थे पर इन दिनों वो बड़ी उलझन में थे। किस मार्ग का अनुसरण करें। रति युवा जमनादास के संघर्षशील व्यक्तित्व को पसन्द करती थी। उसे जमनादास की उलझन का ज्ञान था और इस मुद्दे पर बातचीत करने के लिए उसने जमनादास को एक शाम चाय पर आमन्त्रित किया। साउथ कोर्ट के खूबसूरसत बागीचे में कालीन जैसी हरी घास के लॉन में खुले आकाश के नीचे रति ने चाय की चुस्कियों के साथ शान्ताराम चाल की बात छेड़ दी।

"चाल वाली सभा में श्रीमती बेसेंट के भाषण में क्या होर्निमन ने व्यवधान उत्पन्न किया था?"

"अब तो सब कुछ समाचारपत्रों में आ चुका है।"

"नहीं मैं आपके मुँह से सुनना चाहती हूँ। आप तो वहाँ उपस्थित थे। क्या होर्निमन ने लोगों को भड़काया था?"

"ऐसा आप सोच भी कैसे सकती हैं? होर्निमन श्रीमती बेसेंट का कितना सम्मान करते हैं! वो एक भद्र पुरुष हैं भला ऐसा व्यक्ति किसी महिला के ख़िलाफ़ लोगों को भड़का सकता है? वो भी श्रीमती बेसेंट जैसी ममतामय त्यागमयी और ज्ञानी के विरुद्ध! ऐसी कल्पना ही गलत है।"

"वही तो; फिर आखिर हुआ क्या था?"

"होर्निमन ने गाँधीजी के सत्याग्रह का समर्थन किया और श्रीमती बेसेंट ने

विरोध; लेकिन लोगों पर गाँधीजी का जादू छा गया है कोई उनके विरोध में कुछ भी सुनने को तैयार नहीं है।''

''श्रीमती बेसेंट के इतने त्याग और संघर्ष को भूल लोग उनके विरुद्ध हो गये!''

''मैडम बात त्याग तपस्या की नहीं है, दरअसल सत्याग्रह के विरोध का वह उपयुक्त अवसर नहीं था नेता को सोच-समझ कर विचार व्यक्त करने चाहिए।''

''मतलब नेता को चालाक होना चाहिए और सही बात कहने के लिए भी मौका देखना चाहिए? ऐसा ही है तो गाँधीजी के सत्य का आग्रह कहाँ रह गया?''

''नहीं; नेता को वही कहना चाहिए जो उचित है पर यदि लोग सुनने को तैयार न हों तो आप अपनी बात किसे सुनाएँगे? पहली आवश्यकता है कि आप लोगों को अपनी बात सुनने के लिए तैयार करें।''

''तो उस दिन होर्निमन श्रीमती बेसेंट से बड़े नेता बन गये।''

''नहीं बड़े छोटे का तो कोई प्रश्न ही नहीं है, जो कुछ वहाँ हुआ उसकी तो होर्निमन ने कल्पना भी नहीं की थी। वो तो वहाँ के हंगामे से बेहद दुखी थे।''

''इस घटना के बाद आप गाँधीजी से भी तो मिले थे। वहाँ क्या हुआ?''

''गाँधीजी इस घटना से बहुत क्षुब्ध थे, उन्होंने भी पहले होर्निमन को दोषी माना पर सत्य जानने पर वो शान्त हो गये। गाँधीजी से मेरी जो बातें हुईं। उनका ब्यौरा जब मैंने श्रीमती बेसेंट को दिया तो उन्होंने गाँधीजी से मिलने की इच्छा व्यक्त की। गाँधीजी उस दिन अहमदाबाद जा रहे थे इसलिए मैं श्रीमती बेसेंट को ग्रांट रोड स्टेशन ले गया। ट्रेन वहाँ लगभग आधे घंटे रुकती थी। हम वहाँ पहुँच तो गये पर मुश्किल यह थी कि गाँधीजी को ढूँढ़ा कैसे जाए। अब मैडम; जरा कल्पना कीजिए मैं तृतीय श्रेणी की बोगियों में गाँधीजी को पुकारता हुआ प्लेटफार्म पर दौड़ रहा था। इसके अलावा और कोई तरीका था नहीं। ख़ैर, एक भीड़ भरे डिब्बे में ऊपर की बर्थ पर बैठे गाँधीजी मिल गये। वो बाहर आए और दोनों नेताओं ने प्लेटफार्म पर ही विचारों का आदान-प्रदान किया, लेकिन अन्त में श्रीमती बेसेंट ने अपनी आशंका खुलकर व्यक्त कर दी कि लोगों में जोश भर देने के बाद उन्हें सँभाले रखना असम्भव था इसलिए; और इसलिए वो गाँधीजी के सत्याग्रह के ख़िलाफ़ थीं और अब भी ख़िलाफ़ हैं।''

''यही तो मिस्टर जे भी कहते हैं। गम्भीर राजनीति में भीड़ इकट्ठी कर कुछ हासिल नहीं किया जा सकता। आप लोग तो गाँधीजी के पास अहमदाबाद भी गये थे, वहाँ क्या हुआ? शंकर लाल बैंकर तो उनके कट्टर समर्थक हो गये हैं। ये हुआ कैसे कि आप सब एकदम गाँधीजी के शिष्य हो गये।''

''आप समझती हैं, ऐसा कर हमने कुछ गलत किया?''

''नहीं, नहीं। मैं स्वयं गाँधीजी का बहुत सम्मान करती हूँ मिस्टर जे भी गाँधीजी के प्रशंसक हैं पर मैं यह जानना चाहती हूँ कि आखिर उनमें ऐसा क्या है कि जो लोग; राजनीति, शासन, गुलामी, आजादी कुछ नहीं जानते वो भी आँख मूँदकर गाँधीजी के मार्ग पर चलने को तैयार हो जाते हैं।''

''आप स्वयं भी तो उनसे कितनी ही बार मिल चुकी हैं आपको क्या लगा?''

''मुझे लगता है कि उनका नैतिक बल उनकी निश्छलता उनकी सबसे बड़ी शक्ति है।''

''जी बिलकुल ठीक कह रही हैं आप, हम भी ऐसा ही मानते हैं फिर भी श्रीमती बेसेंट की विचारधारा के विपरीत गाँधीजी के सत्याग्रह में शामिल होने न होने की जिम्मेदारी हमने तैलंग पर छोड़ दी थी। तैलंग की गाँधीजी से बात हुई और उसने गाँधीजी का नेतृत्व स्वीकार कर लिया। तो हम सबने भी स्वीकार कर लिया और शंकर लाल बैंकर तो उनका भक्त हो गया है।''

''मैंने सुना है कि बैंकर ने श्रीमती बेसेंट को अपमानित कर दिया और गाँधीजी से उन्हें झिड़कियाँ सुननी पड़ीं।''

''आपने ठीक सुना है, एक लम्बी बातचीत में बैंकर ने श्रीमती बेसेंट से कह दिया कि आप सविनय अवज्ञा की आत्मा से परिचित नहीं हैं। सत्याग्रह का मर्म नहीं जानतीं। इसमें आपका दोष नहीं है। विलायत में जन्म और वहाँ के संस्कार के कारण आप गाँधीजी के दर्शन को समझ नहीं पाईं।''

''क्या वास्तव में उन्होंने ऐसा कहा?''

''जी''

''श्रीमती बेसेंट को बहुत पीड़ा हुई होगी, एक समय का उनका शिष्य उनकी समझ पर सवाल उठा रहा था।''

''श्रीमती बेसेंट साधारण महिला नहीं हैं, थियोसोफ़ी में उनका विश्वास कुछ यों ही नही है, यदि गाँधीजी महात्मा हैं तो श्रीमती बेसेंट भी अपाला (वेद कालीन वेद विदुषी)सरीखी हैं। इस अपमान के विष को वो शंकर की भाँति पी गयीं और बहुत शान्ति से उन्होंने उत्तर देकर बैंकर को निरुत्तर कर दिया। मैं स्वयं बैंकर के इस व्यवहार से क्रोधित था और गाँधीजी को मैंने इस पूरे कांड की सूचना दी। गाँधीजी भी बहुत आहत हुए और उन्होंने बैंकर से कहा कि श्रीमती बेसेंट से कुछ कहने से पहले उन्हें यह जानना चाहिए था कि श्रीमती बेसेंट ने कितना त्याग किया है। इंग्लैंड और फिर हिन्दुस्तान में उन्होंने प्रतिरोधहीन विरोध (पेस्सिव रेसिसटेंस) द्वारा अँग्रेजों के ख़िलाफ़ कितनी मजबूती और निर्भीकता के साथ लड़ाई लड़ी है।''

''बैंकर को समझना चाहिए था कि ये सभी महान नेता हैं, रास्ते भले अलग हों पर सबका एक ही उद्देश्य है इसलिए किसी भी नेता या कार्यकर्ता पर आक्षेप से

हम सबको बचना चाहिए।''

''मैडम ये देखकर मुझे बहुत खुशी हो रही है कि आप इतनी सहजता से सही निष्कर्ष पर पहुँच गयीं। देश की राजनीति से आप इतनी अच्छी तरह परिचित हैं। राजनीति में आप सक्रिय क्यों नहीं होतीं?''

''सुझाव के लिए धन्यवाद, फिलहाल साउथ कोर्ट से मिस्टर जे काफी हैं वो जो कुछ भी कर रहे हैं मैं उसमें शामिल हूँ। ख़ैर, यह छोड़िये और बताइये कि अब आप श्रीमती बेसेंट का साथ एकदम छोड़ चुके हैं?''

''यही तो कठिनाई है मैडम! मेरा मन और मस्तिष्क दोनों श्रीमती बेसेंट के साथ हैं पर मेरा हृदय गाँधीजी के साथ है। श्रीमती बेसेंट के लिए मेरा मन अगाध सम्मान प्रेम और प्रशंसा से परिपूर्ण है पर जिस उद्देश्य के लिए हम लड़ रहे हैं उसकी सफलता की सम्भावना गाँधीजी के मार्ग में अधिक सम्भव प्रतीत होती है। श्रीमती बेसेंट के संवैधानिक संघर्ष से कहीं अधिक शक्तिशाली संघर्ष गाँधीजी का दिखाई दे रहा है।''

''मिस्टर जे भी संवैधानिक संघर्ष के पक्षधर हैं।''

''मैं जानता हूँ और इन विरोधाभासी स्थितियों के कारण मैं आजकल राजनीति में निष्क्रिय हो गया हूँ। मैं निश्चित नहीं कर पा रहा हूँ कि क्या करूँ? ये सभी नेता मेरे आदर्श हैं पर तीनों के मार्ग अलग हैं।''

''बहुत खूब मुझे राजनीति में सक्रिय होने के लिए कह रहे हैं और खुद निष्क्रिय हो गये हैं, आपकी निष्क्रियता पर ही बात करने के लिए मैंने आपको यहाँ निमन्त्रित किया है। भ्रम छोड़ दीजिए मिस्टर जमनादास! राजनीति में निष्क्रिय मत होइए, जिस नेता का मार्ग आपको ठीक लगता है उसके साथ काम करते रहिए। देश को आप जैसे नौजवान नेताओं की बहुत आवश्यकता है।''

हैदराबाद के ग़ैर राजनैतिक और शान्त वातावरण के विपरीत बम्बई की यह शाम राजनैतिक शतरंज की थाह लेने जैसी थी। शाम ढले शुरू हुई यह बातचीत रात गहराने तक चलती रही और इस बीच चाय के कई दौर चले। जिन्ना की कार के साउथ कोर्ट में प्रवेश के साथ यह चर्चा समाप्त हुई।

मोंटेग्यू के बिल पर गाँधीजी से उनके विचार जानने का अनुरोध जिन्ना कर चुके थे। गाँधीजी ने इस पत्र के जवाब में उन्हें मोंटेग्यू के बिल पर तो कुछ खास उत्तर दिया नहीं पर यह अनुरोध अवश्य कर दिया कि रति चरखा चलाना प्रारम्भ कर दें। जिन्ना ने रति को छेड़ते हुए पूछा कि गाँधीजी की प्रशंसिका के लिए चरखा कब लाया जाए। रति ने जवाब दिया कि चरखा तब लाया जाए जब उसके द्वारा काते सूत से बुने

कपड़े को जिन्ना पहनने को तैयार हो जाएँ। जिन्ना ने ऐसी सम्भावना को नकारते हुए कहा कि उनका शरीर अब विलायती कपड़ों का आदी हो चुका है इसलिए रति द्वारा काते सूत से बना कपड़ा वो पहन सके इसकी कोई सम्भावना नहीं थी, रति ने कहा कि यद्यपि वो गाँधीजी के स्वदेशी आन्दोलन का औचित्य स्वीकार करती हैं; पर उनके काते सूत से बना कपड़ा जे पहनने को तैयार नहीं तो वो भी चरखा चलाने को तैयार नहीं हैं।

गाँधीजी और जिन्ना की प्रसिद्धि इन दिनों शिखर पर थी। उस दौर के पढ़े लिखे खासतौर से बम्बई और आस-पास के नौजवानों का आदर्श जिन्ना थे। व्यस्त और प्रसिद्ध जिन्ना से किसी अनजान व्यक्ति के लिए मिलना कुछ ऐसा कठिन नहीं था। इन्हीं दिनों जिन्ना की चमत्कारिक वकालत से आकर्षित एक नौजवान मोहम्मद करीम चागला उनसे उनके चेम्बर में मिला। चागला वकालत की शिक्षा के लिए विलायत जाना तै कर चुका था, जाने से पहले वो जिन्ना से यह आश्वासन चाहता था कि जब वह शिक्षा पूरी कर हिन्दुस्तान वापिस आए तब वो उसे अपना जूनियर स्वीकार कर लें। जिन्ना चागला से आत्मीयता के साथ मिले और कहा कि पहले वो अपनी शिक्षा पूरी करे जूनियर बनने की चिन्ता उसके बाद की है।

श्रीमती बेसेंट आल इंडिया होम रूल लीग की अध्यक्ष थीं पर गाँधीजी के सविनय अवज्ञा आन्दोलन का खुलकर विरोध करने के कारण इस संगठन के बहुसंख्यक नेता और कार्यकर्ता श्रीमती बेसेंट के विरुद्ध हो गये थे। बम्बई की एक बैठक में यह विरोध इतना बढ़ा कि श्रीमती बेसेंट ने अपना पद त्याग दिया। श्रीमती बेसेंट को पद त्याग करने के लिए मजबूत करने के लिए इन सदस्यों ने जिस तरह की अप्रिय स्थितियों का निर्माण किया वह गाँधीजी के आदर्शों से तो बिलकुल मेल नहीं खाती थीं, उससे भी अधिक निराशाजनक यह था कि निर्भीकता और स्पष्टता से अपना पक्ष रखने वाले जिन्ना इस अवसर पर वहाँ मौजूद थे वो श्रीमती बेसेंट के साथ भी थे फिर भी वो इस सभा में शान्त रहे। श्रीमती बेसेंट यहाँ हार भले गयी थीं पर हताश नहीं हुई थीं, उन्होंने फिर कमर कसी और बहुत कम समय में नेशनल होम रूल लीग नाम से एक नया संगठन खड़ा कर लिया। कानजी श्रीमती बेसेंट के साथ थे, उन्होंने भी पुरानी लीग से इस्तीफा दे दिया था और नये सगठन में शामिल हो गये। गाँधीजी के सत्याग्रह से अप्रभावित जिन्ना गाँधीजी की शक्ति देख रहे थे वो चाहते थे कि इस शक्ति का सही दिशा में प्रयोग हो। इस उद्देश्य से उन्होंने गाँधीजी को आल इंडिया होम रूल लीग की अध्यक्षता स्वीकार करने का अनुरोध किया। गाँधीजी के मन में कई संशय थे, कुछ शर्तें भी मन में घुमड़ रही थीं इन सबके

बावजूद गाँधीजी ने यह अध्यक्षता स्वीकार कर ली।

डीना अधिक समय अपनी धाय माँ के हाथों में रहती थी पर अब वो अपने माता-पिता को पहचानने लगी थी। रति के पास तो समय था पर जिन्ना बहुत व्यस्त थे। आजकल कितने ही महत्त्वपूर्ण मुकदमे उनके समय पर कब्जा किये हुए थे उसके बाद राजनीति! राजनीति में यह जबरदस्त उथल-पुथल का दौर था। जीवन से जुड़ा कोई भी क्षेत्र क्यों न हो पहले तो व्यक्ति सफलता के लिए जूझता है यह बहुत कठिन समय होता है; पर सफलता मिल जाने पर उसे कायम रखना तो पहाड़ बन जाता है। सफलता न मिले तो इन्सान मायूसी के साथ जीवन से समझौता कर लेता है पर सफल हो जाने पर हर घड़ी हर पल सफलता कायम रखने का तनाव व्यक्ति को तोड़ देता है। सफलता का सारा आनन्द इस तनाव की भेंट चढ़ जाता है। जिन्ना जीवन के प्रत्येक क्षेत्र में सफलता की बुलन्दी पर थे। देर से सही पर एक सुन्दर समझदार पत्नी थी वकालत में प्रसिद्धि उनके कदम चूम रही थी। राजनीति में वो शिखर पर थे, परन्तु यह राजनीति ही थी जो जिन्ना के जीवन में तनाव उत्पन्न करने लगी थी। यही एक कारण था कि डीना को पिता के हाथों का स्पर्श बहुत मुश्किल से मिल पाता था। रति के साथ सुमधुर क्षणों में भी कभी-कभी यह तनाव प्रकट हो जाता था। रति जिन्ना की मनोदशा समझती थी। इसलिए उनके दाम्पत्य जीवन में इस तनाव की काली छाया अब तक नहीं पड़ी थी

गाँधीजी द्वारा होम रूल का अध्यक्ष पद स्वीकार कर लेने के बाद रति ने जिन्ना से पूछा—"जैसा आपने सोचा है क्या गाँधीजी उस रास्ते पर चलेंगे?"

"गाँधीजी अपने विचारों में परिपक्व हैं वो अपने आदर्शों के अनुसार दक्षिण अफ्रीका में प्रयोग भी कर चुके हैं। अब होम रूल में हमारे साथ की शुरुआत है देखते हैं हम दोनों एक-दूसरे के कितना नजदीक आ पाते हैं हालाँकि अधिकतर मामलों में हम दोनों एकदम उत्तर दक्षिण हैं।"

"जब इतना विरोध है तो आपके इस प्रयोग के विफल होने का खतरा नहीं है।"

"बिलकुल है।"

"फिर आपने गाँधीजी को लीग में क्यों शामिल किया?"

"गाँधीजी ऐसी शख्सियत नहीं हैं कि उनकी उपेक्षा की जा सके। देश हित में हम दोनों को साथ काम करने के रास्ते तलाश करने होंगे। यही सोचकर मैंने उन्हें लीग में आमन्त्रित किया है। मैं समझता हूँ कि हम जब साथ काम करेंगे तब वो अपने स्वप्नों के यथार्थ को देख पाएँगे और हो सकता है वो अपने रास्ते में परिवर्तन के लिए तैयार हो जाएँ। ऐसा हो गया तो यह एक बड़ी सफलता होगी।"

"श्रीमती बेसेंट और आपके विचार एक जैसे हैं फिर जब श्रीमती बेसेंट को अपने पद से त्यागपत्र देने के लिए लोगों ने मजबूत किया तब आप चुप रहे?"

"हाँ, यह ठीक नहीं था पर जब कोई संगठन अपने नेता के विरुद्ध हो जाए तो उस नेता के लिए यही उचित है कि वो संगठन की इच्छा के अनुसार काम करे। यही तो प्रजातन्त्र है, और लीग के सभी लोग गाँधीजी के पक्ष में थे इसलिए भी मैंने उन्हें अध्यक्ष पद स्वीकार करने के लिए कहा, यह निर्णय भी प्रजातन्त्र के अनुरूप है यह एक नयी कोशिश है, देखते हैं क्या होता है।"

रति को इन दिनों घटी कई घटनाएँ परेशान किये हुए थीं। गाँधीजी बेसेंट और जिन्ना के बीच सैद्धान्तिक विरोध उसके मन में हलचल मचाए हुए थे। आज जिन्ना से ये स्पष्टीकरण सुनकर उसे बड़ी राहत मिली। इस बातचीत को खत्म करते हुए रति ने जिन्ना को बताया कि उसे गाँधीजी का पत्र मिला है। इतना कह मुस्कराती रति शरारतन कुछ क्षण के लिए चुप हो गयी जिन्ना ने रति की शरारत समझते हुए उसे मुस्कराकर देखा। व्यक्तिगत स्वतन्त्रता के पक्षधर जिन्ना रति से इस बारे में कुछ पूछने की मंशा भी प्रकट नहीं करना चाहते थे। रति ने स्वयं हँसते हुए पत्र के विषय से रहस्य समाप्त करते हुए कहा—"गाँधीजी आपको याद करते हैं और मेरी गुजराती भाषा पर अधिकार की प्रशंसा करते हुए उन्होंने मुझे सलाह दी है कि मैं आपको गुजराती और हिन्दुस्तानी सीखने के लिए समझा बुझाकर तैयार करूँ। वो चाहते हैं कि मैं आपसे गुजराती और हिन्दुस्तानी में ही बात किया करूँ। उन्होंने आश्वस्त किया है कि ऐसा करने पर भी मैं अँग्रेज़ी भूलूँगी नहीं। "आगे लिखते हैं कि मैं उनसे प्रेम रखती हूँ इसीलिए वो मुझे ऐसा करने के लिए कह रहे हैं।" जिन्ना की मुस्कराहट हँसी में बदल गयी। वो बोले—"गाँधीजी का यह आग्रह सबसे रहता है।" जुलाई का महीना था और वर्ष 1917 जब गुजरात के गोधरा में गुजरात सभा हेतु प्रोविंशियल पोलिटिकल कान्फरेन्स का आयोजन हुआ। मैं इसमें शामिल था लोकमान्य तिलक पहले से ही मराठी में अपनी बात रखते हैं तो उन्होंने इस सभा में अपना भाषण मराठी में ही दिया। मेरी बारी आने पर गाँधीजी ने अनुरोध किया कि आप गुजराती हैं, अच्छी गुजराती बोलते हैं, अत: भाषण गुजराती में ही दें। सिन्धी के अलावा गुजराती मैं ठीक ठाक बोल लेता हूँ पर अपने आपको अभिव्यक्त करने के लिए मुझे अँग्रेज़ी सहज लगती है। अँग्रेज़ी में मुझे धारा प्रवाह बोलने का अभ्यास है। भाषा के लिए गाँधीजी का आग्रह मुझे रास नहीं आया। खानपान पहनने-ओढ़ने या भाषा जैसे व्यक्तिगत मामलों या आदतों पर कोई रोक टोक करे यह मेरे लिए स्वतन्त्रता पर आघात जैसा है। गाँधीजी के इस भाषा आग्रह पर मैं मुस्कराते हुए उठा माइक के पास पहुँच मैं बोला—"महानुभावों, गाँधीजी के आदेशानुसार आज मैं गुजराती में बोल रहा हूँ। अपने भाषण का प्रारम्भ मैंने गुजराती में कर दिया अब शेष

भाषण मैं अँग्रेज़ी में पूरा करूँगा।'' श्रोता हँस पड़े। अँग्रेज़ी में बोलते हुए मैंने वह भाषण चालीस मिनट में पूरा किया।

''तो आपने प्रारम्भ से ही अपना मन्तव्य स्पष्ट कर दिया कि गाँधीजी आपके ऊपर भारी नहीं पड़ सकते।''

''हाँ, सार्वजनिक मंच पर इस पहले अवसर पर ही मैंने उन्हें यह संकेत दे दिए कि गाँधी और जिन्ना दो अलग धाराएँ हैं। ख़ैर मेरी बात छोड़ो तुम बताओ तुम गाँधीजी की सलाह पर अमल कब से शुरू कर रही हो?''

''अती आछे।''

''ओह ऐसा? आप तो तुरन्त शुरू हो गयीं, इस वक्त तो मुझे बिस्तर याद कर रहा है आप भी अब हिन्दुस्तानी और गुजराती के सपनों में डूब जाइए, कोशिश कल से शुरू कीजिएगा।'' और इसके साथ ही दोनों की यह महफिल बर्खास्त हो गयी।

ख़िलाफ़त और जलियाँवाला बाग हत्याकांड पर सरकार के उदासीन रवैये ने राजनैतिक शक्तियों को मजबूत कर दिया कि काँग्रेस का अधिवेशन शीघ्र आयोजित किया जाए परम्परा का निर्वाह करते हुए मुस्लिम लीग ने भी काँग्रेस के साथ अपना अधिवेशन निश्चित कर लिया सितम्बर में दोनों राजनैतिक संगठनों के कार्यक्रम कलकत्ता में आयोजित हुए। जिन्ना रति और डीना के साथ कलकत्ता पहुँचे। हावड़ा स्टेशन पर पंडित मोती लाल नेहरू उनकी प्रतीक्षा कर रहे थे। स्टेशन पर वो जिन्ना और रति से बड़ी गर्मजोशी के साथ मिले और स्टेशन परिसर में ही नेहरू ने उनसे कहा कि गाँधीजी इस अधिवेशन में सरकार के साथ असहयोग का प्रस्ताव रखेंगे। वो चाहते हैं कि काँग्रेस चुनावों का बहिष्कार करें। मैं इस प्रस्ताव के ख़िलाफ़ हूँ और चाहता हूँ कि बहुसंख्यक सदस्य इस प्रस्ताव का विरोध करें। आपसे भी मैं यही आशा रखता हूँ।

लाला लाजपतराय की अध्यक्षता में अधिवेशन शुरू हुआ। गाँधीजी ने सरकार के साथ असहयोग का प्रस्ताव पेश कर दिया। जिन्ना के साथ श्रीमती एनी बेसेंट और चितरंजन दास जैसे बहुतेरे नेताओं ने इस प्रस्ताव का विरोध किया। गाँधीजी के प्रस्ताव पर काफी गरमागर्मी थी। बहुत से नेता गाँधीजी का प्रस्ताव सर्व सम्मति से पारित कराना चाहते थे पर अन्त में वोटिंग के लिए सब राजी हो गये। वोटिंग हुई और वोटिंग में मामूली बहुमत से प्रस्ताव पारित हो गया। अनपेक्षित रूप से पंडित मोती लाल नेहरू वोटिंग में प्रस्ताव के साथ हो गये थे। जिन्ना उनके रुख में ऐसे परिवर्तन पर आश्चर्यचकित हो गये। कल नेहरू गाँधीजी के प्रस्ताव के विरोधी थे और आज वोटिंग के समय उनके पक्षधर। राजनीति में ऐसी कलाबाजी ने जिन्ना के

मन पर गहरा आघात किया।

कलकत्ता अधिवेशन में इस विजय के साथ गाँधीजी राजनीति में सक्रिय हो गये और काँग्रेस ने इस नेता को सर माथे पर ले लिया। गाँधीजी के कार्यक्रमों के प्रति उनके समर्थकों में बहुत जोश था। इस जोश ने पंडाल के बाहर उन कार्यकर्ताओं और नेताओं के ख़िलाफ़ नारेबाजी करनी शुरू कर दी जिन्होंने प्रस्ताव का विरोध किया था। विरोधी कार्यकर्ताओं ने भी जोरदार जवाब दिया। कुछ धक्का-मुक्की और हाथापाई भी हो गयी। रति दर्शक के रूप में मंच पर मौजूद थी। वो इस शोरगुल भरे हंगामे को देखने के लिए उत्कंठित हो गयी। कानजी इस समय श्रीमती एनी बेसेंट के कागज आदि सँभाल रहा था उस पर दृष्टि पड़ते ही रति ने उसका हाथ पकड़ उसे रोका और साथ साथ बाहर चलने के लिए कहा। कानजी ने कहा—''बाहर क्या करेंगी वहाँ फसाद हो रहा है, मार पीट हो रही है।'' रति ने उत्तेजनात्मक जिज्ञासा के साथ कहा—''कौन क्या कर रहा है मैं यह अराजकता अपनी आँखों से देखना चाहती हूँ।'' कानजी ने जवाब दिया—''आप यहीं रुकिए मैं बाहर की स्थिति देखकर आता हूँ।'' कानजी बाहर गया और तुरन्त वापिस आकर रति को पंडाल के बाहर ले गया, अब तक फसाद शान्त हो गया था।

इस अधिवेशन ने गाँधीजी के सामने सारे नेताओं की चमक को फीका कर दिया। लोकमान्य का तो हाल ही में देहान्त हो गया था। पंडित मालवीय शालीनता तथा उम्र के कारण आदरणीयों की श्रेणी में पहुँच गये थे। गाँधीजी के जनता के साथ जुड़े आन्दोलन के जोश ने दमदार जिन्ना के दबदबे पर भारी असर किया। आम जनता को जिन्ना के सांवैधानिक सम्भ्रान्त विरोध में अपने लिए कोई स्थान नहीं दिखता था। ऐसे में केवल गाँधीजी के जयकारों से कलकत्ता गूँज रहा था।

ग्रैंड होटल के सूट में जिन्ना अपने क्रोध को ड्रिंक की पिघलती बर्फ़ से ठंडा कर रहे थे। रति सुईट के तनाव भरे सन्नाटे को तोड़ते हुए शान्त स्वर में बोली—

''प्रस्ताव कितने कम मतों से पारित हुआ!''

''लेकिन पारित तो हो गया ना।''

''जब लोग लड़ने पर कमर कस चुके हैं तो कोई क्या कर सकता है आपने तो जमकर संघर्ष किया।

''लेकिन नतीजा मेरे ख़िलाफ़ हुआ।''

''आप प्रजातन्त्र के पक्ष की बातें करते हैं तो इस फैसले से निराश क्यों हैं? जो बहुसंख्या चाहती है उसे आप भी स्वीकार कीजिये।''

''आप ठीक कह रही हैं पर नेता का काम होता है जनता का सही मार्गदर्शन। जिस रास्ते पर यह प्रस्ताव इस देश के अवाम को ले जाएगा उसमें मैं बर्बादी ही बर्बादी देख रहा हूँ।''

“ये चिन्ता आप छोड़ दीजिये, आपके बस में जो था आप ने किया अब जो हो रहा है उसे स्वीकार कर लीजिये हो सकता है कुछ ही दिनों में लोग इस फैसले के दोषों के शिकार होकर यह फैसला बदल दें।”

“हाँ, यह हो सकता है, एक बार गाँधीजी के इस प्रयोग को भी मौका मिलना चाहिए।”

डिनर के लिए काफी देर हो चुकी थी रति तैयार थी। जिन्ना ने अपना गिलास खाली किया और दोनों रेस्त्राँ के लिए चल दिए।

अगले दिन मुस्लिम लीग के अधिवेशन में अध्यक्ष पद से बोलते हुए जिन्ना ने कहा—“पहले तो यह सरकार लाई रौलेट बिल जो अपने साथ पंजाब में नृशंसता लाया फिर इस सरकार ने तुर्क साम्राज्य की दुर्दशा कर दी जिसकी परिणति यहाँ ख़िलाफ़त आन्दोलन में हुई। पहले हमारी स्वतन्त्रता पर हमला किया गया फिर हमारे दीन पर हमला हुआ। इन सब कारगुजारियों ने हमें यह विश्वास करने के लिए मजबूत कर दिया है कि न तो हम इस सरकार पर कोई भरोसा करें और ना ही इस साम्राज्य के बादशाह पर। पंजाब में इन्होंने जो अपराध किया उसकी गम्भीरता खारिज करते हुए ये कहते हैं कि यह महज निर्णय लेने में हुई एक चूक भर थी। अगर यह सिर्फ एक चूक भर थी तो इस चूक की भरपाई इन्हें करनी होगी आज न सही कल, पर इसके परिणाम इन्हें भुगतने पड़ेंगे। अब यह निश्चित समझ लीजिये कि इस सरकार को जाना पड़ेगा और एक जिम्मेदार सरकार को सत्ता सौंपनी पड़ेगी। यह काँग्रेस या मुस्लिम लीग के किये नहीं होगा इस परिवर्तन के लिए हमें सही मार्ग ढूँढ़ना होगा और निश्चित रूप से हम यह मार्ग ढूँढ़ने में सफल होंगे। जब तक हमें पूर्ण राजनैतिक आजादी नहीं मिल जाती हम अब चुप नहीं बैठेंगे। गाँधीजी ने इस उद्देश्य के साथ असहयोग आन्दोलन का कार्यक्रम पेश किया है ख़िलाफ़त कॉन्फ्रेंस ने इसका समर्थन किया है। अब यह आप पर निर्भर है कि आप यह कार्यक्रम स्वीकार करते हैं या अस्वीकार। फैसला जो भी हो यह आन्दोलन आपमें से प्रत्येक व्यक्ति के जीवन पर व्यक्तिगत रूप से असर करेगा। आप इसे स्वीकार करने से पहले इस कार्यक्रम को और खुद को तौल लें और यदि इस मार्ग पर आप कदम बढ़ाते हैं तो इस निश्चय के साथ कदम बढ़ाइए कि अब आर पार की लड़ाई है आप अब अपने कदम वापिस नहीं लेंगे।”

मंच पर बैठी रति जिन्ना के भाषण को ध्यान से सुन रही थी। कल रात की उनकी बातचीत इस भाषण में प्रकट हो गयी थी। वो जिन्ना की साफ़गोई से कही हुई बातें सुनकर उनके प्रति गर्व से भर उठी। जिन्ना गाँधीजी के कार्यक्रम के विरोधी थे फिर भी उन्होंने अपने मंच से गाँधीजी के मार्ग को स्वीकार करने या न करने का अधिकार अपने दल के लोगों पर छोड़ दिया। वो भी इस सन्देश के साथ कि

आन्दोलन में शामिल होते हो तो वीरता के साथ शामिल होना कायरों की तरह अधबीच में अपने कदम वापिस न खींचना। लेकिन जिन्ना का अपना निर्णय क्या था? क्या वो स्वयं गाँधीजी का कार्यक्रम स्वीकार करने का निर्णय ले चुके थे। सभा के बाद अकेले में रति को उनसे सबसे पहले यही सवाल पूछना था। लेकिन कलकत्ता की व्यस्तता ने किसी सवाल जवाब का अवसर नहीं दिया।

बम्बई से बादल जब विदा लेते हैं तो सारे नगर को हरियाली के घूँघट से ढँक देते हैं। निचुड़े मेघों की इतर सरीखी छींटें, रात के आँसुओं जैसी ओस और समुद्र की हिलोरों से बिछुड़ वायु के अंक में जाकर समाई नमक की लुनाई से प्रभाती मदिर हो जाती है। बम्बई की ऐसी अलस सुबह प्रेमियों को एक-दूसरे में समाने की कामना से उद्‌दीप्त कर देती है; लेकिन शरत की ऐसी मदभरी सुबह के समय सूर्य की सद्यः स्नान कर प्रकट हुई क़िरणों की शीतल छाया में हरियाली ओढ़े नर्म दूब से ढँके आँगन में बैठ जिन्ना ताजे समाचारपत्रों में डूबे हुए थे। रात्रि परिधान पर चायनीज़ रेशमी गाउन में लिपटी रति डीना को गोद में लिए जिन्ना के पास आकर बैठ गयी। डीना की पहली वर्षगाँठ मनाई जा चुकी थी, छोटी-सी गोल मटोल डीना अब तक पक्षियों की भाषा में पारंगत हो चुकी थी। उसकी खिलखिलाहट से जिन्ना का ध्यान अखबारों से उचट गया। उसने डीना की भाषा में उससे बातें शुरू कर दीं। पिता से प्राप्त तवज्जो से डीना किलकारियाँ मारने लगी और खुले मैदान में डगमगाते कदमों से भागते हुए लुका-छिपी खेलने लगी। बच्ची पर ध्यान रखने के लिए धाय साथ साथ आई थी। पिता के साथ ऐसा ऊधम करने का अवसर डीना को बिरले ही मिलता था। ख़ानसामा चाय की ट्रे लिए हाजिर हो गया। दोनों की पसन्द के अनुसार चाय तैयार कर उसने मेज पर रख दी तो धाय डीना को लेकर उसके साथ लॉन में कुछ दूर खेलने लगी। जिन्ना ने गर्म चाय का घूँट लिया ही था कि रति ने कलकत्ता का सवाल आज बम्बई की इस सुबह रख दिया—"तो आपने आर पार की लड़ाई के बारे में क्या सोचा? खादी का कुरता पायजामा बनवा रहे हैं?" या धोती लुंगी पहनेंगे?

"हूँऊँऊँ! जिस दिन आप खादी की स्कर्ट बनवा लेंगी उस दिन मैं इस बारे में जरा ज्यादा गम्भीरता से सोचूँगा।"

"मैं और खादी? कोई ख़्वाब देख रहे हैं आप?"

"ख़्वाब? क्यों? चरखा चलाने का सुझाव तो गाँधीजी ने आपको ही दिया था। मैं चरखा मँगवा देता हूँ अब आप चरखा चलाना सीख ही लें।"

"माना मैं गाँधीजी का सम्मान करती हूँ पर मेरे पिता ने इतना बड़ा कपड़े का

कारखाना क्या यों ही लगवाया है? और फिर मैंने तो गाँधीजी के इस कार्यक्रम को स्वीकार किया नहीं है। जितना मैं गाँधीजी का सम्मान करती हूँ उतना ही श्रीमती बेसेंट का और वो तो गाँधीजी के इन कार्यक्रमों के एकदम ख़िलाफ़ हैं। एक और नेता है जिसका मैं बहुत सम्मान करती हूँ लीग के मंच से पहले वो भी इन कार्यक्रमों के एकदम ख़िलाफ़ था।''

''वो व्यक्ति अब भी उतना ही ख़िलाफ़ है।''

''फिर आपने मुस्लिम लीग के मंच से इस कार्यक्रम के लिए लोगों का आह्वान क्यों किया?''

''आप ही ने तो उस दिन होटल के कमरे में सुझाव दिया था कि गाँधीजी के कार्यक्रम को भी एक बार आजमा लिया जाए।''

''तो अब आप मेरे इशारे पर चलने लगे हैं?''

''इसमें बुरा क्या है? वैसे मैम मैंने लोगों से केवल आह्वान नहीं किया है कि वो गाँधीजी का कार्यक्रम स्वीकार कर लें, मैंने उन्हें खबरदार भी किया है कि जो करें सोच-समझ कर करें और याद रखें कि जिस रास्ते पर एक बार कदम रखें उस पर कायम रहें उनके लिए वापसी का कोई रास्ता नहीं होगा।''

''मतलब आप खादी पहनने के लिए तैयार नहीं हैं।''

''ठीक सोच रही हैं आप; मुझे गैबरडीन और शार्सस्किन के सूट पसन्द हैं इजिप्शियन कॉटन और रेशम पहनने का यह शरीर आदी हो चुका है।''

''यानी आपके लिए चरखा चलाने की कोई गुंजाइश है नहीं?''

''मैम! मेरी दादी के माता-पिता और उनके पूरे खानदान ने इतना चरखा चलाया है कि अब मेरी सात पुश्तों तक इसे चलाने की कोई जरूरत नहीं है, और इतना ही नहीं उन दादा दादियों ने अपनी बनाई खादी पहन पहनकर मुझे इसे पहनने की मुसीबत से हमेशा के लिए मुक्ति दे दी है। मैम, अँग्रेजों से मैंने सिर्फ सिगार पीना नहीं सीखा है। बढ़िया अँग्रेज़ी बोलनी उनसे सीखी है। वकालत के दाँव पेंच उनसे सीखे हैं और जीवन के लिए उम्दा से उम्दा चीजों की शौकीनी भी उन्हीं से सीखी है। कारखाने में बना बढ़िया और चिकने कपड़े का शौक भी मुझे उन्होंने ही दिया है।''

बातचीत में व्यवधान डालते हुए परिचारक ने आकर बताया कि निजी सचिव आ चुके हैं। जिन्ना मुस्कराते हुए उठते उठते बोले—''अपने शेष राज किसी और दिन खोलूँगा।'' रति ने खिलखिलाते हुए कहा—''मुझे प्रतीक्षा रहेगी।'' यह महफिल यहीं बर्खास्त हो गयी।

कलकत्ता से वापिस लौटे कुछ ही दिन गुजरे थे कि गाँधीजी की पैंठ राजनीति में कुछ और गहरी हुई। उनकी सलाह पर होम रूल लीग की बैठक बुलाई गयी और इस बैठक में संगठन का नाम और संविधान दोनों को बलि वेदी पर चढ़ा दिया गया। लीग की स्थापना के साथ इसका उद्देश्य हिन्दुस्तान के लिए ब्रिटिश कॉमन वेल्थ के संरक्षण में स्वशासन की माँग था। अब इस उद्देश्य को बदल कर हिन्दुस्तान के लिए बिना ब्रिटिश संरक्षण के पूर्ण स्वराज का निर्णय लिया गया। पहले लीग ने अपने उद्देश्य की प्राप्ति के लिए सांवैधानिक तरीकों का बन्धन निर्धारित किया था अब बन्धन मुक्त असहयोग और सविनय अवज्ञा आन्दोलन के जोश ने उसका स्थान ले लिया था। लीग का नाम भी गया अब यह स्वराज सभा हो गयी। जिन्ना को ये परिवर्तन स्वीकार नहीं थे। वोटिंग हुई और उपस्थित साठ सदस्यों में से केवल अट्ठारह सदस्यों ने जिन्ना का साथ दिया। इस विजय पर गाँधीजी ने कुछ और आगे बढ़ते हुए कहा कि जिन्हें बहुमत का फैसला स्वीकार नहीं वो संगठन छोड़ सकते हैं। इसके बाद जिन्ना के लिए कोई मार्ग शेष नहीं रह गया था। कुछ दिनों के अन्तराल के बाद जिस संगठन को जिन्ना ने अथक लगन और परिश्रम के साथ खड़ा किया था उससे त्यागपत्र देकर नाता तोड़ लिया। कुछ ही समय पहले तो जिन्ना ने कानजी को इस संगठन में शामिल किया था। जिन्ना की पराजय से खिन्न कानजी, एम. आर. जयकार आदि दूसरे कई लोगों ने भी होम रूल लीग से इस्तीफा दे दिया।

लीग कार्यालय में त्यागपत्र सौंप जिन्ना के साथ कानजी भी उनके घर आ गया। वो बहुत उत्तेजित था लेकिन गुस्से के बावजूद जिन्ना शान्त थे। साउथ कोर्ट में घुसते ही लोफर और बख्शी (श्वान) अपने मालिक के आगे-पीछे होते हुए विशाल बैठक में साथ साथ आ पहुँचे। जिन्ना और कानजी दोनों गुदगुदे सोफे पर बैठ गये पर आरामदायक सोफे पर कानजी आराम से नहीं बैठ पा रहा था। जिन्ना उसके गुस्से पर मुस्कराए और सिगार सुलगाकर उसके धुएँ में अपनी हार को उड़ाते हुए बोले—

''जो हुआ सो ठीक है हम लोगों ने जब लीग की रास गाँधीजी को सौंप दी तो अब हमें अपने दिल में कोई मलाल नहीं रखना चाहिए।''

''तो आप भी हार मानकर बैठ जाएँगे?''

''नहीं, मैं हारने के लिए पैदा ही नहीं हुआ, लेकिन लड़ाई का उसूल है कि जब आपका मौका आए तो कभी चूको मत और जब तक मौका आए नहीं अपनी शक्ति बर्बाद मत करो। देश ने गाँधीजी को महात्मा मान लिया है वो इस धारणा को सत्य सिद्ध करने की कोशिश में हैं।''

''पर भाईसाहब (सेठ जमनादास द्वारकादास) के समक्ष तो उन्होंने कहा था कि न वो महात्मा हैं न उन्हें यह सम्बोधन पसन्द है।''

''जमनादास से उन्होंने जो भी कहा हो पर सच यही है कि गाँधीजी महान हैं।''

मैं इस सत्य को स्वीकार करता हूँ; उनके किसी भी समर्थक से कहीं अधिक कन्विक्शन के साथ। लेकिन एक व्यक्ति का महान होना सम्भव है सारा समाज महान हो जाए यह केवल स्वप्न है। मुझे उनका आन्दोलन राजनैतिक कम आध्यात्मिक अधिक दिखाई देता है। इसीलिए यह अव्यावहारिक है। राजनीति के पहिये आदर्श पर नहीं चलते। ये पहिये गड्ढों के अलावा गन्दे नाली नालों से भी गुजरते हैं। गाँधीजी का आन्दोलन इसीलिए मुझे स्वीकार नहीं। ये मार्ग एक महात्मा की कल्पना हो सकता है मुझ जैसे व्यावहारिक व्यक्ति का नहीं।''

इस राजनैतिक झंझावात को रति ने विराम देते हुए डिनर टेबल पर आने का आदेश जारी कर दिया। भोजन के साथ यह चर्चा जारी रही। अब इस वार्तालाप ने दो के बजाय तीन व्यक्तियों के मस्तिष्क को उर्वरता प्रदान कर दी थी। जो हो रहा था उसकी नियंता थी ब्रिटिश हुकूमत। रति ने मुख्य विषय के तनाव से मुक्ति प्रदान करते हुए रायल कमीशन की रिपोर्ट पर टिप्पणी कर दी।

''रायल कमीशन की इस एकांगी रिपोर्ट से सवाल ये होता है कि आखिर इसे बनाया ही क्यों गया?''

''मैम एक अँग्रेज और हिन्दुस्तानी के झगड़े में ये सरकार न्याय कर ही नहीं सकती, बस इसका प्रमाण है यह रॉयल कमीशन।''

''इस कमीशन को पंजाब में हुई ज़्यादती तो दिखी नहीं, डायर की अमानुषिकता का औचित्य दिख गया।''

''जाँच तो दिखावा थी यह कमीशन आई वाश था।''

''इस कमीशन के बहुमत ने हिन्दुस्तानियों के प्रति घृणा से ओतप्रोत जनरल डाथर को दोषमुक्त ठहराकर जलियाँ वाला बाग में निरपराध सैकड़ों इन्सानों की हत्या करवानेवाले इस आदमी को हीरो का दर्जा दे दिया।''

''ईनाम ऊपर से दिया।''

''भारी भरकम रुपयों की थैली के अलावा रत्न जड़ी तलवार उपहार में दी जिस तलवार पर इसे पंजाब का रक्षक घोषित करने वाले शब्द उत्कीर्ण किये गये हैं। बेशर्मी की हद है।''

''वो तो है ही जिस व्यक्ति को सजा होनी चाहिए थी उसे अँग्रेज रोयल्टी ने सम्मानित किया ये चीखती नृशंसताएँ हैं। ऐसी अभूतपूर्व खतरनाक स्थितियों के समक्ष आज हम आमने-सामने खड़े हैं, ये कठिनाइयाँ बहुत बड़ी हैं और इनका हल आसान नहीं है इसके बावजूद मैं अपने देशवासियों से यह नहीं कह सकता कि अगर वो गलती कर रहे हैं तो आप भी गलती करें। इस उलझी गुत्थी के बाद भी मैं इस सरकार से यह कहूँगा कि आप हिन्दुस्तानियों को इतना हताश और निराश न कर दें कि उनके पास आपसे असहयोग के अलावा कोई रास्ता ही न बचे और यह कोई

आवश्यक नहीं है कि जिस तरह असहयोग गाँधीजी कर रहे हैं दूसरे भी उसी रास्ते पर चलकर वैसा ही असहयोग करें। जिन्ना कुछ खुलकर बोले—

"तो अब आगे आपका क्या इरादा है?"

"दिसम्बर की प्रतीक्षा है काँग्रेस में एक बार फिर इन मुद्दों पर मैं अपने विचार रखूँगा।"

"कोई नतीजा निकलेगा? आप देख तो रहे हैं कितनी बड़ी संख्या में लोग गाँधीजी के साथ हैं!"

"देखते हैं क्या होता है?"

जिन्ना की बात खत्म होने के साथ कानजी ने जिन्ना से जाने की अनुमति ली और साउथ कोर्ट से बाहर आ गया।

रति दोनों साथियों की बातचीत के बीच अलग सोफे पर बैठ सब सुनती रही। जिन्ना की उद्विग्नता को समझ वह शान्त बैठी रही शायद जिन्ना के तनाव को लोफर और बक्शी भी भाँप गये थे वो अपने मालिक को खुश करने के लिए उसके पैरों पर अपने आपको रगड़ रहे थे। जिन्ना कानजी के समक्ष तो संयत थे पर अशान्त मन क्रोध से जल रहा था। ऐसे में उनकी विचार मन्त्रणा में इन दोनों की दखलन्दाजी जिन्ना को बर्दाश्त नहीं हो रही थी उसने छड़ी उठाकर दोनों को शान्त बैठने के लिए कहा पर अपनी हुक्मुदूली पर क्रोधित जिन्ना ने छड़ी से दोनों की खबर ले ली।

रति जिन्ना की मन:स्थिति समझ रही थी। जिन्ना अपने मन का क्रोध बेजुबान लोफर और बक्षी पर उतार रहे हैं। रति जो अपने इन साथियों के लिए जान देती थी चुपचाप सारा तमाशा देखती रही। ये वही रति थी जिसने नवाब (श्वान) पर सिन्थिया के मामूली वार से हंगामा खड़ा कर दिया था। अपने से बड़ी अपनी प्रिय गवर्नेस को बालों से पकड़ छड़ी की बौछार कर दी थी क्रोध अब भी उतना ही था। यह भी नहीं कि उसे कोई खौफ़ था। यह जिन्ना के लिए जान देने वाली भावना थी जिसके कारण रति खून का घूँट पीकर रह गयी वह जानती थी कि जिन्ना अमानुषिकता के साथ ज़्यादती कर रहे हैं पर यदि रति हस्तक्षेप करती तो जिन्ना अपने साथ ज़्यादती करते। इसलिए मन मसोसकर रति ने इन दोनों को पिटते हुए देखा। उसका मन खराब हो गया। वह उठी और अपने बिस्तर पर जाकर शान्त लेट गयी। अगले दिन उसने अपने मन का बोझ हलका करने के लिए इस घटना का सारा ब्यौरा पद्मजा को लिख भेजा।

"प्रिय पद्मजा,

यद्यपि कल मैंने तुम्हें पत्रोत्तर देना निश्चित कर रखा था। पर अशान्त मन के कारण मैं लिख नहीं सकी। कल 'जे' लोफर और बक्षी को अपने मन के मुताबिक बैठने का आदेश दे रहे थे। लेकिन दोनों ने जब उनके आदेश की अवहेलना कर दी

तो गुस्से में उन्होंने दोनों की बेंत से बुरी तरह खबर ली। मुझे आशा थी कि दोनों अपने दुश्मन का आदेश मान लेंगे। लेकिन यह आशा व्यर्थ रही अब नतीजा ये है कि बक्षी लँगड़ा रहा है और लोफर अपनी जंजीर के प्रति क्रोध दिखाते हुए भौंक रहा है।

तुम लोगों के साथ हैदराबाद में मेरा इतना शानदार समय गुजरा कि उस खूबसूरत बियाबान स्थान की मैं दीवानी हो गयी हूँ। जब मैं वहाँ के अनौपचारिक माहौल में उस आनन्दमय सुवर्णमई हवेली में गुजरे पल याद करती हूँ तो फिर औपचारिक रूप से तुम्हें वैसे ही औपचारिक शब्दों में धन्यवाद देना मेरे लिए असम्भव हो जाता है। मुझे वहाँ सब कुछ कितना अच्छा लगा यह बताने की जरूरत ही नहीं है, मेरे उल्लास को देखकर तुम स्वतः समझ गयी होगी। तुम सबके साथ वहाँ बिताए दिन मेरे जीवन के सर्वाधिक हर्षोल्लास भरे दिनों के रूप में सदैव मेरी स्मृति में बने रहेंगे।''

वापसी की यात्रा में हैदरी और अफसरी की सुखद स्मृतियों के उल्लेख के बाद रति ने एक दिलचस्प अफसाना लिखा।

''यहाँ मैंने फातिमा को बताया कि हैदराबाद मैं तुम्हारे लिए किसी अच्छे दूल्हे की खोज में गयी थी। एक प्रत्याशित लड़के के रूप में मैंने उन्हें तौफीक की फोटो भी दिखा दी। पहले पहल तो उन्होंने मेरी बात पर पूरा विश्वास ही कर लिया। लेकिन अविश्वास से भरे जे मेरी तरह नाटक नहीं कर सके। और फिर मैंने फातिमा की आँखों की गहराई में सन्देह की छाया देख ली।''

इसके बाद रति ने वहाँ दुनियाभर की खरीदारी के भुगतान की एक लम्बी फेहरिस्त के साथ तमाम बैंक चेक इस पत्र के साथ पद्‌मजा को भेजे। (रति का 9 फरवरी वर्ष ? को पद्‌मजा को लिखा पत्र)

जिन्ना खुले हाथों खर्च करने वाले व्यक्ति थे पर खर्च का पूरा हिसाब रखते। अकसर वो कह उठते कि बहुत मेहनत से कमाया पैसा है मेरा इसलिए रात सोने से पहले जब हिसाब लिखते तो यह ध्यान भी कर लेते कि कहीं कोई व्यर्थ खर्च तो नहीं हुआ। इस सारे ध्यान और हिसाब के बावजूद रति के लिए धन लुटाने में वो कभी आगा पीछा नहीं सोचते थे। रति ने उनसे इस गुण का इतना अंश लिया था कि यदि कहीं उधार लिया है तो उसका पूरा हिसाब रखा जाए ताकि भुगतान करने में कोई लापरवाही न हो जाए। इसलिए इस पत्र में सारा वज़न नत्थी किये गये बैंक-चेकों का था।

होम रूल लीग से त्याग पत्र देने के बाद जिन्ना को गाँधीजी का पत्र मिला। गाँधीजी ने अनुरोध किया कि देश के समक्ष नये जीवन में अपनी हिस्सेदारी निभाइए और

अपने अनुभव से मार्ग दर्शन देकर देश को लाभ पहुँचाएँ। इस पत्र का उत्तर देते हुए जिन्ना ने उन्हें लिखा—"इस नये जीवन से आपका अर्थ आपके कार्यक्रम और तौर-तरीक़े से है तो मेरे लिए इन्हें स्वीकार करना असम्भव होगा क्योंकि मैं यह निश्चित मानता हूँ कि आपका यह मार्ग हमें बर्बादी की ओर ले जाएगा। वास्तव में देश के समक्ष नये जीवन का जो मार्ग खुला है उसके आगे मैं अँधेरा देखता हूँ। हमारा सामना ऐसी सरकार से हुआ है जो हम लोगों की शिकायतों, भावनाओं और विचारों पर कोई ध्यान नहीं देती। हमारे अपने देशवासियों में फूट है। आपके कार्यक्रमों ने देश की प्रत्येक उस संस्था में जो आपके संसर्ग में आई दरार डाल दी इन्हें विभाजित कर दिया और देश के सार्वजनिक क्षेत्र में केवल हिन्दू-मुसलमान के बीच नहीं बल्कि हिन्दू हिन्दू के बीच और मुस्लिम मुस्लिम के बीच यहाँ तक कि परिवारों में बाप बेटे के बीच भी गहरी खाई खोद दी है। सारे देश के लोग परेशान हैं और आपके इन अतिवादी कार्यक्रमों में जाहिल अशिक्षित और अनुभवहीन युवा दिवास्वप्न में डूब गये हैं। इसका सीधा सा अर्थ है घोर अव्यवस्था और अराजकता। इन स्थितियों का क्या परिणाम होगा यह सब सोचकर मेरे तो रोंगटे खड़े हो जाते हैं। लेकिन इसके बावजूद मेरा मानना है इन स्थितियों का मुख्य कारण वर्तमान सरकार की नीतियाँ हैं। जब तक यह पहला कारण समाप्त नहीं होता इसके परिणाम जारी रहेंगे। इस कारण की समाप्ति के लिए मेरे पास न तो शक्ति है न मेरी बात की सुनवाई है, लेकिन मैं यह भी नहीं चाहता हूँ कि मेरे देशवासी उतावलेपन के साथ आशा के उस ऊँचे शिखर पर पहुँच जाएँ। जहाँ अन्त में उन्हें केवल हताशा मिलेगी।

इस बार काँग्रेस अधिवेशन नागपुर में था। दो तीन वर्षों में ही काँग्रेस के रंग ढंग में जमीन आसमान का परिवर्तन आ चुका था। कभी पाँच सौ हजार डेलीगेट्स वाले काँग्रेसी अधिवेशनों के विपरीत यहाँ पचास हजार से अधिक जन समूह गाँधीजी का आदेश प्राप्त करने के लिए एकत्र हुआ था। महँगे शानदार सूट शेरवानियों से लकदक करते सामाजिक प्रतिष्ठा के सिरमौर और सम्भ्रान्त वर्गीय सदस्यों के साथ अब गरीब अशिक्षित किसान विद्यार्थी और साधारण कामकाजी वर्ग के लोग भी बड़ी संख्या में इस अधिवेशन में सहभागी थे। ये बहुसंख्यक सदस्य गाँधीजी के भक्त थे। इनमें से अधिकतर अब कुरता धोती और ग्रामीण पगड़ियों में दिखाई देते थे। खादी अभी नहीं दिखती थी। गाँधीजी ने अपना असहयोग का प्रस्ताव पेश किया और स्वराज को अपना लक्ष्य निर्धारित किया। इस अधिवेशन में उपस्थित पचास हजार से अधिक काँग्रेसियों ने हर्ष के साथ गाँधी जी के प्रस्ताव का अनुमोदन किया। इस जन सैलाब के समक्ष अब किसी की हिम्मत नहीं थी कि गाँधीजी के विरोध में एक शब्द

भी बोल सके परन्तु जिन्ना भी उसी गुजराती मिट्टी के थे जिस के गाँधीजी थे। साहस की प्रतिमूर्ति जिन्ना ने तनिक भी विचलित हुए बिना उसी समय गाँधीजी का विरोध करते हुए कहा कि "अभी हम इस स्थिति में नहीं हैं कि ब्रिटिश सम्प्रभुता को त्याग स्वराज द्वारा इस नये जन्म लेते विश्व में अपनी भागीदारी निभा सकें।" गाँधीजी ने इस विरोध को स्वीकार करते हुए कहा—"ब्रिटिश सरकार को यह समझ लेना चाहिए कि यदि वो हमारे साथ न्याय नहीं करती तब प्रत्येक हिन्दुस्तानी का यह कर्तव्य होगा कि वो इस ब्रिटिश सत्ता को उखाड़ फेंके।"

गाँधीजी के प्रस्ताव का विरोध करने के लिए उन्हीं के जैसे पतले दुबले लेकिन लम्बे जिन्ना जब खड़े हुए तो पंडाल में उत्तेजना व्याप्त हो गयी। जिन्ना ने जब कहा कि "मैं श्रीमान गाँधी के प्रस्ताव के विरोध में खड़ा हुआ हूँ" तब श्रोताओं की भीड़ ने जोरदार आवाज में कहा श्रीमान नहीं महात्मा, श्रोताओं के बीच बैठी रति ने देखा जिन्ना के मुँह पर आत्म-विश्वास से भरी मुस्कराहट छलक रही थी। जिन्ना ने बात शुरू करते हुए फिर कहा श्रीमान गाँधी फिर और भी जोरदार जवाब आया नहीं महात्मा गाँधी, रति ने मंच पर बैठे गाँधीजी को देखा। उसे याद आया जमनादास ने उसे बताया था कि महात्मा शब्द पर उसकी और गाँधीजी की बात हुई थी और उस बातचीत में गाँधीजी ने जमनादास की व्याख्या स्वीकार करते हुए अपने लिए महात्मा शब्द का प्रयोग उचित नहीं माना था पर आज जब पंडाल में लोग उनके लिए महात्मा शब्द का आग्रह कर रहे थे तो वो शान्त बैठे थे। तीसरी बार भी जब जनता ने विरोध किया तब जिन्ना ने जनता की माँग पर महात्मा उपाधि के साथ अपनी बात प्रारम्भ की (वोल्पार्ट के अनुसार जिन्ना ने अन्त तक महात्मा शब्द का प्रयोग नहीं किया)। उन्होंने कहा "महात्मा गाँधी का प्रस्ताव स्वयमेव स्वराज की घोषणा कर देता है स्वराज अर्थात पूर्ण स्वतन्त्रता। यद्यपि लाला लाजपतराय द्वारा की गयी ब्रिटिश सरकार की भर्त्सना से मैं पूरी तरह सहमत हूँ। पर मैं इस बात से सहमत नहीं हूँ कि काँग्रेस इस देश के लिए पूर्ण आजादी पाने की शक्ति प्राप्त कर चुकी है, सत्याग्रह प्रारम्भ करने का यह उचित समय नहीं है।" पंडाल की भीड़ जिन्ना के बेबाक विरोध से बेचैन हो उठी। जिन्ना के भाषण में प्रतिनिधि शोरगुल द्वारा व्यवधान उत्पन्न करने लगे। कई बार 'शर्म करो शर्म करो' के जोरदार नारों से उन्हें तिरस्कृत करने की कोशिशें हुईं लेकिन जिन्ना ने जरा भी विचलित हुए बिना पूर्ण विश्वास और निश्चिन्तता के साथ अपना व्याख्यान जारी रखा।

रति अपने पति की इस चट्टान सरीखी दृढ़ता को देख गर्व से फूल उठी। उसे अपने पति से यही आशा थी कि वो विपरीत परिस्थितियों में भी सिर ऊँचा कर अपने विचार व्यक्त करेंगे। वो जानती थी कि जिन्ना महान से महान व्यक्ति के गलत होने पर उसे चुनौती देने की हिम्मत रखते थे। उसे एक आशा यह भी थी कि गाँधीजी इस

उतावली भीड़ को शान्त करने की कोशिश अवश्य करेंगे, परन्तु उसकी यह आशा पूरी नहीं हुई। अव्यवस्था और शोर के बीच जिन्ना कह रहे थे— 'आप काँग्रेस को ऐसे कार्यक्रम के प्रति वचनबद्ध कर रहे हैं जो आप सफलता से चला नहीं पाएँगे। अहिंसा का आपका वादा केवल वादा रह जाएगा, खोखला वादा। उन्होंने अली बन्धुओं पर हमला करते हुए कहा कि श्री मुहम्मद अली के बल पर आप जो करना चाह रहे हैं वह भी सम्भव नहीं होगा।'' मुहम्मद अली के नाम के साथ फिर माँग उठी श्री नहीं मौलाना कहिए लेकिन इस व्यवधान की घोर उपेक्षा करते हुए जिन्ना ने दोनों अली बन्धुओं का नाम कई बार लिया पर उत्तेजित किए जाने पर भी उन्होंने मौलाना की उपाधि से उन्हें सम्बोधित नहीं किया। जिन्ना ने कहा—''आपका असहयोग का यह हथियार ब्रिटिश साम्राज्य का नाश नहीं करेगा। आपका यह आन्दोलन तर्कसंगत नहीं है, न यह राजनैतिक दृष्टिकोण से दुरुस्त है न बुद्धिमत्ता पूर्ण और ना ही यह कार्यान्वित करने पर व्यावहारिक सिद्ध होगा।'' जिन्ना का यह विरोध नक्कारखाने में तूती की आवाज बनकर रह गया। गाँधीजी का प्रस्ताव सर्व सम्मति से स्वीकार कर लिया गया और काँग्रेस ने असहयोग आन्दोलन प्रारम्भ करने का निर्णय ले लिया।

अब नागपुर में कुछ शेष नहीं रह गया था। मुस्लिम लीग की मजलिस भी यहीं थी पर अब उसका आकर्षण भी समाप्त हो गया था। रति और जिन्ना उसी दिन बम्बई के लिए रवाना हो गये। उन्होंने पूरा कूपा बुक करवा लिया था। दिसम्बर तो बस समाप्त ही था। शिशिर ऋतु थी पर नागपुर कुछ ऐसा ठंडा नहीं था। शायद काँग्रेस के अधिवेशन की गर्मी का असर था। परन्तु ट्रेन चलने के साथ ठंडी हवाओं ने कूपे का वातावरण खुशगवार कर दिया। गम्भीर जिन्ना सिगार के गहरे कश ले रहे थे और खिड़की के बाहर प्रतिक्षण बदलते दृश्य को देखने में खोए हुए थे। गोधूलि बेला थी और रजनी अपनी झीनी चादर में सब कुछ ढँकने की जल्दबाजी में थी। रेल के पहियों की बेसुरी खड़खड़ाहट के बाद भी कूपे में नीरवता छाई हुई थी। रति ने इस मौन को भंग करते हुए पूछा—कहाँ खोए हुए हैं आप? खिड़की के बाहर सन्तरे के बागों में ऐसा क्या है कि आप एकटक देखे जा रहे हैं

जिन्ना के होंठों पर फीकी मुस्कराहट खेल गयी वो बोले—''देख रहा हूँ सब कुछ कितनी तेजी से पीछे छूटता जा रहा है।''

''जो पीछे छूट रहा है वो सब अभी रात के अँधेरे में डूब जाएगा और फिर कल एक खुशगवार सुबह होगी। नयी फिजा होगी, नये नजारे, नया जोश नयी उमंग।'' रति ने कहा।

जिन्ना ने अपना रुख बदला और अपनी पत्नी से मुखातिब होकर बोले— ''हाँ, आपका कहना बिलकुल ठीक है लेकिन सुबह जो जोश, तारीं होगा उसमें

होश भी होगा क्या? मैडम, मैंने अपने भाषण में रोंगटे खड़े होने की बात कही थी वो यों ही नहीं थी। गाँधीजी आग से खेल रहे हैं उनके दोनों हाथों में आग के गोले हैं एक हाथ में ख़िलाफ़ती दूसरे में खुराफाती। जिन मुहम्मद अली और शौक़त अली से मिलकर गाँधीजी अहिंसक आन्दोलन के सपने देख रहे हैं सबसे पहले अवसर पर ये दोनों भाई अहिंसा को तिलांजली दे देंगे।''

''यह खुला सत्य गाँधीजी को दिखाई क्यों नहीं देता?'' रति ने कहा।

''मैडम, उनकी आँखों पर आदर्श का पर्दा पड़ा है वो भूल गये हैं कि अराजक भीड़ किसी के काबू में नहीं रहती। ये आन्दोलन चला तो न जाने कितने जलियाँवाला बाग देखने को मिलेंगे। इस ख्याल से ही मेरे रोंगटे खड़े हो जाते हैं।''

रात गहरा चुकी थी। ट्रेन अकोला स्टेशन पहुँच चुकी थी। स्टेशन के वेंडर्स का शोर गूँज रहा था। कूपे में साथ चल रहे परिचारक ने भोजन लगा दिया, और बातों का रुख खाने के स्वाद पर केन्द्रित हो गया और बातें रेल और पटरियों की खड़खड़ाहट में समा गयीं।

अध्याय—9

आहुति

डीना के जन्म के बाद से स्थितियाँ परिवर्तित होनी प्रारम्भ हो गयी थीं। रति ने जिन्ना के प्रणय पर अपने परिवार के प्रेम और लगाव का बलिदान कर दिया था। प्रारम्भ में उसका यह जोश उसे बहुत गर्व की अनुभूति कराता था विवाह के बाद उसकी व्यस्तताओं ने जीवन में आई रिक्तताओं के दंश से उसे सुरक्षा प्रदान कर दी। पर कुछ समय बाद उसे अपने परिवार की स्मृतियाँ बेचैन करने लगीं। उसे ऐसी आशा थी कि डीना के जन्म के बाद उसके माता-पिता मान अपमान भुला देंगे। बालिका का आकर्षण उन्हें साउथ कोर्ट ले आएगा पर ऐसा नहीं हुआ। सबसे ज्यादा कमी उसे माँ और हमाबाई की लगती थी। माँ और हमाबाई उसकी मित्र भी थीं राजदार भी। वो स्वयं पेटिट हॉल जा सकती थी पर वह पिता के स्वभाव को जानती थी उसे मालूम था पेटिट हॉल के द्वार उसके लिए तब तक नहीं खुलेंगे जब तक उसके पिता आदेश नहीं देंगे।

रति को परिचितों की कमी नहीं थी न मित्रों की, पर हर किसी के सामने वो अपना मन खोल नहीं सकती थी। काश! हमाबाई उससे मिल पातीं। घर में नौकरों भृत्यों की भीड़ थी पर अकसर वो एकदम अकेली होती, जैसे जल में प्यासी मछली। साउथ कोर्ट के सभी नौकरों से उसका परिचय नया था। इन सबके साथ उसका व्यवहार आत्मीय था वो सबका सम्मान करती। सबका पूरा ख्याल रखती और नौकर भी उसे बढ़ चढ़कर प्रेम और सम्मान देते पर इनमें से एक भी ऐसा नहीं था जो नौकर और मालिक की सीमा रेखा लाँघने की कल्पना स्वप्न में भी कर पाता। काश जस्सू बेन यहाँ आ पातीं! और,...। और एक दिन जस्सू बेन आ गयी। हमाबाई ने भी अभी रति से रिश्ता नहीं जोड़ा था। उसे मालूम था कि रति से मेल-मुलाकात की बात राज़ नहीं रह पाएगी और फिर पेटिट हाल में तूफ़ान खड़ा हो जाएगा। इस दूरी के बावजूद अब उसने एक जासूस की सेवा लेना तै किया। जासूस बनी जस्सूबेन, बेन आई तो मानो रति का बचपन लौट आया। बातें बातें और बस बातें ही बातें सबके हालचाल के बाद रति ने अपनी और अपनी पुत्री की कहानियाँ शुरू कर दीं। सुनते सुनते बेन की आँखों से आँसू छलक उठे रति भी आज अपने आपको रोक

नहीं पाई। बेन डीना को देख खुशी से दोहरी हो गयी। जाने कितना समय उड़ गया दोनों माँ बेटी के मिलन में, बेन उसकी माँ ही तो थी धाय माँ। इस मुलाकात के बाद रति को कुछ राहत मिल गयी। बेन ने साउथ कोर्ट का रास्ता देख लिया अब वो गाहे-बगाहे रति से मिलती और चुपचाप सारी सूचनाएँ हमाबाई को दे देती डीना के रूप रंग, नाक नक्श की सारी बारीकियाँ वो उसे दे चुकी थी। रति को भी घर के सारे समाचार मिलने लगे पर मायके से ससुराल की आधे पौन मील की दूरी कैसे मिटे; इसका कोई रास्ता नजर नहीं आ रहा था।

जिन्ना ने अपनी पत्नी के लिए सब कुछ हाजिर कर दिया था। ऐसा कुछ भी नहीं था जिसकी इच्छा वो प्रकट करती और वह वस्तु उसके पास न होती। बम्बई के जौहरी नारंग दास मन्दर दास हों या त्रिभवन दास भीमजी झवेरी सब उसके परिचित हो चुके थे। रति जब उनकी दुकान में प्रवेश करती तो वे उसकी अगवानी में बिछ जाते। कीमती हीरे जवाहरात से जड़े सोने के बहुमूल्य जेवरों की प्रदर्शनी लग जाती। जिन्ना ने कभी उसके आँख के इशारे की तौहीन नहीं की, जिस हार को रति ने छू दिया वो उसके गले में दिखाई देता। जिस सेट पर उसकी निगाह रुकती वो सेट साउथ कोर्ट पहुँच जाता। सरकारी पार्टियाँ, रईसों की दावतें, राजनैतिक सभा गोष्ठी, क्लब, थिएटर, सिनेमा, होटल, रेस्त्राँ रति के लिए सारे द्वार खुले थे और रति हर उस सामाजिक समारोह में उपस्थित होती जहाँ उसका मन करता। यह सब ठीक था पर सुबह से शाम तक रति के लिए साउथ कोर्ट सूना होता। न सास ससुर थे न देवरानी जेठानी न कोई ननद। पुस्तकें अच्छी मित्र थीं पर पढ़ने की भी सीमा होती है। डीना थी पर उसको सँभालने के लिए कई परिचारिकाएँ थीं। डीना की किलकारियाँ ज़रूर कभी-कभी गूँज जातीं पर इसके बाद घर में गहरा सन्नाटा पसर जाता इस सन्नाटेको भेदने के लिए रति ने मित्रों की तरह कुत्ते-बिल्ली पाल लिए पर इनके साथ बस एकतरफा बातें ही होतीं। ऐसी स्थिति में सूनेपन को भरने का जिम्मा वाइन और स्कॉच ने लिया। ये पेय मन को शान्त तो कर देते थे पर मन के बोझ को हलका नहीं कर पाते थे। बोझ जो उसने पिता के बन्धन को तोड़कर पाया था। रति को एक ऐसे मित्र की सख्त जरूरत थी जिस के सामने वो अपना मन खोल पाती। अपनी बौद्धिक कल्पनाओं में साझीदार बना पाती। सरोजिनी नायडू, पद्मजा लीला और कई अन्य बड़े नजदीकी मित्र और सहेलियाँ थीं उनसे हर तरह की बातें हो जाती थीं पर दाम्पत्य जीवन से जुड़ी गुत्थियों की चर्चा यों ही नहीं हो सकती थी। फिर जिन्ना के मन पर जो काले बादल छाते जा रहे थे, उनकी चर्चा तो सम्भव ही नहीं थी। रहस्यों को रहस्य बनाए रखने की कीमत होती है और रति यह कीमत अदा करने की शुरुआत कर चुकी थी।

जिन्ना के साथ घर बसाने के कुछ दिन बाद उसे एक ऐसा मित्र मिल गया

जिसके समक्ष रहस्य खोले बिना निदान की कुछ कोशिश की जा सकती थी। कानजी द्वारकादास; छब्बीस-सत्ताईस वर्षीय व्यापारी खानदान का पढ़ा लिखा जोशीला नौजवान, स्थाई रूप से बम्बई निवासी। राजनैतिक रूप से जागरूक और व्यस्त। जिन्ना के इस राजनैतिक सहयोगी में राजनीति और समाज सेवा की धुन समाई हुई थी। कानजी श्रीमती एनी बेसेंट का बिना दीक्षा वाला शिष्य था। उनकी होम रूल लीग के बम्बई अध्याय का पदाधिकारी। वो श्रीमती बेसेंट के राजनैतिक विचारों तक ही सीमित नहीं था। उनके थियोसोफ़ी दर्शन में तो वो आकंठ डूबा हुआ था। इस दर्शन के पुनर्जन्म और मनश्चेतना से सम्बद्ध विचारों में उसकी गहरी आस्था थी। ध्यान केन्द्रित करने और मित्रों-परिचितों के साथ मनो संवाद स्थापित करने के प्रयोग उसे उत्साह प्रदान करते और वो ऐसे प्रयोगों में खूब रुचि लेता। स्वप्न विज्ञान अतीन्द्रिय-दृष्टि परोक्ष-दर्शन जैसे परा-मनोवैज्ञानिक विषयों का उसने गहन अध्ययन कर रखा था। राजनैतिक और दार्शनिक दुनिया के बाद कानजी की गहरी रुचि का विषय था अँग्रेज़ी साहित्य विशेष रूप से कविता। साहित्य, राजनीति और समाज सेवा के बाद थियोसोफ़ी में रति के आकर्षण ने विवाह पूर्व ही जन्म ले लिया था पर अब उसके उलझन भरे दिनों में यह गम्भीर दर्शन उसकी चेतना को शान्ति प्रदान करता और व्यस्तता भी देता। अँग्रेज़ी कविता में तो रति के प्राण बसते थे।

जब दो व्यक्तियों में इतनी साम्यता इतनी सारी रुचियाँ साझा हों तो भला निकट मित्रता में क्या देर लगती। रति आमतौर से प्रतिदिन शाम को कोर्ट में जिन्ना के चेम्बर पहुँचती। इस समय कई बार कानजी भी यहाँ होता। जिन्ना जब तक मुकदमों और मिसिल में व्यस्त होते तब तक दोनों मित्र दुनिया जहाँ की बातें कर डालते। कभी-कभी तीनों क्लब पहुँच जाते। यहाँ शतरंज या फिर बिलियर्ड का दौर चलता। कई बार कानजी जिन्ना के साथ घर आ जाता। यहाँ बैठक लम्बी चलती जिन्ना के साथ ड्रिंक का दौर चलता फिर बिना डिनर के जिन्ना उसे जाने की इजाज़त नहीं देते थे। कानजी के साथ रति अँग्रेज़ी कविताओं का पिटारा लेकर बैठ जाती अपनी नयी पढ़ी कविताओं में से जो उसके मन में पैठ जातीं उसकी लम्बी चौड़ी व्याख्या करती। कोई कविता दोनों की पसन्द की होती तब तो बस एक साहित्यिक गोष्ठी ही हो जाती कई बार इन गोष्ठियों में जिन्ना भी अपना दखल देते। लेकिन बात जब थियोसोफ़ी की हो तो जिन्ना चश्मा चढ़ाकर अपनी कोई कानून की भारी सी पुस्तक उठा लेते।

थियोसोफ़ी में रति को आत्मा की व्याख्या बहुत दिलचस्प लगती थी। टेलीपेथी और स्वप्नों के साथ परिचितों के बीच संवाद में उसकी रुचि गहरी होती जा रही थी। ध्यान केन्द्रित करने में उसे विश्वास हो चला था। ध्यान द्वारा व्यक्ति अपनी मानसिक शक्ति अपने मित्र या प्रिय पात्र तक प्रेषित कर सकता है और इस

तरह उसे अपनी मानसिक शक्ति प्रदान कर सकता है यह विचार उसे ठीक लगता था। परा मनोविज्ञान के इन उलझे अध्यायों को सुलझाने में रति अपनी कल्पना का इस्तेमाल करने के लिए लालायित थी। कई बार वो सोचती ध्यान की शक्ति अपने अन्दर उत्पन्न कर वो अपनी माँ और पिता से संवाद कायम कर लेगी। अवश्य ही यह शक्तिशाली माध्यम है वो इसके सहारे पिता के विरोध को जीत लेगी।

हेलेना पेत्रोवना ब्लावत्सकी की रचना 'सीक्रेट डॉक्ट्रिन' अब तक वो कई बार पढ़ चुकी थी इस ग्रन्थ ने उसे बहुत प्रभावित किया था। 'सत्यात नास्ति परो धर्म:' सत्य से ऊपर कोई धर्म नहीं है, ब्लावत्सकी ने अपने ग्रन्थ का प्रारम्भ ही इस सूक्ति से किया था। विश्व के विभिन्न धर्मों के रहस्यमय दर्शन की गहन मीमांसा और तार्किक आध्यात्मिक निष्कर्षों का यह वृहद ग्रन्थ अपने आपमें विशिष्ट था और सामान्य पाठक की रुचि से कहीं बहुत आगे था। रति ने इस ग्रन्थ को पूरी तरह आत्मसात कर लिया था। यह ग्रन्थ किसी सार्वभौम सत्य का प्राकट्य नहीं केवल विवेचना करता था। लेखक ने अपने आपको महिमा मंडित करने वाले इस विचार से पाठकों को मुक्त कर दिया था कि वो किसी सार्वभौम सत्य की उद्घाटनकर्ता है। ब्लाव्त्सकी ने अपने इस ग्रन्थ में हिन्दू, बौद्ध, ईसाई, इस्लाम, ज़रथुस्त्र और यहूदी जैसे विभिन्न धर्मों के गुह्य दर्शन के सार को निचोड़ कर थियोसोफ़ी विचार को जन्म दिया था। सर्वधर्म समरूपी जैसे इस ग्रन्थ में बौद्ध और हिन्दू दार्शनिकता की छाया बहुत विशद रूप में प्रकट हुई थी। आध्यात्मिक आत्मबल धारी आत्मा, बुद्धि, अहंकार, विकार, माया, मुक्ति और निर्वाण के अलावा ब्रह्म के विराट स्वरूप विष्णु की तात्विक कल्पना जैसे अनेक गम्भीर और दुरूह विषयों का 'सीक्रेट डॉक्ट्रीन' में ब्लावत्स्की ने बड़ा रोचक वर्णन किया था। रति को इस ग्रन्थ में की गयी गुह्य रहस्यों की मीमांसा जीवन के सबसे बड़े सत्य के रूप में प्रतीत होती थी। पुनर्जन्म आत्मा और कर्म जैसे विचारों ने उसकी आस्था में जड़ें जमा ली। उसे थियोसोफ़ी के इन दार्शनिक विचारों पर मनन से बड़ी शान्ति मिला करती थी।

रति के ठीक विपरीत जिन्ना की इन विषयों में कोई रुचि नहीं थी। न केवल थियोसोफ़ी बल्कि किसी भी धर्म मजहब या इनसे जुड़े दर्शन, कर्म कांड आदि में उनके लिए कोई आकर्षण नहीं था। वो मुस्लिम सीट से चुनाव भले जीतते रहे हो। मुस्लिम लीग के समानित नेत्रा और अध्यक्ष भी थे पर अब तक उन्हें कभी किसी भी धार्मिक उत्सव या प्रार्थना में शामिल होते किसी ने देखा नहीं था। धर्म जिन्ना के लिए नितान्त निजी मामला था। उनकी आस्था का केन्द्र था तर्क। धार्मिक रूप से किसी भी तरह का भेद-भाव उनके लिए महत्त्वहीन था। उनके अनुसार धार्मिक एकता की इस देश को सबसे बड़ी जरूरत थी। यद्यपि मुसलमानों के अल्पसंख्यक होने के कारण उनके लिए वो कुछ विशेष स्थिति के पक्ष में थे। लेकिन विशेष स्थिति

के लिए वो मुसलमानों द्वारा किसी तनातनी के बजाय हिन्दुओं से उदारता की अपेक्षा रखते थे। समाज में एक वर्ग की दूसरे के प्रति विश्वास और सम्मान की भावना को बल मिले इसलिए वो चाहते थे कि मुसलमानों के खौफ़ और भ्रम को हिन्दू अपनी उदारता से समाप्त करें।

जिन्ना ख़िलाफ़त के मुद्दे पर अँग्रेजों का विरोध कर रहे थे वो इस मामले में अँग्रेजों की वादाख़िलाफ़ी से क्रोधित थे पर काँग्रेस या मुस्लिम लीग के द्वारा इस मुद्दे का राजनीतिकरण किये जाने के भी विरोधी थे। लीग जैसे संगठन की आसन्दी से भी अपने ये विचार व्यक्त करने में वे हिचके नहीं। मुसलमानों के इस धार्मिक उद्वेलन की बागडोर अली बन्धुओं ने सँभाल ली थी। इस मुद्दे को लेकर अली बन्धु जो कर रहे थे जिन्ना उसके ख़िलाफ़ थे गाँधीजी का इस संघर्ष में शामिल होना जिन्ना के दृष्टिकोण से एक बड़ी गलती थी। गाँधीजी इस मुद्दे पर मुसलमान जमात के साथ जुड़े तब उन को गाँधीजी का यह निर्णय अनुचित लगा। लेकिन जब गाँधीजी अली बन्धुओं के साथ इस मुद्दे पर उनके सहयोगी बन गये तब जिन्ना के लिए गाँधीजी के कार्यक्रम का विरोध उनका सैद्धान्तिक कर्तव्य हो गया वे उनके ख़िलाफ़त आन्दोलन के विरुद्ध खड़े हो गये।

जिन्ना बम्बई की मुस्लिम सीट से मुसलमानों का प्रतिनिधित्व करते थे। उन्होंने काउन्सिल में वक्फ का मुद्दा सफलता के साथ उठाया था। उनकी दृढ़ मान्यता थी कि मजहबी मामलों पर राजनीति न की जाए और योग्य व्यक्ति उचित मंच से इस तरह के किसी भी अन्याय को दूर करने का काम करें। धर्म और राजनीति का घाल मेल जिन्ना को बिलकुल अनुचित लगता। वो इसके विरुद्ध थे राजनीति में धर्म की रंच मात्र हिस्सेदारी भी उन्हें स्वीकार्य नहीं थी। लेकिन गाँधीजी एक धार्मिक मुद्दे को सड़कों की लड़ाई में तब्दील किये दे रहे थे। इसका सीधा असर जिन्ना की प्रतिष्ठा पर हुआ था। अब मुसलमानों के प्रिय नेता मुहम्मद अली शौक़त अली और महात्मा गाँधी हो गये थे।

गाँधीजी के हिन्दुस्तान आगमन के समय ऐसा कुछ था नहीं कि जिन्ना को उनके साथ मतभेद का कोई कारण मिलता। अफ्रीका से अपने प्रभामंडल के साथ पधारे गाँधीजी का जिन्ना ने स्वागत किया। लोगों के साथ वह भी गाँधीजी को पूरा सम्मान दे रहे थे परन्तु जब गाँधीजी ने सार्वजनिक सभा में जिन्ना से अँग्रेज़ी के बजाय गुजराती में बोलने का आग्रह किया। तो उन्हें यह आग्रह अपनी वैचारिक स्वतन्त्रता पर आघात प्रतीत हुआ जिन्ना को अँग्रेज़ी पसन्द थी इसी तरह एक दूसरी सभा में गाँधीजी ने जिन्ना का परिचय उनके धर्म के साथ किया। जिन्ना राजनीति में अपनी धार्मिक पहचान से प्रसिद्ध नहीं हुए थे। राजनैतिक प्रतिष्ठा के लिए उन्होंने धार्मिक बैसाखी का इस्तेमाल नहीं किया था। मुस्लिम लीग में बहुत अनुरोध और

अनुनय के बाद वो शामिल हुए थे। इस मंच का इस्तेमाल उन्होंने मुसलमानों को हिन्दुओं के नजदीक आने के लिए किया। वो मुसलमानों को बेचारगी और हिन्दू बहुसंख्या के आतंक से मुक्ति दिलाना चाहते थे। इन सभी कार्यक्रमों में उनका मुसलमान होना कोई मुद्दा नहीं था। लेकिन गाँधीजी ने जिन्ना की धार्मिक पहचान को ज्यादा महत्त्वपूर्ण माना और किसी मुसलमान द्वारा अपने स्वागत की प्रशंसा की। अपने लिए यह साम्प्रदायिक पहचान जिन्ना के अन्तर्मन में चुभ गयी। गाँधीजी के राजनीति में सक्रिय होने के साथ इन दो प्रारम्भिक प्रसंगों ने जिन्ना और उनमें सैद्धान्तिक असमानता की आधार शिला रख दी।

जिन्ना का दृढ़ विश्वास था कि तमाम कमियों और अन्तर्विरोधों के बाद भी अँग्रेज कुछ प्रजातान्त्रिक सिद्धान्तों का सम्मान करते थे, न्यायिक व्यवस्था में उनका विश्वास था और सामान्यतया उनके व्यवहार में ईमानदारी भी थी इसलिए हिन्दुस्तान को अपने अधिकारों की लड़ाई ब्रिटिश संविधान के अन्तर्गत ही लड़नी चाहिए। जिन्ना यह भी मानते थे कि हिन्दुस्तान प्रजातान्त्रिक ढाँचे में अभी परिपक्व रूप से ढल नहीं पाया था इसलिए स्वशासन का अधिकार तो मिले पर ब्रिटिश साम्राज्य की छत्रछाया में। उन्हें विश्वास था कि अँग्रेजों के साथ सहयोग ही अन्त में उन्हें हिन्दुस्तान छोड़ने पर मजबूत कर देगा। इन विचारों के कारण वो सविनय अवज्ञा जैसे किसी भी आन्दोलन के विरोधी थे।

इन दिनों रति को अपने किसी नजदीकी की आवश्यकता बड़ी शिद्दत से महसूस हो रही थी। विवाह के बाद कुछ दिन ही गुजरे थे कि उसको अपने जीवन में छाती काली घटाएँ दिखाई देने लगीं। जिन्ना में ऐसा क्या था कि वो उनके प्रति आकर्षित हुई इसका विश्लेषण उसने अब तक नहीं किया था। इसकी कोई आवश्यकता भी नहीं थी पर निश्चित रूप से उनकी बुद्धिमत्ता प्रतिष्ठा और सामाजिक प्रसिद्धि ने उसे जिन्ना का प्रशंसक बना दिया था। इन सभी पक्षों में कोई कमी तो नहीं हुई थी पर धीरे-धीरे राजनीतिक हलचलों का केन्द्र कहीं और केन्द्रित हो चला था। जिन्ना का इस केन्द्र से सैद्धान्तिक विरोध उनकी चमक पर आघात करने लगा था। जिन्ना इस परिवर्तन का बहुत संयम और बहादुरी से सामना कर रहे थे। लेकिन ये स्थितियाँ उनके व्यक्तित्व पर असर कर रही थीं। यह दिखाई भी दे रहा था। इन दिनों जिन्ना के घने काले बालों में सफेद गुच्छों की वृद्धि तेजी से प्रारम्भ हो गयी थी। मूँछों पर जब यह असर ज्यादा हुआ तो उन्होंने अपनी आकर्षक मूँछों से लगाव खत्म कर लिया। उनके मन के उद्वेगों का पूरा एहसास रति को था। रति ने विवाह के साथ ही अपने आपको जिन्ना के अन्दर समाहित कर दिया था। उसके दिल की एक-एक

धड़कन का एहसास रति का दिल महसूस कर लेता था। इन बदलती परिस्थितियों के लिए वो अपने आपको दोषी मान उठती। शायद उसके सितारे जिन्ना के सितारों पर भारी पड़ रहे थे। दिन के अकेलेपन में अवसाद भरे ऐसे विचार उसे उदासी के सागर में डुबो देते।

शायद समाचारपत्र में छपी थी फोटो, बिना मूँछों वाले जिन्ना का चित्र देख पद्मजा ने रति को छेड़ते हुए बधाई दी और लिखा—"तुम जैसी पत्नी को पा कर लगता है मिस्टर जे ने मूँछ एठने का सपना ही छोड़ दिया, क्या इसीलिए मूँछ मुँडवानी पड़ी। कुछ भी कहो मूँछ उन पर फब्ती थी। उदासी भरे अवसरों पर मिले पत्र रति को अवसाद से मुक्ति प्रदान कर देते। पद्मजा का यह पत्र पढ़कर वो हँस पड़ी और तुरन्त जवाब लिखा—

"जे बिना मूँछ के भी उतने ही आकर्षक हैं जितने मूँछ के साथ दिखाई देते हैं। इस मामले में तो वो आजाद ही हैं क्योंकि मुझसे पूछा होता तो मैं कभी उन्हें मूँछ साफ न करने देती। तुम जरा याद करना उनके लिए ऐसा करना सम्भव कैसे हुआ? उनसे विवाह ही मैंने इस शर्त पर किया था कि मेरी अनुमति के बिना वो अपने बालों से कोई छेड़छाड़ नहीं करेंगे....।

आर्लेली और लोफर और बक्शी सर वाल (श्वान) तुम्हें अपनी शुभकामनाएँ भेजते हैं।" (रति का पत्रांश पद्मजा के नाम)

इस छोटे पत्र के बाद रति ने उसे एक लम्बा पत्र लिखा—

"तुम मुझसे मजेदार पत्र की अपेक्षा रखती हो। तो सुनो

क्षमाशान्त का इरादा तुम्हारे माता-पिता के जीवन से प्रेरणा लेकर एक नाटक लिखने का है लेकिन न तो वो पहले को जानती है न दूसरे को समझ पाती है तो वो इस बारे में मुझसे मार्गदर्शन चाहती है। मेरे मन में यह मजेदार विचार आता है कि उससे कह दूँ कि दरअसल कविता रचते हैं गोविंदराजुलू और अपनी उदात्त उदारता के रूप में इन कविताओं की रचनाकार के रूप में श्रेय अपनी पत्नी मतलब सरोजिनी नायडू को दे देते हैं। यह कपोल कल्पना उसे अपने नाटक में बलिदान भाव दर्शाने के लिए बड़ी उपयुक्त रहेगी!।

पिछले रविवार को फातिमा के तर्कों के कारण मैं बहुत व्यग्रता अनुभव करती रही। वो पवित्र कुरान पढ़ रही थी। मुझे सदैव लगता है कि यह ग्रन्थ पढ़ने भर के लिए नहीं, बल्कि विचार-विमर्श के लिए है। मैंने उनसे यही कहा तो बड़ी गम्भीरता के साथ उन्होंने मुझसे प्रश्न किया, पढ़े बिना कोई किसी ग्रन्थ के बारे में विचार विनिमय कैसे कर सकता है।

जो पहले जैसे सौम्य और मनोहारी नहीं रह गये हैं अब वो झुँझलाते हुए हमेशा और लगातार लोफर-उल-मुल्क को अस्थिर और खतरनाक जानवर कहते रहते हैं। मुझे लगता है कि मेरी खर्चीली आदतों के कारण वो मुझे यह एहसास कराना चाहते हैं कि वो सोने के अंडे देने वाली मुर्गी नहीं हैं। लेकिन अब तो यह सब व्यर्थ ही है

अच्छा तुम्हारी साड़ियों के बारे में, तुम्हारी पसन्द की या जैसी तुम चाहती हो ढूँढ़ पाना बड़ा कठिन है कुछ दिन पहले मेरी एक मित्र ने जरदोजी काम वाली बैंगनी रंग की एक बहुत सुन्दर साड़ी मुझे भेजी। यह उसके ऑर्डर के अनुसार बनाई गयी साड़ी थी। सहेली ने साड़ी मिलने के बाद उसे खोलकर देखने तक की जहमत नहीं उठाई। इस साड़ी पर सलमे सितारे का जैसा काम हुआ है उसके कारण ये बहुत शोख और भड़कीली लगती है। अब ये ऐसी चीज नहीं थी जो मैं अपने इस्तेमाल के लिए पसन्द करती तो इसलिए मैंने यह तुम्हारे लिए भी पसन्द नहीं की। तुम शायद यह जानती हो कि ज्यादातर मेरी साड़ियाँ मेरे कहे अनुसार बनाई जाती हैं। कई बार यह भी होता है कि दुकानदार के पास वास्तव में कुछ विशेष रूप से सुन्दर साड़ियाँ आ जाती हैं। लेकिन किसी न किसी कारण से आजकल व्यापार मन्दा चल रहा है और इन लोगों के पास कुछ अलग तरह का उल्लेखनीय संग्रह नहीं है। तुम्हें मालूम है? इंग्लैंड से वापसी के एक-दो दिन बाद नवम्बर में मैंने एक साड़ी का आर्डर दिया था चार महीने बाद भी मैं उसकी प्रतीक्षा कर रही हूँ। विश्वास रखो मुझसे जो भी अच्छा बन पड़ेगा तुम्हारे लिए मैं वो करूँगी

पीतल वाली कलाकृति कल रात आ गयी बहुत अच्छी तरह पैक की गयी थी जिसने भी यह काम किया वह बधाई का पात्र है।'' (पद्मजा के लिए 3 मार्च को रति द्वारा लिखा पत्र)

रति को दुनिया भर के शौक थे इसलिए खरीदारी उसे खूब व्यस्त रखती। साड़ियों की तो वो दीवानी थी। दुकानदारों को वो तरह-तरह के कपड़ों पर कशीदाकारी का काम अपनी रुचि और कल्पना के साथ करने का आदेश देती रहती थी। फिर पारसियों में लेस लगी साड़ियाँ पहनने का खास रिवाज़ था। रति को भी इस तरह की साड़ियाँ खूब पसन्द थीं। उसकी विशिष्ट कलात्मक पसन्द से उसकी सहेलियाँ बहुत प्रभावित रहतीं। पद्मजा ने इसी कारण उससे दो एक साड़ियाँ अपने लिए खरीदने का अनुरोध किया था। साड़ी या फिर कोई पेंटिंग या कुछ भी यदि उसकी कोई मित्र यह काम उसके ऊपर छोड़ती तो रति जरा ज्यादा सावधानी से अपनी सहेलियों की फ़रमाइश पूरी किया करती। वैभवशाली लालन पालन के बावजूद रति छोटे मोटे काम करने वालों को भी धन्यवाद देना नहीं भूलती थी अपनी इसी आदत के कारण सावधानी के साथ बाँधी गयी कलाकृति मिली तो उसका मन

खुश हो गया ऐसे में भला वो पैकिंग करने वालों को बधाई देने से कैसे चूक सकती थी।

उस दिन रति के साउथ कोर्ट में ईद दीवाली और नवरोज़ का आलम था। कितनी मुद्दतों के बाद उसकी प्रिय हमाबाई पहली बार उसके घर आ रही थीं। जस्सूबेन से मिलन के बाद बुआ से फोन पर बात-चीत का सिलसिला प्रारम्भ हो गया था। पर फोन पर बात करने में वो मज़ा कहाँ जो आमने-सामने बैठकर मिलता है। रति ने बुआ की पसन्द के पकवानों का इन्तजाम कर रखा था। उनकी अगवानी के लिए रति पोर्च में बैठ प्रतीक्षा कर रही थी। गाड़ी के बँगले में प्रवेश के साथ ही रति बेचैनी के साथ खड़ी हो गयी। कार अभी ठीक से रुकी भी नहीं थी कि उसने दरवाजा खोल दिया। फूफी को देखते ही उसकी बाँछें खिल गयीं। कार से बाहर आने भर की देर थी कि रति ने उन्हें अपनी बाँहों में भर चूम लिया। प्रतिदान के लिए जब बुआ ने रति का चेहरा अपने हाथों में लिया तो आँसुओं से नहाए उसके मुँह को देख उनकी आँखें भी भर आईं। आँसुओं की वर्षा में भीगे इस मिलन को देख वहाँ उपस्थित सेवकों के नेत्र भी सजल हो उठे, संयत होने में बुआ भतीजी को कुछ क्षण लग गये फिर हमाबाई ने भतीजी के आँसू अपने हाथों से पोंछे और दोनों ने घर के अन्दर का रुख किया। पीछे पीछे साथ आई जस्सूबेन बड़ा सा पिटारा उठाए।

सबसे पहले बुआ अपनी नतिनी का मुँह देखने को बेचैन थीं। अपनी अँग्रेज गवर्नेस की उँगली पकड़े डीना कमरे में पहले से हाजिर थी। आगन्तुक को देख हतप्रभ डीना से खिलखिलाती रति ने कहा नानी का अभिवादन करो। डीना ने मुस्कराते हुए कहा—''गुड्निंग मैम!''

''मैम नहीं नानी, ना आ आ नी।'' हँसती रति ने बच्ची के सम्बोधन में सुधार किया पर इस सुधार की प्रतीक्षा भला किसको थी। अब तक तो डीना हमाबाई की गोद में थी। नयी गोद में डीना कुछ कसमसा रही थी पर इसकी परवाह किये बिना बाई ने बच्ची को चूम चूम कर उसके गोरे गाल लाल कर दिए। और फिर पिटारे से ढेरों सौगातें निकालकर डीना के चारों ओर बिखेर दीं। भावुकता का ज्वार जब थमा और दोनों कुछ आश्वस्त हुईं तो फिर मुद्दतों बाद मिली दोनों सहेलियों की बैठक साउथ कोर्ट में जमी पेटिट हॉल वाले अन्दाज में।

शेम्पेन का घूँट भरते हुए रति ने पूछा—''पापा क्या अब तक उतने ही नाराज हैं?'' —''जो नाराज हैं उनकी बात छोड़ो भाभी की आँखें जब तब तुम्हारी यादों को लेकर भर आती हैं। तीनों पुत्र उनकी आँखों के आगे हैं पर तुम्हारी जगह तो खाली है ना। भाभी यह सोच सोच कर रोती हैं कि तुम्हारी शादी के लिए उनके

अरमान अरमान ही बनकर रह गये। पेटिट हॉल के सारे हालचाल के बाद बातें साउथ कोर्ट की ओर घूमीं। रति ने जिन्ना के तारीफों के पुल बाँध दिए। जब छेड़ने के इरादे से हमाबाई ने हँसते हुए पूछा कि हमारे दामाद ने अपनी दुल्हन को कुछ उपहार भी दिया या केवल प्रेम के बहाने हमारी बेटी को बिना खर्च किये ब्याह लिया। रति की हँसी खनक उठी और बोली—"चलो दिखाती हूँ कितने शौक से मेरे नखरे उठा रहे हैं।" अपने कमरे में पहुँच रति ने जब अपना जेवरों का ज़खीरा दिखाया तो रईस हमाबाई भी चकित रह गयी उसकी खुशी का ठिकाना न रहा।

हँसी-ठहाकों के बाद बात रति की उलझन पर उलझी। रति ने जब जिन्ना के राजनैतिक जीवन में नित्य उभर रही बाधाओं और काँटों की व्याख्या की तो बुआ उदास रति को देख गम्भीर हो गयीं। उसे ढाढ़स बँधाते हुए वो बोलीं—"राजनीति रोज़ बदलती है, गाँधीजी के कारण आम सामान्य नागरिक और नि:सहाय गरीब मजदूर किसान भी राजनीति से जुड़ गया है। उनके प्रभाव से यह वर्ग बहुत जोश में है पर यह जोश बना रहेगा, कहना मुश्किल है। ये ठीक है कि गाँधीजी हिन्दुस्तान के बहुसंख्यक आम और खास वर्ग के सर्वमान्य नेता के रूप में मान्य हो चुके हैं पर जिन्ना की जो स्थिति सम्भ्रान्त और विद्वत समाज में थी वह अब भी अक्षुण्णा है। जिन्ना की प्रसिद्धि और व्यक्तित्व का आकर्षण नौजवानों के लिए प्रेरणादायी स्थान रखता है।" बुआ की दिलजमई भरी बातें सुन वो खिलखिला कर बोली—"कौन परवाह करता है राजनीति की? आज की परिस्थितियों में 'जे' राजनीति में सबसे ऊँचे दायित्व उठा चुके हैं। आगे भी किसी एसेम्बली में जाना उनके लिए मामूली खेल होगा। जहाँ तक देश में स्वराज की लड़ाई की बात है तो वो पूरे जी जान से इसमें शामिल रहेंगे और इस लड़ाई में उनकी हिस्सेदारी को कोई रोक नहीं सकता।" कितने दिनों के बाद बुआ से मिलना हुआ था रति ने अपनी तनाव और आशंकाग्रस्त बातों का रुख लन्दन यात्रा की खुशगवार स्मृतियों की ओर मोड़ दिया वो विवाह के बाद बुआ से पहली मुलाकात के सुखद मिलन को बोझिल नहीं बनाना चाहती थी।

जिन्ना को मालूम था हमाबाई घर आएँगी उनके लिए कई उपहार दोनों ने एक साथ पसन्द कर खरीदे थे। शाम को लॉन में बैठ डीना के टूटे फूटे शब्दों में पूछे सवालों का जवाब देते जिन्ना दिन भर की थकान अपने ड्रिंक के सुपुर्द कर रहे थे। पिता पुत्री की इन अठखेलियों को मुस्कराहट के साथ प्रशंसा करती रति भी जिन्ना का साथ दे रही थी। पुत्री के साथ व्यस्त जिन्ना ने रति से पूछा—

"तो बुआ ने भाई के आदेश की अवमानना कर ही डाली! कैसी रही आपकी मुलाकात?"

"बहुत अच्छी, कितने दिनों बाद मुझे खुलकर बोलने का अवसर मिला।"

''जनाब आपको इस घर में खुलकर बोलने से किसने रोक रखा है?''

''इस घर में? कौन है इस घर में जिस से मैं अपने मन की बात कर सकूँ?''

''हाँ ये सवाल आपका बिलकुल वाजिब है लेकिन मेरा ख्याल है कम-से-कम एक व्यक्ति तो है जिस से आप सब कुछ बिना किसी संकोच के बोल बतिया सकती हैं और वो व्यक्ति इस समय आपके सामने बैठा है मुहम्मद अली जिन्ना एस्क्वायर।''

''इसमें क्या शक इस एस्क्वायर के बल पर ही तो मैं जिन्दा हूँ। लेकिन जब बात करने का मुद्दा ही एस्क्वायर हों तब क्या किया जाए?''

''मैम आप जानती हैं मुझे दकियानूसी तौर-तरीक़े बिलकुल पसन्द नहीं हैं आप मेरे बल पर नहीं अपने बल पर जिन्दा हैं। आपमें क्या नहीं है जो मुझमें है। आपसे विवाह का फैसला मैंने इसी गुण को देखकर लिया था। रति मेरी छाया बनकर नहीं अपनी खुद की शख्सियत के बल पर मेरा साथ निभाएँगी। और हाँ मुद्दा एस्क्वायर हों तब भी आप एस्क्वायर के समक्ष निःसंकोच दिल खोल सकती हैं।''

''यू डिज़र्व अ पैशनेट किस राईट नाउ।''

''सोच लीजिये अब जो बताने जा रहा हूँ उसे सुनकर आपको पछताना न पड़े।'' जिन्ना ने अपनी पत्नी को मुस्करा कर देखा और फिर बोले—''मैंने काँग्रेस की सदस्यता से इस्तीफा दे दिया।''

''अब तो आवेग दुगना होगा।''

''मतलब आप मेरे फैसले से सहमत हैं?''

''पूरी तरह बल्कि मैं तो इसी उलझन में थी कि आप ये फैसला ले क्यों नहीं रहे। जिस तरह आपका विरोध हुआ उसके बाद उस संगठन में रहने का कोई अर्थ नहीं रह जाता। विरोध तो स्वीकार है पर विरोध का ढंग मुझे बिलकुल स्वीकार नहीं।''

''यू टू डिजर्व द सेम इन रिटर्न।''

रति खिलखिलाकर हँस पड़ी और बोली फिलहाल डिनर हम लोगों का इन्तजार कर रहा है। इतने तनाव को हँसी के सुपुर्द करते हुए पति-पत्नी उठे और भोजन कक्ष की ओर चल दिए।

आज की रात रति की आँखों से नींद गायब थी। जिन्ना द्वारा काँग्रेस से त्याग पत्र को उसने सही निर्णय माना था पर सही निर्णय होने पर भी यह निर्णय उसकी नींद के लिए दुश्मन बन गया। भले काँग्रेस वर्ष में तीन दिनों का तमाशा हुआ करती थी पर इस तमाशे की प्रतीक्षा साल भर रहती थी। इस तमाशे में शामिल जमीदारों ताल्लुकेदारों और कुछ धनीमानी लोगों को छोड़ दें तो शेष उपस्थित प्रबुद्ध वर्ग के

लिए यह अवसर सरकार से गम्भीर संवाद का अवसर होता था। सरकार भी एक सीमा तक इस सम्मेलन को महत्त्व देती थी। पहले जिन्ना ने रौलेट बिल के विरोध में एसेम्बली से इस्तीफा दिया। पेरिस पीस कान्फ्रेंस में अँग्रेजों ने उन्हें शामिल नहीं किया, लन्दन में उन्हें राजनीतिक उपेक्षा मिली। होम रूल लीग से वो अलग हुए अब काँग्रेस से भी नाता टूट गया। रति ने जबसे जिन्ना के साथ नाता जोड़ा था तब से जिन्ना के सार्वजनिक जीवन के मार्ग में काँटे उगने लगे थे। क्यों? आखिर ऐसा क्यों हो रहा था? रति का मन उद्विग्न हो उठा नींद आँखों से कोसों दूर थी। उसने साइड लैम्प जलाया। बगल के पलँग पर जिन्ना शान्ति के साथ नींद में डूबे हुए थे। घड़ी देखी रात्रि का एक बज रहा था उसने एक कविता संग्रह उठा लिया। वो पुस्तक के पृष्ठ पर पृष्ठ पलटने लगी; बेचैनी उसे किसी कविता पर रुकने नहीं दे रही थी, लेकिन अर्नाल्ड की एक कविता पर वह रुक गयी—

हे प्रियतम!
यह सत्य उजागर हो, हम दोनों के समक्ष,
यह विश्व देख ऐसा लगता
ज्यों बिछी हुई हो स्वप्न-धरा, हम सबके नैनों के समक्ष,
कितनी विभिन्न, कितनी सुन्दर, कितनी नूतन।
पर हाय! सत्य कुछ और; न दिखता हर्ष, प्रेम ना ही प्रकाश
निश्चिन्त भाव ना, शान्ति भाव ना, पीड़ा हरने का प्रयास,
और लगता मानो हमसब हैं उस जगह,
तिमिर के मध्य दुःख से आच्छादित, संघर्ष युद्ध के चक्रव्यूह वाले भ्रम की रौ में,
जिस जगह,
अबोध वाहिनी भिड़ती हों, हा! रजनी में।

मैथ्यू अर्नाल्ड की इन पंक्तियों को वो दोहराने लगी। इन पंक्तियों का अर्थ उसे शान्ति दे रहा था। कविता की पंक्तियों को दोहराते दोहराते जाने कब उसकी आँख लग गयी। सुबह जब उसकी नींद टूटी तो जिन्ना कोर्ट के लिए तैयार हो चुके थे। उसने पूछा—"आप तैयार हो गये और मुझे उठाया भी नहीं?"

"आपकी आँख शायद सुबह लगी। रात में तो आप सोई नहीं, इसलिए मैंने आपको उठाया नहीं।" जिन्ना ने जवाब दिया।

"आपको कैसे मालूम मैं रात में सो नहीं पाई?"

"जब दो जिस्म एक जाँ हो जाएँ तो मालूम नहीं करना पड़ता।"

रति ने प्रेम और सम्मान भरी नजरों से पति को निहारा, और बोली—"आप इतनी आसानी से मुश्किलें कैसे झेल लेते हैं?"

"मुश्किलें इतनी मिलीं कि हर मुश्किल अब आसाँ हो गयी। मैम बहुत सारी

मुश्किलें मेरा कोर्ट में इन्तजार कर रही हैं इसलिए मुश्किलों में मशगूल रहने का आनन्द मैं नहीं ले सकता।'' जिन्ना मुस्कराते हुए बाहर निकल गये।

रति ने एक सिगरेट सुलगाई और गहरा कश लेकर रात के बारे में फिर सोचने लगी। उसे ध्यान आया अब अकसर उसे नींद परेशान करने लगी थी। उसने फिर पास रखा काव्य-संग्रह उठाया। सिगरेट के कश लेते हुए वो फिर अर्नाल्ड की कविता दुहराने लगी—

यह विश्व दिखाई यों देता/ज्यों बिछी हुई हो स्वप्न धरा हम सबके नैनों के समक्ष/ कितनी विभिन्न, कितनी सुन्दर, कितनी नूतन।/पर हाय सत्य कुछ और! न दिखता हर्ष, प्रेम ना ही प्रकाश/निश्चिन्त भाव, ना शान्ति भाव, ना पीड़ा हरने का प्रयास।

उसके मन की पीड़ा बाँटनेवाला कोई भी तो नहीं था! नहीं, जिन्ना था; पर पीड़ा का कारण तो वो स्वयं था और न जाने कितनी पीड़ा उसने अपने अन्दर समेट रखी थी। अपने अन्तस में इस विष को धारण करने का मन्त्र उसे मालूम था, लेकिन वो अपने मन की उथल-पुथल बाँटना चाहती थी। सब कुछ, सब कुछ किसी को सुनाकर अपना मन हलका करना चाहती थी पर कौन था ऐसा? जिससे वो अपना मन साझा कर पाती, कौन? कौन? कौन? हाँ एक है! रति उठी और उसने कानजी को फोन लगाया। मन के रहस्यों आत्मा के गुण और शक्ति पर कानजी सदैव उसे कुछ नया ज्ञान देता। अलौकिक शक्तियों पर उसकी चर्चा रति को हमेशा नयी शक्ति प्रदान कर देती थी। कानजी ने दोपहर के खाने के बाद आने का वादा किया रति ने इसरार किया कि खाना वो उसके साथ साउथ कोर्ट में ही खाए पर कानजी कहीं व्यस्त था। रति के साथ परिचय प्रगाढ़ हो जाए तो यह सम्बन्ध रति के भोज आमन्त्रण के इसरार से प्रकट हो जाता था। कानजी जानता था कि बम्बई का शायद ही कोई विशिष्ट रति के आमन्त्रण से बच पाया हो। श्रीमती बेसेंट जैसी कभी-कभी बम्बई आने वाली विभूति भी जो बहुत मुश्किल से किसी का आमन्त्रण स्वीकार करती थी। रति का आमन्त्रण कई बार स्वीकार कर चुकी थीं। रति से उनकी बहुत प्रगाढ़ता थी। श्रीमती बेसेंट रति को बहुत पसन्द करती थीं और ऐसे बहुत कम लोग थे जिनका भोज निमन्त्रण वो स्वीकार कर लें। लेकिन रति उनके लिए विशेष थी।

कानजी अपने वादे के अनुसार दोपहर बाद तीन बजे साउथ कोर्ट में हाजिर था। आलीशान बैठक के भारी सोफे पर दोनों आमने-सामने बैठे। प्रारम्भिक हलकी फुल्की बातचीत के बाद रति मुद्दे पर आ गयी। कानजी से अभी उसकी ऐसी घनिष्ठता नहीं हुई थी कि अपने मन के प्रश्न नि:संकोच प्रकट कर दे इसलिए उसने बहुत सावधानी के साथ अस्पष्ट बातें शुरू कीं वो बोली—"आज मुझे ठीक से नींद नहीं आई रात में बेचैनी बहुत थी सुबह भी उदासी ने घेर रखा था सोचा तुम्हें बुलाऊँ

तुम मेरी उदासी को शायद कम कर सको।'' कानजी ने गम्भीरता से कहा ''उदासी का कोई कारण होगा कारण दूर कर लीजिए।''

''बात इतनी आसान नहीं है कानजी, शायद उदासी का कारण मुझे मालूम नहीं है।''

''मैम साधारण उदासी तो रोज़मर्रा का किस्सा होती है पर उदासी रात की नींद उड़ा दे तो ज़रूर उसका कारण आपके जीवन से जुड़ा होगा।'' कानजी ने जवाब दिया। रति अपने पति के जीवन में उभर रही आँधी का कोई सूत्र कानजी को नहीं देना चाहती थी उसने फिर कुछ साफ-साफ कहने के बजाय पूछा—

''जीवन में हर तरह की खुशियों के बाद भी इन्सान बेचैन क्यों हो जाता है उदासी उस पर क्यों हावी हो जाती है?''

कानजी ने कहा—''आपका सवाल दिलचस्प है, आपके इस सवाल का जवाब श्रीमती बेसेंट ने अपनी पुस्तक थियोसोफ़ी में दिया है; वही सुनाता हूँ 'अनुभूति और इच्छा व्यक्ति में उसकी भावनात्मक प्रकृति के कारण उत्पन्न होती है। यह अनुभूति वाह्य संसर्गों के कारण उत्पन्न होती है, इन्हीं संसर्गों के परिणाम से हर्ष या विषाद की अनुभूति उत्पन्न होती है। उसके कारण ही कामना या आकांक्षा का जन्म होता है, मैम जब हमारी इच्छा, कामना या आकांक्षा पर कोई गहरा आघात होता है तभी हमें गहरी उदासी घेरती है। अब यह आपको ढूँढ़ना होगा कि आपकी किस कामना पर आघात पहुँचा है। यह कामना किस के संसर्ग के कारण उत्पन्न हुई। यह पता चल जाए तो उस संसर्ग को समाप्त कीजिए और अपनी उसकामना पर विजय प्राप्त कीजिये बस उदासी दूर हो जाएगी।''

रति मुस्कराई और बोली—''आप तो पूरे दार्शनिक हैं पर श्रीमान दार्शनिक ये जो आप ने इतनी आसानी से कह दिया कि संसर्ग समाप्त कर लीजिए अपनी कामना पर विजय प्राप्त कीजिए। क्या यह आपके कहने जितना आसान है?''

''नहीं बिलकुल नहीं मैम, यदि समस्या गहरी है तो समाधान के लिए आप ध्यान योग का सहारा लीजिए।''

'' कौन सिखाएगा योग?''

''मैं दो-चार दिनों में कुछ पुस्तकें आपको दूँगा। आप उन्हें पढ़िए, सम्भव है आप पढ़कर ही योग का अभ्यास करने लग जाएँ अन्यथा अच्छा होगा आप मद्रास जाएँ और वहाँ थियोसोफ़ी केन्द्र में रहकर इस विषय में विशेष अध्ययन करें।'' कानजी ने सुझाव दिया।

रति को सुझाव पसन्द आया। इस गम्भीर विषय के बाद बातें कविताओं की ओर घूम गयीं। कानजी शैली, कीट्स, वड्र्स वर्थ आदि तमाम कवियों की कविताएँ रति को सुनाता रहा। जब उसका ध्यान घड़ी पर गया तो पाँच बज रहे थे। घड़ी ने इस

काव्य संध्या की शाम कर दी। रति ने कानजी को रुकने के लिए बहुत कहा। रात में भोजन के बाद जाने के लिए इसरार किया पर कानजी व्यस्त था। इस मुलाकात से रति को कुछ शान्ति तो मिल गयी थी उसके मन में घुट रही व्यथा को आंशिक ही सही पर मुक्ति मिली थी। उसे लगा अब वो कुछ समय डीना के साथ गुजरेगी तो उदासी बिलकुल समाप्त हो जाएगी। उसके बाद वह शाम माँ बेटी के खेल और किलकारियों से गूँज उठी।

गाँधीजी के कार्यक्रम स्वीकार करने के बाद केवल जिन्ना ने ही काँग्रेस से इस्तीफा नहीं दिया। बी. सी. पाल, जी. एस. खापर्डे और श्रीमती एनी बेसेंट ने भी इस्तीफा दिया। श्रीमती बेसेंट तो प्रारम्भ से ही गाँधीजी के आन्दोलन से जुड़े विचारों के विरुद्ध थीं। काँग्रेस के इस अधिवेशन के फैसले पर टिप्पणी करते हुए उन्होंने कहा—''भीड़ क्रान्ति तो कर सकती है पर देश का निर्माण नहीं कर सकती।'' वो भीड़ की शक्ति के भय से सरकार को मजबूत करने की प्रवृत्ति को देश हित में खतरनाक मानती थीं। श्रीमती बेसेंट यह जान चुकी थीं कि काँग्रेस अब पूरी तरह गाँधीजी के प्रभाव में थी। ऐसी स्थिति में वहाँ मंच से खड़े होकर गाँधीजी को ललकारना व्यर्थ था। थोड़े से दिनों में ही गाँधीजी की कार्य प्रणाली से वो उन्हें तानाशाह मान चुकी थीं। आपसी बातों में बेसेंट गाँधीजी के लिए कठोर शब्दों से परहेज नहीं करती थीं। अपने एक पत्र में उन्होंने कानजी को लिखा कि गाँधीजी दिन प्रति दिन पागलपन की नयी सीमाएँ छूते जा रहे हैं। बेसेंट का दृढ़ विश्वास था कि गाँधीजी का आन्दोलन अहिंसक रह ही नहीं सकता। न्यू इंडिया पत्र में ऐसे आन्दोलन पर टिप्पणी करते हुए उन्होंने कहा कि यदि आन्दोलनकारी पत्थरबाजी करें तो पुलिस को इसका जवाब गोलियों से देना चाहिए। यद्यपि ऐसे उत्तेजनात्मक बयानों के कारण श्रीमती बेसेंट को तीव्र भर्त्सना का सामना करना पड़ा। इन स्थितियों में देश किसी दूसरे विचार के लिए स्थान ही नहीं छोड़ रहा था। गाँधीजी ने काँग्रेस को जनसामान्य से जोड़कर इस संगठन में ऐसा उत्साह भर दिया था जो उन्माद की सीमा को छूने लगा था। इसके बावजूद जिन्ना ने काँग्रेस के खुले मंच से पूरी हिम्मत और बहादुरी के साथ गाँधीजी के मार्ग को गलत ठहराया। भीड़ द्वारा उत्पन्न व्यवधान और व्यंग्यात्मक छींटाकशी उसे डिगा नहीं पाई पर अब वो भी ऐसे संगठन में रहने का कोई औचित्य नहीं देख रहा था जहाँ बातचीत की गुंजाइश ही समाप्त हो गयी हो। जिन्ना और काँग्रेस के बीच उत्पन्न खाई ब्रिटिश सत्ता को वरदान प्रतीत हुई और उन्होंने इस खाई को ज्यादा गहरा और चौड़ा करने पर काम शुरू कर दिया।

जिन्ना ने राजनैतिक झंझावात के इस दौर में कोर्ट से अपनी मित्रता में वृद्धि कर ली। वकालत में पैसा बरस रहा था। वो जिस मुवक्किल के लिए अदालत में खड़े हो जाएँ उसकी जीत निश्चित हो जाती थी। शासकीय अमलदारी में भी उनका महत्त्व पूर्ववत कायम था। क्लब के मित्रों को उनका बेसब्री से इन्तजार रहता था। इन दिनों वो शतरंज कुछ ज्यादा खेलने लगे थे। ऐसी ही एक खुशगवार शाम जब जिन्ना शतरंज की प्रत्येक बाजी लगातार जीतते रहे तो खुश होकर उठे और इस खुशी को बार में 'सेलिब्रेट' करने लगे। मित्रों के साथ जाम का जी भरकर आनन्द लेने के बाद रति के साथ रात में सोई सड़क को कार के टायरों से रौंदते हुए साउथ कोर्ट की ओर चल दिए। रति ने कहा—"आज तो आप कुछ ज्यादा मूड में हैं।"

"हाँ आज मैं खुश हूँ।"

"चार बाजी शतरंज की जीत गये और इतने खुश हो गये?"

"चार नहीं पाँच! पहली बाजी आज रामसे मेक्डोनाल्ड के साथ कोर्ट में जीत चुका था।"

"मेक्डोनाल्ड कोर्ट में क्या कर रहे थे?"

"मुझे चारा डाल रहे थे।"

"पहेलियाँ मत बूझिये साफ साफ बताइये।"

"आज जज के चेम्बर में मेक्डोनाल्ड से मुलाकात हुई; बड़ी सूझबूझ से उन्होंने इस मुलाकात की रचना की थी ताकि ऐसा लगे मानो हम दोनों वहाँ अनायास ही मिल गये हों। घुमा फिराकर उन्होंने जो बात की उसका मकसद सिर्फ इतना था कि मैं हिन्दुस्तान की राजनीति में ब्रिटिश हुकूमत का दोस्त बन जाऊँ, रैमज़े ने कहा कि बहुत शीघ्र ब्रिटिश हुकूमत हिन्दुस्तान में गवर्नर जैसे पदों पर हिन्दुस्तानियों को अवसर देने की बात सोच रही है और मेरे लिए बहुत अच्छी सम्भावना है।"

"ओह...; तो फिर।"

"फिर क्या? आप बताइए? श्रीमती गवर्नर कहलाना पसन्द करेंगी?"

"सताइए मत; आपने क्या जवाब दिया?"

"मैंने कहा मैं तो गवर्नर बन जाता पर मेरी प्यारी पत्नी रति श्रीमती गवर्नर कहलाना बिलकुल पसन्द नहीं करेगी। इसलिए आप इस भ्रम में न रहें कि जिन्ना की खुद्दारी खरीदी जा सकती है। यह व्यक्ति जिससे आप मुखातिब हैं बिकाऊ नहीं है ये आदमी अपने मुल्क के लिए कुर्बान हो जानेवालों में से है।"

जवाब सुन गाड़ी ड्राइव करते जिन्ना के साथ रति ने जो किया उसके कारण कार सड़क पर खूब लहराई। गनीमत थी कि देर रात का वक़्त था और साउथ कोर्ट की ओर जाने वाली सड़क एकदम सुनसान। आज वास्तव में जिन्ना खुश थे। रात में बिस्तर में जाने से पहले भारी कोच में बैठ वो अपने मनपसन्द सिगार का आनन्द ले

रहे थे। रति ने भी हाथी दाँत के नाजुक होल्डर में फँसी सिगरेट जला ली। जिन्ना ने कुछ सोचते हुए कहा—''गाँधीजी के साथ मुश्किल यह है कि उनके निष्कर्ष बदलते रहते हैं। उन्होंने इंडियन रिफोर्म्स एक्ट की घोषणा के साथ स्वागत करते हुए कहा कि इससे प्रत्येक हिन्दुस्तानी को सन्तुष्ट हो जाना चाहिए। उन्होंने सुधार को लागू करने के लिए लोगों से सहयोग का आह्वान भी किया। अब वो इसके विरुद्ध हैं और सविनय अवज्ञा पर अड़ गये हैं। कुछ दिन पहले उन्होंने सहयोग की बात की और अब पूरे असहयोग की बात कर रहे हैं।''

''आप तो मानते हैं ना कि ये आन्दोलन अनुचित हैं?''

''मैं मानता हूँ? जरा आप ही सोचिए वो जो कह रहे हैं वो सम्भव है? उन्होंने एसेम्बली, अदालतों और स्कूल कॉलेजों के बहिष्कार का आह्वान किया है। हमने सरकार को मजबूत किया और वर्षों की लड़ाई के बाद हमें एसेम्बली में प्रतिनिधित्व मिला। शिक्षा सबके लिए सुलभ हो यह लड़ाई हम सब लड़ते आ रहे हैं। अभी मुट्ठी भर लोगों को ही शिक्षा नसीब हो पा रही है, और गाँधीजी कह रहे हैं कॉलेज छोड़ दो स्कूल का बहिष्कार कर दो। और सोचिये अदालतों का बहिष्कार करके हम पूरे देश में अराजकता नहीं फैला देंगे? अपराधियों के मुकदमे हैं घर जमीन जायदाद दीवानी के सैकड़ों मुद्दों के झगड़े हैं। अदालतों का बहिष्कार कर देंगे तो लोग आपस में लड़ मरेंगे।

''गाँधीजी ने तो खुद वकालत की थी, सुना है कई मुकदमे उन्होंने अदालत के हस्तक्षेप के बिना सुलझा लिए थे?''

ठीक सुना है आपने, यह ठीक है गाँधीजी भले इन्सान हैं। लोग अदालतों में धक्के खाएँ इससे कहीं बेहतर है कि आपस में मिल बैठकर झगड़े सुलझा लें, लेकिन मैम यह आदर्श स्थिति है। प्रत्येक व्यक्ति आदर्श नहीं होता और स्वार्थ आँखों पर पट्टी बाँध देता है, ज्यादातर मजबूती में ही लोग अदालतों की शरण लेते हैं।

''लेकिन पहले भी तो लोग पंचायत में झगड़े सुलझा लेते थे?''

''वो बहुत अच्छा तरीका था, लेकिन अब दुनिया बदल गयी है। ये उस जमाने में ही सम्भव था। आज हम गुजरा वक्त वापिस नहीं ला सकते। वक्त का पहिया बहुत तेजी से घूम चुका है। गाँधीजी इसे उलटा घुमाना चाहते हैं कारखाने का बना कपड़ा मत पहनो हिन्द स्वराज में तो अपने विचार व्यक्त करते हुए उन्होंने नये जमाने के सभी साधनों को रद्द कर दिया अस्पतालों को उन्होंने शैतान के उपकरण मानकर व्यर्थ करार दे दिया। प्रत्येक मशीन द्वारा उत्पादित सामान का विरोध किया आज के समस्त दुःख का कारण उन्होंने नये जमाने के माथे मढ दिया। मैम, आदर्श रूप में भी अब ऐसे विचार ठीक नहीं हैं। यह सम्भव नहीं कि समाज को पाँच सौ

साल पहले की दुनिया में पहुँचा दिया जाए। सामान्य तो छोड़िए गाँधीजी के पटु शिष्य भी उनकी तरह का त्यागमय जीवन नहीं अपना सकते। आदर्श एक चीज है व्यावहारिकता दूसरी। मैं गाँधीजी के अव्यावहारिक विचारों से सहमत नहीं हूँ।''

रति ने ताली बजाते हुए कहा—''आप बिलकुल ठीक हैं पर आपकी कठिनाई यह है कि आप अपनी बात आम लोगों तक पहुँचा नहीं पाए।''

''सामान्यतया तर्कपूर्ण विचार भीड़ को प्रभावित नहीं करते भीड़ को खुश करना एक दूसरी कला है।''

''आपका मतलब खेड़ा और चम्पारन में गाँधीजी भीड़ को खुश कर रहे थे?''

''नहीं हरगिज नहीं। दोनों जगह गाँधीजी की लड़ाई बिलकुल न्यायपूर्ण थी। बात उनके तरीके की है। भीड़ को जब नियम तोड़ने का औचित्य और हिम्मत दे दी जाती है तो समाज में व्यवस्था समाप्त हो जाती है। भीड़ के लिए सभी नियम कायदे अर्थहीन हो जाते हैं और फिर ऐसी अव्यवस्था उत्पन्न होती है जिसमें शक्तिशाली निर्बलों का शोषण कर डालता है। हम ब्रिटिश गुलामी के विरोधी हैं पर यह लड़ाई हमें व्यवस्था कायम रखते हुए लड़नी होगी।''

''लेकिन आप लगातार मैदान छोड़कर पीछे हट रहे हैं। होम रूल आपने गाँधीजी के सुपुर्द कर दी फिर काँग्रेस से इस्तीफा देकर अलग हट गये। जबकि आपको गाँधीजी को अपने विचारों का कायल करना चाहिए था। गाँधीजी से दूरी बनाकर आप उन्हें कैसे बदल सकते हैं। इन स्थितियों को बदलने के लिए आपको गाँधीजी से संवाद बनाए रखना चाहिए। और अपने विचार लोगों के बीच पहुँचाने चाहिए।''

''आपसे विवाह के अपने निर्णय पर मुझे हमेशा गर्व महसूस होता है। आप ठीक कह रही हैं। अपने स्वाभिमान को बरकरार रखते हुए मैं आपकी सलाह पर अमल की कोशिश करूँगा। और हाँ लोगों को अपने विचार से अवगत कराने के कोई अवसर नहीं छोड़ूँगा।'' जिन्ना ने इस निश्चय के साथ 'द बोम्बे क्रोनिकल' में ख़िलाफ़त और असहयोग आन्दोलन को व्यर्थ सिद्ध करते हुए एक लेख लिखा।

जिन्ना सभी सार्वजनिक मंचों से अलग हो गये थे। अपनी भावनाओं को अपने आपमें जज़्ब करने का अद्‌भुत गुण जिन्ना में था। व्यस्तता के लिए उनके पास मुकदमों की फ़ाइलें थीं। सार्वजनिक मंचों से भले वो दूर हो गये थे पर राजनैतिक क्षेत्रों में उनका महत्त्व अब भी ज्यों का त्यों था। बिना उतावली के वो उचित अवसर की प्रतीक्षा में थे। अपने मन की इस ऊहापोह को वो दुनिया से अदृश्य रख सकते थे पर रति से नहीं। जिन्ना के दाम्पत्य जीवन में पूर्ववत उल्लास अब भी था। रति के साथ यदा-कदा वो अब भी ठहाका लगाते थे। निजी क्षणों में मुस्कराहट अब भी

उनके होंठों पर वैसे ही थिरकती रहती थी पर रात में अपना आखिरी सिगार पीते हुए उनके मन में जो तूफ़ानी समुद्र मचलता था रति उसकी हिलोरें सुन लेती थी। जिन्ना एकाकी थे उन्हें अपने अकेलेपन से बेपनाह मोहब्बत थी अब तक उनका कोई भी ऐसा मित्र, परिचित या सम्बन्धी नहीं था जिसने जिन्ना के इस एकान्त के सन्नाटे में दखलन्दाजी की हो। रति अपवाद थी और यह राज वह जानती थी इसलिए जब जिन्ना अपने एकान्त क्षणों में खोए हों तब रति उनके इस विचार मंथन में कोई व्यवधान नहीं डालती थी। एक राज़ उसके सीने में भी था जिसे जिन्ना नहीं जानते थे। यह राज था पति के तनाव और उद्वेग के कारण उसकी अपनी नींद। यह नींद रति के लिए दुश्मन होती जा रही थी। इस बारे में जिन्ना को कुछ भी बताने का अर्थ था उनके तनाव में और वृद्धि। कानजी से वो इस बारे में कुछ चर्चा कर चुकी थी। उसे लगा कानजी के सुझाव पर अमल करना चाहिए। उसे अड्यार के थियोसोफ़ी आश्रम की यात्रा करनी चाहिए।

रति जब तक पेटिट हाउस में थी तब तक पारसी त्यौहार और अगियारी से नाता था पर साउथ कोर्ट की दुनिया राजनीति और अदालत तक केन्द्रित थी। श्रीमती एनी बेसेंट से उसका गहरा परिचय था। उनसे बातें तो बहुत होती थीं पर आमतौर से विषय राजनीति के इर्द गिर्द ही रहता था। थियोसोफ़ी के मूल सिद्धान्त वो बेसेंट के मुँह से बहुत पहले सुन चुकी थी। अब इस दर्शन को आत्मसात करने के उद्देश्य से उसने आश्रम की यात्रा निश्चित कर ली। अपने आगमन की सूचना उसने वहाँ तार द्वारा दे दी। जवाब भी उसे मिल गया कि आश्रम से कोई व्यक्ति उसे मद्रास स्टेशन पर मिल जाएगा, ताकि कोई असुविधा न हो। मद्रास की दुनिया बम्बई से एकदम अलग थी। बम्बई में अधिकांश नौकरी-पेशा लोग यूरोपियन पहनावा अपना चुके थे पर मद्रास अब भी अपनी परम्पराओं से जुड़ा था। अपनी भाषा से तमिलियनों का गहरा भावात्मक जुड़ाव था। रति डीना और उसकी गवर्नेस के साथ ट्रेन से उतरी और आश्रम से आए व्यक्ति के साथ होटल पहुँच गयी। रति सीधे आश्रम ही जाना चाहती थी वहीं रहना भी चाहती थी पर उसे बताया गया कि शायद आश्रम में असुविधा हो इसलिए उचित होगा कि वो होटल में ही रुके। होटल में तरोताजा होकर जब वह आश्रम पहुँची तो उसे ऐसा लगा मानो इस जगह से उसका जन्म जन्म का नाता था।

सुबह नित्य कर्म से निवृत्त हो उसने जिनराजदास से मुलाकात की। सामान्य शिष्टाचार के बाद रति ने बताया कि कानजी की सलाह से वो यहाँ आई है। जिनराज ने रति की जिज्ञासा और मनोदशा के बारे में उसी के मुँह से सुना। और सलाह दी कि कुछ दिन आश्रम में प्रवचन सुने। फिर जिज्ञासाओं पर विचार विनिमय आसान हो जाएगा। जब अध्यात्म से जुड़े प्रश्नों का सम्यक् उत्तर उसे मिलेगा तो उसकी उद्विग्नता स्वत: शान्त हो जाएगी। उस दिन जिनराज आत्मा और शरीर पर व्याख्यान

दे रहे थे। रति उस सभा में शामिल हुई।

''मृत्यु क्या है? जिनराज बोल रहे थे।

''मृत्यु केवल शरीर से जीवन के अलग हो जाने का परिणाम है। मृत्यु होने पर भी शरीर में भौतिक रूप से कोई कमी नहीं आती। जिन रासायनिक तत्त्वों से शरीर बना है वो सब उसमें वैसे ही उपस्थित रहते हैं पर जीवन के अलग हो जाने से शरीर निश्चेष्ट हो जाता है सारी अनुभूतियाँ, चेतना, भावनाएँ समाप्त हो जाती हैं। यह जीवन शक्ति ही होती है जो इन सामान्य रासायनिक तत्त्वों के संयोग को कुछ समय के लिए जीवित प्राणी का रूप दे देती है। जीवन शक्ति का अस्तित्व इस प्राणी में तमाम अनुभूतियों का संचार कर देता है और यह प्राणी जटिलता प्राप्त कर लेता है। सामान्य रासायनिक तत्त्वों से बने प्राणी में से जीवन शक्ति के विलग होने पर प्राणी मर जाता है पर जिस शक्ति के कारण वह जीवित था वह शक्ति अर्थात जीवन स्वयं नहीं मरता। जीवन शरीर के भौतिक रूप में प्रवेश कर स्वयं भी भौतिकता प्राप्त कर लेता है। मृत्यु के बाद जीवन अपना भौतिक रूप तो खो देता है पर अभौतिक स्थिति में इस विश्व में इस ब्रह्मांड में विद्यमान रहता है। यह जीवन शक्ति मृत्यु से पहले अपने पूर्व जन्मों के प्राणवान रूप में अनेको अनुभूतियों को ग्रहण कर अनुभवों की एक विशाल श्रृंखला अर्जित कर लेती है ये सभी अर्जित अनुभव इस जीवन शक्ति के अभौतिक रूप में संचित हुए रहते हैं।

जिस तरह इस ब्रह्मांड में किसी भी तत्त्व का नाश नहीं होता उसी तरह न जीवन शक्ति का नाश होता है न अर्जित अनुभवों के सूक्ष्म से सूक्ष्म अंश का। जब यह जीवन शक्ति पुन: नये शरीर के संयोग के साथ उसे जीवन प्रदान करती है तो इस जीवन शक्ति में पहले से संचित सभी अनुभव उस नये प्राणी को प्राप्त हो जाते हैं। इस तरह एक जन्म का ज्ञान अगले जन्म में पहुँच जाता है। यह जीवन शक्ति ही आत्मा है। सभी प्राणियों और वनस्पति की जीवन शक्ति का अपना एक पृथक् समूह होता है। नये जीवन में इसी समूह से जीवन शक्ति का एक अंश नये जीवन को प्राप्त होता है। परन्तु केवल मानवों में प्रत्येक आत्मा का अलग अस्तित्व होता है। आत्मा रुपी यह जीवन शक्ति प्रत्येक नये जन्म के संचित अनुभवों को अगले जन्म में पहुँचा देती है। मानव आत्मा अपने अनुभव अपने आपमें ही सीमित रखती है पर इसमें यह गुण भी है कि अपने अनुभव अन्य आत्माओं से भी साझा कर ले यह साझेदारी आत्मा पर निर्भर है।

एक प्रश्न उठा—''क्या आत्मा हर दशा में अपने संचित गुणों को नये जन्म में प्रदर्शित करती है।''

जिनराज ने प्रश्न से प्रसन्न होकर कहा—''जैसे बीज में एक अच्छे वृक्ष के गुण होते हैं पर यह बीज अच्छी भूमि पर पनपा तो इसमें संचित सारे गुण प्रकट हो

जाते हैं पर यदि अनुपजाऊ भूमि में पनपेगा तो शायद इसे शक्तिशाली तना भी न मिल पाए। इसी तरह आत्मा अपने गुण व्यक्ति में उसके पालन पोषण और वातावरण के अनुसार ही प्रकट करती है। आप कभी कुछ स्मरण करने की चेष्टा करते हैं पर जो स्मरण करना चाहते हैं वह स्मरण नहीं हो पाता, बहुत कोशिश के बाद भी आप याद नहीं कर पाते पर किसी समय अचानक आपकी स्मृति में वो बात आ जाती है। आपके मस्तिष्क की स्मृति में वह बात होती है पर यह मस्तिष्क की अपनी शक्ति पर है कि वह आपके मन के आदेश का पालन करे या न करे या कब करे और फिर आपने अपने मस्तिष्क को इतना शक्तिशाली बनाया है या नहीं कि वह उपयुक्त समय पर स्मरण किये हुए ज्ञान को प्रकट कर सके। यही स्थिति आत्मा द्वारा संचित ज्ञान और अनुभव के साथ होती है।''

रति आत्मा और जीवन के सम्बन्ध को जानती थी पर आत्मा के गुणों का इतना विशद विवरण उसने पहली बार सुना था। जिनराज बड़ी सूक्ष्मता और मनोरम ढंग से आत्मा की शक्ति का ज्ञान दे रहे थे। आज के लिए इतना व्याख्यान बहुत था। वो अब एकान्त में इस विवेचना पर मनन करना चाहती थी। रति किसी भी दार्शनिक या राजनैतिक सिद्धान्त को बिना अपने विश्लेषण के स्वीकार नहीं करती थी। आश्रम में वो चार दिन रही प्रतिदिन सार्वजनिक व्याख्यानों में तो वो उपस्थित रहती ही थी। शेष समय में भी जब सम्भव हो वह आश्रम के विद्वानों से आत्मा, पुनर्जन्म, अतीन्द्रिय दृष्टि, सहज प्रज्ञा, स्वप्न, चुम्बकीय मन:शक्ति जैसे विषयों पर चर्चा करती। ये धार्मिक दर्शन के गूढ़ विषय थे जिन पर गहन मनन की आवश्यकता थी। ये विषय सामान्य भक्ति जैसे सहज नहीं थे इन्हें समझने के लिए गुरु, अध्ययन और समय की आवश्यकता थी। जिनराजदास और कृष्णमूर्ति के परामर्श से उसने इन विषयों पर थियोसोफ़ी का साहित्य खरीद लिया। इन दोनों विद्वानों से उसका परिचय तो पहले से ही था इस यात्रा के साथ यह और प्रगाढ़ हो गया। यहाँ आने से उसकी उद्विग्नता कुछ कम हुई और मन को शान्ति भी मिली। उसने निश्चय किया कि वो अब अकसर यहाँ आया करेगी।

थियोसोफ़ी के रहस्यमय आत्मिक शक्ति के स्थानान्तरण से भी रति का परिचय इसी दौरे में हुआ। आत्मबल से परिपूर्ण व्यक्ति अपनी सिद्धि के बल पर किसी नग नगीने या वस्तु को अपने आत्मबल की शक्ति से आवेशित कर सकता है, आत्म बल से सिद्ध नग नगीने को दूसरा व्यक्ति अपने साथ रखे तो उसे सिद्ध व्यक्ति के आत्म बल का अवलम्ब प्राप्त हो जाता है। यह सिद्धि मैगनेटिज़्म के नाम से प्रचलित थी रति को जिनराज दास ने अपनी मंन:शक्ति से सम्पन्न नगीना दिया था उसे इस नग के धारण करने से बड़ी शान्ति और आत्मिक बल प्राप्त हुआ। जब उसने इस विषय में जिनराज दास से और पूछताछ की तो इस प्रक्रिया की कमी का

ज्ञान हुआ कमी यह थी कि मैगनेटाइज़्ड नग की शक्ति का शनैः-शनैः क्षय हो जाता था इसे पुनः आवेशित करवाने की आवश्यकता पड़ती थी।

बम्बई पहुँचकर उसने अपनी इस यात्रा का लम्बा चौड़ा विवरण जिन्ना को सुनाया। यह विषय जिन्ना की रुचि का नहीं था पर उसने पूरे मनोयोग से रति के अनुभवों को सुना। रति की इस नयी व्यस्तता पर सन्तोष और प्रसन्नता भी प्रकट की पर इन विषयों पर अपनी ओर से कोई जिज्ञासा नहीं प्रकट की। रति अपने अनुभवों पर खूब बहस मुबाहिसे की इच्छुक थी। उसके मन में कानजी पहले से ही घूम रहा था उसने शाम की चाय पर उसे निमन्त्रित कर लिया। वह शाम बहुत दिलचस्प रही। कानजी को एनी बेसेंट से आध्यात्मिक चर्चा के उसे बहुत अवसर मिले थे। अड्यार आना-जाना भी रहा और उसका अध्ययन भी बहुत अच्छा था। अतीन्द्रिय दृष्टि में उसे गहरा विश्वास था कई बार उसे ऐसा प्रतीत हुआ कि एनी बेसेंट को भविष्य की घटनाओं का भान अतीन्द्रिय दृष्टि के कारण पहले ही हो जाता था। कई बार ऐसा अनुभव उसे स्वयं भी हो चुका था।

राजनैतिक मंच की सक्रियता से उदासीनता के दो ढाई महीने ही बीते थे कि 'सर्वेन्ट्स ऑफ़ इंडिया' की पूना शाखा ने जिन्ना को भाषण के लिए आमन्त्रित किया। यह संस्था गोखले ने स्थापित की थी। उनके निधन के बाद प्रत्येक वर्ष गोखले की पुण्यतिथि पर किसी विद्वान को व्याख्यान के लिए आमन्त्रित किया जाता था। जिन्ना ने यहाँ अपने मन में मची उथल-पुथल को व्यक्त किया और अँग्रेजों की दोमुँही नीति पर कठोर टिप्पणी करते हुए कहा—"इस सरकार ने हिन्दुस्तानियों के स्वाभिमान पर चोट की है, यह सरकार हमें शासन में न्यायसंगत भागीदारी देने का वादा करती है पर जब अवसर आता है तो हमें दिखावटी पद देकर सारे अधिकार अपने पास रख लेती है। अभी जो राजनैतिक सुधारों की घोषणा हुई है उसमें क्या है? सारे अधिकार ब्रिटिश सत्ता के पास ही बरकरार हैं। जब तक हमें स्वशासन का अधिकार नहीं मिल जाता तब तक सारे सुधार व्यर्थ हैं दिखावा हैं। ये नीतियाँ हमें विरोध के लिए मजबूत करती हैं। हमारे अधिकारों का हनन हमें सरकार से मुकाबले के लिए मजबूत करता है। इन्हीं नीतियों का परिणाम है गाँधीजी का असहयोग आन्दोलन, लेकिन सरकार की गलत नीतियों की तरह विरोध के इस कार्यक्रम की अवधारणा भी गलत है यह आन्दोलन हमारी शक्ति को गलत दिशा दे रहा है। जो अन्त में विध्वंसकारी सिद्ध होगा।

मेरे मन में गाँधीजी के लिए बहुत आदर है बहुत सम्मान है पर उनका यह कार्यक्रम मुझे राजनैतिक कम आध्यात्मिक अधिक प्रतीत होता है। अहिंसा का हर

स्थिति में पालन सामान्य मानव स्वभाव के लिए असम्भव है। यह आदर्श महात्माओं के लिए भले सम्भव हो पर आम इन्सान के लिए यह मुमकिन नहीं है। अहिंसा दुनियादारी में लिप्त साधारण व्यक्ति की नैसर्गिक प्रकृति के विरुद्ध है। मैं स्वयं इस पर अमल नहीं कर सकता। मैं चाहता हूँ कि इस सरकार के विरुद्ध वास्तविक राजनैतिक विरोध की लड़ाई शुरू की जाए। ऐसे राजनैतिक विरोध में मैं सक्रिय भूमिका निभाना चाहता हूँ पर यह लड़ाई राजनैतिक सिद्धान्त पर आधारित होनी चाहिए असम्भव आदर्श पर नहीं। असम्भव आदर्श वाले इस असहयोग आन्दोलन की सफलता में मुझे पूरा सन्देह है यह अनुचित भी है और इसलिए मैं इसमें सम्मिलित नहीं हो सकता।'' इस व्याख्यान के द्वारा जिन्ना ने सार्वजनिक रूप से गाँधीजी के विचारों को स्वीकार करने से इनकार कर दिया। ऐसा नहीं था कि उन्होंने गाँधीजी के असहयोग आन्दोलन का खुला विरोध पहली बार किया था। काँग्रेस अधिवेशन में उनके भाषण पर तीखी टीका टिप्पणियाँ हुई ही थीं पर इस व्याख्यान द्वारा जिन्ना ने यह साफ कर दिया कि वह गाँधीजी के आन्दोलन में क्यों शामिल नहीं हो सकते। इन विचारों के साथ उसने 'द बोम्बे क्रोनिकल' में ख़िलाफ़त और असहयोग आन्दोलन को व्यर्थ सिद्ध करते हुए एक लेख लिखा।

जिन्ना गाँधीजी के विचारों से चाहे कितना भी विरोध रखते थे पर विरोधी विचारों का सम्मान करने की शक्ति उनमें भरी हुई थी। अपने ऊपर हमलों से वो घबराने वाले व्यक्ति नहीं थे। क्रोनिकल में उनके लेख के जवाब में मौलाना मोहम्मद अली ने एक लम्बा लेख क्रोनिकल को भेजा यह लेख किस्तों में प्रकाशित हो रहा था। प्रत्येक किस्त में मौलाना जिन्ना के विचारों को असंगत ठहरा रहा था। रति ने इस लेख की दो तीन किस्तें पढ़ीं। रति को महसूस हुआ कि अली के लेख असंगत और वैमनस्यपूर्ण थे, उसने सम्पादक को फोन कर इस श्रृंखला को बन्द करने के लिए कहा। लेख की अगली किस्तें रुक गयीं। जिन्ना इस श्रृंखला को पढ़ रहे थे। उन्हें जब पता लगा कि रति के कारण मौलाना की यह लेख श्रृंखला रुकी है तो उन्होंने सम्पादक से कहा कि रति का इस मामले में हस्तक्षेप अनुचित था उनके अनुरोध पर यह श्रृंखला पुनः जारी हो गयी। इस विषय में उन्होंने रति को स्मरण दिलाया कि विरोधी विचारों को रोकना या दबाना जनतन्त्र का गला घोटने के समान है। रति जिन्ना के आदर्शों को समझती थी पर उसकी यह कोशिश जिन्ना के तनाव से मुक्ति के लिए थी।

चेम्स फोर्ड हिन्दुस्तान से विदाई ले चुके थे। अब लार्ड रीडिंग (Rufus Daniel Isaacs) हिन्दुस्तान के वायसराय थे। गाँधीजी का आन्दोलन दिन-प्रतिदिन देश में नयी जागृति नयी चेतना उत्पन्न कर रहा था। देश के बहुत सारे क्षेत्रों में तो जनता उन्मत्त हो उठी थी पर पूरे देश में एक साथ जिस उत्साह का अनुमान था वैसा

अभी तक नहीं हुआ था। ब्रिटिश सरकार इन स्थितियों पर चौकन्नी थी। गाँधीजी का लक्ष्य ब्रिटेन से सम्बन्ध विच्छेद के साथ स्वराज हो चुका था, इस निश्चय के साथ उनका आन्दोलन पूरे देश में फैल रहा था। असहयोग आन्दोलन के कारण राजनैतिक संवाद के अवसर ही समाप्त हो गये थे। सरकार और जनता के बीच भयानक द्वन्द्वात्मक परिस्थितियाँ बनती जा रही थीं। गुब्बारे में भर्ती जा रही हवा को सुरक्षा के साथ निकालना आवश्यक था। इस स्थिति में राजनैतिक विमर्श के लिए जिन्ना सर्वाधिक उपयुक्त व्यक्ति थे। यद्यपि वो ब्रिटिश राजनैतिक कुटिलता पर क्रोधित थे, लेकिन गाँधीजी के कार्यक्रम के विरुद्ध भी थे। उनके इस विरोध को दृष्टि में रखते हुए नयी राजनैतिक पहल की सम्भावना पर विचार-विमर्श के लिए वायसराय रीडिंग ने जिन्ना को एक दिन दोपहर भोज पर निमन्त्रित किया।

जिन्ना रति के साथ भोज में शामिल हुए। एक बार फिर वेलिंगडन के भोज की पुनरावृत्ति हो गयी। रति ने इस भोज के लिए जरदोजी के काम से सज्जित जो चुस्त गाउन पहना उसका गला नाभि से थोड़ा ही ऊँचा था और पीठ बाँहें निरावृत्त। इस उत्तेजक परिधान के साथ यह सुन्दरी क्या पता यहाँ सबको मोहित करने के इरादे से आई थी, पर इस भोज में न शाल प्रस्तुत किया गया, न कोई टिप्पणी हुई। परन्तु रति की हाजिरजवाबी यहाँ हाजिर थी। भोज के दौरान लार्ड रीडिंग जिन्ना दम्पती से मित्रवत हलकी फुल्की आपसी बातें करते रहे। इन ग़ैर राजनैतिक बात-चीत में रति शामिल थीं। रीडिंग विभिन्न देशों की अपनी यात्राओं के अनुभव दोनों को सुना रहे थे। यूरोप के प्रमुख देश जर्मनी वो अब तक नहीं जा सके थे। उन्होंने कहा कि जर्मनी उन्हें बहुत आकर्षित करता है वो वहाँ जाना चाहते हैं पर यह सम्भव नहीं है। रति को जिज्ञासा हुई उसने पूछा कि जर्मनी जाने में आखिर बाधा क्या है? रीडिंग ने शालीन मुस्कराहट के साथ कहा—"जर्मन हम ब्रिटिशर्स को पसन्द नहीं करते।" रति के मन में शरारत मचल उठी उसने भी वैसी ही शालीन मुस्कराहट के साथ कहा—"ओह! लेकिन फिर आप हिन्दुस्तान कैसे आ गये?" रति के व्यंग्य से रीडिंग झेंप गये पर अपनी भावना को छुपाते हुए उन्होंने रति को जवाब देने के बजाय विषय बदलना ज्यादा ठीक समझा।

जिन्ना की ओर मुखातिब हो उन्होंने जिन्ना के प्रजातान्त्रिक संस्थाओं के प्रति आदर की प्रशंसा की। उनके एसेम्बली से इस्तीफे पर टिप्पणी करते हुए कहा कि उसे एसेम्बली का सदस्य रहते हुए सरकार का विरोध करना चाहिए था। स्पष्टवादी जिन्ना ने ख़िलाफ़त और सुधारों पर सरकार के दोमुँहे रवैये की कड़ी भर्त्सना के साथ कहा कि जब प्रजातान्त्रिक व्यवस्था दाँतविहीन हो तब उसमें बैठकर गाल बजाने से कोई लाभ नहीं। रीडिंग ने जिन्ना के क्रोध को शान्त करते हुए कहा कि एसेम्बली को अधिक शक्तिशाली बनाने में वो उससे बेहतर निर्णयों की अपेक्षा रख सकते है।

रीडिंग ने मोंटेग्यू सुधारों से आगे बढ़ते हुए एक नये प्रस्ताव की भूमिका जिन्ना के समक्ष रखी। अपने इस नये प्रस्ताव की कल्पना पर एम. आर. जयकर जैसे कुछ अन्य नर्म विचार वाले नेताओं से भी उसने चर्चा की। रीडिंग ने गवर्नमेंट ऑफ इंडिया एक्ट 1919 के द्विशासी शासन व्यवस्था के बजाय राज्यों में पूर्ण स्वशासन को स्वीकार किये जाने की सम्भावना पर वार्ता का प्रस्ताव रखा। इस विषय पर वार्ता सभी प्रमुख राजनैतिक व्यक्तियों के साथ करना आवश्यक था। अब तक सबसे मुख्य व्यक्ति गाँधीजी हो चुके थे। जिन्ना को रीडिंग का प्रस्ताव कुछ उत्साह प्रदान कर रहा था उन्होंने निश्चय किया कि आगामी काँग्रेस अधिवेशन में वह गाँधीजी से इस सम्भावना पर चर्चा करेंगे। काँग्रेस के अहमदाबाद अधिवेशन में वो शामिल हुए। इस अधिवेशन में कुछ नये व्यक्ति प्रमुख भूमिका निभा रहे थे। राम प्रसाद बिस्मिल और अशफाक़ उल्ला खाँ ने अधिवेशन की जनरल बोडी मीटिंग में वरिष्ठ काँग्रेसी नेता प्रेम कृष्ण खन्ना के अलावा मौलाना हसरत मोहनी तथा नौजवान साथियों के सहयोग से पूर्ण स्वराज का प्रस्ताव रखा प्रस्ताव पारित हो गया। इस अधिवेशन के दौरान जिन्ना गाँधीजी से मिले, इस मुलाकात में मुकुन्द रामराव जयकर और कानजी भी उनके साथ थे। जिन्ना ने असहयोग आन्दोलन के गुण दोष, आन्दोलन की सफलता असफलता और आम लोगों के जीवन में इसके परिणामों पर अपने विचार खुलकर व्यक्त किये; अन्त में उन्होंने रीडिंग का प्रस्ताव गाँधीजी के समक्ष रखा। राज्यों को पूर्ण स्वशासन का अधिकार एक तरह से काँग्रेस की माँग को लगभग पूरी तरह स्वीकार करने वाला था। कुछ दिनों पहले गाँधीजी को रीडिंग का यह प्रस्ताव हृदयनाथ कुंजरू और जमना दास के द्वारा भी मिल चुका था। अब जिन्ना से मिले इस प्रस्ताव को सुनकर गाँधीजी गम्भीर सोच में डूब गये। काफी देर सोचने के बाद उन्होंने रीडिंग को एक अवसर देना स्वीकार कर लिया।

गाँधीजी ने तो अवसर देना स्वीकार कर लिया था पर जब इस विषय और अपने निर्णय पर उन्होंने अपने निकट सहयोगियों से चर्चा की तो उन्हें अपना निश्चय बदलना अधिक उपयुक्त लगा। उन्होंने जिन्ना को सूचित किया कि रीडिंग की सदाशयता तो ठीक है पर उनके वादे पर उन्हें भरोसा नहीं है। रीडिंग इस प्रस्ताव के बहाने आन्दोलन से मुक्ति की मंशा रखते हैं, एक बार यह हो गया तो वो फिर अपने प्रस्ताव से मुकर जाएँगे। इसलिए इस विषय पर रीडिंग के प्रस्तावित गोलमेज सम्मेलन में उनके लिए सम्मिलित होना सम्भव नहीं होगा। जिन्ना और उनके सहयोगियों के लिए गाँधीजी का यह निर्णय हताश कर देने वाला था। काँग्रेस अब गाँधीजी को अपना नायक मान चुकी थी ऐसी अधिनायकवादी प्रवृत्ति वाली काँग्रेस में जिन्ना की कोई रुचि शेष नहीं रह गयी। मुस्लिम लीग काँग्रेस की छाया जैसी हो गयी थी इसलिए इससे भी उन्हें अरुचि हो गयी। लीग के नागपुर अधिवेशन में तो

वो शामिल ही नहीं हुए।

अहमदाबाद के अधिवेशन की अध्यक्षता मौलाना हसरत मोहनी कर रहे थे। मोहनी बड़े पाएदार शायर थे; कृष्ण भक्ति पर न जाने कितनी रचनाएँ कर चुके थे। हिन्दू-मुस्लिम एकता के ऐसे पक्षधर कि प्रत्येक कृष्ण जन्माष्टमी पर मथुरा पहुँच जाते व्रत रखते पर जिन्ना को मोहनी बिलकुल पसन्द नहीं थे, कारण था उनके राजनैतिक विचार। उनकी हिन्दू-मुस्लिम एकता की बातें जिन्ना को ढोंग लगती थीं। ये वही मोहनी थे जिन्होंने लीग के बम्बई अधिवेशन में मुसलमानों की धार्मिक भावनाएँ भड़काने का काम किया था। अब मोहनी गाँधीजी के पूर्ण स्वराज के पक्षधर थे। जिन्ना लीग के इस अधिवेशन से दूर रहे। वो सरकार के विरुद्ध किसी भी तरह के राजनैतिक गतिरोध को तोड़ने में कोई भूमिका नहीं निभा सके, अहमदाबाद यात्रा व्यर्थ रही। जिन्ना राजनीतिक रंगमंच पर महत्त्वहीन हो रहे थे। काँग्रेस त्याग के बाद अब लीग में भी उनकी कोई भूमिका नहीं रह गयी थी। वैसे भी लीग इन दिनों बहुत प्रासंगिक नहीं रह गयी थी। मुस्लिम शक्ति मुख्य रूप से ख़िलाफ़त आन्दोलन के नेता अली बन्धुओं के साथ खड़ी थी। निष्प्राण लीग अपने समय की प्रतीक्षा कर रही थी।

''प्रत्येक व्यक्ति के जीवन में एक सीमा तक उसका प्रारब्ध क्रियाशील रहता है। कर्म देवता उस व्यक्ति के पूर्व जन्म में अर्जित अच्छे और बुरे कर्मों को चुनकर उस व्यक्ति के नये जन्म का भाग्य रचता है। उस व्यक्ति के माता-पिता, उसके वंशानुगत गुण, उसके जीवन में सहयोगी और बाधक जन, उसके अवसर, उसकी बाध्यता, दायित्व, और उसकी मृत्यु ये सब उसके भाग्य से जुड़े होते हैं।'' रति जिनराज दास की पुस्तक 'फर्स्ट प्रिंसिपल ऑफ थियोसोफ़ी' पढ़ते-पढ़ते रुक गयी। इन पंक्तियों को एक बार उसने फिर पढ़ा, तो क्या जिन्ना के साथ जो हो रहा है यह उनके पूर्व जन्म का फल है? पूर्व जन्म के उनके कर्मों ने उनका यह भाग्य रचा है कि गाँधीजी उनके राजनैतिक उत्कर्ष में बाधा बन जाएँगे। क्या यह उनके पूर्व जन्म के कर्मों का फल है कि वो गाँधीजी के साथ सामंजस्य नहीं बना सकेंगे? राजनैतिक अवसर जो अब उनके लिए कठिन होते जा रहे हैं ये सब उनके भाग्य के कारण हो रहा है? पूर्व जन्म में उनके ऐसे क्या कर्म थे कि उनका भाग्य उनके लिए ऐसा कठोर और निर्मम होता जा रहा है? क्या जिन्ना के जीवन में सहयोगी बनकर आई मैं उनके इस नये कठोर भाग्य के लिए उत्तरदाई हूँ? मेरे आने के पहले तो जिन्ना प्रतिदिन सफलता के एक नये सोपान को पार कर रहे थे पर विवाह के बाद से उनका राजनैतिक भविष्य धुँधला होता जा रहा है। क्या मेरे कर्मों का असर जिन्ना के जीवन पर पड़ रहा था पर

इस जन्म में उसने ऐसा क्या पाप किया था? उसे ऐसा कोई दोष अपने इस जीवन में नजर नहीं आता था। तो क्या ये उसके पूर्व जन्म के पापों का प्रतिफल था? थियोसोफ़ी का पुनर्जन्म और कर्म दर्शन क्या ऐसी किसी सम्भावना को स्वीकार करता है।''

रति इस गुत्थी को जितना सोचती उतना ही इसमें और उलझ जाती, उसके ऊपर उदासी छाने लगी। उसने सोचा इस विषय में वो कानजी से बात करेगी। पुस्तक बन्द कर उसने एक ओर रख दी। आँखों से नींद एकदम ग़ायब हो चुकी थी। बेचैनी उसे व्याकुल कर रही थी। वो उठी बार में जाकर उसने स्कॉच खोली और तब तक पीती रही जब तक वो मदहोश होकर सोफे पर निढाल नहीं हो गयी। सुबह उसकी नींद जब टूटी तो उसे संयत होने में कुछ समय लगा। फिर उसे रात की उदासी याद आई। वो तो बार के सोफे पर बैठी स्कॉच पी रही थी। अपने पलँग पर कैसे आई? शायद मदहोशी के आलम में यहाँ चली आई। उसने सिरहाने रखा सिगरेट का पैकेट उठाया एक सिगरेट निकालकर सुलगाई और गहरा कश खींच सोच में डूब गयी। पास कोच में बैठ अखबार पढ़ रहे जिन्ना का पूरा ध्यान रति पर था उन्होंने अखबार से नजर उठाए बिना पूछा—''किस सोच में डूबी हो?'' रति ने प्रतिप्रश्न किया—''रात मैं बार के सोफे पर बैठ कर ड्रिंक ले रही थी।'' जिन्ना ने रति की बात खत्म होने से पहले ही जवाब दे दिया—''आपको मैं उठाकर लाया।''

''नींद नहीं आ रही थी मन बहुत बेचैन था दिमाग को राहत देने के इरादे से बार पहुँच गयी।''

''जी, स्कॉच सुरूर देती है नींद नहीं, अच्छी नींद के लिए चिन्ता करना छोड़ दीजिए।''

''चिन्ता न करूँ इसका इलाज आपके हाथ में है आपको अपना राजनैतिक मुकाम फिर प्राप्त करना होगा। आप राजनीति के केन्द्र बिन्दु थे पर काँग्रेस से आपने त्यागपत्र दे दिया लीग को आपने अपने हाल पर छोड़ दिया एकदम शान्त होते जा रहे हैं आप।''

जिन्ना ने अखबार एक ओर रख दिया। अपने सिगार बॉक्स से एक सिगार निकाला सुलगाया और फिर अपने कोच में बैठ एक गहरा कश लिया। खानसामा चाय की ट्रे लेकर हाजिर था वो दोनों के लिए चाय बनाने लगा

''शान्त नहीं हूँ मैडम, बहुत अशान्त हूँ पर केन्द्र में आने के लिए अपने विचारों से समझौता करना पड़ेगा। गाँधीजी राजनीति के केन्द्रबिन्दु बन चुके हैं उनसे कोई समझौता मुझे मंजूर नहीं है। वो भीड़ के उन्माद की राजनीति कर रहे हैं। मेरी राजनीति मस्तिष्क प्रेरित है जो उत्साह पैदा करती है। गाँधीजी मेरी तरह ही वकील हैं पर अब कहते हैं कि 'मैं सीधा साधा किसान हूँ। आप जैसी दुर्बलताओं से घिरा

हूँ' मैडम नेता को दुर्बलताओं पर विजय प्राप्त करनी चाहिए उसे दुर्बल नहीं सबल होना चाहिए। मुझे गाँधीजी में विरोधाभास दिखता है। वो अपने आपको 'दुनियादार भी कहते हैं और सीधा साधा भी', दुनियादार व्यक्ति सीधा नहीं होता।''

''मतलब गाँधीजी असत्य कह रहे हैं।''

''शायद नहीं, वो सत्य के पैरोकार हैं। सत्य को अपनी सबसे बड़ी शक्ति मानते हैं तो वो सत्य ही कह रहे होंगे पर दुनियादारी और सीधे सादे होने में वो ठीक भेद नहीं कर पाए। या शायद मैं उन्हें समझ नहीं पा रहा हूँ।''

''लेकिन आप यह भी तो देखिए कि जो काँग्रेस कुछ बड़े लोगों के लिए एक मंच थी वो अब हिन्दुस्तान की मिट्टी से जुड़ गयी है। अब तक अँग्रेज काँग्रेस को बहुत महत्त्व नहीं देते थे पर अब जब हिन्दुस्तान का आम आदमी इससे जुड़ गया है तब अँग्रेज कितने चौकन्ने हो गये हैं।''

''हाँ अँग्रेज चिन्तित हैं। हिन्दुस्तान का वो बहुसंख्यक अवाम जो गोरी चमड़ी देखकर ही भयभीत हो जाता था अब उनके सामने खड़े होने की हिम्मत प्राप्त कर चुका है, गाँधीजी ने यह करिश्मा तो किया है उनकी इस ताकत से कब इनकार है। उन्होंने डरे हुए हिन्दुस्तानी के मन से भय समाप्त कर दिया, लेकिन इस निडर शक्ति को सँभालना बहुत मुश्किल है। इस शक्ति का जो रचनात्मक इस्तेमाल गाँधीजी कर रहे हैं वो अच्छा है लेकिन उसमें भी विरोधाभास यह है कि हम गुजरे वक्त से बहुत आगे निकल चुके हैं परन्तु गाँधीजी मशीन को नकार कर इस दुनिया को सौ दो सौ पाँच सौ साल के पहले वाले वक़्त में ले जाना चाहते हैं यह सम्भव नहीं है मैडम, यह बाढ़ से उफनती नदी को उसके उद्‌गम की ओर मोड़ने जैसा असम्भव प्रयास है।''

''मतलब डरी जनता को भयभीत रहने दिया जाए।''

''नहीं शासन का भय समाप्त करना प्रजातन्त्रात्मक व्यवस्था के लिए सबसे जरूरी है पर कानून की अवहेलना के लिए लोगों को प्रेरित करना गलत है। समाज में व्यवस्था बनाए रखने के लिए ही नियमों का जन्म हुआ। यदि सामान्य नागरिक कानून मानने से इनकार कर दें तो समाज में ऐसी अराजकता उत्पन्न हो जाएगी कि कोई भी नेता कोई भी शक्ति, व्यवस्था कायम नहीं कर पाएगी हम आदम युग में पहुँच जाएँगे जिसमें केवल शक्तिशाली ही सही होता है इसलिए नियम कानून को मानते हुए हमें सरकार से लड़ने के लिए केवल वैधानिक तरीके ही अपनाने चाहिए।''

आज इतवार था जिन्ना को अदालत जाने की कोई हड़बड़ी नहीं थी, इसलिए सुबह की चाय के साथ यह महफिल बड़ी लम्बी चली। रति समझ नहीं पा रही थी कि सुबह तक बिस्तर में वो शराब के नशे में गाफिल थी या फिर उसे नींद आ गयी

थी। उसका बदन टूट रहा था। उसने अपनी परिचारिका से मालिश की तैयारी करने को कहा और बिस्तर छोड़ दिया। जिन्ना भी नित्य कर्म के लिए उठ गये।

नया वर्ष प्रारम्भ हुए अभी दूसरा दिन था। जनवरी की सुबह शाम बम्बई में सुरमई ठंड लिए होती है। मलाबार पहाड़ी के जंगलनुमा वृक्षों की भीड़ यहाँ की पवन में शोखी घोल देती है कभी समुद्र से अठखेलियाँ करती पछुआई थोड़ी ठिठुरन भर देती है। ऐसी ही एक हलकी ठंडी शाम, कानजी की कार साउथ कोर्ट के पोर्च में आकर रुकी। अहमदाबाद की यात्रा के बाद कानजी पहली बार जिन्ना के घर पहुँचे थे। वो जानते थे कि जिन्ना की अहमदाबाद यात्रा निष्फल रही थी। जिन्ना ही क्यों वो स्वयं कई वरिष्ठ साथी नेताओं के साथ रीडिंग के प्रस्ताव को सफल बनाने की कोशिश कर रहे थे। कानजी ने ड्राइंगरूम में प्रवेश किया ही था कि रति चहक उठी—"आइए आइए स्वागत है आपका, हम आपकी प्रतीक्षा कर रहे थे।" सलमे सितारे और लेस से सजी काली रेशमी साड़ी में रति का चेहरा यों चमक रहा था जैसे काली घटा के बीच पूर्णमासी का चाँद। जब रति इधर-उधर होती तो साड़ी के सितारे यों कौंध उठते जैसे आसमान के तारे। आज कुछ खासी शानो-शौकत के साथ सज धजकर बैठी थी रति। कानों में लम्बे झूमके लहरा रहे थे तो माथे पर जड़ाऊ टीका। कभी कोई विशेष मेहमान आता तो रति ऐसा ही वैभव पूर्ण श्रृंगार किया करती थी। उसके गौरवर्ण पर क्या फबेगा इसकी उसे कलात्मक सूझबूझ थी। हॉल में जल रही लकड़ियों की आग की लपट उसके मुँह को लाल आभा की किरणों से प्रदीप्त कर रही थी। नजदीक अलग सोफे पर जिन्ना भी अपने शानदार सूट में शाही अन्दाज के साथ बैठे थे। अँग्रेजों की तरह के गोरे रंग वाले जिन्ना की जुल्फों में चाँदी की छटा प्रखर होने लगी थी। जिन्ना दम्पती ने उठकर कानजी का स्वागत किया। सामने वाले सोफे पर बैठते हुए कानजी ने देखा वहाँ पहले से ही सिन्ध के मुस्लिम नेता रईस गुलाम मुहम्मद खाँ भुग्री हाजिर थे दोनों ने हाथ मिलाकर एक-दूसरे का अभिवादन किया और साथ साथ बैठ गये। बेयरर ने कानजी के समक्ष ड्रिंक परोसा। जिन्ना ने अपने सिगार का धुआँ छोड़ते हुए कहा—"अहमदाबाद में जो हुआ हम दोनों उसी की चर्चा कर रहे थे।"

"दोनों नहीं तीनों, रति ने अपनी उपस्थिति का एहसास कराया।"

"आप मुझसे अलग कहाँ हैं मैम? हम दोनों दो जिस्म एक जाँ ही तो हैं।" जिन्ना ने रति को जवाब दिया और हॉल ठहाकों से गूँज उठा, अब ये बताओ कानजी कि श्री गाँधी के गोलमेज सम्मेलन में शामिल न होने के निर्णय पर एनी बेसेंट और तेज बहादुर सप्रू के क्या विचार हैं? मुझे अब तक इन दोनों से बात करने का अवसर नहीं मिला। तुम तो बनारस इलाहाबाद में श्रीमती बेसेंट के साथ ही थे, इस बारे में

चर्चा तो हुई ही होगी?

"हाँ" वैसे तो श्रीमती बेसेंट थियोसोफ़ी के कार्यक्रम के लिए वहाँ थीं पर राजनीतिक बात न हो यह तो असम्भव ही है। अहमदाबाद के काँग्रेस अधिवेशन पर उन्होंने कहा कि गाँधीजी ने सब गड़बड़ झाला कर डाला और एक अच्छा अवसर खो दिया। कानजी ने श्रीमती बेसेंट के विचार व्यक्त किये। जिन्ना मुस्कराए।

"श्रीमती बेसेंट बहुत सुलझे विचारों की नेता हैं। अफसोस यह देश उनकी प्रतिभा और प्रयास का पूरा लाभ नहीं उठा पाया।

सूर्य डूबने के साथ प्रारम्भ हुई यह चर्चा अगले दिन सूर्योदय के साथ समाप्त हुई चारों मित्र देश की राजनीति को दिशा देने और व्यूह रचना की मन्त्रणा में रात भर जुटे रहे। जिन्ना ने कहा कि खोए अवसर को पुनः प्राप्त करने की मंशा से वो बम्बई में एक सर्वदलीय सम्मलेन आयोजित करने की योजना बना रहे हैं। इस विषय पर अम्बालाल साराभाई, पंडित मदन मोहन मालवीय, जयकर, पुरुषोत्तम दास ठाकुरदास, नटराजन जैसे बहुत से नेताओं से बात हो गयी है। भुग्री से तो यह बात अभी चल ही रही थी। मैंने निश्चय किया है कि इस सम्मेलन में गाँधीजी को भी आमन्त्रित किया जाए, ताकि वो अपनी भूल सुधार लें और जो स्वर्ण अवसर मिला है उसका देश को लाभ मिल सके। जिन्ना ने इस बैठक में सम्मेलन की तमाम जिम्मेदारियाँ कानजी को सौंप दीं। नयी जिम्मेदारियों का बोझ उठाए कानजी प्रभात की आशावान किरणों से स्नान करते वापिस हुए।

नयी परिस्थितियाँ में नयी राह बनाने के उद्देश्य से जिन्ना ने यह सर्वदलीय बैठक आयोजित की। वो गाँधीजी के आन्दोलन के समानान्तर नयी राह की तलाश में थे। रीडिंग के प्रस्ताव के प्रति वो गम्भीर थे और चाहते थे कि इसका लाभ उठाया जाए। इधर गाँधीजी अपने आन्दोलन को और धारदार बनाने के उद्देश्य से उसमें नयी कड़ियाँ जोड़ रहे थे। विदेशी वस्त्रों के बहिष्कार के साथ अब इस आन्दोलन में टैक्स न देने का निर्णय भी शामिल कर लिया गया था। जिन्ना की इस बैठक में विभिन्न प्रमुख राजनैतिक दलों के तीन सबसे अधिक प्रतिनिधि सम्मिलित हुए। अनौपचारिक रूप से गाँधीजी भी इस बैठक में उपस्थित थे। इस सम्मेलन में गाँधीजी के शामिल होने का एक उद्देश्य नरमपन्थी नेताओं को असहयोग आन्दोलन में जोड़ने की सम्भावना की तलाश करना भी था। ब्रिटिश शासन की दमनकारी नीतियों की इस सभा में कड़ी भर्त्सना के साथ काँग्रेस के असहयोग आन्दोलन की आलोचना भी की गयी और आन्दोलन त्याग देने का परामर्श दिया गया। सभा ने प्रस्ताव पारित किया कि सरकार को एक गोलमेज सम्मेलन बुलाकर काँग्रेस और ख़िलाफ़ती नेताओं के साथ समझौता करना चाहिए ताकि एक समय से चले आ रहे सभी मतभेदों को समाप्त कर राजनैतिक सुधार की दिशा में आगे ठोस निर्णय लिए

जा सकें। गाँधीजी इस प्रस्ताव में कुछ परिवर्तन चाहते थे और असहयोग आन्दोलन भी स्थगित नहीं करना चाहते थे। इन स्थितियों में जिन्ना ने जिस उद्देश्य के लिए यह सम्मेलन आयोजित किया था वह सफल नहीं हुआ।

जिन्ना एक बार फिर महत्त्वहीन साबित हुए। पिछले तीन चार वर्षों में बहुत छोटे अन्तरालों के साथ जिन्ना लगातार मुख्य धारा से किनारे लगते जा रहे थे। इस नये सम्मेलन के आयोजन से भी वो कोई सफलता प्राप्त न कर सके। यह आयोजन उन्होंने स्वयं किया था पर इसका कोई लाभ उन्हें नहीं मिला। रति इस आयोजन में लगातार उनके साथ थी उसने जिन्ना की कोशिशों को पूरी निकटता से देखा था। उसने देखा था कि कितने ही वरिष्ठ नेता व्यक्तिगत रूप से जिन्ना के साथ सहमत होते पर निर्णयात्मक अवसर पर गाँधीजी के व्यक्तित्व के आगे नतमस्तक हो जाते। क्यों? ऐसा क्यों हो रहा था? रति अपनी उद्विग्नता का निदान बार-बार थियोसोफ़ी में तलाश करती। एक बार फिर उसने जिनराज दास की पुस्तक को खँगाला। आत्मा, कर्म और इनका व्यक्ति पर प्रभाव क्या वैसा ही था जैसा वो समझ रही थी। उसे लगा इस पर कानजी के विचार भी उसे सुनने चाहिए। रति ने कानजी को निमन्त्रित किया। शाम को लॉन में चाय के घूँट भरते हुए उसने कानजी को जिनराज दास की पुस्तक से कर्म के बारे में पढ़े हुए वो अंश सुनाये जिन्हें पढ़ते-पढ़ते वो विचलित हो उठी थी। फिर उसने इसी पुस्तक में कभी पहले पढ़े, आत्मा के विषय में चर्चा शुरू कर दी। कानजी प्रशंसात्मक मुस्कराहट के साथ रति के विश्लेषण को ध्यान से सुन रहा था।

रति ने पूछा, "क्या यह सही है कि कर्म का देवता किसी व्यक्ति के पूर्व कर्मों के फलस्वरूप नये जन्म में उसे न तो प्रताड़ित करता है न पुरस्कृत, वह उस व्यक्ति की पूर्व जन्म की अर्जित शक्तियों अर्थात अच्छे बुरे कर्मों को इस जन्म के अनुकूल कर देता है। ताकि वे पूर्व शक्तियाँ या कर्म नये जन्म में उस व्यक्ति के लिए इस प्रकार समायोजित हो जाएँ ताकि नये जन्म में उस व्यक्ति को आदर्श रूप प्राप्त करने में सहायक सिद्ध हों, यानी उसके व्यक्तित्व को आगे के लिए आदर्श रूप में ढाल सकें?"

"मुझे लगता है कि यह सही है; लेकिन जिनराज दास ने आगे यह भी कहा है कि हमारे कर्मों के कारण रचा गया हमारा भाग्य एकदम कठोर और अपरिवर्तनीय नहीं है। व्यक्ति अपने नये जन्म के नये कर्मों से अपना भाग्य बदल सकता है।"

"लेकिन किसी एक व्यक्ति के कर्म ऐसे भी तो हो सकते हैं कि उसके मित्रों, परिचितों या अनुयायियों के कर्मों को प्रभावित कर दें।"

"हाँ, आप ठीक कह रही हैं राम, कृष्ण, जीसस जैसे तमाम महान व्यक्तियों ने अपने कर्मों से मानव समाज के कर्मों को प्रभावित किया है।"

"इस स्थिति से मुक्ति का भी कोई मार्ग है?"

"आपका अर्थ यह कि महान व्यक्तियों के कर्म का आपके कर्मों पर प्रभाव न पड़े।"

"हाँ!"

"मैं समझता हूँ इसके लिए आपके कर्मगुण उस महान व्यक्ति के कर्मों के बराबर या उससे भी श्रेष्ठ होने चाहिए।"

शायद यह बातचीत कुछ और आगे बढ़ती पर जिन्ना के आ जाने के कारण बात रुक गयी। जिन्ना कोर्ट से वापिस आए थे। कानजी से हाथ मिलाकर वो कपड़े बदलने के लिए चले गये। कुछ देर बाद भूरे सूट में सजे-धजे वो वापिस आए। ऐसा लग रहा था जैसे वो इस ठंडी शाम के बाद भी स्नान करके आए हों। जिन्ना लान में बैठे दोनों मित्रों की बात-चीत में शामिल हो गये पर अब बात आध्यात्म के बजाय राजनीति पर केन्द्रित हो गयी थीं। शाम के गहराने से पहले तीनों मित्र जिमखाना क्लब की भीड़ में शामिल होने के लिए निकल पड़े। क्लब में उस दिन जिन्ना एक के बाद दूसरी शतरंज की बाजी खेलते रहे और खिलाड़ियों के दर-बदर बादशाह एक घर से दूसरे घर भागते रहे। जिन्ना गुजरते कारवाँ को देखने वाले तमाशबीन नहीं थे वो कारवाँ की राह बदलने की शक्ति शौर्य और साहस रखते थे।

अब तक जो सम्भावना व्यक्त की जा रही थी वह अनहोनी हो गयी संयुक्त प्रान्त (आज का उत्तर प्रदेश) के चौरी चौरा में आन्दोलनकारियों ने एक पुलिस थाने में आग लगा दी; थाने में आग से घिरे पुलिसकर्मी जलकर मर गये। अहिंसक आन्दोलन हिंसक हो गया। गाँधीजी के विरोधी यही कह रहे थे कि अहिंसक आन्दोलन केवल कल्पना है व्यावहारिक नहीं। भीड़ उन्मत्त हो जाए तो उसे कोई सँभाल नहीं सकता। गाँधीजी को असहयोग आन्दोलन स्थगित करना पड़ा। जिन्ना असहयोग आन्दोलन के विरुद्ध थे पर हिंसा के कारण गाँधीजी के सम्मान को लगी ठेस से भी दुखी थे। एक-दो वर्षों में ही जिन्ना और गाँधीजी के मतभेद प्रखर हो चुके थे। परन्तु गाँधीजी के व्यक्तित्व में जो सम्मोहनी शक्ति का जादू था। जिन्ना मानते थे कि इस शक्ति का तार्किक इस्तेमाल हिन्दुस्तान में स्वशासन का मार्ग शीघ्र और आसानी से प्रशस्त कर सकता है। आन्दोलन स्थगित करने की घोषणा के बाद जिन्ना जयकर के साथ गाँधीजी से मिले। जिन्ना ने चौरी-चौरा कांड पर प्रतिक्रिया देते हुए कहा कि आपके प्रभाव के कारण जनता ने अब तक बहुत संयम से काम लिया।

"मैंने अपने जीवन में कुछ प्रयोग किये हैं, मेरा विश्वास है कि हम सब सामान्य मनुष्य ही हैं मुझमें अनोखा कुछ भी नहीं है। मैं भी इसी मिट्टी का आदमी हूँ, मिट्टी से पैदा हुआ हूँ। मैं तो सबसे यही अपेक्षा रखता हूँ कि मैं महात्मा हूँ यह

ख्याल छोड़ दीजिये। गाँधीजी ने जिन्ना की बात पूरी होती उसके पहले ही अपने आपको महानता के दम्भ से मुक्त कर लिया।''

''लेकिन उत्तेजनात्मक परिस्थितियों में हिंसा मनुष्य का नैसर्गिक स्वभाव है; भले ही यह हिंसा आत्मरक्षार्थ हो। आपसे मेरा विरोध इसी मुद्दे पर रहा है। सामान्य इन्सान उत्तेजना में उन्मत्त हो जाता है। भीड़ उत्तेजना में सब कुछ भुला देती है। विवेक अविवेक आदर्श अनादर्श सम्मान असम्मान सब हवा हो जाता है।'' जिन्ना ने अपनी बात पूरी करते हुए कहा—

''हिंसा की बुनियाद में ही असम्मान निहित है इसलिए मैंने पहला अहिंसा का रास्ता हिन्दुस्तान के आगे रखने की हिम्मत की, और असहयोग बहिष्कार का यह रास्ता बिना विचारे नहीं पकड़ा। बगैर विचारे मेरे जैसे मामूली एकाकी भूल करने वाले आदमी ने देश के उत्तम नेताओं के विरुद्ध खड़ा होने की जिम्मेदारी नहीं ली है। मुझे तो यही धर्म दिखाई देता है। आप कहते हैं कि मेरा कार्यक्रम अव्यावहारिक है पर मुझे लगता है कि केवल शासन बदलने भर का हमारा उद्देश्य नहीं है। हमें नैतिक बल उत्पन्न करना होगा। मैं समझता हूँ यह काम ज्यादा जरूरी है। लोग विवेक बनाए रखें आपत्ति विपत्ति में भी आपा न खोएँ। ऐसा समाज बनाना है। मैं अभी ऐसी शक्ति उत्पन्न नहीं कर सका, इसीलिए चौरी चौरा की हिंसा हुई। आन्दोलन मैंने स्थगित कर दिया है। ये प्रायश्चित है।''

दोनों के बीच बातचीत औपचारिकता को लाँघकर तीखी हो गयी। साफ बात करने के आदी जिन्ना समझ गये गाँधीजी अपने विचारों पर अडिग हैं वो किसी भी पुनर्विचार के लिए तैयार नहीं हैं, जिन्ना के सारे तर्क व्यर्थ थे। इस स्थिति में बातचीत समय का अपव्यय था। साउथ कोर्ट आने पर सबसे पहले उन्होंने स्नानघर में साबुन से अच्छी तरह हाथ धोए। विशाल बैठक में आकर डिब्बे से सिगार निकाला आग की लौ ने सिगार के सिरे को जला डाला तब जिन्ना ने एक गहरा कश लिया और शून्य में ताकते हुए सोफे पर बैठ, गाँधीजी के आदर्शों का जाल तोड़ने लगे। हॉल में बैठी रति की उपस्थिति ने भी उनका ध्यान भंग नहीं किया। रति जिन्ना के चेहरे की एक-एक शिकन से परिचित थी। जिन्ना शून्य में क्या ढूँढ़ रहे हैं वो जानती थी। कानजी ने कई बार अतीन्द्रिय दृष्टि की अच्छी व्याख्या की थी। इस शक्ति पर उसने रति में विश्वास जमा दिया था। रति को लगने लगा था कि जिन्ना के मस्तिष्क के तार उसके मस्तिष्क से जुड़ चुके हैं वो जिन्ना के दिमाग में चल रहे तूफान की उथल-पुथल समझ रही थी। हॉल की हवा में तैरते तनाव को किनारे लगाने की मंशा से उसने कहा।

''जो कुछ मन में भरा है वो इस धुएँ से नहीं निकलेगा। उसे निकालने के लिए आपको जुबाँ का इस्तेमाल करना पड़ेगा और मैं सब कुछ बड़े धैर्य के साथ

सुनूँगी।''

''जानता हूँ आप गाँधी नहीं हैं इसलिए दूसरे के विचार सुनने और समझने की शक्ति आपमें है। जिन्ना ने तनाव को ढीला करते हुए फीकी मुस्कराहट के साथ रति को देखा और फिर बोले, आप प्रजातान्त्रिक व्यवस्था में विश्वास करने वाले जिन्ना की पत्नी हैं इसलिए ऐसी उदारता आपमें होनी ही चाहिए। अपनी बात पर जिन्ना अब कुछ और मुस्कराए पहली फीकी मुस्कराहट पर अब मिठास छा गयी थी।

बेयरर ड्रिंक की ट्रॉली लेकर हाजिर था। जिन्ना का मनपसन्द ड्रिंक बनाकर उसने सामने रख दिया। एक घूँट भर वो फिर शून्य में उलझ गये जैसे कुछ ढूँढ़ रहे हों फिर बोले—अच्छा है आप गाँधी नहीं हैं वरना आप भी तानाशाह होतीं। चौरी चौरा में उनके आदर्शों का महल ढह गया पर वो अपने विचारों में किसी पुनर्विचार के लिए तैयार ही नहीं हैं।

''वो महात्मा हैं इसलिए...''

''नहीं नहीं वो अपने आपको मिट्टी से पैदा हुए सामान्य व्यक्ति की तरह सामान्य मानते हैं।''

''सामान्य होते तो क्या जनता पर ऐसा जादू कर पाते? उनके व्यक्तित्व में चुम्बक जैसा आकर्षण है।''

''हाँ, लेकिन मुझ जैसे मजबूत व्यक्ति में यह शक्ति है कि इस आकर्षण से मुक्त रह सकूँ। रति! मुझे उनकी महानता से कोई शिकायत नहीं है। मुझे शिकायत इस बात से है कि वो दूसरा पक्ष समझना ही नहीं चाहते। वो महान हैं इसलिए जो उनका विचार है वही सही है यह डेमोक्रेसी नहीं है। वो महान हैं इसलिए आदर्श उनकी प्रेरणा है उद्‌देश्य है, लेकिन सामान्य व्यक्ति बहुत कमजोर होता है। एक सामान्य व्यक्ति के जीवन का अंग आदर्श से कहीं अधिक व्यावहारिकता होती है। अब यदि गाँधीजी किसी कल्पनालोक में जी रहे हैं तो क्या किया जा सकता है। ठीक है देश उन्हें महात्मा मानता है पर मेरे प्रति उनका जो व्यवहार रहा है उसमें मुझे एक सामान्य व्यक्ति का ईर्ष्या द्वेष दिखाई देता है, इसलिए मेरे मन में उनके प्रति क्रोध उत्पन्न होने लगा है।''

''मैं ये नहीं कहूँगी कि क्रोध पर विजय प्राप्त करिए कारण सामान्य व्यक्ति इसी तरह व्यवहार करता है पर मैं ये अवश्य कहूँगी कि क्रोध का कारण खत्म कीजिए। अपने मार्ग की बाधाओं को खत्म कीजिए। मैं उस जिन्ना की पत्नी हूँ जिसके व्यक्तित्व के आकर्षण से हिन्दुस्तान के नौजवान अभिभूत हैं। वो जब बोलना शुरू करता है तो कोर्ट हो या महफिल सुनने वालों को सम्मोहित कर लेता है। वो जिन्ना जिसके वाक्य का एक-एक शब्द अर्थपूर्ण होता है जिसका वक्तव्य मजबूत तर्क पर आधारित होता है। जो नहीं जानता कि हार क्या होती है।''

"आप बेफिक्र रहें हार की बात तो तब होगी जब कोई जीत रहा हो इस वक़्त तो लड़ाई चल रही है।"

जिन्ना ने रति का दिल रखने के लिए लड़ाई जारी होने की बात भले कह दी हो पर सत्य यह था कि वो लगातार गम्भीर होते जा रहे थे। यह गम्भीरता उदासी के नजदीक पहुँच रही थी। जिन्ना की तुनुकमिजाज़ी में इधर वृद्धि होती जा रही थी। अच्छा यही था कि उन्हें रति का साथ मिल गया था। रति से अपने मन की बात कहकर उन्हें बहुत राहत मिल जाती थी। इसलिए राजनैतिक तनाव की काली छाया से उनकी वकालत मुक्त थी, पर उनके मन का बोझ रति के मन में इकट्ठा होता जा रहा था। यह बढ़ता बोझ रति के दिल को बेचैन किये रहता था। रति की रातें अकसर तारे गिनते हुए बीत जाती। बिस्तर पर वो जल बिन मछली की तरह सारी रात छटपटाती फिर भी यह ध्यान रखती कि उसकी छटपटाहट गुप्त रहे। उसके पति को उसकी छटपटाहट की भनक भी नहीं लगनी चाहिए। जिन्ना के परेशान होने के लिए यों ही तमाम मुश्किलें थीं! नींद के विद्रोह का इलाज वो पुस्तकों में ढूँढ़ने लगी। पुस्तकें उसकी प्रिय सहेलियाँ हमेशा से थीं इन दिनों ये मित्रता और गहरी होती जा रही थी। थियोसोफ़ी और काव्य-संग्रह उसे बहुत शान्ति प्रदान करते, पर अफसोस नींद से नाता जोड़ने में ये सहेलियाँ कोई मदद नहीं कर रही थीं। रात के घने काले अँधेरों में उसकी बन्द पलकों में शेली की पंक्तियाँ चमक उठतीं—

किन्तु काश! हम दम्भ घृणा और भय से होते मुक्त /
जन्म काश, हम पाते ऐसा, अश्रुपात से होते मुक्त/
नहीं जानता हूँ मैं कैसे?
हम सब पहुँचे तेरे रचे, हर्ष के पास/

रति ने कभी शायद स्वप्न में भी यह नहीं सोचा था कि उसकी जिन्दगी में कैसे कैसे झंझावत आएँगे। आसक्ति और समर्पण के दौर में तो मस्तिष्क स्वप्निल जगत से बाहर कुछ सोचने के लिए तैयार ही नहीं था। विवाह के बाद सब कुछ इतना मनोरम और मनभावन था कि जीवन की खिली धूप में बादल भी घिर सकते हैं ऐसा सोचने का कोई कारण ही नहीं था। जिन्ना के साथ जो गुजर रही थी इसकी कल्पना ही नहीं की जा सकती थी। राजनैतिक क्षितिज में अपनी चमक बनाए रखने का मूल्य अपने जीवन की सुख शान्ति के रूप में चुकाना पड़ रहा था। साउथ कोर्ट के अकेलेपन और तमाम तनावों से मुक्ति का सबसे पहला मार्ग रति ने अपने पशु प्रेम में ढूँढ़ा पर यह रास्ता उसकी खुशियों के लिए निर्मम रहा। उसके प्रिय सुलतान, रूबी, नवाब,......। जैसे प्यारे कुत्ते बिल्लियाँ लगातार उसकी प्यार भरी दुनिया से मुँह मोड़ उसे खुशियों के बजाय रंज में डुबोते रहे। रति की कुशल देखभाल और हर तरह की चिकित्सा सुविधा के बाद भी ये निरीह प्राणी उसका साथ छोड़ जाते।

जिन्ना को इन पशुओं से जो थोड़ा बहुत लगाव था वह रति के कारण ही उत्पन्न हुआ था पर इन दिनों वो अपने जीवन के ऐसे कठिन दौर से गुजर रहा था कि इन प्राणियों के प्रति वो निर्मम हो गया था।

जिन्ना ने अपने सम्मेलन की कार्यवाही की सूचना वायसराय रीडिंग को दे दी। गाँधीजी अपना आन्दोलन स्थगित करने के लिए तैयार नहीं थे। यदि वो अपना रुख लचीला कर देते तो देश की राजनीति हिन्दुस्तानियों को कम-से-कम प्रदेश में अपने शासन का मार्ग प्रशस्त कर सकती थी। इन स्थितियों में इस सम्मेलन का आयोजन व्यर्थ रहा। आन्दोलन जारी रखने के निश्चय को मुश्किल से कुछ ही दिन बीते थे कि गाँधीजी ने रीडिंग को लिखा कि यदि वो उनकी माँगों को स्वीकार कर लें तो वो (गाँधीजी) अपने अनुयायियों को सविनय अवज्ञा आन्दोलन स्थगित करने का सुझाव दे सकते हैं। गाँधीजी के इस प्रस्ताव की जानकारी मिलने पर जिन्ना हतप्रभ रह गये। यही बात गाँधीजी ने उनके सम्मेलन में कह दी होती तो राजनैतिक सुधार की दिशा में देश कुछ आगे बढ़ा होता। झल्लाए जिन्ना ने जयकर के साथ एक साझा बयान जारी कर अपनी भावना सार्वजनिक रूप से व्यक्त कर दी।

कानजी भी प्रतिदिन बदलने वाले निर्णयों से व्यथित था। जिन्ना के बयान के बाद वो उनके चेम्बर में उनसे मिला। आमतौर से रति शाम होते होते कोर्ट पहुँच जाती थीं आज भी वो वहाँ जिन्ना की पुरानी फाइलों को यों ही उलट पुलट रही थीं। कई बार वो जिन्ना को छेड़ने के लिए उनका पेन पेन्सिल या सन्दर्भ ग्रन्थ इधर-उधर कर देतीं। जिन्ना इन छेड़खानियों पर बिना ध्यान दिए अपने काम में व्यस्त रहते। उनके सहयोगी अवश्य मुँह छुपाकर मुस्कराते पर जिन्ना की अपने काम के प्रति एकाग्रता बनी रहती। रति ने आज लहराती स्कर्ट और ढीली ब्लाउज पहन रखी थी। कानजी का स्वागत उसी ने किया और बोली—"अच्छा हुआ तुम आ गये, तुम्हारे मित्र तो आज सारे फैसले करवाकर ही यहाँ से विदा लेंगे इन्हें कुछ समझाओ इतनी व्यस्तता भी एक बीमारी है।" रति जिन्ना को सुनाने के लिए कह रही थी पर जिन्ना ने मानो कुछ सुना ही नहीं। रति कानजी को चेम्बर के एक शान्त कोने में ले आई और बैठते ही उसने कहा—"मैं तुम्हारा ही इन्तजार कर रही थी। इन दिनों मैं मन और आत्मा के बारे में उलझी हुई हूँ। ये गुत्थी बड़ी उलझी हुई है। सोच रही थी कि तुम मिलोगे तो तुमसे इस बारे में चर्चा करूँगी। तुमने कभी इस विषय में कुछ विचार किया है?"

"हाँ किया है।"

"तो बताओ मन और आत्मा एक है या अलग? मन है क्या? मस्तिष्क? या कुछ और? ये हमारे शरीर का कोई अंग है या शक्ति?"

"इतने सारे प्रश्न और एक साथ!"

''तुम एक-एक कर जवाब दे सकते हो।''

''मन, स्थूल-शरीर और आत्मा को जोड़ने वाला तन्त्र है। यह भी कह सकते हैं कि यह हमारा सूक्ष्म शरीर है। इस सूक्ष्म शरीर में समाई होती हैं हमारी भावनाएँ इच्छा, लालसा, लगाव, तनाव। मन ही उद्विग्न होता है मन ही रोगग्रस्त होता है, मन का आरोग्य सम्भव है वैसे ही जैसे शरीर का। पर आत्मा इन सबसे परे है।''

''तो सपने क्या हैं मन की उपज या आत्मा का सन्देश या फिर हमारे मस्तिष्क की कल्पना, शरारत।''

''स्वप्न तो बड़ा विशाल विज्ञान है। इसमें मस्तिष्क और मन दोनों हैं पर आत्मा भी इससे जुड़ी है मेरे मन के सन्देश तुम तक पहुँचाने के लिए आत्मिक तरंगें काम करती हैं। आत्मा छलनी का काम भी करती है तुम्हारी या मेरे मन के सन्देश में से कैसा और कितना सन्देश किस को कब पहुँचाना है यह काम आत्मा करती है।''

''गुरुजी महाराज का प्रवचन पूरा हो गया हो तो कुछ देश दुनिया की चिन्ता भी कर ली जाए।'' जिन्ना ने इस मंडली में शामिल होते हुए कहा। वो अपने अदालती काम पूरे कर चुके थे।

''देश में तो भ्रम का आलम है ऐसा लगता है सारा देश गाँधीमय हो गया है और गाँधीजी भ्रम के वशीभूत हो गये हैं; पहले जनता में जोश भर दिया अब कह रहे हैं आन्दोलन स्थागित।

''गाँधीजी हिंसा स्वीकार करने के लिए तैयार नहीं हैं। अच्छे काम के लिए भी वो अनैतिक या गलत मार्ग अपनाने के लिए तैयार नहीं हैं।'' रति ने कानजी को जवाब दिया।

''ठीक है पर यही निर्णय उन्होंने काँग्रेस अधिवेशन में ले लिया होता या फिर मेरे आयोजित सम्मेलन में ले लिया होता तो आज हम कुछ और बात कर रहे होते और आन्दोलन की नैतिकता पर तो मैं कितनी बार खुलकर कह चुका हूँ।''

तीनों यह चर्चा अपने साथ लेकर चेम्बर छोड़ ताज के पीछे वाले रेस्त्राँ में पहुँच गये। गर्म काफियों के दौर में यह चर्चा और गरमाई और उबाल को ठंडा करने के लिए जिन्ना कानजी को घर ले गये। वहाँ ड्रिंक्स के साथ जिन्ना ने और खुलकर अपने मन की भड़ास निकाली। काँग्रेस पर गाँधीजी का प्रभाव जिन्ना के अनुसार उनके एकाधिकारवादी के रूप में जड़ जमा रहा था। मुस्लिम मानस की उन्मादी साम्प्रदायिकता को गाँधीजी धार्मिक अधिकार के नाम की हवा दे रहे थे। कट्टर साम्प्रदायिक अली भाई मुसलमानों के एकमात्र नेता बन गये थे और मौलाना आजाद उन्हें (जिन्ना को) देश का गद्दार करार दे रहे थे। अँग्रेज़ी हुकूमत का प्रवक्ता कह रहे थे। जिन्ना तैश में आ गये।''

''मैं ग़द्दार हूँ? अँग्रेजों का टुकड़ खोर हूँ? ये कैसा मौलाना है जिसे यह भी

पता नहीं कि यह जिन्ना अँग्रेजों की नौकरी को तब लात मार चुका है। जब एक-एक मुकदमे की आस लगाए अदालत में खाली बैठा रहता था। यह जिन्ना जो सरकारी ऊँचे पदों के प्रस्तावो पर ठोकर मार चुका है। ये जिन्ना जिसने देश सेवा में अपनी जवानी के कीमती साल कुर्बान कर दिए घर नहीं बसाया। आज जब रति जैसी समर्पित पत्नी मेरे साथ है तब उसके लिए भी समय निकालना मेरे लिए कठिन है। पूरी जवानी मैं अपने परिवार को कुछ नहीं दे पाया। फातिमा को छोड़ मेरे छोटे भाई-बहनों को कभी यह एहसास नहीं दे पाया कि उनका एक बड़ा भाई भी है। मैं अँग्रेजों का दलाल हूँ? किसके लिए किया यह सब? में अँग्रेजों का दलाल हूँ? कौन होता है यह मौलाना मुझ पर टिप्पणी करने वाला? इसकी राजनैतिक हैसियत क्या है? इसकी राजनैतिक विचारधारा क्या है? बस ये कि ये आदमी मुसलमानों का नुमाइन्दा होने का दावा कर रहा है। मैं इस देश का नुमाइन्दा हूँ। हिन्दू-मुसलमान में बँटा आधा-अधूरा नेता नहीं हूँ। ये आदमी नहीं जानता कि यदि मैंने साम्प्रदायिक तलवार उठा ली तो इस जैसे कितने ही मौलानाओं की गर्दन धड़ से अलग हो जाएगी। जिन्ना का क्रोध साउथ कोर्ट के हॉल में गूँज रहा था। इस समय वो अदालत में अपने मुवक्किल के पक्ष में शेर की तरह दहाड़ रहे थे। उनके मुवक्किल थे स्वयं मुहम्मद अली जिन्ना। रात घिर चुकी थी और रात के अँधेरे में जिन्ना की गर्जना से मलाबार हिल की हवाएँ थरथरा उठीं। इन हवाओं में जिन्ना की व्यथा घुलती गयी घुलती गयी।

इस रात रति बहुत बेचैन रही। उसने जिन्ना को इतना व्यथित कभी नहीं देखा था। किसी राजनीतिज्ञ की टिप्पणी पर इस तरह बिफरते भी नहीं देखा था जैसा वो मौलाना आजाद को लेकर तैश में आ गये थे। वो जानती थी जिन्ना इन दिनों अपने जीवन के बहुत कठिन दौर से गुजर रहे थे। इस देश को अँग्रेजों की गुलामी से मुक्ति देने के अलावा राजनीति में उनका कोई उद्देश्य था ही नहीं। दौलत तो वकालत से इस कदर मिल चुकी थी कि अब कोर्ट जाना छोड़ भी देते तो उनके जीवन स्तर में सौ सालों तक कोई अन्तर न पड़ता। एसेम्बली की सदस्यता का अनुभव वो ले ही चुके थे। गवर्नर के पद की पेशकश ठुकरा चुके थे। अब आखिर बचा क्या था? क्या बचा था कि वो अँग्रेजों के प्रवक्ता बन हिन्दुस्तान की जनता के साथ फरेब करते? गुदगुदे बिस्तर में खुली आँखों से रति रात के अँधेरे में इन सवालों के जवाब ढूँढ़ रही थी और जिन्ना के वाक्य बार-बार गूँजते हुए उसके मस्तक पर हथोड़े की तरह चोट कर रहे थे। एक वाक्य उसे बेचैन किये हुए था। 'यदि मैंने साम्प्रदायिक तलवार उठा ली तो इस जैसे कितने ही मौलानाओं की गर्दन धड़ से अलग हो जाएगी।' क्या जिन्ना जैसा उदार असाम्प्रदायिक व्यक्ति ऐसी तलवार उठा सकता था। उसका मन कहता नहीं पर बुद्धि कहती यदि नहीं तो आखिर एक-एक शब्द को तौल कर

बोलने वाले उसके 'जे' के मुँह से ऐसा वाक्य क्यों निकला। क्या जे साम्प्रदायिक कठमुल्ली राजनीति की ओर बढ़ रहे थे? ये उलझे विचार जब नहीं सुलझे तब वह उठी बार में जाकर उसने इन उलझनों को स्कॉच में डुबो दिया। इतना कि वो बेहोश हो गयी।

सुबह रति ने अपने आपको बिस्तर पर पाया। वो आश्चर्यचकित थी इतना तो उसे याद था कि वो सोफे पर बैठ कर स्कॉच पी रही थी। जिन्ना ने रति की परेशानी देखकर कहा—"शराबियों और हम सभ्य लोगों के पीने में यह अन्तर याद रखना। हम बेहोशी में भी होश कायम रखते हैं। रति के मदिरापान पर जिन्ना ने बहुत संयत टिप्पणी की थी पर उसका जीवन अब जिस राह पर चल रहा था उसे बदलना रति के हाथों में नहीं था। यह रास्ता बदल सकते थे तो बस जिन्ना। रति अपने प्रियतम को आकाश की ऊँचाई से तनिक भी नीचे नहीं देख सकती थी। एक उँगुली नीचे भी नहीं। इस तूफ़ान के कारणों का वो जब भी विश्लेषण करती तो सारी समस्याओं की जड़ में हमेशा स्वयं को पाती और यह निष्कर्ष उसे 'बार' की मेज पर पहुँचा देता। शराब, सिगरेट और अनिद्रा उसके स्वास्थ्य पर असर करने लगी थी। इधर नींद की लालसा ने उसका परिचय अफीम से भी करवा दिया था। इतना सारा जहर पेट आखिर कैसे सँभाल पाता और इस तरह उसे एक नया साथी मिला—अजीर्ण। कुपच, वायु। जीवन में मिले इतने सारे तूफ़ानों को वो इसलिए झेल पा रही थी क्योंकि अभी वो युवा थी केवल बाईस वर्ष की नवयुवती। एक रईस सफल वकील की पत्नी एक प्रसिद्ध राजनेता की अर्द्धांगिनी।

गाँधीजी का आन्दोलन स्थगित हुआ था वापिस नहीं और इस विरोध कार्यक्रमों में एसेम्बली चुनावों के बहिष्कार का निर्णय भी शामिल था। काँग्रेस के बहुत से नेता गाँधीजी के चुनाव बहिष्कार से सहमत नहीं थे। जिन्ना की तो दृढ़ मान्यता ही थी कि देश की समस्याओं का हल एसेम्बली के द्वारा ही सम्भव था वो निश्चित रूप से यह मानते थे कि सरकार का विरोध कानून के दायरे के अन्दर ही किया जाए। इन परिस्थितियों में जिन्ना को यह आवश्यक प्रतीत हुआ कि काँग्रेस और लीग के अलावा हिन्दुस्तान में एक नयी राजनैतिक पार्टी का गठन किया जाए। वो जानते थे कि पंडित मोती लाल नेहरू इस मुद्दे पर गाँधीजी से सहमत नहीं थे और चुनावी प्रक्रिया में भाग लेना चाहते थे। जिन्ना का विचार था कि नेहरू, जयकर जैसे बहुत से नेता उससे सहमत होंगे और नयी पार्टी बनाने में उन्हें सहयोग देंगे पर ऐसा नहीं हुआ। जिन्ना की इस कल्पना को साकार करने में किसी भी प्रतिष्ठित नेता ने सहयोग नहीं दिया। जिन्ना शायद इस परिदृश्य में अकेले पड़ चुके थे एकदम

अकेले। इस असफलता ने जिन्ना के मन पर एक और नयी और गहरी चोट की। एकाकी मानस का यह गम्भीर वकील अब और अधिक गम्भीर हो गया। उनकी साफ़गोई में रूखापन प्रकट होने लगा। तुनुकमिज़ाजी में चिड़चिड़ापन भी शामिल हो गया। स्वभाव की इस उथल-पुथल को सन्तुलन दिया वकालत की सफलता ने। मुकदमों की व्यस्तता ने इस इन्सान को टूटने से बचा लिया। कोर्ट में अपराजेय के रूप में उनकी प्रसिद्धि अब भी अक्षुण्ण थी।

जिन्ना बार-बार अपने चारों ओर बना मकड़जाल तोड़ते और फिर नया जाल उन्हें चुनौती दे उठता। राजनैतिक आकाश में जिन्ना की प्रसिद्धि और महत्त्व पर लगातार उमड़ते काले बादलों के घेरों ने रति को भी अपनी जकड़ में ले लिया था। सामाजिक दुनिया से उसका नाता पहले जैसा अब भी था। क्लब शोज़ रेस्त्राँ बाजार सब बदस्तूर थे। घर में उसे व्यस्त बनाए रखने के लिए डीना थी। ढाई साल की बच्ची अब बोलने लगी थी। छोटे कदमों से वो पूरे घर में दौड़ लगाया करती। उसके बाद कितने ही पालतू कुत्ते बिल्लियाँ की जिम्मेदारी। रति के ये पालतू मित्र उससे बेपनाह मुहब्बत करते थे। ये बेजुबान उसे खासा व्यस्त रखते पर जिस बीमारी ने रति को हरा दिया था वो लगातार उसके जीवन में ज़हर घोलती जा रही थी। दिन भर की सारी थकान के बाद भी उसकी पलकें नींद की प्रतीक्षा में रात भर खुली रहतीं और नींद थी कि पलक झपकाने के लिए भी उसके पास नहीं आती थी।

केवल एक बार ही ऐसा हुआ कि जिन्ना ने बेहिसाब मदिरापान पर उसे टोका था। उसके बाद से रति बहुत सावधान हो गयी थी वो नहीं चाहती थी कि तमाम झँझटों और तनावों के बाद जिन्ना के लिए वो अपनी ओर से एक और सिरदर्द पैदा करे। अपने मन के झंझावातों को रति ने अपने सीने में जज़्ब कर लिया। जिन्ना की खुशी के लिए वो उसके सामने वैसी ही हँसमुख बनी रहती जैसी वो स्वाभाविक रूप से थी। जिन्ना के साथ छेड़खानी और हँसी मजाक में उसने कोई अन्तर नहीं आने दिया पर अकेले में वो मायूसी के साथ सोचती—'कोई! कोई तो होता जिसके समक्ष वो अपना मन हलका कर पाती। हमाबाई ने रिश्तों की बर्फ़ तोड़ ज़रूर दी थी। वो रति की सबसे निकट सहेली थीं पर रति अपने मन की बातों में अब उन्हें राजदार नहीं बना सकती थी। जीवन के इस मुकाम की घुटन का निष्कर्ष पेटिट हॉल में यही निकाला जाता कि रति ने अपने स्वयंवर में चूक कर दी। वो अपने घर में हारी हुई लड़की का खिताब पा जाती। सच यह था कि न वो हारी थी न उसका चुनाव गलत था। शायद दोनों के सितारों में कोई टकराव था। क्या पता हिन्दू विवाह से पहले जो ग्रह नक्षत्र देखते परखते हैं वो सही है।'

काफी दिनों से कानजी भी नहीं आया था, इन दिनों वो लगातार उसे बड़ी शिद्दत से याद कर रही थी। बदहजमी ने उसे बुरी तरह परेशान कर रखा था। ऊपर

से पुरानी सौतन नींद तो उसकी दुश्मन हो ही चुकी थी। वो अपने मन को किसी अपने के साथ साझा करने के लिए तड़फड़ा रही थी। उसके मन में लगातार एक हूक उठ रही थी कानजी तुम कहाँ हो? जल्दी मिलो मुझे तुम्हारी मदद की सख्त जरूरत है। एक अकेला कानजी ही तो था जिस से अब वो अपने मनोद्वेगों पर चर्चा कर लेती थी। उससे बात कर उसे बड़ी राहत मिलती थी। इस विचलित मन:स्थिति की बीमारी जैसी हालत में चार छ: दिन गुजरे थे कि एक शाम नौकर ने कानजी का कार्ड रति को देकर कहा—"साहब पोर्च में अपनी मोटर में बैठे हैं।" रति कोठी के पिछले हिस्से के बरांडे में एक बड़े सोफे में अधलेटी आराम करते हुए आध्यात्म पर ब्लावोत्सकी की पुस्तक से जूझ रही थी। शारीरिक और मानसिक तकलीफ के कारण उसका मन पढ़ने में रम नहीं रहा था, ऐसे में कानजी के आने की सूचना से वो खिल उठी, उसने कानजी को वहीं बरांडे में बुला लिया। रति ने कानजी को साउथ कोर्ट में ड्राइंगरूम की औपचारिकता के बन्धन से मुक्त कर दिया। वो अब उसका मित्र नहीं बहुत हद तक अन्तरंग मित्र हो चुका था।

कानजी पहली बार साउथ कोर्ट की बैठक के अलावा बँगले के किसी अन्दरूनी हिस्से में आया था। बरांडे में विशाल शाही सोफे पर जापानी रेशमी छींट के फ्रॉक में बेपरवाही से लेटी रति को देख आश्चर्य से उसकी आँखें फट गयीं। अभिवादन के बाद जब रति ने कहा कि "कानजी मेरी सहायता करो।" तो कानजी का सर चकरा गया। उसके चेहरे पर उड़ती हवाइयों को देख बीमार रति ने कहा "बीमार मैं हूँ पर लगता है सहायता की मुझसे ज्यादा जरूरत तुम्हें है।" कानजी ने तुरन्त अपने आपको संयत करते हुए कहा—"मैम मैं बिलकुल ठीक हूँ पर यहाँ कुछ ऐसा दृश्य मैंने देखा कि मैं चकित रह गया।" रति हँस पड़ी और बोली—"कोई प्रेत आत्मा दिख गयी क्या? तुम तो न जाने क्या-क्या देखते रहते हो। अच्छा ये बताओ क्या आत्मा का आह्वान किया जा सकता है?"

"पहले आप बताएँ कि आपको मेरी किस सहायता की आवश्यकता आ पड़ी?"

"कई! कई सहायताओं की आवश्यकता है कानजी! पहली तो ये कि नींद मेरी दुश्मन हो गयी है, बिना अफीम लिए मैं सो नहीं पाती। दिन रात बेचैनी मुझे परेशान किये रहती है। इधर पेट में दर्द और अकुलाहट बनी हुई है मैं बाहर नहीं निकल पा रही हूँ और घर का अकेलापन मुझे काट ख़ाने को दौड़ता है।"

"आप अकेली कहाँ हैं? आपके कन्धे से लिपटी शापुर्जी है और कमरे में तूफ़ान मचाने के लिए आर्लेली।"

कानजी की बात से मुस्कराते हुए अपने से लिपटी शापुर्जी के रेशमी बालों में रति ने शरारत से उँगलियाँ फिराईं तो वो कुनमुनाकर उसके और नजदीक आ गयी,

आर्लेली ने रति को अपनी प्रिया से लाड़ लड़ाते देखा तो उसने शोर मचाना शुरू कर दिया और उछलकर रति के पास पहुँच उसके कोमल हाथों के स्पर्श की प्रतीक्षा करने लगा; रति ने तुरन्त उसकी इच्छा पूरी करते हुए कहा—दोनों को पक्षपात एकदम बर्दाश्त नहीं है। वो सोफे पर थोड़ा उठी पास रखी डिब्बी से सिगरेट निकालकर सुलगाई और फिर आर्लेली पर हाथ फेरते हुए बोली—"कानजी इन पालतू मित्रों से मन तो लग जाता है पर मन हल्का नहीं होता। इनसे एकपक्षीय बात होती है, लेकिन इन्सान की फितरत यह है कि वो जवाब चाहता है हाव भाव में नहीं शब्दों में, वो बहस चाहता है, सुझाव चाहता है, परामर्श चाहता है। शिकवे शिकायत, हँसी मजाक गप शप की चाहत रखता है; अच्छा ये सब छोड़ो मेरे पहले सवाल का जवाब दो क्या आत्मा का आह्वान सम्भव है?"

रति की बात पूरी भी नहीं हुई थी कि बेयरर चाय की भारी सी ट्रे लिए हुए हाजिर हो गया, रति ने ट्रे पर निगाह डाली और बिस्किट्स की प्लेटों को देखकर बोली—"इन बिस्किट्स से काम नहीं चलेगा भुने काजू बादाम के साथ सैंड विच भी बना लाओ मेरे वाले नहीं कानजी साहब वाले। आज मैं भी घास फूस ही खाऊँगी और हाँ मीठा शीरा भी बनाओ मेवे कुछ ज्यादा डालना।"

"मैम अभी खाना ख़ाने का समय नहीं हुआ है।"

"अरे कानजी सारा दिन बीत गया मैंने नाश्ते के बाद से अब तक कुछ नहीं खाया है, तुम आ गये हो तो तुम्हारे बहाने मैं भी कुछ खा लूँगी। तुम चाय तो लो। हाँ! कुछ बोलोगे आत्मा...।"

"जब स्वास्थ्य ठीक न हो तो आत्मा के बजाय शरीर की बात करनी चाहिए।"

"टालो मत, आज बहुत दिन बाद पकड़ में आए हो मेरी शंका का समाधान करो वरना 'जे' के आने के बाद तो हम दुनिया जहाँ की चिन्ता में डूब जाएँगे।"

"हाँ आत्मा का आह्वान सम्भव है बशर्ते आत्मा का आह्वान करने वाले में शक्ति हो।"

"मुझे यह कल्पना बहुत आकर्षित करती है कभी-कभी मन करता है मैं इस प्रयोग में भाग लूँ।"

"यह विषय आप बातचीत बहस मुबाहिसे तक ही सीमित रखें तो अच्छा है।"

"क्यों?"

"इसलिए कि यह बड़ा चमत्कारिक विषय है इसमें जो उलझा वो इसी का होकर रह जाता है। कानजी आगे कुछ बोलते कि व्यवधान रूप में बेयरर एक बड़ी सी ट्रे में दुनिया भर के पकवान लेकर उपस्थित हो गया। इस दिलचस्प बातचीत से

रति का ध्यान अपनी बीमारी से हट गया। बेयरर ने सारी प्लेट्स मेज पर लगा दीं आमतौर से बेयरर ही सर्व करता था पर आज रति ने उससे यह जिम्मेदारी ले ली और अपने हाथों से सर्व करना शुरू किया कानजी बार-बार मना करता रहा पर रति कहाँ सुनने वाली थी जिन्ना की सोहबत में रहकर इतनी जिद्दी वो भी हो गयी थी कि मित्रों की खातिर अपने मन के अनुसार कर सके। कानजी के आने और बातचीत से उसे बड़ी शान्ति मिली थी। कानजी ने काजू मुँह में रखते हुए डीना से मिलने की इच्छा प्रकट की। डीना गवर्नेस के साथ आईं और सब उनके बाल सुलभ खेल में व्यस्त हो गये।

शाम ढल चुकी थी घड़ी की सूइयाँ साढ़े सात का समय बता रही थीं। कोर्ट से वापिस आकर जिन्ना सीधे उन दोनों के पास आए और बोले—"तो यहाँ बैठे हैं आप लोग!" डीना पिता को देखकर खुश हो गयी वो दौड़कर पिता के पैरों से लिपटी तो जिन्ना ने गवर्नेस को बच्ची सँभालने के लिए कहा और फिर डीना को समझाते हुए बोले—"बस मैं अभी कपड़े बदल कर आया।" जिन्ना क्षमा माँग अपने कमरे की तरफ चल दिए।

यह महफिल बरांडे से बर्खास्त होकर ड्राइंगरूम में जमी। बेयरर ताजी चाय लेकर हाजिर हो गया। जिन्ना कानजी को वहाँ पाकर खुश हुए। रति के चेहरे की रौनक देखकर बोले—"कानजी तुमने ये बहुत अच्छा किया कि तुम चेम्बर के बजाय घर आ गये। मैम के चेहरे की खुशी बता रही है कि काफी देर से हो तुम यहाँ।"

"जी लगभग पाँच बजे से हूँ तीन कप चाय पी चुका हूँ और गले तक सैंड विच भरे हैं।"

"झूठ मत बोलो सैंड विच के साथ शीरा और खारा भी शामिल है।" रति ने चुटकी ली।

जिन्ना ने बेयरर से कहा—"इतनी ज्यादती ठीक नहीं है मेहमान का ख्याल ठीक से रखना चाहिए कानजी साहब के गले में फँसे सैंड विच उतारने के लिए ड्रिंक्स पेश कीजिए। और फिर ड्रिंक्स के साथ बातों का रुख बदल गया। छेड़खानी कानजी ने ही प्रारम्भ की।

"जनाब गाँधीजी आह्वान कर रहे हैं कि अदालतों का बहिष्कार करो और आप हैं कि दिन भर अदालतों में ही डटे रहते हैं।"

"जी मैं न महात्मा हूँ न मौलाना न पीर फ़कीर, इस साउथ कोर्ट और इसकी परिचर्या में लगे लोगों को पालने के लिए मेरे पास बस एक ही सहारा है अदालत।"

"अरे इतने लोग ही नहीं मेरी रीटा जैक सुलतान लोफर शाहपुर्जी और उनके दोस्तों की फौज के लिए भी 'जे' को वकालत करनी पड़ती है। रति ने बेचारगी से कहा और हॉल तीनों की हँसी से गूँज गया।"

"गाँधीजी ने तो कैसरे-हिन्द वापिस कर दिया पर लोग राय साहबी ख़ान बहादुरी छोड़ने के लिए तैयार नहीं हैं।" रति ने टिप्पणी की।

"लेकिन काफी लोग उपाधि छोड़ रहे हैं यह आन्दोलन जोर पकड़ रहा है।"

"ठीक है उपाधि छोड़ना ठीक है, पर स्कूल कालेजों का बहिष्कार किया जाए मतलब तमाम लोग जो सरकार से इस दिशा में क्रान्तिकारी परिवर्तन के लिए लड़ते रहे उनकी लड़ाई बेकार कर दी जाए। लोगों को अनपढ़ और ज्ञानहीन बने रहने दिया जाए?" रति ने गाँधीजी के आन्दोलन की कमी पर गहरी चोट की।

"मालवीयजी भी तो कह रहे हैं गाँधीजी की मति मारी गयी है और ये सबको उलटे रास्ते पर ले जा रहे हैं।" कानजी ने रति के साथ सहमति व्यक्त की।

"जाने किस कल्पना जगत में जी रहे हैं गाँधीजी पंचायत की वकालत कर रहे हैं। ठीक है एक युग में यह व्यवस्था ठीक और कारगर थी पर अब जैसी परिस्थितियाँ बदल गयी हैं। लोग झूठ फरेब को जीवन का अंग बना चुके हैं।" जिन्ना ने अपना गुबार निकाला।

बहस में व्यवधान डालते हुए रति ने बेयरर को बुलाकर पूछा डिनर की क्या तैयारी है? कानजी को ध्यान आया रात काफी हो चुकी थी उसने बड़े इसरार के साथ जिन्ना के डिनर के निमन्त्रण से मुक्ति पाई और घर के लिए साउथ कोर्ट से बाहर आ गया।

अगले दिन कानजी जिन्ना के चेम्बर में हाजिर था। जिन्ना की फुर्सत का इन्तजार करते हुए वो अखबार पलट रहा था। काम खत्म होते ही जिन्ना ने पूछा— "आज सुबह अखबार मिला नहीं क्या?"

"आप व्यस्त थे तो मैं क्या करता अखबार के अलावा भी इस चेम्बर में हम जैसों के लिए कुछ है?"

"कोई खास बात है? अभी कल ही तो सारी राजनीति की चीरफाड़ हुई थी।

"राजनीति के अलावा भी दुनिया में बहुत कुछ है, मैं यह जानने को उत्सुक हूँ कि मैम का इलाज किस डॉक्टर के द्वारा हो रहा है।"

"क्यों रति को क्या हुआ?"

"वकालत की व्यस्तता में आप कुछ देख नहीं पाते। आपको उनका मुरझाया चेहरा दिखाई नहीं देता?"

"तुम ठीक कह रहे हो, मेरा ध्यान उनके चेहरे पर है। कहा! कई बार कहा पर रति ने ध्यान नहीं दिया पर ख़ैर मरीज की देखभाल परिवार की जिम्मेदारी होती है। अपनी पत्नी की चिन्ता मुझे करनी चाहिए। धन्यवाद! मेरे कर्तव्य का बोध कराने के लिए आपको धन्यवाद।" दोनों मित्रों की यह बैठक बहुत जल्द खत्म हो गयी।

खुशी क्या है। यदि दौलत से खुशी मिलती तो रति परेशान क्यों है? क्यों वो अनिद्रा की शिकार हो गयी है। रति की किस इच्छा को जिन्ना ने पूरा नहीं किया था। जो वैभव जो सुख, भोग विलास उसे पेटिट हॉल में उपलब्ध था वही साउथ कोर्ट में भी उपलब्ध था शायद कुछ ज्यादा उपलब्ध था। इस घर में उसका साम्राज्य था। उसका हुक्म चलता था। हीरे जवाहरात, मानिक मोती जो उसे पसन्द आ जाए उसका था। बम्बई के बाहर हिन्दुस्तान के सबसे आलीशान होटलों में रति की रातें गुजरती थीं। कश्मीर में छुट्टियाँ मनाने के लिए रति की पसन्द के अनुरूप हाउस बोट की साज सज्जा में जिन्ना ने पचास हजार रुपये लुटा दिए थे। इन सबके बावजूद इन दिनों रति रात भर तारे गिनती रहती थी। जिन्ना की नजरों से यह छिपा नहीं था पर! पर उससे लापरवाही हुई थी। रति उसके बाग का सबसे सुन्दर फूल थी। उसके प्रति असावधानी क्षम्य नहीं थी। जिन्ना को यह आभास था कि उसकी खुशियों की राह का काँटा वो स्वयं था। रति उससे बेपनाह मुहब्बत करती थी और उसकी विकलता रति की विकलता बन जाती थी। जिन्ना का मानसिक द्वन्द्व उसका रचा नहीं था। यह द्वन्द्व हिन्दुस्तान की राजनीति में प्रतिदिन बदल रही परिस्थितियों के कारण था राजनीति में उभर रहे नये नायकों के कारण था। इस द्वन्द्व से मुक्ति का कोई मार्ग जिन्ना के पास नहीं था। वो राजनीति से अलग होकर इस द्वन्द्व से छुटकारा पा सकता था पर यह सम्भव नहीं था। रति अगर उसका दिल थी तो दिमाग राजनीति था। जिस मुकाम पर वो पहुँच गया था वहाँ से राजनीति को छोड़ने का मतलब था युद्ध के मैदान में हार। लेकिन जिन्ना हारने के लिए पैदा नहीं हुआ था। फिर रति का क्या किया जाए? शायद इस सवाल का जवाब कोई डॉक्टर ही दे सकता था।

रति के ना नुकुर के बावजूद जिन्ना रति को डॉक्टर के यहाँ ले गये। इलाज शुरू हो गया। कुछ ही दिनों में डॉक्टर की समझ में आ गया, रति तनाव और अवसाद की शिकार हो गयी थी। उसे दवा से ज्यादा स्वस्थ परिवेश की आवश्यकता थी। उसने जिन्ना को सलाह दी कि रति की आब हवा बदल दी जाए और तै हुआ कि रति कुछ दिन हिन्दुस्तान की राजनैतिक उथल-पुथल से दूर एकदम शान्त और स्वस्थ वातावरण में रहें। जिन्ना को सबसे उपयुक्त स्थान लन्दन लगा। रति के लन्दन प्रवास की तैय्यारियाँ प्रारम्भ हो गयीं। अभी उसके जाने में दो-चार दिन शेष थे कि उसे पसन्दीदा लाल गुलाबों का एक भारी गुलदस्ता मिला। यह उपहार उसे कानजी ने भिजवाया था रति का गुलाब प्रेम उसे ज्ञात था जाते समय लाल गुलाबों का गुलदस्ता उसे यात्रा की शुभकामना के लिए सबसे उपयुक्त उपहार प्रतीत हुआ। रति गुलदस्ता पाकर बहुत खुश हुई।

बम्बई की बारिशों के उतरते उतरते चिपचिपे सितम्बर में रति डीना, परिचारिकाओं और ल्यूसी हिलाल आर्लेली श्वानों के अलावा शापुर्जी और सिकन्दर

बिल्लियों के साथ लन्दन की यात्रा के लिए जहाज पर सवार हो गयी। समुद्र की लम्बी यात्रा में करने को बहुत सीमित शगल थे। बहुत सा समय तो अब डीना को मिल रहा था माँ से इतना समय उसे साउथ कोर्ट में नहीं मिलता था। डेक पर भागती दौड़ती डीना की बहुत से लोगों से मित्रता हो गयी थी। रति की व्यस्तता के लिए बिल्लियाँ और श्वान भी थे फिर किताबें और किताबें और किताबें। डेक पर बैठे बैठे समुद्र की उथल-पुथल करती विशाल लहरों को देखते देखते उसे अपने जीवन की उथल-पुथल की स्मृतियों ने घेर लिया। जिन्ना के साथ गुजारे उल्लास और आनन्द की यादों ने उसे विह्वल कर दिया। विवाह के बाद कितने नये मित्र मिले थे। उसे कानजी का लाल गुलाब का गुलदस्ता याद आया। कानजी को धन्यवाद देना तो रह ही गया। वो उठी और अपने सुईट में पहुँच कानजी को पत्र लिखा—"प्रिय कानजी, अपने बेफिक्रे स्वभाव के विपरीत अब जब मैं यह समुद्री यात्रा कर रही हूँ तो बहुत सावधान हूँ। तुम जैसे मेरे चाय के साझीदार मित्र भला सोच सकते हैं कि ये उफनता समुद्र मुझे अपने हाजमे की सुरक्षा के लिए मजबूत कर सकता है?" रति ने पत्र में कानजी को अपनी घनिष्ठ मित्रता की दुहाई देते हुए लिखा कि जब तक वह जिन्ना से दूर है तब तक वो जिन्ना की व्यस्तता का ख्याल रखे। 'जे' अपने आपको व्यस्तता में डुबाए रखते हैं। उसने लिखा कि वहाँ रहते हुए मैं तो उन्हें छेड़छाड़ कर परेशान किये रखती हूँ ताकि वो जरूरत से ज्यादा काम न करें पर अब जब मैं वहाँ नहीं हूँ तो उन्हें रोकने वाला कोई नहीं है। मेरी अनुपस्थिति में वो सीमा से बाहर काम करेंगे ऐसे में तुम उनका ख्याल रखना और उनके बारे में मुझे लिखते रहना।

अदन में कुछ दिनों के लंगर के बाद जहाज ने हिन्द महासागर छोड़ दिया। रति कई काव्य-संग्रह लेकर चली थी आजकल वो इनके गम्भीर अध्ययन में व्यस्त थी। लम्बी यात्रा के बाद जहाज ने लन्दन के बन्दरगाह पर लंगर डाला। ट्रेन की यात्रा के बाद रति लन्दन आ पहुँची। जिन्ना ने उसकी सहायता के लिए लन्दन में पथप्रदर्शक (गाइड) की व्यवस्था के साथ किराए का एक शानदार फ्लैट ले दिया था। रति को जिन्ना की पसन्द पर गर्व था। फ्लैट में उसकी सुविधा का सारा सरंजाम मौजूद था। उसकी सहायता के लिए डीना की गवर्नेस और उसकी निजी परिचारिका तो साथ थी ही कुत्ते बिल्लियों की साज सँभाल के लिए नौकर भी साथ था, शेष काम काज के लिए लन्दन से ही व्यवस्था तय थी। पहले दिन से ही रति को लगा जैसे वो अपने ही घर में आकर रह रही है। एक-दो दिन तो पूरी तरह आराम में ही गुजर गये। समुद्री यात्रा एक तरह नजरबन्द कैद का एहसास करा देती थी। अपना सुईट और जहाज का डेक बस इतनी सीमित दुनिया के बाद चारों ओर नीला समुद्र और समुद्र की लहरें। अब नीले आसमान तले झूमते लहराते वृक्ष थे, फूलों से लदी क्यारियाँ थीं, मकान, सड़कें, कारें, बग्गियाँ यानी उल्लास और उल्लास था।

महायुद्ध खत्म हो चुका था। मृत्यु की विभीषका से अभी कल परसों तक दो-चार हुए लोग अब युद्ध को भूल जी भरकर जी लेना चाहते थे। वो जान गये थे कि जिन्दगी का अर्थ केवल आनन्द है। लन्दन में शोज़, बैले, संगीत, सिनेमा, क्लब और रेस्त्राओं की बाढ़ आ गयी थी। मनोरंजन जगत पर यकायक शबाब छा गया था।

रति की शाम वेस्ट एंड के क्लब और रेस्तराओं में गुजरने लगी। इन दिनों जाज़ बैंड ने लन्दन में धूम मचा रखी थी। क्लब में नौजवान लड़के लड़कियाँ बैंड की धुन पर थिरकते हुए मदहोश हो जाते। गेट्स्बी शो ने तो जादू कर रखा था। बैंड की लय पर करतब दिखाते कलाबाज़, शोख नृत्य में लहराती नृत्यांगनाएँ अपने उन्मुक्त परिधानों में सैकड़ों नजरों को गुदगुदातीं, प्यानों की मधुर स्वरलहरी पर जूतों की एड़ी से सुर-ताल उत्पन्न करते झूमते नर्तक, एक-दूसरे की बाँहों में खोए युवा जोड़े। जोश, उद्दीपन, उत्तेजना, अभिसार में आकंठ डूबे नौजवान युद्ध की त्रासदी को मदिरा, तम्बाकू और नशे के जाने किन किन उपादानों में उड़ा देना चाहते थे। बम्बई में रति अपने भरपूर यौवन के वर्षों में अपनी उम्र से ज्यादा गम्भीर दुनिया में जी रही थी। लन्दन में उसका मदमाता यौवन लौट आया वो यहाँ के आनन्दोंत्सव में खो गयी। इन हंगामों में मग्न रति जब होशोहवास में होती तो उसे आत्मा की याद आ जाती। यहाँ उसे इस विषय पर सोच विचार और प्रयोगों का अवसर उपलब्ध था इन रहस्य भरी गुत्थियों को सुलझाने में उसे असीम आनन्द आता। लन्दन के थियोसोफ़ी केन्द्र का रास्ता भी उसने देख लिया था। इन रास्तों की खोजबीन में उसने एक नये रास्ते पर भी कदम बढ़ा दिए थे, यहाँ एक नया शौक उसने आजमाया 'ड्रग्स' का परिचय उसे इसी प्रवास में प्राप्त हुआ। वो नहीं जानती थी कि कुलीन वर्ग में प्रचलित ये शौक उसके स्वास्थ्य को जवानी में ही मटियामेट कर देंगे।

यौवन के मदिर तूफ़ानों में खोई रति के दिल दिमाग में जिन्ना अप्रासंगिक नहीं हो गये थे। रति के जीवन का केन्द्रबिन्दु तो उसके जीवन की प्रेम कथा ही थी। लन्दन के आनन्द सागर की लहरों में वो डूब उतरा तो रही थी पर उसके पैर लगातार जमीन के स्पर्श में थे। जिन्ना के राजनैतिक झंझावात की पहेली वो यहाँ सुलझा लेना चाहती थी। यह क्यों हुआ कि जबसे उन दोनों का साथ हुआ था तब से जिन्ना का सितारा काली घटाओं में घिर गया था। शायद कोई अतीन्द्रिय शक्ति ही इस गुत्थी के रहस्य को सुलझा सकती थी। थियोसोफ़ी केन्द्र में आत्मिक शक्ति, आत्मा की तरंगों की दार्शनिक व्याख्या तो होती थी पर आत्मा के आह्वान जैसे प्रयोग सामान्यतया नहीं होते थे। ऐसे प्रयोग लन्दन में कुछ और जगहों पर चल रहे थे। आत्मा से बातें सन्देशों का आदान-प्रदान यहाँ सब कुछ सम्भव था। आत्मा भविष्य के अच्छे बुरे समय, घटना दुर्घटना आदि की चेतावनी भी दे देती थीं बस ये प्रयोग बहुत खर्चीले और कष्ट साध्य थे। बहुत धीरज के साथ आह्वान की हुई आत्मा की प्रतीक्षा करनी

पड़ती थी। आत्मा जब सन्देश दे रही हो तो प्रक्रिया पूर्ण होने तक पूर्ण शान्ति आवश्यक होती थी। जरा भी उद्विग्नता या भावावेश आत्मा को विचलित कर देता था और संवाद समाप्त हो जाता था। रति ने इस प्रयोग का प्रत्यक्ष अनुभव प्राप्त किया। उसे सन्देश मिला कि जिन्ना का कठिन समय समाप्त होने को था और वो फिर राजनैतिक क्षेत्र में अपना महत्त्व प्राप्त करने वाले थे। इस सन्देश ने रति के मन को बड़ी शान्ति प्रदान की। यह प्रयोग तो हो गया। उसे अपनी इच्छा के अनुसार सन्देश भी मिल गया पर वह इस प्रयोग का व्यक्तिगत और लम्बा अनुभव प्राप्त करना चाह रही थी जो सम्भव नहीं हो पा रहा था। एक तरह से उसका यह अनोखा प्रयोग अधूरा था और पूरे प्रवास में अधूरा ही बना रहा।

लन्दन के लम्बे प्रवास के बाद रति बम्बई लौट आई। तनाव भरे माहौल से दूर उल्लास की दुनिया ने उसके मन पर छाए निराशा भरे अवसाद को तार तार कर दिया था। नये जोश और नये उत्साह के साथ रति साउथ कोर्ट की दुनिया में व्यस्त हो गयी। इस बार के अकेलेपन में जिन्ना ने अदालती ब्रीफ अखबार और पत्रिकाओं के पढ़ने के अलावा भी कुछ पढ़ा था। रति ने इन पुस्तकों पर नजर डाली। बड़े दिलचस्प शीर्षक थे द प्राइस ऑफ़ लव, व्हाट इस लव, मेन इन लव, द वेनेशियन लवर्स, लव एंड हैट्रेड, एन आइडियल हसबंड। रति ने चुटकी लेते हुए पूछा, ''मेरी अनुपस्थिति में क्या किसी नये प्रेम की तलाश शुरू कर दी।'' जिन्ना ने भी मुस्कराते हुए उसी जुबान में जवाब दिया, ''जवान आदमी अकेलेपन में और क्या करेगा।''

''तो कुछ नतीजा निकला?''

''हाँ, एक बहुत खूबसूरत लड़की से जान पहचान हुई।''

''बस! इतने दिनों में बात जान पहचान तक ही पहुँची।''

''आगे बढ़ने के लिए सलाह की जरूरत है।''

''तो ली सलाह।''

''तुम्हारे अलावा सलाह किससे ले सकता हूँ तुम्हारे सिवा मेरा राजदार कौन है।''

''मेरी सौत के किये सलाह भी मुझसे ही चाहिए।''

''तुम्हारे साथ जिसे रखना है उसमें तुम्हारी जिम्मेदारी भी तो होनी चाहिए।''

''कौन है वो?''

''लन्दन से लौटी डीना की माँ।''

हँसी मजाक में शुरू हुई बातचीत जरा गम्भीर हो गयी थी पर जिन्ना के अन्तिम जवाब से रति ठहाका मार कर हँस पड़ी। और बोली—

''अब मुझे पक्का यकीन हो गया तुम्हें जरूर लन्दन में अभिनेता का काम मिल गया था। लेकिन ये एन आइडियल हसबैंड किस लिए।''

"इसी की तो सबसे ज्यादा जरूरत है, कुछ कमी है इस हसबैंड में जो तुम ऐसी अशान्त हो गयीं।"

"कोई कमी नहीं है न तुम में न मुझमें गड़बड़ ये है कि हम दोनों में प्यार जरा ज्यादा है।"

बातें बातें और कितनी बातें थीं रति के पास सुनाने को। लन्दन के इस प्रवास ने उसे नये जोश से लबरेज़ कर दिया था।

साउथ कोर्ट आने के साथ उसने अपने निकट मित्रों को चाय का निमन्त्रण दे डाला प्रत्येक शाम उसका कोई न कोई मित्र उसके कोर्ट का लॉन गुलज़ार कर रहा होता। रति के पास लन्दन के तमाम अनुभव सुनाने के लिए होते। कानजी के साथ उसकी चाय पार्टी लम्बी चली। लन्दन के किस्सों के बाद कानजी ने रति के स्वास्थ्य के बारे में पूछा। रति बहुत खुश होकर बोली आजकल नींद से कुछ नाता जुड़ गया और रात शान्त गुजरने लगी है। इन शान्त नींदों में सपनों की भरमार रहती रति अपने सपनों की कहानियाँ सुनाने लगी। कानजी ने कहानियाँ सुनने के बाद कहा कि उसके सपने आनेवाले सुखद समय का पूर्वाभास दे रहे थे। उसने कहा कि लगता है जिन्ना बहुत जल्द राजनीति में फिर बहुत महत्त्वपूर्ण हो जाएँगे। रति ने कानजी की बात काट कर कहा 'जे' ग़ैर महत्त्वपूर्ण थे ही कब? कानजी समझ गये रति जिन्ना के विषय में तनिक भी इधर-उधर सुनने के लिए तैयार नहीं थी। रति ने कानजी की बात काट तो दी थी पर लन्दन में आत्मा के आह्वान के प्रयोग और उसके परिणाम को बताने के लिए वो उतावली हो रही थी। रति ने बातों की दिशा इस विषय की ओर करते हुए कानजी से पूछा—

"ये जो किसी मीडियम के द्वारा आत्मा से मिलने बात करने के प्रयोग किए जा रहे हैं इनमें कितना दम है? क्या जीवित व्यक्ति की आत्मा से भी संवाद सम्भव है?"

"मैं जीवित आत्मा आपके सामने बैठा हूँ और आप मुझसे संवाद कर रही हैं।"

रति की मुस्कराहट खिल गयी—"मजाक नहीं, मेरा आशय तुम समझ रहे हो आह्वान की हुई आत्मा से संवाद सम्भव है।"

"मतलब में जीवित आपके पास बैठा हूँ और कोई दिल्ली कलकत्ता में बैठा व्यक्ति मेरी आत्मा का आह्वान करके संवाद बना ले?"

"हाँ यही।"

"बिलकुल सम्भव है। आप तो कितना पढ़ चुकी हैं। आत्मा, शक्ति है और इस शक्ति में व्यक्ति विशेष के अनुभव सुरक्षित हैं जीवित व्यक्ति के मन के तार भी इससे जुड़े हुए हैं तो कोई भी व्यक्ति मेरी आत्मा का आह्वान करके मेरे अनुभव,

मनोभाव, चिन्तन, मनन, विचार आदि पर संवाद बना सकता है। जब कोई व्यक्ति मेरी आत्मा से सम्बन्ध बनाकर बात कर रहा है उस समय मेरे इस स्थूल शरीर को यह भान भी नहीं होगा कि कोई मेरी आत्मा के साथ जुड़ मेरे विचार मेरी भावनाओं को जान रहा है; और एक ही समय में कितने ही व्यक्ति मेरी आत्मा के साथ सम्बन्ध बना सकते हैं। ये वैसा ही है जैसे आपके घर में बिजली एक तार से आई है और एक ही समय में यह विद्युत आपके अलग अलग कमरों और स्थान में अपनी शक्ति दे देती है। या इस दौर के नये आविष्कार रेडियो को लीजिए एक व्यक्ति रेडियो स्टेशन में गा रहा है और इस शहर के सैकड़ों हजारों लोग अलग अलग क्षेत्रों में अपने घर में उसकी तरंगो को पकड़कर उसकी आवाज सुन रहे हैं। बस आवाज सुनने के लिए रेडियो रूपी मशीन की आवश्यकता पड़ती है। मतलब मेरी आत्मा का आह्वान करने वाले में मेरी आत्मा की तरंगों को पकड़ने की सामर्थ्य होनी चाहिए। यह सामर्थ्य मानवीय मशीन है। हाँ रेडियो एकतरफा संवाद है पर आत्मा से आत्मा की बात दुतरफा संवाद है।

"क्या आत्मा से आत्मा के इस संवाद में हमारा स्थूल शरीर भी भाग ले सकता है?"

"ले सकता है पर ऐसा करने वाले में ऐसा करने की विलक्षण शक्ति होनी चाहिए।"

"वैसे बुरा न मानें तो आप किस की आत्मा का आह्वान करना चाहती हैं?"

रति ने चमकती आँखों से रहस्यमयी मुस्कान के साथ कहा—"तुम्हारी।"

कानजी भी हँस पड़ा और बोला—"मेरी आत्मा की क्या आवश्यकता है मैं तो सशरीर आपकी सेवा में उपस्थित हूँ जो पूछना हो पूछ लीजिये।"

"शरीर में समाया मस्तिष्क बहुत चतुर होता है छल-कपट से जवाब देता है जो नहीं कहना वो कहता है और जो छुपाना है उसे घोंट जाता है। मैं तो तुम्हारी आत्मा से बात कर तुम्हारे सारे रहस्यों को जान लूँगी"

"मैम आत्मा को बुद्धिहीन न समझें केवल संवाद योग्य संवाद ही आह्वाहित आत्मा करती है कोई रहस्यमय विषय आ जाए तो आत्मा अपने तार तोड़ लेती है।"

"डर गये आप!... मैं आपके गुप्त रहस्य न जान लूँ।"

कानजी ठठाकर हँसे—"आप कोशिश कर लें मैम! मेरे जीवन में कोई रहस्य नहीं है।"

"परन्तु मैंने अपने जीवन के रहस्यों के बारे में जानने की कोशिश इस प्रवास में की।"

अब रति ने लन्दन में अपने प्रयोग के बारे में सब कुछ बता कर आह्वाहित आत्मा से प्राप्त सन्देश के बारे में बताया। और कानजी से पूछा कि इस प्रयोग और

उसके परिणाम पर उसका क्या विचार था। उसने पूछा कि क्या कानजी ने भी कभी ऐसा प्रयोग किया था? कानजी ने ऐसे किसी प्रयोग से इनकार किया पर उसने आत्मा के आह्वान को रति के स्वप्न जगत से जोड़ दिया। उसने रति के स्वप्नों की व्याख्या करते हुए कहा कि शायद आत्मा लगातार रति के स्वप्नों में आती रही और फिर उन दोनों की बातों की दिशा स्वप्न विज्ञान की ओर मुड़ गयी। हिन्दू शास्त्रों के स्वप्न फलादेश पर वो बड़ी बारीकी से विवेचना करता रहा। फिर थियोसोफ़ी दृष्टि से स्वप्नों के रहस्यों पर बोलता रहा। उसने कहा कि स्वप्न एक तरह आत्मीय और स्वजनों की आत्मा की गोष्ठियाँ होती हैं और भविष्य में होने वाली घटनाओं का सन्देश भी दे देती हैं। कानजी की इन विषयों पर श्रीमती बेसेंट से खूब चर्चा हुई थी। उसने मैडम ब्लावत्सकी की व्याख्याएँ भी पढ़ रखी थीं। ऐसे अनुभव वो स्वयं भी कर चुका था। स्वप्न अतीन्द्रियता और आत्मा द्वारा सम्प्रेशणीयता में उसे पूरा विश्वास था इसलिए रति को कानजी से आध्यात्मिक और जीवन के रहस्यमय क्षेत्रों का ज्ञान बड़े दिलचस्प विशद और स्पष्ट ढंग से मिल जाता। कानजी के साथ वो उल्लास जगत की सैर कर डालती थी।

चौरी चौरा में हुए हत्याकांड के लिए गाँधीजी स्वयं को दोषी मान रहे थे। वो मान रहे थे कि अहिंसा का सन्देश वो फैला नहीं पाए और उसके पहले ही उन्होंने लोगों के हाथ में मशाल दे दी। उन्हें यह भय दिखाई दे रहा था कि असहयोग आन्दोलन फौज पुलिस और स्वतन्त्रता सेनानियों के बीच वीभत्स हिंसा के नंगे नाच का रूप धारण कर लेगा। खिन्न गाँधीजी अपने ही असहयोग आन्दोलन को रोकने के लिए आमरण अनशन पर बैठ गये। यह अनशन उन हत्या के शिकार लोगों के प्रति प्रायश्चित भी था जो इस आन्दोलन की भेंट चढ़ गये थे। काँग्रेस और राष्ट्रीय नेताओं ने सविनय अवज्ञा के साथ सभी आन्दोलनों से अपने आपको विलग कर लिया। गाँधीजी के बहुत से समर्पित काँग्रेसी अनुयायी केवल एक हिंसक घटना के कारण पूरे आन्दोलन को बदनाम करने और स्थगित करने के ख़िलाफ़ थे। परन्तु काँग्रेस के ही शीर्ष नेतृत्व में ऐसे कई व्यक्ति थे जो गाँधीजी से कई मुद्दों पर असहमत थे। पंडित मदन मोहन मालवीय इनमें सबसे प्रमुख थे ये लोग गाँधीजी के असहयोग कार्यक्रम से ही सहमत नहीं थे। असहमत होना एक बात थी खुलकर अपनी बात रखना, गाँधीजी का विरोध करना एकदम दूसरी। अब किसी नेता में इतनी ताकत नहीं थी कि गाँधीजी का सार्वजनिक रूप से विरोध कर सके। जिन्ना में यह साहस था, जब देश का बड़ा वर्ग गाँधीजी के साथ खड़ा था तब वो गाँधीजी के विपरीत अपने विचार नि:संकोच व्यक्त करने की हिम्मत रखते थे।

असहयोग आन्दोलन तो स्थगित हो गया था पर गाँधीजी और काँग्रेस प्रान्तीय और केन्द्रीय एसेम्बली चुनाव में असहयोग पर अड़े हुए थे। वे चुनाव में भागीदारी के विरुद्ध थे और बहिष्कार पर कायम थे। चितरंजन दास, नरसिम्हा चिन्तामणि केलकर जैसे कई नेताओं के अलावा पंडित मोती लाल नेहरू भी इस मुद्दे पर गाँधीजी से असहमत थे। असहमति तो थी पर काँग्रेस के निश्चय में परिवर्तन की शक्ति इन नेताओं में नहीं थी। इस स्थिति में इन नेताओं ने काँग्रेस के अन्दर एक और काँग्रेस बनाई (9 जनवरी, 1923 को) नाम हुआ काँग्रेस ख़िलाफ़त स्वराज्य पार्टी, इस पार्टी के अन्य महत्त्वपूर्ण सदस्य थे—हुसैन शहीद सुहरावार्दी, सुभाष चन्द्र बोस और विट्ठल भाई पटेल। तै हुआ कि इस पार्टी के झंडे तले एसेम्बली चुनावों में भाग लिया जाए।

काँग्रेस और लीग से मुक्ति के बाद जिन्ना अपना अधिकतम समय अदालत को देते। शाम के समय जिमखाना की बिलियर्ड टेबल उनकी प्रतीक्षा करती। आज कल वो राजनीति में निशाना साधने के बजाय गेंदों पर निशाने लगाया करते। बोलने बतियाने में और अधिक आत्म केन्द्रित हो गये थे। क्लब की दीवारें उनकी हँसी तो हँसी मुस्कराहट के लिए तरस गयी थीं। इन भारी दिनों में बस एक रति ही ऐसी थी जो उन्हें हल्का कर देती थी। उनके मन में घुट रहे गुबार के लिए सबसे सुरक्षित द्वार खोल देती थी। अपनी मुस्कराहटें इसीलिए वो केवल अपनी पत्नी के लिए सुरक्षित रखने लगे थे। दुनिया की नजर न लग जाए इसलिए ये सुरक्षित मुस्कराहटें केवल साउथ कोर्ट के बन्द परिसर में उन्मुक्त होती थीं। बहुत सारी मुस्कराहटों में डीना भी हिस्सा बाँट करती थी। रति लन्दन से तरोताजा होकर लौटी थीं उसकी पूरी कोशिश होती कि जिन्ना की गम्भीरता को तार तार कर दें। इसलिए जिन्ना के आने के साथ साउथ कोर्ट में रति का हँसी मजाक, छेड़खानी और शरारतें मुखर हो जातीं। जिमखाना के अलावा सिनेमा थिएटर रेस्त्राँ और बाजार में रति जिन्ना की बाँहों में बाँहें डालकर घूमती और जिन्ना को रति की इच्छाएँ पूरी कर अपिरिमित खुशियाँ मिलतीं।

हर्ष और उल्लास औरों के लिए होता है या अपने लिए? खुशियाँ क्या अपना स्वार्थ भर होती हैं इन दिनों वो यही गुत्थी सुलझा रही थी अपने मनोभावों को पद्मजा से साझा करते हुए उसने लिखा—

पति प्यारे के लिए, पति होए ना प्यारा, अपने सुख के ही लिए पति होता है प्यारा

पत्नी प्यारी के लिए, पत्नी होए न प्यारी अपने सुख के ही लिए पत्नी होती प्यारी

पुत्र प्रेम भर के लिए, पुत्र होए ना प्यारा अपने सुख के ही लिए होता पुत्र है

प्यारा

ईश प्रेम भर के लिए, ईश होए ना प्यारा अपने सुख के ही लिए होता ईश है प्यारा

(पद्मजा के लिए 9 जून, 1925 को रति द्वारा लिखे पत्र का अंश)

स्वराज पार्टी की घोषणा के बाद एक शाम जिन्ना के मन की घुटन रति के सामने प्रकट हो गयी। ड्राइंगरूम के आरामदायक कोच में बैठ अपने सिगार का आनन्द लेते हुए जिन्ना ने कहा—

"जो आज श्री मोती लाल नेहरू कह रहे हैं यही कुछ महीनों पहले मैंने कहा था, यही कोशिश मैंने की थी कि कान्ग्रेस से अलग एक और दल बनाकर हम एसेम्बली के चुनावों में भाग लें। लेकिन उस समय श्री नेहरू, जयकर या दूसरे किसी राजनैतिक मित्र ने मेरा साथ नहीं दिया। आज ये लोग स्वराज पार्टी बनाकर चुनाव लड़ने के लिए कमर कस रहे हैं।"

"आप शामिल होंगे?"

"स्वराज पार्टी में? नहीं! नहीं मैम, मैं मार्ग बनाने वालों में से हूँ पीछे चलने वालों में से नहीं। काँग्रेस में जो हो रहा है वो अच्छा नहीं हो रहा। देश के लिए समर्पण के साथ लड़ने वाली शक्तियाँ बिखर रही हैं। जो सहमत न हों उन्हें अलग थलग कर देने का खेल चल चुका है श्रीमान गाँधी और उनके शिष्य मुझे लगातार किनारे लगाते जा रहे हैं। लेकिन रति यही नहीं मेरे शुभाकांक्षी, मेरे अपने मित्र अनुयायी भी मेरी शक्ति और मानस का सही आकलन नहीं कर पा रहे। तुम जानती हो जज और गवर्नर जैसे पदों के लिए साफ इशारे किये जा चुके हैं पर उन्हें नहीं मालूम कि यह शख्स किस मिट्टी का बना हुआ है।"

"हाँ, लेकिन मैं जानती हूँ कि यह गुजराती ऐसी सिन्धी मिट्टी का बना हुआ मजबूत हिन्दुस्तानी है जो टूटना जानता है झुकना नहीं।"

"नहीं रति, टूटूँगा भी नहीं।"

बेयरर ड्रिंक्स की ट्रोली ले आया था जिन्ना ने अपने हाथों से अपना ड्रिंक बनाया और कसैली चुस्कियों से अपना क्रोध ठंडा करने लगे।

बाईस तेईस साल का नौजवान मुहम्मद करीम चागला एक वर्ष पहले लन्दन से बैरिस्टर होकर लौटा था। तेज बहादुर सप्रू ने उसे इलाहाबाद में अपनी छत्रछाया में वकालत शुरू करने का न्यौता दिया। वो इलाहाबाद पहुँचा। सप्रू के विशाल बँगले में

ठहरे इस नौजवान मेहमान को सोता ऊँघता इलाहाबाद अपने आकर्षण में बाँध नहीं सका। वैसे भी चागला इस दौर के बम्बई के बेताज बादशाह जिन्ना के व्यक्तित्व से चमत्कृत था। उसके देशप्रेम, साहस और राष्ट्रीय भावना का आदर्श रूप कई वर्ष पहले चागला ने अपनी आँखों से देखा था। लोकमान्य तिलक का मुकदमा जिसकी पैरवी जिन्ना ने की थी उसके फैसले को सुनने के लिए चागला अदालत में उपस्थित था। फैसला पक्ष में होने पर जिस गर्मजोशी से जिन्ना ने तिलक से हाथ मिलाया वह दृश्य सदैव के लिए उसकी आँखों में अंकित हो गया था। लन्दन जाने से पहले ही उसने जिन्ना से जूनियरशिप का अनुरोध किया था। जिन्ना ने कोई आश्वासन देने के बजाय कहा नौजवान पहले शिक्षा पर ध्यान दो कोर्स पूरा करने के बाद मुझसे मिलना। इलाहाबाद से वापिस आए चागला ने जब जिन्ना से मुलाकात की तो उसके मन की मुराद पूरी हो गयी वो उनका जूनियर हो गया पर अब उसे जिन्ना के एक नये रूप के दर्शन हुए।

जूनियर चागला का साबका एक रूखे और आपसी सम्बन्धों में एकदम ठंडे जिन्ना से हुआ। न्यायाधीश के समक्ष जीवन्त, जोशीले और कलात्मक कौतुक के साथ अपना पक्ष रखने वाले इस व्यक्ति के निजी जीवन में शायद सामान्य मानवीय संवेदनाओं से कोई रिश्ता नहीं रह गया था। केवल दो तीन वर्ष पहले उसने देखा था जिन्ना ऐसे शुष्क व्यक्ति नहीं थे। जॉइंट सेलेक्ट कमिटी में भाग लेते हुए जब जिन्ना लन्दन के फ्लैट में रह रहे थे तब चागला उनसे कितनी ही बार मिला था तब वो बड़ी गर्मजोशी से मिलते थे, राजनीति और हिन्दुस्तान में हो रहे राजनैतिक घटनाक्रम पर बड़ी दिलचस्पी के साथ बातें किया करते थे। जिन्ना मुस्लिम स्टूडेंट्स यूनियन के अध्यक्ष थे। इस हैसियत से वो अकसर विद्यार्थियों के बीच आते और साम्प्रदायिक सौहार्द्र का सन्देश देते। वो साफ शब्दों में कहते कि इसके बिना हम अपने मुल्क की आजादी के लिए ब्रिटिश हुकूमत की जड़ें हिला नहीं पाएँगे। लेकिन इन दिनों जिन्ना शान्त गम्भीर और झुँझलाए रहते और ऐसा लगता जैसे वो अन्दर ही अन्दर घुट रहे हैं।

चागला की वकालत का आरम्भ था। प्रारम्भिक दौर में नौजवान वकीलों को किस कुंठा का शिकार होना पड़ता है इसकी स्मृति शायद जिन्ना अपने मस्तिष्क से निकाल चुके थे। निराशा भरे ऐसे ही दिनों में किसी मुकदमे के लिए ग्वालियर के एक वकील ने अपने लिए सहायक हेतु जिन्ना से सलाह माँगी। बम्बई की बार में दो सौ जूनियर नामांकित हैं उनमें से किसी को भी चुन लो। ये था जिन्ना का उत्तर। चागला इस समय जिन्ना के कार्यालय में उपस्थित था और इसी मुकदमे में काफी काम भी कर चुका था। उसे आमदनी की सख्त जरूरत थी पर जिन्ना ने अपने इस सहायक की सिफारिश नहीं की। जिन्ना की ऐसी हृदयहीनता से वो स्तम्भित रह

गया। भावनाशून्य जिन्ना ने एक दिन चागला को अपने व्यवहार का औचित्य समझाते हुए कहा कि जब तुम जीवन में सफल हो जाओगे तब तुम्हें गर्व होगा कि यह सफलता तुम्हें किसी के एहसान सिफारिश या उदारता के कारण नहीं मिली। तुम्हें यह सन्तोष होगा कि सफलता तुम्हें तुम्हारे अध्यवसाय और योग्यता के कारण मिली। शायद जिन्ना को अपने जीवन में अँग्रेज सीनियर्स से मिली सहायता की कसक थी। इसलिए अपनी निष्ठुरता द्वारा वे चागला को ऐसी कसक से मुक्त रखना चाहते थे।

जिन्ना अब शुष्क तो हो गये थे पर उनके राष्ट्रीय विचार अब भी पहले जैसे ही प्रखर थे इस मामले में वो चागला के लिए आदर्श पुरुष थे न केवल इस मामले में बल्कि कोर्ट में अपने मुवक्किल के लिए प्राणप्रण से लड़ना और अपने काम के प्रति समर्पण उनके दूसरे अनुकरणीय गुण थे व्यक्ति स्वातन्त्र्य की भावना में भी वो आदर्श थे। रति कोर्ट के खत्म होते होते जब भी चेम्बर में आती। उस की यूरोपीय फैशन की अल्हड़ पोशाकें चागला को आश्चर्य में डाल देतीं जब कि वो अभी कुछ ही महीनों पहले लन्दन में था और स्त्रियों के यूरोपीय फैशन का अभ्यस्त था। पर उसे महसूस होता कि लन्दन के सबसे हिम्मती फैशन को रति ने हिन्दुस्तान जैसे रूढ़िवादी देश में निःसंकोच अपना रखा था और उसके मुसलमान पति को अपनी पत्नी का ऐसा रहन-सहन बिना आपत्ति के स्वीकार था। पत्नी का रहन-सहन ही नहीं जिन्ना का खान पान भी उसके लिए आश्चर्य का विषय था। पोर्क जिन्ना के प्रिय व्यंजनों में था शराब उसके प्रत्येक शाम की आवश्यकता।

एसेम्बली के चुनाव घोषित हो चुके थे। जिन्ना नेशनलिस्ट पार्टी की ओर से बम्बई की मुस्लिम सीट से उम्मीदवार थे। जिन्ना इस चुनाव में आत्म विश्वास से भरपूर थे वो सार्वजनिक तौर पर घोषित करते कि यह चुनाव वोटरों का इम्तिहान है और इसलिए प्रचार अभियान में जोश फूँकने की कोई कोशिश नहीं कर रहे थे। इस मामले में रति कहीं अधिक समझदार थी वो प्रचार की गम्भीरता को समझती थी। उसने जिन्ना के सहयोगियों-मित्रों के साथ प्रचार की कमान अपने हाथों में ले लीं। कानजी द्वारकादास और सर पुरुषोत्तम जैसे अभिन्न मित्र तो पहले ही जी जान से जुटे हुए थे। रति ने जिन्ना को भी चुनाव आदर्श पर नहीं बल्कि वास्तविकता पर लड़ने के लिए प्रेरित किया। जिन्ना सक्रिय हुए। उनके सहायक चागला उनके साथ थे। सामान्य प्रचार का जिम्मा तो मित्र आदि के ऊपर ही था। जिन्ना प्रचार की व्यवस्था पर नजर रखते और स्वयं विशिष्ट व्यक्तियों से मेल मुलाकात करते, इन दौरों में चागला उनकी सहायता के लिए हाजिर रहता। अन्त में वो दिन आ गया जब वोट डाले जा रहे थे। यह चुनाव मुस्लिम आरक्षित था और केवल मुस्लिम ही वोट डाल सकते थे। जिन्ना के हिन्दू मित्रों ने उनकी सेवा में सौ कारें खड़ी कर दीं ताकि वोटरों

को मतदान केन्द्र ले जाया जा सके। इन मित्रों ने जिन्ना से कहा कि हिन्दू होने के नाते वो उनके पक्ष में वोट नहीं डाल सकते पर इस सहयोग से उनकी जीत सुनिश्चित कर सकते हैं यह जीत देश हित में जरूरी है।

जिन्ना और चागला पोलिंग के दिन सुबह से ही टाउन हॉल पोलिंग बूथ पहुँच गये। दोपहर के समय रति लंच लेकर टाउन हॉल पहुँचीं। जिन्ना को देखते ही उसने खुशी से चहकते हुए कहा—"जे' बताओ मैं ख़ाने में क्या लाई हूँ?" जिन्ना ने मुस्करा कर कहा—"मैं क्या ज्योतिषी हूँ? तुम्हीं बताओ क्या लाई हो?"

"मैं तुम्हारी पसन्द के स्वादिष्ट हैम सैंड विच लाई हूँ!"

जिन्ना चौंक उठे और परेशान होकर बोले—"हे भगवान ये तुम जो लाई हो उसकी सार्वजनिक घोषणा भी यहाँ कर रही हो? तुम्हें मालूम है कि मैं मुस्लिम सीट से उम्मीदवार हूँ लोगों को पता चला कि मैं हैम खा रहा हूँ तो कोई मुसलमान मुझे वोट देगा?"

रति का चेहरा उतर गया उसे अपनी गलती समझ में आ गयी उसने टोकरी उठाई फौरन पलटी और तेज कदमों से टाउन हॉल की सीढ़ियाँ उतर अपनी लम्बी आरामदेह कार में बैठ वापिस चली गयी। भूखे जिन्ना ने चागला से कहा चलो कहीं कुछ खा आते हैं। उन्होंने अपने एक सहयोगी को बुलाया और कहा कि दूसरे पोलिंग स्टेशन से यदि कोई उससे मिलने आए तो उसे कोर्नेग्लिया रेस्त्राँ भेज दिया जाए।

रेस्त्राँ में जिन्ना ने पूछा—"क्या लोगे?" चागला ने कॉफ़ी की इच्छा जाहिर की, उन्होंने पूछा—"खाने के लिए क्या चाहिए।" चागला ने जवाब दिया इस रेस्त्राँ के पोर्क सौसजेस अच्छे होते हैं। जिन्ना ने कोफी और सौसेजेस मँगवा लिए अभी दोनों कॉफ़ी का आनन्द ले ही रहे थे कि सफेद लम्बी दाढ़ी लहराते एक मुस्लिम बुजुर्ग ने रेस्त्राँ में प्रवेश किया। लगभग दस वर्षीय एक लड़का भी उनके साथ था। दोनों जिन्ना के पास आए और उसके कहने पर उनके साथ बैठ गये। जिन्ना बुजुर्गवार को जानते थे ये सज्जन उमरखेड़ी पोलिंग बूथ की खबर लाए थे। जिन्ना ने औपचारिकतावश पूछा कि आप दोनों क्या लेंगे? बुजुर्गवार ने चाय की इच्छा प्रकट की और बालक ने शीतल पेय की। शीतल पेय पीते हुए बालक ने ललचाई दृष्टि से सौसेजेस को देखा। जिन्ना और बुजुर्ग बातों में व्यस्त थे। बालक ने नजरें बचाते हुए सौसेजेस का एक टुकड़ा उठाकर मुँह में रख लिया। बालक को सौसेजेस उठाते जिन्ना ने देख तो लिया पर वो चुप रहे और लड़के से दृष्टि हटा कर तीखी नजरों से उन्होंने चागला को देखा। चागला सब कुछ देख रहा था पर वो भी शान्त रहा। बालक और बुजुर्ग के जाने के बाद जिन्ना फट पड़े—"चागला तुम्हें अपने आप पर शर्म आनी चाहिए!"

"क्यों मैंने क्या किया है।" चागला ने पूछा।

"तुमने लड़के को पोर्क खाने से क्यों नहीं रोका? मैंने तुम्हें आँख से इशारा भी किया था।"

"श्रीमन जब वो लड़का पोर्क उठा रहा था तो मेरा मस्तिष्क बहुत तेजी से काम कर रहा था मैंने सोचा कि लड़के को पोर्क खाने के कारण नरक में जाने से बचाना जरूरी है या आपका चुनाव में जीतना। श्रीमन मैंने आपके पक्ष में निर्णय लिया।" चागला के जवाब से जिन्ना निरुत्तर हो गये। खानपान की इस घटना का कोई असर चुनाव पर पड़ने की कोई सम्भावना नहीं थी क्योंकि इस होटल में क्या घटा यह या तो जिन्ना जानते थे या चागला। चागला इस घटना की चर्चा के इच्छुक नहीं थे और जिन्ना जिस सम्भ्रान्त समाज में जी रहे थे उसकी बहुत छनी खबरें ही लोगों तक पहुँचती थीं। चुनाव सम्पन्न हुए जिन्ना को बम्बई में चुनौती देने की किसी में शक्ति नहीं थी वो निर्विवाद नेता के रूप में सफल हुए और एसेम्बली का दौर उनके जीवन में फिर प्रारम्भ हो गया। यह सफलता रति और जिन्ना दोनों के लिए बड़ी राहत थी। इन दिनों जिन्ना के मुँह पर स्मिति की हलकी रेखाएँ फिर नजर आने लगीं रति ने अपनी मित्रमंडली के बीच इस जीत की खुशियाँ जोरशोर से मनाईं। साउथ कोर्ट में गहमा-गहमी बढ़ गयी।

अब तक दिल्ली राजधानी का रूप ले चुकी थी। नयी इमारतों में अब भी चूने की नम खुशबू महका करती। इन भव्य इमारतों में राजनैतिक सुधारों के बाद नये चुनाव सम्पन्न होने पर हिन्दुस्तान की नयी नवेली चुनी हुई नेशनल एसेम्बली पहली बार अपनी बैठक कर रही थी। जनवरी की ठिठुरती ठंड जिन्ना को परेशान करती, उनका गला खराश के कारण खाँसी को निमन्त्रण दे देता पर बहुत लम्बी राजनैतिक उपेक्षा के बाद उन्हें यह स्वर्ण अवसर मिला था और वो इसका पूरा लाभ उठाने के लिए कटिबद्ध थे। सदन में हिन्दुस्तानी सदस्य अब बहुसंख्यक हो गये थे पर आपस में बँटे हुए थे। तेईस निर्दलीय सदस्य थे और इनमें अधिकांश राजनैतिक विचारों में कोरे थे। एसेम्बली की सदस्यता उनके सम्मान को चार चाँद लगाने वाली पदवी भर थी। वायसराय के साथ बैठने का एक गर्व भरा अवसर था। जिन्ना इन महत्त्वाकांक्षी सदस्यों की मानसिकता से भलीभाँति परिचित थे उन्होंने अपनी प्रतिभा के बल पर तुरन्त इन ढुलमुल तेईस निर्दलीय सदस्यों को एकजुट कर लिया। यह एक शक्तिशाली अवसर जिन्ना के हाथ आया था। अब संवैधानिक युद्ध द्वारा वह उद्देश्य प्राप्त करना सम्भव था। जिसके लिए गाँधीजी संविधान को दरकिनार कर निरक्षरों की भीड़ इकट्ठी कर अहिंसक लड़ाई लड़ रहे थे। आधारभूत राजनैतिक सुधार हेतु नये कार्यक्रमों की अपनी परिकल्पना को देश में सत्य सिद्ध करने के लिए उन्होंने सौदेबाजी में अपनी सिद्धहस्तता और व्यावहारिकता के कौशल का भरपूर उपयोग किया। नये साथियों को उन्होंने अपनी परिकल्पना से पूरी तरह सहमत कर लिया।

इन साथियों के जोश और समर्थन के कारण जिन्ना को दृढ़ विश्वास हो गया कि ये प्रतिनिधि अपनी पूरी शक्ति से उनका साथ देंगे और कठिन परिस्थितियों में भी अडिग रहेंगे।

अपने इस नये मजबूत गुट का देश को भरपूर लाभ देने के उद्देश्य से जिन्ना ने मोती लाल नेहरू और चितरंजन दास को प्रस्ताव दिया, कि वो स्वराज पार्टी के सशक्त गुट में अपने निर्दलीय साथियों का विलय कर देना चाहते हैं; ताकि चुने हुए प्रतिनिधियों का ऐसा सशक्त संख्या बल बन जाए जो सरकार द्वारा मनोनीत सदस्यों की संख्या पर भारी सिद्ध हो। जिन्ना की इस रणनीति से नेहरू और दास सहमत हो गये। यह जिन्ना के कौशल का परिणाम था कि एसेम्बली में नेशनलिस्ट पार्टी का जन्म हो गया। इस पार्टी का सर्वप्रथम और सर्वसहमति उद्देश्य निश्चित हुआ, हिन्दुस्तान के लिए शीघ्रातिशीघ्र ब्रिटिश छत्रछाया में स्वतन्त्रता और राज्य सरकारों के लिए पूर्ण स्वशासन का अधिकार। जिन्ना की इस रण नीति से वायसराय रीडिंग हतप्रभ रह गये। इस नयी परिस्थिति ने उसे व्याकुल कर दिया। यह बड़ी चिन्ता की बात थी कि राजनीति से उदासीन शानो-शौकत के आदी ऐसे प्रतिनिधि जो केवल एसेम्बली की सदस्यता से ही खुश थे, जिन्हें सता और शासन से कोई प्रयोजन नहीं था। जिन की एसेम्बली सदस्यता प्रशासन के लिए बड़ी राहत थी। वो जिन्ना की चमत्कारी वक्तृत्व कला से चमत्कृत होकर सहर्ष उनके सहयोगी बन गये। सफल वकील जिन्ना अपनी मोहक और युक्तियुक्त तार्किकता से विद्वान न्यायाधीशों तक को प्रभावित कर लेते थे फिर साधारण व्यक्तियों को अपना सहयोगी और अनुयायी बना लेना तो उनके लिए हँसी खेल था। जिन्ना जानते थे कि हिन्दुस्तानियों का बड़ा और मजबूत संगठन ही अँग्रेजों को गम्भीर चुनौती दे सकता था। इसलिए उनकी हमेशा यही कोशिश रहती थी कि भले संगठन अलग हों पर राष्ट्रीय मामलों में सब एक जुट हों। काँग्रेस और मुस्लिम लीग में निकट सहयोग उनकी इसी विचारधारा का परिणाम था। मुस्लिम रूढ़िवादी शक्तियाँ लगातार मुसलमानों की अलग ताकत की कोशिश करती थीं पर जिन्ना इनसे निपटने की कला जानते थे अलीगढ़ की एक सभा में जब मुसलमानों के एक बड़े वर्ग ने दबाव के साथ ये सुझाव रखा कि एसेम्बली में मुस्लिम पार्टी का अलग अस्तित्व होना चाहिए तो जिन्ना ने इस सुझाव को सिरे से खारिज कर दिया हिन्दू-मुस्लिम एकता में उनकी गहरी निष्ठा के कारण कट्टर मुस्लिम शक्तियाँ कोई खेल नहीं खेल पा रही थीं।

बम्बई वापिस आकर जिन्ना एसेम्बली के फरवरी माह के सेशन की तैय्यारियों में जुट गये वो नयी परिस्थितयों का देश हित में बहुत सकारात्मक परिणाम प्राप्त करना चाहते थे। नयी सफलताएँ जिन्ना के मन में कुलबुला रही थीं वो अपनी खुशियाँ साझा करने को बेचैन थे ऐसी बेचैनियों से मुक्ति का एक ही साथी तो था।

शाम को जाम के साथ रति के साथ अपनी खुशियाँ बाँटते हुए वो उन्हें अपनी नयी रण नीति समझाने लगे। एसेम्बली में अपने प्रयासों से गठित नेशनल पार्टी से उत्साहित जिन्ना ने सवाल किया—

"देश में स्वराज से हमारा आशय क्या है? यही ना कि अपने देश के भले बुरे के बारे में निर्णय का अधिकार हमारा हो। अब जब एसेम्बली में मैंने यह स्थिति बना दी है कि हम अपनी बात मनवा सकें तो हमें इस स्थिति का भरपूर लाभ उठाना चाहिए।"

"लेकिन सवाल तो ये है कि क्या वायसराय आपको काम करने देंगे?" रति ने अपना संशयात्मक सवाल रखा।

"फैसले एसेम्बली लेगी, एसेम्बली में हम इकट्ठे हो चुके हैं, हमारा बहुमत हो चुका है बहुमत की बात वायसराय कैसे खारिज कर सकता है?"

"क्योंकि एसेम्बली की नकेल वायसराय के हाथों में ही है। ब्रिटिश सरकार के पक्ष में गवर्नमेंट ऑफ़ इंडिया ऐक्ट की चालबाजी की पर्त उघाड़ते हुए रति ने कहा—

"खेल शुरू हुआ है, देखते हैं; रेफरी कितना निष्पक्ष है?"

"आपको आशा है?"

"ब्रिटेन में प्रजातन्त्र की जड़ें बहुत गहरी हैं मैम हमें अच्छे परिणाम की आशा रखनी चाहिए।"

"आश्चर्य है! आप जैसा व्यावहारिक व्यक्ति भी ऐसा स्वप्न देख सकता है।" ब्रिटिश राजनीतिज्ञों के दो पैमाने हैं एक अपने देश के लिए दूसरा उपनिवेशों के लिए।

"ठीक है इन्हें अपने खेल में नंगा होने दीजिए। जब तक ये प्रजातन्त्र का ढोंग कर रहे हैं तब तक हम जितना फायदा उठा सकें उठाएँगे। जब आर पार की लड़ाई की नौबत आएगी तब वह लड़ाई भी लड़ी जाएगी। इस समय तो आप नयी परिस्थितियों का उज्ज्वल पक्ष देखिए। काँग्रेस के महत्त्वपूर्ण नेता सहयोग कर रहे हैं। यह सहयोग आगे बढ़ा तो हिन्दुस्तान में इतना शक्तिशाली संगठन उठ खड़ा होगा कि अँग्रेज स्वराज देने पर मजबूत हो जाएँगे।"

"आप एक और स्वप्न देख रहे हैं आप कैसे विश्वास कर सकते हैं कि काँग्रेस के स्वराजी नेता गाँधीजी की उपेक्षा कर आपके साथ बने रहेंगे?"

"गाँधीजी को अपने विचार बदलने पर ये लोग मजबूत कर सकते हैं।"

रति खिलखिलाकर हँस पड़ी और बोली—"हिन्दुस्तान में सिर्फ दो नेता ऐसे हैं जो अपने विचारों पर अडिग रहते हैं कोई ताकत उनके विचार में रत्ती भर परिवर्तन भी नहीं कर सकती, इन दोनों में पहले नेता गाँधीजी हैं।"

"और दूसरा?"

प्रणयोन्माद, प्रशंसा और आत्म तुष्टि से खनकती हँसी के साथ रति ने प्रतिप्रश्न रखा—"यह बताने की जरूरत है क्या?"

जिन्ना सन्तुष्टि भरी मुस्कराहट के साथ उठे रति के खाली प्याले में अपने हाथों से मदिरा भरी और दोनों नयी राजनीतिक सफलता की मदहोशी में डूब गये। रति की बातें जिन्ना के फफोलों पर मरहम का काम करती थीं तो जिन्ना की सफलता और खुशियाँ रति की जीवन बगिया को जूही चमेली बन अपनी महक से महका देती। जिस शाम खुशियों की ऐसी बारात साउथ कोर्ट में आती उस रात रति की नींद और नशीली हो जाती। नशे का विमान उसे अलौकिक जगत की सैर करा देता। इस यात्रा में न जाने कितनी और किस किस की आत्मा से उसकी मुलाकात होती। कितनी बातें होतीं। भविष्य के कितने रहस्य ये आत्माएँ रति के समक्ष खोल कर रख देतीं।

जिन्ना की नयी रणनीति ने बहुत शीघ्र परिणाम दिखना शुरू कर दिया। एसेम्बली में नेशनलिस्ट पार्टी ने फरवरी महीने से ही अपनी शक्ति प्रदर्शित कर दी। संवैधानिक सुधारों के लिए एक प्रस्ताव एसेम्बली में प्रस्तुत किया गया वोटिंग हुई और अड़तालीस सदस्यों ने विरोध किया, लेकिन छिहत्तर सदस्यों ने इसके पक्ष में वोट दिया, प्रस्ताव पारित हो गया। गवर्नमेंट ऑफ़ इंडिया ऐक्ट से हिन्दुस्तानी नेतृत्व सन्तुष्ट नहीं था इसके लागू होने से ही इसमें परिवर्तन की जबरदस्त माँग थी। हिन्दुस्तान के विभिन्न अल्पसंख्यकों के अधिकार और हितों की रक्षा भी इस प्रस्ताव का एक प्रमुख अंग था। एक गोल मेज सम्मेलन में इन मुद्दों पर विचार-विमर्श का प्रस्ताव पारित किया गया। वायसराय के लिए आवश्यक था कि एसेम्बली में पारित प्रस्ताव पर कार्रवाई की जाए। परिणामस्वरूप वायसराय रीडिंग ने सर एलेक्जेंडर मुद्दिमा की अध्यक्षता में एक रिफॉर्म्स इन्क्वायरी कमिटी का गठन कर दिया। मुहम्मद अली जिन्ना को इस कमेटी में सदस्यता दी गयी। जिन्ना केवल नियम, कायदे कानून और अधिकारों की व्याख्या तथा इनके परिवर्तनों तक ही सीमित नहीं रहे। वो एसेम्बली का आम हिन्दुस्तानी के हित में भरपूर लाभ उठाना चाहते थे। अँग्रेजों ने बहुत कुटिलता के साथ सरकारी खरीद के लिए ऐसे नियम बना रखे थे कि केवल लन्दन के अँग्रेज व्यापारी और कम्पनियाँ ही हिन्दुस्तान में सरकारी खरीद का लाभ उठा पाती थीं। यह हिन्दुस्तान की व्यापारिक गुलामी थी। पौंड स्टर्लिंग के बन्धन को तोड़कर उन्होंने निविदाओं के लिए रुपये की स्वीकारता को मंजूरी दिलाई। निविदाएँ केवल विलायत में नहीं बल्कि हिन्दुस्तान में वो भी एक ही समय जारी करना निश्चित करवाया।

इस सूझबूझ वाली रणनीति ने देसी व्यापारियों के लिए व्यापार के नये अवसर

खोल दिए। अब यह देखना था कि निविदा शर्तों में परिवर्तन देश के व्यापार को कितना प्रोत्साहन देगा! करीबी मित्रों ने जिन्ना को बधाइयों से अभिभूत कर दिया दिल्ली की इन सफलताओं को सँभाले हुए जिन्ना जब बम्बई वापिस आए। तब साउथ कोर्ट में महफिलों दावतों के कई दौर चले और जिन्ना के इस प्रयास की भरपूर प्रशंसा हुई। एक शाम कानजी से इस मसले पर खूब बातें हुईं।

''लेकिन इस परिवर्तन का लाभ उठाने के लिए देश में व्यापारिक औद्योगिक उन्नति भी तो होनी चाहिए।'' कानजी ने सवाल खड़ा किया।

''हाँ, पर इस देश के विकास का जिम्मा अँग्रेजों का नहीं हमारा है, मजलिसों सभाओं में हम सिर्फ गाल ही न बजाएँ बल्कि इस देश की तरक्की में व्यावहारिक योगदान भी दें। आपके परिवार ने यह किया है। और लोगों को भी आपसे प्रेरणा लेनी चाहिए और फैक्ट्री कारखाने लगाने चाहिए।

''आप गाँधीजी से ठीक उलटा कह रहे हैं। वो कहते हैं कि कारखाने के बजाय हमें कुटीर उद्योगों का विकास करना चाहिए। कारखानों में इन्सानों का मजदूरों के रूप में शोषण होता है उन्हें उचित मजदूरी नहीं मिलती। सारा मुनाफा बिना हाथ हिलाए कारखाने का मालिक हजमकर जाता है। आपके दादा के आँगन में कितने करघे चलते थे? गाँव की कितनी कत्तिनें सूत कातती थीं। कितने रंगरेज और छीपी काम करते थे। आज सब बेरोजगार हैं। थोड़े से लोगों को कारखानों में मामूली मजदूरी पर काम मिला है।'' रति ने गाँधीजी का पक्ष रखा, वो जिन्ना के दादा के पनेली और गोंडल के किस्से जिन्ना के मुँह से सुन चुकी थी।

''शासक और शासित जुड़वाँ भाई हैं और इनके जन्म के साथ ही शोषक और शोषित का जन्म भी हो जाता है। मेरे दादा के यहाँ भी बुनकर आकर उनके आँगन में करघा चलाने की मजदूरी करते थे। कत्तिनों को रूई और चरखा वो देते थे। इन लोगों को सिर्फ मजदूरी मिलती थी। यह ठीक है कि थोड़ी अच्छी परिस्थिति के बुनकर अपनी खड्डी लगा लेते थे पर शोषण तो तब भी था आज भी है शोषण से रक्षा की जिम्मेदारी शासन की है। अच्छे और उदार पूँजीपति स्वयमेव मजदूरों के हितों का ध्यान रखें तो यह एक बड़ा आदर्श होगा।'' जिन्ना ने अपने दादा के कारोबार को याद करते हुए कहा।

''ठीक है वो भी एक तरह के पूँजीपति थे पर कितने लोगों को रोजगार दे रहे थे। ग्रामीण अर्थव्यवस्था की रीढ़ थी कपड़ा खांडसारी और तेल का व्यापार। इस सरकार ने ग्रामीण अर्थ व्यवस्था छिन्न-भिन्न कर डाली। आपके दादा का कारोबार बर्बाद हो गया।'' कानजी ने गाँधीजी के विचार को फिर दोहराया।

''मेरे दादा का कारोबार तोड़ने के लिए अँग्रेजों ने कर व्यवस्था ऐसी बना दी कि हथकरघा कपड़ा महँगा हो जाए। मेरे पिता का व्यवसाय भी काफी हद तक इन्हीं

नीतियों के कारण बर्बाद हुआ। ब्रिटिश हुकूमत ने खेल के सारे नियम अपने पक्ष में कर लिए। तो इस व्यवस्था को इन नीतियों को बदलने का मौका तो अब हमें एसेम्बली में मिल चुका है और देसी व्यापारियों के साथ हो रहे अन्याय का कुछ प्रतिकार तो अभी किया गया है। आगे हम इस व्यवस्था को एकदम अपने अनुकूल बदलकर रख देंगे।''

''मान लिया पर कारखाने थोड़े से लोगों को काम देते हैं। मजदूर अपना गाँव देश छोड़ गन्दी बस्तियों में रहने को मजबूत हो जाते हैं। जब कि देसी उद्योग ज्यादा लोगों को रोजगार देते हैं, वो भी घर बैठे।'' रति ने जिन्ना की थोड़ी और खिंचाई की।

''जी, ये आपके पिता और उनके जैसे उद्योगपतियों की कमजोरी है। प्रत्येक उद्योगपति को अपने मजदूरों के साथ पिता जैसा व्यवहार करना चाहिए। उनकी देखभाल की जिम्मेदारी परिवार के मुखिया के रूप में उठानी चाहिए। उद्योगपति ऐसा करने के लिए बाध्य हों सरकार को ऐसे कानून बनाने चाहिए, हम बनाएँगे।'' जिन्ना ने हँसते हुए अपनी खिंचाई में रति के परिवार को ही लपेट लिया।

''मतलब कल कारखाने लगाना ठीक है?'' रति ने मुस्कराते हुए कहा।

''बिलकुल, आज कितने ही काम ऐसे हैं जो बिना कारखाने के किये ही नहीं जा सकते। नयी सुविधाओं का आँख मूँदकर विरोध नहीं किया जा सकता आप कह सकते हैं कि रेलगाड़ी का इस्तेमाल नहीं करना चाहिए? बैलगाड़ी में ही चलना चाहिए। माल ढुलाई के लिए घोड़ा गाड़ी और ऊँट गाड़ी का इस्तेमाल करना चाहिए। यहाँ बम्बई में गेहूँ की कमी हो जाए और लाहौर से गेहूँ बैलगाड़ियों में भेजा जाए तो जब तक अनाज यहाँ पहुँचेगा तब तक अनाज के जरूरतमन्द दूसरी दुनिया में पहुँच जाएँगे। आज दुनिया के मुल्क जिस तरह एक-दूसरे के नजदीक आ चुके हैं ऐसे में आप अलग थलग नहीं रह सकते। जमाने के साथ चलना हमारी मजबूती है और जरूरत भी। इसलिए उद्योग लगने चाहिए व्यापार बढ़ना चाहिए।''

''आपका मतलब मेरे पापा ने कपड़े का कारखाना लगाकर ठीक किया।'' रति ने अपने पिता के सही निर्णय पर जिन्ना की मुहर लगवाने के अन्दाज में पूछा।

''जी हाँ ठीक नहीं एकदम ठीक किया, न केवल मिस्टर पेटिट ने बल्कि टाटा आदि पारसियों गुजरातियों और मारवाड़ियों ने जो किया है वो इस देश की जरूरत है। हम राजनीतिज्ञ तो सिर्फ भाषण देते हैं जबकि इन उद्यमियों ने खतरा उठाया रुपया और दिमाग लगाया और मेहनत भी की है। इन लोगों ने देश के विकास की नींव रखी है।''

''आपने उद्योगपतियों के लिए जिस बन्धन का विचार व्यक्त किया है मैं भी उससे सहमत हूँ। अपने मजदूरों के बेहतर जीवन की जिम्मेदारी भी उन्हें पूरी

सदाशयता से निभानी चाहिए।'' कानजी ने व्यापारिक परिवार का सदस्य होने के बावजूद जिन्ना से सहमति प्रकट की।

हिन्दुस्तानी व्यापारियों की व्यापारिक अड़चनों का जिन्ना को व्यक्तिगत अनुभव था। उसके दादा और पिता अँग्रेजों के एकतरफा व्यापारिक खेल के शिकार हुए थे और अर्श से फर्श पर आ गये थे। रईस जिंना भाई पूंजा के जीवन के आखिरी दिन मुफ़लिसी में गुजरे थे। यह विमर्श शायद सारी रात चलता पर ऐसी गम्भीर मन्त्रणाओं में डिनर सदैव बाधा बन जाता। एक बार बातों का तार टूटता तो फिर महफिल जमने पर कहीं और जुड़ जाता। डिनर के दौरान रति और कानजी जिन्ना से एसेम्बली के व्यतिगत किस्से सुनते रहे।

''मैं पहले राष्ट्रवादी हूँ इसके बाद भी राष्ट्रवादी हूँ और अन्त में भी राष्ट्रवादी हूँ।'' एसेम्बली में हुंकारते हुए जिन्ना ने सारी दुनिया के समक्ष यह साफ कर दिया था कि वो देशभक्ति में अद्वितीय थे। एसेम्बली में ऐसा कोई भी अवसर नहीं छोड़ते थे जब वो अपने विचार व्यक्त न करें। पूरी सभा उनके विचारों की प्रतीक्षा करती। जिन्ना के भाषण केवल तकनीकी दाँव पेंच तक सीमित नहीं रहते थे। वो देश हित में शासकीय परिवर्तन के मजबूत सुझाव पेश करते। सरकारी अड़चनों और अकर्मण्यता पर प्रहार करते। आम नागरिक के जीवन में सुधार की माँग करते। रीडिंग द्वारा गठित रिफोर्म्स इन्क्वायरी कमिटी में वो इस कदर मुखर रहते कि कमेटी के सदस्यों ने इसका नाम ही जिन्ना कमेटी रख दिया। अब जिन्ना की उपेक्षा सम्भव नहीं थी। एक बार फिर जिन्ना आकाश पर छाने लगे थे। मुख्य धारा से इतर अवस्था को भोग रही मुस्लिम लीग को जिन्ना की एक बार फिर याद आई। इस दौर में लीग के पास ऐसा कोई भी नेता नहीं था जो जिन्ना का पसंगा भी होता इसलिए लाहौर की अपनी मजलिस में लीग ने सारी बागडोर पुनः जिन्ना के हाथों सौंप दी। जिन्ना ने इस अवसर को छोड़ा नहीं वो समझ रहे थे। जिस तरह काँग्रेस गाँधी केन्द्रित होती जा रही थी उसमें वैचारिक लचीलेपन की स्थितियाँ समाप्त हो रही थीं। काँग्रेस व्यक्तिपूजा की तरफ बढ़ रही थी और प्रजातान्त्रिक मतवैभिन्न की स्वतन्त्रता को भीड़ का शोर कुचल रहा था। इन स्थितियों से तभी लड़ा जा सकता था जब कोई दूसरा मजबूत संगठन विपरीत पक्ष रखने की ताकत में होता। लीग इस शून्य को भर सकती थी। लाहोर मजलिस में जिन्ना ने गाँधीजी की सफलता और असफलता पर अपने विचार खुलकर व्यक्त किये। उन्होंने अपने भाषण में कहा—''कौंसिल बहिष्कार का गाँधीजी का विचार अनुपयोगी और अर्थहीन सिद्ध हुआ है। ख़िलाफ़त आन्दोलन से भी कुछ हासिल नहीं हुआ। हाँ, पिछले तीन वर्षों के स्वराज आन्दोलन

ने एक सार्वजनिक आन्दोलन का रूप ले लिया है। आज आम हिन्दुस्तानी नागरिक हिन्दुस्तान के लिए स्वशासन की माँग निर्भीकता और पूरी शक्ति के साथ कर रहा है।'' जिन्ना के तार्किक भाषण और युक्तियुक्त अन्दाज का श्रोताओं पर जादुई असर होता था। इस मजलिस में स्थाई रूप से आगे के तीन वर्षों तक लीग की बागडोर जिन्ना के हाथों में सौंप दी गयी।

लाहौर में मुस्लिम लीग के मंच से जिन्ना ने साफ शब्दों में घोषणा की, कि हिन्दुस्तान में स्वशासन की पहली शर्त है हिन्दू-मुस्लिम भाईचारा, दोनों के बीच सौहार्द्र तथा भावनात्मक एकता। मुसलमानों में तेजी से फैल रही अन्तर्कलह, ईर्ष्या-द्वेष, अहंकार और घृणा की जिन्ना ने गहरी भर्त्सना की, मुसलमानों की आपसी फूट विद्वेष, जीवन के प्रत्येक पक्ष में व्याप्त कठमुल्लेपन के कारण आपसी सद्भाव और सहयोग की कमी की उन्होंने खुलकर निन्दा की। जिन्ना ने इन दोनों मामलों पर दो प्रस्ताव रखे जो लीग ने स्वीकार कर लिए। हिन्दू-मुसलमानों के बीच खतरनाक रूप ले चुकी कड़वाहट को खत्म करने के लिए जिन्ना की पहल पर एक कंसिलिएट्री बोर्ड बनाया गया। दोनों समुदाय आपसी विरोध और शिकायतों को इस बोर्ड के द्वारा व्यक्त कर सकते थे और इन विरोधों शिकायतों के निवारण का जिम्मा इस बोर्ड को सौंपा गया। दोनों समुदायों में मतभेद उत्पन्न न हों यह चेष्टा भी इस बोर्ड को सौंपी गयी। मुसलमानों में देश हित में काम करने के अलावा शासन में भागीदारी के गुणात्मक विकास के लिए जिन्ना के तत्त्वावधान में एक कमेटी बनाई गयी। इसी तरह ख़िलाफ़त आन्दोलन में सहयोग के लिए भी एक कमेटी का गठन किया गया। लीग ने एक और महत्त्वपूर्ण जिम्मेदारी उन्हें सौंपी, जिन्ना के ही तत्वावधान में एक विशेष कमेटी का निर्माण किया गया इस कमेटी का काम था हिन्दुस्तान के लिए संविधान का निर्माण। लीग की इस मजलिस ने स्वराज के लिए समर्पण के साथ काम करना तै किया।

यों तो मुस्लिम लीग अपनी शैशवावस्था में अँग्रेज़ी प्रश्रय का बड़बोला संगठन मात्र था पर काँग्रेस ही अपने प्रारम्भिक 20-25 वर्षों तक कौन सा बड़ा संगठन थी। कुछ अँग्रेज बुद्धिजीवी, कुछ पैसा कमाकमाकर थके बैरिस्टरों वकीलों, राय साहबों, रईसों के लिए राजतन्त्र के प्रतिनिधियों के साथ उठने बैठने और जब तब बहस मुबाहिसे का एक जरिया भर थी। मुस्लिम लीग इसका मुस्लिम लघु संस्करण थी। नाम तो बहुत भारी था पर संगठन हल्का। सदस्यता के नाम पर इसकी बही में कुल दो-चार हजार मुसलमानों के नाम दर्ज थे। इनमें ज्यादातर नवाब, श्रीहीन शाही दरबारों के अमलदार, जमींदार, तालुकेदार, शायर, मौलाना और मौलवी थे। इनके लिए भी लीग की महफिलें अपना खौफ़, दम्भ और इतर मुस्लिमों से हिकारत की भावना व्यक्त करने का मजबूत मंच थी। लेकिन थोड़े से

ही सही, मुल्ला मौलवी लीग का सम्बन्ध आम मुसलमानों की बड़ी जमात से जोड़ देते थे। इस्लाम के पाबन्द इस्लाम को समर्पित इस शक्तिशाली वर्ग को साम्प्रदायिक सोच से बाहर निकालना असम्भव था पर यह असम्भव काम जिन्ना कर रहे थे।

ऐसे ही एक अवसर पर जब मुस्लिम लीग की अलीगढ़ मजलिस में सर अब्दुल रहीम ने उग्र साम्प्रदायिक भाषण देकर मुसलमानों में मतांधता भड़काने की पुरजोर कोशिश की और अपने भड़काऊ भाषण के बल पर घोर साम्प्रदायिक प्रस्ताव स्वीकृत करवाने की कोशिश की (1926 में) तो जिन्ना ने उसी मंच से मज़हब को राजनीति से अलग कर ललकारते हुए कहा—"मैं पहले हिन्दुस्तानी हूँ बाद में मुसलमान। उनके इस उद्घोष मात्र ने सर रहीम के साम्प्रदायिक विष की हवा निकाल दी। उनके सारे वार विफल हो गये। यह लड़ाई धार्मिक उन्माद से ग्रस्त रूढ़िवादी विचारों तथा आधुनिक एवं राष्ट्रीय भावना से ओत प्रोत विचारों के बीच थी। एक ओर सर अब्दुल रहीम थे दूसरी ओर जिन्ना। जिन्ना ज्यादा अच्छी तरह सुने जाते थे वे श्रोताओं के दिल पर असर कर बुद्धि में स्थान बना लेते थे।

अब जो व्यस्तताएँ बढ़ीं तो एकबारगी जिन्ना के सर पर जिम्मेदारियों का पहाड़ टूट पड़ा। दो तीन वर्षों से केवल अदालत में अपनी उपस्थिति बनाए जिन्ना के लिए समय का यकायक अकाल पड़ गया। रति को इसी दिन की प्रतीक्षा थी। वो जानती थी जिन्ना ऐसी व्यस्तता और जिम्मेदारियों से जरा भी परेशान नहीं होते थे। एक तरह से उनके जीवन का उद्देश्य ही ऐसी व्यस्तताएँ था। रति स्वयं अपने पति के ऐसे उत्कर्ष की अभिलाषी थी। जीवन के ऐसे महत्त्वपूर्ण पक्ष ने ही तो उसे जिन्ना के प्रति आकर्षित और समर्पित किया था। जिन्ना की ये सफलताएँ उसकी अपनी सफलताएँ थीं। जिन्ना भी रति को घर की चारदीवारी के जनानखाने में कैद करने के अभिलाषी कभी नहीं थे। निजी समय में जिन्ना रति से इन सभी विषयों पर चर्चा और मन्त्रणा करते। यद्यपि वो अपने विचार के जिम्मेदार स्वयं होते थे पर रति के साथ चर्चाओं में उनके विचार और निखर उठते। अकसर रति इतने व्यावहारिक सुझाव पेश कर देतीं कि जिन्ना अपनी पत्नी की प्रशंसा करते हुए उन सुझावों का समावेश अपने निर्णयों में कर लेते।

जिन्ना ने शुरू से ही रति को प्रत्येक सार्वजनिक राजनैतिक समारोहों में अपने साथ रखा। वो जानते थे कि रति को इन समारोहों में शामिल होने का शौक है। शौक से भी ज्यादा वो अपने पति के सम्मान और प्रतिष्ठा को अपनी आँखों से देखना पसन्द करती थी। उसके भाषणों को वो जीवन्त रूप में सुनने की आकांक्षा रखती थी। शासकीय समारोह और दावतों में तो रति निश्चित रूप से जिन्ना के साथ होती। जब दिल्ली में एसेम्बली सत्र होता तो उसका निवास दिल्ली हो जाता और एसेम्बली के दर्शक अतिथि के रूप में वो अकसर वहाँ हाजिर होती। जिस दिन

जिन्ना को बोलना होता वो समय से पहले सभा में उपस्थित हो जाती। सामान्यतया इन अवसरों पर वो सुन्दर साड़ियों की छटा बिखेरा करती। उसका नाज़ुक शरीर भारी साड़ियों का भार नहीं सह पाता था तो सामान्यतया वो इतर से गमकी एकदम झीनी साड़ियाँ बाँधती। चोलियों की प्रेरणा उसने गुजरात मारवाड़ के बंजारों की स्त्रियों में प्रचलित चोलियों से ली थी ये चोलियाँ पीठ ढँकने के लिए वस्त्र व्यर्थ नहीं करती थीं।

मजलिसों समारोहों में विशेष अतिथि के रूप में शामिल होने पर भी रति का वस्त्र विन्यास अल्हड़ ही रहता। इस दम्पती की जैसी जीवन शैली थी उसी अन्दाज में वो इन समारोहों में शामिल होती दिखावे के लिए अपनी आदतों को बदलने का ढोंग इन दोनों ने कभी नहीं किया। ऐसे में कई बार दूसरों के लिए स्थिति बड़ी विकट हो जाती। उन दिनों चागला मुस्लिम लीग के मन्त्री थे अध्यक्ष जिन्ना स्वयं। बम्बई में लीग की एक सभा ग्लोब सिनेमा में आयोजित की गयी थी। मन्त्री होने के नाते चागला इन्तजाम में व्यस्त थे। स्कर्ट और टॉप पहने हुए रति आई और मंच पर अपने लिए निश्चित कुर्सी पर बैठ गयी। सभा के अन्य अतिथि आकर अपना स्थान ग्रहण करने लगे अधिकांशत: ये सदस्य मौलवी मौलाना थे, लम्बी दाढ़ी लहराते इन सदस्यों ने मंच पर बैठी अनावृत्त पिंडलियों वाली स्कर्ट और वैसे ही उन्मुक्त टॉप पहने महिला को देखा तो उनकी त्यौरियाँ चढ़ गयीं। कई सदस्यों ने क्रोध के साथ आपत्ति करते हुए चागला से पूछा—''कौन है ये औरत? ऐसे भद्दे कपड़े पहन कर इस्लाम की तौहीन करते हुए हमारी मजलिस में बैठी है; इसे मंच पर बैठने की इजाज़त किसने दी? इसे आप तुरन्त हटाइए।'' चागला ने अपनी मुस्कराहट को जब्त करते हुए जवाब दिया—''मंच से इन्हें हटा सकना मेरे बस की बात नहीं। आप हटा सकते हों तो हटा दीजिए ये आपके अध्यक्ष की पत्नी है बाक़ायदा निकाहशुदा।'' शिकायत करने वाले सकते में आ गये। सार्वजनिक रूप से अभी समाचारपत्र पत्रिकाएँ चित्रों का बड़ा सीमित इस्तेमाल करते थे इसलिए बहुत कम लोग रति को जिन्ना की पत्नी के रूप में पहचानते थे।

नायडू परिवार से अब पत्र व्यवहार ज्यादा होता। जिन्ना के स्थाई निवास से एक बड़ा समय अब दिल्ली के हिस्से में आ गया था। फिर दुनिया भर की मजलिसें, अधिवेशन समारोह और सम्मेलन इन सबमें शिरकत के लिए कराची कलकत्ता, लाहौर, लखनऊ, पूना, पटना जैसे शहरों में लगातार आवाजाही के कारण अकसर साउथ कोर्ट सूना हो जाता। पर जिन दिनों ये गुलजार था उन दिनों पद्मजा भी यहीं बम्बई आई हुई थी उसने एक मुलाकात में अपनी दिल्ली आने की अभिलाषा रति

से व्यक्त की। हैदराबाद वापिस जाने के बाद उसने रति को पत्र लिख कर फिर यह इच्छा दोहराई। तो रति ने दिल्ली के होटल की सीमाओं का उल्लेख करते हुए उसे लिखा कि होटल में दो ही सुइट हैं एक उन्होंने बुक कर लिया है। सुइट में स्थान की कमी के कारण उसने लिखा कि ''तुम्हारे लिए जितना अच्छा कमरा हो सकेगा बुक करा लिया जाएगा, मैं चाहती हूँ कि तुम वहाँ आओ और थोड़ा लम्बे समय के लिए हमारे साथ रुको। कह नहीं सकती कि हम दोनों दिल्ली एक साथ पहुँचेंगे सम्भवतया 'जे' पहले जाएँगे। मैं पन्द्रह दिन बाद सत्रह फरवरी को वहाँ पहुँचूँगी। लेकिन मेरा वहाँ पहुँचना तुम्हारे कार्यक्रम पर निर्भर है। आओ और हम दोनों मिलकर दिल्ली को गुलज़ार करेंगे।'' राजधानी के रूप में दिल्ली एक बार फिर नये सिरे से बस रही थी। जामुन जैसे घने पेड़ों की छाया में पसरी चौड़ी सड़कों वाली नयी दिल्ली विशिष्ट लोगों के आकर्षण का केन्द्र बन रही थी। जहाँ पद्मजा सरीखे लोगों के लिए जन्म लेती नयी दिल्ली रोमांचक अनुभव उत्पन्न करती थी वहीं रति के लिए ऐसे अतिथि इस शहर में उसके अकेलेपन को बाँटनेवाले अनमोल साथी थे।

मोती लाल नेहरू ने स्वराज पार्टी बनाकर एसेम्बली की सदस्यता तो प्राप्त कर ही ली थी अब जिन्ना के आह्वान पर एसेम्बली में उनके साथ सहयोग भी कर रहे थे। इस सहयोग को शक्ति प्रदान करने के लिए जिन्ना अधिकतर नेहरू के साथ सहमति रखने लगे थे। इस मामले में वो कूटनीति पर चल रहे थे वो जानते थे कि नेहरू के अहम की सुरक्षा उन्हें अपने उद्देश्य में सफलता प्रदान कर देगी। पर वो शायद भूल गये थे कि नेहरू उनकी तरह मजबूत विचारों के व्यक्ति नहीं थे।

आपसी सहयोग के अच्छे परिणामों के बावजूद नेहरू जानते थे कि गाँधीजी उनके निर्णय से अप्रसन्न थे। वो असहयोग के अपने निर्णय पर कायम थे। मोंटेग्यू के सुधार पर गठित यह एसेम्बली उन्हें स्वीकार नहीं थी। मोती लाल यह अच्छी तरह समझते थे कि काँग्रेस की शक्ति में बिखराव आम हिन्दुस्तानी की दृष्टि से गलत था। काँग्रेस के महामन्त्री उनके पुत्र जवाहर भी अनिश्चय का शिकार थे। उनके लिए अपने पिता और गाँधीजी की राजनीति में से एक को चुनना कठिन हो रहा था। मोती लाल नेहरू ने गाँधीजी से मतभेद दूर करने के लिए मिलना निश्चित किया। बम्बई की उनकी जुहू कॉटेज में गाँधीजी अतिथि रूप में पधारे। पिता पुत्र के अलावा अन्य नेताओं के साथ कई दौर की लम्बी मन्त्रणा का कोई नतीजा नहीं निकला। गाँधीजी सरकार के साथ किसी सहयोग के पक्ष में नहीं थे। मोती लाल नेहरू गाँधीजी की इच्छा के अनुसार एसेम्बली का बहिष्कार तो नहीं कर सके पर एसेम्बली की रचनात्मक राजनीति त्यागने के लिए तैयार हो गये। इस निर्णय का सीधा नतीजा था कि सरकार के प्रत्येक कदम का इस सभा में विरोध किया जाए। इस निर्णय से जिन्ना के सारे किये धरे पर पानी फिर गया। अभी वो राजनैतिक घटाटोप से पूरी

तरह बाहर भी नहीं आए थे कि उनके जीवन पर पुनः काले बादल घिर आए। जिन्ना जो कम-से-कम घर में कुछ प्रफुल्लित दिखने लगे थे वो फिर अहंकारी क्रोध के शिकार हो गये।

रति के लिए ये राजनैतिक रणनीतियाँ व्यक्तिगत त्रासदी का कारण थीं। जिन्ना और गाँधी दोनों का एक ही उद्देश्य था पर रास्ते अलग अलग थे। वो कोई बालिका नहीं परिपक्व महिला थी। उदार मानस वाली रति राजनीति की बारीकियाँ और पेचीदगियाँ खूब समझती थी। उसके अपने विचार और मान्यताएँ थीं। जिन्ना से अगाध प्रेम और उनकी बुद्धिमत्ता की कायल रति गाँधीजी के मार्ग और उनके उच्च आदर्शों का हृदय से सम्मान करती थी। वो जानती थी कि यदि गाँधीजी और जिन्ना आपस में एक-दूसरे को थोड़ा सा स्थान दे दें। मजबूती मानकर ही एक अंश तक समझौता कर लें। केवल देश हित में ही सही पर अपने अड़ियल स्वभाव को भूल सहमति बना लें तो देश जो दस साल में प्राप्त कर सकता था वह दस महीनों में पा सकता था, पर वो यह भी जानती थी कि ऐसा मिलन उत्तर दक्षिण दिशा के मिलन के समान असम्भव है। जिन्ना को राजनीति की दीक्षा वेस्टमिन्स्टर पार्लिआमेंट से मिली थी। उनके गुरु सांसद दादा भाई नौरोजी थे। जिन्ना की सोच प्रजातन्त्र के इस मन्दिर से शुरू होती थी और यहीं खत्म हो जाती थी, उनके लिए विधान, विकास, योजना बुद्धिजीवियों की जिम्मेदारी थी।

गाँधीजी इसके धुर विपरीत जमीन से जुड़े ऐसे विचारक थे जिसने दक्षिण अफ्रीका अन्याय की पीड़ा स्वयं सही थी। अन्याय की राक्षसी भयावहता को स्वयं देखा था। जिन्होंने शोषितों के शोषण के दंश को उनके साथ भोगा था। शासक के अहंकार और दानवी प्रवृत्ति का विषपान किया था। उनकी आस्था का केन्द्र संसद नहीं जनता जनार्दन थी। ये दोनों विरोधी मानसिकता क्या इकट्ठी हो सकती थीं? जिन्ना ने रति की इस व्याख्या को बहुत दिलचस्पी से सुना था और मुस्कराकर जवाब दिया था—नहीं कभी नहीं? यह असम्भव कल्पना है कि दो विपरीत दिशाएँ कहीं मिल सकें, लेकिन रति उनसे असहमत थी। उसने अपनी असहमति व्यक्त करते हुए कहा कि जिस बिन्दु से दोनों दिशाओं का जन्म होता है वहाँ तो दोनों एक ही स्थान पर होती हैं और जहाँ कहीं अन्त होगा वहाँ दोनों दिशाएँ एक-दूसरे से मिलेंगी। जिन्ना का मुस्कराहट भरा जवाब था प्रारम्भिक बिन्दु से दोनों बहुत आगे आ चुके थे अब पीछे लौटना तो सम्भव था ही नहीं और दिशाएँ यदि अन्त में कहीं मिलती हैं तो यह भविष्य की बात है हाल फिलहाल तो न गाँधीजी जिन्ना के लिए जगह बनाने को तैयार थे न जिन्ना गाँधीजी के लिए। ये नयी परिस्थितियाँ रति की विशेष सिगरेट की लालसा तीव्र कर देतीं। घुप्प अँधेरी रातों में उसकी खुली आँखों को पलकों के पर्दे की सहायक उसकी ये नयी सिगरेटें बन चुकी थीं जिसमें तम्बाकू

जैसे मामूली विष की जगह तीव्र विष (ड्रग्स) ने ले ली थी। लन्दन प्रवास में ड्रग्स का शौकिया परिचय हिन्दुस्तान में उसकी जीवन चर्या में शामिल हो चुका था।

नशे की यह नींद उसके लिए थियोसोफ़ी के गूढ़ दार्शनिक रहस्यों की दुनिया खोल देती। आत्मा और आत्मिक तरंगों से उसका सम्बन्ध जुड़ जाता। रात गुजर जाने के बाद वो इन रहस्यमय जगत के व्यक्तिगत अनुभव के लिए बेचैन हो जाती। लन्दन में तो उसके प्रयोग ने उसे सही सन्देश दिया ही था। जिन्ना पुनः अपनी कीर्ति प्राप्त कर लेंगे। यह सच हो चुका था पर यह कीर्ति फिर लड़खड़ा रही थी। क्यों? आखिर ऐसा क्यों हो रहा था जिन्ना अपनी कीर्ति के शिखर को जब छूते थे तभी नयी समस्या खड़ी हो जाती थी। क्या यही सच था कि उन दोनों की आत्मा की शक्ति एक-दूसरे की पूरक होने के बजाय विरोधी साबित हो रही थी। प्रतिदिन उसे अजीब अजीब सपने दिखाई दे रहे थे। इन सपनों ने उसकी व्यग्रता और बढ़ा दी। कौन था जो इस रहस्य को भेद सके। कौन था जो उसके मन पर रखा यह बोझ हटा सके। वो विचलित हो उठी। उसने कानजी को फोन किया।

जिन स्वप्नों ने उसे बहुत उद्वेलित कर रखा था जिनका अर्थ और रहस्य वो समझ नहीं पा रही थी उनके जाल तोड़ने के लिए ही उसने कानजी को आमन्त्रित किया था। कान जी आए रति के स्वप्नों की अब जो व्याख्या वो कर रहे थे रति का मन उनसे सन्तुष्ट नहीं हो रहा था, तब कानजी ने उसे दो वर्ष पूर्व की घटना का स्मरण दिलाया। जब कानजी को लगातार कई रात रति एक विशिष्ट सोफे पर फ्रॉक धारण किये हुए अधलेटी अवस्था में दिखाई पड़ी। स्वप्न में वो उससे सहायता की गुहार कर रही थी। सोफे के पीछे दीवाल पर प्राकृतिक दृश्य की एक पेंटिंग लटक रही थी और एक विशेष फानूस स्तम्भ रखा हुआ था। कान्रजी अचानक बिना पूर्व सूचना के शाम के समय साउथ कोर्ट पहुँचा। रति की अस्वस्थता की सूचना पा कर लौटने को उद्धत हुआ पर भृत्य के अनुरोध पर रुक गया और बरांडे में रति से मिलने पहुँचा तो रति फ्रॉक में उस विशिष्ट सोफे पर उसी तरह अधलेटी पड़ी हुई थी, जैसा वो स्वप्न में देख चुका था। रति के सोफे के पीछे वही पेंटिंग थी और वही फानूस रखा हुआ था यह पूरा दृश्य वह स्वप्न में एक नहीं कई बार चित्रवत देख चुका था। कानजी को समक्ष देख रति ने स्वप्न के उसी स्वर में दीनता से कहा था कानजी मेरी सहायता करो। यह देख वह स्वयं हतप्रभ रह गया था और स्वप्नों द्वारा सन्देश प्रेषित करने की शक्ति पर उसकी आस्था दृढ़ हो गयी।

रति ने भी उस घटना का स्मरण किया और कानजी की बात सुन आश्चर्यचकित रह गयी। इस घटना की स्मृति के बाद उसे अपने स्वप्नों पर कानजी की व्याख्या पर पूरा विश्वास हो गया। अब तो दोनों के बीच स्वप्न शास्त्र पर एक तरह से शोधात्मक चर्चा ही प्रारम्भ हो गयी। इस गम्भीर चर्चा को जिन्ना के पदार्पण से

विराम लगा। जिन्ना कोर्ट से फुर्सत पा कर वापिस आ चुके थे। इस शोध परक चर्चा में वो भी शामिल हुए पर बातें शीघ्र ही राजनीति की ओर मुड़ गयी। स्थानीय निविदा और सरकारी क्रय के लिए हिन्दुस्तानी व्यापारियों को बराबरी दिलाने वाले जिन्ना के प्रस्ताव ने बम्बई के व्यापारी जगत को भरपूर उत्साह प्रदान किया था। जिन्ना इस परिवर्तन पर व्यापार जगत की अन्दरूनी हलचल को जानने के लिए उत्सुक थे। कानजी ने बताया कि व्यापारी जगत में जिन्ना के सम्मान में अभूतपूर्व वृद्धि हुई है।

एसेम्बली में स्वराजियों के असहयोग की उपेक्षा करते हुए जिन्ना इस सभा का लगातार इस्तेमाल करते रहे। एसेम्बली की कोई भी कार्रवाई, कोई भी चर्चा जिन्ना की सक्रिय भागीदारी के बिना पूरी नहीं होती थी। रति के लिए ये दिन अपेक्षाकृत खुशियों के दिन थे। खुशियाँ ऐसी कि जिन्ना को दम लेने की फ़ुर्सत नहीं थी। एसेम्बली के कारण जिन्ना का ज्यादा समय अब दिल्ली में गुजरता। रति यहाँ उनके साथ रहती। इस दम्पती का जीवन दिल्ली और बम्बई में बँट गया था। बम्बई में तो फिर भी रति का लम्बा चौड़ा परिचय था पर बम्बई के सामने दिल्ली एक गाँव भर था। बादशाहत खत्म होने के बाद दरबारी और अमीर उमरा अपनी हवेलियों में बन्द एक अलग गुजरे समय में जी रहे थे। सामान्य नागरिक भी बादशाहत का जमाना याद करते। सिविल लाइंस में अँग्रेज अफसरों का अहंकार जगत अलग था। कालों के लिए निषिद्ध केवल गोरों का साम्राज्य। शिक्षा और प्रगतिशीलता में पिछड़े इस शहर में रति के लिए व्यस्तता का कोई अवसर नहीं था। वीरान दिल्ली में अकेली रति के लिए प्यालों और धुएँ को अपना प्रगाढ़ साथी बनाने के अलावा और कोई रास्ता नहीं था। धुएँ में आमतौर से तम्बाकू के और साथी भी जुड़ जाते। ये जहरीले मित्र रति के स्वास्थ्य से खेल रहे थे। दिल्ली प्रवास में जिन्ना अकसर रति से इन्हीं कारणों को लेकर नाराज हो जाते। रति इस नाराजगी को अपनी स्वतन्त्र जीवन शैली में हस्तक्षेप मान लड़ पड़ती।

ऐसा नहीं था कि दिल्ली में दोनों लड़ते ही रहते थे। रति समझती थी कि जिन्ना उसके हित में नाराज होते हैं इसलिए ये झगड़े जैसे जन्म लेते वैसे ही मृत्यु को भी प्राप्त हो जाते। शेष समय दोनों गम्भीर बात-चीत और मेडेन्स या इम्पीरियल की आनन्ददाई शाम के साथ गुजारते। एसेम्बली में जिन्ना द्वारा उठाए गये मुद्दों पर बात करते हुए रति ने एक दिन होर्निमन के साथ हुए अन्याय का स्मरण करते हुए पूछा कि इस ज़्यादती के प्रतिकार का भी कोई इरादा है? जिन्ना को याद था कि होर्निमन के देश निष्कासन पर रति ने भरी सभा में कितने कड़े शब्दों में इस कार्रवाई की निन्दा की थी। उन्होंने कहा—"मैम यह व्यक्तिगत स्वतन्त्रता का मामला है और आप जानती हैं कि मैं नागरिकों की व्यक्तिगत आजादी और न्यायिक समानता में कितना

गहरा विश्वास रखता हूँ। होर्निमन के साथ हुए अन्याय को मैं कैसे भूल सकता हूँ। होर्निमन ने कोई अपराध किया है तो सरकार उन पर अभियोग चलाए। बिना न्याय का अवसर दिए किसी व्यक्ति की स्वतन्त्रता का गला अब इस तरह नहीं घोंटा जा सकता। मैं उचित अवसर पर इस अन्याय को चुनौती स्वयं ही देता। अब तुमने भी कह दिया है तो यह काम शीघ्र ही होगा।''

प्रत्येक व्यक्ति को अपनी सम्पत्ति, नागरिक अधिकार या फिर व्यक्तिगत आजादी का हर हालत में सम्मान किया जाना चाहिए। न्यायिक अवसर दिए बिना राज्य को इनमें से किसी भी अधिकार का हनन किसी भी दशा में नहीं करना चाहिए। होर्निमन के इस देश से जबरन निर्वासन पर शासन के अन्याय पर अपना रोष जिन्ना ने शिमला में आयोजित एसेम्बली में प्रकट किया। उन्होंने जन प्रतिनिधि की अपने निर्वाचकों के प्रति समर्पण को व्यक्त करते हुए कहा—''सरकार पर अविश्वास व्यक्त करने के लिए मैं नहीं चुना गया हूँ मैं यहाँ ऐसे जन प्रतिनिधि के रूप में उपस्थित हूँ जिसकी जिम्मेदारी है कि वो जनता के हित में जो भी सर्वोत्तम है उसे प्राप्त करने के लिए इस सभा को मजबूत करे। वर्ष का अन्त होते होते जिन्ना ने अल्पसंख्यकों की राष्ट्रीय आकांक्षाओं की एक सम्यक् रिपोर्ट तैयार कर ली उनकी पूरी कोशिश थी कि इस पर एसेम्बली में शीघ्र बहस हो जाए पर वायसराय ने अपनी शक्ति का इस्तेमाल कर यह बहस नहीं होने दी। जिन्ना समझ रहे थे, यह एसेम्बली की सीमित शक्ति का परिणाम था। रति वायसराय के ऐसे हस्तक्षेप की सम्भावना व्यक्त कर ही चुकी थी।''

वायसराय द्वारा एसेम्बली की ऐसी उपेक्षा से जिन्ना क्रोधित थे। इस रिपोर्ट को तैयार करने में उन्होंने बहुत मेहनत की थी पर वायसराय जान बूझ कर इस मेहनत पर पानी फेरने पर तुला था। रति ने इस स्थिति पर टिप्पणी करते हुए कहा—''गाँधीजी ऐसी लंगड़ी एसेम्बली का विरोध इन्हीं कमियों के कारण कर रहे हैं। जब तक एसेम्बली को सार्वभौमिक शक्ति प्राप्त नहीं हो जाती तब तक हिन्दुस्तानियों की आकांक्षाओं का गला ब्रिटिश सत्ता इसी तरह घोंटती रहेगी। जिन्ना ने झुँझलाते हुए जवाब दिया—वो गला घोटते रहें, लेकिन हम अपनी कोशिश जारी रखेंगे और उनकी कथनी और करनी का आईना दिखाकर उन्हें सही राह पर आने के लिए मजबूत करेंगे। अपनी सारी कमियों के बावजूद मुझे ब्रिटिश राजनीतिज्ञों की प्रजातन्त्रात्मक आस्था पर भरोसा है। गाँधीजी की धारणा कितनी भी सत्य हो मुझे उनके मार्ग में रत्ती भर भी विश्वास नहीं है। हमारी सारी समस्याएँ इसी एसेम्बली में हल होंगी। हमारी राजनैतिक लड़ाई का मैदान एसेम्बली हॉल है, शहर गाँव के सड़क और मैदान नहीं और इस लड़ाई के सैनिक हैं एसेम्बली के लिए चुने हुए प्रतिनिधि, शहर गाँव में बसे राजनीति से अनजान किसान मजदूर और सामान्य

नागरिक नहीं।''

ये नयी बात नहीं थी कि जिन्ना ने रति को झुँझलाकर उत्तर दिया था। पिछले एक डेढ़ वर्ष में यह परिवर्तन मुखर हुआ था ये वही जिन्ना थे जो उसके साथ स्वस्थ बहस करते थे, पति-पत्नी के बीच बहस बड़ी सन्तुलित और मनोरंजक होती थी। जिन्ना अपनी पत्नी के साथ बहस में न कभी उत्तेजित होते न अपने पतित्व की गुरुता का दम्भ प्रदर्शित करते। वो एक उदार और मतवैभिन्य की स्वतन्त्रता में गहरी आस्था वाले व्यक्ति की तरह व्यवहार करते थे। रति के विचारों का तो वो विशेष सम्मान करते थे पर अब वो दिनोंदिन कर्कश होते जा रहे थे। पति-पत्नी के बीच अकसर छलकने वाली उनके चेहरे की मुस्कराहट इतिहास बनती जा रही थी। जिन्ना ने राजनैतिक तनाव से मुक्ति के लिए स्वयं को व्यस्तता के समुद्र में डुबो दिया था। अपनी कुंठा का इलाज शायद उन्होंने व्यस्तता में ढूँढ़ लिया था। रति के लिए उनके पास समय का अकाल हमेशा रहा था। इन बदली परिस्थितियों ने रति को भी प्रभावित किया, बल्कि उसके जीवन पर कहीं ज्यादा गहरा प्रभाव हो रहा था। यह दंश अब अकसर उभर आता कि उसने परिवार के साथ विद्रोह कर जिन्ना का साथ स्वीकार कर अकेलेपन का वरण किया था।

रति जानती थी कि जिस महत्त्वपूर्ण व्यक्ति को उसने अपने जीवन साथी के रूप में चुना, वो उसके पल्लू से बँधा घर में बैठ निठल्ला प्रेमी सिद्ध नहीं होगा। वो एक शानदार व्यक्ति है और उस पर समाज का ज्यादा अधिकार होगा। वो देश के भाग्य निर्माताओं में सबसे प्रमुख भूमिका निभाएगा और इस मंच पर उसकी नायिका के रूप में रति सदैव उसके साथ होगी। राजनैतिक मंच की चकाचौंध में वो जिन्ना के साथ सारे देश के केन्द्रबिन्दु में होगी। अँग्रेज़ी सभ्यता में अवश्य पति अकसर स्त्रियों के हाथों में हाथ डाले दिखाई देते थे पर हिन्दुस्तानी संस्कृति में ऐसे पति, पत्नी के गुलाम कहे जाते थे। हँसी-ठिठोली में ऐसे बेशर्म जनानिये कहलाते थे। जिन्ना ने ऐसे परिवेश में भी, अपनी व्यस्तता के बावजूद, अपनी पत्नी के लिए खूब समय निकाला था। इस जोश के साक्षी थे बम्बई के जिमखाना क्लब, होटलों, रेस्त्राओं और सिनेमा थिएटर के हाल और विदेश यात्राओं के अविस्मर्णीय निजी क्षण। राजनैतिक सभाओं अधिवेशनों, विशिष्ट शासकीय दावतों और समारोहों में जब अन्य हिन्दुस्तानी राजनीतिज्ञ अकेले शिरकत करते तब जिन्ना की बाँहों में बाँहें डाले रति उसके साथ कदम से कदम मिलाकर उनके व्यक्तित्व को सम्पूर्णता प्रदान करती थी। इन दावतों और महफिलों में वो आकर्षण का केन्द्रबिन्दु बन जाती। जिन्ना को अपनी पत्नी का यह साथ बहुत पसन्द था। उसे अपनी प्यारी रति पर गर्व था। रति की हर अदा उन्हें पसन्द थी। उस दौर में अपनी पत्नी की व्यक्तिगत स्वतन्त्रता का इतना सम्मान करने वाला दूसरा हिन्दुस्तानी प्रतिद्वन्द्वी ढूँढ़ना कठिन था।

लेकिन रति की खिलखिलाहट पर अपनी मुस्कानों को वारने वाले जिन्ना आजकल हर समय झुँझलाये रहते। उनके मन की अशान्ति से साउथ कोर्ट की हवाएँ सिहरी रहतीं। इस विशाल महल में अकुलाया सन्नाटा समा गया था। शायद किसी भयानक छाया ने मलाबार पहाड़ी के शिखर पर स्थित इस प्रासाद को घेर लिया था। बाँस, नारियल, बादाम, आम, गुलमोहर और अमलतास जैसे घने वृक्षों के अंक में समाये साउथ कोर्ट को शायद कुटिल आत्माओं ने अपना घर बना लिया था? कहते हैं पीपल के पेड़ पर प्रेत आत्माएँ निवास करती हैं। साउथ कोर्ट की चारदीवारी के इस जंगल में कई पेड़ पीपल के भी तो थे। तो? तो क्या दुष्ट आत्माएँ उनके जीवन में विष घोलने का काम कर रही थीं?

रति से इन दुष्ट आत्माओं की क्या दुश्मनी थी? ऐसा क्या था कि वो उनके शान्त जीवन में विष घोल रही थीं। उनके जीवन की खुशियों को तार तार कर रही थीं। जिन्ना से ये आत्माएँ कौन सा बदला ले रही थीं। रति के पति ने अपनी दुनिया कितनी मेहनत से सजाई थी। जीवन में आनन्द के सारे उपादान उसने इकट्ठे कर लिए थे। धन वैभव ऐश्वर्य बुद्धि प्रशस्ति प्रसिद्धि राजसीशक्ति, राजकीय सम्मान सब कुछ उसके पास था पर सब कुछ होने के बाद भी कुछ ऐसा था जो उसके हाथ से छूटता जा रहा था। जिसकी लालसा ने सब कुछ होने के बावजूद उसके जीवन से सारी खुशियाँ छीन ली थीं। कोई सामान्य व्यक्ति जिस विलासिता की कल्पना भी नहीं कर सकता वह सब साउथ कोर्ट में था पर नहीं थीं तो खुशियाँ।

खुशी क्या है? धन? सम्पत्ति? यदि धन ही खुशी है तो इस महल से यह खुशी क्यों रूठ गयी थी? हिन्दुस्तान के सबसे महत्त्वपूर्ण व्यक्ति के चेहरे की मुस्कान क्यों और कहाँ खो गयी थी? रति स्वयं विलासिता का जीवन जी रही थी वो क्यों व्यथित थी? उसकी हँसी की झंकार से संगीत क्यों तिरोहित हो गया था? उसकी आँखों की नींद कहाँ खो गयी थी? सुख क्या है? खुशी क्या है? आनन्द क्या है? क्या सुख के लिए धन व्यर्थ है? क्या आनन्द का वैभव से कोई नाता नहीं है? खुशियों के लिए सम्पत्ति अर्थहीन है? क्या मन की शान्ति के लिए ये भौतिक साधन अर्थहीन हैं? रति इस बारे में जितना सोचती वो और उलझती जाती। उसका सर फटने लगता। वो इन प्रश्नों से मुक्ति मार्ग नशीली सिगरेट में ढूँढ़ती। नशा उसकी कल्पना के तार आध्यात्मिकता से जोड़ देता।

क्या आत्मा का अस्तित्व सत्य है? क्या आत्माएँ जीवन के रहस्यों को जानती हैं? क्या आत्मा उसके प्रश्नों का उत्तर दे सकेंगी? क्या आत्मा खुशियों की गुत्थी सुलझा सकती हैं? क्या आत्मा से सम्बन्ध जोड़ना सम्भव है? प्रश्न प्रश्न और प्रश्न ही प्रश्न। ऐसे किसी अवसर पर रति को जिनराज दास की पुस्तक का स्मरण हो आया। वो इन गुत्थियों का सिरा ढूँढ़ने लगी। रति बम्बई के कई थियोसोफ़ी भक्तों

के सम्पर्क में थी। आत्मा और आत्माओं की शक्ति के बारे में वो उनसे चर्चा करती। आत्मा के आह्वान पर उनके प्रयोगों और अनुभवों को सुनती। लन्दन यात्रा के बाद से ही वो इस दिशा में अपनी खोजबीन में व्यस्त थी। प्रारम्भ में तो यह विषय केवल जिज्ञासा भर था पर अब वो इसमें रमती जा रही थी इधर उसकी यह जिज्ञासा उसे प्रयोगों के लिए प्रेरित करने लगी थी। घर के कई नौकरों से वो उनके अनुभव पूछती। ग्रामीण परिवेश से आए ये लोग आत्मा प्रेतात्मा जिन्न जिन्नातों की सत्य कथाएँ उसे सुनाते। गाँव की किंवदंतियाँ अनजाने में उनके अपने व्यक्तिगत अनुभव के रूप में बयान होतीं। ग्रामीण स्त्री-पुरुषों पर देवी देवता के आने की घटनाएँ तो प्रत्येक गाँव खेड़े में होती रहती थीं। कितने स्त्री-पुरुष प्रेतात्माओं की सिद्धि प्राप्त कर उन्हें अपना अनुचर बनाकर उनसे आपराधिक षड्यन्त्र सम्पन्न करवा लेते थे। गाँव में टोनहा टोनही के किस्से और उनकी शक्ति की कहानियाँ पूरे विश्वास के साथ दोहराई जातीं।

लन्दन में वो टेबल टैपिंग का हल्का अनुभव प्राप्त कर चुकी थी। वहाँ की थियोसोफ़ी सोसायटी में उसने कई व्यक्तियों से इस विषय में अपनी जिज्ञासा शान्त करने का प्रयास किया था। जितना ही वो इस विषय की छान बीन करती उतना ही यह रहस्य उसे और अधिक रहस्यमय लगता। यह आध्यात्मिक संसार उसे अपने आकर्षण में बाँधता जा रहा था। उसके घर में कार्यरत अशिक्षित ग्रामीण भृत्यों और परिचारिकाओं के अनुभवों को तो अन्धविश्वास कहकर दरकिनार किया जा सकता था पर थियोसोफ़ी से जुड़े शिक्षित सम्भ्रान्त वर्ग में भी इन अलौकिक शक्तियों पर पूरी श्रद्धा थी। साधु महात्माओं की शक्तियों पर लोगों को अगाध विश्वास था। तांत्रिकों की शक्ति अपनी आँखों से देखने का दावा कितने ही परिचित कर चुके थे। रति के मन में इस दिशा में प्रयोग की आकांक्षा तीव्र होती जा रही थी। ऐसी कई दरगाह और मन्दिरों के चक्कर वो लगा चुकी थी जहाँ आत्मा ग्रस्त लोग अमानवीय यातनाएँ हँसते हुए सह जाते थे। कितनी ही भली चंगी स्त्रियों पर महन्त के आह्वान करते ही आत्मा आ जाती थी। महन्त द्वारा किये गये सवाल जवाब के कई सत्र तो वो अपनी आँखों से देख चुकी थी। इन प्रत्यक्ष प्रमाणों के बावजूद इस दिशा में वो अपने कदम सावधानी से बढ़ा रही थी। पारलौकिक संसार के ये रहस्य और निजी जिन्दगी के झंझावात उसे उद्वेलित किये रहते।

रहस्य के इस संसार के प्रत्यक्ष और वास्तविक प्रयोगों के लिए रति ने मित्र कानजी को विश्वास में लेने का निश्चय किया। उसकी इस अलौकिक संसार में आस्था तर्क आधारित थी। वैज्ञानिक दार्शनिकता में विश्वास रखने वाले कानजी का अन्धविश्वास से कोई नाता नहीं था। परन्तु यह ऐसा संसार है कि जिसमें तार्किकता कब विशुद्ध आस्था बन जाती है कोई जान नहीं पाता। जिन्ना के इन व्यस्त दिनों में

रति की मुलाकातें कानजी के साथ बढ़ गयी थीं। इस विषय पर सामान्य बातचीत तो दोनों में अकसर हो जाती थी, अधिकतर ऐसे विषय वो संक्षेप में समाप्त कर देता। ये संक्षिप्त तर्क वितर्क रति को असन्तुष्ट किये रखते उसने निश्चय किया कि कानजी से इस विषय पर खुलकर बात की जाए। अपनी बात को विस्तार से समझाने के लिए उसे पत्र सबसे उपयुक्त माध्यम प्रतीत हुआ। दोनों मित्रों में पत्रव्यवहार का सिलसिला कब से शुरू हो चुका था। इन पत्राचारों में ये विषय अकसर पत्र के मुख्य अंश बन जाते। ऐसे ही एक पत्र का उत्तर देते हुए रति ने कान जी को अपने मन की बातें साफ तौर पर लिखीं—

''पिछले कुछ समय से मैं आत्मा के आह्वान पर खासी रुचि ले रही हूँ। ये बड़ा विशिष्ट और रहस्यमय विषय है मैं जितना इस बारे में सुनती हूँ उतना ही उलझ जाती हूँ। ये उलझनें मुझे इस विषय पर और खोजबीन के लिए प्रेरित करती हैं। मुझे ऐसा प्रतीत होता है कि इस विषय में तुम खासा दखल रखते हो। बम्बई में इस विषय के जानकारों तथा सिद्धहस्तों से तुम्हारा सम्पर्क अवश्य होगा। इस विषय में क्या प्रयोग का व्यक्तिगत अनुभव लेना सम्भव होगा? मैं ऐसे किसी पन्थ या सम्प्रदाय में विश्वास नहीं करती जिसके दर्शन का यह विश्वास अभिन्न अंग हो। इसके बावजूद इन दिनों इसकी सत्यता के प्रति मेरी जिज्ञासा बहुत बढ़ गयी है। इस रहस्य की गहराई में मैं डूब चुकी हूँ और इसकी सत्यता के व्यक्तिगत अनुभव के बिना मुझे चैन नहीं मिलेगा। मैं इस विषय का अनुभव स्वयं करना चाहती हूँ औरों के अनुभव सुनकर मुझे सन्तोष नही प्राप्त होगा। क्या तुम किसी ऐसे सिद्ध से मेरा परिचय करा सकते हो जो आत्मा के आह्वान का मुझे प्रत्यक्ष अनुभव करा सके? मुझे विश्वास है कि तुम मेरी सहायता कर सकते हो।

कानजी की जानकारी तो इस विषय में थी पर उसकी स्वयं कभी ऐसी कोई जिज्ञासा नहीं हुई थी कि इसका प्रत्यक्ष अनुभव लिया जाए। इन प्रयोगों में विपत्ति की सम्भावना होती थी। इसलिए वह स्वयं इसमें केवल सैद्धान्तिक रुचि रखता था। संयोगवश इन्हीं दिनों बम्बई में थियोसोफ़ी का सम्मेलन हो रहा था। कानजी ने रति की मुलाकात श्रीमती जेम्स कजिन्स से करवा दी। रति श्रीमती कजिन्स से मिलकर बहुत खुश हुई। डब्लिन विश्वविद्यालय में भौतिकी के प्रोफ़ेसर विलियम बैरेट फ्लेचर अलौकिक संसार के रहस्यों पर प्रयोग कर रहे थे कजिन्स के पति श्री जेम्स हेनरी इन प्रयोगों में बराबर फ्लेचर के साथ रहते और इन प्रयोगों को अपने लेख द्वारा सार्वजनिक करते। इस कारण श्रीमती कजिन्स को इन प्रयोगों का व्यक्तिगत अनुभव था उन्होंने इन प्रयोगों के बारे में रति को विस्तार से परिचित कराया। परन्तु रति आत्मा के आह्वान का अनुभव स्वयं करना चाहती थी कजिन्स की सूचनाएँ उनके अपने अनुभव थे। रति जो चाहती थी वो तो नहीं हुआ पर कजिन्स के साथ उसकी

मित्रता हो गयी।

सम्मेलन में बेसेंट, जिनराज दास और कृष्णमूर्ति के व्याख्यान भी हुए रति पूरे मनोयोग के साथ इन कार्यक्रमों में शामिल रही। कानजी तो इस आयोजन में आकंठ व्यस्त था। दोनों मित्र इस बीच साथ बैठ नहीं पाए। सम्मेलन समाप्ति के बाद रति ने कानजी को पत्र द्वारा कजिन्स की प्रशंसा करते हुए उनसे मुलाकात करवाने के लिए धन्यवाद दिया। उसने आगे लिखा तुमसे मिले बहुत दिन हो गये है। कितनी बातें करनी हैं तुमसे; इन दिनों मैंने 'टुवर्ड्स द स्टार्स' पढ़ी तुमने भी अवश्य पढ़ी होगी। तुमसे इस पुस्तक पर बात करनी हैं। तो कब आ रहे हो? मुझे तुम्हारा इन्तजार है। कानजी के साउथ कोर्ट आने में कुछ दिनों का अन्तराल हो जाए तो रति उसे तुरन्त पत्र लिखकर आने की याद दिला देती।

कानजी ने आत्मा के आह्वान के प्रत्यक्ष अनुभव की इच्छा के बारे में श्रीमती एनी बेसेंट से चर्चा की। थियोसोफ़ी की गहरी आस्थावान प्रचारक श्रीमती बेसेंट ने उसे आगाह करते हुए ऐसे प्रयोगों से दूर रहने की सलाह दी। उन्होंने कहा कि इन पारलौकिक विचारों की मीमांसा के लिए आत्माओं के आह्वान के प्रयोग सुरक्षित नहीं हैं। ये प्रयोग प्रयोगकर्ता के लिए कई बार खतरनाक सिद्ध हो जाते हैं। उन्होंने कहा कि ये प्रयोग न केवल प्रयोगकर्ता की मानसिक और आत्मिक शक्ति को कमजोर कर देते हैं, बल्कि उसे अन्धविश्वासी बना देते हैं और अन्धविश्वासी व्यक्ति भी उसी तरह खतरनाक होते हैं जैसे सामान्य धोखेबाज। कारण जनमानस के बीच अन्धविश्वासी भी असत्य का इस्तेमाल उसी तरह करते हैं जैसे धूर्त अपराधी। आध्यात्म का आत्मा के आह्वान से कोई सम्बन्ध नहीं है। इसलिए अच्छा यही होगा कि ऐसे प्रयोगों से दूर रहा जाए।

कानजी श्रीमती बेसेंट की मान्यता से सहमत था पर ऐसे प्रयोग की उत्सुकता पर वो रति को निराश भी नहीं करना चाहता था। वो जानता था कि रति की आस्था को हवा में उड़ा देने से कोई लाभ नहीं होगा। सीधे और सपाट उत्तर को सुन वो इस विषय में अपनी खोजबीन का साथ कहीं और ढूँढ़ेगी। हो सकता है उससे छुपाकर रति की खोजबीन उसे ठग और धूर्त लोगों के जाल में फँसा दे। रति के हितैषी होने के कारण उसने तै किया कि वो रति को इन प्रयोगों से विमुख करेगा। रति एक समझदार और विद्वान महिला थी उसे तर्क से समझाना आसान था पर उसके विश्वास का तिरस्कार करने से कुछ भी सिद्ध होने वाला नहीं था। उसने निश्चय किया कि वो रति को इन प्रयोगों से विमुख करने का प्रयास गम्भीर और तर्कपूर्ण विचार विनिमय द्वारा करेगा।

वायसराय रीडिंग ने गाँधीजी के आन्दोलन का बहुत कड़ाई से सामना किया था। गाँधीजी के आन्दोलन को छिन्न-भिन्न करने के उद्‌देश्य से उन्हें जेल में बन्द कर दिया पर कुछ समय बाद उनकी अस्वस्थता के कारण उन्हें छोड़ना भी पड़ा। जेल से छूटने के बाद गाँधीजी ने स्वराज पार्टी के अस्तित्व को समाप्त कर दिया अब ये चुने प्रतिनिधि अपने मूल संगठन के नाम से एसेम्बली में अपने क्षेत्र का प्रतिनिधित्व कर रहे थे। हिन्दुस्तान के ख़िलाफ़त आन्दोलन को अँग्रेजों के अन्तर्राष्ट्रीय खेल ने निष्प्राण कर दिया था। जहाँ ख़लीफ़ा सर्वेसर्वा होता था वहाँ अता तुर्क कमाल पाशा ने ख़लीफ़ाई ही खत्म कर दी। हिन्दुस्तान के मुसलमान इस परिवर्तन से बेहद आहत और उत्तेजित थे। गाँधीजी ने ख़िलाफ़त आन्दोलन में अपनी शक्ति के साथ सहयोग इस आशा के साथ किया था कि मुसलमानों के इस भावनात्मक मुद्‌दे पर हिन्दुओं का साथ साम्प्रदायिक एकता में महत्त्वपूर्ण साबित होगा। गाँधीजी स्वयं धर्म में गहरी आस्था रखते थे और ईश्वरीय शक्ति में अटूट विश्वास रखते थे। उन्हे यह आशा थी कि मज़हबी सहयोग द्वारा मुसलमानों की सदाशयता प्राप्त की जा सकती है पर ऐसा हुआ नहीं। ख़िलाफ़त आन्दोलन की जिस शक्ति के साथ गाँधीजी सहयोग कर इस भ्रम को पाल रहे थे उस शक्ति ने गाँधीजी से स्वयं किनारा कर लिया।

मौलाना मुहम्मद अली जौहर काँग्रेस से अलग हो गये। वो मुसलमानों के अविवादित नेता बनने की ख्वाहिश रखते थे। ख़िलाफ़त आन्दोलन के समय ऐसा प्रतीत भी हो रहा था कि मुसलमानों के एकमात्र नेता अली बन्धु ही हैं। जिन्ना जैसे ग़ैर साम्प्रदायिक और राष्ट्रीय मुस्लिम नेता अप्रासंगिक हो गये थे पर ख़लीफ़ाई खत्म होने से उनकी सारी आकांक्षाओं पर पानी फिर गया। अब इन साम्प्रदायिक नेताओं ने अपना धर्म निरपेक्षी नकाब उतार फेंका और खुलकर घोर साम्प्रदायिक तथा घृणा का खुला खेल प्रारम्भ कर दिया। हिन्दू-मुस्लिम दंगों में अभूतपूर्व वृद्धि हो गयी। धार्मिक सौहार्द्र की भावना से काम कर रही मुस्लिम लीग और जिन्ना जैसे नेताओं के लिए विकट स्थिति उत्पन्न हो गयी थी। मुस्लिम लीग और जिन्ना दोनों को अली बन्धुओं और काँग्रेस के ख़िलाफ़त आन्दोलन ने मुस्लिम मानस में एक किनारे लगा दिया था और अब जब हिन्दू-मुस्लिम भावनाएँ उफान पर थीं तब लीग और जिन्ना की हिन्दू-मुस्लिम सौहार्द्र के लिए समर्पित भावना अपनी चमक खो रही थी पर ख़लीफ़ाई खत्म होने से अली बन्धु जैसे नेताओं के हाथों से एक भावनात्मक मुद्‌दा निकल गया। राजनीति में अपनी जगह बनाए रखने के लिए साम्प्रदायिक घृणा फैलाने के अलावा अब उनके पास कोई रास्ता ही नहीं रह गया था।

जिन्ना एसेम्बली में महत्त्वपूर्ण, विद्वान और मुखर नेता के रूप में पुनः प्रतिष्ठा प्राप्त कर रहे थे। मुसलमानों के ज्यादा प्रासंगिक हितैषी और मजबूत नेता के रूप में वो पुनः प्रतिष्ठित होने लगे। ब्रिटिश राजनीति को भी इन दिनों गाँधीजी की अपेक्षा

जिन्ना अधिक सुविधाजनक नेता प्रतीत हो रहे थे। उन पर डोरे डालने और हिन्दुस्तानी शीर्ष नेतृत्व में गहरी दरार डालने का लार्ड इरविन को यह स्वर्ण अवसर प्रतीत हुआ। उन्होंने नाइट हुड सम्मान के लिए जिन्ना के नाम को हिन्दुस्तान से प्रस्तावित करने का निश्चय किया। परम्परा के अनुसार उन्होंने जिन्ना से सहमति माँगी। जिन्ना शतरंज के कुशल खिलाड़ी थे उनके ऊपर इस तरह के डोरे डालने का यह पहला अवसर नहीं था। ब्रिटिश खेल समझने में उन्हें देर नहीं लगी। उन्होंने जवाब दिया—मैं अपने नाम के पहले केवल 'श्री' से ही खुश हूँ। लगातार तनाव के शिकार जिन्ना को अपने इस जवाब से खुशी थी और वो अपनी पत्नी को भी इस जवाब से खुश कर देना चाहते थे। इरविन के इस प्रस्ताव के बारे में जिन्ना ने रति को बताया और कुछ चिढ़ाने के इरादे से कहा कि नाइट हुड स्वीकार करना अच्छा रहेगा। तुम्हारे पिताजी की तरह बैरोनेट्सी न सही पर यह सम्मान भी कुछ वज़न रखता है। रति ने हँसकर जवाब दिया—तुमने नाइट हुड स्वीकार की तो मैं तुम्हें तलाक़ दे दूँगी। जिन्ना रति की राष्ट्रीय भावना पर बहुत गर्व करते थे। वो जानते थे कि रति ऐसे सम्मान के ख्याल को रद्द करने में क्षणांश की देर भी नहीं करेंगी पर उसमें इतनी वितृष्णा होगी कि तलाक का खयाल आ जाए यह तो उन्होंने भी नहीं सोचा था। रति का जवाब सुन उन्होंने हँसकर कहा—आपके इस खतरनाक इरादे का मुझे आभास था इसलिए मैंने आपकी स्वीकृति अस्वीकृति से पहले ही इनकार कर दिया है। रति ने भी उसी प्रसन्नता के साथ कहा मुझे मालूम है आप इन अँग्रेजों के जाल में कभी नहीं फसेंगे और मुझे तलाक देने की जरूरत नहीं पड़ेगी।

इन दिनों एक बार फिर जिन्ना की राजनैतिक आभा कभी तो अपने पूर्ण वैभव के साथ चमक उठती तो कभी उस पर फिर काले बादल घिर आते। यह आँख मिचौली जिन्ना की मन मस्तिष्क पर गहरा प्रभाव डाल रही थी। घरेलू क्षणों में वो लगातार आत्म केन्द्रित होते जा रहे थे, क्रोध उनकी नाक पर रखा रहता। यद्यपि रति और डीना कभी उनके कोप का शिकार नहीं हुए थे पर घरेलू सहायकों की जरा सी चूक जिन्ना के मन में घुट रही आग को भड़का देती। ये वही जिन्ना थे जो नौकरों के साथ सामान्यतौर पर बेहद शिष्टता और सम्मान के साथ पेश आते थे। जिन्ना की क्रोधाग्नि में तपी आवाज से रति चिन्तित भले हो पर आक्रान्त नहीं होती थी पर डीना आतंकित हो जाती थी। पुत्री की आँखों में समाया खौफ़ रति के मन को असह्य वेदना और ग्लानि से झिंझोड़कर रख देता। इन स्थितियों में कोई भी परिवर्तन उसके बस में नहीं था, और ये मायूसी उसका नाता आत्माओं के संसार की ओर अधिक प्रबलता के साथ उन्मुख कर देती। उसके मन में पैठा दुष्ट आत्माओं का आतंक उसे इनसे लड़ने के लिए उकसाता। गहरे अन्धकार में अदृश्य इस दुश्मन को ढूँढ़ उससे लड़ने जैसी यह असम्भव लड़ाई उसे कुंठित कर देती। कुंठा की दवाए कुछ घंटों के

लिए उसे तन्द्रा में पहुँचा देतीं और तरह-तरह के स्वप्नों से उसका नाता जोड़ देतीं। अकसर ये स्वप्न उसके चेतन मन की आकांक्षाओं का ऐसा काल्पनिक चित्रण करते कि उसे यह स्वप्न अपने जीवन की घटनाओं के पूर्वाभास प्रतीत होने लगते।

वर्नोल, अफीम, कोकेन का बढ़ता इस्तेमाल उसके स्वास्थ्य पर असर डालने लगा था। नशे की गहरी नींद में तो सपने दूर रहते पर अब जागती आँखों वो नशे की तंद्रा में अपनी रुचि के सपने देखती। रति सामान्य नशेबाज नहीं थी वो अपने असामान्य जीवन के झंझावातों का इलाज़ इन पदार्थों में ढूँढ़ रही थी पर अब भी वो मानसिक रूप से इतनी शक्तिशाली थी कि नशा उसका गुलाम था। जिन्ना के चेम्बर में उसका आना-जाना घट गया था। जिन्ना अब जिमखाना भूले भटके जाते थे इसलिए रति अब क्लब भी नहीं जाती थी। कानजी से भेंट मुलाकातें कुछ बढ़ गयी थीं। अकसर वो साउथ कोर्ट आ जाता कभी-कभी रति उसके घर पहुँच जाती। कभी-कभी कानजी की व्यस्तता के कारण मुलाकात में लम्बा अन्तराल भी हो जाता। जब कभी ऐसा होता तब रति उसे विस्तार से पत्र लिख कर अपने चिन्तन मनन को व्यक्त करती। इन्हीं पत्रों में से एक में उसने कानजी को लिखा—

''हाँ हाँ, जो तुम कह रहे हो मैं जानती हूँ कि स्वप्न सन्देश पहुँचा देते हैं। मैं मजाक नहीं कर रही हूँ, जैसे अनुभव के बारे में तुमने अपने पत्र में लिखा है वैसे अनुभव का मैं बहुत प्रसन्नता के साथ स्वागत करूँगी। परन्तु मेरी पाँच छः घंटों की नींद गहरी मदहोशी जैसी नींद में मुक्तिदाई वैशिष्ट्य नहीं है, विश्राम के अलावा मस्तिष्क की निष्क्रियता सुनिश्चित कर देने वाली इस निद्रा के साथ जुड़ी है भौतिक व्याकुलता। इसके सिवाय इसका कोई महत्त्व नहीं। भूले भटके कभी आ जाएँ तो आ जाएँ वैसे मुझे सपने नहीं आते। जागने पर जब मुझे होश आता है तो बस मुझे ऐसा भान होता है कि मैंने सपना देखा है।''

ईश्वर ही जानता है कि मेरी आत्मा कितनी आकांक्षा, अभिलाषा, गम्भीरता और तीव्रता के साथ जिस शोध में बुरी तरह अटकी है, वो अब तक बेनतीजा है।

इस विषय की जटिलता के समक्ष मेरा गर्व नतमस्तक है। मेरा मत है कि हम में से जो लोग दिव्य दृष्टि या ऐसी ही मनोवैज्ञानिक शक्ति से सम्पन्न हैं; उन्हें कवियों और गीतकारों की श्रेणी में रखना चाहिए। ऐसे लोग जितनी सुस्पष्टता के साथ इस शक्ति को धारण करते हों उन्हें उतना ही अधिक दैवीय समझना चाहिए। ऐसे साधु महात्माओं को दुनिया के पैगम्बरों की श्रेणी में रखना चाहिए। मनोविज्ञान जगत इन रहस्यों से पर्दा हटाएगा। अभी तो हमारी अर्ध जागृत चेतना इस विषय पर घुप्प अँधेरे में है, और इसे बूझ पाने की दृष्टि भी हमारे पास नहीं है। लेकिन हमारी बुद्धि जिस ज्ञान से विद्रोह कर स्वीकार करने से इनकार कर देती है हमारा अन्तर्मन उसे अपेक्षाकृत आसानी से स्वीकार कर लेता है। यह स्वीकार्यता मननशील व्यक्ति

को इस चिन्तन की प्रेरणा देती है कि क्या यह ज्ञान अपने आपमें पुरातन और मौलिक है।

इससे पहले कि मैं निराशा की अनुभूति में डूब जाऊँ कितना कुछ है जिस पर से धुन्ध हटानी है और इसी तरह बहुत कुछ है जिसे संशोधित करना है। निराशा का भय इसलिए क्योंकि संकेत और अभिव्यक्तियाँ जिनके हेतु मैं लालायित और प्रयास रत हूँ वो हो नहीं पा रहा। लेकिन मुझे प्रतीत होता है कि शोध की इस आसक्ति के लिए मैं निर्बल और उच्छृंखल हूँ। इन कार्यों के लिए मेरा उद्धत होना अपने आपमें एक काम है और स्पष्ट है कि इस कारण मैं अपनी इस शोध को किसी समय सीमा के बन्धन में नहीं रखना चाहती।

मैंने यह लम्बा पत्र लिखा है पर मुझे विश्वास है कि यह सहृदय हाथों में है और जो नेत्र इन शब्दों को देखेंगे वो मेरे मानस की अच्छी समझ रखते हैं।

जैसा मै आपसे कह चुकी हूँ। आप पत्र या फोन से सूचित करें कि आप यहाँ आने के लिए फुर्सत में कब होंगे? आपका आना मेरे लिए आपके स्वागत से अधिक होगा।

रति की निद्रा सामान्य निद्रा नहीं रह गयी थी, दवा और नशीले द्रव्यों के उपभोग वाली ये नींद उसे गहरी तन्द्रा प्रदान कर देती। वो रंग बिरंगी दुनिया में पहुँच जाती पर नींद टूटने पर स्मृति एकदम जवाब दे देती वो निश्चय नहीं कार पाती थी कि उसने स्वप्न देखा। यदि देखा था तो क्या देखा था? जवाब न मिलने पर उसे यही प्रतीत होता कि उसने स्वप्न नहीं देखा था। अलौकिक संसार की व्याख्या करने वाले ज्ञानियों साधु महात्माओं के विचारों को वो एक सीमा तक भक्त रूप में स्वीकार करने लग गयी। यह सब एक प्रकार से अन्धविश्वास को एक हद तक स्वीकार करने जैसा ही होता जा रहा था।

जस्सूबेन ने तो साउथ कोर्ट आने-जाने का बन्धन तोड़ ही दिया था रति उससे हमेशा बड़े प्रेम और सम्मान के साथ मिलती निर्मल स्वभाव की रति सभी नौकरों के साथ आत्मीयता रखती थी पर जस्सूबेन कुछ अधिक आत्मीय थी। धनीमानी परिवारों में नौकरों को सम्मान मिले यह बहुत अनोखा था। अकसर तो धनी परिवार आपसी व्यवहार में नौकरों की उपस्थिति तक अनदेखी कर देते थे। पर साउथ कोर्ट की बात अलग थी रति तो रति जिन्ना भी अपने नौकरों से सद्‌भावपूर्ण व्यवहार रखते थे। आज जस्सूबेन आई तो रति का मन खिल उठा। रति के लाख इसरार के बाद भी जस्सूबेन कुर्सी पर कभी नहीं बैठती थी आज भी नहीं बैठी। कालीन पर पालथी मार कर बैठ गयी। रति ने पेटिट हॉल के हाल चाल की विस्तार से पूछताछ की। लेकिन जस्सूबेन अपने हाथों में खिलाई बच्ची की आँखों की उदासी और शारीरिक अस्वस्थता देख विह्वल हो गयी। रति ने ढाढ़स बँधाते हुए कहा कि कई

दिन से भरपूर नींद नहीं मिली इसलिए वह अस्वस्थ दिखाई पड़ रही है। जस्सूबेन का जीवन इन धनी परिवारों में गुजरा था वो इनकी खुशियों और रंजो ग़म भाँप लेती थी वो जानती थी कि रति बात टाल रही है यह अधिकार तो उसके पास था नहीं कि इसरार कर वो सच बताने के लिए रति को मजबूत करती। दोनों के बीच बातों का सिलसिला थमा तो जस्सूबेन ने डीना के साथ खेलने की कोशिश की पर डीना के लिए जस्सूबेन अपरिचित वृद्धा थी। वो जानती थी कि जस्सू बेन कभी-कभी उसकी माँ से मिलने आती थी पर इतने भर से कोई छोटी बालिका अपने से बड़ी उम्र की महिला के साथ मित्रवत कैसे होती। जस्सूबेन डीना को देखकर ही खुश हो लेती।

डीना पाँच वर्ष की हो चुकी थी। जैसे-जैसे वो समझदार हो रही थी उसका सम्पर्क माता-पिता से घट रहा था। पिता तो इन दिनों इस कदर व्यस्त थे कि उनके दर्शन ही दुर्लभ हो गये थे। काफी समय वो दिल्ली में रहते। मुकदमों के सिलसिले में भी उन्हें जब तब बाहर जाना पड़ता। बम्बई में भी रहते हुए वो इतने व्यस्त रहते कि अकसर देर से घर आते। इतनी कोशिश अवश्य होती कि रात का भोजन तीनों साथ साथ करें। डीना छोटी थी पर उसको इतना एहसास हो चला था कि डाइनिंग टेबल पर होने वाली हलकी फुल्की बातें और हँसी मुस्कराहट गायब होती जा रही थी। पिता निर्विकार रूप से शान्त रहते। माँ अवश्य अपनी बच्ची का ख्याल रखते हुए हँसतीं और हलकी फुल्की बातें करतीं। पिता के साथ तो डीना को हमेशा कम समय मिलता था इस कमी की भरपाई माँ अवश्य करती पर समझदार होने के साथ साथ उसने अपने माता-पिता को व्यस्त ही देखा। यद्यपि उसकी शिक्षा के लिए गवर्नेस थी पर अब विद्यालय में भेजने की तैयारी भी चल रही थी।

डीना जब से समझदार हुई थी उसने अपनी माँ को ही अपने नजदीक पाया था, पिता के अन्दर की बाल सुलभ चपलता शायद उनके गम्भीर चेहरे से आतंकित हो कहीं छिप गयी थी। वो उसके शैशव के बड़े दुर्लभ क्षण थे जब उसके पिता ने उसे गोदी में उठाकर बाँहों के झूले में झुलाया था। जब उसके कोमल गालों को पिता की कठोर दाढ़ी की खुरदुरी रगड़ ने गुदगुदाया था। जब कभी पिता ने उसके टूटे फूटे शब्दों को हँसी की चाशनी में डुबोकर दोहराया था। ऐसी स्मृतियाँ थीं पर पाँच-छः वर्षीय डीना के जीवन से यह क्षण अब तिरोहित हो चुके थे और शैशवावस्था की इन सुखद स्मृतियों की झीनी चादर अब तार तार होने लगी थी। पिता के स्पर्श पर माँ का स्पर्श भारी पड़ता जा रहा था। माँ जैसी तब थी जब से डीना ने उसे पहचानना शुरू किया था वैसी ही अब भी थी। क्या पता अब ज्यादा समीप आ गयी थी। डीना का अधिक समय अपनी धाय माँ के साथ गुजरा था। उसकी दैनन्दिनी आवश्यकताओं की ज़िम्मेदारी धाय की ही थी पर माँ के सीने में छिपे दिल के स्पन्दन में मातृत्व के संगीत की लय थी। उसके स्तनों से उसका दुलार व्यर्थ नहीं गया था। डीना को वो

मिठास भले याद नहीं रह गयी थी पर उनके कोमल स्पर्श की अनुभूति उसके मन में पैठी हुई थी और आज भी माँ के शरीर के स्पर्श के साथ वह स्मृतियाँ कौंध जाया करती थीं।

माँ ने इन तनाव भरे दिनों में भी अपना बालपन खोया नहीं था जब तब डीना की माँ उसकी प्रिय सहेली बन जाती। माँ की उम्र यकायक घट जाती। डीना को वो अपनी समवयस्क लगने लगती, जिसके साथ हर तरह की हँसी-ठिठोली की जा सकती थी। जिसके साथ आँख मिचौली खेली जा सकती थी। जिसके साथ समवेत स्वरों में नर्सरी राइम्स गायी जा सकती थी। हँसी में दोहरी होती माँ आज भी जब तब लाड़ के साथ उसके चेहरे को अपने अनगिनत चुम्बनों से गुदगुदा देती। माँ साथ में रस्सी कूदती, गेंद खेलती चम्मच और छुरी काँटे पकड़ना सिखाती। कभी-कभी कहानियाँ भी सुनाती पर ऐसे सुखद और अन्तरंग क्षणों के बाद उसकी जिम्मेदारी धाय माँ के हाथों में पहुँच जाती।

माँ के एक शौक में डीना की भागीदारी भी थी। माँ के जीते जागते पालतू खिलौनों से डीना भी खेलती। माँ के शौक से साउथ कोर्ट में विचरण की आजादी जिन कुत्ते बिल्लियों को मिली थी उनसे डीना की भी गहरी मित्रता थी। पर माँ पुत्री का यह साझा शौक यहीं खत्म हो जाता था। अपनी माँ को खुली आँखों के साथ सपनों में गुम उसने अकसर देखा था। पुस्तकों में रमी माँ का ध्यान भंग न हो यह ज्ञान उसकी धाय ने उसे अच्छी तरह दे दिया था। पार्टी समारोहों में उसकी माँ पर और बहुतेरे लोगों का भी अधिकार होता है यह समझ उसमें होश सँभालते ही उत्पन्न हो गयी थी। रात्रि भोज से पहले जब उसके माता-पिता के सामने बार की ट्रोली होती और वो जाने किस तरह की गम्भीर बातों में उलझे होते तब उसकी धाय माँ उसे आस-पास हल्के फुल्के खेलकूद में व्यस्त रखती। पिता का तो नगर से बाहर आना-जाना बहुत होता था कई बार माँ और डीना भी उनके साथ होती पर कभी-कभी डीना अकेली साउथ कोर्ट में होती और माता-पिता दूर किसी और नगर में, डीना इस तरह अपनी धाय माँ और गवर्नेस के साथ रहने की आदी हो चुकी थी।

इस बार की गर्मियों से मुक्ति के लिए जिन्ना ने रति के साथ कश्मीर की ठंडी वादियों में रहना तै किया था। लेकिन व्यस्तता थी कि उसके सारे कार्यक्रमों पर पानी फेर रही थी। वो एक महत्त्वपूर्ण मामले की पैरवी में ऐसा उलझा हुआ था कि कश्मीर की छुट्टियों का अरमान धरा रह गया। इन दिनों कानजी का साउथ कोर्ट में आना-जाना काफी बढ़ चुका था। हफ्ते में तीन चार बार वो रति से मिल लेता था। कभी कानजी न आ सका तो रति उसके घर पहुँच जाती। कानजी के साथ पुस्तकों की अदला बदली का शौक परवान चढ़ चुका था। दरअसल ऐसी कोई आवश्यकता नहीं थी कि दोनों मित्र पुस्तकों की अदला बदली करें। होता ये था कि कोई पुस्तक

कानजी के सर चढ़ जाती तो वो अपनी प्रतिक्रिया के साथ पुस्तक रति को इस आशा के साथ सौंप देता कि देखें रति को पुस्तक कैसी लगती है। यही स्थिति तब भी होती जब रति अपनी कोई दिलचस्प पुस्तक कानजी को सौंपती। इन दिनों कानजी की दी हुई कई पुस्तकों ने रति को उलझा रखा था पर इन सभी पुस्तकों में व्यक्त विचारों की तुलना वो एच. पी. ब्लावत्सकी द्वारा लिखी 'सीक्रेट डॉकट्रिन' से करती उसे सीक्रेट डॉकट्रिन सदैव बोधगम्य और प्रकाशमान प्रतीत होती। इस ग्रन्थ से उसकी निष्ठा जुड़ी हुई थी। पुस्तकों तथा आध्यात्म के रहस्यों से कानजी के साथ चर्चाओं ने रति की व्यस्तता में कमी नहीं होने दी थी।

कई बार अलौकिक जगत की अपनी शोध में वो जिन्ना की रुचि उत्पन्न करने की कोशिश भी करती। रति ने अपनी मान मनव्वल से ठेल ठाल कर 'द स्पिरिट ऑफ इरेन' पढ़ने के लिए उसे मजबूत कर दिया। जिन्ना इस आध्यात्मिक पुस्तक से प्रभावित भी हुए और उन्होंने स्वीकार किया कि यह अनूठी पुस्तक अपने विषय का ऐसा विश्लेषण कर देती है कि पाठक के लिए किसी किन्तु परन्तु की गुंजाइश ही नहीं रह जाती। रति विवाह के कुछ समय बाद से ही इस विषय में डूबी तो अदृश्य संसार के रहस्यों को प्रकाशित करती न जाने कितनी पुस्तकें उसने अब तक पढ़ डाली थीं। जीवन मृत्यु आत्मा परमात्मा की गुत्थियों को सुलझाते सुलझाते ये पुस्तकें अकसर पाठक को कहीं अधिक उलझाकर रख देती। परन्तु रति का मस्तिष्क इस बारे में बिलकुल साफ था। वह समझती थी; ये विषय ऐसे सामान्य नहीं हैं कि किसी पुस्तक के बल पर पाठक को दैवीय विश्वास का कायल कर सकें। आत्मा के कार्य व्यापार की ये कल्पनाएँ स्वयं में अस्पष्ट थीं इसलिए उनका पुस्तकीय ज्ञान भी अस्पष्ट ही रह जाता था। रहस्य में डूबे ये विषय उसमें अकसर सिहरन उत्पन्न कर देते। अकसर वो आत्माओं की शक्ति से भयभीत हो उठती। ऐसी स्थिति में उसे किसी दैवीय सहारे की तीव्र इच्छा उत्पन्न होती। इन शोधों में उसे किसी निकट सहयोगी, मित्र या साझीदार के साथ की आवश्यकता महसूस होती। कानजी के अलावा ऐसा कोई भी दूसरा साथी उसके आस-पास नहीं था। लेकिन आत्माओं के आह्वान जैसे तन्त्र मन्त्र से अभिषिक्त प्रयोगों में उसका साथ देने की फ़ुर्सत कानजी के पास भी नहीं थी।

दोनों मित्रों की मुलाकातों का सिलसिला चल रहा था ऐसी ही एक शाम नियत किये गये समय पर कानजी साउथ कोर्ट पहुँचा तो रति घर पर नहीं थी वो वापिस चला गया। कानजी के जाने के कुछ मिनटों बाद ही रति घर आ गयी और कानजी की वापसी के बारे में जान वो परेशान हो गयी। कानजी से मुलाकातों के इस सिलसिले में कोई चूक हो जाए तो रति परेशान हो जाती थी उस रात उसकी आँखों से नींद का नाता जुड़ ही नहीं रहा था। आधी रात के बाद वो कुछ उनींदी हुई पर

कानजी की वापसी का अपराध बोध उसे बेचैन किये हुए था। रात के दो बजे उसने कानजी को पत्र लिखा।

''क्षमा याचना भले मैं देर से कर रही हूँ पर मेरी ईमानदारी में कोई कमी मत समझना। जो गलती मुझसे हुई उसकी सफाई में अब मैं क्या कहूँ? ठीक है कुछ नहीं कहती। मिलने का समय मैंने दिया और मैं ही भूल गयी। जाने कैसे मेरे दिमाग से 'एपोइंटमेंट' उतर गया। हालाँकि ठीक समय पर मुझे याद तो आ गया। मैं तुरन्त घर लौटी मुझे केवल आठ मिनट की ही देर हुई पर तुम वापिस जा चुके थे।

अच्छा ख़ैर, इन दिनों मैं पुनः अस्वस्थ हूँ और आमतौर से शाम को घर पर ही रहती हूँ तुम कभी भी आ सकते हो।

रात के दो बज रहे हैं, मैं बुरी तरह थकी हुई हूँ और नींद मेरी पलकों से दूरी बनाए हुए है, तुम मुझसे मिलने आए थे और मैं नहीं मिली इस ख्याल भर ने मुझे मजबूत कर दिया है कि मैं बिस्तर से निकलूँ और तुम्हें यह पत्र लिखूँ। और कुछ हो न हो इस पत्र के द्वारा मेरी अन्तरात्मा पर रखा बोझ अवश्य कम होगा। अब तुम मेरी क्षमा याचना स्वीकार कर मुझे सोने दोगे? जानती हूँ मेरी क्षमा याचना निराशाजनक रूप से नाकाफी है।''

रति ने एक समय अपनी सहेली पद्मजा को लिखा था कि गुलामी समय की भी हो तो उसे स्वीकार्य नहीं, घड़ी के काँटे से बँधे लोगों को वो पसन्द नहीं करती पर समय की चक्की ने उसे समय की पाबन्दी टूटने पर क्षमा याचना सिखा दी थी। कानजी से मिलना तै था पर रति का अल्हड़ स्वभाव अकसर लापरवाह हो जाता; तै मुलाकातें विस्मृति में समा जातीं। अब वो ऐसी स्थितियों में क्षमा याचना करने में संकोच नहीं करती थी कानजी के साथ लापरवाही होने पर तो वो अपराध बोध से दब जाती। उसे केवल आठ मिनट की देर हुई और कानजी बिना मिले चले गये। आजकल अनिद्रा ने उसकी रातें यों ही बर्बाद कर रखी थीं ऊपर से वादा तोड़ने की गलती की बेचैनी। गलती से ज्यादा उसे अफसोस था कि कानजी से मुलाकात नहीं हो पाई। द स्पिरिट ऑफ़ इरेन पर कितना कुछ विचार-विमर्श करना था। कितने प्रश्न उसके मन में उथल-पुथल मचाए हुए थे। आठ मिनट की देर से सारे प्रश्न अनुत्तरित रह गये। यद्यपि उसके अनुरोध पर जिन्ना ने यह पुस्तक दिलचस्पी के साथ पढ़ी थी पर उनके साथ कोई चर्चा सम्भव नहीं थी। पुस्तक समाप्त कर उनकी छोटी-सी टिप्पणी थी अच्छी है; बस, बात खत्म हो गयी। अब वो रात के अँधेरे में भी छत की सफेदी में दिन के प्रकाश का अनुभव कर रही थी इन स्थितियों में भला बिना किसी ड्रग के नींद से नाता कैसे जुड़ पाता?

मुस्लिम लीग की मजलिस अलीगढ़ (1926 दिसम्बर) में आयोजित हो रही थी रति को अपने पति के साथ इसमें शामिल होने के लिए अलीगढ़ जाना था। उसे अब इन राजनैतिक हलचलों से ऊब होने लगी थी। उसके मन मस्तिष्क को अब पारलौकिक आस्था और ज्ञान कहीं अधिक आकर्षित करते। रति ने इस बार इस हंगामे से दूर रहना तै किया और निश्चय किया कि वो थियोसोफ़िकल सोसायटी के समारोह के लिए कानजी के साथ अड्यार जाए। यह निश्चय भी योजनानुसार पूरा नहीं हुआ। शाहपुर्जी बीमार (बिल्ली) जो थी। इस प्यारी बिल्ली में तो उसकी आत्मा समाई हुई थी जब आत्मा ही अस्वस्थ हो तो उस पर कोई शोध चर्चा भला कैसे होती तो अड्यार का कार्यक्रम स्थगित हो गया।

अलीगढ़ लीग अधिवेशन को हुए काफी दिन हो गये थे। मजलिस में सर अब्दुल रहीम ने उग्र साम्प्रदायिक भाषण देकर मुसलमानों में मतांधता भड़काने की पुरजोर कोशिश की और अपने उत्तेजक भाषण के बल पर घोर साम्प्रदायिक प्रस्ताव स्वीकृत करवाने की कोशिश की। लेकिन जिन्ना की उपस्थिति में ऐसे रूढ़िवादियों की सारी कोशिशें असफल हो जाती थीं। अलीगढ़ में सर अब्दुल रहीम की इस कोशिश को भी जिन्ना ने ही विफल किया। यह लड़ाई धार्मिक उन्माद से ग्रस्त रूढ़िवादी विचारों तथा आधुनिक एवं राष्ट्रीय भावना वाले विचारों के बीच थी। एक ओर सर रहीम दूसरी ओर जिन्ना। जिन्ना के आगे सर रहीम की एक न चली। चागला ने समाचारपत्र के लिए इस अधिवेशन की रिपोर्टिंग की थी कुछ लेख भी लिखे थे। इस विषय के अलावा कुछ और बातें करने के लिए जिन्ना ने चागला को घर पर भोज का निमन्त्रण दिया था। जिन्ना की बड़े और हंगामा खेज भोज समारोहों में कोई रुचि नहीं थी। इसलिए साउथ कोर्ट में व्यक्तिगत दावतों का रिवाज़ था। चागला की इस विशेष दावत के व्यंजन भी खास थे। मांसाहारी चागला को शुद्ध शाकाहारी व्यंजन परोसे गये, इस विशिष्टता पर चागला के कौतूहल को शान्त करते हुए जिन्ना ने बताया कि शाहपुर्जी के अस्वस्थ होने के कारण घर में मांसाहारी भोजन नहीं बन रहा। चागला की रही सही जिज्ञासा को शान्त करते हुए रति ने बताया कि डॉक्टर ने शाहपुर्जी को दूध का पथ्य देने को कहा है। घर में मांसाहार की गन्ध शाहपुर्जी को परेशान न करे इसलिए मांसाहार बन्द है। चागला को रति के पशु प्रेम का पूरा ज्ञान था इसलिए कोई प्रश्न पूछने की आवश्यकता नहीं रह गयी, लेकिन जिन्ना ने बात आगे बढ़ाते हुए बताया कि मैम अड्यार जा रही थीं, परन्तु शाहपुर्जी के कारण यह कार्यक्रम खटाई में पड़ गया है।

शाहपुर्जी के स्वस्थ होने के बाद रति अड्यार पहुँची। उद्विग्न रति शान्ति ढूँढ़ रही थी। उसे ऐसा प्रतीत होने लगा था कि शायद थियोसोफ़ी में दीक्षित होने पर उसे कुछ शान्ति मिले, यहाँ प्रवचनों और वार्ताओं के बीच उसने कानजी से कहा कि वो

थियोसोफ़ी में शामिल हो जाना चाहती है। उसकी इच्छा थी कि श्रीमती बेसेंट उसे दीक्षा दें। दरअसल जिन्ना के साथ अलीगढ़ जाने से मना करने का एक कारण यह भी था। एक शाम श्रीमती बेसेंट रति को अपने साथ अपने कमरे में ले गयीं और आधे घंटे तक उसके मानस और विचारों पर उससे बातचीत करती रहीं। रति ने श्रीमती बेसेंट को बताया कि उसे थियोसोफ़ी के दर्शन ने आकर्षित किया और इसलिए उसका मन इस पन्थ में शामिल होने का हो आया पर यहाँ अड्यार में भी पूजा पाठ देख वो अपने निर्णय पर पुनर्विचार कर रही है। अड्यार में सर्वधर्म प्रार्थना प्रारम्भ की गयी थी। रति का मन दार्शनिकता में तो रमता था पर प्रार्थना अर्चना जैसे वाह्य कृत्यों से उसे कोई शान्ति नहीं मिलती थी।

श्रीमती बेसेंट ने रति के मन की गहराई में प्रवेश करते हुए उसे पन्थ में शामिल होने की द्विविधा से मुक्ति प्रदान कर दी। उन्होंने कहा कि रति जैसी गम्भीर और शुद्ध मानस वाले व्यक्तियों के लिए किसी पन्थ में शामिल होना न होना कोई अर्थ नहीं रखता। वो पन्थ में शामिल हुए बिना भी थियोसोफ़ी के दर्शन के मनन से ही शान्ति और मुक्ति प्राप्त करने की शक्ति रखते हैं। इस मुलाकात में श्रीमती बेसेंट ने रति की बातों विचारों के अलावा उसकी भावनाओं को भी समझा। मानव मन के रहस्यों को मुँह देखकर भाँप लेने वाली श्रीमती बेसेंट ने रति की कातर आँखों में उद्विग्नता, कातरता और उदासी को स्पष्ट रूप से देखा था। कानजी से मिलने पर उन्होंने कानजी से कहा—"अपनी मित्र का विशेष ध्यान रखो वो बहुत व्याकुल है।" कानजी ने आश्चर्य से पूछा आपको ऐसा क्यों लगा? श्रीमती बेसेंट ने कहा—"उसकी आँखों पर ध्यान दो तुम्हें सब पता चल जाएगा।"

अड्यार में रति को पूरा सम्मान और महत्त्व प्राप्त था। विशिष्ट भोज और समारोहों में वो आमन्त्रित की जाती थी। जिनराज दास के प्रवचन में वो शामिल होती। उनकी पत्नी डोरोथी से घंटों आध्यात्मिक चर्चा करती। रति आध्यात्म के अलावा हिन्दुस्तान में लोगों के सामाजिक रहन-सहन, उद्योग व्यापार, शिक्षा तथा स्वास्थ्य के हालातों पर जब बोलती तो डोरोथी उसके गम्भीर अध्ययन और मौलिक विश्लेषण को सुन आश्चर्यचकित रह जाती। रति की विद्वत्ता के कारण डोरोथी उसकी प्रशंसिका हो गयी थी। उसे रति प्रतिभा के भंडार के रूप में नजर आई। उसे लगा इस प्रतिभा का देश हित में उपयुक्त इस्तेमाल होना चाहिए। यह गुणवती कुछ मित्रों की चर्चाओं में ही कैद न रह जाए। समाज का विशाल वर्ग इस नवयुवती के ज्ञान से लाभान्वित होना चाहिए।

इस बार रति की अड्यार यात्रा अच्छी रही थी। श्रीमती कजिन्स के कारण उसकी भेंट चित्रकार चन्द्रशेखर से हुई। शेखर के चित्र उसे बहुत पसन्द आए। अड्यार से चलते समय कलाप्रेमी रति ने कजिन्स से अनुरोध किया कि वो शेखर के

तीन चित्र उसे भिजवा दे। यहाँ के थियोसोफ़ी विद्यालय में उसे बालकों की दिनचर्या ने भी बहुत आकर्षित किया। बालकों के लिए आश्रम की पवित्रता और आध्यात्मिक वातावरण उसे बहुत उपयोगी प्रतीत हुई। आश्रम अनायास ही बालकों को शैशवावस्था से मानसिक शान्ति और मनोभावों पर संयम का प्रशिक्षण दे रहा था।

मैगनेटिज़्म की शक्ति पर तो रति की आस्था कब से बनी हुई थी। उद्विग्न मनोदशा की स्थिति में उर्से मैगनेटिज़्म से शान्ति प्राप्त हो जाती थी। अड्यार में रहते हुए एक दिन वो कानजी के साथ जिनराज दास से मिली और उनसे अनुरोध किया कि वो उसे शान्ति प्रदान करने के लिए कुछ मैगनेटाइज़ करके दे दें। जिनराज दास ने मुस्कराते हुए कहा यह अनुरोध आप मुझसे क्यों कर रही हैं? आपके लिए आपके मित्र कानजी भी यह काम कर सकते हैं, आप उनकी सहायता लें। वो कानजी की शक्ति से परिचित थी। पहले कई बार उसके अनुरोध पर कानजी किसी नग को अपनी मानसिक शक्ति से आवेशित कर देते। रति इसे अपने साथ रखती तो उद्विग्नता से उसे शान्ति प्राप्त हो जाती।

रति जिन मन:स्थियिओं से गुजर रही थी वो कई बार उसे डीना के लिए चिन्ता निमग्न कर देतीं। अकसर वो इस अपराधबोध से विचलित हो जाती कि इस बालिका के लिए उसे जितना समय देना चाहिए वो नहीं दे पा रही। माँ के रूप में उसे जैसी परवरिश अपनी पुत्री को देनी चाहिए वो नहीं दे पा रही। एक सुबह साउथ कोर्ट के बागीचे में अपनी धाय के साथ आँख मिचौली खेलती डीना को देख उसे लगा कि इस बच्ची के सर्वांगीण विकास के लिए अड्यार का थियोसोफ़ी विद्यालय उपयुक्त होगा। उस शाम कानजी से मिलने पर रति ने अपनी इच्छा प्रकट करते हुए इस विषय पर उसकी राय माँगी। कानजी को लगा इस जिम्मेदारी के बारे में विद्यालय से ही पूछना अधिक उचित होगा। उसने डोरोथी को पत्र लिख रति की इच्छा की सूचना दी। डोरोथी ने जवाब में लिखा कि बुद्धिमती रति की पुत्री भी अवश्य ही कुशाग्र बुद्धि होगी। उसे यहाँ की शिक्षा भी रास आएगी और उसके बुद्धि विकास में सहायक होगी। उसने आशा व्यक्त की कि रति शीघ्र ही डीना को अड्यार भेज देगी। रति की तीव्र इच्छा थी कि डीना को अब इस विद्यालय को सौंप दिया जाए। इस विषय पर निर्णय लेने से पहले जिन्ना से भी बात करना आवश्यक था। 'जे' को रति का यह सुझाव ठीक नहीं लगा। रति ने पति से अच्छी खासी बहस की पर अन्त में उसे जिन्ना का निर्णय उचित लगा।

जिन्ना जानते थे कि इस छोटी बालिका को माता-पिता का उतना साथ नहीं मिला था जितना मिलना चाहिए था, माँ तो फिर भी कुछ समय देती थी पर वो स्वयं बच्ची को पिता का सामान्य स्नेह भी नहीं दे पा रहे थे। डीना के अड्यार जाने पर तो उसका पिता से आमना-सामना भी नहीं हो पाएगा। इस बड़े कारण के साथ एक और

महत्त्वपूर्ण कारण था। अड्यार में अनपेक्षित रूप से बच्चों के कोमल मन पर गम्भीर पंथिक विचारों का प्रभाव। उदार और प्रगतिशील जिन्ना नहीं चाहते थे कि छोटी-सी उम्र में ही उनकी पुत्री का मस्तिष्क और उसकी विचार शक्ति किसी विशेष दायरे में कैद हो जाए। उनकी इच्छा के अनुरूप डीना बम्बईवासी ही बनी रही। साउथ कोर्ट उसकी शरारतों और खेलकूद का आनन्द लेता रहा।

हिन्दुस्तान की राजनैतिक आकांक्षाओं का प्रत्येक दस वर्ष में आकलन कर नये सुधार का मार्ग प्रशस्त करने का ब्रिटिश सरकार ने वादा किया था। वादे के अनुसार परिवर्तित परिस्थितियों के अध्ययन के लिए सरकार ने साइमन कमीशन का गठन कर दिया। कमीशन तो बना पर सरकार अब भी यह मानती थी कि हिन्दुस्तान का हिन्दुस्तानी नेतृत्व अपरिपक्व है। इसमें अपने देश के नव जागरण को समझने की शक्ति नहीं है। इसलिए साइमन कमीशन में एक भी हिन्दुस्तानी सदस्य नहीं था। कुपित जिन्ना गौरांगों की इस श्रेष्ठ मानसिकता का विरोध करने के लिए कमर कस चुके थे। काँग्रेस और अन्य नेताओं ने भी इस कमीशन का विरोधकरने का निर्णय ले लिया था। परन्तु मुस्लिम लीग इस कमीशन के विरोध में एकमत नहीं थी। जिन्ना मानते थे कि यह कमीशन किसी भी तरह मुसलमानों के लिए लाभकारी नहीं होगा और इसलिए मुसलमानों को एकजुट होकर इसका विरोध करना चाहिए। वहीं सर मोहम्मद शफी का मत था कि साइमन कमीशन के साथ सहयोग मुसलमानों के पक्ष को मजबूत करेगा।

मुसलमानों को एकजुट रखने के उद्देश्य से जिन्ना ने लीग के मंच से कहा कि इस कमीशन में हमें बराबरी की भागीदारी नहीं मिली है यह अन्याय हमारी आत्मा पर छुरी चलाने जैसा है हम अपनी पूरी शक्ति के साथ इस अन्याय का प्रतिकार करेंगे। हमें इस कमीशन का बहिष्कार करना है और पूरी तरह बहिष्कार करना है राजनैतिक भी और सामाजिक भी, कमीशन विरोध के लिए काँग्रेस हिन्दू महा सभा के अलावा अन्य नेताओं के सहयोग का जिन्ना ने स्वागत किया। पंडित मदन मोहन मालवीय को धन्यवाद देते हुए उन्होंने कहा कि यह सहयोग हमारे लिए ब्रिटिश सरकार की किसी रियायत से अधिक मूल्यवान है। जिन्ना की सारी कोशिशों के बावजूद साइमन कमीशन के विरोध में मुस्लिम एकमत न हो सके। मुस्लिम लीग जिन्ना और शफी के साथ दो फाड़ हो गयी (नवम्बर 1927)। जिन्ना इस स्थिति से बहुत खिन्न थे। मुस्लिम लीग की एकता में ही उनकी शक्ति निहित थी अब यहाँ भी उन्हें किनारे किया जा रहा था। हिन्दू-मुस्लिम एकता की उनकी कोशिशों पर लगातार पलीता लगाया जा रहा था। उद्विग्नता से बोझिल जिन्ना इन दिनों रति से किसी राजनैतिक बहस मुबाहिसे के इच्छुक नहीं थे। रति भी जानती थी

यह ऐसा कठिन समय चल रहा था कि उन दोनों की राजनैतिक बहस जिन्ना के तनाव में और अधिक वृद्धि करती। क्रोध और तनाव जिन्ना के सामान्य जीवन पर हावी होता जा रहा था। उनके जीवन से हल्के-फुल्के आनन्द के क्षण अब दुर्लभ होते जा रहे थे। पिछले कुछ वर्षों से जिन्ना में लगातार परिवर्तन आ रहा था ऐसा प्रतीत होता कि वो अपने बनाए खोल में बन्द होते जा रहे हैं। जैसे कई जीव कायान्तरण के लिए अपने आपको अपने बनाए जाल में बन्द करना प्रारम्भ कर देते हैं। शायद जिन्ना भी अनजाने में यही कर रहे थे

जिन्ना के शान्त रहने के कारण रति घुटन महसूस करती। राजनैतिक तनाव अपनी जगह सही थे पर घर दाम्पत्य संगीत के बिना वीराना हो जाता है। जिन्ना ऐसे व्यक्ति नहीं थे जो घर के बाहर के तनावों को घर की चारदीवारी के बाहर छोड़ आए। फिर ये समस्याएँ उनके जीवन का विशिष्ट आयाम थीं। रति अपने पति के व्यक्तित्व को समझती थी, लेकिन उसका अपना व्यक्तित्व भी तो था। काश वो मछली पकाने और कबाब भूनने वाली एक सामान्य गृहस्थन होती, पर तब बौद्धिक जिन्ना से उसका विवाह कैसे हो पाता? वो जानती थी इन उलझनों के सभी तार आत्मा के रहस्यों से जुड़े थे। जब उसका मस्तिष्क इन तनावों से फटने लगता तब कानजी का साथ जरूरी हो जाता फिर इन दिनों के अकेलेपन के कारण वो अपनी अलौकिक शोध में कुछ ज्यादा गहरे पैठती जा रही थी। इस शोध में एक अकेले कानजी ही तो उसके साथी थे। लेकिन रति की अड्यार वापसी के बाद से कानजी कुछ ऐसे व्यस्त हुए कि साउथ कोर्ट का रास्ता ही भूल गये। कानजी की लम्बी अनुपस्थिति उसको बहुत भारी पड़ रही थी। अकुलाई रति ने एक दिन उसे पत्र लिख कर उलाहना दिया—"आजकल तो तुम साउथ कोर्ट का रास्ता ही भूल गये हो कितने दिन हो गये तुम यहाँ नहीं आए। बहरहाल तुम्हें निमन्त्रित करने की हिम्मत तो मुझमें है। इस शनिवार की शाम आ जाओ साथ साथ भोजन करेंगे। आ सकोगे? मुझे पूरी आशा है यदि तुम व्यस्त नहीं हो तो अवश्य आओगे।"

रति का अशान्त मस्तिष्क न जाने क्या-क्या और कितना कुछ सोचता रहता। सुख-दुःख, प्यार-घृणा, स्वार्थ-परमार्थ, सोचते सोचते अपने ही विश्लेषणों से उलझकर वो झल्ला उठती, ऐसी ही मनःस्थिति में उसने पद्मजा को अपने एक पुराने पत्र की पंक्तियाँ दोहराते हुए लिखा।

पति प्यारे के लिए, पति होए ना प्यारा,
अपने सुख के ही लिए पति होता है प्यारा
पत्नी प्यारी के लिए, पत्नी होए न प्यारी
अपने सुख के ही लिए पत्नी होती प्यारी
पुत्र प्रेम भर के लिए, पुत्र होए ना प्यारा

अपने सुख के ही लिए होता पुत्र है प्यारा
ईश प्रेम भर के लिए, ईश होए ना प्यारा
अपने सुख के ही लिए होता ईश है प्यारा

तो क्या अपना सुख ही सर्वोपरि होता है? क्या हम केवल अपने सुख के लिए ही जीते हैं? क्या अपने सुख के समक्ष दूसरों का अस्तित्व समाप्त हो जाता है? क्या सबकी उपेक्षा करके हमें सुख मिल सकता है? क्या अपने प्रिय को दुःख में छोड़ हम सुखी हो सकते हैं? क्या अपना सुख अपने प्रिय के सुख से अलग होता है। बताओ पद्मजा बताओ। क्यों हम अपने प्रिय को विपत्ति और कठिनाई में देख अपने आपको उससे अलग नहीं कर पाते? यदि केवल अपने सुख के ही लिए हमें औरों से प्यार होता है तो अपने सुख के ही लिए हम अपने प्रियजनों से विरक्त क्यों नहीं हो पाते? वो क्या है जो किसी को किसी दूसरे के लिए अपनी आहुति दे देने की इच्छा उत्पन्न कर देती है? आहुति की शक्ति दे देती है?

अध्याय—10

पूर्णाहुति

एक समय से हिन्दुस्तान के नौजवानों का आकर्षण कन्धों पर पीतल के चमचमाते फौजी सितारे हुआ करते थे। अँग्रेजों ने हिन्दुस्तानियों के लिए फौज में केवल काले रंग के सितारों के द्वार खोले थे। बड़ी लड़ाइयों और जद्दोजहद के बाद बन्द रास्ते खोलने पर वो मजबूत हुए थे। जिन्ना और अन्य नेताओं की वर्षों की लड़ाई का नतीजा था फौजी प्रशिक्षण के लिए एकेडमी की स्थापना। यहाँ स्थापित होने वाली एकेडमी का आदर्श रूप निश्चित करने के लिए एक कमेटी बनाई गयी। यह कमेटी इंग्लैंड, फ्राँस, अमेरिका, कनाडा के फौजी विद्यालयों की कार्य प्रणाली के अध्ययन के लिए इन देशों के दौरे पर निकल गयी। जिन्ना इस कमेटी के सदस्य के नाते इन देशों के दौरे पर थे। रति भी साथ थी। जिन्ना परिवार इन आठ वर्षों के वैवाहिक जीवन में यूरोप के दौरे कई बार कर चुका था। अकेले भी और साथ साथ भी पर यह दौरा जरा लम्बा था अमेरिका और कनाडा दोनों साथ साथ पहली बार जा रहे थे। पाँच महीने का यह लम्बा प्रवास निश्चित रूप से रति के तनाव भरे जीवन के लिए एक सुखद परिवर्तन की औषधि जैसा सिद्ध होने जा रहा था। रति इस परिवर्तन से उत्साहित थी। राजनीति से दूरी जिन्ना के बिखरते व्यक्तित्व को व्यवस्थित करने में सहायक हो सकती थी। यूरोप की खुली हवा उन दोनों के दाम्पत्य में उल्लास के फूल खिला सकती थी। पिछले लन्दन प्रवास में वो अकेली थी इस बार दोनों साथ थे।

पिछली बार उसने यहाँ जो अलौकिक प्रयोग किए थे वे उसे पूरी तरह सन्तुष्ट नहीं कर पाए थे। क्या पता इस बार आत्मा के आह्वान का प्रयोग सफल हो जाए। क्या पता इस आह्वान के द्वारा वो अपने जीवन में खेल रही कुटिल आत्माओं से मुक्ति प्राप्त कर ले। एक उत्साह यह भी था कि विदेशों में परामनोविज्ञान पर हो रहे वैज्ञानिक प्रयोगों का प्रत्यक्ष दर्शन हो जाता। बम्बई से प्रस्थान के पहले रति की कानजी से लम्बी बातचीत हुई थी। इस दौरान उसने कहा कि मैं लम्बे समय तक तुम से दूर रहने वाली हूँ। प्रवास में तुम्हारी सहायता और सुरक्षा से वंचित रहूँगी। कृपया

तुम अपने आत्मबल से अभिशक्त कुछ मुझे दे दो ताकि मैं सुरक्षित रहूँ और आत्माओं की किसी भी कुटिलता का शिकार न हो जाऊँ। कानजी संकोच में था पर रति की जिद पर उसने रति के दिए एक जेड को प्रेम और सुरक्षा के अपने आत्मबल द्वारा आवेशित कर दिया कानजी ने इसे किसी भी प्रकार के आत्मा के आह्वान से सुरक्षा के लिए मेग्नेटाइज़ किया था। यह आवेशित जेड रति ने सँभालकर रख लिया, पूरी यात्रा में यह पत्थर उसके लिए रक्षा कवच बना रहा।

जहाज के सुईट में गुदगुदे बिस्तर पर करवट बदलते हुए रति ने जिन्ना को छेड़ते हुए कहा विवाह के आठ वर्षों के बाद ही सही मेरे लिए यह हमारी दूसरी मधु यामिनी है। जिन्ना ने भी हिन्दुस्तान के तनाव को हिन्दुस्तान में ही छोड़ते हुए कहा, हाँ जो कुछ कसर पहली बार रह गयी थी वो हम इस यात्रा में पूरी कर लेंगे। पति के साथ उसकी छेड़खानी और शरारतों में स्वाभाविक जोश अब भी बना हुआ था। प्रवास में रति कुछ और मुखर हो गयी। हँसमुख रति इस यात्रा से अपने जीवन पर पड़ी घुटन की काली चादर को तार तार कर देना चाहती थी। कई वर्षों से कठोर और क्रोधित भाव जिन्ना के मुखमंडल का स्थाई अंग बन चुके थे। कभी रति के साथ खिला रहने वाला उनका चेहरा अब गम्भीर बना रहता। उन्मुक्त हँसी जाने कहाँ खो गयी थी। रति अपने पति को इस मन:स्थिति से मुक्ति दिला देना चाहती थी, वो उन्हें वाचाल और मुखर देखना चाहती थी शून्य में अपने उच्चासन को तलाशती पति की पथराई आँखों को वो चपल और चंचल बना देना चाहती थी। जिन्ना की गम्भीरता उसे कब से साल रही थी। राजनैतिक झंझावात वो समझती थी पर घुटन इससे लड़ने का हथियार हो सकता है यह वो नहीं मानती थी।

लन्दन की लम्बी समुद्री यात्रा में जिन्ना के लिए करने को कुछ नहीं था वो कुल जमा एक पुस्तक साथ लेकर चले थे 'वूमेन : हर चार्म एंड पावर' उनकी वूमेन में चार्म तो था ही पावर भी खूब थी। परन्तु रति अपने साथ दुनिया भर की ऐसी पुस्तकें समेटकर चली थी। जिनमें उसके मैन से सम्बद्ध कुछ भी नहीं था। इस बार जिन्ना को कई बार अपनी पहली लन्दन यात्रा का स्मरण हो आता, लड़कपन के उन अनुभवों की यादें उसके होंठों पर स्मिति की हलकी रेखा खींच जातीं। वो अपने ये संस्मरण रति को सुनाते। पहली यात्रा में उसकी उम्र लड़कपन की थी और अपने भय और चिन्ता को बहादुरी के मुखौटे में छिपाए वो निपट अकेला था पर अब तो सारे भय के जाल टूट चुके थे। प्रवास और नये देश की चिन्ता का प्रश्न ही नहीं था। और इस बार वो अकेला भी तो नहीं था; पर हाँ हिन्दुस्तान में चल रही राजनैतिक गतिविधियों के लिए उसकी अपनी व्यूह रचना की गम्भीरता अवश्य उसके साथ चल रही थी। इस यात्रा में उसका पुराना साथी 'अकेलापन' बम्बई में ही छूट गया था। इस प्रवास में उसकी प्रिय रूपवती पत्नी ने उसे अकेला न रहने देने की कसम

खा ली थी।

यात्रा के दौरान दोनों में राजनीति, काव्य, साहित्य, और आध्यात्म पर बहसें तो होनी ही थीं। तर्क-वितर्क से थकने पर बुद्धि को तरोताजा करने के लिए दोनों बिलियर्ड और शतरंज खेलते या फिर ताश। ढलते सूर्य की लालिमा जब आकाश में बिखर जाती तो डेक पर मेज कुर्सियाँ सज जातीं। पति-पत्नी दोनों खुले आकाश के नीचे समुद्र के थपेड़ों की ताल सुनते हुए मदिरापान करते अपनी पसन्द की सिगरेट का धुआँ उड़ाते। इस यात्रा में जिन्ना ने ध्यान दिया कि रति आमतौर से प्रतिदिन रात ढले कुछ और अवश्य लेती बिना इस खुराक के वो सो नहीं पाती थी। बम्बई की आपाधापी में उसे इतनी फुर्सत नहीं रहती थी कि वो रति के निजी क्षणों पर ध्यान दे पाते। वैसे भी जिन्ना व्यर्थ ताक झाँक नहीं करते थे। उन्हें अपनी पत्नी की बुद्धिमत्ता पर पूरा विश्वास था वो जानते थे कि रति मानसिक रूप से किसी भी तरह की गुलामी स्वीकार नहीं कर सकती फिर चाहे यह कोई नशा ही क्यों न हो। दोनों मदिरा प्रेमी थे धूम्रपान भी करते थे पर इस शौक के लिए अधीर नहीं होते थे। नशेबाजों की तरह कभी मदहोश भी नहीं होते थे।

हिन्दुस्तान की गहमा-गहमी और व्यस्तताओं से दूर यूरोप के बसन्ती मौसम ने जिन्ना की उद्विग्नता को कम कर दिया था। अपेक्षाकृत बेहद सीमित व्यस्तताओं के बीच उन्हें अपने जीवन के बारे में ध्यान देने का अवसर भी उपलब्ध हो गया था इतने वर्षों बाद उन्होंने रति की दिनचर्या और शौक की तरफ गम्भीरता से ध्यान दिया। जिन्ना धूम्रपान के आदी थे। रति का यह व्यसन उनसे कहीं अधिक बढ़ चुका था। मदिरापान में वो उन्हें पीछे छोड़ चुकी थीं। नशा भी रति की नींद के लिए पर्याप्त नहीं था। काफी समय से सामान्यतया वो स्वस्थ नहीं रहती थी। पेट का मर्ज उसे परेशान किये रहता। लंच डिनर पर वो खाती कम सूँघती ज्यादा थी। उसकी भूख मर चुकी थी। जब तब उसके पैर सूज जाते। अकसर वो किसी न किसी बीमारी की शिकार हो जाती। उसकी रोग प्रतिरोधात्मक क्षमता घट चुकी थी। शायद शरीर के अन्दर कोई गम्भीर समस्या जन्म ले चुकी थी।

जिन्ना अचानक अपनी प्रिय पत्नी के लिए चिन्तित हो उठे। उन्हें एकाएक अपनी गलती का एहसास हुआ। उनके जीवन के उत्कर्ष काल में उन्हें बम्बई के बाग से एक कोमल कली मिल गयी थी। इस खिलती कली को एक सावधान माली की जरूरत थी पर जिन्ना ने एक शौकीन पुष्प प्रेमी की तरह इस खिलते पुष्प की सुगन्ध का आनन्द लिया और अपने कोट की कालर में सजाया। यह ठीक है कि साउथ कोर्ट रूपी गुलदस्ते में उन्होंने पुष्प के खिले रहने के लिए बहुत पौष्टिक उपादान एकत्र कर रखे थे पर वो यह भूल गये कि स्वस्थ रूप से खिले रहने के लिए इस फूल को ऊपरी देखभाल की भी जरूरत थी। जिन्ना रति के ज्ञान और सशक्त

विचारों से इतना प्रभावित थे कि उन्हें यह आभास ही नहीं हुआ कि रति को पति के साथ एक अभिभावक की भी जरूरत थी। व्यक्तिगत स्वतन्त्रता के पक्षधर जिन्ना को यह एहसास भी नहीं हुआ कि उसकी प्रिय पत्नी के लिए स्वतन्त्रता का आदर्श तो ठीक था पर उसके जीवन को एक सुरक्षित दिशा की आवश्यकता भी थी। इस प्रवास में उन्होंने ध्यान दिया कि रति आध्यात्म में रुचि लेते लेते अन्धविश्वास से नाता जोड़ चुकी थी। थियोसोफ़ी की एक शाखा में जुनून की हद तक डूब गयी थी। आत्मा के बारे में शोध ने उसके व्यक्तित्व को जकड़ लिया था। आत्मा के आह्वान के लिए रति लन्दन में बहुत व्याकुल थी। लन्दन में टेबल टैपिंग और किसी माध्यम के द्वारा आत्मा से सम्पर्क के प्रयोग चर्चा में थे। इस दिशा में रति द्वारा किये जा रहे गम्भीर प्रयास ने जिन्ना को चिन्ता में डाल दिया। अलौकिक जीवन के प्रति इतनी उत्सुकता इतनी आसक्ति और उस शक्ति पर अनायास, भरपूर विश्वास ने रति को मानसिक रोगी बना दिया था। यह ऐसा विकट रोग था कि बीमार कभी अपने बीमार होने के सत्य को स्वीकार न करे। जिन्ना अपनी लापरवाही पर स्वयं से क्रोधित हो उठे। कुछ समय पहले जब कानजी ने रति की अस्वस्थता का जिक्र किया था तब डॉक्टरी चिकित्सा और लन्दन प्रवास के साथ बात आई गयी हो गयी थी। अब जिन्ना को होश आया कि रति को तभी से खास एहतियात की जरूरत थी।

रति के स्वास्थ्य के बारे में जिन्ना ने लन्दन के चिकित्सकों से परामर्श किया। उसे सुझाव मिला कि वो मनश्चिकित्सक से भी परामर्श ले लें। यह बड़ा कठिन काम था। मनश्चिकित्सक से मुलाकात के सुझाव पर ही रति ठट्‌ठा मारकर हँस पड़ती। जिन्ना उसे किसी मनश्चिकित्सक के पास नहीं ले गये। उन्होंने स्वयं मुलाकात कर रति की मनोदशा, शौक और शोध के बारे में बताकर परामर्श माँगा। जो परामर्श मिला जिन्ना जैसे तर्क बुद्धि के व्यक्ति को उसका अनुमान था। रति को नशे और उसकी शोध पर संयम की आवश्यकता थी। जरूरी था कि जिन्ना रति के मुक्त जीवन में कुछ हस्तक्षेप करें। जिन्ना ने निश्चय किया कि यह हस्तक्षेप वो हिन्दुस्तान पहुँचने के बाद शुरू करेंगे।

हिन्दुस्तान से सैकड़ों मील दूर दुनिया भर की व्यस्तताओं के बाद भी उनके तार अपने देश की राजनीति से जुड़े हुए थे। छोटी से छोटी हलचल की सूचना उन्हें मिलती रहती थी। इसी सिलसिले में एक समाचार पाकर उनकी उद्विग्नता बहुत बढ़ गयी। मोती लाल नेहरू के नेतृत्व में एक राष्ट्रीय संविधान का प्रारूप तैयार करने के लिए काँग्रेस अध्यक्ष डॉक्टर अंसारी की अध्यक्षता में एक कमीशन का गठन किया गया था। संविधान के इस प्रारूप को अन्तिम रूप देने के लिए कमीशन की बैठक लखनऊ में आयोजित की गयी अगस्त माह की इस सर्वदलीय बैठक में मुस्लिम लीग का प्रतिनिधित्व करते हुए चागला ने यह प्रारूप स्वीकार कर लिया। यह

समाचार पूरे विस्तृत रूप में जिन्ना को मिला वो बेचैन हो उठे। वो नेहरू (मोतीलाल) के विचारों से परिचित थे, हिन्दू-मुसलमान के साथ कोई सन्तुलित संविधान नेहरू के नेतृत्व में सम्भव नहीं था। फिर चागला ने यह प्रारूप बिना उनकी अनुमति के कैसे स्वीकार कर लिया। हिन्दुस्तान पहुँचने से पहले ही वो क्रोध से आगबबूला हो उठे। वापसी का समय भी आ गया था और खुशियों के साथ गुजरे इस प्रवास का अन्त होते होते जिन्ना फिर क्रोध और तनाव के शिकार हो गये।

बम्बई में उनके जहाज द्वारा लंगर डालते ही अपने नेता और सीनियर का स्वागत करने के लिए चागला फूलों के हार और गुलदस्ते के साथ उनके केबिन में पहुँचे। सुबह सवेरे सबसे पहले पहुँचने वाले चागला को देखते ही जिन्ना फट पड़े—"मुस्लिम लीग की ओर से नेहरू के संविधान प्रारूप को स्वीकार करने का तुम्हें क्या अधिकार था? किसने दिया तुम्हें यह अधिकार?" क्रोधित जिन्ना को बड़ी मुश्किल से चागला ने शान्त किया। अभी उन्होंने हिन्दुस्तान की धरती पर कदम भी नहीं रखा था कि यूरोप के ठंडे मौसम की ठंडक उड़ गयी। हिन्दुस्तान के गर्म मौसम की गर्मी जिन्ना के मस्तक पर छा गयी। जहाज से उतरते उतरते जिन्ना के चेहरे की मांस पेशियाँ सख्त हो गयीं। रति समझ गयी उसकी खुशियाँ यूरोप अमरीका में ही छूट गयी थीं।

पाँच महीने तक बम्बई से दूर नयी दुनिया के देश केनेडा और अमेरिका से घूम कर लौटी रति का जोश चागला और जिन्ना का आमना-सामना होते ही खत्म हो गया था। जिस काली चादर को उसने इस प्रवास में तार तार कर दिया था, उसके तानेबाने हिन्दुस्तान की धरती पर कदम रखते ही बहुत तेजी से जुड़ने लगे। शायद साउथ कोर्ट के पीपल में बसी प्रेत आत्माएँ उनके आने की प्रतीक्षा में थीं और यहाँ आते ही उन्होंने हमला कर दिया था। अपने दोस्तों मित्रों से साझा करने के लिए वो इस प्रवास के कितने अनुभव समेटकर लाई थी, पर यहाँ आते ही सारा जोश ठंडा हो गया। इस स्थिति में कानजी से मिलना जरूरी हो गया उसने कानजी का फोन नहीं खड़खड़ाया उन्हें चिट्ठी लिखी।

"शनिवार की शाम व्यस्त नहीं हैं तो आ जाओ रात का भोजन हम दोनों के साथ करो और ढेर सारे किस्से! फ़ुर्सत से आना ताकि मैं सब कुछ विस्तार से सुना सकूँ।" रति ने कानजी को मिलने का आमन्त्रण दिया और आगे आग्रह करते हुए लिखा। "बस तुम आ ही जाना हम दोनों पति-पत्नी को तुम्हारे आगमन से बहुत खुशी होगी।" ऐसे आग्रह की उपेक्षा तो कानजी के लिए कतई सम्भव नहीं थी।

उस शाम तीनों मित्रों की महफिल खूब जमी। रति ने फ्रांस से खरीदी अपनी पसन्द की मदिरा पेश की, बहुत दिनों से आराम कर रहे उनके खानसामा को भी आजकल बड़ा जोश था। पाँच महीनों के लम्बे अन्तराल में उसे कई नये व्यंजन

अपनी पाक विद्या में शामिल करने का अवसर मिल गया था। जिन्ना ने चारों देशों की मिलिट्री अकादमियों का विशद ब्यौरा कानजी को सुनाया। पति-पत्नी दोनों ने लम्बे प्रवास का आनन्द लिया था। फिल्म, थिएटर, बैले, जाज़, और शास्त्रीय बीथोवन के अपने अनुभवों का दोनों ने रसभरा वर्णन सुनाया। रति ने इस बतरस का खूब आनन्द लिया। खाने पीने के बाद गप्पों के अन्तिम दौर में कानजी ने रति से पूछ ही लिया—"लन्दन में आत्मा आह्वान का भी कोई नया अनुभव लिया?" प्रश्न सुनते ही रति सोफे पर उछल पड़ी और पूछा—"हे भगवान! तुमने मेरे जेड को किन विचारों के साथ आवेशित किया था?"

"क्यों क्या हुआ?"

"अरे मैंने तीन बार यह कोशिश की तीन बार आत्मा के आह्वान करने वाले विशेषज्ञों के साथ समय नियत किया और तीनों बार मेरी कोशिश असफल रही। पहली बार तो मैं ट्रेन ही नहीं पकड़ पाई। दूसरी ट्रेन से जाना ही बेकार था क्योंकि फिर नियत समय पर पहुँच ही नहीं सकती थी। दूसरी बार अपने अन्दर प्रवेशित आत्मा को धारण करने की सामर्थ्य रखने वाला व्यक्ति नहीं आया। तो उस दिन भी कुछ नहीं हुआ। और तीसरी बार तो हद ही हो गयी, मैं स्वयं अपनी निश्चित की हुई मुलाकात ही भूल गयी। तीन बार के इन असफल प्रयासों से मैं समझ गयी कि जेड में आवेशित तुम्हारी करामात काम कर रही है। अब सच सच बताओ तुमने किस विचार के साथ जेड को आवेशित किया था?"

कानजी ने जवाब दिया, "मैंने तुम्हारी रक्षा और प्रेम की भावना से जेड को मेग्नेटाइज़ किया था।"

जिन्ना ने अपने मुँह से गम्भीरता का नकाब उतारते हुए कहा—"कानजी तुम मेरी अँगूठी के हीरे को भी ऐसा मेग्नेटाइज़ कर दो कि अदालत में मेरे विपक्षी वकील की बोलती बन्द हो जाया करे।"

"उसके लिए तुम्हें किसी मेग्नेटाइज़ सहारे की आवश्यकता नहीं है तुम जब अपना एक्चाक्षु लगाते हो तो उस अदा को देखकर ही तुन्हारे विपक्षी वकील के छक्के छूट जाते हैं।" रति ने मुस्कराते हुए कहा।

आपसी छेड़खानी हँसी-ठिठोली से रात गुदगुदाती रही। देर रात गये कानजी की गाड़ी साउथ कोर्ट की चारदीवारी से बाहर निकल माउन्ट प्लेजेंट रोड पर आई और पहाड़ी की ऊँचाई से नीचे उतर खुली सड़क पर दौड़ लगाने लगी। पेटिट हॉल के आगे पसरे अरब सागर में ज्वार के जोश से मचलती लहरों ने उसकी कार का रास्ता रोकने की असफल कोशिश की; पर समुद्र की इस दीवार को चीरती कानजी की कार रात के अँधेरे में सड़क पर फिसलती दूर बहुत दूर कहीं गुम हो गयी।

गम्भीरता जिन्ना की उम्र के व्यक्ति के लिए स्वाभाविक हो सकती थी पर रति पर तो अभी जवानी का जोश मुखर हो रहा था। वो अपने जीवन के उल्लास में खिली रहना चाहती थी। रति के इस जोश में उसकी मित्रमंडली उसका साथ दे रही थी। कानजी उसके घनिष्ठ मित्रों में से था, उससे तो वो सोने उठने तक की बातें मजे से करती थी, कानजी के एक दिन सुबह सवेरे उठने की बात पता चली तो रति चहचहा कर बोली—"भला पाँच बजे सुबह भी कोई शरीफों के उठने का समय होता है? अरे सुबह की मदमस्त हवा में तो ठन्ना के सोना चाहिए, लेकिन कानजी मेरी नींद सुबह टूट जाए तो फिर मुझे नींद नहीं आती, मजबूतन बिस्तर छोड़ना ही पड़ता है।"

मित्र घनिष्ठ हो या साधारण होता मित्र ही है रोजाना पारिवारिक सदस्य की भाँति हर समय घर में उपलब्ध नहीं हो सकता। इस स्थिति से निपटने का जरिया पद्मजा लीलामणि जैसे मित्रों के साथ तो एक अरसे से जारी था रति कानजी के साथ भी इस जरिये का प्रयोग करने लगी। फोन फोन होता है, क्या पता दो मित्रों की बातों को बीच में कोई तीसरा सुन रहा हो। क्या पता सुनने वाला व्यस्त हो। फिर बातों की भूल-भुलैय्या में कई बार मुद्दे की बात हवा हो जाती है। कई विषयों पर आमने-सामने बैठकर बोलने बताने में संकोच होता है पत्र इस संकोच से मुक्ति दे देता है। इसलिए पत्र ज्यादा सुविधाजनक और व्यक्तिगत माध्यम है। जो कहना है पत्र में विस्तार से कहो। रति अकसर कानजी को लम्बे पत्र लिखती। अन्तरंग मित्रता वाले इन पत्रों में रति कानजी के साथ चुटकी लेने में कोई संकोच नहीं करती थी।

जिन्ना और कानजी परिवारों में प्रगाढ़ता पारिवारिक हो चुकी थी। जब तब रति दोनों परिवारों के बीच साझा दावत आयोजित कर लेती। कानजी अपने घर से कोई शाकाहारी व्यंजन लेकर साउथ कोर्ट आते और यहाँ के दस्तरखान में वह व्यंजन शामिल हो जाता। कभी रति उनके घर अपने यहाँ का बना पकवान लेकर पहुँच जातीं। रति का कानजी से बहुत निष्कपट और निश्च्छल रिश्ता बन गया था शायद उसे कानजी में अपना देवर दिखाई देने लगा था जिसके साथ बराबरी के साथ हँसी मजाक किया जा सकता था। जिसे अपना राजदार बनाया जा सकता था और जिसके राजों को भाभी के नाते अपने अन्तस् में रखा जा सकता था। यूरोप से आने के बाद साउथ कोर्ट में जमी महफिल में रति को ऐसा आभास हुआ कि कानजी किसी अन्तर्द्वन्द्व से जूझ रहा है। क्यों ऐसा क्या हो सकता है कि कानजी परेशान है? रति ने प्रश्न मन में नहीं रखा उसने तुरन्त पत्र लिखा—कानजी कल शाम तुम जब हमारे साथ थे तब मुझे तुम्हारे अन्दर समाई उदासी दिखी। तुम परेशान हो! हो सकता है यह मेरा भ्रम हो, अपने खराब स्वास्थ्य के कारण शायद मुझे सभी दुखी दीखते हैं। लेकिन मेरे मन में कुरेदना बनी हुई है इसलिए मुझे यही उचित लगा कि पत्र लिख कर मैं तुमसे सीधे सीधे पूछ लूँ। इतना अधिकार तो मुझे है। क्यों?

मुझे लगता है हम सबके जीवन में विषाद के क्षण आते रहते हैं। विशेष रूप से तब जब हम किसी आसन्न सफलता की आस लगाए रहते हैं और कुछ नहीं होता। यानी सुखद क्षण की हम प्रतीक्षा करते रहते हैं, और प्रतीक्षा प्रतीक्षा ही बनी रह जाती है। होता कुछ नहीं। तो मुझे ऐसा प्रतीत हो रहा है कि तुम परेशान हो। बहुत बहुत परेशान। मैं स्वयं अकसर दुखी हो जाती हूँ। अशान्त हो उठती हूँ और ऐसा अकसर होता रहता है इसलिए मैं जानती हूँ इन स्थितियों में किसी सहारे की आवश्यकता होती है। इस घर में तुम्हारे लिए ऐसा सहारा है तुम अच्छी तरह जानते हो कि इस घर के दरवाजे तुम्हारे लिए सदैव खुले हुए हैं। अपनी परेशानी बाँटने के लिए तुम जब चाहो मेरे पास आ सकते हो। तुम्हारे आने से मुझे हमेशा खुशी होती है और आखिर मित्र ही तो मित्र के काम आता है। कृपा करके ऐसे किसी भ्रम के शिकार मत होना कि मुझमें तुम्हारी सहायता की शक्ति और सामर्थ्य नहीं है। यह अच्छी तरह जान लो कि हमारी मित्रता को किसी स्पष्टीकरण की आवश्यकता भी नहीं है। रति ने पत्र में अपने मन में उठ रहे विचारों को नि:संकोच व्यक्त किया। ऐसे अन्तरंग पत्र वो अकसर लिखती और इन पत्रों को लिखकर उसे बहुत सन्तोष मिलता।

बम्बई में वापसी के बाद साउथ कोर्ट के मालिकों के जीवन में कुछ परिवर्तन आ गया था। जिन्ना जो अपनी पत्नी की दिनचर्या में जरा भी दखलन्दाजी नहीं करते थे। अब हलकी फुल्की पूछताछ करने लगे थे। रति को अपने पति का यह नया रूप अटपटा और अनुचित प्रतीत हुआ। यह दखलन्दाजी पूछताछ पर ही नहीं रुकी, वो अब धूम्रपान कम करने का आग्रह भी करने लगे। एक रात अपनी उद्विग्नता से न लड़ पाने के कारण रति ने अपनी आदत के अनुसार अपने तनाव को स्कॉच की भेंट चढ़ाया, सुबह जीवन में पहली बार उसने जिन्ना को अपने से नाराज पाया। बहुत नाराज होने पर भी जिन्ना ने बहुत संयत स्वर में रति को समझाया। स्कॉच किसी सवाल का जवाब नहीं है। ये किसी समस्या को भी दूर नहीं कर सकती। इसकी मदहोशी मुसीबतों पर पर्दा डाल सकती है, उनसे लड़ने की ताकत नहीं दे सकती। मैं पीता हूँ और शौक से पीता हूँ पर मैं यह जानता हूँ कि स्कॉच मुझे नहीं पी सकती। शौक कीजिए पर जिन्दगी से भागने के लिए नहीं, भुलावे के लिए भी नहीं। पीजिए वह ताकत पाने के लिए कि आप अपने दुश्मन का पूरी ताकत से मुकाबला कर सकें। मैं आपको रोकूँगा नहीं कोई आदर्शवाद भी नहीं बघारूँगा, आप जवान हैं बुद्धिमान हैं, स्वयं सोचिए आपके लिए क्या उचित है। जिन्ना जो कह सकते थे उन्होंने कह दिया अब रति जैसा मानसिक उद्वेलन झेल रही थी उसमें ऐसा सुझाव भी उसे चिढ़ाने के लिए बहुत था। जिन्ना में आए इस परिवर्तन को वो समझ नहीं पा रही थी अपने मन की उथल-पुथल उसने कानजी के समक्ष व्यक्त की। कानजी को भी यह

परिवर्तन अजीब लगा। उदार और आजाद ख्याल जिन्ना में यह परिवर्तन आश्चर्यजनक था। रति के व्यक्तिगत रहन-सहन में हस्तक्षेप उसे भी बड़ा अजीब लगा। यद्यपि यह पति-पत्नी के बीच का मामला था, परन्तु कानजी ने निश्चय किया कि इस विषय में वो किसी तरह जिन्ना से पूछताछ जरूर करेगा। पति-पत्नी के बीच उत्पन्न हुई यह तनातनी उनका निजी मामला था पर कानजी को पति-पत्नी दोनों की ओर से ऐसा अधिकार प्राप्त हो चुका था कि उनके ऐसे आपसी मामलों में वो हल्के फुल्के तौर पर दखलन्दाजी कर सके।

ऐसा मौका जल्द ही आ गया। किसी कारण कानजी जिन्ना के चेम्बर में पहुँचा। शाम का समय था जिन्ना काम से निवृत्त हो चुके थे उन्होंने बातों का सिलसिला शुरू कर दिया विषय विदेशी फौजी एकेडेमी की बारीकियों और उसकी हिन्दुस्तान में स्थापना से शुरू हुआ और बातों का यह सिलसिला राजनीति में उलझकर रह गया। लेकिन जिन्ना के पास कुछ और भी कहने को था। श्रीमती बेसेंट के राजनैतिक विचार और कर्मठता की प्रशंसा करते हुए उन्होंने कहा—"मैं केवल उनके राजनैतिक विचारों से ही आकर्षित रहा हूँ। थियोसोफ़ी पर तो मेरा कभी ध्यान ही नहीं गया। यह मेरा क्षेत्र है ही नहीं। मुझे यह मालूम है कि रति इस दर्शन में दिलचस्पी लेती रही हैं। इस विषय में मेरी रुचि उत्पन्न करने की कोशिश भी वो करती रही हैं, मुझे इसमें भी कोई आपत्ति नहीं पर इस दौरे में मैंने पाया कि वो आत्मा वगैरा की अपनी शोध में कुछ ज्यादा डूब गयी हैं। ऐसा लगता है कि यह स्थिति खतरनाक रूप ले चुकी है और उनके स्वास्थ्य पर असर डाल रही है। मैं तुम्हें धन्यवाद देता हूँ कि लन्दन में उनकी इस दिशा में व्यर्थ की तन्मयता और उत्सुकता तुम्हारे कारण शान्त बनी रही। जिन्ना के इस धन्यवाद और रति के जीवन की व्याख्या के बाद कानजी के मन की बात मन में ही रह गयी। अब उनके व्यक्तिगत जीवन की उथल-पुथल को कुरेदना उसे अनुचित प्रतीत हुआ।" जिन्ना ने अपनी बात पूरी करते हुए कहा, "मेरी कोशिश है कि रति की इस दिशा में रुचि समाप्त हो जाए। ये विषय उनके जीवन में उलझनें बढ़ाने के सिवा और कुछ नहीं कर रहा। वो अस्वस्थ रहती हैं, रति को मैंने बताया नहीं पर यूरोप में मैंने अच्छे चिकित्सक से बात की, उनके सुझाव के अनुसार मैं अब रति के जीवन पर ध्यान दे रहा हूँ। तुम उनके अच्छे मित्र हो, इस मामले में मैं तुमसे भी सहयोग की आशा करता हूँ। तुम तमाम रचनात्मक और सामाजिक हित के कामों में जुड़े हो, रति को इस दिशा में उत्साहित करो। उसकी रुचि भी ऐसे कामों में है वो योग्य है विचारवान है और जीवन में कुछ सार्थक करने की इच्छुक है। राजनीति में उनकी दिलचस्पी तुम जानते ही हो। तुम्हें याद होगा; होर्नीमन के देश निकाले पर उन्होंने कितने जोश के साथ ब्रिटिश सत्ता को ललकारा था। तुम्हारा साथ उनके लिए इन सभी दिशाओं में बहुत उत्साहवर्द्धक सिद्ध

होगा।" चर्चा खत्म करते हुए जिन्ना ने कानजी से घर चलने का आग्रह किया। लेकिन जिन्ना की इतनी स्वीकारोक्ति के बाद कानजी को लगा कि यह विषय घर में पुनः उठ सकता है और पति-पत्नी के बीच में उसकी स्थिति विकट होने की सम्भावना है, इसलिए उसने किसी दिन सीधे घर आने का वादा किया और विदा माँग ली। यह अच्छा ही हुआ कि बिना उसके कुछ बोले जिन्ना ने सारी समस्या उसके समक्ष स्पष्ट कर दी। अपने पारिवारिक जीवन में मची हलचल की अन्तर्कथा स्वयं जिन्ना ने ही उसे सुना दी।

रति यूरोप जाते समय अपनी बीमारियाँ अपने साथ ले गयी थी। चार पाँच महीने के लम्बे प्रवास के बावजूद इस मामले में उसने कोई लापरवाही नहीं की थी सारी बीमारियों को बहुत सहेजकर रखा था। हिन्दुस्तान आने के साथ उसके पैर सूज गये थे। ये मुसीबत एक अरसे से गले पड़ गयी थी। जानकार कहते पैरों में पानी भर जाता है। एक दिन कानजी के आने पर उसने अपने सूजे पैर दिखाए और बोली—"देख रहे हो इन पैरों की हालत कैसे सूज रहे हैं जैसे फाइलेरिया हो गया हो?" कानजी ने घुड़का—"क्यों बकवास करती हो।"

रति खिलखिला कर हँस पड़ी—"अरे पोंगा! तुमने धोती धारी पुरुष के रूप में जन्म क्यों लिया तुम जैसे भावुक को तो साड़ी या स्कर्ट पहनने वाला जन्म मिलना चाहिए था। अरे भोले इन्सान! क्या कह देने भर से कोई बीमारी हो जाती है? वैसे इन सूजे पैरों के अलावा आजकल मैं बिलकुल ठीक हूँ, और पता है कल रात अपनी सहेलियों के साथ ऐसे सूजे पैर लिए मैं सिनेमा देखने पहुँच गयी। रात का शो था कौन मेरे पैर देख रहा था अरे कानजी तुम सुनकर हँसोगे, मैं बाथरूम स्लीपर पहनकर गयी थी। मेरे जूते सैंडिल्स इन फूले पैरों में चढ़ ही नहीं सकते थे। अपनी नयी अर्जित मस्त जीवन शैली की हरकत सुनाकर वो एक बार फिर खुलकर हँस पड़ी। हँसते हँसते अचानक उसे कुछ याद हो आया—अरे वो तुमसे मँगूस्टान के बारे में बताया था ना। कानजी को याद नहीं आया तो उसके मुँह पर खिंचे प्रश्न को पढ़कर बोली। अरे वही हिन्दचीन फल, मेरी एक मित्र ने बताया था कि पेट के मर्ज और सूजे पैरों में बड़ा लाभ करता है तो वो फल मैंने मँगा लिए हैं। खाना भी शुरू कर दिया है। तुम भी ले जाओ खाकर देखना अच्छे हैं। और घर से चलते कानजी के साथ उसने एक छोटी खूबसूरत टोकरी में मँगूस्टान उसके साथ बाँध दिए।

यूरोप से आने के बाद जिन्ना फिर अपने कोए (कोकून) में समाने लगे थे। यहाँ के हालातों ने उनका तनाव उन्हें वापिस सौंप दिया था। उनके स्वभाव की शुष्कता ने उन पर पूरा अधिकार जमा लिया था। पति की गम्भीरता रति के जीवन में नीरसता घोल रही थी। बात यहीं तक सीमित नहीं रह गयी थी उसके पति में जन्मा एक नया परिवर्तन रति में झुँझलाहट उत्पन्न कर रहा था। जिन्ना का यह नया रूप था

रति के जीवन में हस्तक्षेप। रति की आदतों में दखलन्दाजी। यद्यपि यह परिवर्तन उसके मदिरा और ऐसे ही शौक के बारे में केवल सहृदय बातचीत और सुझावों तक सीमित था पर आजाद रति को यह दखलन्दाजी नागवार थी, बात बात में मुस्करा कर बात करने वाली रति भी अब अकसर आवेश से भर उठती। दोनों हाल ही में एक सुखद यात्रा से वापिस आए थे। हिन्दुस्तान में राजनैतिक रूप से अपेक्षाकृत शान्ति थी। एसेम्बली की व्यस्तता भी बनी हुई थी इसलिए जिन्ना की उद्विग्नता कम थी। बम्बई में अब साउथ कोर्ट में कुछ ज्यादा खुशियों का अवसर था पर हो रहा था उलटा।

जिन्ना चाहते थे कि रति मदिरा और धूम्रपान का सेवन खत्म न कर सकें तो भी कम तो कर ही दें पर रति को इस मामले में अनुरोध भी बर्दाश्त नहीं था। जिन्ना के कुछ कहते ही वह उत्तेजित हो जाती और सुझाव की उपेक्षा कर तुरन्त नयी सिगरेट जला लेती। जिन्ना स्वयं धूम्रपान के शौकीन थे इसलिए उनका सुझाव बहुत औपचारिक होता था पर रति को यह अनुरोध अपने सुरक्षित क्षेत्र में अतिक्रमण जैसा प्रतीत होता। बात यहीं तक होती तो शायद कुछ दिनों में यह तनातनी दूर हो जाती पर अब जिन्ना उसकी शोध पर भी प्रश्न उठाने लगे थे। यों तो वो हमेशा से इस विषय में रति की अभिरुचि पर मुस्कराया करते थे। इस बारे में किसी भी बातचीत से उदासीनता भी प्रदर्शित कर देते थे पर आजकल वो कोशिश करते कि रति का ध्यान इस विषय से हट जाए। जिन्ना का यह प्रयास पति-पत्नी के बीच बहसों को जन्म देने लगा। ये बहसें न चाहने पर भी तीखी हो जातीं। घर के नौकरों ने जो कल्पना भी नहीं की थी वो अब साउथ कोर्ट में अकसर होने लगा।

इस नये तनाव से बोझिल रातें रति के लिए अब और भी भारी साबित होने लगीं। उसकी आँखों से उड़ी नींद उससे गहरी दुश्मनी निभाती; जागी आँखों करवटें बदलते हुए रति इन बदली परिस्थितियों का विश्लेषण करती उसे लगता उसके शान्त जीवन में कोई दुष्टात्मा विष घोल रही थी। दुष्टात्मा का खेल नहीं था तो और क्या था? वही जिन्ना थे, वही रति, वही बम्बई, वही व्यस्तताएँ। अभी कल परसों की ही बात तो लगती थी जब जिन्ना उसके साथ बाजार दुकानों पर अपना बटुआ खाली करके खुश हुआ करते थे। पर्स खाली करने से तो वो आज भी पीछे नहीं थे पर अब रति के लिए उनके पास समय का अकाल पड़ता जा रहा था। डीना जैसी प्यारी बच्ची के लिए भी वो घर लौटने की हड़बड़ी में नहीं रहते थे। घर लौटते तो उनकी गम्भीर और पथरीली निगाहों से बच्ची सहमकर छुप जाती। राजनैतिक झंझावात ने उसके वैवाहिक जीवन की चूलें हिलाकर रख दी थीं। आखिर एक जिन्ना के अलावा कौन था जो इस सार्वजनिक जीवन की बलिवेदी पर खुद को कुर्बान कर रहा था। आखिर क्या था इस राजनीति में जिसके लिए अपने परिवार की

खुशियों का गला घोंटना जरूरी था? और क्या नहीं मिला था जिन्ना को? जिस दिन से उन्होंने चुनावी राजनीति में कदम रखा था उस दिन से वो एसेम्बली के सदस्य थे। ये ठीक था कि गाँधीजी की प्रसिद्धि उनसे ज्यादा बढ़ गयी थी पर इससे क्या अन्तर पड़ता था? जिन्ना भी कोई कम प्रसिद्ध तो नहीं थे! इस तुलना के साथ रति के मन में एक हूक उठती। हाँ; प्रसिद्ध तो थे, पर जनमानस के मन में उस तरह प्रतिष्ठित नहीं थे जैसे गाँधीजी, पर इससे भी क्या अन्तर पड़ता था? सरकार के समक्ष उनका महत्त्व अब भी पूर्ववत ही था।

गाँधीजी ने अपना व्यक्तिगत जीवन लोगों के बीच रहने के आदर्श में कुर्बान कर दिया था। पत्नी के साथ दुनियादारी खत्म कर दी थी। बच्चों को परिवार के दुलार से वंचित कर दिया था। भाई-बहनों से नाता तोड़ लिया था। बड़े भाई तो गाँधीजी से नाराज थे ही बड़ा पुत्र राम दास भी पिता के प्रति विद्रोह से भर उठा था। दुनिया से तो गाँधीजी ने नाता जोड़ लिया था पर घर से उनका नाता टूट गया था। लेकिन जिन्ना से क्या छूटा था? उस पर जान कुर्बान करने वाली उसकी सुन्दर पत्नी उसके साथ थी। एक गुड़िया सी प्यारी पुत्री उन दोनों के बीच खेलती मचलती थी। लेकिन हाँ! भाई-बहनों से अलग होकर उसने अपनी एक अलग दुनिया बसाई थी। पिता के जीते जी उनसे नाता तोड़ लिया था। पिता के दुर्दिनों में उन्हें अपने हाल पर मरने के लिए छोड़ दिया था? तो...तो क्या यह पिता की आत्मा थी जो जिन्ना के जीवन में विष घोल रही थी। जिन्ना के स्वार्थ ने उसे पिता के बुरे वक्त में उससे दूर कर दिया था। तो क्या वह आत्मा अब अपने जैसे अशान्त दिन देखने के लिए जिन्ना को मजबूत कर रही थी? हाँ, यही सच है। जिन्ना के पिता की आत्मा उससे बदला ले रही थी। इस आत्मा से मुक्ति की जिम्मेदारी रति की है। वो निश्चय ही जिन्ना को इस बाधा से मुक्ति दिलाएगी और फिर दोनों के खुशियों भरे दिन लौट आएँगे।

रति समझ चुकी थी आत्मा और उनके रहस्यों का विद्वान, उसका घनिष्ठतम मित्र कानजी अब जिन्ना के प्रभाव में था। साउथ कोर्ट में आत्मा के प्रभाव से मुक्ति के प्रयास में वो रति का साथ देने वाला नहीं था। लेकिन रति भी केवल कानजी पर निर्भर नहीं थी। उसकी दो एक सहेलियाँ इस विषय में उसे सलाह देने लगी थीं पर सबसे बड़ा सहारा थी जस्सूबेन। बेन अब जब तब साउथ कोर्ट के चक्कर लगा लेती थी। अपनी दूध पिलाई बेटी के दुःख से विह्वल रति की खुशी के लिए जो भी बन पड़े वो खुशी से करने के लिए हाजिर थी। प्रेत आत्माओं से मुक्ति का अनुष्ठान करने वाले ग्रामीण तान्त्रिकों के अते पते तो जस्सूबेन के दुपट्टे की गाँठ में रहते थे। जस्सूबेन को भी लगता था कि नाजों की पाली फूलों सी कोमल उसकी प्यारी रति की खुशियाँ क्यों खो गयीं। निश्चय ही यह किसी ऊपरी हवा का खेल था। गरीब गुरबा जीवन के दुःख से दो-चार हों यह तो सामान्य सी बात थी पर इस घर में जहाँ

दुनिया की हर खुशी उपलब्ध थी, दु:ख, निराशा, क्रोध और हताशा का आलम क्यों था? यह आत्माओं का ही खेल था जो साउथ कोर्ट में चल रहा था। इस खेल से मुक्ति का मार्ग तान्त्रिकों के ही हाथों में था। जस्सूबेन ने रति की सहायता का जिम्मा ले लिया। अब साउथ कोर्ट में अकसर कुछ छोटी-मोटी ऐसी अनोखी चीजें दिख जातीं जिनके वहाँ होने की कोई गुंजाइश ही नहीं होती थी। कभी जिन्ना को अपने तकिये के नीचे रखा रूमाल मिल जाता जिसकी गाँठ में कोई भभूत होती। कभी कागज पर लिखी उर्दू अरबी की कोई आयत, कभी कागज पर चौखानों में लिखी गिनतियाँ। दो-एक बार इनकी उपेक्षा के बाद जिन्ना को लगा अब इस फितूर पर साफ बात करनी जरूरी है। बात शुरू होते ही रति ने इन पुर्जों और फूल भभूत का सच स्वीकार कर लिया पर उसने बहुत विश्वास के साथ इनकी आवश्यकता पर अपनी आस्था की मोहर लगा दी। जिन्ना जब भी इस विषय में रति को समझाने की चेष्टा करते रति आपा खो देती। वो इस घर की शान्ति और सुकून के लिए प्रयासरत थी और जिन्ना उसका उपहास कर रहे थे। हल्के-फुल्के रूप के साथ प्रारम्भ ये बहस तीखी हो जातीं और दोनों के सुर पंचम हो जाते। पति-पत्नी की इन झड़पों से साउथ कोर्ट की दीवारें झनझना उठतीं। ये बहसें अब आए दिन का किस्सा बनती जा रही थीं। रति इनसे मुक्ति का मार्ग ढूँढ़ने लगी। उसे लगा कि वो इस घर के अलावा कहीं बाहर अपना मन लगाए।

अर्लेली कुछ दिनों से बीमार चल रहा था। रति अपने पालतू कुत्ते बिल्लियों की बीमारी से अकसर परेशान रहती थी। उसके ये प्रिय प्राणी भी इस साउथ कोर्ट में कभी सुखी नहीं रहे। उसने अपने कितने बेजुबान मित्रों को अब तक मिट्टी दी थी। यूरोप से वापिस आने के बाद यह परेशानी कुछ ज्यादा बढ़ गयी थी उसकी खिलौने जैसी छोटी-सी पाम्रेरियन कुतिया तो हिन्दुस्तान आते ही चल बसी थी इधर लोफर को न जाने क्या हुआ था। रात को एकदम बेचैन होकर भौंकना शुरू कर देता। उसकी बेचैनी खतरनाक लगने लगती थी। इस अवस्था में डाँट-फटकार उसे और उत्तेजित कर देती। ऐसा लगता कि यदि यह जंजीर तोड़ सका तो अपने प्रिय मालिक रति के लिए भी खतरनाक सिद्ध होगा। दिन में ठीक रहने वाला लोफर रात में खतरनाक रूप से बार-बार जंजीर झटकता हवा में उछलता और जंजीर के कारण झटका खाकर गिर जाता। रति को कई बार संशय होता क्या रात के समय लोफर को किसी रूह की टोह लग जाती है? क्या साउथ कोर्ट में प्रवेश करती किसी रूह के कारण वो उत्तेजित होकर बदहवास हो जाता है? कहते हैं कि कुत्ते बिल्ली इन अलौकिक शक्तियों को सूँघ लेते हैं। यह सच है तो फिर अर्लेली क्यों शान्त रहता है? कहीं ऐसा तो नहीं कोई दुष्टात्मा लोफर में प्रवेश कर जाती है? रति अपने ही सवाल से उलझकर रह जाती। लोफर के इलाज के अलावा कोई रास्ता नहीं था।

साऊथ कोर्ट से परेल का अस्पताल काफी दूर था। यह अस्पताल उसकी परदादी ने स्थापित करवाया था। काफी इलाज और देखभाल के बावजूद लोफर नहीं बचा। अपने प्रिय कुत्ते की कष्टप्रद मृत्यु ने रति को पशुओं के प्रति और भावुक कर दिया। उसके तो परिवार में ही पशुओं की सहायता की परम्परा थी। रति पिछले तीन चार वर्षों से परेल पशु अस्पताल में रुचि लेने लगी थी। अब उसने इस दिशा में अधिक सक्रिय होने का निश्चय किया। इस निश्चय पर जब उसने कानजी से चर्चा की तो वो सुखद आश्चर्य में डूब गया। उसे लगा-शायद जिन्ना ने रति को इस ओर प्रेरित किया है पर जब दोनों में बातचीत हुई तो पता लगा जिन्ना का इस निर्णय में कोई हाथ नहीं है। सच तो यह था कि रति ने इस विषय पर जिन्ना से कोई चर्चा ही नहीं की थी। कानजी को लगा यह सारा खेल मानसिक विचारों के स्वतः आदान-प्रदान का था।

पशु अस्पताल से रति का नाता उसके अपने पालतू प्राणियों ने जोड़ दिया था। आमतौर से तो अस्पताल आने-जाने का जिम्मा नौकरों का ही होता था पर रति का आना-जाना भी हो जाता था, वो जब भी जाती तो सारा अस्पताल सावधान हो जाता। डॉक्टर और कर्मचारी उसके आगे-पीछे घूमते और जल्द से जल्द उसे विदा करते। परन्तु अस्पताल में पशुओं की दुर्दशा उससे छिपी नहीं रहती थी। अब जब वो इस दिशा में अधिक सक्रिय हुई तो कानजी के साथ उसने भूलेश्वर, चेम्बूर और कल्याण के पशु अस्पतालों का दौरा किया। वहाँ की नारकीय स्थिति देख वो विचलित हो उठी। दोनों मित्रों ने मिलकर इन अस्पतालों के व्यवस्थापकों से अस्पताल में सुधार के लिए आग्रह किया। व्यावहारिक सुझाव भी दिए। कुछ आश्वासन मिले पर जब दोबारा तिबारा दौरा किया और हालात जस के तस दिखे तो दोनों ने समाज को जगाने के लिए समाचारपत्र और पत्रिकाओं का सहारा लिया। दोनों की मित्र सरोजिनी नायडू का ध्यान भी इस समस्या की ओर आकृष्ट हुआ। इन तीनों मित्रों की इस दिशा में की गयी कोशिशें व्यर्थ नहीं रहीं। सरकार का ध्यान इस ओर आकर्षित हुआ और इन अस्पतालों की दुर्दशा में कुछ परिवर्तन हुआ। रति के लिए ये परिवर्तन सुखद और सन्तोषप्रद सिद्ध हुए। उसको कुछ शान्ति मिली।

यूरोप से वापिस आने के बाद रति अपनी पारलौकिक शोध में खूब व्यस्त रहती पर अब समाज सेवा की धुन भी उसमें समा गयी थी। इस दिशा में कानजी तो पहले से ही जुड़ा हुआ था और सामाजिक अन्याय के किस्से उसे सुनाया करता था। अब जिन्ना परोक्ष रूप से रति को इस दिशा में काम करने की प्रेरणा देते। वो जानते थे कि रति समाज के प्रति अपने दायित्व को पूरा करने की हमेशा से इच्छुक रही है पर जिन्ना की व्यस्तताओं ने उसे इस दायित्व से दूर कर रखा था। अब जिन्ना लगातार ऐसी स्थितियों का निर्माण कर रहे थे कि रति अपनी बरसों से दबी

कामनाओं को पूरा करे। वो जानते थे कि रति इस दिशा में व्यस्त हुई तो उसे तमाम उलझनों से मुक्ति मिल जाएगी। रति ने न जाने कितनी पुस्तकों और उपन्यासों में वेश्याओं की कहानियाँ किस्से पढ़े थे। ये सारी कहानियाँ यूरोपीय वारांगनाओं की होती थीं। हिन्दुस्तान में तो बस आपसी बातचीत से ही इनका परिचय मिला था। कितने ही किस्से तो बड़े रूमानी होते। कितने किस्से देवदासियों के सुनाई पड़ते। पर अधिकांश किस्से इनकी बदनसीबी की दास्तान होते। स्त्रियों का तो जन्म ही शायद अत्याचार सहने के लिए हुआ था। गाँव खेड़े से बेसहारा गरीब तो गरीब सम्पन्न घरों से भी स्त्रियाँ बहकाकर उड़ा ली जातीं। भ्रम और विपन्नता की शिकार इन स्त्रियों का ठिकाना होता 'कोठे', वेश्यावृत्ति की यह दुनिया जीता जागता नरक थी। समाचारपत्र और पत्रिकाओं में प्रकाशित दुखद कहानियों के कारण रति के मन में इनके प्रति जिज्ञासा और संवेदना सदैव से थी। आजकल जब कानजी के साथ पशुओं की दुर्दशा से मुक्ति पर उसने ध्यान केन्द्रित किया था तो इन्सानों की सुधि लेना भी उसने उचित समझा। इस सामाजिक अन्याय की लड़ाई में भी रति का सेनापति कानजी था। यह बहुत स्वाभाविक था क्योंकि कानजी ऐसे सामाजिक कामों में पहले से ही दिलचस्पी ले रहा था। इस दिशा में उसे सहायता और जोश श्रीमती बेसेंट से मिलता रहता था। उनके बाद यदि कोई उसका सहायक था तो जिन्ना दम्पती। जिन्ना और रति दोनों से वो परामर्श लेता रहता था। दोनों उसके प्रशंसक थे और रति विशेष रूप से उसका जोश बढ़ाया करती थी।

इन दिनों जब रति की इस दिशा में विशेष रुचि पैदा हुई तो उसने कानजी से इन अभिशप्त स्त्रियों की प्रामाणिक जानकारी लेना शुरू किया। समाज का दंश और घृणा भोग रही इन वेश्याओं की कारुणिक कहानियाँ सुनकर रति विचलित हो जाती। नरक में जी रही इन दुखियाओं की कहानी तो कभी पढ़ने में ही नहीं आती थीं। सूचना के माध्यम अँग्रेजों के कब्जे में थे। उनकी दिलचस्पी का केन्द्र सरकार, सरकारी व्यवस्था शासन की उपलब्धियाँ और ब्रिटिश शासन के गुणगान भर था। छनछनाकर छोटी-मोटी जो भी खबर आती वही भर रति अब तक पढ़ सकी थी। परन्तु इन बस्तियों का सत्य तो दिल दहलाने वाला था। रति जानती थी कि समाज ने ही इस नासूर को पाल रखा है। इसलिए इसे खत्म करना अकेले उसके बस का काम नहीं है। रति जैसे हजारों कार्यकर्ताओं के द्वारा भी यह विसंगति समाप्त नहीं की जा सकती थी। इस कुरीति और शोषण से लड़ने के लिए शासन और समाज दोनों की शक्ति की आवश्यकता थी। यह तब तक सम्भव नहीं था जब तक समाज अमीर उमराओं की ऐयाश मानसिकता से मुक्त नहीं हो जाता। जब तक इस नरक को तहजीब और कला चेतना का केन्द्र मानने की प्रपंच भरी प्रसिद्धि से छुटकारा नहीं मिल जाता। यह परिवर्तन लगभग असम्भव था। रति जैसे समाजसेवी बस इतना

भरकर सकते थे कि इन दुखियारियों को अपने जीवन की दुश्वारियों से कुछ राहत मिल जाती। उन्हें शरीर बेचने के काम में अपराधियों और कुटनियों की ज़्यादती से छूट मिल जाती। अपनी वृद्धावस्था के लिए वो कुछ इन्तजाम कर पातीं।

गुलामी के इस दौर में पूरा हिन्दुस्तान सामाजिक आर्थिक अत्याचार का शिकार था ऐसे में इन दुखियारियों की सुधि कौन लेता? अपराधियों, समाज और भाग्य की सताई ये स्त्रियाँ अपने अनजाने पापों का नरक तो भोग ही रही थीं; उनके बच्चों का जीवन और भी अन्धकारमय और दुखदाई था। रति ने यूरोप में वहाँ की स्त्रियों का आत्म विश्वास और जागरूकता देखी थी। अपने देश में तो सामान्य स्त्रियों की दशा ही चिन्ताजनक थी। फिर इन मुसीबत की मारी स्त्रियों के प्रति तो जैसे पूरे समाज ने क्रूर निष्ठुरता को स्वीकृति दे रखी थी। कोई भी जाना माना व्यक्ति इन नरक भोगती स्त्रियों के आस-पास फटकने को भी तैयार नहीं था। रति के लिए यह स्थिति असहनीय हो गयी। उसे अपने ऊपर भी ग्लानि हुई। उसका परम मित्र कितने दिनों से इन स्त्रियों की सहायता के लिए जुटा था। उनके बीच चर्चा होती थी पर उसने अब तक केवल सलाह देने या कानजी की सराहना कर उसका जोश बढ़ाने के अलावा कुछ भी नहीं किया था। अब निश्चय हुआ कि वो इन बेसहारा स्त्रियों को उनके नारकीय जीवन से मुक्ति दिलाने के लिए ठोस काम करेगी। राजनैतिक शोषण के विरुद्ध तो देश में जागृति और जोश था पर सामाजिक शोषण के विरुद्ध तो एकदम सन्नाटा था। उसने सोचा कि इस शान्ति में खलल डालने की जिम्मेदारी उसकी है। सामाजिक रूप से बहिष्कृत घृणा और उपेक्षा भोग रही इन स्त्रियों को उनके नरक से निकालने के लिए जो भी बन पड़ेगा वो करेगी। उसके पास समय था और सामर्थ्य भी। इस विकृति से लड़ने के लिए हिम्मत और दृढ़ निश्चय के साथ था कानजी जैसा समर्पित मित्र।

रति ने इस विषय में रुचि लेते हुए वेश्याओं की स्थिति का अध्ययन किया। उसका निष्कर्ष था कि इन स्त्रियों की सबसे अधिक दुर्दशा चकलों में होती है जहाँ ये किसी कुटनी की सरपरस्ती में धन्धा करने के लिए मजबूत होती हैं। नयी लड़कियाँ उनके इशारे पर प्रताड़ित की जाती हैं और जबरन इस नरक में धकेल दी जाती हैं। दिनरात उनके शरीर की दुर्दशा से हुई आय कोठे की मालकिन हड़प जाती है। रति ऐसे कोठों की उन अमानवीय स्थितियों को स्वयं देखना चाहती थी। यन्त्रणा की उन हवेलियों में कैद उन अभागी स्त्रियों के कैदखाने को देखना चाहती थी। अपनी आँखों से उस नरक को देखना इसलिए आवश्यक था ताकि उस कैद की यन्त्रणा से मुक्ति का रास्ता निकाला जा सके। इन समस्याओं में भरपूर दिलचस्पी से उसे अपने जीवन में भी कुछ लाभ मिला। मानसिक सन्तोष सबसे बड़ी उपलब्धि थी। कठिनाई यह थी कि इस दिशा में उसने बहुत देर से दिलचस्पी लेनी शुरू की।

पिछले कई वर्षों से वो अपने स्वास्थ्य के साथ खेल रही थी। अब उसके शरीर ने कई बीमारियों से रिश्ता जोड़ लिया था इसलिए उसका स्वास्थ्य उसे बहुत व्यस्त होने की छूट देने को तैयार नहीं था। घर में रहना उसकी मजबूती थी और घर के अकेलेपन में उसे चारों ओर बस जिन्ना का उद्विग्न चेहरा नजर आता था।

रति ने आत्माओं के खेल से साउथ कोर्ट को मुक्त करने की बहुत कोशिश की थी, पर उसे सफलता नहीं मिली। विवाह के बाद उसे जीवन की जो खुशियाँ नसीब हुई थीं वो किसी के लिए भी रश्क का कारण बन सकती थीं। किस की नजर लगी उसके इस स्वर्ण महल पर? गुजरे दिनों की स्मृतियाँ उसे झिंझोड़कर रख देतीं। जिन्ना की खुशी के लिए वो सब कुछ कर चुकी थी। उनसे विद्रोह करके तान्त्रिक अनुष्ठान भी कर चुकी थी। पर खुशियाँ थीं कि साउथ कोर्ट का रास्ता ही भूल गयी थीं। इस महल के स्वर्णिम अध्याय का पटाक्षेप हुआ जा रहा था। उसके मन में अकसर मैडम ब्लावत्सकी प्रवेश कर जातीं तब उसे लगता शायद पति से उसके ग्रह मेल नहीं खाते। उसकी कई मित्र हिन्दुओं में प्रचलित जन्मपत्री की बातें करतीं। जिन दम्पतियों की जन्मपत्री मिल जाए उनका जीवन सफल रहता है उनके वैवाहिक जीवन में खुशियाँ ही खुशियाँ होती हैं। क्या उसकी और जिन्ना की जन्म पत्री बेमेल थी। कौन जाने? जन्म पत्री तो अब भी दोनों की बन जाती पर जिन्ना के जन्म का ठीक समय ही नहीं मालूम था और जन्मपत्री बनवा कर भी क्या होता? अब तो विवाह हो चुका था और दस बरस होने को आए। इन दस वर्षों में अधिकांश समय तो हर्ष और आनन्द में ही रचा पगा था पर अब विषाद ने इस घर में फन फैलाने शुरू कर दिए। प्रारम्भ में ऐसा आभास ही नहीं हुआ कि कुछ अनिष्टकारी शक्तिया यहाँ अपना डेरा डाल रही हैं। होश जब आया तब तक तो अनिष्ट अंकुरित होकर अमरबेल की तरह फैल गया था।

जिन्ना लीग की मजलिस के लिए कलकत्ता जा रहे थे। रति भी उनके साथ थी। अब जब दोनों बम्बई छोड़ते तो उनके जीवन की उमंग फिर सजीव हो उठती। रति को भरोसा था कि कलकत्ता में कुछ अच्छे दिन गुजरेंगे। लेकिन ऐसा हुआ नहीं, पिछले वर्ष से लीग में फूट पड़ गयी थी। एक गुट लाहौर में मजलिस के पक्ष में था। सर मोहम्मद शफी की सरपरस्ती में यह गुट प्रयासरत था कि जिन्ना कलकत्ता में सेशन करने के बजाय लाहौर सेशन में सम्मिलित होकर लीग की एकता मजबूत करें। पर जिन प्रस्तावों को शफी गुट स्वीकार कर चुका था जिन्ना को वो अमान्य थे। लीग दो गुटों में बँटी हुई कमजोर संगठन होती जा रही थी। बिखरी पार्टी का दुःख रति को कचोट रहा था उसे लगता उसकी खुशियों की बैरन कोई आत्मा भी बम्बई से उनके

साथ आई थी। पार्टी में बिखराव के बाद भी कलकत्ता में काफी कुछ अच्छा ही गुजरा। जिन्ना एक बार फिर तीन वर्षों के लिए लीग के अध्यक्ष चुन लिए गये थे। पिछले कई वर्षों से लीग की उथल-पुथल को देखते हुए तो जिन्ना के लिए यह एक बड़ी सफलता थी। लेकिन कलकत्ता छोड़ने से पहले जिन्ना ने अपने बटुए से रुपये निकालते हुए उसकी एक छोटी जेब से झाँकते किसी कागज के कोने को देखा। उसने कागज निकाला। कागज का यह छोटा-सा टुकड़ा जन्तर था। जन्तर देखते ही जिन्ना की त्यौरियाँ चढ़ गयीं। क्रोधित नजरों से रति को घूरते हुए उसने कहा—

"रति मैं थक चुका हूँ। नासमझी की भी कोई हद होती है। क्या? क्या चाहती हो तुम? क्या नहीं है तुम्हारे पास जो तुम इन वाहियात जादू-टोने के अन्धविश्वास में फँसी हो? क्या करेगा ये कागज का टुकड़ा?" क्या ताकत है इसमें?' गुस्से में जिन्ना ने उस छोटे-से कागज के टुकड़े की चिन्दियाँ कर डालीं और कूड़े दान में फेंकते हुए बोला—"इन नासमझियों की जगह यहाँ है।"

रति भी बिफर गयी—"ये नासमझी नहीं समझदारी ही समझदारी है। यही वो ताकत है जिसने आपको तीन साल के लिए फिर अध्यक्ष बनवा दिया है।"

रति के जवाब को सुन जिन्ना आपे से बाहर हो गये। पति-पत्नी के बीच उस दिन होटल में जबरदस्त झगड़ा हुआ। नये साल का स्वागत दोनों ने स्कॉच पीकर किया पर यह मदिरापान आनन्द के लिए नहीं होश खो देने के लिए था। कलकत्ता में जिन्ना की पकड़ लीग पर बहुत मजबूत हुई थी। दोनों की वापसी इस सफलता के उल्लास के साथ होनी चाहिए थी पर जब रिश्तों की गर्माहट खोने लगे तो खुशियाँ भी दुखदाई हो जाती हैं।

बम्बई लौटकर रति के मन ने यह स्वीकार कर लिया कि दोनों के ग्रह नहीं मिलते। रति जो भी कर रही थी वो अपने पति के भले के लिए कर रही थी, पर जब उसका पति ही अपना दुश्मन बन गया तो वो आखिर क्या करती? उसे साउथ कोर्ट से विरक्ति हो गयी। अब एक ही रास्ता शेष रह गया था। दोनों पति-पत्नी अपनी राहें अलग कर लें। शायद अलग होने से बुरे नक्षत्रों में भी दूरी आ जाए और साउथ कोर्ट को अवांछित रूह से मुक्ति मिल जाए। वो समझ गयी थी; इस घर में रहते हुए उसकी सारी कोशिशें नाकाम होकर रहेंगी। उसकी दुनिया केवल जिन्ना में समाई हुई थी। उसकी खुशी, उसके उत्थान उसकी सफलता के लिए वो सब कुछ न्यौछावर कर सकती थी। दाम्पत्य की क्या बिसात, वो अपने प्रिय जिन्ना के लिए अपनी जान भी कुर्बान कर सकती थी। उसने जिन्ना में स्वयं को देखा था। वो और जिन्ना एक ही व्यक्ति के दो रूप थे। एक रूप न भी रहे तो क्या? उसके अलग रहने से यदि जिन्ना की कीर्ति द्विगुणित होती है तो ऐसा ही हो। जिन्ना के उत्कर्ष के लिए उसे अपनी आहुति देनी पड़े तो वो खुशी-खुशी देगी।

उस शाम जब जिन्ना घर लौटे तो घर में गजब का सन्नाटा था। उन्होंने सामान्य भाव से रति की प्रतीक्षा की, प्रतीक्षा लम्बी हुई तो वो कमरे-दर-कमरे घूम कर रति को तलाशते रहे। अन्त में थककर उन्होंने नौकर से पूछा।

''मेम साब सूटकेस लेकर गयी हैं। उन्होंने कहा था कि वो आपसे फोन पर बात करेंगी। बात नहीं हुई क्या?'' और तभी फोन की घंटी घनघना उठी।

नौकर ने फोन उठाया और तुरन्त रिसीवर मालिक की ओर बढ़ाते हुए बोला—'मेम साब'। जिन्ना फोन पर कुछ बोल पाता उससे पहले ही जवाब आ गया—''हलो मत कहना। यह औपचारिकता तुम्हारी साँसों की आवाज ने पूरी कर दी है। अब चुपचाप मेरी बात सुनो; 'जे' मैंने घर छोड़ दिया है, मैं अलग रहूँ यही ठीक होगा। तुम्हें खुश रखने की मेरी सारी कोशिशें व्यर्थ गयीं। तुम्हारे होंठों पर थिरकती मुस्कान के लिए मैं तरस गयी। तुम्हारा हँसी मजाक मैंने कब और कहाँ खो दिया, मैं जान ही नहीं पाई। जे तुम ऐसे नहीं थे। दुनिया के लिए तुम कैसे थे, क्या हो इससे मुझे कोई मतलब नहीं। मैं तो बस यह जानती हूँ कि मेरे लिए तुम मेरे दिल की धड़कन थे, आज भी हो और हमेशा रहोगे। मेरे दिल की धड़कनें साउथ कोर्ट में मजबूत बनी रहें इसलिए मैंने अपना आशियाना छोड़ दिया है। मैं ताजमहल होटल में हूँ, यहीं रहूँगी। मैं जानती हूँ मेरे बिना तुम एकदम अकेले हो जाओगे। मैं जानती हूँ मेरे न रहने पर तुम अपने आपसे लड़ोगे। अपने शरीर की शक्ति को निचोड़कर रख दोगे पर तुम बच्चे नहीं हो, मेरे बिना रहना सीखो। देखो परेशान मत होना, तुमने परेशानी के अलावा अपने जीवन में कमाई ही क्या की है इसलिए मेरे लिए बिलकुल परेशान मत होना। तुम किसी तरह खुश रह सको इसीलिए तो अपने दिल पर पत्थर रखकर मैं तुमसे अलग हुई हूँ। देखो गाँधीजी को अपना दाम्पत्य जीवन बलिदान कर देने से कितनी शक्ति मिली है। मैं भी यह बलिदान तुम्हारे लिए कर रही हूँ, तुम्हें शक्ति मिलेगी। मेरे प्रिय जे तुम हिन्दुस्तान के सबसे बड़े नेता बनकर रहोगे। मैं जानती हूँ मेरा बलिदान व्यर्थ नहीं जाएगा।''

सोफे पर निढाल बैठे जिन्ना की आँखों में भर आए आँसुओं ने उसकी दृष्टि धुँधली कर दी। रति की बातें जारी थीं।

''तुम रो रहे हो? नहीं रति के लिए आँसू मत बहाओ। उठो अपना ड्रिंक लो सिर्फ दो पेग ज्यादा नहीं और फिर खाना खाकर सो जाओ। तुम मेरे मदिरापान पर रोक-टोक करने लगे हो पर जे यह काम मुझे तुम्हारे लिए करना चाहिए। तुम्हारा स्वस्थ रहना जरूरी है हिन्दुस्तान को तुम्हारी जरूरत है। और मैं? मेरी चिन्ता मत करो, मैं ठीक हूँ, ठीक रहूँगी। तुम चाहते हो मैं अपने मदिरापान में कटौती करूँ तो मैंने शुरू कर दिया है।''

जिन्ना ने रूमाल से गालों को भिगोते आँसू पोंछे। रिसीवर हाथ से फिसल

कर गोद में गिर गया। तो रति कमरे का सारा हाल देख रही है! हाँ, उसके पास अतीन्द्रिय दृष्टि जो है। जिन्ना ने इस अनहोनी की कल्पना नहीं की थी। रति अस्वस्थ थी। ऐसी जल्दी क्या थी उसे घर छोड़ने की? खानसामा बार ट्रोली ले आया और ड्रिंक जिन्ना के सामने पेश किया। ड्रिंक का घूँट भरते हुए उसके ख्याल पंख लगाकर उड़ने लगे। कल की ही तो बात थी जब रति पेटिट हाल की चारदीवारी फाँद पौन मील की दौड़ लगाकर साउथ कोर्ट में आ गयी थी। अपने पूरे परिवार के साथ विद्रोह करके, अकेली, अकेले जिन्ना का साथ देने। और आज उसे अकेला छोड़कर चली गयी। दोषी कौन है? जिन्ना की अदालत में स्वयं जिन्ना आरोपी थे, जज ने फैसला भी जिन्ना के विरुद्ध दिया। नाजुक कली रति के साथ ज़्यादती हुई थी। अपनी ही नजरों में जिन्ना दोषी करार दिए गये।

अगले दिन की सुबह होटल ताज का सुईट था रति के सामने उसका अपराधी बैठा था। खिड़की के बाहर अरब सागर बेचैनी के साथ हिलोरें मार रहा था। पति-पत्नी दोनों आँखों के आँसुओं से बातें कर रहे थे। पर दोनों बराबर के जिद्दी थे। जिन्ना ने अपनी बराबरी वाले को अपने जीवन का साझीदार बनाया था। रति टस से मस नहीं हुई। जिन्ना के सारे तर्क इस अदालत में खारिज हो गये। जो व्यक्ति कहीं नहीं हारा था आज अपनी पत्नी की जिद के आगे हार गया। जिन्ना सुईट से बाहर आकर लोबी के सोफे पर बैठ गये। उन्होंने मैनेज़र को बुलाया और आदेश दिया कि उनकी पत्नी जब तक यहाँ रहें उन्हें कोई कष्ट न हो। उनकी सारी जरूरतें पूरी की जाएँ। वो अस्वस्थ हैं यदि आवश्यकता पड़े तो डॉक्टर फौरन बुलाया जाए। उनके इस प्रवास का बिल मेरे कार्यालय में भेज दिया जाए।

इधर रति ने मोर्चा खोला था उधर काँग्रेस से लेकर जिन्ना की अपनी लीग तक ने मोर्चा खोल रखा था। उसने सोचा कब था कि हिन्दुस्तान के अधिकारों की उसकी लड़ाई उसके अपने राजनैतिक अस्तित्व की लड़ाई में परिवर्तित हो जाएगी। उसने हिन्दू-मुस्लिम एके की जितनी और जितनी ईमानदारी से कोशिशें की थीं उतनी ही अधिक और अधिक बेईमानी के साथ नफरत की आग इन दोनों समुदायों के बीच भड़क उठी थी। उस अकेले ने इस आग को बुझाने का ठेका नहीं ले रखा था। वैसे भी आग बुझाने की जिम्मेदारी उनकी थी जिन्होंने आग लगाई थी। उसने तो हमेशा यह कोशिश की थी कि आग उत्पन्न ही न हो। आजकल हिन्दू-मुस्लिमों के बीच सामंजस्य की कोशिशें सारे छोटे-बड़े नेताओं की ओर से जारी थीं।

काँग्रेस ने स्वराज्य सरकार के लिए संविधान के प्रारूप की जिम्मेदारी नेहरू को सौंप रखी थी। दिल्ली में सर्वदलीय समिति इस प्रारूप के अध्ययन के लिए लगातार बैठकों में व्यस्त थी। इस प्रस्तावित संविधान के लिए कुछ नये प्रस्ताव रखे गये। जिन्ना ने कुछ संशोधन प्रस्ताव रखे, लेकिन हिन्दू महासभा ने उन्हें अस्वीकार

कर दिया। महासभा के नेता मुकुन्द रामराव जयकर ने जिन्ना की शक्ति को चुनौती देते हुए कहा कि आप मुसलमानों के एक छोटे-से वर्ग का प्रतिनिधित्व करते हैं। ऐसे हमले के बावजूद जिन्ना चाहते थे कि संविधान निर्माण का काम हो जाए। लीग की शक्ति दो गुटों में बँटी हुई थी। उनके नेतृत्व वाला धड़ा उनसे सहमत था। जिन्ना की इच्छा के और सलाह पर दूसरा गुट भी सहमत हो गया। इस तरह दोनों गुटों ने मिलकर एक तेरह सदस्यीय प्रतिनिधिमंडल बनाया जो सभी दलों से सामंजस्य बनाकर लीग के कलकत्ता मजलिस के प्रस्तावों पर सहमति की कोशिश में जुट गया। हिन्दुस्तान की इन राजनैतिक गतिविधियों में जिन्ना आपादमस्तक व्यस्त थे। अभी यह मारामारी खत्म नहीं हुई थी कि सर्वदलीय सभा में सिन्ध को एक अलग प्रान्त बनाने की माँग का बखेड़ा उठ खड़ा हुआ। हिन्दू महासभा इस माँग के एकदम ख़िलाफ़ थी, मुसलमानों की माँगों को सिरे से खारिज करने की इन कोशिशों से लीग इन सभी प्रयासों से अलग हो गयी। जिन्ना समझ रहे थे हिन्दुस्तान की सीधी राजनीति लगातार टेढ़ी होती जा रही थी। जो कठपुतलियाँ यहाँ उछल रही थीं जाने अनजाने उनके तार कहीं और कोई दूसरी शक्ति हिला रही थी। उन्हें लगा ये उलझनें यहाँ बैठकर सुलझाना असम्भव है। कोशिश वहीं से शुरू करनी पड़ेगी जहाँ इस गुत्थी के सिरे फँसे हैं।

अप्रैल की शुरुआती गर्मी के दौर को बम्बई में छोड़ जिन्ना ने लन्दन का रुख कर लिया। रति ने पति से अलग रहना तो तै किया था पर वो दूर नहीं रहना चाहती थी। पति से अलग वो उसके भले की कामना के साथ हुई थी। अलग रहने के साथ जिन्ना के बारे में उसकी चिन्ता और बढ़ गयी। वो जिन्ना के मन की रग-रग को जानती थी। कानजी से उसने कह रखा था कि 'जे' को उपेक्षित न छोड़ दे। अकेला 'जे' सारी दुनिया का बदला अपने शरीर से लेगा। निश्चय ही जिन्ना इस दौर की राजनीति से बहुत कुपित थे। हिन्दुस्तान में मची उठा-पटक से विक्षुब्ध थे। इस नौटंकी से वो दूर हट जाना चाहते थे। वो जानती थी विलायत में होटल के कमरे में बैठकर जिन्ना स्कॉच की बोतलें खाली नहीं करेंगे। वहाँ निश्चित रूप से वो कुछ व्यूह रचना करेंगे। पर उस देश में उनके पास खाली समय भी तो बहुत होगा। यह खाली समय उन पर वैसे ही भारी पड़ेगा जैसे जिन्ना के मन का तनाव उस पर भारी पड़ता है। रति ने तै किया वो जिन्ना को अकेला नहीं छोड़ेगी। एक सप्ताह बाद उसी माह वो भी समुद्र की लहरों को चीरते जहाज में सवार थी (कानजी के अनुसार 3 अप्रैल को रति जाती है 10 अप्रैल को जिन्ना। वोल्पार्ट के अनुसार रति 10 अप्रैल को जाती है जिन्ना एक महीने बाद मई में प्रस्थान करते हैं।)।

हिन्दुस्तान में जो खेल चल रहा था उसकी पटकथा लन्दन में लिखी जाती थी। इन लेखकों में से बहुतेरों के साथ जिन्ना का अच्छा उठना-बैठना था। वास्तव में

राजनीति के ये धुरन्धर अँग्रेज उसके मित्र थे पर ऐसे मित्र जो अपने देश हित में या देश की नीति के आड़े आते ही मित्रता ताक पर रख देते थे। इनकी बेरुखी वो पेरिस समिट के समय देख ही चुके थे। जब देश हित का कोई बन्धन न हो तो जिन्ना के साथ बैठ कर ड्रिंक लेने वालों में विंस्टन चर्चिल जैसे लोग भी थे। कुशल वक्ता और प्रेरणा प्रदान करने वाला नीतिज्ञ चर्चिल वक्तृत्व कला में भी प्रवीण था। यद्यपि चर्चिल हिन्दुस्तान को होम रूल प्रदान किए जाने के विरुद्ध था, फिर भी उसके साथ मुलाकात जिन्ना को बहुत उचित प्रतीत हुई। ऐसे लोगों से ही बातचीत में हिन्दुस्तान के आन्दोलनों के ख़िलाफ़ अँग्रेजों के षड्यन्त्र की भनक मिल पाती थी। जिन्ना के ये सभी मित्र बातचीत में बहुत कुशल थे और उनसे ब्रिटिश सरकार की मंशा का आभास भी उगलवाना लगभग असम्भव था। यहीं जिन्ना अपनी वकालती कौशल का चतुराई से उपयोग करते थे। जिन्ना यह विचार काँग्रेस के समक्ष रख ही चुके थे कि हिन्दुस्तान के पक्ष में हवा बनाने के लिए कुछ योग्य हिन्दुस्तानी नेताओं को स्थाई रूप से लन्दन में रहना चाहिए। ऐसा हुआ नहीं था, पर जिन्ना स्वयं अपनी राजनीति के लिए इस नीति पर अमल कर रहे थे। इस यात्रा का प्रमुख उद्देश्य उनका यही था। रति के लन्दन आ जाने से उन्हें कुछ राहत भी महसूस हुई।

रति इस यात्रा पर अकेली नहीं आई थी। उसकी सहायता और देखभाल के लिए माँ दिनबाई उसके साथ आई थीं। वो जिन्ना के अकेलेपन की उद्विग्नता को तोड़ने के उद्देश्य से यहाँ आई थीं, पर दोनों के बीच जो वैचारिक दूरी बन गयी थी उसके अनुसार उसने होटल में अलग कमरा ले लिया था। जिन्ना के जीवन में उनका केवल एक ही अनुराग रह गया था, राजनीति! वकालत की व्यस्तता के बाद जिन्ना के मन में केवल यही एक धुन समाई रहती थी। कविता, पुस्तक, बिलियर्ड, शतरंज, सिनेमा, थिएटर सब इस राजनीति की भेंट चढ़ गये थे। रति की सोच ऐसी एकांगी नहीं हुई थी, वो खूब पढ़ती थी, हिन्दुस्तान में तो उसने एक भरा पूरा पुस्तकालय ही बना डाला था। कितने ही पुस्तक विमोचनों की वो अतिथि हुआ करती थी और पहली प्रतियों की भेंट लेकर लौटती थी। लन्दन में पुस्तक खरीदने का उसका अभियान और तेज हो जाता। बस पुस्तकें ही नहीं यूरोप के थिएटर, बैले, जाज़ सिम्फनी, सिनेमा, सर्कस, नृत्य और गान उसे अभिभूत किए रहते। सबसे बड़ा आकर्षण यहाँ होता बुटीक, फैशनेबल रति की पसन्द भी अनोखी थी। अपने युग से आगे का फैशन उसे रास आता और अकसर इस मामले में लन्दन उसे फिसड्डी नजर आता था। फैशन की दुनिया का ताज तो पेरिस था।

रति को पेरिस भी बहुत अपना लगता था, यहाँ के रेस्त्राँ, बार, चित्रों, रंगों का संसार, हंगामाखेज पार्टियाँ उफ़! ये तो बस एकदम अलग दुनिया थी। रति यहाँ मदहोश हो जाती। इन दिनों वो अकेली पेरिस प्रवास में थी और उसकी मदहोशी

कुछ ज्यादा भारी हो गयी। यह मदहोशी मदिरा की नहीं उसकी बीमारी की थी। उसने माँ को सूचना दे दी। अपनी प्रिय पुत्री की दशा जान चिन्तातुर माँ पेरिस के लिए रवाना हो गयीं। रति की अवस्था गम्भीर हो गयी थी। पेरिस का नर्सिंग होम अब उसका नया ठिकाना बन गया। दीवान चमन लाल किसी कारण पेरिस आए हुए थे। उन्हें रति के बारे में सूचना मिली तो वो नर्सिंग होम पहुँच गये। रति की नाजुक हालत देख वो परेशान हो गये। वो जानते थे रति और जिन्ना के रिश्तों में बर्फ़ जम चुकी थी। लन्दन में जिन्ना से मिलने पर उन्होंने रति के बारे में बताया तो जिन्ना तुरन्त पेरिस आ गये। अपनी प्रिय पत्नी की हालत देख वो चिन्ता से व्याकुल हो उठे। रति को बचाना है। उनकी आधी-अधूरी जिन्दगी से किनारा कर रति इस तरह नहीं जा सकती। उसे स्वस्थ होना ही पड़ेगा। रति अच्छे नर्सिंग होम में थी पर जिन्ना सन्तुष्ट नहीं थे, उन्होंने और बेहतर नर्सिंग होम में रति की व्यवस्था की, तीमारदारी के लिए वो स्वयं हाजिर हो गये। रति उनकी पत्नी नहीं थी उनकी जान थी। ठीक है, इन दिनों वो रूठी हुई थी; पर किस पति-पत्नी में खटपट नहीं होती ? रति ने जिस तरह प्रेम की पराकाष्ठा को स्पर्श किया था उसी तरह उसकी नाराजगी भी ऊँचाइयों पर थी। यह एक अजब नाराजगी थी ! प्रेम से पगी, अपने प्रेमी के हित में व्याकुल। अपने प्रिय पति के उत्कर्ष के लिए बलिदानी कोप। जिन्ना के लिए यह बड़ा आघात था। पहले रति बाद में कुछ और; उन्होंने भी अपना डेरा पेरिस में जमा लिया। जो पीड़ा उनकी प्रेमिका भोग रही थी उसका कुछ अंश तो उन्हें भी भोगना चाहिए था। जो बन्धन रति भोग रही थी वो बन्धन उनके लिए भी था। जिन्ना ने निश्चय किया वो वही भोजन करेंगे जो रति के लिए नियत किया गया है। बीमार का पाथेय ही उनका भोजन भी होगा। लगातार एक महीने के इलाज और तीमारदारी से रति को कुछ राहत मिली। उसके स्वास्थ्य में कुछ सुधार दिखाई देने लगा। रति ने अब हिन्दुस्तान वापिस लौटना निश्चय कर लिया।

मार्सेल्स (फ्रांस) से रति पाँच अक्टूबर को राजपूताना जहाज में बम्बई के लिए सवार हुई। पेरिस में जिन्ना इन दिनों रति के लिए जितना चिन्तित रहे और जिस तरह उसे प्रसन्न रखने की कोशिशें कीं, रति उससे अभिभूत थी। पेरिस छोड़ते हुए रति ने अपनी भावनाओं को व्यक्त करते हुए जिन्ना को पत्र लिखा—

''प्रियतम तुमने जो कुछ मेरे लिए किया उसके लिए धन्यवाद। मेरे व्यवहार में तुम्हें कभी भी झुँझलाहट या बेरुखी दिखी हो तो यह विश्वास रखना कि मेरा अन्तर्मन तुम्हारे प्रति अत्यधिक कोमलता और पीड़ा से परिपूर्ण रहा है। पीड़ा! दु:खरहित।

जब कोई जीवन (जो कि वास्तव में मृत्यु है) की सत्यता के इतना निकट हो जितना मैं हूँ तो प्रियतम वो जीवन के सुन्दर और कोमल क्षणों की स्मृतियों में ही

रमा रहता है और शेष सब धुन्ध की ओट में अयथार्थ सदृश हो जाता है। जैसे अपनी पसन्द के फूल को तोड़कर तुम प्रेम के साथ अपने पास रखते हो, मुझे भी अपनी स्मृतियों में तुम वैसा ही स्थान देने की कोशिश करना। न कि उन फूलों की तरह जो तुम्हारी राह में पड़े होते हैं और तुम उन पर पैर रखते हुए आगे बढ़ जाते हो।

मनमीत खूब प्यार करने के कारण मैं खूब कष्ट उठा चुकी हूँ। प्रेम के प्रतिदान में मैं उसके बराबर की व्यथा भोग चुकी हूँ। प्रिय मीत मैं तुम्हें! तुम्हें प्यार करती हूँ, और यदि मैंने तुम्हें थोड़ा सा कम प्यार किया होता तो मैं सदैव तुम्हारे पास होती। जब कोई सुन्दर फूलों के बाग का निर्माण कर ले तो वो कीचड़ में नहीं रह सकता। आप जितने ऊँचे आदर्श रखेंगे। उनके टूटने पर कहीं अधिक गहरी ठेस लगेगी।

प्रिय मीत इतना प्यार कम लोगों के नसीब में होता है जितना प्यार मैंने तुमसे किया। अब मैं तुमसे इतनी ही विनती करती हूँ कि हमारी इस दुखान्त कथा का जन्म जैसे प्यार से हुआ उसका अन्त वैसे ही प्यार से हो।

मनमीत शुभरात्रि और अलविदा

रति'' (जिन्ना को लिखे अन्तिम पत्र का भावानुवाद)।

अक्टूबर का महीना था। बम्बई की हवाओं में शीतलता व्याप्त हो चुकी थी। ऐसे खुशनुमा मौसम में रति हिन्दुस्तान वापिस आ गयी। जिन्ना कुछ दिन पहले ही आ चुके थे। रति अभी पूरी तरह स्वस्थ नहीं हुई थी। इलाज यहाँ भी शुरू हो गया। उसके मित्रों के लिए रति की वापसी सुखद समाचार था। कोई न कोई रोज़ ही उसके हालचाल लेने उसके पास आ जाता। पेटिट हॉल की कठोरता ढीली पड़ चुकी थी। हमाबाई और माँ दिनबाई अकसर उसके पास रहतीं। कानजी का तो नियम ही बन गया था वो प्रतिदिन रति से मिलता। पर जिस लिए सब चिन्तित थे। जिस कारण सब रति के आस-पास बने रहते थे वह मनोरथ सिद्ध नहीं हो पा रहा था। बम्बई में अच्छे से अच्छे डॉक्टर और इलाज के बाद भी रति के स्वास्थ्य में उल्लेखनीय सुधार नहीं हो रहा था। उसके शरीर की कमजोरी बढ़ती जा रही थी। कमजोरी के कारण वो दिन भर पलँग पर आराम करती। चलना-फिरना उसके लिए सपना होता जा रहा था। नींद तो जैसे एक युग से उसकी बैरन हो गयी थी। दिन भर बिस्तर पर पड़े-पड़े कमरे की दीवारों को देख वो ऊब जाती। मन बहलाने के लिए पुस्तक उठाती तो पुस्तक पकड़े-पकड़े हाथ भर आते। फिर पढ़ने की भी सीमा थी। आँखें जवाब दे देतीं। मस्तिष्क शब्द पहचानने से इनकार कर देता। वो पुस्तक पटक देती। दिन तो जैसे तैसे कट जाता पर रात! रात का अँधेरा उसे काट खाने को दौड़ता। थक-हारकर वो कानजी को फोन करती।

"कानजी क्षमा करना इस समय तुम्हें परेशान कर रही हूँ। लगता है सूरज डूबे युग गुजर गया। चाँद तो निकल आया है पर साथ नींद लाना भूल गया। क्या करूँ? आँखों पर पट्टी बाँधी, अँधेरा तो हो गया पर सिनेमा शुरू नहीं हुआ। सपने भी सपने हो गये हैं। ऐसे कैसे जियूँगी कानजी? आखिर मौत आ क्यों नहीं जाती?"

कानजी ढाढ़स बँधाता समझाता—"मन से निराशा निकाल फेंको। तुम्हारे जैसी मजबूत इरादों वाली स्त्री मौत की बात क्यों करती है?"

"फिर क्या करूँ? तुम शक्ति दो। मेरे मस्तिष्क में कोई सन्देश भेजो। इस दुश्मन को तुम्हारी शक्ति ही पराजित कर सकती है। मेरी तो अब ये सुनता ही नहीं। तुम आदेश दो इसे।"

"आदेश दे रहा हूँ मित्र, देखो नींद तुम्हारी आँखों में समाई जा रही है। सपने इन्तजार में खड़े हैं। सो जाओ, सो जाओ, देखो! तुम सो गयी हो। तुम सो चुकी हो। मित्र! अब तुम सुखद सपनों में डूब गयी हो और सुबह धूप निकलने से पहले नहीं उठोगी।" कानजी बोलता रहता बोलता रहता और नींद के आगोश में समाई रति के हाथों की पकड़ ढीली पड़ जाती। रिसीवर फिसल जाता।

यह एक दिन का किस्सा नहीं था। अब अकसर दो-चार रातों के बाद यही होता। रात का एक आध प्रहर बीतने के बाद कानजी का फोन घनघना उठता और वो अपने मित्र धर्म का पालन पूरे मनोयोग से करता।

कई बार ऐसा भी हुआ कि रति के पास शाम से आया कानजी रात में जब घर लौटने की अनुमति माँगता तो किसी हिरनी की तरह रति ऐसे सिहर उठती जैसे उसने सामने खड़े बाघ को देख लिया हो। कानजी उसे आश्वस्त करते हुए सोने के लिए कहता तो वो और घबराकर कहती—"मेरे सोते ही तुम चले जाओगे, तुम्हारे कारण ही तो कुछ देर के लिए मैं अपनी बीमारी से मुक्त हो पाती हूँ।" कानजी उसे भय से मुक्ति देते हुए कहता—"घबराओ मत मित्र मैं यहीं बैठा हूँ, कहीं नहीं जाऊँगा यहीं बैठ कर पुस्तक पढ़ूँगा।" कानजी का भरोसा मिलते ही जादू हो जाता रति की पलकें मुंद जाती और वो निद्रा में डूब जातीं।

शाम को आमतौर से जिन्ना रति के पास होते। वो उसका दिल बहलाते, अब तो रति इस हालत में ही नहीं थी कि उसे किसी रोक-टोक की जरूरत होती। उसकी शोध का कार्यक्रम भी पटरी से उतर चुका था। यद्यपि अब भी आत्मा और आत्मा के प्रभाव में विश्वास बना हुआ था पर अब दोनों के बीच बहस की धार खो चुका था। बहस और वाक्युद्ध के कारण दोनों के बीच जो मनोमालिन्य उत्पन्न हो गया था। जो खाई बन गयी थी वो भरने लगी थी। रति के मन पर सबसे बड़ा बोझ तो जिन्ना की सफलता असफलता के कारण ही था। वो नहीं चाहती थी कि जिन्ना उसकी बीमारी के कारण अपने राजनैतिक जीवन की उपेक्षा कर दें। वो लगातार

उनकी व्यस्तता की जानकारी लेती और ज्यादा कटिबद्ध होकर लड़ने के लिए उन्हें उत्साहित करती। ये स्थितियाँ सुखद ज़रूर थीं, पर बीमारियों ने जिस तरह उसके शरीर पर घाव किए थे वो भरने में नहीं आ रहे थे।

रति के हिन्दुस्तान आने के साथ ही हमाबाई ने रति की तीमारदारी सँभाल रखी थी। दिन में रति बुआ के साथ गुजरे खुशनुमा दिनों को याद करती। हमाबाई दोनों प्रेमियों के बीच की खाई भरने का प्रयास करती। दो-चार वर्ष पहले ही तो सरोजिनी ने जिन्ना और रति के प्रगाढ़ प्रेम पर हास-परिहास में दिनबाई और हमा से कहा था—जिन्ना तो दिन रात अपनी प्राण प्रिय पत्नी के आगे-पीछे रहते हैं, शायद इस खौफ़ से अकेला नहीं छोड़ते कि कहीं कोई इस रूपसी को उड़ा न ले जाए। हमा ने पूछा कि जब प्यार इतना था तो फिर बेरुखी कैसे जन्मी? क्यों जन्मी? रति मुस्करा पड़ी बोली—बुआ तुम नहीं समझोगी। दिल देने लेने का खेल तुमने खेला होता तो समझतीं। दुनिया जो समझती है वो नहीं है बुआ। ये बेरुखी गहरे प्रेम की निशानी है। शुष्क और प्रकाशविहीन आत्मा को भी प्रेम से सराबोर कर अपनी सहानुभूति और समझ द्वारा स्वर्ग के असंख्य दीपों की भाँति दैदीप्यमान किया जा सकता है। हम दोनों की आत्मा तो पहले से ही प्रेम रस में डूबी हुई है। इसलिए हमारा प्रेम असंख्य दीपों के प्रकाश से सदैव दैदीप्यमान रहा है।

बुआ! ये हम दोनों के बीच का अगाध प्रेम है जो एक-दूसरे की चिन्ता को झगड़े में व्यक्त करता है। बुआ तुमने प्रेम किया होता तो प्रेम की शक्ति जान पातीं। प्रेम सामान्य पवन को शान्तिदाय़ी बना देता है। प्रेम वह शक्ति है जो चन्द्रमा को चन्द्रिका प्रदान कर देता है और सूर्य में ऊष्णता। प्रेम! पुष्पों को पल्लवित कर देता है और पक्षियों के कलरव में संगीत और वनप्रान्तरों में बहती नदिया में कल्लोल। प्रेम! विविध पीड़ाओं को जीवन का अंग बना देता है और यही उसे उल्लास का मन्त्र दे देता है। प्रेम ! यही तो है वो शक्ति जो स्त्रियों को सौन्दर्यमयी बना देता है और पुरुषों को सज्जन और साहसी। मेरे प्रेमी का साहस और बढ़े, वो दुनिया की प्रत्येक शक्ति को पराजित कर अपने सर्वोच्च आसन पर विराजमान हो जाएँ। यह शक्ति उन्हें देने के लिए मेरे प्रेम ने पीड़ा का वरण किया है। मेरा यह पीड़ा वरण मेरे प्रेमी को कैसे स्वीकार होगा? अपने प्रिय की पीड़ा कोई प्रेमी कैसे स्वीकार कर सकता है। बस यही झगड़ा है। बुआ ये दुनियादारी का नहीं प्रेम का झगड़ा है। एक-दूसरे की सफलता के लिए आहुति का झगड़ा है। 'जे' की सफलता ही मेरी सफलता है इसलिए मैं अपनी आहुति देने के लिए तैयार हूँ। रति की इन दार्शनिक बातों को सुन बुआ की आँखें भर आईं। रति ने मुस्कराकर कहा—अभी नहीं बुआ। अभी इन आँसुओं को सँभाल कर रखो। मेरे जाने पर भी इन्हें व्यर्थ मत करना। किसी बड़े उद्‌देश्य के लिए दिल मजबूत करना पड़ता है। ये मजबूती मुझे तुम्हारी

मुस्कराहट प्रदान करेगी। गर्वीले प्यार से भीगी बुआ की आँखों से लाड़ छलक पड़ा। वो अपनी प्रिय भतीजी के अनुरोध पर मुस्करा पड़ी।

रति की लगातार चल रही बीमारी के दौरान अड्यार से कृष्णमूर्ति का बम्बई आना हुआ। मूर्ति रति का बहुत आदर सम्मान करते थे। रति की अस्वस्थता पर कानजी से उनकी लम्बी चर्चा हुई। कानजी ने रति के टूटे मनोबल की व्याख्या करते हुए नींद के लिए अपने प्रयास की चर्चा भी की, कृष्ण के मुँह से अनायास निकल पड़ा –मन के हारे हार है मन के जीते जीत। उन्होंने कानजी द्वारा उसकी सहायता के प्रयासों की बहुत प्रशंसा की और आशा व्यक्त की कि उसके प्रयासों से रति को अवश्य लाभ होगा। रति को मूर्ति के आने की सूचना मिली तो उसने उन्हें अपने यहाँ चाय के लिए आमन्त्रित किया। निमन्त्रण स्वीकार कर वो उसके यहाँ आए। रति कृष्णमूर्ति की उपस्थिति में अपनी अस्वस्थता भूल गयी। कमजोरी के बावजूद वो पूरे जोश के साथ उनसे बातें करती रही। रति का उत्साह देख उसके जीवन की एकरसता तोड़ने की मंशा से उन्होंने अपने मित्र मोरारजी (रतनसी डी) के यहाँ भोज आयोजित किया। रति कानजी के साथ इस भोज में शामिल हुई। वो बुरी तरह थका हुआ महसूस कर रही थी, पर जीवन में आई एकरसता के टूटने से वो प्रसन्न थी। रति में इस परिवर्तन से उत्साहित होकर कानजी ने एक दिन सिनेमा का कार्यक्रम बना डाला। रात्रि भोज के बाद रति अपने मित्र परिवार के साथ सिनेमा देखने भी गयी। लेकिन ये सारी कोशिशें निष्फल साबित हो रही थीं। रति की प्रसन्नता और उत्साह क्षणिक रहता। ऐसे प्रत्येक प्रयास के साथ उसकी उद्विग्नता और निराशा घटने के बजाय बढ़ जाती। सभी मित्र उसे भरपूर सहयोग दे रहे थे। सब हृदय से चाहते थे रति किसी तरह ठीक हो जाए, लेकिन रति ने शायद मृत्यु से मित्रता कर ली थी। फरवरी का महीना चल रहा था कुछ दिनों बाद उसकी वर्षगाँठ आने वाली थी। उसे याद आए पेटिट हॉल के वो उल्लास भरे दिन जब उसकी साल गिरह पर उसके घर में मेला लग जाया करता था। कहाँ खो गये, वो दिन? कल की ही तो बात थी जब पेटिट हॉल उसकी हँसी-ठिठोली से गुलजार रहता था। बात की बात में दस बरस गुजर गये अब उस महल के फाटक अपनी छोटी मालकिन को सामने देखकर भी नहीं खुलते। लोहे के फाटक के साथ खड़ा दरबान भी लोहे का बन जाता है। उस लौह फाटक के अन्दर अब भी उसके पिता बैठे होते हैं सर दिनशा मानोकजी पेटिट बैरोनेट, अपनी जिद पर अड़े पुत्री को क्षमा न किया था न अब करेंगे। हाँ! वो क्षमा नहीं करेंगे मैंने उनकी प्रतिष्ठा धूल में मिला दी है। एक बैरोनेट, एक प्रसिद्ध उद्योगपति, एक वैभवशाली व्यक्ति के लिए उसकी प्रतिष्ठा ही सब कुछ होती है। उनका परिवार उनके बच्चे उनकी रति भी इसी प्रतिष्ठा में समाई हुई है।

पिता में अहंकार की शक्ति होती है, पर माँ में वात्सल्य की, दिनबाई तो

अपनी प्रिय पुत्री को कब का क्षमा कर चुकी थीं। साउथ कोर्ट के बाहर माता पुत्री का ही नहीं बुआ और भाइयों का मिलना-जुलना भी होता रहता था। पिछले विदेश प्रवास में दिनबाई पुत्री के साथ ही थीं। पेरिस में उसकी सेवा शुश्रूषा में जिन्ना के साथ खड़ी थीं। यहाँ भी वो पुत्री की परिचर्या में व्यस्त थीं। अपनी बहन की बीमारी से रति के तीनों भाई दुखी थे। पर अब कोई भी व्यक्ति रति को इस जाल से निकाल नहीं सकता था। बीमारियों का यह जाल रति ने बड़ी कोशिशों से बुना था। अपने पति की आत्मा को अनिष्टकारी आत्माओं से मुक्ति के युद्ध में उसने अपनी जान की बाजी लगा दी थी। इन स्थितियों में हँसती रति कई बार दार्शनिक हो उठती। आस्कर वाइल्ड कहते हैं 'आनन्द और सफलता छलावा है छल विहीन होता है दुःख।' 'जे' छलावे के पीछे भागते रहें मैं उनका सारा दुःख अपने अंक में ले लेना चाहती हूँ। शरीर से परेशान रति अपने आपमें न जाने कितने दुःख समेट लेना चाहती थी। ऐसी बातें वो बुआ से खुलकर करती। कभी कहती बुआ! मैंने सदैव जो कुछ सुन्दर देखा या सुना अधिकतर वो मुझे उदास कर गया। मेरे जीवन में सबसे सुन्दर व्यक्ति शामिल हुआ 'जे' फिर बताओ बुआ मैं 'जे' को लेकर उदासी से कैसे बच सकती हूँ? मैं चाह कर भी ऐसी मानसिकता पर विजय नहीं प्राप्त करना चाहती। यह ऐसा विषाद है जिसका आनन्द मैं लेना चाहती हूँ। मुझे लगता है कि यह स्थिति मुझे अधिक सम्पूर्णता की प्रेरणा देती है, और उनके प्रति सहानुभूति। बुआ! यह सब मेरा स्वार्थ है। मैं जो दुःख भोग रही हूँ वो मेरा माँगा हुआ दुःख है। एक बार मैंने पद्मजा/लीला को लिखा था—

"काली रजनी-सा सुन्दर रूप धरे जब मुझ तक आई व्यथा, न कर पाई मेरा परित्याग, व्यथा के क्लेशयुक्त प्याले का सागरपान कर लिया मैंने।

और जब होती हूँ जागी तब लेती रहती इसका चटखारा और तब भी जब होती हूँ मैं निद्रानिमग्न, तब भी जब मैं मुस्काती हूँ या जब भर आते हैं नयन मेरे।

व्यथा जानती नहीं तृप्ति।"

व्यथा के क्लेशयुक्त प्याले का सागर पान कर लिया मैंने बुआ। ये व्यथा अतृप्त रहती है उसी अतृप्ति का आनन्द मैं ले रही हूँ। रति के सन्निपात जैसे क्षणों में कही बातें हमाबाई का कलेजा चीर देतीं। वो उससे शान्त रहने का अनुयय करती और रति मुस्कराकर शान्त हो जाती।

बीमारियों ने रति को थका डाला था। व्यथा उस पर हावी हो चुकी थी। एक शाम बेचैन बदहवास रति ने गाड़ी निकलवाई और बस कानजी के फ्लैट का द्वार खटखटा दिया। कानजी उसकी दशा देख सन्न रह गया। रति अपने आपे में नहीं थी। वो बोली, कानजी—"ये रूह मुझे छोड़ेगी नहीं। तुम हमेशा अपनी मानसिक शक्ति से मेरी मदद करते रहे हो अपनी सारी शाक्ति मेरे इस जेड में भर दो। देखो मैं बहुत

कीमती जेड अपने साथ लाई हूँ।'' कानजी रति का अपने ऊपर विश्वास देख भावुक हो उठा। उसके बस में होता तो वो रति की रक्षा के लिए अपनी सारी शक्ति उसे दे देता, पर वो जानता था प्रत्येक शक्ति एक महान शक्ति के आगे अशक्त हो जाती है। रति उसकी शरण में आई थी, पर वो शरणागत की रक्षा करने की शक्ति खो चुका था। रति को शान्त करते और भरोसा दिलाते घंटों गुजर गये, पर रति का मन शान्त नहीं हो रहा था। वो कानजी को अपने साथ होटल ले आई। इतनी कमजोरी और विचलित मनोदशा में भी उसने अपने हाथों से चाय बनाई। रति जब खुश होती थी तो वो चाय स्वयं बनाती थी। व्यथित मनोदशा से तड़फड़ाती रति कभी-कभी किसी भी तरह खुश हो जाना चाहती पर खुशियाँ तो उसके घर का रास्ता भूल चुकी थीं। रति के हाथों की चाय पीते हुए कानजी तब तक उसके पास रहा जब तक रति की उद्विग्नता काबू में नहीं आ गयी।

उस शाम की चाय का निमन्त्रण कानजी को श्रीमती बेसेंट से मिला हुआ था। शाम कब की गुजर चुकी थी और वो रति के पास बैठा उसे सान्त्वना दे रहा था। यही वादा जरूरी था। यही मित्र धर्म था। रति जब कुछ शान्त हुई तब कानजी उससे विदा लेकर श्रीमती बेसेंट के पास पहुँचा। नियत समय पर न आ पाने के लिए उसने क्षमा याचना कर रति की दशा के बारे में उन्हें बताया। श्रीमती बेसेंट के लिए भी यह समाचार दुखदाई था। उन्होंने किसी दिन रति के पास जाने की इच्छा व्यक्त की। शाम की चाय उन्होंने कानजी के साथ शाम गुजर जाने के बाद पी। रात ढल चुकी थी कानजी श्रीमती बेसेंट के घर से वापिस हुआ, पर उसका मन बहुत बेचैन था। उसने गाड़ी रति के होटल की ओर मोड़ दी। रात के सवा दस बज रहे थे। उसने रति की सहायिका से मेम साब को देखने की इच्छा व्यक्त की। सहायिका अनुमति लेने के लिए रति के पास गयी और फौरन बदहवासी की हालत में वापिस आकर बोली—''जल्दी चलिए, मेम साब बेहोश हैं।'' कानजी फौरन रति के पास पहुँचा। पानी के छीटे मार-मार कर उसने रति को चैतन्य किया। उसकी मूर्छा खत्म हुई। कानजी को सामने देख रति भावुक हो गयी। उसकी आँखें भर आईं। उसके भाई माँ बुआ सब तो थे सब साथ दे रहे थे पर नाजुक अवसरों पर अकसर पास होता था कानजी। पति भी था पर दुनिया की फ़िक्र के लिए रति ने उसे आजाद कर दिया था। रति ने कहा—''कानजी मैंने तुम्हें बहुत परेशान किया।'' कानजी ने उसे ढाढ़स बँधाया। तो अस्फुट स्वर में वो बोली—''कोई शिकवा नहीं, किसी से कोई गिला नहीं। पापा से भी नहीं, 'जे' से तो बिलकुल नहीं उनके लिए ही तो मैं जान पर खेल गयी हूँ। इतने वर्षों से अपने जीवन की आहुति उनके लिए देती आ रही थी। कानजी! अब शायद पूर्णाहुति का अवसर आ गया है।'' कानजी को उदास देख रति ऐसी हालत में भी मुस्करा कर बोली—''तुम क्यों दिल छोटा करते हो, इस जन्म में भले हमारा नाता

मित्र का रहा हो पिछले जन्म में ज़रूर तुम मेरे भाई थे सगे छोटे भाई।'' रति सिसकियों के साथ रो दी। कानजी की आँखें भी भर आईं वो किंकर्तव्यविमूढ़ हो गया। उसकी समझ में नहीं आ रहा था रति को सान्त्वना कैसे दे? क्षण भर में रति ने अपने आपको संयत किया और फिर बोली—''भैया अब तुम घर जाओ, भाभी बच्चे तुम्हारी राह देख रहे होंगे। अब मैं ठीक हूँ। कोई बात होगी तो मैं तुम्हें फोन कर दूँगी। चिन्ता मत करो मैं बिलकुल ठीक हूँ।'' रति के बार-बार विवश करने पर कानजी घर लौट गया।

सुबह के समाचारपत्र में व्यस्त कानजी के फोन की घंटी बज उठी। उसने फोन उठाया। रति बोल रही थी। रात कानजी ने जो सहायता की थी रति ने उसके लिए हृदय से आभार प्रकट किया, फिर बोली—''दफ़्तर जाते हुए मुझसे मिलकर जा सको तो मैं तुम्हारा आभार मानूँगी। कानजी तुम आ जाना। मैं तुम्हारी प्रतीक्षा कर रही हूँ।'' ना कहने का तो प्रश्न ही नहीं था। ऐसा इसरार न भी होता तब भी कानजी अवश्य जाता, फिर इस समय तो उसकी उदासी में डूबी अशक्त आवाज ने कानजी को उससे मिलने के लिए आतुर कर दिया। सुबह के साढ़े नौ बजे तक कानजी रति के कक्ष में उपस्थित था। पलँग पर लेटी रति ने तकिये का सहारा ले कुछ उठंगी होते हुए कहा—''सुबह सवेरे तुमको परेशान कर दिया। कानजी मेरे ऊपर तुम्हारे बहुत एहसान हैं; मैं जानती हूँ तुम एहसानों का बदला नहीं माँगोगे। तुम्हें मैंने बुलाया। क़ायदे से मुझे तुम्हारे पास आना चाहिए था, बहुत बहुत मदद की है मेरी, तुमने। कल जो मैंने कहा था ना कानजी मुझे पूरा विश्वास है पिछले जन्म में तुम जरूर मेरे छोटे भाई थे।'' रति की आँखें फिर सजल हो उठीं।

''मैं इस जन्म में भी तुम्हारा छोटा भाई हूँ।''

''नहीं कानजी मैं गलत कह गयी। पिछले जन्म में तुम मेरे देवर थे इस जन्म में भी देवर हो। देवर समझते हो? छोटा भाई, जो मित्र भी होता है। भाई तो इस जन्म मेरे हैं एक नहीं तीन-तीन पर उनसे मैं वो नहीं कह सकती जो तुमसे कह सकती हूँ। तुम देवर हो ना इसलिए तुमसे सब कुछ निःसंकोच कह सकती हूँ। कानजी तुम मुझे कभी भूल नहीं पाओगे। मैं भी तुम्हें नहीं भूलूँगी। मरने के बाद भी नहीं।''

''तुम मरोगी नहीं यहाँ से स्वस्थ होकर घर जाओगी और भूलने का सवाल कहाँ पैदा होता है तुम्हारे एक बुलावे पर आ गया, तुम आधी रात को बुलाओगी तो कानजी दौड़ता हुआ तुम्हारे पास आ जाएगा। अब परेशान होना बन्द करो आराम करो शाम को मैं फिर मिलूँगा।

रति ने निराशा भरी मुस्कराहट से उसे देखा और बोली—'हाँ, अवश्य मैं जीवित रही तो!'

कानजी भावावेश में उत्तेजित होकर बोला—''ऊटपटाँग मत बोलो, इलाज तुम्हारा चल रहा है, बस कमजोरी ही तो है तुम बहुत जल्द स्वस्थ हो जाओगी।''

''हाँ, जानती हूँ। मैं अवश्य ठीक हो जाऊँगी'' पर कानजी मेरे बाद मेरी प्यारी बिल्लियों को तुम सँभालना। इन्हें लावारिस मत छोड़ देना। किसी और के सुपुर्द भी मत करना। तुम्ही देखना। रति से दृष्टि मिलाना कानजी के लिए असम्भव हो गया

रति फिर बोली—''जाओ दफ़्तर जाओ, मैंने तुम्हें देर करा दी।''

थकी रति ने आँखें मूँद लीं और पलँग पर सीधी हो गयी। कानजी ने आँख मूँदे रति को ध्यान से देखा, वो जीवित थी। उसे अशान्त करना ठीक नहीं था, कानजी उसे सोता छोड़ कमरे से बाहर हो गया। उस दिन कानजी बहुत व्यस्त था। रात ग्यारह बजे के बाद वो रति के होटल आया। नौकरों ने बताया रति सो रही है। कानजी आश्वस्त होकर घर चला गया।

अगले दिन रति की आँख देर से खुली। कमजोरी थी कि आँख खोलने में भी कष्ट हो रहा था। माँ और बुआ तो सुबह से ही उसकी तीमारदारी में हाजिर थीं। पुत्री के आँख खोलते ही भीगी आँखों से दिनबाई ने उसके सर पर हाथ फेरते हुए भीगी आवाज में पूछा—''कैसा लग रहा है?''

''अब ये मत पूछो माँ'' रति ने निःश्वास छोड़ते हुए कहा। खानसामा कब से मालकिन की आँख खोलने की प्रतीक्षा कर रहा था वो आगे बढ़ कर बोला—

''मेम साब बिस्तर पर लेटे-लेटे ही चिलमची में कुल्ला कर लें, देर हो गयी है कुछ खा लें, मैंने आपकी पसन्द के सैंडविच बनाए हैं।'' रति ने परेशान खानसामा को मालिकाना प्रेम के साथ फीकी मुस्कराहट के साथ देखा।

''तू पिछले जन्म में कौन था मेरा जो इस जन्म में इतना ख्याल कर रहा है?'' खानसामे की आँखें भर आईं, हमाबाई की ओर देखकर वो आगे बोली—''अपने बच्चे जैसा ख्याल रखा है इसने मेरा, मेरी पसन्द का भोजन हर समय इसकी रसोई में उपलब्ध रहा है।'' पुनः ख़ानसामे को देखकर बोली—''बहुत देर हो गयी है, अब नाश्ता नहीं सीधे भोजन करूँगी। आज तू मेरी दावत कर दे। आज जी भरकर खाऊँगी।'' खानसामा के जाते ही वो माँ से बोली—

''डीना को बुलाओ लगता है एक युग से उसे नहीं देखा।''

डीना आई। रति ने बाँहें फैला दीं। पुत्री माँ के अंक में समाकर रो पड़ी मा ने बेटी को अपने पाश में कसकर बाँध लिया। कसकर कभी न छोड़ने के लिए और बस हाथ ढीले पड़ गये। रति की आँखें बन्द हो गयीं। दिनबाई पुत्री से लिपट गयीं। नौकरों ने डॉक्टर को फोन किया। आनन फानन में डॉक्टर आ गये। रति को देखा वो कोमा में जा चुकी थी। रति को अस्पताल ले जाने का कोई प्रश्न ही नहीं था। अस्पताल के डॉक्टर ही उसकी चिकित्सा कर रहे थे। दवाएँ व्यर्थ हो चुकी थीं। कोई

इंजेक्शन कारगर नहीं था। सिर्फ सिर्फ दुआ का आसरा था। ईश्वर फरियाद सुन ले एक यही रास्ता था, लेकिन ईश्वर ने कोई फरियाद नहीं सुनी। कानजी को उस दोपहर सूचना मिली। रति बेहोश है। डॉक्टर ने जवाब दे दिया है। माँ दिनबाई, बुआ हमाबाई, जस्सूबेन तो रति के पास पहले से ही थीं धीरे-धीरे तमाम मित्र-सहेलियाँ, रिश्तेदार, परिवार जन हाजिर हो गये। अगले दिन बीस फरवरी थी रति का जन्म दिन। अपना इस वर्ष का जन्मदिन उसने शाम को मनाया। बेहोशी वाली नींद से मुक्त होकर वो अनन्त निद्रा की गोद में जा बैठी। कितने वर्षों से उसे नींद अच्छी नहीं आ रही थी इस वर्षगाँठ पर उसे ये बेशकीमती उपहार मिला। वो गहरी नींद में सो गयी हमेशा-हमेशा के लिए, चिर निद्रा में लीन हो गयी। उस रात बम्बई के आसमान का एक तारा टूटकर गायब हो गया हमेशा-हमेशा के लिए तारीख थी बीस फरवरी सन् उन्नीस सौ उनतीस।

जिन्ना दिल्ली में थे एसेम्बली का बजट सत्र चल रहा था। वेस्टर्न कोर्ट के अपने घर में जिन्ना दीवान चमन लाल के साथ बातों में व्यस्त थे। फोन घनघनाया जिन्ना ने रिसीवर कान से लगाया। वो एकदम गमगीन उदासी में डूब गये और बोले मैं आज ही शाम की ट्रेन से बम्बई आ रहा हूँ। फोन रखकर उन्होंने चमन लाल से कहा—''रति की दशा चिन्ताजनक है मैं आज अभी पहली ट्रेन से बम्बई के लिए निकलूँगा।'' एक गहरी साँस लेकर उन्होंने प्रश्न किया—''तुम जानते हो फोन किसने किया था? फिर स्वयं जवाब देकर बोले—'रति के पिता' मेरे श्वसुर, विवाह के बाद आज पहली बार उन्होंने बात की है।''

बाईस तारीख की सुबह रति का पार्थिव शरीर मज्हगांव इलाके में डॉक्टर मस्करहंस रोड पर खोजाओं के कब्रिस्तान पहुँच गया। यहाँ का सारा इन्तजाम जिन्ना के फुफेरे भाई शरीफ देवजी ने सँभाल रखा था। हिन्दुस्तान जिन्ना को एक मजबूत नेता के रूप में जानता था, लेकिन रति की मृत्यु ने जिन्ना को बुरी तरह तोड़ दिया था। दुनिया के सामने अपनी मजबूत छवि बनाए रखने के लिए आवश्यक था कि जिन्ना रति को शान्ति के साथ विदा करें, पर यह सम्भव नहीं हो पा रहा था। इस असम्भव को सम्भव बनाने के लिए जिन्ना ने बातों की व्यस्तता ओढ़ ली। आमतौर से सार्वजनिक रूप से बातों में संयम रखनेवाले जिन्ना ने बम्बई आने के साथ यह संयम तोड़ दिया था। उन्होंने लगातार लोगों से राजनैतिक और एसेम्बली की कार्रवाइयों के संस्मरण सुनाने में अपने आपको व्यस्त कर रखा था। कब्रिस्तान में रति के लिए फातिहा पढ़ा गया। तमाम लोगों ने नमाज़ अदा की पर संवेदना प्रकट करने वालों के बीच बैठे जिन्ना बातों में मशगूल थे। रति को कब्र में उतारा जा चुका था सबसे पहले मिट्टी सबसे नजदीकी सम्बन्धी को डालनी थी। जिन्ना कब्र के नजदीक पहुँच मिट्टी उठाने के लिए झुके। रेशमी गुदगुदे बिस्तरों पर लेटने की

अभ्यस्त उनकी नाजुक पत्नी उनके दिल की गहराइयों में समाई रति कठोर भूमि पर मामूली-सा सफेद कफन ओढ़े शान्ति के साथ सो रही थी। क्षण मात्र में दार्जिलिंग से प्रारम्भ हुई आज तक की रति की कहानी उनकी आँखों से गुजर गयी। दुनिया में वो सबसे अनोखी और अकेली शख्सियत जिसे जिन्ना से हर तरह की हँसी-ठिठोली का अधिकार था। जो उनके साथ बराबरी से लड़ लेती थी। जिस से हारना जिन्ना को मंजूर था। वो रति मिट्टी की दीवारों के बीच शान्त लेटी हुई थी। जिन्ना जानते थे रति मरी नहीं थी उसने अपने पति के लिए अपना प्राणोत्सर्ग किया था। जिन्ना के सीने में पत्थर नहीं था। हाड़-मांस का बना उनका दिल भी धड़कता था। इस समय कुछ जोरों से धड़क रहा था। एक-एक धमक उनके कानों को फाड़ रही थी। पसलियों में फँसा यह मांस पिंड उनके शरीर से बाहर निकलने को मचल रहा था। कब्रिस्तान के इस सन्नाटे में चुप खड़े जिन्ना को अपनी चीखती धड़कनों के अलावा और कुछ सुनाई नहीं पड़ रहा था। वो चुप थे, चुप; एकदम चुप। जिन्ना के सीने में तेज हूक उठी—'बोलती क्यों नहीं। क्यों नहीं खड़े होकर लड़ती रति, क्यों नहीं पूछती कि यहाँ धरती के अन्दर लिटाने के लिए तुम मुझे लाए थे? क्या इस मिट्टी की कब्र के लिए मुझसे अपने पिता के विरुद्ध बगावत करवाई थी।' मजबूत जिन्ना का सब्र टूट गया। सारी दुनिया के सामने पत्थर जैसे मिजाज़ के जिन्ना मोम की तरह पिघल गये वो फफक उठे। अपनी प्रिय पत्नी पर मिट्टी डालते वो फूट-फूटकर रोए। आँसुओं की बरसात से उनके कपड़े भीग उठे। राजनीति, एसेम्बली की व्यूह रचना, बातों का जादू सब हवा हो गया। रह गये सिर्फ आँखों से बहते आँसू। रति जिस पर लाखों के पन्ना, पुखराज, हीरे, मोती जिन्ना ने न्यौछावर कर दिए थे आज उस रति के भाग्य में सिर्फ कब्र की बेमोल मिट्टी भर थी। लेकिन जिन्ना ने रति को कब्र में अकेला नहीं छोड़ा। वो जिन्ना जिसे रति जानती थी वहीं अपनी पत्नी के साथ दफन हो गया। कब्रिस्तान से वापिस हुआ जिन्ना कोई और जिन्ना था। इस जिन्ना पर रति का कोई अधिकार नहीं था। यह नया जिन्ना भावना विहीन, खुरदुरे रूखे स्वभाव का अड़ियल जिन्ना था। अहंकार और क्रोध की दौलत सँभाले एकदम अकेला इन्सान, एकाकीपन रूपी पूर्व प्रेमिका का वरण उसने पुनः कर लिया था।

अध्याय—11

शह और?

'व्यथा जानती नहीं तृप्ति' ऐसी अतृप्त व्यथा से रति ने नाता जोड़ लिया था। 'प्रिय मीत मैं तुम्हें! केवल तुम्हें प्यार करती हूँ, यदि मैंने तुम्हें थोड़ा कम प्यार किया होता तो मैं सदैव तुम्हारे पास होती।' पर रति ने जिन्ना से बेपनाह मुहब्बत की थी। इतने अगाध प्रेम के बाद यही तो होना था। अपने प्रिय की व्यथा को अपनी सौत बना लेना। और रति मर गयी। यह सामान्य मृत्यु नहीं थी। वो दो-चार वर्षों से अपने आपको इस मौत के लिए तैयार कर रही थी। विवाह से पहले नित नये सोपानों पर कदम रखते 'जे' को जाने किस की नजर लगी। क्यों उनका उत्कर्ष रुका। वो जितना इस गुत्थी को सुलझाती उतना अपने आपको इस गुत्थी में उलझा पाती। चतुर से चतुर अँग्रेज राजनीतिज्ञ को अपनी बातों के जादू से सम्मोहित करने वाले जिन्ना का जादू गाँधीजी जैसे सरल व्यक्ति के समक्ष कहाँ तिरोहित हो गया? जो गाँधीजी ने किया वो 'जे' ने क्यों नहीं किया? जनता के ऊपर जादू की सामर्थ्य 'जे' में थी। वायसराय के सम्मान समारोह का सार्वजनिक विरोध कर जिन्ना ने दिखा दिया था कि जनमानस को उद्वेलित करने की क्षमता उनमें भी थी। वो अपने विचारों में इतने दृढ़ क्यों रहे? यदि गरीब निम्न वर्ग के साथ खड़े होने में उसे परहेज था तो उन्होंने राजनैतिक चतुरता के साथ गाँधीजी से समझौता क्यों नहीं कर लिया? अपने विचारों के विपरीत विचार वाले लोकमान्य का वो कितना सम्मान करते थे। फिर गाँधीजी से ऐसा विरोध क्यों था?

शायद सच यही था! रति के कारण ही जिन्ना के चमचमाते भविष्य पर काले बादल उमड़ आए थे। यदि यही सच है तो उसे अपने प्रिय के लिए अपना बलिदान देना होगा। उसने जीवन में 'जे' को सफलता की ऊँचाइयाँ स्पर्श करते देखा था। वो उसे सबसे ऊपर देखने की कामना रखती थी। इस कामना की सिद्धि के लिए उसे अपने आपको न्यौछावर करना पड़े तो क्या? जीते जी न सही, उसकी आत्मा तो 'जे' के उत्कर्ष को देखेगी। चेतन सन्तोष से कहीं अधिक महत्त्वपूर्ण है अचेतन सन्तोष। आत्मा का सन्तोष। आत्मा ही तो नित्य है शरीर क्षणिक। आत्मा से आत्मा

के मिलन के लिए इस देश की पत्नियाँ सती होती रही हैं। रति के प्रेम में भी वही पवित्रता वही समर्पण, वही एकात्मता है। वो 'जे' के लिए अपना बलिदान दे देगी, और रति ने बलिदान दे दिया।

जीवन की एक मधुर कविता थी रति, बम्बई के बगीचे में खिला एक सुन्दर पुष्प। देश की आकांक्षा और सामाजिक चेतना के स्पन्दन से धड़कती जोशीली नवयुवती थी रति। जितनी वो शारीरिक रूप से सुन्दर थी उतनी ही सुन्दर मानसिकता से परिपूर्ण थी। रति प्यार करना जानती थी, प्यार क्या है यह रहस्य भी वो जानती थी। इसलिए वो जिन्ना जैसे सन्तुलित व्यक्ति के दिल में जगह बना सकी। दुनिया ने जिन्ना को एक मजबूत मानस के नेता जैसा देखा था पर वो पत्थर जैसा इन्सान रति के वियोग में मोम बनकर पिघल गया। बहुत चतुराई से अपनी भावनाओं को बाँधे रखने के खेल में वो अन्ततः हार गया। दुनिया ने देख लिया, जिन्ना उन्हीं के जैसा हाड़-मांस वाला सामान्य इन्सान था। दुख के क्षणों में वो भी उन्हीं की भाँति रो देता था। रति ने मृत्यु का वरण क्यों किया? यह सत्य वो जानते थे। रति ने अपनी आहुति उनके राजनैतिक उत्कर्ष के लिए दी। वो अपने प्रिय को सबसे ऊँचे सिंहासन के अलावा कहीं और देखने के लिए तैयार न थी। रति के जाते ही उनका सबसे बड़ा सहारा उनकी प्रेरणा शक्ति तिरोहित हो गयी। जिन्ना का मन विरक्त हो गया। हिन्दुस्तान के सारे आकर्षण उनके लिए व्यर्थ हो गये। उन्होंने हिन्दुस्तान छोड़ दिया राजनीति छोड़ दी।

रति की स्मृतियों से बहुत दूर प्रिवी काउंसिल में प्रेक्टिस करने के निश्चय के साथ जिन्ना लन्दन में बस गये (सं 1930 में)। अब इंग्लैंड उनका देश था। प्रिवी काउंसिल उसकी व्यस्तता का स्थान। वकालत उनका पहला नशा था, इस नशे का आनन्द वो हिन्दुस्तान में खूब ले चुके थे। अब यह व्यस्तता रसहीन हो चुकी थी। लन्दन की अदालत में कई बरस सर पटकने के बाद भी उन्हें कोई रस नहीं मिला। जिन स्थितियों से बचने के लिए वो लन्दन आकर बसे थे वो स्मृतियाँ उन्हें यहाँ चैन नहीं लेने दे रही थीं। लन्दन में सब कुछ था, पर बेचैन जिन्ना के लिए कुछ नहीं था।

हिन्दुस्तान की राजनीति में जिन्ना अप्रतिम शक्ति थे। इस ताकत को साधना अँग्रेजों के बस का खेल नहीं था। लेकिन जिन्ना के हिन्दुस्तान छोड़ते ही राजनैतिक सन्तुलन एकदम बिगड़ गया। काँग्रेस ने आँधी का रूप ले लिया। ऐसी आँधी जिसे अँग्रेजों के लिए सँभालना लगभग असम्भव होने लगा। देश ने गाँधीजी को सर्वमान्य नेता के रूप में स्वीकार कर लिया। गाँधीजी नेता नहीं थे, वो महात्मा थे। महात्मा के लिए जान न्यौछावर करने के लिए हिन्दुस्तान का आम किसान उठ खड़ा हुआ। क्रान्ति जैसी परिस्थितियों के उत्पन्न होने का खतरा बढ़ गया। सन् सत्तावन की क्रान्ति को तो फौजी ताकत से दबा लिया गया था, पर अब यदि वैसी क्रान्ति हुई

तो अँग्रेज अफसरों का इस देश से जीवित इंग्लैंड वापिस पहुँच पाना असम्भव था। गाँधीजी सामान्य नेता होते तो तो शायद अँग्रेज उनसे निपट लेते। महात्मा से पार पाना कठिन था शायद असम्भव। अफ्रीका में ब्रिटिश सत्ता इनकी शक्ति देख चुकी थी। वह हिन्दुस्तानियों का देश नहीं था। वहाँ हिन्दुस्तानी कम थे। पर अब गाँधीजी मुख्य भूमि पर थे और अपने देश में। इस देश का गरीब से गरीब और नि:सहाय से नि:सहाय व्यक्ति पूरी शक्ति के साथ गाँधीजी के साथ था। काँग्रेस जो कभी तीन दिनों का तमाशा होती थी अब सारे देश में आम आदमी से जुड़ गयी थी और अब साल में एक बार अँग्रेज़ी की जुगाली नहीं होती थी। अब जनता के साथ संवाद उसकी भाषा में हो रहा था। प्रशासन को लगातार पंजों के बल खड़ा रहना पड़ रहा था। कभी इस संगठन की शक्ति सीमित करने के लिए मुस्लिम लीग का पौधा रोपा गया था। पर इन दिनों लीग एक मजबूत और सर्वमान्य नेता के अभाव में अप्रासंगिक होती जा रही थी। काँग्रेस को वश में करने के लिए मुस्लिम लीग ब्रिटिश सत्ता की इस समय सबसे बड़ी आवश्यकता थी।

लन्दन आने का एक कारण था रति की स्मृतियों से मुक्ति, पर ऐसा हो नहीं रहा था। जिन्ना रति की स्मृतियों से बेचैन रहते। प्रिवी कौंसिल की वकालत में आखिर रखा क्या था? पैसा? पैसा तो वो हिन्दुस्तान में इतना कमा चुके थे कि अब शेष जीवन बिना कुछ किये किसी नवाब की तरह सुख चैन के साथ जीवन गुजार सकते थे। अदालत की सफलताएँ अब कुछ आनन्द नहीं देती थीं। वेस्टमिन्सटर ने जो जादू किया था वो उनके सर चढ़ा हुआ था। राजनीति समाज सेवा ही नहीं एक नशा भी होता है। जीवन के अभीष्ट से भागा व्यक्ति इस नशे की तड़प बर्दाश्त नहीं कर सकता। जिन्ना के लिए भी इस नशे से मुक्ति सम्भव नहीं थी। चार वर्ष लगे उनके अँग्रेज राजनीतिज्ञ मित्रों को उन्हें यह समझाने में कि उनकी जगह लन्दन में नहीं हिन्दुस्तान में थी। आखिर लन्दन में वो थे क्या? सैकड़ों व्यस्त और प्रसिद्ध अँग्रेज बैरिस्टरों के बीच एक अपेक्षाकृत कम व्यस्त हिन्दुस्तानी बैरिस्टर। हिन्दुस्तान की एक प्रसिद्ध हस्ती लन्दन में एक गुमनाम नागरिक भर थी। ठीक है ब्रिटिश पार्लियामेंट के जाने माने राजनीतिज्ञ उसके मित्र थे पर क्यों? क्योंकि वो हिन्दुस्तान की राजनीति के एक महत्त्वपूर्ण व्यक्ति थे। इस परिदृश्य से ग़ायब हो जाने पर ब्रिटेन के नेतृवर्ग के लिए वो अर्थहीन थे। उनके साथ बैठना चर्चा करना समय का अपव्यय था। अँग्रेज मित्रों की दुरभिसन्धि ने उनके मन को ईर्ष्या की अग्नि से सुलगा दिया, जिन्ना हिन्दुस्तान की राजनीति में उच्चासन से थोड़ा ही नीचे आए थे इस अपमान के मानसिक द्वन्द ने उनका सबसे प्रिय साथी उनसे छीन लिया था। लन्दन में तो उनके पास कोई आसन ही नहीं था। क्या इसी गुमनामी के लिए उनकी प्रिय पत्नी ने अपने प्राणों का बलिदान दिया था?

अँग्रेजों की कूटनीति और अपने स्वयं के बेचैन मन ने जिन्ना को पुनः हिन्दुस्तान आकर राजनीति में अपना मुकाम प्राप्त करने की शक्ति और प्रेरणा दी। वो हिन्दुस्तान लौट आए। यहाँ की मुस्लिम राजनीति उनका बेसब्री से इन्तजार कर रही थी। गाँधी के शोर को रोकने के लिए उन्होंने अपने साउथ कोर्ट के महल की तीन हाथ ऊँची चहारदीवारी छः हाथ ऊँची करवा दी। रति की स्मृतियों को दफन करने के लिए खुले-खुले घर को तुड़वाकर उन्होंने एक बन्द दुर्ग बनवाया। जिसमें सभी पुरानी स्मृतियों का प्रवेश निषिद्ध था। रति का सारा सामान पेंटिंग, मूर्तियाँ, पुस्तकें बड़े-बड़े सन्दूकों में बन्द करवाकर रख दी गयीं। जिन्ना आम आदमी के शोर और नारों को सुनना नहीं चाहते थे। वो उनकी चीख-पुकारों को भी अपने घर में प्रवेश नहीं देना चाहते थे। घर में किसी तरह की ताकझाँक उन्हें बर्दाश्त नहीं रह गयी थी। परन्तु रति ने उनके अकेले रहने के अभ्यास को समाप्त कर दिया था। एकाकी जीवन का सन्नाटा तोड़ने के लिए अब छोटी बहन का साथ आवश्यक हो गया। फातिमा ने साउथ कोर्ट में प्रवेश किया, लेकिन वो अकेली नहीं आई अपने साथ पवित्र कुरआन लेकर आई। ईसाई कान्वेंट में फातिमा की श्रद्धा ईसाईयत में तो नहीं हुई। इसके विपरीत वो इस्लाम के प्रति पूर्ण श्रृद्धा के साथ समर्पित हो गयी। फातिमा अपने इसी विश्वास और श्रृद्धा को लेकर साउथ कोर्ट में आईं। जिन्ना न तो पवित्र कुरआन से अनजान थे, न विरक्त पर मज़हब उनकी जीवन शैली का अंग नहीं था। यह स्थिति बदलने जा रही थी। इस परिवर्तन की जिम्मेदारी बहन फातिमा ने सँभाल ली थी। अब इस रियासत में मुस्लिम फातिमा का हुक्म चलना प्रारम्भ हुआ।

दिन महीने बन गये महीने साल। रति ने इस घर से अपना नाता तोड़ा नहीं था। कभी-कभी सन्दूकों में कैद उसकी स्मृतियाँ ताला तोड़ रात के अँधेरे को चीर अपने प्रियतम से मिलने आ पहुँचती। तब जिन्ना उन बड़े सन्दूकों से उसकी सारी स्मृतियाँ कमरे में बिखेर डालते और कहते—'रति तुम्हारे बिना मैं एकदम अकेला हूँ।' फिर क्रोध में तमतमा कर कहते, 'इस मुल्क ने मुझे बर्बाद किया। मैं इसे बर्बाद कर दूँगा। इस देश के टुकड़े कर दूँगा। इस देश की एकता के लिए मैं लड़ा। अब इसे बाँटने के लिए लड़ूँगा। इसे बर्बाद करने के लिए लड़ूँगा।'

हिन्दुस्तान आने के बाद उन्होंने प्रेक्टिस के लिए एक सीमारेखा खींच दी। अब अधिक समय के लिए वह नेता थे। मुसलमानों के नेता, सेवाइल सूट्स, रेशमी कमीजों और टाइयों के अलावा अब उनके वार्डरोब में शेरवानी और सलवार भी शामिल हो गयी। हमेशा अँग्रेज़ी हैट के अभ्यस्त उनके सर पर मुस्लिम मजलिसों में एक काली टोपी दिखने लगी। हमेशा अँग्रेज़ी में अपने आपको अभिव्यक्त करने वाले जिन्ना अब अटक-अटक कर उर्दू का इस्तेमाल भी करने लगे। अब उनकी लड़ाई अँग्रेजों से कम काँग्रेस से ज्यादा थी। काँग्रेस के नेता गाँधी से आमना-सामना

था और गाँधी से युद्ध उन्हीं के हथियार से लड़ना था। यदि वो मुस्लिम धर्मोन्माद से मित्रता कर सकते थे तो जिन्ना उसके इस्तेमाल से नहीं चूकेंगे। गाँधी ने इस हथियार का इस्तेमाल क्रूरता से नहीं किया था, पर वो इस हथियार का इस्तेमाल क्रूरता से करने की सामर्थ्य रखते थे। काँग्रेस अँग्रेजों से हिन्दुस्तान की आजादी की जंग लड़ती रही और जिन्ना की मुस्लिम लीग मुसलमानों के लिए एक अलग मुल्क के लिए। अलग मुल्क यों तो मुसलमानों की माँग थी पर इस माँग के पीछे अँग्रेज कूटनीति काम कर रही थी। इस माँग के बहाने हिन्दुस्तान की आजादी को जितने समय तक टाला जा सकता था टाला जाए। लेकिन इतिहास में राजनैतिक पासे हमेशा सोच के अनुसार नहीं पड़ते।

ब्रिटिश सत्ता झुकी। हिन्दुस्तान को आजादी देनी पड़ी। इस आजादी की कीमत हिन्दुस्तान से पाकिस्तान के रूप में चुकानी पड़ी। पाकिस्तान जिसे पाने के बाद जिन्ना ने कहा कि 'हमें कटा-छँटा और कीड़े-मकोड़ों का खाया हुआ मुल्क मिला है।' उन्होंने कहा कि—'अब हम आजाद हैं। अब न हम हिन्दू हैं न मुसलमान हैं, न सिख न ईसाई। मज़हब हमारा निजी मामला है। सार्वजनिक रूप से हम सब पाकिस्तानी हैं जहाँ सबको अपने विश्वास के आधार पर अपना मज़हब मानने की स्वतन्त्रता है।' जिन्ना के स्वर्ग ने उनके इस आदर्श को बहुत जल्द ठुकरा दिया। अपने देश के पहले गवर्नर जनरल जिन्ना स्वयं बने और यह गवर्नर जनरल जब अपनी आखिरी साँसें गिन रहा था तब उसके देश ने उसे हवाई अड्डे से अस्पताल ले जाने के लिए ऐसी छकड़ा एम्बुलेंस का इन्तजाम किया जो रास्ते में ही दम तोड़ गयी। तपती धूप में जल रही लोहे की एम्बुलेंस की गर्मी से निजात देने के लिए गवर्नर जनरल जिन्ना की स्ट्रेचर बाहर सड़क के किनारे पेड़ की छाया में रख दी गयी। स्वच्छताप्रिय, तुनुकमिजाज और शक्तिशाली जिन्ना के मुँह पर मक्खियाँ भिनभिना रही थीं न उनमें इतनी शक्ति थी कि उन मक्खियों को उड़ा सकें न उनके तीमारदारों को ध्यान था कि मरणासन्न जिन्ना को मक्खियाँ तंग कर रही हैं। रति के प्रिय जिन्ना या तो दम तोड़ चुके थे या तोड़ने वाले थे। रति ने कभी सोचा भी नहीं होगा कि उसके प्रेमी को मृत्यु के समय ऐसी विपन्न स्थिति झेलनी पड़ेगी। मृत्यु से पहले शायद जिन्ना को अपने देश की अव्यवस्था का एहसास हो गया था इसीलिए उन्होंने मृत्यु पूर्व कहा कि "पाकिस्तान उनके जीवन की सबसे बड़ी भूल थी।"

जिन्ना ने जो भी भूल की हो। रति ने कोई भूल नहीं की थी। उसने एक प्रेमिका के उच्च आदर्शों के अनुरूप जिन्ना से प्रेम किया और उसके उत्कर्ष के लिए अपने प्राणों की आहुति दे दी। रति ने अपने प्रेमी के बनाए स्वर्ण देश के साथ कोई सम्बन्ध नहीं रखा। वो बम्बई की थी और बम्बई में ही सो रही है। जिन्ना की एकमात्र पुत्री ने भी पिता का बनाया स्वर्ग ठुकरा दिया। रति के नाती ने हिन्दुस्तान को

अपना घर माना। रति के प्रपौत्र भी इसी हिन्दुस्तान में रहते हैं। बड़ा व्यापार करते हैं। रति की क़ब्र पर तो दीया जलाने वाले यहाँ हैं, पर जिन्ना की कब्र पर दीया जलाने वाला उसका कोई वंशज उसके बनाए देश में नहीं है।

हिन्दुस्तान का बँटवारा पाकिस्तान का निर्माण अँग्रेजों का खेल था। यह खेल ब्रिटिश सत्ता ने दुनिया में अपना दबदबा कायम रखने के लिए खेला था। क्लाइव की बिछाई शतरंज की बिसात पर अँग्रेज राजनीतिज्ञ बहुत सोच-समझकर हिन्दू-मुस्लिम चालें चलते रहे। सन् उन्नीस सौ सैंतालिस में यह खेल खत्म नहीं हुआ। ब्रिटिश सत्ता इस बाजी में जमी हुई है। अब दुनिया की दूसरी शक्तियाँ भी इसमें शामिल हैं। हिन्दुस्तान पाकिस्तान के रूप में शह और मात का यह खेल जारी है। शह पर शह चल रही हैं बाजी बराबरी की रहेगी या फिर किसी की मात होगी। यह तो भविष्य का इतिहास ही बताएगा।

❑❑❑

श्रेष्ठ भारतीय साहित्य

भारतीय ज्ञानपीठ